ANDREA DE CARLO
VILLA METAPHORA

ROMANZO
BOMPIANI

L'autore assicura formalmente che i nomi dei personaggi di questo romanzo NON sono quelli di persone reali che li abbiano anche solo in parte ispirati. Poiché però è possibile – e in alcuni casi addirittura probabile – che esistano persone reali con lo stesso nome e alcune caratteristiche dei personaggi di questo romanzo, l'autore assicura che si tratta di una pura coincidenza: non è di loro che si racconta qui.

Via Angelo Rizzoli, 8 – 20132 Milano

ISBN 978-88-452-7461-9

Prima edizione speciale Bompiani giugno 2013

PRIMO GIORNO

Uno

Lara Laremi guarda la distesa scintillante del mare dal ponte della nave. La luce violenta si moltiplica sulla superficie dell'acqua, trapassa le lenti scure dei suoi occhiali, le invade i pensieri. È il ventuno giugno, il primo giorno d'estate, il giorno più lungo dell'anno, il giorno in cui il sole raggiunge la sua massima altezza, l'unico giorno in cui non c'è tramonto sul circolo polare artico. Anche se tecnicamente queste sono acque italiane, la latitudine è africana, e si sente: ci saranno quaranta gradi, i suoi vecchi occhiali da sole e il cappello di paglia comprato in un piccolo negozio vicino al porto di Lampedusa sono una protezione appena sufficiente. In vari punti della nave stazionano persone con berretti, bibite, panini, lettori mp3, sigarette. Quattro bambini scimmieggiano e si spintonano correndo avanti e indietro, richiamati da madri vocianti che però non fanno nessun serio tentativo di trattenerli. Due maschi adulti in calzoni corti fumano e spostano intorno sguardi molli, due donne già cotte dal sole continuano a cospargersi di creme e lozioni. Lara Laremi cerca l'ombra di una pensilina, si siede su un cassone di metallo bianco arrugginito, raccoglie le gambe. Sua madre ogni volta che litigano le rinfaccia il "carattere italiano" che avrebbe ereditato per via puramente genetica da suo padre, ma sulla natura irlandese della sua pelle non ci possono essere dubbi. Anche se volesse esporsi in pieno sole, cosa che probabilmente la farebbe svenire, finirebbe per scottarsi invece di abbronzarsi, e nel giro di pochi giorni le lentiggini le si moltiplicherebbero fino a farla sembrare una giraffina. Continua a guardarsi intorno, annusare l'aria; a seconda della direzione del vento le arriva alle narici odore di salmastro, sudore, cattivo profumo, gasolio bruciato dal fumaiolo fuligginoso.

Si chiede se sia stata una buona idea accettare l'invito di Lynn Lou Shaw a passare una settimana sull'isola di Tari, in veste di amica, confidente, puntellatrice del suo precario equilibrio psichico. Si chiede perché si sia sentita in dovere di assecondare le richieste di un'attrice viziata e instabile, nei cui confronti tutti gli altri membri della troupe e del cast provavano irritazione, se non odio. Dipende dalla sua tendenza a cogliere al volo le occasioni offerte dal destino, con l'idea che possano contenere qualcosa di più significativo anche se non evidente subito. Poi Lynn Lou a modo suo le è simpatica, e la incuriosisce per come ha la sua stessa età e un modo opposto al suo di rapportarsi con il mondo. Qualunque cosa Lara Laremi possa dire o pensare di sé, non ha mai avuto la tentazione di mettersi al centro della scena: lo sa con certezza da quando ha iniziato la scuola di teatro a Limerick. Se fosse costretta a definirsi in una parola, direbbe che è un'osservatrice. Sua madre invece quando deve definirla le ripete "Sembri caduta dalla Luna". Probabilmente si riferisce alla sua tendenza a studiare le cose e sforzarsi di decifrarle, e alla sua perplessità di fondo mentre lo fa.

Forse in questo caso avrebbe dovuto far prevalere la diffidenza sulla curiosità, per una volta, l'impazienza sull'attenzione ai segnali. Avrebbe potuto approfittare di questi giorni di sospensione del film per continuare in altre parti d'Italia la ricerca sulle sue origini, invece di ritrovarsi abbagliata dal sole e assediata dal caldo su questa vecchia carretta galleggiante, in mezzo a un mare senza confini apparenti. Ma è a un punto della sua vita in cui è stata spinta, o comunque è caduta fuori, dalla griglia delle scelte razionali; le sue sole guide in questo momento sono il caso e l'istinto. A ventisette anni compiuti da un mese, le sembra di essere più interessata a fare riflessioni che a prendere decisioni. Non che abbia raggiunto una qualche forma di distacco filosofico: le basta tirare fuori il cellulare dallo zainetto e rileggere per l'ennesima volta gli ultimi tre messaggi di Seamus per avere la prova che non è così.

> non ti rispondo a voce perché non c'è niente da aggiungere a quello che ci siamo detti sei una persona fantastica ma in questo momento ho bisogno di concentrarmi sullo spettacolo a dublino

non è egoismo non ho tempo per niente altro come
dici sempre tu l'onestà prima di tutto mi dispiace
meglio un taglio netto che trascinare le cose

E:

se devi andare in italia per lavoro non ti trattengo
comunque non è colpa di sarah perché tra me e te
già andava male anche se tu non volevi vederlo
non sono egoista non sono ipocrita ti voglio bene
ma adesso ho bisogno di pensare al teatro e a me
e a tutto il resto

E:

ok allora buon viaggio buona fortuna

Pensa a quando li ha letti in Irlanda, il primo per strada alle due di notte, il secondo a casa alle sei del mattino, il terzo sul pullman per l'aeroporto. Pensa a quando li ha riletti nella sala imbarchi dell'aeroporto, e nella stanza del brutto albergo anonimo a Roma procurato dalla produzione del film: al senso di smarrimento di fronte alla loro banalità fortificata, senza varchi, alla loro trascuratezza inattaccabile. Pensa a tutte le altre volte che li ha riletti durante le settimane di lavorazione, nelle pause tra le riprese, in bagno o dietro le quinte, come se avesse bisogno di rinfocolare il dispiacere, riaprire la ferita, precipitare di nuovo nell'abisso delle domande senza risposta.

Ricaccia il cellulare nello zainetto, si mordicchia le labbra, si infila due dita sotto le lenti scure per asciugarsi gli occhi, si guarda intorno. È stufa di queste lacrime, stufa di questi pensieri, stufa di questo viaggio; ha voglia di approdare a una qualsiasi sponda, riempirsi la testa di qualunque sensazione che non sia dispiacere o desolazione.

Riapre la zip dello zainetto, tira fuori le pagine che ha scaricato da internet e stampato in una cartoleria vicino a piazza del Pantheon, per avere almeno un'idea di dove sta andando.

Tari

L'isola di Tari si trova a sud della Sicilia, tra Malta e la Tunisia. Pur trovandosi a poche decine di miglia marittime dalle isole di Lampedusa, Linosa e Lampione, per ragioni storico-politico-geografiche non fa parte dell'arcipelago delle Pelagie. Con una superficie di 7,7 chilometri quadrati e un'altitudine massima di 313 metri sul livello del mare (Monte Somnu), l'isola ha la forma di un ovale molto irregolare. Di origine vulcanica (il vulcano è in stato di quiescenza dal 1916, anno dell'ultima eruzione), Tari è più vicina al continente africano e a Malta che alle coste italiane. Il suo nome ha un'origine curiosa: deriva infatti dal turco tarih, che significa "storia". Nell'anno 1411 il capitano turco Kudret Yildirim approdò sulle sue coste con lo sciabecco *Tesadüf*, registrando l'evento sul suo diario di bordo. Tuttavia naviganti turchi successivi non furono in grado di ritrovare l'isola alle coordinate indicate da Yildirim, e conclusero che si trattasse del frutto della sua immaginazione. Da qui il nome Tarih, che quando l'isola fu finalmente "ritrovata" dai Turchi quasi un secolo dopo, nel 1501, finì per sostituirsi al preesistente Emfanise (Εμφάνισε) assegnatole dai Greci (Strabone), e al successivo romano Emfanis (con tale nome è citata da Plinio il Vecchio nella sua *Naturalis Historia*). Tarih perse la 'h' finale solo con l'annessione al territorio italiano nel 1861, per diventare l'attuale Tari.
L'isola ha visto avvicendarsi sul suo ristretto e aspro territorio una successione di occupazioni e colpi di mano, a opera di Fenici, Greci, Cartaginesi, Romani, Turchi, Cavalieri di Malta, Inglesi (Lord Tarlington ne divenne governatore nel 1625), Spagnoli, Russi (i fratelli Kongiakov se ne impossessarono brevemente nel 1742), Francesi, di nuovo Inglesi, Maltesi, e infine Italiani. Tali sovrapposizioni culturali sono all'origine delle caratteristiche uniche del dialetto tarese, del tutto diverso da quelli parlati nelle pur vicine Linosa e Lampedusa. Stratificando su basi siculo-arabiche

elementi delle lingue dei dominatori succedutisi sull'isola, il tarese integra infatti elementi di latino, siciliano, italiano, inglese, spagnolo, maltese e francese, in quello che è stato definito da alcuni linguisti (L. de Anlans, C. Canistraterra, F. Rudiger) un "esperanto naturale".
A lungo luogo remoto e quasi inaccessibile, Tari, collegata alla terraferma mediante cavo telegrafico sottomarino nel 1913, gode oggi di collegamenti via nave con la Sicilia e con le isole Pelagie, e dal 2005 si è dotata di un eliporto. La popolazione residente è di 511 abitanti, tutti concentrati a Bonarbor, il porto dell'isola. L'agricoltura, che in passato aveva visto una considerevole produzione di carrube, è oggi limitata alla coltivazione di capperi (*capparis spinosa*), lenticchie (*lens culinaris*), fichi (*ficus carica*) e fichi d'India (*opuntia ficus-indica*). La raccolta delle spugne marine, fiorente nell'Ottocento, si è esaurita con la scomparsa dei banchi dovuta all'eccessivo sfruttamento, mentre resta attiva, seppur limitata, la pesca del pesce azzurro. Benché non siano presenti sull'isola strutture alberghiere, nella stagione estiva è possibile affittare camere o piccoli appartamenti dagli abitanti a Bonarbor, sulla costa orientale.
La costa occidentale di Tari, priva di sorgenti d'acqua dolce ed esposta nella cattiva stagione a venti e mareggiate di notevole intensità, è invece da sempre priva di insediamenti.

Il fatto è che non riesce a concentrarsi; i suoi occhi tendono a scorrere con troppa impazienza lungo le righe, distratti dall'intensità del sole, dalla noia dell'attesa, dal dispiacere e dalla perplessità rinnovati dall'aver riletto come una stupida i messaggi di Seamus sul cellulare. In ogni caso non le importa molto dell'isola, non sta andandoci per godersi il mare o interessarsi al dialetto locale. È solo un esilio temporaneo offerto dalle circostanze, un'occasione per tirarsi fuori dai pensieri e dalle sensazioni che l'hanno occupata nelle ultime settimane, provare a dimenticarsi quello che c'era prima, guardare altrove.

Intanto dovrebbe cominciare a cancellare i messaggi di Seamus dal cellulare, per lo meno. E cancellare dalla sua testa le immagini ricorrenti di Seamus piantato a gambe larghe sul palcoscenico a spiegare un gesto o un'intonazione, con la sua energia brutale mescolata a sensibilità, i suoi istinti nutriti di complessità mentale e cultura teatrale, la sua capacità di raggiungere una certezza incrollabile sulle intenzioni dell'autore di un testo. Si chiede se quella che ha avuto per lui non sia stata in realtà un'infatuazione banale, la giovane scenografa che si innamora del regista talentuoso e tormentato, abbastanza vecchio da essere suo padre, un vampiro che si nutre dell'ammirazione e della dipendenza sprovveduta dei suoi attori. Si chiede quando riuscirà a vederla in questi termini, quando ne verrà fuori. Nel mese passato da quando è venuta via dall'Irlanda non le sembra di avere fatto molti progressi; ogni volta che si è convinta di aver conquistato un minimo di distanza, è bastato un frammento di memoria a ritrascinarla indietro. Quando ci pensa le viene una rabbia incredibile contro le sue stupide caratteristiche mentali, contro le tendenze autolesioniste del suo cuore.

Lo stomaco adesso le brontola per la fame, ma al bar della nave non c'è niente di accettabile da mangiare, solo panini lividi sotto plastica, sacchetti di patatine fritte, merendine per bambini obesi come quelli che corrono sul ponte sbattendo le suole delle scarpe, inseguiti dalle lagne delle madri. Lara Laremi tira fuori matita e blocco da disegno dalla borsa a tracolla di tela scolorita, comincia a disegnare i due uomini in calzoni corti e pance prominenti che fumano sigarette e la sbirciano da dietro i pali di sostegno di una scialuppa.

Due

Gianluca Perusato cammina avanti e indietro sulla terrazza principale, affacciata sul mare blu cobalto che palpita tutto attorno sotto il sole martellante. La giornata è quasi perfetta: aria trasparente, calda, asciutta, vigorosa, carica di energia. C'è la più lieve brezza che va e viene, increspando a tratti la superficie dell'acqua in riflessi argentati, per farla subito tornare alle sfumature più profonde di blu. Anche i vestiti che ha addosso sono quasi perfetti: camicia di lino bianco aperta sul collo al secondo bottone, maniche rimboccate con tre piccoli risvolti regolari a metà avambraccio, pantaloni di lino écru, mocassini in pelle di vitello al naturale fatti su misura da un artigiano di Perugia che lavora come un artista. Ha un modo elegante di bilanciarsi sulle gambe, di girare sulle caviglie quando arriva al muretto perimetrale bianco e torna indietro. Gli sembra che i suoi movimenti esprimano classe, conoscenza del mondo, determinazione, un autocontrollo che visto dal di fuori assomiglia alla calma.

Però calmo non lo è affatto, neanche un po'. La tensione di quando ha iniziato i lavori a Villa Metaphora ha continuato a crescere nel corso di questi cinque anni, fino a portarlo molto vicino a un punto di rottura negli ultimi mesi, quando i costi hanno ufficialmente raggiunto il doppio del preventivo iniziale e lui ha dovuto spostare la data di apertura da Pasqua a metà maggio, poi al quattordici di giugno, poi al ventuno. È stato un dissanguamento senza fine, compensato solo dalle continue iniezioni di soldi provenienti dalla sua normale attività di architetto; gli ci è voluta una determinazione accanita per andare avanti, e la consapevolezza di aver passato ormai da un pezzo il punto di non ritorno. Quante volte gli è capitato di rimpiangere il privilegio straordinario di poter trascurare i costi che ogni cambiamento di idea o richiesta irrazionale o nuova pretesa provocavano, quando la sua responsabilità era limitata alla progettazione per conto di committenti senza alcuna preoccupazione di budget. Vista da sotto l'attuale carico di angosce martellanti, gli sembra un'era d'oro di incredibile leggerezza, stranamente perduta.

Quante volte ha sognato di poter tornare a sette anni fa, quando dal ponte dell'elegante ketch Camper and Nicholsons del suo amico Bomfrini-Cismari aveva contemplato per la prima volta queste bianche terrazze (più grigie che bianche, allora) affacciate sul mare e sul cielo. Però è da quando ha cominciato a frequentare le isole del Mediterraneo meridionale, veleggiando con amici o affittando dammusi imbiancati a calce, che gli girava in testa l'idea di creare un piccolo resort incastonato come un gioiello nella roccia, davanti al grandioso spettacolo della natura. Sapeva che avrebbe potuto essere una fonte di grandi soddisfazioni architettoniche e finanziarie, ma non era mai riuscito a individuare il luogo ideale. Poi in quel luglio infuocato del 2005 gli era capitato di osservare dal mare Villa Metaphora, e benché versasse in uno stato di penoso abbandono, se ne era innamorato a prima vista, come potrebbe succedere con una donna difficile dalle qualità straordinarie. È così che è nata la faccenda: un sentimento che diventa un'idea che diventa un dato di fatto che si concatena ad altri dati di fatto, diventando più complicato e pesante a ogni passaggio. Se solo si fosse preso un po' più di tempo per riflettere, se avesse ascoltato meglio i consigli del suo commercialista, se avesse considerato in termini più realistici le difficoltà di installare un resort di livello stellare in mezzo al nulla, le complicazioni burocratiche, la mancanza *in loco* di manodopera qualificata e materiali adatti, i costi conseguenti. Ma ormai il passo è stato compiuto da un bel pezzo: ora si tratta di sostenere con la massima convinzione il suo nuovo ruolo creativo/imprenditoriale, renderlo operativo al cento per cento. Oltre alla sua reputazione questa volta sono in gioco le sue finanze, il suo intero futuro; l'unica direzione in cui si può andare è avanti, d'ora in poi gli sguardi retrospettivi sono vietati.

Gianluca Perusato torna nel piccolo ufficio, annusa l'aria che sa ancora troppo di vernici e collanti, di lavori appena finiti o ancora da finire. Per confortarsi si annusa un polso, inspira l'eau de toilette Endymion di Penhaligon's che si è spruzzato questa mattina dopo la doccia. Sì, un po' lo conforta, come lo conforta la vista dalle finestre, la luce intensa e purissima che invade la stanza. Si siede alla scrivania, rilegge il testo per il sito e per la brochure, ormai rimaneggiato non sa neanche più quante volte negli ultimi mesi.

VILLA METAPHORA

IL NUCLEO ORIGINARIO DI VILLA METAPHORA VENNE COSTRUITO A PARTIRE DAL 1946 DAL BARONE CARLO LUDOVICO EMARICO DI CANISTRATERRA, LINGUISTA, POLIGLOTTA, SCRITTORE E SCIENZIATO NATO NELLA CITTADINA SICILIANA DI CALITRI. GIUNTO A TARI PER COMPIERE STUDI SUL PARTICOLARISSIMO DIALETTO PARLATO SULL'ISOLA, IL BARONE FU SEDOTTO DALLA BELLEZZA SELVAGGIA DEL LUOGO, E IN PARTICOLARE DALLA DISABITATA COSTA OCCIDENTALE. INDIVIDUATOVI IL PROMONTORIO ROCCIOSO CHE GODEVA DELLA VISTA PIÙ SPETTACOLARE SUL MARE, DECISE CHE QUI SAREBBE SORTA LA DIMORA DEI SUOI SOGNI, SFIDANDO LA CONVINZIONE LOCALE SECONDO CUI NULLA AVREBBE POTUTO ESSERE COSTRUITO SU QUESTO VERSANTE. IL BARONE SI DEDICÒ PERSONALMENTE ALLA PROGETTAZIONE DI UN EDIFICIO NEL TRADIZIONALE STILE ARCHITETTONICO TARESE, COLLEGATO CON UN SISTEMA DI SCALE E PERCORSI SELCIATI A SETTE TERRAZZE, CIASCUNA AFFACCIATA CON UN'ANGOLAZIONE DIVERSA SULLO STRAORDINARIO PAESAGGIO. (IL NUMERO SETTE, DA SEMPRE CONSIDERATO SIMBOLO MAGICO E RELIGIOSO DELLA PERFEZIONE, IN QUANTO LEGATO AL CICLO LUNARE, RAPPRESENTAVA ANTICAMENTE LA GLOBALITÀ, L'UNIVERSALITÀ, L'EQUILIBRIO PERFETTO.)

LE DIFFICOLTÀ CAUSATE DAL FATTO CHE IL LUOGO NON ERA RAGGIUNGIBILE VIA TERRA E CHE TUTTI I MATERIALI DOVEVANO ESSERE TRASPORTATI DI CONSEGUENZA VIA MARE, NONCHÉ UNA SUCCESSIONE DI TRAVERSIE FINANZIARIE, FECERO SÌ CHE CI VOLESSERO PIÙ DI DIECI ANNI PRIMA CHE LA COstruzione fosse ultimata. Per questo il Barone diede alla residenza il nome di Villa Metaphora, considerandola un'allegoria del continuo allontanarsi dell'oggetto di ogni desiderio da chi lo persegue.

Dopo la tragica morte del barone Canistraterra nel 1961, la villa rimase abbandonata per decenni, e versava in condizioni di grave decadimento quando l'architetto Gianluca Perusato, progettista di fama internazionale e vincitore di prestigiosi premi quali l'Heyder-Hofstetter 2004, l'Huntington Award 2007 e il Gustave Sommier 2010, se ne innamorò e decise di acquistarla, nel 2005. Una meticolosa opera di restauro e sviluppo durata sette anni ha riportato allo splendore di un tempo la struttura principale, integrandola con nuove costruzioni che pur nel rispetto dello stile originario seguono le più recenti evoluzioni dell'architettura contemporanea. Villa Metaphora riapre le sue porte nel giugno 2012, come piccolo resort di eccellenza dalle caratteristiche assolutamente uniche. Le cinque suite, ognuna dotata di terrazza privata e di tutti i comfort più avanzati, offrono l'esperienza di un rapporto entusiasmante con la natura, in uno degli angoli più suggestivi e incontaminati del Mediterraneo meridionale. Grazie a un impianto di desalinizzazione solare (*SMCEC, Solar Multistage Condensation Evaporation Cycle*) e a un sistema di condizionamento dell'aria ad acqua marina (*SWAC, Sea Water Air Conditioning*), alimentati da pannelli solari e fotovoltaici e da generatori eolici di ultima generazione, Villa Metaphora rappresenta lo stato dell'arte in termini di eco-compatibilità e integrazione ambientale. I mobili, realizzati interamente a mano dall'artigiano/artista Paolo Zacomel, sono tutti pezzi unici, vere e proprie opere d'arte funzionali. La cucina, a cura del giovane astro della cucina spagnola Ramiro Juarez, allievo prediletto del leggendario Hernán Xara, utilizza

CON CREATIVITÀ CONTEMPORANEA MATERIE PRIME LOCALI DI IMPAREGGIABILE FRESCHEZZA E QUALITÀ. L'ACCESSO DIRETTO A UNO DEI MARI PIÙ INCONTAMINATI D'EUROPA, LA VASCA DI ACQUA TERMALE SULFUREA SALSOBROMOIODICA CALDA CHE SCATURISCE DALLA VIVA ROCCIA, LA TRANQUILLITÀ E LA PRIVACY A LIVELLI ASSOLUTI (L'USO DI TELEFONI CELLULARI E DISPOSITIVI ELETTRONICI È CONSENTITO SOLO NEGLI SPAZI PRIVATI E SU UNA TERRAZZA DEDICATA), LA PARTICOLARE ENERGIA DOVUTA ALLA NATURA VULCANICA DELL'ISOLA, FANNO DI VILLA METAPHORA UN LUOGO UNICO AL MONDO, IN GRADO DI OFFRIRE AI PROPRI OSPITI UN'ESPERIENZA DI ISPIRAZIONE E RIGENERAZIONE IMPAREGGIABILI.

"Luciaaaa?!" Gianluca Perusato urla, per farsi sentire nel piccolo labirinto della costruzione a vari livelli. Sì, l'odore di intonaco e resina per pavimenti è ancora troppo avvertibile, malgrado le finestre lasciate aperte, a rischio di vederle sbattere dal vento (anche se non ce n'è quasi) e far rompere i vetri. Tenendo conto che ogni finestra, telaio ante vetri persiane compresi, costa circa duemila euro, non è proprio quello che ci si augurerebbe. Il fatto è che tutto qui è finito per costare molto più di quanto lui si era immaginato: non c'è una singola maledetta voce, minore o maggiore, che non abbia sforato il preventivo. Quando ha deciso di buttarsi in quest'impresa sapeva che caricarsi sulle spalle tutto l'onere del progetto sarebbe stato un impegno ben diverso dal suo abituale, nobilissimo lavoro da architetto. Del resto era stata proprio la dimensione della sfida ad attrarlo, il rischio implicito, l'idea di dover puntare tutto sulle proprie capacità, diventare per una volta committente di se stesso. Però certo non aveva anticipato la moltiplicazione infinita di problemi, e l'angoscia di trovarsi a fronteggiarli da solo, senza altre risorse che quelle della sua professione. Non aveva immaginato l'ostilità sorda dei taresi, il loro sistematico rifiuto di capire che Villa Metaphora avrebbe potuto rappresentare un'opportunità importante per tutta l'isola. Né aveva valutato pienamente le difficoltà e i costi per trasportare da lontano tutti i materiali da costruzione, o la necessità di trasferire, alloggiare e alimentare operai e artigiani fatti venire nel migliore dei casi da Linosa e Lampedusa, data la totale incapacità di quelli reperibili a Tari. Senza contare il tradimento da parte di Luigi Sintari, che lui aveva distaccato dallo studio di Milano per seguire i lavori, e che in capo a qualche mese si era messo a fare la cresta praticamente su tutto, non lasciandogli altra scelta che cacciarlo ignominiosamente. O l'atteggiamento inconcepibile di Mario Cotella, a detta di tutti ottima scelta come manager del resort, che a meno di un mese dall'apertura raddoppia la richiesta economica con il pretesto della distanza da casa, come se avesse scoperto d'improvviso che Tari non è esattamente dietro l'angolo rispetto a Verona. Un ricatto in piena regola, che lo ha obbligato a dare ampia delega ai suoi collaboratori per gli altri progetti in corso e ad assumere *ad interim* la direzione di Villa Metaphora, occupandosi di questioni che avrebbe lasciato ben volentieri ad altri. Tra le sue ambizioni francamente non c'è mai stata quella di gestire il resort in prima persona, ma d'altra parte ormai non c'era più tempo per trovare alternative praticabili. Così eccolo costretto a trasferirsi qui ai primi di giugno, a curare i mille dettagli indispensabili a portare Villa Metaphora allo standard di eccellenza assoluta che si era prefisso agli inizi.

Bisogna dire che le circostanze lo stanno decisamente mettendo alla prova. L'idea era quella di un *soft opening*, un'apertura graduale con pochi ospiti non particolarmente impegnativi (per quanto possano esserlo ospiti di questo livello), per aver modo di rodare con una certa calma la struttura, portarla gradualmente a pieno regime. I coniugi Cobanni e la signora francese sembravano perfetti per la bisogna, e ci sarebbe stata una settimana intera per mettere a punto i dettagli ancora da perfezionare. Invece ecco che in modo del tutto inatteso, per un insieme assurdo di coincidenze, gli arrivano tra capo e collo non una ma *due* prenotazioni irripetibili, a cui sarebbe stata pura follia dire di no. Così adesso si ritrova con altre due coppie di ospiti diversissime tra loro ma altrettanto difficili da gestire, gente con cui non puoi sbagliare una sola virgola a meno di non voler pregiudicare il futuro di Villa Metaphora. Per sovrappiù l'americana ha voluto anche invitare un'amica: tutte le suite sono occupate, la pressione è al massimo fin dal primo giorno (va be', lo sarà dal secondo, ma non cambia molto).

In effetti non si capisce come cavolo Gianluca Perusato potrebbe essere calmo; ogni spostamento della lancetta dei secondi sul quadrante del suo Rolex Sea Dweller ha l'effetto di fargli venire in mente uno o più particolari cruciali ancora fuori posto. Il senso di responsabilità che lo opprime è schiacciante: in certi momenti quasi fatica a respirare, ha un bisogno disperato di conferme e rassicurazioni.

Lucia finalmente arriva, con troppo sbattere di tacchi, gli occhi scuri troppo bistrati, i capelli folti e lucidi troppo gonfi, le forme troppo compresse in una gonna e una camicetta troppo strette. "Cosa c'è?" L'inflessione pseudo-romana che ha adottato per coprire l'accento tarese è abbastanza credibile, ma quando si avventura in tentativi di pseudo-milanese non ci siamo proprio.

"Il testo per la brochure e il sito non va bene!" Gianluca Perusato prova un'irritazione difficile da spiegare a vedersela davanti, così ben piantata a terra.

"E perché?" Lucia scuote la testa, in un modo che lo infastidisce ancora più per come manca di sottigliezza.

"Perché non va bene!" Gianluca Perusato ha uno scatto di cui si dispiace subito, ma d'altra parte con la tensione di questi giorni non è che possa permettersi la serenità d'animo che vorrebbe. "Oltretutto dobbiamo mandare la brochure in stampa subito. È già tardi, non avremo niente da dare agli ospiti."

"Eh, ma quelli hanno già visto il sito." Lucia cerca di aggiustare le cose in tipico stile tarese, vale a dire all'insegna dell'approssimazione.

"Appunto, e sul sito hanno visto un testo che non va bene!" Lo fa infuriare ancora più il fatto che lei non riconosca subito i suoi torti, che abbia questa incuranza.

"Cos'è che non va bene?" Terragna, diffidente, ormai ogni volta deve verificare quello che lui le dice, prima di prenderlo per buono.

"Non c'è nessun bisogno di raccontare che la villa 'versava in condizioni di grave decadimento'!" Gianluca Perusato alza la voce, suo malgrado. "Dà un'immagine sinistra, orribile! Bisogna dire che era rimasta lì dormiente per decenni, come in una favola.”

“Oh, scusa tanto.” Lucia prende un'espressione offesa, come se si sentisse ferita nell'orgoglio letterario.

“Per non parlare delle ‘traversie finanziarie’ del barone! Ma cosa cavolo ti viene in mente?”

“Be', è stato così, o no?” Difende la sua posizione, con ostinazione mulina.

“O la ‘tragica morte’ del barone!” Più rilegge il testo sullo schermo, più Gianluca Perusato si irrita. “Cosa vogliamo, descrivere in dettaglio anche il volo giù dalla scogliera? Basta dire ‘la morte’, senza aggiungere altro! O meglio ancora ‘la scomparsa’!”

“Non avevamo detto che volevamo raccontare in modo suggestivo la storia di questo posto?” Le labbra carnose di Lucia l'avevano invogliato fin dal primo incontro per come suggerivano un'intensa sensualità naturale, che sapientemente titillata e sollecitata avrebbe potuto offrirgli baci appassionati e *fellatio* potenzialmente entusiasmanti, ma in momenti come questo tendono a sembrargli solo animalesche.

“Sì, in modo suggestivo, appunto!” Farle da pigmalione l'ha eccitato a lungo, però l'attrazione nei suoi confronti si è ridotta nelle ultime settimane, in modo inversamente proporzionale alla fatica che gli costa sostenere troppe responsabilità. “Che suggestione ci sarebbe, nel parlare di decadimento e tragiche morti? Vogliamo comunicare immagini di pace, silenzio, luce, intenso rapporto con gli elementi! Non certo di cadaveri abbandonati sulle rocce, vetri rotti, mobili sfasciati, ragnatele, cacca di topi, ruggine, muffa!”

“Io ho fatto come avevamo detto.” Piantata sui solidi polpacci e le solide caviglie, Lucia scrolla la testa di nuovo: *woom, woom*, la massa di capelli si sposta, compatta.

“Non è quello che avevamo detto.”

“È quello che avevamo detto.”

“Va be', non importa, va cambiato!” Gianluca Perusato è vicino a perdere le staffe. “E togli anche questa parte sulle traversie finanziare, accidenti!”

"Anche?" Di nuovo Lucia lo sonda con lo sguardo scuro, valuta se c'è un motivo per dargli ragione, o no.

"Sì! E anche quella sul continuo allontanarsi dell'oggetto di ogni desiderio!" La voce di Gianluca Perusato rimbomba tra le pareti appena intonacate, ma come si fa? "Villa Metaphora per i nostri ospiti deve rappresentare il *raggiungimento immediato* di un desiderio! Possibile che tu non riesca ad arrivarci da sola?!"

Lucia gonfia le guance, raccoglie le labbra carnose e sbuffa, in un atteggiamento bambinesco che forse in un altro momento lo divertirebbe, ma adesso lo manda ancor più fuori dai gangheri.

"E poi non puoi spiegare il valore metaforico della villa agli occhi del barone dicendo che la vedeva come un'*allegoria*! Allegoria non è un sinonimo di metafora, è una *metafora estesa*!"

"Grazie della lezione, professore." Lucia oscilla la testa da isolana cocciuta, incapace di cogliere le sfumature, senza rendersi conto di quanto lui la desidererebbe invece ricettiva e malleabile, in questo momento.

"Anche tutta la storia del valore simbolico del numero sette va trattata con leggerezza, *en passant*, non è che ci rivolgiamo a degli occultisti!" Quante volte Gianluca Perusato dubita che le sue parole a Lucia arrivino a segno? Spesso, anche se in realtà non è poi refrattaria come sembra. È una che impara, se vuole. Fin troppo, per certi versi. "Scrivi semplicemente che ci sono sette terrazze, basta. E togli tutte quelle date inutilmente specifiche. Basta dire che il barone ha costruito la villa negli anni Quaranta, e che nel 2005 io l'ho rilevata per ristrutturarla. Nessuno dei nostri ospiti ha voglia di registrare altri numeri, oltre a quelli con cui deve già avere a che fare ogni giorno!"

"Non devo neanche scrivere che le suite sono cinque?" Lo guarda con aria di sfida.

"Perché?" Gianluca Perusato è assalito da un senso di estrema stanchezza.

"Perché anche cinque è un numero inutilmente specifico, allora!" Mano premuta sopra l'anca piena, sguardo scuro fiammeggiante, Lucia lo provoca apertamente, fregandosene della delicatezza estrema del momento.

D'altra parte non erano state proprio queste caratteristiche fisiche e psicologiche ad attrarlo, quando su raccomandazione di qualcuno era venuta per un colloquio nello studio a Milano, come se si presentasse a un esame universitario truccato? Non era stata la sua femminilità primordiale (non si capiva quanto inconsapevole e quanto usata come strumento di seduzione) a spingerlo a offrirle un posto di assistente manager e quasi simultaneamente a portarsela a letto, dandole a intendere che il suo matrimonio era finito e la convivenza con sua moglie Ludovica solo una recita per non danneggiare l'equilibrio delle bambine? (Ludovica e le bambine adesso sono in vacanza a Cortina per tutta l'estate, quando le sente al telefono parlano solo di *cose*, o dei soldi necessari a procurarsele. Vestiti, trattamenti cosmetici, attrezzature sportive, gadget elettronici sempre nuovi, lezioni di tennis e di equitazione, senza che né la madre né le figlie mostrino la benché minima partecipazione emotiva per la pressione straordinaria sotto cui lui si trova. Ogni volta vorrebbe ricordare che Villa Metaphora non è un passatempo costoso come loro sembrano pensare, bensì la dimostrazione di come lui si spezzi la schiena per garantire alla sua famiglia uno stile di vita adeguato, in cui rientrano per esempio le vacanze di tre mesi a Cortina. Ma ogni volta finisce col lasciar perdere, perché in questo momento non ha certo bisogno di altri motivi di stress, e perché la presenza di Lucia Moscatigno nella sua vita lo rende oggettivamente più vulnerabile sul fronte delle rivendicazioni familiari. È un circolo vizioso, un cavolo di serpente che si morde la coda.)

"Comunque riscrivitelo tu, il testo!" Lucia alza le spalle e spinge in avanti la testa, come ogni volta che si sente offesa. Ha questa fisicità potenzialmente aggressiva, che le viene da un retroterra familiare di contadini-pastori-pescatori diventati piccoli commercianti diventati piccoli imprenditori locali; ogni volta che si manifesta gli comunica una strana miscela di divertimento e allarme.

"Calmati, dài." Gianluca Perusato ha già superato l'arrabbiatura, si sforza di fare un gesto placatorio. Accenna un sorriso, allunga una mano per toccarle i capelli.

"No che non mi calmo!" È furiosa, i suoi gesti sono carichi di violenza tarese, non recitata, reale. "Fallo riscrivere a quelli dell'agenzia di Milano, il testo! Così ti fanno spendere un'altra bella vagonata di soldi!"

"Dài, sei perfettamente in grado di farlo tu." Gianluca Perusato cerca di rimediare, prima che il danno si possa estendere. "Non ti avrei mai chiesto di farlo, se non avessi fiducia nelle tue capacità."

"Smettila, non mi incanti!" Non lo vuole far vedere, ma già si sta addolcendo, i muscoli del viso si allentano, anche se di poco.

"È vero. Ho la massima fiducia in te, lo sai benissimo. Ti avrei nominata assistente manager, se non ne avessi?" Gianluca Perusato pensa che all'inizio ci voleva molto meno, per impressionarla: bastava aprirle la portiera di una bella macchina, farla entrare nella suite di un grande albergo, appoggiarle al polso un piccolo bracciale d'oro, anche solo parlare inglese o tedesco o francese o spagnolo al telefono con un committente straniero. Giocare con lei il ruolo dello svelatore di orizzonti gli comunicava un'eccitazione erotica che non aveva mai provato nelle sue storie precedenti, con donne del suo ambiente. Nei primi mesi della loro storia clandestina si era sentito un uomo sessualmente rinato, padrone di una schiava volonterosa, riconoscente, curiosa, collaborativa. Gli piaceva immensamente legarle i polsi con un foulard di seta alla testiera del letto, sfiorarle i capezzoli con un cubetto di ghiaccio preso dal secchiello dello champagne, soffiarle piccole parole oscene nelle orecchie, rivoltarla e prenderla da dietro mordicchiandola sul collo, godendo della vista mentre ansimava paragoni con famose opere pittoriche e scultoree che lei non conosceva. Aveva scoperto che la disparità culturale era un afrodisiaco ancora più potente della loro differenza di età, e ci aveva giocato senza riserve, attingendo a un catalogo di trucchi erotici di seconda e terza mano che non avrebbe mai osato mettere in pratica con sua moglie o con le sue amiche, senza temere di strafare o di venire smascherato. Lucia stava ben volentieri al gioco, offriva il suo corpo giovane e sodo e la sua apparente inconsapevolezza come merce di scambio per tutto quello che lui le poteva insegnare. Però da un certo punto della loro relazione l'ingenua tarese ha cominciato a evolversi con rapidità sorprendente, man mano che la sua conoscenza del mondo progrediva. Non si può certo dire che oggi sia diventata una donna sofisticata, ma c'è una differenza enorme tra la Lucia di tre anni fa e questa: i progressi sono impressionanti. Il che purtroppo ha intaccato forse per sempre il piacere leggermente perverso di esercitare il potere di chi sa nei confronti di chi non sa.

"Se avessi davvero la massima fiducia in me, non ti sogneresti di parlami come hai fatto!" Quelli di Lucia sono autentici scoppi di vigore vocale, il risultato evolutivo di infinite generazioni di urlatori e urlatrici da una barca all'altra, da una roccia all'altra. Ha questi lineamenti smussati, questa pelle liscia, questo sguardo scuro e umido che un tempo gliela faceva vedere come una giovane mucca, energica, sana, resistente. Adesso la giovane mucca è stata insieme a lui a New York, Londra e Parigi, ha mangiato nei migliori ristoranti e dormito nei più grandi alberghi, ha conosciuto diverse persone estremamente ricche e famose, alcune dotate di straordinario talento, altre di straordinaria presunzione. Si è liberata in buona parte della rozzezza delle origini, ma ha conservato l'energia primaria della nipote di pescatori taresi, l'acutezza dello sguardo le permette di vedere cose che magari a lui sfuggono. È stata lei a scoprire che Luigi Sintari rubava, per esempio; è stata lei ad aprirgli gli occhi mostrandogli le ricevute false, è stata lei a spingerlo a cacciarlo sui due piedi. Può darsi che l'abbia fatto anche per acquistare importanza ai suoi occhi, dimostrargli di essere sveglia e meritevole di fiducia, ma certamente non solo per quello: c'è una lealtà profonda, ostinata, quasi tribale, nella sua natura.

"Volevo solo ricordarti che la gente a cui ci rivolgiamo ha un tipo di attenzione difficile." Gianluca Perusato adesso usa un tono pacato, paternamente indulgente.

"Lo so."

"È gente che ha già visto tutto, mangiato tutto, bevuto tutto, provato tutto."

"Lo so."

"Lo so che lo sai." In effetti non ci sono dubbi che Lucia abbia ormai un'idea della differenza tra l'inseguire e l'avere fermamente in possesso, tra il bisogno di dimostrare qualcosa e il lusso di non doverla dimostrare. È sveglia, ricettiva; tende ad assimilare informazioni con prontezza, di rado ripete lo stesso errore due volte di seguito. D'altra parte basta guardare come si trucca e si veste per capire quanto il percorso sia ancora lontano dall'essere compiuto. O forse è il suo corpo a esprimere un carattere non sopprimibile, sono le sue forme, il suo sguardo. Anche se l'evoluzione continuerà, è probabile che non riesca mai a liberarsi del tutto da alcune tare di gusto, come non riuscirà a liberarsi dai suoi tratti marcati e dai suoi colori (non che non ci provi, a furia di vigorose depilazioni di sopracciglia e tinture mogano per i capelli), o dalla compatta voluttuosità mediterranea delle sue forme. In altre parole, è quasi certo che non diventerà mai come sua moglie; e meno male, gli viene da aggiungere.

"Lo so che ai nostri ospiti non interessa l'ostentazione." L'ha capito, l'ha capito.

"*Ahà.*" A Gianluca Perusato dà un certo gusto avere ottenuto buoni risultati con la sua *tutorship*, deve ammetterlo.

"Non vogliono di più, vogliono di meno." La ragazza ci tiene a chiarire che non le restano margini di dubbio.

"È per questo che vengono qui, invece di andare in uno degli altri mille posti che avrebbero a disposizione." Gianluca Perusato è fin troppo consapevole di quanto sia rischioso giocare sul tasto minimalista, però: di quanto sia sottile il confine oltre cui la rarefazione diventa improvvisamente carenza, l'essenzialità scomodità, l'isolamento noia.

"Be', è difficile trovare un posto più incontaminato di questo." Lucia parla con convinzione crescente. "Dove la natura ti viene addosso in modo così spettacolare, *sbam*!"

"Certo." È probabilmente l'unico punto su cui Gianluca Perusato non è assediato dai dubbi. "Però dobbiamo tenere presente che questa è gente che non si rilassa mai. Neanche per un istante."

"E allora?" Eccola per un attimo riacquistare la sua espressione più ingenua (ed erotizzante): labbra carnose dischiuse, occhi scuri che sondano, appesa alle sue parole.

"Sono già stati in ogni piccola isola esclusiva del Pacifico, in cima all'Himalaya, dove cavolo hanno voluto. Non hanno certo limiti di costo o distanza."

"Chiaro." Lucia fa di sì con la testa, pronta ad assimilare nuove informazioni, farle sue.

"Però hanno letto di Villa Metaphora su *Travel & Leisure*, oppure hanno sentito il mio nome perché ho progettato la casa di un loro amico, o ancora hanno raccolto al volo il consiglio di qualcuno di cui si fidano. Li attira l'idea di essere quasi in Africa ma ancora in Italia, li attirano il mare straordinariamente pulito e profondo, l'energia vulcanica nell'aria e nell'acqua termale, la storia dell'eccentrico barone siciliano, le cinque suite soltanto, le sette terrazze, il giovane star-chef spagnolo, il fatto di non avere nessuno intorno per decine di chilometri, eccetera."

"Quanti saranno i posti di questo livello in Europa?" Ne hanno già parlato parecchie volte, naturalmente, ma per fortuna ha capito che certi argomenti non si esauriscono mai, finché si continua a rigirarli da ogni angolo possibile.

"Dieci, magari anche venti. Però il fatto è che non basta, perché questi hanno l'impazienza nel sangue, come una malattia. Mi è capitato più di una volta di dover rifare il progetto di una casa quindici giorni dopo che i clienti c'erano entrati, perché ne erano già stufi, prima ancora di averci davvero vissuto. Centinaia di migliaia di euro buttati dalla finestra così, per noia *preventiva*."

"Quindi?" Lo scruta, attenta.

"Bisogna tenere d'occhio i segnali. Lo sguardo che diventa irrequieto, il piede che batte, il piccolo sbadiglio, il polso che si gira a controllare l'orologio, le troppe richieste che arrivano tutte insieme."

"E se succede?" Lucia inclina la testa.

"Bisogna prenderli in contropiede. Tirare fuori qualcosa di inaspettato."

"Tipo?"

"Mah, un delfino che salta sotto le loro terrazze." Gianluca Perusato adesso sta improvvisando, sono solo esempi per rendere il concetto più vivido possibile. "L'avvistamento di una sirena. Una discussione su altissimi temi, una danza popolare frenetica."

L'espressione volonterosa di Lucia si vela di perplessità. "Ma chi la farebbe, la danza?"

"Che ne so, Teresa e Amalia! Anche Carmine! Saprà ballare, tuo cugino, no?"

"Non ce lo vedo proprio." Lucia scuote la testa.

"Va be', non importa! Era per dire!" Gianluca Perusato si irrita di nuovo, a sentirsi prendere troppo alla lettera.

"Okay." Lucia fa di sì con la testa, anche se non è chiaro se abbia capito fino in fondo.

"Basta essere pronti." Gianluca Perusato si alza, si aggiusta con due colpetti di mano i pantaloni.

"Okay." Lucia annuisce ancora, è probabile che non abbia più bisogno di sentirsi ripetere queste istruzioni.

"Bene." L'evoluzione di Lucia è stata più rapida di quello che lui aveva previsto, decisamente. E man mano che lei si impadroniva dei codici di un mondo inizialmente alieno, la sua timidezza si è trasformata in agio e l'agio in tendenza a chiedere, volere. Non vestiti o gioielli o altri regali costosi, come gli è capitato in alcune relazioni clandestine precedenti; quello che Lucia pretende con insistenza sempre più incalzante è un ruolo ufficiale nella sua vita. Andare nei posti con lui, essere presentata ad amici e committenti, discutere progetti, suggerire idee, stargli seduta vicina a pranzi e cene che magari la annoiano ma le sembrano fondamentali; non c'è nessun dispositivo di autolimitazione alle sue richieste. E non le manca certo il temperamento, o l'energia, per sostenerle. Più di una volta è rimasto sorpreso dalla sua capacità di affrontare situazioni difficili senza battere ciglio. Per esempio a una cena a Monte Carlo, nel corso della quale un pilota argentino di Formula Uno a cui lui aveva progettato un appartamento aveva offeso per pura ignoranza il fratello dell'Aga Khan, e Lucia con un'osservazione del tutto inaspettata era riuscita a trasformare l'imbarazzo generale in divertimento. Oppure l'anno scorso, quando le piastrelle di basalto per i bagni fatte venire da Catania giacevano su una banchina di Bonarbor senza che nessuno volesse trasportarle qui (ennesima forma di boicottaggio alla scelta di non passare attraverso intermediari locali) e lei era riuscita a convincere un paio di cugini a mettersi all'opera con le loro barche da pesca. In questo senso Gianluca Perusato a volte ha quasi la sensazione di avere sviluppato una dipendenza nei suoi confronti, almeno quando è a Tari: di non poter più fare a meno del suo sostegno, della sua ammirazione e del suo affetto, offerte che da sua moglie gli sono arrivate in ben modica quantità in passato, e oggi si sono del tutto esaurite.

"Va be', ci vediamo." Lucia punta verso la porta, passo deciso, quarti posteriori in vigoroso movimento.

"Ehi, dove vai?" Gianluca Perusato passa al registro vagamente lagnoso che gli viene in questi casi. La segue fuori, sulla terrazza, nella luce abbagliante, cerca di prenderla per un braccio. "Scusami se sono stato un po' così, prima. Ma è la tensione di questo periodo, ho i nervi logorati. Lo sai bene."

"Non sei stato un po' brusco. Sei stato un cafone." Si svincola, non vuole farsi abbracciare.

"Ti ho chiesto scusa, va bene?" Gianluca Perusato fa uno sforzo per addolcire ulteriormente la voce, dominare l'impulso che avrebbe di strapazzarla. Il suo bisogno di sostegno ammirazione affetto è diventato improvvisamente disperato: deve averne subito, non può rimandare neanche di qualche minuto.

Lucia alza le spalle, lo guarda a breve distanza, incerta.

"Lo sai che sei bellissima, quando ti arrabbi? Davvero. Ti viene quest'aria focosa, nobile, da ninfa del mare profondo e tempestoso." Sarebbe disposto a tirare fuori altre decine di immagini suggestive, pur di avere subito una dose di sostegno ammirazione affetto.

Lei è ancora corrucciata, ma finalmente distende le labbra, le apre in un mezzo sorriso, scopre i denti candidi, grandi.

Lui la prende per tutte e due le braccia, se la tira contro. "È che la situazione sta precipitando, di minuto in minuto."

"Non sta precipitando, Gian." Visti così da vicino i suoi occhi sembrano miti, ma quando serve sanno esprimere una determinazione che fa paura. Il sostegno ammirazione affetto che è disposta a dargli non sarà gratis: tra poco pretenderà di scalzare sua moglie dalla sua vita, anche le sue figlie, pretenderà di decidere in tutto. È per questo che lui le ha chiesto di scrivere il testo per la brochure e per il sito, con il risultato di perdere molto più tempo che se l'avesse commissionato all'agenzia a Milano. Però a essere onesti è vero che ha anche risparmiato parecchi soldi, e chissà quanti scambi di telefonate con copy incapaci e spocchiosi. I risultati in realtà non sono così male, a patto di fare qualche modifica ai punti che le ha indicato. Vale la pena di continuare a istruirla, questa giovane tarese, instillarle per bene la percezione della linea sottile tra l'ordinario e il sublime, e tra il sublime *tout court* e il sublime da cui si possono ricavare onorevoli profitti.

"È che ho in testa diecimila problemi, tutti insieme." Gianluca Perusato riprende il tono vagamente querulo, in attesa di una dose più consistente di sostegno ammirazione affetto.

"Lo so."

"Tra i costi totalmente fuori controllo, i prestiti da restituire alle banche, la spada di Damocle della ASL, il personale di cucina che manca, il legno per i mobili che non va bene a quel fanatico di falegname, le prenotazioni importanti arrivate all'ultimo momento, tutto il meccanismo da portare a regime, e non in qualche modo, ma alla perfezione."

"Lo so, Gian."

"Non è facile." Gianluca Perusato prova un brivido intenso a sentirsi sostenuto ammirato amato, ma non gli basta ancora.

"Sei un eroe."

"Be', eroe forse è eccessivo." Gianluca Perusato sta assorbendo affetto comprensione ammirazione sostegno come una spugna.

"Non lo è, Gian." Lucia scuote la testa. "Con tutto quello che hai fatto, io non so. Ti ho visto." C'è un'ombra ambigua nel suo sguardo? Forse no, ma se c'è fa parte della sua natura profonda, della sua propensione innata a offrire e rivendicare con la stessa intensità, senza compromessi.

"Be', diciamo che ci vogliono spalle forti e nervi d'acciaio, in momenti come questo." Gianluca Perusato si sente già un po' più solido, un po' più ammirabile, un po' più in controllo degli eventi.

"Lo so. Cucciolo."

Poi basta un'espressione come questa, o anche solo il modo in cui lei la pronuncia, a gettarlo nel terrore improvviso di aver cercato appoggio in una donna culturalmente e socialmente inadeguata, ritrovarsi da solo a fronteggiare aspettative e responsabilità insostenibili. Gli viene l'impulso di scappare urlando per il piccolo labirinto di sentieri selciati e scale che collega le varie costruzioni di Villa Metaphora, correre giù fino al molo, saltare sul motoscafo e scappare via più veloce che può, finché è ancora in tempo.

Però si guarda intorno, e registra la bianchezza abbagliante delle terrazze e degli edifici dagli angoli smussati, il rosso con venature nerastre delle rocce drammaticamente ripide, la profondità blu del mare, la trasparenza straordinaria dell'aria, il profumo dei cespugli di cisto e mirto, la giovane donna mediterranea che lo osserva palpitante. Di colpo gli sembra che la situazione non sia poi così terribile, né a breve né a medio termine. Si riempie i polmoni, dà una pacca sul sedere sodo di Lucia. "Dài, rimettiamoci al lavoro." La paura se n'è andata, i dubbi quasi tutti dissolti. D'improvviso Gianluca Perusato è euforico, pieno di voglia di fare.

Tre

Paolo Zacomel salta di roccia in roccia, portando sulle spalle un tronco di legno schiarito dal sole e smussato dal mare. Lo sforzo non gli dispiace affatto: al contrario, gli dà un senso di soddisfazione tangibile, come gliene dà far presa con le piante dei piedi nudi sulla superficie ruvida, mantenere un equilibrio dinamico nella successione di piani inclinati. Prova gusto a stare senza camicia, con addosso solo questo vecchio paio di calzoni stinti, cotto dal sole come un selvaggio; in contatto con il luogo, in contatto con se stesso. Arriva alla barca ancorata e legata a una roccia, ci cala il tronco, di fianco agli altri legni che è riuscito a recuperare in un paio d'ore di ricerche sulla costa. Chissà da dove sono arrivati? Dalle coste della Tunisia? Della Libia? Di Malta? Della Sicilia? E chissà quanto sono rimasti in acqua, portati dalle correnti. Prima saranno caduti in qualche fiume quando ancora avevano rami e foglie, saranno stati trascinati lungo il suo corso fino alla foce e da lì in mare, via via sempre più alleggeriti dalle loro appendici, ripuliti, resi essenziali. Gli sembra che un percorso così lungo meriti rispetto, e comprensione. Per questo cerca di immaginarsi la storia di ogni legno che trova: per riuscire a capirlo meglio, stabilire un dialogo da cui nascerà l'idea di come combinarlo con altri legni e ricavarne infine un mobile utile, duraturo e bello.

Scende al mare lungo l'inclinazione degli scogli, si accovaccia sul bordo dell'acqua, guarda attraverso la trasparenza. Ci pensa un attimo, poi non resiste: si toglie i calzoni, li butta su uno scoglio, si tuffa con uno scatto di gambe e braccia, mani unite avanti. Il sollievo dal caldo è istantaneo, quanto il sollievo dalla forza di gravità. Nuota a rana sotto la superficie finché gli dura il fiato, con gli occhi aperti che si riempiono di blu sempre più intenso man mano che il fondale scende fino a non essere più visibile. Torna in su verso la luce, riemerge con uno sbuffo quando proprio non ha più ossigeno; si riempie i polmoni di nuova aria, si reimmerge, torna verso gli scogli con movimenti semicircolari di braccia e gambe, sentendosi incredibilmente libero, parte dell'insieme.

L'acqua è così cristallina che si può distinguere ogni singolo riccio sugli scogli della costa, trovare i punti dove appoggiare piedi e mani senza farsi pungere. Però Paolo Zacomel non ha ancora voglia di uscire; si rigira sulla schiena, ruota, torna sotto, si sofferma a guardare i piccoli pesci argentati, quelli più grandi a strisce gialle che pasturano tra le alghe mosse dalla corrente, i minuscoli gamberi, i piccoli granchi che si infilano nelle crepe.

Finalmente esce, sale su una roccia, si lascia asciugare dal sole, pensando a come da quando è su quest'isola i suoi bisogni già limitati si siano ridotti ulteriormente. È andato avanti per mesi a mangiare piccole quantità di formaggio e pomodori, qualche volta un po' di pasta bollita sul fornelletto da campeggio, senza mai desiderare niente di meglio o di più. La sera il suo intrattenimento è stato la contemplazione delle stelle, e la lettura della raccolta completa dei racconti di Čechov a lume di candela. Si è asciugato ancora più di com'era, è diventato più leggero e agile, le piante dei piedi gli si sono ispessite a forza di camminare scalzo sulla superficie aguzza delle rocce. Se ci pensa, non riesce a ricordarsi periodi della sua vita in cui si sia sentito più libero, meno dipendente dal grande supermercato del mondo cosiddetto civilizzato. È un atteggiamento da primitivista settecentesco, il suo? Un'inconscia adesione letterale al mito del buon selvaggio di Jean-Jacques Rousseau? Chissà. Sta di fatto che quando da studente universitario insoddisfatto e sfiduciato ha letto il *Discours sur l'origine et les fondements de l'inégalité parmi les hommes*, la definizione dell'uomo allo stato di natura è stata per lui una rivelazione. Se ne ricorda ancora interi passaggi, senza alcuno sforzo di memoria: "*Errando nella foresta, senza mestiere, senza parola, senza casa, senza guerra e senza legami, senza bisogno dei suoi simili, come pure senza bisogno di danneggiarli, forse addirittura senza conoscerne individualmente nessuno, il selvaggio, soggetto a poche passioni, bastando a se stesso, non doveva avere che i sentimenti e i lumi del suo stato, non doveva sentire che i suoi autentici bisogni, guardando solo a ciò che riteneva di avere interesse a vedere. Se la sua intelligenza faceva scarsi progressi, la sua vanità non ne faceva certamente di più...*"

A Paolo Zacomel non sembra che la sua intelligenza negli ultimi mesi abbia fatto scarsi progressi, a dire la verità. Ma vivere all'aria aperta, nel continuo gioco degli elementi, quasi senza contatti umani, intento ad attività puramente concrete a parte la lettura serale, ha prodotto in lui una certa rarefazione dei pensieri, questo sì. Il che non vuole certo dire che non pensi, per fortuna; solo che pensa in modo più essenziale, più vicino alle sensazioni, più lontano dalle parole. Si rimette i calzoni, scioglie la cima di prua della barca, salta a bordo. Si spinge con un piede via dalle rocce, tira su l'ancora, la fa sgocciolare in mare prima di deporla a poppa sulla catena arrotolata con cura. Avvia il motore entrobordo che parte con il suo borbottio profondo, prende la barra del timone, si siede sulla panchetta. Segue la costa con gli occhi socchiusi contro il sole, assorto nella vibrazione meccanica e nel suono dell'acqua che scorre ai lati dello scafo, senza smettere di sondare con lo sguardo tra le rocce alla ricerca di altri legni utilizzabili. Ne ha già un discreto bottino, di lunghezze e spessori diversi, con forme che gli suggeriscono combinazioni interessanti per panchine, tavolini, sedie, forse lampadari. Se solo non fosse incalzato dal fatto che i primi clienti arriveranno già oggi, gli piacerebbe avere il tempo di indovinare con calma gli incastri giusti, trovare l'armonia sorprendente di forma e funzione. Lo affascina la sfida di doversi basare unicamente sulle risorse disponibili, trasformare l'emergenza in stimolo creativo, come l'abitante di qualche isola ancora più remota di questa.

Però l'architetto Perusato è in uno stato di ansia che sconfina periodicamente nel panico, dopo i ritardi ripetuti, le complicazioni, adesso l'interruzione nelle consegne di materiale. Il suo modo di fare è parecchio cambiato rispetto agli inizi, quando in tono da mecenate delle arti gli aveva commissionato una serie di pezzi unici per arredare il suo resort ultraesclusivo nel Mediterraneo meridionale. Gli aveva telefonato dopo aver visto i mobili che aveva fatto per l'appartamento di un suo amico pittore a

Venezia, e anche se in quella conversazione e poi nel loro primo incontro di persona non gli era sembrato particolarmente simpatico, lo aveva affascinato l'idea di costruire mobili (a eccezione dei letti e dei tavoli sulla terrazza principale, che sono in muratura) per un luogo di permanenze temporanee. Di solito mette insieme sedie e tavoli e divani cercando di farli corrispondere al carattere di persone ben definite; pensare che qui invece saranno usati da gente sempre diversa che lui non conosce affatto gli suggerisce una molteplicità interessante di prospettive sconosciute. In più ha scoperto in altre occasioni che un committente non amico, o addirittura antipatico, può avere l'effetto di stimolarlo, spingerlo a soluzioni non scontate. È una specie di sfida, in cui la linea di divisione tra le ragioni dell'artigiano e quelle dell'artista si assottiglia, anche se mobili e sculture continuano a occupare parti diverse dei suoi pensieri e della sua anima. Per quanto i due piani si avvicinino, non arrivano mai a sovrapporsi. Fare mobili gli permette di pagarsi le sculture, visto che quelle non gliele compra nessuno, e che in realtà non ha neanche voglia di venderle. Quando fa mobili, vuole che funzionino come mobili; non gli è mai venuto in mente di costruire una sedia su cui non ci si riesca a sedere (e starci comodi), o un tavolo su cui non si possa appoggiare niente.

Paolo Zacomel tuffa una mano nell'acqua, gode intensamente la pressione liquida contro il palmo e il polso, la frescura che gli risale per l'avambraccio e il braccio fino alla spalla già di nuovo arroventata dal sole. Pensa ancora a come è cambiata la situazione a Villa Metaphora nei tre mesi e mezzo da quando è arrivato: a come l'idea iniziale di perseguire il meglio del meglio senza riguardo per il costo si è appannata per gradi, man mano che le spese crescevano. Ogni volta che Perusato è tornato qui dai vari posti in cui seguiva i suoi altri lavori da architetto, era un po' più cauto e preoccupato, un po' più lontano dalla magniloquenza di quando gli aveva proposto il lavoro. Sì, ha fatto arrivare il legno di ciliegio e noce e ulivo che lui aveva richiesto, anche se in quantità minore del necessario, e lui è riuscito a farci un discreto numero di sedie, tavoli, poltrone, divani. Ma poi il legno è finito e lui è rimasto sguarnito di materiali per costruire i mobili che ancora mancano. Con il passare delle settimane Perusato è diventato vago ed evasivo, ha cominciato a trattare le sue richieste come pretese eccentriche. Così adesso i legni di deriva sono l'unico materiale su cui può contare; il che non gli dispiacerebbe affatto, se non fosse per la pressione che cresce ogni giorno, quasi dipendesse da lui se Villa Metaphora non è ancora perfetta in ogni minuto particolare come la si vorrebbe. Altri al posto suo forse avrebbero già preso la nave e se ne sarebbero tornati a casa e ad altri lavori, però lui non è mai stato uno che lascia un impegno a metà, per quanto difficile sia la situazione. Il fatto è che gli sembra di avere un patto nei confronti degli *oggetti* che ha promesso di mettere insieme, molto più che nei confronti di chi glieli ha chiesti. È come se le panchine e i tavoli già cominciati o che ancora non esistono contassero su di lui per materializzarsi, gli parlassero attraverso le forme e gli spessori dei singoli legni portati dal vento e dalle onde.

Naturalmente c'è anche il fatto che ormai lavora dai primi di marzo in questo posto, e gli sarebbe utile venire pagato per quello che ha fatto. In più gli piace la natura di Tari, e di questa costa deserta in particolare: l'intensità del sole, la profondità del mare, la forza del vento, i profumi dei cespugli selvaggi. Gli piace come si sente qui, fuori dall'affollamento e dalle costrizioni del mondo abitato, libero perfino (a volte non per scelta) dall'obbligo di mangiare, padrone delle sue mani e di quello che riescono a combinare. Per gran parte dei tre mesi e mezzo che ha passato sull'isola è stato praticamente da solo, se si esclude qualche operaio e trasportatore, e ogni tanto Perusato e Lucia in missione di controllo. Ha potuto apprezzare in piena solitudine la purezza della luce e l'intensità del buio, il silenzio, la bellezza di seguire un pensiero senza venire interrotto. Le cose sono cambiate un po' nelle ultime settimane, con l'arrivo in pianta stabile dell'architetto con Lucia e Carmine, il marinaio e factotum. Ma anche ora gli basta andarsene sulla terrazza più vicina al mare, o ritirarsi sul retro dell'edificio principale dove ha installato il suo laboratorio, e potrebbe essere l'unico abitante di Tari.

A qualche metro dal pontile spegne il motore, butta l'ancora, fa filare la barca, salta sul pontile con la cima in mano, la avvolge rapido intorno alla bitta in un nodo parlato. Poi comincia a scaricare i legni che ha raccolto, incantato dai suoni che producono quando cozzano uno con l'altro, diversi a seconda della specie e della densità cellulare.

Lassù in alto, su una delle terrazze bianche, Lucia sta parlando animatamente con Amalia e Teresa, la cameriera più giovane in prova da pochi giorni. Tutte e tre producono una grande varietà di gesti, scuotimenti di testa, spostamenti delle gambe e del busto, avanti e indietro. Il loro potrebbe essere un litigio furioso, o un semplice scambio di opinioni, o perfino un balletto; nessuna voce è distinguibile da qui sotto, nessuna parola.

Carmine arriva sul molo, posseduto come sempre dalla sua tensione pratica, spingendo un carrello portatutto appena scaricato dal montacarichi. "Finito con questa?" Indica la barca, come per accusarlo di avergliela portata via abusivamente. Ma è solo la bruschezza tipica degli abitanti di Tari, e la diffidenza più che comprensibile nei confronti di un intruso nel loro territorio.

"Sì." Paolo Zacomel scarica sul pontile gli ultimi due legni di deriva, sorride.

Carmine fa appena un cenno di risposta con la testa; appoggia il carrello sulla prua della barca, lo fa scivolare dentro, salta a bordo, fa partire il motore che subito riprende a borbottare e fare fumo.

Quattro

Ramiro Juarez fa un giro di perlustrazione nella cucina ancora non usata (se non per le prove), guarda fuori da una delle piccole finestre da cui si vede il mare; cerca di calmarsi, ma non ci riesce. Non si era immaginato l'impatto di un'isola come questa sul suo sistema nervoso: la vertigine orizzontale, in espansione incontrollabile attraverso lo spazio senza contorni. Si chiede se sia una sindrome ufficialmente classificata, con: a) un nome specifico; b) precedenti a cui rifarsi; c) possibili terapie. Se avesse il modo di collegarsi a internet potrebbe almeno cercare alla voce 'isolofobia', controllare i sintomi, come fa di solito anche con disturbi minori che gli capita di provare. Ma potrà controllare solo quando tornerà nella sua camera, e intanto gli viene voglia di urlare, prendere a calci tutto.

Il fatto è che quando l'architetto Perusato gli ha proposto di fare lo chef nel suo resort ultraesclusivo a Tari, le immagini che gli si erano formate in testa erano state stupidamente lontane dalla realtà, una specie di assemblaggio automatico delle migliori isole che conosceva. Formentera, Mykonos e Capri combinate insieme! Isole sì, ma non infinitamente lontane dalla civiltà, dotate di una loro vita diurna e notturna, almeno nella stagione buona, popolate di gente con cui a) parlare; b) bere; c) ballare la notte; d) fare amicizia. Questo invece è uno scoglio vulcanico perso nel mezzo di una distesa illimitata di mare: un luogo brutale, desertico, inospitale.

Perusato è stato molto abile a prospettargli a) l'occasione di avere uno *showcase* per le sue capacità di star-chef titolare in un luogo frequentato da una clientela squisita e internazionale; b) uno stipendio doppio rispetto a quello che prendeva come *sous-chef* con Xara. È stato anche disonesto, oltre che abile, perché gli ha raccontato che Villa Metaphora era a mezz'ora di barca dal porto principale di Tari, senza specificare che: a) il motoscafo d'epoca con cui ci si mette mezz'ora è destinato esclusivamente ai clienti, perché è troppo prezioso e consuma troppa benzina; b) con la barca normale la distanza si allunga a quasi un'ora di navigazione vibrante rollante beccheggiante, lungo una costa aspra e inapprodabile come la superficie di Marte, spesso con gli spruzzi delle onde che ti bagnano e un vento che ti spazza via; c) non esiste un'alternativa a piedi, perché dietro gli edifici c'è uno sbarramento di rocce da far paura a un dinosauro. Altri dati che Perusato si era ben guardato dallo specificare al momento del loro accordo: a) il porto principale è anche l'unico centro abitato; b) l'unico centro abitato è stato ricoperto negli ultimi decenni di squallide costruzioni di cemento; c) gli abitanti dell'unico centro abitato odiano chiunque non corrisponda ai loro stereotipi sessuali; d) nell'unico centro abitato ci sono solo tre bar, nessuno con una vita notturna degna di questo nome; e) ammesso di riuscire ad arrivare all'unico centro abitato di sera non c'è poi modo di tornare indietro, a meno di non voler rischiare un naufragio notturno sulle rocce, o una deriva di giorni verso chissà quali coste; f) a parte pesce crostacei e frutti di mare, le materie prime indispensabili a una cucina di livello stellare sono quasi del tutto assenti; g) lo staff a disposizione consiste in un ragazzo incredibilmente rozzo e impreparato che oltretutto non mostra alcuna deferenza e nemmeno rispetto nei confronti dello chef; h) a Villa Metaphora per disposizione di Perusato i telefoni cellulari si possono usare solo nelle camere o sulle terrazze private, il che viene senz'altro venduto ai clienti come una garanzia per la loro tranquillità ma rende la vita impossibile a chi qui ci deve lavorare. Gli verrebbe da ridere, se non fosse così sopraffatto da questa angoscia che sicuramente ha un nome clinico (solo a poterlo trovare), e chissà quali possibili altre gravi complicazioni in agguato.

Comunque la cosa peggiore, quella che gli fa venire l'impulso ricorrente di correre giù alle rocce, buttarsi in mare e andare dritto a fondo, è il modo in cui il suo ex ragazzo Miguel per due mesi interi l'ha incoraggiato in tutti i modi ad accettare il lavoro, insistendo che: a) Villa Metaphora sarebbe stata un'occasione imperdibile nella sua carriera di chef; b) i clienti sarebbero stati i più sofisticati e brillanti immaginabili; c) il luogo si sarebbe rivelato incantevole; d) sarebbe andato con lui a Tari e gli avrebbe fatto da *sous-chef*; e) avrebbero passato insieme giornate e notti incredibilmente creative e divertenti, guadagnando in quattro mesi quanto basta ad aprire un ristorante tutto loro in Spagna. Avevano perfino discusso a lungo sulla città o il paese dove l'ipotetico ristorante avrebbe dovuto essere, sul taglio che avrebbero dato alla cucina, l'arredamento che avrebbero scelto, le strategie di promozione. Poi, quando Ramiro aveva ormai firmato il contratto con Perusato (irto di clausole minacciose in caso di non mantenimento degli impegni) e mancavano solo tre giorni alla partenza, Miguel gli aveva improvvisamente dichiarato di non avere nessuna intenzione di partire con lui. Di fronte alla sua reazione sconvolta e alle sue richieste angosciate di spiegazioni gli aveva ulteriormente rivelato che: a) non aveva mai pensato davvero di accompagnarlo a Tari; b) non lo amava più da almeno un anno; c) da sei mesi aveva iniziato una relazione con un imprenditore olandese della ristorazione di nome Korneel; d) aveva accettato l'offerta di Korneel di fare lo chef nel suo ristorante di livello turistico nel Carrer de la Marina a Barcellona; e) non gli aveva detto niente fino a questo momento perché non voleva causare scenate o conflitti in un momento di grandi decisioni per tutti e tre. ("Per tutti e *tre*?" aveva ripetuto Ramiro diverse volte, scuotendo la testa come un pugile troppo ingenuo rintronato da una serie di colpi micidiali da parte di un pugile killer, sentendosi ridicolo, patetico, stupido, disinformato, privo di spirito di osservazione. "Per tutti e tre?")

È stata la sua passione ossessiva per la grande cucina a renderlo cieco, pensa adesso: il modo maniacale in cui si è lasciato attirare da Hernán Xara nella ricerca senza fine della sfumatura sempre più impalpabile, dell'evocazione sempre più imprendibile, della percezione che oscilla tra due o tre aggettivi senza riuscire a fermarsi su uno solo. Se fosse riuscito a tornare con i piedi per terra almeno ogni tanto, guardarsi intorno, si sarebbe probabilmente reso conto di come le cose tra lui e Miguel si stavano deteriorando. Ma no, anche quando rientrava a casa aveva la testa per aria, i suoi pensieri inseguivano l'idea di una spuma di astice ai vapori di mirto e aneto che potesse sorprendere il palato con la sua essenza separata dalla consistenza, titillando senza mai appagare del tutto, in una tensione continua di desiderio sospeso. È stata l'astrazione del suo lavoro a non fargli capire cosa succedeva nella sua vita reale; è stata l'ostinazione a inseguire un genio nei suoi percorsi labirintici, pensando perfino di riuscire un giorno ad arrivare ancora oltre nella ricerca della smaterializzazione del cibo.

Oltre all'impraticità del sogno c'era l'ambizione, chiaro: la smania di emergere in un campo spaventosamente competitivo, in cui se non hai uno sponsor o un mentore (generosi, però) è ben difficile affermare il tuo nome e la tua faccia. Fare l'aiuto cuoco con Hernán Xara è stata certo una bella occasione, ma dopo tre anni era ormai diventato chiaro che il grande maestro non aveva alcuna intenzione di aiutare l'allievo (a sentire lui) prediletto a uscire dal suo ruolo subordinato per muoversi sulle sue gambe. Ci si potrebbe immaginare che uno già così gratificato nella vanità personale e nell'avidità finanziaria sia capace di concedersi la generosità di dare una mano a uno che se lo merita, ma non è affatto così. È stupefacente quanto uno come Xara possa essere insicuro, sotto la sua apparenza da dio della cucina, e geloso, sospettoso ai limiti della paranoia. Essere considerato uno dei tre più grandi chef al mondo non gli dà neanche una parvenza di serenità; al contrario, gli suscita uno stato di apprensione costante per il suo status, lo fa sentire minacciato dai suoi colleghi e perfino dal suo *sous-chef*, appena il *sous-chef* mostra un minimo desiderio di autonomia. Del resto non sarebbe mai riuscito ad arrivare dov'è, se non fosse un uomo determinato ai limiti della spietatezza: non avrebbe una lista d'attesa di clienti disposti ad aspettare sei mesi e pagare una fortuna per una cena che li lascia più affamati di quando sono entrati. Come in ogni attività artistica, anche nell'alta cucina il talento non basta, ci vuole una discreta assenza di scrupoli per arrivare ai vertici, bisogna essere pronti a tagliare le gambe a chiunque possa diventare anche solo remotamente un rivale. Ogni volta che Ramiro gli proponeva un piatto a cui aveva dedicato settimane di riflessioni ed esperimenti nello scarso tempo libero, Xara era prontissimo a individuarne i difetti, lo trattava da giovane presuntuoso e incompetente. Poi guarda caso il piatto, magari con qualche piccola modifica, entrava nel menu di El camarón furioso, il suo ristorante/tempio, la perla di Cadaqués. Aggiungiamo l'atteggiamento da macho di Xara, le battute ironiche ricorrenti davanti allo staff di cucina, il continuo implicare che un cuoco gay non avrebbe una sola chance di farsi largo nella giungla rarefatta e feroce della cucina internazionale di altissimo livello. Prima o poi avrebbe dovuto lasciarlo comunque, non c'è discussione: e l'unico modo era prendere al volo l'offerta di qualcuno disposto a credere in lui e investire nelle sue capacità, dargli un ruolo da protagonista, offrirgli una ribalta adeguata.

Che questa di Villa Metaphora sia un'opportunità rara è innegabile, ed è vero che sarebbe stato un delitto buttarla via. Glielo ha detto anche sua madre, glielo ha ripetuto decine di volte dopo che lui le ha raccontato della fine sconvolgente della storia con Miguel. Però è atroce trovarsi a fronteggiare un'occasione come questa nelle peggiori condizioni immaginabili, con a) il cuore spezzato; b) un senso di abbandono che lo invade fino al midollo delle ossa; c) una sindrome isolofobica dovuta all'essere imprigionato sopra la costa deserta di uno scoglio vulcanico sperduto in mezzo al mare; c) il rischio di un crollo nervoso totale che potrebbe arrivare in qualsiasi momento.

Ramiro Juarez si siede su uno sgabello alto di alluminio, cerca di concentrarsi su una ricetta di spuma di cozze che sta perfezionando da tre giorni. Controlla i dati che ha segnato su una lavagnetta su dosi e tempi di cottura, e intanto si ripete come un mantra tutte le ragioni per essere qua e per restarci fino alla fine di settembre. Si sforza di arginare il panico che preme, non pensare all'estensione illimitata di spazio vuoto appena fuori da queste pareti bianche, appena al di là delle rocce rossastre e taglienti della costa.

Cinque

Tiziana Cobanni si tiene al bordo del sedile nel pozzetto di poppa, sul grande motoscafo a tre pozzetti che vola veloce sul mare appena increspato, nell'onda continua di vento che le viene contro gli occhiali da sole e sulla faccia e tra i capelli raccolti in una coda di cavallo stretta che le tira alle tempie. Suo marito Giulio naturalmente ha già aperto da un pezzo la vecchia valigetta di pelle con i binocoli, le ha già chiesto di scegliere quello che preferiva. Lei ha risposto che non ne voleva nessuno, così lui ha preso il suo preferito, si è spostato gli occhiali da sole sulla fronte, e da allora continua a osservare la costa attraverso le lenti nel suo modo assorto, registrando una quantità di dettagli che forse le racconterà più tardi, forse no.

Lei preferisce lasciarsi sopraffare dall'intensità estrema della luce, dalla profondità del blu del mare, dall'apertura illimitata dell'orizzonte, dall'asprezza delle rocce che scorrono via veloci alla loro destra. Ma è anche interessata a osservazioni più ravvicinate, sugli altri due occupanti del motoscafo. La ragazza che al porto si è presentata semplicemente come Lara a colpo d'occhio non sembra la tipica cliente di un resort esclusivo: è troppo giovane, vestita in modo troppo informale, con semplicità quasi zen, senza traccia dei gioielli e accessori vari a cui una villeggiante in grado di spendere cinquemila euro per notte difficilmente sarebbe disposta a rinunciare. Però non sembra neanche una che lavora al resort, per lo meno non in un ruolo di servizio. Ha un'aria troppo sognante, astratta, intellettualmente acuta. Seduta nel pozzetto di mezzo, snella, dritta, capelli con un taglio corto e netto, osserva anche lei il mare e la costa, si tiene con una mano il piccolo cappello di paglia per non farlo volare via. A un certo punto se lo toglie, lo posa sul fondo, tira fuori un quadernetto e una matita da una borsina di tela, si mette a tracciare schizzi, impossibili da distinguere dal pozzetto di poppa. Una giovane artista ingaggiata, a stipendio zero, per insegnare tecniche di acquerello agli ospiti pericolosamente predisposti alla noia? Vitto e alloggio e l'occasione di stare in un luogo di mare incantevole, in cambio di un lavoro che richiede soprattutto pazienza, e tolleranza alla distrazione altrui?

Il marinaio, che si chiama Carmine, nel pozzetto di prua manovra con sicurezza il timone, inclinato in avanti verso il parabrezza. Decisamente un bel giovane, senza dubbio locale: moro, atletico, sguardo scuro intenso, grande senso di dignità, divisa bianca impeccabile portata con eleganza. Al porto ha preso i loro bagagli e li ha aiutati a salire a bordo con una miscela di bruschezza isolana, cortesia e orgoglio per il motoscafo, che in effetti è bello, e ristrutturato a perfezione. Una specie di scultura funzionale d'epoca, tutta mogano lucido e tek, con il nome *Villa Metaphora* ricamato in corsivo giallo sui divanetti e i cuscini foderati di tela verde. Giulio naturalmente l'ha ammirato subito, perché corrisponde alla stessa filosofia costruttiva, meravigliosa ma inesorabilmente superata dai tempi, dei suoi binocoli e cannocchiali.

"La grotta del Serpenteee!" Carmine indica una rientranza tra le rocce della costa. La ragazza Lara sposta la testa per vedere meglio, muove rapida la matita sul suo blocco da disegno.

"E quellaaa?" Giulio indica una formazione di roccia più avanti che sembra una sfinge egizia.

"Cosaaa?" Carmine si gira a metà, una mano raccolta a coppa intorno all'orecchio.

Giulio si limita a puntare ritmicamente l'indice in direzione della roccia. La Lacoste color malva e i capelli grigi gli si muovono nel vento, lo fanno sembrare più magro e più gonfio di com'è, più magro, più gonfio.

"La Sfingeee!" L'accento di Carmine strappato dal vento ha una musicalità antica, affascinante.

Giulio fa di sì con la testa, attaccato al suo bel binocolo, come per confermare che il nome è appropriato, non c'è niente da dire. Si gira verso di lei con un sorriso, i vecchi Persol che si ostina a usare da vent'anni spinti sulla fronte.

Tiziana Cobanni sorride a sua volta, guarda verso il mare aperto. Saranno forse passati cinque anni da quando hanno fatto una vera vacanza, se si escludono i rari weekend nella casa sulle colline e qualche giorno in montagna. L'idea di Tari è venuta fuori ad aprile, in una serata da amici che avevano letto un articolo su una rivista, nel quale Villa Metaphora veniva descritta come un luogo straordinariamente suggestivo. Il giorno dopo lei aveva cercato informazioni su internet, ma il sito era ancora in lavorazione, e al numero di telefono indicato nell'unica pagina non rispondeva nessuno. Però non si era data per vinta, e alla fine di maggio era finalmente riuscita a parlare con una cortese signorina, e a prenotare una suite proprio nella prima settimana di apertura. Le era sembrata una buona idea portare Giulio per qualche giorno fuori da tutto, senza dover fare sedici ore di volo e cambiare fuso orario e stagione. Poi la attirava l'idea di poter stare intensamente a contatto con la natura in un luogo dalla storia insolita, senza essere costretta a rinunciare proprio a ogni comodità. Quando ne aveva parlato a Giulio, lui le aveva detto subito "Benissimo", senza chiederle infiniti dettagli o stabilire condizioni, come avrebbe sicuramente fatto anche solo un paio di anni fa. Così adesso eccoli qua a rimbalzare sul mare color cobalto, nel vento carico di salsedine e nella luce abbagliante, presi come sono tra stanchezza del presente e incertezza sul futuro.

Carmine il marinaio sta facendo gesti verso le rocce più avanti, dove si distinguono alcune costruzioni bianche, a parecchie decine di metri sopra il mare.

Ecco le terrazze: quattro, cinque, sei, sette come dice il sito, tutte orientate in direzioni diverse, bianchissime anche loro. Dietro l'edificio più grande c'è un piccolo gruppo di eucalipti dal fogliame verde polvere, gli unici alberi nel paesaggio aspro e brullo come la superficie di Marte.

Giulio perlustra ogni dettaglio con il binocolo, glielo passa.

"No grazie." Tiziana Cobanni scuote la testa.

Lui annuisce, con una leggera traccia di delusione nello sguardo. Ma questa è sempre stata una ragione di disaccordo tra loro: se sia meglio osservare le cose a distanza, oppure scoprirle quando ci si arriva a contatto. D'altra parte quando hai a che fare con un uomo che ha dedicato la propria vita a progettare e costruire i migliori binocoli del mondo, non è inevitabile che la questione si ponga quasi quotidianamente, in tutte le sue implicazioni ed estensioni?

Sei

Lara Laremi scende sul pontile con la sua borsa da disegno a tracolla e lo zainetto in spalla, senza bisogno di appoggiarsi alla mano che Carmine il marinaio le porge. Sulla sinistra lungo il mare c'è una successione di massi rossastri con striature nere, sulla destra la roccia sale quasi in verticale.

Una tipa bruna e piuttosto formosa scende dal molo di pietra a cui il pontile è attaccato a T. "Buongiorno." Porge la mano, la guarda con un'espressione leggermente sospettosa.

"Lara Laremi." Come ogni volta che incontra qualcuno che non conosce, è assalita da molte sensazioni simultanee, ancora in cerca di definizione.

"Lucia Moscatigno, piacere. Sono l'assistente manager, benvenuta a Villa Metaphora." La stretta di mano è abbastanza energica, ma la diffidenza nei lineamenti e nella voce rimane.

"Grazie." Lara guarda la baia semi-riparata in cui si trova l'approdo, la costa ruvida e irregolare, la distesa infinita del mare tutto intorno. Annusa l'aria, che sa di sale, di roccia, di cisto, di mirto.

Lucia l'assistente manager continua a osservarla. "Lo sa che la signora Shaw arriva solo domani, vero?"

"Lo so." Lara guarda le terrazze bianche in alto, a strapiombo in cima alla scarpata che è punteggiata di agavi, cactus, cespugli selvatici. Il sole batte con forza implacabile sul mare, sulle rocce, sul molo, sulle persone.

Lucia è già scivolata oltre, verso la coppia anziana che sta scendendo dal motoscafo con l'aiuto di Carmine. "I signori Cobanni, immagino?"

"Sì, buongiorno." Lui avrà forse settantacinque anni, piuttosto anchilosato nei movimenti, ma dritto, elegante. Lei di qualche anno più giovane: entrambi educati, curati, con una gentilezza vecchio stile.

"Lucia Moscatigno, piacere. Sono l'assistente manager, benvenuti a Villa Metaphora!" Stringe le loro mani, sorride, con decisamente più slancio di quando ha salutato Lara.

I Cobanni sorridono a loro volta, si girano a guardare Carmine che torna sul motoscafo a prendere le loro valigie, le deposita sul pontile, salta con una specie di sfoggio atletico, sistema i parabordi del motoscafo.

"L'architetto Perusato sta arrivando." Lucia indica una scalinata di pietra che sale per la pendenza ripida.

Un tipo alto con i capelli castani in un completo di lino di ottimo taglio e mocassini chiari ai piedi sta scendendo gli ultimi gradini. Stringe la mano a Lara. "Gianluca Perusato. Benvenuta a Villa Metaphora."

Lara registra la persistenza un po' molle della sua stretta, la lentezza nello sguardo, l'odore dolce e sottile dell'eau de toilette.

Subito Perusato passa oltre, va a ripetere la cerimonia con i Cobanni. Ha un accento del nord, un tono da uomo di mondo, prova un piacere evidente nell'accogliere i suoi ospiti in un luogo tanto splendido ed esclusivo.

I Cobanni sorridono, si guardano intorno, amabili, rassicuranti nella loro compostezza di modi.

Perusato indica il binocolo che il signor Cobanni ha a tracolla. "Immagino che sia di sua produzione, ingegnere?"

"Sì." Il signor Cobanni se lo sfila, glielo porge. "È un Capri Classico 7x50, a prismi di Porro. Per l'osservazione paesaggistica io continuo a preferirlo a uno con i prismi a tetto."

"Certo." Perusato annuisce, anche se dalla sua espressione è probabile che non conosca davvero questi dettagli tecnici. Soppesa il binocolo, se lo gira tra le mani. "È un gioiello, ingegnere. Le finiture sono straordinarie. E il bilanciamento è perfetto." In effetti è un bell'oggetto, ottone e cuoio, senza l'aspetto puramente funzionale e un po' sinistro dei binocoli che Lara ha avuto occasione di vedere.

Il signor Cobanni ne è chiaramente orgoglioso, ma in un modo pacato, senza vanterie. "Guardi, guardi pure, architetto. Rispetto a un binocolo con prismi a tetto i tubi sono meno compatti, naturalmente, e la corsa della messa a fuoco è più lunga. Ma in quanto a resa ottica, mi dica lei."

Sua moglie fa un gesto di rassegnazione, sorride. "Non doveva dargli lo spunto, architetto."

Perusato si porta il binocolo agli occhi, lo punta verso alcuni gabbiani che volteggiano nel cielo. "È incredibile, ingegnere. La luminosità e la nitidezza sono stupefacenti."

Il signor Cobanni allunga una mano verso la rotella tra i due cilindri con le lenti. "Regoli la ghiera di focheggio, qui."

Perusato gira la rotella, guarda ancora un po', restituisce il binocolo. "Straordinario. Complimenti, ingegnere. Sopra ne abbiamo uno, ma non è neanche lontanamente paragonabile."

"Tedesco o giapponese?"

"Credo giapponese, ma confesso che mi coglie impreparato, ingegnere."

"Purché non sia cinese." Il signor Cobanni si riappende il binocolo al collo.

"Adesso non incominciare, Giulio, per carità." La signora Cobanni è più seria che scherzosa.

"Non ho niente contro la Cina, è un grande paese," il signor Cobanni allarga le braccia. "Dico solo che i loro binocoli non valgono niente, almeno quelli che arrivano qua da noi."

"Me l'immagino, ingegnere." Perusato ha chiaramente già perso ogni interesse per i binocoli.

Lucia ne approfitta per intervenire. "Siete i primi ospiti di Villa Metaphora! Inaugurate la stagione, proprio!"

Perusato le dà un'occhiata di taglio, come per dirle di moderare un po' lo slancio. "È assolutamente vero."

"Ci fa piacere." La signora Cobanni sembra sollevata di aver cambiato argomento.

"Sì," il marito si guarda intorno.

Perusato torna da Lara, fa un mezzo inchino. "Siamo molto contenti di avere tra i nostri ospiti la signora Shaw, naturalmente."

"Eh." Lara non sa bene cosa dire, perché non si sente in nessun modo una rappresentante ufficiale di Lynn Lou Shaw.

Lucia la studia ancora, come per classificarla: un'ospite che non paga di tasca sua, ma pur sempre un'ospite.

Perusato scorre lo sguardo sullo zainetto di Lara, la sua borsa a tracolla, le sue gambe. Si gira verso i Cobanni, fa un gesto verso l'alto. "Vogliamo salire, signori?"

"*Carriale super, quo uaiti?*" Lucia indica a Carmine le valigie dei Cobanni.

Lui si stacca con una certa riluttanza dal motoscafo, prende le valigie, le va a mettere nella cesta metallica di un montacarichi, il cui binario sale ripido per la scarpata, in parallelo alle scale.

"Mi scusi, signorina, ha parlato in dialetto tarese, adesso?" Il signor Cobanni sembra molto incuriosito.

"Sì..." Lucia distoglie lo sguardo, con evidente imbarazzo.

"Non è affascinante?" Il signor Cobanni si gira verso la moglie, che annuisce, un po' timidamente. "Sembra davvero una specie di esperanto, come abbiamo letto!"

"Proprio così, ingegnere." Perusato sembra fiero di poter offrire questa curiosità ai suoi ospiti. "Infatti il barone Canistraterra venne a Tari la prima volta proprio per studiarne la lingua. Scrisse un trattato interessantissimo, sul tarese. Purtroppo è fuori stampa da decenni, ma ne abbiamo una copia. Se le interessa gliela presto volentieri."

"Con molto piacere, architetto." Cobanni si rivolge a Lucia, nel suo modo amabile. "Non potrebbe dirci qualcos'altro, in tarese?"

"Ma... Adesso..." Lucia è decisamente a disagio.

"Caro ingegnere, deve capire che Lucia sta facendo di tutto per staccarsi dalle sue origini." Perusato ha un tono vagamente derisorio. "Ha fatto l'università a Roma, vorrebbe vivere sul continente. Tari ormai le sta stretta."

Lucia gli lancia un'occhiata irritata, si gira a fare un cenno a Carmine.

"Be', è comprensibile, una persona giovane come lei." La signora Cobanni ha un'espressione comprensiva, la sua gentilezza non è solo formale.

"Ma è un peccato." Il signor Cobanni continua a guardare Lucia, con un'espressione d'attesa. "È una lingua talmente unica."

"Sì." Perusato annuisce. "È anche del tutto instabile, perché non esiste in forma scritta, e naturalmente non ha una grammatica codificata, o un sistema di regole fisse."

"Immagino." Il signor Cobanni è decisamente affascinato. "E nei secoli ogni invasione e dominazione avrà portato sull'isola nuovi influssi lessicali."

"Certo, ingegnere. Con il risultato che praticamente ogni famiglia ha la sua versione di tarese, e che ogni persona lo parla in modo diverso, si può dire di giorno in giorno, a seconda dell'umore, dell'occasione."

"È incredibile." La signora Cobanni è colpita quanto il marito.

"In ogni caso Carmine lo parla molto meglio di Lucia." Perusato fa un gesto al marinaio, che ha finito di mettere i bagagli sul montacarichi ed è in attesa di ordini. "Carmine, di' qualcosa in tarese."

"Eh, non saprei, architetto..." Si vede benissimo che neanche lui è contento della richiesta.

"Dài, forza!" Perusato lo incalza, sorride ai Cobanni come per condividere il divertimento per i modi dell'indigeno. "Di' 'Bene arrivati a Tari, gentili signori. Siamo felici di darvi il benvenuto'."

Carmine esita. "Architetto, in tarese il benvenuto vero e proprio non esiste..."

"Cosa stai dicendo, Carmine?" Perusato ride, ma c'è una nota di irritazione nella sua voce.

"No, perché con tutte le invasioni nei secoli, quando arriva qualcuno da fuori, benvenuto a Tari non lo è mai..."

"Ma questa è bellissima!" Il signor Cobanni si entusiasma. "Certo, è del tutto comprensibile! Ogni lingua riflette la storia di chi la parla!"

Perusato sembra parzialmente addolcito da questa interpretazione, però l'irritazione non gli è passata. "Va bene, ma un modo di dirlo ci sarà di sicuro. Non so, quando arrivano dei parenti, o degli amici?"

"I parenti e gli amici, tutti in Tari sono." Carmine è fermo nelle sue convinzioni. "E quelli che se ne vanno, non tornano."

"Insomma, trova un giro di parole per esprimere il concetto!" Per Perusato ormai è chiaramente diventata una questione di principio. "Forza!"

Alla fine Carmine cede, benché contrariato. "*Bon pervenitos Tari, kindi monsieri. Nos complace vos ghiva a vilkomma.*"

"È straordinario!" Cobanni si gira verso Perusato, sua moglie, Lara. "È una fusione di latino, spagnolo, inglese, francese, perfino portoghese!"

"In effetti un certo Aníbal da Silva è stato molto attivo a Bonarbor ai primi dell'Ottocento, nel commercio delle spugne." Perusato sembra felice di poter offrire ai suoi ospiti quest'autentica curiosità. "Poi ci sono elementi di maltese, e naturalmente di siciliano. Il barone comunque parlava di 'sette lingue madri', riprendendo una definizione locale. Le darò quel trattato da leggere, ingegnere."

"Molto, molto volentieri." L'entusiasmo del signor Cobanni contrasta in modo abbastanza commovente con la sua fragilità fisica: a Lara sembra un buon esempio di prevalenza dello spirito sul corpo.

Carmine intanto viene a prendere lo zainetto di Lara, anche se lei preferirebbe tenerselo, lo va a mettere insieme agli altri bagagli sul montacarichi. Schiaccia un pulsante, il cestello metallico comincia a scorrere verso l'alto.

Perusato fa strada su per i gradini, con calma per non affaticare gli anziani ospiti. Ogni tanto si ferma a descrivere qualche caratteristica del posto, anche questo un accorgimento garbato per permettere di riprendere fiato. "I signori sanno già che le terrazze di Villa Metaphora sono sette, vero? Come le sette meraviglie del mondo."

"L'ho letto sul sito." La signora Cobanni guarda in alto, anche se da qui si riesce a intravedere solo qualche elemento bianco, tra le rocce, i cespugli e le piante grasse.

"Tu ricordi quali sono le sette meraviglie del mondo, Tiziana?" Suo marito ha un'espressione di sfida scherzosa, anche se salire le scale è un impegno non da poco, per lui.

"Aspetta..." La signora Cobanni ci pensa. "Le Piramidi d'Egitto..."

"La Grande Piramide di Giza." Il signor Cobanni la corregge, senza alcuna saccenza.

"Va be', d'accordo." La signora Cobanni va avanti. "I Giardini Pensili di Babilonia, il Colosso di Rodi..."

"Il Faro di Alessandria."

"Il Mausoleo di Alicarnasso..."

"La Statua di Zeus a Olimpia..." Il signor Cobanni respira con un certo affanno, ma conta sulle dita. "L'unica sopravvissuta delle sette è la Piramide di Giza. Tutte le altre sono state distrutte, da terremoti o inondazioni o incendi."

"Mi permetta, ingegnere, quelle però erano le sette meraviglie del mondo *antico*." Perusato chiaramente adora fare questo gioco brillante con i suoi ospiti appena arrivati. "Poi ci sono le sette meraviglie del mondo moderno."

"Ah, ma sono solo operazioni di marketing." Il signor Cobanni sorride, ansima per la salita.

"In che senso?" Anche la signora Cobanni ha il fiato un po' corto, fa cenno a suo marito di prendersela con calma.

"Basta dire che nel 2001 una società svizzera a scopo di lucro ha lanciato un referendum internazionale per decidere quali fossero." Malgrado l'affanno sempre più evidente, il signor Cobanni ha un tono di voce gradevole.

"E cos'è venuto fuori?" Sua moglie si ferma, gli altri fanno lo stesso.

"Le piramidi di Chichén Itzá, il Colosseo, la Grande Muraglia Cinese, il Taj Mahal, Petra in Giordania..." Suo marito riprende a salire, gli altri fanno lo stesso.

"La Torre di Pisa c'era?" Lucia non ha alcun problema di fiato, le sue gambe forti sembrano fatte apposta per scalare gradini.

"Sì. Ma è facile immaginare le pressioni per entrare nella lista." Parlare e salire i gradini allo stesso tempo è chiaramente al di là delle forze del signor Cobanni, ma lui non vuole darsi per vinto, riprende. "Ogni paese voleva inserire qualcosa di suo. È diventata rapidamente una questione politica. Sono riusciti a chiudere la lista solo nel 2007. Curiosamente, dopo sette anni."

Lara pensa a quanto sia arbitrario decidere quali siano le meraviglie del mondo; per non parlare del numero.

"Anche la ristrutturazione di Villa Metaphora ha richiesto sette anni." Lucia interviene.

"Davvero?" Il signor Cobanni ansima forte di nuovo.

"Proprio così, ingegnere." Perusato si ferma, per consentirgli di riprendere fiato. "Ma le difficoltà sono state tali che sono sembrati settanta."

"Me l'immagino." Il signor Cobanni tira fuori di tasca un fazzoletto, si asciuga il sudore dalla fronte.

Sua moglie lo guarda preoccupata, però non dice niente, probabilmente per non umiliarlo davanti agli altri.

"Poi ci sono le sette meraviglie *naturali*, ingegnere." Perusato cerca di mantenere vivo l'argomento, infonde le sue parole di uno slancio brillante.

"Sì, certo." Il signor Cobanni è parecchio provato dalla salita, ma riprende a contare sulla punta delle dita. "Il monte Everest, la Grande Barriera Corallina, il Grand Canyon, le Victoria Falls..."

"La baia di Rio de Janeiro." Sua moglie gli mette una mano su un braccio, apprensiva.

Lui la respinge con gentilezza, è chiaro che non vuole fare la parte dell'invalido. "E il Paricutin."

"Cos'è il Paricutin, ingegnere?" Lucia lancia un'occhiata a Perusato. Tra loro c'è un traffico sotterraneo di gesti, espressioni, sguardi, tutto il tempo.

"Un vulcano. In Messico."

"Certo." Perusato annuisce, anche se dalla sua espressione è probabile che non lo sapesse.

"Ne manca ancora una..." Il signor Cobanni ansima, si asciuga il sudore sulla fronte con un fazzoletto, eppure continua a cercare di farsi venire in mente la settima meraviglia.

Perusato fa un gesto a due mani. "Saliamo con tutta calma, non ci corre dietro nessuno."

"Chissà come sarà nata, questa storia del sette?" La signora Cobanni guarda nervosamente suo marito.

"Be', è sempre stato un numero mistico, o sacro." Il signor Cobanni ha ripreso un po' di fiato. "È composto dal quattro e dal tre, che per tutti i popoli antichi erano numeri fortunati."

"Comunque non abbiamo detto tutte e sette le meraviglie naturali." Tiziana Cobanni cerca di prolungare la pausa. "Siamo arrivati solo a sei."

"È che la settima mi sfugge." Suo marito scuote la testa. "Lei se la ricorda, architetto?"

"Francamente, in questo momento, ingegnere, no... Potrei dire l'isola di Tari."

"L'aurora boreale." A Lara viene in mente di colpo, un affioramento da chissà quale lettura o conversazione, chissà quando.

"Brava!" Giulio Cobanni si gira a guardarla con un'espressione ammirata. "L'aurora boreale, sì!"

Anche sua moglie è colpita. Perusato invece sembra piccato di non esserci arrivato lui, non dice niente.

"Ma non è una *cosa*, l'aurora boreale." Lucia aggrotta le sopracciglia. "È una specie di luce nel cielo, no?"

"Non stiamo parlando di *cose*, signorina." Il signor Cobanni la corregge, con garbata fermezza. "Stiamo parlando di *meraviglie*."

Lucia si zittisce, per niente convinta, riprende a salire gli scalini.

A tre quarti della salita Perusato si ferma di nuovo, indica la distesa sconfinata del mare che si estende sotto di loro, palpitante di luce e colore fino all'orizzonte. "Non è difficile capire come il barone Canistraterra si fosse innamorato perdutamente di questo posto, non credono?"

"Davvero." La signora Cobanni è incantata dalla vista.

"Molto bello." Il signor Cobanni si porta agli occhi il binocolo, si perde per qualche minuto nell'osservazione e intanto riprende fiato. "Che tipo era, questo barone Canistraterra?"

"Una perfetta fusione di umanista e scienziato." Perusato chiaramente non aspettava che di poterne parlare. "Un uomo rinascimentale nato con qualche secolo di ritardo, potremmo dire."

"È vero che parlava molte lingue?" La signora Cobanni allunga una mano ad aggiustare il colletto di suo marito, che la respinge con un gesto cortese.

"Era un poliglotta e un linguista straordinario, signora." Perusato parla dei meriti del barone come se facessero parte integrante delle offerte che il suo resort mette a disposizione degli ospiti. "Parlava correntemente ventiquattro lingue, comprese alcune artificiali, come l'esperanto, l'ido e il volapük."

"Oddio, cos'è il volapük?" La signora Cobanni sembra perplessa.

"Una lingua artificiale cosiddetta ausiliaria." Suo marito risponde senza esitazioni. "L'ha inventata un prete cattolico tedesco del Baden, un certo Schleyer, nella seconda metà dell'Ottocento. Sosteneva che Dio gli fosse apparso in sogno, e gli avesse ordinato di inventare una lingua internazionale. Purtroppo aveva un suono orribile."

"Certo." È chiaro che Perusato preferirebbe restare sull'argomento del barone, invece di addentrarsi in queste diramazioni. "Come dicevo prima, fu proprio la passione per la linguistica a far venire a Tari il barone, date le peculiarità del dialetto tarese. Ma girando in barca intorno all'isola scoprì questa costa occidentale disabitata, e se ne innamorò perdutamente."

"Si innamorò di questo promontorio." Lucia assume quasi un tono da guida turistica. "E decise di costruirci il suo nido d'aquila."

"Sì." Perusato sembra un po' irritato dall'intromissione. "Gli piaceva immensamente l'idea di poter coltivare i suoi studi in un luogo così remoto. C'è una sua lettera a Tomasi di Lampedusa in cui scrive 'Mi rintraggio nell'inaccessibile, alla ricerca dell'inottenibile'."

"Tomasi di Lampedusa l'autore del *Gattopardo*?" Il signor Cobanni sembra colpito.

"Sì, erano in rapporti epistolari." Perusato gode visibilmente a poter aggiungere queste nobili frequentazioni letterarie a un quadro già ricco di suggestione. "Dire che fossero amici è forse eccessivo, dati i rispettivi caratteri. Diciamo che c'era stima reciproca. Si scrivevano regolarmente, sui temi più diversi. L'anno scorso sono riuscito a comprare a un'asta a Roma quattro lettere originali, due del Canistraterra e due del Lampedusa. Se gradiscono gliele farò vedere."

"Con grande piacere." Giulio Cobanni si è abbastanza ripreso, anche se la sua fragilità di base resta. Si rimette in movimento, anche gli altri riprendono la salita.

Finalmente sono in cima alla scalinata, a questo punto tutti un po' ansimanti e sudati. Da qui sopra la vista sul mare scintillante e sulla costa rossastra è spettacolare, la luce ha un'intensità che abbaglia anche attraverso gli occhiali da sole. Perusato indica i vari edifici bianchi che costituiscono Villa Metaphora, collegati tra loro da un sentiero selciato che sale e scende seguendo l'andamento irregolare del poco terreno libero tra le rocce. Le finestre hanno cornici dipinte, le terrazze colonne perimetrali tra cui sono tesi teli bianchi per creare ombra; alcune hanno pergole di legno su cui si arrampicano piante di buganvillea, ancora molto poco sviluppate.

Perusato fa strada nell'edificio più grande, dov'è un ampio soggiorno pieno di luce, sparsamente arredato con mobili dalle forme irregolari, cuscini e tappeti gialli e arancioni, alcuni quadri astratti degli anni Quaranta e Cinquanta. "Questa era la residenza originale del barone Canistraterra, che aveva anche realizzato le sette terrazze. Gli altri edifici con le suite invece sono opera mia."

"Ottimo lavoro, architetto." Il signor Cobanni approva. "Mi sembrano integrati molto bene."

"Grazie, ingegnere. La sfida era proprio quella dell'integrazione." Perusato fa un gesto. "Sviluppare gli spazi nuovi nel totale rispetto non solo delle architetture originarie, ma dello spirito del luogo."

"Mi sembra una sfida riuscita." Il signor Cobanni annuisce. "Complimenti."

"Grazie, ingegnere."

La signora Cobanni guarda un divano e un tavolino basso fatti di legni grezzi, combinati in modo ingegnoso, senza chiodi né viti. "Belli, questi."

"Sono tutti pezzi unici." Perusato indica intorno. "Realizzati da uno straordinario artigiano-artista, Paolo Zacomel. È ancora qui con noi, sta ultimando alcuni lavori."

"È uno scultore, anche." Lucia ci tiene a completare il quadro.

Perusato di nuovo ha l'aria di non voler dare troppo spazio alla sua assistente. "Se i signori vogliono seguirmi." Fa strada fuori, sulla grande terrazza con i tavoli in muratura e pietra vulcanica scura. "La sala e questa terrazza sono gli spazi comuni a disposizione degli ospiti. Per il resto ogni suite è indipendente, ciascuna con la propria terrazza."

"La prima colazione è servita sulle terrazze private." Lucia si affretta a precisare.

Perusato fa un gesto che include tutto il panorama visibile.

"Come potete vedere, queste sono le sole costruzioni su tutta la costa occidentale."

"Sì, e come avete visto si può arrivare a Villa Metaphora solo via mare." È evidente che Lucia tiene molto al suo ruolo di assistente manager, ed è decisa a contrastare la tendenza di Perusato a metterla in secondo piano.

"Via terra non c'è nessun modo di arrivare al porto?" La signora Cobanni sembra vagamente preoccupata.

"Sarebbe un'impresa impegnativa anche per uno scalatore, signora." Perusato sorride. "Se mi seguono potranno vedere da soli."

Lo seguono in piccolo gruppo dietro l'edificio principale, lungo il sentiero selciato che conduce agli edifici delle nuove suite, altrettanto bianchi di quello principale, in uno stile dagli angoli appena meno smussati, con finestre più grandi. Dietro il terreno brullo sale per qualche decina di metri, finché è interrotto da una successione di rocce rossastre inclinate che bloccano la prospettiva verso l'interno dell'isola. Si vede solo la cima di un monte che sporge sopra.

"Mamma mia." La signora Cobanni si gira verso Perusato, con un certo allarme negli occhi.

"Ecco perché possiamo garantire la privacy degli ospiti al cento per cento, signora."

Il signor Cobanni controlla le rocce inclinate con il binocolo. "È decisamente uno sbarramento formidabile."

"Meglio di un bastione medievale, vero?" Perusato parla come se fosse stato lui a progettare le rocce e disporle dove sono. "Lei che è ingegnere può apprezzare meglio di chiunque quanto siano efficaci a bloccare l'accesso via terra."

"È per questo che il barone chiamava Villa Metaphora il suo nido d'aquila." Lucia interviene di nuovo.

"Esattamente." Perusato le dà un'altra occhiata spazientita.

"E quello, è il vulcano?" Il signor Cobanni indica la cima irregolare che emerge nella distanza, unico elemento visibile al di sopra delle grandi scaglie di roccia rossastra.

"Sì, ingegnere." Perusato annuisce. "Il barone Canistraterra l'aveva definito 'il saggio padre di Tari'."

"Bella immagine, poetica." Il signor Cobanni dev'essere decisamente una persona sensibile, sotto la superficie dei suoi modi un po' convenzionali.

"Benché gli antichi abitanti la considerassero una divinità femminile." Perusato sorride, con condiscendenza da colonizzatore. "*Muntagna Matri*, la chiamavano. La Montagna Madre."

"Eh già." Il signor Cobanni studia la cima del vulcano con il suo binocolo. "Del resto anche l'Everest è venerato dai tibetani come una divinità. E i Kikuyu venerano il monte Kenya, che chiamano Kirinyaga, come la dimora del loro onnipotente dio Ngai. Gli esempi sono tanti, sparsi per il mondo."

"Assolutamente sì." Perusato annuisce.

"Il barone ha anche scritto una poesia, sul vulcano." Lucia interviene. "Abbiamo tutta la raccolta dei suoi scritti, se la volete vedere."

"Certo." Perusato taglia corto. "Adesso immagino che i signori abbiano piacere di sistemarsi nelle loro suite."

"Francamente sì, grazie." La signora Cobanni guarda suo marito con un'espressione un po' apprensiva. "Il viaggio è stato abbastanza lungo."

"Però poi la voglio vedere, quella raccolta degli scritti del barone." Il signor Cobanni fa un cenno a Lucia.

"Certo, ingegnere." Lucia dà un'occhiata di taglio a Perusato, come per dirgli hai visto? Il loro scambio di sguardi e gesti non smette, il traffico teso di segnali.

"Allora io accompagno i signori." Perusato le fa un cenno. "Tu accompagni la signorina?"

Lucia fa di sì con la testa, anche se è abbastanza chiaro che si sente relegata a un compito secondario. Senza grande entusiasmo fa strada a Lara lungo il sentiero lastricato, fino a una costruzione bianca leggermente più piccola delle altre. Apre la porta, "Prego", fa cenno di entrare.

Dentro lo spazio è bianco come fuori, arioso, spoglio di mobili a parte un grande letto in muratura. Lara si toglie il cappello di paglia, la borsa a tracolla, lo zainetto, esplora a sguardi la stanza, annusa l'odore di calce. Il cuore le batte un po' più veloce, come ogni volta che entra in un nuovo luogo che diventerà temporaneamente suo.

Lucia attraversa la stanza, con un ancheggiamento energico e indolente al tempo stesso. Apre la porta finestra, mostra la terrazza, bianca e spoglia quanto la stanza, con un muretto di contorno che riflette la luce violenta. Non c'è una vista sul mare, ma in compenso ce n'è una sulle rocce dell'interno, bella. "I mobili purtroppo sono ancora in lavorazione." Lucia indica intorno. "Il falegname ha avuto qualche contrattempo, e le forniture devono arrivare dal continente, a volte impiegano una vita."

"Non c'è problema." Lara in realtà è ben felice di non avere mobili intorno. Starebbe sempre in stanze spoglie, se potesse.

Lucia torna dentro, assume una specie di atteggiamento solenne. "Il pranzo e la cena sono serviti dalle tredici e dalle venti e trenta sulla terrazza grande. In caso di vento verrà utilizzata la sala da pranzo. Gli ospiti sono pregati di chiudere finestre e portefinestre quando escono dalle suite." Deve essersi applicata molto a sopprimere il suo accento tarese originario, perché emerge solo qua e là, in una vocale o due che improvvisamente allargano e chiudono i propri contorni. Apre la porta del bagno, indica il lavandino. "L'acqua del rubinetto proviene dal desalinizzatore ed è potabile, ma da bere è meglio quella in bottiglia. Per salvaguardare l'ambiente preghiamo gli ospiti di limitare il consumo, è scritto anche lì." Indica una piccola nota a caratteri eleganti appesa al muro, torna nella stanza. Va verso la porta, poi si ferma. "Ah, sì, per rispettare la tranquillità del luogo e la privacy di ognuno, gli ospiti sono cortesemente pregati di utilizzare i loro cellulari solo nelle suite e sulle terrazze private, o sulla terrazza più bassa."

"Va bene."

"Okay." Lucia dà a Lara un'altra occhiata, probabilmente fa un altro tentativo di classificazione, dai risultati incerti. "Buon soggiorno a Villa Metaphora."

"Grazie." Lara la segue alla porta, chiude, scalcia via i sandali sudati e sporchi di viaggio, si toglie cappello e occhiali da sole. Va a spalancare finestra e portafinestra, fa entrare l'aria densa, salmastra, balsamica. Va in bagno a lavarsi le mani, fare la pipì, lavarsi la faccia, bere acqua a gollate dal rubinetto. Non sarà particolarmente buona, ma non è neanche cattiva, e le piace l'idea di poter bere direttamente dal mare. Esce sulla terrazza, guarda i cespugli, le pietre rossastre, i cactus. Il sole le batte forte sulla testa, adesso che è senza cappello. Si siede sul muretto perimetrale bianco, prende un respiro profondo. Dietro un altro edificio bianco a qualche decina di metri c'è un tipo a torso nudo, molto abbronzato e con la barba, sta mettendo insieme un tavolino con alcuni legni grezzi. È magro come uno che mangia poco, ma ha la struttura muscolare di uno che fa lavori manuali. Sembra totalmente intento alla sua costruzione, ignaro di essere osservato, però a un certo punto si gira verso di lei, alza una mano in segno di saluto, sorride. Lei fa un gesto simile, sorride a sua volta. Restano bloccati per forse due secondi in questo incontro di sorrisi, come in una strana fotografia. Poi lui torna ai suoi legni, lei torna dentro. Tira fuori dalla borsa di tela il blocco da disegno e la matita, esce di nuovo sulla terrazza, va dal lato opposto a dov'era prima. Si siede sul muretto, comincia a tracciare uno schizzo delle rocce che salgono irregolari, qualche decina di metri più in là.

Sette

Lucia Moscatigno si sofferma a darsi un'occhiata allo specchio stretto e lungo nella sala, e le sembra di essere elegante in modo per niente pacchiano, nel vestito bianco che Gianluca le ha comprato nella boutique in via Sant'Andrea a Milano. Non sono per niente pacchiani neanche la collana a sottili maglie d'oro che ha al collo, o gli orecchini a foglia in stile cretese, o i sandali di cuoio con zeppa di corda di altezza totalmente ragionevole che ha ai piedi. A meno di non voler considerare pacchiani i suoi occhi scuri grandi, le sue labbra piene, le buone curve dei suoi seni sedere fianchi; nel qual caso non ci può fare proprio niente. E comunque meglio pacchiana che secca e nervosa come la signora Ludovica Perusato. È riuscita a sbirciarla solo una volta sull'iPhone di Gianluca, visto che lui cerca in tutti i modi di non fargliela vedere, ma da quello che si capiva è così milanese che quasi non riesce ad aprire la bocca per mangiare, tanto è sofisticata controllata attenta elegante fredda.

Non che con la cucina di Ramiro ci sia da aprire molto la bocca, tagliata a cubetti minuscoli o fettine trasparenti o liquefatta o montata a spuma com'è, tanto che non riesci più a capire cos'hai nel piatto, sembra un quadro con le pennellature di salsine verdi o gialle o rosse, non sai neanche se devi tirare su con la forchetta o col cucchiaio. Gianluca dice che Ramiro è un genio e che la sua cucina è la più raffinata che ci sia, ma sta di fatto che lei ha assaggiato qualcosa mentre facevano le prove nei giorni scorsi, e anche se il sapore era buono non c'era consistenza né soddisfazione. Subito dopo aveva dovuto farsi una panzanella con olio e pomodoro di nascosto, perché la fame le era aumentata invece che passare. Ma Gianluca dice che il punto è proprio questo: offrire il meno e non il più, dare la suggestione ma non la soddisfazione, tenere sempre un po' tutti sulla corda. Avrà ragione lui di sicuro, il tipo di gente che verrà qui a Villa Metaphora lo conosce meglio di chiunque. Se gli altri ospiti saranno come i signori Cobanni, riempirsi la pancia sarà proprio l'ultima cosa che gli interessa. Anzi, probabilmente saranno ben contenti di perdere qualche chilo durante la vacanza, tornarsene a casa ancora più asciutti di come sono arrivati.

La ragazza Lara che è stata invitata qui da Lynn Lou Shaw non è nemmeno venuta a mangiare, si vede che non ha fame per niente oppure vuole digiunare per restare tutta leggerina e svelta com'è, sembra fatta d'aria. Avrà le sue paturnie, oppure la sua è una forma di sofisticazione internazionale, boh. Ha un accento strano anche se il nome è italiano, non parla da straniera però ogni tanto è lì a cercare le parole, insomma non si capisce. Zero seno, con quei capelli tagliati di netto, proprio col colpo di forbice, ha quel modo di muoversi e guardarsi intorno. A lei mette anche un po' di inquietudine, ha quel modo di osservare tutto e tutti. Non si capisce neanche perché Lynn Lou Shaw l'abbia voluta invitare, se è proprio una sua amica vera o è un'assistente personale o cosa, con un'attrice così famosa è difficile capire. La segretaria del marito al telefono ha insistito a spiegare che pagano tutto loro anche per lei, anche eventuali extra di qualsiasi genere. Quando una è una star del cinema americano di quel livello non è che ragioni come le persone normali che devono stare attente a questo e a quello, chiaro. Come dice sempre sua nonna (dal lato Moscatigno), *Iunciti cum li mehori et lusaci li spisi*, frequenta le persone migliori e perdici pure le spese (perché tanto ci guadagni in conoscenza, è questo il concetto).

In ogni caso adesso è un'emozione grande vedere il resort che prende vita, con le lampade a olio e le candele accese sulla terrazza, i clienti seduti a mangiare, anche se per ora sono solo due, il suono delle posate sui piatti, piano piano perché sono persone così educate. Dopo tutti questi mesi di lavori e complicazioni e angosce che non finivano più, sembra un miracolo, davvero. E dire che lei ci è entrata solo da tre anni, quando è iniziata la sua storia con Gianluca. Ma lui sono sette anni che è in ballo, tra rogne con i permessi i lavori le forniture le consegne, tutti gli ostacoli che gli hanno messo i taresi perché non sopportavano di avere sull'isola un imprenditore del continente, per di più del Nord. Da quando ci è entrata lei, ce ne sono stati di pasticci per i lavori sbagliati o fatti male, e discussioni, litigate ogni volta che venivano a Tari a vedere come procedevano le cose. Per non parlare di quando lei ha scoperto (leggendo con attenzione ricevute e fatture) che Luigi Sintari di cui Gianluca si fidava ciecamente rubava su tutto, e ha convinto Gianluca a cacciarlo, dopo di che sono stati costretti a venire molto più spesso. La fatica pazzesca di seguire tutti i dettagli, in un posto così difficile da raggiungere, su un'isola già fuori da tutto. E cercare di fare le cose per bene, le finiture di grande livello, ogni particolare come deve essere. Insomma, è uno stress pesante, ci sono stati momenti veramente difficili. A volte ha avuto paura che a Gianluca venisse un infarto, tanto se la prendeva per tutto e con tutti, anche con lei. Quello che la faceva stare peggio era quando lui la considerava responsabile per tutta l'isola e per tutti gli isolani, anche se lei a diciott'anni se n'era andata a studiare a Roma proprio perché di Tari non ne poteva più, e se non avesse incontrato lui a casa ci sarebbe tornata solo a Pasqua e a Natale. Mai più avrebbe immaginato di doverci venire a lavorare, è proprio il colmo tornare qui per lui e poi vedersi rinfacciare tutto quello che qui non va, il fatalismo atavico la pigrizia la sospettosità l'approssimazione l'ignoranza la rozzezza e tutto il resto. Che poi sono esattamente le ragioni per cui lei aveva voluto andarsene a vivere nel continente, in modo da essere una donna moderna nel mondo moderno, invece di restare qua a vedere le donne moderne e il mondo moderno alla televisione (quando il collegamento non salta, come capita ogni volta che c'è tempesta). C'è un proverbio tarese che dice *Qui sorta, arresorta,* chi se ne va fuori, rinasce: per lei è stato esattamente così.

Comunque adesso Villa Metaphora ha ufficialmente aperto i battenti e tutta la faccenda è in movimento, le cose di cui lei e Gianluca parlano da tre anni stanno diventando vere, una dopo l'altra. È incredibile vedere gli spazi che si animano, i veri ospiti in carne e ossa anche se per ora solo due (più la terza che se ne sta chiusa nella sua stanza a meditare o chissà cosa). Insomma sta diventando tutto vero, domani arrivano gli altri ospiti superprestigiosi, e *zac*, tutto il resort sarà pieno. Incredibile, davvero.

Lucia Moscatigno esce sulla terrazza, va a passi leggeri (come le ha spiegato mille volte Gianluca) al tavolo dei signori Cobanni che stanno spizzicando le roselline fatte petalo a petalo con fettine quasi trasparenti di pesce spada crudo, come se non ci fosse niente di strano. Chissà quante altre volte hanno mangiato questo tipo di cose, parlando con queste voci così basse, che anche da vicino non si riesce a capire cosa dicano.

Si accosta. "Tutto bene?" Il tono è quello che Gianluca le ha fatto provare mille volte, con lui seduto al tavolo a fare la parte del cliente. (In realtà è diventato una specie di gioco erotico tra loro, quando lei sbagliava passo o tono lui l'agguantava, se la rovesciava sulle ginocchia, le tirava giù le mutande e la sculacciava. "Non stai vendendo pesce al mercato! Devi essere più leggera! Metti un po' di morbidezza nella voce! Mescola un pizzico di indifferenza all'attenzione! Non parlare con troppo slancio! Togliti quel fuoco bruciante dagli occhi! Non sembrare troppo ansiosa o entusiasta! Lo vuoi capire che devi *sottrarre*, non aggiungere?" A volte le era ben chiaro cosa lui intendesse, a volte no, ma in ogni caso diventava tutta umida in mezzo alle cosce, con il sedere che le scottava per gli sculaccioni. Quasi sempre finivano per baciarsi e palpeggiarsi, infilarsi nell'ufficio o in una delle suite vuote a fare sesso. Poi riprovavano la scenetta al tavolo, e lui diceva che andava già molto meglio.) Dopo tre anni può dire di aver imparato a tenere a freno il suo slancio comunicativo: a togliere energia a gesti e voce quando serve, mettere un po' meno intenzione nello sguardo.

"Benissimo, signorina." L'ingegner Cobanni alza lo sguardo dal piatto al cielo pieno di stelle, la guarda, sorride.

"Davvero, grazie." Anche la signora Cobanni sorride. Hanno un po' della misteriosità dei nordici, però non sembrano tanto strani. Sono gentili, attenti, anche abbastana calorosi, in realtà.

Lucia Moscatigno fa una giravolta che le viene abbastanza morbida, con una proporzione abbastanza riuscita di attenzione e indifferenza, vale a dire stile o classe, o come cavolo la si vuole chiamare. Tanto è tutta una recita, perché alla fine quello che stanno facendo i signori Cobanni è pur sempre mangiare, e quello che hanno nei piatti, anche se crudo e tagliato a fettine ultrasottili a petali di rosa, è pur sempre pesce spada, come quello che lei ha mangiato fin da bambina. Nessuno nella sua famiglia o in tutta Tari ci ha mai trovato niente di tanto speciale, purché fosse appena pescato, naturalmente.

Visto che con soli due clienti non c'è così tanto da fare, va in cucina a controllare come procedono le cose. Gianluca le ha detto ormai diverse volte che vorrebbe fosse lei a dirigere questo posto, una volta avviato e marciante senza intoppi. Lei finora ha preso tempo, perché da un lato naturalmente sarebbe un lavoro importante, dall'altro non avrebbe nessuna voglia di ritrovarsi bloccata a Tari da maggio a fine settembre, mentre lui se ne va in giro per il mondo tra lavori e committenti prestigiosi, salotti eleganti e donne squisite. Forse è la ragione per cui glielo ha proposto, per piazzarla qui e non doversi preoccupare di lei, fare quello che gli pare e intanto avere qualcuno di totalmente fidato a gestire Villa Metaphora. Insomma, lei gli ha detto che ci deve pensare, e comunque anche la proposta era abbastanza vaga, forse perché Gianluca non è sicuro che lei ce la possa fare, o perché non vuole darle troppa importanza, chissà. Però come dice quel proverbio di qua, *Saia o vermo au nuci: ghivame tempore que te perfore*, disse il verme alla noce, dammi il tempo che ti buco. In un senso o nell'altro.

In cucina Ramiro sta sgridando Federico l'assistente cuoco, perché non riesce a tagliuzzare delle foglie di menta come gli ha chiesto. "*¡Eres una cabra! ¡Ni siquiera tratar de entenderme!*"

"Lo so come si fa!" Federico ha un tono da ragazzotto alle strette, incassato nelle spalle robuste, testa bassa sul tagliere. "*O sapio, saccamusu do kabocci.*"

"*¡No sabes nada! ¡Ignorante y presuntuoso!*"

Non sembra per niente un gioco con possibili ricadute erotiche come tra lei e Gianluca, perché questi due si sono presi male fin dall'inizio, Ramiro che è una star emergente della cucina e Federico che è un ragazzotto tarese di diciannove anni viziato dalla mamma e cocciuto. Maniche della maglietta tagliate corte per mettere in mostra i bicipiti coi tatuaggi maori sotto il grembiule da cuoco, ha messo piede fuori da Tari forse tre volte in vita sua, non capisce la delicatezza del compito e non accetta ordini da Ramiro perché è gay e spagnolo e fa una cucina che a lui di sicuro sembra da fantascienza. Lucia Moscatigno si sente responsabile nei suoi confronti, perché è sua cugina di secondo grado e perché è stata lei a raccomandarlo a Gianluca, però se non altro Federico ha lavorato qualche estate nel ristorante dello zio Trovato al porto. Anni luce da questa cucina ultrasofisticata, ma stringi stringi sempre di far da mangiare si tratta. D'altra parte l'aiuto cuoco che Ramiro doveva portarsi dietro dalla Spagna ha dato buca all'ultimo momento, Gianluca è andato quasi fuori di testa per l'ennesima crisi proprio a ridosso dell'apertura. E non è che a Tari ci siano decine di ragazzi che fanno la fila per fare gli assistenti in cucina, tanto meno qui, sulle rocce della costa disabitata. Quelli che non se ne sono andati a far finta di studiare o a lavoricchiare sul continente preferiscono starsene alla sala giochi Morabito al porto, o a casa a farsi accudire dalla mamma. Gianluca e il signor Ramiro Juarez dovrebbero ringraziarla, per avergli trovato qualcuno che almeno qualcosa di fornelli la sa.

Gianluca arriva in cucina, con la sua tensione permanente, sposta gli occhi intorno come per scoprire qualche nuovo disastro. "Come va?"

"Va che questo non sa fare niente!" Ramiro quando vuole sa benissimo parlare italiano, anche se con l'accento spagnolo forte. "E non ascolta! Zero! *¡Me vuelve loco!*"

"Cerca di fare quello che ti chiede il signor Juarez, per piacere." Gianluca parla a Federico in un tono che sembra paziente, ma appena sotto la rabbia pronta a esplodere la si sente tutta, dopo le complicazioni e i problemi senza fine che questa benedetta Villa gli ha buttato addosso. "Hai l'opportunità di imparare da un maestro, non sprecarla."

Federico fa di sì con la testa, sguardo basso, sopracciglia folte folte, capelli ricci compatti come lana di pecora.

Ramiro lo spinge di lato. "*¡Mira aquí, mira!*" Sparge alcune foglie di menta su un tagliere con un gesto leggero come in un gioco di prestigio, poi prende un coltello e le taglia in sezioni finissime, *stac stac stac*, sembra di vedere un film accelerato tanto è veloce e preciso. In pochi minuti la menta è sminuzzata in una polvere verde intenso, Ramiro la mette sotto una lampada per farla vedere meglio.

Federico grugnisce qualcosa, come un giovane mulo; anche se è colpito dal risultato non lo ammetterà mai e poi mai, neanche a prenderlo a bastonate.

Gianluca si gira verso di lei, la guarda come per dire che almeno lo chef migliore possibile per Villa Metaphora ce l'hanno, per quanto caro possa costare in stipendio e pazienza. Dà un'occhiata a forni fornelli cappe aspiranti pentole padelle mestoli fruste frigoriferi abbattitore di temperatura freezer lavelli autoclave e tutte le altre attrezzature che è riuscito a far arrivare fin qui, a furia di insistenze litigate al telefono tiramolla minacce ricatti scenate con fornitori spedizionieri trasportatori barcaioli; esce dalla cucina.

Lucia Moscatigno aspetta un minuto o due, poi lo segue fuori sulla terrazza. I signori Cobanni hanno finito le loro roselline di pesce spada, lei toglie i piatti, con gesti che le riescono abbastanza eleganti. Le finestre dell'ufficio sono illuminate, Gianluca probabilmente sta controllando ancora una volta il calendario degli arrivi, o sta rifacendo i conti dei pagamenti in sospeso, ripassando la lista dei lavori da finire. Lei guarda in alto: il nero profondo del cielo, le stelle che sembrano ingrandirsi e moltiplicarsi davanti ai suoi occhi. C'è solo una brezza leggera leggera, che mescola a piccoli strappi soavi l'odore del mare e degli eucalipti e del mirto. Per una volta non le dispiace affatto ritrovarsi sull'isola dove è nata, in questa notte densa, vellutata, promettente.

SECONDO GIORNO

Otto

Carmine Alcuanti cecca e ricecca ancora l'ormeggiatura del Chris Craft tra le imbarcature del porto, i parabordi messi in loco per non far sgrafinare le fiancate da qualche smottaonda del Continente. Poi schippa sul molo, sguampa dal molo alla banchina, pausa a ricontemplare il transacqua. Sembra un Riva, ma centovolte più luxante e slungato, davvero astonante, tre pozzetti uno dietro l'altro, un trionfamento di mogano supermaturato, superlucidato. È un transacqua da presidentoni americani, da capintesta mondomiranti, uno squarciamare da superricchi d'altro tempore. Di così espectaculari in giro non ne hai: basta observare come lo rimira la gente dalle altre navicole e dalla banchina. Le turnature di capo, le puntature di dita, le commentature. L'architetto Perusato lo acquirò da una contessa polverona che lo teneva impancato in secco nella villa sul lago di Como, su nel Nord, sotto le Alpi annevicate. Non lo utilava persona da quando il marito scappottò vent'anni prima. L'architetto l'ebbe in pagamento parziale, ma poi dovette sdanarare di brutto per farlo rimettere in nuovo nel cantiere di Viareggio, su nella Toscana. Peccato solo che qui in Tari poi fecero tutta quella criatura per la darsena in Villa Metaphora dove il transacqua doveva dimorare, tutta quella smodatura per il danno alla natura costale. Il sindaco che già con l'architetto si era scapato parecchie volte acchiappò il coniglio al balzo e gli mise l'obbligo di splafonare via la darsena, un arborino che tanmeno si aperceva in minimo tanto era integrato pietra su pietra, peraltro indispensabile a dar tana al Chris Craft che così poteva stare parato da vento e mare. L'architetto dovette piegare il capo, e per compensare un modico fece venire d'incapoalmondo la macchinatura di alaggio mediante la quale issare il transacqua la notte e quando il mare affuria, inquantoché mica puoi lasciarlo abboato o inancorato nell'onda, col rischio che vada a sgrafinare sulle rocce, talvè a squarcionarsi e sincare nel mare abismale, che poi non lo si trae mai più su.

Tuttomodo mantinente il Chris Craft è in forma maxima, con le fasce di mogano scuro tirate a specchio, il tek nuovo grigino vellutinato, appena appena poroso, i divani di cotonina verde tutti impunturati a mano punto a punto. Solo con il valore dei materiali ci si potrebbe acquirare tre di quei cessoni bianchi abboati in Bonarbor dagli smottaonda milanesi torinesi romani che vengono qui a rosticonarsi nel sole d'agosto senza conoscere un beneamato macarone di imbarcature di mare di roccia di isole, di niente.

Percerto il Chris Craft è le sette meraviglie, epperò in questo momento tutti i pensieri di Carmine Alcuanti, tutte le sue immaginature, tutte le sue cordibattiture vanno a frotte verso Colei che è venuto a prelevare qui in Bonarbor. L'architetto Perusato la settimana scorsa principiò ad arrivelargli che ricevette una riservazione proprio in ultimo da una coppia di americani tresimportanti, soprattutto lei personaggio di fama grande, tambene il marito prominente epperò la moglie proprio ipercelebrata dal grande pubblico. Così arrivelò l'architetto, epperò in Villa Metaphora la riservatezza viene prima di tutto, la privacy degli ospiti è sacra, pertanto il nome non lo si poteva arrivelare. Lui subito drizzò le orecchie, inquantoché chi non sarebbe tantalizzato dalla notizia dell'ospite ipercelebrata, è inevitabile che ti agguanti subito l'incuriosatura di conoscere il nome e la fisionomia, è conseguente prendere a illazionare, svorticare, sortire fuori nomi e facce senza tregua. L'architetto a lui di confidenze per principio non ne hace, epperò a Lucia sì, visto che c'è la relazione segreta tra loro, diciamo la stretta vicinanza, non disveliamo oltre aliter in famiglia Moscatigno/Alcuanti in Bonarbor principiano a montare gli umori, principia a infiammarsi il sangue. Inquantoché l'architetto è ammogliato con tanto di due figlie che stanno sempre su al Nord, e qui in Tari non ci posarono piede mai, né figlie né mogliera. Poi basta observarlo con Lucia, è fin troppo allampante che c'è più della stretta collaborazione che loro due propugnano, non è che siamo infanti, basta observare per discernere che l'architetto è un femminaro. Suffice registrare l'occhio umido lumacato che ha, suffice considerare il portamento, per quanto alto reca la mollitudine nel profondo, l'impudicizia dello spectaculi, del miramammelle, del lascivo permanente.

Tuttomodo l'architetto le cose a Lucia invece le riporta sempre filo a filo, perciò Carmine Alcuanti principiò a starle appresso, con tutto che son cugini e tutto, che ciatterrano e si escuciano da sempre, aliter che cugini sarebbero (proprio figli di due sorelle sono). Lui principiò a questionarla, arrivelami che persona ipercelebrata è l'americana, arrivelami almeno se è cantante attrice televisionista tennista, per scriminare il campo, almeno. E Lucia a ripostare non posso arrivelarti niente, a ripostare son vincolata dal segreto professionale, che poi quale segreto professionale, a tuo cugino un quantum lo potrai pure arrivelare. Epperò lui non smise tanmeno un giorno di starle appresso, di questionare, di insistenziare, ma proprio vexante, finché Lucia a un punto arrivelò è attrice, tiriamola finita, questo te lo arrivelai, dorenavante non questionarmi più cosa. Facile a dichiarare ma non a conseguire, inquantoché una volta assimilato che è attrice ti brucia sapere quale attrice. L'incuriositura ti acchiappa la mente, ti molesta i pensieri, ti scaccia via il sonno, a uno poi come Carmine Alcuanti che per il cinema americano ha l'admiracione fanaticale da quando era proprio un kiddo coi cavusi corti. Pertanto persisti giorno e notte, proprio vexante, ogni volta che si ritrovava solo con Lucia lì a sfarfallare nomi, a coniciare, a ipotesare, arrivelami almeno se è per sorte la Natalie Portman, se è la Reese Witherspoon per avventura, se è la Keira Knightley, se è la Lindsey Lohan, non so, se è la Scarlett Johansson, se è la Hilary Swank, se è la Kirsten Dunst, se è la Emma Stone per fatalità. E Lucia no, no, no, a denegare e denegare col capo perostinato, mai a confermarne una, tanto che a lui principiò a montare dentro la furia divorante di non riuscire a divinare. Proprio matto per l'incuriositura instoppabile, per l'inquietamento abismale, stava andando. E tuttotempo dentro sé era lì a fantaseare sulla più espectaculare di tutte, su Quella che per lui non è una diva, è una Divinità, epperò fantaseava come in sogno, mai osava divinare che per davvero potesse essere proprio Lei che veniva ospite in Villa Metaphora. Epperò in costante davanti agli occhi la Sua faccia aleggiava, il Suo nome sulla punta della lingua permaneva, anche se lui non osava pronunziarlo per non profanare, per non blasfemare. Così perimetrava torno torno, elencazionando i nomi di tutte le altre che rispetto a Lei sono meno di niente, pulcrine proficienti e tutto quello che si vuole, ma indegne di sufflarLe la polvere dalle scarpe, di stazionare nella Sua ombra. Tuttomodo a un tratto la furia dell'incuriositura tanto gli aveva intoxato il sangue, che sbottò fuori a questionare Lucia tuttocolpo "Non è per caso la Lynn Lou Shaw?"

Ancora mantinente nel richiamare il momento gli si arruvida la pelle su per le braccia, gli si imbrivida la schiena, gli si elettrica il capo sotto i capelli. La faccia che fece Lucia quando lui tuttocolpo quel Nome sacro pronunziò, quel Nome che per lui è a pari con quello della Madonna, di Venere, della Muntagna Matri. Come lui pronunziò il Nome sacro della Lynn Lou Shaw, subito Lucia si pose a clamorare no no no, epperò sul momento ci fu quel flicherino di incertitudine nei suoi occhi, quel flutterare di ciglia, quel microreatto che gli fece intuizionare d'essere andato a bersaglio. Sì, ma un bersaglio che non puoi recepire, che ti fa ritenere di essere mezzo slunato, di aver inalato troppi fumi della Grotta. Pertanto lui si pose appresso a Lucia mille volte più di prima, proprio a darle la vexazione, a non darle respiro, infinché le si spezzò l'ostinatura del non voler arrivelare e gli arrivelò. "Va bene, è proprio lei, ma se lo dici a qualcuno ti ammazzo, perché giurai all'architetto di tenere il segreto." Il cuore gli si stoppò, *stonk*, gli si haltò il respiro, fu come il fulmine che ti si squatta a cielo sereno. Per terra sarebbe tombato, se non fosse che erano sulle rocce irte quando Lucia glielo arrivelò, dovette impuntonarsi sulle gambe a maxima volontà per non scapitombolare e devolvere in mare.

Mantinente gli ghiva un gran gusto sguampare dal Chris Craft tutto lustro sotto gli occhi degli spectatori che conosce e di quelli che non conosce, brache bianche e camicia bianca ben smussonate, sciossure bianche nitissime, cappellino bianco da capitano tutto almidonado, ma è appena appena adeguato all'occasione maxima. L'architetto Perusato ebbe ragione ad asserire che i dettagli sono essenziali, inquantoché non puoi certo capitanare un transacqua simile scalzo e in bragazze prosaiche e magliorina tutta sfibrata, è questione di stile, di tocco, di tono. Basta observare le facce dei kiddi sulla banchina, basta observare le mamme. Basta incamerare l'ammirazione, basta registrare i commenti dei baistanderi sulla strada. E ancora nulla divinano di Colei che in breve perverrà. Questo è il supremo dono del suo lavoro, compensa per mille i mesi trascorsi dove gli toccò prestarsi a tutto in Villa Metaphora, hacere il facchino il muratore il carrettiere lo zappatore l'elettricista il cameriere il pescatore lo spietratore lo sguttatore lo sragnatore lo sformicatore lo scorpionatore. Tanto che quindici giorni fa rimemorò all'architetto che per l'intesa originaria a lui tocca accoglienzare e transmarare gli ospiti dal porto e ritorno ed eventualmente escursionarli sotto richiesta, inoltre patrollare e sbinocolare acché nessun foresto venga a faufilarsi nella proprietà. Non è che lui transmarò a Palermo a conseguire il diploma all'istituto nautico comprensivo di corso di lingue per ritrovarsi a hacere il servo della sguatta in Villa Metaphora. Al che l'architetto gli iurò che lui lo volle proprio per la sua professionalità, che lui rappresenta un valore aggiunto per il resort, che il lavoro tra pochissimo non sarà più tanto pesante appena tutto girerà a regime. Dichiarò che gli rincresce per il faticare dei mesi passati, tuttomodo per il resort l'aspetto più importante è avere un ragazzo in gamba nato a Tari che ha girato un po' sul Continente e si presenta bene e parla inglese e sa ragionare, sa portare il motoscafo d'epoca, sa accogliere gli ospiti come si deve, visto che la prima impressione è quella che conta, e visto che gli ospiti non sono certo gente qualsiasi bensì persone molto ma molto ma molto speciali. Così proferì l'architetto, testuali verbi. Tutto bene, tutto giusto, ma svaporato, mantinente c'è da arricevere la Diva più ipermirabile, più astonante, più maximamente devozionabile del mondo.

Quando lo arrivelò a sua madre (in secreto iurato inquantoché l'architetto gli ingiunse le cento volte che i nomi degli ospiti devono restare coverti e Lucia glielo iterò le altre mille, ma a sua madre una nuova tanto astonante come poteva non riportarla?), sua madre gli addimandò "Quella della televisione?" "Quella del *cinema*, mamma!" stracimò lui, tutto infoconato per l'indignazione. Epperò onestamente il teatrocinema a Tari mai ci fu, sua mamma poverina una sola volta in vita sua ci mise piede, quando era in lunadimiele sul Continente con suo padre. Tutto quello che avviene nel mondo solo in televisione lo vede, come ognuno qui in Tari.

Tuttomodo mantinente gli pare di essere dentro un film lui stesso, a dover arricevere la Lynn Lou Shaw in persona vivente, a doverla transmarare in Villa. Tutti i Suoi film almeno dieci volte in disco ottico li admirò, certe scene precipue tambene le dodici volte, tambene le venti. Tiene non uno, ma *tre* dei Suoi poster impuntinati nel suo cubiculo in casa dei genitori, tanto per dare una misura di quanto La devoziona. Talché la Lynn Lou Shaw per lui non è solo superadmirabilmente pulcherrima, non è solo nonplusultramente ipercelebrata. È *al di là*, così alba ma proprio nivea, così morbida ma tambene petillante, omnicomprensiva di dolcezza infinita epperò sparklinante di suprema vivacità femminea. È Una che prende fiamma quando c'è da prender fiamma, con quegli occhi azzurri come l'acqua del Paradiso, con quel sorriso che irradia, proprio ebluissante. Più contempla il pensiero dell'accoglienziarLa, più gli sembra troppo essere davvero qui per arriceverLa, stringerLe talvè la mano, prenderLe le valigie e transarle nel Chris Craft, farLa salire a bordo, farLa accomodare nel divanetto iperfortunato del secondo pozzetto, quello maximo, proprio da Regina. Se La configura già accomodata lì, e allo stesso tempo non riesce a capacitarsi appieno, come si può contemplare per vero un'idea simile?

Lucia è da più di un'ora all'eliporto ad aspettare che la Lynn Lou Shaw e marito transelichino da Lampedusa, dove sono transvolati con l'aereomobile privato da Roma. Quando la lasciò qui in banchina era tutta flusterata come se fosse Pasqua Natale Capodanno tuttinsieme, non smetteva di accomodarsi i capelli e allisciarsi i vestiti, questionare "Sono a posto? Come sto? Vado bene?" Contutto che da quando ha la liasone con l'architetto Perusato, anzi per dirla intera da quando se ne è esodata per gli studi a Roma, ha preso i toni della donna del Continente, della donna di mondo, tanto che i parenti dicono che si è montata il capo. Talvolta sembra quasi si vergogni di essere nata in Tari, si è quasi riddata dell'accento, si è quasi riddata dei modi. Contutto che è sua cugina ed è stata lei a raccomandarlo per il lavoro in Villa Metaphora e lui le porta tutto il bene della terra, avrebbe a suaderla di riposare i piedi in terra, che non è il caso di insufflarsi tanto in quanto transmarati in Continente per un modico.

Epperò calmo non lo è tanmeno lui per certo, ha tanta di quell'anticipatura che gli corre nel sangue, gli fa tictocare il cuore superveloce, gli fa acutare oltremodo la vista mentre spazia intorno, all'idea di vedersi manifestare davanti la Dea in persona vivente da un momento all'altro. Come disse l'architetto, è imperativo che ospiti ipercelebrati come la Lynn Lou Shaw e il marito vengano trasbordati nel modo più discreto possibile, senza essere obsidiati dalle folle di spectatori e stalkatori. Inteso, qui in Bonarbor non è che stazionino chissà quali folle, la popolazione è quella che è, la capacità di ricezione pure, talvè a luglio e agosto di smarinatori e rosticonatori da Linosa e Lampedusa ne arrivano, ma in numeri trascurabili. Tuttomodo la Lynn Lou Shaw e il marito avranno per certo le bodyguard nel viaggio, epperò l'architetto disse che in Villa Metaphora dimoreranno solo loro due senza scorta alcuna, stante la posizione supersicura del luogo. È per questo che persone ipercelebrate come loro vengono ad arrifugiarsi qui, per dimorare qualche giorno senza allertatura incessante di fan fotografi giornalisti stalkatori che scuriosano e vexano tuttotempo. Se anche qualcuno qui in Bonarbor li specta per un modico mentre transbordano poco male, quel che conta è chiuderla in breve e transmararli in tutto conforto a destinazione.

Epperò mentre transpecta in ogni direzione per anticipare il grande arrivo, col cuore che insorge a ogni anticipatura, ecco che all'altro lato della strada identifica sua madre suo cugino Salvato il suo amico Toni la sua ex fidanzata Madda, tutti appizzati al tendalozzo del negozio di generi vari di zia Siriana. Tutti spectamenti anticipanti, incredulanti. È allampante che mamma non resistette a propalare la notizia, sebbene gli avesse iurato segretezza. Non ebbe la forza di tenersela per sé, poverina, è un fatto che un po' lo inagita e un po' lo commuove, inquantoché, poverina, quanti cose eventano qui in Tari così grandi da poterle propalare? Tuttomodo lui fa appena un haihai di saluto, per il restante simula di non conoscerli, il momento è troppo essenziale per mettersi a sfamiliarare, bisognare tenersi alla parte dell'accoglienzatore ufficiale, rinforzata da tutte le istruzioni esercitazioni e dalla divisa smussonata con tanta cura.

Tuttocolpo sua madre e i vari parenti e amici all'altro lato della strada turnano il capo in sincrono verso destra, ed ecco che in fondo alla banchina appare Lucia con una valigiona Louis Vuitton a traino, seguita a due passi da una creatura femminile in vestito bianco pieghettato merlettato. Gran paglione in capo, grandi occhiali da sole, incede con la cadenza magica del rallentatore, tutta circonfusa di luce. Carmine Alcuanti sente il cuore che *stonk,* gli si stoppa peggio di quando seppe da Lucia dell'arrivo, sente il respiro che *hsssh*, gli si halta. Con tutta la sua preparatura ad accoglienzare e trasbordare, non riesce a staccare le suole, tanta è l'emozione che lo impossessa al pensiero di essere sul limite di impattare con la Lynn Lou Shaw in persona incarnata. Oltretutto Lei è sola, il marito non si vede, tanmeno le bodyguard, è sola a due passi dietro Lucia, come una donna normale anche se è una Dea, da non concepire.

Lucia e la Lynn Lou Shaw si appropinquano a velocità vertiginosa lungo la banchina sotto l'observazione di sua madre parenti amici all'altro lato della strada, più qualche strascicapiede casuale e zia Siriana affacciata fuori dal suo negozio in cerca d'aria e Ninotto davanti al suo negozio di articoli da pesca. Carmine Alcuanti ha il capo che spinna, la visione che vortica. Non riesce a risolversi se quando impatterà con la Lynn Lou Shaw dovrà dire solo "*Good Morning*" e hacere l'inchino come prescrisse l'architetto Perusato, oppure osare il baciamano e il sorriso, talvè un "*Welcome Miss Lynn Lou*". Talvè pure questionarle se ha preferenza per il secondo pozzetto o talvè per il divanetto di prua di fianco a lui, così da engioiare la vista pristina e il vento maximo nella chioma d'oro. Santa Madre, sarebbe come transacquare solo lui e Lei, davvero come in un film, con la luce che fa risplendere i loro vestiti candidi e i loro sorrisi, la musica dei violini che monta e monta e colma di lacrime gli occhi degli observatori.

Epperò mantinente che i metri prima dell'impatto sono solo tre o quattro, Lucia a observarla bene ha un'incuranza quasi blasfemante per una che procede due passi avanti alla Lynn Lou Shaw. Segno che si è montata il capo ancora più di come pareva, che vuole hacere la desabusata sotto l'occhio di parenti e amici presso il tendalozzo di zia Siriana, il che sarebbe cosa patetica oltreché maxime irrispettosa? Tuttomodo c'è tambene da observare che la Lynn Lou Shaw vista a corta distanza appare di molto più bassa di come la si vede in film e in fotografia, per vero appare quasi chiatta, per vero quasi trentenne quasi quarantenne quasi cinquantenne, nonostante gli occhiali da sole giganti e il paglione gigante in capo! Per vero sembra un'altra, inquantoché *è* un'altra! Non è Lei! La decepzione è troppo devastante, troppo disassemblante, da lasciarti insordato, sverbato, spolmonato. Che sia una frodatura maxima? Che Lucia e l'architetto l'abbiano voluto tachinare per il gusto di farlo, senza curarsi di brisargli il reve più grande?

"*Cammine, mi intendi?*" Lucia è tutta nervo, tutta gesto. All'altro lato della strada mamma parenti amici negozianti solo lì a registrare la mistificazione stupefacente della Lynn Lou Shaw che non è affatto la Lynn Lou Shaw, squassati tambene loro dal disappointamento abismale.

"*Quo?*" Carmine Alcuanti è raggelato in pieno sole, gli difetta la linfa nelle gambe.

"La signora Poulanc è arrivata prima del previsto. Ha preso l'aliscafo, invece del traghetto del pomeriggio."

"*La signora Poulanc?*" Carmine Alcuanti è in vagheggiamento, nel mentre tutto riprende forma secondo ragione, la signora Poulanc ritorna quale era prima che lui l'avesse morfata in Dea, per pura irresistenza di venerare. Si sente numbio per la cantonata siderale, epperò il sollievo che lo inonda è maximo: gli viene da ridere anche se non può, gli viene da tossicolare, non sa più che viso comporre, ha da turnarsi verso l'acqua puteolente del porto.

"*Quel est le problème*?" La Poulanc ha la brutta voce arrochita, oltre alla brutta faccia rincagnita, è dell'altro mondo che lui abbia mai potuto interpretarla solo per un istante per la Lynn Lou Shaw che è una Dea. Lo si può comprensionare solo in minima con tutte le faticature le intricazioni gli scompensamenti dell'ultima settimana, con tutte le predicature le accampanature dell'architetto et cetera, ma tuttomodo è una cosa inescusabile, davvero.

"Nessun problema, signora Poulanc, però io devo correre all'eliporto." Lucia è tutta nervo, tutta piede. "Stiamo aspettando altri due ospiti, dovrebbero arrivare a momenti." Lascia la valigiona Vuitton, scuote lo smartphone come per fargli uscire il trillante, fargli uscire il vibrante.

"*Et alors?*" La Poulanc si turna a dare una sguardata proprio brutta alla mamma di Carmine che poverina con i parenti amici negozianti la fissa da presso il negozio di zia Siriana, incomprendente.

Lo smartphone di Lucia principia a mandarle il trillante e il vibrante nella mano, le fa hacere un salto di capra matta. "Pronto? *Yes? Where? Hello, hello?*" Turna il capo senza posa, sguampa lungo la banchina con lo smartphone pressato nell'orecchio, i tacchi iperalti che le si impuntano nelle crepe dell'asfalto malsistemato.

Carmine Alcuanti nodda col capo a mamma parenti amici di dissolversi, ma loro continuano a stazionare all'altra parte della strada, scrutare la Poulanc e scuotere il capo per dire questa non è in minimo la Lynn Lou Shaw, Carmine ci ha voluti portare in giro, ha voluto smargiassare sul suo lavoro in Villa Metaphora e sulla ipercelebrità degli ospiti. Lui andrebbe subito a disarrollare tutto se potesse, a explicare l'equivocazione, epperò ha la Poulanc appresso, tutta springata di tensione. Talché lui può solo prenderle la valigiona Vuitton e trasbordarla sul Chris Craft, trasbordare tambene la signora che ha bilanciamento scarso, per poco non treboncia e splonfa nell'acqua affognata.

"*Combien de temps devrions-nous attendre?*" La Poulanc arriccia il naso incagnato, squirma incontenta sul divano del terzo pozzetto.

"Pochissimi minuti ancora, *Madame.*" Carmine Alcuanti scannera con gli occhi strada e banchina, mira mamma parenti amici che ancora stazionano in anticipazione benché desillusionati, mira gli strascicapiedi che si affacciano a sbircionare la Poulanc con vestito bianco occhiali da sole paglione gigante nel Chris Craft lustrato maximato e si arrovellano su quale ipercelebrità potrà mai essere.

La Poulanc smuove la mano innervita col polso molle. "*Je suis très fatiguée, je veux aller à l'hôtel!*"

"*Madame, un moment, please.*" Un modico di francese lui al corso lo studiò, epperò l'unica lingua che si approntò e riappronto maximamente è l'inglese, per intendere la Lynn Lou Shaw nei film colla sua vera voce, nonché nel sogno di poterLa impattare un giorno e dirLe almeno qualche parola.

Tuttocolpo sulla banchina c'è Lucia che schippa in qua tutta flusterata, con dietro un gorillone di due metri, capa rasata faccia brutta occhiali a specchio, tiene un braccio protezionale davanti a una ragazza bionda gambe lunghe jeans stinti tagliuzzati berretto blu con visiera rossa dei New York Rangers sugli occhialoni da sole avvolgenti superscuri. Contutto che non Le si distingue la faccia, dubbi non ne possono permanere, questa volta è Lei davvero, in persona vivente!

Carmine Alcuanti sente il cuore che gli schippa il battito, la respirazione che si halta. Muntagna Matri, questa volta è il vero autentico impatto con la vera autentica Lynn Lou Shaw! Roba da rimetterci la stabilità nonché il movimento la vista la parola, tutto. Dietro di Lei c'è un uomo anche lui con un berretto da baseball in capo, capelli grigi corti occhiali da sole stretti, dev'essere il marito, vale a dire l'uomo più fortunato del mondo, vale a dire l'uomo che sposò la Dea, chissà se ne porta qualche merito o deve tutto alla fortuna inconfigurabile, chissà se ne porta in ogni istante riconoscenza. Dietro c'è il cugino Turilio con un carrello carico di valigie e borse, pulla e puscia a tuttaforza per non restar troppo indietro.

Carmine Alcuanti riesce infine a scollare le suole con intenzione suprema, si tuffa avanti per parare la Dea contutto che il cuore nel petto gli frappa da non lasciarlo quasi respirare, contutto che gli occhi sono in vago per l'intensità deslumbrante dell'impatto. Tuttotorno c'è subito una piccola mobba aggregata di madre amici parenti negozianti strascinapiedi pescatori, non si è mai vista tanta gente in Bonarbor a giugno ma questo è il potere sovrannaturale della Dea. Tutti che pressano che impellano che sciulderano per sbircionare meglio. “Chi è? Che succede? La Lynn Lou Shaw!”

Lucia apre tuttapasso la strada, il gorillone bodyguard segue a sbracciate e sgomitate e sciulderate tanmeno fossimo nel porto di Marsiglia o di Miami invece che in Bonarbor, epperò tutto è giustificato quando si tratta di transbordare una Dea. Non c’è prudenza bastante, non c’è urgenza bastante.

Carmine Alcuanti appannato e frappato com’è, mostra i gradini al gorillone bodyguard. “*Down here, down here!*” Le parole gli vengono giuste, l’accento pure, se la Dea lo ausculta la figura non è disdicevole. Epperò la concentrazione maxima è nel farLa transbordare sul Chris Craft, porgendoLe la mano anche se non gli pare umanamente comprendibile, un piede sullo scafo uno sul molo, braccio teso, mano per accompagnare.

La Dea schippa a bordo con agilità astonante, quasi come un kiddo dalle gambe lunghe, a non sapere quali gambe indicibilmente armoniose e perfette sono sotto il tessuto. Senza profferire niente, senza tanmeno spectarlo, gli si appoggia appena a una spalla (il tocco gli manda la saetta di traverso al cuore) e *hop*, è già a bordo, già accomodata sul divanetto fortunato, già scivola in là per far posto al marito ancora più fortunato. Il marito sguampa a bordo con impulso giaguaresco, parecchio muscolato anche se non è alto e di vent’anni buoni più vecchio di Lei, ma con i movimenti pronti dell’uomo di guerra. Appena trasbordato riconosce subito lo squarciamare, lo indica alla Lynn Lou Shaw. “*It’s a Chris Craft Triple Cockpit Barrel Back!*”

“*Yes, sir.*” Carmine Alcuanti non vuole certo slentare nel comprensionare o nel dislocarsi, ma è allampante da subito che una confrontazione mascolina con l’altro c’è. Si fa conferire valigie e borse da Turilio e dal gorillone bodyguard, le trasborda nel primo pozzetto e nel terzo di fianco alla Poulanc che non apprezza punto. Dopo di che il bodyguard si sbraccia a sbarrare il molo anche se non c’è nessuno che voglia assalire il Chris Craft o vexare la Dea inquantoché siamo pur sempre in Tari, ci sono solo parenti amici negozianti trascinapiedi pescatori che si contentano di sbircionare, tranne un trascinapiedi tinegero che cerca di cliccare con il telefonino, tanto non verrà fuori niente inquantoché è troppo lontano (e tuttomodo la Lynn Lou Shaw è così coperta tra visiera e occhiali da sole, non sembra tanmeno una Star, a non sapere che è Lei).

Carmine Alcuanti aiuta tambene Lucia a transbordare, e nelmentre il marito della Lynn Lou Shaw estende un biglietto da cinquanta euro a Turilio. "*Okay, let's go!*" Fa cenno per indicare di smuoversi, fa il gesto pollice e indice al bodyguard per chiarire restiamo in contatto.

"*Move it, man!*" Lynn Lou Shaw ha proprio la voce che ha nei film in originale che lui ha spectato e rispectato, ma ancora più incantevole se possibile, ancora più musichevole ancora più trasognevole, non è facile auscultarla così da vicino e tenere il capo sobrio.

Qualcuno da sopra la banchina principia a vociare. "*Lin-lu! Lin-lu! Sciau! Sciau! Guarda qui!*" Epperò la Lynn Lou Shaw non si turna, ci mancherebbe, una Dea mica si turna per i vociamenti degli observatori.

"*Depesciati, Cammine, hekk!*" Lucia gesticola come per pusciare via il Chris Craft dalla banchina con le proprie mani.

Lui turna la chiave di accensione, il Chrysler marine V8 sbotta e baritoneggia ultrapieno, sputacchia basso, sfumacchia dai due scarichi appena sopra la linea di galleggiamento. È un bel sentire, un bello sciò per gli spectatori agglomerati in banchina. Carmine Alcuanti retromarcia vira ingrana, sfila via piano davanti a tutte le capoturnature da sopra, davanti a tutte le commentature anche se inudibili. Puscia poco a poco la leva del gas, il Chris Craft principia a squarciare l'acqua in maniera grandiosa, adeguata alla Dea che c'è accomodata sopra.

Sfilano via celeri ed eleganti oltre i cessoni bianchi dei rosticonatori milanesi torinesi romani, oltre le navicole da pesca di zii e cugini, puntano la prora verso il mare aperto. Talvè non è proprio la scena da film con la Lynn Lou Shaw e lui da soli che aveva configurato in un attimo di trasognazione, epperò non è tanmeno una scena tra le più disappuntanti. Lui in piedi al timone dello squarciacqua d'epoca tutto maximato e rilucicante, con la Star del cinema più bella e più sexy del pianeta che è in verità una Dea accomodata nel secondo pozzetto. A considerare l'insieme, un miracolo di quelli scartabolanti, che ti lasciano disondato da non reggerti quasi in piedi, i pensieri spinnati, le sensazioni schiludinate, a non saper più se sei sveglio o nel più iperastrabiliato dei revi.

Nove

Gianluca Perusato guarda giù dalla terrazza di fronte all'ufficio: la scalinata di pietra, il molo, le rocce della costa, il mare. Alza la testa a guardare il sole che batte quasi allo zenit, controlla sul cellulare l'ora precisa del messaggio che gli ha mandato Lucia, a conferma che il Chris Craft ha lasciato il porto con gli Shaw-Neckhart e la Poulanc a bordo. Il messaggio è di sei minuti fa, dunque ce ne vorranno almeno altri venti prima che arrivino qui. A essere sincero, è abbastanza stupito che gli Shaw-Neckhart siano atterrati a Bonarbor proprio all'ora indicata dalla segretaria di Neckhart nella sua email. Aveva temuto che potesse essere solo un'indicazione buttata lì a caso, e che poi i famosi coniugi avessero cambiato idea e fossero volati chissà dove altro, a Los Angeles o alle Turks and Caicos o magari a veleggiare lungo la costa francese, senza neanche ricordarsi di avere prenotato una suite sulla remota isola di Tari. Sa benissimo, per lunga esperienza da progettista, quanto imprevedibili e incostanti possano essere clienti di questo tipo. E sa benissimo quanto sia rischioso ritrovarsi a far partire la struttura a pieno regime da un giorno all'altro, come una nave lanciata a tutto vapore senza il minimo rodaggio. Ma è più che contento di correre il rischio, in cambio del quasi certo ritorno di immagine. D'altra parte di rischi ne sta correndo da quando si è buttato in quest'impresa, e senza correre rischi non c'è verso di far diventare Villa Metaphora un posto dove la gente voglia andare a tutti i costi. Il supremo isolamento, l'aria carica di energia vulcanica, il mare incontaminato, la cucina sublime, le tecnologie eco-compatibili d'avanguardia assoluta da soli non bastano di certo. L'aura che fa la differenza potrà nascere solo dai nomi che circoleranno qui, dalle immagini che verranno associate ai nomi. Non che lui abbia la minima intenzione di sbandierarli in modo strumentale: intende mantenere con assoluto rigore le sue promesse in fatto di privacy, proteggendo in ogni modo possibile i suoi ospiti dall'assedio generalizzato che già devono subire nelle loro vite di ogni giorno. Però l'isola è piccola, il porto è uno solo, gli abitanti sono curiosi e pettegoli, e non è che si possa imporre un coprifuoco a ogni arrivo o partenza. Se si verrà a sapere che Villa Metaphora è frequentata da gente splendida e famosa, non sarà colpa sua, nessuno potrà accusarlo di trarne cinicamente vantaggio.

I signori Cobanni adesso sono sulla terrazza della loro suite, sdraiati al sole sulle chaise longue (ne mancano ancora sei, e Zacomel non ha il legno per costruirle, ecco un altro assillo), a vederli da qui sembrano decisamente soddisfatti. La signorina Laremi invece dev'essere nella sua suite, o in giro da qualche parte; questa mattina presto l'ha vista seduta su una roccia giù al mare, con un blocco da disegno sulle ginocchia. Sul sentiero selciato Amalia la cameriera sta ancora istruendo Teresa, la nuova recluta alle pulizie, pare con qualche difficoltà a ottenere i risultati indispensabili.

Gianluca Perusato attraversa la terrazza, passa dall'anticucina, entra in cucina, per accertarsi che si sia pronti a fronteggiare le richieste dei nuovi ospiti al loro arrivo.

Federico l'assistente cuoco gli fa un cenno con la testa senza sorridere (quello non sorride mai), scivola fuori come per non disturbare. Ramiro Juarez, l'astro nascente della cucina tecno-emotiva, sta trafficando con il frullatore Wabash XE 360 in acciaio temperato e policarbonato spaziale con motore asincrono insonorizzato da venticinquemila giri al minuto, che a sentire lui era totalmente indispensabile (duemilasettecento e rotti euro, solo una goccia in più nel dissanguamento generale). Alza la testa, con un'espressione da artista disturbato nel mezzo di una creazione.

"Tutto bene, Ramiro?" Gianluca Perusato si guarda intorno, senza riuscire a sopprimere la sensazione che ogni singolo componente della cucina abbia ancora il cartellino del prezzo appiccicato.

"*Bien, bien.*" Ramiro torna a studiare il suo costoso giocattolo, come per indicare che vorrebbe essere lasciato in pace.

"Con i vini, come siamo messi?" Gianluca Perusato pensa con nostalgia a quando nel puro, libero ruolo di architetto poteva permettersi di ordinare il meglio assoluto in fatto di impianti, mobili, elettrodomestici senza doversi preoccupare neanche per un istante del costo finale. Essere il committente di se stesso lo mette in una condizione molto diversa, decisamente.

"Okay." Nel tono di Ramiro c'è l'implicazione che il resto non sia altrettanto okay. Fa un gesto verso le due cantinette professionali Liebherr GWTes 4677 a raffreddamento dinamico con tre zone di temperatura regolabili individualmente, filtro dell'aria ai carboni attivi e compressore a basse vibrazioni, capienza quattrocentoventi litri (tremilatrecentonovanta e rotti euro *l'una*).

Gianluca Perusato va a dare un'occhiata attraverso la porta in vetro fumé con filtro anti UV, guarda gli champagne e i bianchi fermi sui ripiani di quercia a estrazione telescopica. Alcune bottiglie sono inevitabili, status symbol un po' ovvi anche se sempre validi, ma ce ne sono altre di decisamente più interessanti, per chi cerca qualcosa di più della rassicurazione di un prezzo altissimo. I rossi francesi e italiani sono nelle *caves à vin* da incasso (milleottocento euro e rotti l'una, ma d'altra parte quando hai speso una fortuna per i vini devi pur proteggere l'investimento, è un cavolo di serpente che si morde la coda). "E per i cocktail hai tutto?"

"*Ahà.*" Ramiro risponde come se gli costasse troppa fatica dare spiegazioni.

"Per la cena, tutto a posto?" Gianluca Perusato non è certo disposto a farsi intimidire da uno che è pur sempre un suo dipendente, anche se fin troppo ben pagato e fin troppo difficile da trattare. Per esempio ha dovuto ingaggiare con lui discussioni estenuanti prima di convincerlo che si può fare cucina ad altissimo livello anche su piastre elettriche a induzione invece che sui fuochi a gas, dato che trascinare fin quassù le bombole di gpl sarebbe stato di una scomodità folle, oltretutto non in tono con l'impostazione generale del resort. Lo scotto da pagare naturalmente è stato che per concedere la sua approvazione il signor Juarez ha preteso le piastre in vetroceramica più costose che esistano (il prezzo non vuole neanche ricordarselo, gli fa troppo male).

"*Más o menos.*" Ramiro lascia finalmente il frullatore, va a passi vagamente teatrali ad aprire l'armadio frigo ventilato in acciaio inox tropicalizzato satinato doppia porta da millequattrocento litri (tremilacinquanta e rotti euro). Gli mostra tre grossi dentici, alcune salpe e donzelle pavonine, due polpi di buone dimensioni che ha fatto comprare da Federico questa mattina presto al porto (il costo per mandare lui con il Chris Craft come aveva chiesto all'inizio sarebbe insostenibile, e Federico con le istruzioni giuste è perfettamente in grado di comprare quello che serve, prima di venire qua ogni mattina con Amalia e Teresa, nel gozzo che se non altro ha il motore diesel).

"Dovrebbe bastare, no? Per otto ospiti?" Anche il pesce non è che lo regalino, i cari pescatori taresi, quando c'è da spennare qualcuno sono prontissimi.

"Sì." Ramiro proprio non gli vuol dare la soddisfazione di mostrarsi sereno, la sua aria malcontenta aggiunge un tocco al quadro complessivo già difficile.

Gianluca Perusato esita se chiedergli di cambiare atteggiamento o no: no, la priorità assoluta adesso è evitare a ogni costo i conflitti interni. "Pensi che si potrebbe avere un caffè?"

"*De hecho, estaba a punto de hacerlo.*" Ramiro ha questo espediente di scivolare dall'italiano allo spagnolo a seconda di come gli gira, per aumentare o ridurre a suo vantaggio il grado di intellegibilità.

Ma Gianluca Perusato ha progettato appartamenti e case in mezzo mondo, non si scompone certo a cambiare lingua. "*¡Genial!*"

Ramiro torna a trafficare con il suo frullatore da fantascienza che produce un ronzio su una frequenza alta attutita dall'insonorizzazione, come una grossa vespa intrappolata in una bottiglia. Prende da un armadio un bicchierino di vetro spesso, lo riempie dal frullatore, ci aggiunge un pizzico di graniglia verde di pistacchio, glielo porge.

Gianluca Perusato se lo porta al naso, inspira l'aroma intenso di Jamaica Blue Mountain bio gran cru torrefatto con sapienza e macinato con infinita cura (il costo al chilo meglio non dirlo). Però anche inclinando il bicchierino, fatica a raggiungere il liquido attraverso la schiuma vaporosa: la sua lingua si avventura in una nuvola indefinibilmente ricca, risonante di sensazioni liquorose e fragranze floreali, con delicati accenni di mandorla tostata e sentori di rhum caraibico. Ma le sue anticipazioni organolettiche sono rimandate e confuse a lungo, infine gratificate solo in minima parte.

"*¿Entonces?*" Per un attimo Ramiro ha un'espressione di curiosità autentica, quasi infantile.

"*Interesante.*" D'altra parte il punto della cucina tecno-emotiva di cui Ramiro Juarez è un esponente di punta risiede proprio nello stato di semi-insoddisfazione in cui ti lascia: come se sfiorassi la grazia e nello stesso istante la perdessi. Metaforicamente interessante, e senza ombra di dubbio la scelta giusta per ospiti che hanno già mangiato il meglio ovunque; ma certo un bel caffè vero gli avrebbe dato più soddisfazione, in questo momento. Gianluca Perusato posa il bicchierino vuoto, fa un cenno di saluto.

"*Hasta luego.*" È molto probabile che Ramiro si aspettasse un commento più articolato e lusinghiero, a giudicare dal suo sguardo.

Gianluca Perusato esce dalla cucina, esce dalla terrazza, va lungo il sentiero selciato costeggiato di fichi d'India, pensando a come lo innervosisce non sapere ancora quando esattamente arriveranno i tedeschi. Nessuno più di lui è in grado di capire le esigenze di sicurezza di ospiti di quel tipo, però è difficile non cogliere un certo grado di sfiducia nel loro rifiuto di comunicargli un orario preciso. L'implicazione è che nessun italiano sia affidabile al cento per cento, per quante credenziali internazionali possa avere. Neanche quando si è deciso di affidarglisi per qualche giorno di vacanza al riparo dallo stress. D'altra parte i Reitt sono all'altro estremo dello spettro in confronto agli Shaw-Neckhart in termini di esposizione pubblica, e altrettanto fondamentali per il futuro di Villa Metaphora. A pensarci è veramente assurdo che le due prenotazioni più importanti siano arrivate entrambe all'ultimo momento e in modo del tutto imprevisto, quando la struttura non è ancora pronta in ogni dettaglio. Ma tra buttare via un'occasione imperdibile e rischiare la brutta figura con conseguenze negative a cascata la scelta è stata obbligata, anche se adesso gli sta togliendo il sonno.

Scende i gradini che portano alla terrazza bassa affacciata a est, l'unico spazio comune dove i clienti (almeno in teoria) potranno parlare al cellulare. Nel testo rivisto per l'ennesima volta e ormai definitivo per la brochure e per il sito gli sembra di essere riuscito a vendere abbastanza bene l'idea della tregua acustica, la disintossicazione dalle infinite interferenze quotidiane. Anche Lucia ha fatto del suo meglio, appendendo su due lati della terrazza piccole strisce di stoffa colorata in stile vagamente himalayano, e il cartello azzurro con scritto a caratteri gialli in italiano inglese francese tedesco *Lascia qui il rumore del mondo, per tornare al suono dei tuoi pensieri*. Un po' new age, certo, però in tono con lo spirito eco-compatibile di Villa Metaphora. Un tocco simpatico, leggero. A volte le vengono anche idee non male, bisogna riconoscerlo; però è indispensabile tenerla d'occhio, perché i suoi progressi in fatto di gusto sono recenti, e tutt'altro che consolidati.

Comunque sarà da vedere se i clienti si rassegneranno a telefonare solo dalle loro suite e da qui, perché un conto è trovare affascinante l'idea di ridurre per qualche giorno la frequenza delle comunicazioni, un altro riuscirci. Stiamo parlando di persone abituate a passare metà della loro vita tra cellulari e connessioni internet, con un bisogno incessante di scambi di informazioni disposizioni rassicurazioni, ovunque siano. È per questo che ha investito nel miglior amplificatore di segnale wi-fi ad alta potenza con antenna WLAN omnidirezionale a 360 gradi che c'è sul mercato (l'antenna è dipinta di verde e collocata strategicamente sulla scarpata tra rocce agavi e fichi d'india, non la si vede quasi). Se proprio non riusciranno a staccarsi dai loro smartphone e dai loro tablet, l'area intorno al resort è coperta per un raggio di un chilometro.

Gianluca Perusato controlla per la terza volta il cellulare: niente. Ormai gli Shaw-Neckhart dovrebbero essere qui da un momento all'altro, a meno che Carmine per l'esaltazione di trasportare ospiti famosi non abbia mandato il motoscafo a fracassarsi sulle rocce, o si sia lanciato in escursioni non autorizzate in alto mare. Non è facile non essere apprensivi, con tutti i contrattempi e le complicazioni che ci sono stati finora, tutto quello che c'è in gioco. Le specifiche ragioni di preoccupazione offerte da ogni singolo ospite si combinano tra loro, creando sovrapposizioni e intrecci, pensieri che corrono avanti e indietro come cani da guardia troppo ansiosi. Magari quando tutti saranno sistemati nelle loro suite e ogni cosa funzionerà a dovere, riuscirà a rilassarsi; per ora può solo cercare di essere il più vigile e reattivo possibile, senza allentamenti di tensione. Adesso per esempio percepisce un movimento alle sue spalle, si gira di scatto.

È Paolo Zacomel il falegname, che scende i gradini portando sulle spalle diversi legni schiariti dal mare. Scalzo, a torso nudo, cotto dal sole, con la barba lunga e le braghe di tela stinta, sembra un naufrago alla Robinson Crusoe. Si è arrangiato per mesi qui da solo sull'isola, con un sacco a pelo, un fornelletto da campo e pochissimi attrezzi, senza mai chiedere niente a parte qualche sporadico rifornimento di formaggio, pomodori e acqua potabile.

"Come va?" Gianluca Perusato si chiede che effetto può fare l'artigiano sugli ospiti: se il suo aspetto pittoresco riesca a compensare e magari superare l'eventuale fastidio estetico.

"Bene." Zacomel posa i legni sulle pietre della terrazza. Indipendente, adattabile, industrioso, però con una vena latente di follia, come tutti gli artisti, purtroppo.

"Cosa deve fare qui?" Gianluca Perusato si chiede se sia meglio chiedergli di tornare alla sua falegnameria improvvisata sul retro dell'edificio principale, o lo si possa lasciar lavorare qui in piena vista, a testimonianza dell'autenticità di tutta l'impresa.

"Una panchina. O due." Muove le mani, come per misurare le diverse possibilità che fluttuano nello spazio della terrazza.

"E per le suite? Mancano ancora un divano e un tavolo nella quattro, nella cinque addirittura c'è solo il letto in muratura, poi mancano le sei chaise longue, i tavolini bassi, gli attaccapanni che dicevamo. Per non parlare dei tavoli della sala da pranzo, anche se incrociando le dita il tempo ci permetterà di usare solo la terrazza dove abbiamo quelli in muratura..."

"Lo so." Zacomel socchiude gli occhi contro il sole. "Ma se non ho il legno non è che possa inventarmelo." Il suo tono non è rivendicativo né accusatorio: sembra una semplice constatazione, come se dicesse che oggi è il secondo giorno d'estate, o che il mare visto da qui è molto blu.

"Il legno ci sarebbe, Paolo, lo sa bene." Gianluca Perusato cerca di non perdere autorevolezza invischiandosi in troppe puntualizzazioni, ma come si fa a ignorare che il legno ci sarebbe? "Bellissimo anche, fior di mogano brasiliano!"

"Io non uso legno tagliato illegalmente." Zacomel scuote la testa, con una determinazione da martire protocristiano. "Non contribuisco a distruggere una specie a rischio di estinzione."

"Senta, io capisco e rispetto la sua posizione, ma quel mogano ormai è tagliato." Gianluca Perusato si rende conto di avere un tono sfibrato; sono mesi che ne discutono, e ancora non riesce a convincerlo. "È *lì*, tanto vale usarlo, non le pare?"

"Non mi pare affatto." Zacomel ha uno sguardo da moralista, da fanatico. "Quel mogano viene dallo stato del Pará, dove stanno devastando la foresta amazzonica in modo irrimediabile, alla faccia del trattato CITES e di tutto il resto."

"Ma cosa ne sa lei, che viene proprio dal Pará?"

"Lo so. Lo vedo."

"Lei guarda un pezzo di legno e capisce da dove viene?"

"Sì."

Gianluca Perusato si metterebbe a ridere, se questa non fosse l'ennesima rogna tra le mille che lo perseguitano dall'inizio dei lavori sette anni fa, una ragione in più che si aggiunge al logoramento generale. Un fornitore di Treviso gli fa un ottimo prezzo su una partita di mogano brasiliano di primissima qualità, che varrebbe un sacco di soldi ma in teoria non potrebbe essere usato a causa dei recenti trattati internazionali, ed ecco che Paolo Zacomel si rivela un ambientalista integralista, si rifiuta di farci mobili. Benché abbia ormai esaurito l'altro legno che aveva a disposizione, e benché Tari sia l'ultimo posto al mondo dove qualcuno potrebbe mai venire a controllare se il mogano di qualche mobile è stato tagliato legalmente o meno. Poi di cosa stiamo parlando, quando i cari taresi nel giro delle ultime quattro generazioni hanno fatto sparire ogni singolo albero che c'era sull'isola?

"Anche lei non pensa di doversi comportare con un minimo di coerenza?" Eccolo, l'integralista in azione, il ricattatore morale. “Rispetto a tutti i discorsi su come questo posto è eco-compatibile, eccetera?”

“Lasci stare la mia coerenza, la prego.” Gianluca Perusato controlla a fatica l’impulso a reagire in malo modo. “Su questo fronte non ho proprio nulla da dimostrare, a lei o a chicchessia!” In effetti nessuno potrebbe mettere in discussione il fatto che Villa Metaphora sia un progetto all’assoluta avanguardia in fatto di uso di energie rinnovabili e rispetto del paesaggio. Però sono scelte dovute non a una visione pseudo-romantica della natura, da abbracciatori di alberi con i fiori tra i capelli, bensì alla considerazione del tutto razionale che sole, vento e mare sono a Tari risorse inesauribili, e qualunque soluzione basata sui combustibili fossili sarebbe nel lungo periodo più costosa, oltre che più brutta da vedere. Poi naturalmente gli ospiti di Villa Metaphora saranno felici di non dover aggiungere la vacanza in questo posto alle già molte ragioni per cui si sentono in colpa verso il mondo (le rare volte che si sentono in colpa). È una specie di quadratura del cerchio: convenienza economica (solo l’impianto di condizionamento ad acqua marina impiega il novanta per cento in meno di energia rispetto a uno convenzionale), uso degli incentivi europei, immagine *cool* garantita, coscienze degli ospiti alleggerite. E se ancora i fanatici ambientalisti hanno da ridire, allora si meriterebbero un ecomostro di cemento a cinque piani appiccicato sulla scogliera, davvero!

Zacomel comunque non si sposta di un millimetro, la sua ostinazione è esasperante. “Mi servono la betulla, il noce e il ciliegio certificati FSC che le avevo chiesto.”

“Per quelli dovrà aspettare. E a me i mobili servono adesso.” Gianluca Perusato deve fare uno sforzo ulteriore per mantenere la calma. In realtà l’ultima consegna di materiali è avvenuta ai primi di maggio, dopo di che lui ha dovuto sospendere i pagamenti a tutti i fornitori, per il semplice fatto che i lavori a Villa Metaphora (combinati alle spese vendicative di sua moglie) gli hanno prosciugato i conti correnti. Gli resta giusto il minimo indispensabile a fronteggiare i costi vivi (neanche tutti), ma tra non molto finirà anche quello. È vero che aspetta i pagamenti di due lavori importanti, un appartamento sull’East River a New

York e un casale ristrutturato a Orvieto, ma sa per lunga esperienza che più ricco è il cliente, più tardi arriva il saldo. I suoi risparmi a lungo termine (non molti, la vita costa) sono bloccati in fondi azionari, e così come sta andando il mercato sarebbe un suicidio tirarli fuori adesso, il suo consulente finanziario a Milano continua a ripeterglielo. Quanto al conto cifrato in Svizzera, non lo può toccare, perché è un'estrema riserva da usare in caso di emergenze catastrofiche, tipo crollo del sistema-paese o fughe all'estero per qualunque ragione. Sua moglie per fortuna non sa che esista, ma in compenso lui l'anno scorso ha avuto l'idea idiota di portare Lucia con sé in una delle visite periodiche alla UBS di Lugano. Gli aveva dato un brivido erotico impressionarla con il silenzio ovattato degli uffici, il codice del conto sussurrato alla signorina, la cortesia felpata del vicedirettore che gli era venuto incontro nel corridoio. L'uomo di mondo che spiazza l'isolana, ancora una volta era questo il nome del gioco, speziato dai risvolti suggestivi da agente segreto. In seguito naturalmente se ne è pentito mille volte, non perché dubiti della lealtà di Lucia, ma perché ha paura del suo lato passionale, di quello che potrebbe fare in caso di una fine della loro storia.

Zacomel alza le spalle; non sembra preoccupato per le esigenze inderogabili di Villa Metaphora. Lavorare lavora, non c'è che dire, e anche con grande impegno, con sorprendente ingegnosità. È affascinante vederlo mettere insieme pezzi di legno in combinazioni naturali ed eleganti, trasformarli in mobili perfettamente funzionali. Anche in assenza del materiale che ha chiesto non sta certo a lamentarsi e ciondolare in giro, va a cercare lungo la costa i tronchi di deriva e con quelli riesce a fare miracoli. È proprio l'opposto di Ramiro Juarez, con le sue richieste e rimostranze senza fine, la petulanza accusatoria pronta a deflagrare in crisi nervosa al minimo pretesto. D'altra parte quello è ben avviato a diventare una star della cucina internazionale, questo è una specie di naufrago autosufficiente che non ci tiene affatto a essere celebrato. Una conseguenza dei loro opposti modi di rapportarsi col mondo è che il signor Ramiro Juarez il suo primo superstipendio lo ha ricevuto in anticipo già ai primi giugno, mentre Paolo Zacomel è qui da più di tre mesi e non ha ancora preso un centesimo (gli arriverà tutto il dovuto, naturalmente, appena cominceranno a entrare un po' di liquidi, e comunque l'accordo era per un pagamento a lavori ultimati). Però è una dimostrazione di come, a parità di valore, prevalga chi sa darsi da solo la massima importanza, non certo chi fa il disinteressato.

"Va bene, allora costruiamo queste due panchine." Gianluca Perusato parla come se ci fossero alternative. "Però la prego di mettersi una camicia, se lavora qui sulla terrazza."

Zacomel lo guarda con un'espressione perplessa, vagamente triste.

"Ormai ci sono gli ospiti, non siamo più soli." Perusato cerca di usare un tono fermo ma non offensivo, per non urtare la sua sensibilità. "Credo che lei possa capire."

Zacomel si gira verso il mare, gli fa un cenno.

Il Chris Craft è in arrivo: la sua sagoma slanciata ha doppiato la protuberanza rocciosa di Punta Elefante, viene in qua tagliando l'acqua a media velocità, come lui ha raccomandato a Carmine mille volte, per non sballottare gli ospiti e non far bruciare troppi litri di benzina al V8 già spaventosamente ingordo.

Gianluca Perusato si passa le dita tra i capelli per aggiustarseli, si batticchia le mani sulla giacca di lino per lisciare eventuali pieghe. "Buon lavoro," fa un gesto di congedo a Zacomel. Poi risale i gradini fino al sentiero selciato, da lì va alla scalinata principale e scende verso il molo, cercando l'andatura più morbida che gli viene.

Dieci

Simone Poulanc è seccata – parecchio seccata – per una mezza dozzina di ragioni simultanee. Per la distrazione con cui è stata accolta al porto, per la ressa imbarazzante degli isolani alla vista dell'attrice americana – neanche nel Burundi –, per l'atteggiamento di sudditanza culturale con cui l'assistente manager bruna e formosa ha continuato a rivolgersi ai due americani, per il servilismo da idolatra con cui il marinaio si è prestato alle richieste infantili della suddetta diva. A un certo punto – più o meno a metà percorso – è arrivato a fermare il motore per consentirle di gattonare ridacchiante lungo lo scafo fino al pozzetto di prua e cederle i comandi. Dio mio, assistere alle sue esclamazioni estatiche – "*Wonderful, Miss Lynn Lou! Perfect!*" – solo perché l'attrice riusciva in qualche modo a girare il volante nella direzione giusta.

Se non altro pare si sia arrivati a destinazione, finalmente. La baia è aspra, tutta rocce rossastre e nerastre, c'è un promontorio che sale quasi verticale. Il marinaio di bianco vestito salta – baldanzoso, deve sentirsi in un film – sul pontile, gira la cima intorno a un palo con rapidità e competenza dimostrative. Dopo di che porge il braccio all'attrice americana – prima lei di chiunque altro, inutile dirlo – per assisterla nello sbarco. Fa un patetico mezzo inchino, sorride ebete, incredulo di essere così fortunato da sfiorare una simile incarnazione di notorietà veicolata dai mass media occidentali. Subito dopo aiuta – adesso con bruschezza da macho a macho – il marito dell'attrice, poi l'assistente manager che è certamente una sua compaesana, forse addirittura parente a giudicare dalla fisionomia. Solo quando sono tutti sbarcati sul molo si degna di venire a offrire assistenza a Poulanc, con un ritardo inaccettabile.

Poulanc salta giù quasi per conto suo, anche se rischia di farsi male a una caviglia. Le dà un certo sollievo avere di nuovo i piedi sulla terraferma, per lo meno. Ammesso che si possa chiamare terraferma questo molo che collega a un ammasso di roccia vulcanica, sospeso su un mare che – l'ha letto ieri sera su Wikipedia – a pochissima distanza dalla costa si inabissa rapidamente fino alla profondità di più di mille metri. Il che basterebbe a rendere angoscioso questo scoglio cacciato giù in fondo al Mediterraneo meridionale, senza bisogno di aggiungere il fastidio per la fasullaggine e la pretenziosità degli interventi umani. Prima ancora di addentrarsi in questa trappola per ricchi imbecilli, l'irritazione domina, e continua a peggiorare man mano che i dettagli – il corrimano in bronzo del pontile, i cactus leziosi in fiore lungo la scalinata ripida e spropositatamente lunga – si aggiungono ai dettagli.

Per fortuna il suo lavoro – è per questo che se l'è scelto – le permette di canalizzare l'irritazione in forme più articolate di una semplice battuta acida, o di una richiesta perentoria di farsi riaccompagnare seduta stante al porto. Anzi, maggiore è il fastidio che prova ora, maggiore sarà l'efficacia tagliente di quello che scriverà, con conseguenze – si spera – tangibili e durature. Prova un piacere sottile – lo deve riconoscere – nell'anticipare le reazioni al suo futuro pezzo. Del resto lo spunto per la prima delle sue recensioni con il *nom de plume* Simone du Jardin era stata una cena avvilente – grazie all'arroganza del proprietario – in un ristorante di immeritata reputazione vicino a place de l'Odéon, nel 1992. I lettori della sua colonna su *Libération* si fidano da vent'anni delle sue opinioni proprio perché sanno di avere a che fare con una che non si lascia impressionare dalle messe in scena o dalle pantomime. La sua credibilità risiede – inutile fare la finta modesta – nella capacità fulminea di scovare i punti deboli al di là delle pretese, la sciatteria dietro l'impeccabilità apparente, la scempiaggine sotto la recita di competenza, senza mai aver paura di apparire ingiusta o cattiva. Quando ci sono dei meriti li riconosce, è chiaro; può ben dire di avere regalato reputazione e affari a un discreto numero di ristoranti e alberghi poco conosciuti o non abbastanza apprezzati. Ma non c'è alcun dubbio che una stroncatura ben calibrata dia più gusto – a lei e ai suoi lettori – di una recensione positiva. È lì che riesce a sfoderare pienamente i suoi artigli creativi: lacerando facciate, smontando atteggiamenti, demistificando cliché, addirittura – quando è davvero ispirata – trasformando una ricognizione gastronomica o alberghiera in racconto morale.

Sul pontile è arrivato un tipo alto, belloccio e decisamente compiaciuto: completo di lino di ottimo taglio, camicia bianca immacolata, eccellenti mocassini portati senza calze. Con tutta probabilità – l'aspetto e i modi parlano da soli – è il progettista e impresario di Villa Metaphora, l'architetto Gianluca Perusato. Come prevedibile passa uno sguardo distratto su Poulanc – che pure sarebbe più vicina – per andare a profondersi in saluti e smancerie con l'attrice americana e suo marito, in un inglese molto disinvolto ma recitato come tutto il resto. "*Welcome to Villa Metaphora, I hope you've had a good trip.*" Sorride, fa gesti illustrativi intorno. Gli americani a loro volta – senza sprecarsi, ma con cortese indulgenza da star – scoprono i denti di bianchezza abbagliante, da sotto le visiere dei loro ridicoli berretti da baseball.

Ci vogliono diversi secondi perché l'architetto sospenda momentaneamente i suoi convenevoli con la coppia di imperialisti (sotto)culturali e venga – previa rapida sostituzione da parte della bruna assistente manager – a salutare anche Poulanc. "*Enchanté, Madame, Gianluca Perusato. Bienvenue à Villa Metaphora.*" Mellifluo, totalmente innamorato della sua parte da uomo di mondo. Inevitabile – per fortuna senza contatto di labbra – il baciamano. I suoi occhi cerulei indugiano brevemente sugli accessori che Poulanc ha scelto con accuratezza da cecchino: la collana d'oro minimalista con piccolo calice pendente e perla nera di Jean Boltrin, l'anello di Odda Selkus con diamanti e zaffiri blu e porpora, i sandali alzapiede di Luis Nuñez. Quasi certamente non la giudica abbastanza splendida o di nome – il nome che in questo caso conta non lo conosce, poverino – ma che sia abbastanza ricca da accedere al suo squisito resort non lo dubita.

Poulanc si guarda intorno – ben nascosta da occhialoni e gran cappello di paglia – con un misto di noia e impazienza, perfettamente in tono. Recitare la parte la diverte parecchio, e le riesce decisamente bene. Anni di osservazioni ravvicinate le permettono di padroneggiare modi, vezzi, linguaggio – inutile fare la modesta – alla perfezione. Credibilissima nel ruolo della danarosa – imprenditrice, vedova, neodivorziata, che si sforzino di indovinare! – devota della vacanza-status symbol. Qui si tratta di lavorare dietro le linee nemiche, è essenziale che nessuno degli altri ospiti o dello staff subodori le vere ragioni del suo soggiorno. È l'aspetto avventuroso di questo lavoro, a volte la fa sentire una sorta di incrocio tra Sarah Bernhardt e Mata Hari.

"*Est-ce que nous voulons monter?*" Perusato indica la scalinata, subito si affretta a ripetere in inglese a beneficio degli americani. "*Shall we go up?*"

"*Sure.*" I due americani osservano blandamente incuriositi il marinaio trasferire i loro bagagli e quelli di Poulanc nel cestello di un montacarichi elettrico.

L'elegante architetto Perusato si avvia su per la scalinata di pietra scura, gli americani – lui con piglio baldanzoso da commando, lei leggermente più languida, come si conviene a una star del suo rango – lo seguono. La bruna assistente manager li accompagna, completando le brillanti informazioni di Perusato anche se il suo inglese non è certo all'altezza di quello dell'architetto. Nella scia – a distanza di rispetto, è stato ben istruito – segue il marinaio, lanciando sguardi adoranti alla sua divinità pop.

La salita è faticosa, interminabile; a metà scalinata le gambe sono doloranti, il cuore in affanno, il sudore gronda. Poulanc guarda il cestello del montacarichi con i bagagli superarli e scivolare oltre silenzioso lungo il suo binario, si chiede perché diavolo gli ospiti non abbiano diritto alla stessa comodità. A parte i fichi d'India, le agavi e gli altri cactus assortiti ci sono solo cespugli bassi e secchi, piegati tra le rocce da venti che in un luogo tanto esposto devono essere parecchio intensi. Su una terrazza alla sinistra della scalinata, una specie di naufrago seminudo e con la barba lunga li osserva salire, poi torna ad arrabattarsi con alcuni legni. Forse – sarebbe del tutto comprensibile – per costruirsi una zattera e scappare da questo posto.

"*That's our carpenter.*" Perusato – conscio dei loro sguardi perplessi – si affretta a chiarire ai clienti americani il ruolo del personaggio barbuto. "*C'est notre charpentier.*" Sorride, come se l'artigiano fosse tenuto lì per offrire un simpatico tocco folcloristico allo sguardo degli ospiti.

Poulanc naturalmente gira la testa dall'altra parte: una signora come quella che sta interpretando non si interessa certo ai falegnami.

Dopo altre decine di gradini faticosi la scalinata finalmente arriva a diverse costruzioni bianche che seguono le irregolarità del terreno, architetture intenzionalmente imprecise collegate tra loro da camminamenti e altri scalini. Dietro l'edificio più grande – unici alberi a perdita d'occhio – ci sono alcuni sparuti eucalipti, le foglie pendule appena smosse dalla brezza. Nell'aria prevale una sensazione di esilio, uno spirito da Sant'Elena; la distanza dal mondo degli uomini è per così dire tangibile.

Perusato illustra a gesti un'ampia terrazza bianca con tavoli di pietra lavica scura montati su piccole colonne bianche in muratura, teli bianchi sospesi per creare zone d'ombra. "*This is where lunches and dinners are served. C'est ici que les repas sont servis.*"

I due americani annuiscono, ma è chiaro che hanno tutt'altro per la testa. A osservarli meglio c'è tra loro – nei gesti, negli atteggiamenti corporei – una considerevole tensione negativa. Lui fa del suo meglio per dissimulare – si atteggia addirittura a coniuge sollecito – ma quando cerca di prendere sotto braccio la famosa mogliettina, lei reagisce con uno scatto decisamente ostile.

L'architetto non registra, è troppo preso dalla sua parte di anfitrione. Parla dell'eccentrico barone Canistraterra, a cui si deve il colpo di genio di avere costruito una casa su questa cosa giustamente inabitata per millenni dai pur barbarici isolani. Indica – con un gran sorriso compiaciuto – alcune lanterne marocchine dal telaio di rame, appese a fili tesi tra le colonne della terrazza. "*The seven lamps of architecture!*"

"*Yeah, John Ruskin's essay.*" L'americano sotto il suo cappellino da baseball è felice – lo si capisce dalla prontezza – di rivelare un grado inatteso di cultura. Che poi conosca davvero l'opera di John Ruskin è tutto da verificare, ma almeno questa delle lanterne se la ricorda.

"*Sacrifice, Truth, Power.*" Perusato elenca, punta il dito su una lanterna alla volta.

"*Beauty, Life, Memory.*" L'americano evidentemente qualcosa di Ruskin deve averlo letto davvero, magari su qualche numero del *Reader's Digest.*

"*And Obedience.*" Poulanc scatta per bruciarli sul tempo: a questo punto non è certo disposta a tollerare che i due galletti si mettano a fare i colti proprio con lei.

Perusato – ah, che soddisfazione avere ospiti così squisiti – annuisce. "*Like the seven terraces of Villa Metaphora.*" Indica le altre terrazze, tutte bianchissime come questa, ognuna con i suoi muretti perimetrali e i suoi teli. Spiega che il barone Canistraterra considerava il sette il suo numero guida – qualunque cosa significhi – sottolinea l'assenza di attività umane per un raggio di alcune decine di chilometri, si vanta della totale autosufficienza della struttura dal punto di vista idrico ed elettrico, e del fatto che gli impianti ipertecnologici sono opportunamente dissimulati, invisibili dalle suite.

Poi annuncia ai due americani – sempre meno interessati al contesto, e sempre più maldisposti tra loro – che li condurrà ai loro alloggi. Dà disposizione alla brunotta formosa – si chiama pare Lucia – di fare altrettanto con l'ospite francese, la quale è evidentemente meno meritevole delle attenzioni del progettista e realizzatore di una tanto splendida struttura.

Lucia la brunotta formosa fa strada – ancheggiando con un misto di energia e indolenza – lungo un percorso lastricato fasullo nel suo nitore, come tutto il resto. Apre la porta di uno degli edifici bambinescamente sbozzati, invita cerimoniosamente – in italiano, il francese le difetta – Poulanc a entrare. "Signora, prego."

Una cameriera corpulenta e una più giovane e magra vestite in ridicole divise pseudo isolane a balze bianche e rosse sgusciano fuori – a testa bassa, bofonchiando un saluto – con le loro scope e palette. A parte un letto in muratura e una sedia di legni grezzi – non brutta – contro una parete, la cosiddetta suite è sguarnita, come una grande cella molto ben imbiancata.

"Non c'è neanche un tavolo?" L'italiano di Poulanc non è male – a giudizio di un paio di amici romani è addirittura ottimo – benché non le capiti spesso di praticarlo. "Neanche un comodino?"

"È che alcuni mobili sono ancora in costruzione..." Lucia è evidentemente a disagio. "Saranno pronti tra un paio di settimane."

"Tra un paio di settimane io sarò a casa mia a Parigi, signorina." Eccoli già presi in castagna su una carenza grave, letteralmente a pochi minuti dall'arrivo. "Mi serve un tavolo adesso."

"Vedrò cosa posso fare..." Lucia evita il contatto d'occhi. Va ad aprire la portafinestra, che dà su una terrazza ancora più spoglia della stanza, con una povera piccola buganvillea che – penosamente abbarbicata a una colonna – si trova a fronteggiare aspettative più grandi di lei.

"Anche qui non c'è una poltrona, non c'è una sdraio, non c'è un *canapé*!" Poulanc è esasperata dal caldo africano, dalla luce resa ancora più abbagliante da tutto questo bianco. "*Qu'est-ce que vous imaginez?* Mi devo buttare sulle pietre, se voglio prendere il sole sulla terrazza?"

"Mi dispiace..." Lucia ha un'espressione bovina, occhieggia intorno.

"Dispiace molto di più a me!" Poulanc prova una soddisfazione considerevole a potersi concedere – i vestiti, gli accessori, il tono, non le manca niente – una piccola anticipazione di stroncatura. "Mi faccia mandare almeno una *chaise longue*! E il tavolo!"

"Proverò a chiedere all'architetto." La brunotta suda visibilmente, non sa che fare.

"Quando?" Poulanc la incalza con la virulenza di chi ha indiscutibilmente ragione. "Quando?"

"Appena possibile." Lucia tenta una tattica evasiva, punta alla portafinestra.

"Datemi quell'altra suite, facciamo prima!" Poulanc indica un altro edificio bianco poco più in alto sulla destra – gode oltretutto di una migliore vista sul mare – con una terrazza attrezzata con un paio di *chaise longue*, perfino un tavolino.

"Non è possibile, è riservata." Lucia scuote la testa, con un vigore che l'architetto difficilmente approverebbe.

"Riservata da chi?"

"Clienti tedeschi." Aria solennemente misteriosa, adesso: la protettrice della riservatezza degli ospiti, la custode degli equilibri geo-linguistico-politici.

"E quando hanno prenotato, i tedeschi?"
"Non lo so." La brunotta è impacciata – anche un po' arrossita per la bugia – consapevole di non essere credibile.
"È ben strano!" Poulanc non ha nessuna intenzione di lasciargliela fare franca. Oltretutto l'accanimento – va precisato – serve a rendere ancora più credibile l'orribile signora che deve impersonare. "Non lavora qui in veste di assistente manager, signorina?"
"Sì, ma adesso non ricordo quando è arrivata la prenotazione, esattamente..."
"Prima o *dopo* la mia? Lo dica, è molto semplice!" Il bello di assumere temporaneamente un'altra identità è che puoi dare sfogo – seppure temporaneamente – a pulsioni altrimenti inespresse nella tua vita normale.
"Oddio, adesso non saprei dirle, signora..." Di male in peggio: la morettona balbetta, è alle corde.
"Io pretendo che me lo dica!"
"Mi informerò, signora, le farò sapere..." La morettona ne approfitta per tornare nella stanza, puntare verso l'uscita.
Poulanc la segue dentro. "Se non è in grado di rispondermi, allora cambiatemi subito la suite con quella là!
L'architetto Perusato – forse richiamato da un sesto senso – appare sulla porta, intercetta l'espressione stressata della sua assistente. "*Tout va bien, Madame?*"
"Non va bene proprio nulla, signore!" L'indignazione di Poulanc – partita come una mezza recita – continua a prendere corpo, si estende alle infinite trascuratezze e meschinità che da anni le capita di registrare con occhio ormai molto addestrato nei luoghi più pretenziosi d'Europa.
"*Calmez vous, Madame, je vous en prie.*" L'architetto cerca di mantenere il tono ambasciatoriale, ma ha una luce preoccupata negli occhi. "*Dites-moi quel est le problème, s'il vous plaît.*"
"La signora Poulanc è dispiaciuta per la mancanza di mobili..." Lucia si affretta a spiegare, almeno in parte rinfrancata dalla presenza del suo boss nonché – a guardarli vicini è del tutto probabile – amante.
"Non sono dispiaciuta. Sono *indignata.*"

"La signora vorrebbe la suite dei signori tedeschi, ma le ho spiegato..." Lucia abbassa la voce – tale è la soggezione che nutre nei confronti dei signori tedeschi, il cui nome non osa nemmeno pronunciare.

"Purtroppo le suite sono tutte occupate." Perusato allarga le braccia, come per dire "forza maggiore".

"Non ancora." Poulanc non è disposta a lasciargliela passare. "Quella è libera, e ha tanto di mobili da terrazzo."

"È prenotata, *Madame.*" Perusato ha un atteggiamento infuriante. "Mi dispiace."

La cameriera più magra torna nella stanza, recando con qualche incertezza una bottiglia di vino in un secchiello di ghiaccio.

"*Un petit homage, Madame. C'est un vin sicilien de grande qualité.*" Perusato spera di compensare l'imperdonabile carenza di mobilio con questo tono da anfitrione pieno di squisite piccole attenzioni per i suoi ospiti.

"Sì, è un Etna bianco del 2009." La brunotta assistente manager dev'essere stata addestrata a questo tipo di performance. "Da un vitigno autoctono che cresce solo sul versante est del vulcano..."

"Com'è la faccenda?" Poulanc non si degna neanche di prendere in considerazione il vino. "I tedeschi hanno una sorta di *droit de passage?* È così? Anche se la loro prenotazione è arrivata dopo la mia?"

"Certo che no, *Madame.*" Perusato continua la recita di impeccabilità, ma c'è una certa durezza crescente nel suo sguardo.

"Sembra proprio così, invece. È evidente! È imbarazzante!"

L'architetto scuote la testa, fa un mezzo sorriso: l'irritazione – forse l'odio, di già – è lì, appena sotto la superficie.

"I nostri clienti sono tutti importanti allo stesso modo." Lucia dà una rapida occhiata al suo boss, in cerca di approvazione.

"Ma certo." Perusato conferma.

"Be' dovrebbero esserlo, visto che fate pagare a tutti gli stessi cinquemila euro al giorno! Però non mi sembra proprio che sia così!"

"Provvederemo a mandarle un tavolo al più presto, *Madame.*" Perusato tocca un braccio alla sua brunotta, guarda la porta. La cameriera è ancora lì ferma con la bottiglia di vino nel secchiello tra le mani, non sa cosa fare. Del resto non si capisce proprio dove lo potrebbe appoggiare, a meno di non metterlo per terra.

"Lo porti pure via." Poulanc è fremente di indignazione, disgustata. "Non ho alcuna intenzione di bere."

Perusato fa segno alla cameriera di obbedire, ma la ragazza non è molto brillante e non capisce al volo, così Lucia deve prenderla per un braccio e trascinarla fuori quasi di peso.

Perusato staziona ancora nelle vicinanze della porta. "*Est-ce que je peux vous faire apporter quelque chose d'autre, Madame? Quelques fruits, une boisson froide?*"

"Mi faccia portare un tavolo, un asse di legno, un pezzo di plastica, una qualunque superficie rigida e piatta su cui scrivere!" L'indignazione di Poulanc si sta rapidamente trasformando – è provvidenziale, non avrebbe potuto chiedere di meglio – nel combustibile che alimenterà una stroncatura davvero memorabile.

Undici

Brian Neckhart controlla la posta elettronica sull'iPad, seduto a gambe incrociate sul pavimento, con addosso solo i pantaloni da Tai Chi. Lynn è sotto la doccia da un quarto d'ora almeno, alla faccia del quadretto appeso al muro del bagno che a caratteri eleganti dice in quattro lingue *L'acqua a Villa Metaphora è una risorsa preziosa, usiamola con senso della misura*. Ma chiedere a Lynn Lou senso della misura è come chiedere a un pesce di nuotare il meno possibile; la nozione è costituzionalmente estranea al suo modo di essere.

Brian Neckhart fa scorrere le email sullo schermo, senza riuscire a concentrarsi. Se guarda al passato con totale sincerità, quello che l'ha attratto irresistibilmente di Lynn Lou fin dal loro incontro iniziale è stata proprio la totale mancanza di equilibrio, l'assenza di cautela, la sensibilità scoperta, la vulnerabilità estrema. Per la prima volta da quando ha fondato LifeSolving™, dopo migliaia di incursioni efficaci (e ben pagate) nelle vite altrui, si era sentito trascinare al di qua della linea che dovrebbe sempre separare (l'ha detto e scritto chissà quante volte, è una banalità) la partecipazione professionale dal coinvolgimento personale. Già alla seconda seduta, il distacco indispensabile al suo ruolo era stato sopraffatto da un desiderio incontrollabile di proteggere Lynn Lou dalle richieste del mondo, ripararla dalla continua, devastante esposizione, portare ordine nella sua esistenza confusa. Il fatto che si trattasse di una donna molto attraente (e di vent'anni più giovane di lui) e di una star del cinema di prima grandezza ha contribuito a fargli perdere prospettiva? Sì, è inutile negarlo. Portarsi legalmente a casa, con tanto di certificato matrimoniale, una ragazza così sexy e immatura (che oltretutto gli si era affidata per farsi risolvere la vita) gli aveva indubbiamente scatenato un certo istinto di predazione sessuale. Per non parlare della gratificazione (stupida ma non per questo meno reale) offerta dalle prime uscite pubbliche, con i paparazzi appostati sui marciapiedi, i flash a ripetizione, le folle sovraeccitate di fan e curiosi, le foto pubblicate su riviste e siti. Né potrebbe sostenere di non avere ricavato alcun vantaggio professionale dal loro matrimonio: la notorietà di anni di caparbio lavoro con LifeSolving™ si è semplicemente moltiplicata in modo esponenziale da quando è il marito di un'icona della cultura pop. Non l'ha certo sposata per questo, ma le ricadute ci sono state, eccome.

Però la fase dell'infatuazione sessuale è durata ben poco, così come il divertimento da iperesposizione mediatica. Per quanto si sforzasse ogni mattina e ogni sera di vedere la Lynn Lou Shaw ammirata e desiderata da milioni di uomini in tutto il pianeta, quella che aveva davanti agli occhi era sempre più una ragazzina sofferente ed egocentrica, patologicamente insicura, continuamente bisognosa di conferme e rassicurazioni dal mondo. Ben presto l'attrito costante ha sbattuto in secondo piano ogni compiacimento, la fatica ha azzerato il gusto del possesso, il senso di responsabilità ha schiacciato la frivola soddisfazione di apparire sulla copertina di *Rolling Stone* e *Vanity Fair*. Di cosa parlano, quando sono soli? Di niente, perché lei non vuole certo (né può) addentrarsi in discorsi di psicologia o filosofia, e lui a sua volta non ha alcuna intenzione (o interesse) per i pettegolezzi su colleghe o colleghi o registi o stilisti o parrucchieri, per gli shampoo e i tatuaggi maliziosi e le *hair extensions* e le canzoncine e i programmi di MTV di cui sua moglie sembra occuparsi quasi esclusivamente. Quante volte ha provato a coinvolgerla in analisi e considerazioni sulla situazione politica o economica del mondo, per vederla sbadigliare (o ruttare) a metà frase, cliccare su qualche stupido filmatino di YouTube, tipo l'asinello che insegue il cretino, il gatto che parla, il pappagallo che si muove a ritmo di rap? Ogni tentativo di stimolare un'evoluzione è naufragato penosamente, ogni insistenza ha avuto il solo risultato di suscitare in Lynn Lou un'ostilità crescente, infantile come tutti i suoi sentimenti.

Brian Neckhart percorre con lo sguardo lo spazio fin troppo bianco della suite, si sofferma sul secchiello del ghiaccio appoggiato sul tavolo: dentro non c'è più la bottiglia di vino siciliano che Perusato e la sua assistente hanno tanto decantato. Salta in piedi, butta l'iPad sul letto, va a bussare alla porta del bagno. "Lynn Lou?"

Da dentro non arriva nessuna risposta, solo lo scrosciare dell'acqua, la sua voce che canticchia.

Lui bussa ancora, aspetta; apre la porta.

Le forme bianco-rosee di Lynn Lou sono filtrate dal vetro appannato del box doccia: il suo famoso sedere, il suo famoso seno, i suoi famosi capelli biondi. Più da vicino si distingue la scatolina gialla del lettore mp3 impermeabile, la bottiglia di vino siciliano che lei ha in mano.

"Lynn Lou?" Brian Neckhart bussa sul vetro. "Lo sai che non devi bere! Sopra le pillole che hai preso, poi! Lynn Lou?"

Lei rovescia la testa all'indietro, inclina la bottiglia per ricavarne le ultime gocce di vino che sono rimaste. La scuote, si china a posarla, riprende a canticchiare, ondeggia avanti e indietro, non si sogna di rispondere.

"Lynn Lou?" Brian Neckhart cerca di farsi sentire attraverso lo scroscio dell'acqua e la musica del lettore mp3.

Lei fa finta di non sentirlo, o forse non lo sente davvero, alla fine è lo stesso.

Lui fa uno sforzo per contrastare l'istinto di aprire lo sportello di vetro, chiudere il rubinetto, strapparle gli auricolari, scuoterla finché non lo ascolta. "L'acqua qui non è illimitata!" Sa che non dovrebbe farla sentire alle strette, per evitare ulteriori meccanismi di arroccamento, ma è più forte di lui. "Devono desalinizzare quella del mare, è una cosa abbastanza complicata!"

Lynn Lou forse annuisce, o più probabilmente oscilla sul ritmo della musica che le arriva direttamente al cervello. In ogni caso non sembra minimamente in grado di interessarsi ai problemi idrici del luogo, o a qualunque altro tema.

"Sei lì sotto da mezz'ora! Perché non vieni un po' fuori sulla terrazza? Prendi un po' di luce, respiri un po' d'aria?"

Lei non gira la testa per guardarlo, né chiude il rubinetto della doccia, né si toglie gli auricolari. In compenso gli mostra il dito medio alzato, lo appoggia contro il vetro per dare più enfasi al gesto.

Brian Neckhart esce dal bagno, attraversa la stanza, esce sulla terrazza. Mettersi sullo stesso piano di Lynn Lou sarebbe del tutto controproducente, finirebbe solo per alimentare altri comportamenti regressivi. È questo il nodo insolubile: non si può lasciarla fare, perché finirebbe col distruggere se stessa e chiunque le sta vicino, e non si può cambiarla, perché le persone non cambiano. Guarda il mare blu intenso che si estende fino all'orizzonte, fino alla curvatura del globo terrestre. Il senso di spazio è impressionante, questo bisogna riconoscerlo. L'idea di Tari è saltata fuori solo due giorni fa, quando lui stava affannosamente cercando un posto dove portare Lynn Lou, dopo la crisi che ha costretto a sospendere a metà le riprese del film. Il centro benessere vicino a Orvieto dove era riuscito a trascinarla appena arrivato in Italia era già diventato troppo stretto: in due giorni Lynn Lou aveva sputato a due infermiere e urlato insulti irripetibili al direttore che proponeva una cura con bagni di argilla, massaggi e tisane d'erbe. Bisognava trovare un posto dall'aspetto il meno possibile clinico ma isolato, protetto ma non troppo difficile da raggiungere. E bisognava trovarlo subito, perché il primo luglio Lynn Lou dovrà essere di nuovo sul set a Roma, se non si vuole rischiare una causa milionaria da parte dei produttori. È stata una fortuna che Jack Roberts abbia sentito parlare di Villa Metaphora dal suo amico Bortoloni, l'industriale del tessile, e sia riuscito a trovare una suite libera con zero preavviso. Il piccolo resort sulla costa deserta di un'isola sperduta è sembrato subito una soluzione ideale; per arrivarci c'è voluta solo un'ora e mezza con il volo privato da Roma a Lampedusa, e poco più di mezz'ora di elicottero da Lampedusa a Bonarbor. Sarebbe stato molto meglio evitare i curiosi all'imbarco sul motoscafo, ma qui la mancanza di intrusioni esterne sembra garantita. Però basterà una settimana a rimettere Lynn Lou in condizioni operative? Se cominciamo così, è dannatamente improbabile.

Brian Neckhart appoggia un piede scalzo sul muretto bianco, piega il busto in una lenta flessione in avanti. Abbandonare tutto quello che aveva in ballo a Los Angeles per precipitarsi in Italia nell'ennesima missione di salvataggio e recupero gli ha creato un sacco di problemi, è inutile negarlo. Probabilmente riuscirà a occuparsi di quasi tutto a distanza, via internet, però l'ultima cosa di cui aveva bisogno adesso era ritrovarsi bloccato per una settimana su un'isola dall'altra parte del mondo (con nove ore di fuso orario di mezzo), ad assistere una cliente che da un pezzo non è più una cliente e che non ha la minima intenzione di farsi assistere.

Il che dimostra come i metodi LifeSolving™ per essere efficaci abbiano bisogno di una precisa divisione di ruoli, confermata dal fatto che da un lato c'è qualcuno che paga per farsi risolvere un problema e dall'altro qualcuno che viene pagato per risolverglielo (come psicanalisti psicologi consulenti personali maghi e ciarlatani sanno da sempre). Con Lynn Lou la faccenda ha cominciato a confondersi dal giorno in cui lui ha deciso di occuparsi della sua vita gratis, è peggiorata ulteriormente il giorno del loro matrimonio, e da allora ha continuato a deteriorarsi a ritmo crescente.

Brian Neckhart poggia il piede sinistro a terra, mette il destro sul muretto, ricomincia a fare flessioni di distensione sull'altra gamba. Non gli è mai capitato di vedersi o rappresentarsi come un santo, un missionario, un dottore; si considera semplicemente uno con la capacità insolita di vedere con chiarezza i problemi degli altri e di trovare strategie efficaci per risolverli. Un tempo probabilmente c'erano persone (mogli, mariti, nonne, fratelli, sorelle, amici, vicini di casa) pronte a offrire consigli e assistenza gratis a chi ne avesse bisogno. È quasi certo che ascoltassero, osservassero, cercassero di capire, proponessero soluzioni. Dopotutto le due principali ragioni fondative di ogni comunità umana sono il bisogno di compagnia e quello di protezione reciproca. L.J. Hanifan, l'inventore del termine "capitale sociale" aveva espresso bene il concetto: "*L'individuo è socialmente inetto, se lasciato a se stesso… Se entra in contatto con un vicino, ed entrambi con altri vicini, ci sarà un'accumulazione di capitale sociale, che permetterà un miglioramento sostanziale delle condizioni di vita dell'intera comunità. La comunità nel suo insieme beneficerà della cooperazione di tutte le sue parti, mentre l'individuo troverà nelle sue associazioni i vantaggi dell'aiuto, della comprensione, e del senso di condivisione dei suoi vicini…*" Sì, ma questa è filosofia progressista ottocentesca, spazzata via dalla storia, irrimediabilmente fuori sincrono nel 2012. Oggi nessuno ha più la minima voglia di occuparsi di nessuno, nemmeno quando ne condivide la casa e il letto; nessuno ha più abbastanza attenzione, o pazienza, o tempo, da dedicare ad altri al di fuori di sé. Si possono concedere al massimo un paio di minuti, poi basta. Se hai bisogno di più, vatti a cercare un aiuto professionale. Ecco da dove nasce il mercato di LifeSolving™: non c'è da stupirsi che sia in forte, continua espansione. L'anno scorso lui ha suscitato un sacco di controversie (messe in conto, chiaro) quando ha detto all'*Harry Pullman Show* che se Gesù Cristo tornasse oggi sulla terra, molto probabilmente si farebbe pagare. Ma la sua era tutt'altro che una battuta blasfema, come hanno pensato alcuni fondamentalisti, era un invito alla riflessione. Se il figlio di Dio se ne andasse in giro a predicare per strade e piazze senza chiedere niente in cambio, non solo verrebbe arrestato per vagabondaggio e disturbo della quiete pubblica, ma non troverebbe nessuno disposto ad ascoltarlo. Affittategli invece il Moscone Center a San Francisco, o fategli fare una TED Conference a Edimburgo o Long Beach, con un prezzo di ingresso tra i seimila e i settemilacinquecento dollari a persona, ed ecco che avrà una sala strapiena e un uditorio iperattento, pronto a mettere in pratica i suoi precetti appena torna a casa. È da un pezzo che siamo nell'era dei profeti a pagamento, tanto vale prenderne atto. A qualcuno risulta forse che John Lennon o Steve Jobs lavorassero gratis?

In ogni caso, tra le ambizioni di Brian Neckhart non c'è quella di essere un profeta. Risolvere i problemi altrui gli sembra già una missione abbastanza impegnativa. È anche un'attività redditizia, certo, però i soldi non sono mai stati la sua sola motivazione, e nemmeno la principale. Quando gli chiedono (capita spesso) perché fa quello che fa, risponde per rendere il mondo un luogo meno conflittuale. Quando gli chiedono quale sia la chiave del suo successo, risponde l'ottimismo. L'idea che qualunque problema interpersonale, su qualunque scala, dalla lite di condominio alla guerra tra paesi confinanti, possa essere risolto si *nutre* di ottimismo. Ecco spiegata la forza di LifeSolving™: positività, logica pragmatica, taglio su misura, capacità di ottenere risultati in tempi brevi. Brian Neckhart ha pensato molte volte che se non fosse cresciuto come figlio unico di due genitori in feroce conflitto permanente, forse non sarebbe arrivato a mettere su un'impresa multimilionaria che dà lavoro a cinquantanove persone. Se solo prova a fare una carrellata mentale dei casi che ha risolto, sono centinaia i nomi, le facce, le professioni, le città, che gli scorrono davanti agli occhi. Rapporti sentimentali, rapporti di parentela, rapporti di lavoro: la macchina imperfetta delle relazioni sociali non fa che incepparsi, e i tentativi di riparazione da parte dei cosiddetti specialisti troppo spesso hanno il solo risultato di peggiorare le cose, a volte in modo irreparabile. La differenza del suo metodo rispetto agli altri è nell'assenza di dogmi, terminologie, riti; si tratta solo di individuare le cause del problema, analizzarlo con chiarezza, affrontarlo con le risorse adeguate, risolverlo.

A pensarci da questa terrazza assolata e abbagliante, gli sembra incredibile essersi dimenticato di tutto quello che pratica e insegna da anni, proprio quando si è trattato di sua moglie. Eppure non c'è dubbio che ci sia stata una perdita di lucidità, visione, controllo. Si è lasciato risucchiare nei meandri emotivi di Lynn Lou come uno qualsiasi dei ciarlatani che demistifica ogni giorno, ha perso prospettiva, ha lasciato dissolvere la propria autorevolezza. Da dispensatore di attenzione è diventato un mendicante di risposte, intrappolato in un reticolo di troppe parole, troppi gesti, troppe richieste di contatto. E più si rendeva conto di quello che succedeva, più ha profuso sforzi, ottenendo alla fine solo saturazione, mancanza di effetto. Naturalmente l'assortimento di droghe legali che il dottore di Lynn Lou le prescrive con tanta liberalità non aiuta di certo, il cocktail di tranquillanti sonniferi stimolanti equilibratori di umore. Nei primi due o tre mesi era riuscito quasi a farla smettere, poi il consumo è tornato a salire. Né la aiutano l'alcol e l'erba su cui Lynn Lou si butta appena ne ha l'occasione, come una teenager incontrollabile.

Brian Neckhart incrocia le mani dietro la testa, comincia a fare flessioni laterali. Espira quando arriva al limite sinistro, inspira quando torna al centro, espira quando arriva al limite destro. La simmetria è fondamentale, così come la regolarità della cadenza, il ritmo della respirazione. Il motivo vero per cui ha cominciato a fare quello che fa, molto prima che diventasse un lavoro redditizio, risiede nel suo personale bisogno di equilibrio. Ogni disarmonia lo ha sempre disturbato profondamente, fin da quando era bambino: che si tratti del cattivo stato di un oggetto, della disposizione sbagliata dei mobili in un soggiorno, della relazione sbagliata tra due persone. Ha sempre avuto questo istinto che lo spinge a riparare, sbloccare, rimettere in funzione.

Lynn Lou esce sulla terrazza, completamente nuda, con un asciugamano arrotolato in testa. Le braccia estese, mette un piede dietro l'altro come un'acrobata che cammina sul filo. Pelle chiara, lineamenti quasi infantili, slanciata ma tutt'altro che priva di forme. È la rara combinazione di morbidezza e flessuosità, innocenza e sensualità che da ex bambina prodigio l'ha trasformata in sex symbol con il ruolo di Lathia in *The Misunderstanding*, quando aveva diciannove anni.

"Cosa stai facendo?" Brian Neckhart cerca un tono calmo, privo di giudizi.

"Niente." Lynn Lou arriva in fondo alla terrazza, si porta una mano di taglio alla fronte per guardare lontano, gambe dritte, sedere proteso in fuori.

Lui non prova ad avvicinarsi. "Ti consiglierei di metterti qualcosa addosso, oppure di restare in camera."

"Faccio il cazzo che mi pare, okay?" Ha il suo piccolo sorriso da bambina viziata, finto innocente, finto incurante. "Siamo su una cazzo di isola."

"Ma non è un'isola deserta." Brian Neckhart deve trattenere l'impulso di andarla a prendere per un braccio, trascinarla dentro. "Non abbiamo bisogno che altra gente ti veda nuda, no?"

Lei si stacca dal margine della terrazza come se avesse preso una scossa, viene a pochi centimetri da lui, lo fissa, con le pupille ristrette dalla rabbia. "Vaaai aaa faarti footteree-e!" Gli spruzza in faccia minuscoli zampilli di saliva.

"Grazie. Molto gentile." Brian si asciuga con il dorso di una mano, fa uno sforzo titanico per sopprimere le immagini mentali in cui le dà un ceffone la insegue la prende a calci.

Dodici

Paolo Zacomel sta mettendo insieme la seconda panchina con i legni di deriva, lavora di sega, seghetto, sgorbia, scalpello e mazzuolo per preparare i vari pezzi. Non usa mai viti né giunti di metallo per i suoi mobili, cerca di ridurre al minimo indispensabile anche la colla. Quello che gli piace è giuntare legno con legno, usando a seconda dei casi le varie tecniche di spinatura, tenone e mortasa, incastro a mezzo legno, a dentelli, a linguetta riportata, a L, a coda di rondine. Richiede più tempo e uno studio attento dei singoli pezzi, ma è l'unico modo di ottenere risultati organici, omogenei, coerenti. Ogni volta che gli capita di vedere mobili o altri oggetti in legno avvitato e ingiunturato, o addirittura inchiodato in malo modo, prova un senso di oltraggio, come di fronte a un imbroglio, a una profanazione. Non parliamo della tristezza che gli suscitano i truciolati, i laminati, i compensati, i paniforti, gli impiallacciati con PVC. Le ragioni non sono solo estetiche, o solo funzionali; sono anche spirituali. È convinto che ogni pezzo di legno abbia un carattere, una predisposizione, un'anima, una memoria dell'albero che era stato. E cambia ogni volta, a seconda della specie a cui appartiene, della sua storia individuale, della forma che ha assunto. Si tratta di capire e interpretare le sue irregolarità, i nodi, la porosità, le densità, il suono che produce quando lo percuoti, il colore, il peso, la flessibilità, la resistenza o cedevolezza della fibra, l'odore. Solo così arriverà a collaborare con il falegname, a suggerire forme, assecondare funzioni. Ci vuole estremo rispetto, quando si lavora il legno. Ci vuole estrema considerazione.

Però adesso che si è dovuto mettere una maglietta a causa delle insistenze di Perusato suda molto più di quando poteva starsene a torso nudo, si sente imprigionato. È possibile che questi mesi di vita selvatica a Tari abbiano prodotto in lui effetti irreversibili? Se è così, come farà a tornare al mondo cosiddetto civilizzato, una volta finito il lavoro qui?

Guarda in su, e c'è la ragazza che ieri ha visto sulla terrazza di una stanza, viene lungo il sentiero selciato. Piccolo cappello di paglia in testa, borsa di tela a tracolla, passo leggero. Arriva sopra la terrazza dove è lui, i loro sguardi si incontrano come era successo ieri.

Paolo Zacomel ha uno strano rallentamento interiore, fa un gesto di saluto con la mano aperta, sorride.

Lei dal sentiero sorride a sua volta, alza una mano. Ha un bel sorriso, luminoso, aperto. Sembra incerta se continuare a camminare o fermarsi.

Lui continua a guardarla, appoggiato su un ginocchio davanti alla panchina messa insieme per meno di un terzo. Pensa che dovrebbe rimettersi a lavorare, ma non riesce a muoversi, è bloccato. Non riesce neanche ad abbassare la mano.

La ragazza sposta appena la testa, guarda i legni sulla terrazza, stringe le palpebre, come per mettere a fuoco meglio contro il sole.

"Stai cercando soggetti da disegnare?" Paolo Zacomel parla senza riflettere; pensa subito che è una frase stupida, avrebbe fatto meglio a stare zitto.

La ragazza sembra sorpresa, incerta.

"Ieri ho visto che disegnavi sulla terrazza, e questa mattina sugli scogli, dopo che hai fatto il bagno." Fa un gesto, sbagliato anche quello, inutile.

La ragazza si preme in testa il piccolo cappello di paglia, come per proteggersi dagli sguardi indiscreti.

"Non ero lì a *guardarti*. Ti ho solo *vista*." Paolo Zacomel è costernato dalla propria incapacità di mettere insieme una frase senza fare la figura del cretino, o dello stalker. Non che sia mai stato un gran parlatore, ma qui sembra che i suoi strumenti di comunicazione siano disabilitati, veramente.

La ragazza guarda lungo il sentiero, sembra sul punto di rimettersi in movimento; invece si gira di nuovo in qua, scende i gradini che portano alla terrazza.

Lui non sa neanche decidersi se andarle incontro, darle il benvenuto nel suo territorio temporaneo; resta dov'è.

Lei arriva giù, si guarda intorno sulla terrazza: le piccole strisce di stoffa colorata appese da Lucia, il cartello con scritto in quattro lingue *Lascia qui il rumore del mondo, per tornare al suono dei tuoi pensieri.*

"Dovrebbe essere l'unico spazio comune dove si possono usare i cellulari." Paolo Zacomel continua a sentirsi in dovere di dare spiegazioni, e continua a riuscirgli malissimo.

Anche la ragazza però sembra piuttosto incerta su cosa fare o dire, ha un modo nervoso di girare la testa. Gli tende la mano. "Lara."

"Paolo." Si rende conto di stringere troppo forte, perché tra il lavoro con il legno e l'arrampicarsi sugli scogli le dita si sono abituate alla massima presa. Ma anche la stretta di lei è tutt'altro che debole.

Lara va al bordo della terrazza, si affaccia a guardare.

Lui la raggiunge; osservano tutti e due la sconfinata massa blu del mare che palpita come in un respiro lento, sotto il martellare implacabile del sole.

Lei si gira, guarda di nuovo la panchina messa insieme per un terzo, i legni di deriva appoggiati poco più in là.

"Li ho trovati tra le rocce, lungo la costa. Arrivano da chissà dove, qui sull'isola di alberi non ce ne sono. A parte qualche povero oleandro e un paio di palme al porto."

Lei si gira a guardare i cespugli di timo ed euforbia e lentisco sparsi per la pendenza scoscesa, i capperi ricadenti.

"Come mai sei qui?" Di nuovo Paolo Zacomel parla senza pensare, fa un gesto che include il mare la costa la terrazza le scale gli edifici bianchi le altre terrazze più in alto.

"Perché?" Lara sorride. "Non sembro un'ospite di Villa Metaphora?"

"No." Lui vorrebbe spiegarle perché non sembra un'ospite, invece si preme le mani nelle tasche dei calzoni. Cos'è che continua a rallentarlo? Cos'è che gli provoca questo strano affanno?

"Neanche tu." Lara scorre le dita lungo la tracolla della borsa di tela, gli guarda i piedi.

“Devi insegnare disegno qui?” Di nuovo una domanda invadente, perfino mal pronunciata.

Lara scuote la testa. “Disegno per me. Sono qui perché mi ha invitato Lynn Lou Shaw.”

Lui non ha la minima idea di chi sia Lynn Lou Shaw. “È una tua amica?”

“Più o meno.” Stringe di nuovo le palpebre, lo studia. “È un’attrice americana.”

“Quella che è arrivata oggi? Con il berretto da baseball?”

Lara fa di sì con la testa. “Abbiamo lavorato insieme in un film, fino a quattro giorni fa. Poi hanno dovuto sospendere le riprese.”

“Fai anche tu l’attrice?” La guarda, cerca di capirlo dai suoi lineamenti, dal suo modo di muoversi.

“No!” Ride. In effetti è troppo naturale per fare l’attrice, troppo osservatrice, troppo poco presa da se stessa.

“E cosa fai?” Le domande invadenti sembrano una specie di condanna, ormai: non riesce a impedire che gli arrivino alle labbra.

“L’aiuto scenografa. In teatro. Ma una mia amica mi ha passato il lavoro nel film di Lynn Lou. L’avevano offerto a lei, ma doveva andare in Giappone.”

“Interessante.” Paolo Zacomel vorrebbe essere in grado di tirare fuori un commento più articolato, ma è tutto quello che gli viene.

Lara sembra divertita, ha una luce calda negli occhi. “Davvero non sapevi chi fosse Lynn Lou Shaw?”

Lui scuote la testa. “È grave?”

Lei ride. “No. Però è insolito.”

“Perché?” Cos’è che lo incanta del suo modo di ridere, del suo sguardo, dei suoi movimenti? È un’altra conseguenza della vita selvatica e solitaria, questa dilatazione di sensazioni, questa curiosità senza misura?

“Perché è una delle persone più famose del pianeta.”

“Ah sì?”

“Avresti dovuto vedere la gente per strada a Roma, l’unica volta che abbiamo cercato di fare una passeggiata insieme. I fotografi che stazionavano in permanenza sotto il suo albergo. I giornalisti che le si inginocchiavano davanti."

"Ho paura di non essere molto informato." Paolo Zacomel pensa a tutte le notizie che ogni giorno è stato contento di non ricevere, alla distanza dal mondo che ha coltivato con intenzione, sentendosi più libero e leggero. Perché adesso lo spaventa l'idea di avere perso qualcosa? Perché questo smarrimento mentre la guarda?

"Neanch'io sono molto informata. Ogni volta che parlo con qualcuno di qualcosa scopro che mi mancano alcuni dati essenziali."

"Forse sono irrilevanti."

"Forse."

"Che accento hai?" Di nuovo non riflette prima di parlare, non riflette. È davvero diventato una specie di buon selvaggio rousseauiano, incapace di filtrare le proprie pulsioni? Lei ne è infastidita? Perché adesso si preoccupa di cosa possa pensare di lui?

"Perché?" Lara sposta lo sguardo, sposta il peso sull'altra gamba, cambia angolazione.

"Non so." Paolo Zacomel fa un altro gesto che non significa niente, gli sembra che le orecchie gli ronzino. "È un accento quasi italiano, ma non proprio."

"*Sono* italiana. Per metà."

"E l'altra metà?" Cerca di indovinare in base ai suoi tratti, ai suoi colori, ma è confuso, distratto dal modo che lei ha di guardarlo. "Inglese?"

"No!" Fa una faccia offesa. Per scherzo? Sul serio?

"Cosa, allora?" Paolo Zacomel è sudato, avrebbe voglia di togliersi la maglietta.

"Irlandese."

"Stavo per dirlo, accidenti." È vero, era lì lì. Perché stava per dirlo? Sono percezioni distorte, queste? Dal sole, dal caldo? "Di dove in Irlanda?"

"Limerick. Nel sudovest."

"*Luimneach.*" Paolo Zacomel ha alcune immagini istantanee che gli affiorano in testa, per conto loro. "Sul fiume Shannon."

Lara arriccia il naso, in una buffa espressione. "Ci sei stato?"

"Sì, a trovare una ragazza. L'avevo conosciuta su un'isola greca. Due sere alla settimana suonava al Dolans Warehouse, in Dock Road. Ma sai quando sembra che debba succedere qualcosa con qualcuno, e invece non succede? Sei lì molto vicino e ti aspetti che succeda, e non succede." Non riesce a capire perché stia dicendo queste cose: le parole si formano da sole, spinte da spezzoni di pensieri, senza continuità, senza direzione.

Lara lo osserva, attenta.

"E tu cosa ci facevi, a Limerick?"

Lei ride. "Ci sono nata."

"Sì, ma poi?" Forse dovrebbe togliersi da questo sole per riuscire a ragionare in modo coerente, però qui intorno non c'è nessun riparo, non c'è scampo.

"Sono andata a scuola, eccetera." Per fortuna non sembra irritata dalla stupidità delle domande, c'è una luce curiosa nei suoi occhi.

"E poi?" Non riesce neanche a capire come possa continuare a essere così insistente, come mai.

"Ho studiato allo Youth Theatre."

"E cosa ti interessava, del teatro?" Si rende conto che l'insistenza è il riflesso di uno sgomento crescente: è per questo che non riesce a fermarsi.

"Tutto. Anche scriverlo."

"Ah sì?" Lo sgomento gli si sta trasformando in un senso di perdita che gli toglie il fiato, gli peggiora il ronzio alle orecchie. Dov'era lui mentre lei diventava quella che è adesso, con il suo peculiare sistema di pensieri, attitudini, modi, gesti, toni di voce? Non è assurdo, tutto questo?

"Sì."

"E cos'hai scritto?" Continua a fare domande per non lasciarsi sopraffare da quello che sente, e a ogni domanda la sua situazione peggiora, è un autentico circolo vizioso.

"Cose diverse. Cercavo di capire." Lei guarda in alto: c'è un rumore nel cielo, lontano.

"Dimmene una."

Lei inclina la testa. "L'ultimo anno ho scritto un pezzo in due atti sulla prigionia di Pëtr Kropotkin nella fortezza di Pietro e Paolo a San Pietroburgo, e la sua fuga dall'ospedale militare."

"*Pëtr Kropotkin?*" Paolo Zacomel ha una specie di ondeggiamento interiore.

"Sì, perché?" Lara stringe le palpebre, lo osserva.

"Perché è uno dei miei *miti*." Neanche qui riesce a esprimersi come vorrebbe, è troppo preso dai lineamenti di lei, dal suo sguardo, da tutto quello che c'è dietro. Cerca di correggere il tiro, ma è difficile, annaspa. "Voglio dire, un grande spirito, un illuminato, un amico meraviglioso che ti parla da un altro punto del tempo. Ho letto *Memorie di un rivoluzionario* quando avevo diciassette anni, mi ha cambiato la vita."

Lei fa di sì con la testa. "Un principe educato nel *Corps de Pages* di Alessandro II, che avrebbe potuto passare la sua esistenza a corte, tra balli e parate in divisa, e invece diventa un anarchico e un rivoluzionario."

"Oltre a tutto il resto." Paolo Zacomel ha la sensazione che i pensieri gli si siano sbloccati, ma adesso gli corrono attraverso la testa, troppo veloci per fermarli.

"Sì, l'esploratore, il geografo, il geologo." La luce negli occhi di Lara è diventata ancora più viva. "L'antropologo sociale. Era una mente fantastica."

"Il pensatore avventuroso, che a poco più di vent'anni risale in barca il fiume Amur. Non mi ero mai immaginato la Siberia così. E le sue pagine sulla prigione e sulla fuga sono incredibili, hai ragione."

"Sì. C'è tutto, lì dentro."

"L'idea di uno spirito tanto libero rinchiuso tra quelle mura orribili dalla paranoia tirannica e dall'ottusità poliziesca, eppure ancora in grado di produrre osservazioni e pensieri cristallini, decostruire e ricostruire mondi."

Lara annuisce, il flusso tra i loro sguardi adesso è un'onda continua.

"E come l'hai costruito, il tuo testo teatrale?" La domanda vera è, come sei arrivata a essere quella che sei?

"Nel primo tempo Pëtr è nella fortezza. Sai quando malgrado le condizioni allucinanti, l'isolamento totale, il gelo di notte, il caldo spaventoso di giorno, continuava a leggere tutti i libri che la famiglia riusciva a fargli avere, e a scrivere testi scientifici per la Società geografica russa?"

"Continuando anche accanitamente a fare esercizio fisico, no? Camminando avanti e indietro in quei pochi metri quadri, sollevando e risollevando lo sgabello?"

"Sì!" C'è questo incantevole entusiasmo comunicativo che le sgorga da dentro, le arrossa le guance. "L'inizio del primo atto è proprio Pëtr che cammina avanti e indietro nella cella, passandosi lo sgabello da una mano all'altra, ripetendo ad alta voce quello che sta scrivendo per la Società geografica, sulle ere glaciali!"

"E poi?"

"Poi c'è la visita a sorpresa del fratello dello zar, il principe Nikolaj Nikolaevič, un anno dopo. Quando arriva nella cella senza essere annunciato, per cercare di capire come sia possibile che un uomo di nascita così nobile metta in discussione tutto l'ordine stabilito."

"Due tipi che vengono dallo stesso mondo, eppure diventati così diversi. Gli opposti che si girano intorno."

"Non era facile renderla. La descrizione del libro era tutta interiore, ma quando cerchi di trasformarla in movimenti e dialoghi rischi di trasformare tutto in un gioco di stereotipi."

"Sono sicuro che non l'hai fatto." Sarebbe pronto a scommetterci: prova un'istintiva fiducia nelle sue capacità di evitare gli stereotipi.

"Ho fatto del mio meglio. Poi il regista aveva la sua interpretazione, i due attori anche. Quello che faceva il fratello dello zar era molto manierato. Sai uno che dice, faccio il fratello dello zar?"

Paolo Zacomel ride, all'idea dell'attore manierato, all'idea di essere qui con lei. "E la fuga dall'ospedale militare?"

"Quella per me è la parte più bella delle *Memorie*."

"Sì, sono pagine così piene di idealismo romantico, puro, incontaminato."

"E di immaginazione letteraria, però *vissuta*, vera."

"Tutto il piano incredibilmente elaborato che i suoi amici avevano inventato per liberarlo, quando hanno capito che altrimenti sarebbe morto."

“Ogni elemento del piano così fantasioso.” Lara guarda in cielo: il rombo meccanico continua ad avvicinarsi.

“E il pericolo così reale. Sapere che se Pëtr non fosse riuscito a scappare lo avrebbero rimesso nella fortezza, e da lì non sarebbe mai più uscito vivo.”

“Tutto il sistema di segnali a catena che si inventano i suoi amici, la consegna dell’orologio che contiene il piano scritto in codice, il violinista che si mette a suonare nella casa fuori dal cancello, i palloncini rossi che vengono fatti volare in aria, la carrozza che si ferma all’angolo, l’uniforme da ufficiale pronta da far indossare a Pëtr, il barbiere pronto a tagliarli la barba.”

“E Pëtr con quel cappotto pesante e lungo fino alle caviglie, no? Mi ricordo la sua descrizione di come cerca disperatamente di liberarsene mentre corre verso il cancello inseguito dalle guardie, e quando alla fine ci riesce gli sembra improvvisamente di volare, sa che nessuno sarà più in grado di fermarlo.”

“Allora l’hai letto davvero.” Lara sorride.

“Sì.” Lui si beve l’essenza delle sue espressioni.

Lei guarda di nuovo in cielo: il rumore continua a crescere di intensità.

Anche Paolo Zacomel alza lo sguardo, frastornato com’è dalla conversazione, dalla sensazione di vicinanza bruciante.

Un elicottero argentato appare da dietro il rilievo roccioso a est, punta su Villa Metaphora. *FTAP FTAP FTAP*, le pale dei rotori martellano l’aria, provocano una sorda eco ritmica che rimbalza sulle rocce.

Qua e là tra le costruzioni bianche ci sono movimenti di gente richiamata dall’incursione. Amalia la cameriera si sporge da una finestra, l’americano che è con la famosa attrice di cui Paolo Zacomel ha già dimenticato il nome si affaccia dalla sua terrazza, la francese si copre le orecchie con le mani sul sentiero selciato più in alto, dove Carmine sta correndo in direzione della terrazza principale, da cui Perusato gli sta facendo gesti allarmati.

L’elicottero sale e scende come un grosso insetto incerto e insistente sopra gli edifici e le terrazze, sembra alla ricerca di un punto dove posarsi. Si inclina, segue la pendenza brusca della roccia, si avvicina alla terrazza bassa dove sono Paolo Zacomel e Lara, comincia a scendere, esita, risale, resta sospeso; scende.

È una scena talmente inattesa che Paolo Zacomel e Lara restano paralizzati per qualche secondo, sotto l'onda circolare di rumore e vento. Poi lui la prende per un braccio, la tira verso i gradini della scala. Si fermano lì a guardare in alto, nel frastuono assordante.

L'elicottero viene giù, *FTRAP FTRAP FTRAP*. Lo spostamento d'aria delle pale crea turbini di polvere rossastra sulla scarpata, fa piegare i cespugli radi. Quando arriva più basso, uno dei pattini metallici urta il muretto della terrazza, *SKRAAAKT,* provoca una nuvola di calce e pietra.

Perusato sta arrivando giù di corsa dalla scala, seguito da Carmine che a sua volta è seguito da Lucia; mulina le braccia, grida qualcosa, ma la sua voce è coperta inesorabilmente dal rumore.

L'elicottero risale in aria, *FTRAPT FTRAPT FTRAPT*, cerca un'inclinazione migliore, torna a scendere, insistente, invadente, minaccioso.

"Non si può atterrare quiii!" Perusato è arrivato agli ultimi gradini sopra la terrazza, dove sono Paolo Zacomel e Lara. Continua a gesticolare, apre e incrocia le braccia, si sgola. "La terrazza non reggeee!"

Nessuno sull'elicottero sembra preoccuparsi dei gesti dell'architetto, perché la grossa bestia abbassa il muso, lo rialza, si livella a mezz'aria, scende ancora, tocca finalmente con i suoi pattini le pietre della terrazza. *FTUNK FTUNK FTUNK*, il rumore rimbomba più basso e sordo. Un portello si apre, un tipo biondiccio in completo blu e occhiali da sole salta giù, a testa bassa e busto piegato come si vede nei film quando la gente scende dagli elicotteri. Si guarda intorno, ma ignora Perusato che muove furiosamente le braccia e grida "Questo non è un eliportooo!"

Un tipo più alto vestito di chiaro con i capelli molto corti alle tempie e sulla nuca scende dall'elicottero, seguito da una donna bionda quasi altrettanto alta che mette i piedi a terra con cautela. Il tipo vestito di blu si infila nell'abitacolo, ne tira fuori diverse valigie e borse, va a posarle vicino agli altri due che aspettano a qualche metro, con le mani di taglio sugli occhi per ripararsi dai turbini di polvere.

Perusato ha smesso di gesticolare e di urlare; è paralizzato sul margine della terrazza, con Lucia e Carmine di fianco.

Il tipo vestito di blu confabula con quello più alto vestito di bianco, poi torna verso l'elicottero, fa un cenno di saluto. "*Guten Aufenthalt!*"

"*Wir bleiben in telefonischem Kontakt!*" La voce del tipo più alto vestito è metallica, taglia attraverso il rumore dei rotori.

"*Jawohl, Herr Reitt!*" Il tipo in blu risale sull'elicottero, richiude il portello. Le pale dei rotori prendono a martellare l'aria più veloci, *FTRAP FTRAP FTRAP*, il frastuono meccanico rimbalza e si moltiplica su ogni superficie, il vento artificiale manda polvere in tutte le direzioni.

La donna bionda che è scesa insieme all'uomo alto vestito di chiaro si guarda intorno, con una mano sui capelli per non farseli scompigliare; la sua giacca leggera e la sua gonna sbatacchiano nello spostamento d'aria, mentre l'elicottero si solleva dalla terrazza e sale in aria. L'uomo le dice qualcosa che lei non sente, glielo ripete nell'orecchio, con un'espressione irritata. Si girano tutti e due, guardano Perusato che va verso di loro, seguito da Lucia e da Carmine.

L'elicottero è già in alto nel cielo molto azzurro, si inclina, fa riverberare di altre frequenze percussive le rocce del promontorio, si allontana.

Paolo Zacomel e Lara osservano la scena dal terzo o quarto gradino della scalinata, parte incuriositi, parte furiosi. Lei si gira verso di lui, con l'accenno di un sorriso amaro sulle labbra ben formate. "Bastardi."

Tredici

Brigitte Reitt pensa che l'arrivo è stato ancora più imbarazzante di come si era immaginata mentre sorvolavano l'isola; e proprio il contrario della linea di basso profilo che Werner dovrebbe tenere, oltretutto. Kaultsheier però ha insistito in modo ossessivo per evitare ogni occasione di contatto con la popolazione locale, l'unico punto su cui Werner fosse d'accordo con lui. Il pilota è stato letteralmente comprato dai biglietti da cento euro che Mathias gli ha infilato in tasca, benché avesse espresso molte riserve sulla possibilità di atterrare su una terrazza pericolosamente vicina alla scarpata e forse nemmeno abbastanza solida da reggere il peso dell'elicottero. Bell'esempio di moralità, davvero, da parte di chi ha puntato il dito mille volte contro la corruzione in Italia. D'altra parte la posizione di Werner è diventata così delicata che è l'angoscia a dettare le scelte, più ancora delle raccomandazioni dell'ufficio logistico della PEB. Basta pensare alla corsa in macchina da casa all'aeroporto, alla successione di inutili aggiornamenti telefonici durante tutto il volo sul jet della banca, alla fretta del trasferimento dall'aereo all'elicottero sulla pista di Lampedusa. Questo sbarco dall'alto è solo l'ultimo anello di una catena di episodi profondamente sgradevoli e sbagliati.

Werner è troppo preso da pensieri di tutt'altro ordine per preoccuparsi di avere sconquassato brutalmente la pace del luogo. Se fosse stato per lui, avrebbe preferito mille volte restare a Francoforte, o al massimo nella casa di campagna fuori Kelkheim, invece di venire a rifugiarsi in fondo al Mediterraneo, su quest'isola di cui non aveva nemmeno mai sentito pronunciare il nome. Però negli ultimi giorni le opzioni si sono ridotte con rapidità paurosa, e quando Karl Kaultsheier ha tirato fuori l'idea del piccolo resort di lusso sulla costa disabitata di Tari, nessuno dell'entourage ristretto ha potuto negare che fosse il posto giusto. La parola d'ordine è sparire per qualche giorno dagli occhi del pubblico e dei mass media, aspettare l'evolversi degli eventi. Il fatto che il resort si trovi in una posizione spettacolare tra sole e mare è del tutto irrilevante allo scopo; anzi, crea un contrasto stridente con i loro motivi per venirci, rende la situazione ancora più paradossale. Quanto a lei, sta comportandosi da moglie leale, o almeno così le sembra, in nome del bene comune, anche se la perplessità fa sempre più spesso incursione nei suoi stati d'animo, intorbidando le sue certezze.

Qui sulla terrazza un uomo elegante sta venendo verso di loro, seguito da una giovane donna bruna e da un giovane uomo bruno in divisa bianca. Più dietro, sui gradini di una scala, una ragazza vestita in stile vagamente orientale e un uomo con la barba lunga e il viso cotto dal sole osservano lei e Werner con un notevole grado di ostilità, senza muoversi. Nessuno dei due sembra il tipo di persona che ci si aspetterebbe in un resort di lusso quale questo dovrebbe essere. Forse lavorano qui, o forse sono ospiti eccentrici.

L'elicottero è finalmente salito nel cielo, i mulinelli di vento che aveva provocato si dissolvono insieme al rumore.

L'uomo elegante le fa un baciamano impeccabile. "*Willkommen in der Villa Metaphora, Frau Reitt. Ich bin Gianluca Perusato.*" Va a salutare Werner. "*Guten Tag, Herr Reitt. Willkommen in der Villa Metaphora.*"

Werner risponde alla stretta di mano senza il minimo entusiasmo, si guarda intorno come in territorio nemico.

Anche la giovane donna bruna viene a salutare, con molta sollecitudine. "Lucia Moscatigno, benvenuti a Villa Metaphora." Avrà una trentina d'anni, aspetto marcatamente mediterraneo: grandi occhi scuri, seno e fianchi formosi.

"*Es tut mir leid.*" L'architetto Perusato indica l'elicottero che si sta allontanando nel cielo, è chiaramente agitato a causa dell'atterraggio sulla terrazza. "*Aber die Terrasse ist für die Landung von Hubschraubern nicht geeignet.*"

"Me ne rendo conto, mi dispiace moltissimo." Brigitte risponde in italiano, le sembra un minimo gesto di cortesia dopo un arrivo così arrogante. "È stato per ragioni di sicurezza, spero che lei possa capire."

"*Natürlich, Frau Reitt.*" L'architetto Perusato sta facendo uno sforzo evidente per comportarsi da ospite amabile. Indica i bagagli al giovane bruno vestito di bianco, che si affretta a raccoglierli.

Werner è talmente irrigidito da muoversi a scatti, guardando il paesaggio intorno come se si aspettasse davvero di scoprire cecchini appostati dietro cactus e cespugli. La ragazza e il giovane con la barba sulle scale continuano a fissarli in modo ostile.

Brigitte fa un gesto. "Siamo veramente mortificati per il rumore, per la confusione."

Werner le dà un'occhiata irritata; benché non parli italiano ha capito il senso della sua frase, e chiedere scusa non ha mai fatto parte del suo lessico.

"*Aber das macht doch nichts, Frau Reitt.*" L'architetto Perusato sorride cortese, anche se forse gli costa un certo sforzo. Indica la scalinata che sale per il terreno scosceso. "*Wollen wir gehen?*" Sembra che ci tenga a parlare tedesco, non solo per dovere di ospitalità, ma per il gusto di farlo.

Nell'esperienza di Brigitte Reitt non sono molti gli italiani che parlano le lingue, ma quelli che le parlano non vogliono rinunciare all'occasione di farlo. Suo padre sosteneva che si tratta di una forma di sudditanza esterofila, dovuta alla successione di dominazioni straniere nella storia del paese. Lei ha sempre preferito considerarla un sintomo di gentilezza, e di curiosità per tutto quello che esce dai noiosi confini del familiare. L'Italia le piace, fin da quando da bambina ci veniva in vacanza con i suoi genitori, all'isola d'Elba o in un casale di campagna vicino a Siena.

L'architetto Perusato e la ragazza bruna che si chiama Lucia fanno strada su per i gradini di pietra scura, lei e Werner seguono, il giovane vestito di bianco viene per ultimo con i bagagli. Passano oltre la ragazza e il giovane con la barba, che li osservano e mormorano qualcosa.

In cima alla scalinata c'è una terrazza più grande, bianca come l'edificio che ci si affaccia. La vista sul mare è un trionfo di luce, colore, spazio.

Anche Werner si guarda intorno, ma probabilmente l'unico aspetto che gli interessa è che lungo la costa irregolare non si vede una sola costruzione o altro segno di attività umana, come avevano già potuto verificare dall'elicottero. Karl Kaultsheier ha fatto un buon lavoro di ricerca, almeno su questo non c'è niente da dire.

In compenso le persone che si vedono in giro non sembrano particolarmente amichevoli, con tutta probabilità a causa della brutalità fragorosa di questo arrivo. Per esempio una signora con un grande cappello di paglia e occhiali da sole avvolgenti li fissa dall'altro estremo della terrazza con un'espressione decisamente sprezzante. "*Voilà donc, il faut faire une grande entrée pour avoir une chambre décente!*" Un uomo con i capelli grigi tagliati corti e una tenuta bianca da arti marziali si affaccia a guardarli da un'altra terrazza più in alto, anche lui con uno sguardo decisamente avverso. Perfino due cameriere in divise piuttosto pittoresche sgusciano via con espressioni chiuse, come per togliersi dal passaggio degli invasori.

Brigitte Reitt deve fare uno sforzo per non scusarsi con ognuno a gesti e parole, spiegare che si rende perfettamente conto dell'estrema indelicatezza di quello che è successo, che se avesse potuto avrebbe preferito arrivare in una barchetta a remi, piuttosto che così. Però è probabile che l'effetto sarebbe solo di peggiorare ancora la situazione, visto che non può certo mettersi a spiegare i motivi dello sbarco in elicottero. Oltretutto il contegno di Werner è di un'asprezza quasi offensiva, annullerebbe l'efficacia di qualunque scusa.

L'architetto Perusato mostra il soggiorno/sala da pranzo affacciato sulla terrazza principale, poi insieme alla sua assistente fa strada lungo un sentiero selciato che collega diversi edifici, bianchi come quello principale. Si ferma davanti a quello più in alto, aspetta che Lucia apra la porta, fa un cenno per invitarli a entrare.

La suite è ampia e chiara, invasa dalla luce che entra dalle finestre e da una portafinestra. Il letto è in muratura, i mobili di legno sono di forme irregolari, le stoffe del copriletto e del divano hanno colori caldi, gialli e rossi. Brigitte Reitt pensa che potrebbe essere anche un posto dove passare qualche giorno molto piacevole, se l'espressione di Werner non le ricordasse immediatamente le ragioni per cui sono qua.

Il giovane bruno vestito di bianco arriva con le loro valigie, le posa su due sostegni di legno, si ritrae verso la porta, esce.

L'architetto Perusato aggiusta la tenda di una finestra, sposta una lampada su un comodino, con la sicurezza di chi ha pensato ogni singolo dettaglio di questi ambienti. Mathias ha cercato su Google ulteriori informazioni su di lui, per integrare quelle ridotte all'osso che avevano ricevuto a Francoforte. Risulta che abbia progettato case di prestigio in diverse parti del mondo per clienti di alto livello, ha vinto diversi premi internazionali, i suoi lavori sono pubblicati su riviste importanti. Villa Metaphora è la prima opera a cui si è dedicato in veste di realizzatore, oltre che di progettista: probabilmente un modo di mettere a frutto il capitale di contatti che ha accumulato negli anni, e forse divertirsi in un ruolo diverso. A guardarlo sembra provare decisamente gusto nella parte dell'anfitrione, ora che il disagio dovuto al loro arrivo in stile militare si è stemperato. Illustra le caratteristiche dell'impianto di condizionamento ad acqua marina alimentato con pannelli fotovoltaici come il dissalatore, spiega che il resort è all'avanguardia assoluta dal punto di vista del rispetto dell'ambiente. Poi indica la bottiglia di vino in un secchiello di ghiaccio. "*Das ist ein herrlicher sizilianischer Wein.*"

"È un Etna bianco doc del 2009." Lucia interviene, con sollecitudine da assistente. "Da un vitigno autoctono che si chiama Carricante, cresce esclusivamente sul versante est dell'Etna. Ha una struttura interessante, dovuta alla composizione minerale del terreno lavico e all'altitudine della coltivazione."

"Grazie, davvero." Brigitte Reitt mette fin troppo entusiasmo nella voce, per compensare il fatto che Werner si sta infilando nel bagno senza mostrare il minimo interesse né per la suite, né per gli impianti, né per il vino.

Perusato fa un gesto. "*Wollen Sie die Terrasse sehen*?" Tra le sue ragioni per ostinarsi a parlare tedesco c'è forse quella di fare colpo su Lucia, la quale in effetti lo guarda con ammirazione.

"Sì, grazie." Brigitte Reitt è altrettanto determinata a parlare italiano. Aveva cominciato a imparare qualcosa durante le vacanze in Toscana da bambina, poi ha seguito un corso a Francoforte per due anni, infine ha preso lezioni private. Adesso se la cava abbastanza bene, anche se si rende conto che la pronuncia è sempre un po' rigida. Le piace il suono della lingua, la sua musicalità, i riflessi di morbidezza mediterranea nelle parole.

L'architetto Perusato apre la portafinestra, si mette di lato per lasciarla passare.

La vista è ancora più spettacolare che dalla terrazza principale, toglie il fiato: il blu del mare e l'azzurro del cielo, sconfinati. "È bellissimo."

"*Ich kann es nicht leugnen, Frau Reitt.*" L'architetto Perusato fa un mezzo inchino.

"Straordinario, davvero." Brigitte Reitt è sopraffatta dall'intensità della luce, dalla purezza dei colori, dal calore del sole, dalla varietà di odori dolci e pungenti portati dalla brezza leggera. Dopo gli ultimi giorni passati quasi ininterrottamente al chiuso di appartamenti automobili uffici, in una stratificazione infinita di tensioni e complicazioni umane, la forza non filtrata degli elementi naturali la fa quasi vacillare.

"La cena è servita dalle otto e mezza in poi, sulla terrazza principale." Anche Lucia fa un mezzo inchino, chiaramente modellato su quello dell'architetto.

"*Bis später, Frau Reitt.*" Perusato si ritrae, seguito dalla sua assistente.

"Grazie ancora." Brigitte Reitt dalla terrazza li guarda attraversare la suite e uscire, chiudersi dietro la porta.

Quattordici

Giulio Cobanni si toglie l'accappatoio, entra nella vasca di acqua vulcanica vicino a sua moglie. L'acqua è calda, proviene da percorsi sotterranei lambiti dalla lava incandescente, la sua temperatura preservata dalle pietre laviche scure dei lati e del fondo. Il sito internet di Villa Metaphora si dilunga sulla presenza di solfati cloruri bicarbonati calcio magnesio bromuro iodio, e sulle loro supposte o reali proprietà. Comunque sia, assomiglia al brodo primordiale di cui parlavano Aleksandr Oparin, J.B.S. Haldane e Stanley Miller: denso, ribollente di energia primaria. Proprio quello di cui aveva bisogno, se ne sente sopraffare man mano che ci affonda. Più si immerge, più gli sembra che intenzioni e programmi gli si dissolvano, ed è un vero sollievo. Se abbandonasse ogni resistenza, potrebbe facilmente scivolare dal gradino di pietra su cui poggia e andare a fondo, lasciarsi riempire i polmoni. Smettere di insistere, rinunciarci, arricchire il processo biochimico con le proprie molecole organiche, scavalcare di qualche era la formazione di coacervati. Magari ne verrebbe fuori qualche forma di vita più interessante di quelle che ci sono in giro adesso, o almeno con difetti diversi da quelli già conosciuti fino alla noia. Si chiede se è vero che in origine l'atmosfera della Terra era simile a quella di Giove, come sosteneva Urey. E poi? Urey e Miller nel loro famoso esperimento avevano messo acqua, metano, ammoniaca e idrogeno in un circuito sterile di tubi e ampolle di vetro, avevano scaldato l'acqua per farla evaporare e provocato scintille per simulare lampi nell'atmosfera. Poi avevano raffreddato tutto, e dopo un giorno il liquido aveva preso un colore rosato, nel giro di una settimana si erano formati venti amminoacidi. Però gli acidi nucleici erano assenti, naturalmente. Naturalmente? La vita non è solo un processo biochimico, allora? C'è qualcos'altro, impossibile da individuare in laboratorio?

"Non so chi si credano di essere." Sua moglie Tiziana socchiude gli occhi, la testa appoggiata all'asciugamano ben ripiegato in quattro.

"Chi?" Giulio Cobanni respira con estrema lentezza.

"I tedeschi. A fare un arrivo del genere, in un posto che dovrebbe essere il non plus ultra della naturalezza e della tranquillità."

"Come sai che sono tedeschi?" Gli costa uno sforzo notevole risalire a una dimensione di parole che definiscano fatti contingenti.

"Li ho sentiti parlare. E me l'ha confermato una delle due cameriere, quella magra. Pare che anche Perusato si sia molto seccato. Ci credo, se non altro per il disagio che hanno creato agli altri ospiti. Per l'arroganza inaudita."

"Sì?"

"Ma certo, scusa. Tutte quelle parole sull'inaccessibilità assoluta di Villa Metaphora, l'isolamento sublime, il contatto con gli elementi incontaminati, e poi questi si permettono di arrivare con una specie di operazione militare. Ci si immagina che gli ospiti di un posto così abbiano un minimo di buon gusto, no? O almeno di educazione?"

"Hmmm." Giulio si lascia arrivare l'acqua calda fino al mento, fino al naso. Potrebbe andare oltre, non gli ci vorrebbe niente. Sarebbe facile scendere giù, giù, giù.

"Un posto è qualificato da chi lo frequenta, no?" Tiziana va avanti. "Non solo dalle sue bellezze naturali o architettoniche."

"Già." È l'unica espressione che gli viene, perché i suoi pensieri sono altrove, ammesso che si possano definire pensieri.

"Quindi mi dispiace, ma il caro architetto Perusato dovrebbe decidere se vuole avere un posto di eleganza fuori dal comune, o un resortaccio dove può venire qualunque cafone arrogante, purché paghi. Non ti pare?"

"Chi credi che siano, i tedeschi?" Di nuovo fa uno sforzo per uscire dallo stato di semi-abbandono in cui stava scivolando, riattivare almeno in parte la sua presenza.

"Non lo so." Tiziana scuote la testa, inspira i vapori solforosi della superficie.

Questo è uno dei loro giochi ricorrenti, studiare e commentare persone che non conoscono, dedurre professioni, ragioni, rapporti, origini, destinazioni in base agli indizi disponibili. Nelle domeniche di primavera hanno passato più di una piacevole mezz'ora seduti al tavolino di un bar a osservare gesti e atteggiamenti, toni, accenti, modi di vestire, tagli di capelli, facendo a gara a chi riesce a trovare le spiegazioni più convincenti. Anche i loro viaggi in treno o in aereo diventano invariabilmente meno noiosi grazie al continuo studio dei loro vicini di posto. Ci sono modi più stupidi di impiegare i momenti di tempo libero; il gioco delle deduzioni è un esercizio mentale che non smette mai di divertirli.

"Gente di solidi denari, di sicuro." Il tono di Tiziana non sembra influenzato dalla temperatura dell'acqua.

"Solidi perché sono tedeschi? Non è un cliché?"

"Ma no, è nel loro modo di fare. Nella loro totale mancanza di dubbi. Nel loro straordinario grado di indifferenza per gli altri."

"Io invece non sembro un uomo di solidi denari?" Giulio Cobanni ride.

Tiziana si gira a guardarlo, ride anche lei.

"È una domanda seria. Rispondimi."

"Sembri un uomo completamente immerso in una vasca di acqua vulcanica."

"Sembro un uomo di fragili denari?"

"Sembri un uomo che *ha avuto* solidi denari, ma che adesso è in un altro punto della sua vita."

"In quale punto, precisamente?"

Tiziana non risponde, si allunga all'indietro, muove le gambe nell'acqua calda che ribolle.

Giulio Cobanni si tira su a guardarla, con una forma di curiosità pre-razionale. "Come fai a mantenere così intatti i contorni dei tuoi pensieri, qui dentro?"

Lei sorride: i muscoli sopra il suo labbro superiore si contraggono, formano alcune piccole rughe verticali che gli provocano uno spasmo di tenerezza infinita legata al passare del tempo, all'inevitabilità delle trasformazioni.

"Quest'acqua sarà a trentotto gradi, viene su dalle viscere della terra." Le parole gli escono dalla bocca dilatate, involucri inaffidabili di significati incerti. "Contiene una quantità incredibile di minerali."

Tiziana non lo sta più guardando, socchiude gli occhi.

"Ti riporta indietro, no? A prima?"

"A prima di cosa?"

"A prima di tutta questa fatica estenuante di mettere insieme, tenere insieme, dare un ordine, dare una continuità, dare un senso. Crederci."

Tiziana lo guarda di nuovo, sembra sul punto di rispondergli qualcosa. Ma non lo fa, guarda via.

Quindici

Lara Laremi va a bussare alla porta di Lynn Lou Shaw, come ha già fatto alle tre nel pomeriggio, quando però non le ha risposto nessuno. Non ha certo voglia di fare quella che insiste, ma dato che è stata invitata su quest'isola, le sembra di avere un dovere di prima mossa.

"Chi è?" Da dietro il legno della porta la voce di Brian ha un tono difensivo.

"Lara." È pronta ad andarsene via di nuovo, scendere magari agli scogli, fare un bagno prima del tramonto.

Invece Brian subito spalanca la porta, le sorride con una cordialità che sembra alimentata dal sollievo. "Ehi Lara! Vieni dentro, vieni dentro!" Le preme una mano su una spalla, quasi la spinge nel freddo dell'aria condizionata che lei invece ha spento nella sua stanza.

È la seconda volta che lo vede; la prima è stata a Roma, quando Lynn Lou era completamente fuori controllo, barricata nella sua camera d'albergo, boccette e scatole di pillole sparse in giro, una bottiglia di Jack Daniel's in mano. Lara era l'unica persona che lei aveva lasciato entrare, anche se questo non le aveva risparmiato del tutto accuse e insulti, oggetti tirati con forza sorprendente. Brian Neckhart era arrivato da Los Angeles con una determinazione da soldato dei corpi speciali, addestrato alle tattiche psicologiche e al combattimento a mani nude. Aveva studiato la situazione nel corridoio, raccolto tutte le informazioni possibili da lei, dal bodyguard grosso e lento, dalle cameriere, dal responsabile della sicurezza dell'albergo, dal direttore. Poi aveva convinto Lara ad aiutarlo a entrare nella stanza della sua giovane e famosa moglie, prima che potesse fare danni più gravi a se stessa, oltre che al personale e agli arredi. Il suo intervento era stato probabilmente indispensabile, però Lara quando aveva visto Lynn Lou bloccata con una presa da jujitsu a faccia in giù sul grande letto si era sentita una traditrice. Non che non avesse provato a farla ragionare, prima e durante la crisi. Si era quasi consumata la voce e i pensieri, a furia di parlare e parlare, girando ogni argomento da tutti gli angoli possibili. Ma forse avrebbe potuto sforzarsi di più? Fare una scelta di campo più decisa a suo favore, contro quelli che dicevano di volersi occupare di lei, compreso suo marito? I sensi di colpa l'hanno tormentata anche nei giorni seguenti, e sono la ragione principale per cui ha accettato l'invito a Tari. È il peso che la lealtà ha nel suo modo di essere.

La suite è più grande della sua, e a differenza della sua arredata con i mobili che Paolo ha costruito prima che il legno gli finisse. Sono belli, irregolari, organici, con una qualità artistica, poetica.

"Allora, come va?" Brian la studia con quel suo sguardo a raggi X, senza battere le ciglia.

"Bene, grazie." Lara si guarda intorno, perplessa di non vedere Lynn Lou.

"Hai nuotato in mare?"

"Sì. L'acqua è molto bella." Continua a sondare a sguardi lo spazio.

"È la fuori." Brian fa un gesto. Lynn Lou le ha raccontato che ha il vezzo di anticipare le possibili domande dei suoi interlocutori, è una delle sue tecniche manipolatorie.

Lara non ha nessuna voglia di farsi manipolare, va verso la portafinestra.

Il cellulare sul tavolo si mette a produrre un suono ritmico di xilofono, il piccolo schermo lampeggia. Brian va a prenderlo, legge il nome, risponde. "Eccomi qua, signora Liebermann." Fa cenno a Lara di uscire sulla terrazza: *vai vai vai*.

Lei esce. La terrazza a differenza della sua ha una vista incredibile sulla distesa luccicante del mare.

Lynn Lou è su una *chaise longue*, occhiali da sole avvolgenti, capelli raccolti in uno chignon approssimativo, maglietta rosa con gattina di paillette, calzoni corti bianchi, nelle orecchie gli auricolari dell'iPod che porta sempre con sé. Si gira, come se non si aspettasse minimamente di vederla. "La-la-lara!" Grida, per via degli auricolari. "Cosa cazzo ci fai qui?"

"Mi hai invitato tu."

"Cosaaa?!" Lynn Lou grida ancora più forte. Un po' gonfia in faccia, con la sua famosa pelle chiara e perfetta, le sue famose labbra carnose.

Lara allunga una mano, le toglie un auricolare. "Mi hai invitato tu."

"*Ahà*. Lo so."

Nelle settimane di lavorazione del film Lara si è abituata al modo che Lynn Lou ha di dare un'importanza capitale alle cose e poi dimenticarsene del tutto, poi d'improvviso ricordarsene di nuovo. Fin dai primi giorni le ha avvicinate il fatto di avere la stessa età, parlare la stessa lingua (con accenti diversi), avere entrambe ascendenze irlandesi (di grado diverso, visto che Lara in Irlanda c'è nata e cresciuta, mentre gli antenati di Lynn sono emigrati in America un paio di secoli fa), essere tutte e due pochissimo integrate nel contesto. Nelle pause interminabili tra una scena e l'altra hanno riso e scherzato insieme, si sono trovate d'accordo rispetto al regista, agli altri attori, alla troupe, a Roma. Si potrebbe dire che sono diventate amiche, se non fosse che Lynn Lou è una delle persone meno stabili che Lara conosca. Ha la capacità di essere divertente, generosa, brutalmente sincera riguardo se stessa e gli altri, e poi senza il minimo preavviso trasformarsi in superstar, soglia di attenzione ridotta a zero, suscettibilità e senso di autostima a mille. Si può capirla, pensando alla sua storia di bambina prodigio cacciata dalla madre davanti a una cinepresa a pochi anni, senza mai avere una vita normale, rapporti normali, amicizie normali, con addosso la pressione della fama planetaria, il peso di essere un sex-symbol. Però non è facile avere a che fare con lei: a Lara sembra spesso di vedersi alternare davanti due Lynn Lou, una simpatica e bisognosa di protezione, l'altra molto irritante. Di nuovo si chiede se si sia messa in uno stupido ruolo di sudditanza ad accettare di essere sua ospite; se non avrebbe fatto meglio a trovare una qualsiasi scusa, andarsene per conto suo.

La Lynn Lou di questo momento in ogni caso sembra quella migliore. Si strappa via anche l'altro auricolare, salta in piedi, la abbraccia. "Eeehi, che bello vederti! Mi salvi letteralmente la vita!"

"Che bello vedere te." È vero che anche a lei fa piacere vederla, per quanto possa sentirsi fuori luogo in questo resort per ricchi.

Lynn Lou si gratta tra le cosce: *scratch scratch scratch*, uno dei suoi tipici gesti di maleducazione intenzionale. Dagli auricolari del suo iPod escono minuscole voci stridenti, percussioni compresse.

"Cosa ascoltavi?"

"I Frantic Busboys… Comunque, chi se ne fotte." Spegne il lettore, si ficca le dita nelle orecchie, le scuote freneticamente.

Lara guarda il mare che comincia ad assumere riflessi più caldi, man mano che il sole si abbassa verso l'orizzonte.

"Non ti fanno venire una depressione da morire, i tramonti?" Lynn Lou fa un gesto.

"Perché? Non sono momenti dolci?" La realtà è che dalla fine della storia con Seamus qualsiasi momento della giornata ha su Lara l'effetto di intristirla: alba tramonto notte, dappertutto c'è uno specifico motivo di desolazione e rimpianto. Forse un po' meno oggi, a pensarci, ma perché? Per la distanza da tutto di questo luogo? Per la forza del sole che fa dissolvere i contorni di pensieri e sentimenti? Per lo strano incontro con Paolo il falegname?

"Dolci proprio per un cazzo." Lynn Lou fa una faccia disgustata. "Ogni volta mi fanno venire in mente quando ero bambina e mia madre mi riportava a casa dopo avermi tirata giù dal letto all'alba per trascinarmi su un fottuto set. Per me il tramonto voleva dire giornata finita, Lynn Lou spremuta, piatto di surgelati davanti alla televisione e a letto, domani si ricomincia."

"Me l'immagino."

"Come cazzo fai a immaginartelo?" Il tono di Lynn Lou è improvvisamente rabbioso, uno dei suoi salti senza passaggi intermedi. "Tu a quest'ora ti pregustavi la tua bella cena irlandese con la tua stupenda famiglia…"

"Quale stupenda famiglia?" Lara si sente montare il sangue alla testa per l'infondatezza dell'illazione.

“Non era una stupenda famiglia?” Lynn Lou oscilla tra spirito di provocazione e dubbio.

“Eravamo solo io e mia madre, in un cavolo di appartamentino di due stanze sopra un negozio di verdure.”

“E tuo padre?” Può darsi che Lynn Lou si renda conto di come nel mese della loro frequentazione quotidiana a Roma abbiano parlato esclusivamente di lei, dei suoi problemi con la sua fama, con il suo mestiere, con il suo regista, con i suoi colleghi attori, con suo marito, nel crescendo di autocommiserazione che l’ha portata al crollo nervoso di pochi giorni fa.

Lara scrolla la testa. “Pare che sia venuto a trovarmi una volta quando avevo un anno, ma io non me lo ricordo per niente.”

“E poi?”

“Poi è tornato in Italia, ed è morto.”

“Oh cazzo. Così?” Forse Lynn Lou adesso si sente almeno un po’ in colpa, a giudicare dal suo tono.

Lara non vuole approfittarne. “Non subito, qualche anno dopo.”

“Che mestiere faceva?”

“L’utopista.” Lara si chiede perché lo stia dicendo; non è che di solito vada a raccontare in giro di suo padre, tanto meno a star del cinema che un momento sembrano ascoltarti tutte attente e il momento dopo no.

“Cosa cazzo vuol dire?” Lynn Lou si gratta la punta del famoso naso, con il disagio di ogni volta che le capita di entrare in un territorio in cui non è la protagonista indiscussa.

“Uno che si immagina un mondo diverso da questo.”

“Ah. Vuoi dire, era il suo lavoro?”

“No, la sua vocazione.” Ma cosa ne sa, davvero? Se fosse una versione dei fatti inventata da sua madre, che lei ha preso per buona senza poterla verificare? Se suo padre fosse stato solo un bastardo egoista? Uno che inseguiva idee come un cacciatore di farfalle, e intanto non ci pensava due volte ad abbandonare una donna e una bambina? Non è patetico questo modo di coltivare la memoria di uno che non ha mai conosciuto, raccogliere tracce, inseguire piste? Per trovare cosa? Parte di sé?

Lynn Lou si gratta il sedere, *scratch scratch scratch*. “Mio padre invece me lo ricordo bene, quello stronzo figlio di puttana.

È sparito quando avevo sei anni, ma appena ho cominciato a fare i film è tornato da mia madre a chiederle soldi. Il mio analista diceva che è per quello che mi vado sempre a trovare degli stronzi figli di puttana come uomini. La coazione a ripetere, o come cazzo si chiama. Ci credo che quello stronzo figlio di puttana di Brian non ha più voluto farmici andare, dall'analista."

Lara si gira a guardare il mare, il sole che continua ad abbassarsi nel cielo. "Di' quello che vuoi, ma è bello, qui."

"Brian non mi ha certo portata qui perché è bello." Lynn Lou fa una smorfia. "Mi ha portata qui perché è fottutamente difficile scappare."

"Be', facile non sembra, di sicuro." Lara ride, mentre immagini di fughe in barca a nuoto a piedi sulle rocce le passano attraverso i pensieri, come spezzoni di film visti con la coda dell'occhio, senza prestare davvero attenzione.

Lynn Lou si guarda intorno, irrequietezza e aspettative che si mescolano nei suoi famosi occhi azzurri. "Qual è il programma, adesso?"

"La cena è dalle otto e mezza in poi, credo." Lara pensa a ieri sera, quando non è neanche scesa a mangiare perché si sentiva troppo una clandestina, è rimasta seduta sul terrazzo della sua camera a guardare le stelle, intristirsi e sgranocchiare le mandorle e i cracker avanzati dal viaggio. "Se vuoi possiamo fare due passi, prima."

"Io devo *bere* qualcosa, prima." Lynn Lou ha un tono rivendicativo. "In questa suite del cazzo non c'è neanche un fottuto minibar."

"Non credi di avere già bevuto abbastanza, per oggi?" Brian è sulla terrazza, arrivato così in silenzio che non si sono accorte di lui. Ha questo modo felpato di muoversi, questo modo centrato di stare in piedi. Durante i momenti peggiori della crisi nell'albergo di via Veneto non ha dato per un solo istante l'idea di non saper cosa fare, tanto meno di poter perdere il controllo della situazione. Lara è testimone di come il bodyguard e le cameriere e il direttore e l'uomo della sicurezza si fossero lasciati rassicurare dalla sua calma, in una specie di incantamento collettivo.

"Non ricominciare, cazzo!" Lynn Lou scatta. I suoi lineamenti sembrano ancora più infantili, quando fa così: le guance le si gonfiano, il mento le si riduce, le labbra vanno in fuori, la fronte acquista rilievo. "Era solo una fottuta bottiglia di vino! L'avevano messo qui perché lo bevessimo!"

"Sì, magari non tu da sola." Brian dà l'impressione di fare una semplice constatazione, senza giudizi impliciti e tanto meno condanne, ma è chiaro che tono e sguardo sono calibrati con grande cura. "E non in aggiunta a un assortimento di pillole."

"Fottiti!" Lynn Lou si gira verso Lara, le fa un sorriso largo, come per sottolineare la differenza di rapporti. "Andiamo?"

"Non vuoi metterti addosso qualcosa di più decente, se esci?" Brian continua a parlarle con estrema pacatezza.

Lynn Lou non gli risponde neanche, lo spinge di lato per passare dalla portafinestra.

Lara la segue attraverso l'atmosfera raffreddata della suite, esce dietro di lei, di nuovo nel caldo.

Lynn Lou cammina avanti a passi determinati, *slap slap slap* le piante nude dei piedi che battono sulle pietre scure del sentiero, i muscoli delle gambe da ragazza sportiva dell'Oklahoma che pompano, gli emisferi perfetti delle famose natiche che si muovono sotto il cotone leggero dei calzoncini bianchi.

Passano oltre il parallelepipedo bianco che è la stanza di Lara, costeggiano i fichi d'India e le agavi. Si fermano al punto più alto del sentiero, dove la porzione colonizzata di terreno termina e la terra rossastra punteggiata qua e là di cespugli selvatici sale, fino alla successione di aspre rocce che bloccano l'accesso all'interno dell'isola.

"È un fottuto deserto, questo." Lynn Lou ansima, per lo slancio della camminata e per l'impatto della constatazione. "È una fottuta trappola allucinante!"

"Ha il suo fascino, anche." Non è che Lara stia cercando di assumersi il ruolo della rasserenatrice: è che questo posto *ha* qualcosa di speciale, al di là delle costruzioni e delle recite di Villa Metaphora. C'è un'energia elementare nell'aria, nelle rocce, nel mare, che ti si comunica come per osmosi, purifica il tuo paesaggio interiore, sfuma i contorni dei pensieri più molesti.

Lynn Lou si guarda intorno, con le mani sui fianchi. A vederla così, non truccata e mal vestita com'è, sarebbe ben difficile immaginare che è una diva ammirata e desiderata da milioni di uomini.

"Quella cima che sbuca da sopra le rocce è il vulcano, credo." Lara punta il dito per indicarlo.

Lynn Lou guarda, anche se non sembra molto interessata. "Non fa nessun fumo."

"È un vulcano dormiente. L'ultima eruzione è stata nell'Ottocento."

Lynn Lou sta già pensando ad altro, si china a grattarsi un ginocchio, *scratch scratch scratch*. "Dove cazzo è il bar?"

Riprendono a seguire il sentiero selciato che forma una curva e prende a scendere, passano a una decina di metri dalla grande vasca di pietra scura piena d'acqua vulcanica. Dentro non c'è nessuno, ma i bordi sono bagnati, qualcuno ci è entrato e ne è uscito.

"Ho letto che ha un sacco di proprietà curative." Lara osserva le piccole bolle nell'acqua. "Se vuoi più tardi veniamo a farci il bagno."

"Non ho mica ottant'anni." Lynn Lou distoglie lo sguardo, riprende a sbattere le piante dei piedi sui gradini che portano alla terrazza principale.

Sedici

Werner Reitt pensa che stare nella stessa stanza con sua moglie è come essere bloccato in una partita a scacchi senza fine: ogni mossa seguita da una contromossa sulla scacchiera dello spazio disponibile, con continui aggiustamenti di prospettiva. La partenza da Francoforte è stata così precipitosa che probabilmente nessuno dei due ha avuto il tempo di immaginarsi come sarebbe stato ritrovarsi bloccati a tu per tu, senza terzi a disposizione né vie d'uscita facilmente praticabili. Anche se ci avessero pensato, la realtà è peggio di qualunque anticipazione; la tensione raddensa l'aria, carica il più casuale dei gesti di una responsabilità insostenibile.

Per esempio adesso Brigitte stappa la bottiglia di vino che ha tolto dal secchiello, in quella che sembra una celebrazione alla rovescia, un tentativo disperato e crudele di attirarlo allo scoperto. Forse per senso della misura si limita a riempire un solo calice e a prendere un sorso, non arriva a offrirgli l'altro. Lui se ne tiene a distanza come se fosse veleno, va verso la portafinestra. Brigitte si sposta a sua volta, prende qualcosa in una valigia, forse per avere un nuovo angolo da cui studiarlo a distanza. Lui registra questi movimenti ai margini del proprio campo visivo come un uomo braccato, esce sulla terrazza.

Fuori la vista sulle rocce scoscese e sul mare sconfinato moltiplica in un lampo il senso di distanza dal mondo, lo riempie di un orrore senza forma. Werner Reitt tira fuori dalla tasca della giacca il cellulare "sicuro" che gli ha dato Kaultsheier, quello a cui lo possono chiamare solo loro: non ci sono messaggi né chiamate perse. Proprio ora che si tratterebbe di avere una strategia flessibile, aggiornata di continuo in base ai movimenti del nemico, ecco che gli scambi di informazioni da confusi che erano sono diventati inesistenti. Tutto è filtrato, tutto è rallentato come in un incubo. Gli sembra di essere diventato cieco e sordo, per quanto poco riesce a vedere e sentire. Richter, Hartmann, Schneider, la Fischer, i suoi collaboratori più fidati, quelli che fino a due giorni fa sembravano pronti a buttarsi nel fuoco per lui, sono scomparsi. Dopo tutte le commoventi dichiarazioni, i giuramenti di restare a suo fianco fino all'ultimo, da quando è partito non uno di loro si è fatto vivo con una telefonata, nemmeno con un semplice sms. Spariti. Se provasse lui a chiamarli, quasi certamente non risponderebbero neanche. Per prudenza, per le loro famiglie, per il bene della banca, certo, certo. È sparito perfino Fuchs, che lo tempestava almeno venti volte al giorno; perfino la Mayer, sulla cui vicinanza costante venivano fatte illazioni più o meno benevole da anni; perfino Kerstin la sua segretaria, che adesso sarà probabilmente in preda alla confusione più terrificante. Ma c'è da stupirsene, una volta che lui ha acconsentito a farsi trasportare a migliaia di chilometri dall'epicentro della crisi? Perché un capo che scappa dovrebbe conservare la lealtà dei suoi sottoposti? Non riesce a capire come abbia potuto essersi piegato alla vile logica della fuga, invece di prepararsi alla battaglia affinando le armi che pure aveva a disposizione. Ha l'impulso di chiamare Mathias e dirgli di venirlo immediatamente a riprendere con l'elicottero, farsi portare a Lampedusa e da lì a tutta velocità in Germania, per fronteggiare la situazione a viso aperto, assalire con impeto forsennato i suoi nemici, rovesciare l'attuale vulnerabilità mortale in un vantaggio.

Ha il dubbio ricorrente (ormai è più di un dubbio) di aver commesso un imperdonabile errore di ingenuità a parlare con Günter Kunze, mosso dallo spirito filiale che ha sempre nutrito nei suoi confronti, oltre che dal senso di responsabilità nei confronti della banca. Quello che è successo poi era inevitabile, avendo a che fare con un pachiderma come la PEB: l'allarme dilagante per le possibili ripercussioni, le richieste pressanti di informazioni, le prese di distanza preventive (in attesa di chiarimenti, senza nessun giudizio implicito, per carità), l'intervento con i piedi di piombo dell'ufficio legale, l'affidamento dell'emergenza a Kaultsheier, infine il consiglio affrettato e incalzante di sparire da Francoforte. Per proteggere lui prima di tutti, naturalmente, per tenerlo fuori dal tiro della stampa, concedergli una tregua mentre loro sistemano tutto ecc. ecc. Che in realtà si tratti di proteggere soprattutto la PEB è inutile dirlo, il comandante onorevole deve essere pronto a sacrificarsi in qualunque momento per la propria bandiera, senza discutere. Col senno di poi, sarebbe stato molto meglio tenere la faccenda per sé, cercare di risolvere il problema da solo, mettendo in secondo piano per qualche giorno la lealtà gerarchica. Sarebbe stato in grado di muoversi con un'agilità e un'elasticità ormai del tutto impossibili, facendo un lavoro di psicologia sottile, offrendo, promettendo; perfino mantenendo le promesse, vista la posta in gioco. Troppo tardi, inutile ripensarci: ormai è la grande macchina della PanEuropaBank che si muove, ed è del tutto incapace di sottigliezze, i suoi riflessi sono spaventosamente lenti. Lo sa, lo sa, lo sa! Quante volte gli è capitato di riflettere con una certa amarezza sugli effetti collaterali di un'azione necessaria nella strategia della banca. Le cosiddette "inevitabili ripercussioni sulla popolazione civile", per usare una frase cara a Kunze. L'amarezza non gli aveva certo impedito di andare avanti, gli interessi della PEB erano sempre venuti prima di qualunque altra considerazione. Solo che le "inevitabili ripercussioni" adesso riguardano lui, e non è affatto un civile, o almeno non è affatto disposto a considerarsi tale!

Dover parlare di tutta la faccenda a Brigitte è stato ancora peggio che parlarne a Kunze, se possibile; il tentativo di passarle una versione addolcita della verità ha aggravato la sua reazione. Lui avrebbe dovuto immaginarsi la sua capacità di intuire al di là dei giri di parole, fare collegamenti, arrivare a conclusioni. Il risultato è qui, nella rigidità dei gesti, nella severità delle espressioni, nella disapprovazione implicita in ogni occhiata. Werner Reitt si sente un criminale ammanettato a un carceriere che ha perso le chiavi, l'odio che uno prova per l'altro moltiplicato dall'essere costretto a condividerne il destino.

Torna dentro, attraversa la stanza.

"Dove vai?" Brigitte lo scruta, con il suo calice di vino bianco in mano.

"A camminare. Sono rimasto seduto per ore."

Lei lo segue con lo sguardo; la mano che tiene il bicchiere sembra tremare leggermente, o forse è un effetto della luce dalle finestre.

Lui esce, cammina a passi impazienti per il percorso selciato che gira dietro l'edificio della suite e collega tra loro gli altri edifici bianchi e le altre terrazze che formano questo piccolo conglomerato, costruito in uno stile che probabilmente vorrebbe replicare le primitive architetture locali. A qualche decina di metri, tra cactus e pietre, ci sono i pannelli di un impianto fotovoltaico e la pala di un generatore eolico, mimetizzati in modo da non rovinare l'aspetto pittoresco e apparentemente selvaggio del luogo. Sulla sinistra lungo la scarpata rocciosa, sempre a debita distanza dagli edifici, ci sono le condutture degli impianti di desalinizzazione e di condizionamento che pescano acqua dal mare, collegati più in alto a centraline dagli angoli opportunamente smussati, intonacate di bianco in modo da farle sembrare due semplici, innocenti casette. Più in alto ci sono poche decine di metri di scarpata desertica, interrotta bruscamente da un abominevole accumulo di rocce rosso-nerastre, precipitate una sull'altra in seguito a qualche remota catastrofe naturale.

Werner Reitt pensa a quanto l'operazione dietro Villa Metaphora gli sia estranea, quasi incomprensibile. Pazienza che il barone siciliano di cui leggeva Mathias in aereo sia venuto a vivere qui negli anni Quaranta: fatti suoi, e infatti una volta morto è stato trascinato via dal fiume implacabile della storia come un oscuro eccentrico di provincia, non è certo finito in nessuna enciclopedia scientifica o antologia letteraria che si rispetti. Però non riesce a capire come qualcuno nel Ventunesimo secolo possa farsi venire in mente di recuperare l'edificio principale e collegarci nuove costruzioni, invece di lasciar dissolvere tutto dagli elementi. E ancora meno che qualcun altro possa decidere spontaneamente di venire in un posto simile a passarci una vacanza. Quale piacere si potrà mai ricavare dal ritrovarsi con il cervello annichilito dall'isolamento e la pelle ustionata dal sole, l'anima danneggiata dalla vuotezza ripetitiva di giornate prive di senso? Quale?

Quando si tratta di ritemprare lo spirito e ricaricarsi delle energie necessarie alla lotta quotidiana, lui è sempre stato un uomo da montagna. Nelle lunghe passeggiate o nelle impegnative ascensioni verticali, nella purezza immacolata dei ghiacciai, gli è capitato più di una volta di trovare un'ispirazione, rinnovare una motivazione, definire un pensiero complesso inseguito a lungo. Respirando l'aria rarefatta di una cima raggiunta con impegno coerente e ben indirizzato, gli è capitato spesso di riflettere sulla volgarità di chi preferisce invece abbrutirsi seminudo nell'insensata superficialità orizzontale del mare. Quanto li detesta, quegli azzeratori di millenni di evoluzione umana, smaniosi di abbandonare le loro frustrazioni urbane per tornare allo stadio di anfibi a malapena emersi dalle acque. Gli sono rimaste impresse in modo indelebile le immagini registrate da bambino durante alcune vacanze al mare con i suoi genitori, in Italia e in Spagna. Il rito grottesco dell'abbronzatura, le insistenze idiote dei giochi da spiaggia, l'umida desolazione di buche e castelli di sabbia, le regressioni infantili in pinne e maschera, i tuffi e gli spruzzi da mentecatti, le mangiate e bevute senza dignità né misura, le danze pagliaccesche, i corteggiamenti da squallida commedia, le penose, rauche, estenuanti pretese di divertimento a tarda notte. L'indolenza dominante, la sciatteria, i laidi esibizionismi, gli sciabattamenti, il continuo trafficare con oli e creme, i costumi intenzionalmente sovrabbondanti o striminziti a seconda che si tratti di occultare o mettere in mostra, l'insistente volgarità delle occhiate, le pance e i sederi esposti come sul bancone di una salumeria. Per uno che ha sempre giudicato gli altri con la massima (e giustificata) severità anche in base alle loro scelte nel tempo libero, è una ben amara ironia ritrovarsi in esilio forzato su questo scoglio vicino alle coste africane; non c'è che dire.

In ogni caso il percorso selciato tra gli edifici e le terrazze è di una limitatezza ridicola, calcolata probabilmente in funzione della pigrizia mentale e fisica degli ospiti a cui il resort intende rivolgersi. Però per avventurarsi tra le pietre e i cespugli del piccolo tratto di entroterra accessibile prima delle rocce ci vorrebbero scarpe più adatte di queste da città che ha ai piedi. Chissà se Brigitte avrà dato disposizione alla cameriera di mettergliene un paio di più adeguate in valigia? Date le circostanze della partenza, è probabile di no. Werner Reitt dà un calcio a un sasso, lo osserva volare nella polvere rossastra; si gira, torna al sentiero selciato che riconduce con una curva agli edifici bianchi e alle loro terrazze. Questo percorso è una specie di labirinto per topi, ti riporta sempre al punto di partenza.

Poi non resiste più: tira fuori il cellulare dalla tasca della giacca, chiama Mathias.

L'assistente risponde dopo tre o quattro squilli, con inaccettabile mancanza di prontezza. "Mi dica, Signor Reitt?" Come se fosse lui in attesa di notizie, e non viceversa.

"È lei che mi deve dire, signor Baumgartner!" Werner Reitt esplode, la tensione accumulata è troppa. Non cerca mai di essere particolarmente gentile con i suoi sottoposti, un po' perché non gli viene naturale, un po' perché come diceva Nietzsche la familiarilità di un superiore ha il solo effetto di irritare, dato che non può essere contraccambiata. Molto meglio un rapporto gerarchico strettamente funzionale, in cui i ruoli siano ben chiari.

"Nessuna novità. Tutto stabile." L'accento di Mathias rivela un fondo di amabilità bavarese di cui non si è mai riuscito a liberare, per quanto ci abbia provato in tutti i modi.

"Non direi affatto!" Werner Reitt si sforza di raffreddare la rabbia nella sua voce. "Al contrario, mi sembra chiaro che l'assenza di sviluppi accentua l'instabilità della situazione."

"Sono in contatto costante con Kaultsheier e con la Lippke, come d'accordo." Mathias cerca di far dimenticare la superficialità della sua osservazione precedente. "Non è uscito niente, né sulle agenzie di stampa né sui canali riservati."

"Kaultsheier cosa dice?"

"Di avere pazienza, mantenere le posizioni."

"Non c'è una sola ragione al mondo per avere pazienza!" Per quanto provi a controllarsi, Werner Reitt non ci riesce, è più forte di lui. "E non stiamo mantenendo proprio nessunissima posizione! Abbiamo fatto esattamente il contrario, optando per la fuga nel modo più vile immaginabile!" Prova una furia senza limiti all'idea di dover dipendere dalle informazioni e dai suggerimenti di un uomo mediocre come Kaultsheier per decidere una linea di comportamento. Se lo immagina in questo momento, con il sedere pesante sprofondato nella poltrona girevole, al ventiduesimo piano del palazzo PBE, con la batteria di telefoni sulla scrivania, la visione grigio-azzurrina di Francoforte davanti agli occhi, la mente occupata da considerazioni logistiche, senza la benché minima preoccupazione per il futuro della propria vita privata. È questa disparità che gli risulta sempre più difficile da sopportare: il fatto di ritrovarsi a fronteggiare praticamente da solo un attacco devastante, dopo tanti anni passati ai vertici della squadra più forte del mondo. Sei un condottiero, il tuo ruolo conquistato grazie a meriti indiscutibili e confermato da mille successi, con una grande macchina da guerra pronta a rispondere con precisione ed efficacia ai tuoi ordini, e da un giorno all'altro ti abbandonano a te stesso, non hai neanche più accesso ai superiori o ai luogotenenti. Disarcionato, lasciato a piedi nella fanghiglia, appesantito dall'armatura, con al fianco soltanto uno scudiero spaventato e incerto. Per il momento è solo in sospensione, d'accordo, in quarantena; ma non ci vuole molto a capire quanto facilmente e rapidamente verrebbe ripudiato, appena il bene della banca lo richiedesse.

"Era l'unica opzione ragionevole, Signor Reitt." Mathias ha la ridicola pretesa di rassicurarlo. "Non potevamo restare a Francoforte in attesa della tempesta, ammesso che arrivi."

"Arriverà, se non facciamo niente per fermarla."

"L'ufficio legale sta facendo tutto il possibile, Signor Reitt. Schäfer e Hartmann hanno già parlato con l'ufficio legale di Facebook due volte."

"Che prontezza straordinaria, davvero." Sono giorni che lui insisteva perché intervenissero in questo senso, ma è stato come cercare di smuovere un dinosauro, si è persa un'enorme quantità di tempo prezioso.

Mathias non risponde, sa bene che i riflessi della PBE possono essere straordinariamente veloci, quando ci sono le giuste direttive dall'alto, o al contrario diventare lenti fino all'inverosimile.

"E quanto ai contatti personali?" Werner Reitt si sente vile a parlare in termini così neutri, ma non riesce a pronunciare il nome, in questo contesto.

"Hanno fatto diversi tentativi, ma senza risultato..." Mathias qui è trattenuto dall'imbarazzo. "Anzi, per dire la verità, con il risultato opposto."

"Posso immaginare con quanta sensibilità e delicatezza si saranno mossi Schäfer e Hartmann." Perché non se ne è occupato lui, se poteva immaginarselo? Perché non ha avuto il coraggio di affrontare un'eventuale umiliazione? È stato orgoglio, per lo meno, o pura vigliaccheria?

"Non se ne sono occupati Schäfer e Hartmann. Se n'è occupata la Lippke, su di lei non possono esserci dubbi." Non è chiaro su quali basi Mathias fondi la sua convinzione. "Ma neanche lei è riuscita a ottenere niente."

"Avrà ricevuto delle offese, immagino." Certo che se l'immagina: può vedere la scena, con vividezza impressionante. "Sarà stata mandata al diavolo, no?"

"Sì." Per una volta Mathias riesce a dare una risposta diretta.

Werner Reitt si guarda intorno, registra il verdegrigio delle piante desertiche con le loro abominevoli foglie carnose coperte di spine, i loro orribili frutti irti di aculei. Gli sembra pazzesco ritrovarsi qui, a parlare da un'estremità all'altra di un'isola persa nel nulla con uno che ne sa molto meno di lui, invece di essere sul campo di battaglia in Germania a prendere la faccenda nelle sue mani, fronteggiare il pericolo a viso aperto.

"In ogni caso venire qui è stata la scelta migliore, Signor Reitt." Mathias ricorre ancora una volta a una formula non sua, e ripetuta fino alla nausea. "Metterla al riparo da un'eventuale esposizione ai media."

"Per la banca, senza dubbio." Werner Reitt parla tra sé e sé, più che con l'assistente personale trentaquattrenne il cui zelo nei suoi confronti si esaurirà appena le cose volgeranno al peggio, per indirizzarsi rapidamente altrove. "Una fuga nell'Europa meridionale è un ottimo modo di separare il mio destino da quello della casa madre."

"Non è una fuga, Signor Reitt."

"Lo *è*, signor Baumgartner. Non ci sono altre definizioni possibili."

Mathias non sa più cosa dire. Per quanto non sia una tigre non è neanche uno stupido, la situazione è in grado di vederla anche lui. "In ogni caso sulla stampa non è ancora uscito niente, questa è la cosa che conta."

"Appunto, *ancora*!" Werner Reitt grida quasi fuori controllo. "Continuiamo a crogiolarci nell'*ancora*, che ammirevole lungimiranza!"

"Signor Reitt..." Mathias farfuglia, non riesce a trovare un solo argomento a cui appigliarsi.

Werner Reitt chiude la comunicazione, si ricaccia il cellulare nella tasca interna della giacca. Due ragazzotte che probabilmente appartengono alla fascia più giovanile della clientela di questo posto risalgono ridacchiando gli scalini della terrazza del ristorante, forse ubriache o drogate da qualche sostanza alla moda nei luoghi di mare; lo guardano con una curiosità sfrontata che esaspera ancora la sua tensione.

Diciassette

Questa storia di andare in giro struccata e vestita come viene non manda fuori di testa solo quello stronzo figlio di puttana di Brian, che comunque non farebbe mai capire a nessuno di essere anche solo leggermente incazzato. Sono *milioni* gli stronzi che si sentono in diritto di dire la loro su come lei dovrebbe o non dovrebbe andare in giro. Ogni volta che *People* o *Us* o *Ok!* pubblicano una foto dove la si vede uscire di casa o da una farmacia o da Whole Foods in tuta o in ciabatte o scalza, sua madre e Ron Cartwell il suo agente e Deanna Lupino la sua ufficio stampa le telefonano in preda all'isteria, come se avesse appena mandato a puttane per sempre la sua immagine pubblica. Dopo di che su Twitter e Facebook arrivano fiumi di commenti di cazzoni paranoici che si chiedono cosa le è successo, se sta male, se è diventata anoressica o bulimica, se è incinta, se le è venuta una crisi depressiva, se si è messa a usare droghe pesanti, se il matrimonio con Brian è alla frutta. Tutti pieni di finta preoccupazione, come se gliene fregasse un cazzo di come sta lei davvero. E solo perché è uscita struccata e in tuta e ciabatte, magari proprio per non dare nell'occhio ai fottuti paparazzi!

È anche per questo che lo fa: per mostrare il dito medio a tutti gli stronzi figli di puttana che la vorrebbero sempre truccata pettinata vestita perfetta come nei film e nei servizi fotografici delle grandi riviste, dopo che qualche cazzone di grafico ha passato una giornata intera a photoshoppare via ogni minima rughetta di espressione, cancellare ogni minima increspatura e spettinatura, fino a farla diventare una specie di fottuta Superwoman. A volte le capita di mettersi *peggio* di com'era in casa prima di uscire: magari di buttarsi addosso un giaccone di Brian cinque misure più della sua, magari di scalciare via le scarpe, magari di infilarsi un paio di stivali pesanti anche se sopra ha dei calzoni corti. (Il bello è che poi quelle stronze delle sue colleghe a volte la copiano, come Sienna con gli stivali e la gonna corta leggera, tanto che adesso sulle riviste dicono gli "stivali alla Sienna", anche se quella poveraccia testavuota non si è mai inventata niente in vita sua!) Non è che lo faccia per provocare o chissà cosa, come sostengono tutti; semplicemente non ha nessuna intenzione di lucidarsi a specchio ogni volta che deve mettere il naso fuori, solo perché può esserci un figlio di puttana di fotografo appostato dietro una siepe o nel parcheggio del supermercato. È già abbastanza una tortura dover stare inchiodata per ore ogni mattina sulla poltrona nella sala trucco quando gira un film, tra le mani di parrucchieri e truccatori che non la finirebbero mai di aggiungere un ultimo tocco e dare un'ultima aggiustatina, se a un certo punto non arrivasse un assistente alla regia a urlargli di farla finita perché il regista sul set sta incazzandosi di brutto. Almeno quando non lavora vuole essere lasciata in pace di andare in giro come cazzo le pare, senza che nessuno stronzo figlio di puttana si permetta di romperle le palle e farle ramanzine su cosa dovrebbe e non dovrebbe mettersi addosso.

Qui poi siamo su una fottutissima isola deserta, una specie di Alcatraz di lusso, dove il peggio che può succedere è che qualche bruttona miliardaria si consoli a scoprire che anche Lynn Lou Shaw vista da vicino e in pieno sole non è proprio così inarrivabilmente perfetta, che anche lei ha qualche piccola imperfezione della pelle, magari un piccolo brufolo quando le capita di avere le mestruazioni, magari qualche pelino sopra il labbro superiore a guardarla da venti centimetri in controluce, magari perfino le occhiaie se ha bevuto troppo o non ha dormito, magari addirittura qualche microtraccia di cellulite se si mette nella posizione sbagliata e non tiene in perfetta tensione i muscoli delle cosce. Il peggio che può succedere è che il marito della bruttona miliardaria smetta magari di farsi le seghe con le sue fotografie, il che alla fine è una specie di opera buona, la bruttona miliardaria dovrebbe ringraziarla invece di guardarla male, sul serio.

In ogni caso adesso i due bicchieri di Amsterdam Cobbler che si è scolata sulla terrazza ristorante hanno avuto l'effetto di migliorarle lo spirito (quattro quinti di gin, un quinto di succo d'ananas e un cucchiaio di curaçao, la ricetta gliel'ha data Johnny due anni fa, quando stava ancora con la francese ma già allungava gli occhi intorno, anche le mani). Lei e Lara hanno riso come matte ripensando alla situazione sul set a Roma, a quello stronzo incapace pieno di sé del regista Lucio Nuscardi che non parlava una parola d'inglese ma aveva l'ambizione di fare un fottuto film internazionale. Però non riusciva mai a decidersi su cosa cazzo volesse, così continuava a ripetere la stessa fottuta scena finché gli attori cominciavano a muoversi come burattini con i fili, cazzo. È buffo come si possa andare fuori di testa per una situazione quando ci si è immersi dentro, vederla come una questione di vita o di morte, farsi venire voglia di buttare giù tutte le pillole che ci sono in giro con tutto l'alcol che c'è in giro, e poi appena guardi le cose da un minimo di distanza scopri che non te ne potrebbe fottere di meno. Lara in questo è una buona ispirazione, perché ha sempre quest'aria di chi arriva da chissà dove, questo modo quasi extraterrestre di fare osservazioni e commenti. L'ha capito dalla prima volta che l'ha vista sul set a Roma, che potevano intendersi al volo. È per questo che l'ha scelta come amica, in mezzo a tutta la gente stronza e falsa e bugiarda che le stava addosso la spiava cercava di farsi vedere con lei, solo perché è una fottuta star del cinema americano e le fottute star del cinema americano sono delle specie di fottute *divinità* per chi fa il cinema in Italia.

Tant'è che diverse sue colleghe e colleghi vengono qui per un paio di giorni a girare una pubblicità e vengono pagati come per girare un film, trattati come re e regine, tra alberghi a sette stelle, ristoranti pazzeschi, inviti, feste, regali, omaggi. Dopo di che se ne tornano a casa senza aver fatto praticamente un cazzo, ma con un milioncino di dollari in più sul conto in banca e l'ego gonfiato da far paura per tutte le fottute cortesie e riverenze e inchini che hanno ricevuto da produttori registi committenti. Lo fa George, lo fa Julia, lo fa Jennifer, l'hanno fatto John, Gwyneth, Richard, Charlize. Questo paese per gli attori americani è l'El Dorado, cazzo! Anche se i risultati sono quasi sempre imbarazzanti (perché gli italiani amano gli spot dove il bel protagonista si fa umiliare e la bella protagonista fa la puttana), i contratti garantiscono nero su bianco che negli Stati Uniti non li vedrà mai un cazzo di nessuno. Quindi va bene di tutto, compagnie telefoniche, automobili, caffè, liquori, biscotti, scarpe. Sharon addirittura una volta è riuscita a farsi dare un casino di soldi da un fabbricante di *porte*. Sul serio, di fottutissime porte! Gliel'ha detto Ron che lo sapeva per certo, non era neanche uno spot, ma una fottuta pagina su una rivista di arredamento. Anche lei ha fatto alcune pubblicità strapagate di profumi e gioielli, e naturalmente lo spot per il vino Muffoni diretto da quella testa di cazzo di Lucio Nuscardi, in seguito al quale la testa di cazzo si è fissato di volerla a tutti i costi (al punto di mettersi a piangere e gridare al telefono con Ron) come protagonista del suo fottuto film che adesso è sospeso per via della crisi che le è venuta a causa dell'incapacità della testa di cazzo di spiegarle cosa cazzo vuole da lei. In ogni caso è la prima e ultima volta che recita in un fottutissimo film italiano, questo è sicuro. Pubblicità quante ne vogliono, ma coi film in Italia ha chiuso, basta.

Diciotto

Ramiro Juarez controlla che il ragazzotto Federico finisca di passare nella vaporiera i polpi che ha comprato al porto questa mattina presto in base alle sue stringenti indicazioni, direttamente dal peschereccio appena rientrato. Ripensa agli sguardi dei pescatori quando i primi giorni è andato lui stesso a frugare tra le cassette del pescato alla ricerca di spunti e ispirazioni: i giudizi impliciti nella loro greve prospettiva di maschi isolani, i commenti smozzicati in un dialetto incomprensibile, le risatine. Il fastidio che aveva provato era compensato dal brivido di potersi avventurare in territorio nemico con il lasciapassare di un ruolo, e dalla soddisfazione impareggiabile di usare il frutto del loro rozzo lavoro per produrre risultati al di fuori delle loro capacità di comprensione. Sono qui le sue ragioni per fare quello che fa: a) incanalare un istinto bestiale (la fame) lungo un percorso di affinamento e nobilitazione; b) trasformare una pura funzione di sopravvivenza (mangiare) in una complessa esperienza sensoriale; c) trasfigurare un'attività meramente funzionale (far da mangiare) in una sfida intellettuale; d) rovesciare un punto di debolezza del suo carattere (la vocazione ad accudire gli altri) in un punto di forza (la capacità di stupire gli altri).

Mette i polpi sul tagliere, comincia a lavorarli, con un certo compiacimento (va bene, sì) per la rapidità e la precisione dei propri gesti. La lama di ceramica superaffilata del coltello taglia attraverso le fibre come un bisturi manovrato da un grande (e impaziente) chirurgo, le mani si muovono con virtuosistica sicurezza. Prova a immaginarsi come reagirebbero i pescatori taresi a vedere cosa sta facendo agli *octopus vulgaris* che sono abituati a mangiare nella loro forma più elementare e gommosa. Privati del viscidume alieno, sminuzzati fino a ricavarne una polpa bianca quasi impalpabile, mescolati con piccole quantità (altrettanto sminuzzate) di porro e formaggio di pecora che attendono nelle loro ciotole, già adesso non riuscirebbero più a riconoscerli. Gli incavi semisferici della padella giapponese da *takoyaki* sono già unti con poche gocce di olio extravergine di oliva del lago di Garda, così più leggero dell'acido prodotto industriale che si riesce a trovare nei due negozietti di Tari. La faccia diffidente di Federico è un buon indicatore delle espressioni che avrebbero i suoi parenti e compaesani al porto, se potessero affacciarsi in cucina in questo momento.

Naturalmente il *takoyaki* è solo lo spunto iniziale: tutte le invenzioni artistiche più significative partono da forme consolidate per poi scardinarne i principi, rompere con la familiarità, aprire nuove vie d'accesso alla percezione. Le polpettine di polpo che ha in mente (le sta inventando mentre comincia a lavorarci, nella sua testa non c'è ancora niente di stabilito) dovranno impegnare le papille gustative degli ospiti di Villa Metaphora in un gioco organolettico di contrasti e sorprese. Dal punto di vista del mangiatore, la sequenza potrebbe essere: a) il salato dei cristalli rosa dell'Himalaya sulla crosta croccante (che per il momento è ancora una semplice pastella di farina di ceci e brodo di pesce bianco); b) il dolceamaro inatteso di una goccia di miele di corbezzolo; c) la tenera rassicurazione del polpo sminuzzato; d) l'acidità provocante del nucleo di capperi e acciughe di Tari bagnati con aceto balsamico di Modena che attende al centro di ogni piccola sfera bruno-dorata. Fin qui tutto bene, ma la forma anticipa fin troppo banalmente la sostanza. Però se: a) un trio di polpettine di polpo fosse avvolto in b) un involucro dolce-acidulo di nespola delicatamente fritto, avviluppato in c) un'alga *norimaki* a sua volta racchiusa da d) una foglia di polpa d'albicocca tagliata a forma di piccolo pesce rosso, ecco che un'idea interessante potrebbe cominciare a prendere vita. Poi alcune e) linee ondulate di salsa gialla di pistilli di zafferano potrebbero disegnare un mare sotto il piccolo pesce, con magari f) un grumo di uova di riccio a simulare uno scoglio e g) due pennellate di salsa di basilico e pistacchio di Bronte a simulare delle posidonie, dando al piatto un'ingannevole connotazione ingenua, come un invito disarmante. La sfida è aperta, la sottile eccitazione comincia a montare.

Cucinare per persone fuori dall'ordinario è uno stimolo ulteriore, chiaro: precorrere e spiazzare i loro collegamenti mentali e sensoriali, spostare in alto il livello della scommessa, sorprendere chi è convinto di non poter più essere sorpreso da niente. Hernán Xara ha detto e ripetuto (la formula ha contribuito a farlo conoscere anche a chi non potrà mai permettersi di mangiare da lui) che non ha alcun senso classificare i ristoranti con stelle o cappelli o forchette o bicchieri o qualunque altra stupida formula da guida gastronomica, perché esistono solo due tipi di cucina, la cucina di sopravvivenza e la cucina di rassicurazione, dopo di che si entra in un territorio a cui gli imbecilli non hanno più diritto di accesso. È esclusivamente in questo territorio rarefatto che Ramiro Juarez intende muoversi, e se riuscirà a trascinarci interlocutori interessanti, allora lo spirito d'avventura potrebbe perfino fargli dimenticare per qualche ora il suo cuore spezzato e le crisi acute di isolofobia che gli impediscono di dormire la notte.

A questi livelli dell'arte culinaria non basta certo l'abilità con gli utensili, né l'istinto per gli accostamenti giusti, né la memoria per le dosi e i tempi di cottura, né la fantasia che permette di inventare suggestioni nuove. Ci vogliono infiniti esperimenti, studi, una ricerca che non si esaurisce mai. Ci vuole anche l'indipendenza di pensiero necessaria a mettere in discussione le più elementari nozioni acquisite, se è necessario. Per esempio l'idea che le papille gustative della lingua siano divise in quattro zone precise dalla punta verso il fondo, ognuna preposta a registrare un diverso elemento: a) dolce; b) acido; c) salato; d) amaro. La gente è ormai convinta che sia così, ma non è affatto vero. La verità è che *tutta* la superficie della lingua può distinguere *tutti* gli elementi del gusto. Ramiro Juarez l'aveva capito quando aveva nove anni, subito dopo la spiegazione della mappa della lingua da parte di suo nonno Carlos, con tanto di disegnino di accompagnamento. Era stato così contento di aver acquisito una simile conoscenza: a) punta; b) centro; c) lati; d) fondo. Che chiarezza, che meravigliosa semplicità geografica! Per verificare si era messo subito un pizzico di sale proprio sulla punta della lingua, dove avrebbe dovuto sentire solo il dolce, e con immensa delusione aveva sentito benissimo il salato! Come controprova si era cacciato un pizzico di zucchero proprio in fondo alla lingua, dove avrebbe dovuto sentire solo l'amaro, e invece il dolce gli era arrivato tutto! Al che in tipico stile ramiresco si era messo a urlare insulti al nonno Carlos, "Bugiardo! Imbroglione!" Il povero nonno era sprofondato nella mortificazione, senza trovare parole per rispondere. Ma la colpa non era sua, povero, caro nonno Carlos (l'unico componente della famiglia Juarez a non considerarlo un malato o una fonte di imbarazzo quando una decina di anni più tardi aveva finalmente dichiarato di essere gay). La colpa era di una convenzione basata su un vecchio equivoco universalizzato. Uno scienziato tedesco che si chiamava D.P. Hanig aveva pubblicato nel 1901 uno studio in cui concludeva che la sensibilità relativa della lingua ai quattro elementi del gusto variava a seconda dei punti. *Variava*, tutto lì. Hanig non parlava di nessuna rigida divisione in zone, nessun confine invalicabile sorvegliato da papille in divisa. Ma subito tutti si erano innamorati dell'idea della mappa, perché era una di quelle idee che semplificano la comprensione del mondo (oltre a prestarsi a metafore di ogni tipo). La mappa gira ancora adesso, nelle scuole, sui libri di divulgazione scientifica, nelle teste della gente. Dove si sente il dolce non si può sentire il salato! L'amaro e l'acido sono ben distinti, ognuno con la sua esclusiva area di competenza! È fantastico, un'*apartheid* naturale del gusto! Bastardi! Ignoratori di sfumature! Cancellatori di complessità! Terrorizzati dall'idea che più sensazioni possano convivere nello stesso punto! C'è voluta Virginia Collins con i suoi studi nel 1974 per dimostrare che le variazioni gustative sparse per la lingua sono lievi, quasi insignificanti. Percepiamo ogni sapore con ogni parte della lingua, la vita non è semplice come pensavate! E la lingua non è nemmeno l'unico organo con cui percepiamo i sapori! Li percepiamo anche con il palato duro, con il palato molle, perfino con l'epiglottide!

Poi gli elementi del gusto non sono solo quattro, ma *cinque* (anzi, addirittura *sei*, c'è quello del grasso, anche se non è ancora stato identificato ufficialmente, lui lo distingue perfettamente).

L'*umami*, il quinto elemento, l'ha identificato Kikunae Ikeda ai primi del Novecento, e l'Occidente ha preferito ignorarlo per quasi un secolo. (Ikeda l'ha poi isolato e brevettato in forma di glutammato monosodico, responsabile dell'ignobile retrogusto di infinite cene in pessimi ristoranti cinesi e giapponesi, bastardo anche lui!) Ah, un'altra balla è quella che la lingua sia il muscolo più forte del corpo umano. E il massetere, il muscolo della mandibola? E il bicipite? E il quadricipite? E il *gluteus maximus*, è debole? (In ogni caso, l'unico muscolo che può funzionare ininterrottamente senza stancarsi, è il cuore. Eppure non ci vuole poi così tanto per spezzarlo, come si è visto.)

Ramiro Juarez si affaccia dall'angolo dell'anticucina a sbirciare nella terrazza, come un cantante lirico o un attore teatrale potrebbero spiare la platea da dietro le quinte per farsi un'idea, annusare il clima, caricarsi ulteriormente. Tra muretti bianchi, teli bianchi, lanterne, candele, rocce, mare, le ultime luci del tramonto, lo scenario è parecchio suggestivo. Almeno questo bisogna riconoscerlo a Perusato, il pomposo, presuntuoso Perusón: decisamente non è un posto qualsiasi, Villa Metaphora. Lucia sta già cominciando a condurre alcuni clienti ai tavoli, le loro voci in diverse lingue risuonano nell'aria. Ci sono scambi di sguardi, occhiate di diffidenza e di attesa, piccole risate interlocutorie, anticipatorie.

Il momento della prima si avvicina, dopo la prova generale (la cena e il pranzo per i soli signori Cobanni): il sipario sta per alzarsi. Ramiro Juarez torna in cucina, si aggiusta il cappello e il grembiule neri da cuoco *cool*, guarda il ragazzotto Federico, batte le mani due volte per produrre un suono secco. "Forza! Ci siamo!"

Diciannove

Gianluca Perusato guarda dalla finestra dell'ufficio la terrazza dove Lucia sta facendo sistemare gli ultimi ospiti ai loro tavoli. Visto da qui il colpo d'occhio è decisamente buono: un nucleo palpitante di civiltà altamente sofisticata, circondato da elementi primordiali che si estendono senza alcuna interferenza umana fino ai limiti del visibile. Per quanto cerchi di tenere i propri sentimenti sotto controllo, non può evitare di commuoversi, al pensiero di essere riuscito a trasformare in realtà tangibile un'idea che a lungo era sembrata impossibile da realizzare.

Pensa a tutti i momenti di frustrazione, di rabbia, di scoraggiamento per le difficoltà che hanno continuato ad affiorare una dopo l'altra dall'inizio dei lavori. Quante volte nel corso di questi sette anni gli è venuta voglia di gettare la spugna, tagliare le perdite, tornare a occuparsi esclusivamente del suo lavoro di architetto ben pagato e apprezzato in giro per il mondo, lasciar perdere per sempre l'idea di trasformare il sogno interrotto del barone Canistraterra in un'attività nobile e redditizia al tempo stesso. Eppure ogni volta ha finito per reagire con determinazione moltiplicata, scavalcando gli ostacoli, spazzando via gli intralci, riversando ogni risorsa disponibile nell'impresa, convincendosi dell'inaccettabilità di una sconfitta. È stata un'avventura lunga e rischiosa, e i rischi sono tutt'altro che superati, anzi. Però da oggi Villa Metaphora è ufficialmente operativa: la vita ha cominciato a pulsare attraverso i suoi circuiti, la visione è diventata realtà.

Gianluca Perusato esce sulla terrazza, passa tra i tavoli. Gli ospiti sono arrivati in ordine sparso, il che è del tutto normale per persone del loro livello, ognuno come se capitasse un po' per caso. Non sono certo tipi da branco, questi, pecoroni da viaggio organizzato. Anche una volta seduti è chiarissimo che si riservano la libertà di alzarsi e andarsene in qualunque momento, se appena il cibo o la compagnia o l'atmosfera generale non si rivelassero all'altezza delle loro aspettative: lo si capisce dal modo provvisorio che hanno di stare sulle sedie, di guardarsi intorno. Per fortuna i tavoli hanno la misura giusta, così come giusta è la distanza tra un tavolo e l'altro; non c'è il minimo senso di addossamento, non c'è traccia di volgare contiguità. Il caldo del giorno si è attenuato in un tepore piacevolissimo. La luce delle lanterne e delle candele è morbida, la sera estiva avvolge e assorbe movimenti e suoni con dolcezza struggente. La natura incontaminata esercita con immensa forza il suo dominio, appena fuori dal perimetro di questo minuscolo insediamento; ognuna delle persone presenti possiede l'esperienza e la capacità di giudizio per essere consapevole di quale privilegio sia trovarsi qua.

Gianluca Perusato passa di fianco a Lucia. "Tutto bene?"

"Bene, bene." Un lieve cedimento di accento tarese rivela la tensione che la attraversa.

"Con i vini come andiamo?"

"Benissimo." Lucia scivola oltre per dare indicazioni a Teresa, che sta arrivando appunto con una bottiglia in un secchiello di ghiaccio.

Certo Teresa è uno dei punti deboli dello staff, con la sua espressione spaurita e la sua totale inesperienza di posti come questo. Anche Amalia lascia parecchio a desiderare, per raffinatezza di modi. Quanto alla conoscenza delle lingue, faticano perfino con l'italiano. Per fortuna le loro divise in stile pseudo-tradizionale curate da Luciano Florenzani danno un tocco folcloristico che fa perdonare almeno alcuni peccati di ingenuità, ma ci sarebbero volute almeno un paio di altre settimane per addestrarle in modo accettabile. D'altra parte non è che Tari offra molta materia prima, in fatto di cameriere di qualità; è già un miracolo averne trovate due senza anziane madri invalide o mariti ferocemente possessivi o figli divoranti da accudire, disposte a farsi un bel tragitto in barca ogni mattina presto e ogni sera tardi per lavorare qui. Una delle molte cose che ha scoperto sulla sua nuova pelle di imprenditore (anche se avrebbe dovuto essere ovvia) è l'abisso in termini di costo e disponibilità del personale su una qualsiasi isola del Terzo Mondo e su una dell'Italia meridionale. Non sono certo solo il clima e i paesaggi esotici a spingere tanta gente a investire nelle Seychelles o Mauritius o Los Roques nel Venezuela, invece che nel proprio paese. Ottenere a Tari gli standard di un resort tropicale richiede investimenti enormemente superiori, è un duro dato di fatto. Avrebbe dovuto pensarci subito, e procurarsi un po' di camerieri del Bangladesh o delle Filippine, invece di fissarsi con l'idea di attingere alle risorse locali. Ma ormai per questa stagione è tardi, si tratta di andare avanti come si può.

Brian Neckhart in ogni caso non sembra scontento della qualità del servizio, a giudicare dalla sua espressione. Più che altro si sforza inutilmente di tenere il vino fuori portata di sua moglie Lynn Lou, la quale si è presentata in una mise abbastanza desolante: spettinata, struccata, maglietta infantile, braghette corte, scalza. Queste grandi dive (lo sa per esperienza diretta con un paio di clienti) spesso nella vita privata tendono alla sciatteria estrema, come probabile reazione all'obbligo di mantenere un'immagine super attraente nelle situazioni pubbliche. Certo, anche questa cena è una situazione pubblica, e sarebbe auspicabile un minimo di stile per il rispetto degli altri ospiti. C'è senz'altro anche un elemento di provocazione, mescolato alla maleducazione naturale che la fa stare stravaccata sulla sedia. (La sua giovane ospite italo-irlandese è molto più composta di lei, quasi elegante nella sua semplicità.) D'altra parte il fatto che una diva planetaria si senta sufficientemente a suo agio da presentarsi conciata così è un'indubbia conferma che l'impostazione di Villa Metaphora funziona. Poi non c'è dubbio che gli altri ospiti ricavino un certo gusto dal fatto di avere Lynn Lou Shaw a poca distanza da loro (stravaccata o no), anche se non si degnerebbero certo di girare la testa per osservarla. Questa è gente che di solito non ammette nemmeno di avere un televisore in casa, o di leggere certe riviste se non dal parrucchiere, figuriamoci. Però è innegabile che una star del cinema di prima grandezza aggiunga un po' di *allure* al mix. In fondo va anche bene che l'alcol già bevuto prima di cena accentui la sua esuberanza naturale, spingendola a fare queste facce e gesti buffi, ad allargare a cerchio le braccia davanti alla pancia per mimare qualcuno di grasso. Non sta gridando, né facendo scene troppo sguaiate; i suoi modi rientrano nei margini di quello che una diva del suo livello può permettersi senza mettere a disagio nessuno.

Del resto l'atmosfera giusta di un posto come Villa Metaphora deriva da una miscela bilanciata di ospiti vivaci, ospiti neutri e ospiti poco comunicativi. I Reitt per esempio stanno seduti rigidi come statue, sorseggiano il loro vino senza scambiare parola. I Cobanni parlano sottovoce, però si guardano intorno, raccolgono frammenti di conversazioni, commentano. Anche la francese che è da sola sembra dedita all'osservazione e all'ascolto, benché sia in evidente attesa del suo vino. L'alchimia dell'insieme funziona: sulla terrazza c'è un buon assortimento di voci, gesti, tipi, modi. Le presenze umane si fondono bene con il gioco cromatico delle tovaglie bianche, delle lanterne e candele arancioni, del cielo violastro sempre più scuro, del mare che sta diventando nero. Il clima è sofisticato, variegato, internazionale. Va bene: va bene.

Lucia porta una bottiglia di vino al tavolo dei Cobanni, seguita da Teresa con il secchiello del ghiaccio. Aspetta che Teresa abbia sistemato il secchiello nel *support de seau* e se ne sia andata, poi stappa, con una buona combinazione di disinvoltura e competenza. È una ragazza che impara, non si può negare: assimila le informazioni, capisce i codici, impiega sempre meno tempo ad arrivarci. Ogni volta che l'ha portata in un bell'albergo o in un buon ristorante l'ha vista osservare e ascoltare, registrare dettagli, e adesso mette tutto a profitto. Se c'è ancora qualche lieve goffaggine, è ormai trascurabile. Versa un dito di vino nel bicchiere dell'ingegner Cobanni, si ritrae di mezzo passo, tiene la bottiglia inclinata in bella mostra.

L'ingegnere fa ruotare lievemente il bicchiere tenendolo per lo stelo, lo accosta al naso, prende un piccolo sorso di vino, se lo fa girare in bocca, deglutisce, annuisce.

Lucia riempie a metà il bicchiere della signora Cobanni, poi quello dell'ingegnere, avvolge la bottiglia nel tovagliolo, la sistema nel secchiello del ghiaccio, si ritrae con un mezzo inchino.

I Cobanni fanno urtare i loro bicchieri in un piccolo brindisi, bevono, sorridono, riprendono a guardarsi intorno e a commentare, con discrezione da persone di classe.

Amalia porta secchiello e bottiglia alla Poulanc, che siede al margine interno della terrazza. Lucia di nuovo procede alla stappatura, versa una piccola quantità di vino per l'assaggio.

La Poulanc annusa il bicchiere, assapora, scuote la testa.

Lucia sorride, con la bottiglia inclinata in mano; bloccata, improvvisamente incerta su come reagire.

Gianluca Perusato si avvicina, indica la bottiglia di Bianca di Valguarnera del 2008. "*Ce n'est pas à votre goût, Madame?*"

"*C'est bouchonnée.*" La Poulanc arriccia le labbra, con quella sua faccia da ranocchiona maldisposta.

Gianluca Perusato fa un piccolo inchino, lancia un'occhiata a Lucia. "*Pas de problème, Madame.* Ne portiamo subito un'altra." Raccoglie lui stesso il bicchiere in cui ancora vibra una piccola quantità di vino rifiutato, toglie la bottiglia di mano a Lucia.

Lucia lo segue verso la cucina, in uno stato di grande agitazione. "Lì per lì non sapevo cosa fare."

"L'ho visto. Eri paralizzata, accidenti." È chiaro, le lacune ci sono ancora. Dovrà sbrigarsi a colmarle, se vuole che lui le demandi almeno parte delle responsabilità di questo posto.

Ramiro lancia un'occhiata dalla sua postazione, dove è impegnato a dare nervose istruzioni a Federico.

"Mi dispiace, Gian." Lucia è posseduta dall'imbarazzo, ma si può star certi che imparerà anche questa lezione.

"Purché non capiti più." Gianluca Perusato posa con un certo disgusto il bicchiere su cui la Poulanc ha lasciato una sbavatura di rossetto, ne prende un altro, ci versa un po' di vino, assaggia.

Lucia lo osserva, apprensiva. "Sa di tappo?"

Lui scuote la testa. "È perfetto. Ne ero sicuro." Anche se avrebbe voglia di tornare fuori e rovesciare l'intera bottiglia sulla testa della Poulanc, ne tira fuori una uguale dalla cantinetta, la porge a Lucia, la spinge verso la terrazza, le dà una pacca sul sedere. Pensa alle volte in cui è capitato a lui di fare il giochino del "sa di tappo", per impressionare una donna invitata a cena, o per mettere in difficoltà un sommelier che gli stava antipatico.

Quanto radicalmente cambiano le cose a seconda della prospettiva da cui le si guarda, davvero. Appena Lucia avrà imparato quello che le manca, le affiderà quasi di sicuro la gestione di Villa Metaphora, o troverà un buon professionista. Perché potendosi scegliere un ruolo, vuole essere lui quello che manda indietro il vino, non quello che se lo vede respingere.

Ramiro ha ultimato alcuni piatti che sembrano contenere piccoli pesci rossi in altrettanti acquari, aiutato da Federico che per fortuna con grembiule e berretto ben aggiustati non fa una bruttissima figura.

"Tutto bene?" Gianluca Perusato si rivolge allo chef nel tono di un comandante della nave che parla al primo ufficiale.

"Non ho staff e non ho materia prima, *pero hago lo mejor que puedo.*"

"Come non ha materia prima, Ramiro?" Ci vuole una dose di pazienza fuori dal comune per non esasperarsi di fronte alle sue continue recriminazioni. "Non c'è posto in tutta Europa dove si possano trovare pesce o crostacei o frutti di mare più freschi!"

"*¡No es todo, el pescado!*" Ramiro è sempre pronto a scattare come una molla. "*¡Yo no tengo que cocinar para los pingüinos!*"

"Ma cos'è che non riesce a trovare qua?" Gianluca Perusato fatica a mantenere la calma.

"*¡Nada de nada!* Mancano grandi verdure, grandi formaggi, grandi carni, grandi uova, grande frutta! Guardi questa lattuga, *mire*! Deve essere vecchia di cinque giorni, *completamente inútil*!"

"E queste? Cos'hanno che non va? Mi sembrano ottime." Gianluca Perusato indica una varietà di altre vivande in forma grezza e semi-elaborata disposte sui piani di lavorazione della cucina.

"*¡Parecen!* Tutta roba che viene da chissà dove per nave! Qui su Tari non sanno coltivare niente! O se coltivano se lo tengono! *¡Aunque calabacines decentes sí tienen!*"

"*¿Qué?*" Non ha nessuna intenzione di farsi attirare nelle piccole trappole linguistiche del cuoco, ma francamente cosa siano le *calabacines* non se lo ricorda.

"Le zucchine! *¡Son pálidas, son feas!* Neanche queste riescono a tirar su, *estos cabrones vagos y incapaces de Tari*!"

Federico ascolta con una mano su un fianco e un'espressione contrariata, sembra sul punto di intervenire con foga per difendere l'orgoglio isolano.

"Senta, sono sicuro che riuscirà a lavorare benissimo lo stesso, Ramiro." Gianluca Perusato fa ancora uno sforzo supremo di autocontrollo. "Del resto è nelle situazioni un po' difficili che il vero artista riesce a dare il meglio di sé."

"*Lo que es una gran recompensa, de verdad.*" Ramiro scuote la testa, bofonchia qualcosa a mezza voce. Ma intanto è tornato a lavorare con la mezzaluna su un tagliere, circondato dai suoi forni e fornelli e frullatori ad altissima velocità, fa gesti imperiosi a Federico perché anche lui si rimetta al lavoro.

Gianluca Perusato lo osserva ancora per un paio di secondi, poi fa un cenno di incoraggiamento (non raccolto), torna fuori sulla terrazza. Pensa che decisamente passerà la gestione a Lucia al più presto, perché potendosi scegliere un ruolo, vuole essere quello che manda al diavolo il cuoco isterico, non quello che lo rassicura con pazienza infinita.

Venti

Nou praisari a jurnata si nou darca a sirata era un altro dei proverbi preferiti del bisnonno di Lucia (dal lato Moscatigno), non compiacerti della giornata prima che sia arrivata la sera. Adesso che è notte si può finalmente dirlo, la giornata è stata ottima, e si è conclusa ottimamente. Tutti gli ospiti se ne sono ormai andati dalla terrazza ristorante, Amalia e Teresa hanno finito di sparecchiare i tavoli, hanno messo le stoviglie nelle lavapiatti e spazzato per terra, si sono cambiate e adesso giù al molo stanno salendo insieme a Federico sulla barca che li riporterà tutti e tre a Bonarbor per la notte. Lucia Moscatigno si chiede se non avrebbe dovuto far finta di volere andare con loro, dire che preferiva dormire a casa dei suoi. Però quello che vuole è restare qui con Gianluca, condividere con lui la gioia per l'avvio di Villa Metaphora, prima che questo momento magico e irripetibile svanisca. Vuole che duri il più possibile, vuole restarci dentro, passare la notte a parlare e fare l'amore nella camera dietro l'ufficio. Si gira a guardare Gianluca, le sembra che non ci sia bisogno di parole.

Gianluca sta facendo il giro della terrazza per spegnere le sette lanterne marocchine, preciso. Apre uno a uno gli sportelli di rame, gira la rotella che abbassa lo stoppino, richiude. Si accorge del suo sguardo, sorride. Lei gli si avvicina, con l'impulso di abbracciarlo, ma invece si ferma, prende un respiro profondo, si guarda intorno insieme a lui. C'è un senso di fine battaglia, di pace conquistata. Il cielo è pieno di stelle, senza luna. La notte è nera e fonda, nero è il mare che respira lento contro la scogliera, il suo rumore si mescola alla brezza tiepida di libeccio. Gli unici suoni umani sono il motore della barca che si allontana laggiù, e i piccoli scoppi di risa che vengono dalla terrazza dell'amica di Lynn Lou Shaw.

"Allora?" Gianluca non si gira, nella luce ambrata dell'ultime due lanterne ancora accese. "Commenti? Impressioni?"

"È andata alla grande, Gian. Erano tutti molto contenti. Del cibo, del vino, dell'atmosfera, di tutto."

"Tranne la Poulanc, la ranocchiona."

"Sì, ma alla fine si è sciolta un po'. Ha finito per scolarsi tutta la bottiglia, voleva sapere la storia del barone, dei lavori qua, degli impianti ecocompatibili, di Ramiro, di Zacomel."

"Non sarai mica stata a raccontarle troppo, spero?"

Lucia si limita a guardarlo male, come fa ogni volta che lui se la immagina sprovveduta. "Secondo te?"

"Lo so che sei attenta." Gianluca cerca di rimediare. "Ma non lo si è mai abbastanza, specialmente con gente come la Poulanc. Carmine mi ha detto che oggi pomeriggio l'ha beccata a curiosare in cucina."

"Va be', poveretta. A me fa un po' pena, una che viene qui da sola, così. Per conto suo, senza uno straccio di marito o di compagno, è naturale che sia un po' acida."

"A me di pena non ne fa, francamente. E i Reitt? Ti fanno pena anche loro?"

Lucia ride. "Quelli proprio no! Mamma mia, si saranno detti tre parole per tutta la cena. E hai visto quando Neckhart è andato al loro tavolo a salutarli? Rigidi come stoccafissi, a malapena rispondevano. Il marito peggio della moglie, almeno lei un sorriso ha provato a farlo."

Gianluca apre lo sportello della penultima lanterna, gira la rotella, fa scendere lo stoppino, spegne la fiamma. "Werner Reitt alla PanEuropaBank è appena sotto Günter Kunze. Non so se ti rendi conto di quali livelli stiamo parlando. Non è l'alta finanza, è la *stratosfera* della finanza internazionale."

"Mi rendo conto." Le viene la voce congestionata di ogni volta che lui se la immagina incapace di rendersi conto. "Però anche Brian Neckhart è uno importante, no?"

"Sì, ma credo che Werner Reitt abbia altre scale di importanza. Uno come Brian Neckhart gli deve sembrare una specie di funambolo da circo."

Ridono piano tutti e due, complici, vicini, avvolti nell'aria tiepida. Gianluca la prende per un polso, se la porta fino all'angolo destro della terrazza, le prende anche l'altro polso, se la tira contro. "Sono orgoglioso di te." Le sussurra direttamente nell'orecchio, le posa una mano sul sedere.

Lei sente un brivido salirle su per la spina dorsale, fino alla nuca e ancora più su, fin sotto i capelli. Gli si preme contro, con la pelle che le scotta, i liquidi del corpo che vanno in circolo, caldi. "Anch'io sono orgogliosa di te. *Corazo forti prevali a mala sorti.*"

"Vale a dire?" Gianluca va un po' indietro con la testa per guardarla, fa la faccia buffa di quando la sente parlare in dialetto.

"Chi è coraggioso finisce per sfiancare la fortuna." Lucia ride, eccitata, eccitata.

"*Ahà.*" Gianluca le preme le labbra contro le labbra, le spinge la lingua nella bocca, forte.

Anche lei spinge la lingua, respira dal naso. Ha le palme delle mani sudate, le piante dei piedi sudate, le ascelle sudate, la passerozza bagnata, il cuore che corre.

Si premono e premono contro, e intanto la mano di Gianluca va giù fino all'orlo della gonna, lo solleva, gira, risale per la pelle nuda e tanto sensibile dell'interno delle cosce, su su, con il dito medio che prende a vibrare contro il cotone umido delle mutandine, insiste.

Lucia allarga le cosce, muove la lingua contro la sua lingua, va indietro finché tocca con i polpacci il muretto della terrazza. Allunga la sinistra a stringere il palo del telo, infila la destra tra il suo corpo e quello di Gianluca, la struscia contro i pantaloni di lino morbido, fino a dove lui è tutto duro e caldo. Strofina, insistente, pensando ai boxer sotto i pantaloni, al pene inturgidito sotto i boxer. (Non sa bene come chiamarlo, tra tutti i nomi che ha sentito non ce n'è uno che non sia imbarazzante per qualche verso, o perché è infantile, o perché è volgare, o perché sembra tolto da un libro di scienze, boh. Sì, anche passerozza è un po' stupido, gliela chiamava così sua nonna quand'era piccola, ma come la chiami, allora?) Comunque si ricorda così bene la prima volta che ha visto i boxer di Gianluca, la prima volta che hanno fatto l'amore, nell'albergo in via Veneto dove lui stava sempre quando veniva a Roma. Era anche la prima volta che lei vedeva una suite dal vero, invece che in un film o alla televisione, e Gianluca ci si muoveva con tanta sicurezza, da signore del Nord che paga e pretende e non è mai completamente soddisfatto, o se per caso lo è, sta attento a non farlo capire. Il bagno di marmo, i tappeti sopra la moquette già spessa, le tende di broccato, il letto gigante, i comodini di legni esotici intarsiati coi colori diversi: era tutto suo e nello stesso tempo non lo era per niente, ogni gesto che faceva era da padrone e da uno che è lì solo per il momento. Ma tra tutte le cose che l'avevano colpita ed emozionata della situazione, i boxer che lui aveva addosso le erano sembrati una scoperta vera. Fatti di cotone da camicia, talmente stirati e perfetti che lui avrebbe potuto uscirci nel corridoio senza scandalo. Erano il segno intimo di un maschio di un'altra categoria rispetto agli uomini che aveva visto in mutande fino ad allora, compresi suo padre i suoi fratelli i suoi cugini, con i loro brutti braghettoni bianchi a costine da bambino slargati da quello che un maschio adulto ha lì sotto e che un bambino non ha ancora. I boxer di Gianluca non si potevano neanche chiamare mutande (infatti avevano proprio un altro nome), non gli davano neanche un po' dell'imbarazzo e del disonore degli altri uomini che aveva visto senza pantaloni. Non avevano niente a che vedere con quelle cose da vergognarsi che sua mamma appendeva insieme alle canottiere ad asciugare al filo sotto la finestra di casa. I boxer di Gianluca erano eleganti come i suoi completi, come i suoi modi di ordinare al ristorante, come i suoi toni per rivolgersi al commesso di un negozio. Erano i boxer di un uomo del Nord con i capelli castani chiari e gli occhi azzurri, più alto e vago degli uomini con cui lei aveva avuto a che fare prima; i boxer di un architetto internazionale che conosce il mondo, che conosce le donne, che conosce i modi giusti per baciarle, infilare la mano su su tra le cosce, per muovere quel dito avanti e indietro, né troppo forte, né troppo piano. Con la pressione giusta, con l'insistenza giusta, e poi scalzare l'elastico che stringe la coscia e scivolare sotto, un po' prepotente però anche delicato, a penetrare nell'umido caldo ma appena appena, con esperienza avidità misura, risalendo grado a grado verso la sua eccitazione, con l'indice e l'anulare che lo seguono ai due lati come compagni fedeli e deliziosi.

Ansimano sullo stesso respiro, si schiacciano e strusciano e frugano con sempre più furia; c'è tutta questa frizione, tutto questo calore, tutti questi liquidi bollenti, vischiosi. Lei si sente lì lì per perdere il controllo, farsi travolgere, farsi trascinare di brutto, farsi infuocare; respira ancora più fondo, butta la testa all'indietro, tende tutti i muscoli, dalle caviglie alla nuca, fino quasi a farsi male.

Però in tutto questo montare di vibrazioni dentro e fuori ce n'è una che viene dal petto di Gianluca ed è troppo regolare, troppo meccanica: *vrrr-vrrr, vrrr-vrrr, vrrr-vrrr.*

"Oh cavolo." Gianluca sfila via il dito medio dall'umido caldo, toglie la mano dalle cosce, *stick*, l'elastico delle mutandine torna al suo posto. *Vrrr-vrrr, vrrr-vrrr*, la vibrazione del suo cellulare va avanti, maledetta.

"Rispondi, dài." Lucia lo spinge indietro a due mani. Cerca di riprendere fiato, di rallentare il battito del cuore, ricacciare indietro la delusione che le arriva addosso come un'onda fredda, a smorzare l'onda bollente che le stava montando dentro tanto forte e convinta.

"Scusami solo un attimo." Ma intanto ha tirato fuori il cellulare, se lo preme all'orecchio, si allontana veloce nel buio della terrazza.

"Figurati. Fai pure, parla, parla." Tanto lo sa chi è, non ha bisogno di sentirselo dire. Si aggiusta la gonna, si passa una mano tra i capelli, inspira dal naso, si aggiusta la camicetta. *Person se pigghia, si nou s'imiligghia*, nessuno si piglia se non si assomiglia. Va bene, ma forse sarà stato vero vent'anni fa, quando Gianluca e sua moglie si sono messi insieme e lei era la figlia del capo e la vera milanese e tutto, come lui le ha raccontato a puntate quando voleva farsi compatire. Adesso cosa ci può trovare ancora in una donna come quella, secca come un'acciuga vestita Armani, con quel naso dritto, quello sguardo freddo, quelle labbra sottili, quel sorriso che ti blocca lo stomaco. Senza calore, senza passione, tutta ragionamento e calcolo. Però l'istinto di chiamare proprio nel punto più magico del momento irripetibile ce l'ha, la iena. Per rovinare la meraviglia romantica della notte, così.

Gianluca le sta già parlando dall'oscurità dell'altro estremo della terrazza, nel tono imbarazzato e un po' servo che gli viene sempre con sua moglie. "Abbastanza bene, direi. Grazie. Be', siamo proprio alle primissime battute, ma sembrerebbe di sì..." Non cerca mai di nascondersi, per queste telefonate: al contrario, fa sempre come se in fondo non ci fosse niente di tanto strano nell'essere sposato e avere una storia con una sua dipendente. A volte addirittura la guarda e fa gesti impazienti mentre ascolta, scuote la cornetta, fa girare la mano, alza le sopracciglia, muove le labbra come per dire *bla bla bla*.

Lucia socchiude gli occhi contro la brezza lieve lieve di libeccio, pensa che questa è una delle poche cose che non è riuscita a imparare da lui e che quasi sicuramente non imparerà mai, per quanto ci possa provare. Gianluca le ha ripetuto mille volte che una storia non ufficiale è molto più eccitante e divertente, perfino più vera e amorevole, di una relazione ufficiale. Le ha detto che lei non si rende conto di avere solo il meglio così, senza nessuna delle infinite rogne che si accompagnano inevitabilmente a ogni matrimonio. Le ha fatto elenchi di persone importanti che si dividono felicemente tra storie ufficiali e storie segrete, per anni, per tutta la vita. Le ha detto che la sua gelosia feroce è il residuo di una cultura arcaica, di cui deve liberarsi a tutti i costi se vuole essere davvero una donna contemporanea. Le ha spiegato che le figlie soffrirebbero terribilmente per una separazione, e che lei non vorrebbe mai prendersi una responsabilità così brutta nei loro confronti. Le ha raccontato che per sua moglie lui prova soprattutto compassione, perché soffre di una grave forma di nevrosi e non potrebbe sopportare il trauma di un abbandono. Lei ha preso in considerazione ognuno di questi argomenti, come ha fatto con tutte le altre informazioni grazie alle quali è cresciuta così tanto nei tre anni della loro storia. Si è sforzata di cancellare le immagini ingenue che le sono entrate in testa attraverso fiabe canzonette romanzi sogni di ragazzina, ha provato a adottare la disinvoltura sentimentale così come ha adottato i modi di muoversi e vestirsi e parlare che lui le ha insegnato. Ma qui non c'è stata nessuna trasformazione miracolosa: la rabbia e il senso di ingiustizia all'idea di dover condividere il suo uomo con un'altra (che oltretutto ha molti più diritti di lei) hanno continuato a scavarle dentro come una malattia. E riprendono forza con ogni nuovo episodio di confidenza o meschineria o prepotenza di quella iena, con ogni telefonata che interrompe un momento magico e irripetibile tra loro due.

Gianluca adesso sta chiedendo delle figlie, con la solita aria un po' colpevole. Come se non facesse mai abbastanza per loro, come se non spendesse una fortuna per mantenerle come due principessine. "E Margherita? E Elisabetta? Davvero? Ma che brave! E le lezioni di tennis? Quanto? Quando?"

Lucia guarda il quartino sottile di luna che è riuscito a salire timido timido nel cielo, pensa che avrebbe fatto meglio ad andarsene davvero a dormire a casa dei suoi a Bonarbor. Poi pensa che tra poco la telefonata comunque finirà e lei si potrà riacchiappare il suo uomo del Nord, magari ancora più voglioso dopo aver parlato con la moglie, o magari invece tutto abbacchiato, in cerca di consolazione più che di amoreggiamenti. Ma la loro storia è così, almeno per ora: tanto vale farsela andare bene.

TERZO GIORNO

Ventuno

Alle sei del mattino la vista da qui sopra è davvero stupefacente, con il sole ancora nascosto dalla cima del vulcano e il mare che riflette l'azzurro del cielo, la luce che si frammenta nelle infinite schegge argentate delle piccole onde tirate dalla brezza. È da tanto ormai che Paolo Zacomel gode di questo scenario non limitato, non addomesticato, eppure continua a rimanerne stupefatto ogni volta che apre gli occhi, sguscia fuori dal sacco a pelo e va ad affacciarsi sul promontorio.

Perusato all'inizio è rimasto perplesso quando lui gli ha detto che preferiva dormire nel piccolo laboratorio di falegnameria a cielo aperto allestito dietro la cucina, invece che nella stanza che dovrebbe condividere con Carmine, di fianco alla lavanderia e all'alloggio di Ramiro il cuoco. Lui ha cercato di spiegargli che non c'è paragone tra lo stare al chiuso e l'assaporare per tutta la notte l'aria pura e il cielo pieno di stelle, ma l'architetto ha continuato a guardarlo e scuotere la testa come se lo considerasse un po' matto. Il che è anche comprensibile, per uno che di professione progetta muri e tetti.

Paolo Zacomel apre bene il sacco a pelo per arieggiarlo, poi si addentra di qualche decina di metri tra rocce e cespugli a fare la pipì, cercando di non conficcarsi spine nei piedi scalzi. Inspira a fondo l'odore aromatico e vagamente sulfureo che viene dall'entroterra, assorbe la radiazione della terra che comincia piano piano a scaldarsi. Di solito si sveglia ancora prima, ma ieri notte è rimasto su fino quasi alle due a parlare e bere (e fumare un po' d'erba) con Lara, Ramiro il cuoco e l'americana che si chiama Lynn Lou, la famosa attrice.

È strano, perché con Ramiro nei giorni scorsi aveva solo scambiato qualche parola, gli era sembrato presuntuoso e isterico.

Invece è arrivata Lara che non conosceva nessuno a parte la famosa attrice sua amica, li ha invitati sulla sua terrazza dopo cena, e ha creato una comunicazione. E Ramiro si è rivelato tutt'altro che antipatico: nervoso sì, pieno di fobie sì, ma anche spiritoso, una mente brillante, irrequieta. Gli ha fatto un sacco di domande molto specifiche sul suo lavoro con il legno, sulla ricerca dei materiali, le tecniche di progettazione e realizzazione. Lui a sua volta gli ha chiesto informazioni sul mondo dell'alta cucina, di cui non sapeva praticamente nulla, e sono venute fuori cose interessanti. Dopo un po' erano lì che si parlavano quasi come due colleghi, infiammati dall'essere in disaccordo sullo scopo ultimo di ogni creazione artistica (sollecitazione/solleticazione o appagamento, inquietudine o armonia, o una miscela instabile delle due cose). Anche Lynn Lou la famosa attrice è abbastanza simpatica, benché non ci voglia molto a capire che è parecchio egocentrica e sbilanciata. Ieri notte non smetteva di bere e di rollare spinelli, passava da momenti di assenza siderale a improvvisi slanci di entusiasmo, in cui si metteva a ridere saltare fare dispetti come se avesse otto anni. Per lo meno però è vitale, e divertente, e sincera fino alla brutalità, tre qualità per niente disprezzabili.

Ma la più speciale di tutti era Lara, naturalmente. Lo aveva già capito quando si è fermata a parlare con lui, prima dell'arrivo in elicottero dei tedeschi. Ha quei movimenti leggeri, quell'equilibrio di ballerina surreale, quello sguardo attento, quel modo di stringere le palpebre per metterti meglio a fuoco, quell'accento difficile da definire. Abbastanza misteriosa, anche, con la storia del padre italiano che non ha mai conosciuto ma di cui sta seguendo le tracce. Sembra una che non ha bisogno di quasi niente, una che se ha qualcosa di più interessante da fare o da pensare può benissimo dimenticarsi di mangiare. Ogni volta che si sono parlati a breve distanza, un'intensità misteriosa gli ha alterato il ritmo del cuore. Perché? Non lo sa, e forse non ha neanche voglia di saperlo; quello che sa è che ieri notte mentre cercava di addormentarsi tutte le immagini e sensazioni che lo attraversavano avevano a che fare con lei.

Paolo Zacomel torna al piccolo laboratorio di falegnameria, dietro la cucina. L'ha stabilito qui per metterlo al riparo dal vento che a marzo e aprile tirava parecchio accanito. È una vera fortuna che d'estate non ci sia più di una brezza, come diceva Perusato, altrimenti la situazione di Villa Metaphora diventerebbe decisamente troppo estrema per il gusto dei suoi ospiti.

Visto che di legno per fare mobili non ce n'è più, a parte il mogano tagliato illegalmente che non userà mai, oggi si dedicherà come ieri a mettere insieme le due panchine da esterni con i tronchi di deriva che è riuscito a recuperare sulle rocce. Si infila una maglia per far contento Perusato, scende alla terrazza orientale bassa dove ha lasciato il lavoro, pensando alla giornata dai vasti confini che gli si apre davanti, mani occupate e gesti collaudati, la contemplazione degli elementi attraversata dai suoi nuovi pensieri.

Là fuori in mare il gozzo con Amalia, Teresa e Federico sta arrivando da dietro le rocce: si sente il borbottio dell'entrobordo diesel, si vede la prua che spartisce l'acqua in due scie. Paolo Zacomel risale i gradini, segue un tratto di sentiero selciato, scende rapido la scalinata che porta giù al molo. Ha una vera energia gioiosa nelle gambe, le piante nude dei piedi assaporano la superficie della pietra nel contatto rapido.

Paolo Zacomel ripensa a quello che diceva Lara ieri notte a proposito delle sette terrazze di Villa Metaphora, e di come per il barone Canistraterra avessero un significato simbolico legato ai sette sensi. "Non sono *cinque*, i sensi?" aveva detto lui, senza neanche prendersi una piccola pausa per rifletterci. Lei gli aveva spiegato l'antica teoria del corpo sacro interiore, secondo cui esistono sette proprietà vitali, sotto l'influenza di sette pianeti. Le aveva contate sulle dita una a una, con una solennità metà scherzosa e metà seria: "Il fuoco che anima ogni cosa, la terra che dà il tatto, l'acqua che dà la parola, l'aria che dà il sapore, la nebbia che dà la vista, i fiori che danno l'udito, e il sud che dà l'olfatto." Lui era rimasto incantato da queste parole, e dal suo modo di pronunciarle, dalle immagini che producevano. "Il sud che dà l'olfatto?" Lara l'aveva guardato dritto negli occhi, l'intensità bilanciata dal suo sorriso luminoso, alla luce della lanterna a olio. Lui l'aveva guardata con altrettanta intensità (di nuovo indolenzito nella zona del cuore), forse aveva fatto qualche considerazione vaga che adesso non gli torna in mente, per quanto si sforzi di ricostruire nel modo più preciso i loro scambi.

Il gozzo adesso accosta al pontile, Federico gli lancia la cima di prua. Paolo Zacomel la prende al volo, la fa girare intorno a un paletto in un nodo volante, porge un braccio di appoggio ad Amalia e Teresa. Anche se è la terza mattina che viene qui a dare una mano, la loro diffidenza iniziale non si è ancora dissolta: è lì negli sguardi, nel "Grazie" appena mormorato, nella fretta con cui afferrano le borse pesanti che lui si fa passare da Federico e passa a loro. Con Federico la comunicazione è ancora più difficile, forse perché lui gli appare come un intruso venuto a portare via lavoro agli isolani (anche se a sentire Perusato non c'è nessuno che costruisca mobili a Tari). D'altra parte neanche Paolo Zacomel è uno che si mette a fare il compagnone e travolgere resistenze a furia di battute, scherzi, offerte indiscriminate di amicizia. Ha un carattere da anarchico individualista, se proprio c'è bisogno di una definizione, e i mesi che ha passato qui a lavorare in solitudine non hanno fatto che accentuarlo. Amalia, Teresa e Federico non sanno che è isolano almeno quanto loro, benché non abbia nessuna isola di origine o di appartenenza. O forse invece lo sanno, ed è per questo che non riescono a decidersi su come trattarlo.

Carmine sta scendendo a gran velocità per la scalinata, nella sua tenuta bianca impeccabile. Saluta Amalia e Teresa, fa appena un cenno con la testa a Paolo Zacomel, si affretta a scavalcarlo per farsi passare da Federico le cassette di pesce e le borse di verdure e altre provviste comprate al porto in base alle indicazioni di Ramiro. Paolo Zacomel riesce solo a prendere una cassetta di triglie dall'occhio molto limpido adagiate nel ghiaccio tritato, va a metterla nel cestello del montacarichi. Carmine la toglie quasi subito, per risistemarla insieme alle altre secondo un suo criterio, in quella che sembra una questione di principio.

Paolo Zacomel non se la prende, scrolla le spalle. Indica il grande motoscafo sospeso al suo argano di alaggio. "Quando lo metti in acqua, oggi?"

Carmine ricorre a una delle sue tipiche espressioni taresi: occhi e mento che indicano in su e di lato. "Tra poco."

"Devi portarci in giro gli ospiti?"

Carmine muove appena all'indietro la testa, per dire che non lo sa. Si gira a guardare Federico che sale rapido per le scale, dietro Amalia e Teresa già ferme a riprendere fiato dopo una ventina di gradini.

Paolo Zacomel va in fondo al molo, si inginocchia a sciacquarsi in mare le mani che sanno di pesce. Guarda l'acqua che da trasparente diventa celeste azzurro blu polvere blu chiaro blu fiordaliso blu ceruleo blu reale blu di Persia blu pavone blu elettrico blu marino blu oltremare blu scuro blu notte blu di Prussia, man mano che il fondale si inabissa rapidamente fino a diventare quasi nero già a poche decine di metri dagli scogli. In momenti come questo gli viene una consapevolezza acuta di essere sospeso su un abisso insondabile, in cui potrebbe sprofondare da un istante all'altro se non fosse per alcune sensazioni e pensieri pieni di luce che lo abitano.

Si asciuga le mani sui calzoni, ripercorre il molo, fa un cenno di saluto a Carmine che sta ancora trafficando con il montacarichi, risale i gradini per riprendere il lavoro alle due panchine, trasferire i suoi pensieri e le sue sensazioni alle mani, e attraverso le mani al legno levigato dal mare.

Ventidue

Carmine Alcuanti specta Zacomel il costrucatore di mobili che rimonta su alla terrazza con quell'apparenza da Ulisse che ha, tra viso cotto dal sole barba incolta sbiondata nell'esposizione continua bragazze scolorite e strappignate magliorina sfibrata. Ci sarebbe da intenzionare se si diporta in questa maniera per convincere l'architetto Perusato a dargli la pagatura che gli spetta, oppure non gliene fresca in minimo delle apparenze, tiene solo ai legni e all'arte del metterli insieme. Contutto che viene dal Continente, si potrebbe talvè interpretarlo per un mezzo tarese, da come si promena sempre a piede nudo, da come schippa quasi caprino di roccia in roccia, da come non chiede, da come pensa in proprio. Non ha niente dell'incertamento zoppicato e strascicato del continentale, niente della mollitudine e della lagnatura del villeggiatore rosticonatore. Epperò il legno serio per construcare i mobili lo esaurì tutto, e per un pezzo qui non ne perverrà altro di sicuro, stante che di denari in Villa Metaphora non ne hanno più, a parte gli indispensabili per Amalia Teresa Federico che aliter se ne revolvono in domo in due e due quattro (l'architetto lo sa, e qualche cartamoneta almeno a loro gliela dovette pur trasferire).

Tuttomodo quello che Carmine Alcuanti sta fantaseando in continuo è il poter impattare nuovamente la Lynn Lou Shaw, talvè perfino escursionarLa col Chris Craft in caso ne avesse il desiderio, stante che l'architetto dichiarò il transacqua a disposizione degli ospiti. Talvè volesse escursionarsi da sola senza il marito, talvè quello avesse troppo carico di telefonate e comunicazioni varie con gli Stati Uniti d'America, sarebbe il nonplusultra, un reve proprio. Ieri lui ebbe modo di admirarLa in due versioni che meno ufficiali non avrebbero potuto essere, gli fecero spinnare il capo per il privilegio. Prima al porto si manifestò col berretto da baseball e i jeans tipo kiddo, a non sapere che sotto c'era la Dea. Poi la sera discese alla terrazza a sorbire l'aperitivo con l'amica in un paio di bragaccine, una magliorina e niente ai piedi, anche lì a non saperlo ci voleva l'occhio a divinare la più grande Star del mondo, stante che le bragaccine non avevano l'attillatura consueta dei film o delle foto, slargavano di due misure buone, lo stesso per la magliorina. Di più aveva il viso acquasaponato senza un filo di trucco, tambene i capelli senza traccia di spazzolatura o lucidatura. Epperò risiede lì il dono della Dea, nel potersi offrire allo spectamento in naturalezza maxima, unadulterata. A saperlo come lui lo sapeva, c'era da inginocchiarsi davanti a quella figura purissima e sacra, davanti a quel muoversi astonante. Gli altri ospiti la spectavano un po' immorbositi, un po' giudiconi, ma Lei è tanto al di là, non se ne curava in minimo. Suo cugino Pescato qualche settimana fa, quando ancora lui non fantaseava tanmeno in minimo che la Lynn Lou Shaw potesse giungere in Villa Metaphora, tentò di mostrargli le foto che uscirono in internet fuori dalla Sua volontà, ma lui gli ribatté a muso di cane che non ne voleva intendere, che l'hacker profanatore della mala impresa ha solo da sperare di non impattare mai in Carmine Alcuanti, aliter cara la pagherebbe, la profanatura. Tuttomodo ieri sera all'ora di cena sotto la semplicità incantevole lui La spectò tutta iperluminescente, expectacolare, la Donna più bella del mondo in persona vivente, che poi invece è una Dea.

Carmine Alcuanti rececca per la decima l'imbracatura sotto lo scafo, poi pressa il bottone del carrello di alaggio, fa escursionare l'arganaccio in alto sopra le ondette, pressa il bottone di discesa. Il Chris Craft cala giù, pendulando appena nel vento che oggi suffla un modico più dei giorni trascorsi. Quando il transacqua è infine accomodato nel mare sciacquettante lui schippa a bordo, stonca i ganci dell'imbracatura, secura la cima di poppa alla boa, secura la cima di prua al pontile, poi pressa l'altro pulsante, fa rimontare l'arganaccio di alaggio. Ogni volta si affuria a dover passare per tutta questa trafficatura, quando con la darsena in pietra che riedificò l'architetto il transacqua se ne stava ben parato e tranquillo, pronto a sortire fuori quando necessitava, come un re del mare. Epperò il bruhaha del danno paesaggistico, la vendicatura del sindaco, i taresi incontrariati per il resort, anche se fecero mille volte più vituperio all'isola con tutto il cemento che versarono in Bonarbor, le brutte case la brutta strada le altre imporcature in ogni angolo dell'abitato. Qui di contro c'era un signor architetto e imprenditore del Nord che volle investire in Tari, e pure se il suo motivo recondito fosse predare le bellezze dell'isola e del mare che sue certo non sono, conseguì percontro il merito immenso di far pervenire qui la Lynn Lou Shaw, impresa da far togliere il cappello tambene a chi non si rende conto che è una Dea.

Tambene Ramiro il cuoco entrò in guerra coi locali appena posto piede in Tari, inquantoché asserì che a esclusione del pesce e i frutti di mare, tutto il restante che si vende in Bonarbor mette vergogna per meschineria. Pertanto già al primo giorno riuscì a scaponarsi col verduraio e col genericaio, affermando che la loro roba è vecchia spenta e smorta, non sa di niente. Si dichiarò pronto a sdanarare maxime se gli recassero la verdura dei loro orti e le uova dei loro pollai, invece delle ammosciature ingiallite e desolature che pervengono in nave da chissà dove. Epperò i taresi le freschezze degli orti e del pollaio se le tengono strette per godersele in proprio, non le cedono certo a un foresto, per quanto pronto a sdanarare. Al che Ramiro slunò, mise fuori le offese, e quelli allora a ripostargli che è un marico. Epperò l'architetto contutto che è marico a Ramiro fa i ponti d'oro, inquantoché lo proclama uno dei punti di forza di Villa Metaphora. Tuttomodo ieri sera le sue preparazioni gli ospiti le gradirono per certo, ergo l'architetto tiene ragione, lui questa specie umana la conosce, non è certo di contentoni faciloni, vengono fin qui in cerca dello speciale, dell'unico.

Tuttomodo è difficile stabilire se il resort è un'opportunità per l'isola come proclama l'architetto. È vero che i giovani se ne fuggono di Tari, lui stesso se non era per Lucia se n'era già trasmarato per certo in Continente (e avrebbe perso l'impatto miracoloso con la Dea!) Epperò tutto questo sfarfarare di opportunità sviluppo crescita, di che stiamo sfarfarando? Non son già troppe le persone umane su questo scoglio, per poche che siano? Non portarono già fin troppo danno alla Muntagna Matri, a furia di spertucare smazzonare sturicare scarofonare terra roccia mare senza sosta, unrelentati, incontentabili? Cosa dovrebbe hacere l'isola, insufflarsi fuor di misura come il rospo della favola, eclattare, sciuttare i pezzi in qua e in là per il mare? Non verrebbe meglio porre cura in quello che c'è, ameliorarlo per il possibile, scampanare via i cementi e le orrorate costruttive in Bonarbor, ripristinare il bianco di calce i murettoli di pietra a secco le bellezze originarie, rinterrare i carrubi i fichi gli olivi cioppati via da nonni e padri per inavidimento miopico? Talvè far rispuntare in mare le spugne che per tanto regalarono sostentamento in Tari, prima che anche lì la brama del troppo se li pigliasse, col bell'effetto di farle scartamontare via tutte e non lasciarne una sola, oggi?

Carmine Alcuanti rimira il Chris Craft che flotta nell'ondetta, e gli appare che un barcheggio simile stia alle navicole normali come la Lynn Lou Shaw sta alle donne normali. Solo per dare l'idea, epperò è quasi una blasfematura, inquantoché non si accosta un transacqua o tambene una donna normale a una Dea. Ma è solo per esprimere che configurano similmente mondi diversi dal normale, c'è solo da admirare e silenziare con maxima estimacione. Se poi per avventura fortunosissima la Lynn Lou Shaw oggi o in una delle giornate venture gli requestasse di escursionarLa per mare col Chris Craft, sarebbe un evento così astonante da metter paura solo a contemplarlo in congettura ipotesata. Epperò potrebbe anche inverarsi, se non proprio oggi, talvè in una delle giornate venture. Talvè sì, non forziamo limitature ai miracoli.

Lassù sulla terrazza ristorante fluttueggia una donna in vestito bianco occhialoni scuroni paglione gigante che epperò non è la Lynn Lou Shaw, questa volta lui non ci casca più a farsi frastornare le percezioni come un somaro ragliatore. È la francese che si promena, anche se è troppo presto per hacere colazione, e tuttomodo la colazione viene servita sulle terrazze private, è espresso in chiare lettere nel sito e nella brochure. Occhiuta com'è, dovrebbe averne consapevolezza.

Ventitré

La luce a quest'ora del mattino è decisamente più tollerabile di quando il sole salirà a battere con tutta la sua ferocia africana, pensa Poulanc. Alzarsi presto non le è costato fatica – ha dormito malissimo a causa dell'adrenalina che le è rimasta in circolo dopo aver buttato giù a mezzanotte passata un primo abbozzo della stroncatura di questo posto. Ulteriore vantaggio della levataccia è che nessuno degli altri ospiti – Alleluja! – è ancora in giro, il che la esime dal dover scambiare saluti e cortesie con gente che detesta. Ieri sera l'attrice americana era particolarmente irritante, ha passato due ore buone a fare faccine e faccette e gesticolare e parlare ad alta voce, pensando evidentemente che gli altri commensali fossero felici di assistere a una rappresentazione gratuita. Non ha ricevuto grandi gratificazioni da parte degli ospiti – nessuno di loro era così sprovveduto da mostrare interesse per una giovane star di Hollywood – ma in compenso il successo con il personale di servizio è stato notevole. Le due cameriere erano rapite, l'aiuto cuoco continuava ad affacciarsi dalla cucina, e il marinaio – autentico idolatra – trovava ogni pretesto per venire sulla terrazza a manifestare la sua ebete ammirazione. D'altra parte è così che posti come questo riescono ad attrarre una clientela di parvenu ansiosi di passare – o dire di aver passato – le vacanze con i veri ricchi e i veri famosi. Basta che una celebrità del cinema, un calciatore di serie A, un industriale di buon livello ci mettano piede per un paio di giorni, e il gioco è fatto. Poi è sufficiente diffondere la voce – con garbo, non occorre il megafono – farla andare in giro.

Poulanc scende i gradini che portano dal sentiero selciato alla terrazza ristorante. Ha un vago mal di testa – è il vino di ieri sera, il bianco le fa sempre questo effetto – e un bisogno crescente di caffè. Però la vista da qui è abbastanza notevole, bisogna riconoscerlo. A volerla dire tutta – senza con questo concedere nulla agli imbecilli che gestiscono e frequentano questo detestabile resort – è *molto* notevole. Questione di apertura dell'orizzonte, di qualità scenografica: non capita spesso di vedere tanto mare e tanto cielo, semplicemente. Il barone Canistraterra era con tutta probabilità uno scienziato di second'ordine, un letterato mediocre e un eccentrico di maniera, però l'idea di venirsi a costruire una casa qui sopra ha un tocco di autentica grandiosità. Visto senza la presenza molesta di gestori o villeggianti, questo è un luogo di sensazioni fuori misura, dove si potrebbe anche stabilire un rapporto pericoloso – in quanto privo di confini – con gli elementi. I più superficiali e viziati degli ospiti non ne saranno consapevoli, forse nemmeno l'architetto Perusato, ma qui non si tratta certo solo di viste spettacolari e di acque incontaminate, come dice il testo pieno di cliché sul sito internet di Villa Metaphora. C'è qualcosa nell'aria, nella roccia, nel mare, così carico di significati inesprimibili da rendere ancora più ridicola la messa in scena del celebrato *archistar*.

Non vorrebbe lasciarlo passare, eppure il pensiero viene avanti, travolge l'ostinata barriera mentale che lei sta cercando di opporgli: Jean-Émile avrebbe apprezzato immensamente questa vista. Ecco un altro tentativo di contenimento, patetico, inutile. Non si sarebbe limitato ad apprezzarla immensamente – non si limitava in nulla, Jean-Émile – se ne sarebbe fatto sconquassare, devastare. Si sarebbe fermato in questo punto preciso della terazza – piedi piantati, sguardo trasparente verso l'orizzonte, capelli bianchi mossi dalla brezza – senza parlare, quasi senza respirare. Se lei avesse provato a dirgli qualcosa, o anche solo gli si fosse avvicinata troppo, le avrebbe fatto cenno di non osare, con la brutalità di cui era capace quando si sentiva in presenza dell'assoluto. Più tardi – addolcito da un bicchiere di Pernod, forse dalla consapevolezza di essere stato troppo duro – le avrebbe parlato del simbolismo numerico delle sette terrazze della villa, dei sette agnelli nel patto tra Abramo e Abimelech a Beersheba, del giuramento arabo delle sette pietre insanguinate descritto da Erodoto, del faraone che sognava per sette anni ciascuna delle sue mogli, della teoria di Shakespeare sulle sette età dell'uomo in *As You Like It*. Ancora una volta avrebbe usato il fascino della sua cultura sconfinata, la sua straordinaria capacità di esplorare connessioni eclettiche – far risuonare i labirinti della mente, come lui diceva – per soggiogarla, impedirle di reagire, tenerla prigioniera in una vita di sublime sudditanza.

Ah, non avrebbe dovuto lasciar passare questi pensieri, povera stupida, avrebbe dovuto alzare una barriera ben più resistente, difendere in modo strenuo la serenità – ma si può davvero chiamarla così? – conquistata tanto faticosamente in questi anni. Poulanc si stacca dalla visione del cielo e del mare, distoglie lo sguardo, viene via. Abbagliata, scossa; barcolla, più che camminare. Il mal di testa è aumentato, il desiderio di caffè è diventato una necessità improrogabile. Si affaccia nell'anticucina come una viandante biblica. "C'è nessuno?"

Le due cameriere e l'aiuto cuoco si girano a guardarla, mezzi defilati dietro la moltitudine di attrezzature super-tecnologiche che lo star chef spagnolo ha senza dubbio imposto al signor Perusato.

"Non si potrebbe avere un caffè?" Poulanc rabbrividisce del proprio tono, per come suona supplichevole.

"La colazione è servita dalle otto in poi sulle terrazze private." La cameriera più giovane e magra recita a pappagallo – con voce malcerta, per di più – le regole della casa. Gli altri due non intervengono, restano fermi in penombra, nei loro grembiuli infilati da poco.

"Lo so." Poulanc cerca disperatamente di attingere alla propria inesauribile – ma in questo momento non accessibile – vena di irritazione per tirarsi fuori dallo stato in cui si trova. "Ma ne avrei proprio bisogno. Solo un caffè. Si può?"

La cameriera magra si gira verso l'aiuto cuoco; l'aiuto cuoco fa di sì con la testa, come se la sua fosse una concessione tutt'altro che scontata.

"Grazie." In circostanze normali gli avrebbe fatto una scenata, adesso non è neanche in grado di fare una battuta ironica. Torna fuori sulla terrazza, si siede su uno dei cuscini disposti lungo il sedile in muratura integrato nel muretto perimetrale.

Non guarda più verso il mare, gli volta proprio le spalle – è determinata a non lasciarsi risucchiare da visioni trasfiguranti.

Ma ecco che – davvero non c'è limite al peggio – arriva sulla terrazza un'altra ospite. Magra, alta, faccia tirata, addosso un caftano arabeggiante che contrasta con i suoi lineamenti e con il suo pallore, è la tedesca che ieri pomeriggio si è prodotta – insieme al detestabile marito – nell'arrivo in elicottero. Fa un cenno di saluto, "Buongiorno". Parla un discreto italiano, l'aveva già notato ieri.

"Buongiorno." Poulanc spera che il suo tono faccia trasparire un'assoluta non disponibilità a intavolare conversazioni mattutine sul tempo, sul luogo, sulla vista.

La tedesca non riceve affatto il messaggio, perché indica il paesaggio che Poulanc è determinata a non guardare. "Bellissimo, eh?"

"Già." Poulanc non gira la testa.

"È immenso." Il tono della tedesca sembra infuso di rammarico, o forse di profonda tristezza esistenziale.

"*Ahà.*" Poulanc fissa con determinazione lo sguardo sulle pietre della terrazza.

La tedesca non desiste: allunga una mano. "Scusi, non mi sono presentata. Brigitte Reitt."

"Simone Poulanc." A questo non si può sottrarre, purtroppo. Durante la notte ha anche raccolto su internet qualche informazione – dopo averne strappato i nomi alla bruna assistente manager – sugli altri ospiti di Villa Metaphora, scoprendo che il marito è uno dei vicedirettori della PanEuropaBank, ruolo a cui si deve senza dubbio la predilezione per gli elicotteri come mezzi di trasporto, nonché la nevrile impeccabilità della signora.

La cameriera magra arriva con il caffè, esita, posa il vassoio sul muretto, esegue un mezzo inchino, mal riuscito.

"Non potrei averne uno anch'io?" La cortesia della Reitt contrasta in modo decisamente paradossale con il suo arrivo di ieri.

La cameriera magra esita, poi annuisce con un'espressione rassegnata, torna verso la cucina.

E naturalmente la Reitt a questo punto indica uno dei cuscini: "Le dispiace se mi siedo?" Fa anche un tentativo di sorriso, debole.

"Certo, prego." Anche qui non è che Poulanc abbia molta scelta. Cerca di concentrarsi a piccoli sorsi sul suo caffè bollente, sul fondo amaro di legno bruciato che almeno in questo momento le dà una qualche soddisfazione.

La Reitt sospira, manda avanti le gambe lunghe, ne raccoglie una, si gira a guardare il mare, si mette a fissare anche lei le pietre della terrazza. "Non ho quasi dormito, stanotte."

"Neanch'io." Poulanc risponde in modo del tutto automatico, senza volerlo. Sta provando a mettere su un'altra barriera antipensieri di Jean-Émile, ma dubita che possa reggere. In realtà la sente già scricchiolare, sta già cominciando a cedere.

"Posso chiederle perché?" L'espressione della Reitt sembra improvvisamente attraversata dalla più acuta, lacerante angoscia.

"Sono stata per dieci anni con un uomo straordinariamente affascinante, e mostruoso." Poulanc è allibita dalle parole che le sono appena uscite dalla bocca, inorridisce.

La Reitt inclina la testa come una specie di nobile trampoliere, lo stupore si mescola all'angoscia nel suo sguardo.

Poulanc si chiede cosa diavolo le sia successo: se sia possibile che la rottura di una diga mentale possa travolgere anche il diaframma tra pensieri e parole, far uscire cose che credevi nascoste al sicuro, negli strati profondi del tuo cuore e cervello.

"Io invece sono *sposata* con un uomo mostruoso. E non mi sembra affatto affascinante." La Reitt ha uno scatto altrettanto sbalorditivo. Subito dopo sembra sconvolta, anche lei; il controllo emotivo che irrigidiva le sue espressioni e i suoi movimenti è andato, fuori uso. Scuote la testa. "*Ich weiß es nicht, ganz ehrlich.*"

"*Mon Dieu, je suis désolé.*" Poulanc – di nuovo senza riflettere – allunga una mano, tocca la spalla della tedesca, con un piccolo *pat pat pat*, goffo, ripetuto. È un gesto che non rientra per nulla nelle sue manifestazioni abituali, tanto meno nei confronti di una sconosciuta che fino a cinque minuti fa le ispirava parecchia antipatia. Ancora più atipiche sono le lacrime che d'improvviso le affiorano agli occhi, inarrestabili. Tutta colpa del pensiero destabilizzante di Jean-Émile, o forse del vulcano dormiente al centro di questa dannata isola, della luce – già sta diventando eccessiva

– del troppo mare, del troppo cielo, del troppo vino bevuto ieri notte, della troppa infelicità che la abita.

La Reitt a sua volta ha un ulteriore cedimento emotivo: anche i suoi occhi si riempiono di lacrime. Viene avanti, le stringe un braccio. "*Es tut mir leid.*"

La cameriera magra sceglie proprio questo momento – il tempismo è perfetto – per arrivare con il secondo caffè. Si blocca con il suo vassoio davanti alle due ospiti straniere in lacrime, paralizzata, non sa più cosa fare.

"Lo posi pure qui." La Reitt ha la voce incrinata. Cerca di ricomporsi, si asciuga gli occhi con il dorso di una mano, tira su dal naso.

La cameriera posa il vassoio sul muretto, fa per raccogliere la tazzina vuota della Poulanc, non osa. Si muove a scatti, lancia occhiate alle due donne, riabbassa lo sguardo. Alla fine non raccoglie niente, se ne torna verso la cucina.

Poulanc e la Reitt non sanno più cosa fare. Sedute sul muretto basso, si asciugano ancora gli occhi e si mordicchiano le labbra, senza parlare.

Ventiquattro

Una delle caratteristiche volgari di cui Lucia probabilmente non riuscirà a liberarsi, malgrado la sua sorprendente evoluzione da quando è iniziata la loro storia, è la tendenza a russare. C'è sempre un punto nel mezzo della notte in cui Gianluca Perusato si sveglia per questo *rrrron rrrron* sonoro e insistente, come un verso di animale terricolo, un affioramento dalle oscure profondità della natura tarese. Un secco *tsk tsk* da parte sua, un pizzicotto sul braccio o una spintarella sul fianco di solito hanno l'effetto di farla smettere, ma a quel punto il sonno è andato a farsi benedire. Il che è particolarmente grave in questi giorni: basta socchiudere appena la saracinesca, e un fiume in piena di preoccupazioni gli irrompe nella testa, la satura tutta di facce nomi date cifre scadenze domande richieste problemi problemi problemi.

Comunque ormai sono le sette, ora di alzarsi. Gianluca Perusato salta fuori dal letto con una punta di stizza dimostrativa, si infila i boxer, va ad aprire le persiane, guarda fuori. Nella terrazza principale la Reitt e la Poulanc sono sedute fianco a fianco, sul muretto perimetrale. È davvero sorprendente che ospiti tanto difficili manifestino una tendenza all'aggregazione: te le immagineresti barricate nelle loro suite, a difendere con le unghie e coi denti la loro privacy, ed eccole invece lì a prendere il caffè insieme. Sono comportamenti da annotare, il monitoraggio in questi primi giorni è essenziale.

"Cosa guardi?" Lucia si gira su un fianco tra le lenzuola, mezza faccia schiacciata sul cuscino, palpebre un po' gonfie, i folti capelli scomposti.

"Niente." Come ogni mattina preferirebbe essere da solo, per dedicarsi indisturbato alla toeletta rituale che gli è indispensabile ad affrontare le infinite responsabilità pressanti della giornata. Ma Lucia è determinata a condividere con lui questa stanza, la vede come un'affermazione di possesso sentimental-territoriale. Tra poco gli occuperà anche il bagno, se lui non si sbrigherà a entrarci per primo. Gianluca Perusato ci si infila di fretta, chiude la porta, apre il rubinetto principale della doccia, regola il multijet al massimo. La pressione non è niente male, l'autoclave fa un ottimo lavoro. Anche il desalinizzatore funziona bene, così come il sistema di condizionamento ad acqua marina, che ha mantenuto una temperatura piacevolissima durante la notte. Certo, gli impianti sono costati parecchio cari, e hanno comportato ogni genere di difficoltà per il trasporto, l'installazione, la messa a punto da parte di tecnici fatti venire dall'Olanda e dalla Svizzera. Per non parlare dell'assurda opposizione da parte di sindaco e assessori locali, che nella loro miopia paramafiosa sono riusciti a presentare un sistema all'avanguardia del rispetto ambientale come un tentativo di succhiare via il mare ai poveri taresi. Non è stato facile offrire agli ospiti di Villa Metaphora lo stesso livello di comfort a cui sono abituati nelle loro case e nei loro alberghi preferiti, in un contesto primitivo come questo. Ma c'è riuscito: la doccia che sta facendo è il risultato della sua intraprendenza e determinazione, davvero. Gli abitanti di Tari dovrebbero fargli un monumento per avere portato il Ventunesimo secolo sulla loro isola, invece di continuare a lagnarsi e fare resistenza passiva.

"Giaaaan!" Lucia urla attraverso la porta, bussa con altrettanta insistenza.

"Eeeeeh?!" Gli viene uno scatto, a sentirsi assediare anche qua dentro. "Potrei essere lasciato in pace almeno sotto la doccia?! Per cinque minuti, non dico tanto?!"

"Telefonooo!"

"Chi diavolo è, a quest'ora?!"

"Sandro Scandrola!"

Gianluca Perusato chiude l'acqua, agguanta un asciugamano, se lo gira intorno alla vita. Va ad aprire la porta, così contrariato che potrebbe tirare calci al muro. Se avesse una lista di mille attività con cui gli piacerebbe iniziare la giornata, parlare al telefono con Sandro Scandrola sarebbe probabilmente all'ultimo o penultimo posto.

Lucia tutta nuda gli porge il cellulare con un'espressione titubante, il braccio esteso.

"Oh cah-volo. Dal Marocco?" Gianluca Perusato alza gli occhi al cielo, le braccia gli ricadono lungo i fianchi; solo pensare alla faccia di Sandro Scandrola gli fa rivoltare lo stomaco.

Lucia continua a brandire il cellulare lampeggiante e vibrante, muove occhi e labbra per dire prendilo, prendilo. Generose mammelle che ballonzolano, bacino ampio e basso, gambe forti, piedi dalle piante larghe.

Lui cerca di decidere se potrebbe non rispondere: no. Prende il cellulare con la mano bagnata, imbastisce in fretta una simulazione di mezza cordialità. "Pronto?"

"Architetto carissimo!" La voce di Scandrola ha l'abominevole ambiguità di sempre: calcoli striscianti sotto la finta affezione, sotto la finta deferenza. "La disturbo?"

"No, no." Gianluca Perusato frena l'impulso di rispondere che certo lo disturba, e anche parecchio, come saprà benissimo. E se per caso non lo sapesse, allora vuole dire che è anche un imbecille, oltre che un mascalzone.

"Sarà super impegnato in questi giorni, architetto." L'accento romano di Scandrola ha lievi dilatazioni napoletane, in cui si mescolano microdosi di sollecitudine, malizia, discrezione, invadenza, cordialità, freddezza, fretta, calma, vicinanza, distacco.

"Sì, decisamente." Gianluca Perusato con la mano libera si avvolge meglio l'asciugamano intorno alla vita, perché l'idea di parlare con Scandrola da mezzo nudo gli comunica un disagio intollerabile.

"Me l'immagino, archite'." Ecco l'oscena confidenza dell'appellativo, se l'aspettava. "Tra avviare il tutto, mettere a punto gli ultimi dettagli, accogliere gli ospiti. E posso immaginarmi che ospiti, poi!"

"Infatti." Gianluca Perusato si irrigidisce ancora più a sentir nominare gli ospiti. Ha un'immagine vivida di Scandrola dall'ultima volta che l'ha visto, a Roma: gli occhi rapidi nella faccia tonda dai lineamenti quasi infantili, le sopracciglia folte, i capelli lucidi, il tozzo corpo scattante malgrado la pancetta da mangiatore di pasta.

"Dopo tutti i bastoni che le hanno messo tra le ruote in questi anni. Lei ha avuto una pazienza che neanche Giobbe, architetto."

"Be', senza di lei sarei probabilmente ancora bloccato a metà lavori." È quello che Scandrola vuole sentirsi dire, naturalmente, ma putroppo è anche vero. Gianluca Perusato pensa al loro primo incontro un paio di anni fa a Roma, dove stava ristrutturando per il notaio Tabart un appartamento di duecentocinquanta metri quadri affacciato su piazza Navona. Quando aveva anticipato a Tabart le difficoltà che avrebbero incontrato per trasformare un terrazzino minuscolo in una grande terrazza con tanto di *deck* in legno pregiato, gazebo e tende avvolgibili in un contesto storico tanto celebrato, il notaio gli aveva risposto con estrema nonchalance. "Ah, per i permessi abbiamo una persona che conosce tutte le persone giuste nei posti giusti, caro architetto." Il giorno dopo Scandrola era venuto sul posto a dare un'occhiata, aveva preso qualche nota e se ne era andato, e nel giro di poche settimane tutti i permessi necessari erano arrivati.

"Lei è troppo buono, architetto." Scandrola assume un tono finto modesto, finto umile. "Mi fa più importante di come sono."

"Non credo proprio." Gianluca Perusato cammina a passi nervosi nella stanza, sotto lo sguardo di Lucia. Gli dà sempre più fastidio che continui a restare lì con il seno di fuori, il monte di Venere depilato (una sua richiesta, sì, cosa c'è di male?) di fuori, le natiche a mappamondo di fuori. Le fa cenno di vestirsi, ma lei non registra, lo segue con occhi scuri apprensivi, cerca di decifrare l'altra metà della conversazione telefonica.

"Comunque non mi sono dimenticato la faccenda della darsena e della piscina di acqua di mare, archite'." Scandrola va avanti con la sua recita del bravo ragazzo volonteroso, partecipe. "Se non era per quei cornuti di ambientalisti il sindaco i permessi glieli aveva già rilasciati. Ho parlato anche con Pocani al ministero. È solo questione di tempo, architetto."

"Be', speriamo. Grazie." Oltre a quella della darsena, la storia della piscina di acqua di mare è un'altra delle questioni che lo hanno esasperato di più nella ricostruzione di Villa Metaphora.

Scavo fatto praticamente a mano con le solite infinite complicazioni, vasca rivestita in pietra lavica completamente invisibile dalla costa, sistema di ricircolo che reimmette l'acqua in mare nelle stesse identiche condizioni di quando è stata prelevata, e poi gli bloccano tutto con le solite accuse di danno ambientale. Grottesco, se uno pensa alle mostruosità che i cari taresi hanno costruito impunemente a Bonarbor!

"Come se con qualche altro migliaio di litri d'acqua gli poteva svuotare il mare, archite'. Quelli se era per loro stavano ancora all'età della pietra. Ma dentro le grotte, proprio."

"Davvero." Anche se sa benissimo che Scandrola parla solo per calcolo, Gianluca Perusato non può fare a meno di sentirsi consolato dalla solidarietà. L'anno scorso in un momento di sconforto di fronte agli infiniti ostacoli burocratici che continuavano a intralciare i lavori a Villa Metaphora si era ricordato dell'episodio di casa Tabart, e aveva provato a telefonare a Scandrola. Scandrola si era fatto descrivere in dettaglio lo stato delle cose, e si era messo subito a disposizione. Ben presto ostacoli che erano parsi insormontabili avevano cominciato a dissolversi, come per magia: ministeri, commissioni regionali e provinciali, giunte comunali erano diventati improvvisamente collaborativi, tutte le delibere, i permessi, le autorizzazioni, le concessioni, le deroghe necessarie erano stati accordati.

"Comunque risolveremo anche queste due cose, architetto. Ci vuole solo un minimo di pazienza. Io gli sto dietro anche da qui, eh? Non mi dimentico certo."

"Grazie." Gianluca Perusato si sente un verme a ringraziare un personaggio del genere. A dover dipendere da un trafficone, adesso per di più latitante, per ottenere cose a cui avrebbe pienamente diritto!

"Cerco solo di dare una mano, architetto." Ecco che Scandrola ha finalmente l'occasione di usare una delle sue frasi preferite. Benché sia stato in rapporti molto stretti con l'ex presidente del consiglio Buscaratti (come si è visto dalle intercettazioni pubblicate sui giornali, si telefonavano quasi quotidianamente, sui più disparati argomenti), non ha mai avuto ruoli ufficiali nel precedente governo, il che non ha certo sminuito la sua capacità di influenza sulla pubblica amministrazione. È difficile credere che una persona ignorante e superficiale ai limiti del ridicolo potesse godere di una simile facilità nel creare contatti ad alto livello, favorire convergenze, facilitare accordi, offrire opportunità in cambio di opportunità. Eppure ci sono le prove che fior di ministri, sottosegretari e generali gli davano del tu e lo ascoltavano, ricevevano consigli da lui! È l'Italia, questa, per chi si domandasse come mai le cose vadano come vanno.

Da quando un paio di inchieste giudiziarie su Buscaratti hanno rivelato le sue frequentazioni, Scandrola su consiglio dello stesso Buscaratti ha deciso di riparare per qualche tempo a Tangeri dove ha una casa, e da dove non manca di rilasciare di tanto in tanto un'intervista a un giornale o a un programma televisivo. Non è chiaro quanto sia ancora in grado di controllare a distanza la rete che aveva messo in piedi, ma Perusato ha la netta sensazione che la sua influenza non si sia affatto esaurita. E in ogni caso resta tutto il lavorio già fatto per individuare i funzionari adatti, pilotare bustarelle e regali vari, allentare i mille lacci burocratici che tenevano fermo il cantiere di Villa Metaphora. Finora non ha preteso soldi per quelle che Perusato ha definito dall'inizio le sue "consulenze": le sue uniche richieste sono state la revisione di un progetto di ristrutturazione per un appartamento nel centro di Roma, e qualche consiglio sulla casa di suo cognato nella campagna vicino a Viterbo. Niente di commensurato all'aiuto per Villa Metaphora, chiaramente. A sentir lui l'ha fatto per il piacere di dare una mano a un architetto di fama internazionale, e per la soddisfazione di aiutare una rara iniziativa imprenditoriale di livello su un'isola del povero sud abbandonato a se stesso. Gianluca Perusato sa benissimo che uno come Scandrola non farebbe assolutamente nulla per il piacere di dare una mano; non ha mai dubitato che la presentazione del conto fosse solo differita.

"Avrei un piacerone da chiederle, architetto." Ecco che il conto arriva, proprio adesso. Per quanto ce lo si potesse aspettare, la sensazione è immensamente sgradevole, nauseante.

"Mi dica." Gianluca Perusato cerca di fare un calcolo mentale su quanto sarebbe in grado di stanziare in questo momento per placare le richieste di Scandrola: più o meno zero, dopo sette anni di dissanguamento ininterrotto.

"C'è una persona che vorrebbe incontrare uno dei suoi ospiti."

"Quale persona?" Gianluca Perusato prova la più strana miscela di sollievo (all'idea che non si tratti di una richiesta di soldi) e orrore (al pensiero che qualcuno possa guastare la privacy di un suo ospite).

"Piero Gomi." Scandrola abbassa la voce, come per garantire maggiore riservatezza alla loro conversazione. È ridicolo che personaggi di questo tipo non l'abbiano ancora capito, se un telefono è controllato ogni parola viene registrata, urlata o sussurrata che sia. Né ci sono schede prepagate o sim sicure, per quanto possano venire da Panama o dal Nicaragua, come si è visto.

"Chi?" Gianluca Perusato fa cenno a Lucia (che finalmente si è almeno infilata le mutande) di smetterla di ascoltare, perché lo innervosisce ancora più.

"L'onorevole Gomi, architetto. Del PdM."

Il nome adesso richiama alcune immagini, pescate da un assortimento degli innumerevoli programmi televisivi in cui i politici sono ospiti fissi. L'aspetto da bravo ragazzo che sa alzare la voce se proprio lo costringono, gli occhi scuri luccicanti, la boccuccia petulante, l'accento genericamente settentrionale, il modo compunto di vestire. Ambizioso, senza una sola idea originale in testa, disciplinato nel suo ruolo di secondo/primo piano nel Partito della Modernità, ma pronto a scattare in avanti qualora Buscaratti decidesse di limitarsi a un ruolo defilato alle prossime elezioni.

"È una persona squisita, architetto." Scandrola si considera evidentemente nella posizione di attribuire meriti morali a qualcuno. "Lei lo sa dove arriva quello, alle prossime elezioni? Ha tutte le carte, archite'. Giovane, preparato, moderato, un vero credente, piace anche alle donne."

"E cosa vorrebbe?" Gianluca Perusato trattiene a fatica l'impulso di chiudere la conversazione, vestirsi, uscire a occuparsi del suo resort. Cosa potrebbe fare Scandrola, se lui si rifiutasse di ascoltarlo oltre? Mandare dei sicari armati a spararagli? Lucia si è messa la gonna, ma ha ancora le tette di fuori, e continua con le sue espressioni interrogative. Le fa gesti furiosi di finire di vestirsi, smetterla di osservarlo.

"Le ho detto, architetto, incontrare uno dei suoi ospiti. Giusto per potersi presentare, fare conoscenza un attimo, no?" Il tono di Scandrola passa dal serio al bambineggiante, amplifica, riduce, cerca uno spiraglio.

"Quale dei miei ospiti?" Potrebbe citare Villa Metaphora in una delle sue interviste piene di avvertimenti e messaggi in codice, l'ignobile trafficone? Trascinarlo nella fetida palude in cui si muove con tanto agio?

"Eh, il dottore tedesco." Scandrola sfuma i contorni delle parole, come per farle sembrare più innocue.

"Vuol dire Werner Reitt?" Gianluca Perusato ha uno scatto di autentica indignazione.

"Il nome l'ha fatto lei, architetto." Scandrola ricorre subito al linguaggio reticente e paramafioso con cui in passato identificava il burocrate statale o l'amministratore locale a cui far avere una busta piena di biglietti da cento euro o un orologio di pregio, per sbloccare un'autorizzazione o un permesso.

"Come sa che è qui, poi?" Gianluca Perusato si guarda intorno, con l'idea paranoica di scoprire microfoni e microcamere nascosti negli angoli.

"Eh, archite', Tari è piccola." Scandrola ridacchia, compiaciuto. "Modestamente cerchiamo di tenerci aggiornati anche a distanza, se no qui diventa proprio un esilio."

"Comunque è assolutamente fuori discussione." Gianluca Perusato ha la voce che gli vibra per la rabbia. Lucia continua a fissarlo. Le fa cenno di uscire dalla stanza, fuori, fuori!

"Architetto, io glielo sto chiedendo come un favore personale." Il tono di Scandrola sembra supplichevole, ma l'ombra ricattatoria è subito sotto, ben visibile in trasparenza.

"I miei ospiti sono persone molto speciali, Scandrola." Gianluca Perusato cerca di parlare in modo pacato, ma non è facile. "Vengono fin qui per passare qualche giorno in tranquillità assoluta, con la certezza di non essere disturbati da nessuno. Se io non fossi in grado di garantirglielo, questo posto perderebbe subito tutta la sua credibilità, tanto varrebbe chiuderlo domani."

“Ma architetto, qui nessuno vuole disturbare nessuno, per carità!” Scandrola sembra scioccato all’idea, l’innocenza in persona. “Il nostro amico vuole solo l’occasione di presentarsi, fare una chiacchierata, gliel’ho detto. Giusto così, per stabilire un primo contatto. Viene lui da solo, con la massima discrezione, senza nessun altro intorno.”

“Non può chiedermi una cosa del genere, Scandrola.” Gianluca Perusato respira con un certo affanno, ha la sensazione che il sistema di condizionamento ad acqua marina non stia più funzionando molto bene. Lucia muove le labbra per comunicargli qualcosa che lui non riesce a capire, le sue interferenze non fanno che peggiorare ancora la situazione. Lui di nuovo agita furiosamente il braccio libero, si gira per non vederla.

“È lei che non può dirmi di no, architetto.” L’inflessione di Scandrola sembra di nuovo infantile, eppure è chiaro che si sente pienamente legittimato a chiedere quello che sta chiedendo.

“Mi dispiace, davvero.” Gianluca Perusato cerca di convogliare nel suo tono tutta la fermezza di cui è capace, ma si rende conto di come la sua credibilità venga erosa di secondo in secondo.

“Architetto, capace che il nostro amico l’anno prossimo ce lo troviamo presidente del consiglio. O ministro, come minimo. E le posso garantire che questo favore non se lo dimentica.”

“Guardi, se potessi lo farei.” Gianluca Perusato scuote la testa, anche se l’unica persona che può vederlo è Lucia. “Ma non posso proprio, mi creda.”

“Quello le sblocca la questione della darsena e della piscina in due e due quattro, architetto.” Scandrola evidentemente aveva lasciato l’argomento decisivo per ultimo, quando ha pianificato la sua strategia telefonica. “Una volta che vede che bel posto ha messo su, una mano gliela dà volentierissimo. È una persona d’oro, glielo posso garantire.”

Gianluca Perusato cerca di pensare a una linea di difesa in extremis, ma sa che non ce ne sono. Lucia continua a fissarlo con gli occhi a palla, si infila con lentezza esasperante il reggiseno.

“Archite’, è una visita che porta ancora più prestigio a quel suo resort da sogno.” Scandrola ha il tono di chi ha già ottenuto quello che voleva. “Mi creda.”

Gianluca Perusato sospira, si gratta la testa ancora bagnata. "Quando vorrebbe venire, questo suo amico?"

"Domani." Scandrola non esita un solo istante.

"Come domani?" Gianluca Perusato va d'istinto alla finestra, come per vedere le truppe da sbarco già in avvicinamento.

"Prima si fa, meglio è, archite'. Cotta e mangiata, proprio."

Gianluca Perusato rabbrividisce per la volgarità dell'espressione. Si sente un imbecille, in balia di uno sciacallo che gli può girare intorno dieci volte prima che lui riesca a capire da dove arrivino i morsi.

"Il tempo di volare da Roma a Lampedusa e venire lì da lei, architetto." Scandrola contiene a stento l'euforia per avere combinato l'ennesimo incontro che gli porterà chissà quali vantaggi futuri a catena.

Gianluca Perusato si rende conto che a questo punto tutto quello che può fare è sforzarsi di limitare il danno. "Solo una breve conversazione, però."

"Ma certo, architetto, brevissima! Glielo ripeto, giusto il tempo di presentarsi, fare conoscenza. Con discrezione assoluta."

"Che sia ben chiaro, almeno questo. Me lo deve garantire, Scandrola." Già mentre lo dice Gianluca Perusato ha la sensazione di essere moralmente compromesso, intellettualmente contaminato.

"Architetto, glielo garantisco al cento per cento. Vedrà. Io non so come ringraziarla, davvero." Scandrola torna al suo registro pseudo-servile.

"Sono io che ringrazio lei." Gianluca Perusato spera almeno che il sarcasmo arrivi a destinazione, ma non ne è affatto sicuro.

"A prestissimo, architetto. Un bacione grande." Scandrola adesso sembra traboccare di affezione quasi filiale, un bravo ragazzo fatto contento con poco, in fondo.

"Arrivederci." Gianluca Perusato chiude la comunicazione, scaraventa il cellulare sul letto. Guarda ancora fuori dalla finestra: la tedesca e la francese se ne sono andate dalla terrazza, in compenso adesso c'è la ragazzetta Laremi con la sua aria lunare.

"Allora?" Lucia segue ogni suo movimento, la luce apprensiva è ancora lì, nei suoi grandi occhi scuri.

"Allora siamo in un paese del Terzo Mondo, in balia di sciacalli e ricattatori di professione! E spie!"

"Come spie?" Lucia sembra ancora più scossa.

"Sì, spie! Chi è andato a raccontare che Werner Reitt è qui? Carmine, magari?"

"Ma ti sei scimunito?" Ecco che l'accento tarese le viene fuori, adesso che è sotto pressione. "Non lo farebbe mai, Carmine!"

"Ah sì? Saresti pronta a giurarci, naturalmente, su tuo cugino!"

"Sì che sono pronta!" Alza la voce, con virulenza isolana.

"E allora chi è stato? Teresa? Amalia? Federico? Avremmo dovuto sequestrare i cellulari a tutti, e impedirgli di tornare al porto a dormire!"

"Gian, Tari è piccola, se per caso non te ne sei accorto!"

"Me l'ha già detto quello sciacallo! Con le stesse identiche parole!"

"Be', qui quello che vedono lo dicono, e quello che non vedono se lo fanno dire! Qualcuno avrà visto l'elicottero, qualcuno avrà parlato con qualcuno a Lampedusa che conosce il pilota! Qualcuno avrà parlato con l'assistente di Reitt a Bonarbor! Sta lì, no?"

"Comunque avrei dovuto immaginarmelo! Non ci si può fidare di nessuno neanche per cinque minuti, su questa cavolo di isola!" Gianluca Perusato si strappa via l'asciugamano, va a farsi un'altra doccia, per togliersi di dosso il sudore e il senso di schifo.

Venticinque

Lara Laremi sa che qui le colazioni dovrebbero essere consumate sulle terrazze private, ma l'idea le sembra un po' triste. In più non ha la pazienza per aspettare le otto: è in piedi da almeno un'ora, ha avuto tempo di fare meditazione sulla terrazza, disegnare, pensare. Lynn Lou dorme ancora, di sicuro; ha voglia di osservare qualche ospite, scambiare qualche parola. Sulla terrazza principale non c'è nessuno, così si affaccia nell'anticucina.

L'aiuto cuoco sbuca fuori prima che lei abbia tempo di entrare, corrucciato come se avesse sorpreso una ladra. "Dica?"

"Niente." Non ha nessuna voglia di chiedere qualcosa a uno che la guarda così male. In realtà non ha neanche tanta fame; può benissimo andare giù agli scogli e fare un bagno, invece.

"La colazione è servita sulle terrazze private dalle otto in poi." L'aiuto cuoco recita con malagrazia le istruzioni della casa. "La terrazza grande è solo per i pranzi e le cene."

Lara lo osserva con la testa leggermente inclinata, pronta a scivolare via.

"*¡He, palurdo!* Non sai come si parla a una gentile ospite?" Ramiro arriva dalla cucina, grembiule nero, cappello nero in testa.

Lara è sorpresa di rivederlo in tenuta da chef, dopo l'informalità totale di ieri notte sulla sua terrazza.

"Soprattutto una che cammina con tanta *elegancia natural*?" Ramiro fa un gesto imperioso all'aiuto cuoco, "Torna dentro a seguire *la mezcla*, vai."

L'aiuto cuoco gli dà un'occhiata carica di rancore, torna in cucina.

"Scusa, ma siamo ancora a *los machos primitivos, aquí.*" Ramiro sorride. Ieri notte li ha fatti divertire tutti, con le sue descrizioni degli sguardi e i commenti di pescatori e negozianti a Bonarbor, quando è andato a ispezionare le materie prime per la sua cucina. Diceva di essersi sentito come Oscar Wilde nel 1881, quando durante un tour americano di conferenze si era ritrovato a parlare di primo Rinascimento fiorentino a un pubblico di minatori allibiti a Leadville, nelle Rocky Mountains. (La sera Wilde aveva poi notato in un saloon il famoso cartello *Per favore non sparate sul pianista, sta facendo del suo meglio.*)

Lara ride, si bilancia su una gamba sola.

"Vuoi fare colazione qui? Non nella privacy della tua terrazza?"

"Ah, non importa."

"No, no, no." Ramiro la sopravanza nella terrazza, le fa strada verso un tavolo. "Siedi qua, adesso ti porto due o tre piccole cose che sto preparando. *Siéntate.*"

Lara esita, poi si siede. "Va be', grazie."

"*Vuelvo en dos minutos.*" Ramiro sparisce di nuovo in cucina.

Lara si guarda intorno. Il sole sta salendo nel cielo, tra poco i teli bianchi saranno indispensabili per avere un po' d'ombra. L'aria è meno ferma di ieri, c'è una brezza piacevole nel caldo già crescente. Continua a farle uno strano effetto essere in uno scenario naturale così intenso, tra relazioni umane così rarefatte, dopo le settimane affollate di rumori e parole della lavorazione del film a Roma. Si sente quasi sopraffatta dalla forza degli elementi che la circondano: acqua, fuoco, terra, aria in movimento costante, non controllabile. Dal punto di vista dei gabbiani che veleggiano là in alto nel cielo, questo piccolo resort di lusso deve sembrare un ben fragile avamposto di pretese e aspettative umane, insignificante nel quadro generale. Si chiede se potrebbe riuscire a vedere con altrettanto distacco i suoi sentimenti, ridurre la loro persistenza, magari perfino sorriderci sopra. Ogni tanto le sembra di sì, poi un'immagine di Seamus che cammina attraverso il palcoscenico torna a occuparle la mente, le provoca ripercussioni attraverso il cuore e gli altri organi interni. Si alza per respirare meglio, va ai margini della terrazza, appoggia un ginocchio su un cuscino, cerca di concentrarsi sulla vibrazione del mare sotto la luce. Sulla terrazza bassa orientata a est Paolo sta già trafficando con i suoi legni, assorto come un eremita, come un artista. C'era davvero un'intesa speciale tra loro, ieri sera? Cosa significava quel riflesso caldo nel suo sguardo, alla luce della lanterna? E quel tono morbido nella sua voce? E di giorno, prima, quando avevano parlato con improvvisa sintonia della fuga di Kropotkin? Sono cose che si è immaginata lei, o sono vere? È un meccanismo inconscio di compensazione? Un tentativo di sostituire qualcosa di perduto con qualcosa che non esiste?

Giù al molo Carmine sta strofinando con uno straccio il grande motoscafo ormeggiato di fianco all'altra barca. Bagna lo straccio in un secchio, lo passa e ripassa sul fasciame lucido, con una meticolosità che a questa distanza diventa difficile da interpretare. Sembra che con ogni gesto cerchi conferma dell'esistenza del motoscafo nello spazio, e tragga rassicurazione dalla sua forma, dalla coesione delle sue parti ben modellate. Più lontano sulla destra, rimpicciolito dalla distanza, c'è un gommone grigio fermo vicino alle rocce della costa, con a bordo un uomo intento forse a pescare, o a prepararsi per una nuotata. Perusato sicuramente si scoccerebbe molto, se sapesse che un estraneo ha osato accostarsi ai confini di questo luogo inavvicinabile. Lara d'improvviso pensa che se per caso il vulcano dormiente si risvegliasse, l'isola ci metterebbe ben poco a scuotersi di dosso le minuscole presenze umane che le stanno attaccate, compresa la sua, farle precipitare nel mare profondo, con tutte le loro minuscole preoccupazioni che viste da vicino sembrano così importanti.

"*¿En qué piensas, muchacha?*" Ramiro ha un vassoio tra le mani, la guarda, attento.

"Niente." Lara scuote la testa. "Stavo guardando."

"Vieni a guardare questi." La riconduce al tavolo, che adesso già gode per metà dell'ombra del telo bianco. Toglie dal vassoio un bicchierino alto e scuro dal bordo svasato, una piccola ciotola dal contenuto bianco-rosa, una sfoglietta a forma di stella marina, tre palline rosso verde giallo. Appoggia ogni cosa secondo un ordine preciso sul piano di pietra lavica scura, aggiunge con la stessa cura una piccola forchetta e un cucchiaino dal manico lungo. Porge il vassoio vuoto ad Amalia che arriva adesso, perplessa.

Lara ammira i diversi colori che ha sul tavolo, guarda Ramiro in attesa di indicazioni.

"Puoi cominciare dove vuoi." Ramiro fa un cenno di incoraggiamento. "*No hay un orden establecido.*"

Lei esita ancora, perché invece è sicura che un ordine ci sia, a giudicare da come lui ha deposto ogni cosa sul tavolo. Prende il bicchierino alto dal bordo svasato, sorbisce piano: l'aroma di caffè perso nella schiuma vaporosa nasconde a lungo il liquido concentrato che c'è sotto, rivela solo per gradi il suo sapore e calore.

"È una sfida ai trangugiatori di espresso." Ramiro si siede di fronte a lei. "Alla loro mancanza di attenzione."

"*Hmmm.*" Lara annuisce, ci pensa.

"Alla loro distrazione da schiavi di se stessi, dei loro capi, del tempo." La voce di Ramiro vibra di un'indignazione lontana.

Lara finisce il bicchierino con grande lentezza, indugiando, occhi socchiusi nella luce che continua a crescere.

"Due secondi, e via." Ramiro mima il gesto di rovesciarsi in gola una tazzina. "*Ninguna investigación, ninguna emoción, nada. La banalidad insoportable.*"

Lara affonda il cucchiaino nel contenuto bianco-rosa della piccola ciotola, se lo porta alla bocca. La consistenza è morbida, delicata, fresca; un sentore di pesca raggiunge i recettori della sua lingua, seguito da note zuccherine, acidule, profumate.

"Pesca tabacchiera dell'Etna." Ramiro declama il nome come se fosse il titolo di una poesia. "*Su forma es machacada, interesante*. Dura solo due o tre giorni *después de la cosecha*, è stato un miracolo trovarla qui a Tari."

"Buona." Lara ne prende un altro cucchiaino, incantata dalle immagini che ogni affioramento di sapore suggerisce. "Molto."

"Questo è un posto ridicolo." Ramiro abbassa un po' la voce, ma neanche tanto. "*Frecuentado por gente ridícula.*"

Lara ride, va avanti a mangiare la crema spumosa di pesca tabacchiera.

"Tranne te, la divina Lynn Lou e Paolo *el carpintero.*"

"È simpatico, Paolo." Lara si sente diventare rossa in faccia, è già pentita di aver parlato.

"Se ti interessa te lo lascio, io ci ho rinunciato. *Irremediablemente heterosexual.*" Ramiro ride, ma studia le sue espressioni.

"Non mi interessa!" Ecco, adesso è ancora più rossa, le scottano la fronte e le guance.

"Ah scusa, avevo capito male, allora." Ramiro sorride.

Lara non ha nessuna voglia di parlare di queste cose; finisce l'ultimo cucchiaino di spuma di pesca, lo lecca, lo posa sul tavolo.

"Non ti mette angoscia, un'isola così piccola?" Ramiro ha questo modo di passare da un argomento all'altro, dall'italiano allo spagnolo, ma adesso c'è un'urgenza diversa nel suo sguardo.

"No, perché?"

"*Porque es el exilio.*"

Lara fa per dirgli qualcosa di consolatorio, ma non le viene. "Anch'io mi sento in esilio, ma non certo solo qui."

"Da dove sei in esilio? Da cosa?" Ramiro si guarda intorno, sembra sull'orlo di un panico incontrollabile.

Lara allunga una mano, gliela stringe intorno a un polso. "È una condizione permanente, credo."

"E quindi?" Ramiro trema, lo si sente dal braccio. "Dovremmo accettarla? Conviverci?"

Lara fa di sì con la testa; si chiede se ci siano alternative, ma non riesce a immaginarsi quali.

"*No es fácil.*" Ramiro scuote la testa.

"No. Però è meglio che continuare a pensare di avere una patria a cui tornare."

"Forse ce l'abbiamo."

"Magari una patria molto piccola." Lara pensa che per tutti e due c'è un problema di padri, oltre che di patrie. La radice delle due parole non è la stessa, in italiano? Ed è meglio avere un padre che si odia, o uno che non si è mai conosciuto? Uno che si odia perché non lo si è mai conosciuto?

"*Eh, tal vez.*" Ramiro cambia umore di nuovo, nel suo modo repentino: si aggiusta il cappello sulla testa, indica col mento la piccola sfoglia a forma di stella marina sul tavolo.

Lara la prende tra le dita, leggera com'è, la osserva da vicino, ne stacca un morso. Sente la croccantezza degli strati sottilissimi di pasta che si rompono uno sull'altro, dando vita a una morbida successione di sentori di arancia e cannella che rivela la consistenza più solida di frammenti di pistacchi e mandorle bagnati da una punta di miele più amaro che dolce.

"Una baklava *revisada.*" Ramiro sorride.

"Squisita."

"È uno dei dolci più antichi della storia."

"Sì?"

"La ricetta è stata portata in Grecia dalla Mesopotamia nell'Ottavo secolo avanti Cristo, da *marineros* che tornavano a casa."

Lara è incantata dall'alternanza sottile di densità, dal gioco evanescente di impressioni e sensazioni.

Ramiro sembra contento di avere un'interlocutrice che sa apprezzare le sfumature. "Sono stati i Greci ad affinare la pasta *gruesa* degli inizi nel *phyllo* sottile. Poi la *versión refinada* ha viaggiato all'indietro verso oriente, si è diffusa in *muchas variantes* durante la transizione tra impero bizantino e impero ottomano."

"Fantastica." Lara si succhia le dita.

"Se dovessi definirla?" Ramiro ha uno sguardo da cercatore di verità.

"Farei fatica." Lara ride. "Perché è croccante e soffice, dolce e salata, e anche amara."

Ramiro annuisce, dilata le narici. "Ho tolto tutto quello che era di troppo, il burro, lo zucchero. Ho cercato di *eliminar el previsible, el peso, la pegajosidad, el tedio.*"

"Ci sei riuscito." Lara pensa che è quello che vorrebbe sempre fare anche lei, o almeno provarci.

"Quindi disegni." Ramiro fa un gesto a indicare il territorio al di sopra e al di sotto della terrazza.

Lara fa di sì con la testa.

"L'avevo capito subito."

"E come?"

"Hai quell'occhio da osservatrice. *El ojo vigilante.*"

"Anche tu sei un buon osservatore."

Ramiro sorride. "Tra osservatori ci si riconosce, no? In un mare di gente che guarda e non vede niente..."

Lara fa di sì con la testa, pensa che è così.

Perusato esce dal suo ufficio, viene verso di loro, con quella sua andatura ufficiale. "Buongiorno. Tutto bene?"

"*Bien, bien.*" Ramiro lo osserva da un'angolazione critica.

"Bene, grazie." Lara resta rigida.

"La colazione è stata di suo gradimento?" Non ci vuole molto a vedere la contrarietà di Perusato all'idea che non l'abbia consumata nella privacy della sua terrazza.

"Sì, molto." Lara non ha nessuna voglia di essere cordiale con lui, non le è simpatico per niente.

"Siamo anche pronti a portare le colazioni alle terrazze private degli altri ospiti?" Perusato scruta Ramiro, come se avesse dei dubbi in proposito.

"*Claro que sí.*" Ramiro non ama affatto ricevere sollecitazioni sul suo lavoro, è troppo un perfezionista. "*Yo regreso a trabajar.*" Si alza, strizza l'occhio a Lara, torna in cucina.

Perusato lo osserva finché è sparito, si guarda intorno, fa un cenno di saluto, torna nel suo ufficio.

Lara mangia in successione le tre palline colorate: sanno di lampone, kiwi, melone. Poi si alza, attraversa la terrazza, sale per i gradini che portano al sentiero selciato. Da sopra guarda giù per la scarpata che scende ripida verso il mare: Paolo sta ancora lavorando alle sue panchine sulla terrazza bassa, Carmine non è più sul motoscafo. Il gommone grigio è ancora fermo vicino alle rocce della costa, il suo occupante appoggiato a un bordo, forse a studiare la profondità del mare.

Ventisei

Pretendere di dormire in una situazione come questa è ridicolo, pensa Werner Reitt. Infatti non ha chiuso occhio, e quasi certamente non ha chiuso occhio neanche sua moglie, benché non si siano detti una sola parola per tutta la notte. Appena Brigitte è uscita, lui è saltato giù dal letto, si è fatto la barba e vestito con la massima cura, per contrastare la tendenza a lasciarsi andare che le circostanze potrebbero indurre anche nel più energico dei temperamenti. Subito dopo ha controllato la posta elettronica sul BlackBerry: tutti messaggi di lavoro inutilizzabili, da parte di persone sparse nel mondo non informate dei fatti. Quali fatti, poi? Stiamo ancora parlando di eventualità dormienti, il che è peggio. In ogni caso lui non ha risposto a nessuno. Cosa dovrebbe dire? Di non scrivergli più, almeno per il momento?

Con estrema irritazione per la piccolezza dello schermo, ha controllato anche la Deutsche Presse-Agentur, le edizioni on line del *Frankfurter Allgemeine*, del *Bild-Zeitung*, del *Süddeutsche Zeitung*, del *Welt*, del *Neue Zürcher Zeitung*: niente. Infine ha telefonato a Mathias usando il cellulare "sicuro". E lo smidollato bamboccio bavarese cosa faceva, alle sette di mattina suonate? Dormiva! Naturalmente ha cercato di negare, ma lo si capiva in modo inequivocabile dal tono della voce, dal generale rallentamento dei riflessi, dall'incapacità di dare risposte coerenti. È possibilissimo che ieri sera se ne sia andato a sbevazzare in qualche bar del porto, magari anche a flirtare con qualche turista o isolana, e abbia finito per andarsene a letto tardi. Come se il mondo di cui ha fatto parte negli ultimi anni, ricavandone non pochi vantaggi personali, non corresse il rischio di saltare per aria da un momento all'altro! Come se non capisse la necessità di tenersi in uno stato di allerta costante, pronto a reagire con la massima determinazione! Ma è questo che succede nelle situazioni drammatiche, a conoscere la storia: la perdita di lucidità è direttamente proporzionale al pericolo che si corre.

Adesso Mathias per recuperare in qualche modo la figuraccia di prima lo sta richiamando ogni quarto d'ora, anche se non ha nessuna nuova informazione da dare. Gli uffici di Francoforte sono ancora chiusi, internet sonnecchia, i siti dei giornali vengono ancora aggiornati pigramente. Lo stato di sospensione logora i nervi di Werner Reitt peggio di tutto il resto, l'assenza di segnali aggravata mille volte dalla condizione di semi-impotenza a cui è stato costretto senza avere davvero il tempo di rifletterci. Dopo una vita passata a prendere l'iniziativa, anticipare le mosse dell'avversario, colpire in modo preventivo con forza devastante, non riesce a immaginarsi niente di peggio che essere condannato all'inerzia. Se potesse vedersi dal di fuori, non proverebbe nessuna compassione per se stesso: proverebbe solo fastidio e disprezzo.

Bussano alla porta. Va ad aprire con estrema riluttanza, anticipando la faccia di Brigitte, la chiusura delle sue espressioni, il muro dei suoi giudizi impliciti.

Invece è la cameriera più grassa, con un vassoio tra le mani. Biascica qualcosa di incomprensibile, poi attraversa la suite, esce sulla terrazza, apparecchia il tavolo, depone il contenuto del vassoio, compie con rapidità il percorso inverso, come se scappasse.

Werner Reitt esce a vedere, perché la tensione spasmodica che lo attraversa non gli impedisce affatto di avere fame. Al contrario, prova una vera smania di accumulare energie. Probabilmente un riflesso innato, volto ad aumentare le chance di sopravvivenza in momenti di grande stress. Ha letto in un trattato sulla guerra che i combattenti spartani si astenevano dal cibo prima di una battaglia, ma la ragione era che con le budella piene qualunque ferita all'addome avrebbe avuto conseguenze fatali. La battaglia che lui si trova ad affrontare implica armi ben più distruttive delle lance degli opliti, i suoi effetti non verranno certo attenuati da uno stomaco vuoto. Si affaccia sul tavolo, solleva la campana di acciaio satinato: sotto c'è un assortimento di miniature dai colori delicati, in apparenza più decorative che commestibili. Si porta alle labbra un bicchierino colmo di quello che all'odore sembrerebbe caffè, ma per quanto rabbiosamente aspiri e lecchi, tutto quello che riesce a raggiungere è schiuma. Solo con un gesto deciso riesce a farsi arrivare in gola una certa quantità di liquido caldo, troppo scarsa per essere appagante. Sbatte il bicchierino vuoto sul tavolo, prende l'altro, se lo rovescia in gola. È una parodia di caffè, questa, una presa in giro! Immerge il cucchiaino in una coppetta, e anche qui il vuoto prevale nettamente sul solido, l'impressione sulla sostanza; non c'è niente su cui far lavorare i denti, niente. Prende un dolcetto a forma di stella, lo mastica con furia, ma le sue mandibole non incontrano quasi resistenza, l'impalpabilità è esasperante. Si caccia in bocca a manate incivili tutto quello che ha davanti agli occhi, senza preoccuparsi minimamente del fatto che metà spetterebbe a Brigitte: tutto gli si dissolve sotto la lingua con l'inconsistenza di uno stupido sogno, lo fa inferocire. Gli viene voglia di scaraventare bicchierini e tazzine e piattini in tutte le direzioni, affacciarsi alla terrazza, urlare che non è minimamente disposto a fare giochi di società nello sfacelo morale e materiale dell'Europa del sud. Di portargli al più presto una colazione vera fatta di uova salsicce patate pane burro e un bricco di caffè bollente, se non vogliono subire conseguenze ancora peggiori!

Invece torna dentro, si ficca cellulare e portafogli nelle tasche dei calzoni, attraversa la suite, lascia la chiave nella serratura in modo che Brigitte non possa aggiungere alla sua lista di accuse anche quella di averla chiusa fuori. Tanto non c'è niente da rubare, e comunque un furto non sarebbe niente rispetto al saccheggio generalizzato che incombe sulla sua vita privata. I barbari ormai premono ai cancelli, con le loro videocamere, le loro macchine fotografiche, i loro registratori digitali. Sono pronti a sfondare porte, aprire cassetti, frugare negli armadi, appropriarsi di ogni nome data numero gesto momento oggetto della sua vita privata e pubblica per gettarli nei loro spaventosi trituratori, rigurgitarli a beneficio dei milioni di scimmie incapaci e rancorose che potranno brevemente dimenticare a spese di Werner Reitt la propria detestabile mediocrità. Ci sono interi partiti pronti a gioire della sua rovina, intere organizzazioni sindacali e di categoria, interi *stati* sull'orlo di un più che meritato fallimento. Tutti lì pronti a strepitare "Avete visto da che pulpito veniva la predica?" Come se si trattasse di colpe e responsabilità anche solo remotamente comparabili, miserabili imbecilli!

Werner Reitt cammina a passi rabbiosi lungo il percorso selciato che collega tra loro le costruzioni bianche e le terrazze di questo ridicolo resort; quando raggiunge il punto più alto si avventura nel territorio desolato di polvere, sassi e cespugli che sale verso la barriera di rocce che chiude l'accesso all'interno dell'isola. Si chiede se dovrebbe fare un estremo tentativo di parlare con Christiane, prima che la Lippke e Schäfer e Hartmann lo rendano impossibile; si chiede se c'è ancora una chance di resuscitare almeno qualcosa della meraviglia che c'è stata, farla prevalere su tutta l'insensatezza devastante di adesso.

A quest'ora lei starà quasi certamente dormendo, nella sua stanza di bambina cresciuta troppo in fretta, tra i pupazzi di peluche Steiff e i libri di scuola, i poster di cantanti e attori che gli ha fatto vedere sul cellulare, insieme agli sms in cui gli diceva di essere sdraiata sul letto con solo le mutandine addosso. Pensa alla vicinanza palpitante di quando la guardava da molto vicino, seduta a gambe incrociate o adagiata su un fianco nell'erba di un prato alpino: l'ingenua malizia del suo sguardo, la perfezione incantevole della sua pelle, la pienezza commovente delle sue labbra, la bianchezza luminosa dei suoi denti. Pensa al suo odore di pane, alle sue forme antiche e recentissime, all'elasticità stupefacente dei suoi movimenti. Pensa alla forza irresistibile che lo trascinava verso di lei, facendogli superare ogni considerazione che il buonsenso e la convenienza potevano buttare sulla sua strada. Gli ci vuole pochissimo per sentire di nuovo quella corrente percorrergli la spina dorsale, accorciargli il respiro, fargli battere il cuore con forza incontrollata. Non ha mai avuto voglia di analizzare quello che è successo tra loro, per come tutte le spiegazioni che si presentano tendono ad apparirgli intrise di moralismo e luoghi comuni. Perdita di controllo dovuta al sovraccarico di impegni? Fuga all'indietro? Crisi di mezza età? Distrazione fatale? Gioco finito male? Incrinatura morale? Cedimento strutturale? Quanta piccineria, quanta meschinità emotiva c'è nel semplice elenco delle ipotesi! Quanta inadeguatezza a descrivere l'azzardo estremo che ha compiuto, l'ingresso nella caverna senza confini dell'errore irrimediabile. Non ci sono giustificazioni possibili, non ci sono scuse? Ma lui non ne cerca, non ne vuole! Non sta certo mendicando comprensione o simpatia, non sa cosa farsene! Nell'intollerabile deserto di questo esilio non ha nessuna difficoltà a capirsi. Nessuna.

La mente continua a tornargli, come è già successo cento, mille volte, al gennaio di un anno e mezzo fa, quando era riuscito a raggiungere Brigitte e i ragazzi nella casa di Garmisch per una rarissima vacanza familiare di tre giorni. Dieter era da solo perché sapeva di poter contare su una piccola banda di coetanei sul posto, ma Agnethe si era portata dietro Christiane Drechsler, la sua migliore amica da quando aveva cominciato il liceo. Non era certo la prima volta che Werner Reitt ammirava la bellezza e la grazia di Christiane, il suo spirito vivace; però fino a quel momento l'aveva vista esclusivamente come la migliore amica di sua figlia, abitante di un territorio protetto da una barriera invalicabile di tabù e razionalizzazioni. Gli era capitato in più occasioni di scambiare battute con lei, registrare la perfezione dei suoi lineamenti e l'armonia dei suoi gesti, mentre a balzi di mesi e anni lei compiva una sorprendente evoluzione da ragazzina a giovane donna. A intermittenza aveva ascoltato i racconti di Agnethe a proposito delle vicende scolastiche e sentimentali della sua amica, con la debole curiosità che un uomo molto occupato riesce a dedicare alla vita dei propri figli, disboscando a fatica piccole radure di attenzione nella foresta dei propri pensieri. Aveva sorriso alle cronache di un paio di piccoli drammi amorosi, provando il senso di familiarità vagamente doloroso di quando si intravede qualcosa di perduto per sempre attraverso il telescopio rovesciato dei ricordi.

Poi nel gennaio di un anno e mezzo fa a Garmisch era successo quello che non avrebbe mai immaginato. Nei primi due giorni della sua breve vacanza familiare era rimasto bloccato in casa da una serie di telefonate e scambi di email di importanza cruciale, con l'unica interruzione di un paio di vigorose passeggiate solitarie. Brigitte, Agnethe e Dieter avevano provato a insistere perché andasse almeno una volta a sciare con loro, poi ci avevano rinunciato, anche se non ci voleva molto a capire quanto fossero delusi. Così lui era riuscito con uno sforzo titanico a sgombrare interamente il terzo giorno dagli impegni di lavoro, e aveva prenotato un elicottero per alcune discese fuori pista. Ma al mattino aveva scoperto che nessun membro della sua famiglia era più disponibile ad andare con lui: Dieter impegnato con i suoi amici dello snowboard, Agnethe indisposta e di pessimo umore, Brigitte prenotata dal parrucchiere e al centro benessere. Era una forma di ritorsione per le sue promesse mancate? Forse, oppure un semplice adattamento automatico, da parte di persone abituate alle sue assenze e alle sue promesse mancate. È irrilevante, alla fine. Quello che conta è che quando ormai pensava di doversene andare a sciare da solo, Christiane si era offerta di accompagnarlo. Si ricorda con perfetta chiarezza il momento: lo slancio con cui lei salta su dalla poltrona e dice "Vengo io!" La rapida sorpresa nello sguardo di Brigitte, l'espressione tradita sul viso di Agnethe, l'indifferenza asinina di Dieter. Ma nessuno di loro in quell'istante preciso lo aveva considerato un episodio significativo; neanche lui, che in realtà aveva già cominciato ad anticipare il piacere rarefatto di alcune discese solitarie. Volendo essere del tutto accurati, riesce a ricordarsi un piccolo brivido di gratificazione all'idea che una diciassettenne certamente non priva di alternative potesse scegliere di condividere con lui mezza giornata della sua preziosa, imperscrutabile vita. Tutto lì.

Non gli era sembrato che ci fosse niente di strano, tanto meno di sbagliato, nel passare qualche ora sugli sci con la migliore amica di sua figlia. La sua memoria della prima salita in elicottero allo Zugspitze, guardando fuori dai finestrini per configurare il possibile percorso della prima discesa, non contiene alcun elemento di illecita inquietudine. Sì, può darsi che il suo sguardo si fosse soffermato brevemente sui lucidi capelli color grano di lei, sulle sue forme avvolte nella salopette azzurra, perfino magari sull'incantevole, segreta prominenza del suo pube. Ma stiamo parlando di frazioni di secondo, davvero. Stiamo parlando di un apprezzamento ancora innocente, al di qua della concupiscenza. Per il resto la situazione aveva oscillato tra leggero disagio e simpatia, preoccupazioni di lavoro, piacere di offrire a una persona giovane un'esperienza che ancora non aveva provato.

Una volta scesi e ripartito l'elicottero, lui era andato per primo giù per la pendenza di neve fresca, nello stesso spirito da guida e protettore che avrebbe avuto con i suoi figli e sua moglie. Christiane però in pochi secondi lo aveva raggiunto e superato, facendo mostra di una tecnica sciistica e di una prontezza di riflessi del tutto sorprendenti. Quello che lo aveva colpito ancora più era la sua completa assenza di cautela, il modo spericolato in cui si lanciava ai margini di precipizi e lungo i contorni di boschi, *hop hop hop*, bacino e spalle in rapido movimento oscillatorio, sci fermamente uniti, ginocchia elegantemente piegate, con una naturalezza e un coraggio fisico di cui né Agnethe né Brigitte sarebbero state minimamente capaci. Invece di essere costretto a limitare la propria velocità per aspettarla come avrebbe dovuto fare con loro, si era improvvisamente trovato ad attingere alle sue migliori risorse per tenerle dietro. Il suo peso maggiore e la sua maggiore esperienza si erano rivelati appena sufficienti a compensare la leggerezza e l'elasticità di Christiane; nel corso di quella prima discesa erano diventati come due ragazzini sfrenati, competitivi, posseduti dal piacere esilarante della velocità, eccitati da una sfida di cui senza rifletterci continuavano ad alzare la posta.

Di discesa in discesa la loro gara era diventata meno innocente, come qualunque osservatore casuale avrebbe potuto notare, se ci fossero stati osservatori casuali: l'eccitazione della velocità aveva preso a richiamare eccitazioni più profonde, ancora più difficili da contenere. Volavano giù per le pendenze travolti dallo spirito dell'inseguimento, nella percezione delle loro reciproche presenze ansimanti e perspiranti, in un gioco frenetico di avvicinamenti e allontanamenti, un'evocazione incontrollabile degli istinti di caccia e fuga. Già alla seconda discesa la competizione atletica si era intorbidita e affannata, per diventare la corsa folle di un maschio maturo lanciato dietro una giovane femmina sessualmente ricettiva. La sollecitazione continua di movimenti e sguardi, il corteggiamento muto che diventa più esplicito guizzo dopo guizzo, respiro dopo respiro, scivolata dopo scivolata: chilometro dopo chilometro i contorni di quello che stava succedendo si erano sfumati, in un crescendo inarrestabile di cuori che battono, sangue che circola, polmoni che pompano.

Appena arrivati in fondo, lui aveva telefonato al pilota dell'elicottero di venire subito a prenderli per riportarli su: l'idea di doversi soffermare anche solo per qualche minuto nella ragionevolezza della vita normale gli sembrava insopportabile. Era interamente dominato dalla voglia di continuare a volare veloce giù per le pendenze, intossicato dall'adrenalina, con i muscoli impegnati allo spasimo, i riflessi nervosi molto più veloci dei pensieri. Per Christiane era la stessa cosa, non avevano bisogno di parlarne per saperlo. Le parole erano diventate del tutto inutili tra loro: sia quando scendevano travolti dall'esaltazione della velocità, sia quando risalivano in elicottero nell'atmosfera di aspettativa elettrica, trepidante. Per qualche genere di miracolo sconvolgente, condividevano le stesse precise intenzioni e sensazioni. Non c'era dubbio, non c'era spazio per equivoci. L'immacolata bianchezza della neve, la trasparenza cristallina dell'aria, la presenza sovrastante del ghiacciaio, l'assenza di qualunque presenza umana al di fuori delle loro caricavano ogni sensazione di una forza immensa, primordiale. Nel corso della terza discesa avevano preso a urlare come selvaggi, declamare forsennatamente i loro nomi, lanciarsi frasi di sfida, minacciarsi, far echeggiare le loro voci in suoni sempre meno articolati.

Poi a metà della quarta discesa Christiane aveva perso il controllo dopo un volo spericolato su una cunetta, era rimbalzata sullo spigolo dello sci sinistro e caduta su un fianco, era scivolata lateralmente per qualche decina di metri in una nuvola di polvere bianca. Lui l'aveva raggiunta subito, in preda al terrore che si fosse fatta molto male. Si era tolto gli sci, li aveva tolti anche a lei, le si era chinato sopra, le aveva chiesto affannosamente come stava. Lei era rimasta immobile con gli occhi chiusi, il suo respiro a malapena percettibile; poi d'improvviso aveva aperto gli occhi ed era scoppiata a ridere, gli aveva buttato neve in faccia. Lui era rimasto allibito per un istante, poi aveva reagito spazzandole neve addosso a due mani, invaso da un sollievo e da una furia di uguale intensità. Le aveva gridato che era una giovane criminale, che scherzi di quel genere non erano accettabili, che non avrebbe mai potuto perdonarla. Lei si era girata rapida su un fianco, senza smettere di ridere gli aveva fatto uno sgambetto a sforbiciata. Lui era caduto con notevole goffaggine, si era tirato rabbiosamente su, l'aveva agguantata, stretta, scossa. Ridendo tutti e due in modo sempre più convulso si erano strapazzati, rotolati, abbracciati, spinti, strusciati, baciati, baciati, baciati!

Questo momento cruciale non è in grado di ricostruirlo con una minima dose di attendibilità; la sequenza non è scomponibile in singoli fotogrammi. A dire la verità non c'è nemmeno una vera e propria sequenza, per quanto lui si possa sforzare di dare un ordine lineare agli eventi. Tutto quello che c'è è una compressione di sensazioni e immagini, così densa da rendere indecifrabili i rapporti di causa-effetto. Per esempio non riesce assolutamente a ricordarsi se sia stato lui a baciarla per primo, oppure lei a baciare per prima lui; o quando esattamente e a causa di chi il gioco da innocente che era sia diventato molto più carnale, infinitamente più pericoloso, impossibile da tenere a freno. In compenso può ricostruire con perfetta vividezza l'onda emotiva che lo aveva invaso, spazzando via qualunque tentativo di resistenza razionale, ammesso che ci fosse mai stato. Di colpo non gli importava più niente delle possibili, e in effetti probabili, ripercussioni, dei giudizi, delle reazioni, dei danni: tutto quello che contava era l'intensità vibrante e sovversiva del momento, la passione che lo attraversava, riportando in vita parti della sua natura rimaste dormienti per decenni, sepolte sotto strati di comportamenti acquisiti e perfezionati con infinita determinazione e coerenza. Reitt l'uomo dei numeri, l'implacabile misuratore di indici, l'inesorabile calcolatore di probabilità, l'aggressivo ma disciplinato alto ufficiale al servizio della madre-banca, era diventato da un momento all'altro Werner il rinnegato, il fuorilegge, il pirata, posseduto da passioni senza misura, senza limiti. Se qualcuno avesse cercato di fermarlo, o anche solo di farlo ragionare, avrebbe potuto reagire con ferocia inaudita, e non solo verbale: era pronto a una lotta all'ultimo sangue, in nome di tutto quello che Christiane improvvisamente rappresentava e rendeva tangibile.

Ecco qui: tutto il resto appartiene al campo delle conseguenze inevitabili, fa parte di una corrente più forte della volontà. I rari, preziosi incontri nell'appartamento affittato in Goethestrasse come foresteria (attraverso una breve catena di intermediari per renderlo meno riconducibile a lui), lo scambio quotidiano di sms e email, le dichiarazioni, gli slanci verbali, l'autentica ossessione nutrita di così tante scoperte e riscoperte violentemente portate alla luce. La sensazione straordinaria di poter succhiare il nettare stesso della vita, attingere liberamente all'energia primigenia, abbeverarsi alla fonte di una mente non ancora contaminata dalla conoscenza del mondo, l'autenticità nuda, la mancanza di filtri, la caduta di atteggiamenti, la sincerità brutale, l'ammissione del bisogno, il desiderio divorante, l'insopportabile assenza, l'anticipazione febbrile di ogni ritrovamento, la tristezza insostenibile di ogni abbandono. Ogni sensazione amplificata e moltiplicata mille volte dalla sua origine illecita, socialmente inaccettabile, condannata dalla morale corrente. Per la prima volta nella sua intera esistenza, Werner Reitt si era sentito un ribelle in lotta contro le convenzioni di una civiltà estenuata, un demolitore di valori consunti come scenografie di cartone; sentimenti di sfida avevano preso ad abitarlo, renderlo rabbioso, caricarlo di aggressività eccessiva nei rapporti di lavoro e nelle relazioni famigliari. Colleghi e amici, per non parlare di Brigitte, avevano avvertito la trasformazione, anche se non avrebbero mai potuto immaginarne l'origine; la loro preoccupazione rasentava spesso lo spavento.

Per quanti stereotipi possano entrare in gioco nell'interpretazione da parte degli estranei (figuriamoci dei nemici) di quello che è successo, la sua storia con Christiane era lontanissima dalla banalità della squallida, penosa attrazione che un uomo di mezza età può provare per un'ingenua fanciulla. Non c'era niente di spregevole, di moralmente abietto, in quello che succedeva tra loro due. Niente della spazzatura che senza dubbio giornalisti di seconda categoria e psicologi d'accatto tra poco tireranno fuori, quando cominceranno a farlo a pezzi, in un'orgia di cliché. La sua storia con Christiane Drechsler è stata infinitamente più pura e autentica di una qualunque delle mille ignobili relazioni sbandierate ogni giorno ai quattro venti solo perché avvengono tra coetanei. D'accordo, da un punto di vista puramente anagrafico lui avrebbe potuto essere il padre della sua amante (in effetti *è* il padre della migliore amica della sua amante), ma con questo? Nel loro rapporto non si è mai sentito la parte più esperta e smaliziata; al contrario, gli è parso fin dagli inizi di essere emotivamente e sentimentalmente il più impreparato, il più vulnerabile. Tutta la sua vita fino all'inizio della loro storia era stata all'insegna della negazione dei sentimenti, il che lo rendeva oggettivamente più sprovveduto di una ragazzina di diciassette anni con una conoscenza sorprendente delle strategie di seduzione. Anche se ben pochi vorranno crederci, Christiane è sempre stata molto più abile di lui a calcolare le proprie mosse, nell'anno e mezzo della loro relazione. Del resto chi ha perso il controllo, dopo le prime settimane? Chi ha cominciato a commettere errore su errore, a rischiare sempre di più pur di non apparire troppo cauto, noioso, distratto, mancante di passione, vecchio? Chi si è esposto in centinaia di sms e email terribilmente compromettenti senza pensare alla loro pericolosità, o meglio, essendone consapevole ma decidendo di sfidare la fortuna in nome dei sentimenti?

Non che adesso possa imbastirci una linea credibile di difesa, lo sa benissimo; non che ci sia qualcuno là fuori disposto a prendere per buona la sua versione. Brigitte, a cui lui ha fornito un rendiconto parziale e decisamente edulcorato dei fatti, è già diventata la sua giudice più implacabile. Agnethe probabilmente finirà per disconoscerlo come padre, sopraffatta dal disgusto e dall'imbarazzo filiale. Dieter starà per lo più zitto, e si allontanerà ancora di più da lui. E stiamo parlando della sua famiglia stretta; quanto alla famiglia estesa della PEB, ai primi segnali di attacco lo disconoscerà senza pensarci su due volte, questo lo sa benissimo. Può già immaginarsi il comunicato stampa che rilasceranno, approvato personalmente da Kunze: sconcerto di fronte alla rivelazione di comportamenti scioccanti, auspicio di un rapido chiarimento della situazione, rincrescimento di dover sospendere in via cautelativa tutti i rapporti professionali con il dottor Werner Reitt, pur riconoscendo l'importanza del lavoro da lui svolto fin qui, riserva di rivalersi legalmente per eventuali danni all'immagine della banca, *blah, blah, blah*.

Eppure la guerra non è ancora persa, il nemico sta organizzando le truppe ma ancora non si muove; esiste qualche possibilità di neutralizzare l'attacco, a patto di agire con estrema prontezza e determinazione. Werner Reitt si ferma, guarda la cima rosso-nerastra del vulcano al centro dell'isola. Non è mai stato uno che getta la spugna, non ha mai avuto la minima compassione per chi si dà per vinto senza essersi scagliato nella battaglia con tutte le forze di cui è capace. È innegabile, si trova in una condizione di terribile svantaggio, ma questo non vuol dire che non abbia più nessuna possibilità di farcela.

Si gira, torna a passi veloci verso le costruzioni bianche di Villa Metaphora. Appena il suo cellulare rientra nel cono di copertura del segnale telefona a Mathias, gli dice di venire subito qui, prepararsi a discutere con lui una strategia, indipendentemente da quello che il nemico e la banca decideranno di fare. Mathias sembra uscito dal suo torpore iniziale, la sua reazione è di una prontezza incoraggiante. La guerra non è ancora persa; c'è ancora da combattere, e Werner Reitt è del tutto determinato a farlo, fino all'ultimo colpo.

Lynn Lou

Ventisette

Questa fottuta luce che entra dalle finestre fa male agli occhi: Brian ha sicuramente aperto le imposte per farla svegliare prima, uno dei suoi fottuti modi di ottenere un risultato senza apparentemente insistere o chiedere niente, lo stronzo. Lynn Lou Shaw scivola fuori dal letto, appena è in piedi una fitta le passa attraverso la testa come un fulmine, la fa piegare in due, cazzo. In effetti ieri notte ha bevuto mica male, tra il vino a cena e poi il limoncello e il mirto e la vodka che è riuscita a portarsi sulla terrazza di Lara, anche se Brian aveva fatto di tutto per impedirglielo. Adesso lo stronzo è fuori sulla terrazza, preso in una telefonata e contemporaneamente in uno scambio di email, forse anche in una chiamata Skype con qualcuno dei suoi clienti a Los Angeles, dove è mezzanotte passata. Sul tavolo c'è una colazione che deve aver fatto portare mentre lei dormiva, ma solo l'idea di mangiare qualcosa le fa venire da vomitare, *yuck!* Si infila gli occhiali da sole per filtrare la fottuta luce che le viene addosso, ma anche se le lenti sono le più scure che ha trovato da Eyetaylor Optical su Melrose Avenue, il fottuto assedio del giorno è sempre lì.

Si infila nel bagno, si guarda allo specchio, si toglie gli occhiali. Ha la faccia gonfia come una patata bollita, occhi gonfi borse sotto gli occhi guance gonfie, uno schifo. Se qualcuno dei suoi fan la vedesse adesso è probabile che ci rimarrebbe di merda, è probabile che gli verrebbe la nausea come viene a lei. Apre la bottiglietta del Tylenol extraforte, si versa in mano tre pastiglie, se le caccia in gola, si attacca al rubinetto per mandarle giù. Che cazzo di acqua imbevibile, altro che usarla con cautela, stronzi! Sputa, sputacchia nel lavandino. La meravigliosa Lynn Lou Shaw, proprio, l'incomparabile. La dea dello schermo che fa sbavare milioni di uomini di tutto il mondo, davvero. Dovrebbero vederla adesso, i milioni di cazzoni, gonfia e bianca com'è, con 'sta faccia di patata. Anche il culo a guardarlo nello specchio girando la testa è insignificante, non ha niente di quel rilievo spettacolare che riescono a tirarle fuori nelle foto, con i giochi di luci in studio e Photoshop poi. È solo un culo, insignificante come un culo, due chiappe fatte per sedercisi sopra come adesso che si siede sopra il cesso a pisciare, non si capisce quale cazzo di suggestione dovrebbero provocare. Bisogna veramente essere malati, bisogna essere dei fottuti maniaci pervertiti per eccitarsi con una cosa del genere. Anche tutti quei cazzoni che scrivono che la sua bocca è la più sexy del pianeta, cazzoni, ha solo un paio di labbra grosse che quando era piccola la facevano sembrare una specie di pesce, si vergognava come una ladra. E comunque non è che ci sia qualche genere di merito ad averle così, oltretutto le vengono da quello stronzo di suo padre che quando era giovane aveva una bocca da pesce quasi come la sua, a giudicare dalle foto, bastardo egoista di merda.

Che poi in realtà è tutta una cosa che non ha mai veramente capito fino in fondo, questa cazzo di storia dell'oggetto del desiderio. Non ha nemmeno mai capito perché appena le sono venute fuori le tette quando aveva tredici anni, di colpo gli occhi di qualunque uomo di qualunque età che incontrava finivano lì, *zoom*, giornalisti agenti gente della troupe attori, come se avesse due fottute calamite per sguardi, lì sul petto. Oltretutto non erano nemmeno chissà quali tette, come si è visto dopo, eppure gli sguardi di qualunque fottuto uomo che incontrava andavano subito lì, *zoom*, cazzo! Ma anche prima, quando aveva dieci o undici anni e faceva esclusivamente ruoli di figlia o nipote e tutti dicevano che fenomenale attrice era, così giovane e così straordinariamente matura, c'era sempre qualcosa di schifoso nel tono e nello sguardo dei maschi che la guardavano, qualcosa di appiccicoso, insistente. Al trenta per cento le faceva piacere, al settanta per cento le faceva venire da vomitare. Per non parlare di quando aveva *dodici* anni, subito dopo aver girato *The Neighbor's Window* che era il primo vero ruolo un po' interessante e complicato dopo anni di fottutissime bambinette buffe e innocenti. Lì c'era qualcosa di *super*viscido nei commenti e negli sguardi di tutti gli uomini che incontrava, qualcosa di lurido anche quando le facevano magari una battuta scherzosa o un complimento del cazzo.

Forse dietro tutta 'sta stronzata della donna più desiderata del mondo che si è inventato Artie "Bastardy" Goldhaum appena la mamma ha deciso di prenderlo come agente e che tutti si sono bevuti, c'è l'idea della figlia dei vicini che tutti vorrebbero scoparsi, come diceva l'articolo su *Esquire* di aprile. Una specie di idea incestuosa, o come cazzo la chiamano. Comunque finché ci sono giornalisti cazzoni che continuano a ripetere che lei è la nuova Marilyn, che continuano a spiegare agli spettatori cazzoni che hanno delle ottime ragioni per arraparsi, anche ragioni quasi nobili, no, quasi rispettabili, non è che lei si lamenti. Però la fa anche vomitare l'idea che milioni di teste di cazzo stiano lì a eccitarsi con le sue foto e i suoi film, perfino con la sua pagina Facebook. Le fanno schifo tutti i fottuti sorrisetti maliziosi, tutto lo sbavare e tutto il resto, però insomma, è sempre stata una sensazione mista. Tant'è che ogni tanto le viene anche voglia di stuzzicarli un po', magari mettere su Twitter un paio di foto in costume da bagno o in mutande (ma non certo quelle che le ha fregato quel figlio di puttana di hacker!). Comunque la proporzione di gratificazione e schifo cambia a seconda del momento, diciamo cinquanta per cento gratificazione cinquanta per cento schifo, variabile però. Tanto è tutta una gara idiota che non finisce mai, perché un giorno è lei la donna più sexy al mondo, il giorno dopo è Rihanna, il giorno dopo è Kirsten, il giorno dopo è Bar, il giorno dopo è Kim, il giorno dopo è Mila, il giorno dopo di nuovo Lynn Lou. Tutti 'sti cazzoni sbavoni segaioli, non hanno di meglio da fare che stare lì a paragonare nasi labbra tette culi gambe, mettere foto fianco a fianco sui siti e sulle riviste per vedere quali li attizzano di più, come al mercato delle vacche, cazzoni!

Che poi naturalmente la storia della donna più sexy al mondo dipenderà anche da come andrà il film di quello stronzo incapace di Lucio Nuscardi, ammesso che lei riesca a tornare su quel fottuto set romano a finire le riprese. Come al solito il risultato finale non dipende da lei ma dal fottuto regista, figuriamoci se il fottuto regista è quel senza palle di Lucio Nuscardi che parla a malapena dieci parole in inglese e non sa neanche che cazzo di film vuole veramente fare. Sta lì a ciondolare per ore sul set, a fare e rifare prove, a confabulare col direttore della fotografia, a dare indicazioni del cazzo agli attori, a cambiare idea dieci volte di seguito. Poi naturalmente dipende anche da quello stronzo di produttore con la faccia da faina, non si ricorda neanche mai come si chiama, Rastricciotti o Rastricciozzi o qualcosa del genere, quando le è venuta la crisi e hanno dovuto sospendere le riprese si è messo a fare minacce da fottuto mafioso, a dire che se non tornava subito sul set lui le rovinava la carriera, le faceva causa per non sa più quanti milioni di dollari. Tanto lei potrà anche ammazzarsi a cercare di tirar fuori la migliore interpretazione del mondo, girare gli occhi di qua e di là, fare le smorfiette buffe col mento in fuori, piangere lacrime vere senza bisogno di gocce o polverine o spray, ma se poi il film farà vomitare, la sua fantastica interpretazione se ne andrà giù nel cesso insieme a tutto il resto. Perché alla fine un attore è solo un fottutissimo strumento, è questo che la fa incazzare, è questo che le fa venire il maldifegato dalla rabbia.

Tira lo sciacquone, si lava e lava la faccia con l'acqua fredda che in realtà è tiepida, probabilmente per la storia che raccontava Brian, la pompano su dal mare e filtrano via il sale o qualcosa del genere, comunque ha un sapore schifoso. Fa due o tre boccacce allo specchio, si scuote i capelli per ridargli un minimo di volume, *shake shake shake* con le mani frenetiche, almeno fa tornare un po' di circolazione nel cuoio capelluto, si allevia un po' il fottuto mal di testa, anche se probabilmente il merito è del Tylenol extraforte. Per sicurezza si caccia in bocca un'altra pastiglia, prende un'altra gollata di acqua schifosa dal lavandino, si rimette gli occhiali da sole. Si infila l'accappatoio appeso alla porta, fa altre boccacce allo specchio, esce nella stanza. Però non ha proprio nessuna voglia al mondo di andare a mettersi sotto lo sguardo di quello stronzo di Brian, sorbirsi le sue fottute espressioni di disapprovazione, magari anche ascoltare la predica, quando riesce a chiudere le comunicazioni audio e video con Los Angeles, su come non dovrebbe bere non dovrebbe fumare, dovrebbe raggiungere un equilibrio dovrebbe sgomberare la mente dai pensieri negativi dovrebbe assorbire l'energia positiva del posto, e tutte le altre cazzate che dovrebbe o non dovrebbe fare. Così torna nel bagno, prende il joint e l'accendino che tiene nel beauty in caso di emergenza, se li ficca in una tasca dell'accappatoio, apre la porta d'ingresso e sguscia fuori, a piedi nudi e senza niente sotto l'accappatoio. Le dà gusto l'idea di non dover ascoltare nessuno, non dover rispondere a nessuno, tenersi alla larga dalle rotture di palle almeno per un po', cazzo.

Segue il sentiero selciato che gira tra queste specie di case bianche che sembrano messe su per un film, sembrano più finte che vere, con il bianco brillante che frigge in questa luce esagerata, il mare che blueggia e vibra là sotto. Almeno qui sarà legittimo andare in giro a piedi nudi, si spera? Visto che dovrebbe essere un posto selvaggio dove fare vita naturale e ricevere le vibrazioni del vulcano e tutte le altre cazzate che hanno raccontato a Brian per convincerlo che era il posto perfetto dove rimetterla in sesto, prima di rispedirla sul set di quello stronzo incapace smidollato senza palle di Lucio Nuscardi. Ogni volta che escono delle foto dove va in giro a piedi nudi a L.A., tutti i cazzoni subito a parlare dei suoi piedi sporchi, dei suoi piedi appiccicaticci, anche. Vorrebbe proprio vedere quanto sono puliti i loro, cazzoni! Perché non imparano a farsi i fattacci loro, è questo che non capisce, un conto è quando sei sul tappeto rosso per qualche prima o per qualche evento dell'Academy, magari a qualche iniziativa di beneficenza o qualcosa del genere, okay lì non c'è niente da dire, è chiaro che le fa anche piacere essere seguita, è chiaro che non sarebbe contenta se non la fotografassero neanche. Però uno straccio di fottuta vita privata avrà diritto ad avercelo anche lei, o no?

A un certo punto del sentiero c'è una diramazione, con dei gradini che portano a una specie di vasca Jacuzzi naturale. O forse non è naturale, però è scavata nella pietra scura con i bordi irregolari in modo da sembrare naturale. In ogni caso dev'essere la vasca di acqua vulcanica di cui le ha parlato quello stronzo di Brian ieri. Ci si avvicina, si accovaccia ad annusare l'odore di uovo marcio, proprio per niente attraente, ma per niente. Si siede su una roccia vicina al bordo, si guarda intorno per vedere se c'è qualcuno in giro ma non c'è nessuno, gli altri ospiti staranno facendo colazione o saranno giù al mare o comunque non si vedono, questo posto è una specie di fottuto deserto.

Lynn Lou Shaw tira fuori dalla tasca dell'accappatoio il joint, lo accende riparando con una mano la fiamma dello Zippo, ispira fino in fondo ai polmoni, tiene il fumo dentro più a lungo che può. L'erba gliel'ha procurata l'assistente operatore sul set a Roma, non è certo come quella californiana, sa un po' di paglia e di polvere ma insomma, è quello che si trova qui. A sentire quello stronzo di Brian l'acqua di questa vasca ha chissà quali proprietà, perché viene dalle viscere del vulcano e si carica delle energie profonde della terra, eccetera eccetera. Anche se lei a queste stronzate ci crede poco, o almeno ci crede solo quando vuole e per periodi limitati, come è stato con la cartomante e con quell'altra imbrogliona che leggeva i fondi di tè in Wilshire Boulevard, o con quelli della Kabbalah che non erano molto meglio anche se metà delle sue colleghe ci andavano, a un certo punto ci andava mezza Hollywood. Ogni tanto in realtà le piacerebbe fare una vita più sana, tipo dormire in modo regolare bere meno alcol mangiare un sacco di frutta e verdura fare ginnastica ogni giorno. Anche magari smettere di prendere tranquillanti sonniferi stabilizzatori di umore, perfino smettere di fumare. Però se è quello stronzo di Brian a dirglielo, le viene da fare proprio l'opposto, e in ogni caso finisce per stufarsi presto dei buoni propositi, che palle. Tanto le vitamine e i minerali li prende in pillole, e quando proprio deve dormire manda giù un paio di Ambien o Lunesta o Rozerem o Sonata o Donormil o Temazepam o Zolpimist o Indiplon o Gaboxadol, e di solito funzionano, è tutta roba prescritta dal dottor Schlepinsky. Non è vero che sia un cialtrone incompetente, quello stronzo di Brian lo dice più per gelosia che altro, perché vorrebbe essere lui l'unico guru nella sua vita, gli dà fastidio che qualcun altro le dia consigli. Non è neanche vero che lei sia superficiale infantile incosciente come dice lo stronzo, è solo che fa un lavoro parecchio stressante da una vita intera, anche se ha solo ventotto anni. Se non ha diritto neanche a un minimo di sollievo, a un minimo di sfogo ogni tanto, cosa cazzo dovrebbe fare?

Lynn Lou Shaw immerge la punta di un piede nella vasca, per testare la temperatura. È calda, ma non da ustione. Non come le fottute vasche da bagno che le preparava sua madre quando era bambina, dove a volte veramente rischiava di finire cotta se non si metteva a urlare come un'aquila in tempo. Non le dispiacerebbe infilarcisi dentro, rilassarsi un po' senza che quello stronzo di Brian le stia addosso a dirle cosa fare e cosa no. Prende l'ultimo tiro di spinello, spegne il mozzicone sulla pietra, se lo ficca in tasca. Si guarda di nuovo intorno per vedere se c'è qualche movimento, dato che sotto non ha niente e francamente sul fronte del farsi vedere nuda da milioni di cazzoni sconosciuti ha già dato, ma non c'è proprio nessuno. È un fottuto deserto questo, fermo e vuoto a perdita d'occhio.

Si toglie veloce l'accappatoio, scivola dentro la vasca, senza togliersi gli occhiali da sole. Non è niente male, l'acqua calda e leggermente frizzante che le carezza la pelle, le fa un solletico leggero tra le cosce sulla figa tra le chiappe sotto le ascelle sulle tette sotto il mento, le dà la stessa sensazione un po' sexy delle volte che si tuffava nuda in piscina alle feste, prima che quello stronzo di Brian entrasse nella sua vita. Con la differenza che qui intorno invece di decine di cazzoni che gridano ridono si tuffano spruzzano si fanno scherzi si spingono sotto non c'è un cazzo di nessuno, c'è solo questo silenzio incredibile, a parte un po' di soffio di vento ma leggero. Lungo il bordo della vasca c'è una specie di sedile scavato nella roccia, comodo perché ci si può sedere proprio all'altezza giusta, ci si può anche spingere un po' fuori per assaporare l'effetto sexy aggiuntivo del vento che passa sulla pelle bagnata e asciuga e raffredda un po'. Non è niente male allungarsi e scivolare da un lato e dall'altro, andare sotto con la testa, tornare su, respirare l'odore di uovo marcio al pelo dell'acqua che dopo un po' diventa meno spiacevole, alla fine. Qualche anno fa ha letto su una rivista di una coppia di poveri cazzoni che allo Yellowstone Park si erano tuffati di notte in una delle pozze di acqua calda (le ha viste quando è andata a fare un giro del parco con sua madre per il suo tredicesimo compleanno, erano verdastre o giallastre, o di un blu veramente strano). Solo che non avevano tenuto conto che la temperatura era altissima, proprio bollente, perché oltre che cazzoni dovevano essere sballati di brutto. Sta di fatto che al mattino un ranger li aveva trovati che galleggiavano lì nella pozza fumante, bolliti. Non sa bene perché, ma è un'immagine che le è sempre rimasta in testa, ogni volta che si fa una sauna o un bagno turco con la temperatura un po' alta. Le tornano in mente i due poveri cazzoni bolliti che galleggiano nella pozza fumante, tutti rosa e gonfi come maiali cotti. Qui per fortuna l'acqua non è così calda (è perfetta, in realtà), però certo sarebbe abbastanza buffo se finisse per svenire e scivolare sotto, e tra qualche ora la trovassero che galleggia tutta rosa e gonfia come un fottuto maiale cotto. Si immagina già i titoli sui giornali: *Lynn Lou Shaw trovata bollita in un'isola italiana*. Si immagina i commenti su internet, i messaggi che arrivano via Facebook e Twitter, le dichiarazioni delle sue colleghe e colleghi. Per non parlare dei titoli su *People* e *US* e tutte le altre fottute riviste di gossip. Sono sempre così comprensive e affettuose con la gente del cinema, appena si trova in qualche difficoltà sentimentale o finanziaria o di carriera, figuriamoci se finisce bollita in una pozza di acqua calda!

Le viene da ridere, un po' di fottuta acqua che sa di uovo marcio le finisce in gola. Tossisce, si tira fuori per respirare, e dietro lo spigolo di una roccia vede un tipo che la sta spiando. Le ci vuole qualche secondo per esserne sicura, perché il tipo scompare quasi subito, ricompare solo quando lei gira la testa e fa finta di guardare da un'altra parte. Però appena lei guarda dall'altra parte, *pop*, il tipo sbuca di nuovo dalla roccia. In realtà riesce a vederlo anche senza girare di nuovo la testa, perché fin da bambina ha avuto questa capacità abbastanza incredibile di vedere con la coda dell'occhio. Quello stronzo di Brian dice che la sua è una capacità di visione periferica straordinariamente sviluppata, o qualcosa del genere. Dice che le donne hanno una visione periferica perché sono prede e gli uomini hanno una visione frontale perché sono predatori, è una cosa biologica, tanto è vero che per esempio le gazzelle hanno gli occhi ai lati della testa e invece i leoni hanno gli occhi davanti. Non ha capito bene se è una delle sue teorie del cazzo, o se c'è qualcosa di veramente scientifico sotto. A lei sembra che se si ritrova con questa visione periferica straordinariamente affinata come dice lo stronzo, è perché fin da quando era piccola la gente è sempre stata lì a guardarla e lei non poteva guardarla indietro. Una delle prime cose che la mamma le ha insegnato è che una celebrità deve imparare a registrare l'attenzione degli altri e fare finta di niente. "Navigare con suprema naturalezza in un mare di sguardi, spinta da un vento di parole bisbigliate," dice la mamma. Uno dei pochi casi in cui ha ragione di sicuro, perché se lei dovesse girarsi a rispondere a ogni sorriso ogni saluto ogni domanda ogni richiesta di autografo, allora buonanotte, non andrebbe più da nessuna parte. Non potrebbe neanche andare a un fottuto ristorante con quello stronzo di Brian, o a prendersi un frappè da Philippe, o salire su un fottuto aereo che non sia un aereo privato, o andare a correre sulla spiaggia di Malibu con i cani, se per caso le venisse voglia. (A proposito, chissà come stanno Pluto e Howitzer, con Dolores? Sentiranno la sua mancanza, o gli basta trovarsi la ciotola piena e di lei non gliene fotte un cazzo?)

Comunque, adesso non solo riesce a vedere con la coda dell'occhio che c'è un tipo affacciato a spiarla da dietro una roccia, ma riesce anche a vedere chi è. Occhi scuri intensi, capelli scuri, abbronzato, vestito di bianco, non male, è il marinaio che li ha portati qui con il motoscafo e le anche fatto tenere il timone, non si ricorda come si chiama. È a forse una decina di metri da lei, ha questo modo veramente buffo di venire fuori con la testa quando lei fa finta di guardare altrove, sparire appena lei si gira di nuovo. Sembra uno di quei cani della prateria che aveva visto da bambina in un documentario alla televisione, tutte quelle testoline che *pop* sbucavano dal nulla e *pop* sparivano di nuovo, una cosa da pisciarsi addosso dal ridere, davvero. Solo che qui è un cane della prateria umano, tutto vestito di bianco, con gli occhi scuri accesi che, *pop* sbuca, *pop* sparisce dietro la roccia per spiarla nuda nella vasca di acqua vulcanica. Non che riesca a vedere chissà cosa, perché lei è nell'acqua fino al collo per la maggior parte del tempo, solo ogni tanto viene un po' fuori quando si surriscalda e vuole sentire un po' di vento sulla pelle, ma anche così al massimo riuscirà a vedere un po' di tette, al massimo i capezzoli o poco sotto, prima che lei si immerga di nuovo fino al collo.

Sì, le viene anche in mente che potrebbe gridargli qualcosa, o allungare una mano e prendere l'accappatoio, tirarselo addosso anche se lo inzupperebbe ma tanto chi se ne fotte, però il fatto è che la storia del tipo che *pop*, sbuca dalla roccia e *pop*, sparisce di nuovo è troppo divertente, davvero. Oltretutto non è un cazzone pericoloso, e neanche un cazzone sconosciuto, è il marinaio che lavora qui al resort, da quello che ha visto sembra un ragazzo a posto, quando le ha fatto pilotare il motoscafo per un pezzo le ha detto che è un suo grandissimo fan, ha tre suoi manifesti appesi alle pareti della sua camera. Insomma, quello stronzo di Brian la accusa sempre di avere una tendenza esibizionistica, dice che tutte le attrici ce l'hanno altrimenti non farebbero il mestiere che fanno, e che però la sua è una forma quasi patologica. Quando sono venute fuori le fottute foto su internet non gli è sembrato vero, cazzo, non ha fatto che ripeterle "Lo vedi? Lo vedi?" Come se lei avesse voluto *intenzionalmente* farsi vedere nuda da milioni di cazzoni in tutto il mondo! Tutto quello che aveva fatto era stato scattarsi tre fottutissime fotine in bagno coll'iPhone e mandarle come messaggio Facebook alla sua amica Maggie, giusto per ridere. Come cazzo poteva immaginarsi che un figlio di puttana di hacker riuscisse a beccarle e metterle in circolazione? Che poi su sette miliardi di persone che vivono sulla terra ci saranno almeno tre miliardi e mezzo di donne, quindi tre miliardi e mezzo di tette e culi, anzi sette miliardi di tette e tre miliardi e mezzo di culi, a voler essere precisi. O magari a essere ancora più precisi e togliere le bambine e le vecchiette, saranno magari un paio di miliardi di tette e culi, ma è pur sempre una quantità mostruosa, cazzo! Invece no, sembra che lei sia l'unica ad averceli, a sentire tutti quei cazzoni! Okay, magari ha un culo e delle tette (le tette meno) particolarmente ben riusciti, almeno rispetto alla casalinga media o alla studentessa media, magari rispetto a una piattona o a una mollacciona, però, che cazzo! Magari quello stronzo di Brian avrà ragione quando dice che l'immagine di una star è amplificata dalle dimensioni dello schermo e moltiplicata milioni di volte fino a farla diventare una specie di divinità, però è una ragione sufficiente per tutti i fiumi di cazzate che hanno scritto su tutti quei siti e riviste e giornali, a causa di tre fottutissime fotine finite su internet per colpa di un figlio di puttana di hacker? Eh? Eh?

In ogni caso adesso a dire la verità si sta divertendo un casino con questa storia del bel marinaio moro vestito di bianco che *pop*, appare e *pop*, sparisce. Le fa venire voglia di fargli vedere magari qualcosa di più, dato che poverino sta facendo un tale sforzo per sbirciare senza farsi vedere. Dev'essere proprio vero che è un grande fan come le ha detto sul motoscafo venendo qua, uno di quelli che lo stronzo di Brian chiama poveri idolatri acritici. Lei invece a persone così in fondo è riconoscente, perché è bello sentirsi apprezzata immensamente, è una cosa che la fa sentire bene, che le dà fiducia. Le dà l'idea di valere qualcosa, al di là dei complimenti falsi di un regista senza palle, al di là della buona recensione di un cazzone di critico. Okay, è vero che non la conoscono di persona e possono apprezzare solo quello che vedono nei film, però le sembra che ci sia lo stesso qualcosa di vero nel loro immenso apprezzamento, quello stronzo di Brian può dire il cazzo che gli pare. Ecco perché le viene voglia di spingere un po' di più questo gioco con il marinaio, tanto è una cosa innocente. Magari anche un po' maliziosa, okay, ma *innocentemente* maliziosa, è una cosa che non fa male a nessuno. Si tira un po' di più fuori dall'acqua calda, chiude gli occhi che tanto non si vedono sotto le lenti ultrascure, va all'indietro con la testa in una di quelle pose da seduta fotografica, mento alzato capelli bagnati che ricadono all'indietro tette in fuori capezzoli dritti per il soffio del vento sulla pelle bagnata. Questo sì che la fa sentire quasi una specie di divinità, come dice quello stronzo di Brian. Anche con gli occhi chiusi riesce a sentire l'onda di ammirazione, l'onda di adorazione del marinaio vestito di bianco che *pop*, viene su con la testa appena lei si tende all'indietro e *pop*, sparisce appena lei lentamente si riabbassa nell'acqua. Le sembra di aver fatto qualche gioco di questo tipo da bambina, ma quasi di sicuro era un film in cui aveva *recitato* la parte della bambina che fa giochi di questo tipo. Perché la fottuta realtà è che mentre gli altri bambini giocavano davvero, lei era su un set a recitare la bambina che gioca, oppure a casa a preparare la parte o a studiare per gli esami da privatista, visto che anche di andare a scuola non se ne parlava. Non è che sua madre le abbia fatto mai mancare niente in termini pratici, non è che sia un mostro o una sfruttatrice come ogni tanto dice quello stronzo di Brian, ma certo a voler ben guardare anche se l'ha fatto per il suo bene, le ha pur sempre bruciato totalmente la fottutissima infanzia e la fottutissima adolescenza. Il che non è che sia proprio niente, no, cazzo?

Comunque adesso non ha certo voglia di lagnarsi dell'infanzia e dell'adolescenza perduta, o di qualunque altra cazzata lagnosa del genere. Se la settimana scorsa le è venuta una crisi violenta è colpa di quella testa di cazzo di Lucio Nuscardi senza palle, che pretende di dirigerla senza avere la minima idea di cosa vuole. E naturalmente anche di Mr. Artie "Bastardy" Goldhaum, che l'ha praticamente costretta a fare il suo film, perché quello precedente aveva vinto l'Orso d'oro a Berlino e a sentire lui le avrebbe dato un'aura intellettuale che farà benissimo alla sua immagine, stronzo bastardo. Va bene, ma non ha neanche voglia di pensare a queste cazzate, adesso. Ha solo voglia di rigirarsi nuda nell'acqua calda frizzante, fare il gioco dello scopri-ricopri con il bel marinaio che *pop*, appare e *pop*, scompare dietro la roccia. Si spinge un po' più all'indietro, e le viene questa specie di febbre, questo gusto elettrico di essere apprezzata immensamente, di essere adorata acriticamente, come dice quello stronzo di Brian. Comunque anche se fosse, fino a prova contraria è libera di far vedere il suo corpo quanto cazzo le pare, almeno finché è immensamente apprezzabile come adesso. Cosa cazzo c'è di male a farne vedere un po' a un fan autentico? Se non fosse un fan autentico non se ne starebbe certo lì nascosto dietro il masso con il rischio di farsi scoprire, perché chiaramente non ha capito che lei lo vede, non sa della sua visione periferica incredibilmente sviluppata. Poi è estate e sono in questa cazzo di isola deserta che più deserta non si può, sono in fondo al Mediterraneo selvaggio, quasi addosso alle coste dell'Africa. E quest'acqua viene dal vulcano che a sentire quello stronzo di Brian è dormiente o qualcosa del genere, in ogni caso non è proprio spento, insomma c'è qualcosa nella roccia e nell'aria, qualcosa nell'acqua che le tira fuori un lato selvaggio, la eccita parecchio a dire la verità.

Si fa scorrere una mano lentamente sulle tette come se fosse tutta presa dalle sensazioni, il che è vero, ma come se non avesse la minima idea di essere osservata. Fa scorrere la mano in giù piano piano, e intanto piano piano viene fuori dall'acqua per farsi accarezzare dal vento leggero, per farsi venire ancora la pelle d'oca, è una sensazione estremamente piacevole, ma proprio parecchio. Non gliene fotte niente di quello che pensa quello stronzo di Brian, ogni sensazione è amplificata dall'essere sotto lo sguardo ammirante e adorante del bel marinaio, dal sapere di dargli un'esaltazione pazzesca. Le scotta la pelle, le batte il cuore *tum tum tum* nelle orecchie all'idea di mandarlo nella stratosfera dell'ammirazione. Fa scivolare la mano sempre più in basso, sulla pancia che è bella tesa e tonica (la genetica serve più della ginnastica, per ora), giù piano piano in mezzo alle cosce. Tutto molto vedo-non-vedo, perché esce dall'acqua e poi torna quasi subito sotto, anche se ogni volta le viene voglia di spingersi un po' più in su dallo scalino di pietra del sedile, di puntare i piedi per graduare l'esposizione. Non è niente male, graduare quanto far vedere e quanto non far vedere, inarcarsi un po' all'indietro, dischiudere la bocca, far ricadere i capelli sulle spalle come nella seduta fotografica per *GQ*, dove faceva la fottuta dea del sesso. Però qui si può andare anche un po' oltre, perché siamo su una fottutissima isola deserta vicino all'Africa selvaggia e c'è un solo spettatore che è anche un vero fan e un vero adoratore, invece di milioni di cazzoni bavosi generici. Qui si può andare anche *decisamente* oltre, si può andare giù con quella mano in mezzo alle cosce e intanto venire su dall'acqua per farsi vedere meglio. Tanto appena diventa proprio un po' troppo si può sempre tornare sotto, si può sempre farsi ricoprire dall'acqua frizzante con le sue bollicine che vanno dappertutto e fanno il solletico, eccitanti anche loro, sexy!

È un gioco parecchio divertente, a dire la verità, la fa sentire un po' trasgressiva, un po' ragazzaccia, un po' libera, un po' ammirata, un po' adorata. Il fatto è che ha la sensazione che il bel marinaio la ammiri e la adori tutta intera, proprio tutta. E non è che le capiti spesso, questa ammirazione e adorazione totale. Anzi. Perché anche i milioni di cazzoni che sono andati ad arraparsi con quelle sue fottute fotine su internet, stavano lì a sbavare sulle sue singole *parti*! Sulle sue tette o la sua figa o il suo culo, separati dal resto! Cazzo, ci ha messo anni a capire che sono così, i fottuti maschi. Anche a sentirli parlare tra loro, magari quando si è lì a bere qualcosa tra colleghi dopo le riprese e magari si mettono a farsi confidenze e a vantarsi di chi si sono scopati, no. Subito si mettono a dire "Dovevi sentire le tette di quella" o "Dovevi vedere il culo di quell'altra", roba del genere. Magari si mettono a fare paragoni, a lamentarsi o a sparlare tipo "La tale è piatta come una tavola", o "La tal'altra ha le gambe corte". Ci provano quasi più gusto a trovare i difetti che le qualità, gli stronzi! E non sono modi di dire, è così che vedono le donne, gli stronzi! Le vedono a fottuti *pezzi*! È allucinante, perché anche a lei possono piacere il culo o magari gli addominali scolpiti o magari i bicipiti di uno, però non le verrebbe mai in mente di *separarli* dal resto, cazzo! Cosa cazzo dovrebbe farsene di un fottutissimo culo separato dal resto? O di un fottutissimo cazzo separato dal resto? Invece quegli stronzi degli uomini sono così, vedono i pezzi, parlano dei pezzi, paragonano i pezzi, si lamentano dei pezzi, sbavano per i pezzi, si fanno le seghe sui pezzi. Quante volte le è capitato di andare a letto con una testa di cazzo e vederlo lì a guardarle la figa, ma proprio fissato sulla parte anatomica, con gli occhi arrapati, con la fottuta bava alla bocca? E il resto non lo guardava neanche, neanche le guardava la faccia, era quella l'unica cosa che gli interessava, il risultato di tutta la ricerca, lo scopo ultimo di tutto il casino che aveva fatto per portarsela a letto, lo stronzo! Ci ha messo anni a capirlo, cazzo. Anche a capire di poter dosare le sue parti per ottenere l'effetto che vuole, un centimetro qua, un centimetro là, ti faccio vedere e non ti faccio vedere, dipende da quanta attenzione mi dai in cambio dello sbavamento. È pazzesco se ci pensi, è una cosa così fottutamente ridicola, così fottutamente stupida. Comunque.

Si tira di nuovo fuori fino alla vita, si gira di profilo, offre al bel marinaio una visione che non dovrebbe essere niente male, si inarca un po' di più all'indietro per migliorare l'effetto. Rimane lì come una specie di statua sgocciolante, con la testa girata abbastanza a lungo da non costringerlo a *pop*, scomparire subito. Si reimmerge di nuovo, ma poi le viene voglia di andare ancora un po' oltre, già che c'è, già che questa è una delle poche cose un minimo sexy che le siano capitate da parecchio tempo, davvero. Si tira ancora più fuori dall'acqua, si gira come per uscire dalla vasca o forse fare stretching o qualcosa del genere, offre al marinaio una visione probabilmente abbastanza spettacolare del suo culo. Proprio sporta in fuori e allungata per dare il massimo di tensione alle chiappe, creare l'effetto dei "due emisferi perfetti", come ha scritto quel cazzone di Sean Moffett su *Entertainment Weekly* a proposito della scena nuda in *Sisterly Love* (oltretutto l'hanno tagliata dalla versione per le sale, ma almeno nella versione dvd dovrebbe esserci). Solo che qui dal vivo su una fottuta isola deserta, con un unico spettatore ammiratore adoratore invece di un'intera troupe mezza indifferente e mezza arrapata è mille volte meglio, non ci sono paragoni.

Mantiene la posa cinque o sei secondi buoni, per dare al bel marinaio il tempo di riempirsi gli occhi, di caricarsi più che può di ammirazione e adorazione, sentirle tornare indietro come una specie di radiazione. Poi comincia a girarsi molto lentamente per dargli il tempo di *pop*, scomparire di nuovo dietro la roccia. Ma quando si reimmerge piano piano nell'acqua fino al collo e riapre finalmente gli occhi, il marinaio è sì scomparso dietro la roccia, però c'è un riflesso strano che entra nella sua visione periferica. È un cazzo di riflesso familiare, ma così completamente fuori luogo e fuori momento che ci mette un paio di secondi a farsi venire in mente cosa cazzo è. Ci mette un paio di secondi a vedere la fottuta lente del fottuto teleobiettivo da caccia grossa, la fottuta macchina fotografica montata sul fottuto treppiede, il fottuto fotografo vestito color kaki sdraiato per terra come un bastardo cecchino figlio di puttana che le punta contro il suo fottuto fucile. Subito dopo le scatta il riflesso automatico di tirare fuori il dito medio, scuoterlo come fa ogni volta che uno di questi sciacalli figli di puttana sbuca da dietro una siepe o da dietro un muro o da dietro una macchina, anche se sa benissimo che è solo il coronamento del loro fottutissmo scoop, per come fa sembrare tutte le altre foto più autentiche, dà più gusto ai cazzoni che poi guarderanno le foto. Però non è che stia tanto a ragionare, più che altro grida più forte che può. "Ehi?! Figlio di puttana! Fottuto sciacallo bastardo!"

E *pop*, subito il marinaio sbuca da dietro la sua roccia, con una faccia sconvolta, forse pensa che lei abbia scoperto solo adesso il giochino dell'appari-scompari e ce l'abbia con lui. Si guardano a distanza di una decina di metri o giù di lì, e intanto il fottuto fotografo ha preso la sua fottuta macchina e il suo fottuto treppiede e si sta precipitando giù per la pendenza tra rocce e cespugli, come il fottutissimo sciacallo che è.

Lei si tira fuori dall'acqua, a questo punto non gliene fotte niente di farsi vedere tutta nuda dal marinaio, tanto se il fottuto fotografo riesce a scappare, nel giro di poco saranno in *milioni* a vederla nuda, e in pose ben più sputtananti di questa. Prende l'accappatoio, cerca di infilarselo, indica al marinaio il fottuto fotografo che scappa giù per la scarpata come un fottuto sciacallo. Le trema la mano per la rabbia, le trema la voce, cazzo. "Prendi quel fottuto sciacallo bastardo figlio di puttana!"

Il marinaio sembra ancora più sbalestrato, a vedersela davanti in piedi nuda e furiosa dopo venti minuti di guarda-non-guarda.

Lei finalmente riesce a chiudersi l'accappatoio, stringe la cintura. "Svegliati, cazzo! Ferma quel fottuto sciacallo figlio di puttana prima che scappi via!"

Finalmente il marinaio gira la testa, vede il fottuto fotografo che con la sua fottuta macchina fotografica e il suo fottuto treppiede in spalla sta saltando come un fottuto sciacallo giù per la pendenza, si getta all'inseguimento con uno scatto abbastanza fulmineo, a dire la verità.

"Prendilo!" Lynn Lou grida così forte che le corde vocali le fanno male, i timpani le fanno male. "Prendi quel fottuto sciacallo figlio di puttana di merda!"

Ventotto

A volte non è facile mantenere lo stato di calmo distacco che predica ogni giorno ai clienti di LifeSolving™, pensa Brian Neckhart. Il fatto è che quasi metà di loro, per quanto disposti a pagare cifre considerevoli per il suo aiuto, non riescono ad accettare fino in fondo la premessa di base, vale a dire il trasferimento integrale di responsabilità a lui fino ad avvenuta risoluzione del problema. Invece di sentirsi più leggeri e liberi di andare avanti con le loro vite, non fanno che interferire in tutti i modi immaginabili, complicando il suo lavoro, a volte rischiando di mandarlo all'aria quando è ormai a buon punto. L'altra metà dei clienti hanno l'atteggiamento opposto. Appena firmato il contratto si aspettano un miracolo, un colpo di bacchetta magica, prima ancora di avergli fornito tutte le informazioni necessarie. D'accordo, si tratta quasi sempre di persone che hanno costruito le proprie fortune grazie a una capacità di iniziativa fuori dal comune, unita a un'impazienza fuori dal comune. E non c'è dubbio che il nome LifeSolving™ generi aspettative fuori dal comune. Però definisce precisamente quello che lui fa, oltre ad avere un forte impatto.

Comunque sia, Jack Highgate (sì, quello dei supermercati Highgate) appartiene fermamente alla prima categoria di clienti. Il quindici giugno ha firmato un contratto per risolvere il problema di sua figlia che vive ad Amherst in Massachusetts insieme a una insegnante di yoga e sta scrivendo un libro in cui dice peste e corna di lui. Poi, malgrado tutto quello che Brian gli ha spiegato al momento della firma, ha continuato come prima a fare telefonate minacciose alla figlia, farle spedire lettere dagli avvocati, offrire concordati inaccettabili, sguinzagliare investigatori privati. Non si riesce a tenerlo fermo, non c'è verso.

"Sono un uomo d'azione, va bene?" Highgate gracchia al telefono, nel suo accento di Brooklyn. "Se non lo fossi, non sarei mai arrivato a mettere in piedi quello che ho messo in piedi."

"Certo, ma si è rivolto a noi per una ragione, no?" Brian Neckhart guarda il mare, inspira l'aria salmastra trasportata dalla brezza; la vista lo aiuta a mantenere una certa prospettiva. "E la ragione è che i suoi metodi abituali in questo caso non funzionavano, no?"

"Cos'ha da dire sui miei metodi abituali?" Highgate è sempre in cerca di un pretesto per una rissa, fa parte della sua natura profonda.

"È stato lei a spiegarmi che con sua figlia non funzionavano, signor Highgate."

"Sì, ma è passata più di una settimana da quando ho firmato il contratto, e non vedo nessunissimo risultato!"

"Signor Highgate, le ho spiegato subito che ci sarebbe voluto un po' di tempo." Brian Neckhart piega il collo da un lato e dall'altro per sciogliere le vertebre cervicali. "Eravamo d'accordo che mi lasciasse lavorare senza prendere nessuna iniziativa."

"Chi è lei, per chiedermi di non prendere nessuna iniziativa?" Highgate ha uno straordinario grado di aggressività, se lo porta certamente dietro dalla prima infanzia.

"Sono uno che lei sta pagando duecentomila dollari per risolverle il problema, signor Highgate." Brian Neckhart pronuncia ogni parola in modo perfettamente pacato, per mostrare una totale assenza di dubbi. Ripetere il nome del cliente invece serve a ricondurlo alle sue responsabilità, e alle ragioni dell'ingaggio.

Highgate sta zitto per forse un secondo, ma non si calma per niente. "Il fatto che io la paghi un sacco di soldi non l'autorizza a dirmi cosa devo o non devo fare con quella delinquente lesbica di mia figlia!"

"Signor Highgate, sono in contatto con sua figlia da diversi giorni." Brian Neckhart si gira a guardare nella suite attraverso la portafinestra, per vedere se Lynn Lou sta ancora dormendo. "Posso garantirle che chiamarla delinquente lesbica non è un approccio produttivo."

"Ma *è* una delinquente e una lesbica!" Highgate sta urlando nel telefono.

"Le ho parlato personalmente due volte, non mi è sembrata affatto una delinquente."

"Ah no? Ah no?" Highgate è un uomo che non sopporta costituzionalmente di essere contraddetto. "Vuole spiegarmi lei cos'è mia figlia?!"

"Stiamo cercando di raggiungere una soluzione non conflittuale, signor Highgate. Nell'interesse di tutti." Brian Neckhart non riesce a vedere Lynn Lou nel letto, almeno da qui, e questo gli sta provocando un'agitazione crescente.

"Per quella strada non arriverà mai da nessuna parte!" Dev'essere proprio con questo atteggiamento che Highgate è riuscito a mettere su la sua catena di supermercati partendo da un negozietto di alimentari in Van Brunt Street, e a farsi odiare da sua figlia. "Mia figlia è una che crea conflitti da quando aveva tre anni! È una che ci *gode*, a farmi la guerra! Non sa cosa farsene di una soluzione non conflittuale, quella lesbica delinquente!"

"La prego di calmarsi, signor Highgate." Brian Neckhart cerca di mantenere il tono di grande controllo, però adesso è affacciato nella suite, e Lynn Lou non c'è. Sarà nel bagno, a farsi una delle sue docce infinite? O è uscita, a fare danni?

"Mi dia una sola ragione per calmarmi, signor Neckhart!" Highgate adesso sta rovesciandogli contro la tecnica del nome. "Mia figlia sta cercando di distruggere la mia immagine con quel fottuto libro pieno di bugie, e io sto pagando un sacco di soldi per una soluzione che non arriva! Ho tutti i motivi per non essere calmo!"

"La soluzione è garantita nel nostro contratto, signor Highgate." Brian Neckhart attraversa la suite, cerca tracce dei movimenti di Lynn Lou. "Però bisogna che lei mi dia il tempo necessario, senza interferire."

"Sta dicendomi che dovrei aspettare senza fare niente, signor Neckhart?"

"È esattamente quello che le sto dicendo, signor Highgate." Brian Neckhart accosta l'orecchio alla porta del bagno: nessun rumore di acqua che scorre.

"Mia figlia ha scritto che io picchiavo sua madre, si rende conto?" Highgate è fuori di sé. "Ha scritto che mi scolavo litri di whisky e facevo orge con le mie commesse! Ha scritto che tiravo cocaina, che ho perso al poker milioni di dollari sottratti alle casse dell'azienda!"

"E lei come lo sa, che sua figlia ha scritto queste cose?" Brian Neckhart bussa alla porta del bagno: nessuna risposta.

"Dalla tipa dell'agenzia di investigazioni private che è riuscita a entrare in casa sua! Ha fatto una copia dei file sul suo computer!"

"Si rende conto che si è reso responsabile di un reato su commissione, signor Highgate?" Brian Neckhart bussa di nuovo alla porta. "Si rende conto che rischia una denuncia per furto con scasso e violazione di domicilio, oltre a compromettere irrimediabilmente il nostro lavoro?"

"E lei signor Neckhart si rende conto che mia figlia rischia di compromettere irrimediabilmente il *mio*, di lavoro? E la mia *vita*?!"

Brian Neckhart apre la porta del bagno: Lynn Lou non c'è. "Oh, cazzo!" Sì, una momentanea perdita di controllo, ma la pressione su tutti i fronti è forte.

"Cos'ha detto?" La voce di Highgate nel cellulare prende un'inflessione ancora più furiosa.

"Niente, signor Highgate." I pensieri di Brian Neckhart stanno correndo dietro Lynn Lou in diverse direzioni ipotetiche, tutte altrettanto preoccupanti.

"Guardi che ho sentito benissimo cos'ha detto!" Highgate è travolto dall'indignazione. "Mi ha detto testa di cazzo!"

"Non l'ho detto, signor Highgate. Glielo posso garantire." Brian Neckhart va veloce verso la porta.

"E io le posso garantire che l'ha detto! Non sono sordo, ancora!"

"Mi scusi, ma adesso la devo lasciare." Brian Neckhart si affaccia fuori, guarda a destra e a sinistra.

"Come mi deve lasciare?!" Highgate urla come un pazzo. "Non abbiamo affatto finito, qui!"

"La richiamo appena possibile, mi scusi. E lasci perdere gli investigatori privati, subito."

"Neckhart?! Pronto?!"

Brian Neckhart chiude la comunicazione, esce sul sentiero selciato, guarda verso l'entroterra, verso il mare. Il paesaggio semidesertico di pietre e cactus e cespugli secchi è quasi immobile, a parte il soffio del vento e lo scintillare dell'acqua sotto il sole battente. Sulla terrazza più bassa il falegname sta mettendo insieme dei legni; sulla terrazza principale non c'è nessuno; sulla terrazza di una delle suite la francese e la tedesca stanno parlando, sedute sul muretto bianco. Poi sposta lo sguardo verso la scarpata a destra delle costruzioni, e vede due figure umane che scendono a gran velocità verso le rocce, la prima vestita color kaki e con qualcosa in spalla, la seconda vestita di bianco, qualche decina di metri più dietro. Gli sembra anche di sentir gridare qualcosa, ma tra la distanza e il vento non ne è sicuro. Il tipo vestito di bianco dev'essere il marinaio che li ha portati qui ieri, a guardarlo da qui sembra che stia inseguendo l'altro. Però è possibile che abbiano semplicemente fretta tutti e due, e stiano scendendo a prendere rifornimenti di cibo o attrezzature tecniche dal gommone che è ancorato vicino agli scogli. Difficile capire, da qua.

Alla prima curva del sentiero si trova davanti il tedesco, con la sua aria rigida da ufficiale della Wehrmacht, il cellulare premuto all'orecchio. "*Wir müssen so schnell wie möglich eine offensive Strategie anwenden, Ich kann nicht stundenlang warten!*" Così preso dalla conversazione, e così arrogante, non accenna neanche un saluto mentre passa. Brian Neckhart cammina oltre, continua a guardare in tutte le direzioni. Forse Lynn Lou è nella suite della sua amica Lara, o in giro con lei. Avrebbe dovuto pensarci subito, ma era troppo irritato dalla sovrapposizione con la telefonata a Highgate. Adesso poi Highgate pensa anche che lui l'abbia insultato, è ridicolo, come se il suo caso non fosse già abbastanza complicato. Ma in questo momento la cosa di gran lunga più urgente è scoprire cosa diavolo stia facendo Lynn Lou. Non avrebbe mai dovuto lasciarla andare a bere e fumare erba con i suoi cosiddetti nuovi amici, ieri sera. Però pensava che potesse farle bene non sentirsi sotto osservazione per qualche ora. Il problema del caso Highgate è che effettivamente la figlia è molto poco interessata a soluzioni non conflittuali, lo scopo del libro che sta scrivendo è proprio di esasperare il conflitto con suo padre, portarlo allo scoperto. Dal tono che aveva al telefono le due volte che le ha parlato non è un soggetto tra i più facili neanche lei, ma d'altra parte essere la figlia di Jack Highgate non è certo una ricetta per la serenità. L'importante è che lo lascino lavorare in pace, accidenti.

Gira lungo la curva del sentiero, riscende in direzione degli edifici, e si trova davanti Lynn Lou. In uno stato di terribile agitazione, ansimante, scalza, accappatoio e occhiali da sole, capelli bagnati. "C'era un fottuto sciacallo bastardo che mi fotografava!"

"Chi, il tedesco?" Brian Neckhart si gira, ma il tedesco da qui non si vede più.

"No, un fottuto sciacallo figlio di puttana di fotografo!" Lynn Lou trema tutta, fatica a respirare. "Era appostato là dietro tra le rocce come un cecchino, con un fottuto teleobiettivo enorme e un fottuto treppiede!"

"E tu cosa ci facevi, là dietro?" Mantenere un tono di controllo gli costa ancora più fatica che con Highgate, decisamente.

"Facevo un bagno nella vasca!" Si infila una mano tremante sotto gli occhiali, cerca di asciugarsi le lacrime.

"Nuda?" Già lo sa: ne è sicuro al cento per cento, garantito.

"Non c'era nessuno!" Lynn Lou grida e piange, come una bambina innocente vittima di una mostruosa ingiustizia.

"Oh, Gesù Cristo." Brian Neckhart cerca di fare una valutazione istantanea delle possibili conseguenze; non ci vuol molto a capire quanto potrebbero essere disastrose, subito a ridosso di tutta la storia di Facebook. Cerca anche di decidere molto rapidamente se gettarsi all'inseguimento del fotografo, oppure occuparsi prima di Lynn Lou. Meglio occuparsi prima di Lynn Lou, perché è in uno stato preoccupante, non può certo lasciarla qui così.

"Non c'era nessuno in giro, te lo giuro!" Lynn Lou batte i piedi, agita le braccia. "Ho guardato da tutte le parti, cazzo! Era un fottuto deserto, non c'era anima viva!"

"Be', c'era un fotografo, per lo meno." Brian Neckhart cerca di chiuderle meglio l'accappatoio, che nella concitazione dei gesti si è mezzo aperto.

"Lasciami stare, cazzo! Non toccarmi!" In piena crisi, movimenti convulsi, tremito diffuso, sta rapidamente perdendo ogni controllo.

"Calma, Lynn Lou. Cal-ma." Il problema è che deve attingere alle sue risorse più profonde per calmare se stesso, per resistere all'impulso di darle un ceffone. "Era vestito color kaki, il fotografo?"

"Che cazzo ne so di com'era vestito!"

"Era lì appostato da tanto?"

"Che cazzo ne so, che cazzo ne so, che cazzo ne so da quanto era lì!"

"L'ho visto correre giù verso gli scogli due minuti fa, insieme al marinaio. Erano insieme?"

"No! Il marinaio l'ha inseguito per fermarlo!" Lynn Lou è tutta rossa in faccia, le lacrime le colano da sotto gli occhiali, il naso le cola. "Giel'ho detto io di inseguirlo, quel fottuto sciacallo figlio di puttana!"

"E cosa ci faceva il marinaio là, se non era con il fotografo?"

"Che cazzo ne soooooo!" Lynn Lou urla in modo lacerante, come nei momenti peggiori della crisi in albergo a Roma.

"Senti, cerca di respirare a fondo." Non le mette le mani sulle spalle come gli verrebbe istintivo, per non provocare reazioni peggiori; si limita a mostrarle le palme aperte, muoverle dall'alto verso il basso, piano.

"Respira tu a fondo, stronzo! Non mi rompere le palle! Lasciami in pace, cazzo!" Tira fuori dalla tasca dell'accappatoio un accendino, glielo scaglia addosso a tutta forza, lo manca di poco.

"Lynn Lou." Brian Neckhart continua il suo gesto pacato a due mani. "Calma."

Lei lo guarda come se volesse sputargli addosso o urlargli contro qualche oscenità, invece si piega in due, singhiozza, altre lacrime le colano da sotto gli occhiali, altro moccio le cola dal naso.

Proprio adesso arrivano i due anziani clienti italiani, l'ex costruttore di binocoli e la moglie. Curati come sempre, accappatoi bianchi e pantofole bianche ai piedi, asciugamani sottobraccio, lei con una borsa da spiaggia. Si fermano, allarmati.

"Buongiorno." Brian sorride, fa un cenno di saluto, tende la mano a Lynn Lou, per condurla via.

Lynn Lou gliela respinge furiosamente, continua a tremare e singhiozzare.

I due italiani la guardano, si guardano tra loro, guardano lui.

Brian Neckhart si rende conto che dal di fuori potrebbe sembrare responsabile dello stato di sua moglie, ma non ha nessuna intenzione di metterli a conoscenza di quello che è successo, si limita a fare un mezzo sorriso.

"Cosa cazzo avete da guardare, voi?" Lynn Lou guarda i due gentili italiani con aria di sfida, tira su col naso.

I due gentili italiani si ritraggono, come se temessero di venire aggrediti fisicamente.

Brian Neckhart riesce a prendere Lynn Lou per un braccio, comincia a trascinarla via a forza. "Calma. Calma, calma, cal-ma."

Lei gli pianta le unghie affilate nel polso, gli lacera la pelle, con la forza anomala che le viene in questi casi.

Lui cerca di non lasciar trasparire il dolore che prova, né l'impegno muscolare che gli costa trascinarla. Si gira perfino a sorridere di nuovo ai due italiani che si sono fermati poco più in là a guardare, costernati.

Quando sono quasi arrivati alla loro suite incrociano Lara, che viene su per il sentiero tutta assorta, con un guscio rosa di riccio di mare in mano. Appena li vede si blocca, stringe le palpebre come per capire meglio.

"Ciao, Lara." Brian Neckhart fa uno sforzo eroico per mantenere un'espressione normale, e nascondere il fatto che Lynn Lou gli sta massacrando il polso.

"Lasciami andare, figlio di puttana." Lynn Lou continua a stringere e graffiare con furia maniacale.

"Cos'è successo?" Lara è sempre più allarmata, continua a spostare lo sguardo dalla sua amica a lui.

"Ti spiego dopo." Brian Neckhart trascina ancora per qualche metro Lynn Lou che gli lacera la pelle e schiuma dalla bocca per la rabbia, apre la porta della camera, si libera a fatica dalla morsa, la spinge dentro, fa cenno a Lara di entrare. "Per piacere resta qui con lei. E stai attenta che non prenda pillole o beva niente."

"D'accordo." Lara sembra parecchio diffidente nei suoi confronti, per un malinteso senso di solidarietà con Lynn Lou.

"Non la lasciare da sola neanche un istante, va bene? Posso fidarmi di te?" Di nuovo Brian Neckhart oscilla tra l'impulso di restare con Lynn Lou e quello di correre a occuparsi del maledetto fotografo prima che riesca a scappare con il suo gommone, se non c'è già riuscito.

"Sì." Lara più che diffidente è ostile, non lo guarda quasi.

"E tu calmati, va bene? Cal-ma-ti." Brian Neckhart fa un gesto di grande pazienza verso sua moglie, anche se il polso ferito gli fa decisamente male.

"Fottiti!" Lynn Lou sputa nella sua direzione, ma per fortuna lo manca.

Brian Neckhart resta sospeso ancora un istante tra valutazioni opposte, poi corre fuori dalla stanza, si precipita a tutta velocità giù per il sentiero selciato.

Ventinove

La brezza irregolare che entra dalle finestre aperte dell'ufficio è piacevole, leggera. Lucia Moscatigno annusa e inspira, le sembra meglio perfino della stupenda aria condizionata a raffreddamento marino. Le previsioni a due giorni del bollettino meteo che ha appena controllato danno mare calmo e venti deboli di sudovest per tutto oggi e domani, con tendenza a occasionali rinforzi durante la notte. Non ha guardato quelle a cinque giorni perché non ci azzeccano quasi mai, oltretutto sono fatte per Lampedusa e Linosa, visto che a Tari una stazione meteorologica non c'è (grazie al caro sindaco). Ma qui a Tari da maggio alla fine di settembre è ben raro che il vento o il mare diano fastidio, non è come in autunno e inverno quando a volte si resta tagliati fuori dal Continente anche per settimane. E comunque è vero quello che diceva sempre suo nonno (dal lato Alcuanti), *Boni tempu et mauvo tempu, nou lasta todu tempu*, il buon tempo e il brutto tempo non durano per sempre. In ogni caso dal punto di vista meteorologico l'apertura di Villa Metaphora non poteva andare meglio, davvero. Considerata la fretta di mettere insieme ogni pezzo, le prenotazioni più importanti arrivate all'ultimo momento eccetera, sta andando tutto alla grande, toccando ferro e legno. Gianluca potrebbe finalmente rilassarsi un po', invece di restare così teso, andare qua e là con la paura che qualche particolare non sia proprio al mille per mille della perfezione. D'altro canto se fosse più rilassato non sarebbe il grande architetto e imprenditore del Nord che è, e Villa Metaphora non sarebbe il resort unico al mondo che è. Lo sa, lo sa. Adesso poi c'è la questione dell'onorevole Gomi del PdM che vuole venire a incontrare Werner Reitt, e non si sa neanche bene a che ora precisa arrivi. Però non è la fine del mondo, uno così avrà senz'altro parecchio da fare, resterà poco di sicuro. Almeno un *pochino* Gianluca potrebbe rilassarsi, ecco.

"Cucciolo?" Lucia si intenerisce, a vederlo così preoccupato.

"Potresti evitare di chiamarmi così, per piacere?" Gianluca non alza neanche lo sguardo dai fogli di fatture ricevute note spese per materiali attrezzature spedizioni manodopera forniture benzina vini cibi che gli coprono tutta la scrivania.

"Perché?" Lei non riesce mai a capire se questo modo di reagire alle sue affettuosità sia dovuto a differenze culturali da uomo del Nord, o a paura di lasciarsi andare.

"Non mi piace, te l'ho già detto." Ancora più ingrugnato, proprio torvo.

"Spiegami perché." Lucia insiste, prima o poi riuscirà a capirla, la ragione.

"Perché è un'espressione infantile e stupida, di cattivo gusto."

"Ah sì?" Le scotta sentirgli dire una cosa del genere, le brucia. È vero che non è la prima volta, ma non fa differenza, ogni volta ci rimane male come la prima. *Ama qui t'ama, qui nou t'ama livalu*, direbbe sua nonna (dal lato Moscatigno), ama chi t'ama, e lascia chi non t'ama. Va bene, però non è che lui non la ami, anche se magari non riesce a dirglielo proprio in parole. Ieri sera per esempio, quando ha finalmente chiuso la telefonata con sua moglie e le si è stretto tutto bisognoso di coccole, vogliamo dire che non l'amava? O prima della telefonata, quando ha detto che era orgoglioso di lei? O quando la toccava tutto sensuale e infiammato? Forse è solo che come dice l'altra sua nonna (dal lato Alcuanti), *A lupu vieio, nou tici a tana*, al lupo vecchio non puoi insegnare la tana. A furia di donne milanesi ricche viziate fredde nevrotiche secche, si è talmente abituato a non mettere fuori i suoi sentimenti. Ma questo non vuol certo dire che non la ama.

"Sì." Gianluca alza gli occhi, la guarda. Sa di sicuro che a quegli occhi chiari da continentale settentrionale pieno di conoscenze del mondo, lei non riuscirà mai a dire no, neanche quando la fissano duri come adesso.

"Va be', allora arrangiati. Non ti chiamo più niente, così sei contento." Lucia Moscatigno attraversa l'ufficio a passi furiosi, però appena mette la mano sulla maniglia, la porta le si apre in faccia.

È Brian Neckhart, con uno sguardo così duro che quello di Gianluca in confronto sembra dolce. "*Where's Mr. Perusato?*"

Gianluca salta subito in piedi. "*Is there a problem?*"

"*Yes, Mr. Perusato. There's a* big *problem.*" Neckhart va dritto alla scrivania, tutto vibrante di una tensione da guerra. Ha anche il polso destro che gli sanguina, ci preme sopra un fazzoletto di carta tutto arrossato.

"*What happened?*" Gianluca gli guarda il polso, si allarma ancora più. Le ha ripetuto chissà quante volte che i Neckhart-Shaw e i Reitt possono fare o disfare il futuro di Villa Metaphora, a seconda di come ci si troveranno e di come ne parleranno in giro.

"*There's a photographer on these premises.*" Neckhart fa dei gesti per indicare fuori, si capisce che si sforza di restare calmo ma ha tutta questa tensione da guerra addosso, vibra proprio.

"*A photographer?*" Gianluca si guarda intorno, guarda lei, guarda la finestra, come per vedere il fotografo sulla terrazza.

"*Yes. And he's taken pictures of my wife.*" Neckhart si tampona il polso col fazzoletto di carta tutto rosso di sangue. Non è particolarmente alto o grosso, ma ha queste spalle larghe, queste gambe e braccia potenti, dà l'idea di un uomo pericoloso.

"*But that's impossible!*" Gianluca guarda di nuovo la finestra, guarda Neckhart. "*Where did it happen?*"

"*By the hot pool.*" Neckhart fa un altro gesto carico di rabbia controllata a fatica. "*He ran down toward the sea, but I couldn't find him.*"

"Ma è pazzesco." Gianluca non riesce a capacitarsi, si gira verso Lucia, come se volesse darle qualche genere di colpa.

"*She was naked.*" Neckhart abbassa la voce. "*You realize what that means.*"

"*Oh my God.*" Gianluca si passa una mano tra i capelli, cerca anche lui di sembrare calmo ma ci riesce molto meno bene di Neckhart. "Lucia!" Ecco, lo sapeva. "Dove diavolo è Carmine?"

Lei allarga le braccia, non ne ha idea. "Un'ora fa l'ho visto che scaricava delle cassette d'acqua minerale dal montacarichi..."

"Non mi interessa dov'era un'ora fa!" Per l'agitazione le parla come a una serva, anche se non c'è proprio nessun motivo di trattarla così. "Voglio sapere dov'è *adesso*! Vai a chiamarlo, digli di venire immediatamente qui!"

"*This is totally unacceptable.*" Neckhart continua a vibrare e camminare avanti e indietro, non riesce a stare fermo. "*I don't know if you realize it, Mr. Perusato.*"

"*I absolutely do, Mr. Neckhart.*" Gianluca è così disperato che anche se è appena stato villano con lei le fa quasi pena. "*I can guarantee we'll find that photographer.*"

"*How? When?*" Neckhart va avanti e indietro come una tigre in gabbia, si tampona il polso insanguinato. "*How can you guarantee anything, Mr. Perusato?*"

Lucia tira fuori dalla borsa il cellulare per chiamare Carmine, ma proprio nello stesso istante Carmine arriva dentro l'ufficio. Rosso in faccia, tutto sudato, la maglietta bianca strapazzata, lividi sul lato del collo, sulle braccia.

"Mi spieghi cosa sta succedendo qui, Carmine?" Gianluca lo investe subito. "Il signor Neckhart mi dice che c'era un fotografo alla vasca termale, ha fotografato la signora Shaw!"

"Lo so, architetto!" Carmine ansima forte, si passa una mano sulla fronte per togliersi il sudore. "Vengo adesso a dirglielo!"

"Come ha potuto arrivare fin qui sopra senza che nessuno lo fermasse?" Gianluca gli butta addosso tutta la colpa, subito.

"*The security of this place is non-existent.*" Neckhart appallottola il fazzoletto di carta insanguinato, si succhia il polso.

"Architetto, non ho idea di come ha fatto." Carmine scuote la testa, continua ad ansimare, è veramente sudato da far paura.

"Ma *devi* avere un'idea, Carmine! Sei tu il responsabile della sicurezza degli ospiti di Villa Metaphora! È un tuo incarico preciso!"

"Eh, troppi ne ho di incarichi, architetto." Carmine abbassa lo sguardo.

"Cosa intendi con questo?" Gianluca diventa ancora più duro, anche se proprio non è giusto. "Cosa intendi dire?"

"*This is ridiculous.*" Neckhart guarda fuori dalla finestra, dilata le narici. "*This is pathetic.*"

"Non intendo niente, architetto!" Carmine è un ragazzo con un grande senso della dignità, non è uno che si lascia trattare male ingiustamente. "Quello sarà venuto su per le rocce, strisciando come una serpe!"

"Devi siempre videre si ariva quicuno, aqui!" Neckhart un pochino di italiano lo parla, anche se sembra più una specie di spagnolastro. "Nesesìta absolutamente garantire controlo! Tuto tiempo!"

"*Of course, Mr. Neckhart. That's one of our priorities.*" Gianluca è proprio sconvolto, questa è l'ultima cosa che gli doveva capitare. Guarda male Lucia, se la prende di nuovo con Carmine. "La privacy e la sicurezza degli ospiti sono priorità assolute, qui! Dove diavolo eri, mentre quel delinquente si intrufolava indisturbato fino alla vasca termale? Si può sapere?"

"In giro a controllare, architetto." Carmine adesso sembra tutto imbarazzato, si gratta la testa.

"A controllare cosa, se te lo sei fatto scappare sotto il naso?" Gianluca a vederlo in difficoltà gli dà ancora più addosso.

"*Enough of this. Call the police.*" Neckhart fa un gesto tagliato con la mano. "Telefona li polizia, pronto!"

"Non me lo feci scappare!" Carmine improvvisamente prende convinzione, alza la voce. "Lo acchiappai, il famigerato, gli sgrinfiai questa!" Tira fuori di tasca un oggettino blu e bianco, lo mostra.

"Cos'è?" Gianluca si avvicina a guardare, tutto diffidente.

"Le foto della signorina Lynn Lou, architetto! La scheda di memoria dell'apparecchio fotografico!"

"*You got the SD card!*" Neckhart da un momento all'altro cambia da così a così. Quasi fa un balzo, va a prendere la scheda di memoria, la studia da vicino, dà a Carmine una pacca su una spalla. "Bra-vo! *Good job, man*!"

"Davvero." Gianluca adesso non sa più come comportarsi, con Carmine, con Neckhart, in generale. "E dov'è, quel farabutto?"

"Giù agli scogli."

"Ancora giù agli scogli?"

"Scappava come un coniglio verso il gommone, architetto." Carmine fa un gesto verso il mare. "Già in rotta per Bonarbor, sarà."

"Sei riuscito a leggere un nome, un numero su quel gommone?" Gianluca non riesce ad acquietarsi. "Qualcosa che possiamo segnalare ai carabinieri?"

"No, ma quello non si farà più rivedere, architetto."

"*Faitasti a duri golpi?*" Lucia gli parla a mezza voce, guarda i lividi che ha sul collo e sulle braccia, la stropicciatura della maglietta bianca.

"Gli feci intendere che se revolve qui finisce a squarciasacco." Carmine prende un'aria orgogliosa, anche se non vuole vantare troppi meriti.

Lucia gli va a stringere forte un braccio. "*Ueldòn, Cammine.*" Dopo tutto è stata lei a raccomandarlo a Gianluca per il lavoro, le dà una gran soddisfazione aver raccomandato un ragazzo veramente in gamba che è anche suo cugino.

Brian Neckhart si mette in tasca la scheda di memoria, tira fuori uno, due biglietti da cinquanta euro, li allunga a Carmine. "Tiene. Prende." I tagli che ha sul polso sono abbastanza brutti, sanguinano ancora, chissà come se li sarà fatti.

"No, per carità." Carmine scuote la testa, va indietro.

"*That's really not necessary, Mr. Neckhart.*" Gianluca è ancora scosso, ma sta cercando di riprendersi, poverino.

"*But he deserves it.*" Neckhart spinge ancora i cento euro verso Carmine, cerca di costringerlo a prenderli. "Fato buono lavoro."

Carmine va ancora indietro, alza le mani. "Non esiste. Dovere."

Neckhart si rimette malvolentieri i soldi in tasca, gli stringe la mano a due mani. "Grazie, de vero."

Carmine sembra commosso, ha gli occhi un po' lucidi. "Mr. Neckhart, io per la signorina Lynn Lou farei qualunque cosa. Qualunque."

"*Thank you.*" Neckhart gli sorride, gli dà un'altra pacca forte su un braccio.

"*All's well that ends well.*" Gianluca cerca di sembrare tutto rasserenato, anche se a conoscerlo si vede che ce ne vorrà prima che lo sconvolgimento gli passi davvero.

"*Yes.*" Neckhart fa di sì con la testa, ma di sorrisi per Gianluca non ne ha. "*See you.*" Alza appena la mano, esce.

Gianluca si passa una mano sulla fronte, socchiude gli occhi. "Vi rendete conto di cosa sarebbe potuto succedere, se quel farabutto fosse riuscito a scappare con le foto? Sarebbe stata la fine di questo posto, a tre giorni dall'apertura!"

"Va be', ma in fondo erano solo foto di un'ospite famosa." Lucia cerca di ridurre la gravità, più che altro per calmarlo. "Magari ci facevano perfino un po' di pubblicità."

"Era *nuda*, l'ospite famosa!" Gianluca scatta come una furia. "Sarebbe stata la dimostrazione che non siamo in grado di garantire uno straccio di privacy! Alla faccia di tutto quello che diciamo! Bella pubblicità davvero!"

Lucia fa di sì con la testa, se ne rende conto. Carmine guarda il pavimento, sembra di nuovo terribilmente mortificato.

"E sei sicuro che quel delinquente di fotografo se ne sia andato?" Gianluca lo incalza. "Che non si sia appostato di nuovo qui intorno?"

"Sicuro, architetto." Carmine prende un'aria convinta. "Venga a vedere anche lei, se non ci crede."

Escono tutti e tre sulla terrazza, sotto il sole che ha già preso a scottare, malgrado la brezza. Il mare molto blu si scaglietta in riflessi argentati a ogni folata che gli passa sopra, *frrr*.

Carmine guarda giù verso le rocce della costa con una mano di taglio sulla fronte, indica un punto sulla destra. "Là, lo lasciai."

Seguono tutti e tre con gli occhi la successione di scogli rossastri e nerastri, e davanti a uno più grande vedono una piccola barca bianca a motore, con una persona a bordo.

"È ancora lì!" Gianluca si gira verso Carmine, gli trema la voce dalla rabbia.

Carmine è allibito. "Architetto, quella non è la barca del fotografo! Aveva un gommone grigio, il fotografo!"

"Come, un gommone grigio?"

"Sì, architetto, grigio! Lo vidi, sono sicuro al cento per cento!"

"E quello sulla barca allora, chi diavolo è?"

"Non lo so, architetto! Un compare dell'altro, sarà!"

"Quelli hanno le antenne, Gian." A Lucia sembra ingiusto che la colpa debba ricadere di nuovo su Carmine, poverino.

"Qualcuno gli avrà detto che ha visto Lynn Lou Shaw a Bonarbor, saranno venuti da Linosa o da Lampedusa, magari anche dal Continente."

Gianluca però a qualcuno la colpa deve darla (purtroppo è fatto così), e continua a prendersela con il povero Carmine. "Perché sei corso qui su, invece di accertarti prima di com'era la situazione là sotto?"

"Architetto, io volevo portarvi subito la scheda con le foto! La signorina Lynn Lou era sconvolta!"

"Intanto è la *signora* Lynn Lou Shaw, Carmine. Una volta per tutte."

"Eh." Carmine non raccoglie neanche, per lui una dea non può certo essere sposata. "Doveva vedere in che stato era, architetto! Urlava e piangeva, poverina!"

"Ragione di più per controllare dieci volte che non ci fossero altri intrusi!" Gianluca è sconvolto all'idea che sia così facile invadere la privacy di Villa Metaphora, è una cosa che proprio lo manda fuori di testa. "È probabile che questi delinquenti lavorino in tandem! Uno fa finta di andarsene, e intanto l'altro torna a intrufolarsi!"

Guardano tutti e tre giù per la scarpata: le scale, il molo, le rocce, i cespugli secchi, i fichi d'India, gli scogli lungo la costa. Niente, non riescono a vedere nessuno.

Gianluca va nell'ufficio, torna fuori con i due walkie-talkie gialli, ne lancia uno a Carmine. "Andiamo giù a vedere, cosa state aspettando? Forza!"

Vanno rapidi giù per la scalinata, Gianluca con un walkie-talkie in mano, Carmine con l'altro walkie-talkie alla cintura, in mano un bastone da zappa che ha preso al volo nel locale attrezzi. Lucia dietro, anche se non ha le scarpe adatte. Ma il tempo di cambiarsele dove lo trovava?

A mezza discesa Carmine si ferma, punta il dito verso il mare. C'è una motovedetta bianca che ha appena doppiato la Roccia della Sfinge, sta puntando dritta verso il molo.

"Ma porca di una vacca schifa!" Gianluca ha uno scatto di esasperazione di quelli che gli vengono quando il troppo è veramente troppo. "Non ci posso credere!"

"Sarà stato l'americano a chiamarli?" Anche Carmine ha un'aria stravolta.

"No, questo è un regalo di Sandro Scandrola dei miei stivali!"

Carmine lo guarda, non capisce.

"È l'onorevole Gomi!" A Lucia torna in mente di colpo, in tutta la confusione se n'era dimenticata.

"Non avrebbe potuto trovare un tempismo più allucinante, quel parassita!"

Carmine è sempre più perplesso. "Come l'onorevole Gomi, architetto? Quello del PdM?"

Gianluca non gli risponde neanche, sta cercando di decidere cosa fare.

"Quello della televisione, Luci'?" Carmine si gira verso di lei.

"Eh." Lucia gli fa di sì con la testa.

La motovedetta continua a venire in qua, poco a poco la banda verde più sottile diventa visibile di fianco a quella rossa larga sul bianco dello scafo, insieme alla scritta GUARDIA COSTIERA a caratteri maiuscoli rossi.

"Sentite, facciamo così." Gianluca indica le rocce della costa sulla destra. "Voi andate a scovare quei delinquenti. Io mi occupo di quest'altro."

"Non vuoi che vengo con te?" Anche se c'è l'emergenza dei fotografi, Lucia una minima curiosità di accogliere Piero Gomi allo sbarco ce l'avrebbe. In fondo l'ha visto alla televisione chissà quante volte, in tutti i programmi del mattino e della sera dove vanno sempre i politici. Non sembra poi neanche tanto male, almeno rispetto alla media dei suoi colleghi, se non altro è un po' più giovane e ha l'accento del Nord (ha anche una buona testa di capelli).

"No, tu vai con Carmine. In due avete più possibilità di individuarli. Ma tieniti a distanza, non si sa mai come potrebbero reagire. Carmine, dài a Lucia il walkie-talkie, così resta in contatto con me."

Carmine si toglie il walkie-talkie dalla cintura come se gli dispiacesse un pochino, glielo porge.

Lei prova a schiacciare il tasto di comunicazione: *squhhhvvvzzzk*, viene fuori quel suono che dà fastidio alle orecchie. D'altro canto il campo di copertura dei cellulari non arriva fin là sotto, è vero.

"Se ci fosse qualunque problema mi avvisi immediatamente, okay?"

"Okay." Lucia si adatta, anche se davvero preferirebbe molto andare anche lei a dare il benvenuto all'onorevole Gomi quando scende dalla motovedetta, avere una piccola parte ufficiale.

"E tu Carmine niente violenze, mi raccomando." Gianluca sta tornando a essere l'uomo che lei ama e ammira. È solo questione di avere pazienza proprio all'inizio di una crisi brutta, quando si infragilisce tutto, perché dopo un po' si riprende, come adesso. "Quelli sono dei mascalzoni, sarebbero anche capaci di farci causa. Digli solo che questa è proprietà privata e che se non se ne vanno subito li consegniamo alla Guardia costiera. Digli che l'abbiamo chiamata noi."

Carmine fa di sì con la testa, prende rapido per il sentiero sulla destra. Lucia esita un secondo, gli va dietro. Le scarpe di tela con le zeppe alte di corda e i lacci alle caviglie non sono certo ideali per la polvere e le rocce, ma è chiaro che bisogna far fronte all'emergenza.

Gianluca continua veloce giù per le scale che portano al molo: il bell'architetto internazionale che conosce il mondo e che l'ha fatto scoprire anche a lei, deciso a difendere il posto meraviglioso che ha voluto con tanta ostinazione, farlo funzionare al meglio.

Lucia segue Carmine per il sentiero, che è poco più di una traccia ripida da capre selvatiche. Carmine controlla a occhiate la scarpata e la costa, si tiene il suo manico di zappa in spalla, ha smania di risolvere questa faccenda dei fotografi una volta per tutte. Lei cerca di tenergli dietro come può, ma le zeppe continuano a cedere di lato, rischiano di farla ruzzolare giù un paio di volte.

Quando sono quasi arrivati alle rocce della costa Carmine si ferma, si mette la sinistra di taglio sulla fronte. La barca bianca che era qui vicino adesso si è spostata più al largo e a sinistra, sta facendo un giro come per avvicinarsi al molo sulla scia della motovedetta.

"*Quo happini, odie?*" Carmine non capisce.

"*A sapiri.*" Neanche Lucia ha idea di cosa stia succedendo.

Carmine si gratta il collo dove ha il livido, sembra proprio confuso. Poi guarda la costa a destra, gliela indica: c'è un gommone grigio a ridosso degli scogli.

"*Eso?*"

Carmine fa di sì con la testa. "*Shhh.*"

Il gommone ondeggia piano con i movimenti del mare, il lato sinistro gratta contro gli scogli. Non si vede nessuno a bordo, e neanche sugli scogli, ma da qui è difficile essere sicuri.

"*Situati achì.*" Carmine fa un cenno prepotente, proprio da maschio tarese.

"*No, comu teco.*" Lucia non ha nessuna intenzione di farsi comandare dal cugino che ha fatto assumere lei, di cinque anni più giovane e che non ha visto neanche un decimo delle cose che ha visto lei da quando se n'è andata da Tari, non parliamo da quando sta con Gianluca.

Carmine sbuffa, si rimette in movimento, le fa segno di tenersi bassa. Vanno quatti quatti per l'ultimo tratto del sentiero, mezzi piegati, guardando torno torno. Ogni roccia potrebbe essere il nascondiglio dove sta acquattato il fotografo, o *i* fotografi, visto che a questo punto non è chiaro per niente quanti siano. Non è chiaro nemmeno come mai quello con la barca bianca adesso stia andando al molo, proprio quando arriva la motovedetta della Guardia costiera. A Lucia sembra di essere in una specie di film di spie, un po' la spaventa e un po' anche la eccita. Però è una situazione che può portare dei danni seri a Villa Metaphora, come dice Gianluca, c'è poco da scherzare. Poi Carmine ha la testa calda come tutti i maschi di Tari, e in più è ferito due volte nell'orgoglio, per non essere riuscito a proteggere Lynn Lou Shaw che è il suo idolo, e per tutti i rimproveri di Gianluca.

Arrivano alle rocce che scendono fino al mare, tutte irregolari rossastre nerastre come sono, ancora più quatti, ancora più bassi, lei sempre attenta a dove mette i piedi per non fare un passo falso e volare giù, magari rompersi una gamba o la testa.

Poi di colpo Carmine davanti si blocca e si abbassa, la tira giù con una mano. "*Accura!*"

Lei si schiaccia sulla roccia, con il cuore che le batte forte. Prova ad alzare un poco la testa, ma non vede niente, solo rocce e rocce. "*Unni?*"

"*Shhh!*" Carmine indica più avanti con la sinistra, tiene il manico di zappa nella destra, sembra pronto alla battaglia.

Lucia guarda meglio, e le sembra di vedere una stoffa o una scarpa o qualcosa, il cuore le salta in gola. La roccia è tutta aspra e aguzza, le fanno male i palmi delle mani e le ginocchia a starci schiacciata sopra. Guarda ancora: sì, c'è proprio qualcuno a dieci o quindici passi da loro, si vede forse una scarpa e un pezzo di gamba, un pezzo di pantalone. Se è il fotografo, è immobile anche lui, forse pensa di essersi nascosto bene, non si rende conto che da qui lo possono vedere. Ma è una tensione insopportabile adesso, cosa dovrebbero fare? Chiamare Gianluca col walkie-talkie, cercare di prendere il fotografo, farlo scappare, inseguirlo? Cosa dovrebbero fare?

Carmine si gira a guardarla con gli occhi tutti infiammati, poi salta su, con un urlo da guerra delle caverne che le fa gelare il sangue, "*Aaaauaarrrgrrrfff!*"

"*Cammineee! Haltaaa!*" Lei si alza di scatto, mette male un piede nell'agitazione di corrergli dietro, cade, si schiaccia il petto rimane senza fiato quasi batte la testa sulla roccia, quasi si ammazza, quasi sviene.

Si tira su con i palmi delle mani che le bruciano, sbucciati e graffiati come quando da bambina cadeva sulla strada davanti a casa. Anche le ginocchia sono sbucciate e le bruciano, è tutta bruciante e scossa, fatica a riprendere il fiato. Pensa che adesso se per caso Gianluca le chiedesse di accompagnare l'onorevole Gomi a fare un giro di Villa Metaphora sarebbe impresentabile, a meno di non mettersi un paio di pantaloni, magari il completo di lino giacca-pantaloni verde oliva che Gianluca le ha comprato a Roma il mese scorso (le sta abbastanza bene anche se fa tante pieghe, ma quello è il lino, è fatto così). Dovrebbe anche tenere le mani nascoste per non far vedere le sbucciature, altrimenti l'onorevole si immaginerebbe che chissà cosa succede qui. Pensa che però poteva andare peggio, poteva picchiare la testa e farsi davvero male. Pensa che sono un bel po' di anni da quando si arrampicava sulle rocce del molo a Bonarbor, e suo padre poi la sgridava e le diceva che era un maschiaccio, che se tornava a casa un'altra volta tutta sbucciata e graffiata la batteva con la cintura.

"*Luci'*." Carmine ha un tono strano, come svuotato rispetto all'urlo tremendo di quando è saltato dal masso in preda alla furia da guerra delle caverne. Ha anche un modo strano di stare fermo, con lo sguardo basso, un modo strano di lasciare cadere il bastone della zappa: *stoc*, il legno urta contro la roccia, rimbalza.

Lucia si muove, con le mani e le ginocchia che le bruciano, piano piano per paura di scivolare di nuovo su queste cavolo di zeppe, e per paura di cosa può succedere con il fotografo. Va di masso in masso verso Carmine che sta fermo in quel modo strano, ci mette chissà quanto tempo a fare pochi metri, con le gambe invischiate, il respiro che invece di riallungarsi diventa sempre più corto, il cuore che invece di rallentare accelera. Arriva di fianco a Carmine, guarda dove sta guardando lui, e sì, ci sono proprio due scarpe con la suola a carrarmato, ci sono due calze color kaki, ci sono due gambe pelose, ci sono due ginocchia nodose, ci sono dei calzoni corti color kaki coi tasconi, c'è una camicia color kaki coi tasconi anche quella, c'è un gilet coi tasconi anche quello, c'è un fazzoletto, c'è un collo, c'è una faccia abbronzata, c'è una testa grossa coi capelli un po' radi davanti, c'è un uomo intero, però non si muove però è immobile però è mezzo sbieco tra le rocce però ha i piedi più in alto della testa però ha le braccia girate male però ha gli occhi sbarrati, però è morto.

Trenta

Lara Laremi guarda Lynn Lou raggomitolata sul letto, il cuscino tirato a due mani sulla testa, mugola in modo più o meno comprensibile a seconda del momento. Cerca di parlarle, le tocca un braccio, ma Lynn Lou subito si dibatte, scalcia; non è che ci siano molte possibilità di comunicare con lei. A un certo punto è riuscita a toglierle di mano un bicchiere in cui aveva versato una ventina di gocce da un boccettino senza etichetta, ma subito dopo Lynn Lou si è chiusa in bagno con l'astuzia e la rapidità della tossicomane, si è cacciata in gola chissà quali pillole o capsule tra le molte che si porta sempre dietro.

Brian quando è rientrato e l'ha vista in questo stato se l'è presa con Lara per non averla controllata come le aveva raccomandato; ma sa meglio di lei che controllare Lynn Lou è un'impresa quasi impossibile. E comunque Lara non è mai stata brava a controllare nessuno, non è la sua vocazione.

Hanno provato insieme a riportare Lynn Lou in bagno per farla vomitare, ma benché intorpidita e mezza addormentata aveva ancora abbastanza forza e riflessi per aggrapparsi alla porta con una determinazione invincibile, per cercare di mordere e graffiare. Come soluzione alternativa hanno provato a farle bere dell'acqua, ma lei gliel'ha sputata addosso con spruzzi da cetaceo, hanno dovuto lasciar perdere.

Malgrado la sua costante ostentazione di calma, Brian sembra abbastanza provato, con il polso tagliuzzato dalle unghie di Lynn Lou, pieno di preoccupazione per lei, per il lavoro lasciato a Los Angeles quando ha dovuto precipitarsi a Roma. Adesso sta rovesciando in una busta di plastica tutti i contenitori di calmanti antidepressivi stabilizzatori dell'umore sonniferi che riesce a trovare tra valigie armadio mensole bagno comodino. Poi infila la busta in una valigia, chiude la serratura a combinazione, mette la valigia nell'armadio.

"Ridammi le mie medicine." Lynn Lou bofonchia da sotto un cuscino, senza scoprirsi la faccia. "Stronzo figlio di puttana."

Brian non prova neanche a risponderle; apre il computer portatile ultraleggero che ha sul tavolo, cerca una voce su internet, fa segno a Lara di avvicinarsi. "Leggi un po' qui."

Lara legge la pagina sullo schermo:

Alprazolam (nomi commerciali Xanax, Frontal, Valeans, Mialin), ansiolitico appartenente alla famiglia delle benzodiazepine. Si usa nel trattamento degli attacchi di panico e degli stati di ansia. Deve esserne evitato l'uso prolungato, perché induce dipendenza fisica e psicologica, che aumenta con la dose e con la durata del trattamento. Non va consumato in dosi superiori o con frequenza maggiore a quanto prescritto dal medico curante. Non deve essere utilizzato da pazienti con una storia di abuso di alcool e droga. I pazienti che lo assumono non devono bere alcool, perché ne aumenta e aggrava gli effetti. Le capsule o compresse a lento rilascio non vanno masticate né rotte, per non provocare assunzioni incontrollate. Una overdose di alprazolam può essere fatale. Una volta sviluppatasi la dipendenza, l'interruzione dell'uso provoca sintomi di astinenza come cefalea, dolori muscolari, ansia, tensione, irrequietezza, disforia, confusione, irritabilità. Nei casi più gravi si manifestano fenomeni di derealizzazione, depersonalizzazione, iperacusia, intorpidimento e formicolio delle estremità, ipersensibilità alla luce, al rumore e al contatto fisico, difficoltà di concentrazione, perdita di memoria, crampi muscolari e addominali, vomito, sudorazione. L'uso della sostanza va interrotto, ed è indispensabile contattare immediatamente un dottore, in caso di:

depressione, pensieri suicidi o autolesionistici, comportamenti a rischio, riduzione delle inibizioni, alterazione della percezione di pericolo;

confusione, iperattività, agitazione, ostilità, euforia incontrollata, allucinazioni;
sensazione di svenimento;
urinazione più frequente del normale o del tutto assente;
sensazione di martellamento o sfarfallamento al petto;
movimenti muscolari incontrollati, tremori, convulsioni.

"Oh cavolo." Lara si gratta la punta del naso.

"Ora dimmi se il caro dottor Schlepinsky non dovrebbe essere in galera."

"Sei *tu* che dovresti essere in galera!" Lynn Lou bofonchia da sotto il suo cuscino. "Sei geloso perché vorresti essere il solo a curarmi, con le tue teorie del cazzo!"

Brian continua a non risponderle, dà un'occhiata a Lara. Tira fuori da una tasca dei calzoni una scheda SD, la infila nello slot del computer.

"Cos'è?" Lara guarda lo schermo.

"Lynn Lou nuda, fotografata da quel bastardo che si è intrufolato."

"Non voglio che le vedi!" Lynn Lou si tira su a sedere, in un sorprendente ritorno di energia fisica, scaglia il cuscino attraverso la stanza.

Brian abbassa la testa per istinto, ma il cuscino ha comunque una traiettoria sbagliata, finisce in un angolo. "*Devo* vederle, per essere sicuro." Clicca sull'icona che appare sullo schermo.

"Dammi quella fottuta scheda!" Lynn Lou salta su dal letto, attraversa la stanza come una bambina instabile e furibonda, braccia protese, mani in movimento.

Brian prende il computer, si allontana. "Cal-ma, Lynn Lou. Sei tu nuda in una vasca, non c'è niente che io non abbia già visto prima, no?"

"Ti ho detto di darmela, cazzo!" La voce di Lynn Lou fa male ai timpani, tanto è distorta.

"Sto solo cercando di contenere i danni, Lynn Lou." Brian si sforza di mantenere un tono ragionevole pur continuando a muoversi per proteggere il computer, deve costargli parecchia fatica.

“Ci sono *io* in quelle foto, okay, stronzo?! Sono *mie*, cazzo!” Lynn Lou urla mezza piegata in due, schiuma ai lati della bocca.

“Appunto, e non vogliamo che le vedano milioni di altre persone, come è successo con le altre.” Brian fa una serie di giravolte per tenere il computer fuori portata, con un senso dell’equilibrio abbastanza notevole.

“Non hai nessun diritto di guardarle, stronzo!” Lynn Lou lo insegue attraverso la stanza, ma i suoi movimenti sono rallentati e imprecisi. “Sei uno spione di merda! Sei un fottuto guardone!”

“Lara, potresti cercare di tenerla ferma, per favore?” Brian si sforza di guardare lo schermo, ma in tutto questo inseguire e sottrarsi e incalzare è una specie di esercizio da circo.

Lara prende Lynn Lou per un braccio, però lei si divincola con uno scatto selvaggio, riprende a inseguire Brian attraverso la stanza. Tenta di strappargli il computer da sinistra, da destra, da sopra, da sotto; lui lo muove dal lato opposto, lo alza, lo abbassa, va all’indietro, si gira, scivola lungo la parete. Veloce, energico, efficace, anche arrogante nel suo esercizio di controllo, ma pur sempre un uomo disperato.

Lara pensa che a vederli così sembrano matti tutti e due, presi in un gioco ostinato e violento, impossibile da fermare. Le vengono in mente le immagini del loro matrimonio che ha visto su internet dopo aver conosciuto Lynn Lou sul set del film: i sorrisi irrealmente luminosi, i vestiti perfetti, il pastore giovane e bello, gli invitati famosi, il gazebo elegante, le sedie dagli schienali ornati, il prato liscio come un tappeto, la calda luce californiana che saturava le fronde di un salice piangente. Le vengono in mente interviste a lei e a lui che ha letto, sempre su internet: i reciproci elenchi di doti fisiche e morali, le espressioni di reciproca gratitudine, le descrizioni idilliache di mattine e serate e notti insieme, le solenni dichiarazioni di intenti, i programmi a lunghissimo termine, le dichiarazioni di persistente incredulità per un incontro così miracoloso. Si chiede se sia sempre così, appena conosci una storia dal di dentro, anziché osservarla dal di fuori; se ogni rapporto sia infinitamente più difettoso di come vogliamo credere e far credere. Se ci sia sempre un elemento di recita a uso di noi stessi e degli altri, anche quando non si è attori di professione come Lynn Lou Shaw; se rivestiamo sistematicamente la verità con quello che vorremmo, finché l'involucro si rompe e la verità torna fuori, ancora peggiore di come la pensavamo. È probabile che anche tra lei e Seamus sia stato così, benché la rottura dell'involucro sia avvenuta in silenzio invece che tra le grida, in un'assenza totale di gesti invece che in una colluttazione furiosa. È probabile che anche lei abbia visto in lui quello che voleva vedere, quello di cui aveva bisogno, quello che le mancava, quello che sognava; anche nel suo caso dev'esserci stato un gioco di sostituzione. O forse no, e quindi la perdita e la rottura del suo cuore sono irreparabili.

Brian ha trovato una posizione abbastanza difendibile in un angolo, riesce finalmente a guardare lo schermo del computer, tenendo a bada Lynn Lou con movimenti che forse fanno parte della sua personale sintesi di arti marziali di cui parlava ieri sera a cena. Non sono veri e propri calci: quello che fa è alzare un ginocchio, appoggiare la pianta del piede contro il bacino di lei, estendere la gamba e spingerla indietro, graduando la forza in modo da non farle male o farla cadere. Alterna il piede destro al sinistro, tiene gli occhi fissi sullo schermo, fa scorrere le immagini.

Lynn Lou ogni volta che viene respinta si inferocisce di più: gli sputa addosso, cerca di allungare le mani attraverso i movimenti di sbarramento per graffiarlo sulle braccia. "Dammi quella fottuta scheda, figlio di puttana! Ti odio ti odio ti *odio*!"

Brian continua a difendere il computer, guardare lo schermo, picchiettare l'indice sul trackpad, chiuso nel suo angolo, la sua concentrazione in contrasto surreale con i movimenti delle sue gambe. Dopo un po' scuote la testa. "Qui non ci sei."

"Cosa cazzo dici? Dammi qua! Dammelo, bastardo di merda!" Lynn Lou è in uno stato di sconvolgimento totale, muove braccia e gambe senza nessuna coordinazione.

"Non ci sei. Guarda anche tu." Brian gira il computer, le mostra lo schermo.

Lynn Lou cerca di strapparglielo di mano; lui lo trattiene; lei tira; lui lo lascia andare; lei lo prende, si allontana, si accovaccia, forse perché non riesce più a reggersi in piedi, si siede sul pavimento, batte un dito tremante sul trackpad.

Lara si avvicina a vedere: sullo schermo appaiono foto di interni ed esterni di case isolane, tramonti visti da terrazze, scorci di mare con creste di rocce, piatti di frutti di mare e pesci su tavole imbandite, un ristoratore con i baffi davanti all'insegna del suo ristorante, un'aragosta in una nassa, barche da pesca, il porto di Lampedusa, gruppi di migranti nordafricani allo sbarco, primi piani di migranti, primi piani di grappoli d'uva acerba, un vigneto scosceso su terra scura, l'Etna visto a mezza distanza, l'Etna visto da lontano.

Lynn Lou batte e ribatte freneticamente il dito sul trackpad, fa scorrere le foto avanti e indietro: case tramonti mare rocce frutti di mare tavola ristoratore aragosta barche Lampedusa migranti grappoli vigneto Etna vigneto grappoli migranti Lampedusa barche aragosta ristoratore tavola frutti di mare tavola ristoratore tavola frutti rocce mare tramonti case.

"Non ci sei, Lynn Lou." Brian allunga una mano per riprendersi il computer.

"Dove cazzo sono, allora?" Lynn Lou si allontana, trascina le parole, ha tracce di schiuma ancora lì, agli angoli della bocca.

"Non su questa scheda." Brian cerca di riprendersi il computer senza danneggiarlo o provocare una nuova lotta, si muove con cautela.

Lynn Lou salta in piedi, barcolla, quasi casca per terra. "Dove cazzo avete messo le mie fottute foto?"

"Qui non ci sono, come hai visto anche tu. Dammi quel computer, per piacere."

"E dove cazzo sono?!" La voce di Lynn è rauca, scardinata da far paura. "Dove, doveeee?!"

"Non lo so, Lynn Lou." Brian cerca di stabilire un contatto d'occhi, continua a fare cauti gesti di avvicinamento. "Tanto per cominciare, sei sicura che quel fotografo sia riuscito a scattare qualcosa?"

"Cos'è, non mi credi, stronzo?!" Lynn Lou urla come una pazza, trema tutta. "Era lì sdraiato per terra come un fottuto cecchino, con quel cazzo di teleobiettivo puntato!"

"Forse non ha avuto il tempo di scattare." Lara cerca tra le possibili spiegazioni. "Oppure ha dato un'altra scheda a Carmine."

"Oppure gli ha dato la scheda giusta." Brian ha un'espressione di diffidenza assoluta. "Ma Carmine se l'è tenuta e ce ne ha data un'altra, pensando che non la controllassimo."

"Perché avrebbe dovuto tenersi la scheda?" Lara inclina la testa.

"Perché ha un'autentica fissazione per Lynn Lou, quel Carmine." Brian allunga con cautela una mano per riprendersi il computer. "Figurati avere delle sue foto nude, che non ha nessun altro, per uno così. Sarebbe come avere le reliquie della Santa Vergine."

"Io voglio le mie fottute fotoooo! Subitoooo!" Lynn Lou batte i piedi per terra, tutta congestionata, i suoi occhi sprizzano lacrime nel modo più strano.

"*Calmati*, Lynn Lou. E dammi quel computer, forza." Brian allunga una mano per riprenderselo.

Lynn Lou fa una mezza giravolta, come per scaraventare il computer contro la parete a due mani, con tutta la rabbia sconnessa che la attraversa.

Brian fa un salto da acrobata, veramente impressionante: vola con uno slancio istantaneo, agguanta il computer proprio nell'istante in cui sta per uscire dalle mani di Lynn Lou. Arretra col computer tra le mani, lo porta al tavolo, lo chiude.

Lynn Lou lo osserva da qualche metro di distanza, appoggiata a una parete, ansimante, con un'espressione che adesso oscilla tra sfida e spavento.

"Ti rendi conto di cosa stavi per fare, Lynn Lou?" Il tono di Brian non ha quasi colorazioni emotive, ma sotto l'apparente neutralità del suo sguardo c'è un sentimento che fa paura.

"Fottitiiiiiiiii!" Lynn Lou urla finché ha voce, poi va a buttarsi sul letto, si tira addosso le lenzuola, si preme sulla testa i cuscini, singhiozza in modo convulso.

Lara si avvicina piano al letto, si siede sul bordo, prova ad accarezzarle una spalla.

Lynn Lou la scrolla via, trema, singhiozza.

In base all'esperienza della crisi sul set e poi in albergo a Roma, Lara sa che l'unica cosa da fare è aspettare, senza cercare di parlarle o fare pressione su di lei in alcun modo.

I movimenti di Lynn Lou si riducono poco a poco, finché a un certo punto prende un respiro profondo, comincia a russare.

Brian guarda Lara. "Puoi restare qui con lei finché torno, per piacere?"

Lei fa di sì con la testa. "Dove vai?"

"A vedere se trovo quel dannato fotografo." Brian punta verso la porta, senza smettere il suo esercizio di autocontrollo, per assurdo che sia a questo punto.

Quando la porta si richiude Lara pensa che in fondo non è difficile capire ognuno dei due, se prova a mettersi nei loro panni. Pensa al modo stupefacente in cui torti e ragioni si rovesciano, a seconda della prospettiva da cui osservi le cose. Eppure questa non le sembra affatto una scusa per giustificare chiunque, né le impedisce di continuare a cercare il giusto e lo sbagliato in tutto quello che vede e sente. È parte della sua natura, ha a che fare con il suo senso innato di giustizia. Di fronte a ogni conflitto, grande o piccolo, significativo o no, ha bisogno di decidere da che parte stare. Per quanto difficile possa essere, a volte.

Gomi

Trentuno

Piero Gomi guarda la costa rocciosa di Tari dalla cabina di pilotaggio della motovedetta della Guardia Costiera che gli hanno messo a disposizione, grazie alla sollecitudine del generale Zancareddu che ha telefonato da Roma a un suo sottoposto ad Agrigento, il quale ha a sua volta telefonato a un suo sottoposto a Lampedusa. Certo, in questo clima di accuse moralistiche e indiscriminate alla cosiddetta "Casta", sarebbe facile trovare qualcuno pronto ad accusarlo di fare uso personale di un mezzo dello Stato, se si venisse a sapere della traversata. Però come si può tracciare una linea netta di separazione tra attività privata e attività pubblica, quando parliamo di un membro (non di secondo piano, in tutta modestia) del Parlamento della Repubblica? Avrebbe senso scomporre le sue giornate in singoli momenti, dire questo fa parte dell'attività di parlamentare, questo no? Solo per fare un esempio terra terra, radersi al mattino è un atto privato o pubblico, nel caso di chi debba rappresentare in televisione e in infiniti altri luoghi istituzionali il proprio Partito, con lo stile e il decoro indispensabili? Dovrebbe forse rivolgersi a un barbiere qualsiasi, invece di usare quelli della Camera, bravissimi tutti e sette e pagati quattromilacento euro lordi al mese precisamente per svolgere quel servizio? Oppure dovrebbe andare in giro con barba e capelli lunghi come una specie di clochard, per dare soddisfazione ai signori moralisti e consentire un risparmio irrilevante sul bilancio? Non ci vuole molto a capire quanto siano assurde queste polemiche, davvero. Poi francamente, cos'è il costo di una motovedetta impegnata per qualche ora, rispetto alle decine di milioni di euro di rimborsi elettorali che questo o quel tesoriere di partito sifonano per le necessità di questo o quell'esponente di primo piano, o per comprare ville e appartamenti per se stessi, mogli e figli? (Di nomi sulla punta della lingua ne avrebbe diversi, non ne fa per carità cristiana.) Cerchiamo di avere un minimo di senso delle proporzioni, per cortesia. Di vedere la trave nel proprio occhio, prima di andare a sindacare sulle pagliuzze negli occhi altrui. Per non parlare dell'aspetto sicurezza. Uno come lui mica può salire su un traghetto insieme ai passeggeri normali, col rischio di essere magari aggredito da un terrorista, o anche solo da un esaltato che vuole i suoi cinque minuti di notorietà per aver buttato in mare un esponente di primo piano del PdM. Facciamola finita: la motovedetta della Guardia Costiera è il mezzo più efficiente e rapido, e a ben vedere economico (sì, perché gli consente di risparmiare tempo prezioso a beneficio del cittadino). Poi Dio sa che non ha deciso di venire su questo scoglio sperduto per piacere personale, proprio lui che fin da bambino soffre il mal di mare anche quando il mare è perfettamente piatto, figuriamoci quando si muove un po' ed è abissale, mamma mia. L'unica ragione per cui ha avuto la forza di salire su questa motovedetta è perseguire un progetto politico di grande portata. Vale a dire, una ragione assolutamente pubblica, cari signori moralisti sempre pronti a lanciare accuse indiscriminate.

Adesso il comandante sta accostando lentamente al molo, a cui è attraccato un fior di motoscafo lungo e lustro, di fianco a una barca decisamente più ordinaria. In alto sopra le rocce si vedono spuntare gli edifici e le terrazze bianche di cui gli ha accennato Scandrola descrivendogli questo luogo spartano ma squisito, per gente ricca, potente e famosa che vuole sottrarsi per qualche giorno alle pressioni del mondo. Ecco, qui salta subito all'occhio la differenza tra i poteri forti e il potere di un politico democraticamente eletto: non potrebbe essere più lampante. Lui le vacanze al mare le fa a Finale Ligure dove ha la casa, con la spiaggia comoda, i suoi tre ombrelloni in prima fila allo stabilimento balneare da Mario, l'edicola dove comprare i giornali la mattina, il bar dove prendere un caffè con un pezzo di focaccia, i due o tre buoni ristoranti dove mangiare. Non gli interessa andare alle Maldive come tanti suoi colleghi, dove poi sono costretti a starsene mezzi nascosti per paura che qualche turista li fotografi col telefonino e vada a raccontare su internet che i loro bungalow costano chissà quante migliaia di dollari a notte, alimentando l'insopportabile clima di linciaggio antipolitico di questi giorni. Non gli interessa nemmeno passare le giornate sugli yacht di amici e sostenitori come fanno altri suoi colleghi, col rischio di finire prima o poi in pasto all'opinione pubblica in costume da bagno, suscitando l'odio della gente comune in tempo di crisi. Grazie tante, Piero Gomi le vacanze le fa con sua moglie e con i suoi figli, con le guardie del corpo che ormai sono di famiglia e si sentono a casa, con intorno gente che lo conosce e lo apprezza, dove ogni volta che gli capita una conversazione in spiaggia o al bar ha l'occasione di sentire il polso della sua base elettorale. Insomma, per lui la vacanza deve essere un momento piacevole, rilassante, di serena normalità.

Questo cosiddetto resort invece, cos'è? Non c'è qualcosa di anomalo, di quasi sinistro, nell'idea che gente con tutti i mezzi possibili e immaginabili al mondo decida di venire in un posto così scomodo e isolato, arrampicato tra le rocce a strapiombo, pur di non farsi vedere da nessuno? Con un mare che, come spiegava poc'anzi il comandante, ha una profondità terrificante, millecinquecento metri a poche decine di metri dalla costa? L'opinione pubblica non dovrebbe preoccuparsi di personaggi che pagano una fortuna per venire in posti simili, invece di dare addosso ai politici come se rubassero il pane a tradimento, come se fosse colpa loro se il Paese è entrato in crisi e non riesce a venirne fuori? Però è chiaro, i politici sono sotto gli occhi di tutti, ci mettono faccia e nome e cognome mattina pomeriggio sera, in televisione, sui giornali, ovunque. Facile prendersela con loro. Invece questi chi li conosce davvero? Chi li ha mai visti in faccia? Chi li ha mai sentiti parlare? Questi se ne stanno nell'ombra dei loro poteri forti, come scorpioni carichi di veleno potentissimo, a fare e disfare i destini del pianeta, sopra le teste di tutti. E nessuno si sogna mai di accusarli di alcunché, anche perché nessuno sa davvero chi siano. Prendiamo Werner Reitt, tanto per fare un esempio a caso: chi lo riconoscerebbe per strada, a vederlo? Piero Gomi stesso non ne sarebbe in grado (ecco, questo dà la misura delle cose), se non si fosse fatto stampare da un assistente la piccola foto scaricata dal sito della PanEuropaBank che adesso ha in tasca. È per questo che ha colto al volo l'occasione che gli offriva Scandrola: sa quanto sia difficile che gliene capiti un'altra, almeno nell'attuale fase politica. E stiamo parlando di Piero Gomi, che in tutta modestia non è proprio l'ultimo dei peones parlamentari, è uno che di contatti anche parecchio importanti se ne è costruiti in questi anni, e ancora più in questi ultimi mesi di scenari in continua evoluzione.

"Onorevole, ci siamo." Il comandante indica con un cenno garbato il marinaio che ha completato l'ormeggio al pontile e ora sta porgendo un braccio per aiutarlo a scendere.

"Grazie, Comandante." Piero Gomi si fa sempre un punto di ringraziare le persone, fosse anche la guardia del corpo che gli apre la porta dell'autoblu trenta volte al giorno, e di chiamarle con il loro titolo. È una cosa che paga, a lungo andare, perché se uno è diventato comandante di una motovedetta della Guardia costiera vuol dire che ci ha investito una bella quantità di tempo e passione, gli fa certamente piacere vederselo riconoscere. La politica per lui è anche questo: lotta accanita, per carità, con le unghie e con i denti quando è necessario, però anche buone maniere e buon senso. Sapersi presentare con garbo, capire quali sono le cose che contano per i propri interlocutori, dare l'impressione che contino anche per te. Prendiamo questo comandante della Guardia costiera che probabilmente (si spera) non vedrà mai più in vita sua: d'ora in poi per lui l'Onorevole Piero Gomi sarà quella persona garbata che l'ha ringraziato per averlo portato da Lampedusa a Tari e ritorno, che l'ha chiamato Comandante, che gli ha fatto diverse domande sulla sua motovedetta e sui problemi che deve fronteggiare a Lampedusa, con i migranti che arrivano quasi quotidianamente sui barconi dalle coste della Libia eccetera. Se lo ricorderà come un politico franco, pulito, parlerà bene di lui ai suoi sottoposti e colleghi, ai familiari. Magari alle prossime elezioni lo voterà e lo farà votare. E se non alle prossime, allora a quelle dopo. Insomma, come dice quel passo del Vangelo di San Matteo che Monsignor Covatta ha citato alla messa di domenica scorsa, *Chi ha orecchie, ascolti*.

"Dovere, onorevole." Il comandante è sinceramente contento di averlo accompagnato, basta guardarlo. La sua non è una pura cortesia formale, è l'orgoglio di essere stato utile a un politico che stimava già prima ma che adesso apprezza ancora di più, dopo averlo conosciuto di persona.

"Tra due ore al massimo ripartiamo, Comandante." Dice due ore perché anche qui, è cortesia dare almeno un'indicazione. Poi sa Dio quante ore saranno, magari anche sei o sette, dipende tutto da come andrà con Werner Reitt.

"Noi siamo qua." Il comandante fa il saluto militare, il che è sempre una cosa piacevole. È un modo di dare importanza al momento, più ancora che alla persona, dargli una dignità istituzionale. Tanto più che la modovedetta è veramente piccola, sia per la sicurezza sul mare, sia per fare una vera impressione sugli osservatori. Aggiungiamo che purtroppo le guardie del corpo non se le è potute portare, perché a bordo non ci stavano e perché voleva dare un tono il più possibile informale all'incontro. Ha dovuto lasciarle a Lampedusa, con un certo magone. Un po' strano senza di loro si sente, lo deve ammettere; ormai è talmente abituato alla loro presenza, abituato ad andare in giro con il suo gruppetto di amici devoti e protettivi (quanto sarebbe stato bello averli intorno alle elementari, quando era magro ed esilino e i compagni di scuola a volte facevano i prepotenti con lui).

Piero Gomi scende sul pontile con un salto abbastanza elastico, appoggiandosi appena al braccio del marinaio. Se il comandante lo sta guardando (lo sta certamente guardando), anche questo crea una buona impressione, di un politico che non è proprio una larva, non ha proprio il sedere incollato in permanenza a una poltrona. Anche se non si può certo definire uno sportivo (dove lo troverebbe il tempo?), quando è a casa la sera qualche bella pedalata sulla cyclette cerca di farla, qualche flessione sulle gambe prima di andare a letto. Cose che pagano anche queste, nel mantenergli un'immagine giovanile, e, quando capita l'occasione, permettergli di saltare con un certo piglio su un pontile. In ogni caso è un gran sollievo avere i piedi sulla terraferma, non immaginarsi tutta quella profondità là sotto. La traccia di nausea che aveva gli si dissolve rapidamente insieme alla paura del mare, si sente meglio.

C'è un signore alto ed elegante, vestito di lino chiaro, che viene verso di lui: dev'essere senz'altro l'architetto Perusato. Infatti gli porge la mano. "Gianluca Perusato, buongiorno."

"Piero Gomi, molto piacere, architetto." Risponde con una bella stretta vigorosa, amichevole. "Mi deve scusare se mi sono permesso di venire a disturbarla così, quasi senza preavviso." Lo guarda negli occhi in modo diretto, senza infingimenti. (Sì, decisamente si sente un po' esposto a presentarsi così da solo, senza almeno un paio di ragazzi della scorta. Un po' miserino, quasi nudo. Va be', dài.)

"Si figuri." Lo sguardo dell'architetto si ferma brevemente su di lui, subito si sposta sulla motovedetta, percorre la costa.

Piero Gomi fa qualche altro passo lungo il molo, in direzione di una scalinata che sale tra le rocce quasi verticali. "Il nostro comune amico le avrà spiegato che la mia è una visita assolutamente privata." Non gli fa certo piacere definire "amico" un personaggio come Sandro Scandrola (non gli sembra nemmeno dignitoso), ma d'altra parte qui si tratta di intendersi, ed è sempre meglio non fare nomi.

"Certamente." Perusato chiaramente è uno che non sorride volentieri, né spesso. Sembra anche piuttosto riluttante ad accompagnarlo verso la scalinata.

"Quindi so di poter contare sulla sua discrezione, architetto." È quantomeno probabile che uno che si inventa un posto come questo sappia dare il giusto valore alla discrezione, diciamo.

"Ci mancherebbe altro." Perusato è troppo uomo di mondo per mostrare fastidio, ma il suo atteggiamento rivela una totale mancanza di entusiasmo.

Però uno dei compiti di un politico con un progetto ad ampio respiro è proprio superare le resistenze, convincere, conquistare. Non siamo allo stesso livello di missione della Chiesa, ma insomma, se i valori ci sono, non siamo neanche lontanissimi (*si parva licet*...). Piero Gomi indica le costruzioni bianche affacciate in cima alla scarpata rocciosa, fa un bel sorriso ampio, aperto. "Lei architetto si è trovato un posto assolutamente unico. Straordinario, davvero."

"Grazie." Perusato un piccolo sorriso di risposta lo tira fuori, anche se per pura cortesia formale.

"Ce ne vorrebbero, di artisti e imprenditori di primissimo piano come lei, a investire in questo nostro sud."

"Eh." Perusato sembra almeno un pochino lusingato, anche se non ci vuole molto a capire che nella sua testa prevalgono tutt'altre preoccupazioni.

"Davvero. Con il coraggio e la capacità di realizzare iniziative di eccellenza, a livello internazionale." Piero Gomi si dà un'aggiustata ai capelli con due colpetti di mano, per sentirsi più a posto.

"Sì, non è stato facile, mi creda." L'accento lombardo di Perusato è di una varietà parecchio più snob di quello di Piero Gomi, con riflessi quasi francesi, tracce di viaggi internazionali, frequentazioni con persone di gran livello, conoscenza di dettagli rari.

"Me l'immagino, architetto. Tra burocrazia, immobilismo meridionale... Per non parlare dei problemi logistici."

"Abbiamo avuto la nostra dose di complicazioni, non possiamo lamentarci." Perusato è parecchio teso, si guarda intorno come se stesse cercando di farsi venire in mente un modo per bloccarlo qui sul molo, non farlo entrare in contatto coi suoi preziosi ospiti. Probabile che anche lui abbia la sua buona dose di pregiudizi antipolitici, come tanti imprenditori del nord. Ah, i danni di certa pessima stampa.

Piero Gomi indica il molo, il pontile, l'insenatura. "Certo che qui ci vorrebbe proprio il porticciolo che lei voleva realizzare, architetto. Una darsena coperta come si deve, perfettamente integrata nel paesaggio."

Ecco finalmente un piccolo lampo di autentica attenzione nello sguardo di Perusato. Non sarà un suo elettore, d'accordo, però mai dire mai. *Gutta cavat lapidem*, come si dice.

"È un tale peccato dover tenere un motoscafo di quel livello così esposto." Piero Gomi cerca di allargare la minuscola breccia che è riuscito ad aprire: è una cosa che di solito gli riesce bene, una volta trovato il punto di attacco giusto. Ha scoperto quand'era ancora al liceo di avere un talento in questo senso, nei rapporti anche con i professori più difficili.

"Non me lo dica." Il tasto è certamente sensibile, basta guardare l'espressione di Perusato.

"Poi architetto, con il suo gusto, con le sue capacità, non ci sarebbe dubbio alcuno sulla qualità dei risultati."

"A sentire gli ambientalisti invece distruggeva la costa." Perusato cerca di usare un tono ironico, ma è chiaro che la faccenda deve averlo amareggiato parecchio.

"È una totale sciocchezza, mi scusi." Non è che stia usando chissà quale strategia: si tratta di simpatizzare, offrire comprensione. "Come anche la questione della piscina di acqua salata che le hanno bloccato. Me ne ha accennato sempre il nostro amico."

"Eh." Altra nota dolente, Perusato contrae i lineamenti proprio come se avvertisse una fitta.

"Sì, ma sono intralci inaccettabili a progetti validissimi." Piero Gomi convoglia nella propria voce tutta la benevolenza di una (futura) carica istituzionale amica. "Il discorso va ripreso, architetto. Dovremo parlarne. Assolutamente."

"Volentieri, mi faccia sapere lei quando. Io a Roma ci vengo spesso." Perusato sembra decisamente meno ostile, anche se il nervosismo continua a dominarlo.

Nel frattempo sono arrivati alla base della scalinata che si arrampica ripida, taglia il fiato solo a guardarla.

Perusato si volta a guardare ancora il molo e la costa, poi attacca i primi gradini. Sulla sinistra c'è un robusto cestello metallico montato su un binario, ma evidentemente non è per le persone, perché l'architetto lo ignora.

Piero Gomi lo segue, osserva le rocce sopra di loro. Fanno impressione, così rossastre, così aspre. "Anche solo portare fin qui i materiali dev'essere stata un'impresa notevole, architetto. Tutto in barca, immagino?"

"Sì, e con l'elicottero." Perusato ha preso a salire con fin troppo piglio.

"Già, certo." Gomi pensa che in effetti l'elicottero sarebbe stato forse il mezzo più adeguato per venire qui, avrebbe sottolineato meglio il suo ruolo (anche la motovedetta sarebbe tutt'altro che un mezzo di trasporto indecoroso, con il comandante in divisa che fa il saluto militare allo sbarco, però questa era decisamente troppo piccola). In ogni caso al comando di Lampedusa di elicotteri disponibili non ne avevano, e lui non ha voluto forzare la mano, dopo che il generale Zancareddu era già stato così sollecito. Che orrore però, navigare in quel mare, gli tornano i brividi solo a guardarlo.

"A dirle la verità ci sono stati momenti in cui ho pensato di lasciar perdere." Perusato fa un gesto.

"Per fortuna che invece è andato avanti, architetto." Gomi si guarda intorno, per mostrare apprezzamento e per riprendere fiato. Lo scenario a dire la verità continua a comunicargli un senso di angoscia per come è selvaggio, inospitale. Se non altro lo rassicura un po' la figura del comandante della Guardia Costiera che passeggia sul molo, vicino alla sua motovedetta (sì, purtroppo è proprio piccola, mamma mia).

"Francamente da un certo punto in poi è diventata una questione di principio." L'architetto tira fuori di tasca un walkie-talkie giallo che sta emettendo dei suoni gracchianti, guarda in giù verso la costa. Il nervosismo non gli è affatto passato, non riesce a nasconderlo.

"E ha fatto molto bene, architetto. *Tirem innanz!*" Piero Gomi pensa che escluso il caso di ignoranti irrimediabili (e purtroppo non mancano), ogni politico perfeziona il proprio accento per definire l'immagine che vuole trasmettere di sé. È parte del programma, ti porta a risultare simpatico o distaccato, semplice o complicato, aperto o chiuso, sincero o misterioso: dipende dalle intenzioni. È anche un modo di mandare un segnale identitario, far risuonare certe corde nella propria base elettorale. Lui il suo accento lo ha calibrato in modo da farlo suonare sensato, convincente, normale. Né troppo alto, né troppo basso. Ha anche un buon volume di voce, forse un po' metallico, ma nei dibattiti in televisione e in parlamento serve, eccome. È un accento del nord, però non certo rozzo come quelli dei suoi colleghi del Movimento Subalpino, che pescano voti negli strati più bassi della sottocultura regionale. Neanche come quello (pur simpaticissimo, efficacissimo) del Presidente Buscaratti, contenuto da anni e anni di studi di dizione. Le sue vocali sono belle aperte, con un'onestà e una positività tutte lombarde, non ci sono tentativi di chiusura. Il suo è l'accento di un politico del nord (è nato a Crema, ma i suoi si sono trasferiti a Como quando lui aveva sette anni) che può rivolgersi senza alcun deficit di credibilità anche agli elettori del centro e del sud. Il suo è l'accento di un politico del nord che può credibilmente cercare di mettere insieme le tante anime di questo Paese stupendo e contraddittorio. Vogliamo dire che è l'accento di un possibile, plausibile, futuro Presidente del Consiglio dei Ministri? L'uomo propone e Dio dispone, come si dice.

"Senta." Perusato si ferma.

"Mi dica, architetto." Piero Gomi guarda su, guarda giù. Non sono neanche a metà scalinata, ma la vista sul mare è già impressionante: tutto uno scintillio, un passare continuo dal blu profondo all'argento abbagliante. Si potrebbe anche dire una vista suggestiva, a non sapere che lì sotto c'è uno spaventoso abisso.

"Villa Metaphora non è un posto per convegni." Perusato parla con una franchezza che, pur apprezzabile in sé, risulta piuttosto agghiacciante. "I nostri ospiti vengono qui per passare qualche giorno in assoluta tranquillità, e noi cerchiamo di garantirgliela in tutti i modi."

"Ma questo è chiarissimo, architetto." Gomi apre bene le "e", per sottolineare la loro comune appartenenza geografica, se non culturale. "Ci mancherebbe."

"Quindi lei capirà la mia difficoltà a organizzarle un incontro..." *Krrrzzz-krrrzzz*, il walkie-talkie che ha in mano continua a produrre suoni sgradevolissimi, l'architetto cerca di ignorarlo.

"Architetto, io non le chiedo di organizzare niente, per carità." Piero Gomi cerca di lasciar parlare la franchezza del suo sguardo. "Lei è già stato fin troppo cortese ad acconsentire a questa mia visita. Tutto quello che le chiedo è di presentarmi al dottor Reitt, poi faccio io. È vero che parla un po' di italiano, il dottore?"

"Non ne ho la minima idea." Malgrado tutte le sue maniere, il tono di Perusato è secco ai limiti della sgarbataggine.

Ma Piero Gomi non si fa certo impressionare da un tono secco. Ai suoi primi comizi di Coscienza Cattolica, quando era poco più che un ragazzino, gli è capitato di avere di fronte gente che dormiva, che mangiava, che parlava, che gli gridava di tutto, eppure è sempre riuscito ad arrivare in fondo a quello che voleva dire. "No, perché io non conosco le lingue, e purtroppo non ho potuto portarmi un interprete, per ragioni di spazio sulla motovedetta."

"La signora lo parla, ma il dottor Reitt non so. Il fatto è che il dottor Reitt è una persona estremamente..." *Krrrzzz-krrrzzz-krrrzzzvzzz,* il walkie-talkie gracchia con insistenza ancora maggiore. L'architetto finalmente se lo porta all'orecchio. "Mi scusi un attimo. Pronto?!"

"Prego, prego, si figuri." Piero Gomi è contento di avere un'altra pausa in questa scalata sotto il sole a picco. Meno male che c'è un po' di brezza, perché non avrebbe proprio nessuna voglia di arrivare in cima tutto sudato. ("Politico che suda, fa pensare a Giuda," diceva Don Tommassini, con tipica sagacia pedemontana.) Qualche suo collega sarebbe di certo venuto qui in camicia, o magari perfino in maglietta polo, con la scusa dell'estate, del luogo di mare, eccetera. Ma è una questione di ruolo, di decoro, e comunque il completo carta da zucchero fatto da Caraceni a Roma non è pesante. Quando il cotone è di buonissima qualità, respira, come dice il sarto.

"Pronto?!" Perusato cerca di parlare nel walkie-talkie, però non sembra che sappia molto usarlo, e la voce dall'altra parte è interamente coperta dal *krrrzzz-krrrzzz-krrrzzzvzzz*. "Mi senti?! Pronto?! Dove siete?!"

Piero Gomi guarda di nuovo giù. Il comandante adesso sta fumandosi una sigaretta in fondo al molo, il secondo ufficiale traffica nella cabina di pilotaggio, il marinaio pulisce con uno straccio la fiancata della motovedetta. C'è una quarta barca, bianca, che si sta avvicinando al pontile, con a bordo un tizio con un cappellino bianco. Quasi certamente qualcuno che lavora qui, anche se per un attimo gli passa per la testa il pensiero molesto che possa essere un giornalista, allertato chissà da chi.

"Pronto?! Cosa?! Non riesco a capire niente!" Perusato si preme il walkie-talkie all'orecchio, ma il *krrrzzz-krrrzzz-krrrzzzvzzz* che ne esce è del tutto incomprensibile, anche se sotto sembra di avvertire a tratti il registro acuto di una voce femminile.

Piero Gomi guarda di nuovo in alto, anticipando la fatica di arrivare fin su, e vede un signore alto in giacca e pantaloni beige, capelli quasi rasati alle tempie, lineamenti ed espressione duri, che sta venendo giù a passi decisi.

"Dove diavolo siete?! Mi senti?! Pronto?!" Perusato alza la voce, ma tutto quello che esce dal suo walkie-talkie sono gracchiamenti contrappuntati da squittii indecifrabili. L'architetto punta il walkie-talkie verso il mare, in un tentativo di ricevere meglio; vede la barca bianca che si sta accostando al pontile più sotto, e il suo nervosismo aumenta ancora, in modo inspiegabile. "Ehi?!" Gesticola furiosamente con la mano libera in direzione della barca. "Ehehiii?!"

Il comandante della motovedetta guarda in su, il marinaio guarda in su, il secondo ufficiale si affaccia dalla cabina di pilotaggio, guarda in su. Il tizio con il cappellino nella barca bianca scende sul pontile, guarda in su anche lui. Giovane, dai movimenti non sembra un giornalista, grazie al Cielo.

Intanto il signore che sta scendendo veloce per la scalinata arriva alla loro altezza, occhi azzurri freddi naso aquilino bocca tagliente, li guarda appena, passa oltre senza salutare né dire una parola.

Piero Gomi impiega due o tre secondi a riconoscerlo, perché una cosa è guardare una fotografia di pochi centimetri quadrati, un'altra vedersi di fronte la persona in carne e ossa; quando si rende conto che è Werner Reitt, quello è già sceso di parecchi gradini. Si gira verso Perusato, con un misto di comprensibile emozione, sconcerto per essere stato preso in contropiede, soddisfazione per essere comunque riuscito a riconoscerlo, sia pure in ritardo. D'altra parte per un politico essere fisionomista è indispensabile, con tutte le facce i nomi i titoli di cui deve ricordarsi ogni santo giorno, tra colleghi parlamentari, politici a livello regionale, provinciale e cittadino, grandi elettori, simpatizzanti, sponsor, giornalisti e compagnia bella. "Era il dottor Reitt, vero?"

Perusato non risponde, ha lo sguardo fisso su Werner Reitt che è già arrivato giù al molo e va incontro al giovane con il cappellino appena sceso dalla barca, gli parla da brevissima distanza, fa gesti stizziti, visibilmente alterato. Il giovane si toglie il cappellino, annuisce, sembra mortificatissimo.

Piero Gomi prova anche un lieve senso di inquietudine, lo deve confessare. È una questione culturale con radici profonde, come direbbe il Professor Coriante, il quale ha letto quasi tutto quello che è stato scritto (ad avere il tempo leggerebbe di più anche lui, ma come si fa), e non per nulla è il suo consulente culturale. La Prima e la Seconda guerra mondiale, la contrapposizione millenaria tra spirito teutonico e spirito italico, la profondità e la superficialità, la sistematicità e l'improvvisazione, il Goethe da una parte e il Foscolo dall'altra, gli ingegneri e gli stilisti, la Porsche e la Ferrari. Saranno anche tutti luoghi comuni, d'accordo, però che ci sia una contrapposizione è innegabile, e quando ti ritrovi davanti un signore come Werner Reitt, erede designato alla guida della PanEuropaBank, l'incarnazione dei poteri forti se ce n'è una, un minimo di timore è del tutto comprensibile. Almeno al primo impatto, diciamo. Questi sono i discendenti di quel Metternich che aveva detto "La parola Italia è una mera espressione geografica", una frase che l'aveva tanto colpito al liceo. Non vorrebbe essere nei panni del tizio a cui adesso Werner Reitt sta facendo la scenata, per esempio. D'altra parte lui si è precipitato fino a questa isoletta sperduta in mezzo al mare espressamente per incontrarlo (con tutto il ritorno ancora da fare, compreso il tratto in motovedetta che certamente gli farà venire di nuovo il mal di mare). Non è certo un'allegra escursione estiva, la posta in gioco non potrebbe essere più alta, vogliamo scherzare? Dunque il timore lo mettiamo da parte, e anche subito (del resto il Vangelo non dice che l'unico timore va riservato a Dio?) Piero Gomi si gira verso Perusato. "Architetto, torniamo giù, così mi può presentare un attimo?"

"Mi scusi, ma come può vedere la situazione è un po' difficile." Perusato non riesce a nascondere l'agitazione, è davvero difficile capire cosa gli stia succedendo. Fino a poco fa sembrava nervoso sì, ma pur sempre preso dalla sua parte, accento perfetto gesti perfetti distanza perfetta, adesso invece ha quest'aria snervata, continua a spostare lo sguardo da Werner Reitt giù al molo alle rocce della costa, al walkie-talkie che fa *kvrrrvzzzzz-krrr-krrrffvzzzzzzz*.

"Mi scusi lei, architetto, ma si tratta solo di andare giù un attimo. Mi presenta al dottor Reitt, poi faccio da solo, non la disturbo più, gliel'ho detto." Non è che Piero Gomi sia diventato Piero Gomi perché è uno che si fa sfilare le occasioni davanti, uno che manca di costanza o determinazione. Ha pensato varie volte (è un'immagine efficace, l'ha usata anche nella *lectio magistralis* che ha tenuto due mesi fa all'Università Cattolica di Milano) che se un politico ordinario è uno che tira un carretto, il politico di primo piano è uno che guida un trattore: non c'è fangaia o fosso o pendenza che lo possa fermare.

"Cosa?" Perusato sembra scuotersi a fatica dallo stato in cui si trova, spegne il walkie-talkie, se lo rimette in tasca.

"Se mi può presentare solo un attimo al dottor Reitt, architetto?" Piero Gomi indica Reitt sul molo. "Visto che è là sotto? Le chiedo ancora solo cinque minuti del suo tempo, architetto, non di più." Ecco, se adesso avesse le guardie del corpo con sé andrebbe anche giù senza bisogno di tante presentazioni. Si presenterebbe da sé, per così dire.

Perusato non risponde, sembra vittima di un incomprensibile cortocircuito. Guarda come incantato Werner Reitt che sul molo continua la lavata di capo al giovane biondo che fa di sì con la testa come un bravo soldatino, da qui li si vede quasi in verticale.

Poi Reitt fa un gesto verso l'alto, vengono insieme verso la scalinata. Il che a questo punto potrebbe rendere l'incontro assolutamente naturale: ci si incrocia sulle scale, breve presentazione, stretta di mano, poi c'è il resto della scalinata da fare insieme. Difficile immaginare un avvio più spontaneo, davvero. Però Reitt guarda in su, vede Piero Gomi e Perusato fermi, e invece di salire per i gradini apre il cestello del montacarichi e ci sale, fa segno all'altro di seguirlo. L'altro sembra un po' incerto ma obbedisce, Reitt schiaccia un pulsante da qualche parte, il montacarichi comincia ad arrampicarsi su per il binario con un rumore elettrico.

"Cosa cavolo?!" Perusato ha un'esclamazione fuori tono, sembra ancora più frastornato. Fa un gesto come per fermarli, ci rinuncia (tanto ormai stanno salendo, c'è poco da fermare).

Il montacarichi è abbastanza veloce, in poco tempo Werner Reitt e l'altro sono già quasi all'altezza di Piero Gomi. Messa così non è proprio la situazione ideale per una presentazione alla pari, i due tedeschi (è evidentissimo che anche il giovane lo è) tutti dritti sul mezzo motorizzato, i due italiani fermi sui gradini. Ma se Piero Gomi fosse uno che si lascia svanire le opportunità sotto il naso per timidezza, sarebbe rimasto ai piani bassi della politica parrocchiale di Coscienza Cattolica (inizi di cui è assolutamente orgoglioso, sia ben chiaro, però si cresce, *per aspera ad astra*). Aspetta che il cestello con Werner Reitt e l'altro arrivi alla sua altezza, si protende in avanti con un bel sorriso aperto. "Dottor Reitt, buongiorno. Sono Piero Gomi, del Partito della Modernità."

"*Ich habe keine Zeit!*" La voce di Reitt è aspra, il suo sguardo ha una durezza minerale.

Non importa, la politica è fatta anche di rospi da mandare giù (più alta la politica, più grossi i rospi). Quello che conta è non perdere di vista l'obiettivo ultimo, pensare al disegno generale, tener presente che le piccole umiliazioni di oggi saranno i trionfi di domani. Piero Gomi fa un rapido gesto rotatorio che finisce con l'indice puntato in alto, "Ci vediamo su tra poco!"

"*Ich sagte, ich habe keine Zeit!*" Reitt quasi abbaia, già qualche metro più in alto, il fare è decisamente sprezzante. "*Hören Sie auf, nicht su stören!*"

Piero Gomi si aiuta con le mani e con la mimica facciale per spiegare che non parla tedesco, benché l'espressione e il tono di Reitt a dire la verità siano fin troppo eloquenti. Guarda Perusato per capire come regolarsi, dato che fino a prova contraria dovrebbe essere lui il garante di questo incontro.

Ma Perusato è di nuovo alle prese con il suo walkie-talkie, che riprende a produrre gracchiamenti contrappuntati da toni femminili concitati, *kvrvzzzzz-krrr-krvzzzzzzz tiiituuutuuu, kvrvzzzzz-krrr-krvzzzzzz, tiiituutuutuuu-krrrrrvzzzz.* "Pronto?! Pronto?! Non sento un cavolo di niente!" L'architetto grida, a dispetto di tutte le sue buone maniere. "Non sento! Tu mi senti?!"

"Architetto, potremmo andare su, intanto, così la lascio libero?" Piero Gomi indica in alto, ma adesso c'è un tizio con addosso una specie di pigiama bianco con la cintura (o forse è una tenuta da judo, vai a capire) che sta venendo giù a balzi per la scalinata.

Appena il tizio arriva alla loro altezza guarda Piero Gomi con un'espressione di aggressività inconcepibile, sembra quasi che voglia aggredirlo (ecco perché un politico è costretto ad andare in giro con le guardie del corpo, signori moralisti, non certo per divertimento o come status symbol!) Si rivolge rabbiosamente a Perusato. "*Who's this?*"

"*I'm sorry, but I can't tell you, Mr. Neckhart.*" Perusato sembra in grande difficoltà, continua a girarsi da tutte le parti, il suo walkie-talkie fa *kvrvzzzzz-krrr-krvzzzzzzz, kvrvzzzzz-krrr-krvzzzzzzz.*

Piero Gomi si presenterebbe anche, ma non ha capito chi sia questo signore che parla inglese, e perché lo guardi con tanta rabbia compressa. Mamma mia, viene proprio voglia di passarci una bella vacanza rilassante, in questa Villa Metaphora... Se la gente normale potesse dare un'occhiata a posti come questo, altro che prendersela con il Parlamento e i suoi supposti privilegi!

"*What do you mean, you can't tell me?*" Il tizio non solo parla inglese stretto, forse americano, ma indica Piero Gomi a Perusato con inaudita mancanza di rispetto. "*Is he some kind of middle man, asking money for my wife's pictures?*"

"*No, no, he's just paying us a short visit.*" Per lo meno Perusato si decide a rispegnere il walkie-talkie, interrompe quel crepitìo insopportabile.

Il tizio nella specie di pigiama si concentra su Perusato. "*Carmine brought us the wrong SD card!*"

"*What do you mean?*" Perusato sembra incredulo, quasi paralizzato.

"*It's not the one with my wife's pictures! The photographer must have kept it! He must have fooled that idiot Carmine!*"

"*Are you sure?*" Perusato assume un'espressione costernata.

"*Of course I'm sure! I've checked it twice!*" Il tizio è carico di tensione, si vedono i muscoli e i nervi sotto la stoffa bianca della sua tenuta. "*That damned photographer must still be around! We have to find him!*"

Gomi l'inglese non lo parla, ma una parola qua e una là riesce a capirla. Per esempio *photographer* significa fotografo e *pictures* sarebbero i film, poi *one* vuol dire uno, va be', almeno i numeri fino a dieci li sa. Comunque è chiaro che si deve trattare di qualche diatriba interna al resort, si può solo immaginare quante e quali idiosincrasie avranno le persone che vengono qui. Questo per esempio chissà di cosa si sta lamentando, forse pretende uno schermo più grande su cui vedere film e fotografie nella sua suite. Comunque sia, è riuscito a mettere l'architetto ancora più in difficoltà di prima, proprio adesso che servirebbe la sua collaborazione.

"*We're taking care of it, Mr. Neckhart.*" Perusato con le lingue invece non ha evidentemente problemi.

"*How? How?*" La voce di questo Neckhart è forse meno aspra di quella di Reitt, ma in quanto a implacabilità non scherza.

"*Lucia and Carmine are looking for him.*" Perusato fa un gesto verso la costa.

"*What if he's no longer on the island?*" Il tizio non sembra affatto soddisfatto delle risposte dell'architetto, di qualunque cosa si tratti.

"Mi scusi di nuovo, architetto?" Piero Gomi si inserisce, dato che non è certo venuto fin qua per passare la giornata bloccato a metà scala, in attesa che questi signori finiscano la loro oscura polemica. "Non potreste continuare a discutere sopra, così io intanto prendo contatto col dottor Reitt?"

Il tizio con la tenuta bianca da judo o da manicomio si gira a dargli un'altra occhiata rabbiosa. Perusato invece ha un vero e proprio scatto di nervi: "Ma insomma, andiamo su, allora! Così la facciamo finita! *Let's all go up, come on, Mr. Neckhart!*"

"*No, I'm gonna find that bastard myself!*" Il tizio si lancia a balzi giù per le scale, con una frenesia davvero inquietante.

Perusato esita per un istante, come se volesse corrergli dietro, poi indica in alto. "Andiamo su noi, forza! Muoviamoci!" Tutto il suo stile andato a ramengo, riparte come un treno su per la scalinata.

Piero Gomi gli va dietro, senza battere ciglio. Non sarà certo qualche decina di gradini, per quanto ripidi, a smorzare la determinazione di chi ha ormai tutti i titoli per ascendere all'empireo dell'alta politica. *Audaces fortuna iuvat*, come si dice.

Trentadue

Werner appare sulla porta della camera, seguito da Mathias che gli viene dietro come un'ombra. Entra con la determinazione bellicosa di quando è alle strette, sguardo caparbio, lineamenti contratti, passo da marciatore in terra nemica.

Brigitte Reitt lo osserva dalla poltrona su cui è seduta a riflettere e leggiucchiare il volumetto ingiallito sulla storia del Mediterraneo che ha preso dalla biblioteca di Villa Metaphora. Se non fosse suo marito, forse le farebbe paura. Ma l'ha visto così quando si frequentavano da pochi mesi e lui si era scontrato furiosamente con il professor Henninger su alcuni aspetti cruciali della sua tesi di laurea. E nell'agosto del 2000, quando la Commissione Europea aveva avviato il procedimento formale per le violazioni dell'articolo 81 del trattato sul cambio delle valute della zona euro. E nell'autunno del 2005, quando Dohlmann aveva tentato il colpo di mano alla PEB, con l'appoggio di Fischer e dei suoi amici della Bundesbank. Non è l'atteggiamento guerresco a sconvolgerla, ma il fatto che questa volta non sia originato da ragioni esterne, bensì dalle profondità più recondite di quella che una volta era la loro esistenza privata.

"Siamo su una roccia desolata nel Mediterraneo meridionale, eppure non c'è un angolo dove si possa parlare in pace!" Werner cammina avanti e indietro per la suite, si affaccia alla portafinestra, guarda la terrazza vuota come se fosse una possibile trappola. "Pochi minuti fa un cialtrone intollerabile ha perfino cercato di bloccarci sulle scale!"

Brigitte Reitt non dice niente. Cosa si aspetta, da lei, suo marito? Simpatia? Comprensione? Partecipazione? Pensa davvero di poter continuare a godere dell'assistenza psicologica a cui ha attinto per decenni, attraverso crisi e trionfi? Lo considera un suo diritto acquisito?

Neanche Mathias sembra al meglio di sé, a dire la verità. Sudato, spettinato, estremamente pallido, con la camicia spiegazzata e priva di un paio di bottoni, è di una sciatteria del tutto insolita in un giovane tanto compito.

"Già ho dovuto aspettare una vita perché sua eccellenza il mio assistente si decidesse ad arrivare!" Werner gli punta il dito contro. "Ha impiegato *due ore* dal porto a qui, a sentire lui! Neanche avesse dovuto remare!"

"Sono desolato, Signor Reitt. La prego nuovamente di accettare le mie scuse, anche davanti alla signora." A Mathias viene il tic ai muscoli dell'occhio destro che lo affligge nei momenti di massima tensione. Werner deve avergli fatto una scenata davvero terribile quando erano da soli, perché appare profondamente scosso, non in possesso dei suoi modi abituali.

"Insomma, com'è la situazione?" Brigitte Reitt non è sicura di volerlo sapere, anzi. Però il fatto è che sono qui tutti e tre come fuggiaschi braccati, è troppo tardi per fare finta di niente, o cercare di dissociarsi.

"Più o meno stabile, Signora Reitt." Mathias fa uno sforzo per mostrarsi ottimista, ma nei suoi occhi si vede uno sgomento che solo ieri non c'era. A guardarlo meglio, sembra addirittura che stia lottando per trattenere le lacrime.

"'Più o meno' è un'espressione da idioti!" Werner non prova minimamente a trattenere la sua violenza verbale. "Non significa niente! Zero! E infatti la situazione non è affatto stabile!"

"Vale a dire?" Brigitte Reitt si chiede perché abbia accettato di accompagnarlo su quest'isola, senza quasi discuterne. Va bene che la decisione è stata presa in fretta e furia, e nemmeno da loro, l'hanno per così dire subita. Ma questo giustifica davvero l'automatismo del suo comportamento? È stata lealtà di moglie, la sua? Pigrizia mentale? Cieco attaccamento a una familiarità che comunque si va rapidamente disintegrando?

"Vale a dire, le foto stanno continuando a circolare!" Werner parla come se si trattasse di una subdola campagna contro di lui, ordita da nemici straordinariamente vili, senza nome. È il suo modo abituale di separare le conseguenze dalle loro cause, trascinare a forza la ragione dalla propria parte, propugnarla con il suo spirito bellicoso. E naturalmente non contempla neanche la possibilità che sua moglie infranga il patto della loro alleanza, si rifiuti di combattere al suo fianco, o anche solo scelga la neutralità.

"Sì, ma unicamente nell'ambito Facebook." Mathias fa un altro sforzo per attenuare la realtà, ma è contraddetto dal suo stesso pallore, dal disordine dei suoi radi capelli biondi, dall'instabilità del suo sguardo.

"Quindi possiamo proprio starcene sereni!" Il sarcasmo nella voce di Werner ha un'asprezza che fa male al cuore. "Tanto sappiamo che non una sola segretaria o impiegato o dirigente della PEB si sognerebbero mai di andare su Facebook! No! E anche se per caso ci andassero e scoprissero le mie foto, mai e poi mai ne metterebbero al corrente i loro colleghi!"

"Quello che volevo dire è che la stampa non ci ha ancora messo le mani sopra..." Mathias si passa una mano nervosa sulla fronte, di nuovo sembra che stia lottando contro le lacrime.

"In che modo stanno circolando, le foto?" Appena dice "le foto", a Brigitte Reitt tornano in mente con vividezza insostenibile le immagini che Werner si è deciso a farle vedere solo la sera prima di partire, dopo giorni di risposte vaghe alle sue domande sempre più pressanti. Lui mezzo nudo e volgarmente truccato, con il simbolo dell'euro disegnato sul petto con l'eyeliner; lui sempre mezzo svestito che balla il valzer con un pupazzo di peluche; lui e Christiane Drechsler avvolti in un lenzuolo, sorrisi da ubriachi, coppe di champagne in mano; lui e Christiane Drechsler visti di profilo con le lingue di fuori, punta contro punta; lui a quattro zampe con Christiane Drechsler sulle spalle. Ne ha viste altre (sono decine) ma si confondono con le prime, in un catalogo di espressioni e situazioni sconvolgenti nella loro stupidità infantile e oscena al tempo stesso. Se ritraessero due coetanei adolescenti, le ispirerebbero al massimo qualche riflessione desolata sull'inconsistenza morale dei ragazzi di oggi, sulla loro totale incapacità di contrastare i peggiori impulsi. Però le due persone nelle foto sono una diciassettenne che è la migliore amica di sua figlia, e un quarantottenne che è suo marito (oltre che il successore designato alla guida della PanEuropaBank). Se le chiedessero cosa ha provato quando Werner le ha fatto finalmente vedere quelle immagini, non saprebbe neanche bene cosa rispondere. Incredulità, shock, senso di tradimento, offesa, stupore, rabbia, imbarazzo? Sì, certo. Ma la sensazione prevalente è stata (è ancora) un disorientamento senza limiti, salito a sovvertire tutto quello che lei credeva di conoscere negli ultimi ventitré anni. Gesti, sguardi, espressioni, nomi, luoghi, orari, consuetudini, ricordi, attese, programmi: tutto è saltato per aria e ricaduto in frammenti minuti, non più utilizzabile, non più riparabile.

"Hanno cominciato a girare tra gli amici della ragazza, come sapevamo." Mathias pensa di esprimersi con maggior discrezione dicendo "la ragazza"; non si rende conto di come l'effetto che produce sia ancora più agghiacciante.

"E poi?" Brigitte Reitt pensa che in questo paesaggio devastato che fino a pochi giorni fa era la loro vita, nemmeno la sua voce ha più il suono di prima. Ci sono infinite domande che avrebbe dovuto fargli e non gli ha fatto: cosa gli mancava, cosa non gli bastava, cosa gli è passato nella testa e nel cuore, cosa è passato nei circuiti più bassi del suo sistema mascolino, di cui lei non sa niente di niente, come si è visto.

"Poi hanno continuato a diffondersi a macchia d'olio." Mathias fa gesti semicircolari con la mano destra che gli trema visibilmente. "Amici di amici di amici di amici. Facebook funziona così."

"*Cosiddetti* amici." Brigitte Reitt pensa alla costernazione che prova ogni volta che i suoi figli, o i suoi pazienti, si riferiscono alle reti di semisconosciuti con cui condividono quotidianamente informazioni, riflessioni, perfino sentimenti, come se avessero con loro rapporti autentici, reali.

"Sì." Mathias annuisce, anche se è probabile che lui stesso passi una buona parte del suo tempo libero in uno scambio incessante di dettagli che dovrebbero restare privati e invece vengono condivisi con spettrale leggerezza, sconsiderata mancanza di pudore. Esclusi i dettagli sul lavoro, naturalmente, perché è un giovane scrupoloso.

Werner sta controllando qualcosa sul suo BlackBerry vicino alla finestra, o forse fa finta. Forse ascolta, forse no, in ogni caso sa già tutto. È stato un impulso incestuoso, il suo (come andare a letto con la loro figlia, davvero, innocente, ottimista, ignara, leggiadra, goffa, non ancora contaminata dalla vita)? È stata la noia coniugale? È stata la distrazione reciproca? È stata la sensazione che la gioventù gli stesse sfuggendo per sempre tra le mani? È stato l'istinto soppresso troppo a lungo dalla razionalità? È stato un grido di aiuto non ascoltato? È stato un episodio di follia (durato un anno e mezzo)? È stato qualcosa che lei non ha capito? Qualcosa che lei non ha saputo essere, o fare?

"Per avere un'idea, quante altre persone avranno visto quelle foto, rispetto a quando siamo partiti da Francoforte?" Brigitte Reitt ha una percezione lancinante di quanto apparirà sprovveduta agli occhi del mondo: la moglie troppo distratta o troppo debole di uno degli uomini più potenti della finanza internazionale. Così presa dalla sua bella famiglia e dalle sue belle case e dal suo lavoro di logoterapista, da non rendersi conto che suo marito trafficava sessualmente da un anno e mezzo con la migliore amica della loro figlia. C'è voluta la comunità di Facebook per scuoterla dal suo torpore borghese e riportarla alla realtà. Crudeli meraviglie della comunicazione contemporanea. Se avesse avuto anche lei una bella rete di amici virtuali, magari perfino una doppia identità, forse avrebbe scoperto prima quello che stava succedendo, come minimo non ci sarebbe arrivata per ultima. A meno naturalmente che non fosse al corrente di ogni cosa, complice del marito, magari presa in una perversa forma di competizione con la figlia. Qualcuno potrebbe pensarlo, davvero.

"Eh molte..." Mathias non sa più dove guardare, non sa più come muoversi.

"Quante?" Brigitte Reitt cerca di ricordarsi se Werner abbia mai manifestato con lei (anche in modo sfuggente, in qualche momento della loro storia) lo spirito che trapela dalle sue foto con Christiane Drechsler: quella stupida, immatura, vandalica euforia dissacratrice. No, non è mai successo. Quando si sono incontrati sembrava già così maturo, schiacciato da responsabilità, impegni, progetti che per la maggior parte dovevano ancora materializzarsi. Il peso era già tutto lì, nello strenuo impegno quotidiano, nell'intenzione accanita di conquistare il mondo a furia di applicazione sistematica, meriti accumulati uno sull'altro, traguardi spostati sempre più avanti. A volte le era capitato di sentirsi frivola, in confronto a lui, non abbastanza ambiziosa. Aveva dovuto imparare a tenere a freno le sue tendenze ironiche, il gusto di una battuta leggera, il piacere di qualche piccola autoindulgenza, la rara innocente pigrizia, l'occasionale secondo o terzo bicchiere di vino, il divertimento di una danza, di una canzone. Nel giro di poco era diventata anche lei tutta dovere, tutta ordine mentale, tutta fare, fare, fare. Paradossale, davvero, a pensarci adesso.

"Fare calcoli con Facebook è difficile, Signora Reitt. Ma sostanzialmente è una moltiplicazione esponenziale." Mathias si passa le dita tra i radi capelli biondi, avanti e indietro.

"Quindi stiamo parlando di centinaia di persone?" Brigitte Reitt pensa a sua madre, a suo padre, ai compagni di scuola di Agnethe e Dieter, ai loro insegnanti, a Helmine e Bernt Drechsler, ai suoi pazienti, ai suoi colleghi di lavoro, a Olcay la cameriera turca, ai vicini di casa, a Emil l'autista di Werner, a Kerstin la sua segretaria. Da due giorni le loro facce continuano a invaderle i pensieri, in variazioni delle stesse espressioni costernate.

"Anche migliaia." Mathias si gira a dare un'occhiata a Werner, che adesso ha smesso di consultare, o far finta di consultare, il suo BlackBerry. "Anche *decine* di migliaia."

Brigitte Reitt pensa lavoro chiuso, frequentare amici e vicini di casa chiuso, andare in posti dove la conoscono chiuso, camminare per la strada chiuso. Pensa ridicolo pubblico, umiliazione universale, imbarazzo insostenibile in ogni telefonata e ogni incontro casuale, sguardi che la inseguono ovunque seguiti da lunghe scie di giudizi. "Quindi anche se Christiane decidesse di togliere le foto dalla sua pagina, ormai non cambierebbe niente?"

Mathias scuote la testa, sconsolato; di nuovo gli viene il tic all'occhio destro.

E il sesso, com'era il sesso con Werner? Le rare (ormai rarissime) volte che lo facevano, era una specie di stanco esercizio di accontentamento reciproco. O forse nemmeno, era più che altro un adempimento di compiti sociali, il minimo indispensabile per poter sostenere che il loro era ancora un matrimonio operativo da

ogni punto di vista. Ma anche agli inizi, quando si congiungevano sul letto singolo nel piccolo appartamento di Reinerstrasse che lei condivideva con due amiche, non c'era stato niente di travolgente. Attrazione sì, urgenza fisica (soprattutto da parte di lui, a dire la verità). Perfino allora però c'era qualcosa di puramente funzionale nei loro brevi amoreggiamenti. Pochi minuti di vigorosa frizione, rapida soddisfazione per Werner (raramente per lei, se non riusciva a sbrigarsi), e subito si passava a discorsi sul futuro, sdraiati a guardare il soffitto. Niente di lontanamente paragonabile al romanticismo infiammato che lei aveva assorbito con le sue letture, dal *Tristan* di Gottfried von Strassburg al *Werther* di Goethe a *La Chartreuse de Parme* di Stendhal, alla *Dame aux camélias* di Dumas figlio. E niente di remotamente simile alla selvaggia, amorale carnalità di cui sembrano riverberare le fotografie con Christiane Drechsler. C'è da stupirsi che negli anni la già debole passione degli inizi si fosse ulteriormente affievolita? Di chi è stata la colpa? Lui sembrava talmente provato dalle sue giornate, talmente occupato da numeri, nomi, proiezioni, strategie. A volte continuava a studiare documenti e prendere note su una poltrona del soggiorno quando lei era già a letto da un pezzo, sembrava aspettare che lei spegnesse la luce per venirsi a infilare sotto le coperte. Le poche volte che lei provava ad accostarglisi, lui si scostava.
"Idem se gli avvocati della PEB riuscissero a convincere l'ufficio legale di Facebook a oscurare la pagina di Christiane, no?"

Mathias annuisce. "Resterebbero comunque in circolazione su tutte le altre pagine."

"E continuerebbero a moltiplicarsi." Va bene, nemmeno lei ha avuto grandi slanci negli ultimi tempi, inutile negarlo. Ma cosa avrebbe dovuto fare, davvero? Imbastire una patetica messa in scena per ravvivare la fiamma quasi spenta? Sforzarsi di recitare la parte della tigre o della gattina, sfinita dalla giornata com'era, piena di preoccupazioni quanto lui, tra il lavoro e i ragazzi, le case, tutto quello di cui doveva ogni giorno garantire il buon funzionamento? Andarsi a comprare qualche capo di biancheria sexy? Seguire i consigli di seduzione delle riviste femminili? Farsi fare un taglio sorprendente di capelli, cambiare modo di vestire? Ricorrere alla chirurgia plastica, come hanno fatto diverse sue conoscenti, con risultati più tragici che imbarazzanti? Lusingarlo, riempirlo di complimenti, vellicare il suo ego, esaltare il suo senso di potenza? Trascinarlo via per un weekend romantico? Quando, poi? Dove?

Mathias fa ancora di sì con la testa, si mordicchia le labbra. Ormai non prova neanche più ad assumere un'espressione ottimista, ci ha rinunciato.

Bussano alla porta. Si guardano tra loro, davvero come tre fuggiaschi braccati; la tensione è insopportabile.

Brigitte Reitt va a rispondere, piena di incertezze rinnovate, con anticipazioni di ulteriori shock. "Chi è?"

"*Entschuldigung, Frau Reitt, da ist Perusato.*" La voce dall'altro lato della porta ha un tono esitante.

Werner fa gesti feroci, muove le labbra per dire lascialo perdere, non rispondere.

Ma Brigitte Reitt non se la sente; apre.

Perusato appare nel varco della porta, imbarazzato, accaldato. "*Ich will nicht stören, aber ich muss etwas fragen...*"

"Parli pure italiano, lo capisco bene." Brigitte è irritata dalla sua insistenza a parlare tedesco, per quanto si tratti certamente di un atto di cortesia.

"C'è un politico italiano importante che vorrebbe parlare con suo marito..." Il disagio di Perusato lo spinge ad affacciarsi appena nella suite, rivolgersi direttamente a Werner. "*Herr Reitt, ein wichtiger italienischer Politiker möchte zu sprechen...*"

"Io non ho tempo per nessuno!" Werner esplode. "Tanto meno per un politico italiano! Sono venuto su questo dannato scoglio per non essere disturbato! Pensavo che fosse chiaro!"

"*Es ist klar, Herr Reitt...*" Perusato è sopraffatto dalla mortificazione, si rivolge di nuovo a Brigitte come per trovare conforto. "Mi sono permesso di chiedere solo perché la richiesta è stata molto insistente..."

"È suo specifico dovere proteggere i suoi ospiti dalle seccature!" Werner si avvicina alla porta, in un atteggiamento così aggressivo che Brigitte per un attimo teme che voglia addirittura scagliarsi fisicamente contro Perusato. "È vergognoso che non se ne dimostri minimamente capace!"

"*Es tut mir leid, Herr Reitt.*" Perusato sta già arretrando. "Mi scusi anche lei, signora. Buongiorno."

Brigitte richiude la porta, si gira a osservare Werner: il suo sguardo è carico di furia, ma il suo respiro è quello di un uomo alle corde.

Mathias ha uno scatto inaspettato. "Ci mancava solo il politico italiano!" Subito dopo si siede di schianto sulla poltrona, si copre gli occhi con le mani, sembra scosso da singhiozzi.

"Ehi, giovanotto, si tiri su!" Werner lo incalza immediatamente, senza lasciargli tregua. "Non è certo questo il momento per mettersi a fare le signorine!"

"Mi scusi, Signor Reitt..." Mathias farfuglia, si alza in piedi, cerca disperatamente di ricomporsi. "Sono le difficoltà della situazione..."

"Le difficoltà si *affrontano*, perdio, signor Baumgartner!" Werner lo investe con ancora più violenza. "Non si subiscono certo, versando lacrime indecenti da vittima!"

"Non prendertela con lui, adesso." Brigitte Reitt interviene in difesa del povero assistente. "Non è certo colpa sua."

"È *anche* colpa sua!" Werner non è disposto a mostrare la minima compassione nei confronti di chicchessia, lontano o vicino che sia.

"Anche mia, magari, no?" Brigitte Reitt lo guarda in atteggiamento di sfida, ma in realtà si sente terribilmente fragile, minata in tutte le sue certezze, allo sbando.

"Anche!" Il tono di Werner diventa ancora più aspro, il suo sguardo ancora più ostile. "Se non aveste assecondato con tanto zelo il piano di quel traditore opportunista di Kaultsheier, adesso non mi ritroverei bloccato su questo dannato scoglio!"

Brigitte Reitt fa per ribattergli qualcosa, però l'ingiustizia nelle parole di suo marito è così oltraggiosa che non ci riesce. Lascia cadere le braccia lungo i fianchi, sospira, guarda verso la portafinestra.

"Lei Baumgartner cosa stava dicendo, prima che fossimo interrotti?" Werner evidentemente trova un qualche gusto compensatorio nel tormentare il povero Mathias.

"Eh, niente..." Mathias guarda il pavimento, a testa bassa.

"Come niente? Mi è sembrato che stesse tenendo una specie di conferenza sui meccanismi di internet, invece!"

"Smettila, Werner." Brigitte Reitt non è disposta ad accettare questo gioco così gratuitamente crudele. "Mathias mi stava spiegando che è solo questione di tempo, prima che i mass media mettano le mani su tutta la faccenda."

Werner non risponde, cammina avanti e indietro, i suoi occhi mandano lampi freddi.

"Mi stava spiegando che la valanga continua a ingrossarsi di minuto in minuto, e che senza alcun dubbio ci travolgerà." Brigitte Reitt si appoggia alla maniglia della portafinestra; pensa che vorrebbe essere in qualunque altro punto del mondo, in qualunque altro punto del tempo. Magari tornare a ventiquattro anni prima, quando la sua vita e quella di Werner seguivano ancora binari del tutto indipendenti. Chissà cos'avrebbe fatto, invece? Chissà con chi sarebbe adesso? O forse ogni persona ha un destino a cui non si può sottrarre, per quanto ci provi?

"È una valanga fatta di *aria*!" Werner ha una nuova esplosione di furia. "Quelle foto non contengono le prove di nessun crimine! L'unico delitto in questa vicenda è stato mettere in piazza la mia esistenza privata!" Chissà quante volte avrà usato questi impeti alla PEB, nel corso di riunioni durante le quali venivano prese decisioni che riguardavano le vite di milioni di risparmiatori in tutta Europa. Chissà quante volte sarà riuscito a imporre la sua versione della verità, come se fosse incontrovertibile. "Non saranno certo i pettegolezzi di alcune migliaia di perditempo a scalfire la mia vita!"

"È della *nostra* vita che stiamo parlando, Werner." Brigitte Reitt parla d'impulso, ma subito si rende conto che lui potrebbe interpretarla come una dichiarazione di lealtà estrema, o per lo meno come il riconoscimento di far parte di un fronte comune. "Voglio dire, anche della *mia* vita. E di quella dei ragazzi."

Werner in ogni caso non la ascolta, va avanti nel suo spirito da ultima trincea. "Io non prendo neanche in considerazione l'ipotesi di dimettermi per una sciocchezza del genere! L'ho detto chiaro e tondo a Kunze da subito, prima che qualcuno potesse andare a suggerirgli la brillante idea! Questi sono tempi in cui il privato deve passare in secondo piano! L'Europa sta attraversando un momento così critico che l'intera economia mondiale potrebbe risultarne travolta, con conseguenze inimmaginabili! Il Portogallo, l'Irlanda e la Grecia sono già andati zampe all'aria! La Spagna è a pochi passi dal default, malgrado tutti i traffici della BCE! L'Italia non è molto lontana! Il mio lavoro è infinitamente più importante di qualche decina di stupide, ridicole fotografie!"

"Dovevi pensarci prima di fartele fare, quelle stupide, ridicole fotografie, Werner!" Brigitte Reitt alza la voce come non le capita mai di fare, benché non sia ancora niente rispetto alla virulenza di suo marito.

"Ti rendi conto che stiamo parlando di due entità nemmeno paragonabili?!" Werner la investe come se l'avesse appena sorpresa a fare accordi con il nemico. "Il mio lavoro ha implicazioni che nessuno di quei poveri idioti oziosi di Facebook è in grado nemmeno di concepire! Quelle foto non significano assolutamente nulla!"

"Quelle foto significano che sei andato a letto per un anno e mezzo con la migliore amica di nostra figlia, che all'inizio dei fatti aveva diciassette anni! E che insieme a lei ti sei abbandonato a comportamenti del tutto indegni della tua posizione!" Brigitte Reitt è travolta dal senso di oltraggio che le sale dentro e aumenta ancora il volume della sua voce, la fa risuonare. Ma è solo oltraggio morale, il suo, o c'è di peggio? C'è anche gelosia? Il senso di essere lasciata indietro, di non aver saputo cogliere dalla vita quello che avrebbe potuto? Di non aver osato, di essere affondata nella noia rassicurante della ripetizione?

Werner è sconcertato, anche se non lo ammetterebbe mai; in ventiquattro anni non l'ha mai vista una sola volta reagire con tanta intensità. Per ribattere prende una specie di rincorsa mentale, lo si capisce chiaramente dal suo sguardo, poi sbraita scompostamente. "È del tutto irrilevante, va bene?!"

"Non è affatto irrilevante per me!" Brigitte Reitt grida ancora più forte, gli occhi le si riempiono di lacrime.

"È irrilevante per chiunque abbia un minimo livello intellettuale e un minimo senso delle proporzioni!" Werner urla così forte che le pareti della suite vibrano come una scatola sonora. Sembra diventata una gara a chi rovescia fuori la maggior quantità di sentimenti deteriorati, con il maggior volume. "È solo spazzatura per menti di second'ordine!"

"Allora avrò una mente di second'ordine, perché quella spazzatura ha invaso la mia vita, e sta distruggendola!" Brigitte Reitt si rende conto di avere ormai perso ogni controllo: è una condizione completamente sconosciuta, le comunica un misto di terrore ed esaltazione.

Il povero Mathias vorrebbe certamente essere fuori di qui, ma sa che non potrebbe mai farlo senza essere tacciato di tradimento. Si siede di nuovo sulla poltrona, cerca di non guardare né Werner né lei, si mordicchia un pollice.

"Non possiamo permettere a nessuno di trascinarci in un territorio che non ci appartiene e non ci riguarda!" Anche Werner è uscito dai confini dei comportamenti civili, si trova in un territorio emotivamente brutale.

"Sei *tu* che mi ci hai trascinato! Sei *tu* che non ti rendi conto delle cose!" Brigitte Reitt urla da farsi male ai polmoni. "Quelle foto significano che qualunque tua pretesa di credibilità e affidabilità e rispettabilità pubblica e personale è bruciata! Per sempre! Con la tua banca, con i tuoi grandiosi interlocutori internazionali, con i tuoi figli, con *me*!"

Werner barcolla, come se fosse stato colpito a tradimento. La guarda, sembra sul punto di rispondere con un contrattacco di violenza maggiore. Anche Mathias se lo aspetta, perché fissa il suo capo con allarme, gli torna il tic all'angolo dell'occhio. Invece il suo capo non dice niente, alza il mento, assume un'espressione di nobile isolamento, il suo sguardo torna gelido.

Stanno fermi e in silenzio tutti e tre, nell'eco dei suoni rimbalzati sulle pareti della suite invasa di luce mediterranea. Si potrebbero sentire i loro respiri, se non fosse per il soffio di vento che entra dalle finestre e smuove le tende di cotone chiaro.

Trentatré

Tiziana Cobanni segue suo marito Giulio sulla terrazza ristorante. Nessuno viene ad accoglierli, così si guardano intorno per un paio di minuti, poi si siedono allo stesso tavolo che hanno occupato nei pasti precedenti. Il telo bianco sospeso sulle loro teste produce solo un'ombra sottile, ma la brezza che lo fa ondeggiare ha un piacevole effetto rinfrescante.

"Tutti a dieta, oggi, secondo te?" Giulio posa sul tavolo il piccolo binocolo Torcello 10x25 che si è portato dietro, si guarda intorno.

In effetti è l'una e mezza, e nessuno degli altri ospiti si è ancora presentato a mangiare. C'è solo un tipo con un completo color carta da zucchero seduto all'angolo esterno della terrazza, si gira a guardarli per un istante. Beve acqua minerale, parla al cellulare malgrado il cortese invito scritto in più luoghi a rispettare la pace acustica degli ospiti. "Come un impegno da parte nostra? Noi non scopriamo le carte se prima non lo fanno loro! Mi sembra il minimo, proprio!" Picchietta le dita nervose sul tavolo, muove in varie direzioni la testa di capelli folti, si affaccia un paio di volte a guardare giù verso il molo.

Giulio lo indica con un movimento laterale degli occhi. "Nuovo ospite, o ispettore della guardia di finanza?"

"Perché?"

"C'è sotto una motovedetta della guardia costiera, ormeggiata al molo."

"Cosa c'entra la guardia costiera con la guardia di finanza?" Tiziana Cobanni scrolla la testa.

"Niente. Ma forse collaborano, per raggiungere i posti più inaccessibili dove si annidano i ricchi."

Tiziana Cobanni cerca di studiare meglio il tipo: le ispira un vago senso di familiarità, forse solo perché i suoi lineamenti sono così generici. In ogni caso il taglio della sua giacca è troppo di qualità per un finanziere in borghese, a meno che non si tratti di un alto dirigente. Poi non c'è niente di inquisitivo nel suo atteggiamento, solo un'insistenza fastidiosissima nell'uso del cellulare, e un'evidente irrequietezza dimostrata dal suo continuo picchiettare le dita e girare la testa.

"Allora?" Giulio sorride, in attesa di una deduzione.

"Le spalle della giacca sono troppo ben tagliate." Tiziana Cobanni indica con il mento. "Sarà un ospite. Un industrialotto della Brianza."

"Che viene in vacanza da solo, in un posto come questo? Con una motovedetta della guardia costiera?"

"D'accordo." Tiziana riconosce di essere fuori strada. "Però sta chiaramente aspettando qualcuno. Che sia la francese?"

Giulio ha un breve lampo di ammirazione negli occhi per l'ipotesi interessante, a cui succedono però subito considerazioni contrarie. "Non è un po' giovane per la francese?"

"Dipende da chi è la francese."

"Vero."

"Magari è una donna straordinariamente interessante, o straordinariamente ricca."

"In quel caso lui non sarebbe *abbastanza* giovane." Giulio sorride, però parla sul serio. Il fatto è che quello delle deduzioni è un gioco solo fino a un certo punto: richiede troppa conoscenza della vita per essere davvero leggero.

"Né abbastanza intellettuale. O artista." Tiziana Cobanni guarda i movimenti della testa del tipetto.

"Artista per niente." Giulio conviene. "Magari è un magnate della profumeria."

La cameriera più grassa si accosta al loro tavolo con un cestino di gallette molto pallide, chiede quale vino preferiscano tra quelli nella lista compilata in elegante corsivo.

"Ci porti questo Schimmero." Giulio batte con la punta dell'indice sul nome.

"Schimmero?" Tiziana inclina la testa, incuriosita.

"È un vitigno siciliano, bianco." A volte Giulio si diverte a sperimentare vini che non ha mai bevuto ma di cui sa qualcosa, di solito per averne letto.

Ed ecco che arriva proprio la francese, in un altro dei suoi abitini bianchi piuttosto vezzosi, il solito cappello di paglia a tesa larga, i gioielli da cui sembra non separarsi mai. "Buongiorno." Si guarda intorno, perplessa dal fatto di trovare solo loro e il tipetto. Se davvero ha un *rendez-vous* con lui, allora dissimula molto bene, perché gli dà appena un'occhiata.

Il tipetto da parte sua si gira di scatto a guardarla ma sembra perdere subito interesse, fa l'ennesima telefonata. "Allora? Sì, ma quando? Dove? E loro? Che razza di garanzia sarebbe? A me sembra semplicemente una trappola, per farci esporre per primi. Sì, per bruciarci, chiaro, mi pare ovvio!"

Tiziana e Giulio Cobanni osservano lui e la francese cercando di non farsene accorgere, registrano gesti e movimenti, in attesa di indizi.

La francese esita ancora, poi si siede al tavolo che occupava ieri, studia intensamente il menu.

Giulio continua a osservarla, si scherma gli occhi con la mano. È da ieri che cercano di indovinare chi sia, ma non sono ancora arrivati a una risposta convincente. Proprietaria di una galleria d'arte? Imprenditrice nel settore gioielli? Poetessa di buona famiglia? Vedova di un ricco commerciante? Recentemente divorziata da un esportatore di armi? La loro tecnica deduttiva a volte li porta a sparare nelle direzioni più diverse, per poi restringere progressivamente il campo. Certi casi sono meno semplici di altri, e comunque c'è sempre un punto in cui lo spirito di osservazione deve affidarsi a un atto di coraggio interpretativo, come un acrobata che si slancia verso il partner appeso al trapezio opposto.

La cameriera magra porta un bicchierino al tipetto nel completo color carta da zucchero. Lui finisce l'ennesima telefonata, prende un sorso, sembra molto perplesso. Il suo sguardo incontra di nuovo quello di Tiziana; muove le labbra per dire "Salve".

Lei risponde con un sorriso e un cenno della testa. Sì, la sua faccia è decisamente familiare, ma dove l'ha visto? Su qualche giornale? Alla televisione? A casa di amici a Parma?

“Ma è quel politico, scusa.” Giulio abbassa la testa, con il risultato di assumere un atteggiamento ancora più cospiratorio.

“Chi?”

“Quello del PdM, che va sempre in televisione. Quello con la voce da megafono.”

“Piero Gomi!” Il nome le affiora improvvisamente, dallo strano magazzino mentale in cui si depositano i nomi e le facce della televisione. Si copre la mano con la bocca, ma forse lui l’ha sentita.

“Eh.” Giulio annuisce, un po’ dispiaciuto che il gioco si concluda così presto, con un’identificazione inequivocabile.

La cameriera grassa torna con la bottiglia di vino, la stappa, versa una piccola quantità nel bicchiere di Giulio.

Lui assaggia, medita per un istante, fa un cenno di approvazione. “Interessante. Erbaceo, floreale, agrumato.”

Quanto la rassicurano questi suoi modi virili, pensa Tiziana Cobanni: la misura, l’esperienza. La stratificazione di conoscenze che se non è saggezza, le è molto vicina.

Giulio aspetta che la cameriera abbia riempito a metà i loro bicchieri, alza il suo in un brindisi. Prendono un sorso di vino in silenzio, godendo della sua freschezza pungente e delicatamente aromatica.

“E cosa ci fa qui Piero Gomi?” Tiziana Cobanni aspetta che la cameriera si sia allontanata.

Giulio indica con gli occhi la francese seduta al tavolo vicino al loro. “E la signora chi è?”

Tiziana scuote la testa. Sbocconcellano tutti e due una galletta impalpabile. Farina di quinoa? Di qualche cereale ancora più esotico? Anche qui bisogna indovinare.

D’improvviso Piero Gomi rimette il cellulare in tasca, si alza, va incontro all’architetto Perusato che sta arrivando dall’altro lato della terrazza. “Architetto, allora?” La sua voce sembra uscire da una scatola di latta, proprio come nei talk show televisivi, in cui difendeva con meccanica ostinazione e contro ogni logica (nonché contro le sue reiterate professioni di fede cristiana) i comportamenti orgiastici dell’ex premier Buscaratti.

Perusato si guarda intorno, evidentemente a disagio. Fa cenni di saluto ai suoi ospiti. “*Bonjour Madame.* Buongiorno signori.”

C'è una tensione nei suoi modi che contrasta con l'abituale impeccabilità.

Gomi gli sta addosso, pressante. "Mi può dire che risposta ha avuto, architetto?"

"Negativa. È no." L'architetto Perusato si angola rispetto al tavolo di Tiziana e Giulio Cobanni, in un tentativo di schermarli dalla conversazione.

"Ma come è possibile? Gli ha spiegato l'importanza della mia richiesta, architetto?" Gomi invece non si preoccupa affatto di essere ascoltato, neanche un po'.

"Certo, però mi sono trovato di fronte un muro." È chiaro che l'architetto Perusato vorrebbe chiudere la questione, liberarsi del disturbo. "Ho fatto tutto il possibile, mi dispiace."

"Cosa intende dire, architetto? Che non è in grado di organizzarmi questo benedetto incontro?" Gomi ha una persistenza straordinaria: non c'è da stupirsi che sia riuscito a conquistarsi una posizione di primo, se non primissimo, piano nella politica italiana.

"Intendo quello che ho appena detto." L'architetto Perusato sta facendo sempre più fatica a contenere la sua irritazione.

"Ma non sta né in cielo né in terra!" Gomi si alza e abbassa sulle caviglie, in piccoli scatti di indignazione. "Forse non ha spiegato abbastanza chiaramente chi sono, il mio ruolo nel partito!"

"L'ho fatto, senza alcun risultato. Anzi, direi con il risultato opposto." Perusato sembra vicino a un punto di rottura; solo il suo *savoir faire* profondamente radicato lo trattiene.

"Ma è un atteggiamento di una scortesia inaccettabile!" La stizza dà al tono metallico della voce di Gomi una risonanza ancora più sgradevole.

"Senta, la signora a minuti scenderà in terrazza a mangiare." L'architetto Perusato indica uno dei tavoli ancora vuoti. "Se proprio insiste può parlare direttamente con lei."

"Certo che insisto." Di qualunque cosa si tratti, Gomi ne sta facendo una questione di principio, non ha nessuna intenzione di mollare.

"Purché si limiti a un minuto." L'architetto Perusato è furioso, forse sperava che Gomi non avrebbe osato importunare la signora. "Come le ho detto, cerchiamo di salvaguardare il più possibile la tranquillità dei nostri ospiti."

"Non si preoccupi, architetto, non disturberò nessuno." Gomi è di un'impudenza assoluta.

"Benissimo, come vuole." L'architetto Perusato si trattiene, anche se basta guardarlo per capire che se potesse lo trascinerebbe via a forza. Malgrado tutto cerca però di salvare le apparenze, accenna un sorriso verso i tavoli di Tiziana e Giulio Cobanni e della signora francese, va verso la cucina.

Gomi intanto risponde al cellulare, di nuovo senza preoccuparsi minimamente del fastidio che crea. "No, no, no. Non a scatola chiusa, certamente. Dipende dallo spazio che mi danno. Sì, ma devono garantircelo nero su bianco. Tu digli che la disponibilità c'è, ma tutto dipende dalle condizioni." Chiude la comunicazione, picchietta sui tasti del cellulare, subito ne inizia un'altra. "Sono io. Certo. Eh. Dipende, carissimo. Sì, ma gli ricadrà tutto addosso. *Iudex damnatur ubi nocens absolvitur*, no?"

La cameriera magra viene a portare a Tiziana e Giulio Cobanni due piatti con al centro fiori di zucchina che a guardare meglio non sono veri fiori di zucchina, anche se ne hanno il colore e la forma. Ognuno contempla il proprio, ne prende una piccola quantità con la forchetta.

"Hmm." Tiziana Cobanni assapora lentamente: il gusto è quello del fiore di zucchina, complicato da un sentore di zenzero.

"Sì." Giulio non sembra particolarmente coinvolto, l'osservazione di Gomi lo interessa di più. "È il solito gioco della destrutturazione, va be'."

"Chi è che vuole incontrare a tutti i costi, secondo te?" Tiziana Cobanni tiene la voce bassa, per non farsi sentire dalla signora francese che è seduta abbastanza vicina a loro.

La signora francese però ha sentito benissimo, perché si protende dal suo tavolo con un'espressione complice. "Me lo stavo chiedendo anch'io."

"Ah." Tiziana Cobanni si imbarazza, non sa bene che faccia fare. Era convinta che la signora non parlasse italiano.

"Perché non ci fa compagnia, *Madame*?" Giulio indica lo spazio libero al loro tavolo, con un sorriso amabile.

Tiziana Cobanni gli lancia un'occhiata, sconcertata dal suo prendere l'iniziativa senza consultarla. Ma Giulio è fatto così, ha questa convivialità che si manifesta senza preavviso.

La signora francese esita un istante, poi prende il bicchiere, viene al loro tavolo.

Giulio si alza con qualche difficoltà a farle il baciamano. "Giulio Cobanni, piacere. Tiziana, mia moglie."

"Marguerite Poulanc, *enchantée*." La francese si siede, lascia che Giulio le riempia il bicchiere di vino. Si angola in modo da non farsi vedere o sentire da Gomi, che comunque è tutto preso dalla sua telefonata. "È un produttore di film *de deuxième*, che vuole incontrare l'attrice americana."

"No, è un politico." Tiziana Cobanni stronca l'ipotesi della signora Poulanc sul nascere.

La signora Poulanc assume un'espressione scettica.

"È così, purtroppo." Giulio sorride. "Neanche tanto di secondo piano."

"Di quale partito?" La signora Poulanc si gira a osservarlo meglio.

"Della Modernità."

"Ah." La Poulanc annuisce, come se tutto fosse già più comprensibile, nel quadro drammatico e pittoresco della situazione italiana. "Il partito dei *fraudeurs fiscaux*, no? Come si dice?"

"Degli evasori fiscali." Tiziana Cobanni fa un cenno oscillante con la mano.

"La creazione di Buscaratti, *bien sûr*. È di sua proprietà, no? Come se fosse una squadra di calcio?"

Tiziana e Giulio Cobanni annuiscono, con un ritorno dell'imbarazzo che avevano provato negli anni in cui l'immagine dell'Italia coincideva con la faccia di Buscaratti.

"Come avete potuto tenervi un tale *farceur* per quasi vent'anni, mi chiedo?" La signora Poulanc scuote la testa.

Giulio sospira. "Non è la prima volta nella storia che ci teniamo un *farceur* per vent'anni, cara signora. Fossero solo dei *farceurs*, poi. Ne hanno fatti di danni, tra tutti e due, in Italia e fuori."

L'architetto Perusato torna fuori dalla cucina, se possibile ancora più agitato di prima. Attraversa rapidamente la terrazza, proprio mentre dall'altra parte sta arrivando la signora tedesca. Le va incontro, cercando di prevenire Gomi. "*Frau Reitt, Ich konnte ihn nicht wegschicken…*" Anche a non capire il tedesco, il suo tono parla da solo.

Gomi però non perde un colpo, chiude subito la sua conversazione telefonica, si avvicina a rapidi passi. Porge la mano alla tedesca, "Signora, gud morning. Piero Gomi, piacere."

La signora Reitt gli stringe la mano, ma sembra parecchio tesa anche lei: pallida, tirata.

"Io no spic german, ma…" Gomi si gira verso l'architetto Perusato, in cerca di assistenza. "Mi può aiutare, architetto?"

"*Frau Reitt, dieser Herr ist der Politiker, von denem ich sprach…*" L'architetto Perusato è così teso che si muove a scatti, con i muscoli del viso contratti.

"Mi dica pure in italiano." La signora Reitt si rivolge direttamente a Gomi, il suo fastidio appena temperato da una cortesia molto sperimentata.

"Ah, meno male. Grazie, signora." Gomi si riprende subito dal suo transitorio imbarazzo linguistico. "Niente, sono un esponente a livello nazionale del Partito della Modernità. Siamo il partito di maggioranza in Italia, anche se in questo periodo abbiamo dovuto passare la mano a un governo tecnico per via della contingenza economica internazionale, come certamente saprà da suo marito…"

La signora Reitt lo guarda con impazienza trattenuta. Magra, secca, alta diversi centimetri più di lui, sembra una maestra disturbata da uno scolaro petulante. "E cosa desidera da me?"

"Io devo assolutamente parlare con suo marito, signora. Con il dottor Reitt." La piccola, elastica figura di Gomi è tutta proiettata in un atteggiamento di insistenza. "Sono venuto apposta da Roma, appena ho saputo che il dottore era qui sull'isola."

"Mio marito è molto impegnato." La Reitt scuote piano la testa.

"Me l'immagino, signora, un uomo come lui. Ma le posso garantire che non è assolutamente mia intenzione disturbarlo, figuriamoci, proprio quando sta passando qualche giorno di meritato riposo."

L'architetto Perusato segue la conversazione con aria sofferente: guarda Tiziana e Giulio Cobanni seduti insieme alla signora Poulanc, fa un altro sorriso che deve costargli uno sforzo supremo.

"E allora? Di cosa vorrebbe parlare a mio marito?" Anche la signora Reitt sembra vicina ai limiti del suo *self-control.*

"Vorrei più che altro avere l'occasione di presentarmi, signora. Fare un attimo conoscenza, illustrargli i miei programmi politici, nell'ambito del partito e non solo, analizzare insieme la prospettiva europea..."

La signora Reitt sembra sul punto di dirgli di non seccarla più, invece a sorpresa annuisce. "Va bene."

"Vuole dire, adesso, signora?" Gomi ha un'espressione incredula.

"No, adesso no." La signora Reitt scuote la testa. "Ma se torna domani pomeriggio, potrà parlare con mio marito."

Gomi è preso in contropiede, fa probabili calcoli mentali. "Eh, dovrei organizzarmi, perché ho degli impegni urgenti a Roma. Però se oggi suo marito proprio non può..."

"Non può."

"Allora va bene domani, senz'altro." Gomi fa altri calcoli, e intanto tracce di diffidenza gli attraversano i lineamenti. "Deve sentire suo marito, per conferma?"

"No, glielo confermo già io. Domani pomeriggio."

"A che ora, signora? Alle quindici, alle sedici?"

"Alle quindici." La signora Reitt ha un'aria esausta.

"Le lascio il mio numero di telefono, per ogni eventualità?"

"No, non serve."

"Signora, io non so come ringraziarla." Adesso che l'incontro con Reitt sembra cosa certa, Gomi fatica a contenere l'euforia per aver ottenuto quello che voleva. "È un'opportunità importante, mi auguro non solo per me."

La signora Reitt annuisce con stanchezza, risponde alla stretta di mano, va a sedersi al suo tavolo.

La signora Poulanc le fa un cenno di saluto, le sorride. Anche Tiziana e Giulio Cobanni salutano. Poi seguono con gli occhi l'architetto Perusato che sta scortando Gomi fuori dal terrazzo, probabilmente per accompagnarlo fin giù al molo, sincerarsi che almeno per oggi la finisca di scocciare gli ospiti di Villa Metaphora.

Trentaquattro

Gianluca Perusato osserva dal molo la motovedetta della guardia costiera che si allontana, con Piero Gomi bello dritto nel suo vestito azzurro di fianco al comandante nella cabina di pilotaggio, probabilmente intento a rompergli l'anima con domande e osservazioni. Gli resta addosso un senso di disgusto per aver assecondato la sua insopportabile incursione, l'idea di doverne assecondare una seconda domani gli fa venire la nausea. Quello che non riesce a capire è come mai la Reitt abbia acconsentito a organizzare un incontro con il marito. Sfinimento? Buona educazione? *Realpolitik*? (Lui ha scoperto di recente che non è un termine degli anni Sessanta come credeva, è stato coniato nel Milleottocento da uno scrittore di nome von Rochau, a proposito del modus operandi di Otto von Bismarck.) Essere stato costretto a disturbare Werner Reitt, ed esserne stato respinto in malo modo, è un'umiliazione che gli scotta. E aver lasciato guastare il pranzo dei Cobanni e della Poulanc dalle telefonate e dalle insistenze di Gomi va contro tutti i suoi principi. La cafoneria e l'impudenza di questi politici è davvero al di là dell'immaginabile, da non crederci. Non è certo questo il clima di pace assoluta e squisite frequentazioni che vorrebbe offrire ai suoi ospiti. D'altra parte cosa avrebbe dovuto fare? Senza i ripetuti interventi di Sandro Scandrola non avrebbe mai potuto finire i lavori di Villa Metaphora in tempo, adesso non sarebbe su questo molo a preoccuparsi di come preservare la tranquillità di chi ci soggiorna. È tutto il sistema che è marcio, quando si è costretti a ricorrere a un indegno trafficone per realizzare un progetto che in un paese civile non incontrerebbe alcun ostacolo. (Va bene, ha contribuito anche lui ad alimentare il marciume, con i suoi regali in denaro e orologi da collezione. Ma che alternative aveva? Onestamente?)

Comunque da quando è venuta fuori la storia del fotografo appostato a fotografare Lynn Lou Shaw nuda, è in uno stato terribile. L'arrivo di Gomi ha aggiunto nuove ragioni di agitazione, ma adesso che se n'è andato le prime si sono riprese il campo, imperversano. Il fotografo è forse ancora nascosto qui intorno, oppure è riuscito a scappare con le foto, il che vorrà dire che nel giro di qualche giorno Villa Metaphora sarà conosciuta su ogni rivista e sito di pettegolezzi come un luogo che non è minimamente in grado di garantire la privacy ai suoi ospiti. È chiaro che Carmine e Lucia non sono riusciti a trovare quel delinquente, altrimenti a questo punto sarebbero già tornati. Poi c'è anche Brian Neckhart in caccia, comprensibilmente furioso per i possibili danni all'immagine di sua moglie; ed è uno che può fare danni devastanti, se ci si mette. Basta guardarlo.

La motovedetta doppia la punta del promontorio con il suo detestabile carico di invadenza politica, sparisce finalmente alla vista. Gianluca Perusato si gira a guardare la costa alla sua destra, e vede Lucia che sta venendo in qua sulle rocce, muovendosi con lentezza irreale. Le va incontro anche se non ha certo le scarpe adatte, con il cuore che gli batte a doppia velocità.

"Gian." Vista da vicino, Lucia è in uno stato ancora peggiore di come sembrava a distanza: sguardo stravolto, capelli spettinati, ginocchia sbucciate, sembra una zombie.

"Cos'è successo?" Gianluca Perusato la prende per le spalle, resiste a fatica alla tentazione di scuoterla. "Siete riusciti a trovare il fotografo? Quel farabutto ha rifilato a Carmine una scheda fasulla!"

Lucia non risponde, ma in compenso gli si butta tra le braccia, singhiozza.

"Cos'è successo?" Gianluca Perusato ha la sensazione di rischiare l'infarto; sul serio. "L'avete visto? È scappato? Dov'è Carmine?"

Lucia continua a singhiozzare, non sembra in grado di parlare. Anche le palme delle sue mani sono sbucciate e graffiate, come le ginocchia.

Gianluca Perusato si fa appoggiare un braccio su una spalla, la sostiene intorno alla vita, con un notevole impegno muscolare la conduce passo a passo sulle rocce, fino alla superficie più regolare del molo. È una ragazza pesante, Lucia, non è una foglia.

Appena raggiunto l'esile bastione di civiltà in mezzo alla natura selvaggia, lei scoppia a piangere in modo ancora più convulso: è tutta attraversata dai singhiozzi, si lascia scivolare a terra.

Lui la tira su a forza, ma non è facile; la sostiene sotto le ascelle umide di sudore, cerca di spingerla indietro di qualche centimetro per guardarla in faccia. "Mi spieghi cosa è successo? Lucia? Mi parli?!"

Lei continua a non rispondere; ha gli occhi pieni di lacrime che le scendono lungo le guance, il naso che le cola, le labbra che tremano. Emette una specie di ululato infantile, che però proviene da una donna adulta, solida, pesante, preoccupante.

"Lucia? Mi rispondi, per piacere?" La smania di informazioni lo sta travolgendo, lo spinge a scrollarla. Non è la prima volta che scopre di non commuoversi di fronte alle sue rare manifestazioni di fragilità femminile (al contrario di quello che gli succede con moglie e figlie, che sanno usarle fin troppo bene come strumento di ricatto). Forse perché gli sembra in contraddizione con la sua natura fondamentalmente stabile, pratica, affidabile?

Lei poco a poco riesce a riprendere fiato, si passa il dorso di una mano sotto il naso, sulle guance; tira su, lo guarda con occhi così inscuriti di drammaticità tarese da far paura.

"Avete trovato quel fotografo o no?"

"Sì." Lucia non piange più, ma le sue labbra continuano a tremare.

"Dove?! Quando?!" La incalza, ha bisogno di una risposta a tutti i costi.

"È morto."

"Chi?" La guarda negli occhi a brevissima distanza: sì, gli fanno paura. C'è un abisso, lì dentro, e minaccia di risucchiarlo.

"Il fotografo." Lucia tira su col naso, si preme una mano sulla bocca.

"Cosa cavolo stai dicendo? Come morto? Eh?" La scrolla di nuovo, non riesce a capire se stia straparlando o cosa.

"È morto. Smettila, mi fai male."

Lui smette di scrollarla, si gira a guardare le rocce della costa, la scarpata. Il cuore gli batte ancora più veloce di prima, i pensieri gli volano in dieci direzioni simultanee. Si chiede quanto sia probabile che lei in effetti straparli, a causa della caduta o di chissà cos'altro le ha provocato le sbucciature alle mani e alle ginocchia. Oppure che abbia visto male, interpretato male, tratto conclusioni sbagliate.

Lucia si asciuga ancora gli occhi e il naso, riacquista poco a poco il controllo di muscoli e nervi. Proprio adesso che lui preferirebbe considerarla inattendibile, sta tornando fin troppo rapidamente se stessa.

"Come è morto? Quando? Dove? Dov'è Carmine?"

Lei lo fissa; nei suoi occhi ci sono ombre profonde, irraggiungibili. "Vieni a vedere anche tu."

Camminano sopra e sotto e intorno alle rocce laviche senza parlare, passano oltre le cascate di terra giallastra solforosa, sopra i sassi frantumati più piccoli. Lucia avanti, instabile nelle sue zeppe di corda ormai tutte impolverate e storte, lui subito dietro nei morbidi mocassini cuciti a mano dal quel genio di Marino Zanoni che si stanno rovinando molto rapidamente. La luce è difficile da sostenere, nessuno dei due ha gli occhiali da sole; la brezza di sudovest rinforza a strappi, soffia in faccia e nelle narici aria di mare, sale, briciole di roccia.

Più vanno avanti, più a Gianluca Perusato cresce il dubbio che l'apparizione del fotografo sia un'invenzione di Lynn Lou Shaw, per stuzzicare il marito o per qualunque altra distorta ragione da star alcolista e squilibrata, e che Lucia e Carmine abbiano deciso di svilupparla ulteriormente per motivi loro. Potrebbe essere una di quelle storie di cui si legge nelle cronache di provincia: i due cugini meridionali che si mettono in testa di ottenere di più dal ricco professionista del nord, soldi per lui, la nomina a manager di Villa Metaphora per lei. Guarda Lucia che gli cammina un paio di metri avanti, le natiche potenti sotto il tessuto leggero della gonna, i capelli folti e scomposti che luccicano nel sole battente, la giovane donna tarese che malgrado le scarpe inadatte è abituata a muoversi su queste rocce fin da bambina, e pensa a quanto poco la conosca davvero. Sì, hanno viaggiato, parlato, fatto sesso insieme negli ultimi tre anni, ma con questo? Sono forse sinceri, quando fanno sesso? Lui non lo è, perché dovrebbe esserlo lei? La parte di messa in scena, il gioco di ruoli, prevalgono sempre, indiscutibilmente. Chissà cosa si annida nei pensieri più profondi di Lucia, quelli che non gli ha mai rivelato, per imbarazzo o paura di essere mal giudicata? Chissà cosa si aspetta veramente da lui, al di là di quello che lui le ha già offerto e ancora le offrirebbe spontaneamente? Per esempio, quanto è delusa dal fatto che non le abbia mai detto di volersi separare da sua moglie? Dal fatto che non le abbia mai parlato, nemmeno in modo puramente ipotetico e riferito a un futuro lontano, di matrimonio? Non è immaginabile che la paura di poterlo perdere un giorno smuova in lei meccanismi della sua natura primordiale? Non è addirittura probabile che malgrado i progressi sorprendenti che ha compiuto in fatto di gusto e conoscenza del mondo, sia pur sempre posseduta dall'avidità istintiva dell'isolana nei confronti di un uomo percepito come un alieno? Non è stato poco saggio fidarsi di lei in questi tre anni, farla entrare così tanto nella sua vita e nel suo lavoro? Non è stato illogico immaginare che una donna nata e cresciuta su uno scoglio vulcanico più vicino alle coste africane che a quelle italiane fosse capace di amore disinteressato nei confronti di un architetto di fama internazionale? Non avrebbe dovuto pensarci meglio, prima di affidare a Carmine compiti cruciali a Villa Metaphora, solo perché lei lo raccomandava? Non avrebbe dovuto capire subito che questa del fotografo morto è con tutta probabilità la grottesca trovata di due cugini che sperano di sfruttare al massimo l'occasione di una vita?

"È là, dietro quella roccia a profilo di cane." Lucia punta il dito, ansima.

"Non vedo nessun cane." Gianluca Perusato si chiede se non dovrebbe dirle subito che ha scoperto il loro gioco, di farla finita, basta.

"È là." Lucia indica di nuovo.

"Carmine dov'è?"

"Non lo so." Lucia si guarda intorno, come non ne avesse la minima idea. "L'ho lasciato qui."

"Senti, cos'è questa storia, me lo vuoi spiegare?" Gianluca Perusato non riesce a frenare la corrente di disgusto viscerale per l'ambiguità superstiziosa e inattendibile che impregna la cultura di tutti i taresi con cui ha avuto a che fare. "Cosa cavolo vi siete inventati, tu e tuo cugino?"

Lucia lo guarda con un'espressione remota, bocca dischiusa, occhi che sembrano cercare dati senza trovarli; è probabile che non si aspettasse di essere smascherata con tanta facilità.

Gianluca Perusato pensa a quanto è stato assurdo immaginare che i loro due mondi potessero davvero dialogare: appartengono a retroterra incompatibili, al di là di tutte le chiacchiere sulla presunta attrazione degli opposti. Perché mai Lucia dovrebbe essere diversa da suo padre e da sua madre e dai suoi nonni, dominati da una logica parassitaria e ricattatoria nei confronti di uno Stato remoto, quasi straniero, mai accettato?

Lucia passa da una roccia all'altra, punta il dito, distoglie lo sguardo.

Lui si avvicina, più che altro per mettere fine a questa manfrina, scoprire il patetico bluff, e invece del nulla che si aspettava vede il grosso corpo supino di un uomo in calzoni corti e camicia kaki, scarpe con suole a carrarmato ai piedi. Insopportabilmente reale, tridimensionale, pelle abbronzata ginocchia nodose tessuto kaki stropicciato capelli radi appena mossi dalla brezza di mare.

Lucia è poco dietro di lui, con la più strana espressione interrogativa, sospesa.

Gianluca Perusato sente un'onda di desolazione concentrata salirgli dentro: gli preme sullo stomaco, sui polmoni, sul cuore. È un sentimento al di là dell'orrore o dello spavento, al di là di qualunque considerazione pratica (anche se ne contiene decine, e in rapida moltiplicazione). Deve fare uno sforzo violento per riprendere a respirare, far tornare a battere il cuore, trattenersi dal vomitare.

Sul fatto che l'uomo sia morto non ci possono essere dubbi. Basta guardare la sua posizione, con i piedi in alto e la testa in basso, gli occhi vischiosi semiaperti, la bocca dischiusa. Diverse mosche gli camminano sulla fronte e sulle ginocchia e gli ronzano intorno, se ci fosse bisogno di conferme; sembra già perfino di sentire un odore estremamente sgradevole.

"Dov'è la macchina fotografica?" Gianluca Perusato guarda vicino al cadavere e sulle rocce intorno, non la vede.

"Che ne so." Lucia scuote la testa, sembra in uno stato di ipnosi.

"Architetto?" Una voce maschile arriva dal mare.

Gianluca Perusato si gira di scatto: è Carmine che si arrampica a piedi nudi sulle rocce, le scarpe in mano. Congestionato, sudato, gambe dei pantaloni zuppe d'acqua.

"Cos'hai fatto?" Gianluca Perusato indica il cadavere del fotografo, è così saturo di disgusto che stenta a trovare una reazione adeguata.

Carmine scuote piano la testa: non sembra in grado di inventarsi una giustificazione accettabile, nemmeno una scusa di ripiego. Guarda sua cugina, immobile, persa. Eccoli regrediti entrambi a uno stato pre-verbale, i cugini taresi.

"Come cavolo hai potuto fare una cosa del genere?" Gianluca Perusato cerca di mantenersi in equilibrio sulla roccia irregolare, si sforza di ridare un ordine utilizzabile ai propri pensieri.

Carmine scuote ancora la testa: l'unica forma di comunicazione di cui sembrano capaci, questi due.

"Ti rendi minimamente conto delle conseguenze?" La voce di Gianluca Perusato riacquista suono man mano che le considerazioni pratiche si trasformano in immagini fin troppo vivide che si sovrappongono una all'altra: sbarco di carabinieri irruzioni sgangherate indagini raffazzonate ospiti malamente interrogati equivoci insistenze inconsistenze indelicatezze mancanza di discrezione mancanza di tatto privacy violata atmosfera disintegrata partenze immediate notizie distorte voci incontrollate immagine sfigurata impresa distrutta finanze dissestate carriera di architetto bruciata, finita, chiusa.

"Non fui io!" Carmine finalmente urla, come se si rendesse conto solo ora di dover rispondere in qualche modo di quello che è successo.

"E chi è stato, allora?"

"Non lo so, architetto! Ma non io!"

Gianluca Perusato si gira verso Lucia. "Tu cos'hai visto?"

Lei scuote ancora la testa, non si capisce se per un riflesso nervoso o per negare di aver visto alcunché.

"Mi dici cosa hai visto?" Gianluca Perusato è fuori di sé, le immagini mentali gli si dissolvono in vampate abbaglianti, scoppi di luce bianca. "Mi dici cos'hai visto?!"

"Niente." Lucia scuote la testa. Adesso sembra una caricatura di donna tarese, reticente, omertosa, votata alla copertura sistematica dei crimini di famiglia.

Gianluca Perusato pensa che avrebbe dovuto aspettarselo. Magari non proprio un omicidio, ma qualche manifestazione di barbarie isolana prima o poi, sì. Aveva già avuto abbastanza segnali durante il calvario della ristrutturazione: sette anni di segnali, uno dopo l'altro. Questo è il Sud non recuperabile, la voragine che inghiotte risorse senza fine, il peso morto che sfianca l'Italia produttiva e la trascina a picco. Statuti speciali, aiuti a pioggia, stanziamenti, investimenti a fondo perduto, tentativi disperati di modernizzazione, sono decenni che il paese rovescia immense risorse, per vederle finire quasi tutte nelle tasche della mafia e dei politici corrotti, o semplicemente sperperate. Un articolo recente su una rivista tedesca diceva giustamente che se la Campania, la Calabria e la Sicilia non facessero parte dell'Italia sarebbero considerate *failed states*, stati in cui ogni autorità legittima è stata erosa ed è sparita ogni garanzia per i cittadini onesti. Come la Somalia, il Sudan o la Repubblica Democratica del Congo. Insomma, solo per parlare della Sicilia che è qui vicina, ha ventisettemila guardie forestali assunte per occuparsi del suo territorio semidesertico, più di quelle della Columbia Britannica, uno stato coperto di boschi! I membri del suo parlamento regionale hanno uno stipendio più alto di quello dei già vergognosamente strapagati senatori della Repubblica italiana! In tredici anni ha ricevuto dall'Europa fondi comunitari per venti miliardi di euro, e dove sono finiti? L'idea di venire a stabilire una piccola colonia di civiltà avanzata su queste rocce era bacata fin dall'inizio; perché diavolo non è andato a cercarsi un qualsiasi bel luogo suggestivo nel Terzo Mondo dichiarato, dove la mano d'opera sarebbe stata cento volte più economica e volonterosa, l'amministrazione locale infinitamente più collaborativa? No, ha dovuto infatuarsi proprio di Tari, investirci tutto quello che aveva e anche quello che non aveva, e come se non bastasse invischiarsi sessualmente e professionalmente con una tarese. Si sente un idiota, davvero: può prendersela solo con se stesso.

"Architetto, non fui io!" Carmine si sforza di riversare convinzione nella voce, anche se in ritardo.

"Chi altro potrebbe essere stato?" Gianluca Perusato non è minimamente disposto a farsi prendere per scemo, subire la beffa oltre al danno. "Non c'è nessuno su questa cavolo di costa, lo sai meglio di me!"

"Così, lo trovai! Lo giuro su mia madre!" Si avventa su sua cugina, tutto accenti drammatici e gesti teatrali. "*Confirma! Nou potes appizzarme a blama!*"

"*Io nou vidi aliqui, Cammine, o savi!*" Urlano come aquile tutti e due, sempre più convulsi: se non ci fosse sotto una tragedia, la si potrebbe vedere come una manifestazione pittoresca, infusa dell'isteria mezza recitata della processione al porto per il santo patrono dell'isola. Mancano solo le vecchiette vestite di nero a fare da coro.

"Ohi?! Allora?!" Gianluca Perusato è costretto a separarli, tirare via Carmine per un braccio prima che lui e Lucia peggiorino ancora la situazione, ammesso che sia possibile peggiorarla. "La finite?! Basta!"

Carmine si libera dalla sua presa con un movimento brusco della spalla, lo guarda con occhi fiammeggianti. Non c'è dubbio che possieda la forza e l'agilità del potenziale assassino; quanto al carattere, basta guardarlo. È probabile che si sia fatto prendere la mano, abbia interpretato in chiave tribale il suo ruolo di responsabile della sicurezza a Villa Metaphora. Il fotografo avrà reagito quando lui ha cercato di fermarlo, magari gli avrà risposto a male parole, ed ecco la reazione selvaggia.

"Insomma, siete arrivati qui insieme, sì o no?" Gianluca Perusato cerca di ricondurre i cugini alle loro responsabilità congiunte.

"Sì, ma io caddi sulla roccia, non vidi il momento." L'uso del passato remoto da parte di Lucia sembra confermare una regressione culturale dovuta all'evento traumatico, lo colpisce profondamente.

"Già morto, era!" Carmine alza ancora la voce. "Così lo trovai, architetto!"

"Come fate a dire che questo è il fotografo, poi?" Perusato ormai non si fida più di nessuna informazione che provenga da loro.

Carmine alza lo sguardo, come se la domanda gli sembrasse assurda. "*È* il fotografo. Chieda alla signorina Lynn Lou, se non ci crede."

"Ti ho già detto che è la *signora* Lynn Lou Shaw! E non ti azzardare a coinvolgerla in questa faccenda!" Perusato rabbrividisce solo all'idea che un'ospite tanto famosa possa essere coinvolta in questo orrore isolano. Ma come evitarlo, a questo punto? Cosa si potrebbe inventare? E presto, per di più? Praticamente subito?

"Io mai mi sognerei di coinvolgerla, architetto!" Carmine grida e si sbraccia come se fosse stato accusato di sacrilegio. "Piuttosto mi scaramotterei in mare!"

Gianluca Perusato non riesce a credere di aver mai potuto affidare incarichi di rilievo a gente con questo lessico e questa forma mentale. Cosa si aspettava da loro, seriamente? "Io so solo che qui non vedo nessuna macchina fotografica!"

Carmine scuote la testa, di nuovo non riesce a farsi venire in mente una spiegazione plausibile. "Quando mi feci consegnare la scheda, la macchina ce l'aveva. Grossa, anche, col treppiede attaccato."

"Hai guardato in giro? Tra le rocce, dappertutto?"

Carmine fa di sì con la testa, lineamenti moreschi chiusi, ostinazione tra il mediorientale e il nordafricano, come del resto sua cugina. "Dappertutto."

"Comunque sia, puoi essere stato solo tu. Non mi sembra che ci sia chissà quale andirivieni di assassini di fotografi, qui intorno." Gianluca Perusato si chiede quante probabilità avrebbe di cavarsela se Carmine a questo punto gli si gettasse contro con intenzioni omicide: non molte, probabilmente. Magari qualche anno fa, quando giocava a tennis regolarmente, avrebbe potuto assestargli un paio di pugni e calci di qualche efficacia, creare se non altro uno sbarramento difensivo. Ma oggi, di fronte alla disperata energia di un tarese ventinovenne pronto ad abbandonare ogni parvenza di civiltà (la deferenza sia pure riluttante, la bella tenuta bianca), cosa potrebbe fare?

Carmine però non gli si getta contro; si avvicina al cadavere del fotografo, indica la grossa testa riversa. "Dove sono i colpi, architetto?! Me lo dica! Dove l'avrei picchiato, eh?!"

"Non lo so, sei tu che me lo devi dire!"

"La testa batté sulla roccia, questo! Glielo giuro sulla Montagna, architetto!" Carmine è completamente attestato sulla sua linea di difesa, per rinforzarla tira perfino in ballo le sue credenze barbariche.

In effetti bisogna dire che sul viso del cadavere non ci sono tumefazioni o ferite visibili. Ma ci vorrebbe un medico legale per confermarlo, e comunque non è che questo cambi molto. Se anche fosse vero che il fotografo è morto per aver battuto la testa, è stato pur sempre fatto cadere. Magari dal punto di vista tecnico-giuridico si tratterà di omicidio preterintenzionale, ma dal punto di vista delle conseguenze su Villa Metaphora l'effetto è esattamente lo stesso. Vale a dire, fatale.

Carmine indica il retro della testa del fotografo, che sembra compressa dall'impatto; a guardare meglio il sangue c'è, e anche parecchio, ma è stato assorbito dalla roccia rossastra e asciugato dal vento e dal sole, la macchia si distingue a malapena in un riflesso più scuro e luccicante. "Lo vede? La testa, batté, questo!"

"Ma gli avrai dato una spinta tu! Gli avrai fatto perdere l'equilibrio!"

Carmine si accovaccia sulla roccia, si mette le mani nei capelli. Di colpo sembra privo di risorse, probabilmente assalito dai rimorsi, incapace di reagire in modo articolato.

"Cosa stavi facendo lì al mare, prima?" Perusato gli indica le gambe dei calzoni, già mezze asciugate dal sole.

"Il suo gommone feci sparire."

Gianluca Perusato non riesce a immaginare uno sviluppo dei fatti meno catastrofico, né a configurare una reazione adeguata. Eppure si rende conto benissimo che qualcosa deve decidere;

non ha bisogno di guardare l'orologio per sapere che il tempo sta volando. Come se non bastasse, Brian Neckhart potrebbe piombare qui da un momento all'altro e sorprenderli come tre complici vicino al morto, trarne conclusioni indiscriminate. Però cosa può decidere? Di chiamare davvero i carabinieri a Bonarbor, invitarli a distruggere in poche ore quello che ha impiegato sette anni di immani sforzi a mettere insieme? Anche a ragionarci a mente fredda, non ci vuole molto a immaginare la rozzezza delle indagini, l'incompetenza, la scortesia, l'ignoranza di lingue e maniere, il disturbo insopportabile per gli ospiti. Ma l'alternativa quale sarebbe? Fare finta di niente, lasciare il cadavere dov'è, sperando che non lo trovi nessuno? Restituire a Carmine le sue funzioni di marinaio e responsabile della sicurezza, come se niente fosse? Esporre i suoi ospiti ignari a potenziali attacchi? E d'altra parte, tutte le risorse che ha investito nel progetto di Villa Metaphora? Tutti i soldi che deve ancora restituire alle banche, e pagare a fornitori e personale? L'enorme quantità di tempo ed energie che ha profuso in quest'impresa? La sua reputazione internazionale messa in gioco? Il credito agli occhi dei suoi clienti di alto livello? La vacanza di tre mesi a Cortina di sua moglie e delle sue figlie? Gli appartamenti, le automobili, i vestiti, gli accessori, i gadget, perfino la benzina per la macchina, che adesso costa quasi due euro al litro? Comunque la giri, non riesce a intravedere una via d'uscita: niente. Guarda il fotografo morto sulla roccia, così inutilmente ingombrante, rovesciato all'indietro, le brutte ginocchia fuori dai calzoni corti, la brutta faccia distorta in un'espressione volgare; si dibatte tra impulsi opposti, ugualmente inaccettabili.

"Gian, che facciamo?" Lucia è in piedi di fianco a lui, sta fissando anche lei il fotografo morto.

"Non lo so." Gianluca Perusato scuote la testa. Dev'essere Tari che induce questo tipo di espressioni: basta starci abbastanza a lungo, e si diventa scuotitori di testa.

"Lo so io, allora." L'espressione di Lucia è molto diversa da pochi minuti fa; c'è una nuova tensione nei suoi lineamenti, una luce determinata nei suoi occhi. È un'espressione che lui conosce: l'ha già vista nel corso delle crisi ricorrenti con i lavori, in occasione di un paio di conflitti telefonici con sua moglie Ludovica, molto più di recente quando c'è stata l'emergenza dell'aiuto cuoco spagnolo che ha dato buca all'ultimo momento. È un'espressione che viene da lontano, da un passato di drammi isolani, da secoli di invasioni battaglie nubifragi carestie faide familiari fughe inseguimenti, scelte tra la vita e la morte da compiere in un batter d'occhio e a piede fermo, senza potersi permettere il lusso di un tentennamento.

"Cosa?" Gianluca Perusato la osserva, e si rende conto di come l'equilibrio di potere tra loro si stia rapidamente rovesciando. Un attimo fa era tutto preso da giudizi inappellabili nei confronti di questa donna, adesso si aggrappa al suo sguardo come un ragazzino che aspetta soccorso dalla mamma. È una componente primaria della loro relazione, anche se in alcuni momenti gli capita di dimenticarsene: la dipendenza intermittente dalla sua femminilità mediterranea, dal suo carattere così più vigoroso di quello di sua moglie (secoli di sangue nordico e metropolitano diluito da nebbie e agi, assenza di rischi di fame di bisogno). Ha paura di quello che Lucia sta per dire, e allo stesso tempo lo attende con ansia; non lo confesserebbe mai, ma è pronto ad affidarsi al buon senso pratico che ha permesso alla famiglia Moscatigno di sopravvivere fino a oggi, e perfino di prosperare, in un ambiente naturale e umano tra i più sfavorevoli al mondo.

"Lo facciamo scivolare in mare." Lucia indica le piccole onde che lambiscono gentilmente le rocce. Il suo tono non ha più oscillazioni, la luce nei suoi occhi scuri è incalzante.

"Sei diventata matta?" Perusato si guarda intorno, con la paura irrazionale che qualcuno possa ascoltarli. Ma non si vede anima viva, in questa pietraia lunare; non li possono nemmeno osservare dagli edifici di Villa Metaphora, coperti come sono da un grande masso crestato.

Carmine incrocia lo sguardo di sua cugina, sembra riscuotersi dallo stato di abulia in cui era sprofondato.

Lucia indica con il mento il fotografo morto. "Poteva benissimo finirci da solo, in mare, quando è caduto."

"Ti rendi conto che è un reato, far sparire un cadavere?" Gianluca Perusato abbassa la voce, i suoi pensieri attraversati in lungo e in largo da immagini raccapriccianti. "E molto grave, anche. Occultamento di cadavere, si chiama."

"Architetto, ha ragione Lucia." Carmine adesso ha la stessa determinazione barbarica e sconvolgente di sua cugina. "Poteva finirci da solo, in acqua, quello."

"Sì, però non c'è finito! E non è una differenza da poco!" Gianluca Perusato si dibatte come un pesce nella rete tra giusto e sbagliato, responsabilità adulta e vigliaccheria infantile. "Nel momento stesso in cui lo buttiamo in acqua diventiamo tuoi complici!"

"Non fui io, architetto! Se lo vuole cacciare in testa, Madre Santa?!" Di nuovo l'accento feroce, i bagliori minacciosi nello sguardo.

Gianluca Perusato ormai si sente ostaggio di questi isolani, una vittima del luogo e delle circostanze. Però c'è anche una strana forma di sollievo nell'essere ostaggi, una specie di dolcezza soccombente. Perdere il controllo, passare le consegne, godere dell'esenzione da ogni colpa: è il privilegio della vittima, e una tentazione crescente.

"Gian, quel che è stato è stato." Già solo questa frase la dice lunga sulla filosofia di cui Lucia è portatrice.

"*Qui tempore espera, tempore lusa.*" Carmine sa benissimo quanto la cugina sia sensibile ai distillati di saggezza dei loro antenati.

"Sì, ma potrebbe ancora succedere di peggio. Potremmo finire tutti e tre in galera, per esempio." Però si rende conto che non c'è nessuna urgenza morale nel suo tono di voce, nessuna autorevolezza. Se ne vergogna, eppure il suggerimento dei due cugini taresi lo tenta sempre più, per quanto barbarico e contro la legge possa essere. Non vorrebbe ammetterlo, ma è così.

"Saranno due metri si è no, Gian." Lucia calcola a sguardi la distanza tra il fotografo morto e il mare.

Carmine sta facendo lo stesso, probabilmente valuta anche lo sforzo necessario a spostare il cadavere.

"Non occultiamo niente, Gian. Lo facciamo solo scivolare in mare." La determinazione negli occhi di Lucia è incomparabilmente più forte delle incertezze tra cui lui si dibatte; non c'è gara.

"Ma lo cercheranno!" Gianluca Perusato si sente come un tuffatore sul bordo di un trampolino altissimo, mezzo terrorizzato dalle conseguenze del volo, mezzo attratto dal vuoto. "L'avrà mandato un'agenzia, no? Sapranno dov'era."

Carmine scuote la testa, come se la sua esperienza pragmatica si estendesse anche al mondo della fotografia scandalistica. "Questo era un cane sciolto, è venuto per conto suo. Era in vacanza a Linosa o Lampedusa, avrà saputo qualcosa."

"E chi gli ha affittato il gommone, scusa?" Gianluca Perusato è sempre più inorridito, sempre più tentato. "Vorrà recuperarlo di sicuro, cercherà dappertutto!"

Carmine scuote la testa. "Dove lo feci sparire io non lo trova nessuno, architetto."

"Eh, così cercheranno ancora più accanitamente."

"Glielo affittò mio zio Rimasto, architetto, c'è la scritta." Carmine sembra certo del fatto suo. "Gli dirò che a controllare questa parte di costa ci penso io."

"Oltretutto mica sparisce, un corpo in mare." Gianluca Perusato guarda il cadavere del fotografo, detestando il suo inutile, osceno ingombro. Tutta qui la sua opposizione, a questo punto: ridotta a considerazioni logistiche, in una prospettiva già complice, già delinquenziale. "Prima o poi lo troverebbero, spazzato su qualche riva."

"Architetto, se sapesse quanti cadaveri ci sono, in queste acque." Carmine ormai con la sua natura selvaggia ha avvertito il cedimento morale, si permette un tono quasi condiscendente. "Con tutti i migranti che annegano tra la Libia e Lampedusa, una settimana sì e una no. Solo dieci giorni fa mio cugino Sentito se ne trovò uno nella rete da pesca, mezzo smangiucchiato dai pesci."

"Ma questo avrà dei documenti addosso, un portafogli, qualcosa. Potranno identificarlo."

"Architetto, già controllai." Carmine si toglie di tasca un portafogli e un telefono cellulare, glieli mostra. "Questi, aveva addosso. Glieli tolse Lucia, perché io ai morti non tolgo niente."

Lucia annuisce, come se anche frugare il cadavere di uno sconosciuto facesse parte delle normali incombenze della vita.

Gianluca Perusato ha una sensazione di sfinimento assoluto, obliterante. "Come si chiamava?"

Carmine apre il portafogli, tira fuori una carta d'identità. "Trepolan Ezio, nato il 7/6/1971, cittadinanza italiana, residenza Montirone, Brescia, via Gambara 4, stato civile, libero, professione, fotografo, altezza..."

"Va bene, va bene, basta!" Gianluca Perusato distoglie lo sguardo dal morto. Potergli dare nome età e indirizzo dovrebbe forse farlo sentire peggio, ma non è così. Prova solo una sorda rabbia nei suoi confronti, per essersi intrufolato nella sua proprietà privata. "Avrà una famiglia, dei parenti!"

Lucia alza le spalle con un'espressione dolente, come per partecipare al lutto della famiglia. "Se gli è successo un incidente, cosa ci possiamo fare?"

"Non gli è successo un incidente!" Ma sta davvero facendo un estremo tentativo di far cambiare idea ai due cugini, o è solo un esercizio di discolpa a futura memoria?

Lucia e Carmine lo fissano in silenzio, nei loro occhi c'è una totale assenza di giudizi.

Gianluca Perusato torna a guardare il cadavere, non sa più cosa pensare. "È anche parecchio più grosso di un magrebino. Capirebbero subito che non è un migrante."

"Eh, ce ne sono di tutti i tipi, di migranti, architetto." Di nuovo Carmine usa il tono di chi conosce il mare, il mondo, la vita meglio di lui. "Alti, bassi, piccoli, grossi."

"Ma non ne ho mai visto uno vestito così, coi calzoni al ginocchio, il gilet, tutte 'ste tasche..."

"Chi glieli guarda i vestiti, architetto, a un corpo pescato in mare? È anche tutto abbronzato, questo. Figuriamoci se qualcuno vede la differenza. Dopo un po' che sta in acqua, poi..."

"Voi siete pazzi." Perusato scuote la testa (lo scuotitore di testa onorario). Però si guarda bene dal dissociarsi inequivocabilmente dal loro piano criminoso, tracciare una linea di confine nettissima tra il lecito e l'illecito.

Lucia deve considerare chiusa la discussione, perché va a prendere il fotografo morto per le caviglie. Carmine va dalla parte delle spalle, ficca le mani sotto le ascelle. Provano a sollevarlo, ma riescono solo a tirare su il busto e le gambe, il sedere resta sulla roccia. Si girano verso di lui.

"Architetto, ci dà una mano?" Carmine ha la naturalezza con cui gli potrebbe chiedere aiuto per spostare un mobile di Paolo Zacomel, o un sacco di riso basmati per Ramiro.

Gianluca Perusato si preme le mani sulle tempie, cerca di inspirare a fondo dal naso. Fruga tra i suoi pensieri alla ricerca di una linea di condotta eticamente accettabile, e non trova niente. Del resto quanto spesso capita che nei conflitti interculturali l'etica più primitiva finisca per prevalere su quella più evoluta? Maggiore la complessità delle regole, più sottili ed elevati i riferimenti, più alta la probabilità che il meccanismo si inceppi. L'Occidente non si ritrova forse vulnerabile, spesso disarmato, di fronte alla pressione di chi è molto meno intralciato da vincoli di natura morale? Non è un fenomeno che si può osservare in ogni campo, dalla religione all'industria? Non è sotto gli occhi di tutti?

"Gian, vieni?" Lucia lo fissa con i suoi occhi scuri, accovacciata in attesa (le si intravede il piccolo triangolo bianco delle mutandine, tra le cosce forti e abbronzate).

Gianluca Perusato esita ancora un istante, poi va di fianco a Carmine, si fa perfino spiegare come afferrare il fotografo per il braccio sinistro e sotto la schiena. Eccoci al punto di confine preciso tra semplice omissione di controllo e complicità attiva; siamo già oltre, in realtà. Il cadavere è pesante, freddo, molle, un autentico corpo morto: la resistenza che offre non potrebbe essere più passiva, scivolosa, sbilanciata, disarticolata. In tre fanno alcuni goffi tentativi di sollevarlo, poi ci rinunciano. I due uomini vanno dalla parte dei piedi, lo trascinano ognuno per una gamba. È orribile, perché il corpo gratta e struscia sulla roccia ruvida, la testa sobbalza, lascia dietro una bava rossastra. Meglio non guardare, limitarsi a tirare.

Lucia li segue e li incoraggia passo a passo, come un'allenatrice di atleti. "Vai così. Ancora un paio di metri. Dài. Ci siamo quasi."

La distanza dal mare è minima, ma ci vuole uno sforzo considerevole a trascinare il corpo fino all'orlo del masso lambito dalle onde. "Ancora poco poco." Lucia li sprona.

Carmine sposta le mani per avere una presa migliore, tira con l'energia di un giovane molto in forma e molto motivato a far sparire il corpo del reato. Gianluca Perusato per non essere da meno deve attingere a tutte le sue capacità muscolari (davvero dovrebbe rimettersi a giocare a tennis, o iscriversi a una palestra). Inevitabilmente diventa una specie di competizione mascolina, una grottesca piccola prova di forza da fiera di paese.

"Ci siamo!" Lo scoppio di voce di Lucia sembra quasi entusiasta.

Gianluca Perusato e Carmine danno uno strappo violento, abbastanza ben sincronizzato: il fotografo morto scivola oltre il masso, casca in mare con un tonfo più forte di quanto ci si poteva immaginare, va sotto, torna lentamente a galla, a faccia in giù. A vederlo così sembra un osceno boy scout extralarge che fa snorkeling senza maschera, con i suoi calzoni corti, la sua camicia color kaki, il suo gilet pieno di tasche, la testa mezza schiacciata, i capelli come alghe. Ondeggia a fior d'acqua con i movimenti del mare, a ridosso delle rocce.

Restano tutti e tre sul bordo del masso a osservarlo, incantati. Si guardano tra loro, scrutano la costa a destra e a sinistra, tornano a guardare il morto semigalleggiante.

"Non va giù." Gianluca Perusato si rende conto di quanto fossero assurde le sue aspettative. Si immaginava davvero che il cadavere sparisse, appena in acqua? Che si dissolvesse come un brutto sogno?

"Gli lasci il tempo, architetto." Carmine sembra un intollerabile depositario di cognizioni popolari. "Andrà giù."

"Ma poi tornerà su, no?" Gianluca Perusato in effetti non sa proprio niente del comportamento di un cadavere in acqua, a parte quello che ha visto in qualche film e telefilm, come chiunque.

"Tornerà su, tornerà giù, lasciamo fare alle correnti." Carmine guarda sua cugina, in cerca di conferme.

"Sì." Lucia annuisce. "Comunque in acqua è, adesso." Come se avessero appena fatto una cosa buona e necessaria, di cui potrebbero quasi essere orgogliosi.

Gianluca Perusato è invaso dallo sgomento, e da una corrente totalmente inconfessabile di sollievo. Pensa alla contessa Vacca

Agusta che anni fa era volata giù dalla sua villa in alto sulla scogliera di Portofino, ed era stata ritrovata settimane dopo sulla Costa Azzurra. In effetti non si era mai capito se fosse stata ammazzata prima, fosse caduta perché era ubriaca, si fosse suicidata. Il mare confonde molto le cose, questo bisogna ammetterlo. Fa un cenno snervato a Carmine. "Dammi quel portafogli e quel telefonino, poi decideremo cosa farne."

Carmine sembra riluttante, ma glieli consegna.

Gianluca Perusato con un brivido di repulsione se li infila nelle tasche dei calzoni. Si sente contaminato ad avere gli oggetti personali di un morto a contatto con il corpo. Irrimediabilmente compromesso, anche, certo. Il passo ormai è fatto, sono tutti e tre complici in un delitto, vincolati da un patto abominevole. Ma le alternative? Non ce n'erano, semplicemente.

Escono dal riparo del masso crestato, guardano la scarpata rocciosa, le terrazze e gli edifici bianchi di Villa Metaphora, là in alto. Non si vede nessuno, ma come si può essere sicuri che fosse così anche venti minuti fa? E Brian Neckhart dov'è? Sta ancora perlustrando furiosamente qui intorno?

Tornano dietro il masso crestato, esaminano con estrema attenzione il punto dove giaceva il cadavere, il percorso del suo trascinamento. A non sapere niente, non si distinguerebbe nessuna traccia. Il sangue ha quasi lo stesso colore della roccia, il leggero luccichio sembra solo una bava lasciata dal mare. È come se Tari stendesse la sua ambigua omertà su quello che è successo, assorbendo i fatti eppure registrandoli, occultando le prove eppure tenendosele. Gianluca Perusato è invaso da un senso di perplessità che gli taglia il fiato, gli altera il senso dell'equilibrio; fatica a tenersi dritto sul masso vulcanico.

Trentacinque

Arrampicarsi su per la scarpata fa lavorare intensamente gambe braccia e tutto il sistema cardiovascolare, però richiede parecchio più tempo che salire per le scale. Quando Brian Neckhart arriva al pianoro degli eucalipti non ansima quasi, ma la sua tunica e i suoi pantaloni sono bagnati di sudore, sporchi di polvere rossastra. L'adrenalina gli circola ancora nel sangue, non si è affatto stemperata con lo sforzo della salita. Prova a fare un esercizio di distacco guardando la distesa immensa del mare più sotto, respira a fondo; non è facile.

Carmine il marinaio è sul bordo della terrazza ristorante, tutto assorto a scrutare la costa. Si accorge di lui solo quando gli è a pochi passi, si gira di soprassalto: occhi dilatati, capelli appiccicati alla fronte, maglietta bianca fradicia di sudore.

"Allora?" Brian Neckhart lo attacca subito, per spiazzarlo. "Trovato il fotografo?"

"No." Carmine non capisce da dove sia arrivato Brian Neckhart; gli guarda la polvere sui vestiti, si gira a guardare la scarpata.

"Come no? È ancora nascosto qua intorno? È riuscito a scappare?" Il punto è non lasciargli prendere fiato, stargli addosso, costringerlo a dare una risposta.

Carmine scuote la testa. Il suo atteggiamento è ben diverso da quello del baldo marinaio che ieri è venuto a prendere lui e Lynn Lou al porto con il Chris Craft, e anche da quello dell'eroe arrivato nell'ufficio di Perusato, con la scheda fotografica sbagliata.

"Hai visto qualcosa sulla costa, sulla scarpata, all'interno?" Il contatto d'occhi è fondamentale: mantenere la pressione, non far trapelare ai lineamenti la minima traccia di amichevolezza.

"Niente." Carmine lo guarda come se volesse fargli le stesse domande, ma non osa, è troppo frastornato. Si gira verso le finestre dell'ufficio di Perusato, come a cercare aiuto.

"Non hai visto neanche una barca? Come è arrivato, il fotografo? Com'è andato via?"

Di nuovo Carmine scuote la testa. La difficoltà di comunicazione non dipende dal suo inglese: ieri sul Chris Craft riusciva a esprimersi benissimo, quando si trattava di fare il galante con Lynn Lou.

La porta dell'ufficio si apre, viene fuori Perusato. Sembra agitato, perfino un po' spettinato rispetto al solito. Del resto già quando l'ha trovato sulla scalinata con quel tipetto losco aveva un atteggiamento tutt'altro che impeccabile.

"Carmine qui dice che non è riuscito a trovare il fotografo." Brian Neckhart lo investe con la stessa tattica che ha usato col marinaio. "Dice che non ha visto nessuna barca. Dice che non ha visto niente di niente."

Perusato sospira, allarga le braccia; è chiaramente sotto stress, anche se si sforza di non farlo capire. "Abbiamo cercato dappertutto con il massimo scrupolo, signor Neckhart."

"Mi chiedo cosa significhi il massimo scrupolo in questo posto, francamente." Brian Neckhart li tiene tutti e due con le spalle al muro.

"È stato anche lei sulle rocce della costa?" Perusato gli guarda i vestiti sporchi di polvere vulcanica: i suoi lineamenti sono contratti dall'incertezza, i suoi occhi pieni di dubbi.

"Sì, ci sono stato." Nessun allentamento di tensione, nessuna oscillazione nello sguardo.

"E ha visto qualcuno, o qualcosa?"

"È *lei* che mi deve rispondere, signor Perusato." Brian Neckhart mette una fermezza da interrogatorio militare nella voce, prima che l'altro cerchi di rovesciare i ruoli. "È *lei* che mi deve dire se ha visto qualcuno, o qualcosa."

Perusato dà una rapida un'occhiata a Carmine: se pensa che passi inosservata, si sbaglia. "Niente, purtroppo."

"Magnifico, così possiamo essere certi che il fotografo è scappato con le foto di mia moglie."

"Certi no." Carmine abbassa lo sguardo quasi subito, perché Perusato si gira a guardarlo.

"Cosa vuole dire?" Brian Neckhart si mette di mezzo tra loro, in modo da bloccare il traffico di occhiate. "Se non avete trovato né lui né la sua barca, mi sembra chiaro che è scappato." Sposta lo sguardo da uno all'altro, li tiene sotto controllo tutti e due. È il principio base del domatore di leoni, nel recinto del circo: mai perdere il contatto d'occhi.

"Potrebbe essersi nascosto più avanti lungo la costa." Perusato ha un tono troppo vago per essere credibile.

"I danni che mia moglie subirà da questa storia sono incommensurabili, signor Perusato." Brian Neckhart fissa l'architetto con la tecnica alla quale ha lavorato per anni: intensa concentrazione, nessuna emozione visibile, zero sfarfallamento di palpebre.

"Signor Neckhart, siamo mortificati per quello che è successo." La disperazione è lì, appena sotto gli atteggiamenti dell'architetto. "È stato un episodio assolutamente non prevedibile, che non si ripeterà mai più."

"Io ho sempre creduto nel motto 'Se vuoi la pace, prepara la guerra', signor Perusato." È una delle frasi-guida del metodo LifeSolving™, e riassume bene la sua filosofia. "È di un autore latino."

"Certo, Vegezio. *Si vis pacem, para bellum.*" Perusato non resiste alla vanità della citazione. "Vorrà dire che faremo tesoro di quest'esperienza, rafforzeremo ancora le misure di sicurezza."

"Quali misure di sicurezza?" Brian Neckhart fa affiorare alle labbra una traccia di sorriso sarcastico.

Perusato cerca di nuovo di dare un'occhiata a Carmine, ma Brian Neckhart continua a ostacolare la comunicazione.

"Ce ne andremo da qui appena mia moglie si sarà ripresa." Brian Neckhart fa un cenno nella direzione della loro camera.

"Signor Neckhart, le posso garantire sul mio onore che sua moglie non subirà più nessun disturbo finché sarà nostra ospite."

"Temo che le sue garanzie a questo punto valgano molto poco, signor Perusato." Brian Neckhart si rende conto di infierire, ma le tecniche di lotta mentale hanno le loro regole, non lasciano spazio alla compassione.

Trentasei

L'attenzione non è più quella di una volta, e neanche la memoria. Poulanc guarda lo schermo del suo computer portatile, e pensa che in questi anni le reti di comunicazione elettronica si sono mangiate poco a poco un sacco di territori mentali. Per esempio, c'è ancora qualcuno che sia disposto a fare sforzi per ricordarsi un episodio storico, una nozione geografica, la forma di un oggetto, il colore di un fiore, un qualsiasi dato di conoscenza diretta? Se c'è, deve essere ben vecchio, o socialmente svantaggiato, o affetto da una forma particolarmente grave di tecnofobia. C'è qualcuno che anche solo si dia la pena di farsi venire in mente un nome preciso, prima di digitarlo nella casella, quando sa che il motore di ricerca provvederà solerte a correggere l'ortografia, aggiustare il tiro, offrire l'opzione giusta tra le innumerevoli possibilità? (Un paio di settimane fa, dopo una discussione su questo argomento con René, che passa buona parte delle sue giornate su internet, lei ha digitato per sfida su Google *oswell animal*, immaginando un somaro assoluto che – per ragioni imperscrutabili – voglia sapere qualcosa su *Animal Farm* di George Orwell, senza ricordarsi né il titolo del libro né il nome dell'autore. Manco a dirlo, ecco che i primi undici risultati erano magicamente su Orwell e il suo libro: tutto aggiustato e reindirizzato automaticamente dal servizievole motore di ricerca. "E non è una cosa meravigliosa?" aveva commentato René, come se il piccolo test desse ragione a lui, non a lei.) Chi ha più bisogno di rintracciare fili lontani, rimettere insieme frammenti, percorrere labirinti temporali, domandare, investigare sul campo? Chi ha più voglia di incontrare qualcuno, frugare tra gli scaffali di una biblioteca, sporcarsi le dita di polvere, le suole di terra? L'idea di dover aspettare – una persona, un momento, un luogo – per sapere qualcosa è diventata insopportabile, le informazioni devono essere accessibili immediatamente e ovunque, sul portatile, sul tablet, sul cellulare, in viaggio, mentre cammini, mentre leggi, lavori, mangi, fai la pipì, parli con qualcuno dedicandogli una porzione decrescente della tua attenzione sempre più carente. Perché mai affaticarsi a raccogliere, scovare, estorcere, conquistare? I dati sgorgano facili facili alla pressione di un pulsante, come acqua dal rubinetto di un bagno pubblico!

Sono considerazioni da intellettuale rompiscatole, queste? Da povera snob irrimediabilmente fuori dal tempo? Non diciamo fesserie; il suo strumento principale – ce l'ha qui davanti, sul tavolo piccolo e traballante che si sono finalmente decisi a portarle in camera dopo ripetute proteste – non solo è un computer portatile, ma un laptop dell'ultima generazione, sottile, superelegante, dotato di processore *dual-core* – qualunque cosa significhi – capace di funzioni infinitamente al di là delle sue necessità reali. Non sarà certo lei a sostenere che internet è inutile: senza il processo rapidissimo di verifica e aggiornamento che la Rete le consente forse non riuscirebbe neanche più a scrivere i suoi pezzi. Non ha nessuna difficoltà a riconoscere lo smarrimento delle rare volte in cui – all'estero, in transito – le capita di trovarsi senza collegamenti wi-fi. Per non parlare del potenziale democratico di un sistema che sfugge – almeno in teoria – al controllo di governi e potentati economici, quasi gratuito, a cui si può accedere anche dai luoghi più remoti – Tari, per fare un esempio a caso. Però tutto questo non le impedisce di riflettere sulle perdite che accompagnano le conquiste, i danni a lungo termine collegati ai vantaggi immediati. Riparliamone tra qualche anno, quando le nostre capacità mnemoniche si saranno atrofizzate del tutto e saremo incapaci di ricordarci non solo il nome del primo ministro in carica, ma anche il titolo di un film appena visto, o alcunché della persona insieme a cui l'avremo visto – a meno di ricorrere a qualche minuscolo contenitore elettronico di memoria esterna. Non siamo già arrivati al punto in cui non ci ricordiamo più nessun numero di telefono, neanche quello degli amanti e degli amici più cari?

Ecco l'intellettuale rompiscatole che sta venendo fuori – adesso forse sì. Ma del resto cosa sta facendo da un'oretta buona, l'intellettuale rompiscatole? È su internet, a raccogliere informazioni sugli altri ospiti di Villa Metaphora. Appunto: in altri tempi avrebbe dovuto accumulare indizi, orecchiare conversazioni, trovare il modo di farsi raccontare qualcosa dal personale di servizio, magari telefonare ad amici o conoscenti in grado di sapere qualcosa delle persone che la interessano. Poi avrebbe dovuto mettere insieme tutti gli elementi, dargli un senso, elaborarli con una corrente alterna di intuizione e immaginazione, e alla fine – se avesse fatto un buon lavoro – si sarebbe ritrovata con alcuni ritratti interessanti. Magari un po' arbitrari, ma vivi, e soprattutto unicamente suoi. Invece adesso tutto quello che ha dovuto fare è stato digitare i nomi nelle caselle, e in un secondo il motore di ricerca le ha scodellato pagine su pagine di biografie, fotografie, dichiarazioni, interviste, video. Con il risultato di sapere molto più di quello che le serve su ognuno degli ospiti, e di saperne ben poco, perché le informazioni disponibili sono così largamente condivise e predigerite da perdere gran parte del loro valore – *junk food* della mente, come avrebbe detto Jean-Émile.

Poi naturalmente c'è l'altro aspetto di tutta questa storia di internet, vale a dire che mentre tutti parlano e straparlano di privacy a ogni piè sospinto, la vita privata della gente si è dissolta, non esiste più. Porte sfondate, finestre spalancate, pareti demolite, milioni di persone esposte alla vista di milioni di altre persone nei loro salotti e tinelli, nelle loro cucine, nelle loro camere da letto, nei loro bagni. Per egocentrismo, esibizionismo, noia, semplice mancanza di occupazioni migliori, ognuno si affanna a mettere in mostra su Facebook, Twitter, Tumblr, Instagram anche gli aspetti più intimi e irrilevanti delle proprie giornate: le innumerevoli torte di compleanno, gli innumerevoli bikini, le innumerevoli combriccole di allegri amici, gli innumerevoli tramonti, gli innumerevoli bacini e bacetti, gli innumerevoli tatuaggi, gli innumerevoli alberi di Natale, le innumerevoli pettinature idiote. I commenti dei visitatori – amici, parenti, guardoni, spie, distratti passanti, dipende – sono allo stesso livello di irrilevanza assoluta: milioni di "mi piace", di piccoli pollici all'insù, di faccine corrucciate o sorridenti, di "hihihihihi", di strizzatine d'occhio da asilo infantile. C'è gente che espone nella propria bacheca le foto del figlio ancora nell'utero, gente che ha bisogno di condividere con il resto del mondo ogni cocktail che trangugia e ogni scontata cartolina di città straniera che visita. Ci sono artisti di primo piano, politici, sindacalisti, che si sentono in dovere – o in diritto – di diffondere la più superficiale delle loro impressioni, il meno elaborato dei loro pensieri, venendo subito ripresi da televisioni, radio, giornali, in una moltiplicazione esponenziale del nulla mediatico. È un circuito chiuso, si autoalimenta all'infinito. La moglie di un primo ministro twitta una scemenza, la scemenza scatena migliaia di commenti a favore e contro, i mass media ci costruiscono sopra un caso totalmente fuori proporzione, il primo ministro è costretto a rimediare – magari con un *tweet*. Cosa resta di veramente privato, in tutto questo patologico circo Barnum dell'inconsistenza? Di puramente personale, di unico? Niente, in pratica. Quante volte le è capitato di incontrare qualcuno che non sentiva da tempo, e scoprirlo al corrente di tutti i suoi spostamenti e incontri più recenti, semplicemente perché qualcun altro aveva fatto la spia su qualche dannato *social network*? Non c'è più una cena o una festa o una qualunque occasione teoricamente privata in cui un imbecille – o una dozzina di imbecilli – non tiri fuori una macchina fotografica o un telefono cellulare con cui registrare facce e nomi da scaraventare in pubblico pochi minuti dopo. Per cosa, poi? Per niente. Ma il niente – per citare di nuovo Jean-Émile – è l'unica risorsa veramente illimitata di cui disponga la nostra specie.

Al resto pensa chi registra sistematicamente ogni singola cosa che compriamo, leggiamo, guardiamo, desideriamo, per poi utilizzare – o vendere a terzi – i dati raccolti e assediarci con proposte offerte, sollecitazioni, stuzzicamenti. A completare il quadro, c'è chi con accanita determinazione sta fotografando dall'alto – adesso anche dal basso – ogni centimetro quadrato della superficie della terra, rendendo identificabile e rintracciabile ogni via, ogni casa, ogni balcone e finestra, cancellando qualunque possibile nascondiglio o angolo d'ombra. Così eccoci qui esposti – più o meno volontariamente – nudi, ognuno con l'illusione di essere il protagonista di qualcosa, ognuno più o meno consapevole di essere monitorato ogni volta che preme – o che qualcuno preme per lui – un dannato tasto. Le fa impressione – e una certa dose di orrore – constatare che lei stessa non si astiene certo dallo schiacciarli, i dannati tasti: basta guardarla in questo momento.

Sull'architetto Gianluca Perusato si era già documentata a Parigi quando aveva deciso di venire qui, ma adesso che lo conosce di persona le dà gusto riguardare qualche foto, a corredo di articoli apparsi su vari giornali e riviste: l'architetto Perusato con l'Emiro Hamad bin Khalifa Al Thani del Qatar, per il quale ha progettato un auditorium; l'architetto Perusato con Louis Bardignon, alla consegna della magione appena realizzata a Biot; l'architetto Perusato con Donald Trump a New York, sulla terrazza affacciata su Central Park; l'architetto Perusato con i coniugi Esselwig a Gstaad. Va a rivedersi anche l'articolo con la foto di Perusato davanti all'edificio principale di Villa Metaphora com'era quando ha comprato la proprietà, dilapidato relitto di un sogno eccentrico andato a male. Rilegge le sue dichiarazioni su quanto fosse emozionante *ridare vita alla testimonianza d'amore del barone Canistraterra per un luogo unico al mondo, offrendo a pochi ospiti scelti l'occasione di stabilire un rapporto impareggiabile con la natura*. Poulanc si chiede quanto sia impareggiabile il rapporto del banchiere tedesco, per esempio – o della diva americana – con la natura di un luogo di cui sembra non gliene freghi proprio niente. Ma l'operazione funzionerà, non c'è dubbio: basta continuare a mettere l'accento sull'"unico" e sull'"impareggiabile", e su quanto "scelti" siano gli ospiti.

Brian Neckhart e la sua mogliettina Lynn Lou Shaw sono di gran lunga i villeggianti di Villa Metaphora con il maggior numero di pagine su Google, ognuno per conto suo e tutti e due insieme. Lei perché naturalmente è una star del cinema da quando aveva sei anni, avviata alla professione da una madre attrice di secondo piano che a un certo punto ha rinunciato alla scarsa gloria cinematografica per andarsene in India insieme al futuro padre. Risultato del viaggio dei due hippy con la testa probabilmente fritta da droghe assortite, la futura attrice nonché sex symbol planetario. Le informazioni sulla sua vita e sul suo lavoro sono decisamente troppe, almeno per chiunque non raggiunga i livelli di idolatria dell'aitante marinaio Carmine. Tra i risultati che possono dare un certo gusto ci sono tre fotografie della giovane diva *en déshabillé* – autoritratti scattati con il cellulare, le pose sono sciatte, le espressioni imbambolate – che pare abbiano causato grande eccitazione sulla Rete un paio di mesi fa. La povera ingenua le aveva inviate a un'amica – almeno secondo la sua versione – per un uso puramente personale, e un malvagio hacker sarebbe riuscito ad appropriarsene e metterle in circolazione, per la gioia di milioni di fan. D'accordo, la ragazza non sarà un'aquila, però qualche sospettuccio sulla sua buona fede sorge spontaneo, è inevitabile. D'altro canto quante saranno le foto in circolazione di situazioni perfettamente pubbliche in cui Lynn Lou Shaw mostra le mutande, o la loro assenza – lo fanno molte sue colleghe, niente di così straordinario – alla discesa dalla limousine? Su quanti *red carpet* la spallina del vestito le è scivolata, rivelando un'areola o addirittura un capezzolo? Incidenti anche quelli, o calcolo suggerito da un senso del marketing di se stessa piuttosto sviluppato? Bisogna anche considerare la difficoltà di far coesistere l'immagine di sex symbol con quella di protagonista di commedie brillanti o melodrammi destinati a tutta la famiglia; i produttori e distributori sono attenti a queste cose, lo sappiamo. Un conto è il delicato ammiccamento, un altro l'esposizione brutale, che rischia di far precipitare in tutt'altra categoria di notorietà. Insomma, la vita della star globale – e quella dei suoi manager e gestori – è tutt'altro che semplice, i rischi di passi falsi e veri e propri infortuni sono parecchi.

Quanto al maritino, il buon Brian Neckhart ha messo su questa LifeSolving™ – pregasi notare il ™ appiccicato al nome ovunque ricorra – che assicura con la più sfacciata sicurezza di essere in grado di risolvere per conto terzi qualunque problema di natura personale o professionale. Scorrere la sfilza di promesse e dichiarazioni potrebbe far sorridere – Jean-Émile avrebbe parlato di "ingenuità pragmatica" nordamericana – se non prevalesse l'inquietudine all'idea che qualcuno si rivolga a un'organizzazione per terminare una storia d'amore o un'amicizia decennale, liberarsi di un cane ormai troppo anziano, licenziare un dipendente. Sembrano esagerazioni, ma è scritto qua: *Perché convivere con le emozioni conflittuali che rendono difficile, a volte impossibile, una scelta? Perché esitare, tergiversare, rimandare? Perché sbagliare tempi e modi, con il rischio di peggiorare la situazione invece di risolverla? Perché spendere cifre considerevoli in cause legali, contenziosi, ricorsi, accordi divorzili spropositati? Lasciate che sia LifeSolving™ a risolvere il vostro problema per voi, con il tatto, la sensibilità e la competenza che nascono da un metodo sperimentato, la cui efficacia è confermata da migliaia di clienti soddisfatti*... eccetera eccetera. Bisogna dire che questo Neckhart è un passo oltre, davvero. Altro che psicoanalisti, altro che terapeuti di coppia, altro che libretti di *self-help* pieni di istruzioni sulla vita: qui si risolve senza sforzo – e senza alcun coinvolgimento da parte dell'interessato – qualunque complicazione interpersonale. Il risultato viene garantito in partenza, la percentuale di successi è altissima.

Ah, se funzionasse davvero. Poulanc sarebbe anche disposta a tirare fuori i quattrini necessari – probabilmente parecchi – per farsi risolvere un paio di cose. Per esempio potrebbe incaricare Neckhart di chiudere per lei in modo indolore la storia con il giovane René. Quante scenate in casa e per la strada eviterebbe, quante telefonate fuori dai gangheri, quanti tentativi inutili di adattarsi, quante futili speranze di miracolosi cambiamenti, quante ferme decisioni mattutine liquefatte dalla solitudine disperante della camera da letto, quante lacrime, quante sigarette fumate. Le basterebbe fornire a Neckhart tutti i dati rilevanti – nome, età (che imbarazzo), numero di cellulare, indirizzo della madre, professione (quale?) – fare il trasferimento bancario richiesto, e lasciare che ci pensi lui, o qualcuno dei suoi competenti collaboratori. Già che c'è, potrebbe incaricarlo anche di rinegoziare il suo contratto con il giornale. E con Rahma la cameriera algerina, che lavora malissimo ma che lei non ha il coraggio di cacciare perché ha due figli piccoli e le fa troppa pena. Accidenti, l'idea è geniale, come si fa a negarlo? Quell'uomo dovrebbe aprire una filiale a Parigi, bisognerebbe dirglielo. Meglio smettere di pensarci, se no finisce che va davvero a parlargli, uno di questi giorni.

Anche sugli altri ospiti di Villa Metaphora c'è una discreta quantità di risultati in Rete, benché niente di paragonabile ai due americani. Viene fuori di tutto, nel modo indiscriminato di internet, anche cose che certamente i diretti interessati sarebbero contenti di tenere per sé. Tipo il fatto che la ditta di binocoli e cannocchiali artigianali di Giulio Cobanni – la Cobglass, a quanto pare assai stimata per la qualità dei prodotti, e prosperosa per decenni – abbia chiuso i battenti nel 2010, probabile vittima della spietata competizione cinese, e forse dell'estinzione della clientela originaria. Vittime anche gli operai/artigiani, che in un paio di foto appaiono con cartelli e facce desolate davanti ai cancelli della fabbrica ormai chiusa. Non c'è dubbio che l'amabile ingegner Cobanni sia rimasto profondamente addolorato dal fallimento, come dichiara in un'intervista. Però una vacanza nel luogo più esclusivo del Mediterrano meridionale in compagnia della sua gentile signora se la può ancora permettere, a differenza dei suoi ex dipendenti. A riprova che il ricco cade sempre in piedi come il gatto, per citare nonna Fernande, che di motti di saggezza popolare ne conosceva parecchi.

Sulla ragazza Laremi si trova pochino, come c'era da aspettarsi. C'è qualche risultato su un Guido Laremi scrittore (morto), ma non c'entra niente. Il nome della ragazza salta pur sempre fuori diverse volte (ma esistono nomi che non saltino fuori?), a proposito di spettacoli teatrali in varie città irlandesi – produzioni decisamente minori – in cui ha fatto la scenografa o l'assistente scenografa. Volendo si può andare più indietro, come sempre, e rintracciarla per esempio nell'elenco degli studenti della CenterStage, una scuola di teatro a Limerick. Oddio, ecco che il nome la riporta di colpo alla passione di Jean-Émile per Edward Lear e i suoi limerick. Ecco che le torna nelle orecchie la voce affascinante – ipnotizzante, ammaliante – che le spiega la struttura metrica dell'anapesto, accompagnandola con gesti ritmati della mano destra, "*ta-ta-TUM*"... Basta, basta con Jean-Émile, parliamo d'altro, per piacere.

Parliamo per esempio di Werner Reitt. La moglie questa mattina con elegante *understatement* si è limitata a dirle che è un "alto dirigente di una banca importante", ma qui salta fuori che è addirittura Condirettore Generale – iniziali maiuscole, per carità – della PanEuropaBank. Vale a dire, è uno dei semidei della finanza internazionale. Uno di quelli che se ne stanno nascosti a tirare fili misteriosi ed elaborare strategie, osservando da dietro le quinte il mondo che si dibatte in una crisi economica senza precedenti. Mentre tutti si chiedono come andrà a finire, cosa sarà del loro lavoro, delle loro pensioni, dei loro risparmi, delle loro case, Werner Reitt probabilmente lo sa, o per lo meno ne ha una discreta idea. Ecco spiegata – a parte il fragoroso arrivo in elicottero, degno della wagneriana Cavalcata delle Valchirie in *Apocalypse Now* – l'arroganza del comportamento, la determinazione a non mescolarsi con gli altri più mortali – per quanto "scelti" – ospiti. Ecco spiegata anche l'infelicità nello sguardo della moglie, il suo crollo mattutino, le sue lacrime. Essere sposata con un personaggio del genere non deve essere una festa, neanche un po'.

Un altro paradosso di internet, però: più è importante – in senso reale, non stiamo parlando dei cosiddetti, patetici, vip – il personaggio di cui vuoi sapere qualcosa, meno si riesce a trovare. Certo, il nome di Werner Reitt ricorre centinaia di volte, ma è sempre annegato in pagine e pagine di analisi e rapporti noiosissimi, resoconti di conferenze, dichiarazioni ufficiali, trascrizioni. Non c'è un solo pezzo colorito, critico, divertente; niente che faccia capire a un non addetto ai lavori – e stiamo parlando di pochi addetti, molto addentro alle cose – chi sia o cosa faccia davvero questo signore. La sua pagina su Wikipedia è smilza: dati scarni, freddi, di nessuna soddisfazione. Studi – laurea alla Universität Hamburg con una tesi su *Il Piano Dawes e il riassestamento del marco tedesco tra il 1923 e il 1925* – cursus honorum, tutto qui. La foto in alto a destra è evidentemente ritagliata da una più grande dove era in compagnia di altri titani della finanza, lo si riconosce a stento. Le note e i collegamenti esterni a piè di pagina sono infrequentabili, mortali.

Però, però. A dire la verità in fondo alla pagina seguente c'è un risultato decisamente più promettente: *Werner Reitt Worse Than Nebuchadnezzar?* La foto è la solita, ma almeno è ingradita – in malo modo, definizione pessima – così che si vede un po' meglio la faccia livida, lo sguardo da assassino seriale. Il testo lo accusa di tramare dal ponte di comando della PEB ai danni della

Gran Bretagna, con lo scopo ultimo di aggiogarla al carro della Germania oppure di estrometterla dall'Unione europea! Purtroppo continuando a leggere si scopre che è tutto un delirio para-religioso, pieno di citazioni dal Libro di Ezechiele, interpretazioni assurde dell'Antico Testamento, attacchi indiscriminati a leader politici e autorità monetarie di mezza Europa. In effetti il nome del sito è www.EzechielsHorn.com: avrebbe dovuto capire subito che non era certo una fonte affidabile. Per il resto non c'è nient'altro di rilievo, sull'illustre co-ospite. Se si cerca tra "Immagini", le stesse tre o quattro foto si ripetono, moltiplicate come in un gioco di specchi dal gran numero di siti. C'è solo una caricatura dello *Spiegel*, neanche tanto riuscita, persa tra tutte le facci-ne identiche.

Tanto vale andare a leggersi ancora qualcosa sul giovane astro della cucina iberica Ramiro Juarez, anche se di informazioni su di lui Poulanc ne ha già abbastanza. Ha anche scritto cinque anni fa un pezzo piuttosto riuscito – decisamente cattivello, e andato a segno, a giudicare dalle reazioni – sul Capón Delgado di Barcellona, il celebrato ristorante del suo maestro Hernán Xara. Il quale forse anche per quello – ma non attribuiamo troppo potere alla stampa, per carità – ha poco dopo trasferito baracca e burattini a Cadaqués, inventandosi El camarón furioso.

Un momento, aspetta: quasi in fondo alla pagina "Immagini" di Werner Reitt, tra le decine di ripetizioni delle stesse foto in sfumature appena diverse di colore, ce n'è una di un uomo con una ragazza. Anche se la faccia dell'uomo a dire il vero ricorda un po' quella di Reitt, si tratta quasi certamente di un'immagine intrusa. Potrebbe essere un omonimo del potentissimo banchiere, oppure – l'inattendibilità della Rete non ha limiti – lo scherzo di un detrattore un po' goliardico. Se ci si clicca sopra, appare il nome del sito – Dadakangurblog – e la foto si ingrandisce, apparendo subito ancora meno verosimile, perché l'uomo è a torso nudo e la ragazza in mutande e reggiseno, e tutti e due sembrano parecchio ubriachi, con bicchieri di champagne in mano. Una piccola situazione orgiastica, grottesca e imbarazzante come ogni episodio della vita privata – cosiddetta privata, ormai – degli altri. La didascalia dice *Der König der Finanzwelt hat Spaß*, che significa il re della finanza qualcosa... Totalmente assurdo, però un piccolo dubbio che si tratti del Reitt vero riesce a seminarlo: è uno degli effetti perversi di internet, spargere semi di incertezza che diventano quasi subito piantine difficili da estirpare.

Trentasette

Alcune voci di ospiti arrivano a piccoli strappi attutiti, dalle terrazze delle loro stanze. Il mare e le rocce della costa sono persi nel buio profondo, in alto nel cielo le stelle palpitano intensamente, ogni costellazione distinguibile con grande chiarezza. La notte avvolge l'isola nel suo abbraccio vellutato e immensamente forte, cancella tutte le immagini e le considerazioni del giorno. Paolo Zacomel cammina lungo il sentiero selciato a passi lenti, annusa a piene narici gli aromi selvatici, si lascia accarezzare la faccia dal vento di mare che sale con più decisione adesso, tiepido, denso.

Sulla terrazza ristorante le lampade marocchine oscillano con i loro aloni di luce calda, il telo bianco sospeso sbatacchia come la vela di una barca, i tavoli di pietra lavica brillano, ancora umidi dopo la pulitura finale fatta da Teresa e Amalia prima di tornarsene a casa in barca con Federico. Le finestre dell'ufficio di Perusato sono chiuse, attraverso i listelli delle persiane non filtra luce. Nella sala soggiorno c'è una lampada accesa: i Cobanni stanno chiacchierando, entrambi con libri sulle ginocchia. L'anticucina è illuminata, la cucina ancora di più.

Paolo Zacomel si affaccia dentro. "Ohi?"

"*¡Hola!*" Ramiro sbuca da dietro un grande armadio frigorifero di acciaio satinato, con un bicchiere di vino bianco in mano, l'espressione nervosa. "*¿Qué tal?*"

"*¿Qué más?*" Paolo Zacomel non è che parli spagnolo, ma almeno i saluti li conosce.

"*Eh, angustia da isla.*" Ramiro butta giù un sorso.

"Tari ti sta stretta?"

Ramiro si passa la sinistra sugli occhi. "*Es un exilio. Es atroz.*"

"Ma la gente come noi non è sempre un po' in esilio? Ovunque sia?"

Ramiro ci riflette, annuisce.

"E poi non è che il resto del mondo sia un gran che. Io non muoio affatto dalla voglia di tornarci."

"No?"

"No."

Ramiro sorride, un po' a fatica. Versa vino bianco in un secondo bicchiere, glielo porge.

Paolo Zacomel fa un brindisi silenzioso, prende un sorso lungo. Va giù per la gola freddo, secco, forte, con un retroterra di buccia d'agrumi, intensamente appagante dopo la giornata di sole, vento, sale, sudore, applicazione manuale e mentale, sguardi a breve e lunga distanza, pensieri che girano su se stessi.

"Mangiare niente, come di costume?" Ramiro lo fissa con aria interrogativa. "*¿El asceta carpintero?*"

"Se hai qualcosa da darmi, mangio." Paolo Zacomel ride.

"Vediamo un poco." Ramiro si gratta la testa.

"Quello che hai." Paolo Zacomel prende un altro sorso. "Non stare a trafficare troppo."

"*Déjame pensar.*" Ramiro fa cenno di non distrarlo.

Paolo Zacomel alza la sinistra in segno di resa, beve ancora.

"*¿Y el Perusón?* È ancora in giro?"

"El Perusón è rintanato nel suo alloggio con Lucia." Paolo Zacomel fa un cenno con la testa verso l'uscita. "Fino a domattina non lo vediamo più di sicuro."

Si sente bussare sulla porta aperta dell'anticucina, si girano di scatto tutti e due.

È Lara: viene avanti nel suo modo leggero, quasi in punta di piedi. "Vi disturbo?"

"*¡Claro que sí, has arruinado un momento muy íntimo!*" Ramiro ride. "*¡Qué mala sincronización!*"

Anche Lara ride: gli occhi le brillano, due fossette le si formano sulle guance.

Paolo Zacomel sente il cuore che gli batte un po' più veloce, le mani che diventano nervose. Non sa cosa sia: la luce calda e ironica nello sguardo di lei, la mobilità delle sue espressioni, l'attenzione affinata, mista a cautela? La sua intera presenza, l'aura che la avvolge?

"*Entonces* siamo in tre, a mangiare?" Ramiro fa un gesto che li include, versa vino in un bicchiere anche per Lara.

"Grazie, volentieri." Lara alza il bicchiere, prende un sorso. Si guarda ancora intorno nella cucina, si bilancia da un piede all'altro.

Ramiro riempie una pentola d'acqua, la mette su un piano di cottura, preme il tasto su un lettore mp3 attaccato a due piccoli altoparlanti su una mensola. Apre un frigorifero, cerca lo spunto per un'idea. Dallo stereo esce una musica sognante, fluida, banjo melodico con dolci contrappunti di mandolino, un contrabbasso che cammina, lunghe note stirate di violino.

"Cos'è?" Zacomel punta il bicchiere verso i piccoli altoparlanti.

"Béla Fleck and the Flecktones." Lara anticipa Ramiro. "*The Lights Of Home.*"

"*Oye, chica, tú sabes de la música.*" Ramiro sembra colpito, la studia, con le sopracciglia contratte.

"È uno dei miei pezzi preferiti." Lara prende un altro sorso di vino. "Ogni volta che lo sento mi si spezza il cuore." Ha un modo così espressivo di parlare, di muovere le mani: il desiderio di comunicazione le si riversa nella voce e nei gesti allo stato puro, non filtrato.

"Allora siamo tre con il cuore spezzato, *perfecto.*" Ramiro prende dei peperoni dal frigorifero, li mette su un tagliere, li priva dei semi manovrando il coltello con una delicatezza e una precisione stupefacenti.

"Io non ho il cuore spezzato." Paolo Zacomel si chiede come sia allora il suo cuore, perché certo ha qualcosa che non va.

"*Sí, claro.*" Ramiro lo guarda di taglio.

"Cos'è quella faccia? Cosa ne sai, tu?" Paolo Zacomel vuota il bicchiere, si versa altro vino.

"*Nada, nada.*" Ramiro scuote la testa. Toglie dal frigorifero un vassoio con molte piccole ciotole dall'aspetto misterioso, verde e rosso filtrati in una trasparenza.

Paolo Zacomel studia le piccole ciotole, senza riuscire a decifrarne il contenuto.

"Spuma di *flores de capas* in gelatina." Ramiro ne saggia la consistenza appoggiando delicatamente un cucchiaio sulla superficie.

"Fiori di capperi?" Anche Lara si affaccia a guardare. "E gli altri colori?"

"Pompelmo rosa, cavolo verde, melograno, frutto della passione... Però lascia perdere, questi vanno meglio per gli ospiti." Rimette il vassoio nel frigorifero, tira fuori una pentola, un tagliere.

Lara osserva con la più grande attenzione, poi tira fuori dalla borsa di tela che si porta sempre dietro il piccolo blocco da disegno e una matita, guarda Ramiro. "Ti dispiace se disegno?"

"*¿A mi?*" Ramiro si punta il cucchiaio contro il petto.

"Sì." Lara fa di sì con la testa.

"Basta che non mi fai troppo brutto." Ramiro ride, va a tirare fuori da un altro frigorifero un piccolo mazzo di verdure dall'aspetto strano, lo mette sul tagliere. "*Aspargos de mar.*"

"Asparagi di mare?" Paolo Zacomel allunga un dito a toccarli. "Sono alghe?"

"*¡No son algas!*" Ramiro scuote la testa con finta indignazione. "*Pero* crescono vicino al mare, *sobre las rocas*. Sapevo che qui dovevano esserci."

Paolo Zacomel lancia un'occhiata a Lara, proprio nel momento in cui lei lancia un'occhiata a lui. C'è questo incontro di sguardi, gli produce un'onda calda dentro, di nuovo nella regione del cuore.

Ramiro riapre il frigorifero, tira fuori mazzetti di prezzemolo, basilico, cerfoglio, aneto, erba cipollina. Mette gli asparagi di mare su un tagliere, li divide con la più grande cura, come per non danneggiare il loro delicato equilibrio molecolare.

Lara lo studia, traccia segni veloci con la matita: sulla carta affiora una sua versione di questo angolo della cucina. Passa a un altro foglio bianco del blocco, fa affiorare a rapidi tratti una sua versione di Ramiro, mani in movimento.

Paolo Zacomel la osserva, incantato all'idea di assistere a una rappresentazione grafica delle percezioni di lei.

"Che strana giornata è stata, no?" Lara alza lo sguardo dal suo disegno a Ramiro, lo riabbassa.

"Parecchio strana." A Paolo Zacomel sembra di essere d'accordo con *tutto* quello che lei sente e pensa. Non è che gli sia capitato spesso in passato, ma dopo questi mesi di solitudine quasi completa gli sembra un fatto così strano, così misterioso.

"*La isla de la paz, de verdad.*" Ramiro prende una manciata di mandorle da un barattolo, le batte con un pestello in un piccolo mortaio di legno d'olivo.

"Perusato e Lucia erano in uno stato di agitazione incredibile." Lara passa a un altro foglio, disegna le mani, il pestello, il mortaio.

"Perché, l'americano era calmo?" Paolo Zacomel ride. "L'ho visto giù sulla costa, saltava da una roccia all'altra come un giaguaro. Alla fine si è arrampicato di furia su per la scarpata, sembrava matto."

"Cosa ci faceva sulle rocce della costa?" Ramiro versa la pasta di mandorle in un piatto, mette sul tagliere i mazzetti di erbe fini, comincia ad affettarle molto sottili, *stac stac stac.*

"Sembrava che cercasse qualcosa, o qualcuno." Paolo Zacomel non riuscirebbe a sostenere di essere al cento per cento attendibile, le sue percezioni sono troppo dilatate dal vino, dalla vicinanza di Lara.

"Cercava il fotografo." Lara abbassa un pochino la voce.

"Quale fotografo?" Ramiro alza lo sguardo, ma la sua mano va avanti in automatico con la lama, *stac stac stac.*

"Uno che si era appostato a fotografare Lynn Lou mentre faceva il bagno nella vasca di acqua vulcanica."

"*¿Desnuda, tal vez?*" Ramiro è intrigato. Mette una padella su un piano di cottura, ci versa dell'olio.

"Questo non lo so." Lara diventa vaga, per lealtà verso Lynn Lou.

"Ah, ecco chi inseguiva Carmine." Paolo Zacomel batte la mano sul ripiano. "L'ho visto che correva dietro a uno come un pazzo, giù per la scarpata."

"E l'ha preso?"

"A un certo punto l'ha raggiunto, si sono strattonati. Credo che Carmine cercasse di togliergli la macchina fotografica."

"C'è riuscito?" Ramiro controlla l'olio nella padella, tira fuori da un frigorifero un barattolo di panna acida.

"Non lo so, sono spariti tra le rocce."

"E poi?" I capelli di Lara sono così meravigliosamente compatti, tagliati netti, danno risalto al suo aspetto dinamico, irrequieto, vivo.

"Credo che il fotografo se ne sia andato." Paolo Zacomel è incantato dalla sua vicinanza, deve fare uno sforzo per pensare a qualunque altra cosa. "Aveva un gommone grigio, non l'ho più visto."

"E Carmine?" Lara lo guarda, attenzione calda negli occhi color nocciola. C'è questo continuo gioco di sguardi tra loro, questa gioia data dalla semplice registrazione dei reciproci lineamenti.

"È tornato su per la scalinata, ma dopo un po' l'ho visto che scendeva di nuovo con Lucia."

"*¿Y el Perusón?*" Ramiro sposta con la lama del coltello le erbe fini tritate dal tagliere a un piatto, versa olio e farina in una ciotola, mescola per fare una pastella.

"Non era con loro."

"L'ho visto io, *desde esta terraza.*" Ramiro muove la padella in cui l'olio sta cominciando a sfrigolare.

"Te lo sei sognato." Paolo Zacomel ride. "Non c'era. Sono sicuro."

"E tu sei bevuto, *carpintero*. C'era." Ramiro passa gli asparagi di mare nella pastella, con delicatezza e rapidità.

"Non c'era." Paolo Zacomel pensa che in realtà non è sicuro proprio di niente, tranne di questa attrazione magnetica per Lara, questa sete di vicinanza che sembra insaziabile.

"*¡Estoy seguro, cien por cien, te digo!*" Ramiro versa gli asparagi di mare impastellati nella padella, ci sparge sopra grani di pepe nero e bianco. Si gira, mescola nella ciotola di vetro la panna acida, lo yogurt, le mandorle frantumate, le erbe tritate fini.

"Ma quando?" Paolo Zacomel si sente invischiare ancora più i pensieri.

"Prima ha accompagnato giù alla barca militare quel *hombre pequeño*. Vestito *de azul.*"

"Era un politico italiano. Piero Gomi, si chiama."

"*Qué cara más fea*, neanche ha finito il mio caffè. Falso, falso."

"Parecchio." Zacomel prende un altro sorso di vino, guarda Lara che continua a disegnare. "E poi cos'ha fatto, Perusato?"

"Lucia *le ha alcanzado*, e son tornati insieme a *las rocas*."

"E Carmine?" Lara inclina la testa. Cos'è che rende tanto miracoloso il più semplice dei movimenti di qualcuno, così significativa la più normale delle sue espressioni?

"*No sé*, ma li ho visti risalire la scala insieme, *los tres*."

"Però a un certo punto c'era anche un'altra barca, là alle rocce." Paolo Zacomel cerca di ricostruire una sequenza, ma è inutile. Le piccole figure umane che si muovono nella sua memoria sono troppo lontane dai suoi pensieri e dalle sue sensazioni di adesso, continuano a perdere contatto.

Lara lo guarda negli occhi, accentua il suo brivido interiore. È tutto in questa vicinanza: nell'essere a pochi centimetri uno dall'altra, qui, adesso. Nel volerne ancora di più, nell'averne bisogno.

"Vuoi dire, allo stesso momento?" Anche Ramiro sembra perplesso.

"Non lo so." È inutile, Paolo Zacomel non riesce a ricordarsi l'ordine di quello che è successo: l'intensità del presente ha l'effetto di confondere le sequenze passate. "Credo che abbia fatto un giro largo, perché è andata a ormeggiarsi al molo poco dopo che è arrivata la guardia costiera." O era poco prima?

"Ah, ma era *el asistente del alemán*," Ramiro annuisce. "L'ho visto sbarcare. *El muchachito rubio*."

"Era lui, sulla barca?"

"*Sí señor*." Ramiro va a tirare fuori da un armadio un pacco di spaghetti di farro, sottili e scuri.

"Che casino di giornata." Lara ride, lascia la matita per prendere un sorso di vino.

"Davvero." Anche Paolo Zacomel ride, beve. Gli dà un gusto incredibile fare le stesse cose che fa lei, più o meno nello stesso momento. Incredibile.

Bevono il vino bianco, Ramiro va avanti con la sua preparazione. Paolo Zacomel pensa che lui e Lara avrebbero un'infinità di cose da dirsi, invece di parlare d'altro, ma non importa, va benissimo che restino sospese nei loro gesti, nel loro continuo scambio di sguardi, nell'aria.

Lara riprende a tracciare segni con la matita, fa affiorare la sua versione di Paolo Zacomel, appoggiato su un gomito a osservare quello che lei disegna.

"È una specie di magia." Le parole escono dalla bocca di Paolo Zacomel nello stesso momento in cui le pensa, senza il minimo ritardo.

"Anche la sua è una magia." Lara indica Ramiro. "Anche la tua, quando prendi i legni portati dal mare e ne ricavi dei mobili su cui ci si può sedere."

Ramiro tira fuori gli asparagi di mare dalla padella, li dispone su un panno ad asciugare, con una leggerezza sognante simile a quella di Lara mentre disegna. È strano, perché è come se stessero facendo un gioco allo specchio, dove uno segue i movimenti dell'altro e cerca di gareggiare nella magia degli effetti. Però ogni disegno di Lara comprende anche Lara che disegna: la sua persona non è separabile da quello che fa affiorare con la sua matita, i movimenti della sua mano non sono separabili dal suo sguardo.

Ramiro versa con un gesto un po' teatrale tre pizzichi di sale grosso nell'acqua che bolle, misura nella pentola una quantità di spaghetti sottili di farro.

Lara continua a disegnare. La prospettiva dei suoi disegni è diversa da quella di Paolo Zacomel, così che lui ha la sensazione di vedere tutto da due punti di vista simultanei, e quello di lei gli piace molto più del suo.

"Com'è che hai cominciato a fare lo chef?" Lara parla senza smettere di muovere la matita sul foglio.

"Avevo orrore per il cibo."

Paolo Zacomel ride, ma solo perché è sorpreso dal tono di verità nelle sue parole, non perché le trovi strane.

"Orrore puro." Ramiro si ferma per un istante, si tocca la fronte con il mestolo.

"Nel senso che non ti piaceva mangiare?" Lara disegna la mano di Ramiro e il mestolo.

"Nel senso che non mi piaceva *veder* mangiare."

"No?"

"No!" Ramiro è improvvisamente travolto dai suoi pensieri, freni saltati. "Veder mio padre che tornava a casa e si sedeva a tavola, coltello e forchetta in mano, e urlava a mia madre '*¿Dónde está mi carne? ¡Tráeme la carne!*' Aveva un modo di aggredire la sua bistecca, strapparla, cacciarsela nella bocca, *masticar, tragar*, sporcarsi la faccia, le mani, la camicia col sugo, col grasso, col sangue. *Tragando el vino* per mandare giù, *whom*, giù nella gola, giù nello stomaco, il bicchiere *todo ensuciado* dalle labbra unte. Era una cosa oscena, *abominable, la obsesión de devorar* un pezzo di animale morto. Il suo tovagliolo alla fine era *como la víctima de un terrible accidente automovilístico*..."

"Mamma mia, Ramiro." Lara smette di disegnare, lo guarda con un'espressione di partecipazione assoluta.

"E se volevo cuocere io qualcosa, per non stare lì seduto a guardare, batteva il pugno sul tavolo. '*¿Qué eres, una señorita?* Un uomo non cucina! Lascia fare a tua madre, invece di farti venire certe idee! *¡Quédate aquí, come tu carne!*'"

Paolo Zacomel e Lara si guardano, con in testa immagini simili di Ramiro ragazzo a tavola, di loro stessi ragazzi a tavola, intenti a cercare di capire chi fossero davvero, cosa si aspettassero davvero dal mondo.

"Il cibo tira fuori il peggio delle persone, sempre!" Ramiro è totalmente trascinato dall'argomento, eppure continua a spellare i peperoni con grande accuratezza, senza doverci pensare. "*¡La brutalidad, la frialdad, la codicia, el egoísmo, la indiferencia, la arrogancia, la inercia, la falta de sensibilidad, la falta de medición, la falta de atención!*"

"Eppure mangiare dovrebbe essere una cosa talmente naturale." Lara disegna un piatto e una ciotola, con poche linee curve che rendono perfettamente l'idea di quanto un piatto e una ciotola possano essere normali, e strani.

"Appunto!" Ramiro gira furiosamente un limone in uno spremino di acciaio. "Anche il sesso è una cosa naturale, ma per questo è meraviglioso automaticamente? Io non credo proprio! Molto più spesso è *sórdido, vulgar, egoísta, depredador, mercantilizado, recitado, estúpido, superficial, falso, repetitivo, insistente, maquinal, insignificante*!"

Lara ride per l'enfasi accesa di Ramiro, ma fa di sì con la testa, lo sa.

"Il problema forse è che la natura di molte persone non è un gran che." Paolo Zacomel prende ancora un sorso di vino. Gli sembra di fluttuare in una strana dimensione, tra quello che cerca e quello che ha trovato finora, quello che pensa ci possa essere, quello a cui non riesce a dare un nome ma è qui, ora.

"*¡Escúchame!*" Ramiro è troppo infiammato per fermarsi. "Ogni tanto vedo mangiare gente che si considera molto ma molto ma molto più elegante di mio padre, *y me dan ganas de vomitar*! Lì a ingozzarsi *de docenas de ostras vivas*, con quel gesto orripilante della mano, quel *monstruoso* spalancare di bocche, quei *versos repugnantes para chupar*! O a cacciarsi nella gola caviale a cucchiaiate, o *raspar y raspar la trufa blanca*, solo perché costano come l'oro, quindi sono indiscutibilmente buonissimi!"

Paolo Zacomel pensa che anche lui è sempre stato disgustato dai mangiatori smodati, dalla loro mancanza di misura, dalla loro avidità bestiale, dal loro spreco di risorse, al punto da decidere di nutrirsi il minimo indispensabile, con i cibi più semplici possibili.

Lara disegna un pesce dall'espressione enigmatica. "È per questo che una delle prime cose che due persone fanno quando si interessano è mangiare insieme? Per scoprire subito quello di più brutto che nascondono?"

"È possibile." Ramiro taglia a lunghe strisce i peperoni spellati. "Ma naturalmente il ristorante è *el teatro de la comida*, no? Hai già il tuo ruolo prima di entrare, no? *El devorador sensual, el voraz, el comedor enrarecido, el super sofisticado, el cosmopolita, el amante de la tradición, el meticuloso obsesivo, el que aplica ferozmente los dogmas como un jesuita...*"

"E non ti dà fastidio che succeda anche nel tuo, di ristorante?" Lara lo guarda, la sua curiosità così priva di filtri.

"*Tal vez.*" Ramiro ci pensa. "*Pero* la mia è *también* un'opera di teatro. Dunque ci metto il massimo dell'immaginazione. Prendo una forma o un nome che tutti conoscono, e cerco di *romper* la prevedibilità, no? Cerco di creare *una zona de sorpresa entre lo que la gente espera y lo que hay en su plato...*"

"Se ci riesci, è già molto." Paolo Zacomel pensa che in fondo è quello che cerca di fare anche lui con i suoi legni, non importa se trasformati in mobili o sculture.

"È per questo che faccio *el cocinero, hombre*!" Ramiro prende un sorso di vino al volo, passa i cardi nell'olio e limone, li dispone in un piatto ovale.

Aspettano che l'acqua bollente finisca di cuocere la pasta e parlano ancora, della giornata, della sera, degli ospiti, di Perusato, di Villa Metaphora, di Tari. Poi Ramiro scola gli spaghetti di farro in una grande ciotola di acciaio, ci versa le erbe tritate fini, aggiunge olio, mescola, aggiunge gli asparagi di mare impastellati, sparge alcune piccole foglie di basilico greco, intensamente verdi e profumate. "*Et voilà*."

Paolo Zacomel ride. "Sicuro che non li vuoi prima smaterializzare e ricomporre in una schiuma impalpabile, con aggiunta di vapore di storione del Volga e un sospiro di vaniglia del Madagascar?"

"*Muy ingenioso, carpintero*." Ramiro gli fa una faccia ironica. Versa la pasta in tre piatti, ne passa due a Lara e a Paolo Zacomel.

Si siedono tutti e tre intorno al ripiano di acciaio, osservano gli spaghetti di farro diventati verdi, i rametti verdi-dorati degli asparagi di mare pastellati.

"Potrebbero venire da un altro pianeta." Lara li indica: sembra una foresta in miniatura vista attraverso una nebbia, con i suoi alberi, i suoi cespugli, le sue radici.

"Oh sì." Paolo Zacomel è incantato da tutta la situazione, sfasato, rallentato.

"Mangiamoli con infinita attenzione." Ramiro arrotola una forchettata perfetta, come in un rito essenziale.

Lara lo imita, mette il più grande scrupolo in ogni gesto.

Anche Paolo Zacomel prende una forchettata, se la porta alla bocca, assapora con gioia indefinibile la consistenza calda e scivolosa degli spaghetti, le proprietà essenziali delle erbe, la ruvidezza appena avvertibile delle mandorle, la croccantezza subito aperta all'umido degli asparagi di mare. Guarda Lara fare lo stesso, e gli sembra un miracolo poter condividere con lei queste sensazioni. Gli sembra di essere in una piccola oasi protetta di attrazione e luce e calore e vicinanza profonda, nascosta nell'oscurità insondabile della notte. Per la prima notte da quando è arrivato a Tari è contento di avere un tetto sopra la testa e delle pareti intorno, e di non essere solo.

QUARTO GIORNO

Trentotto

Il materasso è intollerabilmente soffice; non si capisce perché si dia per scontato che gli ospiti di un resort di lusso debbano aver bisogno di sprofondare in uno stato di mollezza indeterminata, invece di limitarsi a dormire. Werner Reitt si strappa fuori dalle lenzuola, salta in piedi. Non ha chiuso occhio nemmeno per cinque minuti, è andata ancora peggio di ieri notte. Con Brigitte di fianco sveglia quanto lui, ognuno inchiodato nella sua metà di letto, ognuno attraversato da pensieri e impulsi impossibili da archiviare anche solo per poche ore. Adesso non sopporta l'idea di trovarsela di fronte ufficialmente sveglia, con quello sguardo carico di accuse implicite al seduttore di giovani fanciulle, al distruttore di famiglie, al profanatore dell'istituzione stessa del matrimonio. La presenza di sua moglie su quest'isola non solo non lo aiuta affatto, ma al contrario lo indebolisce, lo sfibra, attenua le sue capacità di reazione. Partire insieme a lei ha aggravato ulteriormente una decisione tragicamente sbagliata, lo ha messo in una condizione di doppia prigionia.

Comunque adesso è inutile recriminare sugli errori commessi, sono considerazioni che non portano da nessuna parte. Werner Reitt si veste rapidamente, va a farsi la barba nel bagno già invaso dalla prima luce, pensa a Kunze che a Francoforte sta certamente ancora sonnecchiando, in un letto ancora più soffice di quello da cui lui è appena saltato fuori. Quando finalmente sarà sveglio e avrà consumato una lauta colazione si farà aggiornare dai suoi consulenti e assistenti ed elaboratori di informazioni, i quali senza dubbio lo incoraggeranno a risolvere al più presto quello che potrebbe diventare un serio problema di immagine per la banca. È questo l'aspetto che più lo fa infuriare: l'idea di essere ridotto a un problema di immagine, come un generale responsabile di una disfatta che diventa improvvisamente d'impaccio per lo stato maggiore. Solo che il generale in questione non è responsabile proprio di nessuna disfatta; al contrario, la successione di battaglie finanziarie che ha vinto è impressionante. Qui si tratta di una questione del tutto privata, che non dovrebbe sfiorare nemmeno marginalmente il suo ruolo all'interno della PanEuropaBank. Ma naturalmente è uno spunto imperdibile per gli editorialisti e i politici e i sindacalisti che alimentano da anni la sorda ostilità contro le istituzioni bancarie, e un'occasione irripetibile per i colonnelli della PEB che da anni affilano le lame in attesa del momento buono per colpirlo alle spalle. Non crederanno ai loro occhi a scoprirlo così improvvisamente vulnerabile, la schiena e i fianchi esposti alle stoccate di chiunque voglia farsi avanti. In un frangente simile non c'è alcun bisogno di coraggio (che non avrebbero), e nemmeno di grande ambizione; basta la giusta dose di risentimento. Già li può vedere, travestiti da soloni, intenti a sostenere che la leggerezza dei suoi comportamenti privati intacca inevitabilmente la sua credibilità all'interno della banca, e per estensione la credibilità della banca stessa. Perché "inevitabilmente", poi? Sarebbero in grado di argomentarlo in modo convincente davanti a una giuria non prevenuta, i soloni? Il fatto che Giulio Cesare, Gengis Khan, Napoleone non conducessero vite private integerrime si è mai riflettuto negativamente sulle loro capacità strategiche? O sull'ascendente che esercitavano sulle proprie truppe? O sul terrore che incutevano nei nemici? C'è un solo storico serio che si sia mai azzardato a sostenerlo? Oltretutto il vero Solone, quello nato nel 638 a.C., non aveva dichiarato "La giustizia è come una tela di ragno: trattiene gli insetti piccoli, mentre i grandi la sfondano e restano liberi"? Che ne direbbero gli improvvisati soloni di oggi? Senza contare che in questo caso parlare di giustizia è totalmente fuori luogo, non ci troviamo certo di fronte a un crimine! Sì, Christiane aveva diciassette anni quando sono andati a letto insieme per la prima volta, e allora? L'età del consenso in Germania è fissata a quattordici anni, sedici se uno dei due partner abbia qualche forma di autorità o ascendente sul partner più giovane (non è questo il caso). Comunque, pochi mesi dopo l'inizio della loro relazione, Christiane ne ha compiuti diciotto, dunque la loro è stata a tutti gli effetti una relazione tra adulti. Senza contare che, tanto vale ripeterlo, in termini di strategie seduttive e di controllo del gioco sentimentale è sempre stata lei a sovrastare lui, non viceversa.

Werner Reitt esce dal bagno, attraversa la stanza, esce sulla terrazza per dare tempo a Brigitte di sgusciare a sua volta fuori dal letto andare in bagno vestirsi uscire dalla stanza, evitare un faccia a faccia. Controlla sul BlackBerry le agenzie, le edizioni on line dei quotidiani. Ancora niente; se qualcosa fosse arrivato sarebbe certamente nei titoli principali. Però i circuiti su cui le foto stanno viaggiando sono tutt'altri, ci vorrà ancora qualche tempo prima che l'informazione ufficiale se ne accorga. È qui la causa della sua impazienza divorante: nella discronia tra il futile scorrere del tempo ordinario e la velocità con cui la sua carriera e la sua reputazione personale stanno precipitandosi verso il disastro. Lo sfalsamento tra i due tempi offre un'opportunità di azione, eppure nessuno, lui compreso, sembra in grado di trarne vantaggio. Tutti paralizzati, incapaci di formulare una strategia efficace, o anche solo di improvvisare una sortita alla brava; tutti rassegnati ad attendere che i mass media si impossessino del pettegolezzo virale e lo amplifichino con conseguenze catastrofiche.

E dire che fino a pochi giorni fa aveva a disposizione una macchina da guerra senza pari, con cui avrebbe potuto attaccare interi stati e metterli in ginocchio. Decine di ufficiali e migliaia di soldati semplici pronti a eseguire ogni suo ordine, con straordinaria efficienza e disciplina. Lo spirito di corpo era ammirevole, ognuno di loro sarebbe stato disposto a buttarsi nel fuoco per lui senza la minima discussione. Non riesce ancora a capacitarsi della facilità con cui si è fatto convincere a una fuga disonorevole, prima ancora che la battaglia fosse iniziata. Il pensiero gli batte e ribatte nella testa, sempre meno sopportabile. La sua non è stata una sconfitta: è stata un'assurda capitolazione. Un allucinante gioco illusionistico, in cui si è approfittato del suo frastornamento momentaneo. I suggerimenti sono diventati pressanti, le spinte nella direzione sbagliata si sono moltiplicate. C'è sicuramente una regia occulta dietro tutto questo, avrebbe dovuto capirlo subito. In circostanze normali, con lucidità intatta, sarebbe stato facilmente in grado di smontare il complotto, sbaragliare i complottatori, inseguirli fino nelle loro tane, costringerli a una resa umiliante, per ritrovarsi in conclusione addirittura più forte di prima. Invece ha subìto l'iniziativa altrui come un pivello, si è lasciato sloggiare da posizioni egregiamente difendibili senza colpo ferire. Il fatto che Brigitte abbia sposato i consigli interessati offerti con tanta insistenza gli è stato fatale, se ne rende pienamente conto solo adesso. Avere di fianco una donna profondamente ferita che malgrado tutto non voleva abbandonarlo nel momento della difficoltà lo ha minato, gli ha impedito di reagire come avrebbe dovuto. Nei fatti è stata lei a mettergli una benda sugli occhi e trascinarlo davanti al plotone d'esecuzione: tanto vale dire le cose come stanno.

Werner Reitt telefona a Mathias, non tanto perché speri di avere chissà quali notizie, ma per il bisogno fisiologico di parlare con qualcuno di gerarchicamente inferiore, sfogare su di lui almeno una piccola parte della tensione. L'imbelle giovanotto non risponde neanche, per quanto inaudito possa sembrare. Il suo telefono suona a vuoto, dopo pochi squilli scatta la segreteria telefonica. Lui riattacca, poi richiama, gli lascia un messaggio da togliere la pelle.

Rientra nella stanza, perché come minimo vuole dedicarsi al movimento, visto che l'azione per ora gli è preclusa. Brigitte dovrebbe ormai avere avuto tutto il tempo per vestirsi e uscire, invece è lì in piedi davanti alla porta, lo aspetta al varco.

"Novità?" Il suo sguardo è ancora più carico di ricatti morali di ieri.

"Vado a camminare. Si soffoca, qui dentro."

Brigitte non si sposta, i suoi occhi sono di una purezza e di una tristezza intollerabili. "Ti ho fissato un appuntamento per oggi."

"Quale appuntamento? Con chi?" E chi è questa signora di mezza età dall'espressione nobilmente addolorata, che si sente in diritto di dormire nel suo letto, fissargli appuntamenti, impedirgli perfino di uscire dalla stanza?

"Con un politico italiano."

"Stai scherzando?" Werner Reitt ha l'impulso di darle una spinta, o per lo meno gridarle di togliersi di mezzo. Quando l'ha mai autorizzata a prendere iniziative ridicole e imbarazzanti in suo nome? Quando mai le ha dato una delega in bianco a trattare per lui? Dove è stato deciso che debba avere un ruolo permanente nella sua vita?

"Ieri è venuto a Tari per vederti, ma non gli hai voluto parlare." Nel gioco della colpevolizzazione ormai ogni pretesto è buono, anche la detestabile iniziativa di un politico italiano.

"Non gli ho voluto parlare perché se permetti ho ben altro per la testa che incontrare imbroglioni di piccolo cabotaggio!"

"Come sai che è di piccolo cabotaggio?" Brigitte arriva al punto di assumere un'espressione offesa per conto terzi: veramente non c'è limite alla sua azione persecutoria.

"Basta guardarlo! L'ho visto sulle scale! Cosa ti è venuto in mente di dirgli che l'avrei ricevuto?!" E come è possibile che lui abbia rinunciato a una ragazza fresca come un fiore, fragrante, spensierata, allegra, per restare incatenato a una simile austera nemica? A una custode implacabile del passato, dell'assenza di passione, della noia protratta per decenni? Come può avere barattato il folle trasporto per Christiane con questa tetra saggezza? Cosa diavolo è successo nella sua testa di uomo troppo disciplinato, sottoposto a troppe regole?

"È un esponente importante del Partito della Modernità. Sono ancora il partito di maggioranza, in questo paese." Brigitte ha un tono di pazienza infinita: la vittima del marito mostruoso, la quale con immensa nobiltà d'animo è ancora disposta a darsi da fare per lui. Pronta a decidere cosa è opportuno e cosa no, a valutare i come e i quando del suo percorso di espiazione.

"Cosa stai cercando di fare, esattamente?" Ormai la detesta, i sensi di colpa gli si stanno trasformando in odio sempre più aperto. Avrebbe dovuto reagire subito anche con lei, appena la faccenda delle foto su Facebook è venuta fuori; avrebbe dovuto contrattaccare con brutalità selvaggia, tirarsi fuori dall'angolo.

"Hai bisogno di rinforzare la tua posizione in qualunque modo possibile." A sentirla, sembra che si stia rivolgendo a un bambino all'oscuro perfino delle regole più basilari del mondo adulto. "È certamente meglio incontrare un politico straniero di alto livello, che fare la figura di quello che è scappato a nascondersi."

"Io non sono scappato a nascondermi!" La violenza del tono di Werner Reitt corrisponde a malapena ai suoi sentimenti. "Se non fosse stato per le pressioni a cui tu ti sei associata con tanta prontezza, non sarei mai salito su un aereo per venire su questo scoglio atroce!"

"Comunque adesso sei qui." La tranquillità nella voce di Brigitte è una provocazione difficile da sopportare. "Tanto vale far credere che tu sia venuto per aggiornarti sulla situazione italiana."

"Parlandone con l'esponente di uno dei partiti più corrotti e screditati d'Europa, costretto a farsi da parte da un intervento internazionale!" Ormai Werner Reitt è sicuro che il vero scopo di sua moglie non sia mai stato quello di aiutarlo, ma di fargliela pagare, sprofondandolo nella situazione più umiliante possibile. Più la guarda, più ne è sicuro. Si sente imperdonabilmente vile per aver chiuso la storia con Christiane in nome del supposto valore superiore del loro matrimonio. Per salvare le apparenze, proteggere i ragazzi, eccetera eccetera. Quando i ragazzi non sarebbero disposti a rinunciare nemmeno al più insignificante dei loro gadget, per lui! Chiusi come sono nei loro piccoli mondi autoreferenziali di giovani consumatori iperviziati, sempre pronti a lamentarsi dell'assenza del padre o del suo dispotismo a seconda dei casi, a diventare autentici nemici appena vengono contraddetti! Tra pochi anni saranno senza dubbio anche disposti a condannarlo per il lavoro che fa, per il suo ruolo nel mondo!

Il paradosso che gli brucia come il fuoco di una fiamma ossidrica è che se non avesse rinunciato alla sua passione in modo tanto codardo e ipocrita, adesso non si troverebbe sull'orlo del disastro. Christiane non si sarebbe offesa, non le sarebbe venuta in mente l'infantile vendetta di mettere su Facebook le loro foto private, nessuno dentro la PEB avrebbe mai potuto azzardarsi neanche a pensare di poterlo sloggiare dal suo posto. Invece si è assoggettato come un qualsiasi impiegato contabile alle leggi del sentire comune, al conformismo di una società ormai priva di linfa vitale, imprigionata da convenzioni vuote. Eppure come banchiere non si è mai fatto trattenere dalle patetiche, moralistiche considerazioni di politicanti e commentatori sulle conseguenze delle sue scelte a volte inevitabilmente dure. Non si è certo lasciato commuovere dagli strazianti belati del Portogallo o della Grecia, dagli strepiti della Spagna avviata verso la bancarotta per conclamata incapacità di autocontrollo. Perché non ha saputo essere altrettanto deciso quando si è trattato della sua vita privata? Invece di impantanarsi in una palude di sentimenti deteriorati, avrebbe dovuto dire a Brigitte che voleva andarsene, e subito! Urlarle che il loro matrimonio era morto da un pezzo, che quella ragazza gli aveva fatto scoprire la vita! Intimarle di non intralciarlo, di lasciarlo fare! Avrebbe dovuto avviare subito le pratiche di divorzio, a qualunque costo, continuare da uomo libero la relazione con Christiane. Magari in un secondo tempo avrebbe potuto perfino sposarla, per mostrarsi al mondo insieme a lei senza più alcun timore di ricatti. Del resto è una ragazza di ottima famiglia, non certo una poveretta raccattata in qualche discoteca di provincia. Parla le lingue, sa muoversi in società con perfetto agio, elegante, disinvolta, spiritosa. Sì, ci sarebbe certamente stato qualche sopracciglio alzato per la differenza di età, qualche commento acido dettato dall'invidia: e allora? Non lo avrebbe messo minimamente in imbarazzo, anzi, gli avrebbe dato soddisfazione. La solitudine intellettuale dell'uomo maturo con la ragazzina? Ma uno come lui è abituato da sempre alla solitudine intellettuale, con chiunque stia! Essere in grado di condividere quattro chiacchiere su Beethoven o Thomas Mann con Brigitte a colazione o a cena non l'ha mai fatto sentire meno solo, questo è certo! E alla fine l'avere conquistato una splendida ragazza si sarebbe trasformato in un vantaggio, avrebbe sottolineato la sua oggettiva forza di attrazione. Chi ha mai deciso che un leader debba essere svirilizzato per incontrare l'approvazione di quelli che lo seguono? È una concezione ridicola, figlia di una cultura in declino. Il maschio al vertice si è sempre preso le femmine che voleva, in tutta la storia dell'umanità! È una delle ragioni per cui si arriva fin là sopra! Mugugnate pure le vostre lagne consolatorie e tenetevi le vostre catene, schiavi, avrebbe potuto pensare un Werner Reitt sessualmente e sentimentalmente appagato, saldo sul ponte di comando della PEB, lo sguardo rivolto con fermezza a un orizzonte di nuove sfide.

"Questo signor Gomi potrebbe essere il prossimo primo ministro italiano, Werner." Brigitte non abbandona il suo atteggiamento di esasperante, detestabile ragionevolezza. "Diffondere la notizia del vostro incontro non ti danneggerebbe di sicuro."

"Quando gli hai detto di venire?" La sua voce ormai ha perso ogni colore, gli esce dalla gola come poco più di un soffio. Prigioniero della donna che gli ha distrutto la vita: è il giusto castigo per un uomo che non ha saputo osare.

"Alle tre." Brigitte lascia perfino affiorare un mesto accenno di sorriso alle labbra secche, sottili, sobrie, sagge. Ah, le labbra di Christiane invece, l'umida, turgida pienezza paradisiaca! Vigliacco, vigliacco che è stato! Imperdonabile!

Werner Reitt soffia aria dal naso, con violenza. "Non so come ringraziarti, davvero." Le passa oltre, apre la porta, esce a passi rabbiosi.

Trentanove

Il fotografo vestito color kaki fluttua appena sotto la superficie dell'acqua, gambe e braccia aperte, occhi chiusi, faccia gonfia, livida. Di colpo viene a galla e apre gli occhi, e sono occhi orribili, iridi verdastre, pupille dilatate. Apre anche la bocca, scopre i denti, gialli, aguzzi, di cane. Lucia Moscatigno si sveglia di soprassalto, balza a sedere sul letto. "Eeeeeeeeh!"

"Ouaaah?!" Gianluca scatta in su anche lui, annaspa, si guarda intorno. "Cosa cavolo succede?"

"Un brutto sogno." Lucia ansima, tutta sudata, con il cuore che le batte veloce veloce.

"Mi hai fatto prendere un accidente!" Gianluca butta le lenzuola di lato, salta in piedi. "Ci mancavano solo i tuoi brutti sogni."

"Non è mica colpa mia." Lucia raccoglie le ginocchia, se le abbraccia.

"Che sogno era?" Non la guarda, va verso il bagno: alto, bianco, di sole sul corpo è riuscito a prenderne solo in faccia, finora.

"Il fotografo morto, in acqua." Ce l'ha impresso nella mente come se fosse qui, pensarci le fa tornare uno spasmo nei polmoni.

Gianluca si gira, con una mano sulla maniglia del bagno. "Spero sia assolutamente chiaro che non dovrai parlare di questa storia con nessuno, mai."

"Lo so." Sapeva che l'avrebbe detto, ma lo stesso la offende profondamente essere considerarata inaffidabile o sprovveduta. Le fa male, proprio.

"Neanche con tua madre, tuo padre, le tue amiche, i cugini vari. Con nessuno."

"Lo *so*. Non sono mica scema." Però è una storia così orribile, ed è successa solo poche ore fa: è ancora lì, sulle rocce della costa, nell'aria, nell'acqua. Avrebbe bisogno che Gianluca la abbracciasse e le dicesse qualche parola di conforto, invece di ammonirla in questo tono quasi di minaccia.

"La stessa cosa vale per quel delinquente di tuo cugino. Cerca di farglielo capire bene."

"Non è un delinquente. Se ha detto che non è stato lui, non è stato." Anche se un minimo di dubbio le è rimasto, è chiaro, perché Carmine è pur sempre un maschio di Tari, e ai maschi di Tari il sangue monta alla testa in due secondi, si sa. Non sono mica come i lampedusani o i linosani, i taresi. Le vengono in mente certe scazzottate giù al porto quando era ragazzina, da far paura, e anche le minacce coi coltellacci, per una sciocchezza proprio, magari una battuta fuori posto, magari un'occhiata sbagliata, bastava niente. Pure suo padre era così, da più giovane (anche adesso, a dire la verità, se proprio gli salta la mosca al naso). Una volta si era preso a botte con zio Alfio per una questione che era cominciata stupida stupida, però subito zio Alfio aveva detto a papà che era un mezzo uomo, e papà per poco non lo ammazzava. Se non fossero arrivate la mamma e la zia a urlare con tutta la voce che avevano in corpo e buttarsi in mezzo a separarli con le unghie e coi denti, chissà come andava a finire. *Li piri disputi sou intra relativi*, come dice la nonna (dal lato Moscatigno), le liti peggiori sono tra parenti. Ancora oggi papà e zio non si sono perdonati del tutto, ancora rimane del veleno. I maschi di Tari sono fatti così. Però da questo a dire che Carmine ha ammazzato il fotografo, ce ne corre. È un ragazzo d'oro, anche Gianluca ne ha avute di dimostrazioni, si è spezzato la schiena di lavoro, qui a Villa Metaphora. Se proprio è capitato qualcosa, sarà stato un incidente, magari gli avrà dato una spinta e quello è caduto e ha battuto la testa. È anche possibile, ma di sicuro non voleva ammazzarlo. E comunque il fotografo se l'è venuta a cercare, a intrufolarsi così nella privacy degli ospiti. Non le piace che Gianluca accusi il povero Carmine, e ancora meno essere associata nell'accusa, come se le venisse una parte di colpa solo dal legame di parentela.

"Certo, certo." Gianluca sparisce nel bagno, apre la doccia.

Lei scende dal letto, si infila mutande e reggiseno. Le palme delle mani e le ginocchia sono tutte graffiate dalla caduta di ieri:

più che farle male le pizzicano, ma sono brutte da vedere. Prende i pantaloni bianchi dalla porzioncina di armadio in cui tiene pochi suoi indumenti per non dare a Gianluca l'idea di volergli invadere la vita, se li infila. Si mette una camicetta bianca senza maniche, va ad aprire le finestre. C'è più vento di ieri, ma niente di esagerato, fa piacere sentirselo in faccia. La vista del mare increspato invece le rinnova lo spavento, mescola il brutto sogno con il ricordo dei fatti veri di ieri.

Gianluca torna nella stanza con un asciugamano intorno alla vita, si friziona i capelli con la lozione che ha quell'odore così buono. La guarda, duro. "Comunque è inutile che tu ti metta a fare brutti sogni, adesso. Ieri eri totalmente lucida e determinata."

"Come?" Non può credere che la investa ancora appena alzata.

"Non avevi il minimo dubbio, nessuno." Gianluca prende un nuovo paio di boxer dal cassetto, se li infila da sotto l'asciugamano, come se non si considerasse abbastanza in intimità da farsi vedere nudo.

"Che alternativa avevamo, Gian?" Scrolla la testa, anche se sa che a lui non piace, ma proprio non le viene altro da fare.

"L'alternativa di comportarci secondo la legge. Però abbiamo deciso che era troppo scomoda." Gianluca lascia cadere l'asciugamano sul pavimento, tira fuori dall'armadio una camicia e un paio di pantaloni freschi.

"Era troppo scomoda sì!" Adesso le monta la rabbia, a vedersi buttare addosso tutta la responsabilità: è talmente ingiusto, non se lo merita proprio. "Scomoda soprattutto per te, per gli ospiti, per il futuro del resort, lo sai benissimo!"

Lui posa la camicia sul letto, si infila i calzoni con gesti furiosi, torna nel bagno.

Lei lo segue dentro. "Gian?" Le viene in mente un proverbio che dice spesso il nonno (dal lato Alcuanti): *Qui haida quo face, signu es mali face*, chi nasconde quel che fa, vuol dire che fa qualcosa di male. Sì, ma in questo caso non è così, perché non hanno nascosto quello che hanno fatto, hanno nascosto quello che *c'era*. Neanche l'hanno veramente nascosto, poi (è lì il guaio), l'hanno lasciato a galleggiare nell'acqua.

"Cosa c'è?" Gianluca ha il suo tono più freddo, da uomo del Nord, da marziano. Non la guarda neanche, si guarda nello specchio.

"Non abbiamo fatto niente di male. Poteva benissimo cadere in acqua per conto suo, quello."

"Sì, come no. Gli abbiamo solo dato un aiutino." Scuote la bomboletta della schiuma da barba, se ne spara una piccola quantità nella mano, bianca e soffice come panna montata, se la distribuisce sul viso.

"Dico sul serio, Gian." Lucia cerca il tono più tranquillizzante che le viene. Ma è lei che avrebbe bisogno di essere tranquillizzata, perché ha la testa piena di pensieri che le fanno paura, e potrebbero prendere la corsa da un momento all'altro. Per esempio, il fotografo è rimasto là dove l'hanno lasciato, nel mare che sciacquetta contro le rocce? O è stato portato via dalla corrente? I pesci hanno cominciato a smangiucchiarselo, almeno un pochino? O è finito in una rete da pesca? È andato a fondo? E quale fondo? Quello basso sottocosta dove lo si può ancora vedere, o quello abissale, che inghiotte tutto per sempre? Scomparirà nell'immensità del mare, prima o poi? Quando? Oggi? Domani? Tra un mese?

Gianluca si passa sulla faccia il rasoio a cinque lame dall'impugnatura di osso e ottone, apre piste di pelle liscia e rosa nella schiuma bianca che odora di burro di cacao. "Poi mi spieghi come mai non c'era la macchina fotografica, da nessuna parte?"

"Forse è caduta in mare." La incanta sempre guardarlo mentre si rade: è un rito da maschio maturo, rassicurante. Non ci sono gesti affrettati o approssimativi, qui; per quante e quanto gravi possano essere le preoccupazioni di Gianluca, è una cosa a cui dedica tutto il tempo necessario. Che differenza rispetto ad Alcide, il ragazzo che lei aveva a Roma, che si passava il rasoio elettrico così come veniva, ronzante, sgradevole, lasciando alla fine zone arrossate e altre ancora irsute, in quella faccia trascurata da perditempo.

"Perché non abbiamo controllato meglio?" Gianluca parla senza quasi muovere la bocca, per tenere distesa la pelle sopra il labbro superiore. "Perché non ci abbiamo pensato?"

"Perché non eravamo tanto calmi, Gian! Non so se te lo ricordi, come eravamo!"

"Sì, ma dovevamo pensarci, accidenti!" Gli viene una voce strana con le labbra così, *ascidenti*, sembra che dica. "La scheda con le foto della Shaw era nella macchina o addosso al fotografo, non ci sono alternative."

"Carmine ha detto che addosso non aveva altro."

"Carmine ha detto! Non è che sia esattamente il Vangelo, Carmine!" Gianluca si regola le basette con la lama singola, a piccoli gesti rapidi. "Dopo quello che ha combinato!"

"Non ha combinato niente, Carmine, non ricominciare!" La mancanza di fiducia continua a offenderla, e accresce la sua preoccupazione.

"Comunque, avremmo dovuto controllare meglio." Gianluca ha finito di radersi, sciacqua il rasoio sotto il rubinetto, si sciacqua la faccia. "Siamo stati degli idioti superficiali."

"Senti, faceva impressione!" Le viene una specie di vertigine, a parlarne. "Chi è che ha voglia di mettersi a frugare e rifrugare un morto?!"

"*Shhhh*, non gridare! Sei matta?!" Gianluca si toglie con l'asciugamano le ultime tracce di schiuma dietro le orecchie, si tampona il viso, angola la testa per controllarsi allo specchio. La sua pelle è pulita, fresca, perfetta.

"Non grido! E comunque non è colpa mia!" Vorrebbe parlare più piano, ma l'ingiustizia delle accuse si unisce alla paura, l'effetto è di congestionarla tutta. "Io ho fatto quello che potevo, va bene?!"

Gianluca finalmente smette di guardarsi allo specchio, si gira verso di lei. Ma non ha più la durezza di prima, nei suoi occhi c'è una luce spaventata, adesso. "E se lo trovassero che galleggia qui sotto, e venissero a chiedercene conto?"

"Chi?" Lucia si sente passare dentro un brivido. Non ha mai fatto proprio niente di illegale in vita sua, a parte magari copiare un compito a scuola quando aveva otto anni, o rubare un pacchetto di gomma da masticare al negozio di Zi' Rita. (E sì, d'accordo, avere una storia con un uomo sposato, ma è una cosa contro la morale, semmai, non contro la legge.) Però quello che hanno fatto ieri agli scogli, è davvero una specie di delitto come diceva Gianluca? Anche se il fotografo era già bell'e morto per i fatti suoi, e loro l'hanno solo spostato di qualche metro? Poi siamo su un'isola dimenticata da Dio e dagli uomini, come dicono sempre le sue nonne (dal lato Moscatigno e Alcuanti), perché mai proprio adesso dovrebbe arrivare qualcuno da fuori a frugare e investigare, senza sapere niente di quello che è successo?

"Be', solo per dirne una, ieri qui sotto c'era una motovedetta della guardia costiera, se per caso non te ne fossi accorta." Gianluca prende il flacone di vetro blu dalla mensola, si versa nella mano un po' di fluido dopobarba color latte. "E oggi con tutta probabilità tornerà, a riportare quell'insopportabile Gomi del cavolo."

"Sì, ma non andranno là agli scogli." Lucia già se li vede proprio là agli scogli, invece: a scandagliare con le pertiche, a ripescare con gli uncini il fotografo morto, gonfio e orribile come nel sogno di poco fa.

"Probabilmente no, ma come facciamo a esserne sicuri?" Gianluca si sparge sul viso il fluido dopobarba, massaggia con la mano per farlo assorbire bene dalla pelle.

Lei annusa l'odore che la incanta sempre, di rosmarino, hamamelis, mirra; una volta ha letto l'etichetta, ma non si ricorda tutti gli ingredienti. "Fanno sempre la strada più dritta, quelli. Mica se ne vanno a girare così per la costa."

Lui la guarda, come per capire se è proprio sicura al cento per cento.

Però come fa a essere sicura al cento per cento? È lui che dovrebbe essere sicuro, o almeno darle l'idea di esserlo. Preferirebbe sopportare altre accuse ingiuste, piuttosto che vederlo con questa incertezza addosso.

Lui si tampona piano piano la faccia con l'asciugamano. Adesso che il rito della rasatura è finito, è sempre più pieno di preoccupazione. "La corrente potrebbe benissimo portarlo verso il molo. Magari è già successo. Magari è già lì che galleggia, di fianco al Chris Craft."

"Oddio Gian, smettila." Le sta facendo veramente venire paura, a parlare così.

"Manda subito giù Carmine, se non è già andato." Gianluca si infila la camicia, la allaccia bottone dopo bottone, ma i gesti non hanno niente della sua sicurezza solita, le sue dita perdono la presa un paio di volte. Va a guardare dalla finestra, torna indietro, guarda l'orologio, guarda lei, torna a guardare dalla finestra.

A Lucia non piace per niente quando lo vede così, senza la padronanza da uomo che conosce il mondo i modi le lingue i gesti, tanto a suo agio con le persone ricche e famose. Eppure gli succede, proprio quando dovrebbe essere più forte: di colpo diventa quasi come un ragazzino, quasi come una donna. Comincia a immaginarsi il peggio, a vedere segnali brutti dappertutto, si spaventa, fa spaventare lei. È il rovescio della medaglia del suo essere maschio di una categoria diversa dai maschi che conosce, la fa sentire improvvisamente senza protezione. Vorrebbe che in questo (solo in questo, però, solo in questo!) lui assomigliasse un po' a suo padre e ai suoi fratelli e cugini, in generale ai maschi di Tari: nel decidere qualcosa, mettersi addosso una corazza di convinzione e non togliersela più, senza guardare indietro, senza ammettere errore, senza mostrare debolezza, senza confessare scoramento.

"Chiamalo immediatamente." Più che un ordine, è una richiesta di aiuto. "Digli di andare subito a controllare con la barca."

"A controllare cosa?" Lo sa benissimo cosa, ma dargli un nome fa sembrare tutto ancora più vero, ancora più brutto.

"Se è ancora dove l'abbiamo lasciato, si è spostato. Se si vede." Non dice "il fotografo", non dice "il cadavere": anche a lui fa paura dargli un nome.

"E se si vede?"

"Di venire a dircelo subito."

"Sì." Lo guarda, per capire se gli sta tornando un po' di decisione, un po' di coraggio da maschio.

"Spero che capisca la gravità della situazione. Se venisse fuori qualcosa, finiremmo in galera tutti e tre, ormai."

"La capisce, la gravità." Almeno di questo si sente sicura: Carmine è un ragazzo serio, con un vero senso dell'onore, un vero senso delle responsabilità. È pronta a metterci la mano sul fuoco, almeno su questo.

"Speriamo." Gianluca esce nella stanza, senza neanche darle un bacio o una carezza mentre le passa vicino, neanche una pacca sul sedere come fa di solito.

Lucia Moscatigno si chiude a chiave nel bagno, si guarda allo specchio: ha un po' di paura negli occhi, ma adesso le passa, le passa. Prende un respiro profondo, pensa che quello che è successo è successo, ora bisogna essere forti e decisi. Perché, come dice sempre suo padre, *Qui pecura se hace, lupu el devoura*, chi si fa pecora, se lo mangia il lupo.

Quaranta

La bellezza di queste mattine è una vera ispirazione, e di giorno in giorno sembra purificarsi, diventare più intensa. Viste attraverso il cannocchiale kepleriano Ustica 50x20 che ha scelto per la sua eleganza leggera prima di uscire dalla suite, le rocce della costa sembrano sculture enigmatiche, il mare offre un'alternanza di trasparenze profonde e specchiature della luce del cielo. Giulio Cobanni pensa che è il luogo perfetto per dimenticarsi poco a poco di tutti i residui assilli quotidiani, scivolare con naturalezza nell'assoluto. Anche Tiziana sembra trarre grande vantaggio dal clima dell'isola, dal silenzio, dalla luce, dalla brezza carica di iodio, dall'energia minerale e magnetica del vulcano. È tanto che non la vedeva così positiva, anche se allegra sarebbe chiedere troppo. È l'essenzialità a fare bene, la sfrondatura di tutto quello che non è necessario. *Qui il mare, il cielo e il sole padroneggiano sulla scena, mentre gli uomini assai impiccoliti osservano silenti dalla platea*, come scriveva il barone Canistraterra nella lettera autografa a Tomasi di Lampedusa che lui e Tiziana hanno letto ieri sera. Né lo snobismo di Perusato, né il protagonismo della diva americana, né l'arroganza del banchiere tedesco, né l'incursione del politico petulante sono minimamente in grado di lasciare un segno, qui. Al contrario, le piccolezze umane fanno risaltare per contrasto la forza immensa di quello che sta fermo e si muove tutto attorno, la sua estensione senza limiti.

Le raffinate, inventive colazioni preparate dal cuoco spagnolo non saziano certo molto, ma a Giulio Cobanni non dispiace che sia così. La leggera fame che gli rimane lo fa sentire più sensibile agli stimoli esterni, meno concentrato su se stesso. Il che va benissimo, perché di se stesso è completamente e definitivamente stufo, a questo punto: la sua vita personale gli sembra un libro già letto e riletto, di cui non ha più alcuna voglia di sfogliare le pagine. Per il tempo che rimane gli basta registrare i movimenti del cosmo, esserne un assorto, transitorio testimone; non chiede altro. Registrare temperature, colori, forme, senza la ridicola presunzione di poterne fare chissà quale uso. Il *kosmos* antitesi del *kaos*, l'armonioso, illusorio equilibrio che cerca di resistere al rimescolamento vorticoso, alla perdita di contorni, alla disintegrazione.

"A cosa stai pensando?" Tiziana lo scruta, in piedi di fianco a lui sul bordo della terrazza principale, i capelli smossi dalla brezza di mare.

"In cinese mandarino, cosmo si dice *yuzhou*. *Yu* significa spazio, *zhou* tempo."

Lei annuisce appena, lo sguardo nascosto dietro le lenti degli occhiali da sole.

"L'universo osservabile." Giulio Cobanni impugna il cannocchiale kepleriano, segue la distesa blu del mare che spinge con la sua massa in continuo movimento contro le rocce rossastre della costa. Vicino a uno scoglio che ricorda il profilo di un leone marino c'è il gozzo bianco e rosso di Villa Metaphora, con sopra Carmine il marinaio. Si sporge da un bordo a guardare in acqua, forse per controllare se ci sono pesci.

"Buongiorno, signora Cobanni. Ingegnere, buongiorno." La voce dell'architetto Perusato li coglie alle spalle, li fa sobbalzare. Pantaloni e camicia bianca, mocassini chiari, accurato dalla testa ai piedi come sempre, dev'essere appena uscito dal suo ufficio.

"Buongiorno, architetto. Mi ha fatto prendere un accidente." Tiziana sorride, si poggia una mano alla base del collo.

L'architetto Perusato sorride a sua volta, ma sembra a disagio, forse per uno strascico della sgradevole incursione di quel petulante Piero Gomi, ieri. Getta un'occhiata rapida verso il mare. "Cosa stava guardando con quel meraviglioso cannocchiale, ingegnere?"

"L'osservabile."

L'architetto Perusato guarda ancora di sotto, guarda il cannocchiale con una sorta di orrore, quasi si trattasse di un'arma.

"Il barone Canistraterra aveva ragione." Tiziana indica intorno. "Da queste terrazze si vede tutto. Quello che non si riesce a vedere da una, lo si vede da un'altra."

"Trovano?" Stranamente l'architetto non si lancia in una nuova apologia del barone, come ama fare di solito, ma sembra ancora più a disagio.

"Troviamo sì." Giulio Cobanni annuisce. "Ogni angolazione consente una scoperta diversa."

L'architetto Perusato assume un'espressione decisamente allarmata, difficile da spiegare. Muove la testa in molte direzioni, fa un gesto come per convogliarli all'interno della terrazza. "Se vogliono accomodarsi all'ombra, posso far portare loro dei meravigliosi fichi rossi di Tari. Una varietà autoctona molto aromatica, zuccherina, dal colore intenso. Purtroppo ne restano pochissimi alberi, ormai, il che li rende ancor più rari."

"No, grazie." Tiziana scuote la testa, nel suo modo garbato.

"Oppure un latte di mandorle maltese, decisamente straordinario." L'architetto Perusato insiste, getta una nuova occhiata verso il mare. "Niente a che vedere con l'orzata siciliana, che tra l'altro come sapranno non è fatta con le mandorle bensì con benzoino deacidificato, aroma di vaniglia e di fiori d'arancio..."

"Grazie, architetto, abbiamo già fatto un'ottima colazione." Giulio Cobanni si sposta per avere la visuale libera, punta di nuovo il cannocchiale verso la costa. Carmine adesso si è allungato a prua della barca, con la faccia quasi a pelo dell'acqua. Basta abbassare il cannocchiale, e uomo e imbarcazione tornano a essere solo due minuscoli elementi nello scenario.

"Allora posso proporre loro un semifreddo a base di succo d'agave che si è inventato Ramiro." Qualunque sia la ragione, l'architetto Perusato sembra aver dimenticato la sua squisita misura nel trattare con gli ospiti, è di un'insistenza quasi molesta. "Decisamente insolito, ma delizioso, proprio uno di quei suoi colpi di genio. Mi permetto di consigliarne loro caldamente un assaggio."

"Grazie, davvero." Tiziana fa un nuovo cenno di diniego.

"Peccato, signora, meriterebbe davvero." L'atteggiamento dell'architetto è sempre più strano: continua a parlare, non smette di muoversi, sembra cercare di frapporsi tra loro e la vista sul mare. "Come avranno certamente notato, le preparazioni di Ramiro oltretutto sono pochissimo impegnative per la digestione..."

"Davvero." Tiziana assume il tono di cortese fermezza di quando si trova a fronteggiare una molestia, anche se a questo punto comincia a essere incuriosita dal comportamento dell'architetto.

L'architetto alza le mani in segno di resa. "Allora non insisto, signori." Però ancora non li lascia in pace, staziona tra loro, disturba la vista, si sforza di trovare altri argomenti. "Non so se hanno avuto modo di osservare le due bellissime tavole originali di Linneo che abbiamo nella sala, sulla parete in fondo. Pensino che le abbiamo trovate in mezzo a mobili sfasciati e altri detriti, all'inizio della ristrutturazione. Per fortuna che i taresi non hanno la minima idea di chi sia Linneo..."

"Mi scusi, architetto?" Giulio Cobanni punta il dito in direzione della piccola barca vicino agli scogli. "Cosa pensa stia facendo il marinaio, laggiù?"

"Carmine?" L'architetto Perusato reagisce come se avesse preso una scossa. "Francamente non ne ho la minima idea, ingegnere. Mi stavo proprio chiedendo dove fosse finito..." Di nuovo però cerca di infilarsi tra il cannocchiale e il mare, in modo a questo punto quasi smaccato.

"Starà pescando, no?" Tiziana offre la spiegazione più logica, ma non smette di osservare l'architetto. Sì, la curiosità è scattata.

"Credo proprio di sì, signora Cobanni." L'architetto Perusato prende al volo lo spunto, anche se con notevole affanno. "È probabile che cerchi polpi per Ramiro... Anzi, adesso che mi ci fa pensare, proprio ieri si lamentava di come quelli che si trovano al porto sono troppo grossi e coriacei. I signori ormai avranno capito quanto sia esigente il nostro chef, quando si tratta di scegliere le materie prime..."

Tiziana è sempre più perplessa dai suoi modi così forzatamente espansivi, così lontani dalla riservatezza minimalista dei giorni scorsi.

"No, perché mi stavo chiedendo se per caso Carmine..." Giulio Cobanni punta di nuovo il cannocchiale sulla piccola barca e sulla piccola figura umana, che di nuovo si ingrandiscono a occupare il suo campo di osservazione.

"È un ragazzo inevitabilmente piuttosto grezzo, come avranno senz'altro potuto vedere anche loro..." Il comportamento dell'architetto Perusato è decisamente sconcertante: parla a sproposito, si sforza di sorridere senza riuscirci davvero, si sposta ancora, alza la voce come per creare un elemento di distrazione, adesso addirittura gesticola. "Però devo dire che ha dimostrato fin dall'inizio una gran buona volontà, si è preso il suo bravo diploma di navigazione, se la cavicchia con le lingue. Con le difficoltà di trovare personale minimamente qualificato qui a Tari, possono immaginarsi, è già tanto se siamo riusciti a..."

"Mi chiedevo se potrebbe portarci a fare un giro in motoscafo." Giulio Cobanni cerca di superare in modo cortese l'assurdo sbarramento di parole dell'architetto.

"Ah." I muscoli facciali dell'architetto sembrano rilassarsi per un istante in un'espressione di sollievo, ma subito tornano a tendersi, per un vero e proprio allarme.

"Ci aveva accennato che il motoscafo è a disposizione degli ospiti, se non ricordo male?" Giulio Cobanni a questo punto è quasi più intrigato dal comportamento dell'architetto che dalla possibilità di fare un giro per mare.

"Certamente, ingegnere." L'architetto Perusato sposta lo sguardo lungo la costa. "L'unico problema è che oggi c'è un po' di vento, le condizioni non sono proprio ottimali..."

"Non ci dà fastidio, un po' di vento, vero?" Giulio Cobanni guarda Tiziana, per averne conferma.

"No, per niente." Tiziana sta studiando l'architetto, con la tecnica obliqua e intermittente che adottano nel loro gioco delle deduzioni.

"Ecco, no, perché fuori in mare aperto lo si sente decisamente di più..." L'architetto in realtà sembra estremamente riluttante all'idea dell'escursione. "Lo dico per loro, non vorrei che provassero fastidio."

"Non ci interessa andare lontano." Giulio Cobanni usa un tono pacato, per vedere se ha qualche effetto. "Ci basta fare un piccolo giro, così. Anche proprio qui sotto, lungo la costa."

"Ma no, ingegnere, sarebbe un peccato restare così vicini!" L'architetto Perusato ha un altro scatto, ancora più marcato del primo. "Si facciano portare a vedere la Testa del Saraceno, una formazione lavica piuttosto considerevole. O ancora meglio, la Tana del Drago. Uno spettacolo straordinario di luci e colori, è uno dei segreti di Tari. Mai stata fotografata. I taresi ne sono gelosissimi, a dire la verità, ci hanno imbastito sopra ogni tipo di leggende."

"Be', mi sembra interessante." Giulio Cobanni è attratto dall'idea, anche se gli piacerebbe investigare meglio le ragioni dell'atteggiamento dell'architetto.

L'architetto annuisce in modo piuttosto meccanico, come se la decisione gli costasse parecchia fatica. "Mi diano solo il tempo di far avvisare Carmine, e di fargli preparare il motoscafo. Se vogliono aspettare qua all'ombra, verrà Lucia ad avvisarli appena è tutto pronto."

"D'accordo." Giulio Cobanni abbassa il cannocchiale, si stacca dal bordo della terrazza.

"Perfetto, signori." L'architetto è sollevato in modo evidentissimo: prende un respiro profondo, si aggiusta la camicia.

Tiziana continua a registrare questi segnali, si gira verso Giulio Cobanni per farglielo capire.

"Se nel frattempo vogliono accomodarsi a bere qualcosa di fresco, nell'attesa..." L'architetto Perusato fa di nuovo un cenno in direzione dei tavoli più interni.

"Magari un bicchiere di quel latte di mandorle di cui parlava prima." Giulio Cobanni si sposta con lentezza calcolata.

"Anche per me, grazie." Tiziana si associa.

"Quello maltese, certo." Il sollievo dell'architetto cresce man mano che si allontanano dal bordo della terrazza. "Sentiranno, merita davvero. È una produzione artigianale di grandissima qualità. Localmente la chiamano *ruggata*." Fa un mezzo inchino, va a passi rapidi verso la cucina.

Giulio e Tiziana Cobanni si siedono, si guardano con aria interrogativa.

"Che cos'aveva, secondo te?" Tiziana muove le labbra quasi senza suoni. "Faceva di tutto per impedirci di guardare giù. Una cosa assurda."

Giulio Cobanni scuote la testa, allarga le braccia.

L'architetto Perusato riemerge quasi subito dalla cucina, getta ancora un'occhiata verso il mare prima di arrivare al loro tavolo. "Il latte di mandorle arriverà tra un momento. Buongiorno, e buona escursione, allora."

"Grazie, architetto." Gli sorridono tutti e due, lo osservano mentre riattraversa la terrazza. Stanno fermi, all'ombra del telone che ondeggia nel vento leggero.

"Secondo te?" Tiziana si toglie gli occhiali da sole, ripete la domanda.

"Non ne ho idea." Giulio Cobanni soppesa il cannocchiale nella mano.

"Forse per via del Piero Gomi? Aveva detto che tornava oggi, no?"

"Forse."

"Oppure?" Tiziana inclina la testa.

"Oppure la moglie gli ha fatto una scenata al telefono."

"Per via di Lucia? Dici che ha scoperto la tresca?"

"Eh."

"Oppure aveva semplicemente paura che ci sporgessimo troppo e cadessimo giù nel dirupo." Tiziana ride.

"Sì, non sarebbe una gran pubblicità per il posto, due ospiti sfracellati."

Fanno qualche altra congettura per il gusto di farla, poi Amalia la cameriera più corposa arriva con due calici svasati di latte di mandorla maltese, ciascuno con una piccola foglia di menta verdissima che galleggia nel bianco. Il sapore è in effetti straordinario: dolce, fresco, aromatico. Un vero dono dell'estate mediterranea, in un giorno come questo.

Quarantuno

Carmine Alcuanti tiene la tasca destra delle brache che gli abbrucia, la observa di quanto in quanto per monitorare se in caso non ne sortisca fumo, non si vada formando un buco annegracchiato nella stoffa bianca e quello che c'è dentro non droppi fuori, rilevante di vita o di morte com'è.

Oltresopra le brache se le sostituì appena cinque minuti fa, stante che dopo le ricerche in mare era tutto insudato e insalato, tantoché l'architetto al mirarlo gli espresse che sembrava un "miserabile mozzo", con tutto di erre grattata, "*rrraaabile*". L'architetto pare cavar gusto dalle scoldature umilianti, epperò da ieri è specialmente upsettato per l'evento del fotografo. Tambene lui stesso Carmine Alcuanti lo è, tambene Lucia, che quando lui investigazionava giù nel mare gli sfuriò nel walkie-talkie "Torna immediatamente sopra che l'architetto ti deve parlare!" Tanmeno addressasse un cuginastro rubafichi succiacapre, contutto che lui era giù per esecuzionare a un'ordinatura.

In ufficio l'architetto lo questionò se avesse trovato quel che si cercava in mare, sine necessità di precisare, tanto sappiamo cosa si cercava. Lui gli ripostò niente di niente, zilch, inquantoché da solo e in due ore non si ha certo modo di pettinare il mare sopra e sotto. Una squadra intera e una giornata intera necessiterebbero, quantomeno. Oltresopra questa non è costa liscia, facile da investigazionare a glisso d'occhio, questa va investigazionata roccia per roccia e ancora non suffice, ci sono le miriadi di nucsencranni, gli anfratti le mezze caverne le caverne intere. C'è tutto un gioco di ombraluce tra sole e cielo, ti sposti di un modico e tuttocolpo l'acqua si intrasparenta come cristallo, ti sposti di un altro modico e si inopaca. Ciononostante l'architetto continuò a pressarlo. "Sicuro che quello non torna in superficie da qualche parte? Puoi garantire al cento per cento che nessuno lo scopre?"

Similava a un interrogatorio della Capitaneria, proprio vexante maxime. Lui ripostò che non c'è certitudine alcuna che il corpaccio non emerga o drifti in qua o in là. Il mare cangevole in estremo è, in continua mutazione di colore e d'onda, cosa che staziona sotto va sopra e cosa che staziona sopra va sotto, non c'è ordine fisso, sennò che mare sarebbe. Ergo garantire al cento per cento lui non può, tanmeno al dieci per cento se vogliamo continuare coi numeri, qui suffice un volgere di corrente e chi può dire?

Oltresopra l'architetto gli mise accusa di non aver posto cauzione nel non farsi aperciare dall'alto mentre investigazionava nel barcarizzo, ma anche lì come si poteva? Non c'è modo di investigazionare senza farti aperciare, inquantoché il barone situò le terrazze per apposito in ogni angolatura, così da dar vista su tutto il succedente. Infacto l'architetto imbroccò i Cobanni che observazionavano col monoculare proprio puntato su Carmine Alcuanti nell'imbarcaturina, gli ci volle una faticatura consistente a distrazionarli. Epperò che ci poteva hacere Carmine Alcuanti anche con tutta la buona volontà, come poteva invisibilarsi?

Oltresopra l'architetto lo pressò pure per l'imbarcaturo gonfiabile del fotografo. "E il gommone? Sei sicuro di averlo fatto sparire in modo che non lo si trovi?" Hai voglia a ripostargli che dove l'inquattò lui non lo rinvenirà nessuno, nemmanco investigazionando coi cani segugi che in Tari sbarcarono solo coi francesi ai tempi dei bisnonni. Su quello può metterci una parola ferma, sul fotografo no. Epperò l'architetto non gli profferì né grazie né crepa per aver profuso sudore e cura, inquantoché all'architetto ogni cosa pare dovuta, lo si è acquisito ormai, nessuna esecutura è mai soddisfacente in toto. Tuttomodo Carmine Alcuanti non si lagnerà certo per le incombenze o i modi in Villa Metaphora, restante che a parte vitto e alloggio di paga non ricevette ancora ombra. Lui è grato ogni istante all'architetto, per l'incommensurabile dono d'aver favorito l'impattamento miracoloso con la Lynn Lou Shaw in persona vivente. Nonché mantinente, per quanto possa apparire incredulabile e slunante, di escursionarla nel transacqua!

La consecuzione degli eventi fu la seguente. L'architetto nell'ufficio gli comandò di andarsi a mettere presentabile derepente, per escursionare in mare i signori Cobanni, purché non qui sottocosta, per carità dell'ovvio. Al che lui subito lo questionò, come per incuriositura remota, "E se volessero partecipare altri ospiti?" Proprio al volo gli venne l'ispirazione, scaturita dall'animo elettricato. Al che l'architetto ripostò "Se non sono troppi, e basta che non li porti né troppo vicino né troppo lontano né troppo veloce, perché la benzina ormai costa un occhio della testa e il Chris Craft beve da far paura."

A Carmine Alcuanti il cuore schippò nella gola, insieme all'intenzione istantanea di proposare l'escursionatura in mare alla Lynn Lou Shaw. Oltresopra per l'oggetto tresimportante che hace da conferirLe, ma tambene per la ciansa di admirarla e adolarla nella corta distanza. Se si inverasse talvè di consumare anche solo un'ora, talvè due, in Sua presenza sul transacqua, sarebbe il dono massimo umanamente concepibile! Se poi talvè per circostanza fortunosissima il marito non venisse, sarebbe uno straquimonio di generosità divina, l'escursionatura più bella della storia della marineria mondiale! Già l'altro giorno quando La transmarò qui dal porto fu la più grande emozione di tutta la sua vita intera, epperò questa sarebbe immisurabile, iperstratosferica! A reflexionarci sopra è anzi preferibile non crederci, inquantoché se ci credesse quando tutto è ancora per aria, finirebbe poi col non inverarsi in minimo. Lo intuizionò fin da quando era un kiddo coi cavusi corti, questo andare del fato. Talvè fantaseava un giocattolino in dono o un certo bel pesce da acchiappare con la lenza, e immancabilmente quello che aveva fantaseato non si inverava. Per opposto se envisionava qualcosa in brutto, immancabilmente si inverava proprio talquale l'aveva envisionato, talvè anche un tranchino peggio, già che c'era. Che procedere tristo, eppure è la regola delle inverature, non la si contrasta.

Pertanto in questo frangente meglio erasare tutte le visioni ipermirabolanti che gli suirlano e tuirlano nella testa. Non facile, inquantoché son tanto accese da elettricargli il cervello, da spedirgli il cuore a triplo battito *bum bum bum* nel petto, da fargli correre il sangue a tutta forza, da fargli arronzare le orecchie mentre sguampa su per il sentiero verso l'alloggio della Dea. Come si possono erasare tutte le visioni infocate, come si può tenerle giù?

Quelle sono lì che saltano su come i conigli selvatici di Monte Anxitudo, chi le può stoppare? Chi gli può ingiungere di starsene mute e quatte in attesa degli eventi, per non hacerle inverare in brutto, come avviene sempre quando envisioni qualcosa in bello?

Carmine Alcuanti arriva davanti alla soglia della Lynn Lou Shaw, inspira l'aria a tutto naso fino in fondo ai polmoni stante che qui già aleggia la sacralità, si tira su dritto per presentarsi in forma maxima, smussa con le mani la camicia già trebièn smussonata. Per rivelare tutto, pure una doccia extrarapida si prese, un modico di deodorante e di eau de toilette si spraiò, una combatina di pettine per portare i capelli all'ordine si dette. Tambene le migliori sciossure bianche ai piedi si mise, quelle di quando andò ad accoglienzarLa al porto, solo che lì ci fu tutto il quiproquo con la Poulanc, inquantoché era così sovragitato da non vedere il visibile. Mantinente quieto non lo è percerto, ha tambene la tasca delle brache che gli va in fuoco, il cuore che gli frappa nella gola, inquantoché accostarsi a questa soglia è accostarsi al tempio della Dea, è un atto che scioglie le ginocchia, a non tendere bene i muscoli delle gambe si rischia di tombolare giù per terra, esporsi a una figura di adoratore indegno.

La porta impiega i sette anni a dischiudersi, e nelmentre *bum bum bum* il cuore gli frappa nella gola, *woom woom woom* le costole gli pompano basso e batteria come in discoteca ad Agrigento il febbraio scorso, quando il trovarsi un giorno alla soglia della Lynn Lou Shaw gli sarebbe parsa fantasmagoreria pura. Infine la porta si dischiude, epperò chi appare non è la Dea, bensì il marito (lui cercò con ogni forza di non envisionarlo, in quanto cosa brutta che si inverava talquale, garantito, epperò in automatico l'aveva envisionato lo stesso, e infatti ecco che si invera, per la trista regola delle inverature). Tuttomodo Carmine Alcuanti non si scompone, fa cenno di capo, "Buongiorno". L'inglese lo apprese inprimis per poter auscultare la voce originale autentica della Lynn Lou Shaw nei film daunlodati da internet, inquantoché non riusciva a sopportare la blasfematura di vedere le Sue labbra muoversi e invece della Sua voce originale autentica sentire la voce tutta falsonata e volgare di una doppiatrice romana de Roma che mette vergogna e furia senza fine.

"Ah, il nostro eroe." Brian Neckhart tende la faccia a muso di cane, le mille miglia dalle strette di mano e battiture di spalle di quando lui gli entregò la scheda fotografica, malorosamente quella sbagliata.

"Chi è?" Dalla profondità misteriosa della stanza arriva la voce immensamente melodiosa della Lynn Lou Shaw, *zatazac*, gli manda l'elettricatura attraverso il cuore.

"Il tipo che si è fatto rifilare la scheda fotografica sbagliata." Neckhart pensa forse che lui non intenda bene l'inglese, epperò l'intende eccome.

"Cosa vuole?" La voce di Lei è astonante, magicante.

"Cosa vuole?" La voce di Neckhart è una grattatura di pietra su pietra.

"Vorrei parlare alla signorina Lynn Lou." Carmine Alcuanti attempta di farsi intendere direttamente da Lei nella profondità misteriosa della stanza, epperò Neckhart è lì a sbarramentare sulla soglia.

"Intende la *signora* Lynn Lou? Intende mia moglie?" Neckhart sta lì tutto ammusato, tutto incagnato, col corpo tutto inelasticato, proprio come il cane che nega la strada all'altro cane. Si guatano in annusamento e in vibrazione reciproca, con quel groulìo profondo, come due cani lì a observazionarsi subito prima di springare uno contro l'altro e smorsiconarsi sbavonarsi azzamparsi tuistarsi spinnarsi torno torno in mulinello affuriato.

"Comunque." Carmine non si fa certo invischiare nella provocatura, contutto che una mazzata gliela darebbe anche volentieri, non tanto per gli atti presenti ma inquantoché si permise la blasfematura suprema di sposarsi una Dea come la Lynn Lou Shaw.

"Comunque cosa?" Neckhart smirca da superiore, da quello che porta la Cadillac, porta talvè l'aereo privato, porta la villazza tuttavetro tuttaterrazze in Beverly Hills, ma sopramondo porta la Lynn Lou Shaw, anche se una Dea non La può certo portare nessuno, solo pensarlo è una profanatura. Epperò lui in matrimonio se La portò percerto, con tanto di fotografamenti, con tanto di pubblicature e commentature universali, per inconcepibile che possa apparire.

"Comunque vorrei parlare con la signorina Lynn Lou." Carmine Alcuanti non si lascia certo intimidare da un umano che si è permesso di sposare una Dea, blasfematore.

"Fallo entrare, cazzo!" Di nuovo la voce della Dea, sciogliginocchia, meltacuore, gli fa venire voglia di croulare a quattro zampe sul pavimento fino a Lei, anche se talvè non davanti al marito.

"Mia moglie non può ricevere nessuno." Neckhart non obtempera in minimo alle parole della Dea, è una blasfematura da non potersi soffrire. Sta sulla porta dischiusa a sbarramentare, tutto ammusato, tutto incagnato.

"Ma la sentii. Sentii cosa disse." Carmine Alcuanti punta il dito verso la profondità misteriosa della stanza dove sta la Dea, ben dritto per appalesare che è più alto dello sbarratore, anche più giovane, ma sopramondo che sa che la Lynn Lou Shaw è una Dea.

"Ti ho detto di farlo entrare, cazzo!" La voce di Lei è proprio superaudibile, come lui la auscultò in plusieri film, nelle scene dove talvè affuria contro il protagonista maschio indegno di starLe vicino (nella vita vera e nel film, tambene).

Tuttomodo Neckhart fa mostra di non audirla, resta lì sulla soglia a sbarramentare tutto incagnato.

A Carmine Alcuanti monta l'onda di dare a Neckhart un puscione per passare, talvè pure una capata. Epperò si frena, per timore che Lei talvè possa prenderla a male a invenire il marito mezzo scappottato in terra.

Sono lì sulla soglia nella tensionatura di canecontrocane, e la Figura incantevole arriva a pusciare via Neckhart, a smottonarlo proprio nella maniera irresistibile ma armoniosa della Dea. "Lasciami passare, cazzo!"

Carmine Alcuanti quasi tombola all'indietro a mirarseLa davanti così in persona vivente, tutta imporporata per aver pusciato via quello che Le si pretende marito, che ha osato financo il profanamento di negarLe l'uscita.

"Cosa volevi dirmi?" Lo mira dritto negli occhi con quegli occhi astonanti che ha, i laghi azzurri del Paradiso, da smarrirci l'anima e il pensiero per sempre. L'unica è impoderarsi per non finire a terra, l'unica è sendare il cuore avanti.

"Volevo chiederVi se Volete fare un'escursione per mare con il Chris Craft." Carmine Alcuanti sbotta a tuttofiato, la frase inglese gli vien fuori ben smussonata, tutte le verbature al loro buon posto.

"Non se ne parla neanche." Neckhart gracchia similcorvo, *hra hra hra*, raspa fuori il fiato, spinge avanti il mento.

La Lynn Lou Shaw non lo contempla tanmeno, continua a mirare Carmine negli occhi. Gli observa tambene le labbra, il viso, un po' tutto, poi turna il capo divino, manda l'occhio verso il mare là sotto. "Quando?"

"Adesso." Ci vuole la maxima braveria, inquantoché sei davanti a una Dea a proposarle un'escursionatura per mare, pur se non loro due soli, sarebbe una profanatura, meglio appalesarlo subito per non inequivocare tutto. "Devo portare i signori Cobanni, l'architetto disse che possono venire anche altri ospiti."

"Okay. Vengo." La Dea fa di sì col capo, proprio a lui, Carmine Alcuanti. Lo mira negli occhi, proprio a lui. Dubbi non dovrebbero allargarsene, anche se si allargano, e in gran frotta.

"Aspetta un momento, di cosa stai parlando?" Neckhart la questiona, tutto inactato a marito che comanda la moglie, senza concepire che la moglie è una Dea e non Le comandi niente (non La sposi tanmeno, blasfematore).

La Lynn Lou Shaw non si turna tanmeno a spectarlo, staziona gli occhi negli occhi di Carmine, inequivoci. "Posso portare anche Lara?"

"Certo, certo." A Carmine Alcuanti viene il raddoppiamento dei motti, inquantoché gli si sta raddoppiando tutto, vista e pensieri, chi li stoppa più, anche se lo sa bene che non si deve mai fantaseare troppo in bello inquantoché poi è garantito che non si invererà mai talquale, si invererà solo in brutto, per la trista regola delle inverature.

"Lynn Lou, tu non fai proprio nessunissimo giro in barca." Neckhart persevera ad actare tutto supercontrollato, epperò suffice observargli la contrazione della mandibola per dedurre lo smottamento interiore. "È fuori discussione."

Carmine Alcuanti lo specta fisso, proprio canecontrocane. Mantinente la confrontazione è diventata così vibrante che basta proprio uno zilch a far scoppiare le smorsiconature le sbavonature le azzampature i tuistamenti gli spinnamenti torno torno in mulinello affuriato.

Epperò la Lynn Lou Shaw si turna a fissare Neckhart in maniera proprio da Dea, coll'impeto da sciogliere le ginocchia. "Io faccio il cazzo che voglio, chiaro?"

Necessita observare il muso di Neckhart per capire cosa significa essere l'affuriatore di una Dea, col non averLe manifestato considerazione e rispetto commensurati, col pretendere di comandarLa. Ecco la risposta della Dea, come ti riporta in piccolo all'istante, con poche parole. Neckhart non attenta tanmeno di rispostare, si turna verso Carmine ancora più incagnato di prima, fa dietrofront, si deslizza di furia nella stanza, groulante epperò con la coda tra le gambe.

"Dobbiamo venire giù al molo?" La Lynn Lou Shaw direziona e gli occhi da Dea negli occhi di Carmine Alcuanti, gli ruba il poco di respiro che restava.

"Sì." Carmine Alcuanti non riesce a nuotar fuori dallo Sguardo divino, il cuore gli frappa e frappa nel petto.

"Dammi cinque minuti, che mi preparo." La Lynn Lou Shaw dischiude in sorriso le labbra da Dea, mostra i denti translumínanti da Dea, richiude la porta con gesti da Dea.

"Io Vi aspetto al molo, Miss Lynn Lou." Epperò subito Carmine Alcuanti si intimora che se avessero a trascorrere più di cinque minuti talvè Neckhart non la convinca a non escursionare più, talvè addirittura non la rinserri nella suite. Talvè Lei medesima non muti idea, inquantoché una Dea certo non permane ferma in una sola idea per tanto a lungo. Epperò è primario tenersi in positivo, per non slunare. La Dea necessiterà più di cinque minuti per l'approntatura, inquantoché come può una Dea necessitarne solo cinque, epperò scenderà. Carmine Alcuanti è disposto a far expectare i signori Cobanni tambene mezz'ora, tambene un'ora intera. Poi è primario non fantaseare niente in bello, inquantoché poi non si invererà. È primario pressare i pensieri giù, non farli saltare su come i conigli del Monte Anxitudo, squasciarli proprio piatti, finché non si observa giungere la Dea pronta per escursionare sul transacqua, in persona vivente.

Quarantadue

Lara Laremi e Lynn Lou vanno giù per la scalinata. Lynn Lou davanti, espadrillas rosse ai piedi, pantaloni a quadri rossi e bianchi a mezzo polpaccio con zip laterale, maglietta bianca con scollatura a barchetta e maniche a tre quarti, maglia rossa annodata sulle spalle, fazzoletto in testa anche quello a quadri rossi e bianchi, occhiali da sole a onda, stile Brigitte Bardot primi anni Sessanta. Ha avuto bisogno di una ventina di minuti, diversi cambi e parecchi consigli per scegliere questa mise, mentre Brian lanciava occhiate furiose dal terrazzo, determinato ad apparire calmo malgrado tutto. In questo è proprio un'attrice: le piace interpretare un ruolo, entrare nelle situazioni come su un set con le luci pronte, la troupe in attesa. Lara due gradini dietro si sente un po' miserina in confronto, senza trucco, con gli stessi pantaloni larghi di cotone indiano grigio che aveva addosso ieri, la stessa maglietta viola un po' scolorita e le stesse scarpette cinesi. Il fatto è che nel suo zainetto non ci stanno molte cose, e in ogni caso non sente davvero il bisogno d'altro; le basta potersi cambiare la biancheria ogni giorno, per il resto preferisce viaggiare leggera.

Dà un'occhiata alla terrazza bassa su cui Paolo lavorava nei giorni scorsi, ma lui non c'è, le due panchine che stava mettendo insieme sembrano finite. Forse è andato lungo la costa a cercare altri legni di deriva per i mobili che mancano. Quando si è alzata questa mattina aveva ancora in mente i loro discorsi di ieri notte, mentre mangiavano in cucina insieme a Ramiro: i toni di voce, gli sguardi, le percezioni dilatate e alonate dal vino, dal senso di essere un'isola nell'isola, un minuscolo nucleo di persone che sentono in modo simile. Mentre parlavano, la sua tendenza solitaria e la sua natura di osservatrice non le erano sembrate in contrasto con una ricerca di calore e vicinanza, anzi. Non si era immaginata di poter trovare qualcuno di così affine in un posto come questo, né altrove; lo stupore le circola ancora dentro, mescolato ad altre sensazioni che adesso non riesce a definire.

La luce è abbagliante malgrado le lenti scure, moltiplicata ancora dal mare che oggi è leggermente increspato rispetto a ieri. Lynn Lou è superconsapevole dei suoi movimenti, mentre scende davanti a lei per la scalinata: probabilmente la vede come la scena di un musical, forse ha perfino una specifica colonna sonora in testa. Là sotto Carmine in piedi sul molo di fianco al motoscafo la osserva a naso in su come un'apparizione, il che naturalmente accresce la consapevolezza. I due Cobanni sono già seduti nel pozzetto di poppa del Chris Craft, la signora con addosso un giubbotto salvagente arancione; anche a distanza si capisce che sono innervositi dall'attesa, sotto il sole che batte nel movimento delle piccole onde. Lara detesta arrivare in ritardo a qualunque tipo di appuntamento, ma in questo caso non è colpa sua, è già stato un miracolo riuscire a trascinare via Lynn Lou prima che avesse il tempo di cambiare ancora idea su cosa mettersi addosso.

Quando arrivano sul molo, Carmine si fa avanti in atteggiamento deferente, nella sua tenuta candida da quasi-ufficiale di marina. "*Welcome, Miss Lynn Lou!*" Espressione estatica, fa un mezzo inchino.

Lynn Lou è chiaramente soddisfatta dell'accoglienza: accentua ancora gli atteggiamenti da diva, sorride, appoggia vezzosamente l'avambraccio sinistro sulla mano che Carmine le offre per farla salire a bordo e poi assisterla con la più grande sollecitudine mentre si accomoda sul divano del secondo pozzetto.

Lara sale per conto suo, non è che ci voglia molto; Carmine fa gesti puramente simbolici per aiutarla a sistemarsi di fianco a Lynn Lou.

"*Everything okay, Miss Lynn Lou?*" Carmine la studia per sincerarsi che sia comoda, o forse per convincersi che sia veramente lei, perché l'incredulità sembra dominare i suoi lineamenti.

I due Cobanni osservano dal pozzetto di poppa, il marito con uno dei suoi immancabili binocoli al collo. A giudicare dalle loro facce, sembra che il fastidio dell'attesa sia compensato almeno in parte dal divertimento per i modi di Lynn Lou e per la devozione da parte di Carmine.

"Mi dispiace se vi abbiamo fatto aspettare." Lara si sente in dovere di scusarsi, visto che Lynn Lou non ci pensa nemmeno.

"Non si preoccupi, signorina, è sempre un piacere sballottare una mezzoretta in attesa di una diva." Il signor Cobanni non dev'essere una persona banale, perché è vero che ha questi modi da gentiluomo d'altri tempi, ma non gli manca per niente il senso dell'umorismo. La moglie si copre la bocca con una mano e ride, nascosta dalla falda del cappello, dagli occhiali da sole.

Carmine si volta a dare un'occhiata severa, visto che qualunque ironia sull'oggetto della sua venerazione deve sembrargli blasfema.

Lynn Lou in ogni caso è troppo presa da se stessa; si gira a fare un piccolo gesto sfarfallato, come per salutare altri due fan. Poi lascia cadere il braccio sinistro sulle fasce di mogano lucido del motoscafo, inclina la testa all'indietro, manda in avanti le gambe. In piena vena recitante, è proprio dentro un film.

Carmine sale nel pozzetto di prua, fa partire il grande motore che borbotta e sfumacchia e fa vibrare lo scafo. Salta sul pontile, libera la cima, salta di nuovo a bordo con grande agilità. Controlla a sguardi i passeggeri, tira fuori da un compartimento stagno alcuni giubbotti salvagente, assume un atteggiamento ufficiale a cui probabilmente è stato istruito da Perusato. "Signori per favore, solo un attimo di attenzione. Qui a Villa Metaphora facciamo tutto il possibile per garantire la sicurezza dei nostri ospiti, e..."

"*Enough bullshit, let's get moving!*" Lynn si mette le mani ai lati della bocca, per far risuonare più forte la sua voce.

"*Just a moment, Miss Lynn Lou...*" Carmine cerca di continuare, ma si vede che gli costa una fatica tremenda. "Chiediamo a tutti i passeggeri di indossare il giubbotto salvagente. *We ask all passengers to wear a life jacket...*"

"*Oh, come on, give me a break!*" Lynn fa un gesto impaziente, si sporge di lato a infilare la sinistra nell'acqua, spruzza lo scafo.

Carmine si guarda intorno con un'espressione imbarazzata, registra il fatto che neanche Lara e il signor Cobanni sono interessati ai giubbotti salvagente. Un po' a malincuore, li ripone nel compartimento stagno. Poi ingrana la marcia, gira la ruota di legno lucido del timone, manovra lentamente per staccarsi dal pontile.

"Allora, dove ci porta, Carmine?" Il signor Cobanni si allunga dal pozzetto di poppa, i capelli grigi sotto il panama, gli occhiali da sole dalla montatura di tartaruga, la polo écru, il binocolo a tracolla. Sua moglie lo osserva, con il misto di ammirazione e apprensione che Lara ha già notato.

"Eh, dove volete, ingegnere. Dove vuole la signorina Lynn Lou." Carmine corregge rapidamente le priorità del suo essere a disposizione. "*Where do you prefer to go, Miss Lynn Lou?*"

Lynn Lou apre le braccia in un gesto teatrale. "*Surprise me!*"

"Perché non ci porta a vedere la Grotta del Drago di cui parlava l'architetto?" Il signor Cobanni indica vagamente la costa verso nord.

"Eh, quella è un problema, ingegnere..." Carmine sembra a disagio, si gratta la testa. "È troppo pericoloso entrare, col Chris Craft..."

La sua resistenza accende subito l'attenzione di Lynn, a cui interessa sempre e soprattutto quello che non può avere. "*What, what?*"

"*Nothing, Miss Lynn Lou.*" Carmine si gira a guardarla, è tutto imbarazzato.

"*What did you say about a dragon?*" Lynn Lou quando vuole un po' di italiano lo capisce, ha un orecchio attento.

"*The* ingegnere *was asking about the* Grotta del Drago*, but it's too dangerous to get in...*"

"*Who gives a fuck! Let's go!*" Lynn Lou a sentir parlare di pericolo si eccita subito, gli fa cenno di muoversi.

"*But there are many other things to see, Miss Lynn Lou...*" Carmine continua a fare resistenza, guarda i Cobanni e Lara in cerca disperata di appoggio. "Ci sono tante altre cose belle da vedere sulla costa. La Punta del Corvo, per esempio, tutta di pietra nera. *All black stone, it's wonderful...* Oppure il Piccolo Gigante, *the Small Giant...*"

"*Screw the small giants! I wanna see the dragon!*" Lynn Lou ormai si è fissata, per come Lara la conosce sarà praticamente impossibile farle cambiare idea.

"Ma sì, dài, ci porti alla Grotta del Drago." Il signor Cobanni a sorpresa interviene in suo aiuto. "L'architetto diceva che è uno dei segreti più belli di Tari."

"Ma, Giulio, se Carmine dice che è pericoloso." La signora Cobanni ha un'espressione preoccupata, si preme una mano sul giubbotto di salvataggio.

"Semmai la guardiamo solo da fuori." Lara prova a suggerire un compromesso, benché i compromessi non le piacciano affatto e ormai sia incuriosita anche lei dalla grotta.

"Da fuori non si vede niente, signorina... Solo l'apertura..." Carmine è terribilmente combattuto tra il desiderio di far contenta Lynn Lou e le sue responsabilità di skipper, non sa cosa fare.

"*Come on, don't be a party pooper!*" Lynn Lou batte i piedi sul pavimento di tek.

"*Okay, Miss Lynn Lou.*" Carmine a malincuore spinge in avanti la leva del gas, dirige la prua del grande motoscafo verso il largo.

Man mano che escono dal relativo riparo del molo il vento prende forza, fa arricciare la superficie del mare in piccole onde argentate che sbatticchiano a prua e lungo le fiancate, mandano qualche spruzzo in faccia ai passeggeri. Lynn Lou migliora la sua posa, sempre in perfetto stile BB a Saint-Tropez negli anni Sessanta: braccio sulla fiancata del Chris Craft, faccia verso il sole, mento all'insù. Se il fotografo che ieri si era intrufolato a Villa Metaphora fosse ancora qua intorno con il teleobiettivo, potrebbe completare il suo servizio in grande stile.

Il signor Cobanni nel pozzetto di poppa passa una mano apprezzante sul fasciame di mogano, su una bitta di bronzo lustrata a specchio. Si toglie gli occhiali da sole, impugna il binocolo, si mette a studiare la costa. Lui e sua moglie hanno la stessa eleganza classica del vecchio Chris Craft, forse perfino la stessa età. Anche la divisa bianca di Carmine a prua è perfettamente intonata all'imbarcazione, e alla diva anni Sessanta morbidamente adagiata sul divanetto dietro di lui. Lara si immagina di vedere la scena dal di fuori, e le sembra di essere l'unico elemento dissonante: per un attimo è presa da una delle sue sensazioni ricorrenti di non-appartenenza. Cerca di concentrarsi invece sul vento, sullo scintillare delle onde; poco alla volta la sensazione si attenua.

"*Can't you go any faster?*" Lynn Lou raccoglie le mani intorno alla bocca per farsi sentire da Carmine. "Piu viloceee!"

Carmine si gira a guardarla con la sua espressione da adoratore, fa di sì con la testa. "*Okay!*" Spinge ancora avanti la leva del gas; il grande motore ruggisce, la prua si alza, poi si abbassa poco a poco, con l'aumentare della velocità. Il Chris Craft si livella sul mare corrugato, *sbam sbam sbam*, sbatte sulle onde; il vento diventa una corrente continua, solida, manda spruzzi più alti a ogni nuova scossa.

Lynn Lou alza le braccia, eccitata come una bambina su un ottovolante. "*Wow! Yeah!*" Si aggiusta il fazzoletto in testa, si protende di lato, a prendere il vento e gli spruzzi in piena faccia. I Cobanni dietro sembrano decisamente meno convinti, per lo meno la signora. Ma non dicono niente, si tengono i cappelli con una mano, si aggrappano al sedile con l'altra. Anche Lara si appiglia al divanetto, contrae e rilascia i muscoli per ammortizzare il colpo che a ogni *sbam* le si ripercuote su per la spina dorsale.

Continuano veloci verso il largo, nel blu sempre più profondo appena sotto l'argentatura tremolante. Carmine manovra con abilità, taglia in linea obliqua le onde più grandi che arrivano ogni tanto; gira rapido il timone, riaggiusta la rotta, si volta a guardare Lynn Lou.

Lei continua la sua recita a beneficio di un solo spettatore: si protende all'indietro, slancia le braccia in fuori, a un certo punto si alza in piedi, inclinata contro il vento.

"*Careful, Miss Lynn Lou!*" Carmine si preoccupa, ma è estasiato a vederla così, beve con gli occhi le sue pose.

I Cobanni si scambiano un paio di occhiate, per il resto stanno aggrappati al sedile, si tengono i cappelli, guardano il mare, guardano l'orizzonte.

Poi Carmine ruota il timone, vira a dritta all'altezza di un promontorio, punta verso la costa che in questo tratto è una parete di roccia verticale, riduce la velocità.

"*Hey! Why are you slowing down?*" Lynn Lou assume un tono lagnoso, appena vede che il motoscafo va più lento.

"*We're getting close, Miss Lynn Lou.*" Carmine le fa segno di pazientare.

Il soffio irregolare del vento e lo sbatticchiare delle piccole onde si riprendono lo spazio acustico che prima era tutto occupato dal ruggito del motore e dal rombo dell'aria e dagli schianti dello scafo. Le rocce verticali si avvicinano, vagamente minacciose; per contrasto fanno sembrare accessibile la costa dove c'è l'approdo di Villa Metaphora.

Carmine indica un punto nel muro rossastro con venature nere. "Eccola lì, la Grotta del Drago*. There it is. The Dragon's Cave.*"

"*Where?*" Lynn Lou si allunga ma non la vede, scuote la testa.

Anche Lara scruta, anche i due Cobanni più dietro. Però non si riesce a distinguere nessuna apertura nella roccia che si alza per decine di metri davanti a loro. Il marito riprende il suo binocolo, osserva con quello.

"*I don't see any fucking cave.*" Lynn Lou ha già un'espressione delusa, si gira a guardare verso il largo come per dire che tanto vale tornarsene a correre e rimbalzare nel mare aperto.

Carmine riduce ancora la velocità, riduce il rumore del motore a un borbottio. Punta il dito verso quella che sembra un'ombra, o una striscia obliqua di roccia più scura. "*There, Miss Lynn Lou.* È là, l'apertura."

"La vedo!" Il signor Cobanni sembra felice di come il suo elegante binocolo gli permette di anticipare la realtà.

In effetti man mano che si avvicinano l'ombra si rivela un'apertura, alta e stretta, tagliata in diagonale nella muraglia rocciosa.

"*Let's go in!*" Subito Lynn Lou riprende interesse, batte le mani.

"*It's too dangerous, Miss Lynn Lou.*" Carmine scuote la testa, mette il motore in folle.

"Davvero non ce la facciamo a entrare, Carmine?" Il signor Cobanni dal pozzetto di poppa alza la voce per farsi sentire a prua, sembra tentato.

"Farcela ce la faremmo anche, ingegnere... Ma poi bisogna anche tornare fuori, e lo vede quanto è grande, l'apertura... L'unico modo di uscire è a marcia indietro..."

"Giulio, non lo vedi che è larga a malapena quanto il motoscafo?" La signora Cobanni è decisamente inquietata dalla curiosità del marito.

"*Come on, Carmine! What are you waiting for?*" Lynn Lou è impaziente come se fossero davanti alla casa delle streghe al luna park.

"Miss Lynn Lou..." Carmine a sentirsi chiamare per nome dal suo idolo va in totale confusione, ma è chiaro che l'idea di entrare col motoscafo nella caverna non gli piace proprio per niente. "*The sea is moving, and the wind...*"

"*So what? You're a great skipper, you can do it!*" Se c'è una cosa che Lynn Lou sa fare molto bene, oltre a recitare, è usare il suo potere di suggestione con i fan. E su un fan oltre i confini dell'idolatria come Carmine, il potere diventa irresistibile.

Carmine infatti si gratta la testa, guarda Lynn Lou, guarda l'apertura della caverna. Il sole batte, il mare sciacquetta sullo scafo, il Chris Craft ondeggia piano davanti alla muraglia di roccia.

Il signor Cobanni si allunga dal pozzetto di poppa. "Senta Carmine, perché non facciamo un tentativo?"

"Giulio, cosa stai dicendo?" La moglie adesso si sta arrabbiando per le sue insistenze. "Non hai sentito cos'ha detto?"

"Non è questione di fare un tentativo, ingegnere." Carmine indica il taglio obliquo della caverna. "Una volta dentro si è dentro..."

"*I wanna go in, I wanna go in, I wanna go in!*" Lynn Lou aumenta le insistenze, adesso che percepisce un allentamento nella difesa.

"Allora a questo punto mettiamola ai voti." Il signor Cobanni sembra tutto contento di aver trovato una soluzione democratica. "Chi vuole entrare nella caverna?"

"*What?*" Lynn Lou guarda il signor Cobanni, guarda Carmine, non riesce a stare ferma.

"*The* ingegnere *says, let's take a vote to see who wants to go into the cave...*" Carmine traduce, suo malgrado.

Il signor Cobanni sorride, come se la sua proposta fosse la più logica e la più innocente del mondo. Sua moglie si morde le labbra, sempre più contrariata.

"Ma ingegnere, per mare non si possono mettere ai voti le decisioni." Carmine sta tutto dritto, con una mano sulla ruota lucida del timone. "La responsabilità dell'imbarcazione è mia..."

"Infatti, è solo il comandante che può decidere." La signora Cobanni interviene a suo sostegno. "È proprio la legge che lo dice."

"Va bene, però ora che ci ha portati fin qui, Carmine..." Il signor Cobanni ha un atteggiamento di ostinazione quasi infantile, non poi così lontano da quello di Lynn Lou.

Lara ne è affascinata, pensa alle trasformazioni che possono avere luogo quando ci si espone con pochissimi filtri alla forza degli elementi. Quanto a lei, non sa se vorrebbe o non vorrebbe entrare: un po' è attratta, un po' è spaventata.

"*Okay, let's vote! Who wants to go in, raise your hand!*" Lynn Lou si entusiasma all'idea del voto, alza la mano. "*Let's all vote!*"

Anche il signor Cobanni alza la mano, si divincola dalla moglie che cerca di tirargliela giù.

"*Lara?*" Lynn Lou abbassa gli occhiali da sole, la guarda come per testare il suo coraggio. "*Come on!*"

Lara resta ancora incerta tra impulsi contrastanti, poi alza la mano. Per lealtà? Per curiosità? Per sfida? Non cerca neanche di capirlo, sente il cuore che le batte più veloce.

"*Three against two! We win! We win!*" Lynn Lou fa il segno a V a due mani, come se avesse davvero vinto chissà cosa. "*Let's go in, Carmine!*"

"Scusate tanto, ma se il capitano dice che non si può..." La signora Cobanni è spaventata, e furiosa con suo marito. "Un minimo di buonsenso, no?"

"Ne abbiamo avuto fin troppo, di quello!" Il signor Cobanni non sta scherzando, c'è un vero impulso liberatorio nel suo modo di fare.

"*Carmine, pleeease! Take us in! Pretty please, with sugar on top?*" Lynn Lou assume un tono tra il sexy e il bambinesco, si allunga verso Carmine con una specie di espressione supplichevole da gattina.

Le difese di Carmine a questo punto crollano. "Okay." Ingrana la marcia indietro, corregge la posizione dello scafo rispetto alla corrente che tende a spingerlo di lato, dirige la prua del Chris Craft verso l'ingresso della caverna.

"*Yessss! I totally love you, Carmine!*" Lynn Lou è in un parossismo di eccitazione.

"*Okay, Miss Lynn Lou.*" Carmine è chiaramente sconvolto da queste parole, ma per fortuna i suoi gesti di manovra non perdono precisione. Torna indietro, reingrana la marcia avanti, lavora di gas e timone, procede con estrema cautela.

"Mi scusi, cosa sta facendo?" La signora Cobanni tenta in extremis di bloccarlo. "Non aveva detto che è troppo pericoloso..."

Carmine non le risponde, è tutto concentrato nella manovra. Tocca con grande delicatezza la ruota del timone con la sinistra, dosa con altrettanta attenzione la leva del gas. Il grande motore sputacchia dal doppio scarico a pelo d'acqua, produce piccoli sbuffi di fumo. La prua si avvicina all'apertura nella roccia: è già dentro. Poco alla volta il sole perde come per incanto la sua forza, un'ombra scivola sopra il motoscafo e i suoi occupanti.

Lara sente il cuore che le batte ancora veloce. L'idea di penetrare in un antro segreto e pericoloso la eccita, ma la terrorizza pensare che la capacità di giudizio di Carmine possa essere stata distorta dalle insistenze di Lynn Lou. Durante le riprese del film a Roma è stata testimone di errori anche seri commessi da professionisti affermati, sotto l'influenza dei suoi atteggiamenti seduttivi o della sua semplice ostinazione, dei suoi ricatti. Ma lì erano su un set in uno studio cinematografico in una grande città, non sulla costa deserta di un'isola sperduta. Guarda la roccia sopra di loro, si gira a guardare i Cobanni nel pozzetto di poppa: il marito sembra affascinato, ma la moglie è nervosissima, continua a voltarsi indietro.

"*We're in, we're in!*" Lynn Lou è in uno stato di esaltazione crescente, si alza in piedi per guardare meglio.

"*Please stay down, Miss Lynn Lou!*" Carmine le fa cenno di sedersi. Muove il timone con aggiustamenti quasi impercettibili, dà gas appena sufficiente per avanzare. È chiaro che sa quello che fa: il Chris Craft passa di misura tra le pareti di roccia ruvida, scivola nell'oscurità centimetro dopo centimetro, metro dopo metro.

È una transizione strana: in pochi istanti passano dalla luce violenta al buio, dal caldo al fresco, dal rumore del vento al silenzio punteggiato dal borbottio basso del grande motore. Carmine lo spegne; l'unico suono è lo scivolare dello scafo nell'acqua improvvisamente calma.

"*Hey!*" Lynn Lou lancia un grido, la sua voce rimbalza come un sonar tra le pareti di roccia. "*Hey! Hey! Hey!*"

"*Please, Miss Lynn Lou. You don't scream in here.*" Carmine fa un gesto senza girarsi, perfino il suo tono sussurrato provoca un'eco.

Un riflesso di luce dall'esterno rende in parte visibili le superfici umide delle rocce, ma presto si riduce a pochi baluginii, a qualche luccichio sott'acqua, poi a niente. Il buio diventa denso, come una sostanza quasi tangibile. Lara smette quasi di respirare, le sembra di entrare in una dimensione nascosta che dovrebbe restare tale, in un posto da lasciare intoccato.

Il signor Cobanni tossisce: il suono della sua tosse riverbera da un piano minerale all'altro, si mescola allo sgocciolare sull'acqua, allo schiocco del remo corto che Carmine sta usando per allontanare il Chris Craft da una parete mentre scivola avanti nell'oscurità. Lara sente il cuore rallentarle: un'emozione profonda le passa dentro, senza nome.

"*Where's the dragon?*" Lynn Lou non riesce a rispettare la magia del momento, ma anche se cerca di fare la spiritosa c'è una corrente di autentica paura nella sua voce, la si sente.

"*Shhh!*" Il signor Cobanni la zittisce, come potrebbe fare con una bambina.

Carmine aggiusta ancora il timone, bilancia il piccolo remo nella destra come un'arma da difesa. Il suono dello scafo che taglia l'acqua non interferisce quasi con una moltiplicazione di sgocciolii, fruscii, rintocchi acuti tutto intorno; il grande Chris Craft scivola avanti, piano.

Procedono alla cieca per un tempo e una distanza che Lara non riesce minimamente a calcolare, poi d'improvviso una rapida luce verdeazzurra guizza sotto la superficie dell'acqua come un'apparizione, riflessa dalle pietre smussate del fondo. Subito dopo ci sono altre luci, in basso, in alto, sui lati; rivelano sfumature di grigio metallico, di nero perlaceo, di giallo solforoso. Un balenio rimbalza sulle pareti che sembrano allargarsi per gradi intorno a loro, e un istante dopo un raggio azzurro incredibilmente intenso attraversa in diagonale lo spazio, rischiara una grande volta che brilla di barbaglii color smeraldo. Ci sono stalattiti e stalagmiti, una piccola cascata che sgorga dalla roccia proprio sopra una spiaggia di sassi rotondi, vapori dall'oscuro di un antro più arretrato, fuori dalla zona di luce del raggio che piove dall'alto.

La visione è così stupefacente che perfino Lynn Lou impiega qualche secondo a riprendersi. "*Wow!*"

Gli altri si guardano intorno, in un silenzio allibito. Lara ha la sensazione di essere finita dentro un sogno, ma non riesce a capire se sia bello o brutto, con quali possibili interpretazioni.

"Visto?" Carmine parla a voce molto bassa, sembra profondamente compreso della sua responsabilità di rivelatore di questo mondo nascosto.

"Incredibile." Il signor Cobanni continua a girare la testa da un lato e dall'altro, registra particolari. La signora invece è tutta contratta, immobile sul divanetto di poppa. L'aria qui è più tiepida che nel percorso per arrivare, ferma, odora di zolfo. I suoni della piccola cascata si riflettono sulle formazioni irregolari, cambiano frequenza appena si sposta la testa anche di poco, come il respiro di un grande animale misterioso. A Lara sembra comprensibile che qualche abitante di Tari abbia potuto immaginarsi un drago qui dentro, la prima volta che c'è entrato.

"*So, where's the dragon?*" Lynn Lou continua a cercare di fare la spavalda, ma è pallidissima, le sue pupille sono così dilatate che gli occhi sembrano scuri.

"*There.* Sta là, il Drago." Carmine punta il dito verso i vapori che aleggiano davanti alla zona di buio più denso, al di là della piccola spiaggia di sassi e delle stalagmiti subito dietro, come se almeno un po' ci credesse davvero.

"*Can we get out and go look?*" Lynn Lou indica la piccola spiaggia di sassi davanti a loro.

Carmine scuote la testa. "*No, no. We must go back, now.*"

Il signor Cobanni però si associa subito alla richiesta di Lynn Lou, di nuovo. "Sì, ci faccia scendere un attimo, Carmine."

"Giulio, se dice di no ci sarà una ragione!" C'è un tremito nella voce della signora Cobanni. "Torniamo subito fuori!"

"Tiziana, quante volte ti è capitato di entrare in un posto così?" Il signor Cobanni non demorde.

"*Come on! Let's all go!*" Lynn Lou si alza in piedi.

"*Please don't scream, Miss Lynn Lou. And stay down.*" Carmine ha un tono implorante.

"Allora possiamo scendere un attimo?" Giulio Cobanni insiste.

"Ingegnere, è che i fumi qui dentro non fanno bene." Carmine di nuovo è combattuto tra senso di responsabilità e desiderio di accontentare Lynn Lou. "*The vapors here are not good, Miss Lynn Lou.*"

"Senta, scendiamo solo per cinque minuti." Anche il signor Cobanni si alza.

"Aspetti ingegnere, io qui non posso girare il motoscafo. Abbiamo solo un corridoio con la profondità giusta, di misura proprio..." Carmine continua a sussurrare, sembra in grave difficoltà.

Lara si allunga a guardare l'acqua dal suo lato del motoscafo: in effetti nella trasparenza smeraldina si vedono massi che impediscono qualunque manovra laterale, è davvero un corridoio.

Il signor Cobanni dietro fa la stessa verifica visuale, ma non cambia idea. "Non importa, scendiamo da prua." Si toglie le scarpe, malgrado i tentativi della moglie di fermarlo, sale a piedi nudi sulle fasce della carenatura.

Lynn Lou aveva solo bisogno di questo incoraggiamento: scalcia via le espadrillas, si arrampica fuori dal pozzetto centrale, gattona verso la prua.

"Ingegnere, *Miss Lynn Lou, please*!" Carmine fa un ultimo tentativo di resistenza, poi ci rinuncia; manovra con il remo per far arrivare la prua fino alla piccola spiaggia di sassi, prende la cima, salta giù. Tiene fermo il motoscafo, porge una mano per aiutare Lynn Lou a scendere, poi il signor Cobanni.

Lara si toglie le scarpette cinesi di tela, cammina anche lei a quattro zampe sul mogano lucido del Chris Craft, arriva alla prua, salta giù. I sassi della spiaggia sono lisci sotto le piante dei piedi, umidi, scivolosi. L'odore di zolfo penetra nelle narici, arriva ai polmoni, provoca uno strano stordimento, accentuato dai suoni che rimbalzano da un punto all'altro.

"*This is awesome!*" L'eccitazione di Lynn Lou ha raggiunto un diapason, la fa saltellare intorno.

"*Careful, Miss Lynn Lou.*" Carmine la osserva con apprensione, ma è anche preoccupato dalla signora Cobanni che rimane seduta all'altra estremità del lungo motoscafo. "Signora, non vuole scendere anche lei, a questo punto?"

"Io non mi muovo da qui!"

"Dài, Tiziana, vieni!" Suo marito la sollecita da riva, fa gesti che forse lei non riesce neanche a vedere da dov'è.

"Non ci penso neanche!" La signora resta aggrappata al suo divanetto verde, vista da qui sembra lontanissima.

Carmine esita ancora, poi assicura la cima del Chris Craft a un masso, verifica la tenuta del nodo. "Solo cinque minuti, però. *Only five minutes, okay?*"

"Certo." Il signor Cobanni risponde sovrappensiero, è totalmente preso dallo spettacolo che hanno intorno. Osserva le formazioni di roccia, ci gira intorno per vedere il gioco di luci e ombre.

"*I wanna stay here all day!*" La voce di Lynn Lou rimbalza su ogni superficie: *day! day! day!* Lei si muove come su un palcoscenico teatrale, abbraccia una stalagmite, slancia indietro una gamba.

"*Careful, Miss Lynn Lou.*" Carmine la segue, con la sua pazienza illimitata da adoratore. "*And please don't scream.*"

Lara cammina a passi leggeri, registra il modo in cui il fascio di luce che arriva dall'alto dà rilievo alle forme e accende i colori, mescolando l'azzurro dell'acqua e il giallo dello zolfo in tonalità iridescenti di verde. Le sembra di essere all'interno di uno spazio immaginario, una dimensione simbolica in cui il passato e il futuro che lei non conosce si fondono, in pieni e vuoti suggestivi ma inutilizzabili, meravigliosi da vedere e anche spaventosi, nella loro inerzia minerale. È così chiaro che non si tratta di un luogo adatto alla vita umana, e nemmeno a quella di altre specie, a parte forse qualche tritone o salamandra che però non si vedono. Non ci sono alghe né cozze né patelle né granchiolini sulle rocce, non ci sono pesci nell'acqua; ci sono solo queste forme create da erosioni e sgocciolii di secoli, e sono belle solo perché ricordano altre forme, nate da tutt'altre ragioni, in tutt'altre condizioni. Per un attimo Lara si chiede cosa succederebbe se per qualunque motivo il buco nella volta da cui entra il raggio di luce si chiudesse e la caverna piombasse nel buio assoluto; l'idea le provoca il terrore senza confini dei suoi incubi più profondi, la fa guardare in direzione dell'uscita. Da qui non si vede neanche, al di là dei piani inclinati di roccia c'è solo ombra densa, nera, solida. "Cosa dite, torniamo?" Ma parla a voce troppo bassa, e in ogni caso sembra che nessuno la ascolti, neanche Carmine.

Lynn Lou intanto è salita su una roccia bassa e piana, al centro preciso del cono di luce che arriva dall'alto. "*Hey!*" La sua voce riverbera sotto la volta, "*Heyheyhey!*"

"*Shhh!*" Cobanni di nuovo la zittisce.

"*Miss Lynn Lou, please don't scream.*" Carmine è disperato di fronte ai suoi comportamenti, non sa come fare. "*You make the Dragon angry.*"

"*Hahaha!*" Lynn Lou urla come una bambina esibizionista fuori controllo, "*Hahahahahahaha!*"

"Basta! La finisca!" Il signor Cobanni si infuria, abbandona la sua abituale amabilità. "Se le piace tanto il suono della sua voce, dica almeno qualcosa di interessante. Reciti una poesia, o canti una canzone, non so. Purché abbia un minimo di articolazione. Un *minimo*."

"*What?*" Lynn Lou non capisce, o fa finta di non capire.

"*Mr. Cobanni says, if you want to use your voice, say a poem, or sing a song.*" Carmine traduce, guarda l'orologio con estrema preoccupazione. "*But don't scream. Please.*"

"*Okay.*" Lynn Lou sembrava aspettare solo un invito a indirizzare in qualche modo la sua esuberanza. Si raddrizza sul masso, ben piantata sui piedi. Di colpo non sembra più una bambina dispettosa: assume un'espressione seria, concentrata. Sta zitta per qualche secondo, e gli altri non possono fare a meno di guardarla. Poi parla, in un tono ispirato che Lara non le ha mai sentito, neanche quando recitava sul set del film a Roma.

"*You mystifying, amazing stream of light*
Sweet, evanescent optical delight
Whimsical shimmer of a lost meteorite
Uncanny, quick transverser of the sight..."

La sua voce nel riverbero naturale della grotta acquista una qualità musicale sorprendente, la luce crea un alone che quasi smaterializza la sua figura. Sono tutti bloccati ad ascoltarla; il signor Cobanni si toglie il cappello.

"*You witty, swift, iridescent fright*
Transcendant glint of a past knife fight
Luminous trace of my mind's black kite
You scintillating-titillating, bright
Boundless, fearless trespasser of the night."

Lynn Lou smette, prende un respiro profondo, si guarda intorno, come se uscisse da uno stato di trance.

"Brava!" Il signor Cobanni batte le mani: *clap clap clap*, il suono riverbera in una successione di piccoli scoppi tra le pareti di roccia.

"*Shhh.*" Carmine cerca di contenere i suoni nella caverna, però è completamente scombussolato dalla poesia di Lynn Lou, e dal modo in cui l'ha recitata. La guarda, immobile, sembra che tremi.

Il signor Cobanni si avvicina a Lynn Lou, con un rispetto di cui prima non mostrava traccia. "*Very beautiful.* Di chi era?"

"Dennis McLowes." Lynn Lou sembra provata, ha gli occhi lucidi.

"Non la conoscevo." Cobanni scuote la testa.

Anche Lara ha gli occhi pieni di lacrime. Sale sul masso piatto, abbraccia Lynn Lou, non riesce a dirle niente. Si stringono forte, nel silenzio riverberato di suoni.

Lynn Lou piange, a brevi singhiozzi attenuati.

"*Hey?*" Lara le picchietta una mano sulla schiena, piano.

"*It's okay, it's okay.*" Lynn Lou tira su col naso, si riprende. Scende dal masso, le fa segno di restare dov'è. "*Your turn.*"

Appena Lara si trova da sola nel fascio di luce, le sembra che qualcosa di profondamente misterioso tocchi il suo spirito. I vapori solforosi devono avere un ruolo, e l'ombra profonda dietro i vapori, e la segretezza nascosta del luogo. Senza pensarci, le affiora alle labbra il frammento di una poesia che aveva letto una volta da ragazzina, in un vecchio taccuino dalla copertina nera che sua madre teneva in camera da letto.

"*Nel dubbio notturno*
la luce mi attraversa
baluginante, trepida,
già persa."

"Il resto non me lo ricordo." In realtà si ricorda un paio di altre strofe, e qualche parola sparsa, fuori sequenza.

"Peccato, però." Il signor Cobanni le viene vicino, sembra colpito. "Non riesce proprio a farselo tornare in mente?"

"No." Lara scuote la testa, è già abbastanza sconcertata che le sia tornato questo.

"Chi è l'autore?" Il signor Cobanni la guarda con negli occhi una luce di attesa che sembra quasi disperata.

Lara non avrebbe voglia di parlarne, ma in questa caverna sembra che nessuno sia veramente padrone di quello che vorrebbe o non vorrebbe. "Mio padre."

"È un poeta, suo padre?" Il signor Cobanni ha un tono sorpreso. "Come si chiama?"

"Non c'è più. Ma no, non era un poeta."

"Be', almeno una poesia l'ha scritta, no? Come si chiamava?"

"Laremi. Guido Laremi."

Il signor Cobanni continua a fissarla; non sembra che il nome gli dica niente, ma perché dovrebbe?

"*What was that?*" Lynn Lou cerca di capire di cosa stiano parlando.

Carmine prova a farle una traduzione, ma incontra qualche

difficoltà, perché le parole si sono dissolte nella grotta, la loro vibrazione persa.

Lara scende dal masso, fa un cenno al signor Cobanni. "Tocca a lei."

Il signor Cobanni scuote la testa, però resta sospeso, come davanti a una tentazione.

"*Come on!*" Lynn Lou si associa alle insistenze.

Alla fine il signor Cobanni sale sul masso piatto, sposta i piedi finché trova la posizione giusta. La luce obliqua che piove dall'alto accende i suoi capelli grigi, la sua figura fragile ma dritta, elegante. Quando parla, la sua voce ha una risonanza profonda, per nulla artefatta; c'è una corrente interrogativa nelle sue parole, uno stupore di affioramenti lontani, e vicini.

"*Luce di progressive transizioni,*
sorprese incandescenti,
lampi, tuoni,
avvampanti presenze,
insistenze,
confessioni,
ricerche abbacinate,
riflessioni,
lenti avvicinamenti,
regressioni,
oscure resistenze,
bagliori, smorzamenti,
tenui aloni.
Fuoco avvampante,
rapido solstizio,
ombra riavviluppante
dell'inizio."

"E questa di chi è?" Lara è commossa quanto lo era stato lui prima: dalle immagini evocate, dal tono. Non saprebbe spiegare perché, ma ha di nuovo gli occhi pieni di lacrime. Cosa c'è in questo luogo racchiuso, che suscita emozioni non controllabili né spiegabili?

"Di nessuno." Il signor Cobanni scende dal masso.

"In che senso?" Lo guarda da vicino: è già tornato al suo normale aspetto, elegante, ironico, fragile.

"Non ha importanza." Non ha voglia di parlarne, è chiaro.

"È sua, l'ha scritta il mese scorso!" La signora Cobanni alza la voce, dal pozzetto di poppa del lungo motoscafo, appena visibile tra l'ombra e i riflessi colorati che si inseguono nell'acqua.

Carmine prova a tradurre per Lynn Lou la poesia del signor Cobanni, ma anche questa si è dissolta, non la si può più riprendere.

"Va bene, adesso è il suo turno, Carmine." Il signor Cobanni cerca di distogliere da sé l'attenzione.

"Io di poesie..." Carmine cerca di schermirsi, indica il motoscafo. "Poi dobbiamo andare, siamo già stati troppo, e i fumi..."

"Eh no, mio caro. Qui ci stiamo esponendo tutti." Il signor Cobanni lo incalza. "Sono sicuro che almeno una la conosce. Magari in tarese, sarebbe appropriatissima al luogo."

"In tarese di poesie non ce ne sono, ingegnere."

"Non in forma scritta, ma ne esisteranno in forma orale, no?"

"No. Non ci sono poesie in tarese. Dobbiamo andare."

Lynn Lou gli tocca una spalla. "*Come on Carmine, recite a poem.*"

Carmine si blocca, sembra sopraffatto dalla confidenza fisica, dal tono della richiesta.

"*Come on. Do it for me! Pleeease!*" Lynn Lou insiste.

È chiaro che di fronte a questa richiesta Carmine non può rifiutarsi. Sale sul masso piatto, unisce le mani ai lati del naso, inspira. Per qualche secondo gli unici suoni sono gli sgocciolii delle rocce, il fruscio della piccola cascata. Poi si schiarisce la voce, alza lo sguardo verso la volta della caverna, comincia a declamare:

"*Frinisia du mari, vuci di li scogli,*
ucchiu di dragu 'nti li niuri dogli,
paura di trasiri a lu grandi internu,
di nun truvari, di tuttu riscurdari
di 'nti li formi luntani ripiumbari.

Chi gravi vuci havi lu vulcanu,
auscultai 'nsunnacchiatu di luntanu,
spersu, cunfusu, 'ngramagghiatu,
lu celu di tristizza cummiugghiatu,
tra sonnu e vigghia cridinnu di sunnari,
circanno pi stanchizza l'abbannunnu.
Chi suspittusa notti munta, mantu stranu,
vugghia di pirdirsi 'nni lu mari di focu,
vugghia d'addimurari in altro locu.
O luci custirnata di luna rispicchiata,
luci pirduta d'acqua scanusciuta!
Luci d'ucchiu du dragu 'nti lu scuru sonnu!
Luci d'ucchiu du dragu 'nti lu scuru sonnu!"

Smette di colpo, scrolla la testa, anche lui come se uscisse da uno stato ipnotico.

"*That was so cool!*" Lynn Lou applaude eccitata, poi si ferma.

Il signor Cobanni questa volta non la zittisce. "Accidenti, Carmine. Da dove viene, questa?"

"Dalla mia famiglia." Carmine sembra attraversato da emozioni profonde.

"Ma non era tarese, questo."

Carmine scuote la testa. "È in una delle sette lingue madri."

"Un dialetto siciliano, no?" Il signor Cobanni continua a fissarlo. "Una delle sette lingue che hanno dato origine al tarese."

Carmine annuisce.

"Ma chi della sua famiglia l'ha scritta?" Il signor Cobanni insiste, nel suo modo cortese.

"Eh, il mio bisnonno, Portato Alcuanti."

"Portato?"

"Sì, in famiglia tutti nomi di sette lettere abbiamo."

Il signor Cobanni conta le lettere dei nomi di bisnonno e nipote sulla punta delle dita. "È possibile che derivi dal fatto che era stato *portato* a Tari da un altro luogo? Magari era stato rapito da un tarese nel corso di una scorreria? Lei lo sa?"

"No. Ma i taresi di scorrerie mai ne fecero." Carmine guarda di nuovo il motoscafo. "Dobbiamo andare."

"Bella, però." Anche a Lara viene da parlare sottovoce. "Faceva un po' paura, anche." Il clima di questo luogo la sta contagiando sempre più: dilata ogni sensazione, allunga i tempi di reazione, lascia lunghe scie.

"Mi scusi, non intendevo in alcun modo fare illazioni offensive sulla sua famiglia, o sugli abitanti dell'isola." Il signor Cobanni si affretta a precisare, con grande sensibilità.

Carmine annuisce, ma non ha voglia di parlarne. Ha questa strana cautela rispetto al passato, così come rispetto al drago, alla caverna, ai segreti dell'isola.

"Dipende da come si considera il drago, alla fine." Il signor Cobanni parla come se il contenuto della poesia di Carmine gli fosse estremamente familiare. "La luce riflessa nel suo occhio potrebbe anche essere una forza positiva, no?"

"Non saprei, ingegnere." Carmine guarda Lynn Lou, con un'espressione incerta, trepidante. Le si avvicina, tira fuori qualcosa dalla tasca dei calzoni e gliela porge, con un mezzo inchino da ufficiale di marina di un'altra epoca. "*Something that belongs to you.*"

Lynn Lou si sposta nel fascio di luce per guardare meglio quello che ha in mano, non capisce. "*What is it?*"

"*The photo card.*" Carmine parla sottovoce, ma non c'è verso di non farsi sentire dagli altri, qui dentro ogni più piccolo suono è amplificato. "*With your pictures.*"

Lynn Lou resta confusa ancora per un istante, guarda la scatolina di plastica trasparente che contiene la scheda SD. Poi abbraccia Carmine di slancio, lo bacia sulle guance. "*You're my hero! You saved my life, Carmine!*"

Carmine è totalmente sopraffatto da questa reazione: quando Lynn Lou lo lascia barcolla, non sa più dove guardare, come muoversi.

"Quali fotografie?" Il signor Cobanni è incuriosito. "Cos'è successo?"

Lynn Lou si infila la scatolina nella piccola tasca dei calzoni, chiude rapida la zip.

"Niente, ingegnere. Cose personali." Carmine riesce a malapena a parlare.

"Ah, scusate." Il signor Cobanni è troppo gentiluomo per fare altre domande.

Un momento dopo Lynn Lou si piega in avanti di scatto e vomita. "*Uuurrrgh!*" Il verso risuona sotto la volta della grotta, amplificato come il ruggito di un drago.

"Miss Lynn Lou!" Carmine cerca di avvicinarsi ma è costernato, non sa cosa fare.

Anche Lara si avvicina, cerca di capire se Lynn Lou abbia bisogno di aiuto.

Il signor Cobanni si muove a sua volta, con estrema discrezione. "Signora Shaw..."

"Cosa succede?" La voce allarmata della signora Cobanni arriva dal pozzetto di poppa del motoscafo, ma nessuno le risponde. "Giuliooo?!"

Lynn Lou fa cenno di stare lontani, vomita ancora, piegata in due, attraversata da spasmi così violenti che deve appoggiarsi a un masso per non cadere a faccia in giù.

"Sono i fumi." Carmine guarda Lynn Lou, si guarda intorno. "Lo dissi io, cinque minuti al massimo dovevamo restare. Neanche."

"Andiamo via, allora!" Lara è presa dall'improvvisa sensazione di essere in un posto dove non dovrebbe essere, si sente salire dentro il panico.

"Va bene, adesso andiamo, con calma." Il signor Cobanni invece non sembra per niente preoccupato di essere in una grotta piena di vapori sulfurei, con una sola via d'uscita ben difficile da percorrere, nelle profondità della costa deserta di un'isola lontana da tutto.

Lynn Lou è ancora piegata in due, senza più fiato, mani sulle ginocchia.

Carmine la prende per un braccio con estrema cautela. "*Miss Lynn Lou, we must get out.*"

Lynn Lou tossisce, sputa per terra, si raddrizza a fatica, si lascia condurre verso il Chris Craft.

Lara la sostiene per l'altro braccio, le picchietta una mano sulla spalla per confortarla, anche se è sempre più spaventata. Nemmeno lei si sente bene, e non le sembra solo suggestione:

ha la testa leggera, le ginocchia deboli, è quasi sul punto di svenire.

Carmine prende Lynn Lou tra le braccia, la solleva, cammina nell'acqua fino alle ginocchia, la deposita nel pozzetto di prua del Chris Craft. Il signor Cobanni aiuta Lara a salire sulla fiancata, con la poca forza che ha nelle braccia magre. Carmine torna indietro e aiuta anche loro, li assiste tutti e due mentre strisciano carponi lungo lo scafo fino al secondo pozzetto, ci si calano dentro.

"Oddio, cosa succede? Sono i vapori?" La signora Cobanni dal pozzetto di poppa è in preda all'angoscia. "Giulio?"

"Va tutto benissimo." Il signor Cobanni ha un tono così distaccato che probabilmente preoccupa sua moglie ancora di più.

Lynn Lou sta adagiata sul divanetto di prua, cerca di riprendere fiato. Lara vorrebbe assisterla in qualche modo, ma si sente troppo debole, e i due pozzetti sono troppo distanti.

Carmine torna sulla piccola spiaggia di sassi, scioglie la cima, salta sul Chris Craft, si mette al timone, gira la chiave di accensione. Il grande motore parte nel suo registro profondo, *ftum ftum ftum*, il suono rimbomba nella grotta, il fumo di scarico si mescola ai vapori solforosi. Carmine guarda indietro verso il buio appena venato di qualche riflesso, gira il timone con la più grande cautela, prepara il piccolo remo per tenersi lontano dalle pareti di roccia se ce ne fosse bisogno, ingrana la retromarcia, dà appena un filo di gas. Il lungo motoscafo arretra con estrema lentezza, nello stretto corridoio di acqua che metro dopo metro perde i suoi riflessi smeraldini e diventa sempre più nera.

Lara trattiene il fiato, cerca di non pensare alla distanza di buio denso e pericoloso che li separa dall'aria aperta e dalla luce del sole.

Quarantatré

Bisogna proprio dire che Carmine è un marinaio di grande competenza, perché far uscire un motoscafo di queste dimensioni a marcia indietro nel buio in un corridoio stretto tra pareti di roccia aguzza senza urtare o restare incastrato non era per niente un'impresa facile. Oltretutto mentre erano dentro la grotta il vento ha preso forza e il mare è cresciuto, le onde saltellano e schiumano appena si esce. Il sollievo di essere di nuovo fuori alla luce è immenso: Tiziana Cobanni si toglie il cappello, si riempie gli occhi, respira a fondo. È come liberare i pensieri da una scatola chiusa, lasciarli volare in tutte le direzioni fino a perderli di vista, invece di sentirseli subito rimbalzare indietro. Non ha mai capito gli speleologi che passano giorni e giorni nelle viscere della terra per il piacere dell'esplorazione, benché l'idea la incuriosisca anche un po', come le succede con tutte le cose che le fanno paura. Un paio di anni fa per esempio aveva provato un'angoscia indescrivibile per la vicenda di un gruppo di minatori cileni bloccati per settimane a centinaia di metri di profondità, eppure ne era stata anche morbosamente affascinata, non riusciva a staccarsi dalla televisione, continuava a immaginarsi al loro posto.

Adesso però sono fuori, basta. Anche gli altri si riempiono gli occhi di blu vibrante, respirano a pieni polmoni l'aria pura mossa dal vento. Lara la strana ragazza italo-irlandese si gira verso il sole, chiude gli occhi, tende all'indietro l'agile figuretta. Carmine è giustamente orgoglioso di aver riportato tutti all'aperto sani e salvi, ma il suo orgoglio è guastato dall'apprensione per l'attrice americana, mogia mogia di fianco a lui sul divano. Le chiede come sta, sollecito, adorante, senza azzardarsi a mostrare troppa confidenza. Lei risponde qualcosa senza guardarlo, forse anche qui sta cogliendo l'occasione di recitare una parte.

Giulio è l'unico a non sembrare particolarmente sollevato di essere fuori dalla caverna, così come era l'unico a non mostrare nessuna preoccupazione quando erano dentro. Però apprezza il vento: si toglie il panama, si lascia scompigliare i capelli, si volta a fare un cenno di saluto a Tiziana Cobanni, sorride.

Lei risponde con un cenno e un sorriso; sola nel divanetto di poppa sta più comoda che all'andata, ma le dà una strana sensazione essere così separata da suo marito, persa nella lunghezza dello scafo.

Carmine manovra piano per non scombussolare oltre la sua venerata Lynn Lou, punta lentamente la prua verso il largo, in modo da aggirare le grandi rocce scure sulla sinistra. Il motoscafo procede contro le onde che arrivano a frotte, *splaf splaf splaf.*

Lynn Lou si sta riprendendo con rapidità sorprendente: il suo corpo deve essere abituato a sopportare abusi di alcol e sostanze varie, e naturalmente ha il vigore dell'età. Nel giro di pochi minuti è già lì che si muove irrequieta nel pozzetto di prua, si alza in piedi, si protende in avanti, incoraggia Carmine ad andare più veloce. Lui esita, anche perché il mare è decisamente meno tranquillo che all'andata; lei lo incalza, metà scherzosa e metà sul serio, insistente. Lui finisce per cedere, dà un po' di gas; la prua si alza, lo scafo sbatte, le onde mandano spruzzi in faccia a tutti.

Ma Lynn Lou Shaw non è ancora contenta, adesso che l'aria l'ha rivitalizzata vuole andare ancora più veloce. "*Faster!*" Il vento trascina verso poppa i suoi strilli. La sobrietà inattesa e anche abbastanza commovente di quando si era messa a recitare la poesia nella grotta se n'è andata, per lasciare posto all'egocentrismo adolescenziale di sempre. Tiziana Cobanni non sa molto dei divi del cinema, a parte quello che può avere visto alla televisione o letto su qualche rivista dal parrucchiere, però le sembra probabile che abbiano tutti caratteri abbastanza instabili, a causa dell'esposizione continua, delle aspettative del pubblico, della stampa specializzata che non gliene lascia passare una. Più famosi sono, più precario deve essere il loro equilibrio, non ci vuole molto a capirlo. Quando hai occasione di vedere da vicino una come Lynn Lou Shaw, ti rendi conto che sotto la fama esagerata, la mitizzazione, i soldi e tutto il resto, c'è una ragazzina, piena di insicurezze e fragilità mascherate da atteggiamenti baldanzosi. Però per quanto si possa capirla, i suoi modi sono decisamente irritanti, e hanno conseguenze potenzialmente pericolose. Come prima, quando ha convinto il povero Carmine a portarli dentro la caverna (certo, con l'aiuto determinante di Giulio, di questo dovranno proprio parlare, quando saranno da soli). Adesso sta di nuovo diventando parecchio fastidiosa, con quel continuo muoversi, gridare, gesticolare, incalzare Carmine per farlo andare più veloce. "*Faster! Faster!*" Non gli dà tregua, lo stuzzica, lo sollecita, lo sprona, facendo leva sull'enorme ascendente che sa di avere su di lui.

Carmine è un giovane serio, con un grande senso di responsabilità, ma è anche chiaramente incapace di resistere alle sue richieste. Accelera ulteriormente, fa abbassare la prua del motoscafo che comincia a sbattere con violenza sulle onde. Stanno tutti aggrappati ai sedili, bagnati in faccia dagli spruzzi, le mani sui cappelli per non farseli volare via. In compenso Lynn Lou Shaw sembra soddisfatta: in piedi a prua, attaccata alla cornice del parabrezza, senza fazzoletto in testa, capelli al vento, sotto lo sguardo adorante di Carmine, deve sentirsi in una situazione finalmente adeguata al suo ruolo di star.

In una quindicina di minuti sono in vista degli edifici e delle terrazze bianche di Villa Metaphora, arrampicate lassù, sulla roccia. Carmine corregge la rotta; il vento adesso arriva da poppa invece che dal fianco, il motoscafo cavalca a gran velocità le onde che corrono verso la costa ancora lontana.

Lynn Lou Shaw grida per farsi sentire attraverso il rumore del motore, del vento e dello scafo percosso, sembra che cerchi di farsi cedere il timone. Ma il mare è tutt'altro che tranquillo, e Carmine giustamente fa di no con la testa, resta saldamente attaccato al timone. Lei però insiste; è probabile che nei suoi processi mentali ogni cosa negata diventi automaticamente desiderabile. Allunga le mani, cerca di afferrare il timone, strilla. Carmine le resiste, impresa che data la sua venerazione deve costargli uno sforzo titanico.

Lara cerca di intervenire, dal pozzetto di mezzo dov'è seduta di fianco a Giulio: si allunga verso la sua amica, le grida qualcosa, le fa cenni ripetuti di smetterla. Giulio invece non si scompone minimamente, guarda il mare che scorre via a gran velocità, come se la faccenda non lo riguardasse affatto.

Tiziana vorrebbe dire qualcosa per rafforzare la posizione di Carmine, ma il pozzetto di poppa dov'è relegata è troppo lontano dal quello di prua, non la sentirebbero neanche se urlasse a squarciagola.

In ogni caso i tentativi di Lara e Carmine di arginare Lynn Lou hanno solo l'effetto di accrescere le sue insistenze. Lancia grida acute, spinge Carmine, gli si aggrappa, mette le mani sul timone. Carmine cerca di sottrarsi, senza riuscire a trovare la fermezza che sarebbe indispensabile; sorride imbarazzato, riduce la velocità, si destreggia per continuare a controllare il timone malgrado i continui tentativi dell'attrice di impossessarsene.

Ormai sono abbastanza vicini alle rocce della costa, a poche centinaia di metri dal molo e dalla scalinata di Villa Metaphora. Carmine vira a dritta e rallenta ancora, benché Lynn Lou lo intralci e molesti senza tregua. Le onde adesso arrivano contro la fiancata, fanno rollare lo scafo in modo fastidioso. Ma Lynn Lou è in preda alla più stupida capricciosità bambinesca: ridacchia, spinge Carmine, cerca ancora di agguantare il timone, cerca di mettere le mani sulla leva dell'acceleratore. A un certo punto deve riuscirci, perché il motoscafo si impenna e scatta in avanti, sbatacchia malamente contro le onde laterali. Carmine si tuffa subito a riprendere il controllo, ma Lynn Lou lo ostacola con un'insistenza davvero insopportabile, gli si aggrappa, infila le mani tra le sue braccia per raggiungere le razze del timone, grida, ride, minaccia, fa la scema, lo frastorna in tutti i modi possibili.

Giulio nel pozzetto di mezzo non sembra preoccuparsi nemmeno adesso, ma Lara di fianco a lui si allunga di nuovo avanti a gridare qualcosa alla sua amica. La giovane diva non la ascolta minimamente, presa com'è dal suo gioco idiota e pericoloso, in uno stato quasi convulsivo. Lei e Carmine si contendono il timone, lui riesce a controllare la rotta e rallentare di nuovo, lei riesce a riaccelerare; il motoscafo va a zigzag, alza e abbassa la prua, le tavole del fondo risuonano nell'impatto con le onde, gli spruzzi arrivano da tutte le parti.

Poi di colpo c'è un'esplosione e un lampo bianco che da prua arriva in un istante a poppa insieme a un rumore martellante lacerante, *SKRAKA-TA-SKRATANG!* C'è una sovrapposizione delle urla di Carmine Lynn Lou Lara Tiziana Cobanni, un'interruzione di movimento una rottura di stabilità un violento ondeggiamento laterale un'inclinazione estrema una brusca separazione, aria acqua legno stoffa che salgono insieme, bagnato freddo improvviso che inzuppano risucchiano tirano giù spingono di nuovo su.

Tiziana Cobanni scopre stupefatta di essere in mare tutta vestita, in mezzo a una varietà di detriti, con le orecchie piene di rumore, gli occhi, la bocca e il naso pieni di schiuma delle onde che le vengono addosso insistenti. C'è una sovrapposizione interna, oltre che esterna, perché non riesce a capire cosa sia successo esattamente, dove sia finito il motoscafo in cui era seduta, dove sia finito Giulio, perché lei stia galleggiando invece di affondare, visto che non sta muovendo né braccia né gambe. Le ci vogliono altri secondi per distinguere il motoscafo poco lontano, inclinato su un lato e più basso nell'acqua di come dovrebbe essere, con vicino un mezzo scafo di plastica bianca arrivato da chissà dove. Le ci vogliono altri secondi ancora per rendersi conto di galleggiare per via del giubbotto di salvataggio arancione che si era infilata al momento dell'imbarco e tenuta addosso anche se si sentiva un po' ridicola rispetto agli altri. Poi vede Giulio in acqua, a qualche metro di distanza: le sta dicendo qualcosa, ma senza gridare e senza nuotare verso di lei, senza rendersi conto che il vento e il rumore delle onde le impediscono di sentirlo. Tiziana Cobanni gira la testa dall'altra parte, e si accorge di essere a una distanza notevole dalle rocce della costa. Lo spavento le viene addosso tutto d'un colpo, le accorcia il respiro, le fa accelerare il battito del cuore. La fa gridare, anche se non si rende esattamente conto di cosa stia gridando.

Tra le onde vede la testa scura di Carmine che nuota all'indietro trascinando la testa bionda di Lynn Lou, vede la testa castana di Lara che li segue, vede la testa grigia di Giulio che appare e scompare. Si mette a gridare battere furiosamente gambe e braccia, ma non è facile nuotare con il giubbotto e i vestiti addosso, anche se ha perso le scarpe, in tutta questa confusione e sovrapposizione perdurante di fatti e percezioni.

D'improvviso Tiziana Cobanni si sente strattonare per un braccio, si gira con un nuovo acuto spavento, urla, vede a pochi centimetri da sé la faccia di un giovane biondo che non le sembra affatto di conoscere. "La aiuto io, signora!" Ha una voce altrettanto sconosciuta, un accento aspro, "*sighnohrah!*" La tiene per il giubbotto salvagente, prende a trascinarla verso la costa. Lei si lascia trascinare, mezza di fianco, mezza sul dorso. Cerca di vedere dove sia finito Giulio, ma da questa posizione non ci riesce, deve già fare uno sforzo notevole per tenere il naso in alto, cercare di respirare senza ingollare troppa acqua.

Il giovane biondo che la sta trascinando tira e nuota con grande energia e determinazione: inspira a fondo, mette giù la testa, contrae ritmicamente le gambe e il braccio libero, torna su con la testa, sbuffa fuori aria, va giù di nuovo, la strappa in avanti tra le onde. Nel giro di poco ha già raggiunto le rocce, accosta in un punto dove forse è un po' meno difficile approdare, la trascina più vicina. "Riesce a salire, signora?" ("*sighnohrah?*")

Tiziana Cobanni posa i piedi su una roccia semisommersa, si aggrappa più in alto, cerca di tirarsi su, quasi ce la fa, ma scivola sulle alghe e sulla pietra viscida. Ricade in acqua all'indietro, beve, si fa riprendere dal panico, grida. Il giovane biondo la trascina di nuovo alla roccia più bassa, cerca di spingerla in su ma non ci riesce. La ragazza Lara appare tra le rocce, viene giù, allunga una mano per aiutarla. Tiziana Cobanni gliela prende, e intanto il giovane biondo la spinge da sotto con forza. Lara tira, con energia sorprendente per una ragazza così esile. In un attimo Tiziana Cobanni si ritrova in piedi sulla roccia, traballante, sconvolta, con le gambe che le tremano e i polmoni affannati, il cuore che le batte a mille.

"Tutto bene?" Lara non le lascia andare il braccio, la aiuta con molta cautela a salire più in alto. Il tipo biondo osserva la scena dall'acqua, aggrappato a una roccia, pallido, occhi arrossati, ansimante per lo sforzo.

"Mio marito!" Tiziana Cobanni guarda il mare, cercando di distinguere Giulio tra le piccole onde insistenti: vede il grande motoscafo inclinato su un fianco, vede due mezzi scafi bianchi semisommersi, vede un cuscino verde che galleggia, vede un cappello di paglia. Vede la testa di Giulio che appare e scompare tra la schiuma, appare e scompare. Tiziana Cobanni cerca di rompere il senso di irrealtà che la avvolge come un involucro trasparente e appiccicoso, punta il dito. "È là! Fate qualcosa!"

Il giovane biondo in acqua si gira a guardare dove lei sta indicando, subito si slancia a grandi bracciate in direzione di Giulio. Ci mette un po' a raggiungerlo, forse perché deve nuotare controcorrente, forse perché è stanco. Però quando finalmente la sua testa e quella di Giulio sono vicine tra le onde, una bionda e una grigia, sembra che ci sia tra loro un'inspiegabile colluttazione acquatica: si vedono spruzzi, braccia che salgono e scendono, teste che vanno giù e tornano su nella schiuma, gesti convulsi.

"Giuuuliooo!" Tiziana grida dalla roccia con tutta la voce che ha, protesa verso i due uomini appena visibili nella distesa di mare in movimento. La ragazza Lara la stringe per il braccio, forse ha paura che voglia ributtarsi in acqua.

Però dopo un po' gli spruzzi e il gesticolare finiscono, la testa bionda del giovane sconosciuto viene lentamente in qua tra i piccoli avvallamenti e le piccole creste d'onda, la testa grigia di Giulio la segue. Quando sono più vicini Tiziana Cobanni vede che il giovane tiene Giulio sotto il mento con l'avambraccio destro, nuota con la stessa tecnica con cui aveva trascinato in salvo lei. La differenza è che Giulio non solo non ha un giubbotto salvagente, ma non sembra collaborare in nessun modo al proprio salvataggio: al contrario, cerca ancora di fare resistenza, fa ripetuti tentativi di divincolarsi dalla presa del suo salvatore. Il giovane biondo lo trascina con determinazione, ma a questo punto è visibilmente esausto, mostra chiari segni di affanno. Tiziana Cobanni riprende a gridare, anche se si rende conto di quanto poco utile sia. Anche Lara grida, si gira a cercare Carmine con lo sguardo ma Carmine è chissà dove con la sua idolatrata Lynn Lou Shaw, non lo si vede da nessuna parte. Là fuori in mare la testa del giovane biondo impiega sempre più tempo a emergere per poi reimmergersi, il ritmo della sua nuotata continua a rallentare. "Aiutooo!" Tiziana

Cobanni urla fino a farsi male ai polmoni, invasa da una disperazione crescente.

D'improvviso c'è un giovane abbronzato che arriva rapido dalle rocce, ma non è Carmine, è Zacomel il falegname. Tiziana Cobanni lo vede saltare da un masso all'altro, arrivare dove sono lei e Lara, buttare via la maglietta, saltare oltre, tuffarsi con uno slancio energico. Scompare a lungo sotto la superficie dell'acqua, riemerge a parecchi metri tra le onde schiumanti, va a bracciate e sgambate furiose verso la testa bionda e la testa grigia. In pochi secondi è già con loro, afferra Giulio, prende a trascinarlo in qua insieme al giovane biondo. I due presto coordinano i loro movimenti, vengono verso riva con determinazione raddoppiata, in una gara di buone intenzioni ben applicate che taglia il fiato a Tiziana, le riempie gli occhi di lacrime. Lara è altrettanto partecipe di quello che sta succedendo in mare, sembra volere aiutare i due soccorritori con le sue esclamazioni, ma non le lascia il braccio, la tiene stretta.

Zacomel e il giovane biondo arrivano alla roccia più bassa, trascinano vicino Giulio che adesso sembra semisvenuto. Zacomel si aggrappa agli anfratti con una destrezza da selvaggio, tira mentre il giovane biondo spinge; in un attimo Giulio è fuori dall'acqua. Subito i due salvatori saltano fuori anche loro, lo prendono ognuno sotto un braccio, lo portano in su di peso, lo appoggiano al sicuro. Ansimano forte tutti e due, diversi per colori come sono, pantaloni fradici addosso, occhi che brillano.

Giulio si accascia sulla roccia, bagnato e sfinito com'è, pallido da far paura. Fissa i due giovani che lo osservano. "Grazie, ma potevate benissimo lasciarmi là." Ha un filo di voce, però il suo tono non è affatto esitante. "Facevate meglio a recuperare il mio cannocchiale, invece. Era un Cobglass Capri Classico 7x50. Ormai fuori produzione. A uno di voi avrebbe potuto tornare utile."

I due giovani lo guardano, guardano Tiziana Cobanni; i loro toraci vanno su e giù, i loro sguardi e le loro facce esprimono intensa perplessità.

Quarantaquattro

Il montacarichi impiega poco ad arrivare giù al molo, Gianluca Perusato salta giù appena il cestello è fermo. Reitt e il suo assistente ieri l'hanno usato senza motivo e senza danni, non si capisce perché non debba usarlo lui, in un'emergenza come questa. Solo cinque minuti fa era affacciato dalla terrazza insieme a Lucia, furioso nel vedere Carmine scorrazzare a tutta velocità con il Chris Craft, troppo vicino alla costa e in barba alle sue strette disposizioni sul risparmio di carburante. Ma non si sarebbe mai immaginato di assistere in diretta a una catastrofe del genere: di vedersela letteralmente succedere sotto gli occhi, senza poter fare niente per impedirla. Certo, c'è voluta una combinazione incredibile di sfortuna e idiozia perché l'unica altra imbarcazione nel raggio di decine di chilometri andasse a mettersi proprio sulla rotta del motoscafo. Cosa diavolo ci faceva ancora l'assistente di Reitt nella sua barchetta di plastica, nello stesso punto dove l'aveva visto ieri? E perché è sbucato dalle rocce senza neanche guardare? Soprattutto, perché un disastro del genere doveva succedere proprio adesso?

Gianluca Perusato corre di masso in masso, incespica un paio di volte, e intanto l'angoscia e il senso di frustrazione gli si moltiplicano dentro. Prima il fotografo che viola la privacy degli Shaw-Neckhart, le foto della signora nuda non recuperate e forse già in circolazione chissà dove, poi il ritrovamento del fotografo morto, poi l'arrivo (e il ritorno ormai imminente, maledizione) di quel cialtrone petulante di Piero Gomi a infastidire i Reitt, poi l'alzarsi del vento e del mare, poi la telefonata di sua moglie un'ora fa per chiedere altri soldi assolutamente indispensabili agli sport estivi e alle attività sociali delle bambine. Gli sembrava di avere già dato, davvero, era proprio già al limite estremo. Invece no, ci voleva anche questa, la distruzione del Chris Craft, e magari l'annegamento di un paio di ospiti! Adesso sì che può dire addio al futuro di Villa Metaphora! Ma perché, porca di una miseria ladra? Perché? È il karma di questo posto, come potrebbe dire Lucia in una delle sue uscite pseudo-filosofiche intrise di superstiziosa saggezza tarese? È lo spirito "affastidiato" del barone Canistraterra, come dicevano i barcaioli mascalzoni al porto quando lui ha iniziato i lavori, per giustificare la loro ostilità preconcetta e la loro ignavia? È uno schifo di sfortuna, questo è sicuro, un'inaccettabile convergenza di probabilità negative!

Gianluca Perusato arriva al punto della costa dove è avvenuto il disastro: il Chris Craft è tutto inclinato su un lato, spezza il cuore a guardarlo. Ha imbarcato parecchia acqua dalla falla che si deve essere aperta quando ha tagliato in due la barca bianca, la linea di galleggiamento del bordo più alto è poco sopra il pelo delle onde. L'unico aspetto positivo (se non fosse assurdo parlare di aspetti positivi in una situazione come questa) è che l'acqua imbarcata fa da zavorra, rallenta la deriva verso le rocce. Così adesso c'è da scegliere tra un affondamento in acque profondissime, dove ogni tentativo di recupero diventerebbe impossibile, o un danneggiamento irreparabile sugli scogli. Bella alternativa, davvero. Bisogna rimorchiarlo via al più presto, tirarlo fuori dall'acqua! Non riesce neanche a immaginare di lasciare andare a fondo l'investimento in soldi e tempo che rappresenta; e i sogni, i progetti, le immagini mentali connesse. Non che il Chris Craft gli possa più servire a niente, se davvero nel disastro sono annegati un paio di ospiti! Uno dei Cobanni quasi di sicuro, da quello che ha visto dalla terrazza!

Gianluca Perusato si guarda intorno tra le rocce con ansietà canina, e vede i coniugi Cobanni seduti a poca distanza uno dall'altro, fradici e molto pallidi ma vivi, accuditi da Zacomel, dalla ragazza Lara e dall'assistente di Reitt, fradici anche loro. Un'onda di sollievo gli sale nel sangue: può sentirla arrivare a ossigenare gli organi interni, neutralizzare parte delle tossine che lo stavano avvelenando. Si sente più leggero, quasi salvo. Era ormai convinto che almeno uno dei due Cobanni fosse annegato, se non tutti e due. Dalla terrazza lassù non si riusciva a capire bene chi stesse nuotando e chi no, ma ci sarebbe voluto un vero giocatore d'azzardo per scommettere sulla sopravvivenza di una coppia anziana e decisamente malmessa, in circostanze del genere.

"Signori, tutto bene?" Si avvicina con una certa cautela, perché non è ancora sicuro delle loro condizioni, teme altre sorprese devastanti.

La Cobanni e i tre giovani lo guardano, con espressioni non particolarmente affabili. L'ingegnere invece non sembra neanche accorgersi di lui: sdraiato sulla roccia, appoggiato a un gomito, fissa il mare. Non pare avere ferite sanguinanti, ossa rotte, danni visibili.

"Come stanno, signori?" Gianluca Perusato cerca di aggiungere una dose di partecipazione al proprio tono di sollecitudine, per ovvie ragioni.

"Come vuole che stiamo?" La signora Cobanni ha un tono quasi accusatorio. Indica i tre giovani che le stanno intorno, come angeli del soccorso. "Se non fosse stato per loro saremmo annegati di sicuro!"

"Signora, non dica così, la prego." Gianluca Perusato fa uno sforzo per non apparire sopraffatto dalle circostanze. Però d'improvviso si rende conto che Lynn Lou Shaw non è qui, e in un istante il sangue gli si intossica di angoscia ancora peggio di prima. Getta occhiate verso il mare, verso le rocce, si rivolge alla ragazza Lara. "Dov'è la signora Shaw?"

"L'ha portata a riva Carmine." La ragazza trema un po', probabilmente per lo shock, o perché è troppo nervosa, troppo magretta.

"Dove?" Gianluca Perusato guarda in varie direzioni. Non riesce a vedere traccia né di Carmine né della Shaw, ma questa costa è come la superficie di Marte, ci potrebbe essere un intero esercito nascosto dietro i massi. In compenso Lucia sta venendo verso di loro dal lato del molo, benché lui le avesse raccomandato espressamente di restare sopra a presidiare la postazione.

"Là." La ragazza Lara fa un gesto molto generico verso le rocce alla loro destra. Zacomel annuisce a conferma, con il suo aspetto da naufrago professionale, le sfiora un braccio con la mano. A vederli così, la loro vicinanza è decisamente sospetta, alimentata da gusti e modi di fare simili; appartengono alla stessa cultura zingaresca, alternativa, costituzionalmente avversa alla filosofia di un resort come Villa Metaphora. L'aveva capito già da tempo, ma in questo momento gli fa l'effetto di trovarsi due nemici in casa, il che peggiora ulteriormente il suo stato d'animo. L'assistente di Reitt naturalmente viene da tutt'altro mondo, ma ha più o meno la loro età ed è sopravvissuto alla stessa esperienza traumatica; fa uno strano effetto vederli insieme, fradici, allo stesso modo, quasi complici.

Gianluca Perusato si avventura di qualche passo sulle rocce, nella direzione indicata dalla ragazza. "*Mrs. Shaw? Where are you?*" Cerca di non urlare, per una questione di stile e anche per non far spaventare ulteriormente i signori Cobanni, ma non riceve nessuna risposta.

"Più in là!" Lara fa un gesto ancora più vago di prima.

"*Mrs. Shaw?* Carmine?" Gianluca Perusato fa un nuovo tentativo, ma non riesce a vedere né l'attrice né il marinaio. Torna verso il gruppetto dei naufraghi e dei salvatori, con un'irritazione che gli si mescola in modo sempre più violento all'angoscia. "Ma come stava la signora Shaw, quand'era in acqua? Era ferita, svenuta, non so?"

"Quella cretina." La signora Cobanni scuote la testa.

"Cosa intende, signora?" Gianluca Perusato è allibito di fronte al tono della signora.

"La diva. La deficiente. È tutta colpa sua."

"Non avere quel tono di saggezza oltraggiata, Tiziana, ti prego." L'ingegner Cobanni esce almeno parzialmente dal suo stato assorto, allunga una mano a toccare una gamba di sua moglie.

"Quale saggezza oltraggiata del cavolo!" La signora è completamente fuori dal suo abituale registro di grande educazione. "È un miracolo che tu non sia annegato, Giulio! Non so se te ne rendi conto!"

L'ingegner Cobanni scrolla le spalle, non ha l'aria di sentirsi particolarmente miracolato.

Gianluca Perusato cerca di aggiornare molto rapidamente la valutazione dei danni: il Chris Craft è evidentemente conciato malissimo, ammesso che si riesca a recuperarlo richiederà chissà quanti soldi per essere rimesso a posto. Però gli ospiti sono tutti sopravvissuti, a meno che Carmine non abbia trascinato a riva un cadavere. È sicuramente un brutto colpo per l'immagine di Villa Metaphora, ma non un colpo mortale. Forse sarà possibile considerare il disastro una brutta avventura, e la brutta avventura un'avventura *tout court*. Dopotutto non c'è gente disposta a pagare un sacco di soldi e attraversare mezzo mondo pur di provare qualche emozione fuori dall'ordinario? Tra i ghiacci dell'Antartide, nella giungla della Nuova Guinea, in mezzo agli animali selvaggi del Sud Africa? Chi dice che un naufragio lungo le coste di Tari debba essere visto per forza come un'orrenda esperienza? Superato il trauma del momento, ben asciugati e rivestiti, magari dopo aver bevuto un buon cocktail, forse gli ospiti potranno presto riderci sopra, e in futuro usare l'episodio come argomento di conversazione con i loro amici, ripensarci con nostalgia nelle serate noiose. Del resto il naufragio non è certo capitato su un'imbarcazione dozzinale, né lungo una costa ordinaria: c'è parecchio materiale qui, merce rara in tempi di sensazioni standardizzate, sterilizzate, riprodotte identiche milioni di volte. Questo in fondo è un incidente stile anni Trenta o Quaranta, l'epoca del Chris Craft, a pensarci. È uno di quegli episodi che danno luogo a leggende durevoli, che conferiscono al luogo in cui avvengono un'aura di suggestione romantica. Sarebbe piaciuto moltissimo a Francis Scott Fitzgerald, per dire. È di questa stoffa che sono fatti i romanzi, e le biografie dei personaggi interessanti.

Però naturalmente sarebbero tutti discorsi da azzerare, se fosse successo qualcosa a Lynn Lou Shaw! Siamo d'accordo che ogni vita ha il suo valore eccetera, però a voler essere brutalmente pratici e sinceri, una gamba rotta di Lynn Lou Shaw sarebbe infinitamente più grave che per esempio una gamba rotta di Lara Laremi o di Paolo Zacomel. Sono considerazioni non nobilissime, d'accordo, ma come evitarle, in una situazione come questa, con il carico di responsabilità che ci si ritrova sulle spalle? Ha bisogno assoluto di sapere dove diavolo siano finiti la Shaw e Carmine, prima ancora di preoccuparsi di recuperare il Chris Craft! Si rivolge in tono abbastanza secco al gruppetto di superstiti e salvatori. "Possibile che nessuno di voi abbia visto in che condizioni era la signora Shaw quando Carmine l'ha trascinata a riva?"

"No, avevo abbastanza da fare qua." Zacomel ha quasi un atteggiamento di sfida.

"Sì, provi lei a trascinare una persona a riva." L'assistente di Reitt sembra altrettanto polemico. "Su queste rocce, poi."

"Bravo, lei è un vero eroe." Gianluca Perusato non riesce a trattenersi, la pressione è troppa. Non avrà il temperamento facilmente infiammabile di un tarese, ma ci sono limiti anche per lui. "Peccato che possiamo ringraziare lei per il disastro, visto che è sbucato senza preavviso dalle rocce con quella barchetta di plastica, proprio sulla rotta del mio Chris Craft!"

Il tedesco diventa tutto rosso, la sua baldanza già dissolta. "Non sono sbucato..." Farfuglia, i vestiti zuppi, i capelli biondicci e radi appiccicati alla testa; non dà certo un'immagine di grande attendibilità.

Gli altri lo guardano perplessi: è anche possibile che non si fossero resi conto della dinamica precisa dei fatti. Spesso i protagonisti e i testimoni diretti di un evento traumatico si rivelano incapaci di decodificare la sequenza precisa dei fatti che li hanno coinvolti, questa ne è un'ulteriore dimostrazione.

"Ho visto l'incidente dalla terrazza in modo chiarissimo, purtroppo." Gianluca Perusato incalza l'assistente tedesco, non tanto per infierire, quanto per stabilire torti e ragioni in presenza di testimoni e a caldo, prima che le versioni personali si cristallizzino in pseudo-verità. "Lei dovrà spiegare perché ha manovrato in quel modo, e cosa faceva tra quelle rocce, per il secondo giorno di seguito!"

"Io stavo soltanto..." L'assistente non sembra in grado di dare spiegazioni convincenti, forse lo sconcerta troppo essere passato così bruscamente dal ruolo di eroe a quello di colpevole.

Lucia arriva, tutta trafelata, con le scarpe in mano per non scivolare sui massi come le è successo ieri. Guarda i naufraghi e i salvatori fradici e scossi, il Chris Craft inclinato nell'acqua a pochi metri dalla costa. "Oddio!" Ha gli occhi pieni di lacrime, il che in questo momento non è proprio di nessun aiuto.

Gianluca Perusato vorrebbe ricordarle con una certa fermezza che le aveva chiesto di restare sopra, ma per evitare scene davanti agli ospiti si limita a un'occhiataccia.

"Dov'è Carmine?" Lucia si gira intorno, con un'espressione di pura angoscia familiare tarese.

"Lo sto cercando anch'io." Gianluca Perusato non può fare a meno di considerarla almeno in parte responsabile per i disastri combinati da suo cugino, è inevitabile che qualche giudizio gli filtri nella voce.

"Caaammineee!" Lucia grida verso le rocce alla loro destra, con le mani intorno alla bocca per aumentare il volume già impressionante della voce. "Caaaammineee! Caaaammineeee!" Meno male che siamo in una situazione oggettivamente drammatica, perché queste sono grida da mercato del pesce, da tragedia rusticana.

Gianluca Perusato vorrebbe dirle di smetterla, ma pensa che gli altri lo potrebbero giudicare male; cammina sulle rocce, cerca anche lui con lo sguardo.

Tanto per semplificare le cose, ecco arrivare Brian Neckhart, saltando da un masso all'altro come una specie di samurai da film, fa letteralmente balzi di metri. Arriva da loro e si blocca, senza quasi ansimare, le narici leggermente dilatate. "*Where's my wife?*"

"*We're looking for her, Mr. Neckhart.*" Gianluca Perusato fa un gesto verso le rocce della costa, cerca di mostrare padronanza.

"*Where is she?!*" Neckhart guarda le rocce, guarda il Chris Craft abbandonato a se stesso, gli viene più vicino. C'è una tensione che corre attraverso il suo corpo compatto, chiaramente minacciosa. "*What happened to her?!*"

"*There's been an accident, but nobody was hurt, Mr. Neckhart.*" Gianluca Perusato può solo sperare che sia davvero così, mantenere un'espressione calma gli sta costando uno sforzo immane.

"Caaaammineeee!" Lucia invece non prova minimamente a contenersi, lancia i suoi richiami disperati a squarciagola.

D'improvviso Carmine sbuca da dietro un masso, a una ventina di metri da loro, insieme a una Lynn Lou Shaw piuttosto instabile sulle gambe. Non sembra ferita, almeno a vederla da qui, ma i suoi movimenti sono decisamente incerti. Carmine la sostiene per un braccio con cautela reverenziale, viene avanti passo a passo come se stesse trasportando la statua della Madonna di Tari.

Gianluca Perusato si muove subito verso di loro, ma Neckhart lo precede a balzi, li raggiunge in un istante. Lui e Carmine hanno l'aria di contendersi l'attrice, poi trovano un'intesa temporanea, vengono in qua sostenendola in due.

"*Are you okay, Mrs. Neckhart?*" Gianluca Perusato le si fa incontro, e intanto cerca di verificare a occhiate le sue condizioni fisiche: gambe, braccia, testa, non gli pare di notare danni evidenti.

"*Don't fucking call me Mrs. Neckhart!*" L'attrice ha un'aria parecchio stravolta, ma a giudicare dall'atteggiamento si sta riprendendo in fretta. "*My name's Lynn Lou Shaw, you dickhead!*"

"*I'm sorry, Mrs. Shaw.*" Gianluca Perusato è dispostissimo a incassare una buona quantità di insulti, purché siano la dimostrazione che la sua cliente più famosa non è annegata né ferita.

Lynn Lou Shaw si scrolla dalla presa del marito e di Carmine. "*Leave me alone!*" Sbuffa, scuote i capelli. La maglietta e i calzoni a scacchi stile anni Sessanta aderiscono con perfetta fedeltà alle sue forme, bagnati come sono: non è un brutto spettacolo, a dire la verità, grazie anche al fatto che la signora evidentemente non ha l'abitudine di indossare biancheria intima.

Neckhart si rende conto di come sua moglie risulti piuttosto esposta, perché si strappa via la maglia, rivelando una muscolatura piuttosto inquietante, da lottatore. "*Put this on,*" cerca di fargliela indossare.

"*Fuck you!*" La sua gentile signora non ha nessuna intenzione di accettare il gesto di galanteria, o semplicemente non vuole mostrarsi in pubblico in una tenuta che non le donerebbe.

Neckhart si rimette la maglia, il che sembra provocare un baluginio di delusione negli occhi di Lucia, poi torna ad assediare Perusato. "*Can you tell me how something like this could happen?*" Indica la moglie, gli altri naufraghi, il motoscafo reclinato, le due metà della barca bianca che galleggiano tra le onde.

"*I'd like to know too, Mr. Neckhart!*" Perusato si sente legittimato a convogliare nella voce almeno parte della sua esasperazione per quello che è successo.

"È stata tutta colpa di quella deficiente!" La signora Cobanni fa un gesto indignato verso Lynn Lou Shaw. "*That idiot!*"

"Tiziana, ti prego." L'ingegner Cobanni cerca di moderare la moglie, anche se in un tono estremamente svagato.

Il che non impedisce a Carmine di reagire come di fronte a una bestemmia, naturalmente. "Lei signora non si deve permettere di usare questi termini!"

"Carmine!" Gianluca Perusato è costretto a intervenire con decisione. "E tu non ti devi permettere di rivolgerti in questo tono alla signora!"

La Cobanni a sua volta non ha nessuna intenzione di farsi zittire. "È stata lei a provocare questo disastro, possiamo ringraziarla!"

"*What's she talking about?*" Neckhart guarda Perusato, non è chiaro se abbia capito o meno le parole della Cobanni.

"Non è stata colpa della signorina Lynn Lou!" Carmine scatta di nuovo, come un paladino disposto a buttarsi nel fuoco per la sua protetta. "Ai comandi del motoscafo c'ero io, mi assumo tutta la responsabilità!"

"Ma per piacere!" La Cobanni ribatte punto su punto. "Quella si aggrappava al timone, si aggrappava all'acceleratore, continuava a fare la scema!"

"Signora, le ho detto di non permettersi!" Carmine è tutto rosso in faccia, vibra di indignazione.

"Carmine, e io ti ho detto che non devi permetterti neanche tu, con la signora!" A Gianluca Perusato sembra di essere il domatore in un circo, con intorno troppe bestie da controllare.

"Tiziana, che importanza ha?" L'ingegner Cobanni guarda la moglie, come se non capisse le ragioni della sua concitazione.

"Come che importanza ha, Giulio? Per poco non annegavi, là fuori!" La moglie è sempre più rabbiosa. "Se non fosse stato per questi ragazzi non saresti qui, adesso!"

"Signora, la colpa è di quello lì!" Carmine sta mostrando chiari segni dello stesso squilibrio all'origine del fattaccio con il fotografo. Stravolto, punta il dito contro l'assistente di Reitt. "Se non ci tagliava la strada, niente succedeva!"

L'assistente di Reitt di nuovo non sembra in grado di giustificarsi. "Io non ho tagliato la strada..."

"Sì invece!" Carmine grida più forte. "Venisti fuori dalle rocce, senza guardare dove andavi!"

L'assistente di Reitt pare sul punto di assumersi le sue colpe, ma invece si congestiona tutto, punta il dito verso Lynn Lou Shaw. "È vero quello che diceva la signora! Questa ragazza bionda rideva istericamente, cercava di strappare il timone, il motoscafo era fuori controllo!"

Carmine si scaglia contro l'assistente, con tutta la furia a cui non ha potuto dare sfogo con la signora Cobanni. "Tu ti devi sciacquare la bocca col sapone prima di parlare della signorina Lynn Lou! Chiaro?!"

"Io non accetto assolutamente il suo tentativo di rovesciare le colpe!" L'assistente di Reitt gli tiene testa; ha un forte accento tedesco, ma la sua padronanza dell'italiano è ottima, anche in questo stato di indignazione fremente. "La signorina è responsabile dell'incidente!"

Gianluca Perusato è combattuto tra una traccia di sollievo all'idea che le responsabilità di Carmine si possano alleggerire e disagio all'idea che la colpa finisca per ricadere sull'ospite più famosa di Villa Metaphora. D'altra parte buttare tutto addosso all'assistente di Werner Reitt sarebbe altrettanto imbarazzante. È una situazione complessa, che richiede valutazioni non facili.

"*My wife is the* victim *here!*" Neckhart attacca a sua volta. "*She was a passenger on that boat!* You *were responsible for her safety!*"

"Chi sei tu per dire di chi è la colpa?!" Carmine continua la sua diatriba con l'assistente di Reitt. "Che ne sai di navigazione?! Cosa ci facevi impertugiato tra le rocce, poi?! Eh?!"

"Non mi intimidisce certo con questo atteggiamento!" L'assistente di Reitt non cede terreno, è altrettanto infiammato. "Sono cose che magari funzionano qui sull'isola, ma non con me!"

"*Scondrellu! Sinverguenza! Hmar!*" Carmine ricorre ai suoi peggiori improperi taresi.

"*Blaeda Depp! Saubua!*" L'assistente di Reitt contrattacca in bavarese, con altrettanta virulenza.

"Finitela immediatamente! *Es reicht!*" Gianluca Perusato cerca di porre fine alla zuffa, ma i due sono ormai fronte contro fronte, la situazione sta rapidamente degenerando.

Per fortuna Zacomel ha la prontezza di mettersi di mezzo, spingere lontani i due esagitati. "Ohi! Datevi una calmata, va bene?" Ha un piglio pratico, bisogna riconoscerlo, da uomo abituato a usare le mani nel suo lavoro. Probabilmente non basterebbe, se non intervenissero anche Lara a spingere indietro l'assistente e Lucia a tirare via Carmine per un braccio, bisbigliargli qualcosa in tarese stretto.

Gianluca Perusato guarda il Chris Craft inclinato su un fianco tra le onde, sempre più basso e pieno d'acqua, sempre più vicino agli scogli. Qui non c'è tempo da perdere, se si vuole evitare il naufragio definitivo. Si rivolge al piccolo gruppo malmesso e rissoso, cerca il suo tono più autorevole. "Adesso signori la cosa migliore è che vadano su ad asciugarsi e cambiarsi, mentre io e Carmine cerchiamo di recuperare il motoscafo. Poi ricostruiremo con calma quello che è successo, non dubitino. *Mr. Neckhart, I think your wife needs some rest.*"

Ma non è così semplice, perché qui ognuno sembra non avere il minimo dubbio sulle proprie ragioni, e sui torti altrui. Neckhart per esempio ha colto un elemento cruciale nello scambio tra Carmine e l'assistente di Reitt: si gira verso sua moglie con un'espressione di accusa. "*What kind of game were you playing on that boat?*"

Lynn Lou Shaw per tutta risposta tira fuori il dito medio, glielo scuote davanti alla faccia, si gira, se ne va a passi ondeggianti in direzione della scalinata.

La ragazza Lara dà un'occhiata a Zacomel, le corre dietro. "*Wait, I'm coming with you!*"

Neckhart sta fermo per qualche secondo a osservare sua moglie che si allontana sulle rocce, poi la insegue, con quei suoi balzi preoccupanti.

Carmine chiaramente scalpita per accompagnare anche lui la sua divinità, viene trattenuto a stento da Lucia che non gli lascia andare il braccio.

Gianluca Perusato lo previene. "Io e te andiamo subito a prendere il gozzo, dobbiamo rimorchiare il Chris Craft al molo prima che vada a fondo."

"Ma architetto..." Carmine gira la testa, occhieggia in direzione dell'attrice. "La signorina Lynn Lou ha bisogno di aiuto, dopo quello che ha passato..."

"Per l'ultima volta, la signorina è una *signora*, Carmine! Ha un marito che è perfettamente in grado di aiutarla!" Gianluca Perusato non è disposto a lasciare altro spazio a queste idiozie da fan squilibrato, mentre il suo motoscafo d'epoca restaurato con cura certosina e costi improponibili sta affondando. "Muoviti, andiamo subito al molo!"

L'idolatra e probabile omicida tarese lo guarda con occhi fiammeggianti, poi la ragione prevale, almeno temporaneamente: abbassa la testa, si dispone a seguirlo.

Gianluca Perusato fa un cenno a Lucia. "Tu accompagna su i signori Cobanni. Possono salire con il montacarichi, immagino che le scale siano troppo impegnative, adesso." Indica Zacomel e l'assistente di Reitt. "Fatti aiutare da questi due giovanotti, così almeno dedicano le loro energie a qualcosa di utile."

Zacomel e l'assistente lo guardano con espressioni tutt'altro che amichevoli, ma è chiaro che non possono rifiutarsi di aiutare i due anziani, dopo averli eroicamente salvati dal naufragio.

Gianluca Perusato dà un'occhiata al Chris Craft che sembra messo sempre peggio, si incammina più veloce che può in direzione del molo, con Carmine che lo segue a malincuore, pensando senza dubbio a come preferirebbe occuparsi invece della sua venerata Lynn Lou Shaw.

Quarantacinque

Raccogliere informazioni su persone che non conosci ma con cui sei in contatto può facilmente diventare uno strumento sociale indispensabile, oltre che uno sport, pensa Poulanc. Scorre pagine di risultati sul suo portatile appoggiato al tavolo traballante, e pensa che con tutta probabilità gli altri ospiti di Villa Metaphora hanno fatto – o stanno facendo – altrettanto, per darsi almeno un'infarinatura sul background professionale e privato di chi si ritrovano come vicino di tavolo a pranzo e a cena. È una pratica che senza dubbio si sta diffondendo sempre più, agevolata dai vari tablet e smartphone che la gente si porta in giro. Poulanc non sarebbe affatto stupita se una sua amica le raccontasse di aver fatto una verifica al volo su un uomo interessante incontrato al bar – approfittando di una rapida visita alla toelette – per poi tornare a conversare amabilmente con una messe di conoscenze che in altri tempi avrebbe richiesto mesi di frequentazione. Pronta ad approfondire o lasciar perdere, qualora il retroterra economico o sentimentale dell'interlocutore fosse risultato poco convincente. Stiamo dunque marciando a passo spedito verso una totale abolizione delle sorprese, evviva! Di sicuro gli sviluppatori di software di mezzo mondo sono alacremente al lavoro per rendere le verifiche sempre più rapide e semplici, risparmiando ancora più fatica agli interessati. Qualcuno le diceva di recente che già esiste un programma in grado di risalire all'identità di una persona partendo da una qualunque anonima fotografia, grazie a un fulmineo confronto nella sconfinata banca dati degli utenti registrati nei social network. È quello che fa la polizia, del resto: con la differenza che in questo caso i ricercati consegnano spontaneamente i propri identikit, senza che nessuno li costringa a farlo. Tra pochissimo basterà puntare il proprio telefonino – in un bar, ristorante, ufficio postale, grande magazzino, banca, treno, aeroporto, strada – sulla persona che ci interessa, scattare, inviare, e *voilà*, due secondi dopo saremo a conoscenza di nome, cognome, età, studi, stato civile, professione, reddito, proprietà, eventuali malattie, hobby, gusti, preferenze, e tutta l'altra paccottiglia che costituisce e definisce una vita. Mica male, davvero.

Adesso lei per esempio si è divertita a scoprire un po' di cose su quel Piero Gomi, il politico italiano con i capelli folti e l'abito sartoriale azzurro che ieri è venuto a scocciare la Reitt per ottenere un appuntamento col marito. C'è parecchia roba, compresi alcuni articoli su un procedimento nei suoi confronti – a onor del vero archiviato in fase istruttoria – per alcune operazioni offshore compiute con i soldi del finanziamento pubblico. E diversi pezzi su un appartamento con terrazza – nel cuore di Roma, inutile dirlo – ceduto e ristrutturato da un danaroso e losco imprenditore, il quale – per pura concidenza, senza dubbio – ha poi ricevuto lucrosi appalti pubblici. Anche lì, tutto archiviato. Il pezzo forte è però senza dubbio il suo sito internet ufficiale, nella cui pagina di apertura campeggiano alcune fotografie pensose del parlamentare, scelte per rappresentarne lo spessore intellettuale e le qualità umane. In un angolo a destra c'è il simbolo del Partito della Modernità – di dimensioni decisamente ridotte rispetto alle foto dell'onorevole – più sotto tutti i link ormai indispensabili al politico moderno: Facebook, Twitter, YouTube. Non mancano alcuni slogan impaginati con piglio (*Insieme, per un futuro umanamente avanzato* e *Nell'oggi, senza rinnegare le nostre radici*), una bella foto di Gomi sorridente insieme al Papa (la didascalia dice *L'On. Gomi a colloquio con Sua Santità Benedetto XVI*, nel caso qualcuno avesse dubbi), e una sezione dedicata ai libri di cui lo stesso Gomi è autore (*La mia fede politica*, *Avanzare non vuol dire arretrare*, e *Il coraggio del rispetto*, quest'ultimo un romanzo – a quanto pare la vocazione letteraria ormai dilaga tra i politici italiani, è una vera epidemia). Il tipetto tiene parecchio alla sua immagine, è evidente, e ci investe risorse in proporzione: diversi assistenti devono prodigarsi quotidianamente per curare grafica, fotografie, video, collegamenti, aggiornamenti. Qui stiamo parlando di ambizioni di prima grandezza, non c'è dubbio – a vederlo ieri sulla terrazza, esile e insistente mentre postulava con la Reitt, si sarebbe potuto immaginarlo uno scalzacani.

A proposito dei Reitt, adesso Poulanc sta usando la cronologia di Google – altra grande risorsa per milioni di smemorati cronici – per tornare a fare una capatina sul Dadakangurblog, che ieri sera mostrava la foto di un uomo ubriaco e seminudo parecchio simile al banchiere, in compagnia di una ragazza giovanissima altrettanto ebbra e poco vestita. Non riesce a resistere, il dubbio che possa anche non trattarsi di uno scherzo di pessima lega le è rimasto. E in effetti adesso le foto sono quattro, chiaramente parte della stessa serie. In una in particolare la faccia dell'uomo sembra davvero quella di Werner Reitt, per quanto sbiancata dal flash, pupille rosse, eccetera. Immagine grottesca – la vena di decadenza borghese germanica è degna di un quadro di George Grosz – e specificamente imbarazzante. Il grande banchiere – occhi pesantemente truccati, labbra cariche di rossetto, coppa di champagne in mano, espressione obnubilata – ha disegnato sul petto nudo – forse con l'eyeliner della fanciulla – il simbolo dell'euro. Le didascalie sotto le nuove immagini sono inevitabili: *Würden Sie diesem Mann trauen die Geschicke des Euro?* (probabilmente qualcosa tipo "affidereste a quest'uomo i vostri euro?"), *Der vertrauenswürdige Hüter von PanEuropaBank* (va be', qui si parla della banca, ovvio). Insomma, se le foto dovessero rivelarsi autentiche – e lo sembrano, più le guarda, più lo sembrano – il caro dottor Werner Reitt è nei guai fino al collo, e decisamente non solo con sua moglie.

Poulanc prova a ingrandire una delle foto, la studia molto da vicino, arretra per osservarla a distanza. Accidenti, ma è proprio lui! La linea del naso è inconfondibilmente quella di Reitt, la sottile cicatrice sulla guancia sinistra è la sua! Certo, potrebbe trattarsi di un fotomontaggio – ormai del resto alla portata di qualunque cretino, grazie alla tecnologia digitale – oppure di un sosia straordinariamente somigliante. Però c'è qualcosa nell'immagine – un *quid* di sospensione, di non-intenzionalità – che le fa pensare che non si tratti di un falso. Poulanc ingrandisce un'altra foto, la esamina da distanze e angolazioni diverse. L'uomo – sempre seminudo – è a quattro zampe, cavalcato dalla ragazza. L'elemento decisivo è nell'espressione, così diversa da quelle delle poche foto ufficiali disponibili. Qui c'è una miscela di sentimenti – esaltazione, sorpresa, smarrimento – che distende i muscoli facciali di Reitt in un modo che nessun imitatore o falsario potrebbe mai simulare. Qualcosa di troppo fuggevole, impalpabile, imperfetto – perfino commovente, sì – per riprodurlo con una manipolazione. Queste foto – per quanto incredibili e sconvolgenti – sono vere, Poulanc non ha più dubbi. È il suo istinto di giornalista che glielo dice: quello che gli americani chiamano il *gut feeling*, la sensazione di pancia, l'unica di cui ci si può fidare in casi simili.

Non ci vorrà certo molto – è probabile che stia già succedendo – prima che altri blog e siti si impossessino dei ghiotti reperti e li diffondano con la forsennata, incontrollabile voracità di internet. Tra poco nessuno – neanche l'onnipotente PanEuropaBank, terrore di interi Stati dai bilanci scombinati – sarà più in grado di fermare la frenesia con cui le immagini del banchiere ubriaco e della sua ragazzina sporcacciona raggiungeranno ogni angolo del mondo. *O là là, Herr Direktor*, ci dispiace tanto!

Ora, siamo sinceri, si ha un bel dire che non bisognerebbe mai gioire delle disgrazie altrui, eccetera eccetera, però Werner Reitt è l'ultima persona al mondo che le viene in mente come possibile oggetto di compassione. Con quell'espressione sprezzante da ufficiale delle SS, il taglio di capelli alla prussiana, il modo rigido di camminare, lo sguardo freddo: dài, ci sono milioni di persone che le fanno più simpatia di lui. E poi, francamente, cosa potrebbe ravvivare una settimana piuttosto noiosa di vacanza-lavoro meglio di uno scandalo sessuale che arrivi a devastare la vita di uno degli ospiti più prestigiosi dello squisito resort – uno dei principali registi occulti delle finanze europee? Lasciamo perdere i cliché moralistici, per piacere: qui c'è un magnifico feuilleton che – se si dispiegasse come è immaginabile, e francamente auspicabile – potrebbe scombinare un po' questa piccola compagnia snob e disincantata. Senza contare che lei potrebbe ricavarne un'integrazione di esplosiva attualità alla stroncatura – già quasi finita, e venuta assai bene – di Villa Metaphora. Chiamando in gioco tutta la sua sottile, affilata ironia, potrà trasformare un articolo rivolto a una nicchia – sufficientemente ampia, per fortuna – di gourmet intellettuali e viaggiatori sofisticati in un pezzo che farà gola a giornali e riviste di grande tiratura in tutto il mondo. A pensarci bene, potrebbe venirne fuori qualcosa di memorabile, da premio Pulitzer! Guarda un po': era convinta di annoiarsi, in questo rarefatto e pretenzioso avamposto di civiltà decadente su un'isola brutale, e invece l'occasione della vita le si presenta su un piatto d'oro. Datevi da fare, patetiche, semisfuocate, dilettantesche, implacabili memorie fotografiche di momenti orgiastici altrui! Diffondetevi e moltiplicatevi!

Basta computer, adesso, basta starsene rintanata in camera; l'eccitazione per la scoperta clamorosa le fa venire voglia di muoversi, uscire, fiutare il clima, ascoltare le voci, osservare in diretta le reazioni dei Reitt all'ormai quasi certo precipitare degli eventi. La signora Brigitte – poverina, lei sì che le fa pena, sinceramente – era già parecchio provata ieri mattina, e decisamente critica nei confronti del marito; chissà in che stato sarà oggi. Poulanc va a darsi una controllata allo specchio del bagno, afferra occhiali da sole e cappello, esce. Oltretutto è quasi ora di pranzo, i succhi gastrici sono in azione, l'appetito sta montando.

Scende per il sentiero selciato in direzione della terrazza ristorante, il luogo in cui inevitabilmente gli ospiti tendono prima o poi a convergere nei loro nevrotici, estenuati spostamenti. Ma alla seconda svolta le appare davanti l'attrice americana, in una mise impresentabile tanto è stropicciata e incollata alle sue forme da sogno erotico di massa, i capelli biondissimi di solito rilucenti appiccicati in ciocche opache. Possibilissimo che la giovane star abbia deciso di tuffarsi in mare vestita, per il gusto della bravata trasgressiva. Magari fotografandosi con l'iPhone, in modo da poter condividere la bravata con qualche milione di fan tra pochi minuti. Passa oltre con un'espressione ingrugnata – senza degnarsi di un saluto, inutile dirlo – seguita a qualche passo dalla sua amica che deve avere deciso di seguirne le gesta acquatiche, perché anche i suoi vestiti sembrano inzuppati e in parte asciugati al sole e nel vento. La ragazza fa un cenno di saluto – anche se molto sfuggente – ma sembra più che altro preoccupata di tenere dietro alla diva. A chiudere la piccola comitiva arriva Mr. Neckhart, con il suo modo di muoversi da cultore iperoccidentale di arti marziali iperorientali, vestiti e capelli asciutti a differenza delle due giovani donne, espressione più cupa dell'abituale. Nemmeno lui si profonde in riverenze, ma almeno produce un "*Hi*" udibile: meglio che niente, visti i modi di questi esponenti del jet set.

Poulanc si gira a osservarli, chiedendosi se per caso tra i tre esista qualche intreccio sessuale che potrebbe avere provocato l'attuale stato di tensione; ma avrebbe bisogno di osservarli insieme più a lungo per capirlo. Comunque in questo momento sono un motivo di interesse trascurabile, rispetto ai Reitt: prendiamo nota, e mettiamo in archivio.

Poulanc si affaccia sulla grande terrazza, sperando di trovarci almeno la signora Brigitte – magari in vena di nuove, ancora più affrante confidenze – ma c'è solo la cameriera magra, intenta a sistemare i bicchieri sui tavoli, e Federico l'assistente cuoco che occhieggia dall'anticucina. Il vento oggi tira con ostinazione crescente, fa sbatacchiare i teli bianchi stesi tra le colonne, *flap, flap, flap*, increspa la superficie del mare là sotto. Però un momento: a poca distanza dalle rocce della costa c'è il grande motoscafo americano che ondeggia, sbilenco, basso nell'acqua. Possibile che ci sia stato un mezzo naufragio? Che l'attrice e la sua amica siano finite involontariamente in mare – il che spiegherebbe le loro espressioni tutt'altro che raggianti, oltre alle condizioni dei loro vestiti? Forse qui potrebbe esserci un'altra bella vicenda da raccontare – decisamente più leggera di quella dei Reitt, d'accordo, però mica male. Questo luogo si sta trasformando di colpo in una miniera di materiale narrativo, decisamente.

Poulanc si sporge per guardare meglio cosa succede lungo la costa. La barca bianca e rossa che ogni giorno porta e riporta lo staff e le vettovaglie si sta avvicinando al motoscafo semiaffondato, con a bordo Perusato e Carmine il marinaio. Entrambi a poppa – Perusato al timone, in una variante dell'abituale tenuta camicia-pantalone, Carmine più rusticamente a torso nudo – intendono con tutta probabilità agganciare il motoscafo per rimorchiarlo. Carmine si allunga, tenta forse di afferrare la cima di prua, rischia di finire in acqua. L'impresa non dev'essere facile, perché il vento tira, il mare sballotta e il motoscafo sembra aver imbarcato parecchia acqua, ma alla fine il baldo marinaio riesce nel suo intento, si industria ad assicurare la cima.

Dalla scalinata arrivano alcune voci; Poulanc si gira, pronta. Lucia appare sulla terrazza, ansimante per la salita e con un'espressione estremamente preoccupata, subito seguita dal falegname e dal biondo assistente di Reitt, i quali accompagnano con cautela infermieristica i coniugi Cobanni, entrambi in pessime condizioni, pallidi, stremati. Tutti i membri della pattuglia – a eccezione di Lucia – devono essere finiti in acqua nel naufragio del motoscafo, a giudicare dallo stato di vestiti e capelli, e dal loro generale aspetto da sopravvissuti. A questo punto è probabile – quasi certo, in realtà – che facessero parte di un'escursione nautica insieme all'attrice americana e alla sua amica, e che l'escursione sia finita decisamente male. Fortuna che stamattina nessuno le ha proposto di fare parte dell'allegra brigata – a volte non essere proprio i beniamini della compagnia ha i suoi vantaggi.

Poulanc si avvicina al malridotto gruppetto, col pretesto del tutto plausibile di un impulso di partecipazione umana. Lucia si sta dando un gran da fare a estrarre sedie da sotto i tavoli, accertarsi che i coniugi Cobanni si accomodino. Corre nell'ufficio, con andatura traballante dovuta alle zeppe alte, torna con un paio di coperte, cerca di avvolgerci i Cobanni.

La signora si lascia accudire, come una profuga di lusso; il marito invece respinge l'offerta, in termini piuttosto secchi. "Grazie tante, non sono ancora un invalido totale."

Il falegname va a infilarsi in cucina – sembra di casa, lì – dopo due minuti torna in compagnia dello chef spagnolo. *El cocinero* sembra autenticamente scosso alla vista dei naufraghi. "*¡Madre mía! ¡Pobrecitos!*" Si porta le mani alla fronte, fa un po' di teatro latino. Torna in cucina, riemerge con una bottiglia di cognac e alcuni piccoli bicchieri, stappa, versa, offre in giro. Poulanc getta l'occhio sulla bottiglia: niente male, è un Jean Fillioux *Réserve Familiale* – viaggiamo sui duecento euro buoni da Lavinia in Place de la Madeleine, figuriamoci qui. Il Cobanni scola il suo bicchierino senza farsi pregare, la signora si limita a un piccolo sorso a fior di labbra, avvolta nella sua coperta; il falegname e l'assistente di Reitt trangugiano i loro cognac in poche gollate, si fanno riempire il bicchiere una seconda volta. Lucia continua a prodigare attenzioni ai due stagionati ospiti, gli chiede se va tutto bene, se non vogliono andare subito in camera a cambiarsi. Troppo malizioso ipotizzare che lo spettro di una causa per danni aleggi sullo sfondo dei suoi pensieri, e di quelli dell'architetto Perusato? Il Cobanni in ogni caso resterebbe molto probabilmente a bersi un altro bicchierino, ma la moglie si alza – senza abbandonare la coperta, accessorio necessario al suo ruolo di vittima – e lo costringe a seguirla. Lucia li scorta, benché il marito ripeta un paio di volte che non ce n'è bisogno; il terzetto sparisce, accompagnato dai gesti di saluto di falegname, assistente, chef, cameriera e giornalista.

Poulanc già che c'è allunga una mano verso un piccolo bicchiere. "Posso anch'io?" D'altra parte ogni giorno qui le costa cinquemila euro tondi tondi – coperti per metà dal giornale, ma è pur sempre una bella cifra – non è che stia proprio chiedendo l'elemosina.

"*Claro que sí.*" La giovane stella ispanica della cucina tecnoemotiva versa e porge – con molto garbo, bisogna dire.

"Allora, cos'è successo?" Poulanc, corroborata da un bel sorso di cognac – maturo, pieno, appagante, il buon Pascal Filloux porta avanti con grande stile la tradizione familiare – si rivolge al falegname e all'assistente di Reitt. Uno castano, abbronzato, barbuto, vestito da vagabondo, l'altro biondo, pallido, in polo turchese e pantaloni bianchi, entrambi infradiciati e solo parzialmente asciugati: due coetanei opposti per caratteri e attitudini, avvicinati momentaneamente dall'esperienza traumatica.

"Eh, niente, un incidente." Il falegname è un uomo di poche parole, non entra in dettagli. Lo chef gli fa un cenno di saluto, se ne torna in cucina.

"Ma, come è avvenuto?" Poulanc non si lascia scoraggiare. Ecco una dimostrazione di come sia ancora indispensabile un po' di fatica, se si vuole raccogliere qualche informazione di prima mano. In casi del genere non ci sono scorciatoie, cari schiavi del ciberspazio: i motori di ricerca non servono a nulla qui, almeno fino a che qualcuno dei naufraghi non andrà a – orrenda espressione – postare qualcosa.

L'assistente di Reitt allarga le braccia, prende un altro sorso di cognac, guarda altrove. Neanche lui è una di quelle fonti che si aprono alla prima sollecitazione, impazienti di rivelare tutto.

"Lynn Lou Shaw e la sua amica erano con voi?" Poulanc insiste. Si tratta anche di registrare gesti ed espressioni facciali – non occorre dirlo – prendere nota di ogni variazione avvertibile nel soggetto intervistato.

"Io ero a terra." Il falegname ci tiene a chiarire di non aver fatto parte della spedizione, forse perché attribuisce alle gite in motoscafo una connotazione troppo frivola per un lavoratore manuale come lui – tra l'altro farebbe meglio a usare il suo tempo per finire almeno alcuni dei molti mobili che mancano, accidenti!

Poulanc fa per rivolgersi all'assistente, ma il giovanotto sbianca in volto, posa il bicchiere, si alza di scatto, con un'espressione da povero soldato sorpreso da un ufficiale a gozzovigliare durante il turno di guardia.

Infatti ecco incombere su di lui l'alta figura di Werner Reitt, che lo investe con indicibile asprezza. "*Was zur Hölle machst Sie hier? Ich habe zwei Stunden auf Sie gewartet!*"

"*Ich bitte am Entschuldigung...*" L'assistente farfuglia scuse, ma è chiaro che non ha una valida strategia di difesa.

Reitt indica con un dito tremante di sdegno il piccolo bicchiere di cognac – il secondo, ma questo per fortuna non lo sa – che l'assistente ha lasciato sul tavolo, mezzo vuoto. "*Und Sie warst hier, um zu trinken!*"

"*Der Eindruck tauscht, Herr Reitt...*" Fa male al cuore vedere il povero giovane stretto così all'angolo, è atroce. Poulanc avrebbe voglia di correre a prendere il computer, portarlo qui, aprire le foto oscene dell'abominevole tiranno, vedere se riesce a mantenere la sua autorità rispetto al malcapitato sottoposto.

Anche il falegname sembra decisamente seccato dal comportamento di Reitt; lo guarda con un accenno di sorriso ironico sulle labbra, ma ha le mani nervose – Poulanc non si stupirebbe più di tanto se si alzasse a dargli un pugno.

Reitt punta l'indice verso i vestiti bagnati e stropicciati dell'assistente, come se fossero un'ulteriore testimonianza di intollerabili trascuratezze. "*Wie können Sie nur so her rumlaufen! Drehen Sie sich bitte sofort um!*"

L'assistente si guarda intorno: è evidente che non ha la minima idea di come cambiarsi, visto che le sue cose devono essere al porto, dove pernotta. Incalzato dalla presenza furente del capo, finisce per rivolgersi con estremo imbarazzo al falegname. "Mi scusi, potrei permettermi di chiederle la gentilezza di prestarmi degli abiti asciutti?"

Il falegname sembra divertito dalla formulazione elaborata della domanda, sorride. "Sì. Però ho paura di non avere niente nel tuo stile."

"Non importa." L'assistente è troppo sollevato dall'aver trovato una soluzione, non va certo per il sottile. "Va bene qualsiasi cosa."

Il falegname finisce in sorso il cognac che gli resta, si alza, fa un cenno di saluto a Poulanc – senza degnare di uno sguardo Reitt – sporge la testa nell'anticucina. "*¡Hasta luego, Ramiro!*"

"*Ich komme gleich, Herr Reitt.*" L'assistente fa un mezzo inchino al suo capo, un altro mezzo inchino a Poulanc, si affretta dietro il falegname.

"*Macher Sie schnell!*" L'espressione di Reitt non potrebbe essere più implacabile. Il suo sguardo incontra per un istante quello di Poulanc – scambio agghiacciante – poi il titano della finanza – per fortuna ormai prossimo al crollo – gira i tacchi, sparisce dalla terrazza.

"Nazi di merda." Poulanc non si trattiene dal mormorare tra sé e sé, con lo stomaco ancora contratto per l'irritazione.

"*Exactamente, querida señora.*" Ramiro lo chef le sorride, appoggiato alla porta dell'anticucina.

Poulanc gli fa un cenno – leggermente imbarazzata, non intendeva condividere – va al margine della terrazza a dare un'altra occhiata verso il mare, laggiù.

Perusato e Carmine stanno ancora tentando di rimorchiare il motoscafo con l'altra barca, ma non riescono ad avanzare gran che. A dirla tutta, proprio non si muovono. Si vede il fumo del motore salire nell'aria, subito spazzato via dal vento; i due uomini ripetono accanitamente i loro tentativi, senza risultati apparenti. La barca sballotta tra le onde, si sforza, fuma, ma resta più o meno dov'era, attaccata al motoscafo semisommerso.

Quarantasei

Paolo Zacomel scende veloce per le scale, ridendo da solo all'idea di Mathias con addosso la maglia verde stinta col simbolo della pace e i jeans parecchio consumati e scoloriti (puliti, però) che gli ha prestato. Vederlo aggredire da quella iena del suo capo invece non l'ha affatto divertito; è una delle conferme ricorrenti di come lui non potrebbe mai fare un lavoro dipendente, con il carattere che ha. A volte gli capita di chiedersi dove sarebbe finito se non avesse scoperto di avere talento con il legno: magari a vivere da eremita in un bosco o su un'isola sperduta come questa, o a vagabondare per le strade del mondo. O magari sarebbe in galera. Chissà. L'unica cosa certa è che non si metterà mai nella posizione di prendere ordini da nessuno, o di riconoscere alcuna autorità al di fuori di se stesso. Ogni tanto è utile ricordarsi la propria stella polare; tutto il resto può muoversi e cambiare, non c'è problema.

Arriva giù al molo, salta sulle rocce della costa per arrivare dove Perusato e Carmine stanno cercando di rimorchiare il Chris Craft mezzo distrutto dallo scontro con la barca di Mathias. Vederlo inclinato su un lato e pieno d'acqua gli comunica una tristezza profonda, perché era un fior di motoscafo, costruito da gente che il legno lo sapeva usare davvero, e restaurato con altrettanta capacità. Però non può fare a meno di guardare con una certa cupidigia tutto quel mogano e tek ultrastagionato, tagliato quando le foreste del mondo ancora non erano vicine alla distruzione come oggi. La sua fantasia di falegname già sta costruendo mobili con il materiale di recupero, finché lui non la ferma con il pensiero di quanto è improbabile che Perusato rinunci a rimettere in sesto un motoscafo di cui era tanto orgoglioso, e in cui ha investito tanti soldi.

Carmine adesso è al timone della barca, sta dicendo all'architetto di tenere più in tensione la cima. Perusato è parecchio nervoso, per lo sfacelo che ha sotto gli occhi e perché ormai è un bel po' che fanno tentativi senza successo. "La *sto* tenendo tesa, porca di una vacca!" Carmine gli mostra come dovrebbe fare, riceve altre urla in cambio. La realtà è che il Chris Craft è troppo appesantito dall'acqua, il motore della barca non ha abbastanza potenza per tirarselo dietro.

Paolo Zacomel fa gesti dalla sua roccia. "Serve una mano?"

"No, facciamo da soli!" Perusato risponde piccato, come se fosse stato deriso.

"Va be', se avete bisogno io sono qua!" Paolo Zacomel ha sempre avuto l'istinto di aiutare, fin da quando era bambino e i suoi tentativi di aiuto finivano quasi solo per complicare le cose. Può darsi che abbia a che fare con la sua visione anarchica della vita, in cui gli individui dovrebbero creare un intreccio di offerte spontanee, invece di dipendere da istituzioni che fingono di occuparsi del bene comune e invece si occupano solo di se stesse.

A proposito di istituzioni, la motovedetta della guardia costiera che ieri è venuta qui a portare il politico Gomi sta tornando: è a tre, quattrocento metri, in avvicinamento veloce. Perusato non se n'è ancora accorto, concentrato com'è sul relitto del suo Chris Craft, però Carmine che ha l'occhio del marinaio la vede, gliela indica. "Ma porca di una vacca, proprio adesso!" Perusato sbatte la cima in acqua, è fuori di sé.

La motovedetta sembra puntare verso il molo, ma poi corregge la rotta, viene dritta in qua. In pochi minuti sta già accostando al Chris Craft; il comandante lascia il timone al secondo, si affaccia sul ponte. Giovane, lineamenti affilati, teso nella sua divisa bianca con le spalline dorate. Alza la voce, con decisione. "Cos'è successo, qui?"

"Mah, niente..." È chiaro che Perusato non vuole interferenze.

"Come niente? Qui c'è stata una collisione seria! È evidentissimo!" Il comandante si irrita davanti a una così palese negazione dell'evidenza. "Ci sono feriti, dispersi, annegati?"

"No..." Perusato è a malapena comprensibile.

"Parli più forte, per favore!" Il comandante ha un tono imperioso, tutto dritto sul ponte della motovedetta. "Si faccia sentire!"

"Non c'è stato nessun ferito!" Perusato cerca di mettere convinzione nella voce. "C'è solo qualche danno materiale, ce ne occupiamo noi!"

Il politico Gomi si affaccia anche lui sul ponte, in un completo blu più scuro di quello di ieri, faccia estremamente pallida e sbattuta, forse per via del mare un po' mosso. Guarda il Chris Craft danneggiato, i pezzi semiaffondati della barca bianca, assume un'espressione di indicibile orrore. "Oh Signore! Cos'è successo?"

"È quello che sto cercando di capire!" Il comandante fa un gesto secco verso Perusato.

"Niente, onorevole, stiamo già sistemando tutto." A Perusato deve sembrare un buon modo per chiudere rapidamente l'interrogatorio da parte del comandante della guardia costiera.

"Qui non avete sistemato proprio niente!" Il comandante è indignato, continua a scrutare il mare intorno, indica le due metà della barca di Mathias spinte dal vento e dalle onde contro le rocce. "Solo qualche danno materale, dice?! Lì vedo un natante spaccato in due! L'impatto è stato chiaramente violentissimo!"

"Sì, ma non ha importanza..." Perusato fa un cenno per chiudere la faccenda.

"Come non ha importanza?!" Il comandante alza ancora la voce. "Chi c'era sull'altra imbarcazione?"

Perusato ci pensa su, indica Carmine. "Lui." È chiaro che non vuole coinvolgere Mathias, in quanto assistente di uno dei suoi ospiti di maggior prestigio. "Ha tagliato la rotta al motoscafo."

Carmine si gira a guardarlo come se avesse ricevuto uno schiaffo, con gli occhi che fiammeggiano.

Perusato gli fa una faccia dura per zittirlo, torna a guardare il comandante. "Come può vedere è sano e salvo, non ha un graffio."

"Era lei sulla barca?" Il comandante vuole sentirselo confermare.

Carmine rimane sospeso per un istante, ma il suo sguardo incontra di nuovo quello di Perusato. "Sì..."

"E chi pilotava il motoscafo?" Il comandante incalza, dall'alto del suo ponte.

Perusato fa un sorriso conclusivo. “Capitano, la ringrazio molto del suo interessamento, ma non abbiamo bisogno di aiuto, ce la caviamo da soli.”

“Non sono capitano, sono tenente di vascello!” Il comandante vibra di tensione militare. “E le ho fatto una domanda! Per favore mi risponda!”

“Lo pilotavo io, il motoscafo.” Perusato mente con disinvoltura, ci è chiaramente abituato.

“Lei chi è?”

“Sono il proprietario. Del motoscafo, e del resort quassù.” Fa un gesto verso l’alto. “Ci siamo già visti ieri, quando ha portato qui l’onorevole.”

“Sì, purtroppo non ho avuto l’occasione di presentarvi, Comandante.” Gomi interviene in suo soccorso, anche se sembra sul punto di vomitare.

“E come si chiama?” Il comandante va avanti, imperterrito.

“Sono l’architetto Gianluca Perusato.” Perusato si sforza di sorridere, ma essere incalzato in questo modo davanti a testimoni deve dargli parecchio fastidio.

“L’architetto Perusato è un professionista di fama internazionale, Comandante.” Gomi si intromette di nuovo, benché gli costi uno sforzo evidente date le sue condizioni. “Ha fatto un lavoro splendido, qui a Tari. Francamente non ritengo sia necessario indagare oltre. Poi io dovrei proprio scendere.”

“Io voglio sapere quanti passeggeri c’erano a bordo delle due imbarcazioni!” Ormai è chiaro che il comandante non è uno che si lascia incantare. “E voglio sapere dove sono finiti!”

“Sono tornati alle loro suite.” Perusato indica di nuovo in alto. “Adesso saranno a pranzo. Stanno benissimo, gliel’ho detto.”

“Tutti?”

“Sì, tutti. Sono in perfette condizioni, glielo posso assicurare.”

Il comandante si rivolge a Paolo Zacomel, che osserva la scena in piedi sulla sua roccia. “Lei era a bordo di una delle due imbarcazioni?”

Paolo Zacomel scuote la testa. Ha sempre avuto un’avversione per le divise, di qualsiasi genere siano, e per gli atteggiamenti che di solito si accompagnano alle divise.

"È un testimone? Ha assistito alla collisione?"
Paolo Zacomel scuote di nuovo la testa.
"Allora che ci fa qua?"
"Guardo. È vietato?" Paolo Zacomel fa il muso duro, si ficca le mani nelle tasche dei calzoni.
"È il nostro falegname." Perusato vuole evitare altre occasioni di conflitto. "Adesso se ci scusate, cerchiamo di rimorchiare il motoscafo."
"Comandante, io dovrei veramente scendere." Gomi mostra il grosso orologio pseudo-sportivo che ha al polso, ha una faccia sempre più sbattuta. "Ho un appuntamento della massima importanza, come sa. E a dirle la verità non mi sento molto bene, con questo mare... Se potesse portarmi un attimo al molo..."
"Mi scusi." Il comandante torna a girarsi verso Perusato, indica i pezzi semisommersi della barca di Mathias. "Il motore dell'altra barca è finito sul fondo, immagino?"
"Mah, forse..." Perusato cerca di tenersi sul vago, sembra sempre più a disagio.
"Come forse? Era una barca a motore o no, quella?" Il comandante si gira verso Carmine. "Mi risponda lei, che la pilotava."
"Sì che ce l'aveva, il motore..." Carmine a differenza di Perusato non è un bravo mentitore, distoglie lo sguardo.
"E allora? Che facciamo, lasciamo i motori in mare?" Il comandante incalza. "E il serbatoio?"
"Eh, il serbatoio..." Carmine chiaramente detesta trovarsi in questa posizione.
"Avrà contenuto pochi litri di benzina, figuriamoci." Perusato cerca ancora di sminuire.
"Ma stiamo a scherzare?" Il comandante è indignato. "Qui c'è un rischio di inquinamento, queste sono acque protette! Bisogna recuperare tutto, io mando giù due sommozzatori!"
"Come i sommozzatori?" Perusato si guarda intorno, d'improvviso sembra in preda al panico. "Andrà giù Carmine più tardi, con la maschera e le pinne. Non c'è nessun bisogno dei sommozzatori!"
"Comandante, se ci pensa l'architetto, in effetti non c'è biso-

gno." Gomi interviene di nuovo, l'unica cosa che gli interessa è scendere. Più che pallido è verdastro, in faccia.

"Decido io se ce n'è bisogno o no!" Il comandante è furioso. "Io mando sotto i sommozzatori a controllare, e a recuperare tutto quello che si può recuperare!"

"Ma è un'assurdità, mi scusi." Perusato fa un estremo tentativo di distogliere il militare dai suoi intenti.

"L'assurdità è il suo comportamento!" Il comandante non cede di un millimetro. "Si comporterebbe in questo modo se avesse distrutto due automobili?! Le lascerebbe lì sul bordo della strada e manderebbe a pranzo i superstiti, senza neanche avvisare la polizia?!"

Perusato non sa cosa rispondere, si gratta un lato del collo.

Ci sono suoni gracchianti di radio dalla cabina della motovedetta; il secondo arriva sul ponte, si consulta a bassa voce col comandante. Il comandante va a parlare alla radio, torna fuori. "Ho un'emergenza a Lampedusa, devo ripartire subito."

"Vada pure, non c'è problema." Perusato è visibilmente sollevato, si sforza addirittura di sorridere. "Non si preoccupi assolutamente per noi."

"Che fa ora, mi congeda?" Il comandante è al di là dell'indignazione; per quanto Zacomel detesti le uniformi, deve riconoscere che ormai gli è quasi simpatico. "Non sta certo a lei dirmi se posso andare o no!"

"Ci mancherebbe, per carità, tenente." Perusato cerca disperatamente di mantenere un atteggiamento signorile.

"Con quel gozzo non riuscirete mai a rimorchiarlo." Il comandante indica il Chris Craft. "Togliete la cima, facciamo noi prima di andare, non si può lasciarlo lì."

"Grazie, tenente, non ce n'è bisogno. Avete cose più importanti da fare." Perusato adesso fa il finto sollecito.

"Le ho detto di togliere la cima, non le sto facendo un favore!" Al comandante viene la voce roca per la rabbia. "E toglietemi di mezzo quella barca! Subito, non ho tempo da perdere!"

Gomi gli si accosta, mezzo piegato su se stesso. "Comandante, non riuscirebbe a farmi scendere, prima?"

"No che non riesco!" Il comandante si trattiene a stento dal prenderlo a male parole. "Se mi fa la cortesia di aspettare ancora cinque minuti, la faccio sbarcare!"

"Ma, e poi quando mi viene a riprendere?"

"Adesso non glielo so dire. Ho due barconi di migranti in difficoltà davanti a Lampedusa. Le farò sapere."

"Per carità, se c'è un'emergenza umanitaria, comandante..." Gomi ha proprio la falsità professionale del politico nel sangue, riesce a usarla perfino quando è praticamente distrutto dal mal di mare. "Basta che però prima di sera siate qui, perché io devo assolutamente rientrare a Roma. Ma dovrebbe farsi dare un'imbarcazione più grande, perché con il mare in queste condizioni io francamente..."

"Le farò sapere." Il comandante taglia corto, dà ordini secchi al secondo e ai due marinai. La motovedetta inizia la manovra per accostarsi di poppa al motoscafo.

Carmine sgancia la cima, fa un giro largo con la barca, si tiene a distanza dalle operazioni. Perusato osserva, in uno stato di estremo disagio, qualunque sia il motivo. È chiaro che il danneggiamento del suo splendido motoscafo lo ha sconvolto, ma qui c'è qualcos'altro, difficile da spiegare.

Un marinaio della motovedetta scende agilmente sulla prua inclinata del Chris Craft, si fa passare il cavo metallico dal suo collega che sta al verricello, lo aggancia. Gomi sul ponte guarda di nuovo l'orologio, parla al cellulare premendoselo forte all'orecchio per coprire il rumore del motore, si piega in avanti come per vomitare, ma si riprende con uno sforzo di volontà. Il comandante viene a poppa a controllare, torna ai comandi; la motovedetta si muove in avanti, rimorchia con decisione il motoscafo tutto sbilenco. Zacomel lo segue passando di roccia in roccia, nel suo percorso verso il molo.

Quarantasette

Brigitte Reitt osserva suo marito che va avanti e indietro nella suite come una tigre in gabbia. Un'ora fa ha scoperto col BlackBerry che le fotografie insieme a Christiane Drechsler sono state ripubblicate da un fantomatico Dadakangurblog, dietro il quale c'è chissà chi, e dal quale certamente ormai si stanno già diffondendo in modo incontrollabile nella cosiddetta blogosfera. Brigitte Reitt sapeva che sarebbe successo: le sembrava chiaro che il danno era ormai impossibile da arginare. Anche Werner lo sapeva, certamente non si era fatto molte illusioni. Però adesso che questo Dadakangurblog è entrato in scena, ha cominciato a immaginarsi ogni genere di congiura, da parte dei suoi nemici interni alla PEB, da parte della Bundesbank, da parte dell'FMI, da parte dei francesi, degli italiani, dei cinesi. È ormai totalmente convinto che l'idea di mandarlo a nascondersi su quest'isola facesse parte di un complotto, e che sua moglie ne sia stata in qualche misura, consapevole o no, complice. I tentativi di farlo ragionare hanno avuto l'unico risultato di farlo inferocire ancora più, rendere ancora più gravi e infondate le sue accuse.

In assenza di altre valvole di sfogo, adesso Werner se la prende con il povero Mathias, il quale oltretutto si è presentato in una tenuta inspiegabilmente indecorosa. La vecchia maglietta stinta con il simbolo della pace, i jeans scoloriti e strappati, le ciabattine infradito ai piedi contrastano in modo stridente con la sua faccia da bravo ragazzo disciplinato; sembra travestito da vagabondo per una festa in maschera. A peggiorare le cose, c'è un che di rallentato e di opaco nel suo modo di fare, come se fosse sotto l'influenza dell'alcol, o stordito da qualche sostanza stupefacente.

"Guardi come si presenta qui!" Werner lo osserva con occhi brucianti. "Conciato come uno spaventapasseri degli anni Settanta! In ciabatte, addirittura!"

"Mi dispiace, Signor Reitt..." Mathias è costernato, cerca di lisciarsi la maglietta con le mani. "Purtroppo non sono riuscito a trovare di meglio..."

"Ma certo, così può dare un altro piccolo contributo alla mia immagine! Ne avevo proprio bisogno!" Werner va a passi furiosi alla portafinestra che dà sul terrazzo, torna indietro. "E arriva con *ore* di ritardo, per la seconda volta in un giorno come questo!"

A Brigitte è capitato poche volte di vedere Mathias così a corto di risposte. Di solito è un giovane lucido, affidabile, puntuale; se ha un difetto è semmai quello di essere un po' troppo zelante. Del resto non è un caso che Werner l'abbia scelto come suo assistente personale, tra i tanti che sicuramente ambivano a quel ruolo.

"Come giustifica il suo ritardo inaccettabile, come?!" Le urla di Werner fanno paura, riverberano tra le pareti nude della stanza.

"Sono mortificato, Signor Reitt..." A testa bassa, Mathias studia le piastrelle del pavimento.

"E quando si sarebbe finalmente degnato di salire, se non l'avessi scovato sulla terrazza a sbevazzare?!"

"Signor Reitt, stavo solo cercando di riprendermi..." Le condizioni di Mathias sono penose, però è davvero inconcepibile che se ne stesse a bere sulla terrazza, tanto più in un momento di urgenza così drammatica.

"Riprendersi da cosa?! Dall'aver fatto il bagno in mare vestito con i suoi amici?!"

"Non ho fatto il bagno *volontariamente*, Signor Reitt..."

"Ah no? L'hanno costretta, povero giovane? L'hanno trascinata in acqua, malgrado le sue disperate resistenze?" Werner torreggia su di lui, il che amplifica ulteriormente lo squilibrio gerarchico tra loro.

"È che il motoscafo ha travolto la mia barca, l'ha spezzata in due... Poi ho dovuto salvare quei due ospiti italiani di una certa età che erano finiti in mare, rischiavano di annegare..."

"Ah, ma allora qui siamo in presenza di un autentico eroe!" Werner non cambia di una virgola il suo atteggiamento, anche di fronte a queste rivelazioni sorprendenti. "Eravamo convinti di avere a che fare con un fannullone ritardatario e bevitore, e invece il giovanotto era impegnato a salvare anziani naufraghi in procinto di annegare! Gli si dovrebbe dare una medaglia, invece di rimproverarlo!"

"Werner." Brigitte Reitt si sente moralmente obbligata a intervenire in difesa dell'assistente. "Se è stato vittima di un incidente nautico, questo spiega tutto..."

"Non spiega assolutamente nulla, invece!" Werner sposta lo sguardo da lei a Mathias, come da un nemico all'altro. "Ammesso che sia stato davvero travolto dal motoscafo, mi dovrebbe dire cosa diavolo faceva in barca, invece di essere qui, dove era atteso da tempo!"

"È che... Io ero andato a controllare..." Mathias non riesce a trovare un tono convincente, farfuglia; Brigitte vorrebbe sostenerlo, proteggerlo, ma è davvero difficile, se continua a comportarsi così.

"Controllare cosa? Dove poteva sistemarsi per abbronzarsi meglio?" Werner ha il suo peggiore sorriso sarcastico sulle labbra. "Poi, detto per inciso, spero non si immagini che io abbia intenzione di ripagare la barca che ha distrutto?"

"Certo che no, Signor Reitt..." Mathias è sempre più avvilito, sempre più prostrato. "Ho perso anche l'iPad, è finito in acqua..."

"Ah, magnifico, così non abbiamo nemmeno più un computer, adesso!" Werner esplode. "E il telefono? Almeno quello l'avrà salvato, voglio sperare."

Mathias scuote la testa. "È finito in mare anche quello..."

"Con tutti i numeri importanti che c'erano dentro?!"

"Sì... Anche tutte le mie cose personali, fotografie, musica..."

"Figuriamoci cosa mi importa della sua musica, lazzarone! È inaudito che lei abbia anche solo il coraggio di parlarmene!"

"No, era per dire..." Mathias abbassa di nuovo la testa, si rimette a studiare il pavimento.

"Dunque non è più in grado di comunicare con nessuno, adesso?" Werner non prova la minima compassione per lui, lo tratta come se aver perso le sue cose in mare fosse stato un atto di imperdonabile slealtà personale.

"No, Signor Reitt, allo stato attuale no..."

"Allora lei mi è diventato completamente inutile! Avrebbe potuto restarsene su quella terrazza, insieme ai suoi amici alcolisti e drogati!"

"Io sono mortificato, Signor Reitt..." Il povero Mathias è ormai al di là dell'avvilimento, si sente così male che non sa più quale espressione assumere. "La colpa è stata del motoscafo, mi è venuto addosso a tutta velocità, senza guardare... Lo testimonia il fatto che la mia barca si è spaccata in due, così..."

"Questo non mi interessa minimamente!" Werner si inferocisce ancora. "Quello che vorrei sapere è cosa diavolo faceva *prima* di farsi distruggere la barca! È stato il contagio di questa dannata isola meridionale a dissolvere completamente il suo senso del dovere, e anche dell'onore? O c'è qualcosa di ancora peggio che dovrei sapere?!"

"Non capisco a cosa si riferisca, Signor Reitt..." Mathias si guarda i piedi nelle ciabattine di gomma.

"Mi riferisco al calcolo di opportunità che molto probabilmente avrà fatto!" Il tono di Werner è di una violenza da togliere la pelle. "Ai nuovi interlocutori che quasi certamente si sarà trovato alla PEB! Le cui indicazioni immagino starà seguendo con scrupolo! Il suo zelo senza dubbio sarà ricompensato quanto prima! Sono stato un imbecille a non immaginarlo subito! Cosa le hanno promesso?! Me lo dica! Pretendo risposte da uomo, non da bamboccio!"

"Non mi hanno promesso niente, Signor Reitt." Mathias alza la testa, guarda Werner negli occhi. Ha l'aria di essere arrivato al limite di quello che è in grado di subire, a una linea minima di dignità personale sotto la quale non è disposto a farsi spingere.

Werner se ne rende conto, anche nello stato di aggressività verbale parossistica in cui si trova, perché cambia espressione, inclina la testa. "Come posso crederci, di fronte al fatto che a Francoforte lei ha sposato con tanto entusiasmo l'idea di questa fuga ignominiosa? E di fronte ai suoi comportamenti inaccettabili di ieri e di oggi?"

Mathias continua a fissarlo, inspira dalle narici dilatate. “Io sono sempre restato dalla sua parte, Signor Reitt. Sempre.”

“E allora cosa diavolo faceva su quella barca, invece di essere qua con me?”

Mathias continua a lisciarsi la maglietta con le mani, chiaramente scosso da emozioni profonde. “Il fatto è che, Signor Reitt… Io credo di avere ucciso un uomo.”

Brigitte Reitt sente una vertigine salirle dentro; appoggia le mani allo schienale di una poltrona per non vacillare.

Werner diventa ancora più pallido, si irrigidisce ancora. “Cosa diavolo sta dicendo?”

“L’ho fatto per lei, Signor Reitt.” Mathias ha la voce spezzata. Si siede di schianto sul letto, si copre gli occhi con le mani.

Brigitte Reitt ha la sensazione di vedere andare in pezzi quel pochissimo che le restava ancora del mondo in cui si è mossa per tanti anni con familiarità, impegno, noia, soddisfazione, a volte col desiderio di qualcos’altro, ma sempre con l’idea che fosse il contenitore infrangibile della sua vita. Adesso di quel contenitore non resta niente; le sembra di essere precipitata in una dimensione parallela dove niente è più come dovrebbe essere, dove il fedele, affidabile Mathias che è venuto infinite volte a mangiare a casa loro, trattato quasi come un membro della famiglia, si trasforma in assassino per conto di suo marito. Gira intorno alla poltrona, ci si lascia cadere, osserva i due uomini con un’incredulità lunare.

“Cos’è questa storia, adesso?” Werner reagisce a modo suo, aggredendo di nuovo Mathias. “Di cosa diavolo sta farneticando? Dove sarebbe successo? Quando?”

Mathias continua a coprirsi la faccia con le mani, come per ripararsi dalle troppe richieste di spiegazioni.

“Vuole rispondermi, accidenti?!” Werner lo incalza. “Quando sarebbe successo?!”

Mathias sposta le mani alle tempie, con l’effetto di tirarsi la pelle della faccia, assumere l’aspetto di un grosso bambino, innocente e colpevole al tempo stesso. “Ieri mattina.”

“Dove? Come?” Werner continua a stargli addosso. “Parli, Baumgartner!”

Mathias abbassa le mani, cerca di prendere un respiro, non ci riesce. "Quando sono arrivato con la barca, ho visto un gommone grigio ancorato vicino agli scogli. C'era un uomo alla costa, con una macchina fotografica, un teleobiettivo lungo da qui a lì."

Werner adesso non parla, la sua espressione è completamente contratta.

"Ho pensato subito che fosse venuto per fotografare lei di nascosto."

"Questo è del tutto possibile." Werner guarda verso la finestra. "Qualche bella immagine del fuggiasco che si aggira tra queste abominevoli rocce sarebbe certamente utile!"

"Werner, non sei un fuggiasco..." Brigitte Reitt cerca di moderare il suo impeto. Ma perché, poi? C'è forse ancora qualcosa da salvare, qui?

"E allora?" Werner riprende a incalzare Mathias. "Cos'ha fatto?"

"Sono sceso sugli scogli." La voce di Mathias trema, nella ricostruzione. "Ho affrontato il fotografo, ho cercato di farmi consegnare la scheda con le foto. Ma lui si è messo a insultarmi e a spingermi, anch'io gli ho dato istintivamente una spinta, lui è scivolato ed è caduto all'indietro, ha picchiato la testa. È rimasto lì immobile."

"E poi? Cos'ha fatto?" Lo sguardo di Werner è da predatore, senza pietà.

Mathias si prende la testa tra le mani, fissa il pavimento. "L'ho lasciato dov'era, e ho buttato in mare la macchina fotografica."

"Perché?"

"Pensavo che se per caso qualcuno avesse visto le foto, avrebbe potuto collegare il fatto a lei..."

"E poi?"

"Sono salito qui da lei."

"Senza dirmi niente? Senza informarmi del piccolo, trascurabile dettaglio che il mio assistente era diventato un omicida?"

"Non è stato un omicidio, Signor Reitt." Mathias ha la voce spezzata. "È stato un incidente. Il fotografo è scivolato. Glielo giuro sul mio onore."

"E il cadavere è ancora lì sulle rocce? È questo che era andato a controllare con la barca, quando il motoscafo le è piombato addosso?"

"No..." Mathias si mette le mani tra i capelli. "Cioè sì, sono tornato a controllare, ma il fotografo non c'era più. E neanche il gommone."

Werner emette un verso raspato di gola, gira su se stesso. Ha una luce negli occhi che Brigitte Reitt gli ha visto solo poche volte, un riflesso minerale di pensieri duri, refrattari a qualunque concessione sentimentale.

"Non potrebbe essersi ripreso, essersene andato via?" Brigitte Reitt si rende conto di come la sua non sia una speranza molto realistica, ma corrisponde pur sempre a una possibilità. "Se anche il gommone non c'è più..."

"In che condizioni era quando l'ha lasciato, quel dannato fotografo?" Werner incalza di nuovo Mathias.

"Non si muoveva..."

"Ma respirava o no? Avrà controllato, spero, prima di andarsene!"

"Mi sembrava di no..." Mathias scuote la testa. "C'era del sangue sulla roccia, dove aveva picchiato la testa. Aveva gli occhi mezzi aperti..."

"Magari era solo svenuto." Brigitte Reitt prova a tenere aperto il suo esile varco di ottimismo, anche se le costa uno sforzo immenso. "Magari era rimasto stordito per il colpo..."

Mathias la guarda, come se volesse disperamente appigliarsi alle sue parole, poi scuote piano la testa.

Werner non l'ascolta neanche più, riprende a camminare avanti e indietro. "Il fotografo non era certo venuto qui di sua iniziativa, questo è chiaro."

"No?" Brigitte Reitt lo osserva: il guerresco, spaventevole depositario di verità a cui lei non ha mai avuto accesso, in tanti anni di matrimonio apparentemente solido.

"Ma è evidente! È stato mandato qui ed è stato riportato via, vivo o morto che fosse, è del tutto irrilevante."

"Da chi, è stato mandato?" Brigitte Reitt è agghiacciata dal tono di suo marito, dall'idea che nella sua visione delle cose la morte di qualcuno possa essere del tutto irrilevante.

"Da chi sapeva che io ero qui!" Werner di nuovo le si rivolge come a una nemica. "Da chi mi ci aveva *mandato*, giocando sull'incalzare del tempo e sull'appoggio di due volonterosi collaboratori come voi!"

"Signor Reitt, la ragione per cui io mi ero permesso di insistere..."

"È un disegno talmente semplice!" Werner lo interrompe con brutalità. "Anche un bambino saprebbe vederlo!" Non riesce a fermarsi, cammina avanti e indietro, avanti e indietro. "Mossa uno, mi si convince a partire per un'isola sperduta, con la scusa di sottrarmi alla possibile pressione dei media, così mi si toglie qualunque possibilità di reagire in modo efficace. Mossa due, mi si recidono tutti i collegamenti, con la scusa di proteggermi e di non coinvolgere la banca. Mossa tre, si manda intenzionalmente a monte qualunque tentativo di ricomposizione amichevole della questione. Mossa quattro, si inventa un Dadakangurblog per dare la massima circolazione alle immagini che dovrebbero demolirmi. Mossa cinque, mi si fa fotografare sull'isola, per dare all'opinione pubblica la prova visiva di come invece di pensare a difendermi con energia e dignità io sia scappato su quest'isola per dedicarmi a una vile latitanza mediterranea, tra bagni di sole e di mare. L'unico aspetto davvero stupefacente in tutto questo è che io ci sia cascato! Che mi sia dimenticato di come in ogni guerra ci si deve guardare soprattutto alle spalle!"

"Werner..." Brigitte Reitt fatica perfino a pronunciare il suo nome, perché le sembra quello di uno sconosciuto. È furiosa all'idea di essere qui ancora una volta a occuparsi di lui malgrado tutto, la moglie ottusamente fedele pronta a immolarsi per difendere le malefatte del marito di cui lei stessa è stata vittima. "Tu continui a parlare di complotti e di guerre, ma è tutto molto più banale! Sei andato a letto per un anno e mezzo con la migliore amica di nostra figlia, e lei alla fine si è rivelata quella che è, una ragazzina infantile e irresponsabile che per vendicarsi della tua caduta di interesse mette in piazza le vostre foto insieme! Le quali foto inevitabilmente distruggeranno la tua immagine, e costringeranno la PEB a dissociarsi da te! Tutto qui! Non c'è nessun complotto! Non c'è nessuna guerra! C'è solo lo squallore immenso e ingiustificabile dei tuoi comportamenti!"

Werner arretra, come di fronte a una serie di pugnalate a tradimento; spalle all'angolo, aspetta che la rabbia fredda gli salga dentro. È una cosa che può fare a comando, lei lo sa: può convincersi delle proprie ragioni al punto di non lasciarne nessuna al suo interlocutore, e poi agire come se fosse legittimato da un'entità superiore (la razionalità, le regole dell'economia mondiale, la legge della giungla, il Dio dei Nibelunghi). Infatti, eccolo partire al contrattacco, con una violenza priva di qualunque riserva nella voce: "Io non sono 'andato a letto' con nessuno! Io ho avuto una relazione spiritualmente elevata con un'anima nobilissima e pura! L'unica cosa di cui mi pento è averla interrotta! E non certo per una 'caduta di interesse', come dici tu! Non c'è stata nessuna caduta di interesse! È stato un atto di imperdonabile viltà! Dettato da convenzioni prive senso, e dall'idea di salvare un matrimonio ormai privo di vita!"

"Non ti permetto di parlarmi in questi termini in pubblico!" Brigitte Reitt si sente quasi più umiliata dalla convenzionalità della propria risposta che dalle parole di Werner, ma è così sconvolta che non trova niente di meglio. Vorrebbe disporre di espressioni più libere, più corrispondenti a quello che sente, ma non sa dove trovarle.

"Ormai tutto quello che c'è nelle nostre vite sarà trascinato in pubblico!" La voce di Werner è di un'ostilità insostenibile. "Tanto vale che cominci ad abituartici anche tu!"

"È già successo, Werner! Ma per quello che hai fatto *tu*, non per il complotto di chissà chi! È incredibile che tu non te ne renda conto!"

"La tua slealtà è assoluta!" Il rancore di Werner è cieco, sordo, da ultima trincea. "È in momenti come questi che si vede di che pasta sono fatte le persone!"

"Com'è possibile che tu parli seriamente di slealtà?!" Le vengono le lacrime agli occhi, per la rabbia e la frustrazione: la sua tendenza a capire e giustificare e assistere è arrivata a un punto di logoramento definitivo; comincia a odiare quest'uomo che era suo marito, già lo odia!

Mathias si alza dal lètto, non riesce a resistere.

"Lei dove vorrebbe andare, Baumgartner?!" Werner lo blocca sui suoi passi. "Crede che chi ha messo in piedi tutta questa macchina per distruggermi non userà anche la sua bella impresa con il fotografo? L'assistente omicida: è un bel tocco conclusivo, davvero! Diranno che sono stato io ad armarle la mano, non c'è ombra di dubbio!"

"Signor Reitt, la prego..." Mathias non sa più cosa fare, è vicino a un crollo totale.

"A proposito di slealtà, quanto è leale che tu te la prenda con lui?" Brigitte Reitt non può fare a meno di intervenire di nuovo in sua difesa. "Ha agito solo per difenderti, e sono sicura che non aveva alcuna intenzione di fare del male a quel fotografo. È stato un incidente, non lo vedi come è sconvolto?"

"Certo!" Nell'espressione di Werner non c'è la minima traccia di comprensione, zero. "Un incidente non denunciato, piccolo particolare! Così adesso ci ritroviamo ad avere a che fare anche con un morto scomparso nel nulla! E con gli ulteriori ricatti che senza dubbio renderà possibili!"

Bussano alla porta. Mathias ha un soprassalto, diventa ancora più pallido. Werner guarda verso l'ingresso come se si preparasse a difendersi in una lotta all'ultimo sangue. Li fissa a turno, con occhi feroci. "Non una parola su questa storia. Con nessuno."

Brigitte Reitt e Mathias annuiscono. Che alternativa avrebbero?

I bussamenti sul legno della porta continuano, con una certa insistenza.

Visto che i due uomini non si muovono, Brigitte Reitt finisce per andare ad aprire.

È Lucia, l'assistente di Perusato, visibilmente in imbarazzo. "Buongiorno, Signora Reitt. Ci sarebbe l'onorevole Gomi per suo marito. È arrivato adesso."

Brigitte Reitt traduce per Werner, che la guarda dall'altro estremo della stanza.

"Non ho la minima intenzione di vedere nessuno." Parla tra i denti, rigido, immobile.

"È venuto apposta, Werner." Anche Brigitte Reitt è rigida, ma trema per la tensione. “Gli ho garantito personalmente che lo avresti ricevuto.”

Lui la guarda, con un’ostilità straordinariamente intensa. “Posso davvero ringraziarti.”

“Mi devi ringraziare, sì.” Non è più nello spirito di farsi intimorire dai suoi atteggiamenti: è da qualche altra parte, in un territorio incerto. “Te l’ho già detto, meglio un incontro con un politico italiano di primo piano che immaginarti in fuga. O dedito a coprire tracce.”

Werner è livido, ma sa che è così, sta zitto.

“Gli dica che mio marito lo aspetta, di venire pure.” Brigitte Reitt si sforza di sorridere a Lucia.

Lucia saluta con un mezzo inchino, si affretta a portare il messaggio al destinatario.

Brigitte Reitt prende i suoi occhiali da sole e il suo cappello, torna verso la porta.

“Dove stai andando?” Werner è rintanato in fondo alla stanza, i suoi occhi lampeggiano.

“A mangiare. Mathias, farà lei da interprete, no?”

Mathias annuisce, anche se è chiaro che preferirebbe mille volte uscire con lei, togliersi da qui. “Certo, Signora Reitt.”

Werner non dice niente, la fissa come se fosse di fronte all’ennesimo, imperdonabile atto di tradimento.

Brigitte Reitt esce. La luce intensa e il vento che le soffia in faccia sono un balsamo inaspettato, le fanno venire voglia di respirare a fondo. Inspira a fondo, e le dà un certo sollievo, malgrado la stratificazione di ferite e angosce che ha dentro.

Quarantotto

Ecco, questa è una buona dimostrazione dell'umile, caparbia persistenza di cui deve essere capace un politico con un disegno importante in testa. Altri al suo posto si sarebbero fatti condizionare dall'offesa iniziale per i modi di Werner Reitt, lo avrebbero mandato a quel paese una volta per tutte. Altri si sarebbero arresi di fronte all'insopportabile malessere fisico e psicologico causato dalla traversata per mare da Lampedusa. Però una delle doti di Piero Gomi (insieme a tanti difetti, per carità, siamo umani) è la capacità di guardare lontano. Far volare il pensiero oltre l'ostacolo, come ha detto il Cardinale Tescari all'ultimo convegno della CEI. Certo, uno lì per lì può rimanerci male di fronte all'arroganza di un plutocrate che si crede onnipotente, però in seconda analisi chi se ne importa, il progetto va ben al di là della contingenza dei piccoli sentimenti. Non si tratta di calcoli opportunistici, non si tratta di machiavellismi; si tratta di essere capaci di pensare al fine ultimo, non lasciarsi frastornare. Piero Gomi, in tutta modestia, ha una discreta scorta di risultati alle spalle, a conferma della bontà di questa filosofia; e per contro il Parlamento è pieno di tante mezze tacche condannate dalla loro miope avidità di gratificazioni immediate a restare mezze tacche per sempre. Dategli una poltrona e un titolo con cui riempirsi la bocca o il portafogli (meglio se tutti e due), dategli la presidenza di una commissione, fateli andare a un po' di programmi televisivi, ed eccoli impegnati a tempo pieno nella recita di se stessi, felici di avere il nome in cartellone. Ognuno col suo ruolo: quello grasso, quello pelato, quella con i capelli biondi e il naso rifatto, quella che non azzecca un congiuntivo neanche a pagarla, quello col forte accento romano, quello col forte accento veneto, quello con gli occhi storti, quello con la zeppola, quella che non ascolta mai le domande, quello che grida sempre, quello che ride come uno zombie, quello che ripete tre parole per cinque minuti di seguito. Pensano di essere arrivati chissà dove perché la gente li riconosce per la strada, perché c'è qualche comico che li imita in qualche programma satirico, perché c'è qualche ristoratore che non gli fa pagare il conto, perché c'è qualche gioielliere che gli regala un pensierino per la moglie, perché c'è qualche attricetta o aspirante conduttrice televisiva che gli si si infila nel letto, perché c'è qualche costruttore che gli ristruttura gratis l'appartamento, e invece non stanno andando proprio da nessuna parte. Parlano e straparlano e si fanno vedere in giro, tutti soddisfatti di se stessi, e non si accorgono che le decisioni che contano davvero gli passano sopra la testa, sempre. Ne vengono a sapere qualcosa solo il mattino dopo, dalle agenzie di stampa, poi devono industriarsi a far finta di esserne già stati al corrente.

Be', lui francamente si è posto fin dall'inizio traguardi un po' più ambiziosi. Non che sia indifferente alle tentazioni di quello che si può ottenere con la politica, per innata superiorità morale. Finora non gli è capitato di incontrare nessuno che lo sia davvero, ma proprio nessuno. La tentazione è sempre lì in agguato, anche per chi è nato benestante, o per chi aveva un lavoro redditizio prima di entrare in politica. Anche per quelli del Movimento Subalpino, che quando non erano ancora in Parlamento facevano tanto i duri e puri, con tutti i loro slogan contro Roma farabutta, centro di ogni vizio e corruzione. Poi sono stati eletti e sono arrivati a Roma farabutta, e nel giro di qualche mese avevano già tutti i loro pied-à-terre e le loro soubrette televisive. Non ci hanno messo molto a scoprire che una spigola al cartoccio è meglio di una luganega bollita, che un Bellini sorseggiato in una piazza spettacolare è meglio di un bicchierino di grappa tracannato nel buio di una bettola, che una giacca tagliata su misura da un gran sarto è meglio di una comprata in un grande magazzino, che diciotto gradi sopra lo zero a novembre sono meglio di dieci sotto. Non c'è voluto molto prima che Roma farabutta cominciasse a piacergli parecchio, anche se non sono certo mai andati a raccontarlo ai loro elettori, su nelle valli varesotte e bergamasche. Però che i figli deficienti del loro segretario vivessero come i familiari di Muhammar Gheddafi è venuto fuori in modo abbastanza inequivocabile, purtroppo per loro, e questo ne ha intaccato un po' la credibilità con la base elettorale. Del resto non è che chi cede alle tentazioni della politica si limiti a farlo con una certa riservatezza, zitto zitto: ahimè, c'è un indiscutibile desiderio di ostentazione. Ci si pavoneggia, si mettono in mostra le case, gli uffici, le automobili, la scorta, gli orologi da collezione. Il conto offshore alle isole Cayman magari lo si tiene segreto, però tutto il resto è oggetto di sfoggio, inutile negarlo.

Che la politica sia una droga è un fatto conclamato, e anche se lui di droghe non ne ha mai assunte (per carità), non ha alcun dubbio che sia la più potente di tutte, e quella che dà più assuefazione. Si ricorda come fosse ieri di quando l'hanno chiamato Onorevole per la prima volta: il brivido che aveva provato, profondo, fin dentro le ossa. Si era sentito in un sogno, gli era sembrato di camminare cinque centimetri sopra terra. Era un riconoscimento, una consacrazione, cento volte meglio del diploma di laurea. Poi avevano cominciato a manifestarsi gli aspetti pratici della sua nuova condizione, e onestamente non era neanche consapevole di quanti fossero, tra stipendio base, integrazioni, rimborsi, vitalizi, assicurazioni, ristorante, barbiere, dentista, treni, aerei, autostrade, musei gratis, sconti su praticamente tutto, dalle automobili ai mobili, appartamenti che per miracolo ti costano un decimo che a una persona normale. E questa era solo la base, lo zoccolo duro, sopra cui mettere l'infinità di favori e condizioni speciali che chiunque era magicamente disposto a offrire, così. Di colpo era tutto un proporre, un mettersi a disposizione, un attendere istruzioni, un invitarlo a prime di cinema e teatro, a cene e inaugurazioni, uno stuzzicarlo, un tentarlo, un fargli proposte anche maliziose (da respingere, ovvio), un fargli regali anche imbarazzanti (da respingere, ovvio). Non era necessario chiedere (non avrebbe mai chiesto, figuriamoci), l'offerta precedeva sempre la domanda. Esaltante, parliamoci chiaro: le prime volte che andava a Roma per le sedute in Parlamento quasi non riusciva a crederci, l'ex ragazzo lombardo di famiglia onesta e modesta (non povera, ma insomma, diciamo medio-piccola borghesia) in quello scenario grandioso di colonne, archi, cupole, campanili illuminati nella notte, cortili maestosi, terrazze affacciate sui tetti e sulle stelle. L'Urbe dei Cesari, mamma mia, la città dei Papi, il *Caput Mundi*. Lui ammirava tutto dal di fuori, con reverenza per la Storia passata, con ammirazione per chi nel presente ci si muoveva da padrone. Avrebbe potuto fermarsi lì, come la maggior parte dei suoi colleghi, accontentarsi di suggere il miele della politica, per così dire, lavorare per il Partito e per sé senza rendersi la vita particolarmente difficile, godersi quello che gli era stato donato dal Signore e dal Presidente Buscaratti, prestare servizio, accumulare crediti, garantire a se stesso e alla sua famiglia un'esistenza gratificante.

Però in tutta modestia, con piena consapevolezza dei propri limiti, l'onorevole Piero Gomi è entrato in politica perché pensava di poter fare qualcosa di più significativo per il proprio Paese. Sta qui la differenza tra lui e la maggior parte dei suoi colleghi: nella capacità di scegliere tra l'uovo oggi e la gallina domani, anzi, tra l'uovo oggi e l'intero allevamento modello di galline domani (d'accordo, non è una bellissima metafora, ma per dire, tra l'accontentarsi di benefici immediati e la capacità di immaginare in grande). Certo, per coltivare una visione politica ci vuole pazienza, ci vuole umiltà, ci vuole metodo, ci vuole persistenza. Una visione come poteva averla avuta un Don Sturzo, un Alcide De Gasperi, o se vogliamo guardare alla Germania (già che ci siamo), un Konrad Adenauer, un Helmut Kohl. Già gli sembra di vedere il solito cinico (di centro, di destra, di sinistra, non cambia, son tutti fatti della stessa pasta) che alza la mano e dice eh, che ambizione sfrenata, Piero Gomi che si paragona a Helmut Kohl. Ma scusate un attimo, se Helmut Kohl è diventato Helmut Kohl, l'artefice della grande Germania ricongiunta, il creatore dell'euro e della Comunità Europea, non sarà perché anche lui si era paragonato a qualcuno di grande, agli inizi?

Ecco, il difetto che impedisce alla maggior parte dei suoi colleghi di crescere consiste proprio nell'incapacità di scegliersi riferimenti alti, nell'accontentarsi di vivacchiare con qualche piccolo traffico, qualche piccola furbizia. Magari una nuova sigla parlamentare inventata in mezz'ora al momento opportuno, un emendamento fastidioso da presentare e ritirare subito in modo da procurarsi un credito, un cambio di casacca la sera prima di una votazione importante in Aula. Sempre secondo una logica a breve raggio, dall'oggi al domani, agguantando il pezzetto di formaggio per poi correre subito a stiparlo insieme agli altri pezzetti già portati nella tana. Col rischio magari di ritrovarsi con l'osso del collo spezzato, se per caso scatta una trappola di quelle brutte. D'altro canto, meglio così, altrimenti adesso ci sarebbero decine di altri politici italiani, qui a Tari. Ci sarebbe stato una specie di sbarco di massa, l'invasione delle cavallette, davvero.

Piero Gomi si ricorda la prima volta che è stato invitato a cena da Luigi Buscaratti, ormai chissà quanti anni fa (cena normalissima, elegante, cordiale, niente baccanali né orge conclusive, per carità). L'emozione nel passare oltre i lampeggianti blu delle macchine, oltre il cordone di guardie del corpo altissime e robustissime schierate sotto l'androne, tra le luci suggestive nel cortile, su per la scalinata grandiosa del vecchio palazzo ristrutturato alla perfezione, nelle sale enormi con gli specchi e i lampadari, tra i camerieri in guanti bianchi. Si ricorda la cordialità del Presidente Buscaratti, come gli aveva chiesto quasi subito di chiamarlo Gigi per fargli capire che era pronto a dargli fiducia, a considerarlo parte del suo circolo più ristretto. "Hai una bella faccia limpida," gli aveva detto, con uno di quei suoi sorrisi irresistibili. In quel momento preciso Piero Gomi aveva avuto la sensazione di essere passato a un livello superiore, dal sogno iniziale a un sogno ancora più grande, intenso, appassionante, elettrizzante. Sì, era stata una vera esaltazione dell'animo, così simile a un innamoramento. Un po' come quando aveva conosciuto la sua futura moglie Giovanna al terzo anno di università e non era riuscito più a smettere di pensare a lei, gli era venuta quella specie di febbre permanente, quelle farfalle nello stomaco che fanno passare la fame e anche il sonno. Però ancora di più (senza nulla togliere a Giovanna, ma lei lo sa, lo capisce benissimo, non è certo gelosa della sua missione). Mille volte di più, se vogliamo essere totalmente sinceri. Un innamoramento travolgente per la politica ai suoi livelli più alti, per le sue possibilità straordinarie di trasformazione personale e pubblica (e sì, anche per il Presidente Buscaratti, per la sua generosità, per la sua verve, per la sua capacità di immaginarsi le cose e renderle reali). Era stato allora, a quella prima cena, che aveva capito di voler andare molto oltre ciò che era stato e aveva fatto fino allora: assumersi responsabilità più grandi, ingaggiare sfide più impegnative, guardare più lontano. Il Presidente Buscaratti (malgrado le sue insistenze non è proprio mai riuscito a chiamarlo Gigi) gli aveva fatto capire da subito che lo spazio per lui c'era, ed era uno spazio per così dire senza limiti prefissati. Gli aveva fatto capire che prima o poi avrebbe passato il testimone a qualcuno di più giovane in cui potesse avere davvero fiducia, per godersi finalmente senza assilli i meritati frutti del suo lavoro. Gli aveva fatto capire che questo qualcuno avrebbe anche potuto essere lui, Piero Gomi, perché no? Pierino, lo aveva chiamato, con frastornante affettuosità. "Il nostro Pierino." Lui gli aveva risposto con uno slancio di un'intensità mai provata prima (il cuore gli batteva forte, le palme delle mani erano sudate) di essere pronto da subito, immediatamente, a buttarsi anima e corpo nel lavoro per il Partito e per il Paese, con tutta l'energia che il Cielo poteva mandargli.

Bon, questo serve a ricordarsi le ragioni per cui è venuto a incontrare Werner Reitt a Tari, che se non è la più sperduta e inaccessibile delle isole italiane, allora dev'essere la seconda. Da solo, senza guardie del corpo, senza assistenti, senza consulenti di immagine, senza neanche un interprete (tanto la moglie di Reitt parla benissimo italiano, per fortuna), sfidando ancora una volta la sua paura del mare (meglio non parlare dello spettacolo delle due barche mezze affondate, gli vengono i brividi all'idea di dover tornare indietro). Perché il fatto è che nessun politico di primo piano con una visione ad ampio raggio può pensare di riuscire a metterla in atto senza l'appoggio dei poteri forti. Vale a dire, le grandi banche, le grandi istituzioni internazionali, i grandi media ecc. È sempre stato così, e lo è ancora più oggi, nel mondo interdipendente in cui viviamo. Inutile negarlo, inutile fare finta che non sia così. D'altra parte l'impresa non gli fa paura, la motivazione c'è tutta. Arrivarci è parte del suo lavoro, della sua missione per il bene comune, ispirata e illuminata dalla Fede. Appena Sandro Scandrola (personaggio di non grande stoffa morale, d'accordo, ma con una rete di contatti che pochi hanno, ancora oggi, malgrado le note vicende) gli ha segnalato la presenza di Reitt a Tari, lui si è messo subito in moto, non ha esitato un istante. La telefonata era appena finita, e già stava organizzando il viaggio a tambur battente. La politica ad alto livello è fatta anche di riflessi pronti, della capacità di mettere in piedi un piano in tempi brevi, cogliere al volo le opportunità. Incontrare Werner Reitt in vacanza, rilassato, addolcito dalla suggestione mediterranea, è mille volte meglio che andare a mendicare col cappello in mano un'audizione a Francoforte, nel bunker della PanEuropaBank. È in questo tipo di incontri informali che si può stabilire un'intesa, una comunione di vedute, una reciproca stima, magari perfino mettere le basi per un'amicizia personale. D'accordo, anche qui ci vuole persistenza (l'abbiamo visto), ci vuole umiltà (l'abbiamo visto), ci vuole pazienza certosina (l'abbiamo visto), ci vuole capacità di ragionare in prospettiva (l'abbiamo visto). Ma sono tutte qualità indispensabili a uno statista: punto.

In fondo poi è per certi versi rigenerante doversi spogliare dell'entourage, tornare il Piero Gomi del giorno della discussione della tesi di laurea, il Piero Gomi dell'iscrizione al Partito, il Piero Gomi del primo giorno in Parlamento, il Piero Gomi della prima cena dal Presidente Buscaratti. Sguardo puntato lontano, animo confortato dalla certezza di agire per il bene comune, per i suoi elettori e anche per quelli che non hanno votato per lui. Per i milioni di persone che lavorano onestamente, nel settore pubblico o privato (non ha importanza), al Nord o Centro o Sud (non ha importanza), giovani o di mezza età o anziani (non ha importanza), però uniti dal desiderio di vivere in un Paese più moderno, più ordinato, più efficiente, con un rapporto PIL/debito pubblico più ragionevole, dove venga data la dovuta attenzione alle tematiche della famiglia, dove non ci si dimentichi delle proprie radici cattoliche, dove si investa nell'educazione pubblica o privata (non ha importanza), in un'informazione non faziosa, nella diffusione di internet a banda larga (indispensabile per tenersi al passo con gli altri Paesi occidentali). Eccola qui, *in nuce*, la visione di Piero Gomi, il suo programma. Ci saranno indubbiamente altri punti da aggiungere, lui è sempre aperto a suggerimenti costruttivi. Basta dare un'occhiata al suo sito internet per capirlo: l'ha voluto così interattivo proprio perché un elettore o un semplice cittadino possano fargli conoscere la loro opinione in qualsiasi momento, inviargli un consiglio, fare una proposta.

Comunque ci siamo, Lucia l'assistente dell'architetto Perusato l'ha guidato fin davanti alla porta della suite del Grande Uomo della finanza. "Se ha bisogno mi avvisi, Onorevole." Gli fa un mezzo inchino, se ne va. Meglio che l'architetto sia rimasto giù al molo a imbragare il motoscafo rotto, vista la sua ossessione di proteggere la privacy degli ospiti a tutti i costi. Piero Gomi bussa alla porta, si guarda intorno. L'emozione c'è tutta, sì, ma adesso passerà, questione di qualche minuto, e ci si abitua all'idea di essere finalmente a tu per tu con i poteri forti.

La porta si apre, appare un giovane biondo vestito come una specie di vagabondo, maglietta da hippy, jeans logori, ciabatte di gomma ai piedi, aspetto stravolto.

"Mi scusi, devo aver sbagliato." Piero Gomi guarda il sentiero selciato a destra e a sinistra, gli sembra chiaro che Lucia l'ha portato per errore alla suite di un altro ospite.

"Vuole parlare con il Dottor Reitt?" Il giovane sbandato a sorpresa è al corrente delle sue intenzioni, lo osserva. Sì, è tedesco, da come pronuncia il nome.

Piero Gomi recupera rapidamente: probabile che questo sia un figlio con tendenze alternative (compreso l'uso di sostanze stupefacenti), in polemica con un padre tanto importante. "Sua madre è qua?"

Il giovane appare molto perplesso. "No, è a Monaco di Baviera. Perché?"

Piero Gomi lo osserva, non capisce più tanto bene come sia la situazione qui.

Il giovane si deve rendere conto dell'equivoco, perché allunga la mano. "Mathias Baumgartner, piacere. Sono l'assistente del Dottor Reitt."

"Ah, ecco." Piero Gomi pensa che dev'essere lo stesso giovane che Reitt sgridava al molo, ieri. Ma non capisce come un uomo di quel livello possa scegliersi un assistente come questo. A meno che la tenuta non sia dovuta al loro modo di rilassarsi in vacanza, abolire ogni traccia di formalità. D'altro canto il giovane parla un ottimo italiano, forse è la ragione per cui Reitt se l'è portato dietro.

"*Kommen Sie herein!*" La voce ruvida di Reitt arriva dall'interno della suite.

L'assistente fa un cenno di invito, sembra anche un po' instabile sulle gambe. Piero Gomi entra: non senza una certa palpitazione, a essere sinceri, perché è un po' come entrare nella tana di un drago mitologico. Solo che qui si tratta di un moderno drago della finanza che potrebbe anche diventare un alleato fondamentale, a patto naturalmente di non sbagliare una mossa, non sbagliare una parola, non farsi bruciare dalle fiamme che gli escono dalle fauci.

Werner Reitt se ne sta tutto dritto al centro della grande stanza bianchissima, arredata in un modo che di sicuro gli ospiti considerano squisito nella sua rarefazione (pezzi unici artigianali di arte povera, sembrerebbe), inondata di luce dalle finestre. Non è affatto informale come il suo assistente, anzi, la sua tenuta è di un'eleganza impeccabile.

Poiché il banchiere non accenna a muoversi, Piero Gomi si fa avanti, va a porgergli la mano. "Piero Gomi, buongiorno. Molto piacere." Dimentichiamoci l'episodio di scortesia nel loro incontro di ieri, sulla scalinata; quello che conta davvero è ben altro, guardiamo avanti.

"Puonciohrno." L'accento di Reitt è di una durezza fuori dal comune, per di più accompagnato da uno sguardo quasi da rettile, impressionante per l'assenza di calore. D'altro canto il fatto che gli abbia risposto in italiano va interpretato pur sempre come una cortesia, su questo non dovrebbero esserci dubbi.

"*Danke.*" Piero Gomi cerca di ricambiare, nei limiti della sua conoscenza delle lingue. "Grazie per aver accettato di incontrarmi." Tende a scandire le parole e ad alzare la voce, come ogni volta che gli capita di rivolgersi a uno straniero.

Werner Reitt lo scruta, non dà l'impressione di aver capito. Alto, dritto come un fuso, taglio di capelli di stile militare, sfumatura a rasoio alle tempie e sulla nuca, quello che un tempo si chiamava taglio all'umberta. Intimorisce, sì, è inutile negarlo.

L'assistente per fortuna si infila subito tra loro, con quel suo modo di fare un po' trascinato, traduce in tedesco le parole del suo capo.

"*Wollen Sie ein wenig spazieren gehen?*" Reitt indica la porta, in un modo così secco che sembra gli stia chiedendo di andarsene.

"Il Dottor Reitt chiede se lei vuole fare due passi." L'assistente si affretta a tradurre.

"Sì..." Gomi non è del tutto sicuro se sia un invito a togliersi di mezzo, o il suggerimento di una conversazione in movimento. "Insieme?" (D'accordo, dovrebbe essere più sicuro di sé, dopotutto ha un ruolo di primo piano nel Partito della Modernità, ha incontrato tante personalità importanti, è stato in udienza privata da Sua Santità, non è certo un postulante della bassa politica. Però mettiamoci il fatto di non parlare la lingua, mettiamoci quel tanto di disagio atavico che qualunque italiano prova sempre di fronte un tedesco, mettiamoci l'inquietudine di avere a che fare con un esponente di punta dei poteri forti, mettiamoci la memoria della reazione tutt'altro che cordiale di ieri: chi non sarebbe almeno un pochino teso, almeno in queste battute iniziali?)

"Certo." L'assistente si sforza di sorridere, senza riuscirci del tutto. Guarda Reitt, fa un cenno affermativo con la testa.

Reitt punta dritto verso la porta, esce.

Piero Gomi e l'assistente gli vanno dietro, cercando di adeguarsi al suo passo lungo. Vanno su per la pendenza del sentiero selciato, nella luce che è di un'intensità veramente fastidiosa.

"*Also, warum wollen Sie mit mir sprechen?*" Reitt parla senza girarsi a guardarlo.

"Il Dottor Reitt chiede perché vuole parlare con lui." L'assistente traduce rapido.

Piero Gomi si schiarisce la voce, raccoglie i pensieri, poi comincia a spiegare le ragioni per cui è venuto fin qui: il suo ruolo nel Partito, i suoi progetti a lungo termine, il suo programma, la sua visione. Man mano che va avanti la sua voce diventa più sicura, più convincente. Sentire le sue frasi tradotte in tedesco poi gliele fa sembrare più autorevoli, più incisive, quasi perentorie. Più da statista, si potrebbe dire (con tutta modestia).

Werner Reitt cammina a passo spedito, da marciatore, senza girarsi, o al massimo voltando la testa per un colpo d'occhio al volo, da rapace. Però ascolta, si vede che l'interesse c'è, si mette perfino a fare domande. Magari un po' brusche, ma domande, entra anche nello specifico, chiede dati, pretende informazioni precise. Ha una mente considerevole, c'è poco da dire. Non è un caso che sia arrivato dov'è arrivato, che sia diventato il delfino di Kunze, uomo temutissimo, perché mamma mia, ha questo modo di andare dritto al punto, rapido, secco, puntuale, implacabile come un cecchino. Non gliela puoi mica contare, a uno così; non c'è verso di tenerti sul generico, incantarlo con le belle parole. Quello ti viene a guardare le carte subito, non si fa certo scrupoli, capisce tutto prima ancora che tu abbia finito di spiegarglielo, sa già benissimo dove vuoi arrivare; ti previene, ti interrompe, ti incalza.

Ma neanche Piero Gomi è arrivato dov'è arrivato per caso (in tutta umiltà): mettetelo sotto torchio e reagisce al meglio, aumentate ancora la pressione e diventa ancora più bravo, più rapido, più convincente. Certo, qui ci sono due culture a confronto, agli antipodi si potrebbe dire, però due culture che si sono sempre vicendevolmente affascinate proprio per la loro radicale differenza. Il professor Coriante gli ha consigliato di citare Goethe e il suo *Viaggio in Italia*: a ragione, perché quando lo fa, Reitt sembra piuttosto colpito, per quel poco che lascia trapelare un uomo così. Due culture che si sono anche fatte la guerra un paio di volte, con milioni di morti, inutile negarlo. L'attrazione e la repulsione le senti, eccome. Quando Piero Gomi è stato in Commissione Europea, l'ha visto come sono i tedeschi con gli italiani, anche nell'ambito del Partito Popolare. Hanno sempre l'aria di considerarli divertenti, sì, pittoreschi, amanti del buon vino e della buona cucina e tutto, però fondamentalmente inaffidabili, incapaci di concretezza, sempre pronti a voltar gabbana. Ricambiati con altrettanza diffidenza, peraltro, perché non c'è italiano che non ammiri le grandi capacità organizzative dei tedeschi, le loro grandi qualità meccaniche, la profondità, la sistematicità, eccetera, però poi c'è anche la consapevolezza della stolidità, dell'implacabilità che fa paura, dell'arroganza da primi della classe in Europa, da quelli che danno le pagelle a tutti gli altri, e anche le bacchettate sulle mani. Con la loro ossessione del pareggio di bilancio, della riduzione del debito pubblico, la loro ostinazione sul risanamento, mamma mia. Va bene che sono per così dire l'azionista di maggioranza, però, insomma. Le risatine della loro cancelliera insieme al presidente francese alle spalle del Presidente Buscaratti non sono facilissime da dimenticare, per esempio. Comunque, quello che conta è che in questo momento le due culture stanno dialogando, qui, su quest'isola sperduta. Un piccolo (ma potenzialmente grande) miracolo, davvero. La presa di contatto c'è, una conversazione interessante sta prendendo piede, anche se sul ritmo di una camminata fin troppo energica.

Reitt esce dal sentiero selciato, si inoltra sull'orribile, aspro terreno che c'è sopra, costringe Piero Gomi e l'assistente a sgambare per stare al passo. L'assistente oltretutto con le ciabattine di gomma ai piedi, va bene che siamo al mare ma è davvero strano che Reitt tolleri una tenuta così indecorosa, *flip-flop, flip-flop*, zampetta sulla terra rossastra, tra le pietre e i cactus pieni di spine. Anche Piero Gomi non ha certo scarpe da marcia nel deserto, ha un paio di mocassini leggeri con calze salvapiede filo di Scozia extrafine che gli lasciano le caviglie parecchio esposte. Capace che qui ci siano anche scorpioni, magari perfino vipere di qualche tremenda varietà isolana, *oh Signur*.

Continuano per un tratto, marciano sotto il sole battente verso una successione di rocce aspre e scheggiate da far paura, dietro cui si riesce appena a intravedere la cima di un monte che dev'essere il vulcano, perché ne esce una piuma di fumo bianco che viene strappata via dal vento, nel cielo quasi eccessivamente azzurro. Sì, non si può definirla una conversazione distesa: Piero Gomi parla, l'assistente di Reitt traduce, Reitt lo interrompe, fa una domanda secca, lancia un'occhiata dura, l'assistente traduce, Reitt lo interrompe di nuovo, ribatte con un'affermazione categorica. Il telefonino nella tasca interna di Piero Gomi continua a vibrare (l'ha messo in funzione silenziosa con solo la vibrazione, ovvio) da una ventina buona di minuti, ma chiunque sia farà il santo piacere di aspettare, perché lui non ha certo intenzione di guastare una conversazione di questo livello per rispondere magari alla richiesta di una partecipazione televisiva. Se ne potranno benissimo occupare i suoi assistenti a Roma, almeno faranno qualcosa.

Quando arrivano davanti alle rocce si fermano, perché sono proprio una barriera invalicabile, chiudono la proprietà peggio del muro di cinta di una prigione di massima sicurezza. Reitt fa un brusco dietro-front; tornano indietro, il vento adesso gli arriva in faccia. Piero Gomi ha il fiato un po' corto a causa del sole e del ritmo serrato, però cerca ancora di illustrare le prospettive nazionali ed europee del suo programma, nel caso di una discesa in campo del Presidente Buscaratti in prima persona, e nel caso invece che sia Piero Gomi stesso l'uomo di punta del PdM.

Non che il banchiere diventi amichevole o si sbilanci in promesse di appoggi futuri, però intanto ascolta (anche se per pochi minuti alla volta), fa domande (anche se al limite della brutalità), esprime opinioni (anche se piuttosto implacabili). È parecchio scettico sull'entità del debito pubblico italiano, sul peso dell'evasione fiscale diffusa, sulle pastoie burocratiche che complicano l'attività di ogni azienda, sul costo sproporzionato del lavoro, sulla rigidità fuori dal tempo dei sindacati, sulla corruzione endemica, sulla lentezza esasperante della giustizia civile che scoraggia gli investimenti esteri, sul sistema pensionistico che andrebbe rivisto in modo molto più aggressivo, sulla disaffezione degli elettori italiani, sulla rissosità interna dei partiti. Piero Gomi cerca di spiegargli che non è nel DNA della politica italiana intervenire con l'accetta, che ogni intervento deve essere modulato in modo morbido e progressivo, che la concertazione tra le parti è fondamentale, che è indispensabile stabilire tavoli di trattativa.

"*Tabellen? Was tabellen?*" Reitt interrompe bruscamente la traduzione dell'assistente.

"Quali tavoli?" L'assistente traduce.

Piero Gomi spiega con grande pazienza (nei limiti della camminata incalzante) che si tratta di un'espressione metaforica ma anche reale. Spiega che la sua preoccupazione principale è salvaguardare in tutti i modi la vera, grande ricchezza dell'Italia, vale a dire la famiglia (quella eterosessuale, nata dall'unione di un uomo e una donna, santificata dal vincolo del matrimonio, ovvio), nei suoi valori profondi, nel suo basso tasso di indebitamento, nel suo ruolo insostituibile di ammortizzatore sociale.

Reitt qui ascolta con più attenzione (è uomo di famiglia anche lui, Piero Gomi lo sa dalle ricerche che ha fatto fare prima di venire qui, non può che condividere questi discorsi), fa un'altra domanda, lancia un'altra delle sue occhiate laterali da falco, respira energicamente dal naso, marcia verso gli edifici bianchi di Villa Metaphora. Conversazione tesa, ma tersa, significativa, formativa. Vale tutte le scomodità del viaggio, è fuor di dubbio, ricompensa ampiamente della tirata Roma-Lampedusa-Tari e ritorno.

Poi eccoli di nuovo davanti alla porta della suite. Werner Reitt finalmente guarda Piero Gomi, per dire passeggiata finita, conversazione anche. Tende la mano, col braccio rigido. "*Gut, auf Wiedersehen.*"

Però l'assistente si intromette, miracolosamente. "*Ein Moment, Herr Reitt, wir sollten noch ein paar Fotos machen.*" Si gira verso Piero Gomi. "Dottor Gomi, possiamo fare alcune fotografie, per le agenzie di stampa tedesche?"

"Ma certo!" Piero Gomi non sperava tanto, o meglio, a dire la verità ci sperava sì, ma non sapeva bene come proporlo, senza fare la figura di quello che sta a mendicare il souvenir dell'incontro col grande uomo, mettendosi in una condizione di inferiorità dopo essere riuscito a stabilire un dialogo alla pari (quasi). È chiaro che avere una testimonianza fotografica di quest'incontro è importantissimo, gli dà un valore tangibile, spendibile da subito, immediatamente.

Reitt pare tutt'altro che entusiasta dell'idea, però l'assistente deve avere qualche influenza su di lui (per quanto incredibile sia, dato l'aspetto), perché riesce a convincerlo a dargli il suo BlackBerry e ad arretrare verso il muro bianco. Reitt si mette lì tutto dritto, con i lineamenti contratti, come davanti a un plotone d'esecuzione.

"Prego, può andare anche lei?" L'assistente fa cenno a Piero Gomi di mettersi di fianco al banchiere, studia l'inquadratura sullo schermetto del telefonino.

Piero Gomi si affretta a mettersi in posa, sorride, si fa più vicino a Reitt.

L'assistente scatta una, due foto.

"*Das reicht!*" Reitt fa un cenno brusco per dire basta, si scosta dal muro.

Piero Gomi gesticola per chiedergli di restare ancora un attimo. "*Moment, moment!*" Porge il suo smartphone all'assistente. "Per cortesia, ci farebbe un paio di foto anche con questo?"

"*Bitte, Herr Reitt, nur einen Augenblick.*" L'assistente fa cenno a Reitt di rimettersi in posa contro il muro.

Reitt si presta, benché con un'espressione ancora più infastidita di prima, palpebre strette, quasi chiuse.

Piero Gomi si toglie la giacca per essere più informale (già che ci siamo), ostenta familiarità (già che ci siamo), sorride aperto (già che ci siamo). Poi, d'impulso, osa addirittura passare un braccio intorno alla schiena di Reitt, stringersi a lui in uno slancio amichevole. Non tanto per calcolo (non c'è neanche il tempo di pensarci) quanto per il sollievo: è una rapida esaltazione, l'euforia per essere riuscito a compiere un approccio con i poteri forti, aver superato la barriera. Il tedesco si scosta subito, un guizzo di irritazione ed estraneità gli sale su per i muscoli, nettamente avvertibile. Ma qui si tratta di carattere nazionale, di poca propensione ai sentimentalismi, di un certo eccesso di rigore nella salvaguardia della propria immagine. Tutte cose da mettere in prospettiva, insomma. Intanto l'assistente ha scattato, le foto dovrebbero esserci.

Subito dopo i saluti sono molto sbrigativi, una stretta di mano e via, anche se l'assistente cerca di compensare con qualche cortesia in più quando restituisce il Samsung. Poi banchiere e assistente si infilano nella suite, la porta si richiude: incontro concluso.

Piero Gomi torna giù verso la grande terrazza, si libera della tensione accumulata man mano che si allontana. Ne è valsa la pena, certo che ne è valsa la pena. Assolutamente sì. È stato un passo significativo sulla strada dell'affermazione del suo nome a livello europeo, della credibilità nei circoli difficili, dell'accettazione da parte dei salotti buoni. Varrà all'estero e varrà all'interno (un politico con autentiche aspirazioni di statista deve avere sempre presenti le due dimensioni, nazionale e internazionale, una in funzione dell'altra). Più avanti arriveranno gli appoggi espliciti, le sponsorizzazioni, le voci autorevoli di consenso e di incoraggiamento. Chi dovrà sentire, sentirà (i grandi azionisti di Mediobanca, il presidente di Confindustria, i direttori dei grandi quotidiani, le élite, le intellighenzie). I tempi non sono lunghi, del resto. Quando l'anno prossimo il governo tecnico se ne andrà a casa bisognerà essere pronti sulla linea di partenza, decisi a bruciare sullo scatto gli altri contendenti. Il Presidente Buscaratti ogni tanto dichiara di voler restare il leader effettivo, ma lo fa più che altro per godersi il panico tra i pretendenti, con il suo tipico, grandissimo senso dell'umorismo. In realtà ne ha fin sopra i capelli della politica, sarà ben contento di incoraggiare un candidato leader nei cui confronti nutre stima e fiducia, anche per la sua capacità di prendere iniziative di ampio respiro, non limitarsi a fare il soldatino. I suoi rivali nel Partito sono a dir poco inadeguati a capeggiare le liste, in questo scenario di scarsa fiducia elettorale, di pulsioni antipolitiche diffuse, di prospettive economiche decisamente preoccupanti. Se dobbiamo essere proprio sinceri, i suoi rivali nel Partito sono un'accozzaglia di poveracci impresentabili, signori Nessuno finiti in Parlamento solo grazie alle liste chiuse, professionisti del tira a campare, ex squadristi sgangherati, avvocati o segretari del Presidente, qualche sua ex signorina, trafficoni di piccolo cabotaggio, analfabeti, ladri, portaborse con zero qualifiche, che passano molto più tempo al ristorante che alle riunioni. Gente che l'Europa non sa neanche cosa sia, magari con in dote qualche clientela locale ma completamente priva di rapporti internazionali, del tutto incapace di avere non dico un progetto politico, ma neanche un piano da qui alla fine dell'anno. Insomma, di competizione vera ce n'è ben poca, è questo che rende unica l'opportunità. Quanto alla lealtà nei confronti del Presidente Buscaratti, quella di Piero Gomi non può certo essere messa in discussione, e neanche la riconoscenza per avere ricevuto la grande occasione di fare politica in serie A. Se si tratterà di mettere il Presidente al riparo dalle vendette dei giudici faziosi, si troveranno i modi opportuni, su questo non ci piove, il Presidente lo sa. La rotta è quella giusta, adesso si tratta di tenere la barra ben dritta, andare avanti tutta.

Piero Gomi si siede a un tavolo libero sulla terrazza, dove alcuni degli squisiti ospiti (compresa la signora Reitt) stanno mangiando impalpabili pietanze all'ombra dei teli bianchi sbatacchiati dal vento. Non riesce a resistere, controlla subito sullo smartphone le tre foto che l'assistente gli ha scattato insieme a Reitt. Nella prima il tedesco ha un'espressione parecchio rigida, benché l'immagine che ne esce sia senza dubbio quella di due personaggi di statura internazionale a colloquio: stima reciproca, fiducia reciproca, attenzione reciproca. La seconda purtroppo è venuta mossa, che peccato. Però la terza, quella dell'abbraccio nato d'impulso, è addirittura spettacolare! Dipende dal fatto che Reitt non si aspettava un gesto del genere, e l'assistente ha scattato (grazie, Signore!) proprio nel momento perfetto, cogliendolo subito prima che si scostasse tutto infastidito. Il risultato è una specie di sorriso sghembo (in realtà l'anticipazione di una smorfia irritata, ma a non saperlo non lo si capirebbe mai), che visto di fianco al sorriso apertissimo di Piero Gomi produce un'impressione di intesa profonda, di vicinanza estrema. Sembrano due amici di vecchia data, non solo due personaggi di altissimo livello (ognuno nel suo campo) che si conoscono e si stimano. Sembrano due compagnoni che, conclusa la parte più ufficiale dell'incontro, si abbandonano a manifestazioni di familiarità anche fisica! Abbracciandosi, stringendosi, lasciandosi finalmente un po' andare. Due culture, due retroterra, due importantissimi paesi europei, due leader (ognuno nel suo campo) uniti non solo da tanti progetti comuni, ma anche da tante affinità personali. Affiatati, divertiti, complici, contenti di essere insieme! Sembra un'amicizia fraterna, la loro!

Quindi ecco due foto fantastiche da mettere subito sulla bacheca di Facebook: Piero Gomi è in grado di farlo da solo, gliel'hanno spiegato i suoi assistenti, non è che ci voglia un cibernauta. *Tic, tac, tic*, pochi tasti, sono già pronte. Poi basta aggiungere la didascalia *L'On. Piero Gomi a colloquio privato con il Dott. Werner Reitt della PanEuropaBank, sull'isola di Tari*. Località esclusiva, colloquio riservato, familiarità evidentissima! *Tic, tac, tic*, già spedite, già in bacheca, fanno una figura stupenda! Molto presto ci sarà qualcuno (nel suo Partito e negli altri) che resterà parecchio spiazzato. Ci sarà qualcuno (nel suo Partito e negli altri) che sarà parecchio, ma proprio parecchio, ingelosito. Be', signori, senza peccare di orgoglio: c'è chi ha una visione politica a largo respiro, e chi non ce l'ha. Lui, Pietro Gomi, in tutta umiltà, con piena consapevolezza dei propri limiti, ce l'ha.

Quarantanove

Lou

Sotto questa fottuta doccia lei ci potrebbe restare ore intere, ma proprio letteralmente cazzo, non per modo di dire. Alla faccia di tutte le stronzate che hanno scritto sul quadretto alla parete, di usare l'acqua con giudizio per favore perché qui è una risorsa preziosa, *blah, blah, blah*. Proprio stronzate, perché se l'acqua la tirano su dal mare e le tolgono il sale come ha detto quello stronzo di Brian, ce ne vuole prima di esaurirla. Quanti miliardi di miliardi di docce si potranno fare con un intero fottuto mare, con tutta quella cazzo di acqua salata che c'è là fuori, profonda, mossa, dove poco fa ha rischiato di annegare, se non era per Carmine il marinaio?

Quello che le piace di farsi la doccia è come ti fa scorrere via i pensieri e le sensazioni di dosso, come ti fa sentire lontana da tutte le telefonate, tutte le pressioni, tutte le richieste, tutte le voci di quei bastardi che stanno là fuori a chiederti e suggerirti e aspettarsi qualcosa da te. Quando sei sotto la doccia ti può telefonare qualunque cazzone convinto di doverti parlare della cosa più importante, più urgente del mondo, magari il tuo fottuto agente con la proposta di un film imperdibile, magari il tuo fottutissimo regista che ti vuole spiegare a tutti i costi come interpretare una scena domani, magari il tuo commercialista che ha bisogno di alcune ricevute indispensabili a chiudere la tua dichiarazione dei redditi, e gli devono rispondere "Mi dispiace, ma Lynn Lou è sotto la doccia." Per quanto uno possa essere un bastardo ostinato rompipalle insistente, non gli verrà mai in mente di pretendere che tu venga fuori dalla doccia per rispondergli, cazzo! Tanto vale che si mettano il cuore in pace e si rassegnino ad aspettare, i bastardi, perché una volta che lei è sotto la fottuta doccia, non si sa quando verrà fuori. Magari mai, cazzo! Aspettate, figli di puttana insistenti martellanti asfissianti, aspettate pure, Lynn Lou è sotto la doccia, e potrebbe restarci per sempre! Che poi non è come stare chiusa in camera da letto a dormire, per esempio. Lì sì che qualche fottuto bastardo, magari dopo aver già chiamato due o tre volte, è capace di dire "Per favore la svegli, è una cosa urgente." Ma il bagno è la più privata delle fottute stanze private, nessun bastardo rompipalle può sapere se sei lì dentro a fare niente o a fare qualcosa che non si può dire al telefono se si vuole mantenere qualche tipo di eleganza. Farsi una doccia è elegante (anche sexy, l'acqua che scorre sul corpo nudo, lo fa diventare lucido, liscio, bianco e rosa, l'altro al telefono magari si immagina tutto), e anche una cosa attiva, un impegno, una necessità. Chi è il bastardo rompipalle che ha il coraggio di interrompere una necessità, o di decidere il tempo massimo che può durare? Per lei può durare indefinitamente, okay? Potrebbe aver voglia di restare sotto la fottuta doccia tutta una settimana, se le gira, okay? Oltretutto è appena stata vittima di un fottuto naufragio, se mai ci fosse bisogno di una giustificazione in più, è ancora tutta scossa dallo shock, in qualunque altro posto meno selvaggio di questo l'avrebbero portata in ospedale per controlli. Dunque per favore non rompete le palle, chiaro? Tanto ce ne vuole prima di svuotare tutto quel fottuto mare abissale dove poco fa stava per annegare, o anche solo per farlo abbassare di un millimetro. Quante fottute docce ci vorranno per farlo abbassare di un millimetro? Chiaro, sarebbe ancora meglio buttando giù qualche pillola, ma quel figlio di puttana di Brian le ha frugato la valigia e i cassetti come un fottuto poliziotto, le ha controllato i vestiti e perfino il beauty case, l'unico posto che non ha scoperto è lo scompartimento segreto sul fondo del portagioielli, figlio di puttana.

Toc! Toc! Toc! Bussano alla porta con fottuta insistenza, è la mano di quel figlio di puttana di Brian, chiaro. Si sente la sua fottutissima voce attraverso il legno. "Lynn Lou?"

Lei fa finta di non sentirlo neanche; alza la faccia verso il getto d'acqua, se la fa venire sugli occhi, nelle orecchie, in bocca. Potrebbe benissimo non sentirlo davvero, in questo scroscio, quel figlio di puttana.

Toc! Toc! Toc! "Lynn Lou, mi senti?!" Alza la voce, non demorde, lo stronzo.

"Cosa cazzo c'è?" Le viene da gridare, è piena di rabbia per questa cazzo di insistenza. Per fortuna che qui lo stronzo figlio di puttana non ha potuto togliere la chiave dalla porta come fa a casa, solo perché non c'è chiave, c'è un chiavistello anche molto elegante.

"Potresti venire fuori, per piacere?" L'unico stronzo figlio di puttana al mondo che evidentemente si sente un'eccezione, l'unico stronzo figlio di puttana che si sente in diritto di disturbarla sotto la doccia è suo marito, porca di una puttana.

"No che non posso! Sto facendo la doccia, cazzo!" Grida più forte, attraverso l'acqua che le scorre addosso.

"Sei lì dentro da mezz'ora!" Insiste ancora, lo stronzo: si sente in diritto, si sente un'eccezione perché l'ha sposata, si sente di avere chissà che cazzo di ruolo nella sua vita. "Dobbiamo parlare!"

"Io non devo parlare proprio di un cazzo di niente!" La voce le diventa roca per lo strappo alle corde vocali, per la rabbia amplificata a pensare che uno stronzo figlio di puttana pieno di sé si sente speciale perché è suo marito, si sente in diritto di dirle di uscire dalla doccia perché devono parlare. Perché *devono* parlare!

Bam! Bam! Bam! Lo stronzo figlio di puttana sta battendo il pugno così forte da sfondare la porta. "Lynn Lou, ti ho chiesto di venire fuori! Non puoi nasconderti lì dentro per sempre!"

"Non mi sto nascondendo, stronzo! Sto facendomi una fottutissima doccia, non mi rompere le palle!"

Sbam! Sbam! Sbam! "Lynn Lou, se non apri butto giù questa dannata porta!" La testa di cazzo adesso tira calci, scuote la maniglia come un fottuto maniaco, alla faccia di tutte le stronzate sulla calma interiore inattaccabile che mette nei suoi corsi e nei suoi libri e nel suo materiale pubblicitario, merda di un uomo!

Lynn Lou spegne la doccia, perché così non si può; si butta addosso l'accappatoio, si arrotola in testa un asciugamano, va ad aprire la porta. "Cosa cazzo vuoi?!" Se avesse una mazza da baseball gliela tirerebbe dritta sulla testa, *slam!* Così.

Quello stronzo di Brian è già arretrato di un paio di passi, perché qualche reazione se l'aspetta, sta lì in quella sua fottutissima posa da arti marziali, ma non riesce a prendere l'espressione da gran guru del fottuto autocontrollo che vorrebbe, lo stronzo. "Ho visto le tue foto, complimenti."

"Di cosa cazzo stai parlando?" Lynn Lou dà un'occhiata intorno nella suite: i suoi vestiti bagnati sul pavimento, il letto, il MacBook Air sul tavolo.

"Sai benissimo di cosa sto parlando, Lynn Lou. Delle foto che ti sei fatta fare ieri." La sua fottuta recita di controllo non sarebbe credibile neanche per un bambino scemo: ansima troppo, ha le narici troppo dilatate, gli occhi troppo in movimento.

Lei va a raccogliere i suoi pantaloni, fruga nella tasca portamonete: la scatolina di plastica con la scheda fotografica che le ha dato Carmine è sparita, cazzo, non c'è più. Si gira, veramente incazzata di brutto. "Hai frugato nelle mie cose, stronzo?!"

"Volevo vedere se c'erano delle pillole, a dirti la verità." Fa il saggio, fa l'equilibrato, lo stronzo, fa il fottuto guru dell'autocontrollo. "Ma evidentemente te le eri trangugiate prima di quella bella spedizione in motoscafo. Le foto sono state una sorpresa, confesso che non me le aspettavo."

Lynn Lou va alla scrivania, guarda lo schermo del portatile: c'è lei, naturalmente, nuda, fuori dalla fottutissima vasca di acqua vulcanica, tutta girata e tesa in modo da far risaltare il culo, da farsi venire le chiappe belle piene, in rilievo tridimensionale. Quello sciacallo bastardo di fotografo doveva già essere appostato tra i cespugli e le rocce da un bel po' quando si è accorta di lui, perché è riuscito a riprendere buona parte dello spettacolo che aveva messo su per il marinaio. Forse tutto, cazzo.

"Bella, eh? E questa?" Brian preme sul trackpad del computer, fa venire fuori un'altra foto, dove lei è inarcata all'indietro, tutta sgocciolante, labbra dischiuse, una mano tra le cosce, dita proprio sulla figa.

"Spegni 'sto cazzo di affare." Lynn Lou cerca di raggiungerne l'interruttore, ma lui le spinge via la mano.

"Perché? Sono foto artistiche, no? Non c'è niente di morboso o di esibizionistico, no? Questa, per esempio?" Lo stronzo figlio di puttana continua a schiacciare, apre altre foto sullo schermo. Viste così sembrano un festival di culi e fighe e tette, porca di una puttana. "E questa? E questa?"

Alcune sono venute meglio di altre, e naturalmente non sono ancora photoshoppate, per cui ci sarebbero mille piccoli particolari da correggere e migliorare, però quello sciacallo di merda di un fotografo il suo lavoro lo sa fare, tenuto conto che era sdraiato per terra a una trentina di metri di distanza almeno. Forse è anche che il soggetto non è poi tanto male, se viene fuori così anche senza luci, senza make-up, senza parrucchieri, senza niente. Forse un minimo di sostanza c'è, sotto tutte le cazzate del sex symbol eccetera. Il culo in questa per esempio è venuto abbastanza spettacolare, non ci si può lamentare. Anche se forse è un po' grosso, a vedere quest'altra. Forse dipende dal teleobiettivo, o forse è lei che dovrebbe mettersi a dieta, porca di una puttana! Tagliare i fottuti carboidrati, tagliare i fottuti grassi! Ma non è che mangi tanto, quando cazzo mangia? Bere sì, chiaro, lo sa anche lei che in ogni drink ci sono chissà quante fottute calorie, però quando cazzo mangia, onestamente? Quando? È vero che magari ogni tanto le viene la smania di un fottuto Big Mac e di una fottuta confezione extralarge di patatine fritte, ma sarà una volta al mese al massimo. Due, al massimo. Tre, al massimo, se c'è qualcuno che glieli porta belli caldi sul set. Allora cos'è, cazzo? È la fottuta genetica, che le ha fatto venire un culone così? È colpa di quella stronza culona di sua madre?

Quello stronzo figlio di puttana di Brian guarda lo schermo, guarda lei, con quel suo cazzo di sguardo cosiddetto magnetico che adesso le fa solo venire voglia di sputargli in faccia. "Per pura curiosità, come hai fatto a metterti d'accordo con lui? Vi siete visti a Roma? O l'hai avvisato da qui, in modo da potergli spiegare bene la logistica del posto?"

Lynn Lou si toglie l'asciugamano arrotolato dalla testa perché gliela appesantisce troppo, lo scaraventa per terra. "Di che cazzo stai parlando? Lui chi?"

"Il fotografo, Lynn Lou." Lo stronzo sta facendo uno sforzo sovrumano per continuare la sua fottuta recita dell'uomo inattaccabile, e lo stesso non ci riesce, è lì che sembra sul punto di sbroccare.

"Io quel cazzo di fotografo non l'avevo mai visto in vita mia!" Non è che si senta in dovere di giustificarsi o di spiegare niente, però le fa troppa rabbia che lo stronzo adesso si inventi chissà cosa pur di farla sentire ancora più sbagliata. "Mi sono accorta che c'era un cazzo di fotografo solo quando ho visto il riflesso su quel cazzo di teleobiettivo!"

"Ah sì?" Brian cerca di fare una specie di fottuto sorrisetto ironico, ma gli viene da schifo. "E allora a beneficio di chi era la tutta la messa in scena, si può sapere? Tutte quelle pose da sito porno?"

"Di nessuno, cazzo!" È così avvelenata dalla rabbia che le verrebbe voglia di urlargli in faccia che la messa in scena era per Carmine il marinaio, che di sicuro se la meritava più di lui, visto che a lui gliene fotte esclusivamente del suo fottuto lavoro e delle sue fottute teorie e dei suoi fottuti clienti.

"Certo, nessuno." Lo stronzo continua con la sua patetica recita. "Era solo un modo istintivo di stare a contatto con la natura, no? Era la suggestione profonda delle acque vulcaniche, l'energia primordiale eccetera, vero?"

"Vai a farti fottere." Lo odia, lo odia, questo figlio di puttana.

"Sempre per pura curiosità, cosa pensavi di farne, di queste foto? Di metterle su Facebook come le altre, per la gioia dei tuoi fan? Oppure di farle vedere a qualche ammiratore locale, tipo Carmine il marinaio?"

"Vai a farti fottere!" Gli sputa in faccia, ma lo stronzo ha i riflessi pronti, si sposta in tempo. La cosa che la manda fuori di testa dall'incazzatura è che con quella sue fottute tecniche psicologiche lo stronzo sia riuscito ad arrivare a Carmine il marinaio. Lo odia; gli sputa addosso di nuovo, lui di nuovo si sposta rapido.

"Potresti anche dirmelo, a questo punto." Continua a sforzarsi di fare il distaccato, di fare l'ironico, ma ha questo cazzo di respiro affannato, questa cazzo di luce negli occhi, questa cazzo di ansia. Probabilmente a questo punto la odia almeno quanto lei odia lui, solo che non lo riconoscerebbe mai, perché perderebbe il vantaggio di essere quello maturo, quello in controllo, lo stronzo.

"Io non ti dico proprio un cazzo di niente!" Lynn Lou va a prendere qualcosa da mettersi addosso senza neanche scegliere, torna a chiudersi nel bagno, si veste in dieci secondi, torna fuori, inforca gli occhiali da sole, va verso la porta d'ingresso.

"E poi quel Carmine quanto se l'è tenuta questa, prima di dartela?" Il figlio di puttana ha tirato fuori la scheda dal computer, la agita per aria. "Come facciamo a sapere che non se l'è copiata, che non cercherà di ricattarci, o di vendere le foto sul mercato?"

"Non lo farebbe mai, stronzo!" Prende un bicchiere da una mensola, glielo tira contro a tutta forza, lo manca di poco.

"E tu come fai a saperlo? Lo conosci così bene?"

"Lo *so*, pezzo di merda!" Le viene voglia di tornare a sputargli, ma preferisce andarsene da qui, non vedere più questo stronzo.

"Aspetta un attimo, Lynn Lou." Lo stronzo non si muove da dov'è, per non far capire quanto è sconvolto a vedere il suo matrimonio andare in malora, alla faccia di tutte le sue cazzate del LifeSolving™, eccetera. "Dobbiamo parlare anche del motoscafo che hai distrutto. Ci saranno decine di migliaia di dollari di danni da pagare."

"Puoi venderle tu un paio di quelle foto, figlio di puttana! Così ci paghi tutti i danni che vuoi, e ancora ti rimarrà qualcosa!"

"Lynn Lou, quando la smetterai di comportarti da bambina irresponsabile?" Continua la sua recita di stabilità e responsabilità, lo stronzo, anche se dovrebbe aver capito che lei non ci crede più neanche per un minuto. Ma no, è troppo pieno di sé per capirlo, è troppo convinto di sapere tutto di tutti.

"Vai a farti fottere!" Lei apre la porta, esce, se la sbatte dietro con tutta la forza che le viene. *SBAM!* Cammina sul sentiero selciato come sull'onda di un'autentica fottuta esplosione.

Sulla terrazza principale gli altri ospiti stanno finendo di mangiare, ai loro tavoli di pietra scura sotto il tendone strapazzato dal vento. Si girano a guardarla quando arriva, in quel cazzo di modo filtrato che hanno i fottuti europei di classe. Non è che girino proprio la testa, non vogliono far capire di essere dei curiosi morbosi guardoni di merda, così fanno solo questi piccoli scatti con la testa, *zic, zac*, spingono gli occhi di lato fin dove arrivano, a costo di strapparseli. Ci sono i due italiani anziani che erano sul motoscafo alla grotta, la francese e la tedesca sedute allo stesso tavolo, un tipetto in un completo blu a un tavolo da solo: fanno questi cazzo di piccoli scatti con la testa, spingono gli occhi ai margini delle orbite per spiarla, per tirare fuori giudizi come se facessero parte di una fottuta giuria. Hanno anche dei fottuti sguardi d'accusa: davvero, non è una sua paranoia, la tipa italiana si allunga verso il marito per dirgli probabilmente "è quella stronza di attrice americana alcolizzata e drogata che ci ha fatto finire in acqua", o qualcosa del genere. Basta guardarli, gli stronzi.

Lei va direttamente in cucina, perché non gliene fotte un cazzo di cosa possono pensare gli altri fottuti ospiti, tanto a questo punto la sua immagine non potrebbe essere andata più a puttane di così, tra la storia del motoscafo, il fotografo e tutto il resto. Guarda la cameriera magra e l'aiuto cuoco, fa il gesto del bicchiere.

La cameriera magra e l'aiuto cuoco la fissano con la solita aria, metà fan e metà giudici anche loro.

"De bere?" Fa di nuovo il gesto di tracannare da un bicchiere. Non è che sappia l'italiano, ma qualcosa a Roma mentre girava quel cazzo di film l'ha imparato. Le avevano anche dato una coach per insegnarle la pronuncia, ma era una povera stronzetta gelosa. Si è offesa quasi subito per qualcosa che lei le ha detto e non ha più voluto tornare, la stronzetta gelosa.

Per fortuna viene fuori Ramiro lo chef, che è anni luce più avanti dei suoi aiutanti. "Cosa vorrebbe bere, *mi pobre náufraga*?"

"Qualsiasi cosa di alcolico e freddo. Subito." Ha una vera fottuta smania di mandare giù qualunque cosa, cazzo.

"Ci penso io, tesoro." Ramiro è uno che coglie le cose al volo, non devi mai spiegargliele due volte. "Vai fuori a sederti, arriva subito."

Lynn Lou torna fuori sulla terrazza. Meno male che ha gli occhiali da sole, schermano almeno un po' da tutte queste fottute piccole occhiate che fanno finta di non essere occhiate perché non sarebbe cool, non sarebbe chic, non sarebbe da fottuta gente di mondo che ha visto tutto e non si fa impressionare da niente. Si siede a un tavolo in fondo, il che deve fare una gran rabbia a metà degli altri fottuti ospiti che speravano probabilmente di poterla spiare e invece così è lei che spia loro. Almeno metà di loro, perché quelli seduti verso di lei la vedono comunque, gli altri però no, dovrebbero proprio girare completamente la testa per vederla e non sarebbe per niente cool, non sarebbe per niente chic.

Ramiro viene fuori in persona con una bottiglia in un secchiello di ghiaccio, glielo porta. È un bel tipo, spiritoso. Se ne fotte abbastanza di tutte le stronzate snob dei fottuti ospiti, anzi, ci gioca, li prende per il culo con la sua cucina ipersofisticata che più ipersofisticata non potrebbe essere. In ogni caso viene a portarle la bottiglia di vino bianco bella appannata, gliela stappa con un paio di gesti supercool, le versa un dito nel bicchiere per farglielo assaggiare.

Lei gli fa cenno di andare avanti a versare, perché questa storia dell'assaggio è proprio una cazzata, fatta solo per dar l'occasione al cazzone che ti ha invitata a cena di impressionarti con le sue cazzate da grande intenditore. Per dargli l'occasione di fare tutti quei fottuti giri di lingua, quei fottuti schiocchi di labbra da sommelier professionista. Magari dire che il fottuto vino sa di tappo, farsi portare un'altra bottiglia dal cameriere che naturalmente lo odia e pensa 'sto stronzo fasullo testa di cazzo sta solo cercando di impressionare Lynn Lou Shaw che è seduta qui a sentire le sue stronzate, anche se a non fargli vedere l'etichetta non saprebbe distinguere un fottuto Pinot da un fottuto Merlot, testa di cazzo fasullo.

Ramiro comunque le riempie il bicchiere, sorride. "Senti un po'."

Lynn Lou prende un sorso lungo, ma proprio lungo, freddo e secco, le va giù dritto nella gola. Fa "*Aaah*" perché ne aveva un bisogno fottuto a questo punto, aveva una fottuta smania di qualsiasi cosa di freddo e alcolico. Si sente subito meglio, proprio istantaneamente: le vengono le lacrime agli occhi, non gliene frega un cazzo se gli altri fottuti ospiti la guardano con quelle loro fottute occhiate non-occhiate.

"Ti faccio portare qualcosa da mangiare, darling?" Ramiro ha questo modo di guardarle i capelli, guardarle gli occhiali, guardale i vestiti. È uno che sa apprezzare i particolari, uno che sa apprezzare le belle donne anche se è gay, anzi forse proprio perché è gay.

"Quello che vuoi, basta che non mi porti via questa fottuta bottiglia."

"*No te preocupes, chica.*" Ramiro sorride, torna verso la cucina, con il suo passo un po' da ballerino, elegante.

Lei prende un'altra gollata di vino, se lo sente arrivare giù fino al fottuto esofago. *Aaah*, va già molto meglio, cazzo, molto meglio.

Cinquanta

A Ramiro Lynn Lou Shaw lo sfrena abbastanza, per come è star, estrema, imprevedibile, e sotto la superficie anche fragile, una ragazzina scaraventata su un set cinematografico da una madre del cavolo. Costretta a crescere sotto l'occhio pubblico, esposta, usata, commentata, giudicata, desiderata, condannata. Non c'è tanto da stupirsi se ha qualche tendenza all'eccesso, se il suo equilibrio non è proprio esemplare. Potrà sembrare ridicolo, ma trova delle analogie tra le loro situazioni: lei con una madre del cavolo, lui con un padre del cavolo, zero infanzia per tutti e due, lotta per affermare una capacità speciale, ricerca dell'esposizione, instabilità, sensibilità nascosta, spirito di provocazione. Se lui avesse l'opzione di cambiare sesso e diventare una donna, vorrebbe essere come Lynn Lou Shaw. Sì. È una cosa che si è chiesto a volte, che tipo di donna vorrebbe essere, se l'opzione ci fosse. Decisamente non una bruttona di nessun talento, inutile dirlo. In ogni caso, Lynn Lou è l'unica divertente tra gli ospiti (anche Lara è deliziosa, ma non si può considerarla una vera e propria ospite, non avrebbe mai messo piede in un posto come questo se non l'avesse invitata Lynn Lou). Gli altri francamente sono da spararsi. Il tedesco, per esempio, che non si degna neanche di venire a mangiare sulla terrazza e costringe al digiuno il suo povero assistente (non un brutto ragazzo, a dire la verità, con quella sua aria zelante, quella faccia pallida arrossata dal sole). Salvo poi mandare Teresa a chiedere una cotoletta con le patate fritte, oppure un paio di salsicce. Un paio di salsicce! Come se Ramiro Juarez contaminasse i suoi frigoriferi con i resti truculenti di poveri animali massacrati! Già i pesci e i crostacei se ci si mette a pensare gli fanno pena, soprattutto a guardare gli occhi. Ma almeno non hanno il sangue che cola, non hanno il grasso atroce, non hanno il tessuto quasi umano di muscoli e tendini del mammifero scannato e squartato.

Comunque l'ha detto chiaro e tondo da subito a Perusato, gliel'ha ripetuto anche stamattina, non è certo venuto qui per mettersi agli ordini del primo cliente arrogante che vuole ingozzarsi come a casa sua. È venuto qui per dedicarsi a una cucina creativa che nasce da: a) le suggestioni del luogo; b) gli ingredienti del luogo; c) l'ispirazione del momento. È un'attività artistica, con tutta l'imprevedibilità di un'attività artistica, ed esige il rispetto che si deve a qualunque attività artistica. Altrimenti Perusato può cercarsi a Bonarbor un qualunque carbonizzatore di costine d'agnello, di certo non ne mancano. Poi vedremo cosa diranno i suoi squisiti ospiti venuti qui da tanto lontano per vivere esperienze di rarefatta sofisticazione. Tipo la francese, che cerca sempre di intrufolarsi in cucina, che vuole farsi raccontare qualche particolare piccante su Hernán Xara, sui suoi ingredienti segreti, sui suoi peggiori tratti di carattere, su quella volta che a Londra si è scazzottato con Gordon Ramsay, quell'altra volta che a New York ha tirato un bicchiere di Cabernet in faccia a Jacques Pepin.

Poi questa gente non dovrebbe essere in vacanza, su questa cavolo di isola sperduta? No, sembra che siano sempre impegolati in riunioni ad alta tensione, discussioni, liti (impegnative però, mica semplici diverbi da mare), inseguimenti, escursioni. Mai che li si veda rilassarsi sulle loro terrazze, prendere il sole, leggere, chiacchierare tranquilli; è probabile che le considerino occupazioni imbarazzanti, segni di debolezza sociale. I due italiani anziani sono gli unici che se la prendono un po' comoda, apprezzano il luogo e stanno volentieri a tavola, anche se oggi dopo essere quasi annegati nel naufragio hanno un'aria parecchio sbattuta, poverini.

L'aspetto positivo è che con tutta questa irrequietezza degli ospiti, i suoi attacchi di isolofobia si sono un po' ridotti, rispetto a quando qui non era ancora arrivato nessuno. Adesso gli vengono per lo più di notte, quando è a letto, troppo stanco e con la testa troppo affollata di gesti facce verdure gamberi polpi triglie utensili da cucina per riuscire a dormire, e quello spaventoso orizzonte illimitato di mare gli si apre davanti. Le sue tecniche per riassopirsi di solito sono: a) contare all'indietro da cinquecento a zero, o anche da mille a zero, a seconda del grado di insonnia; b) riaccendere la luce e fare un inventario di tutti gli oggetti nella stanza; c) leggere qualche altra pagina del libro sul concetto del tempo che si è portato dietro; d) inventarsi un bel ragazzo sensibile e intelligente con cui gli piacerebbe per esempio fare un giro in cabriolet nel sud della Francia. Ma la sua immaginazione lavora attivamente contro di lui, lo assedia con visualizzazioni molto nitide di: a) l'immensa distesa di aria vuota e acqua salata che separa questo scoglio vulcanico da qualunque centro di vita pulsante; b) le settimane che dovrà ancora passare qui prima che arrivi la fine della stagione; c) cosa starà facendo quel bastardo senza cuore di Miguel, con chi, dove; d) come il resto del mondo va avanti per la sua strada (compreso il possibile bel ragazzo sensibile e intelligente con cui fare il giro in cabriolet) mentre lui è esiliato qui lontano da tutto. Il cuore prende a battergli veloce, il fiato gli si accorcia, i pensieri gli schizzano in tutte le direzioni, come pesci che cercano di scappare da uno squalo. Di solito riesce ad addormentarsi verso l'alba, per puro sfinimento.

Fortuna che durante il giorno questi pensieri non riescano a trovare tempo né spazio, fortuna che ci sia una come Lynn Lou Shaw che col disastro marittimo di oggi ha movimentato un po' la situazione. Perusato dev'essere fuori di sé, davvero. È ancora giù al molo con Carmine, a cercare di tirare su il suo adorato motoscafo d'epoca (ecco altri due che saltano il pasto, e che poi verranno di sicuro a chiedere qualcosa da mangiare). Oggi poi il vento sta tirando con autentica ostinazione, fa sbatacchiare il telo bianco sopra le teste degli ospiti, soffia sulle loro facce, li costringe a tenersi gli occhiali da sole, con il risultato di non permettere loro di apprezzare i veri colori dei piatti. Per fortuna che di tovaglie qui non ce ne sono, altrimenti svolazzerebbero anche quelle da tutte le parti. Però meglio che ci sia un po' di casino; se tutto procedesse in perfetto ordine è quasi sicuro che l'isolofobia lo assalirebbe con molta più virulenza.

Adesso seduto lì fuori c'è anche quel cavolo di politico che era già venuto ieri, il cosiddetto onorevole come li chiamano qui in

Italia. Paolo il falegname gli ha spiegato che in realtà *si fanno* chiamare così, è un appellativo che si sono inventati loro stessi. Teresa gli ha detto che questo è uno di primo piano, anche se a vederlo non sembrerebbe proprio, uno che è sempre alla televisione (come quasi tutti i politici italiani, pare), uno che aspira seriamente a diventare presidente del consiglio con le prossime elezioni. Per il secondo giorno arriva non annunciato, Perusato si è ben guardato dall'avvisare. Non gradito dagli altri ospiti, non riconoscente di avere comunque un tavolo a cui sedersi e pietanze squisite da assaggiare. Ieri aveva solo preso un caffè senza neanche finirlo, forse perché se lo aspettava più tradizionale, oggi guarda la preparazione che ha davanti come se temesse di essere avvelenato.

Ramiro ogni tanto gli dà una sbirciata dall'anticucina, appoggiato al muro. Lo fa con tutti gli ospiti, per studiare le loro reazioni, vedere le loro facce quando il piatto viene posato sul tavolo, osservarli quando si portano la punta del cucchiaio o della forchetta alla bocca. Le reazioni di chi mangia sono indispensabili a farti capire se l'effetto a) corrisponde alle loro aspettative, generando noia; b) le tradisce, generando delusione; c) le supera e confonde, generando sorpresa, stupore, riflessioni che si diramano in direzioni impreviste. Non ha mai capito i suoi colleghi che se ne stanno rinchiusi in cucina, troppo sicuri di sé o troppo privi di curiosità per guardare in sala. Si accontentano del resoconto volante di un cameriere, del veder tornare indietro i piatti vuoti, del fatto che le prenotazioni sono tante. Poi drizzano le orecchie davanti alle recensioni dei critici specializzati, si orientano in base a quelle. È un po' come preparare uno spettacolo di fuochi d'artificio con infinita cura e immaginazione e pazienza, e fregarsene di essere lì la sera, nella convinzione di sapere già esattamente cosa succederà. Bella soddisfazione, davvero. Tutto quello che lui si inventa in cucina se lo inventa per produrre un effetto, e l'effetto, anche se mezzo nascosto dietro le quinte, se lo vuole godere tutto. È per questo che ricerca, sperimenta, sposta di continuo i limiti della propria tecnica, perfeziona, osa, sconfinando incessantemente nel territorio del non ancora provato.

Il cosiddetto onorevole continua nel suo esasperante atteggiamento di diffidenza, pastrugna con cucchiaio e forchetta la spuma di triglie al timo con bava di mandarino e *coulis* di lumachine di mare. Poi risponde al cellulare nel suo tono sgradevolissimo, infischiandosene bellamente dei gentili inviti scritti, si alza, si gira, il cellulare premuto alla tempia, una mano sull'altro orecchio. Viene verso l'anticucina, più per ripararsi dal vento che per non arrecare disturbo agli ospiti che lo guardano irritati. Guarda Ramiro, fa un gesto con la mano sinistra come per scusarsi ma non proprio, continua a parlare ad altissima voce. "Pronto? Sì, qui ti sento un po' meglio, c'è un vento insopportabile! A Tari, a Tari, certo! Benissimo, poi ti dico tutto. Cosa? Eh, la motovedetta è dovuta tornare a Lampedusa, il comandante mi torna a prendere più tardi!"

Teresa e Amalia le cameriere e Federico l'aiuto cuoco lo guardano con estrema curiosità, perché hanno: a) una notevole familiarità con il personaggio, avendolo visto in chissà quante trasmissioni televisive; b) una tendenza professionale al pettegolezzo; c) un intero paese a cui raccontare quello che vedono e sentono qui a Villa Metaphora. Ramiro a loro differenza non sa niente del cosiddetto onorevole, però la sua sfacciataggine è tale che lo intriga, gli fa venire voglia di studiarlo.

"In che senso non fare più l'incontro? Io l'incontro l'ho già fatto! Certo! Benissimo! Non avrebbe potuto venire meglio! Come? Cordialissimo!" La voce del cosiddetto onorevole sembra fatta apposta per un dibattito televisivo, per sovrastare quella dei suoi interlocutori, martellare slogan e pseudo-verità finché almeno qualcuno dei telespettatori ci crede. "Non ti ho risposto prima perché stavo parlando con lui! Sì che ho sentito che vibrava, ma non potevo mica interrompere la conversazione a metà per risponderti! Mah, un po' di tutto! Una bella conversazione a tutto campo, molto dinamica! Cosa?"

Ramiro si gira a guardare le due cameriere e Federico: stanno ascoltando anche loro, non si perdono una parola.

"Certo che ho fatto delle foto! Ce ne sono due bellissime, le ho già postate! Non hai guardato Facebook?!" Il cosiddetto onorevole va avanti a tutto volume, senza preoccuparsi minimamente di essere ascoltato; è talmente preso dalle sue faccende che proprio non si pone il problema. "Come? Sì! Mah, mezz'ora fa, più o meno. Come bisogna toglierle?! In che senso?!"

Ramiro si gira di nuovo verso l'interno della cucina: Teresa e Amalia e Federico sono tesi come un gruppetto di spettatori a un evento teatrale della Fura dels Baus, di quelli con le finte motoseghe e il sangue vero buttato sul pubblico.

"Quale scandalo?! Di cosa stai parlando, Giovanni?!" Il tono di voce e le espressioni del cosiddetto onorevole sono sempre più allarmati: si preme il cellulare all'orecchio come se volesse incorporarselo nella testa, gesticola freneticamente con la mano sinistra. "No che non ho sentito niente! È ovvio, mi sembra! Altrimenti ti pare che l'avrei incontrato?! Cosa? Ma quando?! Dove?! Come?! Una minorenne?! Stai scherzando, spero?!"

Gli spettatori nella cucina sono sempre più attenti, la situazione diventa sempre più interessante, man mano che l'allarme del parlamentare si trasforma in panico.

"E certo, Giovanni! Cancellale immediatamente, subito! Saranno già rimaste on line una mezz'ora buona! Oh Signore!" Il cosiddetto onorevole gira su se stesso, guarda in tutte le direzioni, si ficca la mano sinistra tra i capelli folti. "Ti rendi conto che se qualcuno le ha già viste io sono rovinato, Giovanni?! Come, qualcuno le ha già viste di sicuro?! Ma è ora di pranzo, è estate, c'è il sole! Chi è che resta in casa a guardare Facebook, in giorni come questi?! Non hanno niente di meglio da fare, Signore Santo?! Quali blogger, Giovanni?! Quanti?!"

La cosa assurda è che anche dalla terrazza lo stanno ascoltando, malgrado il vento, lo si vede dalle teste che si girano in qua; il tipetto sta parlando così forte, è impossibile che gli ospiti non sentano almeno brani di quello che dice.

"Che ne so di cosa ci fanno i tedeschi, con le loro! Le volevano mandare alle agenzie, mi pare! L'assistente, me l'ha detto!" Ormai il cosiddetto onorevole è decisamente in preda all'angoscia incontrollabile: si affaccia sulla terrazza verso gli sguardi degli ospiti nascosti dietro i loro occhiali da sole, torna indietro verso gli sguardi di Ramiro e dello staff di cucina, si gira verso il muro dell'anticucina, cerca di ripararsi ma non può. In ogni caso continua a strepitare al telefono, non prova neanche ad abbassare la voce. “Che ne so, io?! E come faccio?! Non posso mica costringerli! Oddio, ma come è possibile che succeda una cosa del genere, proprio adesso?! Ti richiamo! Vado a vedere e ti richiamo! Tu intanto togli subito tutto! Muoviti! Adesso, certo, quando, se no?!” Chiude la comunicazione, guarda Ramiro Amalia Teresa Federico, sembra rendersi conto solo adesso di avere avuto degli spettatori e ascoltatori a tutta la scena. Fa come per dire qualcosa, invece si gira, zampetta fuori sulla terrazza.

Amalia e Teresa lo seguono, con la scusa di raccogliere i piatti vuoti dai tavoli; Federico si appoggia al muro dell’anticucina a occhieggiare, con la sua strana miscela tarese di indolenza e intensità. Ramiro aspetta un paio di secondi, poi esce anche lui, mani sui bordi del grembiule, in atteggiamento professionale.

Il cosiddetto onorevole si è fermato al tavolo a cui è seduta la signora tedesca, le sta dicendo qualcosa. La francese assiste tutta puntuta, registra ogni parola. I due italiani anziani che erano parecchio malmessi dopo il naufragio sembrano vivificati dal dramma che si svolge sotto i loro occhi, osservano con espressioni avvinte. L’unica che non si è resa conto di niente è Lynn Lou, seduta davanti alla sua bottiglia ormai vuota di Colomba platino.

“È lei che ha insistito in modo ossessivo per vedere mio marito!” La tedesca è indignata, rossa in faccia. “Ha costretto il signor Perusato a tormentarci, poi è venuto a postulare direttamente con me!”

“Ma signora, io non avevo la minima idea di come stessero le cose!” Il politico è chiaramente sconvolto, ha ormai perso la testa. “Io ignoravo completamente la situazione! Ero in perfetta buona fede! Mai e poi mai mi sarei immaginato di essere coinvolto in uno scandalo del genere!”

“Allora dovrebbe migliorare la sua rete di informazioni, signor Gomi!” La tedesca non è certo il tipo che si fa intimorire: ha quest’aria altera, nobile, quest’espressione intellettualmente oltraggiata.

“Signora, io sono stato attirato in una trappola!” Il cosiddetto onorevole si muove a scatti, si gira verso gli ospiti italiani, verso Ramiro, verso Amalia e Teresa, verso Lynn Lou, come se cercasse qualche sostegno da parte del pubblico. Ma non c'è una faccia che manifesti simpatia, solo una forma di curiosità inorridita.

"Come si permette di dire una cosa del genere?!" L'italiano della signora tedesca diventa ancora più corretto con il crescere del suo sdegno. "La trappola se l'è costruita interamente da solo, signor Gomi!"

"Io volevo semplicemente stabilire un contatto, signora." Il tono del politico oscilla penosamente tra lagna e accusa. "E adesso guardi in che situazione mi trovo! Qui è in gioco la mia reputazione, non so se lei se ne rende conto! La mia integrità politica e anche personale!"

"*L'intégrité de la canaille.*" La francese non riesce a trattenersi.

La signora Reitt invece si limita a scuotere piano la testa, è troppo disgustata per aggiungere altro.

"Quello che le chiedo è di parlare con suo marito, signora Reitt!" Il cosiddetto onorevole sembra totalmente refrattario all'imbarazzo, alla dignità personale, a una minima dose di rispetto per gli altri. Frenetico come un bambino, pesta i piedi, agita le mani. "Le chiedo di intervenire presso di lui e chiedergli di non diffondere le foto che abbiamo fatto insieme!"

La signora Reitt si alza in piedi, rivelando di essere notevolmente più alta di lui. Non si potrebbe definirla bella, ma ha gran classe, stile autentico, un'espressione di sofferenza con cui convive da parecchio, probabilmente. "Signor Gomi, lei è l'incarnazione di una classe politica indecorosa, indegna di un paese bellissimo."

Il cosiddetto onorevole resta di sale, lì per lì non riesce a trovare una risposta adeguata.

"Se vuole parlare con mio marito, vada a parlargli." La signora Reitt fa un gesto secco. "Noi ci siamo detti tutto quello che avevamo da dirci." Lascia il suo tavolo, attraversa la terrazza. La francese si alza a sua volta, dà un'occhiata di fuoco al politico, prima di seguire la tedesca. "*C'est dégoûtant.*"

Il cosiddetto onorevole Gomi resta frastornato ancora per un istante, poi tira fuori il suo cellulare, compone con dita frenetiche un numero. "Pronto? Pronto?! Allora?! Come, non hai ancora fatto?!" Attraversa la terrazza a passi rapidi, in direzione del sentiero che porta alle suite degli ospiti.

I due italiani anziani si guardano con aria perplessa, Teresa e Amalia fanno lo stesso, Federico occhieggia ancora dall'anticucina. Lynn Lou Shaw invece è decisamente su un altro pianeta; gratta con la punta del coltello sulla pietra del suo tavolo, guarda in direzione del mare, nascosta dietro i suoi occhiali da sole molto scuri.

Cinquantuno

Tutti questi anni in cui Brian Neckhart è riuscito a trasformare l'idea iniziale di LifeSolving™ in una realtà consolidata sono serviti a tante cose: a mettere in piedi un business fiorente, aprire uffici a L.A., New York, Chicago e Miami, formare una rete di collaboratori, generare considerevoli profitti, pubblicare diversi libri, e scoprire due verità incontrovertibili. La prima è che qualunque tipo di situazione, per quanto complicata, deteriorata, conflittuale, irta di implicazioni secondarie, può essere risolta. Basta trovare il giusto angolo di attacco, calibrare modi, tempi e intensità dell'intervento a seconda del caso specifico, e la si risolve. Ha ormai migliaia di casi in archivio, a dimostrarlo. La seconda è che, a differenza delle situazioni, le persone non possono essere risolte. Non c'è verso, non c'è modo: non si può. Punto.

A lungo si è rifiutato di credere che fosse così, e anzi, ha lottato con tutte le sue capacità per provare il contrario. Dopotutto ogni carattere è analizzabile nelle sue componenti principali nello stesso modo in cui si può analizzare una situazione: non c'è comportamento, mania, fobia, ossessione, tendenza, tic che non possa essere collegato a una causa. Uno può passare alcune settimane (con LifeSolving™) o parecchi anni (con la psicanalisi) a scoprire ragioni, motivi, traumi infantili, nodi irrisolti, influenze, ricavandone alla fine un grafico chiaramente leggibile (con LifeSolving™) o continuando a rimuginarci sopra per sempre (con la psicanalisi), ed è garantito che si ritroverà esattamente al punto di prima. Forse sentendosi un po' meglio (con LifeSolving™, perché almeno avrà un quadro chiaro delle sue debolezze) o un po' peggio (con la psicanalisi, perché diventerà un lagnone certificato a tempo pieno). Ma dal punto di vista pratico, sostanziale, operativo, si ritroverà esattamente al punto di prima.

Il fatto è che non c'è incoraggiamento, pressione, esempio, sollecitazione, allettamento, insistenza, che possa servire a cambiare un carattere o una predisposizione. Certo, chiunque è in grado di modificare temporaneamente il proprio modo di fare, per accontentare qualcuno, inserirsi meglio in un contesto, evitare una minaccia, non farsi cacciare da un posto. L'altro (più spesso l'altr*a*, dato che le donne tendono molto più degli uomini a convincersi di poter cambiare il proprio partner) registra i cambiamenti, ne gioisce, va a raccontarli in giro, se ne vanta, li celebra. Si sente una persona fortunata e speciale, attribuisce i risultati alla propria capacità di comprensione, alla propria dolcezza o fermezza, alla propria pazienza, alla propria costanza. Peccato che i cambiamenti non siano affatto tali, ma semplici adattamenti momentanei dettati da ragioni opportunistiche. Peccato che siano azioni mimetiche, come quella del camaleonte che cambia colore quando viene spaventato o infastidito, quando deve combattere con un rivale, sottrarsi a un pericolo o corteggiare una femmina. Appena la minaccia è passata, appena la femmina è conquistata, appena la richiesta di essere più gentile, attento, presente, educato, equilibrato, grintoso, propositivo, fantasioso, realistico, diventa meno pressante, ecco un rapido ritorno alle origini. L'egoista torna egoista, il violento torna violento, l'assente torna assente, il sudicione torna sudicione, l'abbuffone torna abbuffone, l'infedele torna infedele. Il processo dura un tempo variabile a seconda della persona e delle circostanze, ma è assolutamente certo, così come è certa la delusione in chi pensava di essere riuscito a produrre un vero cambiamento, e adesso interpreta il ritorno alle origini come un inganno, un tradimento, una truffa. Basta moltiplicare questo meccanismo per centinaia di milioni di relazioni interpersonali, e si avrà una misura dell'immenso spreco di tempo, energia, sentimenti che avviene ogni giorno nel mondo. Potendolo convertire in elettricità, ce ne sarebbe abbastanza per illuminare le più grandi città del pianeta, sarebbe la più rinnovabile delle fonti alternative. Lui l'ha scritto praticamente in ogni pubblicazione di LifeSolving™, lo ripete a ogni seminario e a ogni consultazione privata: l'unico vero modo di cambiare una persona è *cambiarla*, nel senso di sostituirla con un'altra.

Quindi non c'è nessun bisogno di spiegare perché in questo momento si senta un idiota. Il fatto è che ognuno, anche se non lo ammetterebbe, finisce col convincersi che esistano alcune rarissime eccezioni alle regole più accertate, e che queste rarissime eccezioni per una miracolosa coincidenza lo riguardino direttamente. La gente invecchia; lui no. La gente muore; a lui non succederà. Le storie sentimentali perdono progressivamente slancio; non la sua. I matrimoni tendono a smarrire per strada le loro ragioni iniziali; al suo capita proprio il contrario. Due personalità dominanti che vivono insieme finiscono per generare un conflitto permanente; non qui. Un'attrice cresciuta su un set cinematografico da quando aveva cinque anni tende inevitabilmente a essere egocentrica, instabile, esibizionista in modo patologico, alla continua ricerca di conferme alla sua bellezza e alla sua forza di attrazione; non in questo caso. Lynn Lou Shaw, famosa su tutte le cronache per i suoi eccessi di ogni genere, una volta compresa, ascoltata, rassicurata, guidata in un rapporto di fiducia e stima reciproca, rivela un buon senso da ragazza d'altri tempi, un equilibrio di fondo che manca a molte giovani donne dalla vita parecchio più ordinaria. Era completamente schizzata quando lui l'ha conosciuta, però adesso, dopo due anni di matrimonio, è tutta un'altra persona. Anche nel suo lavoro è cambiata da così a così: se ne sono accorti i registi, se ne sono accorti i colleghi, se ne sono accorti i critici. Una trasformazione miracolosa, davvero. Andate a chiederlo al produttore romano che ha dovuto interrompere il suo film a metà riprese e adesso minaccia una causa milionaria a meno che Lynn Lou non torni sul set in condizioni decenti tra pochi giorni.

È questo che gli fa venire voglia di prendere a testate il muro: l'idea di ritrovarsi nel ruolo dell'imbecille che si autoconvince di essere il beneficiario di una rarissima eccezione, per di più un'eccezione a regole di cui l'imbecille si occupa per lavoro da diciotto anni, sulla cui sistematica codifica ha costruito la sua reputazione e il suo business! Gli elementi base della personalità di Lynn Lou erano perfettamente evidenti fin dall'inizio, così evidenti da non richiedere particolari indagini, da essere conosciuti non solo dalle persone vicine a lei, ma da milioni di frequentatori di riviste, siti e programmi tv di gossip. Le sue crisi di nervi sui set, le scenate a tecnici e colleghi, le discese senza mutande dalle limousine a beneficio dei plotoni di fotografi che aspettavano accovacciati, le uscite all'alba dalle feste sorretta da amici o da bodyguard perché era troppo ubriaca per reggersi in piedi. Non erano singoli episodi, facevano parte di un comportamento sistematico, in altre parole del suo modo di essere. Qualunque fan avrebbe potuto confermarlo. Del resto il loro primo incontro non era avvenuto perché l'agente di lei l'aveva contattato, in un disperato tentativo di riportarla sotto controllo? Avrebbero dovuto bastare i primi dieci minuti di conversazione per capire che la ragazza non era aggiustabile, come non lo è nessuno. Eppure il brillante Brian Neckhart è cascato ugualmente nella trappola di pensare di poterci riuscire, grazie alla sua speciale predisposizione a identificare i problemi, alla sua straordinaria capacità di capire e far capire, alla sua fenomenale solidità interiore. Pratica e teoria, anni di scritti e conferenze, polemiche anche violente con i cosiddetti aggiustatori professionali di persone, non gli sono serviti assolutamente a niente; i suoi poteri speciali neutralizzati come in un pessimo film di fantascienza.

Sì, c'è stata una dose di vanità da parte sua, e l'idea quasi irresistibile che riuscire a cambiare una come Lynn Lou Shaw lo avrebbe fatto apparire all'opinione pubblica come uno sciamano capace di autentici prodigi. Tipo il domatore di cavalli che si va a scegliere nel branco proprio quello impossibile, per dimostrare la sua stupefacente bravura. Però che l'abbia prima circuita e poi sposata cinicamente per pubblicizzare se stesso e LifeSolving™, come hanno sostenuto tante malelingue, a Hollywood e non solo, è falso, e anche ridicolo. Quasi preferirebbe che fosse stato così, ma non lo è stato. Per niente. Nessun cinico calcolatore avrebbe mai passato quello che ha dovuto passare lui negli ultimi due anni; nessun cinico calcolatore avrebbe investito tanti sforzi mentali e pratici nel tentativo insensato di cambiare una persona.

Okay, qualunque esperienza può essere utile, a patto di riuscire a impararne qualcosa. È uno dei punti cardine della sua filosofia: e si impara soprattutto dagli errori più stupidi, dalle cadute più imbarazzanti, dalle umiliazioni più scottanti. Al contrario, si impara ben poco dalle cose che riescono bene al primo colpo, quasi senza doverci pensare, come se fossero il regalo di un destino benevolo. Per arrivare alla (relativa) saggezza è praticamente indispensabile inciampare almeno qualche volta in malo modo, sbattere il sedere per terra. L'importante è rimettersi subito in piedi, spolverarsi i calzoni, far tesoro dell'errore, e riprendere a camminare nella direzione giusta con la massima energia. Lagnarsi di quello che è successo non serve a niente, se non a disgustare gli altri. Quello che conta è tagliare le perdite, suturare al più presto le ferite. Sposare Lynn Lou Shaw è stata una pessima idea, sì: però dai matrimoni si esce, per fortuna. E per fortuna l'accordo prenuziale stilato congiuntamente da Harvey Rosenthal e dall'avvocato di Lynn Lou lo mette al riparo da possibili ritorsioni sul fronte finanziario. Oltretutto è stata la madre di lei a pretenderlo, nel timore che lui potesse sifonare via i milioni della figlia per investirli nei suoi affari; è ben contento di averlo firmato. Entro stasera manderà un'email a Harvey per dirgli di cominciare a mettere giù le basi per un divorzio nei tempi più rapidi possibili. Lynn Lou accetterà al volo, anche se poi molto probabilmente (quasi sicuramente) andrà in giro a fare la vittima, rappresentarlo come un mostro. Magari ricorrerà a vendette infantili per la gioia dei siti di gossip, racconterà che lui era un maniaco del controllo, che pretendeva perfino di imporle cosa mangiare a colazione e quando andare a dormire. Magari arriverà anche a dire che ha un pene piccolo, o a fare qualche simile rivelazione non verificabile. Pazienza, basta metterlo nel conto, essere preparati.

Adesso si tratta solo di tirare avanti altri tre giorni su questa dannata isola, tenendo a freno l'istinto di chiedere a Perusato o alla sua assistente di organizzargli subito un trasferimento in barca fino al porto, l'elicottero per Lampedusa, il volo da Lampedusa a Roma e da Roma a Los Angeles. Lasciare qui Lynn Lou da sola avrebbe conseguenze troppo disastrose in termini di immagine, per lui, per lei. Il loro matrimonio è troppo pubblico, agli occhi del mondo sembrerebbe che lui l'abbia abbandonata a se stessa nel mezzo di una crisi senza pensarci due volte. Anche a non volere essere cinici, è difficile immaginare una pubblicità negativa più devastante per LifeSolving™. No, l'unica cosa da fare è cercare di tenere Lynn Lou il più possibile sotto controllo per il tempo che resta, riportarla sul set del film a Roma, dopo di che tornarsene a L.A. e mandare avanti le pratiche per il divorzio. Resistere altri tre giorni in queste condizioni non sarà facile, ma si può fare, ricorrendo alle stesse tecniche di autoisolamento mentale protettivo che aveva dovuto inventarsi da bambino per sopravvivere alle continue liti selvagge tra i suoi genitori. Nel frattempo troverà il modo di presentare a Lynn Lou la richiesta di divorzio come una vittoria delle sue tattiche ricattatorie e terroristiche, la liberazione tanto desiderata dall'oppressore.

Dopo di che ripasserà le consegne a sua madre e ad Artie Goldhaum, che saranno ben felici di non dover più competere con un rivale quando si tratta di orientare la carriera di Lynn Lou, scegliere per lei i ruoli o le dichiarazioni alla stampa. Naturalmente saranno molto meno felici di occuparsi delle sue intemperanze, ma si arrangeranno, fatti loro. Già pregusta la tranquillità del volo Roma-L.A., solo con i suoi pensieri, senza doversi preoccupare ogni due secondi che la donna-bambina seduta al suo fianco si ingozzi di alcol e cominci a litigare con le hostess, o barcolli per il corridoio molestando gli altri passeggeri, o magari se ne vada a passeggiare in classe turistica per gratificarsi con gli scatti di decine di cellulari. Passare dallo stato di allarme permanente con Lynn Lou alla serenità di starsene da solo richiederà un certo periodo di adattamento, ma non gli mancheranno certo gli impegni con cui occupare lo spazio improvvisamente libero, anzi.

Bussano alla porta, con troppa discrezione perché possa essere Lynn Lou.

Brian Neckhart lascia il computer portatile, va ad aprire.

È l'assistente del banchiere tedesco: pallido, con addosso vestitacci stinti che devono avergli prestato dopo il naufragio, ciabatte di gomma ai piedi. Sarebbe curioso sapere cosa pensa il banchiere di questa tenuta, dall'alto della sua implacabile accuratezza prussiana. "Buongiorno signor Neckhart, mi scusi se la disturbo." L'accento è spigoloso, ma la padronanza dell'inglese è ottima. "Non siamo stati propriamente presentati, mi chiamo Mathias Baumgartner."

"Buongiorno, mi dica." Brian Neckhart non sta a cercare un tono particolarmente cortese. Il fatto è che le considerazioni sulla fine del suo matrimonio hanno inevitabilmente alterato il suo equilibrio, gli ci vorrebbe una mezz'ora almeno di meditazione solitaria per metabolizzarle.

L'assistente del banchiere esita, indica l'interno della suite. "Potrei parlarle un minuto, in forma rigorosamente privata?"

"*Ahà.*" Gli spalanca la porta, lo fa entrare. Chissà se questo adesso vuole raccontargli che Lynn Lou gli si è mostrata nuda giù alle rocce, o magari gli ha fatto delle avance lungo il sentiero, gli ha ficcato una mano nei calzoni.

L'assistente si muove goffamente, non sa dove posare lo sguardo. I vestiti non suoi contrastano in modo quasi comico con la sua faccia e lo mettono senza dubbio a disagio, ma le ragioni del suo imbarazzo sono chiaramente più profonde. Forse c'è davvero Lynn Lou di mezzo, lo ha coinvolto in un altro dei suoi casini da adolescente irresponsabile. "Signor Neckhart, mi permetto di disturbarla perché conosco la sua attività..."

"E allora?" In un altro momento magari potrebbe incuriosirlo studiare il tipo più a lungo, spiazzarlo deducendo con accuratezza le sue motivazioni. Adesso vuole arrivare subito al punto, liberarsi di questa intrusione.

Il giovane Baumgartner fa un gesto verso il computer portatile sul tavolo. "Ho visto il suo sito, è estremamente interessante..." Prende tempo, non sa come cominciare. Sì, è possibile che abbia avuto un incontro ravvicinato con Lynn Lou, che magari voglia ricattarlo.

"Grazie. Purtroppo sono estremamente occupato, se mi potesse dire subito di cosa si tratta."

"Immagino, certo. Mi scusi ancora. Io volevo chiederle..." L'assistente del banchiere esita ancora; nel suo comportamento c'è una strana miscela di sicurezza appannata e viva incertezza.

"Chieda." Non ha tempo per queste manfrine adesso, non ha margini di attenzione disponibili per trentenni tedeschi emotivamente stravolti.

"Quello che vorrei chiederle è..." Le probabilità che questo comportamento sia dovuto a Lynn Lou continuano ad aumentare: ormai siamo al settanta/settantacinque per cento.

"Vuole chiedermi se sono geloso di mia moglie?" Brian Neckhart si rende conto di esporsi in modo azzardato, ma l'unica cosa che gli interessa è uscire dallo stallo. "No, non lo sono. No, non ho più intenzione di farle da balia. No, non penso più che sia l'unica persona al mondo in grado di cambiare. E sì, da questo momento la lascio totalmente libera di fare il cavolo che le pare. Anche con lei, signor Baumgartner. Le mie risposte la rassicurano?"

L'assistente del banchiere ha un'espressione attonita, come se avesse appena ricevuto un ceffone in piena faccia senza la minima provocazione. Sopraffatto dall'imbarazzo, muove le labbra con difficoltà. "Signor Neckhart, io non mi permetterei mai di venire qui a parlare di sua moglie in termini..."

"Ah no?" Brian Neckhart si rende improvvisamente conto di non essere del tutto lucido, e questo ha l'effetto di alterare ancora più il suo equilibrio, aumentare l'aggressività nel suo tono. "Di cosa mi voleva parlare, allora? È qui dentro da alcuni minuti, e non mi ha ancora spiegato le ragioni della sua visita. Posso chiederle di arrivare al punto, signor Baumgartner?"

"La mia è una richiesta per così dire esplorativa, un'iniziativa del tutto personale... Mi chiedevo se lei non potesse eventualmente considerare di occuparsi della situazione del mio principale, il Signor Reitt..."

"So chi è il suo principale." Brian Neckhart blocca i pensieri autocritici che cercano di assalirlo a sciami, facendolo sentire ridicolo. Si sforza di concentrarsi invece sul giovane tedesco, sulla sua evidente condizione di conflitto tra buone maniere abituali e smarrimento da emergenza.

"Il fatto è che..." L'assistente lotta per superare i muri di riservatezza e rispetto gerarchico che devono averlo bloccato per chissà quanti anni, va avanti spinto da un puro senso di missione. "Purtroppo c'è stata una diffusione di immagini a carattere privato, con potenziali effetti molto dannosi per la posizione del Signor Reitt..."

"Le ho viste." Brian Neckhart non ha voglia di far finta di non saperne niente, non ha tempo.

Baumgartner sembra sconvolto dalla scoperta di essere il custode di un ex segreto. "Quando le ha viste?"

"Poco fa. Stavo dando un'occhiata ai profili degli altri ospiti di questo posto, per pura curiosità."

"Mi permetterebbe di dare un'occhiata, solo un istante?" L'assistente del banchiere fa un gesto verso il Macbook Air sul tavolo. "Il mio iPad e il mio iPhone sono finiti in fondo al mare, non sono più aggiornato sulla situazione da questa mattina presto..."

"Certo." Brian Neckhart lo precede rapido al computer, digita *werner reitt scandal* nella finestrella di Google: sulla prima paginata di risultati ci sono le edizioni on line di giornali tedeschi, inglesi, francesi, italiani, americani, le principali agenzie di stampa.

L'assistente di Reitt clicca sul primo risultato, cauto come se temesse di far scoppiare il computer, e in effetti sullo schermo esplode il titolo *Sex-Skandal bei PanEuropaBank,* sopra la foto di Werner Reitt visibilmente ubriaco e truccato in modo osceno, con una coppa di champagne in mano e il simbolo dell'euro disegnato sul petto nudo. Il giovane tedesco arretra, inspira dal naso, contrae le mandibole, è percorso da un tremito visibile.

"Sì, non è una gran situazione." Brian Neckhart fa un mezzo sorriso. È bella invece la situazione del matrimonio Shaw-Neckhart: tipico caso di "Medico, cura te stesso", davvero.

"Non immaginavo che esplodesse già oggi, a questo livello..." L'assistente è di un pallore impressionante, ha le pupille dilatate; sembra terrorizzato all'idea di riavvicinarsi al computer.

"Eppure era del tutto prevedibile." Brian Neckhart continua a fare il rivelatore brutale di verità, nel suo tono molto sperimentato. Ma l'esplosione del suo matrimonio non era altrettanto prevedibile? Anche un imbecille avrebbe potuto immaginarsela. "È da ieri che questa roba gira sui blog." Parlare di blog qui dentro poi è come parlare di corda in casa dell'impiccato, letteralmente.

"Speravamo ancora che la banca riuscisse a fare qualcosa con i gestori..." L'assistente sposta lo sguardo dallo schermo a Brian

Neckhart, avanti e indietro, con un'espressione di aspettativa concentrata.

"Una banca in casi come questo è un elefante in una cristalleria." Brian Neckhart trova patetica la devozione del giovane Baumgartner per il suo principale, ma non può fare a meno di ammirarla, dato lo stato delle cose.

"Lo so." L'aspettativa nello sguardo dell'assistente non si affievolisce. "Lei pensa che ci sia ancora una qualche possibilità di recuperare la situazione, signor Neckhart?"

Brian Neckhart non risponde subito, perché gli torna in mente l'espressione di Lynn Lou appena uscita dal bagno così vivida da farlo vacillare. "Nessuna situazione può essere recuperata, signor Baumgartner."

Il giovane tedesco sembra ancora più smarrito di prima. "Ma lei nel sito di LifeSolving™ dice che per ogni situazione c'è una soluzione..."

"Una soluzione, sì."

"E dunque?"

"Risolvere una situazione non vuole affatto dire recuperarla. Proprio il contrario. Vuol dire costruirne una migliore. Ha in mente la storia dei tre porcellini, signor Baumgartner?"

"Credo di sì..." Il giovane assume un'espressione così perplessa che farebbe ridere, in altre circostanze.

"Quello che intendo è, lasciar perdere la casa di paglia ormai devastata, dimenticarsela, metterne in piedi una di mattoni al suo posto."

L'assistente non sembra a suo agio con questa metafora, probabilmente perché non deve affatto sembrargli di essere stato per anni in una casa di paglia: semmai in un incrollabile palazzo di granito. "Lei pensa che sia possibile, in questo caso?"

Brian Neckhart mantiene il contatto d'occhi, annuisce piano. Occuparsi della situazione Reitt in effetti potrebbe essere una bella sfida, con ricadute ad ampio raggio, non solo finanziarie. Potrebbe aprire a LifeSolving™ la porta del mercato europeo, e una porta bella grande, anche. Per non dire che sarebbe un ottimo modo di occupare lo spazio mentale ed emotivo che tra pochissimo sarà liberato dalla fine del matrimonio con Lynn Lou.

“Ma in che modo?” L’assistente lotta contro un flusso di considerazioni pessimistiche, cerca disperatamente di valutare se ci sia davvero una via per portare il suo capo e se stesso fuori dal disastro.

“Direi costruendo un bunker di cemento armato, più che una casa di mattoni. Del resto voi tedeschi siete abbastanza bravi con quel tipo di costruzioni.”

Baumgartner rimane incerto tra diverse espressioni; rinuncia a sceglierne una.

“Naturalmente è indispensabile che il suo capo ne sia convinto, e collabori pienamente. Non credo che sappia nemmeno di questa sua visita, no?”

“In effetti no. Come le ho detto subito, è stata una mia iniziativa personale...”

“Gli parli subito, allora. La rapidità di reazione in un caso come questo è cruciale, credo sia inutile dirlo.”

“Certo, certo.” L’assistente del banchiere è ancora estremamente confuso, ma un certo grado di speranza si sta facendo strada nel suo sguardo. “Lo farò subito. Intanto non so come ringraziarla per avermi voluto ascoltare.”

“*Ahà*.” Brian Neckhart lo sospinge a gesti verso la porta. “Mi faccia sapere.”

“Va bene, signor Neckhart, grazie ancora.” L’assistente porge la mano, esce, ma poi esita sulla soglia, si gira. “Lei crede davvero che ci sia ancora una possibilità di risolvere questa situazione? Allo stadio in cui siamo?”

“Qualunque situazione può essere risolta, signor Baumgartner. Basta trovare l’angolo di attacco giusto. Sono le *persone* che non si possono risolvere.” Brian Neckhart richiude la porta, torna al suo laptop.

Cinquantadue

La nonna (dal lato Alcuanti) ogni tanto dice *En dimora masteri todu die es celebration*, a casa del padrone ogni giorno è festa, però qui sembra proprio il contrario: le preoccupazioni superano quasi sempre le celebrazioni. Però cavolo, Lucia Moscatigno è proprio innervosita di brutto. Dopo anni di lavoro e mesi di preparazione frenetica ci si convince che ogni cosa sia finalmente a posto, la cucina, il servizio in camera e sulla terrazza ristorante, il dissalatore, il condizionatore, i pannelli solari e fotovoltaici, eccetera, ed ecco che arrivano due giorni come questi. Ieri il fotografo morto sugli scogli, oggi il disastro del motoscafo, il comandante della guardia costiera che vuole scandagliare il mare, le bugie che Carmine ha dovuto inventare allo zio sui suoi inutili sforzi per trovare il gommone del fotografo. Aggiungi lo scandalo delle foto di Reitt con la ragazzina esploso su internet, aggiungi che Reitt ha detto a Gianluca di volersene tornare in Germania, aggiungi che il vento continua a salire, aggiungi che il mare si è fatto più mosso. Non c'è da stupirsi se Gianluca è in un'altalena continua tra ansia e scoramento.

Però perché deve prendersela con lei, accusarla di avergli fatto assumere un cugino che si è rivelato un omicida e un marinaio irresponsabile? Lei ha un bel ripetere che Carmine ha sì il sangue caldo come tutti i maschi (e una buona parte delle femmine) taresi, però da lì ad ammazzare qualcuno ce ne passa, e che il naufragio con il motoscafo non è stata certo colpa sua, bensì di quella deficiente della Lynn Lou Shaw. È riuscita a ricostruirlo con certezza, ascoltando i racconti dei signori Cobanni, di Mathias e di Paolo Zacomel. Ma c'è poco da fare, Gianluca ormai si è fissato che sia tutta colpa di Carmine, non cambia più idea.

Come diceva il nonno (da parte Moscatigno), *Debe tort aliquo ghiva*, bisogna pur dare la colpa a qualcuno.
"E cosa facciamo con quel cialtrone di Gomi?" Gianluca la guarda dall'altro lato della stanza nella luce arancionata del tramonto, teso da fare paura.
"L'onorevole? Non lo viene a riprendere la motovedetta della guardia costiera?" A lei a dire la verità non è che le dispiaccia proprio averlo qui a Villa Metaphora, perché è vero che è insistente da morire e non tanto simpatico, però è pur sempre un altro personaggio famoso qui in Villa. Anche se Gianluca dice che è il tipo sbagliato di famoso.
"Ma quando? E se per caso non riescono a venire a prenderlo?"
"Dài, vedrai che vengono."
"O magari no!" Gianluca alza la voce, ancora una volta la tratta da povera stupida fatalista, che nervi.
"Va be', intanto vedi di calmarti, Gian." Deve cercare di calmarsi anche lei, perché quando lui comincia a trattarla così non è facile, ce ne vuole di pazienza.
"Non mi calmo affatto! Dove cavolo lo mettiamo a dormire, se per caso non vengono a riprenderselo?"
Lucia fa un sospiro grosso (di quelli che gli fanno dire che è da vecchi taresi, tutto questo sospirare). "Troveremo una soluzione."
"Quale soluzione?"
"Non lo so, gli metteremo un letto nel soggiorno, se proprio ci fosse il problema. Ma vedrai che tornano a prenderselo."
"E nel frattempo cosa facciamo?" Ecco che di nuovo Gianluca passa da uomo che sa tutto e decide tutto a uomo che chiede consigli su tutto. "Dovremo farlo cenare in terrazza con gli ospiti, porca di una miseria?"
"Eh, sì, per forza."
"Sempre attaccato a quel dannato telefonino com'è, con quella voce da megafono, disturba gli ospiti in un modo indecente!"
"Potresti dirglielo, no? Potresti pregarlo gentilmente di non usarlo. L'abbiamo anche scritto, che i cellulari si possono usare solo negli spazi privati o sulla terrazza in basso."

"Diglielo tu, sono sicuro che ascolta di più una donna." Così è riuscito a scaricare anche questa su di lei; in certi momenti sembra che se la tenga solo per scaricarle addosso i problemi, davvero.

"Ramiro comunque non sarà contento, di sicuro. Si è lamentato già oggi, dice che non possiamo portargli altra gente così, senza preavviso." Non è che voglia aggiungere altri motivi di tensione, ma ogni giorno si ritrova a fare l'intermediaria, c'è sempre qualcuno che dice qualcosa a lei perché la riferisca all'altro. È un lavoro delicato, il suo, quasi da diplomatica.

"Senti, di' al signor Ramiro di darsi una calmata!" Gianluca si imbestialisce, ne era sicura. "Digli che con tutti i problemi che ho non posso occuparmi anche delle sue isterie da primadonna! Francamente lo pago abbastanza perché possa scomodarsi a far da mangiare per un ospite imprevisto, una volta tanto!"

"Gian, non ti scaldare."

"Non mi sto scaldando! E non chiamarmi Gian, sai benissimo che mi dà fastidio!"

"Oh, scusa tanto! Lo dicevo per te, per non farti venire l'infarto." Capisce che sia nervoso, con tutte le preoccupazioni che ha, non è che non lo capisca. Però le dà fastidio quando le grida contro, forse è una cosa che risale a tutte le grida di suo padre contro sua madre che sentiva da piccola.

"Non mi viene nessunissimo infarto, ho un cuore in perfette condizioni!" Diventa tutto rosso dalla rabbia, o forse è il rosso del tramonto che entra dalle finestre e gli si riflette sulla faccia.

"Va bene, scusa tanto." Lucia va verso la porta; non è proprio aria per parlare di niente, stasera.

"Dove vai?!" Gianluca reagisce come se la vedesse scappare dalla nave che affonda, la donna più sleale del mondo.

"A controllare come va col vento." È un altro argomento che non vorrebbe toccare, ma come si fa, è lì fuori.

Gianluca apre una finestra, fa entrare una folata che manda per aria i fogli sulla scrivania. "Ci mancava solo il vento, in questa cavolo di giornata!"

"Faccio mettere il telo di protezione sul perimetro della terrazza."

"Dovrebbe essere già su da ore! Non è che dobbiamo aspettare di vedere volare via gli ospiti, per montarlo!"

"Adesso lo faccio montare, okay? Lo dico subito a Carmine."

"Di' a quel delinquente di tuo cugino di occuparsi delle cose di cui si deve occupare, invece di andare in giro ad aggredire fotografi e distruggere motoscafi!"

"Carmine non ha aggredito nessuno, va bene?" Lucia aveva tutte le intenzioni di lasciar perdere, ma se lui viene a tirarle di nuovo fuori queste accuse, allora prende fuoco anche lei. Due minuti fa era lì a chiederle consigli su tutto, a pendere dalle sue labbra in cerca di rassicurazioni e assistenza, e adesso sembra che abbia inventato lui il detto *Bona mugera mugera qui nou spica*, buona donna quella che sta zitta. Ma non è che lei possa sopportare all'infinito, no. "E per il motoscafo la colpa è di quella deficiente della Lynn Lou Shaw, te l'ho detto!"

"Prima di tutto non devi mai permetterti di parlare dei nostri ospiti in questi termini, chiaro? Poi la responsabilità è sempre di chi ha il comando dell'imbarcazione! È la legge del mare! Carmine non avrebbe mai dovuto permetterle di toccare i comandi!"

"Non gliel'ha permesso! Era lei che si è messa ad allungare le mani, Carmine non riusciva più a tenerla ferma!"

"Ma non avrebbe nemmeno mai dovuto farla stare nel pozzetto di prua! La colpa è di tuo cugino, non c'è ombra di dubbio, con quella specie di venerazione da idolatra che ha per lei! È una idiozia irresponsabile che mi costerà chissà quante decine di migliaia di euro, te ne rendi conto?!"

"Falli pagare alla Lynn Lou Shaw, scusa! Con tutti i soldi che ha quella, non se ne accorgerà neanche!"

"Non dire stupidaggini, per piacere!" Eccolo di nuovo a trattarla da scema; la rabbia che le fa. "È inutile che continui a difendere tuo cugino con quell'ostinazione mulina! Da mafia tarese, proprio!"

Lei abbassa la testa, altrimenti qui viene fuori una rissa che non finisce più; esce dall'ufficio, va fuori sulla terrazza.

Cinquantatré

Per qualche ragione gli altri ospiti tendono a non usare questo soggiorno, forse perché non vogliono ritrovarsi confinati nello stesso spazio chiuso, costretti a dialogare tra loro. Sembra che seguano una legge non scritta, che prescrive di limitare al minimo i contatti interpersonali, come se il loro status potesse in qualche modo risentirne. Un incrocio di battute va bene, magari uno scambio di osservazioni superficiali, qualche rapido sorriso, ma non di più. Preferiscono starsene sulla terrazza, dove la dispersione di parole e gesti è molto maggiore (benché stasera anche con il telo perimetrale che ha montato Carmine il vento sia un po' troppo forte), o tornarsene nelle loro suite, dopo un breve giro lungo il sentiero selciato. Curiose regole del jet-set internazionale, davvero. Tiziana Cobanni aveva già avuto occasione di osservarle in altri posti, ma qui sono più evidenti, forse perché gli ospiti sono particolarmente importanti, o almeno si considerano tali. I due tedeschi e i due americani in particolare sono in uno stato di tensione costante, non si rilassano mai. Se questo è il loro modo di essere in vacanza, è difficile immaginare come siano nella vita di tutti i giorni. A lei invece non dispiacerebbe per niente fare due chiacchiere, in fondo dovrebbe essere uno dei piaceri offerti da un posto come questo. D'altra parte è anche contenta di starsene qui tranquilla a leggere con Giulio, dopo tutti gli spaventi di oggi.

Giulio ha tra le mani il volume del barone Canistraterra, lei il libro che le ha regalato la loro figlia Roberta quando è passata a trovarli prima della partenza. Peccato che sia una storia così inconsistente, basta un attimo di distrazione per perdere il filo, dimenticarsi i personaggi, smarrire il senso. L'autore, che ha ricevuto a quanto pare ottime recensioni, sembra interessato al gioco di stile molto più che alla sostanza di quello che racconta. Si potrebbe anzi dire che la sostanza manchi quasi del tutto, nella successione di righe fatte di brevi frasi e singole parole, stampate a grossi caratteri per arrivare a una novantina scarsa di pagine. Peccato davvero, perché avrebbe bisogno di un vero romanzo con una vera trama, personaggi palpitanti, sentimenti, complicazioni pratiche e psicologiche, per tenersi lontana dai pensieri che la assillano. L'atmosfera di questa sala sarebbe perfetta, con questo silenzio denso, appena disturbato a intervalli dal tremolio delle finestre. Può darsi che l'architetto Perusato abbia scelto vetri sottili per dare una maggior sensazione di contatto con l'esterno, oppure per risparmiare, dato che i costi per mettere in piedi il resort devono essere stati notevoli.

Giulio sembra completamente assorto nel grosso volume dalla copertina in pelle verde che tiene sulle ginocchia. Ogni tanto prende un piccolo sorso di cognac dal bicchiere appoggiato sul tavolino alla sua destra, schiocca appena le labbra. Però a un certo punto si accorge che lei non sta leggendo, alza lo sguardo. "Pensa che ai tempi del barone Canistraterra qui sull'isola c'erano ancora tracce di un culto animista pre-cristiano incentrato sul vulcano. Gli abitanti lo chiamavano Muntagna Matri. L'architetto ce l'aveva accennato, quando siamo arrivati."

"Sì, mi ricordo." Tiziana Cobanni ripensa al loro arrivo: a come la percezione che aveva avuto allora del luogo corrisponda solo in minima parte a quella che ne ha adesso. Sono due piani separati, coesistenti.

"Canistraterra aveva avuto decine di conversazioni con i vecchi taresi, annotando nomi, pratiche, rituali, fino negli aspetti più minuti. Nessuno se ne era mai occupato in modo serio, prima di lui." Giulio ha sempre il vizio di raccontarle quello che sta leggendo, soprattutto quando lo appassiona.

"Cosa sarebbe l'animismo, di preciso?" Un'idea lei naturalmente ce l'ha, ma nella loro divisione di ruoli è lui il depositario della cultura più sistematica. Per qualche ragione le sembra rassicurante, le dà la sensazione di potersi permettere ogni tanto una certa leggerezza femminile.

"Be', è l'idea che entità non umane possiedano proprietà spirituali." A Giulio per contro conoscere i nomi e le spiegazioni giuste deve dare un gusto protettivo maschile: è uno degli aspetti della loro complementarità ancora viva, dopo tanti anni e tante complicazioni.

"Tipo animali, piante, montagne, il mare?"

"Sì, e i diversi fenomeni naturali. Il tuono, il fulmine, il vento, non so."

"Capito." Le basterebbe anche così, attingere appena al pozzo delle sue conoscenze di uomo colto e curioso.

Però lui adesso che è partito ha voglia di continuare. "È inevitabile che il vulcano fosse visto dagli isolani come un'immensa forza vitale, creatrice e distruttrice al tempo stesso. Lì addormentato al centro dell'isola, ma pronto a ricordare a tutti che c'è, con i suoi sbuffi, i suoi vapori, le sue acque calde solforose."

"Certo."

"Per i taresi doveva essere una fonte costante di paura e di ammirazione. Ci pensavo oggi nella grotta, quando Carmine si è messo a recitare quella poesia sull'occhio del drago, no?"

"Sì, mi ha fatto venire la pelle d'oca." È vero: le torna anche adesso, a ripensarci. "Rifletteva una cultura talmente antica e strana, così lontana da quello che conosciamo. E lui era così coinvolto, così profondamente emozionato."

Giulio la guarda, annuisce. "Non ero sicuro che riuscissi a sentirlo, seduta là in fondo al motoscafo."

"Lo sentivo benissimo. Quella caverna era come una cattedrale naturale, amplificava ogni suono."

Stanno zitti per qualche secondo, ascoltano il lieve tremito dei vetri alle finestre.

"Naturalmente l'animismo può attribuire uno spirito vitale anche a certe *parole*, a certi nomi, a certe metafore mitologiche."

"Sì?"

"Sì." Una volta che Giulio entra in questi percorsi può continuare a lungo, dimenticandosi completamente che anche lei stava leggendo. "Pensa che la parola 'animismo' è stata inventata nel Settecento da un chimico che si chiamava Stahl, per definire una sua teoria secondo cui l'anima controllava in modo diretto ogni singola funzione del corpo."

"Ma pensa." Tiziana Cobanni abbassa di nuovo gli occhi sul suo libro, per segnalargli che forse vorrebbe continuare a leggere. Forse invece no, è un libro così irritante e vuoto. Con tutto quello di cui si potrebbe scrivere, tutto quello che succede ogni giorno nel mondo reale. È molto meglio ascoltare Giulio, a dire la verità.

"Però poi il termine è stato ripreso nell'Ottocento da un antropologo che si chiamava Edward Tylor." Giulio è uno dei pochissimi adulti che lei conosca che non si sia fermato a quello che sapeva già a venticinque o trent'anni, ma continua a studiare, raccogliere informazioni, imparare cose nuove.

"Vuoi dire nell'accezione che gli diamo adesso?" Anche lei non ha affatto smesso di essere curiosa, di esplorare territori non familiari.

"Sì. Una delle idee di Tylor era che l'animismo sia stato alla base di tutte le religioni. Con un'evoluzione, o involuzione, progressiva dall'attribuire uno spirito a ogni elemento animato e inanimato al concentrare tutti i principi spirituali in un'unica figura creatrice, un Dio."

"Ah, ecco." Il fatto è che la appassiona ancora seguirlo lungo i corridoi delle cose che lui sa: le piace immensamente la sua capacità di scandagliare spessori, non accettare niente così come appare in superficie. Però adesso prova una tale stanchezza fisica ed emotiva per quello che è successo, c'è una tale inquietudine oscura al fondo dei suoi pensieri.

"Jung aveva una posizione interessante, sull'animismo." Giulio ha una luce calda negli occhi, e non è solo il riflesso della lampada. "Gli sembrava riduttivo considerarlo un insieme di superstizioni di culture primitive, lo vedeva come un'espressione degli aspetti soggettivi della psiche, l'intuizione e la sensazione. L'inconscio che si proietta sulle manifestazioni della natura, e attribuisce loro uno spirito."

Tiziana Cobanni si limita a fare appena di sì con la testa, riabbassa gli occhi sul suo libro.

"Però se ci pensi non è stata una grande conquista." Giulio non riesce a lasciarla stare, proprio.

"Cosa?" Lei rialza gli occhi dal libro.

"Passare dal credere che ogni elemento della natura abbia un'anima, al credere che non ne abbia nessuna. Al pensare di poter fare il cavolo che ci pare con montagne, fiumi, foreste perché tanto sono oggetti inanimati, a nostra completa disposizione. Al pensare di essere autorizzati a squassare, scavare, bucare, portare via, comprare o vendere tutto quello su cui riusciamo a mettere i piedi o le mani. Senza il minimo rispetto, senza la minima considerazione. Senza il minimo *timore*."

Tiziana Cobanni fa di sì con la testa, pensa che è vero.

"Prendi gli antichi taresi con il loro vulcano. Avevano una deferenza immensa nei suoi confronti." Giulio muove la mano, nel suo modo elegante. "Lo studiavano a distanza, lo veneravano, sapevano che da un momento all'altro avrebbe potuto spazzarli via come formiche. Oggi probabilmente se ne fregano, come chiunque. Gli sembra solo un cumulo di roccia sotto cui ribolle qualcosa."

Lei annuisce ancora, però non è affatto sicura di volerlo seguire su questa linea di pensieri.

Giulio fa per aggiungere qualcosa; ci rinuncia, torna a leggere il libro del barone Canistraterra. Stanno zitti a lungo, ognuno con i suoi pensieri.

Il contrasto tra la pace di adesso e la spaventosa, improvvisa confusione del naufragio di questa mattina non potrebbe essere più forte. Dal conforto di questa bella sala arredata con eleganza essenziale, con addosso vestiti ben asciutti, Tiziana Cobanni non riesce quasi a credere che sia davvero successo. Le sembra un sogno assurdamente vivido, che invece di dissolversi come fanno i sogni continua ad abitarla con una quantità impressionante di dettagli, immagini, suoni, sensazioni di temperatura, peso, attrito, paura, affanno. È tutto lì, nella sua testa ma anche nel suo corpo, sotto la pelle, in una frammentazione di dati che continuano ad affacciarsi nei pensieri, le impediscono di concentrarsi per più di qualche secondo sulle pagine del suo libro. Ma c'è un pensiero che continua a riaffiorare con prepotenza sugli altri, continua a spingerla a formulare una domanda. "Giulio?"

Lui alza gli occhi azzurri dietro le lenti dalla montatura sottile. "Sì?"

“Quando oggi siamo finiti in acqua, dopo che il motoscafo si è schiantato contro l’altra barca...”

“Eh.” Il suo sguardo chiaro è apparentemente sereno, senza ombre.

“Quando l’assistente del tedesco mi ha trascinata fino agli scogli ed è tornato indietro a prendere te...”

Giulio scuote piano la testa, come se non riuscisse a capire dove lei vuole arrivare. Ma lo sa benissimo, invece. Certo che lo sa.

“Perché non volevi che ti salvasse?”

“Chi ti ha detto che non volevo?” Giulio prende un piccolo sorso di cognac, cerca di far finta di niente.

“L’ho *visto*. Quel ragazzo cercava disperatamente di trascinarti verso la riva, e tu lo spingevi via. L’hai messo seriamente in difficoltà, poverino. Se non si fosse tuffato anche il falegname, avreste potuto annegare tutti e due.”

“Mi dispiace averlo messo in difficoltà, non era mia intenzione.” Giulio ignora volutamente il punto centrale della questione. “Ma non gli avevo chiesto di venirmi a salvare.”

“E cosa avresti fatto, allora?” Tiziana Cobanni non può impedirsi di insistere, non può. “Ti saresti lasciato andare a fondo?”

Giulio non risponde, prende un altro piccolo sorso di cognac.

“Mi potresti rispondere, per piacere? Vorrei sapere perché ti rifiutavi di farti aiutare.”

Giulio guarda altrove, come se avesse bisogno di pensarci.

“Cos’avevi in mente?”

“Niente.” La guarda, scuote la testa. “Non avevo in mente niente.”

“Eri sotto shock?”

“No. Non ero sotto shock. Semplicemente non mi sembrava il caso di fare tanta resistenza.”

“A cosa, Giulio? Al fatto che stavi per *annegare*?” Tiziana Cobanni sa di avere un tono disperato adesso, ma cosa ci può fare.

“Eh.” In fondo allo sguardo gentile di Giulio c’è una fermezza che le fa paura. “Non sono mai stato uno che si accanisce contro il corso naturale delle cose, lo sai bene. E non ho mai creduto che niente di significativo capiti per caso.”

"Stai dicendo che ti saresti lasciato annegare?"

Giulio alza le spalle, come a dire perché no?

Tiziana Cobanni non riesce neanche a parlare, gli occhi le si riempiono di lacrime. Ma lo sapeva già, non è che non lo sapesse: l'aveva visto, inzuppata e salva sopra la roccia vulcanica, aveva visto come lui respingeva il povero ragazzo tedesco che cercava disperatamente di salvarlo.

"Non mi sembrava una brutta fine." Giulio sorride, in quel modo dolce e leggermente smarrito che l'aveva colpita tanto la prima volta che l'ha visto sorridere.

Lei cerca di prendere un respiro profondo, ma le viene meno che a metà. "Tu davvero avresti preferito..." Non ci riesce, niente.

"Non è che fossi finito *intenzionalmente* in mare, Tiziana. Lo sai, c'eri anche tu." Ha questa pacatezza, questa specie di equidistanza dalle cose, da se stesso, da loro due. Eppure non è incurante, né provocatorio; il che forse la spaventa ancora di più.

"Però una volta che sei finito in mare..." Non è in grado di concludere la frase, ma è perfettamente in grado di arrivare alle conclusioni. Lo era già prima, del resto, perché fare finta di niente? Per ipocrisia? Per paura? Per non guardare in faccia le cose?

"Ho pensato che forse tanto valeva." Giulio sembra sollevato dall'averne parlato; prende un altro piccolo sorso di cognac, sfoglia un'altra pagina.

"E *io*?" Tiziana Cobanni si alza in piedi, il libro le scivola tra le mani, cade sul pavimento.

Giulio di nuovo la guarda in modo interrogativo: attento, gentile, autenticamente interessato alle sue ragioni. "Tu cosa?"

"A me non hai pensato, mentre eri tutto preso dall'idea di lasciarti andare a fondo?" Si rende conto di come la sua voce diventi stridula, di come il suo ruolo non sia simpatico, né poetico. Ma le sta salendo dentro una corrente di rabbia più forte della paura che la occupava fino a un attimo fa, e più difficile da arginare. "Non ti è venuto in mente che il tuo fosse un gesto incredibilmente egoista?"

"Perché?" Giulio assume un'espressione perplessa, come di fronte alla più ingiusta delle accuse.

"Te lo devo spiegare, perché?!" Tiziana Cobanni sta alzando la voce, ed è una cosa che non fa mai, davvero. Dev'essere una scena imbarazzante, patetica, ma in questo momento non gliene importa niente.

Lui si alza a fatica, posa il suo volume sulla poltrona, fa un tentativo piuttosto goffo di venire ad accarezzarle la faccia. "Succederebbe comunque, prima o poi."

"Cosa?!"

"Di doverti lasciare sola, eccetera. È solo questione di tempo, e neanche questa è una cosa che ho scelto io."

"Invece sì! Invece sì!" La rabbia continua ad attraversarla, la fa vibrare tutta.

"Per non parlare dei vantaggi indiscutibili dell'annegare in mare." Non si capisce come Giulio possa restare calmo, almeno in apparenza, come possa parlare in tono così pacato di queste cose.

"Ah, sì, quali?!"

"Be', intanto sarebbe una fine con una certa *allure* romantica." Giulio sorride, di nuovo. "I figli potrebbero raccontarla ai loro amici senza paura di suscitare noia. Poi c'è il fatto non proprio trascurabile che la mia assicurazione copre le morti accidentali, non certo quelle naturali."

"Non ti permetto di parlarmi di queste cose in questi termini!" Tiziana Cobanni è in uno stato in cui non vorrebbe essere, da cui non sa come uscire: congestionata, convulsa, travolta da una frana di sentimenti.

"Però non è un aspetto del tutto secondario, non credi? Visto lo stato delle nostre finanze..." Giulio si appoggia allo schienale della poltrona, il che rivela l'affaticamento fisico ed emotivo che cerca di nascondere. "Sei mesi fa ho migliorato considerevolmente i termini della polizza, Tiziana. È una buona assicurazione. Robusta. Ti garantirebbe un'ottima vita, senza ombra di preoccupazioni."

"Le mie preoccupazioni me le scelgo *io*, Giulio!" Tiziana Cobanni adesso sta proprio gridando, in un tono ancora più acuto e malcerto. Sì, è una scena penosa, ma non riesce a fermarsi. "I tuoi discorsi sono incredibilmente offensivi! Per me, per noi, per tutto!"

"Ehi? Tiziana?" Le si avvicina, con estrema cautela.

"Lasciami stare!" Però la rabbia le si esaurisce di colpo, nello stesso modo repentino in cui l'ha invasa. "Lasciami stare, per piacere." Abbassa la voce, tira fuori di tasca un fazzolettino di carta per asciugarsi gli occhi.

Giulio allunga di nuovo una mano, fa un altro timido tentativo di farle una carezza. Non è mai stato un uomo apertamente sentimentale, che si lascia andare a dichiarazioni: ha sempre faticato ad affrontare certi argomenti. Forse è una questione di cultura, più che di carattere, legata al suo essere nato e cresciuto in un'epoca in cui era inaccettabile che un uomo rivelasse le proprie debolezze, come succede invece oggi. Se lei pensa al loro figlio Marco, o a Francesco il marito della loro Roberta, i loro lati femminili (infantili, direbbe Giulio) sono infinitamente più esposti. Si mostrano fragili di continuo, scoppiano in lacrime alla prima difficoltà, a volte sconcertando le proprie compagne, per così dire espropriandole del loro ruolo.

Qualcuno bussa sui vetri della portafinestra. Tiziana e Giulio Cobanni hanno un soprassalto, come ladri colti in flagrante, fanno finta di interessarsi ad angoli diversi del soggiorno.

La portafinestra si apre, la signora francese si affaccia, fa entrare una folata di vento. "*Est-ce que je vous dérange?*"

"*Pas du tout, Madame.*" Giulio si riprende con rapidità sorprendente, sorride.

La signora francese entra, richiude la porta finestra. "Il vento è molto *énervant*, questa sera."

"*Très énervant, Madame.*" Giulio ha un tono meravigliosamente amabile. Chi si potrebbe immaginare che due minuti fa stesse parlando con rammarico di non essere riuscito a lasciarsi annegare in mare, questa mattina?

Cinquantaquattro

Lara Laremi sta vicina a Lynn Lou, mentre Paolo e Ramiro sistemano le bottiglie e la lanterna marocchina sul bordo della vasca. Poi aspettano tutti e quattro in silenzio tra la luce e l'ombra densa, con il vento che gli soffia sulle facce e tra i capelli e fa ondeggiare la fiammella dietro i vetri della lanterna. Si tolgono i vestiti, scivolano nell'acqua calda, effervescente. Nel nero del cielo c'è un quarto di luna, le stelle brillano con un'intensità straordinaria. Ogni folata porta odore di salso, di cespugli selvatici, di polvere di roccia, fa tremare la superficie dell'acqua. Lara si sente affondare in una dimensione misteriosa, insondabile, come se i suoi piedi non toccassero la pietra sul fondo, come se invece che nell'acqua fosse immersa nella notte stessa. Fluttuano tutti e quattro nel caldo riparo liquido, senza dire una parola.

Poi Ramiro si solleva con uno sforzo fuori dall'acqua, stappa una bottiglia, la porge a Lynn Lou.

Lynn Lou ci si attacca per una lunga gollata, la passa a Lara.

Lara prende un sorso, registra il sapore fruttato e acidulo, il contrasto del freddo che le scende per la gola con la temperatura dell'acqua che avvolge il suo corpo. Passa la bottiglia a Paolo. Hanno questa strana vicinanza, nascosta dall'oscurità, rivelata dai bagliori oscillanti della lanterna.

"Ehi, Lynn Lou, dici che ci sarà un fotografo appostato con una macchina a *infrarrojos*, da qualche parte là fuori?" Ramiro ride.

"Non sei divertente proprio per un cazzo." Lynn Lou cerca di restare seria, ma non ci riesce. "Ridammi quella fottuta bottiglia."

"Hai una giornata pesante da dimenticare, eh?" Ramiro la tratta con una confidenza in cui si mescolano ammirazione e spirito di protezione.

"Ho due fottuti *anni* da dimenticare. Quello stronzo figlio di puttana di mio marito ha detto che vuole divorziare."

"*¡Madre de Dios!* Quando te l'ha detto?"

"Stasera." Lynn Lou prende un'altra delle sue gollate senza fine.

Gli altri guardano i riflessi della lanterna sulla bottiglia, sul biondo dei suoi capelli. Lara lo sapeva già da prima di cena, sta zitta.

"È da non credere!" Ramiro ha un tono oltraggiato. "Uno che ha la fortuna vergognosa di riuscire a sposare l'incomparabile Lynn Lou Shaw, e vuole divorziare. Dev'essere completamente *loco*!"

"Se non me lo chiedeva lui, gliel'avrei chiesto io, a quel figlio di puttana." Lynn Lou ha il tono rauco che le viene quando beve o quando è emotivamente provata, o tutte e due le cose insieme, come succede di solito. Passa la bottiglia a Lara.

"Non ne potevi più di lui?" Ramiro è di solito parecchio impaziente, ma con Lynn Lou gli viene una straordinaria disposizione ad ascoltare, chiedere, informarsi.

"Puoi scommetterci. È un maniaco del controllo, il fottutissimo Mr. Neckhart."

"Però non mi sembra che tu lo stia tanto a sentire, no?" Paolo si allunga a prendere la bottiglia da Lara, le sfiora un braccio, si ritrae nell'ombra della vasca.

"No. Ma lui resta sempre un fottutissimo bastardo di merda."

"Non te n'eri accorta quando l'hai sposato?" Lara parla con la bocca a fior d'acqua, come per attenuare le implicazioni della sua domanda.

"Boh. Forse sì. Ma ero così scoppiata, mi sembrava di aver bisogno di uno che mi dicesse cosa cazzo fare."

"C'è anche da dire che è un uomo affascinante. *Muy macho, muy intenso*, così sicuro di sé, con quello sguardo."

"Se lo vuoi te lo lascio volentieri, il figlio di puttana." Lynn Lou ride di gola.

"*No, gracias*, ho già dato, a quel tipo di uomo."

"Davvero? Ripassami quella fottuta bottiglia. Come si chiamava, il tuo figlio di puttana?"

"Miguel. È stato lui a convincermi a venire qui. E prima a farmi smettere di lavorare per Hernán Xara. Anche se avrei smesso comunque, però magari non così bruscamente. Il suo godimento principale era decidere tutto quello che dovevo e non dovevo fare."

"Ma voi perché li lasciavate decidere? Perché?" Paolo tende a parlare poco, ma quando lo fa gli viene un'urgenza quasi violenta nella voce, pressante.

"Perché noi star abbiamo sempre il *talón de Aquiles* dell'insicurezza, che va insieme alla sensibilità." Ramiro deve vedere Lynn Lou come una specie di proiezione, gli piace tantissimo l'idea di avere diverse cose in comune con lei. "Siamo irresistibilmente affascinati dal bastardo supersicuro."

"Secondo te è inevitabile?" Lara in una conversazione a più voci tende a perdersi nell'ascolto degli altri, per affacciarsi con una domanda o un'osservazione solo quando le sembra di avere qualcosa di significativo da chiedere o da dire. Non è un modo di nascondersi sullo sfondo, e non dipende affatto da una mancanza di partecipazione; probabilmente ha a che fare con la sua natura di scrutatrice, come la definiva sua madre quando era bambina.

"*¡Claro que sí!*" Per Ramiro questo è chiaramente un tasto sensibile.

"Però vi faceva anche comodo, avere qualcuno che decideva per voi?" Paolo continua nel suo tono acceso. "No, chiedo, perché io per esempio non ho mai lasciato nessuno decidere per me in vita mia."

"Buon per te." Ramiro prende un sorso di vino.

"Rispondete alla domanda, accidenti." Paolo non vuole lasciar cadere. "Vi faceva comodo o no, avere un cavolo di padrone della vostra vita?"

"Non lo so!" Ramiro si irrita a sentirsi incalzato. "So che era una gran *molestia*."

"Un'infinita rottura di palle, cazzo!" Lynn Lou non è una che bada mai molto alle sfumature. "In certi momenti penso che gli potrei *sparare*, a quello stronzo!"

"Tipi così ti dicono sempre che lo fanno per il tuo bene, ma è solo per il loro ego insopportabile. *¡La insufrible arrogancia!*"

"Sì, ma cos'è che cercate in uomini così, in primo luogo?" Paolo insiste. "Una cavolo di figura paterna?"

"Ah, non credo!" Ramiro è toccato sul vivo. "Mio padre mi faceva un tale orrore!"

"Quello stronzo di mio padre se n'è andato quasi subito, per fortuna." Lynn Lou fa uno dei suoi famosi rutti dimostrativi. "Tranne tornare dopo che sono diventata famosa, a cercare soldi, il figlio di puttana."

"E il tuo, che padre era?" Paolo si rivolge a Lara, in un tono più morbido di quando si rivolgeva agli altri.

"Non era."

"*¿En qué sentido?*"

"Nel senso che non l'ho mai visto." Come ogni volta che le capita di parlarne, Lara si sente a disagio, quasi toccasse a lei fornire qualche giustificazione.

"Non vi siete mai neanche scritti?" La voce di Paolo adesso è addolorata. "O parlati al telefono?"

"No."

"Figlio di puttana bastardo, anche lui." Lynn Lou inevitabilmente lo assimila alla sua esperienza.

"Non lo so, magari se non fosse morto si sarebbe fatto vivo, prima o poi." Lara se l'è chiesto chissà quante volte, senza mai arrivare a una conclusione. E se si fosse fatto vivo, la sua vita sarebbe cambiata? In cosa? Nel suo rapporto con gli uomini? Con il mondo? Lei sarebbe diversa, adesso? Come?

"*Pero qué triste, pobrecita.*" Ramiro si commuove, allunga una mano a toccarle una spalla.

"I padri sono tutti delle merde." Lynn Lou di dubbi a questo riguardo non ne ha.

"Dunque non sai niente di lui?" La curiosità di Paolo non ha niente di invadente, è attraversata da un senso di partecipazione a cui lei non è affatto abituata.

"So quello che mi ha raccontato mia madre, e quello che ho letto."

"Cos'hai letto?"

"Un blocco di appunti che lui aveva lasciato da mia madre. E il suo libro."

"Quale libro?"
"*Canemacchina*, si chiamava."
"*Canemacchina?*" Paolo si sposta nella vasca, *swooosh*. "Tuo padre era *Guido Laremi*?"
"Sì, perché?" Lara pensa che in realtà non avrebbe nessuna voglia di parlarne, preferirebbe lasciar perdere.
"Io *Canemacchina* l'ho letto *tre volte*." Paolo ha un tono incredulo, scosso. "Mi ha cambiato la vita. Non sarei quello che sono, senza quel libro."
"Eh." Lara non sa cosa dire; non ha meriti da rivendicare, non ha rivelazioni da fare. Stanno parlando di un uomo che non ha mai conosciuto, di cui non sa quasi niente.
"È assurda, questa cosa." Paolo continua a essere sconcertato.
"*De verdad*."
"Va be'." Lara pensa che nemmeno sua madre ha mai saputo chi fosse lo scrittore o l'utopista o come cavolo lo si voglia chiamare con cui ha fatto una figlia, a parte quello che lui aveva scelto di raccontarle di sé. Sono stati insieme tre settimane, non abbastanza a lungo per scoprire cosa ci fosse davvero sotto le parole e i modi di fare. Giusto il tempo per creare la scintilla di una persona, e predisporle una buona quantità di problemi futuri. Ma va bene così; non le è proprio mai venuto in mente di fare la povera orfanella lamentosa.
"Avevo sentito qualcosa, quando ti ho vista." Paolo non beve neanche più, allunga a Lynn Lou la bottiglia che Ramiro gli ha passato.
"Cosa?" Anche questo Lara se lo è chiesto, quanti dati rilevanti passino nel DNA di una persona, oltre quelli puramente fisici, in assenza di influenze dirette. C'è qualcosa nel suo carattere che le arriva da suo padre? Qualcosa nel modo in cui funziona la sua immaginazione?
"Non lo so. Qualcosa nel tuo modo di guardare, forse."
"Perché dici così?" L'idea la inquieta, le apre un'incrinatura interiore che non vorrebbe percepire.
"Perché l'ho sentito." Non c'è nessuna leggerezza nel tono di Paolo; c'è una gravità calda, vicina.

Stanno zitti tutti e quattro, immersi nella vasca di acqua vulcanica che sembra fornire e assorbire energia a onde alterne. A un certo punto Lara sente la testa che le gira; si tira fuori, esce. Il vento fa evaporare l'acqua sulla sua pelle, le provoca brividi di freddo.

"Tutto bene?" Paolo si sposta nella vasca per seguire i suoi movimenti.

"Sì, mi girava solo un po' la testa."

Lui fa forza sulle braccia, dà un colpo di reni, salta fuori dall'acqua. Le sfiora un braccio con la mano. "Ehi, ma hai la pelle d'oca."

"Mi è venuto un po' di freddo per il vento." È nuda, ed è nudo anche lui, sgocciolante. Il buio della notte li protegge solo in parte, il riflesso ambrato della lanterna gioca incostante sulla loro pelle.

Lui va a raccogliere il piccolo mucchio dei vestiti di lei, glieli porge, poi si infila i calzoni. Fa per mettersi la maglietta, invece la dà a Lara. "Toh, asciugati con questa."

"Ehi, ecco un gesto romantico!" Ramiro ride, dall'acqua. "*¡Un gesto de antaño!*"

Lynn Lou non dice niente, si è già attaccata alla seconda bottiglia.

"Grazie, davvero, non importa." Lara si bilancia su un piede, si infila le mutandine. Si siede, raccoglie le gambe, rabbrividisce. È stupita, incerta; non ha una grande esperienza di uomini che si preoccupano per lei, davvero.

Paolo senza dire altro comincia a strofinarle la maglietta sulla schiena, sulle spalle, sulle braccia. I suoi movimenti sono energici, da uomo che lavora con le mani; non potrebbe essere più vicino, eppure non c'è niente di appiccicoso nella sua vicinanza.

"Grazie, va meglio." La pelle le scotta, adesso ha caldo, il respiro di lui a pochi centimetri dal suo orecchio destro si mescola al soffio del vento, la confonde. Lara si allunga a prendere gli altri suoi vestiti, cerca di infilarseli ma non trova i gesti giusti, il suo senso dell'equilibrio sembra in parte alterato.

Paolo arretra, scompare nell'ombra, appena al di là del baluginio della lanterna.

Nella vasca Ramiro si è messo a descrivere a Lynn Lou le ragioni per cui è rimasto incredibilmente colpito dalla scena iniziale di *The Lame Conversationalist*, il piano-sequenza in cui lei esce dalla stazione della metropolitana, attraversa la strada, cammina lungo il marciapiede e si infila nella galleria d'arte. "C'è quell'incredibile passaggio di espressioni sul tuo viso, dalla iniziale neutralità al senso di scopo che cresce e cresce di intensità, fino a quando entri per affrontare lui. Fantastica!"

"Be', ho costretto quello stronzo di Phil Roscoe a ripetere non so quanti ciak." Lynn Lou adora parlare e sentire parlare di sé, non potrebbe chiedere di meglio. "Lo stronzo continuava a dire 'Va benissimo così', ma io gli dicevo 'Fammi rifare questa fottuta scena ancora una volta e vedrai, cazzone!'"

Lara finisce di vestirsi, entra nel buio in cui è sparito Paolo, dopo pochi passi urta contro di lui. Lui la avvolge tra le braccia; lei gli preme la fronte sul petto.

Le mani di lui sono calde sulla sua schiena, calde attraverso il cotone sottile della maglietta. La sua voce è calda. "Chi sei?"

"Non lo so." Si sente tremare in un modo diverso da prima, dal dentro verso il fuori anziché dal fuori verso il dentro. "E tu?"

"Non lo so." Ride piano, la stringe forte con tutte e due le braccia, se la preme contro.

Lei smette di respirare; respira di nuovo. Non è un semplice abbraccio, è una fusione di essenze, una somma di battiti di cuore. Lara ha la sensazione di potercisi perdere, per un istante o forse anche definitivamente, senza riuscire a ritrovarsi più. O forse invece ritrovandosi, ritrovando una parte di sé che era nascosta, invisibile, in attesa. Si libera dalla stretta, arretra, gira la testa in direzione del vento. L'acqua nella vasca illuminata dalla lanterna vista da qui sembra rame liquido mescolato a petrolio. Le voci di Lynn Lou e Ramiro sono suoni staccati, strappati via a ogni folata.

Paolo le si avvicina, o forse è lei che si avvicina a lui, oppure si vengono incontro nello stesso istante, attraverso la poca distanza che si era riaperta tra loro. Lui le posa le mani sulle spalle, senza tirarsela contro come prima. Stanno così per un tempo che si dilata, senza riuscire a vedere altro che qualche piccolo riflesso uno dell'altra: un luccicare di occhi, una ciocca di capelli, uno zigomo, una fronte che subito scompare nell'ondeggiare della fiammella nella lanterna. Poi si stringono progressivamente, per volontà o forse solo per un cedimento della resistenza mentale e muscolare che li teneva separati. Le loro labbra si toccano, calde, si dischiudono, le loro lingue scivolano una sull'altra. Si stringono più forte, respiro dentro respiro, palpitazione dentro palpitazione, nella notte profonda e mossa che li assorbe e li nasconde. Sì, è un ritrovamento, questo, che li fa tremare entrambi, di spavento e di sollievo senza limiti.

QUINTO GIORNO

Cinquantacinque

Appena Poulanc esce sulla terrazza della suite, la luce la assale con l'abituale violenza. Quanto al vento – che le fa volare i capelli in modo fastidiosissimo – manderebbe in pezzi i vetri della portafinestra, se lei non riuscisse a bloccare in tempo le due ante. Ha dormito da cani per lo sbatacchiamento continuo della finestrella del bagno – lasciata stupidamente aperta – senza trovare la forza di alzarsi a chiuderla. Alla faccia dell'intensità degli elementi naturali, davvero: di giorno in giorno quest'isola rivela sempre più la sua natura fondamentalmente inabitabile. Il barone Canistraterra doveva essere un po' peggio di un semplice eccentrico per sostenere – lo leggeva ieri sera il signor Cobanni dalla raccolta dei suoi scritti – di sentirsi al settimo cielo quando era qui. Ahi, ecco che le tornano in mente i discorsi di Jean-Émile sul settimo cielo, ovvero sulla sua presenza trasversale nelle religioni monoteiste. Se lo può immaginare qui, appoggiato allo stipite della porta – pipa spenta in mano – mentre le spiega come per gli ebrei fosse un territorio di pura luce governato da Abramo sopra gli altri sei cieli, per Maometto una regione celeste al di là del potere della descrizione, per i teologi cristiani – saccheggiatori del sistema tolemaico – il più alto dei cieli corrispondenti alle orbite dei sette pianeti visibili a occhio nudo. Lo può sentire – ha proprio la sua voce nelle orecchie – addentrarsi in considerazioni su Tolomeo stesso, sulla "stupidità asinina" della sua visione geocentrica, sulla catastrofe scientifica e intellettuale rappresentata dal fatto che "l'imbecille pelusino" – il "plagiario di Ipparco" – fosse riuscito a mettere in ombra per duemila anni le meravigliose intuizioni di Aristarco di Samo sul sistema solare. "Fino a *Copernico*, ti rendi conto?" Ma basta con questa voce nelle orecchie, basta con Jean-Émile!

Poulanc torna dentro, richiude con cautela la portafinestra. Accende il computer, digita "essere al settimo cielo" nella finestrella di Google. Giusto per fare – ecco che non ci fidiamo più non solo della nostra memoria, ma nemmeno della nostra *cultura* – una verifica. Secondo il dizionario on line, vuol dire "trovarsi in uno stato di estasi, di benessere ineffabile". Be', se qui siamo al settimo cielo, allora lei sarebbe più che contenta di fermarsi al quinto! O anche al quarto!

Poulanc richiude il portatile, si infila occhiali da sole e cappello, esce dalla suite. La porta sbatte con violenza sufficiente a mozzarle le dita, per fortuna è stata svelta a toglierle. La cima del vulcano oggi sfumacchia, al di là della successione di rocce inclinate che bloccano l'accesso all'interno. In compenso il pezzo che ha cominciato a scrivere ieri sulla caduta ignominiosa di Werner Reitt e la sua fuga mediterranea sta venendo alla grande – è materiale da premio Pulitzer, sul serio. Quello di cui ha bisogno a questo punto è una lunga, franca conversazione con Brigitte Reitt, e la sua autorizzazione a pubblicare le sue parole. Di materiale ne ha buttato giù tanto, ma l'idea vincente – l'angolazione, come diceva Jean-Émile, ahi, di nuovo! – è raccontare il crollo del titano della finanza dal punto di vista della moglie. La signora ieri si è sfogata spontaneamente con lei, seppure in forma del tutto privata; è possibile che il precipitare della situazione la invogli a una liberatoria – purificatrice, addirittura – uscita pubblica.

Sulla terrazza ristorante però la Reitt non si vede. C'è solo quel cafone di politico italiano – evidentemente la marina italiana non è venuta a riprenderselo ieri sera – riparato dietro il muro dell'anticucina, intento già a quest'ora a strepitare nel cellulare con quella sua voce insopportabilmente sonora. È una questione di frequenze: il signor Gomi riesce a penetrare perfino il frastuono del vento che gonfia e scuote il telo bianco teso lungo il perimetro della terrazza e quello che serve a fare ombra sopra i tavoli. Il mare è spazzato senza tregua, increspato in milioni di piccole onde che si avventano spumeggianti verso le rocce della costa. Giù al molo Carmine, Federico l'aiuto cuoco e il falegname Zacomel – l'eroico salvatore del signor Cobanni dopo il naufragio – stanno armeggiando intorno alla barca che è riuscita ad arrivare dal porto con cameriere e provviste ma sballottola da far paura. Il gran motoscafo d'epoca gravemente danneggiato nella collisione di ieri ondeggia nella sua imbragatura, poco più dietro. Settimo cielo dei miei stivali: sembra che gli elementi convergano con furia mirata su questo specifico punto dell'isola, forse per vendicarsi del fatto che quel gran cialtrone pieno di sé del barone Canistraterra abbia pensato di sfidarli costruendo casa e terrazze dove doveva esserci – lo voleva la logica – solo roccia.

Gran cialtrone pieno di sé anche l'architetto Perusato, che emerge in questo momento – ben sbarbato e nell'abituale tenuta elegantemente informale – dal suo ufficio, seguito da una Lucia che tenta come sempre in modo piuttosto affannato di uniformarsi allo stile del principale/amante. "*Bonjour, Madame.*" L'architetto sorride in modo puramente meccanico, la morettona lo scimmiotta. Entrambi in stato di evidentissima tensione, filano subito oltre, in direzione del politico rifugiato nell'anticucina.

Poulanc li segue, un po' per curiosità e un po' perché come ogni mattina a quest'ora ha un bisogno disperato di caffè. Che la sua curiosità abbia ragioni professionali è inutile aggiungerlo: il pezzo su Reitt ha bisogno di tutti i dettagli gustosi che riesce a raccogliere, su questo posto e sui suoi residenti.

Il signor Gomi appena vede arrivare Perusato e la sua dipendente/amante chiude la telefonata, mette via il cellulare – un gesto di furtiva rapidità – e si attacca a loro con inarrestabile petulanza. "Architetto, non sono riuscito ancora ad avere una conferma dalla capitaneria di Lampedusa per la motovedetta, e anche per l'elicottero non mi sanno dire niente. Ma io devo assolutamente essere a Roma entro oggi pomeriggio!"

Ecco il dettaglio gustoso che cercava, il piccolo tocco di colore che alleggerisce un quadro tendente al cupo: Poulanc non avrebbe potuto arrivare in un momento più opportuno.

"Mi dispiace, onorevole." Perusato cerca di mantenere un tono impeccabile, benché – è evidentissimo – se solo potesse strangolerebbe volentieri il parlamentare. "L'unica imbarcazione che abbiamo a disposizione in questo momento è quella che vede là sotto."

"Ma non è assolutamente adatta a un mare in queste condizioni!" Il cosiddetto onorevole scuote la testa come un bambino viziato – non ci sono dubbi che il mare gli ispiri terrore.

"Infatti, non gliela proponevo neanche." Sì, Perusato è decisamente ai limiti della sopportazione.

"E poi comunque cosa farei, una volta al porto di Tari? Io devo andare a Lampedusa, per prendere l'aereo da lì. Oggi alle sedici ho una riunione con il gruppo parlamentare, non posso assolutamente mancare!"

Perusato allarga le braccia, si gira, vede Poulanc che ascolta con aria studiatamente casuale, la sua irritazione trova subito un appiglio. "*Est-ce que je peux vous aider, Madame?*"

"Niente, volevo un caffè, ma lo chiedo direttamente in cucina." Poulanc indica le due cameriere che occhieggiano da dentro mentre finiscono di aggiustarsi la divisa, seminascoste tra frigoriferi e cappe aspiranti di acciaio satinato.

Lucia la morettona interviene a supporto del principale/amante. "Ci penso io, signora. Lei si accomodi pure, glielo faccio portare subito." La riconduce a gesti sulla terrazza spazzata dal vento selvaggio, le scosta una sedia – i gesti sono ben misurati, tenuto conto che probabilmente qualche anno fa vendeva pesce da qualche bancarella, giù al porto.

Poulanc è furiosa, perché il vento le impedisce di seguire la conversazione tra Perusato e il politico. Per lo meno può osservare i loro gesti e la loro mimica facciale, mentre continuano a parlarsi al riparo del muro dell'anticucina.

Ma ecco arrivare dalla scalinata l'assistente di Werner Reitt, in una tenuta decisamente più decorosa di quella a cui era stato costretto – altro tocco di colore, sì – ieri dopo il naufragio. Pantaloni grigio chiaro, polo bianca, mocassini, è tornato lo zelante, ambizioso giovane che è. Appena si avventura sulla terrazza, ansimante per l'arrampicata, l'inarrestabile cosiddetto onorevole lo intercetta, gli si attacca. A Perusato non deve sembrare vero poter scaricare il fardello politico su un altro, perché scambia una rapida occhiata con la sua Lucia. "Mi scusino, per piacere." Attraversa rapido la terrazza seguito da lei, spariscono entrambi nell'ufficio.

La cameriera magra arriva con il caffè – un caffè vero, il grande chef con tutta probabilità ancora dorme, il che le risparmia le irritazioni della cucina tecno-emotiva già dal primo mattino – e si ritrae, con il goffo mezzo inchino a cui è stata sommariamente addestrata.

Poulanc sorseggia dalla sua tazzina, osserva il politico italiano e l'assistente tedesco parlare e gesticolare. Non sente una parola di quello che dicono – ha le orecchie piene di vento – però si diverte a immaginarselo in base alle loro espressioni, come in un film malamente doppiato di cui può scrivere lei stessa le battute.

Cinquantasei

Quando uno dice lo spirito teutonico, quando uno dice proprio l'ostinazione germanica, senza cedimenti neanche minimi. Prendi questo assistente, sembra un soldato che ha fatto un giuramento di fedeltà fino alla morte. Più Piero Gomi si sforza di ottenere da lui un minimo di flessibilità, più rigido diventa. "Non è assolutamente possibile." Scuote la testa. Gli abiti impeccabili di oggi oltretutto lo rinforzano rispetto a ieri, quando indossava quegli imbarazzanti stracci da barbone. "Il Dottor Reitt deve assolutamente far ritorno a Francoforte, non possiamo cedere a nessuno l'elicottero che abbiamo prenotato."

"Tutto quello che le sto chiedendo è di dare la precedenza a un Parlamentare." Piero Gomi usa il tono affabile ma pressante grazie al quale tante volte è riuscito a ottenere concessioni da personaggi giudicati generalmente intrattabili. Però qui non si va avanti di un millimetro, è come parlare a un muro. Prendere l'elicottero con Werner Reitt (ammesso che lui lo accettasse, cosa del tutto improbabile) naturalmente è escluso. Dopo le sciagurate foto che li ritraggono insieme come due amiconi, ci mancherebbe solo una nuova serie di immagini mentre scendono insieme all'eliporto di Lampedusa. La frittata sarebbe definitiva, davvero.

"Non è possibile." Nello sguardo dell'assistente di Reitt non c'è il minimo indicatore di un possibile cedimento. "Si faccia prenotare una lancia a motore."

"Il mare è troppo agitato, non lo vede? E io lo soffro molto, anche quando è calmo." Piero Gomi non è certo contento di rivelare a un estraneo queste debolezze, ma la speranza è che la voce della ragione possa aprire un varco.

"Non è molto agitato. Più che altro è il vento." L'assistente di Reitt è di un'ostinazione eccezionale.

“Le sto solo chiedendo di lasciarmi andare a Lampedusa con l’elicottero per primo, dopo di che ve lo rimando subito indietro.” Piero Gomi cerca in ogni modo di non far suonare la sua richiesta come una supplica (il che sarebbe umiliante e controproducente), né come una pressione indebita (il che scatenerebbe l’istinto bellicoso dei tedeschi). Più che altro prova a fare leva sulla logica, e su quel minimo di considerazione che ogni straniero dovrebbe avere per un rappresentante politico del paese che lo ospita. “È questione di un’ora al massimo, riuscirete tranquillamente a prendere il vostro volo per la Germania. Non vi cambia niente.”

“Mi dispiace, non è possibile.” L’assistente fa un cenno quasi spazientito. “Adesso mi scusi, ma devo raggiungere il Dottor Reitt.” Un saluto con la testa, e se ne va. Lo lascia così, come il postulante di un paese del Terzo Mondo, venuto a mendicare qualche aiuto umanitario!

D’altro canto (ma del tutto *inter nos*, per carità): avercene, di assistenti così. I suoi sembrano tanto devoti ed entusiasti finché le cose vanno bene, ci mancherebbe altro, hanno il privilegio di stare accanto a un politico di primissimo piano, tutte le corsie preferenziali aperte. Ma se le cose da un momento all’altro dovessero prendere una brutta piega? Se per esempio le foto insieme a Werner Reitt avessero un impatto grave sulla sua immagine? Già adesso nelle ultime telefonate Giovanni sembra spaventato, confuso, inconcludente. Luciano non è nemmeno riuscito a persuadere la Capitaneria di Lampedusa a distaccare un motovedetta, i suoi tentativi di avere un elicottero dai carabinieri di Agrigento ha avuto gli stessi risultati. Il fatto è che sono bravissimi ragazzi, seri, laureati a pieni voti, religiosi, per bene (ci metterebbe la mano sul fuoco), però pochissimo grintosi, troppo viziati dalle madri. Neanche lontanamente paragonabili alla solidità dell’assistente tedesco che se n’è appena andato a far rapporto al suo capo. Quando ieri Piero Gomi è andato a chiedergli di bloccare le foto che aveva spedito alle agenzie di stampa in Germania, gli ha risposto a muso duro, non ha neanche voluto prendere in considerazione la cosa. Le foto servivano (Piero Gomi l’ha capito troppo tardi, ahimè) a dare l’impressione che Werner Reitt sia venuto in Italia per incontri ad alto livello, invece che in fuga. Probabilissimo che la signora Reitt, tanto garbata e perfetta, l'abbia consapevolmente attirato in una trappola, strumentalizzando cinicamente la sua buona fede a vantaggio del marito. I tedeschi non avevano nessuna convenienza a ritirare quelle foto, fine della discussione. Piero Gomi ha provato a insistere con fermezza, ha provato a insistere con spirito di amicizia, ha provato a insistere promettendo dichiarazioni di sostegno a Werner Reitt da parte di esponenti del PPE tedesco con cui è in ottimi rapporti (anche se non è in grado di garantirle al cento per cento, come potrebbe). Niente, zero flessibilità. I suoi assistenti cosa avrebbero fatto in circostanze analoghe, messi sotto pressione da un politico tedesco di primissimo piano? La risposta la sa già, purtroppo.

La signora francese con la faccia rincagnata lo sta fissando, seduta al suo tavolo. Ha finito il caffè da un pezzo, però non accenna minimamente ad andarsene, anche se il vento è insopportabile. Che sia per caso la corrispondente di qualche giornalaccio della *gauche*? No dài, non si direbbe proprio, a giudicare dai gioielli e dai vestiti che ha addosso (non che non siano spesso sfacciatamente incoerenti, quelli della sinistra, anzi). Però ieri si era associata con velenosità impressionante alla brutta reazione della signora Reitt, un episodio sgradevolissimo. Bon, abbiamo problemi più grandi delle francesi con la faccia rincagnata, per il momento.

Il telefono adesso gli sta vibrando e suonando nella tasca della giacca. Piero Gomi va a mettersi dietro il muro dell'anticucina, per ripararsi dal frastuono del vento.

"Onorevole, mi scusi se la disturbo di nuovo..." Il tono di Giovanni non promette niente di buono.

"Cosa caspita vuoi disturbare, Giovanni?! Sono io che ti ho chiesto di chiamarmi appena avevi buone notizie! Ne hai, o no?" È spazientito, ma come potrebbe non esserlo? Si preme il cellulare all'orecchio, il vento infastidisce anche qui.

"Eh, allo stato attuale, proprio buone non si possono definire, Onorevole..." È probabile che Giovanni possa diventare un buon politico, prima o poi, perché ha di sicuro una predisposizione a sfumare nel nulla quello che dice.

"Potresti farmi il santissimo piacere di essere chiaro?" Piero Gomi si irrita, perché un conto è il linguaggio che può usare lui, magari nel contesto di un discorso di politica nazionale in cui bisogna cercare di non impiccarsi a significati troppo univoci, per lasciare margine a eventuali riaggiustamenti di posizione, un conto è il linguaggio che devono usare i suoi assistenti. Soprattutto quando lo chiamano per comunicazioni urgenti e lui è schiacciato contro un muro in un posto spaventoso, con un vento selvaggio che gli turbina intorno. Il fatto è che bisogna spiegargli tutto, a questi giovani, ma proprio tutto!

"No, è che la situazione si sta evolvendo in una direzione diversa da quella auspicata..."

"Ma va'?! Davvero?! Non me ne ero reso conto, pensa un po'!" Adesso lo stanno facendo veramente infuriare, questi ragazzi. "Non avrei chiamato né te, né quell'altro somaro, se la direzione fosse quella auspicata, Signore Santo!"

"Mi scusi, Onorevole, io intendevo dire..." Giovanni balbetta imbarazzato, ma non è certo questa la reazione che ci vorrebbe, non c'è traccia di uno scatto d'orgoglio.

"Aspetta un attimo che mi sposto, resta in linea!" Parlare così è impossibile, con il suo assistente che sembra la Sibilla di Cuma, la francese che lo spia seduta al tavolo, le cameriere che sbirciano dalla cucina, il vento che soffia in modo insopportabile nelle orecchie. Piero Gomi attraversa rapido la terrazza, entra nella sala dove ha passato la notte, richiude la portafinestra a fatica, perché il vento spinge e tira come un indemoniato. Si preme di nuovo il cellulare alla tempia. "Allora, potresti dirmi in modo comprensibile se avete avuto una risposta dalla Capitaneria o dal Comando dei Carabinieri, o no?"

"Ah, per il trasporto..." Dal tono di Giovanni sembra quasi che se ne fosse dimenticato, per incredibile che sia.

"Sì, per il trasporto! Per il trasporto, Giovanni! Di cos'altro credevi che parlassi?! Devono venire a prendermi con un elicottero! O con un'imbarcazione grande, perché io su una motovedetta di pochi metri con questo mare non ci salgo! E non posso neanche restare bloccato su questo scoglio fino a chissà quando!"

"Credo che Luciano abbia già chiamato diverse volte, sta riprovando ancora..." È che questi giovani non hanno nerbo, non hanno la minima energia combattiva. Finché si tratta di raccogliere benefici, sono bravissimi, e poi? Fanno cascare le braccia, davvero.

"Come, credi?! Qui bisogna che vi diate una grossa svegliata, ragazzi! E subito!" Il paragone che gli è venuto prima con l'assistente tedesco ha avuto l'effetto di renderlo ancora più insofferente. "Non so se ve ne rendete conto, ma io ho dovuto passare la notte su un letto di fortuna! Non ho chiuso occhio, non mi sono neanche potuto cambiare i vestiti! Questa mattina ho dovuto mendicare un rasoio per farmi la barba!"

"Onorevole, il fatto è che c'è una criticità a Lampedusa..."

"Cosa caspita significa una criticità, Giovanni?! Parla come mangi, per carità di Dio!"

"È che si è rovesciato un altro barcone di migranti, ci sono decine di dispersi..." Nella voce di Giovanni non c'è solo la mortificazione per essere stato ripreso: si avverte anche la traccia di un sentimento più sordo, quasi un larvato rimprovero.

"Mi dispiace moltissimo per i migranti, poveretti, ma anch'io sono in una situazione molto ma molto difficile! Dovete mettermi in condizione di andare subito via da qui! Dovete farmi tornare a Roma! Con un mezzo decente, adeguato alle circostanze!" Non gli fa certo piacere perdere le staffe così, ma il fatto è che in frangenti simili gli assistenti dovrebbero assistere, non costringere a pungolare e indirizzare passo per passo.

"Onorevole, io a dire la verità la chiamavo soprattutto per le fotografie con Reitt..." Giovanni trascina le parole, di nuovo stenta ad arrivare al punto.

"Quali fotografie? Quelle che hanno mandato loro alle agenzie tedesche?"

"No, quelle che aveva messo lei ieri su Facebook, Onorevole. Soprattutto quella dove vi abbracciate e ridete..." Sì, *c'è* una sottile corrente negativa nell'accento da bravo ragazzo romano di Giovanni, è fuor di dubbio. Potrebbe addirittura trattarsi dei prodromi di una futura presa di distanza.

"Cosa c'entrano le foto?! Non le hai tolte subito come ti avevo detto?! Immediatamente, ti avevo detto!" L'allarme gli sale dentro, si mescola al senso di impotenza per essere bloccato qui, gli va in circolo come veleno.

"Io le ho tolte appena ho potuto, Onorevole. Vale a dire mezz'ora almeno dopo che lei le aveva uploadate." Non c'è dubbio: Giovanni prova nei suoi confronti una forma di avversione. *In nuce*, ma è lì, inequivocabilmente. Il ragazzo è prontissimo a voltare gabbana alla prima difficoltà, come gli altri, senza dubbio. Un'autentica vocazione per la politica, davvero.

"E allora?! Di cosa caspita stai parlando?!"

"Le hanno riprese, Onorevole. Come le avevo anticipato io, se si ricorda." Fa il saputone, adesso, fa il primo della classe. "Come le avevo anticipato!" *Gnè, gnè, gnè!* Un giovane che lui ha preso a lavorare con sé soprattutto perché è figlio dell'avvocato Trepoletti che per il Partito ha fatto tanto (però il ragazzo aveva meriti propri, o almeno così sembrava fino a ieri). Guarda come ti diventa, alle prime avvisaglie di una crisi inattesa.

"Mi rendo conto, mi rendo conto! Ma siete *voi* che vi dovete occupare di internet, Giovanni! Tu, Luciano, Fabio, Marina! È uno dei vostri precisi compiti!"

"Appunto, Onorevole. Perché ha voluto metterle on line lei, le foto? E subito, poi? Noi la stavamo cercando disperatamente per dirle di non incontrarlo più, Reitt. Era già venuto fuori tutto sui blog tedeschi, si stava diffondendo a macchia d'olio. Ma lei non rispondeva..."

"Non rispondevo perché ero con lui, Giovanni, te l'ho già detto! Non potevo certo mettermi al telefono mentre mi stava parlando, un uomo come quello! E poi cosa vuoi farmi, la lezioncina, adesso?!" Davvero, bisognerà fare un discorso molto serio, appena rientra a Roma. Qui se non c'è lealtà, se non c'è prontezza, allora fuori, cari ragazzi! Avanti altri, più motivati e meritevoli! Non deve esserci spazio per atteggiamenti simili nel suo circolo più ristretto, non è proprio accettabile. Almeno questo dai tedeschi lo dobbiamo imparare!

"No, Onorevole. Era solo per spiegare come mai le foto sono state riprese."

"Riprese da chi?! Dove?!"

"Eh, da chiunque sia andato su Facebook, Onorevole."

"Anche se ci sono rimaste solo mezz'ora?"
"Mezz'ora su Facebook è un'eternità, Onorevole." Di nuovo l'atteggiamento saputo, solo perché è giovane e pensa di avere un rapporto privilegiato con le nuove tecnologie. "Basta che una cosa rimanga on line per un istante, viene risucchiata subito. Le lascio immaginare se ci resta mezz'ora."
"Ma questo è inaccettabile! È illegale, anche!"
"Onorevole, dal punto di vista legale i contenuti sono di proprietà di Facebook..."
"Non ti mettere di nuovo a farmi la lezioncina, Giovanni, per carità di Dio!" Piero Gomi urla, ma questi lo stanno facendo impazzire, hanno un atteggiamento inaccettabile!
"Mi dispiace, Onorevole, è solo per spiegarle..." Giovanni fa il finto contrito adesso, fa il finto umile, senza neanche sforzarsi di essere un minimo convincente.
"Spiegami invece dove sono state pubblicate quelle benedette foto, se proprio vuoi spiegarmi qualcosa! Su qualche blog di fanatici?!"
"No, Onorevole, su tutte le agenzie principali e su tutte le edizioni on line dei quotidiani italiani, anche su alcuni tedeschi. *Corriere della Sera*, *Repubblica*, *Stampa*, *Messaggero*, *Libero*, *Unità*..."
"È inutile che mi fai l'elenco completo delle testate, adesso, Giovanni!" Piero Gomi cammina da parete a parete, con il cuore in gola, il respiro affannato, l'immagine del suo abbraccio con Reitt che gli si moltiplica perversamente nella testa. "E cosa dicono?!"
"In che senso, Onorevole?"
"Cosa scrivono i giornali, Giovanni! Sotto le fotografie! Di che caspita stiamo parlando, Santo Cielo?!" Si chiede come abbia potuto non rendersi conto prima di aver scelto degli assistenti così imbelli, piccoli opportunisti figli di mamma che si mettono in pausa appena non trovano la pappa pronta.
"Vuole sapere cosa dice *la Repubblica*?" Lo sta esasperando intenzionalmente, questo giovane cretino? Sta cercando in ogni modo di farlo uscire dai gangheri?
"Leggimi i titoli, intanto!"

"Allora, aspetti un attimo..." Prende il suo tempo, come se ci godesse a tenerlo sulla corda. Lo fa apposta, il bamboccione! Forse è lì che ridacchia con gli altri, alle sue spalle!

Come se non bastasse, la portafinestra si apre, entra la francese. Così, con quell'atteggiamento strafottente, provocatorio. Fa finta di guardarsi intorno, poi lo fissa con la più indecente sfacciataggine, nascosta dietro i suoi occhiali da sole (è davvero da non credere).

"Onorevole, mi sente?"

"Ti sento, Giovanni, dimmi." Piero Gomi cerca di parlare più piano, di coprirsi un po' la bocca con una mano, per non regalare proprio uno spettacolo in presa diretta alla francese.

"Onorevole, adesso sono io che non la sento più..." Decisamente non è intelligente, Giovanni, oltre a essere un opportunistello voltagabbana e smidollato.

"Sono qui! Parla! Sbrigati!" Piero Gomi alza di nuovo la voce, anche se la francese lo sta fissando. Chi se ne importa, a questo punto!

"Eh, allora... Vuole che cominci dai commenti peggiori, Onorevole?"

"Comincia da quel caspita che vuoi, basta che ti sbrighi!"

"Allora... 'Il diavolo e l'acquasanta'... 'Il satiro tedesco e il pio italiano', pio scritto tra virgolette... 'Compagni di bisboccia'... 'La strana estate di Piero Gomi'... 'Le bollenti vacanze dell'onorevole...' Questo invece è sul *Frankfurter Allgemeine*... '*Orgienbruder*'... Vuol dire più o meno..."

"Cosa caspita vuol dire?!" Tanto qui c'è poco da capire, Piero Gomi ha le orecchie che gli scottano, una rabbia concentrata che gli sta bruciando lo stomaco, il fegato, tutto.

"Eh, più o meno... compagni d'orge, dice Luciano..."

"Basta, falla finita! È inutile che vai avanti! Qui dobbiamo far partire una raffica di querele! Chiama immediatamente l'avvocato Masone! E tuo padre, anche!"

"Non vuole che le legga il contenuto di qualche articolo, Onorevole?"

"No che non voglio, Giovanni! L'unica cosa che voglio è che chiami gli avvocati! Su-bi-to! E che mi richiami tra cinque minuti al massimo per dirmi che sta arrivando una nave o un elicottero a togliermi da qua! Tra cinque minuti al massimo! Muoviti!"

"Eh, di quello si sta occupando Luciano..."

"Di' a quell'altro addormentato di sbrigarsi, allora! Anzi, digli di lasciar perdere, faccio io!"

"Come dice, Onorevole?" Il cretino non capisce, farfuglia.

Piero Gomi chiude la comunicazione, si gira a fissare con lo sguardo più indignato che gli viene la francese, la quale si è tolta gli occhiali da sole e sta facendo finta di sfogliare un libro, appoggiata alla libreria. "Ha bisogno di qualcosa, signora?"

Quella scrolla le spalle, fa una specie di sorrisetto provocatorio.

Piero Gomi avrebbe la forte tentazione di dirle qualcosa fuori dai denti, ma per fortuna riesce a trattenersi. Fa il numero di cellulare di Alvaro Aconardi.

Suona a vuoto, la prima volta negli ultimi tre anni. Esclusa l'ipotesi di una riunione blindatissima col Presidente del Consiglio (e a quanto ne sa oggi non ce ne sono in programma), lo sta evitando. Ha visto foto e articoli, e non vuole essere associato a lui! Anche se praticamente gli deve il fatto di essere Sottosegretario! Va bene che la gratitudine in politica non esiste, ma ci dovrebbero essere dei limiti!

Piero Gomi fa il numero diretto al Ministero degli Interni, sempre sotto lo sguardo invadente della francese. Risponde Nuscante, il capo della segreteria. "Buongiorno Nuscante, qui è Piero Gomi, mi passa il Ministro, per cortesia? È una questione urgentissima."

"Mi dispiace, Onorevole, il Ministro è in riunione." Che fantasia, complimenti, davvero. Nemmeno cerca di dissimulare la bugia in modo credibile, con un minimo di decenza. Macché, freddezza e distacco, totale menefreghismo. Siamo già arrivati a questo punto! Quel cretino di Giovanni parla tanto della rapidità di internet, ma la politica è molto più veloce, quando si tratta di allontanarsi da un possibile pericolo di contaminazione!

"Nuscante, io mi trovo in una situazione di criticità." Cerca il tono più fermo possibile, per far capire che assisterlo non è un optional.

"Mi rendo conto, Onorevole." Accento da condoglianze, quasi, siamo alla follia!

"Di cosa accidenti sta parlando, Nuscante?!" Piero Gomi alza parecchio la voce: chi se ne importa della francese, in un contesto come questo.

"Eh, della situazione, Onorevole. Siamo a conoscenza... Le agenzie..." Lo considerano già fuori gioco, questi! Sì, ma ci dev'essere dietro qualcuno di molto attivo e molto determinato, è chiaro, perché non è che in questo Paese qualcuno sia mai rimasto bruciato per una foto un po' compromettente. Quante volte avrebbe dovuto dimettersi il Presidente Buscaratti, allora? O il caro Governatore Pultra, con le sue foto in occhiali da sole e bermuda sugli yacht dei faccendieri? Qui c'è un disegno chiarissimo, c'è un piano per isolarlo e distruggerlo. Più in alto sali, più nemici hai, purtroppo. Lo si sa, ma qui siamo all'allucinazione!

"Lasci perdere le agenzie, Nuscante! Io sono qui bloccato sull'isola di Tari, a Villa Metaphora! Ho bisogno assoluto che mi si mandi un elicottero, un idrovolante, una nave! Basta che non sia una barca piccola, perché il mare è in condizioni tremende! Parli col Ministro immediatamente! È un'urgenza improcrastinabile! È una criticità assoluta!"

"Eh, appena riesco..." Nel tono di Nuscante c'è il piacere inconfessabile di saperlo nei pasticci, impotente, incastrato.

"Quale appena e appena, mi scusi! Lei gli deve parlare *subito*! La considero personalmente responsabile, Nuscante! Pretendo un intervento immediato!"

"Va bene, Onorevole, buongiorno." Tono di sopportazione, è pazzesco.

"Buongiorno." Non ci vuole molto a capire che il "va bene" di Nuscante non vale un fico secco, che al Ministero non muoveranno un dito per tirarlo fuori di qua. In politica la lealtà è solo un nome che si dà alla convenienza del momento, Piero Gomi lo sa talmente bene. La politica è un mondo pieno zeppo di "se" e di "ma", una giungla infestata da congiunzioni ipotetiche e avversative. Non a caso uno dei cliché preferiti dai suoi colleghi è proprio "Senza se e senza ma": come un ladro che dica a ogni piè sospinto "In tutta onestà".

La francese deve avere ricavato un gran gusto ad ascoltare la telefonata, continua a fissarlo con sfrontatezza indecente.

Buon per lei, le preoccupazioni sono ben altre, adesso. Piero Gomi fa scorrere la rubrica del Samsung, chiama il numero del Generale Cimascotti.

Suona a vuoto, nessuna risposta. Magnifico, anche Cimascotti si è messo in prudente *stand-by*, in attesa di vedere come evolvono le cose! Con tutto quello che gli deve, anche lui! Gli stanno facendo il vuoto intorno, questi!

Piero Gomi richiama una seconda volta, una terza. Niente, niente, niente! Prova a telefonare a Cilparo, al Colonnello Schinnapoli, a Moffa.

Le risposte sono di una vaghezza quasi insultante: "Faremo il possibile", "Ora come ora non le posso garantire", "Non sono in grado di dirle quando". Questa è gente che fino a ieri si metteva a disposizione ogni mattina, Santo Cielo! Che offriva aiuto non richiesto! Che lo infastidiva con continue richieste di appoggio! Adesso non riescono neanche a farlo venire via da un'isolaccia vulcanica sperduta in fondo al Mediterraneo!

La francese inclina la testa; quasi certamente avrà registrato mentalmente ogni parola, nella migliore delle ipotesi per raccontare tutto agli altri ospiti, farli divertire alla sue spalle.

Piero Gomi le dà la peggiore occhiata di cui è capace, esce dalla sala.

Quella lo segue con lo sguardo; non avrà la faccia tosta di continuare ad andargli dietro, si spera.

Fuori il vento soffia in modo assordante, ma in questo momento è il minore dei problemi. Piero Gomi non riesce a credere di essere ricorso all'intermediazione di quel trafficone di Scandrola, avere mosso le sue conoscenze, avere chiesto favori, avere vinto la sua paura del mare, avere insistito in maniera umiliante con Perusato, tutto per ritrovarsi in questa situazione! Ma chi avrebbe mai potuto immaginarselo? Chi, onestamente? Werner Reitt sembrava una delle incarnazioni più inattaccabili dei poteri forti, un uomo di acciaio inossidabile, senza debolezze. Chi poteva pensare che si dedicasse a depravazioni sessuali con l'amichetta minorenne della figlia? Facendosi anche fotografare, per di più? Il tempismo poi è spaventoso, come nel peggiore degli incubi. Arrivare a Tari proprio un momento prima che lo scandalo esploda, finire coinvolto in pieno nella deflagrazione. Per due foto, così innocenti, a differenza delle altre! Sì, forse c'è stato un po' di spirito di millanteria da parte sua, il desiderio di vantare una familiarità con Reitt del tutto inesistente. Ma è il più veniale dei peccati veniali, chiunque ne converrebbe: è così ingiusto che gli si ritorca contro in modo tanto atroce. In Germania quelle foto cambieranno ben poco della situazione del signor Reitt, ormai compromessa irrimediabilmente; ma in Italia verranno usate come arma da omicidio politico, se lui non riesce a fare qualcosa in tempo!

Oh Signur, proprio a lui doveva capitare una cosa del genere? A lui che è sempre stato percepito come una persona pulita, non solo dai suoi elettori ma persino da chi non ha alcuna simpatia per il Partito della Modernità? Già le può sentire, le ironie pesanti, le battute di grana grossa, la campagna diffamatoria martellante, le falsità costruite a tavolino. Lo presenteranno (già lo stanno facendo) come socio in affari inconfessabili del depravato Werner Reitt (basta guardare la foto dell'abbraccio, quei sorrisi orribili, osceni, da ubriachi, da pervertiti, mamma mia), perfino come compagno d'orge con le minorenni, come ha già scritto quell'ignobile giornale tedesco. Fortuna che sua moglie conosce le ragioni per cui è venuto a Tari, altrimenti ci sarebbe anche il rischio di uno sconquasso familiare. Le ha riparlato poc'anzi aggiornandola sugli sviluppi, e certo tanto serena non era. Quando sente Giovanna con quel tono, è una cosa che lo destabilizza profondamente. Ma è possibile dover avere preoccupazioni simili, con tutti i problemi che già ci sono?

Questa storia è la dimostrazione della pericolosità dei poteri forti, e di quanto oscuri e imprevedibili siano i comportamenti dei loro esponenti. Uno dice, il loro appoggio è indispensabile a chiunque abbia una strategia politica di ampio respiro. È fuor di dubbio. Basta guardare il governo tecnico che ha sostituito d'autorità il governo Buscaratti, nel mezzo di una crisi economica internazionale che minacciava di spingere l'Italia fuori dall'Europa: se non è stata un'operazione dei poteri forti quella. Tutta decisa nei salotti segreti internazionali, agitando lo spettro della bancarotta nazionale, la minaccia del tracollo greco su scala italiana. Con i giornali e i telegiornali che battevano quotidianamente la grancassa dello *spread* tra titoli del tesoro italiani e bund tedeschi, quattrocento, cinquecento, cinquecentosettantacinque punti, ogni giorno era peggio. Una cosa di cui nessuna persona normale aveva mai sentito parlare di colpo sembrava l'indice di una radioattività mortale, la gradazione di un terremoto che può inghiottire intere città. E chi c'era dietro la campagna del terrore? Le grandi banche internazionali, le agenzie di rating, gli operatori in ombra nei governi di Germania e Francia e Stati Uniti, l'*Economist* e il *Financial Times*, perfino *Newsweek* che ha sbattuto una foto del Presidente Buscaratti in copertina dicendo che era il più grande pericolo per l'intero sistema economico occidentale. E giù con le accuse: invece di fronteggiare la crisi, faceva finta che non esistesse, invece di passare le serate in riunioni con i migliori economisti, si dedicava a folleggiamenti con dozzine di giovani prostitute. Dedicava tutte le sue energie a cambiare le leggi per scappare ai giudici che lo inseguivano, mentre il paese viaggiava spedito verso il baratro. Così, fuori Buscaratti e il governo democraticamente eletto, dentro un governo cosiddetto tecnico ispirato dai poteri forti. Poi naturalmente il governo cosiddetto tecnico viene applaudito e incoraggiato ogni giorno dalle stesse forze che l'hanno fatto insediare, in pochi mesi sembra ottenere risultati che i governi normali non erano riusciti a ottenere in decenni. Pensioni, tasse, liberalizzazioni, costo del lavoro, ricatti sindacali e compagnia bella. Ecco che lo *spread* scende a livelli più ragionevoli, ecco che l'Italia viene riammessa ai grandi consessi internazionali. E intanto chi è stato democraticamente eletto, come l'Onorevole Piero Gomi, cosa dovrebbe fare, secondo quei signori?

In questo clima insopportabile di antipolitica, il rischio evidente è che la gente comune cominci a pensare che i politici non servano più a niente, che se ne possa fare tranquillamente a meno. Sono mille tra Camera e Senato, un milione se si considerano tutti i livelli, costano più di sei miliardi di euro all'anno tra ordinaria amministrazione e furti, hanno tanti privilegi, non combinano niente, anzi fanno solo guai, tra risse continue e traffici sottobanco, tanto vale spedirli a casa. Basta mettere al loro posto dei tecnici, ognuno competente nel suo campo, che facciano il loro lavoro senza tante storie e senza tanti costi, come buoni amministratori di condominio. È evidentissimo che l'andazzo è questo, no? Ecco perché lui ha dovuto prendere un'iniziativa rischiosa, venendo su quest'isola orribile. Se non puoi batterli, unisciti a loro, come si dice. Non è cinismo, non è machiavellismo: è politica.

Sì, però un conto è correre un rischio consapevole in vista di un obiettivo importante, un altro è infilarsi senza rendersene conto in una trappola mortale. Adesso è facile dire che ha commesso un'ingenuità imperdonabile, che ha cercato di usare ed è stato usato. Ma le ragioni per la sua iniziativa c'erano tutte, e ben solide. C'era la passione, la visione, il progetto, l'urgenza di metterlo in atto. Piero Gomi è sempre stato così, del resto: ha sempre cercato di spostare l'asticella un po' più in alto, osando quel tot in più di quello che suggerirebbe la prudenza. Ma non certo da kamikaze, sempre con buonsenso, con una certa dose di umiltà, valutando i pro e i contro prima di compiere una mossa. I risultati finora ci sono stati: sono lì, ne è orgoglioso. Si vede proprio che il Signore ha deciso di metterlo alla prova, adesso.

In ogni caso l'urgenza di tornare a Roma a questo punto è decuplicata, centuplicata. Bisogna organizzare al più presto una conferenza stampa, emettere un comunicato, dissociarsi in modo inequivocabile dal destino di Werner Reitt, chiarire che il loro incontro non era affatto a carattere privato, bensì esclusivamente pubblico. La didascalia sotto quelle malaugurate foto su Facebook parlava proprio di colloquio privato, ma chi può dimostrare che l'abbia scritta lui? Visto che ha la sfortuna di avere degli assistenti imbecilli, si potrà almeno approfittarne per dire che la didascalia è opera loro. Se un politico di primissimo piano dovesse essere considerato corresponsabile della condotta privata di tutte le persone che incontra per ragioni politiche, staremmo freschi. Chi tra i suoi colleghi si potrebbe salvare? Senza andare tanto lontano, ce ne sono decine (del suo partito e degli altri) che bazzicano regolarmente nella zona grigia tra politica e malaffare, nel gioco oscuro degli appalti, delle grandi commesse, delle imprese partecipate, dei mille traffici a livello regionale, provinciale, comunale. Vogliamo davvero fare paragoni tra quel tipo di frequentazioni e il suo unico, innocente incontro con Werner Reitt? Certo, quelle si svolgono in segreto (relativo, come si vede), mentre qui ci sono le fotografie, purtroppo. Va bene, ci vorrà una dichiarazione più esplicita, durissima, in cui dire a chiare lettere che i comportamenti privati di Reitt non solo sono moralmente inaccettabili, ma del tutto incompatibili con il ruolo di chi si trova ai vertici di un'istituzione importante come la PEB. Forse Piero Gomi potrebbe farsi promotore di una vera e propria mozione di condanna in seno al Partito Popolare Europeo. In un momento in cui la politica è sotto attacco, sarebbe oltretutto un'occasione splendida per riaffermare con forza il primato morale della politica sulla finanza. Ecco un caso in cui da una grave difficoltà può nascere una grande opportunità: è l'aspetto più bello della politica di alto livello. Piero Gomi non è certo uno che si tira indietro di fronte alle sfide; non l'ha mai fatto prima, figuriamoci adesso.

Però qui bisogna agire subito, prima che il massacro politico-mediatico cominci. C'è gente che sta già affilando i coltelli, la macchina del fango è già in movimento. E non ci si può certo affidare ad assistenti che si sono rivelati stupidi e inetti proprio nel momento dell'emergenza. Ai più alti livelli (anche ai più bassi) in politica vale la legge della giungla: o azzanni o vieni azzannato, o difendi il tuo territorio con le unghie e coi denti, o te lo strappano via. Sì, è indispensabile agguantare il toro per le corna senza perdere un altro minuto, tornare subito a Roma, togliersi dalla trappola spaventosa di questo scoglio sospeso sull'abisso!

Cinquantasette

Stabilizzare il Chris Craft appeso all'argano di alaggio non è un'impresa facile, con questo vento. Paolo Zacomel lavora insieme a Carmine e Federico, in silenzio. Gli hanno già passato due funi intorno, le hanno messe in tensione assicurandole alla base dell'argano. Ma il grosso scafo ondeggia ancora nella sua imbragatura, come un povero cetaceo ferito a morte; vedere lo squarcio a prua, le fasce rotte e scheggiate, fa male al cuore.

Carmine si arrampica con agilità su uno dei due piloni di ferro, fa passare tra le bitte del Chris Craft una terza fune, la cala in modo che Federico e Paolo Zacomel possano tirarla. Assicurano anche quella, in una specie di competizione mascolina di forza e destrezza. Poi guardano l'effetto, tutti e tre a occhi socchiusi contro la luce e il vento: il grosso scafo ondeggia ancora, ma un po' meno di prima.

Anche la barca ormeggiata deve essere assicurata meglio, perché sbatacchia in malo modo, lotta contro le cime che la trattengono. Carmine salta a bordo, Federico e Paolo Zacomel rilasciano un po' la cima di prua mentre lui va a poppa, si allunga per assicurare una terza cima alla boa che prima veniva usata per il Chris Craft. Le piccole onde rabbiose arrivano a ranghi serrati a rompersi contro il pontile, mandano spruzzi che bagnano i vestiti e le facce, schiumano sulle tavole di legno.

Paolo Zacomel tira e rilascia, godendo dell'intenso impegno fisico. Ma gli sembra di essere capace solo di pensieri e gesti a corto raggio. Il fatto è che la sua mente e il suo corpo sono quasi interamente occupati dalle sensazioni di ieri notte con Lara: continuano ad abitarlo, non se ne vanno. Avrà dormito forse un'ora, due se va bene, ma non è stanco; è completamente frastornato dal riverbero di quello che c'è stato tra loro, di quello che c'è. La vicinanza travolgente, lo scambio di emozioni, pensieri, richieste, offerte, sguardi, respiri. Ha la pelle ipersensibile al tocco, il sangue che scorre turbolento, il cuore che batte distratto anche quando tutti gli altri suoi muscoli sono impegnati al massimo per tirare la cima della barca. Qualunque stabilità avesse trovato in anni di ricerche e tentativi, successi ed errori, è saltata, andata. La sua visione delle cose è diventata parziale, fibrillante, inattendibile. Non riesce neanche a guardare nello stesso punto per più di qualche secondo di seguito, la sua testa si gira di continuo verso le terrazze bianche, là in alto.

Carmine salta sul pontile, gli toglie la cima di mano come se non si fidasse del tutto di lui, la gira rapido intorno al palo, la assicura in un nodo esemplare. Osserva la barca, con i lineamenti contratti dalla preoccupazione.

Paolo Zacomel indica il mare, il vento che soffia sopra le onde. "Pensi che durerà molto?"

Carmine lo fissa, come per capire le ragioni di una domanda stupida; annuisce appena. Federico dietro di lui conferma con movimenti della testa, anche lui piuttosto ostile.

Non è per niente facile conquistare la fiducia dei taresi, questo ormai Paolo Zacomel l'ha capito. A volte il persistere della loro diffidenza lo fa rimanere male, però non è così difficile capirla, dopo secoli di invasioni e colonizzazioni da parte di estranei. Anche se dovrebbe essere abbastanza chiaro che lui non è venuto qua a colonizzare nessuno, è pur sempre un forestiero, lo sa. Arrivato dal continente, con un accento che deve suonare ridicolo alle loro orecchie, per partecipare all'installazione di una specie di base spaziale frequentata da alieni incomprensibili. Eppure dopo questi mesi di vita su Tari si sente un po' tarese anche lui; gli sembra di essere entrato in risonanza con lo spirito del luogo, averne assorbito gli elementi. Già prima di venire qua non era certo uno che ciacola a vanvera e fa amicizia con chiunque, ha sempre avuto bisogno di solitudine e di spazio. Ma a furia di passare giorni e notti su queste rocce, è diventato ancora meno prodigo di parole, ancora più attento ai segnali. Tari è un'isola dura, e ancora più lo è questa costa occidentale; non ci si può restare a lungo senza venirne in qualche misura trasformati.

Ecco perché quello che è successo ieri notte con Lara lo ha sconvolto. Si era convinto di avere acquistato un certo distacco, non nel senso di essere diventato un asceta, ma di vedere in una luce abbastanza remota la possibilità di farsi ancora coinvolgere sentimentalmente. Da questa prospettiva le sue storie passate gli erano sembrate stupide, inutili, perfino imbarazzanti. Miscele patetiche di riflessi condizionati, istinti animali, atteggiamenti, cliché. Si era vergognato di averci preso parte e di averci anche creduto, come un galletto che drizza la cresta, alza le zampe e fa ondeggiare le penne della coda. Gli era sembrato di essersene tirato definitivamente fuori; si era sentito alleggerito, libero di continuare da solo il suo percorso alla ricerca dei veri significati della vita. Poi l'incontro con Lara, e la barriera dei suoi filtri mentali ha cominciato a incrinarsi. Da subito: dalle prime parole che si sono detti, i primi sguardi che hanno scambiato. Poi mentre continuavano ad annusarsi e cercare di capirsi nei giorni e nelle sere seguenti, l'incrinatura si è allargata ancora e la barriera è crollata, la gioia del riconoscimento e della vicinanza profonda lo hanno travolto, con un'intensità e una tenerezza a cui non era minimamente preparato. Può darsi che dal di fuori lui sembri lo stesso di ieri (Carmine e Federico non lo guardano in modo diverso), ma non un solo elemento del suo equilibrio è più al suo posto. Com'è possibile che succeda una cosa del genere a uno che non la stava affatto cercando? A uno che non ci credeva neanche più?

"*Depesciamoce.*" Carmine si asciuga le mani sui calzoni, dà un'ultima occhiata alla barca ormeggiata e al Chris Craft imbragato, si avvia verso le scale. Federico lo segue, Paolo Zacomel si accoda.

Salgono rapidi, di nuovo in una competizione mascolina di forza e resistenza, come quando tiravano le funi per assicurare il motoscafo. I due taresi si sentono in dovere di dimostrare una superiorità di movimento nel loro territorio, lui si sente in dovere di provarsi altrettanto capace benché venga dal nord, dove non c'è mare e non ci sono vulcani. Come risultato salgono due gradini alla volta, senza dire una parola, forzando gambe e polmoni al massimo dell'impegno.

D'improvviso Paolo Zacomel vede Federico inciampare su un gradino, sbilanciarsi di lato, piegarsi su un ginocchio, ma stranamente la stessa cosa succede a lui nello stesso istante, e a Carmine. Non sono loro che si spostano: è tutta la scala, è tutta la scarpata, è tutta l'isola, è tutto il paesaggio che ha uno scatto laterale, *MMMMRRAAACK!* C'è questo rombo come di un'incrinatura enorme che sale dalla roccia e si allarga nell'aria, e subito dopo produce la più strana, inspiegabile immobilità, dove sembra che anche il vento si fermi, anche il mare. Un istante dopo torna tutto al punto di prima, come un'impressione arrivata e passata, senza misura, un dubbio gigantesco che stenta a dissolversi.

Si guardano tutti e tre, ognuno immobile sul proprio gradino. Il vento soffia ancora più forte di prima, invade i padiglioni delle orecchie, martella i timpani.

"Cos'è stato?" Paolo Zacomel non riesce bene a sentire la propria voce.

Carmine lo bersaglia con il suo sguardo scuro in cui si muovono riflessi di fuoco; non risponde.

"*O tirrimotu.*" Federico è scosso, sembra che tremi.

"Il terremoto?" Paolo Zacomel cerca di capire.

Federico annuisce. "*O calancuni inferiori.*"

Carmine ha un colorito terreo, scuote piano la testa. "*A raggia dou Dragu.*" Muove appena le labbra.

"*Vàia!*" Federico sembra invaso da un terrore retrospettivo, si guarda intorno.

"*Amunì! Camòn!*" Carmine riprende a salire gli scalini con ancora più impeto di prima. Federico si affretta a seguirlo, come se temesse di essere lasciato indietro.

Paolo Zacomel guarda ancora sotto, verso il mare spazzato e ondulato dal vento, le rocce rossastre bersagliate dalla luce esagerata del sole. La perplessità per quello che è appena successo lo attraversa, si trasforma in un'apprensione per Lara che cresce di intensità. Paolo Zacomel riattacca la scalinata, con tutta l'energia che ha nelle gambe.

Cinquantotto

Non ha dormito quasi per niente, da quando poco prima dell'alba lei e Paolo sono venuti a passi ondeggianti fino alla porta di questa stanza e si sono dati ancora un bacio durato chissà quanto. Dopo di che lui si è girato ed è tornato indietro con un'espressione di rimpianto senza limiti, senza fine. La stanza non era la sua, e neanche il letto, ma Lara Laremi ne era a malapena consapevole. Si è rotolata mille volte tra le lenzuola per quel poco che restava della notte, con scaglie di parole gesti pensieri sensazioni che le passavano e ripassavano per la testa il cuore, sopra e sotto la pelle. La voce di lui, i suoi occhi, le sue mani, le sue labbra, il suo respiro, le sue braccia, la sua vicinanza. Si è girata e rigirata da una parte e dall'altra, e qualunque posizione era troppo statica rispetto alle oscillazioni che la attraversavano. A un certo punto, poco fa, le è sembrato che il letto ondeggiasse per conto suo; che l'intera stanza ondeggiasse, l'intera isola. Dev'essere stata una contrazione di nervi o di muscoli, nel corpo che le restituiva segnali difficili da decifrare. Stupore, perplessità, eccitazione, paura, nostalgia? Cos'altro? Forse è meglio rinunciare a capire finché non è un po' più lucida, quando pensieri e sensazioni non saranno più frammentati in una miriade di piccoli specchi instabili che riflettono il dentro e il fuori in alternanza continua.

La luce entra a fiotti dalle persiane, il vento scuote i vetri. Lara pensa che dovrebbe alzarsi, ma è tentata di restare ancora in questo stato delizioso e doloroso di indefinizione, in attesa di trovare il coraggio di uscirne. Eppure ha paura che qualunque cosa sia capitato davvero nella notte, qualunque cosa la abiti ancora, possa dissolversi appena lei si esporrà al sole e al vento, oppure venire confermata fino nei più minuti, difficili, complicati, particolari. Non riesce neanche a dire quale preferirebbe tra le due possibilità; non lo sa.

Poi c'è Lynn Lou che russa a pochi centimetri da lei, a un volume difficile da credere. Sembra quasi una tecnica in cui si è specializzata, parte del suo repertorio di attrice, come l'accento del Bronx e l'accento texano e l'accento britannico che le riescono così sorprendentemente credibili.

Più Lara è sveglia, meno riesce a capire come abbia potuto chiudere occhio con questo suono nelle orecchie. L'unica spiegazione è che quando si è infilata a letto fosse proprio fuori da tutto, al di là della stanchezza. Schiocca la lingua per farla smettere: "*Tzk, tzk, tzk!*"

L'unico risultato è che Lynn Lou si gira sul fianco, riprende a russare ancora più forte.

Lara le pizzica un braccio: niente. Le pizzica un fianco.

"Che cazzo..." Lynn Lou alza la testa di scatto, sembra stupefatta di vederla nel suo letto. "Cosa cazzo ci fai qui?"

"Ho dovuto cedere a Brian la mia camera, non te lo ricordi?" Anche il suo ricordo d'altra parte è estremamente vago, quello che è successo ha confuso tutta la sua memoria recente.

Lynn Lou la fissa, pupille dilatate, faccia gonfia dal sonno, come se non avesse la benché minima idea di chi sia Brian.

A Lara viene da ridere. "Forse eri troppo andata, ma mi ha chiesto se potevo lasciargli la mia stanza e dormire qua con te."

"Stronzo figlio di puttana." Lynn Lou si lascia ricadere sul cuscino. Subito dopo si tira di nuovo su, con uno sforzo. "Che cazzo di ore sono?"

"Non lo so, ma è tardi." Lara salta giù dal letto, si infila rapida i vestiti, va in bagno. Si butta acqua in faccia, si guarda nello specchio sopra il lavandino. Chi è, questa ragazza magra dai lineamenti metà celtici e metà mediterranei? Perché ha questi occhi pieni di domande? Come se si fosse persa, o avesse freddo o fame? Cosa vuole esattamente, cosa sta cercando? Perché ieri notte ha lasciato che Paolo il falegname le si avvicinasse così tanto? Cosa sperava di trovare, in lui o attraverso di lui? E l'ha per caso trovato, o almeno le è sembrato di trovarlo? C'è qualche minimo indizio che le possa fare pensare di sì? Oppure quello che è successo non ha nessun significato particolare, è solo uno dei miliardi di eventi irrilevanti che riempiono le notti d'estate, subito dimenticati? L'unica cosa sicura sono le conseguenze a breve termine ben percepibili, nello sguardo cercante che vede riflesso, nel battito irregolare del suo cuore, nell'incertezza del suo respiro. Si butta altra acqua in faccia, si tampona con un asciugamano, impregnato del profumo incredibilmente costoso che Lynn Lou si fa preparare con una formula esclusiva in Inghilterra.

Quando esce dal bagno, Lynn Lou sta russando di nuovo a tutto volume, stravaccata di traverso nel letto. È difficile immaginare che anche il più appassionato dei suoi fan possa trovarla sexy, a vederla così. Forse Carmine, d'accordo, ma lui la considera una dea, da adorare in ogni sua manifestazione. Forse l'ha davvero investita delle credenze dell'antica cultura animista di Tari, come diceva Paolo ieri notte (le torna in mente come lo diceva, il timbro caldo, ironico della sua voce). Si chiede se dovrebbe svegliarla di nuovo oppure no, per metterla in condizione di fronteggiare con un minimo di lucidità la situazione con Brian, non lasciargli di nuovo il vantaggio dell'iniziativa. Alla fine il suo senso del dovere prevale; va a scuoterla per una spalla. "Ehi, sveglia."

Lynn Lou emette una specie di grugnito più forte, si gira di lato. "Lasciami dormire, porca di una puttana."

"Non vuoi parlare con Brian?"

"Non ho un cazzo di niente da dirgli."

"Ma ieri sera hai detto che vuole il divorzio. Forse dovreste parlarne."

"Lascialo divorziare, quello stronzo. Che vada a farsi fottere." Lynn Lou scalcia con forza, si tira il lenzuolo sopra la testa.

Lara esita ancora un istante, poi va a prendere la borsa da disegno, se la mette a tracolla, si infila i sandali. Va verso la porta, anticipando l'impatto della luce violenta.

"Dove vai?" Lynn Lou è seduta sul letto, con i capelli scomposti, passata come le succede da uno stato all'altro in meno di un secondo, senza nessuna transizione intermedia.

"Fuori." Lara fa un gesto.

"No, adesso che mi hai svegliata stai qui, cazzo!" Lynn Lou usa il suo tono da star abituata ad averla vinta con tutti, tranne forse con sua madre, il suo manager e Brian.

"Non sono la tua cameriera, o la tua segretaria!" Lara è furiosa, ma allo stesso tempo prova una sottile corrente di sollievo all'idea di poter rimandare almeno di un po' l'uscita nel mondo esterno, con le sue richieste pressanti di spiegazioni.

"Va be', allora dovevi lasciarmi dormire." Lynn Lou passa subito a un tono lagnoso da bambina maltrattata, che in parte compensa la prepotenza di un attimo fa. "Non puoi svegliarmi e andartene così, cazzo."

Lara torna indietro, va ad aprire una finestra, apre la persiana. La luce le arriva addosso con tanta forza da farla quasi ricadere all'indietro, il vento le strappa le ante dalle mani, ne spalanca una, sbatte chiusa l'altra. Lara deve lottare per riaprire anche la seconda e bloccarla con il fermo, richiudere i vetri.

"*Aaauuh!*" Lynn Lou si preme le mani sugli occhi, gira la testa dall'altra parte.

Lara va ad aprire anche le altre finestre, ancora abbagliata com'è. La pressione del mondo esterno è ancora più forte di come si era immaginata, non le sembra di essere affatto pronta ad affrontarla. Per recuperare fa un paio di giravolte rapide, con le braccia in fuori.

"Mi spieghi come cazzo fai a essere così di buonumore di primo mattino?" Lynn Lou la guarda con un'espressione buffa, adesso.

"Intanto non è affatto primo mattino. Poi è un nuovo giorno, pieno di nuova energia, possibili sorprese."

"C'entra per caso anche quel bel falegname, Mr. Zacomel?"

"Smettila." Lara si sente arrossire, e non si ricorda che le sia successo molte volte, di mattino.

"Dài, non fare la stronza!" Lynn Lou insiste, nel modo molesto che le viene.

"Non faccio la stronza." Lara pensa che non ha voglia di parlarne; o forse un po' sì, dipende.

"Cazzo, ieri notte siete spariti nel buio. Imboscati, proprio." Lynn Lou la discrezione non sa neanche cosa sia.

"Volevamo parlare, va bene?" Le sensazioni sono ancora in lei, proprio tutte, sopra e sotto la sua pelle.

"Doveva essere una conversazione fottutamente intensa, la vostra." Lynn Lou ridacchia.

"Lo era."

"Ah sì? E di cosa avete parlato, di letteratura?"

"Anche." È vero. Immersi nel buio, tutti e due incredibilmente bisognosi di vicinanza, con le mani che tremavano per l'ansia di contatto, lui le ha parlato della raccolta completa dei racconti di Čechov che ha letto alla luce della pila prima di addormentarsi, nei mesi che ha passato a Tari da solo.

"Che fottuta bugiarda, sei." Lynn Lou ride.

"Te lo giuro." Non ha voglia di entrare nei dettagli, ma sente ancora tra il lato del collo e l'orecchio destro il respiro di Paolo mentre le descriveva con parole appassionate la bellezza inafferrabile e infuriante di *La casa con il mezzanino*.

"Certo, certo, come no." Lynn Lou fa un'altra delle sue facce. "Comunque io l'avevo capito già dall'altro giorno."

"Cosa?" Lara pensa a quello che vorrebbe capire lei; o che non vorrebbe capire.

"Che c'era questa cazzo di elettricità tra voi." Lynn Lou sa essere percettiva, quando vuole; è uno strano animale, incurante e sensibile a intermittenza, distratta e attenta a intermittenza.

"Sì?" Lara pensa che in realtà ha bisogno di qualche conferma esterna, non importa quanto attendibile.

"Eravate così." Lynn Lou fa vibrare gli indici delle due mani, li avvicina piano piano. Quando si toccano fa un verso da videogame, alza gli occhi al cielo, manda all'indietro la testa.

Cinquantanove

Brigitte sta finendo di rimettere le cose nella propria valigia, nel modo più nervoso immaginabile, ogni gesto un'affermazione di indignazione per l'oltraggio subito. La valigia di Werner Reitt invece è abbandonata lì sul tavolo basso, perché sia lui a occuparsene da solo, anche questo un gesto simbolico che sancisce la fine di ogni forma di compartecipazione. Le ultime offerte di assistenza ritirate definitivamente, le ultime flebili tracce di simpatia esaurite del tutto: sembra impossibile che le cose tra loro abbiano potuto peggiorare ancora rispetto a quando sono partiti da Francoforte, eppure è così. Werner Reitt pensa a come la diffusione esponenziale delle fotografie con Christiane ha avuto l'effetto di moltiplicare anche il risentimento coniugale che fino a due giorni fa sembrava contenuto nei confini della loro vita privata. Ormai siamo ben al di là delle accuse velate, dei rimproveri sottaciuti; siamo al passaggio armi e bagagli ai due campi avversi. Se ci fosse bisogno di una prova ulteriore, basta pensare a una decina di minuti fa, quando c'è stata la scossa di terremoto. Brigitte non ha avuto il minimo riflesso istintivo di cercare protezione presso di lui: al contrario, ha lanciato un piccolo grido di allarme ed è corsa verso la porta, come se volesse salvarsi per conto suo, lasciandolo al suo destino.

Meglio così, in definitiva: meglio sapere che la propria moglie è una nemica accanita, invece di vivere nell'equivoco logorante di una solidarietà carica di riserve, sotto il continuo ricatto di un possibile cambiamento di posizione. Meglio combattere da solo che trascinarsi dietro alleati maldisposti, che lo seguono per forza di abitudine o per ossequio alle convenzioni sociali. Basta, per conto suo sarà più mobile e reattivo, più libero di comportarsi secondo l'istinto, di azzardare mosse rischiose senza doversi preoccupare dei possibili danni collaterali. L'avversione dei familiari più stretti invece di indebolirlo lo rafforza, aumenta le sue chance di sopravvivenza: grazie tante!

Werner Reitt raccoglie i suoi pochi oggetti personali nel bagno e qua e là nella suite, li scaraventa in valigia, schiaccia giù tutto, chiude la cerniera con rabbia dimostrativa. La rabbia gli fa bene, gli restituisce vigore, lo aiuta a tirarsi fuori dalla palude dei mezzi sentimenti in cui aveva rischiato di sprofondare nei giorni scorsi. Friederich Nietzsche diceva che la vita è fatta di rarissimi momenti di grande intensità e di innumerevoli intervalli, e che la maggior parte degli uomini, non conoscendo i momenti magici, finisce per vivere solo gli intervalli. Non lui! Da qui in poi niente più cautele, niente più mani legate da considerazioni affettive. Se vogliono fargli la pelle, che ci provino, ma sappiano che lui la venderà a caro prezzo!

Bussano alla porta, in modo dapprima timido, poi più insistente.

Werner Reitt si muove, prima che possa farlo Brigitte. "Chi è?"

"Signor Reitt, sono Mathias."

Werner Reitt apre, il vento quasi gli strappa via di mano la porta.

Mathias è insieme all'americano, con cui gli ha riferito di aver parlato ieri, di sua iniziativa.

Werner Reitt pensa che è stato un gesto ai limiti dell'insubordinazione, e che non riscatta certo l'assistente dalle sue molte colpe recenti, però rivela la volontà di non aggregarsi al fuggi fuggi generale, restare a combattere al suo fianco. Forse in realtà l'aveva giudicato con troppa durezza, per le esitazioni e i cedimenti dei primi momenti della crisi, per l'episodio sostanzialmente irrilevante della morte accidentale del fotografo ficcanaso. D'altra parte è solo nelle vere emergenze che si può misurare il vero valore delle persone: la situazione attuale sta rivelando tratti non disprezzabili in questo giovane.

"Signor Reitt, il signor Neckhart." Mathias fa un gesto di presentazione. Sembra ben conscio della responsabilità che si è assunto, c'è un lieve tremito nella sua voce.

"Come va?" La stretta di mano e lo sguardo dell'americano hanno un'intensità programmatica, fin troppo evidente.

"Piacere." Werner Reitt ritrae la mano, fa un cenno brusco verso l'interno della suite. Lui e Neckhart si erano già scambiati qualche saluto nei giorni scorsi, sulla terrazza ristorante o lungo il sentiero selciato, nell'assurdo clima di casualità vacanziera con cui Brigitte cercava disperatamente di mascherare la natura della loro fuga. Adesso ogni velo è caduto, la realtà si impone in tutta la sua crudezza; non è più tempo per vuoti scambi.

Brigitte se ne rende conto, perché decide di abbandonare la scena: fa un debole sorriso a Mathias e all'americano, esce. Meglio così, mille volte meglio così. La sua valigia è già pronta vicino alla porta, la sua scelta di campo compiuta; non c'è altro da aggiungere.

Werner Reitt si rivolge all'americano senza giri di parole, senza neanche invitarlo a sedersi. "Il mio assistente mi ha riferito del vostro incontro di ieri, che peraltro è avvenuto a mia insaputa."

Mathias abbassa la testa in un riflesso automatico, ma poi la rialza quasi subito, con un certo orgoglio nello sguardo. "Sì, me ne assumo totalmente la responsabilità."

"Tutto questo è molto nobile." Neckhart ha una specie di sorriso sardonico sulle labbra.

Werner Reitt non ha alcuna intenzione di scendere su un piano di confidenza con uno che è probabilmente solo un ciarlatano molto abile nell'uso delle tecniche di marketing (il fatto che sia sposato con una sguaiatissima star del cinema non depone certo a suo favore). Però non è che disponga di un numero illimitato di strategie di uscita; tanto vale esplorare quelle che ci sono. "Il mio assistente mi dice che secondo lei esiste una possibilità di intervenire sulla mia situazione attuale. Mi spieghi come. Ho pochissimo tempo."

"Anch'io ne ho pochissimo, signor Reitt." Neckhart sembra determinato a non farsi mettere nella posizione subordinata di chi è venuto a offrire un servizio. È probabile che i suoi affari vadano a gonfie vele, in un paese i cui abitanti sono alla continua ricerca di semplici formule per regolare le proprie vite, e che il successo abbia rinforzato enormemente la sua fiducia in se stesso. Non fa mistero di voler essere considerato per lo meno alla pari, se non addirittura un gradino più su, in virtù delle sue capacità sciamaniche.

"Benissimo, allora veniamo subito al punto." Werner Reitt non ha mai disprezzato i rapidi duelli verbali, se gli offrono l'occasione di affinare i riflessi e di percepire meglio gli aspetti rilevanti di una questione. In ogni caso mancano ancora un paio d'ore all'arrivo dell'elicottero, tanto vale impiegarne una parte in un esercizio mentale non del tutto ozioso.

"Il punto è, sì." Neckhart lo guarda con un'espressione quasi di sfida, piantato sulle gambe.

"Sì cosa?" Werner Reitt è più alto dell'americano di almeno una decina di centimetri, si erge per rendere ancora più evidente la differenza di statura.

"Penso che sia possibile affrontare la sua situazione, e risolverla." Sguardo e tono carichi di sicurezza, autentica o recitata che sia.

"Lei è aggiornato sugli sviluppi più recenti, signor Neckhart?"

"Cerco di essere *sempre* aggiornato sugli sviluppi più recenti, signor Reitt." L'americano si sposta attraverso la stanza, con movimenti certamente studiati per esprimere energia e controllo.

"E continua a pensare che la mia situazione sia risolvibile?" Anche Werner Reitt si muove; non è mai riuscito a capire quelli che cercano di pensare standosene fermi, o addirittura seduti.

"*Ahà.*" Era quasi inevitabile che Neckhart usasse un fonema così irritante, questa unità minima di seconda articolazione priva di significato proprio, eppure usata dai suoi connazionali con leggerezza infinita.

"Lei mi sembra piuttosto sicuro."

"Lo sono." Neckhart non mostra alcuna traccia di modestia, né di senso del ridicolo.

Mathias resta immobile vicino alla porta, certamente preoccupato da questo confronto, e dalla responsabilità di averlo favorito.

"Posso chiederle su cosa si basa la sua sicurezza?" Werner Reitt cammina avanti e indietro. La rabbia di prima continua ad alimentarlo, come un combustibile: farebbe a pezzi chiunque, in questo momento, compreso il primo millantatore che viene a cercare di vendergli soluzioni miracolose per una situazione impossibile.

“Si basa su quello che so fare.” Neckhart si sposta lungo la parete opposta, misurando i movimenti.

“Non so quanto lei ne sia consapevole, signor Neckhart, ma la mia attuale situazione è tutt’altro che semplice. Per usare un eufemismo.” Werner Reitt ha voglia di costringerlo a esporsi, e poi dargli addosso senza pietà appena è allo scoperto, sfogare un po’ della frustrazione accumulata.

“Me ne rendo conto, signor Reitt.” La convinzione nello sguardo di Neckhart è esasperante, e allo stesso tempo, inutile negarlo, apre la porta a qualche dubbio, a qualche piccolo lampo di speranza ingiustificata.

“E allora? Come può sostenere con tanta faciloneria di essere in grado di risolverla?”

“La faciloneria è sua, signor Reitt. Non mia.” Sguardo fermo, spalle in fuori, postura di sfida: c’è chiaramente una lunga pratica dietro gli atteggiamenti di Neckhart.

“Non capisco come si permetta di parlarmi in questi termini!” Werner Reitt smette di camminare, ha l’impulso di prendere l’americano per il colletto della camicia.

“I termini sono *suoi*, signor Reitt.” Anche Neckhart si blocca. “Forse dovrebbe essere più consapevole di quello che dice.”

“Io sono sempre assolutamente consapevole di quello che dico!” Werner Reitt si pente quasi subito del suo scatto, per come rischia di rivelare debolezza invece che forza.

“Scusate, ma io non ho certo combinato questo incontro per assistere a un litigio!” Mathias abbandona senza preavviso la sua timidezza da subordinato, con un vigore che coglie alla sprovvista sia Werner Reitt che l’americano. “Se ho approfittato del vostro tempo prezioso è stato perché ero, e sono, fermamente convinto che entrambi potreste trarre vantaggio da una collaborazione!”

Werner Reitt è non solo sorpreso, ma, tanto vale ammetterlo, quasi commosso dalla passione inaspettata nella voce del giovane bavarese. Si sente richiamato a un atteggiamento di maggiore decoro, equilibrio, consapevolezza del proprio ruolo. “Non era assolutamente mia intenzione litigare.”

"Neanche mia." Neckhart alza le spalle, con una disinvoltura ben difficile da accettare.

Mathias è tutto congestionato, l'uscita di un attimo fa dev'essergli costata uno sforzo notevole per superare l'abituale rispettosa riservatezza. "Posso chiedervi allora di discutere la situazione in modo pacato?"

Neckhart allarga le braccia, come a dire, sono qui per questo.

Werner Reitt fa un gesto per mostrare disponibilità, benché continui a dubitare che ci sia un'autentica sostanza nel suo interlocutore. "Mi dica da dove comincerebbe."

Neckhart indica la porta. "Le dispiace se parliamo camminando? Tendo a ragionare meglio in movimento."

"Anch'io." Werner Reitt lo precede, apre la porta.

Camminano con grande energia lungo il sentiero selciato, con il vento che gli soffia contro la schiena, ognuno dei due attento a non trasformare la camminata in una gara, e a non farsi sopravanzare dall'altro di un solo centimetro. Mathias li segue mezzo passo più indietro per rispetto, ma è determinato a non perdere una sola parola.

Neckhart guarda avanti. "Ogni volta che mi capita di affrontare situazioni di questo tipo, scopro che più sembrano disperate a prima vista, più semplice è la soluzione."

"Giustifichi questo paradosso suggestivo con un esempio concreto e soprattutto verificabile." Werner Reitt non è certo disposto a prendere per buona la presunzione pragmatica dell'americano, solo perché è in una situazione disperata.

"Gliene farò due." Neckhart abbandona il sentiero selciato, cammina con la stessa determinazione nel tratto di territorio desertico dietro le costruzioni. "Il primo se lo ricorderà senz'altro. Il cosiddetto Sexgate di Bill Clinton, 1998."

Werner Reitt si limita ad annuire, non gli sembra il caso di verbalizzare la sua conoscenza di un caso conosciuto da miliardi di persone.

"Presidente americano di grande carisma e popolarità, stagista ventenne che dichiara non solo di avere fatto sesso con lui, ma di averne le prove materiali. Okay?"

"Vada avanti." Camminano sulla polvere rossastra smossa dal

vento, tra agavi e cespugli secchi, verso la successione di rocce rossastre oltre le quali si intravede nella distanza la cima del vulcano.

"I rivali politici del presidente si impossessano della stagista e la pilotano, fanno affluire ai media particolari sempre più imbarazzanti. Viene fuori perfino che c'è un vestito impregnato di sperma presidenziale, custodito in un armadio come arma risolutiva. Il presidente è dapprima incerto, non dà risposte. Poi, pressato dall'incalzare delle voci e pessimamente consigliato, va in televisione e nega spudoratamente di avere mai avuto una relazione sessuale con la ragazza. Centinaia di milioni di persone si rendono conto in diretta che sta mentendo."

"Ricordo perfettamente, vada avanti." Werner Reitt è snervato dalla ricostruzione, e dalle evidenti analogie con il suo caso.

"Bene, è il modello di come *non* si deve trattare una crisi del genere."

"Questo mi pare evidente." Werner Reitt vorrebbe aggiungere che non c'è bisogno di un guru per arrivarci, ma si trattiene.

"*Ahà.*" Eccolo di nuovo, c'era da aspettarselo. "Appena le prime notizie hanno cominciato a uscire, ho preso il telefono e ho chiamato la Casa Bianca, perché sapevo esattamente cosa sarebbe successo."

"Lei aveva accesso diretto al presidente degli Stati Uniti?" Werner Reitt cerca di nuovo di attirarlo allo scoperto, chiudere la faccenda smascherandolo.

"Purtroppo allora no." Neckhart scuote la testa. "Nel 1998 avevo solo un contatto di medio livello alla Casa Bianca, non abbastanza per arrivare fino a Clinton. Così il suo staff ha continuato ad accumulare errori su errori, la situazione si è aggravata fino quasi al punto di fargli perdere la presidenza."

"Però alla fine Clinton si è salvato lo stesso." Werner Reitt trabocca di irritazione, eppure deve riconoscere che se l'americano è un millantatore, è un millantatore con un certo senso della misura.

"Si è salvato solo perché era un politico di straordinaria persistenza, perché l'economia del paese andava a gonfie vele, e perché sua moglie lo ha difeso dall'inizio alla fine. Rovesci pure l'ordine d'importanza di questi tre elementi, rispetto a come glieli ho appena elencati."

"Lei pensa che io sia meno persistente di Bill Clinton? O che mia moglie sia meno leale della sua?" Werner Reitt si rende conto di essere cascato in pieno nella trappola di Neckhart, mentre sta ancora parlando. Ma a questo punto che importanza ha, cos'altro c'è da perdere?

"Non vi stavo affatto paragonando." Il tono di Neckhart assume una secchezza brutale. "E del resto la moglie di Clinton non ha certo agito per lealtà."

"Per quale ragione ha agito?"

"Per salvaguardare la propria futura carriera politica. Ma non è di questo che mi interessava parlare."

"Mi dica cosa le interessava, allora." Werner Reitt alza il polso per guardare l'orologio; questa conversazione gli sta logorando il sistema nervoso in maniera intollerabile.

"Lei ricorda il cosiddetto Antennagate del 2010?"

"Vagamente." In realtà gli torna in mente un brusco calo in borsa delle azioni Apple, poi recuperato con sorpendente rapidità.

"La Apple vende milioni di pezzi del suo iPhone 4, un telefono cellulare assolutamente brillante. Ma alcuni consumatori scoprono che, se lo si impugna in un certo modo, ha problemi di ricezione. Sono meno dell'un per cento del totale, niente. Però blog, siti specializzati e aziende rivali colgono l'occasione al volo e montano la faccenda fuori misura, dando l'idea che Apple butti sul mercato prodotti difettosi. Le quotazioni in borsa cominciano a precipitare, l'azienda rischia un colossale danno d'immagine ed economico."

"A quel punto lei prende il telefono e chiama Steve Jobs, immagino?" Werner Reitt vorrebbe fare una battuta tagliente, ma si rende conto con orrore che il suo tono ha un'avvertibile, incontrollabile colorazione di speranza.

Neckhart guarda avanti, non si preoccupa neanche di confermare in modo diretto. "A quel punto la reputazione di LifeSolving™ e la qualità dei miei contatti erano decisamente migliori, rispetto a dodici anni prima."

"E qual è stata la sua strategia per risolvere la crisi?" Werner Reitt vorrebbe guardare avanti anche lui, ma non riesce a evitare di lanciare un'altra rapida occhiata all'americano.

"Jobs organizza una conferenza stampa a Cupertino con i più importanti giornalisti specializzati, e dice cinque cose: 'Non siamo perfetti. Lo sappiamo. Lo sapete. Nessun telefono è perfetto. Però noi teniamo molto ai nostri clienti.' Fine del messaggio. Crisi risolta."

Si fermano tutti e tre, stanno zitti per qualche secondo. Il vento furioso che soffia alle loro spalle satura tutto lo spazio acustico.

Mathias si affaccia da dietro. "È il tipo di soluzione che lei propone per il nostro caso?"

"*Ahà.*"

Werner Reitt tiene a freno la sua avversione istintiva per consulenti d'immagine e manipolatori. L'unica cosa che conta adesso è venire fuori da questo spaventoso stato di impotenza, in qualunque modo, con qualunque mezzo. Si gira a guardare Neckhart negli occhi, da uomo a uomo. "Dunque lei sarebbe disposto a occuparsene?"

Neckhart lascia passare due o tre secondi, è troppo esperto in questo tipo di giochi per rispondere subito. Annuisce, piano. "Lei saprà che la mia consulenza costa cara, immagino."

"È irrilevante." Werner Reitt fa un gesto che dovrebbe essere secco ma risulta concitato, tanto fatica a controllare la fretta che gli sta montando dentro.

"Benissimo." Neckhart si bilancia sulle gambe, sembra un lottatore pronto a gettarsi sul ring.

"Però dovrà cominciare subito."

"Ho già cominciato, signor Reitt."

"Dovrà venire in Germania con me, oggi stesso."

"Nessun problema." I margini di riflessione di Neckhart sono quasi zero: l'effetto è sconcertante, come lui certamente sa bene.

Werner Reitt controlla l'orologio. "Il nostro elicottero sarà qui a mezzogiorno."

"La mia valigia è pronta."

L'irritazione di Werner Reitt si mescola poco alla volta a una certa dose di ammirazione. Limitata, circoscritta quanto si vuole, ma è una misura della contraddittorietà dei suoi impulsi in questo momento.

"Mi scusi, Signor Reitt..." Mathias si affaccia tra loro. "Sull'elicottero ci sono solo tre posti..."

"E allora?" Werner Reitt non capisce il senso di questa interferenza.

"No... Intendo dire, e la Signora Reitt?"

"La signora Reitt cosa?"

"Come farà a partire?"

"La signora Reitt partirà più avanti, per conto suo!" Reitt ha uno scatto di rabbia, ma quasi subito riporta le sue emozioni sotto controllo. "La signora Reitt si godrà qualche altro giorno di vacanza in questo luogo meraviglioso. Non è una cosa che ci riguardi più, adesso."

Neckhart osserva questo scambio facendo finta di niente, ma è chiaro che sta continuando a valutare tutti i punti di forza e di debolezza della situazione.

Mathias annuisce. Ne ha ancora di cose da imparare, il ragazzo, però una crisi come questa ha un potere formativo straordinario, ha già cominciato a farlo crescere.

Si girano, tornano a passi divoranti verso gli edifici di Villa Metaphora. Werner Reitt è ormai preso da una vera smania: non riesce a credere di aver temporeggiato per giorni interi, essersi affidato a intermediari che agivano per interessi opposti ai suoi, aver lasciato tutta l'iniziativa all'avversario. È stata Brigitte a indebolirlo fatalmente, solo adesso se ne rende conto con chiarezza assoluta. Può ringraziare la sua dolente pseudodevozione femminile, il suo modo di alimentare sensi di colpa con ogni sguardo e gesto, la sua ostentazione di ferite morali, i suoi rimproveri latenti, il suo atteggiamento da martire coniugale. Ha sbagliato a darle tanto peso, a spiare le sue espressioni, a mendicare vicinanza e comprensione. Ora basta! È finita con le lagne e con i ricatti! Se ne è finalmente tirato fuori! Non ne vuole più sapere!

Neckhart marcia alla sua destra: un mercenario, sì, ma di quelli che sanno il loro mestiere e non si fanno intimorire dal dispiegamento di forze dell'avversario. Mathias gli cammina sulla sinistra, e forse non avrà proprio una tempra d'acciaio, però ha appena dimostrato la sua lealtà e anche una certa capacità di iniziativa. Sono un minuscolo esercito, d'accordo, ma la loro determinazione vale ben più dei numeri del nemico. Werner Reitt socchiude gli occhi contro il vento meridionale che gli soffia in faccia e nelle orecchie con insistenza vendicativa; lo spirito da battaglia gli fa ribollire il sangue.

Sessanta

Lucia Moscatigno è in uno stato di agitazione estrema, mamma mia. Subito dopo la scossa, la francese, la tedesca e l'italiana sono corse fuori dalla sala, parecchio spaventate tutte e tre. Amalia e Teresa sono schizzate dalla cucina, tutte tremanti per la paura. Non parliamo dell'onorevole Gomi, che si è precipitato da Gianluca pallido come un cadavere, continuando a ripetere "Qui c'è stata una scossa gravissima di terremoto!" Come se fosse responsabilità di Villa Metaphora, non si capisce! Anche Ramiro era bianco come un cadavere, diceva che aveva visto tutte le pentole e le padelle ballare come indemoniate.

Lei quando è arrivata la scossa era nel bagno a darsi una sistemata davanti allo specchio. Ha sentito *STRAAACK,* proprio uno strappo brutto, più che una scossa, è corsa fuori col cuore in gola, senza neanche sentire cosa diceva Gianluca che le andava dietro. Così si sono ritrovati quasi tutti qui fuori sulla terrazza, nel vento che adesso soffia ancora più forte, quasi per far sentire che è lui il vero protagonista. Invece Lynn Lou Shaw, la sua amica Lara e Brian Neckhart non si vedono. Neanche il dottor Reitt, neanche Mathias.

Comunque per la scossa Gianluca è stato bravissimo a calmare gli ospiti e anche il personale, con quel suo modo rassicurante, quella voce di velluto, da uomo che sa tutto e può spiegare tutto. È in casi come questo che a lei torna proprio l'ammirazione degli inizi, quando il suo stile, la sua classe la facevano sciogliere dentro. Ha spiegato agli ospiti e anche al personale che qui non siamo in zona sismica, che di sicuro la scossa era solo il riflesso di un terremoto sottomarino, con l'epicentro a chissà quante migliaia di chilometri di distanza. Ha anche fatto entrare tutti in ufficio a vedere che su internet non ne parlano nemmeno, segno che non è neanche una notizia, perché cose di questo tipo sotto il mare ne succedono di continuo. Ha spiegato che in tutti i casi il vantaggio di starsene qui belli alti sulle rocce è che non si corre certo il rischio di uno tsunami, se per caso dovesse capitare. Che non capiterà, ma hai voglia quanto dovrebbe salire il mare, prima di arrivare fin quassù.

Carmine è l'unico che non si è voluto far rassicurare, perché è troppo convinto che è stata la rabbia del Drago, dopo che ieri sono andati a disturbarlo col motoscafo nella caverna. Dice che la colpa è sua che ce li ha portati, ma prima ancora di Gianluca che ha avuto l'idea. Dice che anche il disastro del Chris Craft è stato la punizione del Drago, infatti è successo proprio mentre se ne tornavano dalla caverna. Lei ha cercato di farlo ragionare, ma Carmine su queste cose non ci sente. Per tanti lati è un ragazzo di oggi, e per tanti altri è antico da far paura, si è fatto erede delle credenze della Muntagna Matri. È una cosa che gli viene dal lato Alcuanti della famiglia, al cento per cento. Lucia si ricorda benissimo di quando da bambini la nonna Rosalia li portava di nascosto con sé per il sacrificio del galletto da sgozzare sulla pietra nera del vulcano. Faceva dire anche a loro la cantilena incantatrice, gli faceva fare i gesti propiziatori, i passi incrociati e tutto il resto. A lei da bambina divertiva anche, perché era un po' una festa, anche se in casa Moscatigno sono sempre stati buoni cristiani e la vedevano come una superstizione che faceva anche un po' vergogna. Però insomma, era una cosa nella famiglia, cosa ci si poteva fare?

Ce ne sono di persone sull'isola che alla Muntagna Matri e al Drago suo figlio ancora ci credono, ma quasi tutte anziane ormai, Carmine dev'essere l'unico giovane. Certo non te lo vengono a dire che ci credono se sanno che tu non ci credi, però quando succede una cosa come la scossa di poco fa, o quando per caso esce del fumo dalla cima del vulcano, subito li vedi al porto che si parlano sottovoce, che si scambiano occhiate significative. È anche per questo che lei se n'è andata da Tari appena ha potuto, perché le sembrava di vivere proprio nel mondo delle credenze antiche. Quando raccontava queste cose ai suoi compagni di università a Roma, o non le credevano oppure la prendevano in giro, le dicevano "Ma da dove vieni, Luci'?" Così ha finito per non raccontare più niente, basta. Anche Gianluca le poche volte che lei gli ha raccontato qualcosa per fargli capire la mentalità di Tari ha finito col prenderla in giro, magari non subito ma alla prima occasione buona, dicendo che in quanto tarese fa parte anche lei di una cultura primitiva, eccetera. Meglio non parlarne proprio a nessuno di queste cose, mosca. Comunque come dice la nonna (dal lato Moscatigno), *Maxim beni est minor mali*, il bene maggiore è il male minore, e anche se il Drago (che non esiste, lo sa benissimo) per caso si fosse arrabbiato davvero, non dev'essere stata proprio un'arrabbiatura tremenda, perché in fondo ha solo rovinato il motoscafo ieri e mandato una scossa brutta oggi. Non ha ammazzato nessuno (il fotografo è tutta un'altra storia), non ha fatto crollare niente. C'è da starsene contenti così, tutto sommato.

Sì, però vaglielo a spiegare a Gianluca, che il motoscafo rovinato è il male minore. Per lui è una catastrofe, perché dice che il Chris Craft era l'ambasciatore di Villa Metaphora, serviva a dare agli ospiti fin dalla prima accoglienza al porto la sensazione di essere arrivati in un ambiente squisito e raro. Ieri notte a letto si lamentava che adesso ci vorranno chissà quanti mesi per farlo riparare, chissà quanti soldi, proprio ora che i primi incassi dovrebbero servire a coprire le spese ordinarie. Lei ha provato a dirgli che la barca normale sarà più lenta del Chris Craft ma in fondo va benissimo anche per prendere e riportare gli ospiti, non è certo indegna. Lui invece di rasserenarsi un po' le ha detto che non si rende minimamente conto del valore del bello, che è una capra. Lei ha cercato di portare pazienza, gli ha risposto che strapparsi i capelli non aiuta per niente, tanto vale far buon viso a cattiva sorte. Gianluca si è infuriato ancora più, le ha detto che è un'ignorante testona, che all'università non ha imparato niente perché a Roma c'era andata solo a perdere tempo a spese dei genitori e trafficare coi ragazzotti, che non le sono serviti a niente neanche i tre anni che hanno passato insieme. Al che lei si è offesa davvero, insomma. Angosciato e stressato quanto si vuole, lei è la prima che lo capisce e lo consola, ma non può ricoprirla così di brutte parole, in quel tono. Non può chiederle ascolto e comprensione e assistenza, domandarle secondo te qua secondo te là, e poi di colpo farla sentire uno schifo, senza che lei abbia neanche un minimo di colpa. È troppo un'ingiustizia, le fa venire le lacrime agli occhi per la rabbia.

Però è anche vero che di ragioni di essere nervoso Gianluca ne ha tante, poverino. Stamattina appena sveglio era angosciato da morire per lo scandalo del dottor Reitt con la ragazzina giovanissima. Chi si sarebbe mai immaginato una cosa del genere, da un uomo così distinto e importante. Dice che rischia di diventare un disastro d'immagine per Villa Metaphora, di farla sembrare una specie di rifugio per mascalzoni. Dice che tutto quello che poteva andare male sta andando male, che per di più ora il dottor Reitt vuole farsi venire a prendere in elicottero, dopo che già all'arrivo aveva tanto infastidito gli altri ospiti col rumore e con la prepotenza. Gianluca si è offerto di prenotargli una lancia veloce da Lampedusa, ma quello non ne ha voluto sapere, perché ha paura di trovare i fotografi appostati al porto. Oltretutto non è solo questione di fastidio ma anche di sicurezza, perché la terrazza bassa non è proprio fatta per gli elicotteri. A un eliporto a Villa Metaphora Gianluca all'inizio ci aveva anche pensato, ma poi ha deciso che sarebbe stato contrario alla filosofia generale, visto che tutto il resort è all'insegna dell'eco-compatibilità e dell'armonia con la natura. Poi non c'è solo la questione del dottor Reitt, ma anche il fatto che la Lynn Lou Shaw è veramente troppo fuori di testa, il disastro del Chris Craft è stato tutta colpa sua, però a questo punto chiederle di pagare i danni non si può più, perché Gianluca per evitare complicazioni ha detto al comandante della motovedetta che al timone c'era lui. In più i rapporti tra la Shaw e Neckhart vanno sempre peggio, capace che uno dei due o magari tutti e due se ne vogliano andare via in anticipo. E anche se la suite l'hanno già pagata, anche quello sarebbe un disastro di immagine, perché sembrerebbe che il posto non gli sia piaciuto abbastanza e quindi non valga la pena di venirci. Aggiungiamo la seccatura grande dell'onorevole Gomi, che è rimasto bloccato qua e ha smania di tornare a Roma ma non sa come, visto che ha il terrore del mare mosso. Pretenderebbe una nave, però non riesce a farsela mandare, il che non è tanto strano, chi è che manda una nave per una persona sola, anche se è un onorevole. Così è lì anche lui addosso a Gianluca, a chiedere, a strepitare, a insistere senza tregua. Insomma, l'unica cosa sicura è che questi ospiti superimportanti sono ben difficili, ognuno con la sua complicazione che si combina con le complicazioni degli altri fino a diventare una supercomplicazione generale, troppo grossa da risolvere. Gianluca le sue ragioni per essere nervoso ce le ha tutte, eccome. Solo che non dovrebbe prendersela con lei, tutto lì.

Adesso sulla terrazza stanno arrivando proprio il dottor Reitt, Brian Neckhart e Mathias. Fa quasi paura vederli così insieme, tutti e tre con gli occhiali da sole, tutti e tre facce dure da padroni del mondo che se ne fregano degli altri (Mathias un po' meno, ha quella faccia tonda). Brian Neckhart con la sua valigia, quindi vorrebbe partire anche lui, è chiaro. Mathias con quella del dottor Reitt, visto che le sue cose le tiene a Bonarbor dove ha preso la stanza, da zia Campana. Si affacciano a guardare la terrazza più sotto, guardano su in cielo per vedere se arriva l'elicottero, anche se Gianluca gli ha detto in tutti i modi di non farlo venire. Oltretutto è ben strano vedere il dottor Reitt insieme a Brian Neckhart, fino a ieri si salutavano a malapena, giusto un cenno del capo per pura cortesia, erano proprio come cane e gatto. Invece adesso sono lì fianco a fianco, guardano qua e là insieme, si parlicchiano all'orecchio, vogliono partire insieme.

Gianluca viene fuori dall'ufficio, deve averli visti dalla finestra. Agitato veramente da far pena, cerca di nasconderlo ma lei queste cose le vede, lo conosce troppo bene. Questa storia dell'elicottero proprio lo sta facendo diventare matto dalla preoccupazione, e il dottor Reitt non lo vuole minimamente stare a sentire. Poi in un giorno come questo, con il vento che tira, è un'idea da matti prepotenti, proprio.

Il dottor Reitt e Brian Neckhart se ne stanno a parlare tra loro come se niente fosse, anche se il vento gli scompiglia i capelli e gli sbatacchia i vestiti, *flap flap flap*. Sbatacchia i teli della terrazza, *ftanc ftanc ftanc*, fa un tale casino da assordare. Però quelli ci tengono troppo a darsi un tono, a fare quelli che del vento non se ne accorgono neanche, sono superiori a tutto, anche se devono allungare il collo e parlarsi nelle orecchie perché altrimenti non riescono a sentire neanche una parola. Mathias intanto è lì a controllare il cielo con una mano sulla fronte, tutto preso dal compito di fare la vedetta.

Gianluca va da loro nel suo modo tutto educato, perfetto, anche se è lì che quasi trema dalla tensione. A Lucia fa male al cuore vederlo in questo stato, anche se ieri notte e stamattina le ha parlato con tanta villania. Dovrebbe essere arrabbiata, ma come si fa a tenere il broncio all'uomo che ami, nel momento della difficoltà? A sapere che è tutto combattuto, poverino, tutto tormentato, perché da una parte non vede l'ora di liberarsi del dottor Reitt dopo lo scandalo con la ragazza giovanissima, dall'altra non vuole offendere un ospite così importante (due con Neckhart), dall'altra ancora è troppo angosciato all'idea dell'elicottero sulla terrazza. Lei gliel'ha detto di spiegarlo chiaro e tondo a Reitt che non si può, di non farsi tanti problemi anche se è un ospite così importante, che poi oltretutto con lo scandalo della ragazzina magari tanto importante non lo resta a lungo. Però Gianluca su queste cose non la vuole neanche sentire, perché per lui l'ospite di Villa Metaphora è sacro, e c'è un certo stile da mantenere a tutti i costi, e non si possono fare pressioni su un uomo come Werner Reitt davanti agli altri, eccetera. Così adesso non sa bene cosa fare, però è chiaro che qualcosa deve farla, perché il problema è grosso e la responsabilità è tutta sua. Certo che con tutte le preoccupazioni che già c'erano, questa proprio non ci voleva. Lucia lo segue, attenta a tenersi qualche passo più indietro, se no è capace di prendersela con lei di nuovo.

"*Entschuldigen Sie mich? Excuse me?*" Gianluca fa un gesto al dottor Reitt e a Brian Neckhart.

Loro fanno finta di non sentirlo e non vederlo neanche, continuano a parlarsi all'orecchio e fare di sì con la testa, anche se Gianluca è a un metro da loro e chiaramente vuole dirgli qualcosa. Si spostano al riparo del muro dell'anticucina, fanno i due uomini superimportanti tutti presi da cose superiori.

"*Entschuldigen Sie mich?*" Gianluca non sa neanche a chi rivolgersi dei due, non sa se parlare tedesco o inglese. "*I'm sorry?*"

Il dottor Reitt si gira a guardarlo solo per un istante, con la faccia tutta infastidita, si rigira subito dall'altra parte.

Neckhart indica in cielo con un dito.

"*There's no way a helicopter can land on that terrace with this wind!*" Gianluca alza la voce, un po' per via del vento, un po' per l'agitazione che ha dentro.

Brian Neckhart alza le spalle, come per dire che per lui non c'è niente di strano e comunque non gli interessa, punto. Il dottor Reitt si allunga a dirgli qualcosa nell'orecchio, fanno come se Gianluca non fosse neanche lì.

Gianluca naturalmente si agita ancora di più, nel modo che Lucia ha visto solo quando gli venivano proprio le crisi per i lavori bloccati, o per qualche ricatto brutto di sua moglie. "*Es tut mir sehr leid, aber der Hubschrauber kann nicht auf der Terrasse landen!*"

Il dottor Reitt e Brian Neckhart continuano a parlare tra loro, ridossati al muro dell'anticucina, come se Gianluca fosse solo un disturbo da escludere.

Gianluca si rivolge a Brian Neckhart, grida ancora più forte contro il vento. "*There's no way it can land on that terrace!*"

Brian Neckhart si allunga a dire qualcosa nell'orecchio del dottor Reitt, l'altro fa di sì con la testa.

Gianluca è fuori di sé, si gira da tutte le parti, vede Lucia e se la prende con lei (lo sapeva, lo sapeva). "Cosa fai qui, tu? Torna nell'ufficio!"

Lei si ritrae di un paio di passi, ma appena lui si gira si riavvicina. Lo capisce benissimo che si senta ancora più a disagio ad averla come testimone, poverino, con due ospiti tanto importanti che si permettono di far finta di non vederlo neanche. Le viene una tale rabbia che andrebbe lei a gridargli due o tre cose, chiedergli chi si credono di essere a comportarsi così, se non fosse che poi Gianluca si infurierebbe ancora di più. In mancanza di meglio va da Mathias, lo tocca su un braccio. "Guarda che lì sulla terrazza non si può atterrare!"

Mathias si gira a guardarla, con quel suo atteggiamento da bravo ragazzo educato. "Il pilota ci ha confermato questa mattina che non ci sono problemi!"

"Il pilota non conosce la situazione del vento su questo lato dell'isola!" Gianluca arriva da dietro, grida. "E in ogni caso quella terrazza non è in grado di reggere il peso, anche senza vento!"

Mathias si gira verso il dottor Reitt che continua a parlare con Brian Neckhart vicino al muro dell'anticucina, sembra un po' imbarazzato, si gira di nuovo a scrutare il cielo, con la mano sulla fronte.

"Dovete telefonare immediatamente e cancellare il volo!" Gianluca prova ancora a farlo ragionare, si sforza di essere gentile anche se deve alzare la voce contro il vento. "Mi occupo io di farvi arrivare un'imbarcazione veloce da Lampedusa o da Linosa!" Si avvicina di nuovo al dottor Reitt e a Brian Neckhart, gesticola come di solito non fa mai. "*Ich werde ein schnelles Boot aus Lampedusa oder Linosa rafen!*"

Il dottor Reitt e Brian Neckhart continuano a fare finta di non accorgersi di lui, Mathias continua a scrutare il cielo.

Sono tutti lì nel vento che tira, in questa tensione allucinante, e arrivano la signora Reitt e la signora Poulanc, sono sempre insieme da un paio di giorni. La signora Reitt si ferma a guardare il marito tutto preso a parlare con Brian Neckhart, ha l'aria di aspettarsi che lui le dica qualcosa. La signora Poulanc le sta di fianco, con una mano sul cappello per non farselo volare via, guarda anche lei il dottor Reitt in quella maniera proprio fissa che ha, con quello sguardo che mette a disagio. Il dottor Reitt fa come per muoversi, ma invece dà un'occhiata a Brian Neckhart e alla fine non si muove, fa solo un cenno con la mano, come a una conoscente che non gli sta per niente simpatica. Al che la signora Reitt si gira di scatto, la signora Poulanc anche. Attraversano la terrazza, si chiudono nel soggiorno. Bella coppia, anche i Reitt. È vero che non erano per niente affettuosi neanche quando sono arrivati, però adesso, mamma mia. Tra loro e i Neckhart-Shaw, ti fa pensare che questo posto invece di far scattare le scintille romantiche ha proprio l'effetto contrario. Meglio toccar ferro per lei e Gianluca, davvero.

Comunque adesso si sente il rumore dell'elicottero, sta proprio arrivando, c'è questo *FTAP FTAP FTAP* sempre più forte nell'aria, strappato dal vento che scuote di brutto i teli bianchi, fa schiumare di brutto il mare là sotto.

Il dottor Reitt e Brian Neckhart raggiungono Mathias, guardano in alto tutti e tre, si muovono verso la scala che porta alla terrazza più bassa, senza salutare nessuno. Gianluca gli va dietro, cerca ancora di farli ragionare ma quelli non lo ascoltano, non si girano neanche. Amalia, Teresa e Federico si affacciano dalla cucina; l'onorevole Gomi si affaccia dal soggiorno, guarda in alto anche lui.

L'elicottero sbuca da sopra le rocce alte, bianco, con i numeri e le lettere rosse, la scritta *ELI VIP*. Viene fin sopra la terrazza grande, con gran rumore di pale nel vento, *FTRAP FTRAP FTRAP*. Mathias a metà della scala che porta alla terrazza bassa posa la valigia, si sbraccia, indica il dottor Reitt e Brian Neckhart, indica la terrazza bassa, fa segno vieni giù, vieni giù. L'elicottero si sposta, si inclina un po', forse cerca di calcolare come aveva fatto ad atterrare l'altra volta quando ha portato qui i Reitt, anche se chissà se è lo stesso pilota o è un altro.

L'onorevole Gomi va anche lui giù per i gradini, tutto frenetico nel suo completo blu, cerca di parlare a Reitt e Neckhart ma quelli già non ascoltano Gianluca, figuriamoci se ascoltano lui. Intanto sulla terrazza grande arriva anche Ramiro, e Carmine. La signora Reitt e la signora Poulanc escono dal soggiorno, vanno ad affacciarsi al bordo della terrazza. Più sotto sul sentiero c'è Paolo Zacomel, guarda in su.

Lucia scende anche lei per la scala, con il vento che le riempie le orecchie e le fa volare i capelli negli occhi, le passa attraverso i vestiti, le manda polvere tra i denti. Quando arriva quasi alla terrazza bassa si ferma dove gli altri sono tutti addossati come bambini di scuola però grossi e cattivi, ognuno a fare gesti all'elicottero di scendere o di non scendere, di venire giù subito, di andarsene via subito.

L'elicottero su in aria gira torno torno, cerca l'angolo giusto, si abbassa un po' ma si vede proprio che deve lottare contro il vento per restare dritto, continua a cercare di riaggiustarsi. C'è tutto questo soffiare, questo fischiare, questo rombare, questo battere l'aria, questa gara di rumori uno peggio dell'altro, comprese le voci di quelli addossati qui sotto. "*Hey, land here!*"; "*Landet hier!*"; "Sono un parlamentare!"; "Questa è proprietà privata!"; "*Halt die Klappe, Dummkopf!*" Mathias e l'onorevole Gomi sono quelli che saltano e si sbracciano di più, insistenti da non credere, si sgolano contro il rumore del vento e delle pale. "Venga giuuù!" "*Komm doch herunteeer!*"

Ma l'elicottero su in aria fatica a tenersi dritto, con il vento che continua a soffiargli sul fianco a tutta forza, spingerlo verso le rocce della scarpata. *FTRAP FTRAP FTRAP*, prova di nuovo a venire giù, però si inclina male, deve tornare su, ricominciare da capo. Viene giù di nuovo, tutto vibrante e inclinato, va un po' su di là, un po' giù di qua, sembra un insetto gigante, mezzo feroce e mezzo terrorizzato.

L'onorevole Gomi cerca di scavalcare gli altri per scendere direttamente sulla terrazza, anche se poi l'elicottero dove dovrebbe posarsi se qualcuno gli ingombra lo spazio? Ma lui chiaramente non ci pensa, cerca in tutti i modi di passare, tira fuori di tasca un tesserino, lo agita come un matto. "Parlamento italiano!" "Precedenza!" Arrivano solo una parola o due, strappate dal vento nel gran frastuono. Il dottor Reitt si inferocisce di brutto, a vedere che l'onorevole cerca di prendersi l'elicottero. "*Zurück, du Schlingel!*" Lo spinge indietro in malo modo. "Mi lasci!" "Non si permetta!" L'onorevole Gomi strilla come un'aquila, torna subito alla carica perché non è certo uno che si dà per vinto. Però Brian Neckhart lo prende proprio per le spalle, gli dà una spinta. "*Get back!*" "Non mi tocchi! Io la denunzio!" L'onorevole Gomi strilla ancora più forte, tutto rosso in faccia. Gianluca cerca di mettersi di mezzo, ma non è facile perché sono lì tutti addossati su pochi gradini, nella confusione di grida spinte sgomitate sbracciamenti.

Intanto l'elicottero adesso si è abbassato parecchio più di prima, tutto tremolante e rumoreggiante da far male ai timpani, mescola il vento delle eliche al vento vero. Adesso attraverso il vetro bombato si vede il pilota, ed è Ciro Spanò! Quello che era alle elementari con lei e poi è andato a Roma a fare il corso da elicotterista, le è stato anche dietro per qualche mese però allora non aveva la posizione per farle una proposta seria, la famiglia non avrebbe approvato e poi lei non voleva certo sposarsi uno di Tari e ritrovarsi qui al punto di partenza. Lucia lo sapeva che faceva il servizio da Lampedusa, ma non si aspettava proprio di vederselo qui, le viene un accidente quando lo riconosce, anche se porta gli occhiali a specchio, riconosce subito la faccia lunga lunga e i baffi, lo vede da sotto in su con le ginocchia alte nei pantaloni color crema, superconcentrato nella manovra.

Intanto tutti qui sotto continuano a spingersi urlare gesticolare come un gruppo di bambini grandi e cattivi, fare cento segnali nello stesso momento, davvero non si riesce a capire più niente.

Ciro Spanò fa un gesto attraverso il vetro bombato, per dire che atterrare in queste condizioni non si può, scuote il pollice e l'indice della mano per dire non si può. Però Mathias è lì che gli si sbraccia ormai proprio sotto, grida come un indemoniato anche se Ciro non lo può sentire di sicuro, è impossibile con questo rumore. Ciro scuote la testa, no, no, indica da dove viene il vento, no, no. Però guarda sotto e vede Lucia e la riconosce in mezzo a questa incredibile confusione, fa una faccia strana. Lo sapeva che lei lavora qui, ma non si aspettava di vedersela davanti così, proprio come lei non si aspettava di vedere lui. Comunque ha questa specie di sobbalzo, va proprio un po' indietro con la testa nel momento in cui la riconosce, fa questa faccia. Intanto Gianluca salta anche lui sulla terrazza e gli fa segni a due braccia di non atterrare, mette proprio le braccia a croce per dire di non provarci, per dire vai via. Mathias invece continua a fargli segno di posarsi, alza e abbassa le mani, come posseduto. E Brian Neckhart salta sulla terrazza anche lui, tira fuori di tasca un mazzetto di banconote, ma proprio un mazzetto bello spesso, lo agita per farlo vedere a Ciro, per fargli capire che gliele darà tutte se atterra e li prende a bordo. L'onorevole Gomi agita come un matto il suo tesserino, grida e grida anche se non si capisce niente. Gianluca fa ancora gesti di risalire, di andarsene via, indica la scarpata che è vicina da far paura. Brian Neckhart gli grida "*STOP IT!*" così forte che si sente chiaro tra tutte le altre voci che si sentono solo a strappi. "*What?!*"; "Detto!"; "Smetta!"; "*Schnell!*"; "*Jetzt!*"; "*Dammit!*" Per il resto è solo rumore, ma proprio rumore incredibile, da far male ai i timpani.

Poi di colpo, ma proprio così, da un istante all'altro, l'elicottero si gira per una folata di vento, e *SKRAAAMMM* tocca con l'elica di coda una roccia, *SKRAAAFRCRAMMM* la ritocca, risale di poco ma la ritocca peggio ancora, *FRRCRSBRASKRAAAMMM* fa volare polvere e schegge da tutte le parti, nere grigie metallo plastica, tutto sparato intorno da far paura. Reitt Neckhart Mathias Gomi Gianluca Lucia si abbassano si piegano si accucciano si coprono la testa si coprono gli occhi con le mani, sembra di essere in mezzo a una guerra, sembra di essere dentro un film di quelli che lei non vuole mai vedere. *FRRSSPRRACKTFRASKRRMMM* l'elica di coda raspa trancia rompe spara schizza manda fumo, l'elicottero con Ciro Spanò dentro cerca di risalire in cielo e infatti sale un po' ma subito comincia a girare su se stesso, sono le pale dell'elica che girano l'elicottero e non viceversa. Lucia non riesce a vedere bene perché sta giù accucciata sulla terrazza con le mani sulla testa come tutti gli altri, e c'è tutta questa polvere, ci sono tutte queste schegge che volano, però l'elicottero con Ciro Spanò dentro gira su se stesso proprio male, sale di coda in un modo proprio brutto, proprio sbagliato, va su e gira e gira mandato intorno dalle eliche! Lucia sta giù con le mani sulle orecchie con le mani sugli occhi come tutti gli altri, pensa che a furia di girare su se stesso l'elicottero cadrà qui sulla terrazza e li ammazzerà tutti nel rumore e nell'orrore, ma invece l'elicottero continua a girare e girare e scivola in giù verso la costa, come un giocattolo rotto, gira e gira mandato intorno dall'elica invece che viceversa, solo che è un giocattolo rotto con dentro Ciro Spanò, proprio lui in carne e ossa, un uomo di dimensioni normali, anzi piuttosto alto, che le mandava i bigliettini dolci quand'erano bambini qui a Tari e che la invitava a mangiare fuori quando da grandi erano tutti e due a Roma, solo che lei non lo voleva. Due minuti fa l'ha riconosciuto subito dietro il vetro bombato e anche lui l'ha riconosciuta e ha avuto quel sobbalzo, forse è stato per la sorpresa di riconoscerla che si è confuso e ha toccato con l'elica di coda, adesso è là dentro quel giocattolo rotto che gira e gira in aria veloce sopra le rocce della costa e sopra il mare, *FRTRAPP-FRTRAPP-FRTRAPP* anche a sentirlo da qui fa un rumore troppo sbagliato, troppo forte, gira e gira, è l'elica che fa girare l'elicottero e non viceversa, così piccolo e lontano e rumoroso, un povero giocattolo rotto scaraventato intorno nel cielo. Poi di colpo l'elicottero si inclina e casca giù, tutto ronzante tutto vibrante tutto battente, *SPAMTAMSPAMFFF* dentro il mare, ma proprio così forte da far male solo a guardarlo, soprattutto a sapere che anche se sembra così piccolo c'è dentro Ciro Spanò ai comandi, sbatte nel mare proprio di brutto, manda spruzzi da tutte le parti! Resta lì mezzo galleggiante con il muso un po' in giù e le eliche che ancora girano e fanno un rumore indemoniato, cerca di tirarsi su con uno sforzo proprio terribile e un po' infatti si tira su ma poi invece ha uno scatto in avanti, il muso va in giù e la coda va su, *SMAFRRRRRAKSWAARKRFRRBRRSFRAK-SPAWSK* l'elica falcia le onde, falcia l'acqua, fa una schiuma spaventosa, spinge l'elicottero a testa in sotto, lo fa rovesciare a pancia all'aria, con Ciro Spanò dentro!

Lucia sente il cuore che praticamente le si ferma, perché è troppo, ma proprio troppo. Si gira a guardare gli altri, Neckhart Gianluca Reitt Mathias Gomi, tutti lì bloccati a guardare verso il mare, dove un attimo fa, ma proprio un attimo fa, l'elicottero era in aria e poi è andato giù tutto vibrante rombante battente. Adesso è lì a pancia in su che mezzo galleggia e mezzo no, non lo si vede neanche perché è immerso nell'acqua, si vede solo la pancia piatta con i pattini sottili, le onde che ci corrono sopra. Tutti questi uomini prepotenti e insistenti pressati uno contro l'altro, e adesso nessuno di loro dice niente. Neanche Lucia Moscatigno dice niente, perché non riesce a credere a quello che ha appena visto succedere proprio davanti ai suoi occhi, non ci riesce. Si gira di nuovo verso gli altri per capire se è davvero successo, e basta guardare le loro facce per capire che *è* successo, davvero.

Sessantuno

Questo è decisamente al di là dell'orribile, è talmente pazzesco che se Ramiro Juarez non fosse in presenza di testimoni potrebbe anche pensarla un'allucinazione bella e buona, prodotta dal suo sistema nervoso gravemente danneggiato dall'isolofobia. Però di testimoni ce ne sono, e anche tanti. Sulla terrazza grande, tra i teli bianchi che sbatacchiano nel vento, hanno assistito al disastro: a) la Reitt; b) la Poulanc; c) i Cobanni; d) Carmine; e) Amalia; f) Teresa; g) Federico; h) Lynn Lou e i) Lara. Queste ultime arrivate pochi minuti prima che l'elicottero urtasse con la coda sulle rocce e cominciasse a girare su se stesso come una libellula impazzita. Facce vuote, ogni possibile espressione strappata via dall'assurdità inaccettabile di quello che hanno appena visto. Riescono solo a guardare il punto di mare dove l'elicottero è semisommerso, a pancia all'aria tra le onde rabbiose.

Intanto i criminali che hanno provocato il disastro stanno rimontando le scale, i loro atteggiamenti in buona parte mostruosamente sopravvissuti a quello che è appena successo. Si sono al massimo smorzati per un paio di minuti, ma adesso sono in rapidissimo riaffioramento, di gradino in gradino. Dovendo fare una classifica in ordine di possesso di sé: a) Reitt e Gomi a pari merito; b) Neckhart; c) Mathias; d) Perusato; e) Lucia. In realtà Lucia non è classificabile, in quanto non ha nessuna colpa, è sconvolta, singhiozza, si ferma varie volte sulle scale, non riesce quasi a salire fino alla terrazza grande. A voler essere totalmente onesti, anche Perusato è per una volta dalla parte della ragione, perché ha cercato in tutti i modi di segnalare al pilota di non tentare l'atterraggio. Forse temeva semplicemente per la tenuta della sua terrazza, o per il disturbo alla pace degli altri ospiti, ma sta di fatto che la sua unica responsabilità consiste nell'aver accettato alcune persone orrende come ospiti. Sembra parecchio scosso, i lineamenti alterati, la camicia insolitamente spiegazzata. I criminali invece sono proprio criminali: fa venire i brividi vederli passare con i loro sguardi da poker, senza nessuna traccia visibile di sensi di colpa.

Carmine si libera per primo dallo stato di shock che paralizza il gruppo degli osservatori, va incontro a Lucia, la aiuta a salire gli ultimi gradini. Si parlano fitto, lei gli si appoggia contro. La porta sulla terrazza, la fa sedere, corre da Federico che è ancora più in trance del solito, lo scuote per un braccio. "*Amunì! O pilotu Ciro Spanò es! Curri, fasta! Mox!*"

Federico si risveglia con rapidità sorprendente, segue Carmine verso le scale.

Anche Perusato riesce a riprendersi, seppure in ritardo, fa gesti frenetici verso il punto di mare dove si vede la pancia dell'elicottero affiorare tra le onde. "Prendete la barca e andate subito a vedere se riuscite a tirar fuori il pilota!"

Carmine e Federico stanno già scendendo a tutta velocità per i gradini, evidentemente con quell'intenzione, non si girano neanche ad ascoltarlo.

Più sotto Paolo Zacomel corre lungo il sentiero selciato che si congiunge alla scala più in basso, ci arriva proprio un istante dopo gli altri due. Saltano giù uno dietro l'altro, ancora più veloci di prima.

Gli altri spettatori che si sono raggruppati sulla terrazza principale si scrollano finalmente dalla paralisi in cui il disastro li ha precipitati. I loro gesti e le loro parole riempiono l'aria, in una sovrapposizione concitata: a) "*Vous êtes des criminels!*" (Poulanc); b) "*Alles deine Schuld!*" (la Reitt, rivolta al marito); c) "È una vera vergogna!" (la Cobanni, rivolta all'assai poco onorevole Gomi); d) "Signora, non è certo stata colpa mia!" (l'assai poco onorevole Gomi, rivolto alla Cobanni); e) "È stata in modo chiarissimo colpa sua, e di questi altri signori!" (il Cobanni, rivolto all'assai poco onorevole Gomi ma anche a Reitt, Mathias e Neckhart); f) "*You're a piece of shit!*" (Lynn Lou Shaw, rivolta a Neckhart); g) "Siete dei mostri, senza cuore né anima!" (Ramiro Juarez, rivolto al gruppo dei criminali). Lara non dice niente, ma la sua espressione di disgusto morale vale più di mille parole. Anche Amalia e Teresa stanno zitte, con una luce di antico orrore nello sguardo.

"Chiamo subito dei soccorsi! Voglio vedere se adesso non vengono!" L'assai poco onorevole Gomi compone freneticamente numeri sul cellulare, come se fosse in grado di rimediare alla catastrofe con una o due telefonate. Ma non riesce a prendere la linea, va da un punto all'altro della terrazza in uno stato di parossismo. Neckhart e Reitt da parte loro non accennano minimamente a giustificarsi, nemmeno a esprimere un rammarico di circostanza; attraversano la terrazza come una piccola pattuglia dall'arroganza cieca, vanno a rinchiudersi nel soggiorno. Almeno Mathias resta qualche passo più indietro, si guarda intorno con un'aria frastornata. Però basta che Reitt si affacci alla portafinestra, e subito lo raggiunge, come un bravo soldato pronto a obbedire agli ordini del comandante.

Qui fuori i commenti vibranti di indignazione e angoscia continuano, mentre tutti vanno da un punto all'altro della terrazza spazzata dal vento, a guardare l'elicottero semisommerso, laggiù nel mare. Carmine, Federico e Zacomel sono ormai arrivati in fondo alle scale, corrono verso la barca.

Carmine salta a bordo, mette in moto: si vede il fumo dell'entrobordo diesel, portato via dal vento. Zacomel e Federico mollano gli ormeggi di prua e saltano sulla barca, la attraversano per mollare anche gli ormeggi di poppa. Carmine manovra all'indietro per allontanarsi dal pontile e dalle rocce, gira la prua verso il punto dove affiora la pancia dell'elicottero con i suoi pattini, appena visibile da qua sopra, senza dubbio ancora meno a livello del mare.

Lucia si alza dalla sedia dove l'ha lasciata suo cugino, va a osservare la scena dal bordo della terrazza, aggrappata al muretto, non smette di singhiozzare. El Perusón non è che si preoccupi tanto di confortarla, anzi: la guarda un paio di volte con aria irritata, come se provasse un fastidio estetico di fronte alla sua disperazione. Fa ampi gesti in direzione dei tre sulla barca là sotto, anche se quelli guardano in tutt'altra direzione e comunque non lo vedrebbero neanche a volerlo. Ma l'architetto ha bisogno di mostrarsi ancora in controllo della situazione, fare il coordinatore delle operazioni di soccorso, benché sia chiarissimo a tutti che non sta coordinando proprio un bel niente. Corre in ufficio, torna con il cellulare in mano, schiaccia i tasti, se lo preme all'orecchio, scuote la testa, riprova, si affanna.

"Architetto, io non riesco a ricevere!" L'assai poco onorevole Gomi continua a digitare freneticamente numeri sul suo telefonino, si guarda intorno. "Com'è che non c'è segnale?!"

"Non lo so! Non ricevo neanch'io!" Perusato è fuori di sé.

"Io sto cercando di far mandare dei soccorsi!" Gomi strepita nella sua voce metallica, orienta in giro la mano, cammina avanti e indietro, senza risultato.

Intanto là fuori la barca procede nel mare aperto, un piccolo guscio bianco beccheggiante tra le onde, con dentro tre minuscole figure umane. Impiega parecchi minuti ad arrivare all'elicottero rovesciato, e altri ancora a girargli intorno, forse alla ricerca di un appiglio. Le minuscole figure di Paolo e Federico si protendono a turno verso uno dei pattini neri, finché Paolo riesce a legarci la cima di prua. Però anche da questa distanza non ci vuole molto a capire quanto sia un'impresa disperata cercare di aprire senza attrezzature specifiche l'abitacolo per tirare fuori il pilota, ammesso che non sia morto nell'impatto, o annegato subito dopo. Carmine fa gesti a Federico, gli cede il posto al timone, va verso prua, sporge un piede fuori, allunga la gamba, sale sulla pancia dell'elicottero rovesciato.

"*Santa Madre, Cammine!*" Lucia ha un soprassalto di angoscia alla vista di suo cugino in piedi nel mare, un omino vestito di bianco in mezzo all'immensa distesa di blu cupo schiumante. Peccato che non sia davvero in grado di camminare sull'acqua, perché il salvataggio richiederebbe davvero capacità sovrannaturali: è una considerazione che si legge sulle facce di tutti quelli che stanno a osservare sulla terrazza.

La minuscola figura umana che è Carmine si inginocchia, allunga le mani sotto il pelo dell'acqua, si abbassa ancora, forse nel tentativo di trovare l'apertura del portello dell'elicottero. Ma non ci riesce, è chiaramente impossibile. Paolo scende anche lui dalla barca, i due si parlano, in piedi nel mare. Carmine si sdraia sulla pancia tra le onde, Paolo si accovaccia a tenergli le gambe per non farlo andare sotto. Carmine mette la faccia nell'acqua, ci infila tutta la testa, cerca di vedere o raggiungere qualcosa.

Lara è tesa in un modo che fa male al cuore; a differenza di Lucia non dice niente, eppure non ci vuole molto a capire quanto la angosci vedere Paolo così lontano, precario, esposto, fragile rispetto agli elementi.

Ramiro d'impulso va a metterle una mano intorno alle spalle, la stringe, osserva insieme a lei la scena lontana, anche lui con il fiato sospeso, il cuore che gli batte furiosamente.

Le altre persone sulla terrazza sono altrettanto assorte nell'osservazione delle due minuscole figure umane che fanno minuscoli cambiamenti di posizione e compiono minuscoli gesti, sdraiate e accovacciate sulla pancia dell'elicottero semisommerso. C'è questo clima di sospensione collettiva, questa aspettativa inconfessabile di poter assistere da un momento all'altro a un evento miracoloso: a) il pilota ripescato dall'acqua vivo e vegeto, come se non gli fosse successo niente; b) il pilota ripescato annaspante ma ancora in condizione di riprendersi in breve; c) il pilota ripescato apparentemente morto ma in realtà solo svenuto, come si scoprirà dopo una respirazione bocca a bocca e un energico pompaggio del petto a bordo della barca. Sono già pronti i respiri collettivi di sollievo, le lacrime di commozione, l'applauso fino a farsi male alle mani. Però le due minuscole figure umane che sono Carmine e Paolo continuano a compiere i loro minuscoli sforzi laggiù nel mare blu e l'evento miracoloso continua a non accadere, le onde continuano a correre e schiumare tutto intorno, il vento continua a soffiare accanito.

Il signor Cobanni va nel soggiorno e torna subito con uno dei suoi binocoli, lo punta in direzione della scena, regola la messa a fuoco. Commenta qualcosa tra sé, controlla meglio, alza la voce. "Sta andando giù!"

"Come sta andando giù?" Il tono di Lucia è straziante.

Lara ha un tremito attraverso il corpo: Ramiro se lo sente correre su per il braccio, la stringe più forte.

"L'elicottero sta affondando!" Il signor Cobanni alza ancora la voce contro il vento.

"Pronto? Pronto?!" Gomi si preme il cellulare all'orecchio, lo guarda, lo scuote, non si dà per vinto di non riuscire a collegarsi.

Perusato invece abbandona i suoi tentativi affannosi di telefonare, allunga una mano verso il binocolo di Cobanni. "Mi faccia vedere, per favore!"

L'ingegnere glielo passa, guarda verso il mare a occhio nudo.

Perusato punta, osserva, sembra paralizzato da quello che vede.

"Cosa vedi, Gian?!" Lucia è in uno stato terribile. "Dimmi cosa vedi!"

"Ha ragione l'ingegnere, sta andando giù!" Perusato ha una voce rauca, non riesce a staccarsi dal binocolo.

"Ma sembra che loro non se ne rendano conto!" Il signor Cobanni indica affannosamente le minuscole figure nel mare.

"*Oh my God! The fucking copter's going down!*" Lynn Lou capisce anche senza binocolo cosa sta succedendo, si gira a guardare gli altri. "*It's fucking sinking!*"

"*Mon Dieu!*" La Poulanc si porta una mano alla fronte. "*Ils vont se noyer!*"

"*Caaammineee!*" Lucia lancia un grido da bucare i timpani, gesticola in modo disperato. "*Caaaammineeeeeee!*"

"Tornate sulla barca!" Anche la Reitt grida contro il vento, benché si renda certamente conto che non esiste una possibilità su un milione di essere sentita da là fuori.

Lara salta come una matta, agita le braccia. "Prestooo! Toglietevi di laaà!"

"*Do something, goddammit! You've gotta fucking do something!*" Lynn Lou urla a Perusato, con una potenza vocale sorprendente.

"*What can I do, Mrs. Shaw?*" El Perusón sembra vicino al collasso.

"Oddio si vede anche a occhio nudo che sta andando giù!" La signora Cobanni gesticola.

In effetti non occorre il binocolo per vedere che l'elicottero rovesciato sta affondando: il fondo bianco non affiora più tra le onde come prima, Carmine e Paolo sono mezzi sprofondati nell'acqua. Per di più la barca sta cominciando a inclinarsi di prua, tirata dalla cima legata al pattino dell'elicottero. La minuscola figura umana che è Federico si alza in piedi dalla poppa, probabilmente grida qualcosa alle altre due minuscole figure, torna a sedersi per non sbilanciare ulteriormente la barca. Carmine e Paolo sembrano più in ritardo di tutti sugli eventi, perché probabilmente: a) sono troppo presi nei loro tentativi di salvataggio; b) non vogliono rinunciare all'impresa; c) non riescono a reagire con prontezza al modificarsi della situazione. Comunque sia, è terribile vederli là fuori in mezzo al mare, circondati dalle onde, irrilevanti in quella immensa massa liquida in movimento.

"Tornate sulla barcaaa!" Lucia grida disperatamente contro il vento, gesticola.

"Eeeehiiii!" Lara salta, mulina le braccia.

"*Come on, guys! Get out of there!*" Lynn Lou urla con la sua potenza inaspettata.

"Risalite subitooo!" La Reitt si toglie il foulard dal collo, lo agita freneticamente.

Ramiro si rende conto di compiere un gesto futile quanto gli altri, eppure si toglie il grembiule, comincia a sventolarlo a tutta forza. Il senso di impotenza è insopportabile, meglio fare gesti futili che non farne nessuno.

Là fuori nel mare Paolo sembra finalmente accorgersi di cosa sta succedendo, perché si piega su Carmine che è ancora proteso con la faccia nell'acqua, lo tira su a forza. Le due minuscole figure si dibattono, in piedi, con il mare che gli sale ai polpacci.

I gesti e le grida qui sulla terrazza si moltiplicano: a eccezione dell'assai poco onorevole Gomi che ancora cerca inutilmente di chiamare qualcuno con il cellulare, e di Perusato attaccato al binocolo, tutti urlano, si sporgono, si sbracciano, sventolano qualunque cosa riescano a trovare. Se qualcuno vedesse la scena da fuori penserebbe a una banda di pazzi, fuori controllo.

Là fuori nel mare la minuscola figura umana che è Paolo riesce a trascinare la minuscola figura umana che è Carmine verso la barca. I due si tirano e spingono a vicenda, si arrampicano; la minuscola figura umana che è Federico rimane al timone, in un tentativo di bilanciare la barca che si sta sollevando sempre più di poppa.

"Sì, ma prima devono sciogliere quella cima!" Cobanni grida nella sua voce fragile. "Se non sciolgono la cima, l'elicottero si tira a fondo anche la barca!"

"*Faites quelque chose, Monsieur!*" La Poulanc assale Perusato.

"*Madame, qu'est-ce que je peux faire?!*" Perusato ha ragione, perché non è in grado di fare proprio niente, come nessun altro su questa terrazza, anche se in effetti esaspera vederlo attaccato al binocolo.

Là fuori nel mare la minuscola figura umana che è Carmine scende di nuovo sulla pancia ormai sommersa dell'elicottero, cerca di sciogliere il nodo che assicura la barca al pattino ma non ci riesce, probabilmente perché la cima adesso è tesa allo spasimo: si accanisce, piegato in due, mentre la minuscola figura umana che è Paolo a sua volta fa tentativi di staccare la cima dalla prua inclinata dal peso dell'elicottero che sembra determinato a trascinare la barca nell'abisso. La minuscola figura umana che è Federico si sporge all'indietro sulla poppa in un disperato tentativo di controbilanciare, senza nessun effetto.

"Dài! Prestooo!" Lara grida nel suo registro acuto, ma tutti sulla terrazza stanno gridando, e cercando di capire se le tre piccole figure umane riuscirebbero a nuotare fino a riva, se la barca fosse trascinata a fondo dall'elicottero. Probabilmente sì, però il mare è brutto e il vento continua a incattivirsi, e Paolo e Carmine a questo punto devono essere sfiniti dai loro tentativi. Senza contare che se la barca andasse a fondo non resterebbe nessun mezzo con cui andarsene da questa dannata Villa Metaphora. La sola idea comunica a Ramiro un'angoscia insostenibile, gli fa saltare il cuore in gola, lo fa sudare malgrado il vento, gli riempie il sangue di adrenalina isolofobica!

Là fuori di colpo la minuscola figura che è Paolo riesce probabilmente a tagliare la cima da prua, perché la barca si raddrizza, da un momento all'altro. Carmine resta da solo in piedi sulla pancia invisibile dell'elicottero che sta andando giù, ormai l'acqua per quello che si può vedere gli arriva alle ginocchia, poi si tuffa incontro a Paolo che si sporge, lo agguanta, lo tira a bordo; ricascano tutti e due dentro la barca. Un istante dopo il biancore sempre più intermittente della pancia dell'elicottero scompare del tutto, al suo posto salgono bolle e schiuma, presto cancellate dalle onde che si rincorrono con rabbia.

"Noooooo!" Lucia lancia un urlo da animale ferito, si accascia per terra.

"*Mari santu!*" Teresa grida a sua volta.

"*Muntagna Matri!*" Amalia si mette le mani nei capelli.

Perusato guarda Lucia ma non si muove, visibilmente incerto tra il suo ruolo di datore di lavoro e quello di amante. Alza di nuovo il binocolo, lo riabbassa, si guarda intorno, la sua attenzione con tutta probabilità combattuta tra: a) il disastro definitivo dell'elicottero; b) il ritorno della barca; c) il trio di criminali nel soggiorno; d) il gruppo di testimoni agghiacciati qui sulla terrazza.

La Reitt si avvicina a Lucia, esita, poi vince il suo naturale riserbo, le accarezza la testa, seppure con cautela. Lucia singhiozza, tutta raggomitolata su se stessa.

La Poulanc si fa sotto all'assai poco onorevole Gomi, fuori di sé dalla rabbia. "*C'est votre faute! Vous êtes un assassin! Vous, et les autres!*"

"Signora, lei si sbaglia di grosso a prendersela con me!" L'assai poco onorevole Gomi atteggia la faccia a innocenza ferita, allarga le braccia, come uno studente zelante accusato di un misfatto molto più grande di lui. "Non sono stato io a prenotare quell'elicottero!"

"Eppure ha cercato in tutti i modi di farlo atterrare!" La Poulanc non gli dà tregua. "*Misérable! Rogue!*"

"Avrebbe dovuto ascoltarmi, onorevole, mi scusi!" Perusato non riesce a trattenersi. "Se dicevo che non era possibile atterrare su quella terrazza, c'era una ragione!"

"Architetto, lo ripeto, non l'ho chiamato io, quell'elicottero!" Gomi strepita, nella sua voce da megafono. "Sono stati i tedeschi e l'americano!"

"Lei è un ipocrita!" La Reitt gli agita contro l'indice. "Lei avrebbe voluto prenderlo al posto di mio marito! Era lì che agitava la tessera di parlamentare come un forsennato! Ha confuso quel povero pilota quanto e più degli altri!"

"Stavo solo cercando di farmi riconoscere, signora!" Gomi comincia a prendere un'aria spaventata, adesso che le critiche nei suoi confronti si moltiplicano e le accuse si aggravano. "Oltretutto era un mio preciso dovere, date le circostanze!"

"*You're a fucking pig!*" Lynn Lou gli sputa addosso, anche se è improbabile che abbia capito i termini precisi del diverbio.

Gomi si gira di scatto, ma non sa come reagire, non riesce a ribattere niente. Si riattacca al suo cellulare, tenta nuovamente di comporre un numero, se lo preme all'orecchio, guarda lo schermo, scuote la testa, si sposta alla ricerca di segnale, muove il braccio intorno in modo sempre più convulso.

Là fuori nel mare la minuscola barca bianca con dentro le tre minuscole figure umane che sono Carmine, Paolo e Federico punta in direzione del molo, beccheggiando tra le onde.

La Poulanc dà addosso anche a Perusato, già che c'è. "*Vous êtes responsable aussi! Vous n'aurait pas dû permettre que cela arrive!*"

"*Madame, ce n'est pas ma faute! J'ai tout essayé pour l'empêcher!* I signori mi avranno visto certamente! Ho fatto di tutto per convincere il pilota a non atterrare!"

I due Cobanni annuiscono, ma gli altri sembrano molto meno disposti a sforzarsi in ricostruzioni obiettive.

"Ho tentato in ogni modo di far prevalere un buon senso elementare!" Perusato ha l'aria di volersi giustificare ancora, poi invece lascia perdere, va a prendere per un braccio Lucia singhiozzante, cerca di tirarla su di peso. "Vieni! I cellulari non prendono! Dobbiamo mandare subito un'email per dare l'allarme all'eliporto di Lampedusa! Anche al porto di Linosa e a Bonarbor!"

"Lasciami! Vacci tu!" Lucia si dibatte, cerca di liberarsi dalla sua stretta.

"La lasci stare!" La Reitt interviene subito in sua difesa.

"*Let her go, you asshole!*" Lynn Lou si associa, con virulenza.

Perusato lascia andare il braccio di Lucia senza dire più niente, si guarda intorno come la vittima di un'ingiustizia, attraversa da solo la terrazza, va a chiudersi nel suo ufficio.

Ramiro resta nella confusione di voci e gesti sulla terrazza spazzata dal vento, a guardare il mare insieme agli altri finché la barca con Carmine, Paolo e Federico torna di dimensioni più ragionevoli e comincia le sue manovre di ormeggio al pontile, rese laboriose dalle onde che spingono di lato. Lara corre giù per le scale, ma lui non ne ha le forze: quello che è successo l'ha lasciato troppo esausto, in preda a una moltiplicazione incontrollata di sintomi isolofobici.

Sessantadue

Brigitte Reitt oscilla tra un senso di irrealtà all'idea di aver visto l'elicottero precipitare in mare e poi affondare, e un senso di colpa che la assedia con la stessa insistenza con cui il vento assedia questa terrazza. Sarebbe cambiato qualcosa se avesse discusso con Werner le modalità del loro ritorno in Germania, invece di erigere un muro invalicabile di offesa? Se fosse rimasta nella suite quando Brian Neckhart è venuto a parlargli? Se avesse cercato di farlo ragionare all'ultimo momento, quando l'elicottero si è affacciato sopra le costruzioni di Villa Metaphora? Se fosse per lo meno intervenuta su Mathias, che ha sempre mostrato rispetto e deferenza per lei? Probabilmente no, è quasi certo che Werner avrebbe perseguito i suoi disegni respingendo qualunque interferenza, come è successo in mille occasioni prima di questa. Ma saperlo non alleggerisce affatto il peso che grava sulla sua coscienza. Il fatto di essere la moglie di Werner Reitt non la rende comunque corresponsabile? Non è una colpa essersi adattata ai suoi comportamenti, avere trovato il modo di conviverci, avere accettato di restare al suo fianco e accompagnarlo qui? In nome di cosa, poi? Della lealtà coniugale, degli interessi presenti e futuri dei ragazzi, come si è voluta raccontare? O forse le vere ragioni sono molto meno confessabili, come la comodità di una vita agiata, la sicurezza della familiarità, la ripetizione che smorza e attenua ogni reazione? È stata una moglie eroica che sostiene il marito nel momento della difficoltà, o una vigliacca che non voleva rinunciare a tutto quello che aveva, case, mobili, quadri, abitudini, amici, vestiti, carte di credito, regali di Natale, assistenti, parrucchieri, negozi, contatti, nomi? Avrebbe continuato per sempre, se la storia delle fotografie non fosse venuta fuori, se l'incombere dello scandalo pubblico non avesse cominciato a portarle via tutto? Non lo sa, non lo vuole sapere. Eppure non riesce a fare a meno di pensarci, mentre si muove tra gli altri ospiti sconvolti, tra i teli sbatacchianti della terrazza.

Werner è chiuso nel soggiorno con Mathias e Brian Neckhart, il suo recentissimo alleato. Staranno analizzando la situazione alla luce degli sviluppi recenti, cercando il modo di negare qualunque responsabilità per quello che è successo, senza dubbio preparando nuovi piani.

Federico, Carmine, Paolo il falegname e Lara che gli era corsa incontro adesso sono tornati sulla terrazza, ansimanti, sconvolti. Carmine e Paolo in particolare sembrano esausti, con i vestiti e i capelli inzuppati d'acqua, sguardi e atteggiamenti che riflettono una disfatta.

Ramiro lo chef corre in cucina, torna fuori con una bottiglia di cognac e dei bicchieri. Ma nessuno dei tre ha voglia di bere: scuotono la testa nello stesso modo.

Lynn Lou Shaw si avvicina a Carmine, lo abbraccia di slancio. "*You're a hero! You risked your life to try and save that pilot!*" La sua commozione sembra autentica, anche se un po' teatrale.

"*But I didn't save him.*" Carmine abbassa lo sguardo, sopraffatto dal trasporto emotivo del suo idolo, dalla frustrazione per non essere riuscito a salvare il pilota, dal dolore per la tragedia.

"*It doesn't matter, you tried!*" La Shaw gli stringe entrambe le mani e piange, con una quantità di lacrime che fa impressione.

Brian Neckhart si affaccia a osservarla dalla portafinestra del soggiorno, con un'espressione di distacco sotto cui non è difficile vedere sentimenti ben diversi. Torna dentro, richiude.

Le altre persone su questo lato della terrazza stanno a semicerchio intorno ai tre reduci della spedizione di soccorso. Non fanno domande né commentano, hanno già visto tutto quello che c'era da vedere. Amalia e Teresa confabulano con Federico in un angolo, si spostano nell'anticucina per ripararsi dal vento.

"Ballava parecchio la barca là fuori, vero?" L'ignobile signor Gomi è l'unico che abbia il coraggio di dire qualcosa. "Si sentiva molto, il mare?"

Nessuno dei tre soccorritori si degna neanche di rispondergli;

Paolo il falegname lo guarda come se volesse dargli un pugno in faccia.

Gomi capisce che non è il caso di insistere, si allontana, riprova per l'ennesima volta a comporre un numero sul cellulare, scuote la testa. Estende il braccio, si muove intorno alla ricerca disperata di un segnale, non riesce a darsi pace di non trovarne.

Anche Perusato esce dal suo ufficio con il cellulare in mano, fa simili gesti a vuoto.

Poco dopo Mathias riemerge dal soggiorno, con il BlackBerry di Werner. Lo agita in aria, grida per farsi sentire controvento da Perusato. "Non riusciamo a ricevere!"

Perusato va ad affacciarsi dalla terrazza, guarda il punto della scarpata più in basso, si porta una mano tra i capelli.

"Cosa c'è?" Mathias si affaccia di fianco a lui a guardare.

"Il ripetitore è distrutto! Non c'è più!" Perusato è al di là della costernazione, la sua voce ha perso ogni colore.

"Ecco perché non ho segnale!" L'ignobile signor Gomi ha uno scatto. "È da mezz'ora che cerco di telefonare!"

Mathias è esterrefatto, si preme una mano sulla fronte. "L'elicottero lo ha triturato!"

"Oh Signore, e adesso?" L'ignobile signor Gomi sembra sull'orlo di un'autentica crisi di panico. "Come facciamo a comunicare con la terraferma, architetto?!"

"Non lo so!" Perusato si gira a fare gesti imperiosi verso Carmine. "Vieni qua!"

Carmine si separa malvolentieri dalla Shaw e va a rapporto, nel suo completo bianco inzuppato dal mare e in parte già asciugato dal vento. Guarda la scarpata dove Perusato punta il dito, poi insieme a lui scende la scala fino alla seconda terrazza. Ispezionano da vicino il punto dove l'elica di coda dell'elicottero ha disintegrato tutto quello con cui è venuta in contatto, prima di distruggersi a sua volta. Gomi li segue, come parte in causa gravemente minacciata dalle circostanze, sempre più destabilizzato da quello che vede. Gli altri osservano dall'alto, ancora incerti sulle implicazioni pratiche del fatto.

Anche Werner e Brian Neckhart escono dal soggiorno, Neckhart con il suo iPhone in mano, vanno ad affacciarsi per vedere cosa succede sulla terrazza in basso. Mathias si accorge di loro, indica la scarpata, agita il BlackBerry di Werner, fa un gesto per dire *kaputt*. Werner e Neckhart sembrano molto più scossi dalla distruzione del ripetitore che dal disastro dell'elicottero: non c'è dubbio che per loro l'impossibilità di collegarsi con il mondo esterno sia più grave della morte di un pilota.

Brigitte Reitt non riesce neanche a guardarli, il senso di indignazione quasi la soffoca. Si gira dall'altra parte, guarda invece Lara che parla a Paolo il falegname molto da vicino, gli accarezza i capelli appiccicati dal sale. Quanto le piacerebbe essere al suo posto, invece di trovarsi in questo ruolo patetico e odioso, la vittima-complice di un uomo detestabile, con decine di anni di compromessi alle spalle. Le vengono in mente in un lampo due o tre immagini di quando aveva poco meno dell'età di Lara e condivideva un abbaino minuscolo in Langstrasse con Rudie che studiava all'accademia d'arte e la sera suonava il basso elettrico nei locali con la sua blues band: i brevi, lontanissimi mesi in cui si era sentita libera e leggera come mai (né prima né dopo) in vita sua. Possibile che almeno una parte della se stessa di allora sia ancora viva dentro di lei? O tutto quello che le resta sono ricordi frammentari di un'altra persona, abbandonata là in fondo al tunnel del tempo, sostituita da una donna molto più realistica, ragionevole, organizzata, spenta?

Adesso Perusato, Carmine e Mathias stanno tornando su per le scale con Gomi al seguito, tutti e quattro con facce terree. Appena arrivano sopra Mathias fa rapporto a Werner, indica qua e là. Werner gli risponde con gesti secchi, poi interroga Perusato, mentre Neckhart fa domande aggiuntive, attenti tutti e due a escludere Gomi che cerca di affacciarsi tra loro. È una situazione surreale, con gli ospiti di Villa Metaphora divisi in due gruppi ai due lati della terrazza investita dal vento, quelli di qua che guardano con intensa ostilità quelli di là. Amalia, Teresa e Federico continuano a confabulare al riparo del muro dell'anticucina, gesticolano, a un certo punto se ne vanno da qualche altra parte.

Werner e Neckhart non si curano affatto delle reazioni che suscitano negli altri, anzi, lanciano in qua occhiate quasi di sfida mentre parlano tra loro. Gomi sembra incerto su quale sia la metà della terrazza in cui possa incontrare meno avversione: si tiene più o meno a metà, cerca di orecchiare quello che viene detto nei due campi.

A un certo punto Perusato viene in qua, parla con Lucia. Lucia non sembra registrare; ha un'aria distrutta, il mascara colato sugli zigomi insieme alle lacrime, gli occhi gonfi di pianto, il naso rosso.

Quasi subito arriva l'ignobile Gomi, con la sua faccia da bravo bambino inarrestabile. "Mi scusi architetto, ma qualcuno deve assolutamente andare al porto con la barca, per chiamare soccorsi!"

"Ormai c'è poco da soccorrere!" Lucia ha una voce sfibrata dal dolore.

"Non sto parlando del povero pilota, signorina." Gomi fa un gesto imbarazzato. "Mi rendo conto del lutto e di tutto quanto, però è indispensabile che qualcuno venga qui a stendere un rapporto, e a soccorrere noi!"

"In questo momento è ben difficile, con il mare in queste condizioni..." È fin troppo chiaro che Perusato non è affatto ansioso che qualcuno venga qui a fare indagini e stendere rapporti.

"Mi scusi architetto, ma io ho il dovere di segnalare l'accaduto!" Gomi si accalora, posseduto da un tardivo, fasullo senso di missione. "Inoltre devo assolutamente essere a Roma entro questa sera!"

"Adesso vediamo..." Perusato cerca ancora di prendere tempo, fa resistenza passiva. Il suo smalto di architetto internazionale e squisito anfitrione è completamente appannato, lo shock dev'essere stato notevole anche per lui.

Mathias si affaccia tra loro, senza dubbio mandato da Werner e Neckhart che lo osservano da lontano, forse per evitare che Gomi tenti un altro colpo di mano a loro svantaggio. "Noi vorremmo andare subito al porto con Carmine, nella barca."

"Eh, subito non so se è possibile..." Perusato guarda Carmine che sta parlando con Lynn Lou Shaw, Lara e Paolo, vicino all'anticucina.

"Mi scusi se mi permetto di insistere, ma non possiamo perdere tempo." Mathias non ha perso l'atteggiamento compito, né lo zelo. "Prima che le condizioni del mare peggiorino ancora."

"Però dovete avvisare la Capitaneria, appena arrivati al porto." Gomi non smette di oscillare tra la recita del pubblico rappresentante e il perseguimento dei propri interessi personali. "Lei deve garantirmi che si occuperà di riferire alle autorità l'incidente dell'elicottero, e di far mandare un mezzo a recuperarmi. Di dimensioni adeguate alle condizioni del mare, però."

Mathias annuisce, anche se non ha alcuna intenzione di prendere impegni vincolanti.

"Mi scusi, ma lei deve darmi la sua parola che agirà in questo senso!" Gomi passa a un registro ancora più penetrante. "Glielo sto chiedendo in veste di parlamentare della Repubblica Italiana!"

"Certo." Mathias annuisce, ma lancia occhiate verso Werner e Neckhart, all'altro lato della terrazza.

"Io pretendo una garanzia formale!" Gomi si snerva. "Devo essere a Roma entro questa sera per impegni istituzionali improcrastinabili! Mi sta ascoltando?!"

"Sì, la sto ascoltando." Mathias guarda di nuovo Werner e Neckhart, che gli fanno cenni di tagliare la conversazione.

Perusato a sua volta fa un gesto di richiamo a Carmine, che sembra presissimo nel suo scambio con la Shaw e gli altri due.

Carmine non se ne accorge, ma in compenso arriva il signor Cobanni, con il binocolo in mano. "Architetto, cosa sta succedendo laggiù al molo?"

Perusato ha uno scatto, va ad affacciarsi alla terrazza, lancia un grido terribile. "Eeeeehiiii!"

Tutte le altre persone sulla terrazza corrono ad affacciarsi, Brigitte Reitt fa lo stesso.

Giù al molo Federico sta aiutando Amalia e Teresa a salire sulla barca, in tutta fretta. Scioglie la cima di prua, salta a bordo, mette in moto con movimenti affannati.

Non c'è una sola persona qua sopra che non si metta a gridare e gesticolare con tutta l'energia di cui è capace, anche se è certo che nessuno di questi suoni possa arrivare al terzetto là sotto. "La barcaaa!"; "*Hey, you bastards!*"; "Stanno rubando la barcaaa!"; "*Les voleurs!*"; "Fermaaaa!"; "*Halt-Haaalt!*"; "*¡Bandidos!*"; "Tornate indietrooo!"; "*Come back here!*" La confusione è incredibile, con tutti che corrono da un punto all'altro lanciando richiami, ordini, richieste, moltiplicati ed esasperati dalla consapevolezza della loro futilità. Carmine e Neckhart senza consultarsi si lanciano verso le scale, seguiti da Paolo un istante dopo: volano giù per i gradini a una velocità impressionante, ma si capisce subito che anche questo è un tentativo del tutto inutile, non ce la faranno mai ad arrivare in tempo.

Là sotto infatti Federico è già riuscito a sciogliere gli ormeggi di poppa, sta già manovrando per staccarsi dal molo.

Carmine, Neckhart e Paolo saltano di gradino in gradino ancora più veloci, mentre tutti quelli che sono rimasti sulla terrazza lanciano grida di incoraggiamento, inutili quanto tutto il resto. Carmine a un certo punto inciampa sulla scala, vola tra i cactus della scarpata: si vede la piccola nuvola di terra smossa, spazzata via subito dal vento. "*Oh my God!*" Lynn Lou Shaw lancia un grido di allarme, ma Carmine si rialza subito, corre dietro agli altri due che volano giù per i gradini senza fermarsi, in corsa furibonda contro il tempo.

È una corsa persa in partenza, come si era capito dall'inizio: la barca si è già staccata di parecchio dalla costa, Federico al timone sta già puntando verso il promontorio roccioso dall'altra parte della baia turbolenta.

Paolo, Carmine e Neckhart si sbracciano ugualmente in tentativi di fargli cambiare idea, corrono lungo il pontile e lungo il molo, saltano, probabilmente gridano a squarciagola. Alla fine ci rinunciano; Carmine fa qualche altro gesto inferocito, Paolo si piega in avanti con le mani sulle ginocchia per riprendere fiato, Neckhart tira un calcio rovesciato a un pilone del pontile.

La barca con a bordo Federico, Amalia e Teresa è sempre più lontana, un guscio bianco che beccheggia tra le onde schiumanti, nell'immensa massa del mare blu cobalto in continuo movimento.

Sessantatré

Giulio Cobanni osserva attraverso le lenti del binocolo San Marco 10x56 Carmine, Paolo e Neckhart laggiù sul molo. Sembrano estremamente provati dal loro inseguimento a vuoto, i loro atteggiamenti variano dalla delusione all'ira allo sfinimento. Carmine si è anche sbucciato e graffiato quando è inciampato sulle scale e rotolato nella scarpata: ci sono strisce rosse sul suo braccio destro, la divisa bianca è tutta sporca di terra rossastra.

"Cosa vede?" La signora Reitt gli si affaccia di fianco, i nobili lineamenti irrigiditi dall'apprensione.

Giulio Cobanni le porge il binocolo, la osserva mentre lo punta sul molo e sul pontile, sul mare, sulla barca bianca che continua ad allontanarsi tra le onde, con le due cameriere e l'aiuto cuoco aggrappati alle fiancate per reggere il mare nello sballottio continuo.

La signora Poulanc sta vicino alla sua recente amica, ne segue i movimenti come se potesse vedere anche lei attraverso il binocolo. Dopo un paio di minuti la Reitt glielo porge; la francese si toglie gli occhiali da sole, si dedica a esaminare il mare con un'espressione concentrata.

Le altre persone sulla terrazza continuano a guardarsi intorno; ci sono pochi scambi di parole, il sentimento dominante sembra lo sgomento.

"Architetto, mi scusi..." Piero Gomi è ben deciso a perseguire la sua agenda di intenzioni, malgrado tutto.

"Eh?" L'architetto Perusato ha un'aria profondamente logorata; è probabile che stia facendo una valutazione mentale dei danni complessivi, e che gli sembrino irreparabili.

"Non pensa che dalla torre di controllo a Lampedusa manderanno un altro elicottero?" Gomi usa un tono di circostanza. "Per verificare cos'è successo al mezzo precedente?"

"È possibile." L'architetto Perusato non sembra interessato, è chiaro che sono altri i pensieri che gli occupano la mente.

"Intendo dire..." I piccoli occhi scuri di Gomi luccicano, mentre continua i suoi calcoli. "Avranno certamente lanciato un allarme, dopo che il contatto radio si è interrotto. Anche alla compagnia degli elicotteri si saranno allertati, non vedendo tornare il collega, purtroppo."

L'architetto Perusato si gira a guardarlo, dimentico per il momento delle sue abituali buone maniere. "Non si faccia neanche venire in mente di chiedere a un altro elicottero di atterrare qui."

"Ma per carità, architetto! È chiaro che non ci sono le condizioni! Quello che intendo è che potranno certamente riferire l'emergenza, mandarci un qualche mezzo di soccorso..."

Giulio Cobanni si gira a guardare sua moglie; dall'espressione di Tiziana è chiaro che sta pensando quello che pensa lui dell'indegno politico.

"*Hé! Qu'est-ce que c'est, là-bas?!*" La Poulanc indica convulsamente il mare, vicino al molo.

"*Quoi, Madame?*" L'architetto Perusato le si avvicina subito, allunga la mano verso il binocolo.

"*C'est un corps! C'est le pilote!*" L'agitazione della Poulanc si trasmette rapidamente agli altri sulla terrazza: tutti vengono a guardare nella stessa direzione, si sporgono.

L'architetto Perusato insiste per farsi dare il binocolo, perché la Poulanc non vuole cederlo. Finalmente ci riesce, lo punta nella direzione in cui indicava la signora, scruta a lungo.

"Oddio, è lui!" Lucia gli sta addosso, tutta fremente.

"È il pilota?" Anche la Reitt vuole sapere. "Si muove?"

"No, signora." L'architetto Perusato abbassa il binocolo, scuote la testa. "Dev'essere un sacco perso da una barca. *Ce n'est pas un corps, Madame.*"

"Fammi vedere!" Lucia gli strappa il binocolo dalle mani, lo orienta sulla costa, ma è troppo scossa, le mani le tremano, non riesce a vedere.

"*C'est un corps, je vous dis!*" La Poulanc si indigna all'idea che la sua parola venga messa in dubbio, si agita. "*J'en suis sûre!*"

Giulio Cobanni riesce con una pressione gentile a farsi dare il binocolo da Lucia, lo punta sul tratto di mare vicino al molo.

"Non vale neanche la pena di guardare, ingegnere." L'architetto Perusato sembra ansioso di distoglierlo dall'osservazione. "Non è un corpo. Del resto i ragazzi là sotto l'avrebbero visto."

Però Giulio Cobanni continua a studiare la zona indicata dalla Poulanc, e vede qualcosa che galleggia a fior d'acqua, smosso dalle onde: non si tratta certamente di un sacco come dice l'architetto, in effetti sembra proprio un corpo umano. È una questione di forme e colori, più guarda e meno ha dubbi: affiora e scompare, sollevato e di nuovo sommerso dal mare.

"Le dispiace prestarmelo di nuovo, ingegnere?" L'architetto cerca di strappargli il binocolo, è evidente che vorrebbe impedirgli di guardare troppo a lungo.

"Aspetti, architetto." Giulio Cobanni si scosta lungo il bordo della terrazza, per tenersi il binocolo e non perdere il punto di osservazione. Ogni volta che gli capita di distinguere un oggetto lontano attraverso un sistema di lenti è colpito dal ritardo con cui i significati seguono le forme: meno attesa la forma, maggiore il ritardo del significato, più forte l'impatto quando finalmente i due livelli di percezione si sovrappongono. "È un corpo, non c'è dubbio. Da là sotto i ragazzi non lo vedono."

"*Je vous l'ai dit!*" La Poulanc è trionfante a veder confermata la sua scoperta. "*C'est le pilot!*"

Lucia ha un soprassalto di disperazione, scoppia di nuovo a piangere. "Nooo!"

La Reitt le poggia timidamente una mano su una spalla, è evidente che soffre di sensi di colpa per le responsabilità del marito nella catastrofe.

"Come è possibile, architetto?" Gomi non vuole certo rinunciare a tenersi al centro degli sviluppi. "Non era bloccato nell'abitacolo, il pilota?"

"Il fondale là fuori è di quasi mille metri, la pressione avrà sfondato l'abitacolo, il corpo sarà venuto a galla." L'architetto Perusato fornisce con prontezza stupefacente una rappresentazione dei fatti del tutto in contrasto con la sua precedente. Ne sembra quasi soddisfatto, per qualche assurda ragione, ci manca poco che sorrida.

Giulio Cobanni è parecchio perplesso; continua a osservare il mare con il binocolo alla ricerca di detriti dell'elicottero, ma non ne vede. "Oltretutto il pilota era legato al sedile con le cinture di sicurezza."

"Le avrà slacciate, ingegnere." L'architetto Perusato non sembra più disposto a prendere in considerazione alcuna ipotesi alternativa. "In ogni caso adesso vado giù a vedere."

Lucia lo guarda con un'espressione distorta dal dolore, mormora qualcosa di incomprensibile.

L'architetto le dà un buffetto, più irritato che affettuoso. "Rimettiti in sesto, per favore. E cerca di occuparti degli ospiti."

"Ma poverina, è completamente sconvolta." La Reitt interviene in atteggiamento protettivo.

"*Das weiß ich, Frau Reitt, aber hier muss man etwas tun.*" L'architetto Perusato si ostina a parlare tedesco con lei anche in queste circostanze, benché ormai tutti sappiano che l'italiano della signora è ottimo.

Mathias si fa avanti. "Vengo anch'io."

"No, non ce n'è nessun bisogno, lei stia qui." L'architetto va rapido verso le scale.

Mathias dà un'occhiata a Werner Reitt che gli fa un cenno di assenso, segue l'architetto Perusato.

"Le ho detto che non serve, fa solo confusione!" L'architetto si gira, irritato. "Ci sono già tre persone, laggiù!"

Mathias non gli risponde, lo lascia andare avanti e poi gli si accoda, tenendosi a una decina di metri di distanza.

La Poulanc si muove a sua volta in direzione delle scale, guarda in modo interrogativo la Reitt per chiederle se vuole andare con lei. La Reitt fa cenno di no, resta di fianco a Lucia. La Shaw e Lara consolano Ramiro, che sembra totalmente sconvolto dall'avvistamento del cadavere, si tiene la testa tra le mani. Werner Reitt torna a chiudersi nel soggiorno.

Giulio Cobanni a questo punto vorrebbe scendere a vedere, anche se la prospettiva di affrontare la scalinata non è proprio entusiasmante. Ma il fatto che l'avvistamento sia avvenuto con il suo binocolo lo fa sentire coinvolto in modo personale, e qualcosa di come il corpo è affiorato decisamente non lo convince. Si gira verso sua moglie, che è parecchio scossa. "Vuoi venire giù con me?"

Tiziana scuote la testa.

"Io vado." Giulio Cobanni si prepara mentalmente all'impresa: il problema non sarà tanto la discesa quanto la risalita, naturalmente. Rispetto all'ultima volta che ha fatto le scale, prima del naufragio, le sue condizioni sono decisamente peggiorate, è inutile nasconderselo.

"Non penserai sul serio di fare tutte quelle scale?" Tiziana si riempie di preccupazione istantanea, in aggiunta all'angoscia per il povero elicotterista. "Sei matto?"

"Voglio vedere." Giulio Cobanni cerca il tono più rassicurante che gli viene.

Tiziana sa bene che sarebbe difficile fargli cambiare idea. "Vai con calma, per piacere."

"Ti sembra che abbia alternative, Tiziana?" Gli verrebbe da ridere, se non ci fosse di mezzo un morto. Va verso le scale, raggiunge la Poulanc. Quasi subito sentono dei passi alle loro spalle. "Un momento, vengo anch'io!" È il detestabile Piero Gomi, gli si attacca.

"*C'est insupportable, cet homme.*" La Poulanc non cerca nemmeno di abbassare la voce.

Gomi forse non la sente per via del vento, o non capisce, o forse è totalmente immune alle critiche, perché quando arrivano all'altezza del montacarichi lo indica con sollecitudine alla francese. "Non preferisce usare questo, signora? E lei, ingegnere? Invece di dover fare tutti quegli scalini?"

La Poulanc sembra sul punto di rispondergli con una delle sue aspre battute, però il montacarichi ha chiaramente catturato il suo interesse. "Lei pensa che possa reggere delle persone?"

"Assolutamente sì, signora." Gomi è pronto a rassicurarla. "I tedeschi l'hanno usato tranquillamente, l'altro giorno."

La Poulanc è molto tentata, come del resto Giulio Cobanni, perché vista da qui la successione di scalini sembra davvero senza fine. L'architetto Perusato e Mathias non ne hanno neanche disceso la metà, e dire che si stanno certamente muovendo con molta decisione.

Gomi apre lo sportello basso, come se il suo intento fosse compiere una gentilezza nei confronti di due persone che non provano per lui la minima simpatia, pienamente contraccambiate.

La Poulanc si decide, sale sul montacarichi.

"Ingegnere, salga anche lei. Già che lo usa la signora." Gomi continua la sua recita di cortesia.

Giulio Cobanni oscilla tra il desiderio di non stare al gioco di un personaggio detestabile e la consapevolezza che le sue gambe stenterebbero a reggere la fatica delle scale; alla fine monta sul cestello.

Gomi sale a sua volta con rapida disinvoltura, chiude lo sportello, preme un bottone, provoca uno scatto; il montacarichi comincia a scendere lungo il suo binario. La Poulanc si tiene aggrappata al bordo metallico, metà spaventata dalla pendenza, metà affascinata dalla vista sulle rocce e sul mare. La barca con le due cameriere e l'aiuto cuoco a bordo è ormai scomparsa dietro la punta del promontorio opposto, l'elicottero si è inabissato da un pezzo; le forze incontrollabili della natura sono padrone della scena, come scriveva il barone Canistraterra. Giulio Cobanni si guarda intorno, con una percezione straordinariamente acuta della propria irrilevanza. Gomi e la Poulanc per fortuna stanno zitti, il soffio continuo del vento si mescola al fruscio elettrico del montacarichi.

Appena il cestello si ferma in fondo al binario scendono tutti e tre, con cautela per non scivolare sulle rocce.

L'architetto Perusato sta scendendo gli ultimi gradini proprio adesso, seguito a poca distanza da Mathias. Li guarda, con irritazione che si mescola all'affanno. "Mi scusino, ma quel montacarichi non è omologato per il trasporto persone. È esclusivamente per le merci, salvo situazioni di assoluta emergenza."

"Lo so, architetto, ma la signora non se la sentiva di scendere a piedi." Gomi indica la Poulanc, in atteggiamento da buon samaritano.

La Poulanc reagisce furiosamente. "*C'était* vous *qui l'avait suggéré!*"

Gomi allarga le braccia, come per dire che si è limitato a interpretare i suoi desideri, anche se lei non li aveva espressi in modo esplicito. La facilità con cui manipola ogni cosa è un'autentica dote naturale, perfezionata in anni di attività politica.

Le preoccupazioni in questo momento sono comunque altre. Giulio Cobanni va con la Poulanc, Gomi e Mathias dietro l'architetto per un tratto di molo. Si fermano nel punto dove Neckhart, Carmine e Paolo stanno guardando verso il promontorio dietro cui è scomparsa la barca con Federico e le due cameriere.

L'architetto prende subito da parte Carmine, gli dice qualcosa nell'orecchio.

Carmine annuisce, lampeggia intorno gli occhi scuri. Il suo braccio destro oltre che sbucciato e graffiato per la caduta rovinosa è anche irto di spine di fico d'India, fino alla spalla.

Giulio Cobanni pensa alla straordinaria qualità ottica del Capri 10x56, a che peccato sia non poterlo più produrre.

L'architetto Perusato è in uno stato di agitazione estrema, ma si sforza ugualmente di assumere un atteggiamento ufficiale. "Signori, li invito a risalire tutti. Io e Carmine controlleremo la situazione e riferiremo loro tutto più tardi." Si gira verso la Poulanc e Neckhart, per una rapida e non necessaria traduzione. "*Madame, je vous prie de remonter. Please go up, we'll inform you of any developments.*"

"*I'm not going anywhere.*" Il fatto che l'architetto cerchi di rispedirlo su fa venire a Neckhart ancora più voglia di restare.

"*Je veux voir le corps!*" La Poulanc è altrettanto determinata, indica il mare. "Pretendo di vedere il corpo!"

Paolo e Neckhart si girano a guardarla, stupefatti.

"Quale corpo?" Paolo inclina la testa.

Neckhart sposta lo sguardo dalla Poulanc all'architetto Perusato. "*What is she talking about?*"

"Ma no, niente." Perusato cerca disperatamente di sminuire la faccenda. "*Madame here thinks she saw something in the water.*"

"Scusi tanto, architetto, ma non è solo la signora!" Giulio Cobanni non ha nessuna intenzione di tollerare oltre questo gioco di menzogne e ipocrisie. "L'ho visto benissimo anch'io, il corpo!"

"Dove?" Paolo si gira a guardare il mare.

"*Where?*" Neckhart è carico come una molla.

"Là." Giulio Cobanni indica il punto dell'avvistamento, in fondo al pontile.

"Aspettino un attimo, signori!" L'architetto fa un tentativo in extremis di fermarli, ma Neckhart è già scattato, seguito da Zacomel e Carmine.

La Poulanc, Gomi, Mathias e Giulio Cobanni li seguono. Quando arrivano in fondo al molo, gli altri sono già sulle tavole del pontile bagnate dalle onde e dagli spruzzi, intenti a guardare in acqua.

L'architetto Perusato si affaccia anche lui, con un'espressione devastata. "Per favore, riportino su la signora, è una visione orribile! *Madame, vous ne voulez pas voir ça!*"

"*Monsieur, je demande à voir!*" La Poulanc ha un accento imperioso, non è disposta ad accettare intralci.

"Questo non è uno spettacolo!" L'architetto è ormai fuori di sé, cerca di bloccare fisicamente il passaggio. "Abbiano un minimo di rispetto per il morto! Li prego di tornare sopra! Ci occuperemo di tutto io e Carmine!"

Neckhart non lo ascolta neanche, si china a slacciarsi le scarpe, con aria determinata.

"*Je demande à voir le corps!*" La Poulanc cerca di spingere via l'architetto per avvicinarsi.

"*Vous ne pouvez pas, Madame!* Anche loro, signori, vadano indietro!" L'architetto Perusato si sforza ancora in modo convulso di creare una barriera di gesti e parole.

"*Monsieur, je suis journaliste!*" La Poulanc tira fuori da un portadocumenti di pelle un tesserino rosso con la scritta *International Press Card*, lo agita in modo rivendicativo.

L'architetto Perusato reagisce come davanti a una pistola puntata: sbarra gli occhi, arretra, quasi scivola sulle tavole bagnate del pontile. "*Mais comment? Vous nous n'avez pas dit que vous...*"

"*A freaking journalist! I can't believe this!*" Neckhart esplode. "*This is a joke!*"

"La signora è una giornalista?" Gomi è forse ancora più costernato dalla rivelazione. Si addossa a Giulio Cobanni per sincerarsi di avere capito bene. "Lei che sa le lingue, ha appena detto che è una giornalista?"

"Sì." Giulio Cobanni prova un inconfessabile godimento a confermarglielo.

"Ma come è possibile una cosa del genere?" Gomi guarda con un'espressione di orrore la Poulanc che ormai è scesa sul pontile su cui si rompono le onde, si gira verso Perusato in atteggiamento di accusa. "Questo non doveva essere un posto ultrariservato, dove la privacy degli ospiti era garantita al cento per cento e compagnia bella, architetto?"

"Onorevole, io sono più stupito di lei, mi creda!" Basta guardare l'architetto per capire che almeno in questo è in buona fede. "La signora si è ben guardata dall'informarci, altrimenti non l'avremmo mai accettata come ospite!"

"*First the photographer, now the journalist!*" Neckhart butta le sue scarpe sulle pietre scure del molo, si arrotola i calzoni fino ai polpacci. "*This is a freaking circus!*"

Mathias di fianco a lui si affaccia a guardare in acqua. "*Mein Gott!*" Si ritrae subito, pallido, con le labbra che tremano.

Giulio Cobanni scende a sua volta al pontile dal molo: il corpo che aveva avvistato dall'alto è lì, oscenamente tridimensionale, adesso che non è più filtrato dalla distanza e dalle lenti del binocolo. Le onde lo spingono verso le tavole del pontile e lo risucchiano indietro, lo coprono e lo scoprono, gli smuovono le palpebre, i capelli, la tela color kaki dei calzoni corti e della camicia. A guardarlo così sembra un grosso pesce morto andato alla deriva, gonfio, fradicio, dilavato; è difficile credere che solo mezz'ora fa fosse un uomo nel pieno della sua vitalità fisica e mentale, ai comandi di un elicottero che riempiva l'aria di rumore e movimento meccanico.

Anche Gomi si è avvicinato a guardare. "Oh Signore!" Arretra, poi si affaccia di nuovo, morbosamente attratto dall'orrore della scena. Si fa un rapido segno della croce, concluso da un bacio alla punta delle dita. "È incredibile come una persona possa ridursi, in così poco tempo."

"*Ce n'est pas le pilote, idiot!*" La Poulanc si gira a gridargli contro. "*Cet homme est resté dans l'eau pendant des jours!*"

"Idiota a chi, signora?!" Gomi ha un'espressione oltraggiata. "Guardi che ho capito benissimo!"

"*Madame, est-que vous êtes médecin, en plus que journaliste?*"

Anche l'architetto Perusato è furioso, rinuncia quasi del tutto alla sua esasperante cortesia formale.

"Non è necessario un medico per comprendere, qui!" La Poulanc ribatte con virulenza, nell'italiano che sa usare in modo del tutto comprensibile quando vuole. "È evidente che questo corpo è in acqua da giorni! Anche un bambino può capirlo!"

"Signora, cosa dice? Siamo stati tutti testimoni della tragedia!" L'architetto si rivolge alle persone affacciate intorno, per averne conferma. "Non ci sono dubbi che questo sia il pilota!"

Neckhart intanto si piega e si aggrappa al bordo del pontile, si gira con uno scatto, immerge le gambe in acqua, le stringe intorno a una gamba del cadavere, cerca di trascinarlo in qua. Ma è troppo viscida e molle, gli scivola tra le caviglie.

"Non va, non va!" Carmine disapprova totalmente la manovra.

"*Help me then, you moron!*" Neckhart urla furiosamente.

"Cosa dicesti?!" Carmine sembra sul punto di scagliarglisi contro. "Vuoi ripetere?!"

"Smettila, Carmine! Non è certo il momento! *And you, Mr. Neckhart, please let us take care of this!*" L'architetto Perusato fa ancora un tentativo di riprendere il controllo, ma il suo tono è distorto dall'apprensione.

Lo spazio sul pontile è limitato, tutti si pigiano uno contro l'altro, ogni nuova onda li bagna con i suoi spruzzi.

Carmine si sdraia a pancia in giù, cerca di allungarsi in modo da afferrare il cadavere quando viene sollevato dalle onde, ma non ci riesce.

Neckhart, forse stimolato dalla rivalità, si tuffa in acqua vestito com'è, riemerge tra le onde schiumanti, torna sotto. Spinge e tira il cadavere, lo manda verso il pontile piedi avanti, uno calzato da una scarpa da deserto, l'altro nudo e bianco come un grosso calamaro bollito. Carmine questa volta riesce ad afferrare una caviglia, poi l'altra, si raddrizza, tira a tutta forza. Il cadavere dev'essere terribilmente pesante, perché anche sforzandosi allo spasimo il marinaio non riesce a trascinarlo da solo sul pontile. Si gira verso gli altri, rabbioso. "Datemi una mano!"

Però gli altri, Giulio Cobanni compreso, sono troppo inorriditi per aiutare, osservano la scena senza fare niente.

Neckhart continua a spingere in su dall'acqua, sommerso a intervalli ravvicinati dalle onde. "*Come on, dammit! Give us a hand! All of you!*" L'architetto Perusato si decide ad aiutare, sebbene con profonda riluttanza afferra il piede con la scarpa. Anche Giulio Cobanni contribuisce per quello che può, stringe le mani intorno a un polpaccio freddo e scivoloso, tira all'indietro. Subito gli viene rabbia per quelli che non partecipano allo sforzo, si gira furente verso Mathias, Gomi e la Poulanc. "Aiutate anche voi!" Finalmente Mathias viene ad aggrapparsi a una gamba del morto, tira senza guardare, come se avesse paura di staccarla dal resto del corpo.

"Oh issa!" Carmine cerca di coordinare gli sforzi del gruppetto, senza grandi risultati. Lo spazio è intralciato da Gomi e dalla Poulanc che non fanno niente ma vogliono vedere tutto, il vento riempie le orecchie di rumore, ogni nuova onda rende il pontile ancora più scivoloso. Per interi minuti sembra un'impresa impossibile, nella sovrapposizione grottesca di grugniti e digrignamenti, poi di colpo la resistenza del corpo morto viene meno, il cadavere scivola e sobbalza sul legno bagnato.

Neckhart aspetta l'arrivo di un'onda, si tira su a forza di braccia, salta fuori dall'acqua. Sgocciolante com'è viene a guardare il morto, insieme agli altri. "*This is not the pilot. This guy is totally rotting!*"

"*Ce n'est pas le pilote.*" La Poulanc ha un tono conclusivo. "L'ho detto subito."

"*Bien sûr, c'est le pilote! Who else could it be?!*" L'architetto Perusato cerca disperatamente di convincerli. "C'è stato un solo morto, dunque è il pilota!"

"Architetto, è chiaro che non può essere il pilota!" Giulio Cobanni si sente in dovere di intervenire con fermezza. "Questo corpo è già mezzo decomposto! Lo guardi!"

"Sarà stato l'impatto!" L'architetto si affanna a negare l'evidenza, qualunque sia il suo motivo. "Abbiamo visto tutti la violenza dello schianto in mare!"

Ma è un tentativo assurdo, perché nessun cadavere rimasto in mare poco più di mezz'ora potrebbe essere così gonfio, scolorito, deformato, perfino mangiucchiato dai pesci.

Gomi si guarda intorno, con un'espressione atterrita. "Oh Signore! E allora chi può essere, questo?!"

L'architetto Perusato si rende finalmente conto di quanto sia insostenibile la sua tesi, perché compie un altro dei suoi improvvisi salti interpretativi. "Allora sarà un migrante. Ieri davanti a Lampedusa se n'è rovesciata una barca strapiena, chissà quanti saranno finiti in acqua!"

"*Les pauvres!*" La Poulanc si commuove per un solo istante, subito si gira rabbiosa verso Gomi. "*C'est le résultat de la votre politique d'immigration!*"

"Cosa sta dicendo, signora?!" Gomi ha uno scatto. "Parli italiano, per favore!"

"Il risultato della vostra politica sull'immigrazione!" La Poulanc indica il cadavere, trema di indignazione.

"Cosa c'entra la nostra politica sull'immigrazione?!" Gomi strilla come un'aquila. "Che poi non è neanche la nostra, visto che in carica c'è un governo tecnico imposto dalla cosiddetta comunità internazionale! Per non dire dai poteri forti!"

"Signori, per favore! Siamo in presenza di un morto!" L'architetto Perusato fa gesti per invitare alla calma, anche se la sua autorevolezza è ormai minata dalle circostanze, vittima della confusione totale.

"*Vous êtes un hypocrite, Monsieur!*" La Poulanc gli si scaglia contro. "*Vous devriez avoir honte!*"

"*Et vous alors, Madame?!*" L'architetto Perusato non riesce a trattenersi. "*Vous nous avez menti! Vous nous n'avez pas dit que vous étiez journaliste!*"

"Davvero!" Gomi qualche parola di francese evidentemente riesce a decifrarla, perché si associa al volo all'attacco dell'architetto. "Una giornalista che viene qui a spiare gli ospiti! Può farci la lezione di morale, davvero!"

"Parla il complice di Buscaratti!" La Poulanc è tutta rossa in faccia. "*Le gangster et ses trafiquants de tout poil!*"

"Signora, non le permetto di insultare il paese di cui è ospite!" Gomi strepita da far male ai timpani.

"Bastaaaaa!" Giulio Cobanni grida in un modo che deve sorprendere un po' tutti, perché ha l'effetto di farli zittire. "Abbiate almeno un minimo di decenza! Uno straccio di rispetto!" Indica il cadavere gonfio e fradicio disteso sulle tavole bagnate del pontile, i tratti del volto deformati, le palpebre livide, la bocca aperta da cui adesso esce un piccolo granchio.

La Poulanc distoglie lo sguardo, Gomi si copre gli occhi con una mano. Ma anche Carmine ha un soprassalto, l'architetto Perusato è pallidissimo. Mathias si allontana, si piega in due, vomita tra le onde che si rompono sul pontile.

Neckhart invece osserva il cadavere con distacco quasi clinico. "*This sure doesn't look like a migrant to me.*" Indica un orologio Tag Heuer al polso sinistro del morto.

"Carmine, vai a prendere un telo nel riparo!" L'architetto Perusato ha uno scatto, come se volesse evitare a ogni costo nuove illazioni su chi possa essere e da dove possa venire il morto.

Carmine va malvolentieri all'altra estremità del molo, apre lo sportello metallico di un deposito ricavato nella roccia, fruga, tira fuori un telo di plastica blu arrotolata. Lo porta in fondo al molo, lo scioglie dai legacci, lo lascia srotolare dal vento. Neckhart e Perusato aiutano a distenderlo sul pontile, poi chiedono a Giulio Cobanni di tenerlo fermo per non farlo volare via, mentre insieme a Carmine ci trascinano sopra il cadavere, tirandolo per le braccia molli. Ci vogliono nuovi sforzi, nuovi "Oh issa!" Il cadavere scivola, ballonzola, orribile a vedersi. Quando è finalmente sopra il telo, Carmine lo avvolge con movimenti energici, lo lega all'altezza del collo e delle gambe con corde di nylon. Poi coordina a grida e gesti tutti gli altri, a eccezione di Gomi e della Poulanc che restano defilati a lanciarsi occhiate di odio, nello sforzo di trascinare il grosso fagotto verso l'estremità del molo vicina all'attacco delle scale.

Quando hanno quasi finito si sente un suono di pale di elicottero, in competizione con il rumore del vento e del mare. Tutti si bloccano, guardano in alto. Giulio Cobanni punta il binocolo in aria, inquadra un elicottero bianco con una banda rossa e la scritta GUARDIA COSTIERA a caratteri rossi.

"Riesce a leggere la scritta, ingegnere?" Gomi gli è subito addosso, frenetico.

"È della guardia costiera." Giulio Cobanni segue i movimenti dell'elicottero.

"Gliel'avevo detto che avrebbero mandato un mezzo, architetto!" Gomi è in uno stato di agitazione crescente. "Forse cercheranno di atterrare qui!"

"Sta scherzando? Come vuole che atterrino, con questo vento, in questo spazio?" Nel tono dell'architetto Perusato c'è angoscia pura, non filtrata.

L'elicottero volteggia sopra la baia, si abbassa, segue la costa, il molo. Il frastuono delle pale adesso prevale sul rumore del vento, riverbera contro le rocce della scarpata, evoca i rumori terribili della catastrofe dell'altro elicottero.

"Eeehiii!" Gomi si mette a gesticolare come un forsennato, si toglie di tasca il fazzoletto bianco, lo sventola come una bandiera, saltella avanti e indietro.

Neckhart fa gesti a due mani, forse usa un codice di segnali che Giulio Cobanni non conosce.

Ma è evidente che la forza del vento sta creando dei problemi al pilota, perché l'elicottero si inclina e riprende quota, compie ancora un giro più in alto, scompare dietro il promontorio, il rumore delle pale sempre più coperto da quello del vento e del mare che in breve si riprendono tutto lo spazio.

Gomi si attacca di nuovo all'architetto Perusato. "Lei ritiene che manderanno un mezzo navale adeguato, architetto?"

"Non lo so." L'architetto non ne ha la minima idea, e comunque non ha nessuna voglia di rispondere.

"Ma dovrebbero, no? Visto che non hanno trovato l'altro elicottero?"

"Le ho detto che non lo so, onorevole!" L'architetto è totalmente esasperato.

Carmine e Neckhart finiscono di trascinare il pesante fagotto con il cadavere a ridosso delle rocce della scarpata, si guardano senza dirsi niente.

Poi ognuno per conto suo si avvia verso le scale, spinto dal vento che soffia con insistenza inarrestabile dal mare.

Sessantaquattro

Togliere queste fottute spine di cactus non è per niente facile, Lynn Lou si sta veramente incazzando. Le sembra di vederle benissimo, poi si sposta di poco rispetto alla luce e diventano invisibili, le stronze! Carmine sta immobile sulla sedia vicino alla finestra, mentre lei gliele estrae una alla volta. Continua a ringraziarla, continua a dirle di non disturbarsi, continua a dirle che può farlo da solo.

"*Shhhh.*" Lei gli fa la faccia severa, tipo infermiera di guerra che medica l'eroico soldato gravemente ferito. Il ruolo di Henrietta in *Hearts Over The Trenches* adesso le torna utile, anche se girarlo era stata una rottura di palle senza fine (come tutti i fottuti film in costume, con quei fottuti corpetti che non ti fanno respirare, le gonne e sottogonne che ti obbligano a un traffico pazzesco ogni volta che devi pisciare, le fottute pettinature che da sole richiedono un'ora inchiodata alla poltrona dei parrucchieri ogni mattina prima delle riprese). In compenso ha imparato i gesti del mestiere: espressione un po' arcigna, movimenti sicuri, pinzette manovrate con decisione. Prende un sorso dalla bottiglia di vodka Ultimat che si è fatta dare da Ramiro. È polacca, distillata sei volte, Ramiro dice che la Absolut è meglio, però costa la metà e i fottuti clienti di questo posto la considererebbero troppo ordinaria. Comunque la vodka è il solo tocco contemporaneo nella scena, ma non è che rovini l'effetto d'insieme. Poi non siamo mica davvero ai tempi della Prima guerra mondiale, cazzo.

Il braccio di Carmine è anche tutto sbucciato e graffiato, dal polso fino alla spalla. Ogni volta che glielo tocca sente che lui trema, non certo per il dolore o per il freddo. Però anche se l'impianto di aria condizionata ad acqua marina funziona bene sono sudati tutti e due, hanno caldo. Lei con il suo profumo creato con formula esclusiva da Floris a Londra che irradia aromi di ylang-lang, gelsomino, vaniglia, cocco, bergamotto bianco più le essenze tahitiane segrete che non vogliono rivelare, lui con il suo odore di maschio selvatico, muschiato, salato, niente male, a dire la verità.

"Sei stato un eroe, lo sai?" *Pic, pic, pic*, gli afferra con le pinzette i piccoli fottuti aghi mezzi trasparenti che sembrano pelini biondi dritti sul suo braccio, li toglie uno a uno.

"Perché, Miss Lynn Lou?" Parla in un tono basso, respira fondo, il sudore gli gocciola sulla fronte.

"Quando sei corso giù a cercare di bloccare quella fottuta barca." Anche lei parla di gola, senza guardarlo in faccia.

"Ma non ci sono riuscito." Il braccio gli trema appena lei lo tocca, *brrr*, il brivido corre sotto la pelle che scotta.

"Però sei riuscito a salvare me dal naufragio, no?" *Pic, pic, pic*, via altre minuscole spine di cactus. "Quindi sei un eroe."

"Dovere, Miss Lynn Lou." Carmine deglutisce, i suoi pettorali vanno su e giù a ogni respiro.

Seduti sulle sedie fianco a fianco, bagnati di sudore, sono così vicini che più vicini non si potrebbe. Ogni tanto lei gli deve andare quasi addosso per vedere meglio, gli deve quasi mettere le tette in faccia, per riuscire a *pic*, togliere una fottuta spina, *pic*, toglierne un'altra. "Ti piaccio?"

"In che senso, Miss Lynn Lou?" Carmine rovescia un po' all'indietro la testa, ha un'aria spaventata, le pupille dilatate.

"Secondo te?" Le viene da ridere, ma per qualche strana ragione incomprensibile è anche fottutamente seria. "Nel senso di piacerti."

"È molto di più di così, Miss Lynn Lou." Il sudore gli cola sulle tempie, sul collo, la sua maglietta è zuppa alle ascelle, al centro del petto.

"Molto di più come?" Le viene questa insistenza, questo gusto di stargli addosso, di non dargli tregua.

"Molto di più." Di nuovo il tremito, *brrr. Brrrrrr.*

"Molto di più come?" Lei insiste, insiste. Si respirano vicini, fiato contro fiato, sudore contro sudore, odore contro odore, caldo contro caldo.

"Eh, non ci sono parole, Miss Lynn Lou..." Carmine si agita sulla sedia, come se lei lo stesse torturando. "Non si può dire, una cosa così grande."

"Stai fermo." Lo guarda con quell'aria severa, indispensabile all'infermiera per farsi obbedire dall'eroico ferito, il quale essendo un eroe avrebbe una fottuta tendenza istintiva a fare cazzate eroiche.

Lui non osa più rispondere, non osa più muoversi; respira fondo, segue i suoi gesti con gli occhi scuri pieni di fuoco.

Lei si alza a prendere le forbicine dal beauty case, sente una specie di solletico attraverso il cotone sottile dei calzoncini perché si immagina lui che le guarda il culo, glielo sta guardando di sicuro. Inarca un po' la schiena per dargli un po' di rilievo (non ha neanche le mutande sotto), dà un po' di movimento alle anche. Torna a sedersi, prende un altro sorso di vodka. La bottiglia si sta scaldando tra le sue mani bollenti, venti minuti fa era gelata e adesso è già quasi tiepida, solo per il suo fottuto calore corporeo. La accosta alle labbra di Carmine. "Bevi."

Lui apre la bocca, va indietro con la testa mentre lei gli preme la bottiglia. *Glu, glu*, manda giù la vodka, il pomo d'Adamo va su e giù, ha questa faccia da martire.

Lynn Lou posa la bottiglia, infila la piccola lama ricurva delle forbicine sotto il cotone della maglietta zuppa di sudore e sporca di polvere e sangue, subito sopra il bicipite muscoloso. "Questa devo tagliarla."

Carmine fa di sì con la testa, respira con la bocca aperta. Di nuovo *brrr*, su per il braccio che lei gli stringe.

Lei taglia la maglietta, *zac, zac, zac*. Non è facile, perché la forbicina è piccola e il cotone appiccicato alla pelle del braccio. Posa la forbicina, si allunga a prendere la bottiglia di vodka dal pavimento (di nuovo gli si deve quasi strusciare addosso). Prende un sorso, poi gli accosta di nuovo la bottiglia alla bocca, piano.

Carmine alza la mano sinistra come per cercare di respingerla, ma lei gliela preme giù con forza, contro il fianco. Le piace questa cosa di tenerlo bloccato, le piace, cazzo!

Anche a lui però deve piacere, perché mette subito giù la

mano, non cerca più di alzarla o di muoverla. Sta lì obbediente con le labbra dischiuse, respira, suda.

Lei gli preme la bottiglia tra le labbra, lo costringe a mandare giù la vodka. Lui manda giù, il pomo d'Adamo gli sale e scende: si passa la lingua a raccogliere le gocce perse. Ha delle labbra niente male, carnose, umide, non come quelle fottute labbra secche e sottili di certi suoi stronzi di colleghi che ha dovuto baciare sul set. Che poi con la storia che sono dei sex symbol e straricchi e tutto il resto non gliene fotte proprio un cazzo di nessuna donna al mondo, neanche di lei, naturalmente. A volte pensa a tutte le povere deficienti che svengono quando li vedono alla televisione o su internet o sulle riviste, che si masturbano pensando a loro, che si sognano di essere rimorchiate da loro in un bar o a una festa, di farsi scopare da loro anche solo una volta. Povere idiote, non si rendono minimamente conto che quegli stronzi quando ti scopano sono tutti aaah guarda come sono figo, aaah senti che addominali, aaah dimmi che sei pazza di me, aaah quanto sei fortunata. Di attenzione per te zero, curiosità zero. Potresti essere chiunque altra, e non se ne accorgerebbero neanche, gli stronzi. Non ti chiedono un cazzo di niente, non sanno un cazzo di chi sei davvero, di cosa cazzo ti piace o cosa non ti piace, da dove cazzo vieni. Zero. E poi magari quando hanno finito di scopare e sono lì sdraiati a guardare il soffitto sul loro materasso E.S. Kluft Beyond Luxury Sublime da quarantaquattromila dollari, ti raccontano anche della loro fottuta infanzia infelice! Si mettono a piagnucolare di quanto hanno sofferto da bambini con il loro fottuto padre alcolista o disoccupato o malato cronico o chissà cosa cazzo altro. Come se fossero gli unici al mondo ad avere avuto una fottuta infanzia infelice e un padre di merda! Stronzi! Figli di puttana pieni di sé!

Questo marinaio invece di attenzione per lei ne ha così tanta da riempire l'aria di una vibrazione magnetica, da appannarle gli occhi a furia di sguardi. Averlo così vicino le mette addosso una specie di febbre, una specie di frenesia che le fa bruciare la pelle, le fa friggere il sangue. Sì, ogni volta che viene in Italia ci sono tutti quei cazzoni già da quando scende all'aeroporto, tutti quei fottuti giornalisti, proprietari di agenzie, imprenditori, manager, ereditieri del cazzo disposti a fare qualunque cosa pur di farsi vedere in giro con lei, pur di andare a una prima o a un'inaugurazione o a un party con lei, pur di farsi fotografare con lei. Con i loro fottuti sorrisi perfetti, i fottuti gesti perfetti, i fottuti vestiti perfetti, le fottute camicie perfette fatte su misura, le fottute Porsche e Lamborghini, le fottute case in Sardegna e a Sankt Moritz, i fottuti super-ristoranti, le fottute ostriche che tanto la fanno vomitare, le rotture di palle senza fine sul vino per farle vedere che sono uomini di mondo. Senza rendersi conto che per lei è solo una rottura infinita di palle, che se ne strafotte delle annate dei cru dei terroir dei bouquet e di tutte le altre cazzate che raccontano. A lei quando beve basta che ci sia dell'alcol dentro e che non sia roba avvelenata, non gliene fotte niente di tutte quelle fottute chiacchiere copiate dai loro padri e dai loro nonni o imparate sui giornali, stronzi! Come quando le vengono a raccontare che giocano a golf, per far vedere che sono dei signori, stronzi! Si è fatta incastrare una volta da un certo marchese Mascurbioni o qualcosa del genere, aveva trentadue anni e ne dimostrava settantadue tanto cercava di essere come suo padre e suo nonno, lo stronzo, lei ha dovuto seguirlo sul green per ore mentre faceva il figo con il caddy, tutto mossette e termini tecnici, tra *back-spin* e *backswing* e *birdie* e *blaster* e *bogey* e *bounce* e *bunker*. Alla fine le ha chiesto se si annoiava, lei gli ha detto "No, sto *crepando* di noia! Riportami subito al mio fottuto albergo, testa di cazzo!" Che poi neanche a quelli gliene fotte niente di lei, naturalmente, l'unica cosa che gli fotte è farsi vedere in giro con Lynn Lou Shaw, farsi qualche fottuta foto con Lynn Lou Shaw per poterla sparare su Facebook e farla vedere a tutti i loro stronzi di amici e colleghi, fargli capire che si sono scopati Lynn Lou Shaw anche se non è vero proprio per un cazzo, stronzi!

Carmine non ha niente a che vedere con tutte quelle merde di uomini, è totalmente dignitoso, non dice mai una parola di troppo, non fa mai un gesto di troppo. Non è neanche un fan di quelli che vogliono sempre qualcosa da te, che sono sempre lì a cercare di ottenere a cercare di convincerti a cercare di infilarsi. È maschio, ma non quel tipo di maschio bavoso del cazzo, di maschio pressante, di maschio appiccicoso, neanche quel tipo di maschio che sta lì tutto il tempo a dire aaah come sono figo, fammi un pompino davanti allo specchio così mi guardo e godo, preferirei mille volte farmelo da solo ma purtroppo non ci arrivo, peccato. Veramente, da prenderli a calci nel culo tutti, stronzi! Carmine è di un altro pianeta, è totalmente un altro tipo di maschio. È all'antica ma davvero, cavalleresco ma non per cinque minuti. Ha il suo orgoglio, la sua riservatezza, fa il suo lavoro con tanto impegno e anche di più. Fa anche gesti eroici tipo salvare una ragazza da un naufragio, ma sempre senza vantarsi, senza fare la ruota, con lo spirito del paladino, del cavaliere delle fiabe. Per il resto ti ammira e ammira a tutto spiano, con tanta di quella convinzione e di quella costanza. Non è una fottuta messa in scena che dura il tempo di portarti a letto, ci crede davvero, sempre, continuamente. Gli fai un gesto, è come mettere carbone nella stufa, lo guardi, si accende, gli fai vedere qualcosa, mamma mia, prende fuoco. Ti occupi un minimo di lui come adesso per sistemargli il braccio, gli dai un minimo di attenzione, e trema tutto, la pelle gli scotta, davvero.

Zac, zac, zac, lei gli taglia la maglietta sopra il bicipite gonfio e lucido di sudore, con la vena che sporge. *Zac, zac, zac*, su fino alla spalla tutta sbucciata e graffiata ma bella muscolosa, bella tonda, abbronzata. *Zac, zac, zac*, su fino al collo, *zac, zac, zac*, giù lungo il fianco, fino in fondo. La maglietta si apre, basta tirare un po' dalla manica sinistra (di nuovo deve mettergli le tette quasi in faccia, cosa ci può fare), e viene via tutta.

Hhhh, lui respira, manda fuori il fiato, va un po' indietro. Il torace è tutto bagnato di sudore, abbronzato dal sole, i pettorali ben scolpiti, anche gli addominali, non hanno proprio niente da invidiare a quelli dei suoi colleghi di Hollywood, teste di cazzo che se la tirano da morire, stronzi narcisi.

"Grazie, Miss Lynn Lou." Adesso gli viene proprio la voce roca, lo vedi che fa fatica a parlare, è tutto un sudare, tutto un respirare fondo.

Lei gli toglie le ultime spine di cactus, passa una mano sul braccio dalla spalla al polso per sentire se ne restano altre che non si vedono ma no, sente liscio, sente di nuovo il brivido che gli corre in su, *brrrr*, così. Toglie l'ultima piccola fottuta spina quasi invisibile, soffia sulla pelle. "Fatto."

"Grazie, Miss Lynn Lou. Non dovevate." Carmine sembra proprio un martire dell'ammirazione a guardarlo così, un martire dell'adorazione, a guardargli la fronte, a guardargli gli occhi, a guardargli la bocca. Sembra uno che potrebbe morire per lei, ma davvero, non per modo di dire, potrebbe restare fulminato e cadere per terra per l'ammirazione, per l'adorazione, così.

"Stai fermo, non ho finito." Gli stringe il polso per non farlo alzare, molto più forte di quanto servirebbe. Il fatto è che le viene questa voglia di dominarlo, di tenerlo, di non lasciarlo muovere.

Lui sta fermo sulla sedia, respira fondo.

Lei va a prendere qualche dischetto struccante nel bagno (di nuovo sente il solletico sul culo mentre cammina, sul dietro delle gambe, sulla schiena, sulla nuca). Torna indietro, gli si siede vicina, inzuppa l'ovatta di vodka, prende un sorso, già che c'è, ne dà un sorso a lui, già che c'è. Gli stringe di nuovo il polso per tenerlo fermo, anche se lui non si muove, a parte tremare. Le dà un tale gusto, le dà una tale fottuta soddisfazione, invece di avere lì uno stronzo testa di cazzo pieno di sé che pretende di dirle cosa fare e cosa non fare, avere invece questo bel maschio mediterraneo intenso che non dice niente, che la guarda tutto adorante e suda e respira fondo. Più gli stringe il polso, più trema, più scotta, più lei si sente sciogliere, più si sente umida in mezzo alle gambe, ma bagnata, proprio.

Fa caldo, cazzo, l'aria è tutta riscaldata dai loro corpi così vicini e scottanti, alla faccia del fottuto condizionatore marino ultrasofisticato, la vodka è calda, c'è tutta quella luce fuori, quel vento che preme sui vetri delle finestre, *frrram, frrram, frrram*. Carmine va di nuovo all'indietro con la testa, con il collo forte, abbronzato, un collo da dio antico a vederlo così, da statua però viva, calda, respirante. Il sudore gli cola giù dal collo, gli cola nel solco tra i pettorali che vanno su e giù con ogni respiro, *Hhhh, Hhhh, Hhhh*. Anche gli addominali vanno su e giù, si contraggono e si rilasciano ma restano sempre belli scolpiti, a lei viene voglia di metterci una mano sopra, di sentirli, ma questa sospensione è così fottutamente incredibile, è un delirio di attesa che continua a espandersi, di sangue che corre in tutte le vene e venuzze, che romba nelle orecchie come un'onda hawaiiana da surf di quelle che ha visto a Honolua Bay a Maui, monta e monta e monta e lei c'è sopra, si fa portare, non ha nessuna intenzione di lasciarla, cazzo.

Dab, dab, dab, passa il dischetto di ovatta impregnato di vodka a piccoli colpetti sul braccio muscoloso graffiato e sbucciato dalle rocce della scarpata, toglie il sangue, pulisce la carne più chiara striata di rosso sotto la pelle abbronzata. Prende un altro sorso di vodka dalla bottiglia, ne versa un altro po' tra le labbra di Carmine. Lui manda giù, berrebbe qualunque cosa, purché sia lei a versargliela, berrebbe il suo sudore, berrebbe la sua saliva, berrebbe il suo profumo direttamente dal flacone di cristallo sulla mensola, se glielo versasse tra le labbra carnose e umide, berrebbe la sua pipì. "Grazie, Miss Lynn Lou." Ha questa voce, questo tremito, questa vibrazione bassa che la fa sciogliere ancora più di come è già sciolta, le fa tendere tutti i nervi dalle dita dei piedi in su, su, dentro, in lungo e in largo, le fa aumentare i battiti del cuore, *dum, dum, dum*, le fa rintronare sempre più i timpani, le fa scottare sempre più la pelle, le fa venire il respiro sempre più affannato. Prende un altro sorso, gli versa un altro sorso, inzuppa di nuovo l'ovatta. La vodka è bollente ormai, brucia le labbra, brucia la gola, anche se lei dentro è così bollente da scaldare l'aria, non c'è più nessuna fottuta differenza di temperatura tra dentro e fuori, in questa cazzo di stanza. Stringe il polso di Carmine, gli strofina il collo, il petto, i piccoli capezzoli con l'ovatta che cola e odora di vodka, e intanto è sempre più liquefatta dal caldo dentro e fuori, dal respiro di lui *hmmm*, dal suo respiro *hmmm*, dal sangue incandescente che le corre nelle vene, dall'aria rovente che le esce dalla bocca e dal naso. Gli va addosso per strofinargli meglio la spalla più in alto, gli monta proprio sopra, a cavalcioni sulle gambe, il cuore le batte *dum, dum, dum* mentre si spinge avanti col bacino, avanti fino al punto dove lui è più duro, lo sente attraverso il cotone sottile dei pantaloncini come se fosse nuda ma è anche meglio, attraverso la stoffa sempre più umida, sente il duro che le preme proprio lì mentre si strofina avanti e indietro, sente il cuore di lui che batte *dum, dum, dum*. Gli strofina il petto e il collo e il braccio graffiato e intanto gli si sfrega avanti e indietro a cavalcioni come in un fottuto rodeo, le sue cosce serrate bianche come il latte rispetto al torace e alle braccia scure di lui, sono come panna e caffè, la donna bianca americana e l'uomo moro tarese, occhi azzurri che guardano dentro occhi neri, che guardano fino in fondo, quello che c'è al di là, qualunque cosa sia, l'attenzione l'adorazione il possesso, tutti e due presi nel brivido allo stesso modo, nella vibrazione continua, nell'onda hawaiiana che cresce e cresce, nell'oro colato, nel sangue incandescente che corre e scotta e scioglie e confonde e spinge e preme e tira, tira, tira.

"*Muntagna Matri!*" Carmine ha una specie di rantolo, ha uno scatto, spinge all'indietro con i piedi le gambe la pancia il busto il collo la testa, gli vengono proprio gli occhi da martire dell'adorazione, si vede il bianco, trema tutto adesso, non solo il braccio, cerca di andare ancora all'indietro ma non può perché lei gli sta a cavalcioni proprio come in un rodeo davvero, come su uno stallone, come su un toro tutto muscoli e nervi e temperamento, solo che è a cavalcioni del suo autentico adoratore, del suo maschio tarese scuro e sodo e forte e romantico e cavalleresco e intenso e focoso e fradicio di sudore, gli si preme e strofina contro con le cosce serrate con la figa bagnata che scotta fino quasi a fare male, con il bacino che va avanti e indietro, avanti e indietro nella frizione che cresce e cresce a partire proprio da lì ma si diffonde dappertutto, si estende verso il cuore, verso la pancia la schiena le mani i piedi la nuca i capelli, non smette di salire, cazzo è un delirio, è un delirio di fottuta passione incontrollata di vicinanza di strofinamento di adorazione pura di liquidi bollenti che montano e montano inarrestabili, non li ferma più nessuno, ma proprio nessuno, porca di una puttanaaaaaaaaaaaaaaah-ah-aah-aaah-haaaaaaaaaa!

Sessantacinque

Neanche negli ultimi mesi prima dell'apertura di Villa Metaphora, quando cercava di configurare con vari gradi di ottimismo e pessimismo i possibili sviluppi positivi o negativi dell'impresa, a Gianluca Perusato era capitato di immaginarsi una situazione da incubo come questa. È letteralmente da non crederci, da strapparsi i capelli: Chris Craft danneggiato in modo gravissimo, elicottero precipitato e affondato con pilota dentro, collegamenti telefonici e internet saltati, fotografo ammazzato da un suo dipendente, riaffiorato sotto gli occhi di tutti e avvolto in un telone giù al molo proprio mentre un altro elicottero sorvola, guardia costiera insospettita due volte e sicuramente intenzionata a tornare con i carabinieri per controlli, cliente francese già antipatica che si rivela giornalista infiltrata, personale di servizio scappato con l'unica imbarcazione disponibile, i due clienti più importanti che vogliono andarsene in anticipo ma non sanno come, politico indesiderato che smania per tornare a Roma ma è bloccato anche lui, vento e mare che imperversano come in questa stagione non succede mai. Se ancora proprio non bastasse, Lucia distrutta dal dolore per il pilota dell'elicottero precipitato e affondato. È qui accasciata sul divano dell'ufficio, chiusa nella sua luttuosità arcaica. Inutilizzabile. Lui fa un ennesimo tentativo di scuoterla da questo stato. "Adesso per piacere smettila. Tirati su, dài."

Lucia continua a singhiozzare, piegata in due, braccia incrociate sullo stomaco, emette mugolii da animale ferito.

"Senti, mi dispiace molto per il tuo amico pilota, ma in questo momento abbiamo problemi più gravi di cui occuparci." Forse è un po' brutale, d'accordo, ma cosa dovrebbe dire? Non è certo questo il momento per dare spazio alle elaborazioni del lutto, come dicono gli psicologi: qui si tratta di reagire alle circostanze, e subito.

"Non è vero che ti dispiace, non te ne frega niente!" Lucia finalmente alza la testa, ma quasi sarebbe meglio che non lo facesse, perché il dolore le distorce i lineamenti, la fa sembrare una giovane vedova tarese. Impregnata di una cultura fuori dal tempo, fuori dalla geografia dei luoghi frequentabili.

"Fai uno sforzo, per piacere." Gianluca Perusato prova a usare un registro pacato, per calmare se stesso prima ancora che lei. "Cerca di comportarti come una persona del *Ventunesimo secolo*."

"Lasciami stare!" Si piega di nuovo in due, riprende a singhiozzare.

Non è che lui non lo sapesse, di avere a che fare con questo retroterra. Lo sapeva da quando è cominciata la loro storia, dalla prima volta che se l'è portata a letto. L'ha già riconosciuto (a se stesso) più di una volta: lo eccitava l'idea di una relazione sessuale con una giovane donna la cui carnalità naturale era arginata da secoli di tabù insulari. Provava il gusto proibito del traviatore, del nordico disincantato e libertino che sa toccare le corde segrete dell'ingenua discendente di una dinastia di pescatori e coltivatori di fichi dell'estremo sud. Anche il carattere brevilineo del corpo di lei lo attraeva, per contrasto con quello fin troppo nobilmente allungato di sua moglie; l'estrema solidità degli arti, il baricentro basso, il sedere poderoso, le cosce piene, i capelli straordinariamente folti e neri, gli occhi così scuri da non poter distinguere l'iride dalla pupilla. Erano tutte caratteristiche esotiche per lui, gli stuzzicavano intensamente la fantasia, così come la sua risposta sessuale, di un vigore primigenio a volte ai limiti del troppo impegnativo. Ma lo affascinavano anche la sua gelosia viscerale, la sua lealtà quasi canina, la sua ostinazione nel volergli stare al fianco; perfino i suoi rapporti familiari di natura tribale. Il folclore del clan Moscatigno/Alcuanti lo aveva divertito a lungo, lo aveva quasi fatto sentire un antropologo che si avventura senza filtri nel suo campo di indagine. Non ha difficoltà ad ammettere (a se stesso) che portarsi a letto e educare la rappresentante di una cultura semiprimitiva gli ha rinfocolato una carica erotica logorata da una successione di rapporti con donne metropolitane troppo esangui, cerebrali, depresse, nevrotiche, snob, inutilmente complicate. Però poi ecco venire fuori il lato oscuro, proprio nel momento in cui lui avrebbe più bisogno di poter contare su una partner lucida, razionale, disincantata, reattiva. Ecco questo abisso di lutto, questa tragedia greca, questa drammatizzazione fuori misura di un episodio triste sì per quanto riguarda il povero pilota, ma infinitamente più preoccupante sul piano delle possibili ripercussioni economiche e di immagine.

"È stata colpa mia se Ciro ha urtato con l'elica." Lucia fatica quasi a respirare, tanto è congestionata. "Si è confuso quando mi ha riconosciuta. L'ho visto. Ha fatto una faccia così. Non se l'aspettava."

"Stai scherzando, spero?" Gianluca Perusato è sgomento, gli costa uno sforzo tremendo cercare di ritrascinarla sui binari della logica contemporanea. "C'erano quattro o cinque persone che gesticolavano come forsennate, su quella terrazza! Gomi con il suo cavolo di tesserino parlamentare, l'assistente di Reitt che saltava e si sbracciava a più non posso, Neckhart che addirittura a un certo punto si è messo ad agitare quella dannata mazzetta di dollari!"

"Anche tu gesticolavi, allora!" Lucia lo guarda con quegli occhi insondabili, quel petrolio di pensieri bui. Le misteriose, sotterranee ragioni della femmina tarese che è sempre stata lì, sotto l'apparenza della ragazza emancipata che ha studiato a Roma e conosciuto un po' il mondo grazie a lui.

"Gesticolavo, ma per dirgli di non atterrare, di andare via!" Non è disposto a farsi addossare colpe che oggettivamente non ha, col risultato di confondere ulteriormente una situazione già abbastanza complicata. Però quello che lo angoscia di più è la natura torbida della mente di Lucia, il suo non essere quella di cui avrebbe bisogno adesso. Gli viene l'impulso disperato di prendere il telefono e chiamare sua moglie a Cortina, raccontarle tutto quello che è successo, farsi consigliare da lei. Sarebbe disposto a sopportare scenate, profondersi in scuse, fare promesse solenni, umiliarsi, pur di avere in cambio il sostegno di una donna che ha lo stesso suo retroterra. Con Ludovica non si è mai vergognato di apparire incerto, spaventato, inadeguato. Se cercasse solo per un istante di recitare con lei la parte che da tre anni recita con Lucia, gli riderebbe dietro, gli scatenerebbe contro anche le bambine. Ludovica lo ha visto evolversi passo a passo, come uomo e come architetto, da quando lavorava nello studio di suo padre, pagato quasi niente. Il giovane neolaureato nato e cresciuto a Pavia, di ottima famiglia sì, ma intimorito dal mondo dei grandi professionisti e intellettuali milanesi, in soggezione nei confronti di una ragazza tanto sofisticata e snob che era anche figlia del suo capo. Ludovica conosce metro per metro il percorso che lui ha compiuto per conquistare e superare le sue insicurezze, impadronirsi progressivamente di modi, accenti, riferimenti fino a farli diventare suoi. Conosce le sue fragilità, le sue idiosincrasie, le sue malattie di origine psicosomatica. Con lei non si è mai sognato di sostenere il ruolo dell'uomo che sa tutto, a suo agio in ogni situazione, con una risposta pronta per ogni domanda. Con lei potrebbe ammettere di non sapere cosa fare, di sentirsi perso, di avere paura; potrebbe perfino scoppiare a piangere, lasciarsi andare. Ma naturalmente le linee telefoniche sono fuori uso, e anche se non lo fossero ci sarebbero troppi fossati da colmare, troppi ponti da ricostruire. La distanza tra lui e Ludovica si è estesa fino a diventare quasi insuperabile, un territorio in cui ci si può avventurare solo con estrema cautela. Niente: è fino al collo nella trappola che si è costruito da solo, inutile aspettarsi soccorsi esterni.

Lucia continua a singhiozzare, accasciata sul divano. Le manca solo il vestito nero, il fazzoletto nero in testa, e potrebbe starsene su una sedia in un vicolo, giù a Bonarbor, a farsi confortare da vicini e parenti vari.

"Il pilota non è andato a urtare per colpa tua, lo vuoi capire?!" Gianluca Perusato alza la voce, più che altro per disperazione. "Toglitelo dalla testa! Per piacere!"

"L'ho visto, che faccia ha fatto, quando mi ha riconosciuta." Come un mulo, come un mulo tarese, chiusa con cieca ostinazione nel suo dolore ancestrale, nel godimento masochistico della sofferenza.

"SMETTILAAA!" Grida come un pazzo, adesso. "Non so se te ne rendi conto, ma qui stanno per andare in malora anni di lavoro e milioni di euro di investimenti! Capisco il tuo dolore e tutto quello che ti pare, però in questo momento ho assoluto bisogno di un'assistente che mi assista! Di una che ci *sia*, perdio!"

Lucia per tutta risposta abbassa ancora più la testa, singhiozza ancora più forte, si ripiega ancora più in se stessa.

"Cosa faresti, se ti avessi già nominata manager e fossi qui da sola?!" Se lo chiede davvero, anche se non osa pensarci fino in fondo. "Andresti in pezzi in questo modo? Nel mezzo di un'emergenza?!"

Niente: è come se non lo sentisse neanche.

"AAAAAARGH!" Gianluca Perusato grida così forte che la sua voce azzera per un istante il rumore del vento che fa tremare i vetri delle finestre. "Non siamo nel Medioevo! Non possiamo metterci in gramaglie e andare in giro ad accendere candele per il povero Ciro! Dobbiamo trovare una soluzione ai problemi che abbiamo davanti, prima che i danni diventino irrimediabili!"

È inutile; Lucia continua a fare la portatrice di dolori stratificati in millenni di vita sulle pietraie vulcaniche circondate da un mare ostile, generazione dopo generazione di irrecuperabile cupezza esistenziale.

Gli viene una furia selvaggia; spazza via libri riviste carte penne blocchi matite calcolatrice dalla scrivania, fa volare tutto sul pavimento. Ma non basta, non serve, non cambia! Va ad aprire la porta, se la sbatte dietro, esce sulla terrazza.

Fuori il vento si è ulteriormente incattivito, sbatacchia i teloni senza tregua, crea un frastuono insopportabile. È una carogna di vento, sembra provarci gusto a infierire, fuori stagione, per esasperare tutto. Gli ospiti devono essere nella sala dove Ramiro ha portato qualcosa da mangiare, o nelle loro suite; non se ne vede nessuno in giro. La distruzione del ripetitore offre se non altro il vantaggio di impedire che si attacchino al cellulare o a internet per mandare in mezzo mondo notizie devastanti su Villa Metaphora. A questo punto meglio un blocco totale delle comunicazioni, finché non si riesce ad aggiustare le cose in qualche modo. Il fatto è che per quanto lui si logori il cervello a scomporre e ricomporre ogni elemento della situazione, la situazione continua a sembrargli irrimediabilmente compromessa, senza vie d'uscita.

Non avere colpe dirette in quello che è successo è irrilevante, non si fa illusioni; verrà comunque considerato responsabile, in quanto progettista e proprietario. Non ci sono dubbi, gli daranno tutti addosso, con la speciale ferocia che si scatena di fronte ai casi indifendibili. Giornalisti e giudici d'assalto arriveranno qui come mosche sul miele, passeranno informazioni distorte a un'opinione pubblica già incanaglita all'idea del resort esclusivo, degli ospiti famosi e potenti. Può anticipare i titoli, gli accostamenti forzati, le ironie pesanti, i moralismi facili sul contrasto tra le difficoltà della gente comune a tirare avanti in un'economia depressa e l'arroganza decadente di vacanzieri super-privilegiati che con il loro egoismo finiscono per produrre orribili tragedie. Andranno a intervistare la vecchia madre singhiozzante del povero elicotterista, la faranno inveire in dialetto contro i ricchi continentali che le hanno ucciso il figlio. Riusciranno perfino a trasformare quel farabutto di fotografo in una bravissima persona, si inventeranno che aveva documentato con grande impegno civile la sofferenza dei migranti a Lampedusa, lo faranno diventare un martire dell'informazione. D'ora in poi ogni volta che qualcuno digiterà "Villa Metaphora" su Google salteranno fuori facce di piloti morti, perversi banchieri e attrici drogate, nonché naturalmente dell'"architetto dei vip" Gianluca Perusato che entra o esce a testa bassa da un interrogatorio in procura, magari ammanettato. C'è poco da dire: comunque la si giri, la faccenda è disperata. Roba da buttarsi giù dalla terrazza, farla finita. O ipotecare tutto quello che gli resta per ingaggiare Brian Neckhart, verificare se il suo LifeSolving™ funziona davvero. Ma Werner Reitt se l'è già accaparrato per risolvere le proprie rogne, e l'episodio del fotografo l'ha trasformato in un nemico. Comunque dove li troverebbe, i soldi per pagarlo? Lasciamo perdere, dài. Meglio un volo sulla scogliera, decisamente più dignitoso. Proprio come il barone Canistraterra, anche se oggi rispetto ad allora il gesto sembrerebbe di certo molto meno suggestivo, e invece di alimentare una leggenda darebbe solo spunto al più lurido gossip. Che alternative ci sono, realisticamente? Zero, più o meno.

Gianluca Perusato va al bordo della terrazza, contro il vento che gli soffia tra i capelli e nelle orecchie e gli strapazza i vestiti.

Guarda a occhi socchiusi le rocce sotto, il mare ondeggiante e schiumante. In fondo si tratta solo di salire sul muretto perimetrale, inspirare a fondo, trovare la concentrazione giusta, fare un salto. È probabile che la sensazione sia la stessa di quando ci si tuffa in mare da una roccia alta, a parte chiaramente l'impatto finale. Lì è difficile sapere se ci sia il tempo di sentire le ossa che si rompono e il generale sconquasso degli organi interni, oppure tutto avvenga in modo così istantaneo da non farti accorgere di niente. *Trrrac*, e basta. Cancellazione totale. Non c'è verso di esserne sicuri, chi l'ha fatto non ha certo potuto tornare indietro a raccontarlo. Ci vorrà una straordinaria dose di coraggio, o una straordinaria dose di vigliaccheria, per riuscirci? Oppure è una cosa alla portata della più normale delle persone, purché abbia abbastanza motivi per farlo? Il momento più difficile in ogni caso dev'essere l'inizio del salto, l'istante preciso in cui stacchi i piedi per il volo. Si tratta probabilmente di arrivare al punto in cui cominci a vergognarti di tergiversare oltre, in cui cominci proprio a farti schifo, a vederti come un essere indegno. Probabilmente è lì che, *zac*, arriva la fulminea determinazione. Una volta iniziato il salto il resto succede da solo, anche se te ne pentissi ci penserà la forza di gravità. Il corpo poi non verrà certamente recuperato nelle condizioni migliori, però a quel punto che importanza potrà avere? E comunque è difficile che faccia più schifo del cadavere del fotografo rimasto a mollo in mare per due giorni, gonfio e dilavato in quel modo osceno. A sua moglie Ludovica dispiacerà? Mah, francamente ne dubita. C'è tanto di quel risentimento accumulato tra loro, tante di quelle aspre rivendicazioni inascoltate, tanta di quella distanza. Le figlie? Ne soffrirebbero solo se dovessero rinunciare alla loro scuola privata, alle loro lezioni di tennis, ai loro vestiti, ai loro smartphone, ai loro infiniti gadget. Ma lì subentreranno i suoceri, e saranno ben contenti di farlo, una volta sparito lui dalla scena. Lucia? È già talmente in lutto per il suo pilota, potrà calarsi con ancora più convinzione nel ruolo della vittima inconsolabile. Sofferenza raddoppiata, piacere masochistico raddoppiato.

Gianluca Perusato socchiude gli occhi contro il vento, appoggia un piede sul muretto, inspira a fondo prima di salirci. Ma sì, dài. Soddisfazioni professionali ne ha ricevute tante, soldi ne ha guadagnati parecchi, belle macchine e buoni vestiti ne ha avuti, sesso e cibo di ottima qualità, anche. Certo, non sarebbe stato male andare avanti di miglioramento in miglioramento, tra nuovi incarichi prestigiosi, nuove sfide professionali, nuove pubblicazioni, magari nuovi premi, magari qualche nuova storia sentimentale interessante e gratificante. L'idea era quella, una bella linea ascendente ininterrotta. Però sapeva dall'inizio che Villa Metaphora sarebbe stata una scommessa rischiosa, e che se fosse andata male sarebbe andata *molto* male. Più ci investiva, più il rischio aumentava, meno diventava probabile riuscire a tirarsene fuori tutto intero. Ludovica gliel'aveva detto chiaramente, è stata la causa principale dell'allargarsi del solco che già c'era tra loro. Da ben prima della storia con Lucia, che molto probabilmente lei ha intuito ma che lui non ha mai confessato. Il fatto è che la vita in fondo è una fregatura, se si prova a guardarla con un minimo di lucidità. Quando non ne sai ancora niente gli altri ti raccontano un sacco di balle, sulle meraviglie che ti aspettano, le gioie entusiasmanti, eccetera. Poi appena cominci a sapere qualcosa di com'è davvero, sei tu che cominci a raccontarle, a te stesso e agli altri. È una cosa automatica, succede al di fuori della tua volontà. Ti stampi da solo un'intera rivista patinata piena di foto perfette, l'isola da sogno, il resort da sogno, gli ospiti da sogno, le conversazioni squisite, il simposio di anime elette. E intanto la realtà sono queste scatole bianche di muratura costruite tra difficoltà spaventose, appese su questa scarpata raccapricciante, sono queste persone insopportabili piene di pretese e richieste senza fine, queste orrende rocce rossastre da pianeta alieno, questo dannatissimo vento che sembra dotato di una sua intelligenza perversa. Lasciamo proprio perdere: si tratta di salire su questo cavolo di muretto, intralciato da questo cavolo di telo di protezione che non protegge proprio un cavolo di niente, e fare questo cavolo di salto. Basta!

Gianluca Perusato mette l'altro piede sul muretto, apre gli occhi contro il vento per affrontare il momento con dignità da uomo, e vede qualcosa di bianco che galleggia nel mare ondulato. Apre gli occhi meglio, mette a fuoco: è un grosso yacht a motore, a qualche centinaio di metri dal molo. La visione è così inattesa che ha l'effetto di cancellargli tutti i pensieri nella testa, lasciarlo a oscillare sul muretto senza più sapere da che parte vorrebbe cadere.

Però lo yacht è del tutto reale, così come le sue caute manovre per girare la prua alle onde, mettersi in posizione di ancoraggio nella baia.

Gianluca Perusato cerca di fare alcune valutazioni rapide sulle ragioni per cui può essere arrivato qui: ricerca dell'elicottero, esclusa (hanno già mandato un altro elicottero a sorvolare la zona, e lo yacht non è certo un mezzo di soccorso); ricerca del fotografo, esclusa (chi manderebbe un'imbarcazione così lussuosa per un personaggio tanto miserabile); trasporto Reitt e Neckhart, escluso (erano convinti di poter partire con l'elicottero, e dopo il disastro non hanno avuto modo di fare altre telefonate); recupero Gomi, possibile ma improbabile (aspettava una motovedetta della guardia costiera, non un'imbarcazione civile); ricco crocerista che vuole fare una nuotata nella baia o un'escursione a terra, possibile ma improbabile (le condizioni del mare sono troppo brutte, malgrado le sue dimensioni lo yacht balla in modo certamente sgradevole per chi è a bordo). Dunque? Non è chiaro, e di conseguenza non è chiaro come dovrebbe reagire lui. Bisogna considerarlo un ulteriore evento negativo da aggiungere agli altri, o al contrario una possibile miracolosa occasione di salvezza? Pensieri e sensazioni contrastanti prendono ad attraversarlo in modo incontrollabile, gli fanno accelerare il battito del cuore e il ritmo dei polmoni, lo mandano in uno stato di agitazione parossistica.

Gianluca Perusato scende dal muretto, attraversa veloce la terrazza, rientra nell'ufficio,

Lucia è più o meno nella stessa posizione in cui l'ha lasciata, anche se ha per lo meno smesso di singhiozzare.

"C'è uno yacht, là fuori!" Gianluca Perusato fa fatica a tirare fuori la voce, gesticola in modo convulso.

"Fuori dove?" Lucia lo guarda, occhi pesti di pianto, trucco colato, naso arrossato ancora colante.

"Nella baia! Un grosso yacht a motore!" Gianluca Perusato fa altri gesti, ancora meno controllati. Cerca di decidere quale sia la migliore linea d'azione ma non ci riesce, non ha abbastanza elementi.

"Di chi è?" Lucia si passa il dorso di una mano sotto il naso, tira su.

"Che ne so! L'ho appena visto!" Queste domande a vuoto lo stanno esasperando. "Dobbiamo andare giù prima che se ne accorgano gli ospiti, capire chi sono e perché sono venuti qui!"

"Secondo te?" Lucia si strofina gli occhi. Almeno è uscita dallo stato di catalessi funeraria tarese, il suo sguardo è un po' più reattivo.

"Come cavolo faccio a saperlo?" Gianluca Perusato vorrebbe abbassare la voce per paura che gli ospiti nel soggiorno possano sentirlo attraverso i muri, ma c'è abbastanza rumore di vento da fuori, e in ogni caso l'impazienza è troppa, non riesce a star fermo. "Dobbiamo andare giù subito! Muoviti!"

Lucia finalmente si alza dal divano, si asciuga ancora gli occhi, tira ancora su col naso, si aggiusta i vestiti spiegazzati dal lutto.

Lui la prende per un braccio, la scuote, cerca di comunicarle urgenza. "Andiamo!"

"Aspetta." Lei cerca ancora di fare resistenza, esita ad abbandonare lo stato in cui si crogiolava.

"Non c'è tempo, dài!" La trascina verso la porta. "Se per caso incontriamo qualche ospite, non dire niente dello yacht!"

"Perché?" Adesso c'è una certa dose di tensione nei suoi lineamenti, per fortuna: sta tornando reattiva, se non altro.

"Forse perché vorrebbero cercare di salirci a tutti i costi!?" Lo esaspera doverglielo spiegare, lo esaspera! "Dobbiamo tenerli tutti qua finché non abbiamo una strategia di contenimento dei danni!"

"E se l'hanno già visto, lo yacht?" La tensione ormai la possiede tutta, i suoi movimenti stanno recuperando una velocità accettabile, i suoi occhi sono parecchio più vivi.

"Tu non dire niente lo stesso. Andiamo, forza!" Apre la porta, la trascina fuori.

Scivolano come due ladri davanti alle finestre del soggiorno, attraverso la terrazza spazzata dal vento, raggiungono scalinata, *hop hop hop*, saltano rapidi giù per i gradini. Lo yacht là sotto nella baia ha già calato l'ancora, beccheggia nella successione continua di onde che schiumano intorno allo scafo. Sul ponte superiore c'è un tipo in piedi, a giudicare dalla sua posizione sembra che abbia un binocolo in mano e guardi in su, verso Villa Metaphora.

"Di che paese è?" Lucia indica la bandiera sull'asta di poppa. È tornata quasi completamente in possesso delle sue facoltà, per fortuna non rallenta il ritmo della discesa.

"Non lo so!" Gianluca Perusato non sa neanche quante volte sia già sceso e risalito per queste scale, oggi; le ginocchia sono indolenzite, ma è talmente attraversato da emozioni sconnesse che se ne accorge appena. E se dallo yacht notassero il telo arrotolato che avvolge il cadavere del fotografo giù al molo? Se cominciassero a fare domande?

"C'è del giallo, e qualcosa di verde!" Lucia scende i gradini e continua a guardare la bandiera dello yacht. "Saranno arabi!"

Lui sforza gli occhi, riesce a distinguere il disegno color rame e le fronde d'olivo sul fondo bianco. "No, è di Cipro!" Il che non significa niente, naturalmente, ma proprio niente.

Scendono più veloci che possono per un altro tratto, Lucia un gradino più dietro, tutta "Ehi!" e "Ahi!" ogni volta che lui la strattona per un braccio. A un certo punto rallenta, indica ancora in direzione dello yacht.

"Cosa c'è, adesso?" Gli viene la smania di tirarsela dietro a forza, ma non ha neanche voglia di farla ruzzolare per le scale, doversi occupare di lei invece che degli intrusi.

"Vengono a riva!"

In effetti una scialuppa a motore sta sbucando tra le onde sul lato sinistro dello yacht, con al timone una sola persona vestita di bianco. Punta in direzione del molo tra grandi spruzzi, fin troppo veloce.

"Andiamo, forza!" Gianluca Perusato tira Lucia per un braccio, con il sangue intossicato da mille preoccupazioni simultanee. Cosa diavolo vogliono, questi? Chi sono? Amici di Scandrola venuti a recuperare Gomi? Uomini della guardia di finanza travestiti da crocieristi? Mercenari al soldo della PanEuropaBank venuti a eliminare Werner Reitt? Emissari della massoneria internazionale con cui Neckhart è in contatto via GPS? Un ricco parente del fotografo sulle tracce dello squallido discendente? Esponenti della mafia siciliana che vogliono fargliela pagare per essersi insediato qui a Tari senza chiedergli il permesso? Ogni gradino ancora da scendere gli sembra un intollerabile ostacolo che lo separa dalla verità; li brucia uno dopo l'altro con frenesia divorante.

"Ahia, Gian, mi fai male!" Lucia protesta ancora, ma si lascia trascinare fino in fondo alle scale.

Quando sono arrivati sotto lui le raddrizza il colletto della camicetta, cerca di ricomporsi a sua volta, anche se con questo vento selvaggio e in queste condizioni di stress non è certo facile. Guarda il rotolo che avvolge il cadavere del fotografo vicino alla scarpata: non dovrebbe sembrare particolarmente sospetto a un osservatore esterno, a patto che non sia già a conoscenza di qualcosa, o animato da una straordinaria malizia. Il Chris Craft che oscilla appeso all'argano di alaggio non è certo un segnale di normalità, d'altra parte. Gianluca Perusato va verso il pontile cercando di misurare i passi, tenta di riportare il battito del cuore e il respiro sotto controllo. Guarda Lucia. "Mi raccomando, calma e distacco."

"Cosa gli diciamo?" Lucia ansima, si muove in modo impreciso; il suo coordinamento fisico e mentale sembra aver risentito del passaggio così brusco dal lutto all'azione.

"Il meno possibile. Cerchiamo di capire cosa diavolo vogliono." Gianluca Perusato si gira a guardare la scarpata: gli sembra una benedizione che l'elicottero invece di schiantarsi sulle rocce si sia inabissato in mare. Non si vede nessuna traccia di quello che è successo; se non ci fossero così tanti testimoni, ognuno con le sue dannatissime ragioni per dire la verità o per distorcerla, si potrebbe anche sostenere che qui non è successo proprio nessun tragico incidente.

La lancia intanto è già quasi arrivata al pontile, scarrocciando per le onde che sbattono sulla fiancata. Il tipo al timone manovra con spavalderia tra gli spruzzi, quasi con il gusto di sfidare il mare. L'atteggiamento dovrebbe far propendere per l'ipotesi dell'organizzazione criminale? Ma allora perché c'è una sola persona sulla lancia, invece di un team di killer? L'uomo al timone taglia il gas solo a pochi metri dall'approdo, viene rapido a prua, prende la cima in mano. La prua impatta con una certa violenza contro i respingenti di gomma, ma il tipo salta al momento giusto, atterra sul pontile come una specie di acrobata da circo.

Gianluca Perusato si ferma a pochi metri di distanza, fa segno a Lucia di fermarsi un passo più indietro. L'istinto prevalente adesso è la difesa del territorio, una reazione primordiale senza dubbio alimentata dal tempo passato su quest'isola selvaggia, e dalle difficoltà affrontate per proteggere l'insediamento. Si mette le mani in tasca, consolida la sua posizione, si sforza di non tradire ansia.

Il tipo vestito di bianco ormeggia la lancia con considerevole rapidità e competenza, viene in qua a passi decisi. Torace largo, braccia e gambe forti, mandibola solida, capelli biondicci rasati alle tempie e sulla nuca, occhi giallastri. Sicuro di sé, ma con una dose di diffidenza, sposta lo sguardo intorno come per sincerarsi di non avventurarsi in una trappola. Fa un cenno di saluto con la testa. "*Buongiuornuo.*" L'accento è russo, il che corrisponde all'aspetto generale: sì, non ci sono dubbi. E chi l'ha mandato, questo?

"Buongiorno." Gianluca Perusato si guarda bene dal fare la concessione ingiustificata (e potenzialmente pericolosa) di un sorriso, dà una minima tensione alle labbra. "Questa è proprietà privata." *Sfrap, sfrap, sfrap*, il vento strapazza tutto quello che c'è da strapazzare, vestiti capelli cespugli acqua, le onde smuovono le assi di legno del pontile.

Il russo non sembra particolarmente impressionato, indica in alto. "È Villa Metaphora?" *Mietafuora*, diventa. La tenuta è da marinaio, però o si tratta di un marinaio particolarmente baldanzoso, oppure il suo ruolo a bordo dello yacht dev'essere più importante. Addetto alla sicurezza? Sicario travestito?

Gianluca Perusato si limita ad annuire, i muscoli della faccia irrigiditi. "Mi scusi, con chi ho il piacere di parlare?"

"Ah, Dimitri." Il marinaio russo sorride, porge la mano, con un improvviso impaccio che però potrebbe essere del tutto recitato.

"Gianluca Perusato." Sta attento a non mettere molta energia nella stretta, perché chiunque sia l'altro, questo non è certo un incontro tra pari grado. "In cosa posso esserle utile?"

Il marinaio si gira a guardare lo yacht nella baia, come per sincerarsi che sia ancora lì. Si raddrizza, alza la voce per farsi sentire nel rumore del vento. "Il signor Malakhov vuole sapere se è vero che lo chef Ramiro Juarez lavora qui!"

"Il signor Malakhov sarebbe il proprietario?" Anche Gianluca Perusato alza la voce, guarda lo yacht a forse duecento metri, dal cui ponte superiore il tipo con il binocolo lo sta osservando.

Il marinaio fa cenno di sì con la larga testa rapata, il collo taurino. Sembra che getti un'occhiata verso il telo arrotolato con il cadavere del fotografo, ma forse è solo un'impressione.

Gianluca Perusato non ha nessuna intenzione di dare informazioni a sconosciuti sul suo chef; è in parte sollevato all'idea che lo yacht non sia arrivato per Gomi, Neckhart o Reitt, ma questo non azzera certo il suo allarme. Che Ramiro si sia messo nei guai con qualche delinquente spagnolo? Che si tratti di qualche losca faccenda della mafia gay?

Però Lucia alle sue spalle sta facendo energicamente di sì con la testa. "*Ahà,* Ramiro Juarez lavora qui!"

"Ah ecco!" Il marinaio le strizza l'occhio, come per suggerire una qualche complicità. "Il signor Malakhov vuole cenare qui stasera!"

"Mi dispiace, il ristorante è riservato esclusivamente agli ospiti!" Gianluca Perusato ribatte secco, la sua irritazione divisa su due fronti simultanei.

La diffidenza riaffiora nei lineamenti del marinaio, mentre sposta lo sguardo da Perusato a Lucia. "Ma il signor Malakhov è voluto venire fin qui apposta, con questo brutto tempo!"

"Avrebbe dovuto informarsi prima! Il nostro ristorante non è aperto alla clientela occasionale!" Gianluca Perusato fa un gesto di netto diniego, dà un'occhiata furente a Lucia, cerca di chiudere subito lo spazio a possibili equivoci. La sua preoccupazione principale a questo punto è che qualcuno degli ospiti si accorga dello yacht e scenda a chiedere un passaggio ai russi. Potrebbero addirittura farsi prendere da una smania collettiva, mettersi in testa di abbandonare il posto in massa. Non ci vuole niente a scatenare un contagio, in circostanze come queste. Basta che uno si affacci a guardare giù e dica di aver trovato il modo di andarsene.

Il marinaio si gira a dare un'altra occhiata allo yacht, da cui il suo boss o socio o padrone lo controlla a distanza. Ammicca di nuovo. "Una cena per solo quattro persone, non è un problema!" *Pruobliema*, bah.

"*È* un problema, invece, mi dispiace! Sono le regole della casa!" Di fronte all'insistenza del russo Gianluca Perusato sente l'irritazione assumere una connotazione decisamente più bellicosa; avrebbe voglia di respingere fisicamente questo emissario barbarico, ricacciarlo sulla lancia.

Il marinaio si gratta la testa, piantato goffamente ma fermamente sulle gambe robuste, dice qualcosa, a voce troppo bassa. Di nuovo sembra allungare lo sguardo verso il telo arrotolato vicino alle rocce della scarpata. Cosa diavolo vuole, davvero?

"Come ha detto?" Gianluca Perusato ha troppo vento nelle orecchie, il che lo esaspera ancora più.

"Il signor Malakhov può pagare molto!" Il marinaio indica col pollice alle sue spalle, sogghigna.

"Senta, non è questione di pagare poco o tanto!" Gianluca Perusato non sta difendendo solo Villa Metaphora e la privacy dei suoi ospiti, adesso; si sente chiamato a proteggere un intero sistema di principi, il tessuto di valori tangibili e intangibili che costituisce un'identità culturale. "Solo gli ospiti del nostro resort possono mangiare al ristorante! Punto!"

Il marinaio alza le spalle, ma la sua espressione è tutt'altro che sconfitta.

"Adesso dobbiamo andare, buongiorno! La prego di togliere quella barca dal mio pontile!" Gianluca Perusato si gira per tornare indietro, fa un cenno a Lucia.

Però Lucia inaspettatamente fa un passo deciso verso il marinaio. "Quanto è disposto a pagare, il suo principale?"

Gianluca Perusato la guarda, allibito. "Ho appena spiegato che non è questione di quanto possono pagare!"

"Io invece voglio saperlo, va bene?!" Gli ribatte decisa, con lo sguardo acceso, senza preoccuparsi minimamente di fargli fare la figura dell'imbecille che non è nemmeno in grado di controllare la propria assistente. Si piazza davanti al marinaio, quasi nella sua stessa posa. "Quanto è disposto a pagare, il signor Malakhov?"

Il marinaio sorride di nuovo nel suo modo ambiguo (adesso ne ha ragione, accidenti!) "Quello che volete voi!"

"Senti, credevo di essere stato abbastanza chiaro!" Gianluca Perusato strattona Lucia per un braccio. "Fammi il favore di non prendere iniziative del genere!" Ci mancava solo questa, il risveglio a sproposito dell'ambiziosa aspirante manager.

Lucia si scrolla, lo afferra a sua volta per un braccio con una determinazione che lo coglie alla sprovvista, lo costringe a seguirla verso la scarpata.

"Lasciami, sei impazzita?!" Gianluca Perusato cerca di liberarsi senza sembrare patetico agli occhi del marinaio, e del suo amico sullo yacht che senza dubbio continua a osservare col binocolo.

"Sei tu che non capisci niente!" È assurdo, risvegliata dal lutto primitivo per intromettersi come una furia, nel modo più sbagliato immaginabile, con questa prepotenza inaudita. Sembra anche più alta, più mobile, più energica di prima della crisi del pilota inabissato.

"Stammi a sentire!" Gianluca Perusato fa uno sforzo per trattenersi dall'insultarla, ma è fuori dai gangheri, batte i piedi per terra. "Se non rispediamo via subito quello yacht, tra cinque minuti rischiamo di avere qui giù tutti gli ospiti che cercano di farsi portare a Bonarbor!"

"Appuntooo!" Lucia è posseduta, inarrestabile, da far paura. "Se questi sono disposti a darci un sacco di soldi per cenare, noi li facciamo cenare! Così non se ne vanno via, e non si portano via proprio nessuno!"

"Non li prendiamo affatto, invece! Non possiamo certo far diventare Villa Metaphora un punto di ritrovo per la mafia russa!" Gianluca Perusato urla controvento, è improbabile che il marinaio riesca a sentirlo, ma se lo sente peggio per lui!

"Cosa ne sai che è la mafia russa?!" Lucia lo guarda di traverso, alza un angolo della bocca in una specie di sorriso ironico. È una trasformazione davvero allucinante, da lasciare di sale.

"Lo vedo! Ci vuole tanto a capirlo, accidenti?!" È veramente difficile non prenderla per le spalle e scuoterla, quest'asina tarese!

"Gli ospiti che abbiamo sono tanto meglio, secondo te?!" C'è una luce provocatoria nel suo sguardo, così come nella sua voce. Un desiderio di rivalsa, probabilmente, che prende corpo approfittando della difficoltà del momento.

"Certo che sono meglio!" Gianluca Perusato non riesce a credere di doverglielo spiegare, dopo tutto quello che ha cercato di insegnarle. "Sono *infinitamente* meglio!"

"Perché?! Spiegami perché!" Sì, lo sta sfidando, ormai è chiaro! Sta mettendo in dubbio le basi di tutto ciò che lui ha progettato e edificato pezzo a pezzo in sette anni, con infinita attenzione e fatica! È la rivolta della schiava, insensata, brutale! La sua mancanza di cultura profonda le fa ignorare la differenza tra civiltà radicalmente diverse, tra concezioni contrapposte del mondo!

"Perché i nostri sono persone conosciute, stimate, affermate, oltre che prenotate e registrate!" Ci sarebbe molto di più da dire a loro favore, naturalmente, ma lo shock di questa discussione gli fa evaporare gli argomenti dalla testa. "Non gente di cui non sappiamo niente, che piomba qui così, senza preavviso, convinta di poter avere quello che vuole solo perché ha i soldi! Soldi di chissà quale provenienza, poi!"

"I soldi sono soldiii!" Lucia grida a squarciagola, vibra tutta, salta sul posto. "E noi non ne abbiamo più, se per caso non te ne fossi accorto! Non ne abbiamo per pagare le cameriere, non ne abbiamo per pagare l'aiuto cuoco, non ne abbiamo per pagare le forniture, non ne abbiamo per pagare il legno dei mobili, non ne abbiamo per rimettere a posto quello!" Fa gesti sconnessi verso il Chris Craft squarciato che ondeggia nel vento, sospeso alla sua imbragatura.

"Allora cosa dovremmo fare, secondo te?!" Gianluca Perusato cerca di ribattere con altrettanta forza, ma è troppo scosso dalle parole di lei, troppo sopraffatto dalla verità inaccettabile che contengono.

"Lasciami parlare con quel marinaio!" Lucia ha uno sguardo terribile, infuocato dalla determinazione a sopravvivere. "Va bene?!"

"No che non va bene! Non va bene per niente!" Gianluca Perusato si gira a controllare che il rotolo con il cadavere del fotografo sia ben legato: lo è, anche se purtroppo la forma del corpo è più intuibile di come gli sembrava prima. Non ci vuole Sherlock Holmes, a immaginare qualcosa di strano.

Lucia non lo sta neanche più a sentire, torna a testa bassa verso il marinaio. Carica, ostinata, con la sua strategia in testa, con una quantità sconvolgente di energia e determinazione femminile. Attraente, a modo suo, e giovane, non c'è che dire. Fuori dal suo controllo, senza le pastoie di un retroterra sociale esigente, senza le briglie di un'educazione raffinata. Lei e il marinaio sono più o meno sullo stesso piano, mentre si parlano nel vento selvaggio, si girano intorno, fanno gesti in alto, verso lo yacht, verso di lui, si allontanano, si avvicinano, confabulano, complottano, ridono, perfino!

Gianluca Perusato ha l'impulso di andare da loro come una furia, urlargli di smetterla, separarli, spingerli in direzioni opposte, minacciare il marinaio con una ferocia che certo non si aspetta, trascinare via Lucia per i capelli senza badare alle sue proteste. Però si rende conto di non avere la forza per fare nessuna di queste cose: è demotivato come non si ricorda di esserlo stato mai, disilluso nel profondo dell'anima, spossato fino al midollo delle ossa. Si vede dal di fuori, e gli sembra di essere una figura penosa, lì a guardare Lucia e il marinaio russo che a una ventina di metri da lui contrattano in barba alla sua autorità e ai suoi principi, i loro scambi coperti dal rumore del vento e delle onde che investono il molo senza tregua.

A un certo punto il marinaio stringe la mano a Lucia, tira fuori da una tasca dei calzoni una busta blu, gliela porge. Lei la prende, annuisce vigorosamente, si parlano ancora. Il marinaio sorride ancora una volta con intollerabile ambiguità, poi salta dal molo al pontile, scioglie gli ormeggi, salta dal pontile alla lancia con la sua agilità circense, accende il motore, va all'indietro alla bravaccia, come se manovrare in un mare simile lo divertisse immensamente, invece di preoccuparlo. Gira la prua verso lo yacht e prende velocità, fa saltare la lancia tra le creste d'onda, *paf, paf, paf*, la lancia vola e sbatte, crea due muri di schiuma mentre attraversa le acque arrabbiate della baia.

Lucia resta lì sul molo a guardare, in un atteggiamento che sembra di ammirazione per tanta incurante spavalderia, con una mano si tiene la gonna. Aspetta che la lancia sia quasi arrivata allo yacht per girarsi, decidersi a venire in qua.

Gianluca Perusato vorrebbe non chiederle neanche cosa si siano detti lei e il marinaio, o cosa ci sia nella busta blu che lui le ha consegnato e lei tiene stretta. Vorrebbe non parlarne proprio, chiudersi in un mutismo eloquente e dignitoso. Darle una lezione di stile, se non altro. Ma non riesce a fare nemmeno questo, è troppo divorato dall'incertezza. "Allora?!"

"Allora i russi vengono a cena, in quattro!" Lucia sembra grandemente soddisfatta di sé, orgogliosa del risultato.

"Io avevo espressamente detto di no!" Gli viene da urlare nel modo meno elegante, ma non ci può fare niente.

"Lo so!" Lo guarda dritto negli occhi, provocatoria.

"E tu ugualmente li hai accettati! Brava! Complimenti!" Gianluca Perusato si rende conto di quanto la sua sia una reazione inadeguata, infantile, perdente, ma non riesce a trovarne di migliori. "Hai distrutto in pochi minuti quello che ho impiegato anni a mettere insieme!"

"Non ti interessa neanche sapere quanto ci pagano, per la cena?" Lucia alza la busta di tela plasticata blu, compiaciuta come una campionessa della libera iniziativa, un'atleta della mancanza di prevenzioni culturali.

"No!" Gianluca Perusato è stravolto dall'indignazione, ma lo stesso deve fare uno sforzo per resistere alla curiosità.

"Non vuoi saperlo?" Lucia si toglie i capelli dalla faccia, c'è un evidente riflesso di malizia nei suoi occhi. È probabile che si stia vendicando per prima, quando lui l'aveva accusata di crogiolarsi nella luttuosità atavica. Ogni suo gesto sembra dire mi volevi reattiva? Mi volevi contemporanea? Mi volevi disincantata? Contento adesso?

"No!" Gianluca Perusato cerca di mostrarsi superiore, farle capire che la classe non si compra né si vende, a nessun prezzo. Ma gli sta costando un dolore crescente: lo stomaco gli manda fitte lancinanti, i polmoni non pompano abbastanza aria, si sente soffocare.

"Okay! Allora non te lo dico!" Lucia alza il mento, si avvia verso le scale.

Lui la segue, immusonito come si ricorda di essere stato solo da bambino, forse qualche volta con Ludovica. Pensa che se avesse avuto il coraggio di buttarsi dalla terrazza, adesso non si ritroverebbe in questa condizione, umiliato da una ragazzotta a cui ha dato troppo spazio senza riflettere sulle possibili conseguenze.

Lei sale con piglio dimostrativo, fa gioco sul suo baricentro basso, sui suoi muscoli potenti, polpacci e cosce e glutei che pompano.

Lui la segue, cercando almeno di non farsi distanziare, non concederle questa ulteriore soddisfazione. Si affanna a tenerle dietro, con la testa piena delle immagini di lei che confabula con il marinaio russo sul molo; di schianto cede alla curiosità. "Quanto pagano, i russi?"

Lucia continua a salire i gradini senza rallentare, gira appena la testa. "Hai detto che non lo volevi sapere!"

"Be', adesso invece lo voglio sapere!" Si rende conto di perdere anche l'ultima traccia di autorevolezza in questo modo, ma non ci può fare niente, è più forte di lui.

Lei naturalmente lo sa, perché va avanti come se non avesse più nessuna intenzione di dirglielo, *hop, hop, hop*, macina un gradino dopo l'altro. Potrebbe salire fino all'Everest con quel passo, potrebbe salire la scala che porta alla luna.

Gianluca Perusato fa un salto scoordinato, quasi inciampa e rotola per la scala, riesce ad agguantare Lucia per un braccio, cerca di strapparle la busta blu di mano ma non ci riesce. "Dimmi quanto c'è lì dentro!"

Lei si ferma, lo guarda negli occhi, nasconde la busta dietro la schiena per non fargliela prendere.

"Quanto ti ha dato?! Dimmelo!" Gianluca Perusato non riesce a impedire che un'espressione di speranzosità gli affiori ai lineamenti, e questo accentua ancora più la sua umiliazione; si vergogna di se stesso, si detesta.

"Cinquantamila euro!" Ogni muscolo facciale di Lucia rivela lo spirito di rivalsa, il trionfo della schiava liberata.

"Per una cena per quattro?!" Gianluca Perusato è consapevole di mostrare una quantità inaccettabile di stupore, cupidigia, chissà quanti altri sentimenti ignobili legati al denaro di provenienza quanto meno dubbia che c'è nella busta, però non riesce a controllarsi.

"Sì, ma è solo un anticipo!" Lucia è raggiante, poterlo stupire in questo modo deve darle un senso esaltante di potere.

"In che senso?!" Il vento continua a strappare via ogni parola, li costringe a urlare, a girarsi di continuo.

"Il resto ce lo daranno quando vengono su a mangiare!"

"Quale resto?!" Gianluca Perusato sa che dovrebbe a tutti i costi tirarsi fuori da questo gioco, se volesse salvare quel poco di credito che gli è rimasto. Ma ormai ha perso la faccia, ha perso la dignità, ha perso il ruolo, cos'altro ha da difendere?

"Il marinaio ha detto che potevano pagare quanto volevamo! Allora gli ho chiesto centomila euro!" Lucia lancia quest'informazione controvento e si gira, riprende a salire i gradini a passo di marcia.

"Cosa?!" Lui la insegue come un mendicante, come un cane che vuole un osso dalla padrona imprevedibile.

"Centomila euro!" Lucia si gira solo per ripeterglielo, quasi senza interrompere il ritmo della salita.

Il dubbio che possa trattarsi di uno scherzo lo invade improvvisamente, lo scombussola tutto, lo manda in bestia. Ma il trionfo nell'espressione di Lucia era troppo autentico perché possa essere così. Gianluca Perusato si affanna su per la scala, la raggiunge di nuovo. "E lui?!"

"Si è messo a ridere!" Lucia si gira a guardare lo yacht laggiù all'ancora, sorride.

"E poi?! Cosa ti ha detto?!" Lo avvilisce infinitamente ritrovarsi nella posizione di chi fa tutte le domande; lo avvilisce averla lasciata andare a trattare da sola, essere rimasto in attesa nelle retrovie. Gli sembra una vigliaccheria mascherata da disdegno, una ragione in più per vergognarsi.

"Che il signor Malakhov l'aveva autorizzato ad arrivare a *ottantamila* al massimo, non di più!"

Gianluca Perusato si sente in ritardo su tutto, lasciato indietro. "Per una cena per quattro?!"

"Sì!" Lucia adesso ride apertamente, senza ritegno. "E in contanti! Senza ricevute né niente!" Del lutto tarese non le è rimasta traccia, la cupezza insulare è come se non ci fosse mai stata: sembra una giovane manager rampante, aggressiva, determinata a puntare in alto. Senza intralci, senza remore. Si gira, riprende a salire le scale con piglio da salvatrice della patria, sedere poderoso in movimento, gambe poderose che spingono.

Gianluca Perusato la segue, agitato da sentimenti contraddittori: non sa se essere contento per l'inaspettata iniezione di liquidità che certamente tornerà molto utile, o disperato per la facilità con cui tutti i suoi principi sono stati ridicolizzati. Le considerazioni negative si alternano al sollievo, ma di minuto in minuto quest'ultimo tende a prevalere, inutile negarlo. Forse non tutto è perduto, a pensarci bene, forse l'impresa non è irrimediabilmente compromessa. Se anche l'immagine di Villa Metaphora risultasse appannata dagli episodi recenti agli occhi della clientela più chic, è probabile che ci sia un intero bacino di potenziali frequentatori attratti proprio dall'aura leggermente scandalistica che si creerà intorno al resort. Si potrebbe pensare di ammettere una piccola proporzione di ospiti magari meno squisiti ma dal portafogli pronto, come questo signor Malakhov. Forse è il caso di rivedere i principi di ammissione in una luce un po' più realistica, che tenga conto delle trasformazioni in corso, delle forze emergenti a livello internazionale. Prima o poi bisognerà pure fare i conti con le nuove realtà, del resto, non si potrà chiudere gli occhi per sempre. In fondo è possibile che la sua concezione originaria del resort fosse un po' ottocentesca, il potenziale imprenditoriale limitato da una dose eccessiva di snobismo. Chi l'ha detto poi che un magnate russo non sia in grado di apprezzare le sfumature di un luogo straordinario, anche se l'origine della sua fortuna non è delle più cristalline? Gente che sfida il vento e il mare solo per assaporare la cucina di Ramiro Juarez una minima idea della qualità dovrà pur averla, e non necessariamente per sentito dire. Si tratterà di fare un investimento educativo, tenere gli occhi ben aperti per prevenire possibili pacchianerie, ma dopo tutto un luogo come questo non ha la missione intrinseca di presidiare il gusto? E il gusto non può essere presidiato anche diffondendone ed estendendone i principi, invece che limitandosi a creare barriere invalicabili intorno a chi già lo possiede? In questo Lucia nel suo pragmatismo tarese non ha tutti i torti, bisogna riconoscerglielo. Si potrebbe benissimo vederla come una nobile sfida, insegnare ad apprezzare la vera bellezza alle nuove leve di danarosi che vengono dall'est del mondo. Purché abbiano un autentico desiderio di migliorarsi, purché non pensino che sia sufficiente pagarsi il biglietto di ammissione al club. Purché capiscano che ci vuole un investimento di tempo e fatica per elevare i propri standard, un'autentica volontà di imparare a vedere e sentire. Magari tra non molto arriverà qui qualche ospite cinese, o indiano, o indonesiano, perché no, in fondo? Il barone Canistraterra non disapproverebbe, sarebbe divertito dalla varietà di voci, fisionomie, colori.

"Allora, ti muovi?" Lucia è arrivata agli ultimi gradini, si gira impaziente, i forti polpacci smaniosi di azione.

"Arrivo!" Sì, Gianluca Perusato si sente un po' uno straccio, ma uno straccio ancora del tutto recuperabile, fatto di stoffa di ottima qualità, buona per più di una stagione.

Sessantasei

Svincolare e involtonare i teli qui in terrazza è l'ultima cosa che avrebbe per il capo, epperò è vero che il vento li fa scampanare così forte che rischia di sconfinarseli via. L'architetto gli fece la scena madre inquantoché non ci si dedicò subito come sarebbe stato suo compito, epperò come dedicarsi ad alcuna cosa, dopo quello che si è manifestato con la Lynn Lou Shaw? Lo straniamento è inescapabile, la fugatura dei pensieri in stormo. Tuttomodo mantinente ci si applica, di buona volontà. Pulla e svincola, rappiega e involtona, insieme a Paolo il falegname che è montato a prestargli assistenza. Pure nello strenuamento fisico forte a Carmine Alcuanti pare di stare cinque centimetri sopra terra, di non aver contatto. Ogni tanto si lascia attrizionare una corda tra le mani fino a bruciarsi la pelle, per darsi certezza d'essere sveglio, di non revare. Ma non è un reve, oppure se è un reve è un reve che non finisce, che continua a mandargli l'elettricatura attraverso il cuore e la mente, continua, continua. Com'è possibile che si sia eventato davvero quello che lo percorre? Che la Dea più iperstraordinaria tra le Dee abbia voluto affrizionarsi proprio con lui, Carmine Alcuanti, umidandolo col miele soavissimo della sua benevolenza infinita? Cos'ha potuto hacere lui per meritarselo, a parte adorarla sopra ogni cosa vivente e inanimata, a parte fantasearla a ogni respiro, a parte essere pronto a gettarsi in bocca al Drago per Lei? È un dono miracoloso della Muntagna Matri, un inveramento che lascia senza parole, senza nomi.

"Ohi, Carmine?!" Paolo il falegname scrima per farsi auscultare nel vento, mostra l'ultimo telo già rappiegato in due, in attesa che lui rappieghi l'altra metà per rinvoltonarla poi insieme.

Carmine Alcuanti si pincia forte il lobo dell'orecchio destro, per risvegliarsi se c'è da risvegliarsi e tornare per terra. Epperò non si risveglia, pertanto dev'essere tutto vero, anche se è da non potersi comprensionare, da non potersi misurare.

In gara con Paolo completano l'opera dei teli in lotta col vento, li recano tutti involtonati nel deposito di fianco al suo alloggio, li depongono con le mille cure. Dopo di che diportano nell'ufficio dell'architetto, il quale gli ingiunzionò di presentarsi appena eseguito il compito.

Epperò nell'ufficio staziona Lucia solinga, assisa al tavolo a far di conto con la calcolatrice, tanto absorbita che non li specta tanmeno.

"*Luci'?*"

"*Shhh!*" Lucia cenna di ammutirsi, procede a ticchettare sui tasti, *tic, tic, tic.* L'addoloratura per Ciro Spanò le transeò, o almeno non gliela si divisa più in volto, tutta absorbita nei calcoli com'è.

Tuttocolpo perviene l'architetto, con gran sforzo per dischiudere la porta e rinserrarla senza farsela strabattare dal vento. "Ah, siete qua."

"Coi teli abbiamo finito." Carmine indica l'esterno.

"Ho visto." Non è che l'architetto ti dica mai bravo se esecuzioni bene, già lo sappiamo, di complimenti al personale non se ne cava uno tanmeno ad ammazzarsi. Epperò se non fosse stato per lui chi l'avrebbe mai impattata, la Lynn Lou Shaw? C'è da riconoscenziarlo ogni giorno della vita solo per questo!

"Poi dovete andare a prendere tavoli e sedie nelle stanze." Lucia sortisce per un battito dai conti. "E portarli nel soggiorno."

"Stavo per dirglielo io." L'architetto scatta per lo scavalcamento nelle ordinature. "Non è che me ne sia dimenticato."

Lucia gli ghiva l'occhio di taglio, riprincipia con le dita sulla calcolatrice.

"Okay." Paolo il falegname procede verso la porta.

"Aspetti un attimo, per piacere." L'architetto prende il tono ingentilato, cosa rara con i sottoposti, anche se Paolo il falegname non è un vero sottoposto, inquantoché tiene l'indipendenza dell'artista mista alla povertà del solitario. Epperò di abitudine il tono ingentilato (e anche superingentilato) l'architetto lo estrae solo con gli ospiti (anche con Ramiro, inquantoché ha il carattere difficile e il ruolo cruciale).

Paolo il falegname specta l'architetto, un po' così. Anche lui intrasognato, stante che è in trasporto per Lara, da quando stazionano in cucina a parlare fino alle tenebre fitte e si promenano insieme nella notte, loquentando fino al matutino et cetera. Non potrà similare al trasporto incommensurato che lui prova per la Lynn Lou Shaw, inquantoché lì trattiamo di una Dea, epperò l'intrasognamento c'è, suffice observarlo.

"Lei in cucina se la cava?" L'architetto specta il falegname come per metterlo sotto esame.

"Mah, una pasta o due uova al tegame le so fare. Perché?" Non ha mai la maniera di chi addressa il principale, Paolo il falegname, non è mai lì a piegare un modico il capo, a far mostra di cedimento. Infacto ritiene che nessuno sia mai il capo di nessuno, glielo esplicò una volta anche se in maniera più complicata. Tuttomodo quando è con l'architetto mette sempre il mento in fuori per esplicitare che lui non è comandabile, se gli si addimanda con le buone maniere talvè, altromodo niente.

"Serve qualcuno per aiutare Ramiro, visto che stasera Federico non c'è." L'architetto lo observa scrutatore, come per discernere quanto sia capace.

"Ah, cucina di quel livello no." Paolo il falegname denega col capo.

"Guardi, Paolo, sinceramente non abbiamo alternative." L'architetto prende l'aria grave, del momento drammatico. "Del resto si tratterà solo di tagliare e mescolare un po' di cose."

"Ma quello viaggia nella stratosfera culinaria!" Paolo il falegname ride, magro com'è, con la barba sbiondicciata, i riccioli schiaroniti a furia di stare ad abbrusticarsi sotto il sole, dal levare al calare.

"Sono sicuro che se la caverà benissimo." L'architetto si è cavato le incertitudini dalla faccia e dalla voce. "Naturalmente verrà pagato a parte, per questo." Cenna a Lucia, dài, dài.

Lucia dischiude il cassetto della scrivania, sorta fuori una nota di banca da cinquanta euro.

L'architetto specta Paolo il falegname per discernere il trasmutamento del viso, ma non lo discerne. Allora gesta a Lucia, dài, dài.

Lucia sorta fuori una seconda nota da cinquanta, la ghiva all'architetto che la ghiva a Paolo il falegname.

"La prego di farci questo grandissimo favore, solo per stasera." L'architetto prende il tono superingentilato. "Io stesso dovrò stare in sala a sovrintendere la cena, si figuri come siamo messi. Ma si tratta di fare tutti quello che possiamo, per superare l'emergenza."

Paolo il falegname sta lì un po' incertato con le note di banca per le mani, inquantoché di denari non ne vide uno da quando lavora qui, e sono scorsi via i mesi. Sì che vive con niente, ma il limite c'è. Infine ripone le note nella tasca delle braghe, nodda col capo.

"Grazie per la collaborazione, davvero." L'architetto si turna verso Carmine, rinnova il gesto a Lucia, dài, dài.

Lucia sorta fuori altre due note da cinquanta euro, le ghiva all'architetto che le ghiva a Carmine.

Tambene Carmine ormai teneva l'abitudine a non essere remunerato in minimo, questa proprio non l'attendeva.

"Tu dovrai aiutare Lucia ai tavoli." L'architetto con lui prende il tono ingentilato normale, che fatte le misure vale quanto il superingentilato con Paolo il falegname. "Visto che le nostre care cameriere hanno pensato bene di scappare, come se non avessimo già abbastanza problemi."

Paolo il falegname ride, anche se all'architetto non garba in minimo, si inrabbuia tutto.

Infacto toglie via subito il tono superingentilato e pure quello ingentilato, gesta di taglio. "Venite con me in cucina, prima di andare a recuperare i tavoli e le sedie nelle stanze."

Fuori il vento si è affuriato oltremisura; positivo che i teloni li involtonarono e ripostarono, aliter se li sconfinava via per certo al volo fin sulla Montagna. Carmine Alcuanti e Paolo il falegname vanno di seguito all'architetto che promena veloce, forse per non farsi appercere dagli ospiti nella sala. Glissano in cucina.

Ramiro è lì che inspuma e rispuffa con uno dei suoi sifoni su un ripiano. Sembra l'artista che compone l'opera, lo scienziato che studia la materia rara, tutto absorbito.

"Salve, Ramiro." L'architetto mette lo zucchero nella voce. "Sta lavorando a qualche nuova creazione?"

Ramiro non è che si fa impanare con le gentilerie interessate, prende subito nervo. "*¡Hay poco que crear, en esta situación! ¡Sin asistente, sin camareras, sin nada!*"

"Mi rendo conto benissimo della difficoltà." L'architetto fa i gesti palma palma come per acquietare un animale impredictabile ma ipernecessario. "È una situazione di emergenza per tutti, come avrà potuto vedere."

"*¡Sí, pero siempre es una emergencia, aquí!*" Ramiro invece di acquietarsi prende ancora più nervo. "*¡Siempre! ¡Desde el primer día!*"

"*Lo sé, lo sé, Ramiro.*" L'architetto mette altro zucchero nella voce, mette il miele. "Paolo qui la aiuterà in cucina per questa sera. Carmine e Lucia serviranno ai tavoli. Ognuno darà il suo contributo, nell'interesse comune."

"*¡Yo no puedo trabajar en estas condiciones!*" Ramiro puscia su la voce, muove le mani in quel modo tutto infrenesiato, da marico.

"*Lo entiendo perfectamente, Ramiro.*" L'architetto usa le parole spagnole per actare ipercortese, per actare iperattento, anche se dentro gli deve montare tanta di quella tensionatura da scoppiare. "Si tratta solo di adattarsi per stasera."

"Adatarse, adatarse! Sempre adatarse, devo!" Ramiro manda gli sbuffi, si promena anteretro.

Paolo il falegname tira un mezzo sorriso, per dire che lui tuttomodo gli presta manforte, gli resta in amicizia solida, non si è mai remorato perché è marico.

"*Hay otro problema, Ramiro...*" L'architetto persiste con lo spagnolo, per provare che gli viene incontro nel possibile.

"*¿Qué problema?*" Ramiro snappa come intende il verbo, ha proprio lo scatto elettrico. "*¡Tengo ya millones de problemas, aquí!*"

"Ci saranno altri quattro ospiti a cena, solo per questa sera..." L'architetto proffera soave soave, cerca di propinare l'idea con poco danno. "*Cuatro personas más, solo por esta noche...*"

"*¿Qué?*" Ramiro va per aria come con le molle nei piedi. "*¿Es una broma, o qué?*"

"Ramiro, io la prego di capire la situazione..." L'architetto potrebbe anche indurre in compassione, a observarlo così, tutto sotto tensionatura.

"*¡Esta es una locura!*" Ramiro si inleva il cappello nero da cuoco, lo manda in volo attraverso la cucina.

"Ramiro, mi rendo conto di chiederle uno sforzo..." L'architetto continua a versare miele, ma è desesperato: potrebbe anche indurre in commozione, a non familiarlo.

Ramiro si trae in punta di piedi, ha tanta di quell'elettricatura dentro che a toccarlo ci si rimedierebbe la scossa. "*¿Usted sabe qué necesitaría, un chef como yo?*" Si turna anche verso Carmine e Paolo il falegname, per tirarli in parte.

"Ramiro, la capisco perfettamente, ma anche lei deve capire..." L'architetto ancora tenta di moderarlo a ragione.

"No, no, no!" Ramiro ha proprio preso fiamma. "*¡Usted no tiene ni idea!*"

"Ho idea, ho idea." L'architetto principia a prender nervo tambene lui, in fronte all'incaponimento del cuoco.

"Sapete quante persone ci devono essere in cucina, sotto uno chef a tre stelle?" Ramiro resorta all'italiano, relinqua lo spagnolo che adopera per sforzare la comprensione altrui. "Un esercito!"

"Non ha bisogno di spiegarmelo lei, Ramiro!" L'architetto mantinente prende fiamma pure lui, a sentirsi pressare oltremodo. "Ho mangiato in alcuni dei migliori ristoranti del mondo! Anzi, praticamente in *tutti*, se proprio vuole saperlo! E, sia detto incidentalmente, lei non è ancora uno chef a tre stelle!"

"Dunque sa che sotto lo chef ci vuole un *sous-chef* qualificato!" Ramiro hace come non avesse inteso. "Poi ci vuole uno *chef de partie*, un *cousinier*, un *commis*..." Numera sulle dita, per l'elencazione. "Diversi *apprentis*, un *plongeur*, un *marmiton*, un *saucier*, un *rotisseur*, un *grillardin*, un *friturier*, un *poissonier*, un *entremetier*, un *potager*, un *legumier*, un *garde manger*, un *tournant*, un *patissier*, un *confiseur*, un *glacier*, un *decorateur*, un *boulanger*, e un *boucher*! Ecco chi c'era da Laclan, a Parigi!"

“Sì, ma qui non siamo da Laclan! E questa non è Parigi, le pare?!” L’architetto puscia su la voce a gran volume, tambene lui.

“Poi nella sala da pranzo ci deve essere un *aboyeur.*” Ramiro prosegue a numerare, dito a dito. “Un *communard*, diversi *garcon de cuisine*, uno *chef de salle*, uno *chef de rang*, un *semi-chef de rang*, un *commis de rang*, un *commis débarasseur*, un *commis de suite*, uno *chef de vin*, uno *chef sommelier*, uno *chef caviste*, diversi *serveur de restaurant*, un *responsable du bar*, uno *chef de bar*, un *barman,* una *dame du vestiaire*. Ecco lo staff di un vero ristorante *de nivel*!”

“Senta Ramiro, qui normalmente abbiamo *dieci* ospiti da servire, non *centinaia*!” L’architetto lotta di strenuo a contenersi, epperò lo chef non può perderlo se non vuole andare in catastrofe, deve metterci prudenza anche se sotto bolle, deve metterci il freno.

“Anche dieci sono troppi, senza staff!” Ramiro puscia su la voce tutta strinata. “*¡Es inconcebible!*”

“Senta, Ramiro.” L’architetto mantinente versa olio sull’acqua. “La sua cucina non è tutta basata sulla qualità essenziale? Sulla semplice perfezione, rarefatta, scarnificata?”

“*Sí, pero ¿cómo puedo alcanzar la perfección sin staff?*”

“Mi ascolti, questa è la sua vetrina internazionale di chef.” L’architetto riprende a versare miele, anche se sotto infuoca. “Gliel’ho spiegato dall’inizio, quando le ho fatto la proposta di lavoro. Non se lo dimentichi, solo per questo momento di difficoltà. Lei qui a Villa Metaphora ha l’opportunità unica di cucinare per i palati più sofisticati del mondo. I quattro nuovi ospiti sono arrivati espressamente per gustare la sua cucina, con le condizioni di mare che ci sono. Questo dovrebbe dirle qualcosa, non crede? Sono sicuro che saprà conquistarli completamente. ”

“*¿Sin staff?*” Ramiro non riesce a stoppare i piedi, non riesce a stoppare le mani. Ambula anteretro, anteretro.

“I veri geni non hanno bisogno di eserciti per produrre i loro capolavori, Ramiro, lo sa meglio di me.” Tambene l’architetto non riesce a tenersi statico, specta Ramiro, specta l’orologio, specta la porta. “Mozart aveva forse bisogno di un esercito? O Leonardo?”

“Avevano degli assistenti, almeno! *¡Varios asistentes!*”

"Mozart non ne aveva!" L'architetto è subitaneo a rimpattare. "A meno che lei non sappia qualcosa che tutti i musicologi del pianeta ignorano!"

"Leonardo ne aveva!" Ramiro stambura una mano sul metallo del ripiano, *sbam!* "*¡Es en todos los libros de historia!*"

"Ne aveva uno, due al massimo. E lei questa sera avrà Paolo, qui." L'architetto ostende col dito Paolo il falegname che non sa più che faccia mettere. "Poi domani le garantisco che cercheremo insieme una soluzione più adeguata."

"*¡Mañana, mañana!*" Ramiro gesta e rigesta, epperò un modico inizia ad acquietarsi.

"Ha la mia parola, Ramiro." L'architetto transversa al tono solenne. "Faremo di tutto per darle uno staff adeguato da ogni punto di vista. Glielo prometto davanti a questi testimoni. *Ante de estos testigos.*"

Ramiro fa lo sbuffo, fa gli occhi alti, epperò un modico di acquietatura l'ha presa, sul momento.

"Siamo d'accordo?" L'architetto va a serrargli la mano, sceca sceca, gli ghiva anche una patocca sulla spalla. "*Muchísimas gracias, Ramiro.*"

"*Sólo por esta noche.*" Ramiro mette lo sbuffo ancora, turna via gli occhi.

"Ma certo, solo per questa sera!" L'architetto gesta a Paolo il falegname e Carmine di egressare con lui. "Voi andate a prendere tavoli e sedie, forza."

Egressano sulla terrazza. Il vento è ancora più affuriato di dieci minuti fa, non c'è limite proprio, non c'è misura.

"Architetto, mi scusi?" Carmine una cosa gliela deve questionare, inquantoché nell'aria turbinosa anche i pensieri riprendono a turbinare, anche le sensazioni.

"Cosa c'è?" L'architetto mette la faccia di quello che non ne sostiene più di richieste, proprio non regge più il carico.

"Anche dalla signorina Lynn Lou Shaw dobbiamo prendere il tavolo e le sedie?" Gli mette reverenza pronunciare il nome, surtutto davanti ad altri, gli intremula la voce e il cuore.

"Sì, certo." L'architetto sfibra. "L'ho già informata dell'esigenza. Forza, muovetevi!"

Carmine procede derepente per la terrazza, per il sentiero, purtroppo con Paolo il falegname in rimorchio, ma pazienza. Non può concepire, di renvisionare la Lynn Lou Shaw prima di cena per la richiesta del tavolo e delle sedie, di poter talvè auscultare la sua voce di Dea, di poter ricolmare di una nuova elettricatura potentissima l'animo che già gli turbina tutto!

Sessantasette

Se qualche giorno fa le avessero detto che avrebbe dovuto condividere la camera con Brigitte Reitt, Poulanc si sarebbe messa a ridere di gusto. Eppure eccole qui, da quando ieri sera a cena la tedesca le ha chiesto asilo – il tono era accorato, impossibile dirle di no – pur di non passare un'altra notte con il detestabile marito. Il quale peraltro ha dovuto adattarsi ad alloggiare con il proprio assistente, cosa che certo non gli avrà fatto piacere.

Vittime dell'emergenza, riescono a fare di necessità virtù, davvero. Sono impegnate da molte ore in una serie di scambi tutt'altro che banali, con slanci di comprensione e simpatia reciproca che addirittura lambiscono il territorio dell'amicizia. Difficile immaginare una situazione più adatta ad attingere informazioni altrimenti inaccessibili sulla vita privata di un titano – ex titano, con tutta probabilità, anche se dato il carattere del personaggio non è detta l'ultima parola – della finanza internazionale. Non c'è neanche motivo di sentirsi in colpa, perché i racconti della Reitt non sono certo estorti con l'inganno, approfittando di un momento di smarrimento. Al contrario, la signora ha una vera urgenza di tirare fuori tutto quello che si è tenuta dentro nel corso di due decenni, prova una sorta di esaltazione liberatoria nel farlo. Poulanc da parte sua si sta comportando in modo eticamente ineccepibile, avendo chiarito fin dall'inizio – be', *quasi* dall'inizio – la sua intenzione di scrivere un pezzo dirompente sull'ascesa e la caduta del potentissimo consorte. La Reitt non solo non ha eretto barricate di decoro e lealtà coniugale a oltranza – reazione quasi automatica in casi analoghi – ma si è messa al servizio della verità con rara franchezza, e con ancora più rara disponibilità a scendere nei particolari. Abitudini, manie, riti, vezzi, frequentazioni, ruoli, nomi, luoghi, espressioni, il quadro diventa di ora in ora più vivo e dettagliato. L'occasione è di quelle che capitano una volta nella vita, e definiscono un'intera carriera giornalistica: per quanti appassionati lettori Poulanc possa avere con la sua rubrica di recensioni su *Libération*, è per questo *scoop* che verrà ricordata. Più vanno avanti, più la certezza cresce. C'è da benedire questa dannata isola, davvero.

Lei e la Reitt hanno stabilito – l'intesa è istintiva, molto femminile – un *modus operandi* semplice ed efficace: conversazione informale preparatoria, trasferimento al tavolo di Poulanc, ricostruzione dettagliata di specifici episodi, trascrizione in tempo reale sul laptop. L'impossibilità di collegarsi a internet o usare telefoni cellulari sgombra il campo dalle interferenze e facilita enormemente la concentrazione; si riuscirebbe a scrivere un intero libro in pochi giorni, così. Non è affatto un'idea peregrina: il soggetto – con tutte le sue implicazioni e ramificazioni – merita certamente, il materiale è inedito e assai ghiotto, i risvolti succosi, i dettagli illuminanti continuano ad accumularsi. Mettendo insieme temi alti e materia appetibile anche a un pubblico di lettori non particolarmente interessati alla politica o all'economia – ma parecchio curiosi di cosa succede nelle segrete stanze del potere – ne potrebbe venire fuori un bestseller da centinaia di migliaia di copie. Da firmare con il suo nome, sì. Simone du Jardin in questo caso dovrà farsi da parte, lasciare spazio a Simone Poulanc. Gli ingredienti per un successo editoriale su larga scala ci sono tutti: gli inconfessabili disegni, le trame intessute nell'ombra, i calcoli spietati sulla pelle di categorie sociali indifese, i danni alle spalle degli ignari risparmiatori, i ricatti a intere nazioni, i duelli all'ultimo sangue nei corridoi e nelle sale ovattate, gli intrecci perversi di interessi, le complicità con la politica, gli accumuli di denaro al di là della comprensione umana, l'esaltazione data dal potere ai suoi livelli massimi, le ambizioni personali fuori controllo, il sesso con la minorenne, le case da sogno, il senso di impunità assoluta, il cinismo agghiacciante, l'arroganza inconcepibile, la totale perdita di contatto con la realtà della gente normale. Mille volte meglio di un romanzo! Sarebbe un delitto sprecare un'opportunità del genere per un articolo – sia pure pubblicato dalla più prestigiosa delle riviste! Oltretutto essendo costretta a tagliare, compattare, ridurre, semplificare, adattare in previsione di quindici, venti minuti al massimo di lettura distratta, interrotta, superficiale!

Il limite costante della cronaca è quello di essere all'inseguimento spasmodico dei fatti – oltretutto in competizione con televisioni, edizioni on line, blog, mezzi più agili e rapidi anche se più scadenti – senza mai riuscire a raggiungerli davvero. Quante volte ha avuto la sensazione di disegnare sulla sabbia, con i suoi pezzi per *Libération*: lavoro accanito di ricerca, concentrazione implacabile sullo stile, risposta dei lettori – lì per lì gratificante, certo – poi arriva l'onda, e *zac*, tutto cancellato, superato, insignificante. Un libro ha tempi di elaborazione infinitamente più lenti – l'ha ben visto con Jean-Émile, i mesi e gli anni di tormento ed estasi – ma è ben più duraturo. Se racconta qualcosa di universalmente interessante – e la parabola di Werner Reitt lo è, senza alcun dubbio – può continuare a essere letto per decenni di seguito, diventare perfino un riferimento per le generazioni future. Qui alziamo la posta, cari signori, altro che abbassarla!

C'è già abbastanza materiale per riempire – una volta opportunamente sviluppato – diversi capitoli. E la convivenza forzata con la fonte diretta delle informazioni è tutt'altro che prossima a esaurirsi, se il vento e il mare continueranno a imperversare per un altro giorno o due. Sarà un libro, è deciso. I titoli possibili – fondamentale che in libreria catturino l'attenzione – vengono quasi da soli. Tipo *Il ruolo di mio marito nell'economia mondiale*, o *Werner Reitt, vizi privati e pubbliche virtù*, oppure *Ascesa e caduta di un Titano della finanza, raccontate da sua moglie*. Forse un po' lunghi, sì, ma ancora c'è tempo per pensarci. Quanto all'editore, ne ha già in mente tre o quattro – Gallimard, Grasset, Denoël, Laffont, ma dovrebbe certamente sentire anche Robert Bernard, e Nathalie Franbol – a cui verrà l'acquolina in bocca per un soggetto del genere. Certo, dovrà trovarsi un agente all'altezza del compito, meglio lasciar perdere quel mollaccione da salotto di Jacques Delmann. Le servirà uno grintoso – un mastino, uno sfondatore di porte – per piazzare il libro in Francia al miglior offerente e poi venderlo in tutto il mondo. Agli americani, ai tedeschi, ai russi, ai cinesi! Arriveranno anche richieste per i diritti cinematografici, c'è da scommetterci. Bisognerà fare un'asta tra le *majors*, perché il potenziale è quello di un *Wall Street* dei giorni nostri, mille volte più coinvolgente e complesso. Il regista giusto – finirà certamente per essere americano, l'importante è che sia in grado di cogliere le sfumature europee – ne potrà tirare fuori un *blockbuster* che parla al cervello e alle viscere insieme, un'avventura appassionante e allo stesso tempo una riflessione tutt'altro che superficiale sul nostro presente.

Bussano alla porta. Brigitte Reitt ha uno scatto, assume un'espressione da donna braccata. Da quando ha fatto la scelta di dissociarsi da suo marito è in uno stato di tensione spasmodica, quasi avesse commesso un tradimento. Non lo vuole ammettere, ma si sente in colpa per le violente accuse di slealtà che lui le ha rivolto. Pazzesco, come certi personaggi – certi uomini, diciamolo pure – siano capaci di rovesciare le carte, atteggiandosi a vittime quando sono in modo inequivocabile i carnefici. Qui per fortuna c'è qualcuno al lavoro per ristabilire i torti e le ragioni, far capire a milioni di persone chi sono i cattivi e chi i buoni.

Bussano di nuovo. "Cosa c'è?!" Poulanc usa il più aspro dei suoi toni, a scopo preventivo/difensivo.

La Reitt intanto arretra verso il fondo della stanza, come se temesse un assalto da parte del coniuge e dei suoi accoliti.

Da fuori provengono parole indecifrabili, coperte dal frastuono del vento. Poulanc va a socchiudere la porta con una certa cautela: il vento gliela strappa di mano, la spalanca, la fa sbattere contro il muro.

Carmine il marinaio e Paolo il falegname sono lì fuori, capelli scompigliati, facce perplesse. "Dobbiamo ritirare il tavolo e la sedia per la cena... L'architetto ha detto che è già venuto a spiegare..." Il marinaio parla a testa bassa, giustamente imbarazzato.

"L'architetto è venuto a spiegare, e io gli ho spiegato che mi servono." Poulanc ribatte a muso duro, anche se la colpa del disastro generalizzato non è certo di questi due poveracci, lo sa bene.

I due la guardano e si guardano tra loro, visibilmente incerti su quale linea d'azione adottare. Il vento soffia con intensità preoccupante, crea mulinelli di polvere, pietruzze, tutto quello che riesce a raccogliere.

Poulanc cerca di agguantare la porta per richiuderla in faccia ai postulanti, ma il falegname la previene, entra nella suite, seguito dal marinaio. “Il fatto è che senza il suo tavolo e la sua sedia non si può fare la cena”. Va con una certa morbidezza di movimenti fino al tavolo, fa per togliere il laptop.

“Se tocca quel computer la denuncio!” Poulanc tira fuori tutta la voce che ha, anche per contrastare il rumore del vento che entra dalla porta aperta.

Il falegname la guarda con quei suoi occhi meditativi, poi prende il laptop e lo appoggia per terra, fa lo stesso con i libri, le carte e gli altri oggetti. Il marinaio gli lascia l’iniziativa – forse non se ne vuole assumere la responsabilità – però è pronto ad afferrare un’estremità del tavolo appena il falegname solleva l’altra.

“Lasciate immediatamente quel tavolo!” Poulanc è fuori di sé dalla rabbia, anche se non al punto di non rendersi conto che questo è un ottimo combustibile per il lavoro che sta facendo. “Lasciate quella sedia!”

“Dopo cena le riportiamo tutto, non si preoccupi.” Il falegname ha un’espressione assorta – infusa di una certa tristezza, forse – mentre tiene un lato del tavolo con la sinistra, prende la sedia con la destra, si avvia verso l’uscita. Il marinaio lo segue, fa un cenno di saluto con la testa.

Poulanc si chiede se sia il caso di urlare più forte, inseguirli, aggrapparsi al tavolo, mettersi a tirare in direzione opposta, trasformare il sequestro del già scarsissimo mobilio in *casus belli*. Però scambia un’occhiata con la Reitt: la tedesca tende le labbra in un sorriso sottile, ammirevole dimostrazione di distacco. Ma sì, continuino pure a esasperare la situazione, l’opera che sta nascendo in questa stanza finirà soltanto per beneficiarne. “Dite al signor Perusato che questa è una cosa inaccettabile! Che è una delle *mille* cose inaccettabili a cui ci ha costretti in questo luogo!” Piccola soddisfazione – proprio minima, data l’insignificanza gerarchica degli interlocutori – ma meglio che niente, ogni tanto le fa bene alzare la voce.

I due baldi giovani annuiscono senza commentare, escono con tavolo e sedia, richiudono la porta. Il rumore del vento si riduce da un istante all'altro – anche se i vetri delle finestre e della portafinestra continuano a tremare, gli infissi a sibilare.

Poulanc raccoglie il laptop dal pavimento, va a sedersi sul letto – per fortuna è in muratura e non può essere portato via – incrocia le gambe nella posizione del loto. Scorre lo sguardo sullo schermo, cerca di recuperare il filo di quello che stava scrivendo prima dell'irruzione. "Eravamo rimaste alla prima fase della crisi greca, quando Werner dopo le dichiarazioni di implacabile fermezza alla stampa è corso a raggiungere Christiane, nel loro nido d'amore in Goethestrasse."

Brigitte Reitt riprende a camminare avanti e indietro lungo la parete, torna alla sua meticolosa rievocazione, che suscita sgomento, incredulità, indignazione e – tanto vale confessarlo – un gran gusto morboso per i tanti risvolti segreti trascinati in piena luce.

Sessantotto

Giulio rientra nella suite dalla terrazza, sta attento a richiudere la portafinestra per non farla sbattere dal vento che gli scompiglia capelli e vestiti. "Stanno salendo, in quattro." Mostra il binocolo con cui ha osservato lo yacht all'ancora e poi la lancia in avvicinamento, venendole a fare rapporto ogni tanto. "Due uomini e due donne."

"Dici che ne verranno altri?" Tiziana Cobanni lo scruta. Dopo la tragedia dell'elicottero, il cadavere sconosciuto trovato in acqua, i collegamenti telefonici tagliati, il vento e il mare che imperversano, il loro gioco delle deduzioni è diventato molto più di un gioco.

"Non ho idea." Giulio posa il binocolo, si riaggiusta i capelli con una mano. "Il marinaio sta tornando allo yacht con la lancia."

"Se ne venissero altri li aspetterebbero giù, no?" Tiziana Cobanni cerca di immaginarsi il comportamento di persone di cui non sa niente, a parte il fatto che hanno un grosso yacht a motore con bandiera cipriota.

"Forse." Giulio si preme le mani sulla bassa schiena, dove gli fa male. "Forse invece non hanno voglia di stare lì esposti al vento e agli spruzzi per altri venti minuti, in attesa dei loro amici."

"E chi sono, secondo te? Milionari ciprioti?"

"Poveri non sono di sicuro, con una barca come quella." Giulio ride. "Ciprioti non credo, la bandiera è di comodo. Lo yacht è decisamente volgare, come i capelli e i vestiti delle due donne. Dovresti vederle zoppicare su per le scale, con quei tacchi alti e quelle gonne fascianti."

"Trafficanti d'armi? Petrolieri?" I trabocchetti più comuni nel gioco delle deduzioni sono gli stereotipi, però a volte i primi dati disponibili restringono di molto il campo, ti indirizzano quasi da soli verso la soluzione.

"Forse tutte e due le cose." Giulio si siede sul bordo del letto, a ragionare sulle immagini che ha raccolto con il binocolo, o forse su altro.

"In ogni caso pagheranno bene, altrimenti l'architetto non li avrebbe certo accettati a cena."

"È un uomo abbastanza disperato, in questo momento." Il distacco crescente di Giulio rispetto a persone e situazioni gli regala un grado di indulgenza che non sempre ha avuto.

Tiziana Cobanni si chiede chi non abbia proprio nessun motivo per essere disperato: chi?

"Se vogliamo assistere al loro arrivo ci conviene andare sulla terrazza." Giulio indica la porta. Senza il tavolo e le sedie requisiti da Carmine e da Paolo per la cena, la suite sembra ancora più grande e vuota.

Tiziana Cobanni guarda l'orologio. "Ma sono solo le sette e mezza."

"E allora?" Giulio inclina la testa. "Hai qualcosa di meglio da fare?"

Tiziana Cobanni si infila scarpe e giacchetta, va ad aggiustarsi la faccia davanti allo specchio del bagno, lo segue fuori.

Il vento adesso tira in modo veramente selvaggio: ti investe, ti assorda, ti costringe a piegare la testa. Camminano sottobraccio lungo il sentiero selciato, inspirano salsedine e polvere vulcanica, si stringono uno all'altra per proteggersi e andare avanti.

Entrare nel soggiorno dà una sensazione immediata di tregua, permette di distendere muscoli e pensieri, riprendere fiato. Lucia e Lara stanno finendo di apparecchiare i tavoli recuperati nelle varie stanze, più uno basso che era già qui, sistemati in modo da mantenere una certa distanza uno dall'altro. Salutano, Lara con il suo sorriso aperto, Lucia in modo decisamente più nervoso.

Seduto su un divano c'è Piero Gomi, il completo blu spiegazzato, dopo due giorni che non se lo può cambiare. "Buonasera." Muove appena le labbra, distoglie quasi subito lo sguardo, la sua insopportabile insistenza apparentemente archiviata, per il momento.

Giulio e Tiziana Cobanni rispondono ai saluti, si siedono su un altro divano. Giulio si rialza quasi subito, va a prendere dalla mensola il volume con gli scritti del barone Canistraterra, torna a sedersi. Lo ha già sfogliato accanitamente nei giorni e nelle sere scorse, ma continua a trovarci motivi di interesse. Poi tenere un libro tra le mani è una delle sue tecniche preferite per osservare le persone intorno senza farsene accorgere, alzando lo sguardo ogni tanto come se fosse totalmente assorto, e intanto registrando gesti, parole, dettagli rilevanti. Adesso per esempio sta certamente cogliendo la differenza di tensione e leggerezza nei movimenti di Lara e di Lucia, l'atteggiamento snervato di Gomi sul divano, il modo in cui sembra sentirsi prigioniero in territorio ostile, atrocemente svantaggiato dall'impossibilità di usare il suo cellulare.

Non che Giulio non legga davvero, anche in una situazione come questa: quando ha un libro tra le mani riesce sempre a immergercisi, ovunque si trovi. È affascinato dalle contraddizioni del barone Canistraterra, dal modo in cui una mente così analitica poteva farsi trascinare in una vera ossessione numerologica per il sette, al punto di dedicare una parte consistente della sua vita a compulsare un'infinità di testi sacri di varie religioni, saggi scientifici, manuali esoterici, alla ricerca di connessioni e coincidenze. Giulio si allunga verso di lei. "I sette nomi di Dio degli antichi ebrei, li conosci?"

"Jehovah..." Tiziana Cobanni prova a pensarci, ma non se ne ricorda altri, e in più è distratta da alcuni movimenti che vede sulla terrazza, attraverso i vetri della portafinestra.

"Sì, poi El, Elohim, Adonai, Ehyeh-asher-Ehyer, Shaddai e Zeabaot. E i sette campioni della Cristianità, lo sai chi erano?"

"Mah, San Giorgio..." Sì, i tipi dello yacht devono essere arrivati; sembra che si guardino intorno sulla terrazza, o forse l'architetto Perusato gli sta facendo fare una visita guidata.

"San Giorgio d'Inghilterra, che venne imprigionato per sette anni dall'Almidor, il re nero del Marocco." Giulio va avanti, ma un paio di occhiate alla portafinestra le lancia anche lui. "San Dionigi di Francia, che visse per sette anni sotto le sembianze di un cervo. Sant'Andrea di Scozia, che liberò sei dame che avevano vissuto per sette anni in forma di cigni bianchi. San Giacomo di

Spagna, che rimase obnubilato per sette anni a causa dell'amore per una bella ebrea. San Davide del Galles, che dormì per sette anni nel giardino incantato di Ormandine..."

"E Sant'Antonio da Padova?" Piero Gomi non resiste alla tentazione di intromettersi, è più forte di lui. "Almeno un italiano, francamente, tra i campioni della Cristianità..."

"Era portoghese, per la verità." Giulio sembra più divertito che irritato.

"Mi scusi, ma il nome parla da solo." Piero Gomi non accetta di essere corretto, subito gli torna fuori il tono petulante. "Da Padova significa da Padova, non le pare?"

"In Portogallo è Santo António de Lisboa." Giulio alza il libro aperto per fargli vedere. "Al secolo si chiamava Fernando Martim de Bulhões e Taveira Azevedo."

"Se permette non credo che lei abbia niente da insegnarmi in fatto di santi, francamente..." Piero Gomi cerca di divagare dalla questione specifica, come uno studente saccente preso in castagna. "La canonizzazione di Sant'Antonio è stata in assoluto la più breve della storia della Chiesa, meno di un anno."

Giulio lascia perdere, però c'è un luccichio irridente nei suoi occhi mentre torna a leggere dal libro. "Comunque, Sant'Antonio cadde in un sonno profondo nel Castello Nero, e venne liberato dai tre figli di San Giorgio, che spensero le sette lampade con l'acqua della fontana incantata..."

"Ma queste sono tutte leggende e superstizioni!" Di nuovo Gomi non riesce a trattenersi. "Sono assurdità senza capo né coda!"

"Avrebbe dovuto dirlo al barone Canistraterra." Giulio ride.

Anche Lara ride; Lucia invece dà un'occhiata alla portafinestra, attraversa rapida la sala.

"Non ho presente il barone, adesso." Gomi è così stressato che qualunque manifestazione di ironia lo destabilizza ulteriormente. "Però Sant'Antonio è uno dei santi più importanti che abbiamo, e non vedo il senso di andare a immischiarlo in storie che nulla hanno a che vedere con..."

Lucia apre la portafinestra del soggiorno, fa entrare in una folata di vento rabbioso l'architetto Perusato, seguito da due uomini e due donne. Uno dei due uomini è alto e magro, con la testa tonda rasata, jeans, giacca dai riflessi argentati, l'altro è alto e robusto, con un camicione fuori dai pantaloni, grande colletto aperto, un completo bianco. Una delle due donne ha i capelli aggressivamente sbiondati, l'altra li ha tinti di un nero corvino; entrambe con le scarpe dai tacchi vertiginosi che Giulio aveva osservato con il binocolo mentre salivano le scale, gambe lunghe, gonne aderenti, camicette scollate su petti prominenti. Uomini e donne sfoggiano una profusione di orologi, collane, catene, bracciali, anelli. Si guardano intorno, ridacchiano, parlano tra loro.

L'architetto Perusato fa gesti di presentazione, che dovrebbero avere una certa solennità ma sono guastati da un evidente imbarazzo. "*Madame et Monsieur Cobanni, Monsieur Gomi...*"

Giulio e Tiziana Cobanni fanno un cenno di saluto, senza alzarsi perché i nuovi arrivati li osservano distrattamente, senza avvicinarsi. Piero Gomi muove appena le labbra, con un'espressione di estrema diffidenza.

L'architetto Perusato indica i quattro appena entrati. "Il signor Malakhov, la signora Tanja, il signor... *Pardonnez-moi Monsieur, votre nom, encore une fois?*"

"Burskin." Il tipo robusto nel completo bianco impiega un paio di secondi a rispondere, forse perché non capisce il francese. Si gira verso la donna dai capelli corvini, le preme un indice sulle costole, la fa ridere.

"E la signorina Irina, giusto?"

"Giusto," la donna dai capelli corvini conferma in italiano, si gira verso la sua amica sbiondata. "Вот надоели!" Ridono tutte e due, di gusto.

"I signori sono nostri ospiti a cena, solo per questa sera." Non ci vuole molto a capire quanto l'architetto Perusato sia preoccupato da questo arrivo, appena sotto la superficie apparentemente impeccabile dei suoi modi. Guarda con aria interrogativa Lucia, che si affretta a condurre i quattro russi al tavolo riservato a loro, sul lato destro della sala.

I russi si siedono, tra nuove risate e sguardi in giro, frasi veloci scambiate ad alta voce.

"*Très bien, Lucia va s'occuper de vous.* Lucia qui si occuperà di voi." L'architetto ripete in italiano, non è sicuro di quale lingua sia meglio usare con loro. Fa un gesto di sollecitazione a Lucia, che per la verità è già assai attiva. "Chiedi ai signori cosa vogliono bere."

La donna dai capelli corvini che si chiama Irina traduce, rivolta soprattutto al tipo con la testa rasata e la giacca dai riflessi metallici che si chiama Malakhov.

"Champagne." Malakhov fa un gesto come per dire, cos'altro dovremmo bere? Si allunga verso Irina. "Спросите его, какое у них шампанское."

"Quali champagne avete, qui?" Irina traduce.

"Ah, ne abbiamo una discreta selezione." L'architetto Perusato oscilla tra orgoglio e puntiglio.

"А какие?" Malakhov sembra dubitare che l'offerta possa davvero essere all'altezza.

"Quali?" Irina ha un atteggiamento studiato, appoggiata su un gomito, mano destra con le dita in fuori, unghie acriliche azzurre.

"Be', abbiamo un Pol Roger *Cuvée Sir Winston Churchill* che non credo abbia bisogno di presentazioni." Malgrado la tensione l'architetto è pronto, e ha un'evidente competenza in fatto di champagne. "Un Bollinger *Blanc de Noirs Vieilles Vignes* decisamente interessante, un Krug *Clos de Mesnil* abbastanza straordinario..."

"Anche un Perrier-Jouet in edizione limitata, molto floreale." Lucia interviene a rincalzo. "Oppure un Dom Perignon *White Gold*, che è sempre un classico."

"Самое дорогое!" Il tipo con il completo bianco si allunga a dare una pacca sulla spalla a Malakhov, ride di gusto insieme a lui.

"Конечно, самое дорогое." Malakhov fa un cenno a Irina, una specie di zampata nell'aria.

"Qual è il più caro?" Irina accentua ulteriormente la sua posa, recita la donna del jet-set in modo quasi caricaturale.

"Il Krug." Lucia risponde senza esitazioni.

"In effetti è un discorso a sé." L'architetto Perusato fa uno sforzo evidente per mantenere la misura da uomo di mondo.

"Monovitigno, il che naturalmente è un'eccezione nel mondo degli champagne, gusto lunghissimo, pieno, profumi di miele, marzapane, mandorle..."

La signorina Irina comincia a tradurre, ma si interrompe a metà.

"Две бутылки, прямо сейчас!" Malakhov fa un gesto impaziente.

"Due bottiglie, subito!" Irina traduce.

"Benissimo." L'architetto Perusato annuisce, tutt'altro che contento di questi modi. Dà un'occhiata a Lucia che lo precede verso la portafinestra; escono insieme.

I russi ridono ancora, parlano ad alta voce, si scambiano pacche sulle spalle, sgranocchiano le minuscole rondelle di riso e i grissini sottilissimi preparati da Ramiro.

"Direi petrolieri *e* trafficanti d'armi." Giulio alza lo sguardo verso Tiziana, le labbra tese in un sorriso da ragazzo.

"Sì." Anche lei sorride, benché la sua sensazione dominante sia quella di scherzare sul *Titanic* che affonda.

Piero Gomi invece è sempre più contrariato; braccia incrociate sul petto, non sa cosa fare, con chi parlare. "Comunque quella storia del sette è un'assurdità, me lo lasci dire." Guarda Giulio, forse rinfocolare una polemica con lui lo conforta in qualche modo.

"È un numero che ha sempre affascinato tutti, per millenni." Giulio risponde nel tono di affabilità salottiera che assume quando parla con qualcuno di cui non gliene importa niente.

"A me francamente colpisce pochissimo." Gomi non ha perso la vocetta sonora, il modo di fare compito e irritante.

"La colpisce pochissimo che i peccati capitali siano sette?" Giulio inclina appena la testa, nel suo modo.

"Cosa c'entra, quello è un altro discorso..."

"Che le ultime parole di Gesù Cristo siano state sette?"

"Ma per carità, non mescoliamo il sacro col profano..." Piero Gomi annaspa un po', forse teme di essersi avventurato in considerazioni potenzialmente blasfeme. "Quello che intendo è, come si può sostenere che un numero abbia un significato *di per sé*..."

"E i sette giorni della Creazione?" Giulio si diverte a stuzzicarlo. "Ritiene più probabile che si sia trattato di cinque? O magari di otto?"

"Senta, non continui per questa strada!" Piero Gomi si sta snervando ancora più. "Non capisco cosa stia cercando di farmi dire..."

La portafinestra del soggiorno si apre di nuovo, in una nuova raffica di vento entrano la Poulanc e la Reitt, che guardano piuttosto sorprese i quattro russi, così intenti a parlare e ridacchiare insieme che sembrano accorgersi appena del loro arrivo.

Giulio posa sul divano il libro del barone Canistraterra, si alza per salutare come si conviene le due signore.

Intanto rientra l'architetto Perusato con una bottiglia di champagne, seguito da Lucia con la seconda bottiglia, e da Carmine con due secchielli di ghiaccio. L'architetto stappa con gesti elaborati la prima bottiglia, annusa il tappo, versa due dita in una flûte, la porge a Malakhov, resta in garbata osservazione.

Malakhov si porta la flûte alle labbra, manda giù di slancio, senza neanche assaporare, con un forte verso di risucchio.

L'architetto è visibilmente infastidito dalla mancanza di sottigliezza, passa la bottiglia a Lucia perché se ne occupi lei, viene all'altro lato della sala. "Se i signori vogliono cominciare ad accomodarsi, credo che il loro tavolo sia questo." Indica un tavolo apparecchiato per quattro, scosta le sedie per fare accomodare Tiziana Cobanni, la signora Reitt, la Poulanc. Giulio si sistema da solo, con un'occhiata obliqua verso Piero Gomi che si è alzato in piedi anche lui ma non sa bene cosa fare.

"Lei onorevole è qua." L'architetto Perusato gli indica il tavolino basso apparecchiato con un unico coperto.

"Qua?" Gomi sembra tutt'altro che convinto.

"Sì, mi dispiace, ma questa sera ci troviamo in condizioni di vera emergenza, come potrà certamente vedere." L'architetto fa un cenno a Carmine che ha appena finito di mettere nei secchielli di ghiaccio lo champagne dei russi.

Carmine aspetta che Gomi si risieda malvolentieri sul divano, va ad accostargli il tavolino. In effetti è una sistemazione piuttosto umiliante: il parlamentare sembra un bambino in punizione messo a mangiare per conto suo, c'è da capire la sua espressione risentita.

La portafinestra si riapre, entrano Reitt, Neckhart e Mathias. Si consultano a occhiate, guardano i russi, che si irrigidiscono a vedersi osservati da tre uomini di aspetto battagliero. L'architetto Perusato li conduce a un tavolo al lato opposto della sala, li assiste finché non si sono seduti, gli chiede che vino vogliano bere. I tre fanno cenni equivalenti di diniego, parlottano tra loro, guardano ancora in direzione dei russi.

Brigitte Reitt lancia un paio di occhiate al marito, ma lui evita studiatamente di incontrare il suo sguardo. L'architetto Perusato torna in qua. Il fatto che la sua cerimoniosità sopravviva quasi intatta agli eventi drammatici della giornata, alle tensioni tra gli ospiti, all'atteggiamento dei russi, al vento che imperversa fuori, dà a ogni suo gesto e parola una connotazione vagamente assurda, da recita teatrale in tempo di guerra. "I signori cosa gradiscono bere?" Fa un mezzo inchino, anche se il suo sguardo non riesce a soffermarsi a lungo su niente.

"Il più caro, naturalmente." Giulio non resiste alla battuta.

L'architetto non è per nulla divertito. "Allora le posso proporre uno Château Lafite Rothschild del 1954, ingegnere..."

"Scherzavo." Giulio lo interrompe, perché la Poulanc ha subito alzato uno sguardo allarmato. "Direi che a questo tavolo non abbiamo niente da dimostrare a nessuno, no?" Guarda la Poulanc e la Reitt e Tiziana Cobanni.

Le tre donne scuotono la testa, con gradi diversi di convinzione.

"Ci basta un vino piacevole." Giulio usa un tono conciliante. "Non occorre che sia vecchio di decenni, o abbia viaggiato per migliaia di chilometri."

L'architetto decisamente non dell'umore giusto per le battute; si gira a controllare gli altri tavoli, si schiarisce la gola. "Abbiamo un Etna Rosso prodotto da Johann Kaufmann su soli quattro ettari di Nerello Mascalese..."

"Sì, è stato premiato dalla guida dell'*Espresso*." Lucia si affaccia dietro di lui, piena di spirito collaborativo. "E ha avuto i tre bicchieri dal Gambero Rosso. Le vigne hanno un'età media di settant'anni..."

"Fai tu, allora. Mi scusino, signori." L'architetto con uno scatto lascia Lucia in carica, attraversa la sala ed esce, lottando con la portafinestra.

"Vi va bene?" Giulio guarda Tiziana e le altre due signore per vedere se sono d'accordo.

Annuiscono tutte e tre; Lucia si ritrae, va rapida verso l'uscita.

Carmine la incrocia sulla portafinestra, con un vassoio per i russi, dispone sui sottopiatti piccoli piatti con pietanze dai colori vivaci, difficili da identificare a distanza. I russi li studiano da vicino, commentano, assaggiano, commentano di nuovo, bevono altro champagne, mangiano, ridono.

Reitt, Neckhart e Mathias al loro tavolo parlano a bassa voce, lanciano occhiate misuratrici. La tensione ai due lati opposti della sala crea una corrente avvertibile.

"Hahahaha!" Il russo largo nel completo bianco scoppia in una risata fragorosa che coinvolge i suoi amici. La donna bionda canticchia stonata una strofa di una canzone, il russo con la testa rasata che si chiama Malakhov batte il pugno sul tavolo.

"*Quelle vulgarité, mon Dieu.*" La Poulanc li indica con un piccolo movimento della testa.

"Però è in gran parte colpa nostra." Giulio sorride.

"In che senso?" La Poulanc e la Reitt lo guardano con aria interrogativa.

"I loro riferimenti culturali sono quelli della televisione commerciale italiana." Giulio ha un'espressione più affaticata che arguta. "Me ne sono reso conto andando a Mosca negli ultimi anni. È il mondo di Canale 5 realizzato."

"Cosa intende?" La signora Reitt fa uno sforzo visibile per ignorare la presenza di suo marito a pochi metri di distanza.

"Tutto in mostra, tutto in vendita." Giulio si anima mentre parla. "Assenza totale di gusto, attenzione, misura, pudore, senso."

"E Tolstoj, Dostoevskij, Čechov?" La Poulanc prende un'aria drammatica.

"Non li vedi, almeno per le strade." Giulio scuote la testa. "Ci saranno ancora, certamente, ma ben nascosti. Quello che vedi in giro sono macchine lunghe da qua a là, ristoranti di lusso pieni di clienti giovanissimi e ricchissimi, ragazze su tacchi alti così, acconciate e vestite come soubrette di varietà, tutti con i loro smartphone sempre in mano. Non vedi una persona povera o anziana o handicappata in giro a pagarla a peso d'oro. Tabelloni pubblicitari grandi come case, imprese di costruzione sempre al lavoro, traffico folle paralizzato ventiquattro ore su ventiquattro, ostentazione costante."

"*Quelle horreur.*" La Poulanc rabbrividisce.

Giulio alza le spalle. "Be', quando il muro è crollato e il loro spaventoso sistema totalitario è andato in pezzi si sono guardati intorno, e cos'hanno visto? La televisione di Buscaratti."

Come per confermare le sue parole, dal tavolo dei russi arrivano nuove risa sguaiate, tintinnare di bicchieri, gesti e voci fuori misura.

"Mi scusi, ma cosa intende sostenere?" Piero Gomi alza la vocetta metallica per farsi sentire dal suo tavolino basso. "È colpa nostra se quelli si sono ritrovati in un vuoto di valori, alla fine di decenni e decenni di tragica dittatura comunista?"

"No. È colpa nostra se *noi* siamo in un vuoto di valori." Giulio non lascia cadere lo spunto polemico. "Se tutto quello che riusciamo a esportare è volgarità, squallore e superficialità."

"E lei intende attribuirlo all'onorevole Buscaratti, mi scusi?" Piero Gomi si accende come fa nei talk show, i piccoli occhi scuri luccicanti di passione politica simulata.

"*Bien sûr, nous pouvons le remercier pour tout ça!*" La Poulanc alza la sua voce aspra.

"Ma no." Giulio scuote la testa, con una delle sue espressioni desolate. "Era già tutto lì, il lato più pagliaccesco e squallido dello spirito italiano. Buscaratti si è limitato ad amplificarlo, legittimarlo, diffonderlo più che poteva."

"Queste sono accuse ingiuste e infondate, che fanno male al nostro Paese!" Piero Gomi adesso è tutto calato nella parte di difensore della Patria. "E non accetto che la signora francese si permetta di farci la lezione, invece di guardare in casa sua, dove ce ne sarebbero di cose da dire!"

"*Écoutez-le, l'associé du gangster!*" La Poulanc si infiamma a sua volta.

"La prego, Simone." La Reitt le posa una mano sul braccio, non ha nessuna voglia di vedere aggiungere nuovi conflitti a quelli che già sono nell'aria.

"Come mi ha chiamato?" Piero Gomi si puntella sulle mani come per alzarsi, ma è troppo affossato nel divano, e bloccato dal tavolino basso. "Come mi ha chiamato, signora?"

"Il socio del gangster!" La Poulanc non si lascia certo intimidire.

Per fortuna Carmine e Lucia arrivano con nuovi vassoi, dispongono sul tavolo piccoli piatti con al centro un singolo frutto di mare adagiato in un liquido rosso, su una sminuzzatura semi-trasparente guarnita da una spuma verde a forma di foglia. Come tutte le creazioni di Ramiro è fintamente semplice, enigmatica.

"Ramiro l'ha chiamato *El sueño del mejillón*." Lucia è pronta a illustrare la creazione culinaria. "In italiano sarebbe, il sogno della cozza..."

"Il che decisamente non suona altrettanto suggestivo." Giulio fa uno di quei suoi sorrisi da ragazzo. Tiziana Cobanni non può fare a meno di esserne contagiata, ride.

"Le cozze sono cotte in acqua di mare, marinate in *escabeche*, bagnate in salsa di uova di riccio di mare e mirtillo rosso e adagiate su una tartare di aloe vera al ginepro scozzese." Lucia è nervosa almeno quanto l'architetto, ma cerca di convertire il suo nervosismo in efficienza professionale. "La spuma gelée invece è..."

"No, non ci dica di cos'è fatta la spuma, per piacere." Giulio la interrompe. "Ci lasci indovinare."

Lucia esita un istante, annuisce appena vede che le altre persone sedute al tavolo concordano, va a servire Piero Gomi che occhieggia impaziente dal suo tavolino basso.

La Reitt, la Poulanc, Giulio, Tiziana studiano la preparazione che hanno nei piatti. La loro cautela non potrebbe contrastare in modo più radicale con l'irruenza dei russi, i quali hanno già spazzato via quello che gli era stato portato e adesso fanno grandi gesti a Lucia perché vada a stappargli la seconda bottiglia di champagne.

La Poulanc si decide con improvvisa sicurezza a impugnare il cucchiaino dal manico lungo che ha di fianco al piatto, stacca una porzione di cozza, se la porta alla bocca. Gli altri la imitano, assaporano la polpa tiepida e tenerissima con un fondo acidulo, si guardano tra loro.

"Interessante..." Tiziana si concede un commento.

"*Pas mal.*" La Poulanc approva, abbandonando a sorpresa il suo scetticismo.

"Io direi geniale." Giulio è assorto. "Sapete cosa riesce a fare Ramiro, con piatti come questo?"

"Cosa?" Tiziana Cobanni, la Poulanc, la Reitt lo guardano, in un convergere di espressioni interrogative.

"Rappresenta in scala ridotta l'incomprensibilità del mondo." Giulio indica la piccola forma di vita cotta e mutilata che ha davanti, la scia rossa che l'accompagna come una traccia di sangue. "L'assenza di un senso che non sia del tutto relativo, inventato da noi, per nostra temporanea rassicurazione."

La Poulanc e la Reitt hanno un'aria profondamente perplessa, ai confini dell'allarme. Tiziana Cobanni conosce suo marito troppo bene perché nuovi elementi si aggiungano alla preoccupazione che già la possiede.

"Provate questa." Giulio sorride per sdrammatizzare, attinge con il cucchiaio alla spuma verde disposta nel piccolo piatto in forma di foglia.

Tiziana Cobanni fa altrettanto: il sapore è salmastro e vagamente dolce al tempo stesso, con un accento pungente che si rivela solo in un secondo tempo. "Cos'è?" Cerca di capirlo, anche se non ci sono dubbi sul fatto che l'origine della spuma sia marina.

"Alghe, direi." Giulio prende un'altra cucchiaiata di spuma.

"*Algues au gingembre.*" La Poulanc ne è sicura.

"Sì, lo zenzero c'è, senza dubbio. Ma poi qualcos'altro..." Giulio non resiste a guardare Piero Gomi che seduto al suo tavolino manovra il cucchiaio con estrema diffidenza, abbassa la testa, sfiora la spuma con la punta della lingua.

"Forse aneto?" Tiziana Cobanni prova a rintracciare la piccola componente elusiva di sapore.

"*Estragon, peut-être?*" La Poulanc sembra cercare a tentoni.

"*Majoran?*" La Reitt si avventura a fare un'ipotesi. "Non so come si dice in italiano."

"Maggiorana. Sì, ma non è maggiorana." Giulio assaggia ancora la spuma, assorto.

Però cos'è la maggiorana, al di là del nome? Tiziana Cobanni non riesce a fare a meno di chiederselo. E cosa sono le alghe? Cos'è lo zenzero? Cosa succederà a Giulio? E a lei? Cosa sarà di tutto quello che conoscono?

"Хорошо, но слишком мало!" Dal tavolo dei russi Malakhov alza la voce, fa gesti imperiosi di richiamo.

"Buono, ma troppo poco!" Irina gesticola a sua volta verso Carmine, il quale si muove malvolentieri nella loro direzione. I russi fanno tintinnare le loro flûte in un nuovo brindisi, buttano giù di slancio lo champagne.

Carmine si blocca a metà percorso, si gira verso la portafinestra, come se fosse attratto da un magnete di straordinaria potenza.

L'architetto Perusato sta aprendo per fare entrare Lynn Lou Shaw e la sua amica Lara. Di fianco a Lara vestita nel suo solito stile minimalista e vagamente orientale, Lynn Lou Shaw questa sera è spettacolare: fasciata da un vestitino bianco aderente che esalta le sue morbide forme, capelli biondi in onde vaporose, grandi occhi azzurri accentuati da un trucco stile anni Sessanta, scarpe di vernice rossa dal tacco alto. Davvero una star, che nei riflessi ambrati delle lanterne e delle candele sembra irradiare una propria intensa luce, di grande intensità; difficile immaginare che si tratti della stessa ragazzotta sguaiata che ieri ha causato con irresponsabile leggerezza il naufragio del motoscafo.

"*Definitivément Hollywood, hein?*" L'intenzione ironica della Poulanc è vanificata dall'ammirazione incontrollabile che si è impadronita dei suoi lineamenti.

Giulio contempla la Shaw con un sorriso incantato, si gira in direzione di Brian Neckhart per registrare le sue reazioni. Tiziana non resiste a fare lo stesso, e così la Poulanc. Solo la Reitt continua a fissare il proprio piatto, per evitare di incrociare lo sguardo del marito.

Neckhart ha i lineamenti contratti, scansiona tra palpebre strette i movimenti di sua moglie e le reazioni delle altre persone nella sala.

L'architetto Perusato conduce la Shaw e la sua amica al tavolo ancora libero che si trova tra quello a cui è seduta Tiziana Cobanni e quello dei russi. Fa per scostare la sedia della Shaw, ma Carmine lo precede, con una sollecitudine quasi aggressiva. Costringe l'architetto a cedergli lo spazio, assiste l'attrice con devozione religiosa finché si è accomodata. Lucia arriva quasi subito con un vassoio, dispone davanti alle due giovani donne i piccoli piatti con la creazione marina di Ramiro.

Malakhov che finora era indifferente agli altri ospiti è colpitissimo dall'arrivo della Shaw: continua a fissarla, si allunga verso Irina. "Спросите – это Линн Лу Шоу?"

"Конечно, это Лу Линн Шоу!" La russa bionda lo rincalza.

"Scusi, quella è Lynn Lou Shaw?" Irina si fa interprete per il quartetto, rivolta all'architetto Perusato.

"*Miss* Lynn Lou Shaw!" Carmine si intromette rabbioso, come un paladino pronto a tutto per difendere l'oggetto della sua devozione.

"Signori, li prego di continuare la cena." L'architetto Perusato guarda i russi con un'espressione quasi supplichevole. "Come ho già avuto modo di dir loro, è fondamentale che la privacy dei nostri ospiti venga rispettata..."

"Что делает этот идиот?" Malakhov fa un gesto impaziente, guarda Irina perché gli traduca le parole dell'architetto.

"Гость имеет право на прайвеси." Irina lo asseconda in modo automatico, senza staccare gli occhi dall'attrice.

"Плевал я на его прайвеси!" Malakhov ride, si riempie il bicchiere di champagne, si alza in piedi. Gli altri russi fanno lo stesso, con gran fracasso nello scostare le sedie.

"Signori, davvero, li prego..." L'architetto Perusato si affanna a cercare di contenerli, fa gesti a due mani.

"Твое здоровье, Линн Лу Шоу!" Malakhov lo ignora completamente, lancia un brindisi.

"Alla salute di Lynn Lou Shaw!" Irina traduce con grande entusiasmo.

"Ура!" I russi gridano in coro, trangugiano lo champagne, si si siedono, continuano a guardare l'attrice con grandi sorrisi.

"*Les barbares.*" La Poulanc alza gli occhi al soffitto.

Giulio si gira verso Tiziana Cobanni, indica la francese con un movimento degli occhi. "La snob."

Tiziana gli allunga un calcio alla caviglia; se ne pente subito, anche se era leggero.

Giulio non smette di sorridere. La Poulanc non l'ha sentito, perché i russi continuano a strepitare.

Lynn Lou Shaw sembra combattuta tra imbarazzo e compiacimento. Alla fine si alza in piedi, fa un piccolo inchino ai russi, già che c'è si gira a farne uno alle altre persone sedute nella sala, come se fosse alla cerimonia di consegna di qualche premio cinematografico. Si siede di nuovo, un po' congestionata ma nel complesso soddisfatta. Infilza con un colpo deciso di forchetta la cozza che ha nel piatto, la divora in un solo boccone.

I russi applaudono, ridono. Malakhov scuote in direzione di Lucia la seconda bottiglia di champagne, ormai vuota. "Эй! Еще шампанского!"

"Un'altra bottiglia!" Irina traduce.

"*Mon dieu, s'ils boivent.*" La Poulanc alza di nuovo gli occhi al cielo.

"Non ci resta che bere anche noi, *chère Madame.*" Giulio le riempie il bicchiere.

Malakhov gesticola in direzione di Lynn Lou Shaw, "Да, лучше две бутылки! Одну отнесите Линн Лу Шоу! Быстро!"

"Altre due!" Irina continua nel suo ruolo di interprete, senza smettere di ridere e scherzare con gli altri. "Una per Lynn Lou Shaw! Omaggio del signor Malakhov!"

Lynn Lou Shaw ringrazia con un grande sorriso, si caccia in bocca una buona forchettata della tartare di aloe. Lara vicino a lei mangia con molta più misura e attenzione; è tutta sguardi, non si perde un particolare di quello che succede intorno.

L'architetto Perusato non sa più cosa fare per preservare il decoro nella sala, si appella alla signorina Irina in un tono disperato. "Per favore non gridate. La prego di dirlo ai suoi amici."

“Что он хочет?” Malakhov deve intuire il senso delle parole dell’architetto, perché reagisce con una smorfia, si allunga verso Irina per avere una traduzione accurata.

“Он говорит, чтобы мы перестали кричать.” Irina esegue.

“Кретин!” Il commento di Malakhov non è certamente cortese, perché Irina non lo traduce, ma in compenso scoppia a ridere insieme alla ragazza sbiondata e all’uomo grosso nel completo bianco.

L’architetto Perusato sembra considerare l’opportunità o meno di ribattere, poi sibila qualcosa all’orecchio di Lucia, va verso l’uscita, dando ai suoi movimenti una dignità dimostrativa.

Lucia tocca un braccio a Carmine che resta presso il tavolo della sua Lynn Lou Shaw in atteggiamento protettivo. “*Camòn, grabba li platti, quo uaiti?*” Prende le bottiglie vuote di champagne, esce rapida dalla sala.

Carmine si scuote, va a raccogliere i piatti dei russi, guardandoli come nemici. Loro continuano a parlare ad alta voce e a ridere, occhieggiano Lynn Lou Shaw che non sembra affatto dispiaciuta della loro attenzione, scambiano sguardi ostili con Neckhart, Reitt e Mathias all’altro lato della sala. Il vento continua a scuotere i vetri, sibila da ogni spiffero, irrompe nella sala appena qualcuno apre la portafinestra per entrare o uscire.

La Poulanc cerca di impostare una conversazione su un romanzo di Roland Lemoine che ha causato accese controversie in Francia nei mesi scorsi, ma che nessuno in Italia o in Germania ha letto.

Sessantanove

Ogni volta che Lucia e Carmine tornano nella cucina a prelevare nuovi piatti e a riportarne di vuoti, i loro lineamenti sono più contratti, i loro gesti più nervosi. Scuotono la testa, sbuffano, commentano le ultime manifestazioni di maleducazione da parte dei russi, di petulanza da parte di Gomi, di inappetenza da parte di Brigitte Reitt, di arroganza da parte di Werner Reitt. Perusato quando li sente cerca di zittirli, ma è talmente dominato dalla preoccupazione che non ci mette molta energia.

Paolo Zacomel fa la sua parte come meglio può, anche se è acutamente consapevole dei propri limiti appena Ramiro viene a fargli osservare i difetti di un'affettatura, l'imperfetta omogeneità di un frullato, l'incompleta doratura di alcuni cannoli di quinoa peruviana che lo ha incaricato di soffriggere con grande delicatezza prima di passarli al forno. Anche Ramiro è vicino al punto di rottura, strattonato com'è tra la sua abituale ricerca della perfezione, la mancanza di staff, la necessità di provvedere a cinque persone in più, l'agitazione crescente dell'architetto e dei due cugini taresi.

"*¡Esto no es un fast food!*" Esplode quando Lucia viene a chiedergli altre due porzioni di mousse di astice in sfoglia croccante di riso nero selvatico con charlotte di zucchine al timo e coriandolo, per i due russi.

"Ma dicono che non gli bastava!" Lucia è quasi alle lacrime. "Anche il dottor Reitt si è lamentato! Dicono che le porzioni sono troppo piccole, che si riesce a malapena ad assaggiare!"

"*¡Es precisamente* esto *el punto!*" Ramiro non riesce a credere che non ci arrivino da soli. "*¡Es por esto que mi cocina se llama tecno-emocional!*"

"Spiegagli che ci sono ancora altre quattro portate." Paolo Zacomel prova a intervenire.

"Ma sono piccole come le altre!" Lucia indica le minuscole barchette di avocado Hass con le chiocciole di mare al finocchietto selvatico, gelatina di mango e sale rosa dell'Himalaya la cui preparazione è finita proprio adesso, i microtortini di manioca boliviana destrutturata e polpa di gamberi al lampone e pepe bianco Muntok ancora in lavorazione. "Quelli hanno fame!"

Paolo Zacomel si affretta a disporre le barchette di avocado su altrettanti piccoli piatti, i piccoli piatti su un vassoio.

"*¡Yo no puedo cocinar de esta manera!*" Ramiro urla, batte i piedi. "*¡Para personas que ni siquiera saben qué es la calidad!*"

Carmine entra con un vassoio di piatti vuoti, lo sbatte su un piano di appoggio, congestionato come se arrivasse da un campo di battaglia.

Ramiro gli indica il vassoio con le barchette di avocado. "*¡Tú toma éstas, pronto! ¡Muévete!*"

"Ohi, non usare quel tono con me!" Carmine è pronto a scontrarsi con chiunque. "Chiaro?!"

"*¡Se enfrían!*" Ramiro alza ancora la voce.

"Scusate, cosa sta succedendo qui?" Perusato arriva in cucina, con un'aria completamente sfibrata.

"È che quello mi deve portare rispetto!" Carmine fa gesti bellicosi verso Ramiro. "Gliel'ho già detto, che non sono il suo servo!"

"Carmine, la situazione è già abbastanza difficile, francamente!" Perusato è davvero alle corde.

"*¡Sólo yo le dije de tomar éstas, antes de que se enfrían!*" Ramiro indica freneticamente le barchette di avocado.

Perusato fa uno sforzo supremo per mantenere i nervi saldi. "Per piacere, Carmine, portale in tavola prima che si raffreddino. Te lo chiedo come favore personale."

Carmine riflette un paio di secondi, poi abbassa la testa, prende il vassoio, esce.

"E anche lei Ramiro, la prego di calmarsi." Perusato è così poco calmo lui stesso da risultare ben poco credibile.

"*¡Esta es una situación imposible!*" Ramiro respinge la ciotola di purea di pesche bianche all'essenza di rosa mosqueta che Paolo Zacomel ha intiepidito come da sue istruzioni e adesso cerca di passargli. "*¡Yo soy un artista, exijo respeto!*"

"Ramiro, la capisco perfettamente." Perusato fa gesti rallentati, ma l'espressione è di preoccupazione profonda.

"*¡Eh, perfectamente, perfectamente!*" Ramiro è tutto rosso in faccia. "*¡Perfectamente su madre!*"

"Ramiro, la prego, come si permette..." Perusato si guarda intorno, non sa più a cosa appigliarsi.

"*¡Yo necesito concentrarme en mis creaciones!*" Ramiro solleva la padella con i coni di quinoa, la sbatte sul piano elettrico di cottura. "*¡Tengo que respirar!*"

"Ero convinto che avesse capito che siamo in una situazione di emergenza!" Perusato fatica sempre più a recitare la parte di quello che riesce a fronteggiare la crisi senza scomporsi.

"¡Usted *creó la emergencia!*" Ramiro si muove a scatti. "*¡Aceptando los rusos!*"

"Avrei dovuto mandarli via, secondo lei?!" Perusato alza la voce a sua volta. "Nella situazione in cui siamo, con i costi completamente fuori controllo, i danni che si aggiungono ai danni?! Almeno i russi ci portano una boccata di ossigeno, pagano cash!"

"*¡Sí, oxígeno, de verdad!*"

"Senta, Ramiro, lei crede che mi faccia piacere ritrovarmi a fare praticamente il capocameriere?!" Adesso Perusato sta proprio gridando, a pieni polmoni. "È davvero convinto che sia questa la mia massima aspirazione, dopo aver realizzato qualche dozzina di progetti non proprio trascurabili pubblicati sulle più importanti riviste di architettura del mondo, e aver vinto cinque o sei premi internazionali di qualche prestigio?!"

Ramiro dev'essere colpito almeno in parte da queste parole, perché accetta la ciotola di purea di pesca, quando Paolo Zacomel riprova a spingergliela tra le mani. Prende un cucchiaio stretto e lungo, comincia a metterne una piccola quantità sopra i microtortini di manioca e polpa di gamberi, con risentita precisione.

Perusato si rivolge anche a Lucia e Paolo Zacomel. "Quello che vi chiedo è un minimo di spirito di sacrificio, per il bene di tutti! Un minimo di solidarietà! Che ognuno faccia la sua parte! Si tratta di resistere questa sera, concludere la cena! Dopo di che i russi se ne tornano alla loro barca, basta! Da domani vi posso garantire che tutto andrà meglio!"

Paolo Zacomel alza le spalle: ha parecchi dubbi sul domani, ma non vede nessuna ragione per esasperare ulteriormente una situazione già così deteriorata.

"Allora posso contare su di lei, Ramiro?" Perusato si rivolge al cuoco. "*¿Por favor?*"

Ramiro annuisce appena, toglie dalla padella i coni di quinoa dorati, li dispone su un doppio foglio di carta assorbente ad asciugare, ne mette altri a soffriggere. Compie questi gesti in modo automatico, come un violinista virtuoso che suona con una benda sugli occhi. Però basta guardare il modo in cui i muscoli intorno agli occhi gli si contraggono a intermittenza, per capire il suo stato.

Perusato si gira verso Lucia, appoggiata con aria affranta all'armadio frigorifero dei vini bianchi. "Anche tu Lucia, per piacere. Cerchiamo di non farci travolgere dalla difficoltà del momento."

"Io sto solo prendendo delle bottiglie." Lucia si raddrizza, apre lo sportello, fa scorrere un mensola, tira fuori due bottiglie di champagne.

"Ancora per i russi?"

Lucia fa di sì con la testa. "Ne vogliono una per loro, e una per Lynn Lou Shaw."

"Di nuovo?!" Perusato sta di nuovo perdendo il controllo dei nervi. "Ne hanno già prese *cinque*, compresa una per la signora Shaw!"

"Lo so, ma continuano a bere, che ci posso fare? E anche la Shaw beve, non è che non beva! Si è fatta fuori la prima quasi da sola!"

"Questo Krug costa duemila euro a bottiglia!" Perusato si gira in qua e in là, gesticola furiosamente. "E quelli nemmeno si rendono conto di cosa bevono!"

"Sì, però pagano ottantamila euro per la cena!"

Ramiro e Paolo Zacomel si girano a guardare Lucia, allibiti nella stessa misura.

"Francamente mi auguravo che questo dettaglio potesse restare tra noi!" Perusato è livido per la rivelazione. "Ma aspettarsi un minimo di discrezione è chiaramente una pretesa assurda, su quest'isola!"

"Scusa, è così!" Lucia gli ribatte a tono. "Non vedo cosa ci sia di male!"

"Non è l'unica cosa che non vedi, se è per questo!" Perusato sbraita.

"Cos'altro ci sarebbe che non vedo?!" La voce di Lucia è così acuta che fa tintinnare le pentole appese.

"Lasciamo perdere, per piacere!"

"No, dimmelo! Spiegami cos'altro non vedo!"

"Come non detto, d'accordo?" In certi momenti non si capisce bene se Perusato sia più intento a chiudere fronti di crisi, o ad aprirne di nuovi. "In ogni caso quanto pagano per la cena non ha nessuna importanza! Quello che non accetto è che si scolino un vino di questo livello come se fosse gazzosa! Il più caro, il più caro, è l'unica cosa che gli interessa! È l'unico parametro che hanno!"

"*Bueno, no sólo los rusos.*" Ramiro scuote la testa.

"Adesso non ci mettiamo a fare considerazioni sullo stato del mondo, per favore!" Perusato lo rintuzza. "Sa benissimo di cosa sto parlando!"

"*¡Yo también!*" Ramiro non è uno che si lascia zittire facilmente.

"Sì, ma io adesso cosa dovrei fare?!" Lucia è di nuovo vicina alle lacrime. "Dirgli che non possono più bere?!"

"Non lo so, portargli qualcos'altro!" Perusato gesticola in direzione del frigorifero. "Portagli due Veuve Cliquot qualunque, mettigli un panno intorno per non far vedere l'etichetta!"

"E se si accorgono?"

"Quelli non si accorgono di niente! Potresti dargli spumante da due euro e cinquanta a bottiglia, non saprebbero la differenza!"

"Lynn Lou Shaw se ne accorge di sicuro!" Lucia vibra tutta.

"Ma figurati! Quella povera drogata alcolizzata fuori di testa, cresciuta a Coca Cola!"

"*No digas eso, Lynn Lou es una amiga.*" Ramiro interviene a sua difesa.

Nello stesso momento Carmine irrompe nella cucina con un vassoio di piatti vuoti e un'espressione stravolta, si fa sotto a Perusato. "Architetto, adesso basta! Io certe cose non le posso più tollerare!"

"Sei impazzito?" Perusato arretra.

"Io glielo dico, architetto! Non permetto mancanze di rispetto alla signorina Lynn Lou!" Narici dilatate, muscoli contratti, pugni serrati, sembra posseduto da un vero istinto omicida.

"*¡Madre de Dios!*" Ramiro si ritrae dai fornelli.

"Carmine!" Anche Lucia è spaventata.

"Ehi, calma, calma!" Paolo Zacomel cerca di infilarsi tra Carmine e Perusato, per evitare che vengano a contatto.

"Sei tu che non devi permetterti di rivolgerti a me in questi termini!" Perusato cerca di aggrapparsi a un tono di autorità, ma si vede che ha paura. "E poi le mie erano semplici considerazioni generali, niente di più!"

Carmine non sembra capire le parole dell'architetto, aggrotta le sopracciglia. Subito dopo però la rabbia ha di nuovo il sopravvento, gli fa sbattere sul ripiano il vassoio coi piatti vuoti. "Io glielo dichiaro, se quelli continuano così, li scartavolto giù in mare!"

Un debole sollievo distende per un attimo i lineamenti di Perusato, ma lascia subito spazio a nuova angoscia. "Quelli chi?"

"I russi, architetto!" Carmine va a passi furiosi verso l'anticucina, torna indietro. "Continuano a guardare e disturbare la signorina Lynn Lou! Si sono perfino permessi di dire che quella biondaccia scorfanata che è con loro le assomiglia! Che lei e la signorina Lynn Lou fanno lo stesso lavoro!"

"Be', magari sarà vero." Perusato cerca di ridimensionare la gravità almeno di questa osservazione.

"Cosa dice, architetto?! Cosa dice?!" Carmine si rinfocola come davanti a una bestemmia, gli si fa di nuovo sotto in atteggiamento aggressivo.

"Dico che magari sarà un'attrice nota anche lei, in Russia." Perusato si sforza di usare un tono pacato, ma non ci riesce. "È possibilissimo che quel Malakhov abbia le mani anche in qualche catena televisiva."

"Non sta né in cielo né in terra, paragonare una donna come quella a Miss Lynn Lou Shaw!" Carmine è oltraggiato, inferocito. "Anche solo per un momento!"

"Siamo d'accordo, Carmine." Perusato è pallido. "Però è fondamentale che tu adesso ti dia una calmata."

"Io non mi calmo se quelli non la smettono! Io gli vado a cassar la gola!"

"Tu non fai proprio niente, Carmine!" Perusato riesce miracolosamente a tirare fuori una certa fermezza, frutto della disperazione. "Adesso vengo io in sala, gli dirò di cercare di contenersi."

Di colpo la cucina piomba nel buio. Da un istante all'altro facce espressioni posizioni intenzioni scompaiono, il fruscio della cappa aspirante sparisce, i ronzii dei frigoriferi smettono con un sussulto. Paolo Zacomel ha la sensazione che il mondo intero sia stato spento, come un programma televisivo troppo rumoroso e stupido che ha finito con l'esasperare anche il più ottuso degli spettatori. Sta immobile, nell'oscurità densa, nel silenzio venato solo dal soffiare distante del vento.

"Oddio, non vedo niente!" La voce di Lucia trema di uno spavento antico.

"*¡No veo nada!*" La voce di Ramiro le si sovrappone, altrettanto impaurita.

"Cosa cavolo succede?" Il tono di Perusato è di nuovo del tutto inadeguato alle circostanze.

"È saltato il generatore!" La voce di Carmine non ha perso la rabbiosità di prima.

"Come, è saltato?" La voce di Perusato si vena di angoscia rinnovata.

"Per il troppo vento! Io lo sapevo!"

"E perché non me l'hai detto?" Perusato si sta facendo travolgere dal panico. "Perché?"

"Architetto, io ci provai, ma lei mi disse dopo, adesso non ho tempo..."

"Di cosa stai parlando? Non ti sei spiegato bene, evidentemente!"

Paolo Zacomel sta zitto, respira piano. Pensa a Lara nella sala, alla luce calda delle lanterne e candele.

“*¿Dónde están las luces de emergencia?*”
“Sì, com’è che non si accendono le luci di emergenza?” Perusato sta cercando di muoversi a tentoni, la sua voce si sposta nel buio.
“Non ci sono, architetto.” Anche la voce Carmine si sta spostando.
“Come non ci sono?”
“Si ricorda che decise di aspettare, trovò anche il modo di far rimandare l’ispezione?”
“Va be’, prendi una torcia, dài!” Perusato non ha chiaramente nessuna voglia di addentrarsi in questi particolari. “Meno male che in sala con le lanterne non si accorgeranno di niente.”
“Fai qualcosa, Gian!” La voce di Lucia è ancora più spaventata. “Ho paura!”
“Per piacere non fare la bambina!” *Stonc!* Perusato urta contro qualche elettrodomestico mentre brancola nel buio. “Se solo ti sbrigassi a trovare quella torcia, Carmine!”
“Un momento, architetto, mi dia il tempo di arrivarci!”
Un istante dopo un fascio di luce bianca attraversa in varie direzioni la cucina, abbaglia Paolo Zacomel.
“Vai al locale tecnico, presto, converti all’altro generatore!” Perusato cerca di compensare qualunque cosa non abbia fatto per tempo, mettendo urgenza nelle sue disposizioni.
“Eh, subito, architetto.” Carmine esce dietro il suo fascio di luce; la cucina ricade nel buio.
“E noi cosa facciamo?” La voce di Lucia continua a tremare.
“Aspettiamo. Il tempo che Carmine arrivi al locale tecnico.”
Restano a respirare nell’oscurità, ognuno invisibile agli altri. A Paolo Zacomel torna in mente la scena di un film di guerra che aveva visto da ragazzo, dove l’equipaggio di un sottomarino era immobile, in attesa dello scoppio delle bombe di profondità. C’è la stessa sensazione di tempo che si allarga e allunga, la stessa anticipazione spasmodica dell’impatto.
Di colpo la luce torna, rivela facce espressioni posizioni intenzioni. I frigoriferi riprendono a ronzare, la ventola della cappa aspirante a frusciare; le piccole spie rosse verdi gialle dei vari elettrodomestici si riaccendono.

Paolo Zacomel si sente più esposto che salvato, costretto a riprendere un ruolo, rimettersi la maschera. Pensa che invece di farsi ipnotizzare dal buio avrebbe dovuto approfittarne per sgusciare fuori a prendere Lara nella sala, correre via con lei, lontano da questo intreccio di ragioni che non riguardano né lui né lei. Ma come si fa ad andarsene da qui? In una notte come questa, poi?

Le altre persone nella cucina invece sembrano determinate a tornare subito a quello che erano e facevano pochi minuti fa: ci sono tutti questi sguardi e gesti in rapida accelerazione.

Carmine rientra. "Il generatore a vento saltò proprio come pensavo, architetto."

"Va be' lo controlliamo domattina." È chiaro che Perusato adesso non riesce proprio a pensarci. "Intanto muoviamoci, portiamo i piatti pronti in sala. Forza."

"*¡Los pasteles se quemaron!*" Ramiro scatta a togliere dal fuoco la padella con i nuovi coni di quinoa, che in effetti hanno un aspetto leggermente bruciacchiato.

"A me sembra che vadano ancora benissimo." Perusato si affaccia a dare un'occhiata, non è disposto a considerarla un'ulteriore emergenza.

"*¡Están arruinados!*" Ramiro gira un cono con una spatola, come se si trattasse di un piccolo cadavere.

"Senta Ramiro, francamente in questo momento abbiamo problemi più seri dei suoi coni fritti!" Perusato si tiene a gran fatica al di qua della linea sottile che lo separa dall'esplosione totale.

"E io cosa faccio, con lo champagne?" Lucia lo guarda in posa interrogativa, vicino alla cantinetta dei vini.

"Portagli quello che ti pare! Basta che ti muovi! Facciamola finita!" Perusato fa gesti furiosi a Carmine. "E tu porta in tavola questi dannati tortini microscopici, sbrigati!"

Carmine prende molto malvolentieri il vassoio, Lucia finisce col tirare fuori dalla cantinetta altre due bottiglie del Krug da duemila euro l'una. Perusato convoglia ansiosamente i due cugini verso l'uscita, esce dietro di loro.

Ramiro e Paolo Zacomel si guardano, nel riverbero delle voci e dei gesti concitati.

"*¡Qué hermosa situación!*" Ramiro ha un'espressione indefinibile.

"Davvero." Anche Paolo Zacomel non sa che faccia fare. Ridono insieme, ma ben consci tutti e due di quanto sia fragile l'equilibrio del momento in cui si trovano.

Settanta

Brian Neckhart osserva a intermittenza la sua futura ex moglie all'altro lato della sala, raccogliendo conferme a quello che già sa fin troppo bene. Avere a disposizione un pubblico aggiuntivo ha l'effetto di sfrenare l'esibizionismo patologico di Lynn Lou: le occhiate e i commenti dei russi sono benzina sul fuoco, le fanno accentuare ogni posa e atteggiamento. È vestita come se dovesse sfilare sul tappeto rosso alla prima di un suo film, dopo giorni di sciatterie da adolescente maleducata, tra ciabatte di gomma e calzoni corti larghi tre misure più della sua. L'ha fatto certamente apposta quando ha saputo dei nuovi commensali a cena, per riaffermare il suo valore sul mercato, gratificarsi, vendicarsi, godere dell'attenzione morbosa. Basta guardare come ride, come si passa una mano tra i capelli, come butta all'indietro la testa, come offre un profilo e poi l'altro, come si allunga con la scusa di parlare all'orecchio di Lara in modo da mostrare un po' di gambe, come si piega in avanti con la scusa di raccogliere il tovagliolo in modo da mostrare un po' di scollatura. Il fatto che i suoi ammiratori siano ormai completamente ubriachi non è un problema, anzi. Molto meglio una platea sguaiata ed entusiasta degli sguardi ipercritici e disincantati degli ospiti di Villa Metaphora!

Lui deve trattenere l'impulso ricorrente di andare a prenderla per un braccio, trascinarla fuori e su per il sentiero selciato, chiuderla a chiave nella suite, lasciarla lì a smaltire gli effetti dello champagne gentilmente offerto dai fan russi. Se lo facesse, è garantito che Lynn Lou non si lascerebbe sfuggire l'occasione di una recita altamente drammatica, in cui assegnare a lui la parte del prevaricatore e a se stessa quella della povera vittima. Gli spettatori sarebbero certamente tutti dalla sua, pronti a fischiare il cattivo, perfino a saltare sul palco per malmenarlo. Ma questi sono pensieri perfettamente inutili: negli ultimi due anni ha già assistito a tutte le scene madri che avrebbe mai potuto desiderare, si è lasciato assegnare molte più parti di quante ne volesse recitare. Per quello che lo riguarda la rappresentazione è finita, la compagnia Neckhart-Shaw dissolta. Basta.

La priorità numero uno adesso è andarsene da questa dannatissima isola persa in mezzo al mare. Si tratta di ristabilire al più presto le comunicazioni interrotte, rimettere in piedi la rete vitale delle sue relazioni, affrontare i problemi tutt'altro che semplici di un cliente importante e appena acquisito come Werner Reitt, senza perdere altro tempo prezioso.

Werner Reitt da parte sua è più che consapevole dell'urgenza della situazione. Non c'è bisogno di spiegargli quanto sia fondamentale reagire prima che tutti i giochi siano fatti, quando ancora esiste un margine per modificare l'atteggiamento dei circoli finanziari e dell'opinione pubblica. Semmai la difficoltà maggiore è nel tenerlo a freno, evitare che la sua impazienza di precipitarsi sul campo produca effetti disastrosi, come è successo con la débâcle dell'elicottero.

"Secondo lei mi accuseranno anche per l'incidente di oggi, appena la notizia arriverà in Germania?" Hanno già discusso di questo punto specifico almeno cinque volte, ma il banchiere continua a tornarci su.

"No, a patto che noi arriviamo in Germania prima della notizia." Brian Neckhart sa benissimo quanto sia fondamentale non lasciare il minimo margine a dubbi, con questo tipo di cliente. Benché supermanager del livello di Werner Reitt siano celebrati (o esecrati) per la loro autocratica capacità decisionale, la realtà è che si circondando di schiere di consulenti e collaboratori di cui non si fidano mai completamente, alle cui opinioni danno o non danno credito a seconda delle circostanze e dell'umore del momento. Invece di favorire la concordia nei loro team, tendono a stimolare rivalità e conflitti, con l'idea di innescare un processo di selezione naturale da cui dovrebbero emergere alla fine le idee migliori. Il risultato è di solito un affastellarsi di opinioni e consigli contraddittori, da cui il supermanager esce con decisioni spesso impulsive ai limiti dell'irrazionalità. Il fatto che poi il mondo esterno le veda come il lucido, coerente risultato di strategie complesse è dovuto unicamente al peso politico o economico delle organizzazioni guidate dai personaggi in questione. (È un caso tipico di "convinzione collettiva automatica", come lui l'ha definita nel manuale LifeSolving™ numero tre.) In altre parole, questo tipo di cliente è intrinsecamente più instabile di molti altri, a dispetto delle apparenze. Non bisogna mai offrirgli opzioni, ma prospettargli un solo percorso, il più lineare possibile.

"Però avrebbero gioco facile, in questo momento." Werner Reitt continua a sondare il grado di convinzione del suo consulente, non smette di farlo. "Potrebbero sostenere che è stata tutta colpa della mia arroganza, della mia smania di andarmene da questo posto a tutti i costi, eccetera."

"Signor Reitt, quando un elicottero cade la colpa è di un guasto meccanico o di un errore del pilota. Di nessun altro." Brian Neckhart gli si rivolge con la fermezza che avrebbe con un bambino, per quanto prepotente, alto e dallo sguardo gelido. "Se poi il pilota è italiano, le probabilità che la colpa sia sua aumentano esponenzialmente, soprattutto agli occhi dell'opinione pubblica tedesca."

Reitt annuisce, ma ha ancora quella diffidenza nello sguardo, così difficile da elimimare.

"Buono." Mathias assapora un morso del piccolo cannolo farcito con spuma calda di albicocca al cardamomo preceduta da un diaframma di meringa alla violetta e seguita da una coda fredda di cioccolato dell'Ecuador al miele di corbezzolo, che Lucia ha descritto con tanti inascoltati dettagli.

"*Dies ist nicht die Zeit, um über das Essen zu denken!*" Werner Reitt stronca brutalmente il commento del suo assistente, come era del tutto prevedibile.

"*Entschuldigen Sie mich, Herr Reitt...*" Mathias si affretta a far sparire dalla sua faccia la pur debole traccia di entusiasmo, si pulisce la bocca con il tovagliolo.

Brian Neckhart e Werner Reitt hanno già spazzato via i loro cannoli in due bocconi, come hanno fatto con tutti i piatti precedenti. Il punto di entrambi era dimostrare disinteresse per il cibo, soprattutto in questa forma leziosa, poco adatta alla loro natura mascolina. C'è un continuo confronto tra loro, i due uomini dominanti che non smettono di misurarsi per far capire all'altro chi sia il più forte.

Adesso Lynn Lou all'altro lato della sala è montata sulla sedia, accenna movimenti di danza, in un crescendo di sollecitazioni e battimani da parte dei russi.

Perusato va a parlare con loro per cercare di calmarli, senza il minimo risultato. Parla anche con Lynn Lou, ma lei non lo guarda neanche. Perfino la sua amica Lara è imbarazzata, fa qualche tentativo di convincerla a scendere, del tutto inutilmente.

All'altro tavolo la coppia di italiani anziani, la giornalista francese, la signora Reitt osservano la scena con un misto di orrore e fascinazione, come se fossero capitati senza accorgersene in un locale dove normalmente non si sognerebbero mai di mettere piede.

Carmine il marinaio invece è lì paralizzato con il vassoio in mano, un'espressione estatica sulla faccia. Non si rende neanche conto che Lucia gli sta indicando i piatti vuoti da prelevare; si risveglia solo quando Perusato arriva a scrollarlo per un braccio, lo richiama al dovere.

L'unico che non sembra minimamente interessato a Lynn Lou è il parlamentare, seduto sul suo divanetto davanti al tavolino basso. Si ripulisce con rapidi colpi di mano il completo blu dalle briciole, lancia occhiate verso il tavolo dei russi. Non ci vuole molto a capire cosa stia passando nella sua mente calcolatrice, e questo aumenta l'urgenza di un'azione.

"Pensa che possa essere il momento buono?" Werner Reitt sonda a sguardi lo spazio della sala, parla a labbra strette.

"Quasi." Brian Neckhart annuisce. Capire quale sia il momento buono richiede fiuto e prontezza di riflessi, ma resta pur sempre una valutazione arbitraria. L'esperienza gli ha insegnato a leggere i segnali, e anche quanto sia facile commettere errori. Si tratta di arrivare al punto in cui si mettono da parte le considerazioni razionali e si agisce d'impulso, come se si trattasse dell'unica linea d'azione possibile.

Il politico italiano si muove come per alzarsi dal divanetto, esita, lancia altre occhiate verso il tavolo dei russi.

Brian Neckhart si alza con il movimento più fluido che gli viene, attraversa la sala, consapevole degli sguardi di Werner Reitt e Mathias alle sue spalle. Anche il politico, la coppia di italiani anziani, la francese, la signora Reitt, Perusato, Lucia e Carmine lo osservano quando passa davanti a loro, con diversi gradi di curiosità. Tra le varie associazioni automatiche che gli affiorano in testa ci sono alcune scene dei film western che vedeva da bambino (e che poi ha ricomprato in dvd da adulto), dove l'eroe attraversa il saloon diretto al tavolo dei mascalzoni, con la più affascinante miscela di determinazione e incuranza.

I movimenti di Lynn Lou sulla sedia ormai sono al di là della pseudo-sensualità anni Ottanta con cui ha iniziato, sconfinano nella sguaiataggine indecente. Lo champagne, le grida e gli applausi dei russi, perfino gli sguardi perplessi degli altri commensali hanno dissolto del tutto il suo già quasi inesistente senso della misura. Eccola lì, la donna-bambina che lo ha fatto quasi diventare matto, da quando ha avuto la pessima idea di sposarla: finta ingenua, finta inconsapevole, una divoratrice insaziabile di attenzione altrui. Accetta molto volentieri la nuova bottiglia di champagne che le mandano i russi (la terza), la alza come un trofeo, beve a canna, ancheggia, occhieggia, si fa scorrere lentamente una mano su per un fianco, sotto un seno, dischiude le labbra, inclina la testa all'indietro, socchiude le palpebre, si fa scorrere lentamente la mano in giù, verso la zona pelvica.

I russi ridono, bevono, battono le mani, si allungano a parlare tra loro, scattano fotografie con i cellulari, controllano gli schermetti, ne scattano altre, ridono più forte. Quello pelato che si chiama Malakhov ed è chiaramente il capo della brigata si toglie la giacca metallica, la agita come per sventagliare Lynn Lou. Poi si fa passare un sigaro dal suo amico più grosso, lo accende, fuma, beve, ride. Perusato gli si avvicina, probabilmente a dirgli che non si può fumare qui dentro, lui lo ignora. Perusato insiste, parla alla russa dai capelli corvini, di nuovo inascoltato. La russa bionda sale anche lei sulla sua sedia, si mette a scimmiottare Lynn Lou, diventa senza difficoltà ancora più volgare di lei. La sua amica dai capelli corvini la incoraggia, ma quasi subito i due uomini russi le fanno cenni di smettere, per non disturbare lo spettacolo della star. La russa bionda scende a malincuore dalla sedia, si rimette a bere, batte insieme agli altri le mani sul tavolo.

Brian Neckhart cerca di non guardare la sua futura ex moglie, anche se non è facile. Raggiunge il tavolo dei russi, si ferma davanti a Malakhov. "Mi scusi, parla inglese?"

"No." Il russo gli fa cenno di non ostacolargli la vista su Lynn Lou che balla sulla sedia in modo sempre più lascivo, non c'è bisogno di girarsi per saperlo.

Brian Neckhart si rivolge alla russa dai capelli corvini. "Lei parla inglese?"

La russa sposta su di lui uno sguardo indolente, annuisce appena.

"Io e altre due persone avremmo bisogno di un passaggio sul vostro yacht."

La russa inarca le sopracciglia accuratamente depilate, come se non capisse bene la richiesta. "È uno yacht privato."

"Lo so." Brian Neckhart cerca di mantenere un'espressione neutra, senza traccia di tensione dettata dal bisogno. "Ma non abbiamo mezzi di trasporto a disposizione, e dobbiamo partire questa sera stessa."

"Чего вам надо?" Il russo grosso viene in avanti sul tavolo, fa un gesto interrogativo.

La russa corvina gli traduce, ridacchia.

"Basta che ci lasciate a Bonarbor." Brian Neckhart accenna a un sorriso, come per condividere il divertimento della situazione. "Ci vorranno una ventina di minuti, col vostro yacht."

"Молодец! Умница!" Makalov batte il ritmo con le mani a Lynn Lou, si interrompe per tirare dal sigaro, soffia fuori fumo, riprende a battere le mani.

"Non è possible." La russa corvina scuote la testa.

La russa bionda scatta un'altra foto di Lynn Lou con il suo cellulare, il russo più grosso fa lo stesso.

Carmine posa sul tavolo di fianco il vassoio che ha tra le mani, gesticola furioso, sbraita. "Niente foto, già lo dissi! Rispettate la privacy della signorina Lynn Lou!"

Brian Neckhart cerca di ignorare il paladino della sua futura ex moglie, indica alla russa corvina il suo amico pelato. "Potrebbe almeno riferire la mia richiesta al signor Malakhov, per piacere?"

La russa si allunga malvolentieri a riferire. "Они просят, чтобы мы их подвезли на яхте."

Malakhov si gira, con un'espressione sprezzante. "Скажи им, чтобы шли к черту!" Trangugia lo champagne che ha nel bicchiere, fa cenno alla tipa bionda di versargliene ancora, torna a concentrarsi su Lynn Lou.

La russa corvina guarda dal basso in alto Brian Neckhart, scuote la testa. "Non è possible."

Brian Neckhart deve controllare simultaneamente il fastidio per i russi e la tentazione di girarsi verso Lynn Lou alle sue spalle. Per quanto difficile sia la prima cosa, la seconda lo è decisamente di più, perché gli occhi di tutti sono talmente focalizzati su Lynn Lou da creare un effetto-sciame, come un branco di pesci che vanno tutti nella stessa direzione. Lo sforzo per non girarsi sottrae una quantità vitale di attenzione al suo approccio con i russi; esserne consapevole non cambia il risultato.

"Давай, давай, давай!" I quattro russi ubriachi scandiscono un coro rivolti a Lynn Lou, battono le mani a tempo.

Brian Neckhart si rende conto di avere sbagliato tutto nel suo approccio: atteggiamento, parole, tono. Uno dei principi di Life-Solving™ è che non esistono favori chiesti o concessi, esistono solo trasferimenti o acquisizioni di potere. Più grande il favore che chiedi, maggiore il potere che concedi all'altra persona (per primo naturalmente quello di negarti il favore). Siamo proprio alle nozioni di base, quelle che lui spiega ogni giorno ai suoi clienti; non riesce a capacitarsi di essersi fatto frastornare da Lynn Lou fino a dimenticarsene. Cerca di nuovo lo sguardo della russa corvina. "Vorrei che fosse chiaro che non sto chiedendovi un favore."

"Ah no, e cosa sarebbe, invece?" C'è un riflesso ironico negli occhi della russa.

"L'opportunità di compiere un gesto importante." Sì, però in questa distrazione generale le sue parole perdono tutta la loro efficacia, è così evidente. Diventano ridicole, uno scherzo. Malakhov che dovrebbe essere il suo interlocutore non lo guarda neanche, la russa che dovrebbe fargli da interprete non lo prende minimamente sul serio.

"Ah, un'opportunità!" Lo osserva con un'espressione strafottente. "Quindi dovremmo ringraziarla della richiesta, immagino?"

Brian Neckhart si sforza di sorridere di nuovo, anche se il suo impulso prevalente sarebbe quello di trascinare Lynn Lou giù da quella sedia, farle smettere la pagliacciata oscena. "Date le circostanze direi che avete l'obbligo morale di aiutarci."

"Oh, davvero?" La russa corvina lo deride apertamente.

"Naturalmente siamo pronti a pagare per il passaggio." Altro errore da principiante, se ne rende conto subito. Non solo perché è chiaro che i russi non hanno alcun bisogno di soldi, ma soprattutto perché aggiunge ancora un'altra opzione alla sua richiesta.

"Какого ему черта надо?" Il russo più grosso si allunga in avanti sul tavolo, con aria rissosa.

"Ничего." La russa corvina gli tocca l'avambraccio come per dire lascia perdere, sposta di nuovo lo sguardo su Brian Neckhart. "Non è possibile, le ho già detto."

"Самая сексуальная женщина в мире!" Malakhov batte le mani a Lynn Lou, con la testa pelata che brilla alla luce delle lanterne, gli occhi che brillano di esaltazione voyeuristica. Prende il grosso smartphone che ha appoggiato sul tavolo, si mette a scattare altre foto che probabilmente metterà su Facebook questa notte stessa, domattina al massimo.

Brian Neckhart cerca di farsi venire in mente un altro angolo di approccio, ma sa benissimo che l'occasione è ormai bruciata. Non potrebbe essere più imbarazzante: il creatore di LifeSolving™ che non è in grado di ottenere un passaggio di qualche decina di miglia da un gruppetto di russi ubriachi. Il tutto sotto gli occhi di un cliente estremamente difficile seduto all'altro lato della sala, e sotto gli sguardi infastiditi degli altri commensali che vorrebbero godersi senza distrazioni lo spettacolo della sua futura ex moglie che balla sguaiatamente sulla sedia. In casi come questo l'unica soluzione è cambiare subito piano, invece di scavarsi una fossa più profonda. Fa un cenno alla russa corvina, si gira per riattraversare la sala, sempre cercando di non far entrare Lynn Lou nel suo campo visivo.

"*Jistmellu!*" Nello stesso momento Carmine arriva come una furia al tavolo dei russi, ci urta contro, fa rovesciare un bicchiere, si butta in avanti per afferrare Malakhov. "La devi finire con le foto, te lo dissi! *Smatricato!*"

"Что, черт возьми..." Malakhov va indietro sulla sedia con una reazione rallentata, il russo grosso si alza in piedi, anche lui in ritardo, le due russe gridano.

"Carmine, sei impazzito?" Perusato arriva sulla destra. "Smettila immediatamente!"

Carmine è totalmente fuori controllo, grida parole sconnesse, allunga di nuovo le mani verso Malakhov.

"Ti ho detto di smetterla! Torna immediatamente in cucina!" Perusato cerca di trattenere il suo dipendente, ma con gesti piuttosto inefficaci, forse per paura di farsi male.

Carmine continua a inveire contro Malakhov. "*Blasfematore! Tal-majjal! Asqueroso!*"

"*Cammine, mitesci!*" Lucia accorre tutta concitata, lo afferra per un braccio.

Carmine si dibatte, cerca ancora di avventarsi contro Malakhov che è con le spalle al muro e serra i pugni in una posa difensiva.

"Я убью тебя!" Il russo più grosso urla minaccioso, si alza per scagliarsi contro Carmine, ma i suoi movimenti sono estremamente imprecisi, e le due russe gli si aggrappano per fermarlo.

C'è una moltiplicazione di urla e gesti minacciosi, Perusato e Lucia che trattengono Carmine, le due russe che trattengono il russo grosso, Carmine e Malakhov che si rimbalzano minacce in lingue altrettanto incomprensibili. "*Defilator! Sinrespeto!*"; "Скотина, сволочь!"

Però improvvisamente Carmine riesce a sottrarsi ai suoi trattenitori, si getta contro Malakhov, lo afferra per la giacca, gli tira un pugno. Malakhov schiva, risponde con un pugno, lo manca a sua volta. Il russo grosso si libera dalle due donne, colpisce Carmine su una spalla, forte. Carmine gli si attacca al braccio con una mossa ferale, glielo morde. "Эй! Ублюдок! Отстань от меня!" Il russo grosso urla, cerca di liberarsi, mena botte con la sinistra sulla testa e sulle spalle di Carmine che però incassa e non molla. Perusato, Lucia, le due russe, gli altri commensali urlano, altri bicchieri si rovesciano, un piatto vola per terra e si rompe.

Brian Neckhart si infila tra i due litiganti con una mossa decisa, attento a evitare i colpi da entrambe le parti: preme con la sinistra alla base del collo di Carmine, lo spinge indietro, afferra il polso del russo con la destra, lo deflette. Lavora di spalla, gomito e gambe, calcia lo stinco di uno e la caviglia dell'altro, applica il massimo della forza con il massimo della precisione, si ripara l'inguine e la testa, mantiene l'equilibrio; finalmente riesce a staccarli.

I due restano per un attimo sconcertati a trovarsi separati, e Brian Neckhart ne approfitta per spingerli ancora più a distanza. Subito dopo reagiscono con nuovi scatti furiosi, uno contro l'altro ed entrambi contro di lui, ma adesso stanno intervenendo quasi tutte le persone presenti nella sala, a eccezione di Werner Reitt e del politico italiano, in una confusione incredibile di voci e gesti. Lara, la giornalista francese, la signora Reitt, Mathias, l'anziano signore italiano, sua moglie, Perusato, Lucia, le due russe. Tutti a trattenere, dividere, gridare, dire la loro.

Perfino Lynn Lou scende finalmente dalla sua dannata sedia e si avvicina ai contendenti, ondeggiando sui tacchi. "Ehi! Smettetela, ragazzi!" Già pronta a recitare la parte dell'eroina pacificatrice, come se non fosse stata lei la causa scatenante della rissa. Il suo intervento comunque ha l'effetto di calmare immediatamente Carmine, che addirittura abbassa la testa con aria contrita, si lascia condurre per mano lontano dal tavolo dei russi, scortato da Lucia.

Perusato si rivolge alla russa corvina, in un tono parecchio logorato. "Signorina, la prego di spiegare ai suoi amici che la cena è finita. Da questo momento in poi la sala sarà riservata ai soli ospiti."

"Чего вы пристали? Чего вам надо?" Malakhov interroga la sua amica per avere una traduzione.

"Они хотят выпроводить нас отсюда." La russa corvina traduce le parole di Perusato, o forse ne offre una sua interpretazione.

"*Désolé, Monsieur. La soirée est terminée, vous devriez aller.*" Perusato ricorre al francese per ufficializzare il concetto, fa gesti eloquenti a mani incrociate.

Gli altri ospiti sono tutti in piedi nel mezzo della sala, osservano l'evolversi della situazione con espressioni variabili di allarme. Il politico allunga il collo per capire come si stiano mettendo le cose, senza arrischiarsi a venire troppo vicino. Anche Werner Reitt si è alzato, osserva la scena a distanza.

Brian Neckhart fa cenno a Mathias di seguirlo, attraversa rapido la sala.

"Dunque?" Werner Reitt è ancora più rigido del solito. "Non hanno la minima intenzione di darci un passaggio, mi è sembrato di capire."

"Infatti." Brian Neckhart sta molto attento a non trasmettere alcun segnale di delusione. "Esattamente come avevo previsto."

"Allora perché è andato a chiedere, se l'aveva previsto?" Il banchiere è già pronto ad azzerare la fiducia concessa, tornare alla diffidenza iniziale.

Brian Neckhart lo guarda dritto negli occhi, non batte ciglio. "Volevo essere in una posizione moralmente inattaccabile."

"Per fare cosa?" L'atteggiamento di Reitt può facilmente risultare detestabile, ma è anche questo che rende interessante la sfida.

"Per corrompere il loro marinaio." Brian Neckhart risponde all'istante, visto che il potere di convinzione di una risposta dipende in gran parte dalla velocità con cui arriva.

Werner Reitt si limita a stringere le palpebre.

"E prendere lo yacht?" Mathias ha un'espressione scioccata.

"Certo che no!" Brian Neckhart non è disposto a tollerare ritardi interpretativi in un momento come questo. "Cosa le viene in mente? Mica siamo dei pirati!"

"Mi scusi, è che non riuscivo a capire..." Mathias sprofonda nell'imbarazzo, anche perché il suo capo gli dà un'occhiata feroce.

"Voglio semplicemente pagare il loro marinaio per farci portare a Bonarbor con la lancia." Brian Neckhart cerca un tono neutro, affidandosi al ritmo delle sue parole per comunicare urgenza. "Dopo di che tornerà a prenderli. Credo che sia perfettamente legittimo, date le circostanze e il loro rifiuto di aiutarci."

Werner Reitt fa cenno al suo assistente di stare zitto, fissa Brian Neckhart con una miscela di attenzione e diffidenza. "E come intende procedere, concretamente?"

"Andiamo giù al molo, appena il marinaio arriva con la lancia gli faccio la proposta."

"E se rifiutasse?" Werner Reitt parla senza quasi muovere le labbra, anche se la confusione all'altro lato della sala rende molto improbabile che qualcuno possa sentirlo.

"Non credo proprio che lo farà." Di nuovo Brian Neckhart cancella qualunque dubbio dalla sua voce e dalle sue espressioni. "Se non dovesse accettare cinquecento dollari, ne accetterà mille."

"Ma se i russi arrivassero giù prima di noi?"

"È per questo che dobbiamo muoverci subito." Brian Neckhart non vuole dare all'impresa una connotazione troppo drammatica, ma neanche suggerire l'idea che non implichi nessun rischio.

Werner Reitt guarda verso il tavolo dei russi, da cui proviene ancora un vociare e un gesticolare generalizzato.

"Sono ubriachi, estremamente rallentati nei riflessi." Brian Neckhart ne ha appena avuto una chiara dimostrazione. "È certo che noi arriveremo giù per primi."

Werner Reitt contrae i muscoli della mandibola, è evidente che si sta preparando mentalmente all'azione.

"Si tratterà di essere rapidi e coordinati." Brian Neckhart mette l'accento su "coordinati".

Werner Reitt annuisce, guarda di nuovo verso i russi. "Come comunicheranno con lo yacht per farsi arrivare la lancia?"

"Radio ad alta frequenza, o segnali di luce con una torcia. Oppure hanno concordato un orario quando il marinaio li ha lasciati."

Reitt indica con il mento la portafinestra. "Pensa che avremo difficoltà ad arrivare al porto nella lancia, in queste condizioni di mare e vento?"

Brian Neckhart scuote piano la testa. "Non sarà una passeggiata, ma ci arriveremo."

Werner Reitt annuisce di nuovo, ormai sembra convinto. Mathias muove la testa con più enfasi, probabilmente per vincere le sue resistenze interne.

Brian Neckhart sposta gli occhi da uno all'altro, cerca di valutare chi tra i due sia l'anello più debole della brevissima catena. Reitt ha dalla sua l'asciuttezza del camminatore, la notevole mancanza di scrupoli, e una determinazione assoluta ad andarsene da qui, ma è molto improbabile che abbia alcuna pratica di navigazione notturna in pessime condizioni atmosferiche. Mathias, pur giovane ed estremamente devoto al suo capo, sembra fisicamente poco coraggioso, e handicappato da un eccesso di considerazioni legalitarie. In poche parole, non stiamo parlando di un commando dei Navy Seals. Ma comunque la si giri, la lancia dei russi è in questo momento l'unico modo possibile di arrivare a Bonarbor. Un altro dei principi base di LifeSolving™ è che le probabilità di risolvere un problema sono inversamente proporzionali al numero delle opzioni disponibili. Aumenta le opzioni, e non capirai neanche più quale sia esattamente il problema. Riducile a una sola, e il problema si sarà quasi risolto per conto suo.

"Allora scendiamo subito al molo?" Mathias sembra ansioso di dimostrare la sua prontezza.

"Sì. Ma restate ai piedi delle scale. Non fatevi vedere, se per caso la lancia arrivasse prima di me."

"Perché, lei dove sarà?" Reitt lo scruta.

"A controllare la situazione qua sopra, vi raggiungo appena questi si muovono."

Reitt ci riflette ancora un istante, poi va verso la portafinestra. Mathias si affretta a seguirlo; escono tutti e due, in un turbinio di vento.

Brian Neckhart torna verso il tavolo dei russi, dove Perusato sta cercando di ricomporre una parvenza di rispettabilità dopo la rissa. Carmine è in un angolo lontano del soggiorno, ascolta Lynn Lou che ormai ha assunto in pieno il ruolo di angelo della pace. Il marinaio annuisce, si lascia sospingere su un divano. Lynn Lou gli fa gesti soavi, certamente gli dice parole altrettanto zuccherose. Che meraviglioso esempio di dissociazione mentale, davvero.

Al tavolo dei russi il tipo grosso viene ancora calmato dalla sua amica bionda, nell'indifferenza sostanziale di Malakhov, il quale un po' ascolta la ragazza corvina che gli traduce le parole di Perusato, un po' continua malgrado tutto a lanciare occhiate lascive in direzione di Lynn Lou.

Anche la coppia di italiani anziani, la Reitt e il politico italiano si sono trasferiti nella parte interna della sala, benché girino ogni tanto la testa con curiosità morbosa in direzione dei russi. Solo la francese si trattiene a osservare, a un paio di metri. Lara invece rimane presso il tavolo, per curiosità o forse perché vorrebbe dare il suo contributo a risolvere la situazione.

Perusato se ne irrita, come si irrita per la vicinanza della francese. "Mi scusino, signore, potrei invitarle a raggiungere gli altri ospiti?"

"*Je reste ici autant que je veux!*" La francese risponde stizzita. Lara si limita a non muoversi.

Perusato ci rinuncia, prende per un braccio Lucia, le parla a bassa voce, forse sperando di non farsi sentire. "Per me domattina vuol dire mai, con questi."

"Sì, ma cosa devo dirgli?" Lucia è chiaramente sotto pressione: probabile che stiano parlando del pagamento della cena.

"Digli che devono darceli subito." Perusato lancia occhiate intorno, per paura che la francese o Lara o Brian Neckhart lo ascoltino, come stanno facendo.

"Ma non li hanno con sé."

"Digli di farseli portare dal marinaio."

"Ma io, devo dirglielo?" Lucia si preme una mano sul petto.

"Sei stata tu a fare la trattativa, no?" Perusato la incalza. "Hai spuntato il prezzo e tutto. Sei stata formidabile. Basta che tu gli dica che vogliamo il pagamento subito. Tutto qui."

"Ma come fanno ad avvisare il marinaio?"

"Che ne so, si arrangeranno! Non ci riguarda!" Perusato si spazientisce. "L'importante è che paghino stasera, non domani!"

La francese è riuscita a sentire tutto, perché si produce in un sorrisetto ironico.

"*Madame, je vous demande un peu de discrétion, s'il vous plaît!*" Perusato non riesce a trattenersi.

"*Vous êtes très agité, Monsieur!*" La francese ribatte, pronta. "*Comme si vous aviez quelque chose à cacher!*"

"*Je n'ai rien à cacher, Madame!*" Perusato è furioso. "*Mais je n'ai pas du temp pour les espions!*"

La francese sta chiaramente per reagire con ancora più virulenza, ma Lara le dice qualcosa all'orecchio, la prende per un braccio, va con lei verso gli altri ospiti.

Lucia esita ancora, poi si decide, va a parlare alla russa dai capelli corvini, avanza le richieste di Perusato. La russa traduce a Malakhov, che non sembra molto disposto ad ascoltarla e quando alla fine la ascolta reagisce male. "Они должны подождать до завтра, просто!"

La russa corvina si gira verso Lucia, scuote la testa; Lucia si gira verso Perusato, allarga le braccia.

Perusato però è totalmente determinato a farsi dare i soldi questa sera, c'è una vena di disperazione nel suo modo di fare. "Digli che per noi è così, non c'è margine di discussione! Questi domani non li vedremo più, ci puoi giurare!"

Lucia con grande riluttanza torna a chiedere; la russa corvina traduce a Malakhov.

"Это стоит намного больше!" Malakhov mostra l'orologio d'oro che ha al polso, se lo toglie furiosamente, lo sbatte sul tavolo.

"Ma questo è un gesto offensivo, non siamo mica in un bazar!" Perusato ostenta indignazione. "Diglielo!"

Lucia però scuote la testa, non ha più nessuna intenzione di sostenere nuove trattative.

Perusato da parte sua lancia ripetute occhiate verso l'orologio: la sua indignazione sembra declinare rapidamente appena si rende conto che è un Baume & Mercier Flying Tourbillon che vale certamente più di quanto i russi gli debbano per la cena. Finita così male, per di più.

Malakhov considera evidentemente chiusa la faccenda, e a giudicare dalla sua espressione deve sembrargli di uscirne con un netto vantaggio morale. Si rimette la giacca con un paio di strappi energici, va a passi instabili verso l'uscita, seguito dal suo amico grosso e dalle due donne. "Пошли они к дьяволу! Мы уходим! Ужин гадость!" È probabile che stiano commentando l'esperienza della cena, ma già ci ridono sopra, si premono le mani sulle spalle. “Спокойной ночи, Линн Лу! До свидания!” Fanno cenni a Lynn Lou che sta ancora parlando a Carmine seduto sul divano, le lanciano altri complimenti. Carmine li guarda con occhi fiammeggianti, ma la vicinanza della sua dea gli impedisce di reagire.

Brian Neckhart ne approfitta per sgusciare fuori, nel vento che quasi gli strappa di mano l'anta della portafinestra. Va al margine della terrazza, guarda giù nella baia. Lo yacht è là fuori, ondeggia con tutte le sue luci nella notte debolmente rischiarata dal misero quarto di luna. Va rapido verso il buio più denso, dietro i cactus all'attacco della scalinata, si ferma ad aspettare. Si è sempre considerato un uomo d'azione, fin da quando era un ragazzino magro e scontento che passava interi pomeriggi a inventarsi avventure nel giardino dietro casa a Plainfield, a trenta miglia da Chicago. Si chiede se l'idea di LifeSolving™, oltre che dalla sofferenza creata dai conflitti selvaggi tra i suoi genitori sia nata anche dal bisogno di esorcizzare gli impulsi aggressivi che lo abitavano allora. È possibile, così come è possibile che quegli impulsi siano rimasti dentro di lui, allo stato dormiente. Per esempio gli sembra di sentirli con chiarezza adesso, sotto la calma coltivata tanto a lungo e con tanto metodo. Deve certamente ringraziare Lynn Lou per la loro riemergenza, ma tanto vale ammetterlo: sono lì.

Se ne sta immobile vicino a una roccia, respira piano contro il vento che lo investe con violenza, mantiene regolare il battito del cuore, affina l'udito e la vista per cogliere il momento in cui i russi arriveranno. Ecco le loro voci ubriache, le risate strappate, il suono dei tacchi delle donne sulle pietre. I quattro si avvicinano, inciampano, si fermano, si piegano, si raddrizzano, si appoggiano uno all'altro.

Brian Neckhart sente il sangue scorrergli freddo nelle vene, i muscoli delle gambe e delle braccia pronti a guizzare. Ha una sensazione di agilità e leggerezza che sembra tornargli dritta dall'infanzia; è intossicato dalla voglia di correre e saltare, fare un uso impegnativo del suo corpo, dopo tutti questi anni di accanita manutenzione quotidiana.

I russi si fermano di nuovo, tirano fuori una radio, si sente il fruscio elettrostatico. "Дмитрий! Плыви сюда! Быстро!" È una delle due donne, probabilmente perché è meno ubriaca degli uomini; di sicuro sta avvisando il marinaio di tornare a prenderli.

Brian Neckhart si muove rapido verso la scalinata, cercando di non farsi vedere né sentire. A metà degli anni Novanta ha seguito un corso di ninjutzu a La Jolla, con un istruttore di non grande intelligenza, cosa abbastanza frequente anche nel caso di arti marziali più rispettabili, figuriamoci con il ninjutzu, che è sostanzialmente un insieme di tecniche da assassini. Quello che però lo aveva specificamente affascinato era l'idea di poter scomparire sullo sfondo, muoversi come un'ombra nell'ombra. Il vento selvaggio aiuta parecchio dal punto di vista del rumore, ma i faretti ai lati della scala richiedono attenzione, ogni volta che ci arriva vicino.

Vola giù due gradini alla volta, godendo intensamente della velocità e della quasi invisibilità, poi sente un ronzio alla sua destra, impiega un paio di secondi a capire che sono i cavi in movimento del montacarichi. I russi ci devono essere saliti per un impulso da ubriachi, o forse perché non sono in condizione di scendere le scale. L'iniziativa rischia di mandare all'aria il suo piano: aveva calcolato che ci avrebbero impiegato almeno un quarto d'ora a scendere al molo nello stato in cui sono, forse più. Così invece arriveranno sotto in pochi minuti. Brian Neckhart continua la discesa ancora più veloce di prima, attraversato da un'eccitazione oscura quanto la notte, e quasi altrettanto antica.

Quando è arrivato ormai all'ultimo tratto della scalinata, i faretti di colpo si spengono, il ronzio del montacarichi si interrompe. Più in alto anche le luci di Villa Metaphora sono sparite, il buio domina tutto il promontorio. Brian Neckhart aguzza gli occhi e le orecchie, cerca di capire cosa succede. Quasi subito da una decina di metri più sopra arrivano le voci dei russi, confuse dal vento. Dev'essere saltata l'elettricità, il montacarichi si dev'essere bloccato in un punto della scarpata dov'è difficile scendere, tanto più in questa oscurità.

Brian Neckhart salta giù per gli ultimi gradini. Cammina sul molo, dove mare e vento competono in una gara assordante, in cui un elemento prevale sull'altro a ogni onda e folata.

Reitt e Mathias sono due ombre nell'ombra, investiti da nuvole di acqua nebulizzata, non lontano da dove è il cadavere del fotografo avvolto nel telo. A pochi metri l'ombra del Chris Craft ondeggia nella sua imbragatura, i cavi che lo tengono fermo stridono. Il mare sbatte con violenza contro il molo, fa risuonare le assi di legno del pontile, manda spruzzi in ogni direzione.

"La lancia!" Reitt tocca una spalla a Brian Neckhart, indica il mare nero e agitato.

In effetti c'è una luce che scompare e riappare tra gli avvallamenti scuri delle onde, ogni volta un po' più vicina.

"I russi dove sono?" La voce di Reitt è ruvida, tagliente.

"Bloccati sul montacarichi, quando è saltata la corrente!" Brian Neckhart fa un gesto verso l'alto, inutile perché tutto quello che si vede sono sfumature più o meno dense di buio.

"Scenderanno a piedi!"

"Sì, ma gli ci vorrà del tempo!" Brian Neckhart cerca di calcolare quanto: abbastanza, a meno che non rivelino un'agilità prodigiosa, nonostante l'ubriachezza.

"Cosa facciamo, esattamente?" La voce di Mathias trema di incertezza, malgrado i suoi tentativi disperati di sembrare deciso.

A dire la verità vista da qua sotto, a ridosso degli eventi, la faccenda è meno semplice di quando Brian Neckhart la contemplava dalla sala, o anche dalla terrazza. Le pietre del molo sono bagnate, l'oscurità quasi totale, le onde sbattono con violenza, c'è un senso di pericolo estremo nell'aria. "Dobbiamo muoverci con assoluta decisione!" Cerca di trasmettere agli altri due il massimo di urgenza, e di sopprimere i propri dubbi.

"Vale a dire?" Reitt conserva margini di dubbio, anche adesso: scettico, potenzialmente ostile, pronto a ritirare la sua fiducia anche all'ultimo minuto.

"Appena il marinaio arriva gli offro i soldi!" Brian Neckhart si sforza di cancellare tutte le ipotesi alternative che potrebbero affacciarsi alla mente degli altri due. "Dopo di che saliamo a bordo e andiamo!"

"E se i russi arrivano prima che siamo saliti?" Mathias si gira verso la scarpata, da dove attraverso il frastuono del vento e del mare sembra di sentire alcune grida, non si capisce se provenienti dal montacarichi o già dalle scale.

"Mi occupo io di trattenerli e vi raggiungo!" Brian Neckhart fa alcune valutazioni istantanee sull'eventualità che i due tedeschi una volta a bordo possano andarsene da soli, senza aspettarlo. Ma non c'è tempo per rifletterci, si tratta di muoversi. "Voi pensate solo a salire sulla lancia!"

"D'accordo!" La voce di Werner Reitt sembra decisa, adesso.

La luce della barca è improvvisamente a pochi metri dal pontile, la prua urta contro le assi di legno. La luce salta, insieme a una figura vestita di bianco, appena intuibile nel debolissimo chiarore di luna. "Эй, г-н Малахов!"

Brian Neckhart sente l'adrenalina andargli in circolo, il cuore battere più veloce; prende un respiro a pieni polmoni, va verso il fascio di luce.

"Г-н Малахов!" Il marinaio russo grida di nuovo, punta la torcia intorno, salta dal pontile al molo. "Я здесь на пирсе!"

Brian Neckhart gli arriva di fronte, mani avanti a palme aperte per dimostrare che le sue intenzioni sono pacifiche. "Salve!"

"Кто это?" Il marinaio russo è colto di sorpresa, arretra, gli punta la luce della torcia in faccia.

"Siamo in tre, ci serve un passaggio fino a Bonarbor!" Brian Neckhart è abbagliato dalla torcia, ma cerca di sorridere, fa un gesto in direzione del porto. "Le diamo cinquecento euro! Poi torna qua a prendere i suoi amici!"

"Где Малахов?" Sembra che il marinaio russo non capisca, o forse è preoccupato per il suo principale. Grida, sposta il fascio di luce intorno.

"Parla inglese? *¿Habla español?*" Brian Neckhart valuta rapidamente le poche opzioni linguistiche di cui dispone, e intanto il passaggio del tempo gli martella nella testa, come un metronomo in continua accelerazione. I russi ormai potrebbero arrivare da un momento all'altro, il rumore del vento e del mare impedisce di sentire in anticipo le loro voci, Reitt e Mathias aspettano nel buio pochi metri dietro di lui, carichi d'ansia.

Il marinaio russo non risponde, lancia altre grida di richiamo. "Г-н Малахов! Г-н Малахов!"

Brian Neckhart tira fuori dalla tasca dei calzoni i dieci biglietti da cinquanta euro che ha preparato prima di scendere. “Cinquecento euro! Per portarci a Bonarbor! Okay? Prendili!”

Il marinaio punta la luce sui biglietti, gliela punta di nuovo in faccia. “Я не хочу, ваши деньги!”

Brian Neckhart non riesce a distinguere le sue espressioni, ma il passaggio del tempo sta diventando insopportabile, di secondo in secondo. “Te ne do mille!” Tira fuori il secondo mazzetto di banconote già pronto nell’altra tasca, intercetta il fascio di luce del marinaio per farglieli vedere. “Mille euro! Per te! Ci porti a Bonarbor e torni qua! Okay? Capito?”

“Neckhart, allora?!” Reitt abbaia dall’ombra, in preda alla smania di togliersi da questa posizione precaria.

“Mi dia il tempo che mi serve, Reitt!” Brian Neckhart abbaia a sua volta, come se il tempo dipendesse dal tedesco. Cerca nuovamente di costringere il marinaio ad accettare i soldi, anche se si rende conto che le condizioni per la comunicazione sono pessime: non c’è alcun contatto d’occhi, non c’è alcun modo di giocare su toni di voce o gesti. È come l’incontro tra due uomini invisibili, incapaci di vedersi in faccia mentre vanno avanti e indietro nel buio e nel rumore, tra il soffiare del vento e lo sbattere delle onde.

“Г-н Малахооов!” Il marinaio urla più forte, si sposta verso il promontorio per farsi sentire. “Г-н Малахооов!”

“Ascoltami, accidenti!” Brian Neckhart afferra il marinaio per una spalla. “Malakhov è là sopra! Ubriaco fradicio! Ci metterà un’ora ad arrivare qui! Tu intanto prendi questi dannati soldi e ci porti a Bonarbor! Okay?!”

“Оставьте меня в покое!” Il marinaio appena si sente agguantare si gira e tira un pugno alla cieca, prende Brian Neckhart tra la mandibola e il collo.

Brian Neckhart ha una reazione istantanea, per nulla ragionata, guidata dal tatto più che dalla vista: afferra con la destra il polso del marinaio, strappa in avanti, con la sinistra preme sopra il gomito, forte.

“Отпусти меня, сволочь!” Il marinaio si dibatte, bloccato dalla leva al braccio. La torcia gli cade di mano, manda il suo fascio di luce sulle pietre bagnate del molo.

Brian Neckhart continua a piegargli il braccio dietro la schiena, senza riuscire a misurare bene l'intensità, con una foga istintiva che gli intossica il sangue.

Il marinaio si riprende dalla sorpresa iniziale, esplode in una frenesia di muscoli possenti, urla, si scuote tutto, dà colpi con i gomiti, tira calci bassi, si curva, si rialza, gira su se stesso. Brian Neckhart non molla la presa, gli sta attaccato come in un assurdo match senza spettatori. Vanno intorno a circoli, scivolando sulle pietre bagnate, tirando e spingendo in una direzione e nell'altra, digrignando i denti, grugnendo, ansimando.

La lotta è così rabbiosa e avvolgente che è ben difficile avere una percezione di quello che succede intorno, ma per un istante Brian Neckhart riesce a lanciare un'occhiata indietro, e gli sembra che Reitt e Mathias stiano a loro volta azzuffandosi con i russi. Questo gli provoca una vampata di fretta incandescente che si mescola alla furia della lotta con il marinaio, gli fa lanciare un ruggito. "Salite su quella lanciaaa! Muoveteviii!"

Il marinaio approfitta della distrazione momentanea per girarsi con una torsione inarrestabile del busto, liberarsi della presa, scagliare una testata a colpo d'ariete. Brian Neckhart riesce a malapena a schivarla, ma sente lo spostamento d'aria, l'attrito bruciante sulla tempia e sull'orecchio sinistro. Gli sembra ormai chiaro che la sua forza e quella del marinaio sono più o meno equivalenti, il risultato della loro colluttazione tutt'altro che scontato. Anni di studio e pratica delle arti marziali pareggiano appena l'esperienza da strada dell'altro, non garantiscono un vantaggio netto. In più Reitt e Mathias continuano a non arrivare sul molo, sembrano bloccati nel buio ai piedi delle scale. Brian Neckhart sente la situazione sfuggirgli di mano, il suo controllo sugli eventi diventare illusorio. Scaglia due pugni in successione al volto del marinaio, si tuffa in basso appena lui arretra, gli afferra a due mani la gamba sinistra sopra la caviglia, tira con tutte le sue forze. Il marinaio vola all'indietro sulle pietre bagnate, illuminato in parte dal fascio della sua pila caduta. Subito cerca di rialzarsi, ma Brian Neckhart gli si tuffa addosso, gli afferra un braccio, lo torce, riesce a girarlo a faccia in giù facendo forza sulle gambe, lo blocca in una nuova leva da jujitsu. Il marinaio cerca disperatamente di liberarsi, ma il dolore della presa lo inchioda a terra. “Я убью тебя, ублюдок!” Urla, scalcia, vibra tutto per la frustrazione.

Sì, però non è che adesso Brian Neckhart possa restare per sempre sdraiato sopra il marinaio fremente e sussultante, con tutti i muscoli del corpo che gli bruciano per l'intensità dello sforzo, il respiro affannato, gli stessi impulsi elementari che gli girano e rigirano nella testa, nelle narici l'odore delle pietre vulcaniche bagnate dal mare. Qui bisogna trovare una mossa risolutiva, e subito, uscire dallo stallo, salire su quella dannata lancia che continua a sbattere contro il pontile con il rischio di danneggiarsi e diventare inutilizzabile. “Reitt, si muovaaa!” Grida più forte che può, data la posizione e lo strenuo impegno muscolare.

“Не держи меня, скотина!” Il marinaio russo urla a squarciagola, si dibatte come un cinghiale preso al laccio.

Ma invece di un aiuto da parte di Reitt e Mathias, o almeno di un loro spostamento rapido verso la lancia, a Brian Neckhart arriva un colpo secco sulla testa, uno sulla spalla, uno più forte sulla tempia sinistra, altri colpi a raffica ai fianchi. Arrivano anche grida che non sono quelle del marinaio, benché il marinaio continui a gridare. Sono altre voci russe esagitate che si sovrappongono su frequenze diverse. “Я убью тебя!”, “Оставьте его!”, “Оставьте его!”

Brian Neckhart si gira per capire cosa stia succedendo: le due donne russe sono sopra di lui, lo tempestano di colpi con le loro scarpe dai tacchi crudeli e le loro borsette dalle grosse fibbie. Più in là nel buio ci sono altre grida probabilmente di Reitt, Mathias e i due russi. Brian Neckhart allenta senza volerlo la presa sul marinaio, che in un istante riesce a liberarsi con uno scrollone selvaggio, salta in piedi, gli sferra un calcio nello stomaco a tutta forza. Brian Neckhart rotola di lato sulle pietre bagnate, cerca di smaltire la fitta di dolore che gli taglia il fiato.

Il marinaio va a tuffarsi nella mischia con Reitt e Mathias e gli altri russi, nel buio più denso vicino alle scale. “*Lass mich!*”, “Держите!”, “*Schwein!*”, “Убейте его!”, “*Verbrecher!*” Le voci si mescolano, latrate, abbaiate nel soffiare del vento e nel rompersi delle onde.

Brian Neckhart rotola più rapido che può per sottrarsi alle nuove borsettate delle due donne, afferra una borsetta e poi una gamba, fa cadere una donna, cerca di rialzarsi, le cade addosso.

Con rapidità sconcertante due uomini che non sono Reitt e Mathias arrivano al molo, trascinano via la donna che è rimasta in piedi, saltano sul pontile e dal pontile alla barca.

"Эй! Помоги мне!" La russa a terra urla ai suoi amici, cerca di liberarsi. Brian Neckhart continua a bloccarla sotto di sé, anche se non ha nessuna ragione per farlo, a parte forse un tentativo di aggrapparsi agli eventi che lo stanno scavalcando in modo irrimediabile.

Si sente il rumore del motore della barca, l'odore del gas di scarico, la forma della barca con le tre figure scure a bordo si allontana tra le onde del mare scuro.

Brian Neckhart lascia andare la russa che si scrolla furiosamente, salta in piedi, corre al pontile. "Эййй!!! Вернитесь!!" Grida e grida, ma i suoi amici non possono certo sentirla, e comunque hanno evidentemente altre priorità, sono già scomparsi nel buio, in direzione delle luci dello yacht.

Werner Reitt arriva sul molo, tossisce, ansima.

"Si può sapere perché diavolo non siete saliti sulla lancia?!" Brian Neckhart cerca di trasformare in energia vocale i sentimenti deteriorati che ha dentro. "Avevate tutto il tempo, mentre io tenevo fermo il marinaio!"

"Voleva davero farmi diventare anche un ladro di barche, oltre a tutto il resto?!" Reitt urla in un registro distorto.

"L'avremmo lasciata al porto!" Brian Neckhart urla con altrettanta intensità, ma si rende conto di quanto indifendibile sia la sua posizione.

"E poi ci sono arrivati addosso prima che potessimo fare alcunché!" La voce di Reitt riflette una delusione feroce. "Intanto lei era qui a lottare con il marinaio, altro che convincerlo!"

Brian Neckhar si china a raccogliere la torcia del marinaio da terra, sente una fitta rinovata allo stomaco, punta il fascio di luce sulla faccia del tedesco.

Reitt si scherma gli occhi con una mano; la sua faccia è stravolta, due o tre bottoni della sua camicia sono saltati nella colluttazione con i russi. "Abbiamo cercato di fermarli, ma l'uomo pelato e le due donne hanno reagito con una violenza inaudita!"

Brian Neckhart sposta intorno la luce della torcia. "Dov'è l'altro russo?! Io ne ho visti salire solo tre sulla lancia! Dov'è Mathias?!"

"L'altro russo non lo so! Mathias è parecchio malconcio, grazie alle sue brillanti strategie, Neckhart!"

Brian Neckhart decide di ignorare le accuse, per il momento; muove la torcia verso la parte più interna del molo.

Il fascio di luce rivela il rotolo di plastica blu che avvolge il cadavere del fotografo, poi Mathias seduto per terra, con le mani sul naso gonfio e arrossato, la maglietta sporca di sangue. Appena si vede illuminato cerca di alzarsi, fa una smorfia di dolore.

Brian Neckhart gli porge una mano per aiutarlo, lo tira su. "Come va?!"

"Credo di avere un dito del piede rotto!" Mathias cerca di stare dritto, ma gli costa un'evidente fatica, tende a inclinarsi da una parte. "Una delle russe mi ha dato un colpo di tacco a tutta forza, ho sentito il *crack* dell'osso!"

"E il naso?" Brian Neckhart gli punta il fascio della torcia sulla faccia insanguinata.

"Gliel'ha rotto il russo pelato!" Reitt interviene. "Mi aveva attaccato, Mathias è intervenuto per bloccarlo, e lui gli ha tirato un pugno in piena faccia! Quest'impresa è una catastrofe, Neckhart! Complimenti, davvero!"

Brian Neckhart fa di nuovo finta di non aver sentito, benché il sangue gli scotti per la rabbia e la mortificazione. Illumina Reitt, ma non riesce a vedere danni particolari, a parte i bottoni mancanti della camicia.

La russa che era sul pontile li raggiunge, zoppicando su una scarpa sola: è quella con i capelli corvini che faceva da interprete agli altri. Mathias istintivamente arretra, come se temesse un nuovo attacco.

Brian Neckhart le punta addosso il fascio della torcia, anche lui pronto a tutto.

"Siete dei criminali!" La russa è tutta spettinata, con i vestiti fuori posto, la camicetta sbottonata. Si china a raccogliere la borsetta. "Siete dei delinquenti!"

"Non era nostra intenzione scontrarci con voi!" Brian Neckhart cerca di mantenere un tono fermo, ma i dubbi ormai lo assalgono da ogni parte, insieme alla varietà di dolori che gli affiorano in diverse parti del corpo.

"I fatti e le intenzioni sono due forze che tirano in direzioni diverse, e la diagonale che ne risulta è la nostra vita, diceva Schopenhauer!" La voce di Werner Reitt è carica di rabbia. "Solo che in questo caso la linea discende a picco!"

"Reitt, ne parliamo dopo, va bene?" Brian Neckhart cerca disperatamente di contenere i danni.

"Avete cercato di rubarci la barca, ci avete teso un'imboscata!" La russa sembra sul punto di scoppiare in lacrime, ma la sua indignazione è più forte.

"Non volevamo rubarvela! Volevamo pagare il vostro marinaio per farci portare al porto!" Mentre Brian Neckhart lo dice gli sembra un piano così infantile e velleitario, votato in partenza al fallimento. Sposta il fascio della torcia intorno, senza scopo.

"E siccome lui non voleva l'avete aggredito?!" La russa cerca di chiudersi la camicetta, ma le mani le tremano troppo, non ci riesce.

"Non l'abbiamo aggredito, glielo ripeto!" Brian Neckhart si rende conto di avvitarsi in una spirale di giustificazioni, ma vedere la russa così stravolta lo destabilizza profondamente.

"Fate schifo! Siete disgustosi!" La russa si guarda intorno nel buio, probabilmente alla ricerca della scarpa che ha perduto.

Brian Neckhart sposta il fascio della torcia sulle pietre del molo finché la vede, va a raccoglierla per lei.

La russa gliela strappa di mano, ma il tacco è spezzato, perso chissà dove. Se la infila lo stesso, zoppica intorno. "Siete dei criminali!"

"E voi siete stati di una ferocia incredibile!" Werner Reitt le urla contro come se avesse ragione. "Guardi come avete ridotto il mio assistente!"

"Ci bloccavate la strada!" La russa grida in un tono più acuto, che attraversa meglio il frastuono degli elementi. "Non volevate farci salire sulla nostra barca! Spingevate, tiravate calci, due uomini contro un uomo solo e due donne!"

"L'uomo era un delinquente!" Reitt ribatte con furia. "E le due donne straordinariamente aggressive!"

"Le due donne si difendevano! Lei si deve vergognare!" La russa adesso ha la voce rotta.

Brian Neckhart è devastato dalla piega che ha preso la situazione: non riesce a capire come nel giro di pochi minuti possa essere passato dal ruolo di chi risolve i problemi evitando i conflitti a quello di farabutto appostato nel buio, ladro di barche, malmenatore di donne. La colpa è certamente di Lynn Lou che lo ha logorato con le sue provocazioni senza fine, la sua costante ostilità, il suo martellamento ai fianchi. Comunque stiano le cose, si sente moralmente riprovevole, professionalmente fallimentare. In più gli sembra chiaro che le cose potrebbero ancora peggiorare, magari con il ritorno dallo yacht di un paio di russi armati di Kalashnikov. Punta il fascio della torcia in faccia alla russa. "Dov'è il tipo grosso che era con voi?"

"È morto!" La russa si porta una mano alla fronte, singhiozza.

"Come morto?!" Mathias nel fascio di luce è bianco come un cencio.

"È caduto dal montacarichi sulla roccia, si è rotto la testa!"

"Come fa a essere sicura che sia morto?!" Brian Neckhart punta la luce della torcia verso la scarpata, ma da qui si vedono solo alcuni cactus e cespugli mossi dal vento incessante.

"Malakhov ha controllato! Non respirava più, il cuore non batteva!" La russa si toglie tutte e due le scarpe, se le preme contro il petto, piange a dirotto.

"Senta, mi dispiace!" Brian Neckhart cerca un tono confortante, ma non ci riesce. I dubbi continuano a moltiplicarglisi in testa come nel peggiore dei suoi incubi, non gli danno tregua.

"Non è certo colpa nostra, se è caduto!" Werner Reitt abbaia contro il rumore del vento e del mare. "Non siamo stati certo noi a dirvi di salire sul montacarichi! Oltretutto non è fatto per trasportare le persone, c'è scritto chiaramente!"

"Siete degli assassini! Siete dei mostri!" La russa singhiozza più forte, si piega su se stessa.

"Reitt, per piacere lasci perdere!" Brian Neckhart adesso ha solo voglia di togliersi da questo molo infernale investito da spruzzi continui di acqua salmastra che gli fa bruciare gli occhi e le abrasioni sulle mani e sulla faccia. “Torniamo su! Lei, Mathias, è in grado di camminare?!”

Mathias visto alla luce della torcia sembra uno zombie, ma fa di sì con la testa.

“E lei, cosa intende fare?!” Brian Neckhart punta la torcia sulla russa. “Aspettare che tornino a prenderla dallo yacht?!”

La russa non risponde, ma da come guarda in direzione delle luci che oscillano là fuori nel buio turbolento della baia, sembra convinta che i suoi amici non torneranno affatto.

Guardano tutti, sforzando gli occhi contro l’oscurità e contro gli spruzzi del mare: le luci dello yacht sembrano più lontane di pochi minuti fa. Sì, decisamente più lontane.

“Se ne stanno andando!” Brian Neckhart si rende conto di avere pochissimo controllo sul suo tono di voce, e su parecchie altre cose essenziali.

“Ecco, così sono abbandonata qui! Grazie tante!” La russa distoglie la faccia dal mare, i suoi occhi pieni di lacrime luccicano nel riflesso della torcia.

“Avrebbe dovuto scegliersi meglio gli amici, signorina!” Reitt le grida contro, senza la minima compassione.

“Per piacere, Reitt!” Brian Neckhart indica le scale alla russa, con la torcia. “A questo punto venga su con noi!”

“Cosa sta dicendo, Neckhart?!” La voce di Reitt vibra di oltraggio, come davanti a un tentativo di consorteria col nemico.

“Lei vorrebbe lasciarla quaggiù tutta la notte, con questo tempo?!” Brian Neckhart pensa che non avrebbe mai dovuto accettare un personaggio simile come cliente; che avrebbe dovuto resistere alla forza di attrazione del suo caso quasi impossibile, occuparsi invece dei propri problemi.

“Non vengo, grazie tante!” La russa si gira, come per andare in fondo al molo.

“Non faccia così!” Brian Neckhart la prende per un braccio.

“Lasciami!” La russa si scrolla rabbiosamente, alza la borsetta per minacciarlo.

“La lascio, ma venga su con noi!”

“Non vengo!”

"Neckhart, portare su questa donna è un'assurdità!" Reitt si intromette di nuovo, con l'arroganza di uno abituato a dare ordini.

"La smetta di interferire, Reitt!" Brian Neckhart urla al tedesco, in un tono che corrisponde al suo deterioramento interiore. Si gira verso la russa. "E lei venga su con noi, forza!"

"No! Andate voi! Grazie tante per quello che avete fatto! Potete proprio esserne orgogliosi!" La russa si gira di nuovo, però non si muove, singhiozza nel buio.

"Senta, se non viene con noi, restiamo tutti qui, per tutta la notte!" Brian Neckhart si chiede se il suo sia l'atteggiamento giusto: pensa che probabilmente no, ma non ne è sicuro. Non è più sicuro proprio di niente, a questo punto.

Settantuno

Sua nonna (dal lato Moscatigno) ripete spesso che *Boni de furtuna transeanu simil luna*, i beni della fortuna passano come la luna, e che *Contra furtuna nou uorta sapiri*, contro la (s)fortuna non vale il sapere. Ma come fai a dirlo a Gianluca, in un momento come questo? Mentre cammina avanti e indietro alla luce della lanterna, spettinato, sudato, scalzo, camicia fuori dai pantaloni, davanti alle finestre tutte tremanti e sibilanti? Avrebbe solo l'effetto di esasperarlo completamente, scatenare una delle sue tirate contro l'atavico fatalismo tarese.

"Io non credo che tu ti renda pienamente conto della situazione!" È lì che cerca un pretesto per potersela prendere con lei, avere qualcuno su cui sfogare tutta la tensione accumulata. "Senza aria condizionata gli ospiti soffocheranno di caldo! Non possono neanche tenere le finestre aperte, se no il vento le schianta!"

"Me ne rendo conto." Seduta sul bordo del letto, Lucia cerca il tono più calmo possibile.

"A me sembra proprio di no! Non saresti lì tutta tranquilla, se te ne rendessi davvero conto!"

"Non sono tutta tranquilla." Certo, potrebbe dirgli qualcosa di più incoraggiante, tipo *Cori forti uerauta mala sorti*, un cuore forte prevale sulla cattiva sorte (è uno dei preferiti di suo padre), ma il rischio è sempre quello di produrre l'effetto opposto.

"Però non mi sembri neanche particolarmente angosciata!" La pungola, la pungola, cerca la scusa buona per darle addosso.

"Servirebbe, l'angoscia?" Come se davvero potesse farlo sentire meglio. Basta pensare a come ha reagito a vederla angosciata per Ciro Spanò: quasi la accusava di volergli complicare apposta un momento già tanto difficile. Meglio non tornare a Ciro Spanò, però, se non vuole rimettersi a piangere da capo. Il fatto è che la giornata (e la sera, e la notte fino adesso) è talmente piena di cose brutte, non riuscirebbe neanche a cominciare un elenco.

"Be', almeno dimostrerebbe un minimo di partecipazione!" Parla come se lei non gliene desse abbastanza, di partecipazione. "Quando è successo il guaio dell'elicottero, ci sono volute ore per farti tornare normale!"

"Non era il 'guaio dell'elicottero'!" Questo adesso è troppo, anche a lei viene da alzare la voce. "Era appena morto un mio amico caro, va bene?!"

"Più che un amico un ex spasimante, no?" Gianluca fa lo sguardo da milanese freddo e spietato.

Lucia cerca di non dire quello che le verrebbe da dire, ma non è facile. Come fa lui a essere così, a volte? È il sangue del Nord, che ha dentro un po' di ghiaccio? Cerca di non muovere la testa né in un modo né nell'altro, fa i lineamenti più duri che le vengono.

"Comunque ci mancavano solo i russi a cena!" Ecco, adesso la accusa anche per i russi, lo sapeva. "Come se non fossimo già sull'orlo del disastro totale! Te l'avevo detto subito che dovevamo mandarli via!"

"Però appena hai saputo quanto pagavano non sei più stato tanto contrario!" Lei non vuole certo la rissa, ma farsi buttare sulle spalle le colpe del mondo, no.

"Quello che *avrebbero dovuto* pagare! Gli altri trentamila euro non li abbiamo visti, né li vedremo mai!"

"Ma ti hanno dato l'orologio, scusa!" Lucia si alza, va al tavolo a prendere in mano il Baume & Mercier, nero e dorato com'è. Le fa impressione pensare che solo tre ore fa era al polso del russo pelato che rideva e beveva e gridava complimenti a Lynn Lou Shaw in piedi sulla sedia. "L'hai detto tu che vale almeno settantacinquemila euro, no?"

"Sì, da nuovo, in un negozio! Cosa dovrei fare, mettere annunci su internet? O cercare di venderlo agli ospiti? 'Signori, lo vogliono uno splendido orologio usato, ex proprietà di un mafioso russo?'"

"Eh, dài."

"Eh dài, eh dài! Perché non tiri fuori qualche bella espressione di tipico fatalismo tarese, adesso? Tipo che siamo tutti nelle mani del destino? O magari della Montagna Madre?"

"Smettila, Gian!" È troppo ingiusto, quando fa così. Troppo ingiusto, troppo freddo, troppo straniero.

"Smettila tu, accidenti! Di difendere tutti, giustificare tutti, essere così comprensiva con tutti!"

"Be', però quando sono comprensiva con te mi sembra che non ti lamenti."

"Una cosa è essere comprensiva con me, un'altra esserlo con un mafioso russo!" Grida per sfogarsi, già lo sapeva, tutto congestionato.

"Come lo sai che era un mafioso, quel Malakhov? Solo perché era russo?" Il fatto è che prendere in mano il suo orologio le ha messo una gran pena, anche se un orologio come questo di pena non dovrebbe proprio metterne a nessuno. Però prima era al suo polso e adesso non lo è più, ha quest'aria orfana, abbandonata, lì a ticchettare piano piano sul tavolo, col cinturino piegato.

"Cos'era invece, secondo te?" Gianluca prende proprio quell'aria da uomo del Nord che parla alla povera isolana del Sud che non sa niente. "Un gentiluomo squisito, un grande intellettuale?"

"Magari era solo ricco, come uno dei nostri."

"Ma l'hai visto, scusa?" Gianluca si infervora, c'era da aspettarselo. "Non hai visto la volgarità, i modi? Decisamente non era come i nostri ospiti!"

"Ah no?" Non è che lei abbia voglia di litigare, lo sa che hanno tanti di quei problemi in questo momento, però sentirsi trattare da scema, no.

"No, Lucia! C'è un abisso, tra loro!" Gianluca prende proprio quel tono di distanza, ha quel modo di dire "Lucia", come se fosse un nome di cui vergognarsi, un nome da poveretta. "Di civiltà, di cultura, di valori, di eleganza, di classe! E se non riesci a vederlo, allora è molto, ma molto, preoccupante!"

"Lo vedo, lo vedo." Lo dice solo per calmarlo, perché una come Lynn Lou Shaw che si mette a ballare sulla sedia tutta ubriaca, con quelle mosse, a strusciarsi tutta in quel modo, dove ce l'avrebbe l'eleganza? O uno come Werner Reitt che pretende di far atterrare qui l'elicottero in un giorno come oggi e fa morire il povero Ciro Spanò e non gliene importa un fico secco, neanche dice per finta che gli dispiace? Dove li avrebbe i valori? Quali?

"Lo spero per te!" Gianluca riprende ad andare avanti e indietro, avanti e indietro.

"Va be', comunque quello che è successo è successo." Lo sa che sarebbe meglio lasciarlo sfogare, ma come si fa, non ci riesce.

"Brava, ecco la perla di saggezza popolare!" Figuriamoci se gliela lasciava passare. "Però si dà il caso che quello che è successo sia una catastrofe, dalle conseguenze inimmaginabili!"

Lei pensa che forse potrebbe dire qualcosa tipo *Biss qui nou hace nili nou trompa nili*, solo chi non fa niente non sbaglia niente, come dice sua nonna (dal lato Moscatigno). O anche *Si por firua corvi nou soua linusa, nou potes qatt aviri cammisa*, se non semini il lino per paura dei corvi non potrai mai avere una camicia (la nonna dal lato Alcuanti). Ma è meglio stare zitta, fare la comprensiva, fare quella che ascolta, fare la semplice, quella che è sempre un po' in soggezione.

"Quello che sto cercando di farti capire è che peggio di così non potrebbe essere!" Gianluca si passa le mani nei capelli, la guarda con quegli occhi da uomo che vede tutto dal sopra in giù, però lei lo sa che in un niente possono diventare gli occhi di un bambino che vede tutto da sotto in su, lo sa. "Il generatore a vento saltato, il generatore fotovoltaico saltato, adesso anche il russo grosso morto sulla scarpata! Chissà dov'è finito, poi!"

"Carmine ha detto che domattina appena fa giorno va a recuperarlo." Non riesce neanche a crederci, al russo grosso morto sulla scarpata, dopo averlo visto per tutta la cena ridere bere champagne da duemila euro a bottiglia mangiare in due forchettate i piatti che Ramiro ha impiegato chissà quanto a mettere insieme lamentarsi che erano troppo piccoli fumare il sigaro scattare foto col telefonino battere le mani a Lynn Lou Shaw gridarle complimenti. Se c'era uno vivo ma proprio vivo era il russo grosso, Madre Santa, faceva tanto di quel vociare, faceva tanti di quei gesti, mandava giù tanta di quella roba, è così strano immaginarselo morto. Ma allora Ciro Spanò, che portava l'elicottero come fosse la cosa più naturale del mondo, lì seduto ai comandi con il suo casco i suoi baffi i suoi occhiali da sole a goccia le sue ginocchia in alto, come si fa a credere che è finito giù nel profondo del mare abissale? Le torna il groppo in gola a pensarci, le torna il respiro affannato, le tornano le lacrime agli occhi, le tornano i singhiozzi, non riesce a fermarsi.

"Non fare così, adesso!" Gianluca mezzo si arrabbia, mezzo si spaventa.

"Non sto facendo niente." È vero, non è mica che pianga a comando, il pianto le viene da solo.

"Invece sì, sei lì che piangi!" Gianluca le si avvicina, si inginocchia, le prende una mano. Eccolo. Tutto bisognoso di attenzione, di rassicurazione. "Non puoi crollarmi di nuovo in un momento come questo, Lucia! Io ho bisogno che tu ci sia!"

Lei si asciuga le lacrime con il dorso della mano, tira su col naso. "Ci sono, Gian."

"Mi dispiace di aver gridato, però ti rendi conto della situazione?" Gianluca la guarda con i suoi occhi azzurri che le piacciono tanto, a volte sembrano così duri ma in realtà sono tanto delicati.

"Mi rendo conto." Lucia fa la voce dolce, gli accarezza piano i capelli.

"Ognuno degli ospiti diventerà un propagandista a tempo pieno contro questo posto!" A Gianluca torna l'affanno, la voce è tutta infragilita ormai. "I media faranno passare Villa Metaphora come un luogo di catastrofi e omicidi!"

"Sono state solo delle disgrazie, Gian. Tu non hai nessuna colpa."

"Sì, ma chi ci crederà?" La voce gli si rompe, non regge. "Troveranno il modo di collegare tutto, si inventeranno le tesi più orrende! Mi faranno passare per un delinquente!"

"Vedrai che troveremo una soluzione. Disperarsi non aiuta, adesso."

"Quale soluzione? Quale?" A Gianluca vengono le lacrime agli occhi, trema. Ma in fondo quali sono gli uomini che non diventano bambini da un momento all'altro, prima o poi? Anche suo padre che ha gli occhi scuri che più scuri non si potrebbe, non l'ha visto diventare bambino anche lui, subito dopo scene selvagge dove sembrava che volesse ammazzare sua madre o un cugino o magari il suocero, tagliare la gola a un rivale di lavoro, spaccare il mondo? È che non sono mai così forti come sembrano, gli uomini, quando le cose si mettono davvero male. Quando si mettono *un po'* male, sì, sono bravi a urlare spingere tirare inseguire battere i piedi alzare i pugni farsi grossi buttare minacce attizzare il fuoco mettere su la guerra, ti fanno venire paura e anche ammirazione per come sembrano proprio degli animali tanto più potenti, tanto più attrezzati delle femmine. Poi però arriva il guaio serio, ma proprio quello grosso, quello che a sentire loro li faceva ridere, e tutta la loro forza e tutta la loro sicurezza e tutto il loro coraggio, *woshhh*, se ne vanno via, non ci sono più. Di colpo non sanno più cosa fare, non sanno più dove girarsi: ti si aggrappano, ti guardano con quella faccia, ti chiedono aiuto, ti chiedono carezze.

"Senti, Gian, adesso ci dormiamo sopra, e domattina vedremo. Va bene?" Non smette di accarezzargli i capelli, gli fa la voce dolce.

"Ma io non ci riesco a dormire, in questa situazione!" Trema tutto, prende fiato a scatti, la guarda con gli occhi pieni di spavento.

"Vai a lavarti i denti e vieni a letto, vedrai che dormi." Gli fa la voce della mamma buona, della femmina che capisce, che aiuta, che protegge.

Gianluca resta ancora un po' tutto rincantucciato sul pavimento, poi si alza, va a lavarsi i denti, trascinando un pochino i piedi.

I vetri delle finestre continuano a tremare e sibilare da far paura. In una notte come questa c'è da ringraziare di avere un tetto sopra la testa, davvero.

SESTO GIORNO

Settantadue

Oh Signore, questo vento è veramente insopportabile, ma proprio da diventare matti. Ha continuato a scuotere quelle benedette finestre per tutta la notte, senza tregua, mentre Piero Gomi si girava e rigirava nello scomodissimo lettuccio di fortuna che gli hanno messo nel soggiorno/sala da pranzo. Altro che privilegi della Casta: peccato che non ci fosse una videocamera qui dentro, gli elettori avrebbero potuto vedere a cosa deve sottoporsi a volte un parlamentare di primo piano per perseguire il suo disegno politico.

Come se non bastasse, nel mezzo della notte l'architetto Perusato e Lucia sono venuti a sistemare una delle due russe su un divano qui dentro, con la scusa che i suoi amici l'avevano abbandonata e da qualche parte dovevano pur farla dormire. Lui ha spiegato immediatamente che non aveva nessuna intenzione di dividere gli alloggi con una sconosciuta, per di più russa e di aspetto decisamente volgare. Con il clima di antipolitica che imperversa non ci vuole niente perché qualcuno vada a scrivere da qualche parte che Piero Gomi del PdM si imbosca con le russe nei resort di superlusso a spese del contribuente italiano, proprio nel momento in cui tutti nel paese sono costretti a tirare la cinghia, eccetera. Senza contare che da non sa più quante ore non ha modo di comunicare con sua moglie (oltre che con il resto del mondo), e una cosa del genere potrebbe anche diventare occasione di grave imbarazzo privato. Perusato come al solito è stato tutto salamelecchi da gran società, si figuri e ci mancherebbe altro Onorevole, però una soluzione alternativa non ha neanche provato a cercarla, giustificandosi col fatto che era tardi e che tutte le suite sono occupate. Così lui si è dovuto tenere la russa che si rigirava per tutta la notte sul divano a pochi metri dal suo letto, per di più piagnucolante, sniffiante e scalciante tra le lenzuola. Con questo caldo appiccicoso fastidiosissimo adesso che l'aria condizionata ha smesso di funzionare, nell'odore dei sigari che gli amici della russa avevano sfumacchiato bellamente a cena senza nessun riguardo per gli ospiti occidentali, anzi, col gusto dello spregio. Insomma, una notte più da incubo Piero Gomi non se la sarebbe potuta immaginare, davvero.

Però adesso che entra tutta questa luce invadente dalle finestre l'incubo non è affatto finito, anzi: è ancora qui, tutto intero. A giudicare da come tremano i vetri, il vento dev'essere ulteriormente peggiorato rispetto a ieri. Il mare non vuole neanche immaginarselo, già era terrificante da calmo, quando è arrivato la prima volta. Qui ci vorrebbe una spedizione di recupero in grande stile organizzata dal Ministero degli Interni, con una nave grossa e solida, di quelle per le esplorazioni artiche, viste le condizioni climatiche. Ma figuriamoci se quella carogna rinsecchita di Scarfiati o quel ciccione finto modesto di Mottola muoverebbero un dito per lui, adesso che lo sanno indebolito da quelle malaugurate foto con Werner Reitt. Quanto ai suoi assistenti, a quest'ora saranno ancora belli addormentati nei loro comodi letti a casa dei genitori, ce ne vorrà prima che si degnino di andare in ufficio a fare qualche telefonata. Ora che lui non è in condizione di dargli la sveglia, di pungolarli, di spiegargli cosa devono fare. Chi lo riporterà a Roma, in tempo per rimediare al disastro di questa spedizione?

Piero Gomi si siede sul bordo del letto, in mutande e maglietta, non cambiate da non si ricorda più quanto. Non riesce a capacitarsi di essere ancora bloccato su questo scoglio, mentre i suoi nemici (dentro e fuori il Partito) affilano i coltelli per farlo a pezzettini *in absentia*. Anche se fosse riuscito a prendere l'elicottero ieri sarebbe stato tardi, ma oggi chissà quante immagini di quell'abbraccio con l'infame banchiere tedesco saranno in circolazione, con chissà quali commenti malevoli, chissà quante interpretazioni calcolate per fare il massimo danno. È pazzesco essere vittima di Facebook due volte di seguito nell'arco di poche ore, la prima perché l'ha usato troppo impulsivamente, la seconda perché non lo può usare. Non gli è mai capitato di ritrovarsi in una simile condizione, senza poter postare un chiarimento, twittare una puntalizzazione, fare una telefonata, mandare un semplice sms al volo!

Tira fuori di tasca il cellulare, lo guarda. Gli sembra impossibile che sia diventato così inutile, un semplice oggettino piatto di vetro e plastica senza più voce, senza più suoni, senza più vibrazioni. L'indicatore della batteria è già nella zona gialla, tra poco entrerà nella rossa, e senza elettricità non ci sarà neanche modo di ricaricare. Dentro questa piccola scatola tecnologicamente avanzata fino a ieri passava tutta la sua vita, ogni minuto di ogni santo giorno, dalla mattina presto alla sera tardi, in un succedersi incessante di informazioni aggiornamenti disposizioni ordini richieste minacce trattative compromessi intuizioni anticipazioni conferme. Era una sua estensione, la sua sentinella, le sue antenne, il suo esploratore, il suo binocolo, il suo messaggero, il suo inviato speciale, il suo testimone, il suo consulente, la sua arma di difesa e di offesa, la sua memoria, l'unico collaboratore di cui si poteva davvero fidare, l'unico amico che non chiedeva niente in cambio, salvo di essere attaccato all'alimentatore di notte! Gli spezza il cuore vederlo così, muto, sordo, come un povero essere di un altro pianeta senza più l'aria adatta da respirare. È un'idea di una crudeltà insostenibile, davvero.

Ancora più atroce è pensare che tutto il resto del mondo intanto vada bellamente avanti a connettersi e interlacciarsi, tramando scambi accordi strategie alleanze complotti di ogni genere alle sue spalle! Non sembrerà vero ai suoi nemici (dentro e fuori il Partito), averlo fuori circolazione e totalmente silenziato per giorni interi! Peggio di Garibaldi a Caprera, peggio di Silvio Pellico rinchiuso nello Spielberg! Nel gruppo parlamentare saranno di sicuro già tutti intenti a cambiare linea su questo e quel punto qualificante del programma, spingere avanti i loro candidati nelle commissioni alla Camera e al Senato, promuovere i loro uomini in Regione, nelle Province, nei Comuni, nelle aziende controllate, ridividersi gli spazi dell'informazione, sponsorizzare appalti, accaparrarsi finanziamenti, fare dichiarazioni ai cronisti all'uscita da Palazzo Montecitorio, crogiolarsi nei salotti televisivi. Come se fossero loro i nuovi protagonisti indiscussi! Se li può immaginare in questo momento, belli rasati, profumati, vestiti di tutto punto, pronti a scendere nelle loro auto blu per andare agli studi della Rai e di Mediaset e di La7, a mettersi in mostra nei programmi del mattino. Pronti a fare un sorrisetto quando il conduttore gli chiede se le loro posizioni non sono per caso un po' in contrasto con quelle di Piero Gomi, come a dire "E allora? Chi è Piero Gomi, ormai? Dov'è finito? L'ultima volta che abbiamo avuto sue notizie era in un resort extralusso su un'isola sperduta, insieme al suo migliore amico, quel pedofilo di Werner Reitt!" *Oh Signur*, che qualcuno lo aiuti a uscire da questo incubo! Ma presto, finché c'è tempo per rimediare ai danni! Però come, come, come?

Oltretutto c'è la russa che è ancora lì a mugolare e sniffiare sul divano, non fa che aggiungere esasperazione a esasperazione.

Piero Gomi non ce la fa più, esplode. "Cos'è che ha, signorina? Non mi ha lasciato dormire per tutta la santa notte!" A essere proprio sinceri è stato anche il vento, e le angosce, e la fame, con quelle porzioncine inconsistenti del grande chef spagnolo, però poter dare la colpa a qualcuno è già un minimo sollievo.

"Scusa." La russa alza la testa dal suo divano, si appoggia su un gomito, occhi gonfi, trucco pesante colato con le lacrime, capelli corvini tutti scomposti.

"Capisco che sia rimasta male se i suoi amici l'hanno lasciata a terra." Piero Gomi avrebbe ben altre priorità anziché fare il comprensivo con le russe, ma insomma, pur di metter fine a queste lagne. "Però guardi che non è l'unica a ritrovarsi abbandonata qua."

La russa tira su col naso, si passa una mano ad asciugarsi gli occhi, impasticcia ancora di più il trucco. "È anche morto mio amico."

"Come morto?" A Piero Gomi si gela il sangue. "Quando?"

"Caduto giù per montagna. Ieri notte."

"Cosa sta dicendo, signorina?" Gli viene un brivido attraverso le ossa, malgrado il caldo appiccicaticcio che c'è in questa sala.

"È morto. Burskin, si chiamava. Malakhov diceva migliore amico, migliore amico, poi neanche lo porta via. Lo lascia lì, morto." La russa si asciuga il naso, si tira su a sedere. Mezza discinta, la camicetta sbottonata, il seno sovrabbondante che quasi viene fuori.

"Signorina, adesso è inutile stare ad angosciarsi." Piero Gomi si tira addosso il lenzuolo, allunga una mano a recuperare i pantaloni appoggiati su uno sgabello fatto di legni tutti storti. "Se ne occuperanno le autorità, quando finalmente riusciranno ad arrivare qua."

"Eh, autorità..." La russa si asciuga gli occhi con il bordo del lenzuolo. "Intanto Burskin morto."

"Mi dispiace sinceramente, signorina. È un fatto tragico." Non è che possa non dirglielo, anche se questa quasi di sicuro in Italia non vota. Però è comunque una che chiaramente di contatti di un certo livello ne ha, se è arrivata qua, meglio evitare che vada a raccontare in giro che Piero Gomi è rimasto indifferente davanti alla perdita di una vita umana.

"E adesso sono qui." La russa si gratta la testa. "Come in prigione."

"Eh, signorina, non è la sola a sentirsi in prigione, mi creda." Piero Gomi si appoggia in grembo i pantaloni, cerca di capire come infilarseli senza scoprire le gambe. "Quest'isola è terribile. Ci vogliono delle menti perverse per vederla come un luogo di vacanza."

"Ma tu lavori in televisione?" Lo sguardo della russa perde gran parte della sua connotazione luttuosa per diventare insistente, molesto.

"No, non lavoro alla televisione, signorina." Piero Gomi cerca di infilarsi i pantaloni da sotto il lenzuolo; non è un'operazione facilissima, sotto occhi così indiscreti.

"Invece sì. Ti ho visto in *Magnifico Stivale*." La russa non demorde, sembra essersi già quasi dimenticata dell'amico morto e dell'angoscia da isolamento. "Anche in *Buongiorno Penisola*."

"Io invece non l'ho vista da nessuna parte, signorina, quindi può evitare di darmi del tu!" Piero Gomi finalmente riesce a infilarsi i pantaloni, se li abbottona più rapido che può. No, perché se per caso dovesse entrare qualcuno degli ospiti senza sapere che la presenza della russa gli è stata imposta, la situazione potrebbe risultare ambigua, sgradevolissima.

“Ma sei attore.” La russa continua a scrutarlo, in un atteggiamento morboso. “Sei comico, no?”

“Decisamente non sono un comico, signorina!” La sua pazienza sta arrivando rapidamente al limite: non è certo disposto a cominciare la giornata così, dopo la notte orribile che ha passato. “Sono un Parlamentare della Repubblica, per sua informazione!”

La russa fa un gesto inaccettabile con la mano che oscilla, come per dire che in fondo non c’è una gran differenza tra le due professioni e anzi, forse la seconda è meno nobile della prima. Anche questo un bel risultato dell’antipolitica, davvero, di anni di delegittimazione e accuse a vanvera, campagne mediatiche montate a suon di tamburo contro chi dedica la propria vita a occuparsi del bene pubblico. Possono essere orgogliosi i signori moralisti: bel risultato, se perfino una russa come questa si sente autorizzata ad assumere certi atteggiamenti!

“La prego di portare un minimo di rispetto per il ruolo che ricopro!” Piero Gomi agguanta la camicia dallo sgabello, se l’infila al volo, l’abbottona in pochi secondi, anche se le dita gli scivolano per la tensione nervosa. “Oltretutto tenendo conto del paese da cui viene, mi scusi!” È pur vero che il Presidente Buscaratti ha rapporti diciamo privilegiati con il premier russo, però francamente, che una ragazzotta ex sovietica invece di esprimere gratitudine per essere stata ammessa in Italia si permetta di fare ironie su un parlamentare di primissimo piano no, eh.

“Ho visto tua faccia, subito.” La russa insiste, con una sfrontatezza inaudita. “Faccia di gnaffa-gnaffa.”

“Signorina, la invito a smettere subito, altrimenti qui parte una querela!” È chiaro che non ne varrebbe la pena, con i tempi della giustizia italiana, per non parlare della cattiva disposizione di certa magistratura nei confronti del PdM. Sarebbero perfino capaci di dar ragione alla russa, certi giudici. Ma in ogni caso questi comportamenti riflettono un clima, c’è poco da dire, un’ostilità verso la politica che sta diventando sempre più pericolosa. Insomma, siamo arrivati al punto in cui un Parlamentare non può più andare al ristorante o a fare due passi per la strada senza il rischio che qualcuno gli gridi ladro o buffone o anche di peggio! Va bene che ci sono i ragazzi della scorta intorno a fare barriera e nel caso a identificare i più esagitati, ma è possibile una cosa del genere? Furlan la settimana scorsa gli riferiva che in un paio di gelaterie a Roma hanno messo in vetrina un cartello con scritto *Per i parlamentari il cono medio costa cinquanta euro.* E i clienti applaudono! Non passa giorno che non si legga da qualche parte una richiesta di dimezzare il numero dei parlamentari, imporre ricevute per i soldi ai collaboratori, sospendere gli acquisti di auto blu, ridurre le scorte, diminuire i benefici, abolire i vitalizi, e chi più ne ha più ne metta! Tutti a blaterare che i politici in Italia costano più che in qualunque altro paese, che non lavorano, che sono impreparati e incompetenti, che fanno solo danni, tutti a strepitare che chiedergli di riformarsi è come chiedere a una banda di ladri di rubare un po' meno. Uno si ammazza per arrivare dov'è arrivato, anni di lotte nei corridoi, di riunioni da morire di noia peggio che al liceo, milioni di telefonate, di convincimenti faticosissimi, di trattative estenuanti vanificate all'ultimo momento, un logoramento quotidiano peggio che nella giungla, senza un alleato su cui contare perché in politica gli alleati sono più infidi dei nemici, e poi un moralista si sveglia al mattino e ti vuole togliere tutto? Perfino il rispetto per il ruolo? E aizza l'opinione pubblica con gli slogan più facili, quelli di presa sicura, tirando fuori numeri per dimostrare i privilegi, i privilegi! Possibile che non ci si renda conto che questo più che un attacco alla politica è un attacco alla democrazia stessa? Finiranno tutti per pagarne le conseguenze, compresi i signori moralisti che oggi attizzano il fuoco!

"Prego, querela." La russa sta chiaramente cercando di fargli perdere le staffe. Adesso è lì che traffica nella borsetta, tira fuori un telefonino, glielo punta contro.

"Cosa sta facendo?!" Ecco, c'è riuscita, le staffe gliele ha fatte perdere. Piero Gomi salta in piedi, balza verso il divano. "Signorina, metta immediatamente via quell'affare!"

"Documento lavoro parlamentare di Repubblica." La russa scatta una foto, proprio mentre lui sta allungando le mani per cercare di toglierle il telefonino: si sente il *click*, non c'è dubbio che abbia scattato.

"Me lo dia subito! Mi faccia cancellare quella foto!" Piero Gomi urla, ma chi riuscirebbe a restare calmo in una situazione del genere, onestamente? Oltretutto dopo il disastro che è successo ieri, proprio per colpa di altre foto?

"No." La russa si ritrae sul divano, si sottrae, scatta un'altra foto.

Piero Gomi cerca di strapparle di mano il telefonino, si butta in avanti. Dovrebbe ragionare, sì, lo sa, ma è troppo fuori di sé. Facile parlare dal di fuori, bisogna trovarcisi, in una situazione del genere!

Però ci sono delle voci da dentro la sala, *woosh,* c'è una folata di vento che arriva fin qua, c'è il rumore della portafinestra che si chiude, c'è qualcuno qui dietro, alle sue spalle, adesso.

Piero Gomi si gira di scatto, con il cuore in gola.

"*Buscaratti n'est pas le seul, alors! C'est l'un des vices de votre parti!*" È la giornalista francese, con quella brutta faccia da bulldog, si toglie gli occhiali da sole per guardarlo meglio. C'è anche la Reitt dietro di lei, lunga e austera, una calvinista proprio, anche lei si toglie gli occhiali. Tutte e due piazzate lì, facce disgustate, come se l'avessero sorpreso nel bel mezzo di un'azione ignobile.

"Porco politico!" La russa fa una faccia sdegnata, con stupefacente, inimmaginabile malafede!

"Cosa sta dicendo?! Come si permette?!" Piero Gomi si gira verso la francese. "E anche lei, signora?! Cosa vuole insinuare?!" Gli viene la voce stridula, una cosa che cerca sempre di evitare, anche in televisione, perché fa subito sembrare in torto, non importa se si hanno ragioni da vendere.

La Reitt alza le sopracciglia, muove appena le labbra, come se fosse senza parole davanti a un delinquente.

Lui si rende conto che le apparenze sono a suo sfavore, non è che non se ne renda conto: la camicia fuori dai calzoni perché non ha avuto il tempo di infilarsela, scalzo perché i mocassini non se li è ancora messi, la faccia certamente stravolta. Poi c'è la russa lì sul divano, tutta discinta, rovesciata all'indietro in quella posa. È evidente che tutto l'insieme potrebbe essere interpretato in maniera sconveniente, però solo da chi proprio non lo conosca, da chi non abbia la minima idea di che pasta morale è fatto, da chi ignori le battaglie che conduce da anni a difesa della famiglia, della sacralità del matrimonio, dell'irrinunciabilità delle radici cristiane dell'Europa, dei valori!

Come se non bastasse, la portafinestra *woosh* si riapre, entra anche l'architetto Perusato, anche Lucia la sua assistente. Si bloccano in mezzo alla sala, guardano lui, la russa, la francese, la tedesca, come in cerca di conferme.

"*Eh bien, c'est ça!*" La francese si è già accaparrata il ruolo della testimone diretta, per di più giornalista, per di più francese!

La Reitt non dice niente, ma basta la sua espressione a peggiorare ancora le cose.

"Porco." La russa continua con il suo atteggiamento becero, continua ad alimentare l'equivoco.

Piero Gomi reagisce con ritardo inescusabile, sì, però lo shock è troppo forte, gli ci vuole un minimo di tempo per recuperare. "Io non so cosa stiano insinuando le signore, ma la mia intenzione era solo di cancellare le foto che mi ha fatto questa signorina!"

Perusato, Lucia, la Reitt, la francese lo guardano con una miscela di imbarazzo e disgusto, come per dire "Lo sappiano come siete voi politici, lo sappiamo che non c'è limite ai vostri comportamenti indegni."

"Che tipo di foto?" L'architetto Perusato è lì tutto dritto, in atteggiamento di giudizio. La sua assistente a fargli da spalla, in una posa simile.

"Architetto, io non le consento di fare illazioni inaccettabili!" Di nuovo gli viene la voce stridula, ma come si fa a calibrare i toni, nel ritrovarsi accusati ingiustamente in questo modo?

"E io non posso consentire certi comportamenti a Villa Metaphora." L'architetto si atteggia a tutore della moralità, con la sua collaboratrice e quasi certamente amante di fianco. Non parliamo dei traffici che deve aver fatto con Sandro Scandrola, per avere i permessi di costruzione in un'area protetta come questa.

"A quali comportamenti si riferisce, architetto?!" Piero Gomi urla, ma è la voce che gli viene fuori da sola, non può farci niente. "Mi dica quali, invece di continuare a fare allusioni che non posso tollerare!"

"*Le comportement d'un cochon!*" La francese naturalmente non si fa scappare l'occasione di dare la sua ignobile stoccata.

L'architetto Perusato annuisce appena, come a dire che c'è poco da aggiungere, i fatti parlano da soli.

"Signora, io a lei appena torno a Roma la querelo, può starne sicura!" Piero Gomi urla così forte che gli fanno male le corde vocali. "E anche a lei, architetto! Queste sono accuse che non stanno né in cielo né in terra! Oltretutto è stato lei architetto a impormi la presenza della signorina ieri notte, io le avevo detto chiarissimamente che qui dentro non ce la volevo!"

"Sì, poi salti addosso!" La russa gli punta contro il telefonino, con un'espressione di ostilità indicibile sul volto. "Ho foto, qui!"

"Questa sta farneticando! Questa è drogata!" Piero Gomi si gira verso gli altri, anche se dalle loro espressioni è chiaro che non serve a niente, sono già tutti contro di lui, per partito preso.

"*Vous êtes ignoble!*" La francese rincara la dose.

"Si vede, in foto!" La russa agita il cellulare.

Va bene, adesso siamo al di là dell'allucinante, siamo nella follia pura. Ma è a questo che siamo arrivati, a furia di campagne di delegittimazione della classe politica: al punto che una mascalzona extracomunitaria qualsiasi può accusare uno dei massimi dirigenti del partito di maggioranza (piaccia o no, i numeri in Parlamento sono ancora quelli) delle peggiori nefandezze, e tutti sono pronti a crederci! Così! Parola contro parola, danno ragione a lei! Basta guardare Perusato, la sua assistente, la Reitt, la francese, se facessero parte di una giuria di tribunale lo avrebbero già condannato! Senza uno straccio di prova! Senza appello! Sarebbero pronti a scaraventarlo in pasto all'opinione pubblica come un criminale!

La Reitt va dalla russa in atteggiamento di soccorso, la conforta a bassa voce. Lucia fa altrettanto, si prodiga anche lei in sussurri e parole gentili. La francese è lì che registra tutto con la sua aria malevola, sicuramente sta già componendo qualche orribile ricostruzione falsa e denigratoria da pubblicare sul suo giornale appena torna in patria. L'architetto Perusato continua nel suo atteggiamento di disapprovazione da uomo di gran classe, da architetto internazionale che lavora solo per le persone più squisite, proprio lui che ieri sera non ha esitato a far venire a cena dei russi a dir poco discutibili, per l'unica ragione che erano evidentemente disposti a dargli un sacco di soldi.

"Architetto, io pretendo delle scuse immediate!" Il tono di voce gli migliora leggermente, è sempre metallico ma un po' meno stridulo, forse perché l'indignazione che lo invade è più fredda della rabbia iniziale. "Da lei, dalla signora francese, dalla signorina russa! Restando ferma la mia intenzione di adire le vie legali per difendere la mia onorabilità, appena sarò nella condizione di farlo!"

"*Allez-y, je vous en prie! Nous allons nous amuser, au tribunal!*" La francese non demorde: la malvagità di questa sinistra chic sempre con la puzza sotto il naso è senza limiti, davvero.

Woosh! Entra anche il marinaio/factotum, nella sua divisa bianca, e anche lui gli dà subito una brutta occhiata, così, giusto per uniformarsi alle espressioni degli altri. Parla sottovoce con Perusato, l'architetto annuisce, a sua volta gli dice qualcosa nell'orecchio. Vanno insieme a confabulare più lontano nella sala, poi tornano verso la portafinestra.

"*Monsieur, un moment!*" La francese cerca di richiamare l'attenzione di Perusato. "*Il n'y a pas d'eau dans notre chambre!*"

La Reitt si distoglie per un attimo dalla russa, si associa alla sua detestabile amica. "Sì, non viene più acqua dal rubinetto! Ci siamo dovute lavare la faccia con l'acqua minerale!"

"Risolveremo al più presto, signore, non si preoccupino." L'architetto Perusato indica fuori, mette la mano sulla maniglia della portafinestra, *woosh*, esce con Carmine sulla terrazza. Senza neanche sentirsi in dovere di dare una risposta sia pure estemporanea alle richieste di Piero Gomi, nemmeno uno straccio di attestato di generica fiducia nei confronti di un Parlamentare della Repubblica.

Piero Gomi scuote la testa, adesso l'indignazione ha cominciato a trasformarsi in desolazione. Si infila la camicia nei pantaloni, si infila le calzette salvapiede (fantasmini, le chiamano al negozio) e i mocassini, quanto meno. Uscirebbe volentieri da questa sala ormai invivibile, se non fosse per il vento che c'è fuori, e per il fatto che non saprebbe dove andare. Le quattro donne sono ancora lì a fare gruppetto intorno al divano, gli lanciano occhiate ostili appena lui le guarda. È proprio vero che non c'è limite al peggio, che a volte si può scivolare di incubo in incubo, e poi in incubo ancora.

Settantatré

L'architetto la colse malissimo ad apprendere che le pale del generatore eolico non si inveniano neanche più, inquantoché il vento affuriato le scartavoltò chissà dove. Carmine Alcuanti investigò tornotorno tra pietre e cespugli una mediaora buona, ma solo un morsotto tranciato di pala gli riuscì di invenire. Fosse l'unico problema, ci sarebbe da metterci la signatura. Il backup fotovoltaico saltò tambene, inquantoché l'architetto volle acquirare gli accumulatori al minimo costo, nonostante il tecnico clarificasse che non potevano reggere, stante il consumo massivo tra cucina luci dissalatore pompe varie montacarichi. Epperò l'architetto di danari da depensare non ne aveva più, s'impuntonò a proclamare in un secondo tempo, in un secondo tempo. Pertanto qui finché il vento e il mare non si acchetano e non si riesce a far pervenire un imbarcaturo dal porto, con l'elettricità a zero stiamo. Necessiterà accomodarsi come viene, metterci il sorriso e la speranza. Certo facile non sarà, confortevole tanmeno, senza un filo d'acqua corrente nelle suite e in cucina. Solo la minerale nelle bottiglie c'è, ma non abbasterà in eterno, è allampante. Sa il Drago cosa propinerà Ramiro agli ospiti, stante che in cucina tutto elettrico è, forni piastre arcingongoli vari. Con la stoccatura nei refrigeratori che principierà a imputeolare, senza maniera di acquirare niente, senza maniera tanmeno di colligere un modico di ricci agli scogli, per causa delle onde che spantuffano e spaccamoffano ancora più di ieri. È cosa certa che Ramiro bene non la porterà, come minimo prenderà nervo. Già ieri s'infurentì di brutto alle sollecitazioni vexanti dei russi e del tedesco, gli prese proprio una scarrocciata. Per non menzionare gli ospiti, tra il non potersi lavare, il non poter telefonare, il non poter tanmeno promenare, già stavano in armi con l'elettricità operante, configurarsi mantinente. Qui ormai sono tutti pronti ad andare in fiamma, alla prima scintilla che vola. È la stressatura maxima che se li acchiappa uno a uno, giorno per giorno. C'è solo da sperare che il vento e il mare si acchietino un modico, perché così è ardua tambene per lui che in Tari ci nacque, sebbene non su questo versante. *Occidens Tari, meor scurdari*, riferiscono i vecchi. Ci sarà una motivatura se nessuno volle edificare qui nei secoli e secoli, tanmeno un cabanoncino in pietra da pastore, tanmeno uno scelterino per barche. Ci volle il barone Canistraterra, che era matto come una capra sbizzata. Basta considerare come concluse l'esistenza, voli per sempre l'anima sua.

Mantinente acerca di anime c'è il russo morto da trasmuovere giù al molo, proprio un lieto tasco per principiare la giornata. All'architetto che c'era un altro morto glielo arrivelò ieri notte la russa dell'onorevole Gomi, dopo che Neckhart e Reitt e Mathias fallirono l'impresa di impropriarsi la lancia dello yacht. Avessero requestato collaborazione a lui magari qualche possibilità in più ce l'avevano, lui una mano gliel'avrebbe data, per facilitare Neckhart nel cavarsi di Tari. A patto di recarla indietro subito per far transmarare i russi profanatori, farli sparire negli alti mari col loro cessone. Ma no, quelli zitti zitti in società segreta vollero fare. Bell'evento, così adesso chi lo cava di mezzo Neckhart, a meno di non scaravoltarlo giù da una terrazza? Tuttomodo la russa arrivelò all'architetto che il russo tombolò giù dal montacarichi e si brisò la capa contro una roccia. Tra l'oscurità e la corrente saltata e tutto lo champagne che aveva nel corpo già grossacchione, meraviglia non ne mette. Lui ieri notte appena saputo andò subito a investigare per rocce con la torcia, lo aperciò arrovesciato sul dirupo come un cinghialazzo inerte, ma transmuoverlo da solo era un'impossibilità.

Pertanto mantinente gli toccò accompagnarsi a Paolo il falegname, inquantoché il russo centoventi chili li pesa tutti e da morto ogni chilo ne vale due, come dichiarano i vecchi. Cercano di metterci un modico di cura, di non farlo stoctonare in mala maniera sui gradini, con tutto che era amico del nebulone pelato che mancò di rispetto alla Lynn Lou Shaw, epperò pur sempre un morto è, e col morto un modico di cura è richiesta. Un modico lo levano e un modico lo strascicano, lo fan slidare giù per la scalinatura, ma almeno la capa non gliela fanno stoctonare, già la craccò in mala maniera ieri notte nel volo giù dal montacarichi, c'era tanto di quel sangue colato sulla roccia. Che per sopraccarico quest'impresa della translazione del morto segreta è, l'architetto pretese il giuramento di non profferire parola agli ospiti, con tutto che Carmine Alcuanti i segreti li tiene anche senza giuramento, tambene Paolo il falegname non è certo lo sproloquone che se ne va in qua e in là.

"Certo che sta diventando un'abitudine ormai, portar morti!" Paolo il falegname clamora per farsi intendere nel vento. Ride, ma non per mancanza di rispetto verso il morto, solo per metterci un modico di luce visto che strascicar morti non è proprio il tasco più ridente del mattino, maxime contro questo vento affuriato che cerca di risbatterti indietro a ogni gradino.

"Speriamo sia l'ultimo!" Carmine ribatte in mezzo scherzo per la medesima ragione, con tutta la gravatura del russo sulle braccia, tutto il volumone di muscoli grasso budella ossa champagne tracannato immoderatamente. Reca anche due anelli grossi sulle dita, il russo, uno con una pietra rossa tipo rubino, anche un braccialone d'oro e un orologio massivo, addizionano al restante il loro peso. L'architetto gli ordinò di investigare se per caso il russo abbia oggetti di valore da mettere al sicuro per future indagini, ma lui di sottrarre le cose a un morto non ne vuole contemplare, ci riuscì solo con le foto della Lynn Lou Shaw, ma era ben altra causa. Paolo il falegname di ori e valori non si cura in minimo, pertanto si può relazionare all'architetto che nulla rinvenirono sul morto.

"Speriamo sì!" Paolo il falegname trae le caviglie del russo sotto le ascelle e pulla in gran forza, così che lo levano giù per la scalinatura mezzo imbarcato, stoctona gli scalini solo col didietro e con la schiena, per il resto lo levano su quanto umanamente possibile.

A lui la convinzione che tutti questi eventi brutti accatenati uno all'altro siano da ascrivere all'affuriatura del Drago per avergli invaso la caverna in gran turismo non gliela cava nessuno. Lo riferì a Lucia subito dopo il disastro del transacqua, ma quella a denegare a tutto capo, inquantoché il lato Moscatigno della famiglia si tiene superiore alle tradizioni, lei se ne transmarò a studiare a Roma e poi con l'architetto se ne girò il Nord e mezza Europa, et cetera. Pertanto si forza a sostenere che a queste cose non crede punto, sebbene magari un modico almeno ci creda (dopo l'inabissamente di Ciro Spanò ad esempio almeno un modico ci credette, per certo). Tuttomodo non è facile da accertare, perché ingressare la Tana del Drago in gran turismo fu per certo una profanatura, epperò ingressarci con la Lynn Lou Shaw che è una Dea dovrebbe aver compensato pienamente l'oltraggio. Senza Lei nella Tana gli ospiti non ce li avrebbe recati mai, tanmeno sotto minaccia di cacciata. Lo fece solo inquantoché sapeva di far ingressare una Dea dallo spirito immenso. Possibile che il Drago si sia affuriato per la gelosia, invece che per l'oltraggio, a vedersi ingressare nella grotta una Dea? Possibile che l'abbia agguantato una gran rabbia bruciante a vedersi impiccinito agli occhi della Muntagna Matri, al punto di perdere il lume e mettersi a menar vendetta senza spectare in qua né in là? Possibile lo è, inquantoché il Drago non ragiona certo come una persona, altrimenti che Drago sarebbe. Lì parliamo di sentimenti scuri e fondi come il fondo del mare scuro, se li vai a rimestare anche poco poco ti arriva addosso questo vento così affuriato che ti spazza e ti spinge indietro i passi, ti trovi questo mare che manda onde in schiera, una più montagnosa e incattivita dell'altra. Per la gran rabbia dell'inseguimento non si curano neanche di fracassarsi sulle rocce, o del vento che se le porta via in schiuma, visto che il vento sempre aggelosito del mare è, appena gli capita l'occasione di dargli contro, la acchiappa.

Tuttomodo ora sono agli ultimi gradini, per fortuna perché levare il russo morto è davvero da craccare la schiena. Sono sulle pietre del molo tutte sciacquonate dal mare. Paolo il falegname non ha niente da azzuppare inquantoché si promena sempre in giro scalzo, epperò a lui le sciossure si azzuppano subito tutte, cosicché la rovinatura è finale, dopo che già il bianco si guastò nel rinvenire il corpaccio tra roccia e terra sul dirupo. Il mare è così abbruttito che ieri in paragone era piatto, è tutto uno slammare uno splasciare un desnatare uno spraiare, le onde arrivano in cavalcata così cariche di furia che fa timor sacro a observarle, si spattano contro le rocce, smaccano contro il pontile per fare tutto il danno che riescono.

"Dove lo mettiamo?!" Paolo il falegname specta tornotorno, in cerca di un pertugio parato almeno in minima dal mare.

"L'architetto disse di fianco all'altro!" Carmine Alcuanti pointa verso il ridosso della roccia dove c'è il telo involtonato del fotografo morto.

"Ma siamo sicuri?! Qui le onde arrivano!" Paolo il falegname gesta al mare affuriato che si rompe onda dopo onda contro le pietre del molo.

"E cosa dovremmo fare?!" Lo sa tambene lui che non è il posto ideale per collocare i morti, ma dove altro potrebbero translocarli? "Non li possiamo certo trascinare su, in mezzo agli ospiti! Senza neanche più il montacarichi, poi!"

Paolo il falegname nodda col capo.

Carmine Alcuanti specta ancora l'involtonatura col fotografo morto, cerca di intuizionare dove calare il russo per non farlo scartavoltolare via dalle onde. Il Chris Craft invece non riesce quasi a spectarlo, gli manda una crepatura nel cuore, tutto squarcionato e imbragonato lì a pendulare nell'aria, coi tiranti che cercano alla disperata di tenerlo e il vento che lo scechera senza sosta per fargli più danno che può, dopo il danno che gli ha già fatto il mare. Sono sempre in gara, questi due, non stoppano mai di confrontazionarsi per chi è il più forte.

Paolo il falegname pulla il russo morto dalla parte dei piedi, Carmine lo reca per le ascelle, grave mollo imbarcato che davvero è una dura fatica, per fortuna qui slippa sulle pietre infradiciate e sguiscionate. Lo traggono di fianco al fotografo tutto involtonato così bene che il vento finora non riuscì a svoltonarlo, nemmanco i piedi riuscì a esporre in mostra.

Carmine Alcuanti va a guadagnare il telo nel deposito importellato in roccia, rimedia pure una corda. Svoltonare il telo per calarci il russo morto e rinvoltonarlo con questo vento affuriato è un altro efforte maximo, tocca mettere le pietre agli angoli e notuistante il vento va a infilarsi sotto il telo, solleva e sparapacchia, tanto che ci devono stazionare sopra a quattro piedi per non farlo scartavoltare via fin sulla Muntagna.

Mediaora buona gli necessita in due, e fortuna che anche Paolo con i nodi ci sa fare e tiene prontezza di mano e di piede, altrimenti non ne pervenivano più a soluzione. Tuttomodo questo telo è più corto dell'altro, nonché il russo è ancora più grossacchione corpulone del fotografo, così che infine è ben involtonato sì, epperò i piedi un modico fuori brotano, non molto epperò non proprio ben coperti in perfecto sono. Tuttomodo ecco i due morti involtonati in lato al comincio delle scale, se il povero Ciro Spanò non si fosse inabissato adesso tre morti involtonati ci sarebbero. Almeno il vento affuriato smoffa via tutto compresi odori insetti tutto, altrimenti il fotografo mantinente mandava tanto di quel puzzo di carogna sfatta da non potercisi appressare a venti passi, tambene tutto coperto di mosche e formiche sarebbe. Il russo di per suo stinkerebbe di gran brutto tambene, già mantinente ad andargli vicino col naso lo si sente, configuriamo in qualche ora di sole. Pertanto ci sarebbe da ringraziare il vento, epperò il vento non va ringraziato proprio mai in nessuna ragione, è capace di prendere dispetto e affuriarsi ancora più.

Tuttomodo adesso se ne riclimbano su per la scala, col vento che al posto di puscionarli indietro li smussa avanti a tutta forza, tambene quando i gradini prendono a destra o a sinistra, col dangero maximo di scartavoltarli giù per la roccia, fargli fare la fine del russo. Parlare non parlano, tra la secretura dell'impresa e il rombonare nelle orecchie e il fatto che Paolo il falegname non è mai gran sfarfaratore, tanmeno ora che han giusto levato un morto.

Tanmeglio così, Carmine Alcuanti può fantaseare senza molestie sulla Lynn Lou Shaw, pitturarsela davanti agli occhi più vera del vero che ondula armoniosa sopra la sedia come ieri notte nella sala. Che non certo fu una lapdance come ritenevano nella loro brutale ignoranza i russi profanatori, la Muntagna Matri il castigo glielo mandò di repente. Quelli della Lynn Lou Shaw ieri notte erano i Movimenti della Grazia infinita, la danza della Femmina Immensa, così soavi e maestosi e scombussolanti che quasi fa paura rimemorarli, ogni Movimento una Verità rivelata, un Significato che arriva dritto all'animo, trafigge il cuore e ci infonde la Corrente inesauribile, scorre nel sangue colmo di Sentimento.

Sono cose che non si possono inboxare in verbo, non bisognerebbe tanmeno attemptarci, epperò capita che le parole si cercano, in errore inquantoché i Movimenti della Dea non si possono verbare, si possono unicamente perceivare. Coi sensi e coi pensi, come si dice. Meglio non transverbare tanmeno i pensi, allora, meglio envisionarla qui che ascende le scale con lui, meglio fantaseare di sfiorarle appena appena la mano, di turnare la testa un modico per admirare il sorriso della Dea, i capelli che ondano e flouano nel vento affuriato. O talvè envisionarla col fazzoletto che si pose sul capo l'altro giorno per escursionare nel Chris Craft, quando fecero affuriare il Drago che si sentì impiccinito in paragone a Lei proprio sotto gli occhi della Muntagna Matri e cercò vendetta. E se il Drago si sentì impiccinito, figuriamoci il vento! Epperò si può affuriare quanto gli pare, può sparlincare via porte e finestre, può smuffare e suffonare e spaccamoffare e suvifinare quanto gli pare, la Lynn Lou Shaw non se ne appercerà tanmeno, al più potrà metterci il sorriso. Sai cosa può hacere un modico di vento aggelosato a Chi è tanto al di là, a Chi è tanto sopra tutte le altre cose di questo mondo presente?

Settantaquattro

Quello stronzo di Brian sta scuotendo non solo lei per farla svegliare, ma tutto il letto, cazzo! Sta scuotendo tutta la fottuta stanza, *shake-shake-shake* a tutta forza, pur di strapparla fuori dal sonno e non lasciarla in pace neanche quando dorme, lo stronzo! "Piantala, cazzooo!" Lynn Lou Shaw grida più forte che può, salta su a sedere col cuore che le batte a mille per la rabbia, però quel figlio di puttana di Brian non c'è, dev'essere uscito di corsa perché nella stanza non si vede. Bell'impresa di merda, può proprio esserne orgoglioso, svegliarla in questo cazzo di modo e scappare fuori, stronzo di un figlio di puttana!

Ha la bocca impastata da schifo, il naso congestionato, lo stomaco contratto, la nausea che va e viene, gli occhi appiccicati dal trucco, tutti cisposi per aver premuto contro questo cazzo di cuscino, un mal di testa che la spacca in due. Non è certo colpa dello champagne che le hanno mandato i russi, di quello ne avrà bevute due bottiglie al massimo, è la vodka (o era gin?) e il Campari che ha bevuto dopo lo champagne per non andare giù a picco in una fottuta depressione. È per quello che bevi, no, per cercare di stare almeno qualche metro sopra terra, non farti schiacciare come uno scarafaggio dalla forza di gravità. Solo che quando sei riuscita a tirarti su a un minimo di altezza (e non basta l'alcol ma ci devi mettere l'energia, i sorrisi, l'umorismo, ci devi mettere almeno qualche pezzo di canzone, ci devi mettere le mosse giuste) devi continuare a sbattere le ali come una povera anitra zoppa, se non vuoi schiantarti. E non c'è mai un cazzo di nessuno che si renda conto dello sforzo che ti costa. Pensano che tu sia lì a volteggiare in aria leggera come una farfalla, non gli passa neanche per la testa di vederti come una povera anitra zoppa, che se torna giù si schianta. Poi naturalmente il mattino dopo la fottuta legge della desolazione inesorabile ti manda il suo fottuto conto, la bocca impastata e la nausea che va e viene e gli occhi cisposi e il mal di testa che ti spacca in due. E adesso grazie a quello stronzo bastardo di Brian non c'è più in giro nemmeno un Advil da prendere, nemmeno una fottuta aspirina, cazzooo!

Lynn Lou Shaw scende dal letto, quasi scivola e sbatte il culo sul pavimento per la poca stabilità che ha. Si deve sedere sul bordo a cercare di schiarirsi un minimo la testa, anche se questa cazzo di luce che entra da tutti gli spiragli delle finestre non aiuta certo. Ma almeno le torna in mente che Brian non c'è, grazie a Dio, quello stronzo si è preso la stanza di Lara e l'ha mandata a dormire qui con lei già la notte scorsa, dopo aver detto che in seguito agli infiniti inutili tentativi e alla luce degli ultimi episodi e *blah, blah, blah*, considerava chiusa la loro esperienza matrimoniale. Però avrebbe potuto considerare chiusa la loro fottuta esperienza matrimoniale *prima* di buttarle via tutte le pillole, non dopo, il figlio di puttana! Così invece è riuscito a fare la sua bella azione di merda, e potrà certamente raccontare in giro un sacco di altre palle su come ha provato e riprovato a salvarla fino all'ultimo, ma non c'era proprio niente da fare perché lei è proprio un caso irrecuperabile, una che non vuole a nessun costo essere aiutata, eccetera. Intanto è riuscito a renderle ancora più di merda questa mattina di merda, lo stronzo, insieme alle pillole le ha buttato via anche la possibilità di farsi almeno passare il mal di testa.

Lara non ha lasciato neanche una piega sul suo lato del letto o sul suo cuscino, è assurdo. Ha questo modo da gatta che passa tra le cose senza spostarle e senza scombinarle, proprio al contrario di lei. Si sveglia più o meno all'alba, va fuori a fare yoga su qualche roccia anche se c'è il vento di tempesta, la vedi che si muove leggera leggera. Ha la cosiddetta grazia felina, come diceva Victor Podgornji, il suo maestro di recitazione a New York. La faceva diventare matta a cercare di insegnargliela, continuava a scuotere la testa, a gridare "Lynn Lou, non ci siamo, non vedo nessuna grazia felina!" Poi da quando Lara ha cominciato a trafficare un po' con Paolo un attimo la vedi e un attimo dopo non la vedi più, sguscia via per qualche incontro segreto da qualche parte, non sai mai quando riappare.

Comunque se ci pensa è una cosa strana, va be' che adesso ha il cervello appannato e 'sto cazzo di mal di testa che la spacca in due, però di amiche vere non può dire di averne mai avute. Tra il fatto che non è mai andata alla scuola normale, che è diventata famosa fin dal primo film, eccetera. Per anni ha continuato a dire nelle interviste che la sua migliore amica era sua madre, finché si è resa conto di che razza di cazzata incredibile fosse. Con le sue colleghe amica non è mai stata, anche se con qualcuna le capita di fare la recita in pubblico, magari perché sono a una festa di una e bevono da pisciarsi addosso, da non stare più in piedi, e i fotografi sono pronti lì fuori con i flash quando escono. Con una o due si è data perfino un bacio in bocca ai Grammy Awards o alle premiazioni di MTV, perché si sa che un bacio tra due donne famose il giorno dopo fa il giro di tutto il mondo, per via di tutti i cazzoni guardoni che si esaltano. Però sono tutte cazzate pubblicitarie, inventate da quegli stronzi di agenti e addetti stampa. Sotto non c'è mai un cazzo di niente di vero, l'unica cosa vera è l'invidia, se per caso una ti fotte una bella parte in un film che incassa un sacco di milioni, o la gelosia se ti fotte un attore che ti piaceva appena ha l'occasione di girarci un paio di scene un po' stretta o di passarci qualche settimana in una location un po' esotica. Insomma, adesso ha perso il filo per colpa della nebbia nella testa, ma è per dire che non sa neanche di preciso come dovrebbe o non dovrebbe essere, un'amica vera. Però di sicuro Lara con lei non è né gelosa né invidiosa, a volte la ascolta davvero, non per finta, almeno quando lei parla in modo comprensibile, e non si fa problemi a dirle le cose che pensa, anche quando magari sa che la farà incazzare. A volte sembra addirittura che si preoccupi un po' per lei, per esempio quando lei beve un po' troppo o magari le viene un crollo, però non cerca di farle la lezione o di metterla sotto chiave, non va a fare la spia da quello stronzo di Brian. Insomma, magari è una sua amica, Lara. Almeno un po', forse. Boh, chissà cosa cazzo è un'amica, poi.

Adesso però deve proprio andare in bagno a pisciare. Deve stare attenta a non scivolare e sbattere il culo perché qui è come camminare sul ponte di una nave, devi mettere un fottuto piede dietro l'altro, tenere le braccia un po' in fuori per bilanciarti.

Fino al bagno riesce ad arrivarci, il culo sul cesso riesce a posarlo, è già un risultato con questo cazzo di mal di testa, con questa nebbia che le appanna i pensieri, con questa nausea che va e viene. Si alza, ma la nausea viene su, si mette giù in ginocchio ad abbracciare il cesso ma naturalmente adesso la nausea va via, si rialza in piedi e le ritorna, si rimette giù e se ne va, la stronza, sembra che lo faccia apposta! Tanto vale lasciar perdere, vaffanculo, schiacciare lo sciacquone. Ma non viene giù niente, forse è lei che ha le mani sbagliate per via di come si sente, non riesce neanche a premere il tasto nel modo giusto, è ridicolo, cazzo. Vede il suo beauty case sulla mensola sotto lo specchio, va a rovesciarlo e scuoterlo, *shake-shake-shake*, cercando di non guardarsi allo specchio per non farsi tornare la nausea. Fa cadere sul pavimento matite ombretti rouge pinzette forbicine di tutto, ma pillole zero, neanche una che per un caso fortunato avrebbe potuto anche essersi infilata in fondo a qualche scomparto o taschina. Zero, figurarsi se ne capitano mai, di queste belle sorprese. Chissà che gusto ci avrà provato quello stronzo di Brian a buttargliele via tutte, chissà che fottuta impresa meritoria gli sembrerà di aver fatto. Si sarà sentito un vero eroe della squadra narcotici, uno che sradica i vizi e rimette a posto il mondo, lo stronzo figlio di puttana!

Va al lavandino per lavarsi la faccia, proprio con la smania di buttarsi l'acqua a due mani proprio *splash splash splash* a ripetizione, ma dal rubinetto vengono fuori solo tre, quattro fottutissime gocce, basta. Gira la leva a tutta forza da una parte e dall'altra, dà dei gran colpi finché le fa male la mano, oltretutto si vede nello specchio, è impossibile non vedersi. Ha una faccia che fa veramente schifo tanto è gonfia, con il trucco impastato intorno agli occhi sembra un fottuto panda, le viene di nuovo la nausea, ma dal rubinetto non esce un cazzo di niente. Non si ricorda se ieri notte quando è rientrata l'acqua c'era, in realtà non si ricorda un cazzo di ieri notte, almeno da un certo punto in poi, dopo che ballava sulla sedia e c'erano quei cazzoni di russi che battevano le mani e fumavano i sigari. Più che altro l'ha fatto per fare incazzare Brian, quello stronzo, visto che ballare sulla sedia è la tipica cosa che lo fa incazzare. Non si ricorda neanche come cazzo ha fatto a tornare qui, l'ultima cosa che si ricorda è che non le sembrava di essere in grado di andare da nessuna parte. L'avrà accompagnata Lara, o magari quello stronzo di Brian, per dimostrare a tutti che non è un uomo che rinuncia alle sue responsabilità, anche se la loro fottuta esperienza matrimoniale è conclusa. Adesso sarà contento che non ci sia acqua, quello stronzo, visto che stava sempre lì a misurarle perfino la durata delle fottute docce, a dirle ogni cinque minuti che doveva smetterla e venire fuori, che non ci poteva passare ore. E se lei invece volesse passarci la vita, sotto la fottuta doccia? Ma no, lui aveva il fottuto dovere superiore di guidarla e indirizzarla tutto il tempo, cazzo. Perfino stamattina si è sentito in dovere di venire a scuoterle il letto a tutta forza per svegliarla, il grandissimo stronzo!

Lynn Lou Shaw torna nella stanza, di nuovo come se camminasse sul ponte di una nave, un piede dietro l'altro e le braccia un po' in fuori, con questi pensieri su quello stronzo di Brian, gli occhi cisposi anche se cerca di bagnarsi un dito con la saliva per pulirseli un po'. Ma di saliva non ne ha quasi, non le viene proprio, dovrebbe bere qualcosa ma non c'è un cazzo da bere. Cosa cazzo cercava in uno come Brian, vorrebbe sapere? Non l'aveva visto da subito che fottuto maniaco del controllo era, che fottuto manipolatore? Cercava una figura paterna, come le ha detto l'analista? Forse è anche per quello che lo stronzo ha cominciato una campagna finché è riuscito a farla smettere di andarci, dall'analista? Cercava protezione e rassicurazione, anche se voleva dire farsi chiudere in una fottuta gabbia dorata? Adesso la testa le fa ancora più male di prima, le viene di nuovo la nausea, le va, le viene. Alla fine le viene un rutto gigante, *burrrp*, subito dopo almeno la nausea non torna più, anche se per il resto continua a sentirsi da schifo, ma veramente da schifo. Che merda di mattina, davvero!

Adesso poi c'è anche qualche figlio di puttana che sta bussando alla porta, da chissà quanto. Pensava che fosse il martellamento del mal di testa, invece è proprio qualcuno che batte con la mano sulla fottutissima porta, e non smette, non smette. Non può essere Lara, perché non è il tipo da insistere così tanto, se ne sarebbe già andata a fare un giro con la sua grazia felina, lei che ce l'ha. Quindi sarà di sicuro quello stronzo di Brian, quel professionista dell'interferenza sistematica, quello stronzo lavatore di cervelli. Perché non è riuscito ad andarsene via ieri notte con i russi, cazzo? Chi è che ieri notte diceva che non c'è riuscito, lo stronzo? Che i russi non l'hanno voluto e c'è stata una rissa selvaggia giù al molo e i russi sono scappati? Non le torna in mente, non vuole neanche sforzarsi troppo la memoria perché se no le torna la nausea, già se la sente. Cerca di far finta di niente, vedere se quello stronzo di Brian si stanca di bussare e smette, ma lo sa già che le rotture di palle non smettono mai per conto loro, sono solo le cose buone che smettono, è la fottuta legge della desolazione inesorabile.

Alla fine si infila la vestaglietta di seta, anche se le ci vogliono almeno cinque minuti prima di riuscire a passare le braccia nelle maniche. Si infila gli occhiali da sole per non dare a quello stronzo la soddisfazione di vederla con gli occhi pesti e cisposi, non dargli la soddisfazione di dire hai visto come ti riduci, appena smetto di dirti cosa cazzo devi e cosa cazzo non devi fare? Hai visto come sei patologicamente egocentrica e incontrollabile? Figlio di puttana, gli romperebbe sulla testa una bottiglia, ad averne una, ma la bottiglia non c'è, cazzo. Le pantofole comunque non se le mette, perché le sgusciano via appena prova a infilarci un piede, *swish*, come due fottute lepri bianche, *swish*, tanto per dare il loro piccolo contributo a questa mattina di merda, stronze di pantofole!

Va alla porta, con l'idea di socchiuderla quanto basta per gridare a quello stronzo di Brian di non permettersi mai più di fare il predicatore convincitore manipolatore con lei, adesso che la loro fottutissima esperienza matrimoniale è conclusa. Ha tutte le parole già lì pronte, deve solo aprire la bocca per buttarle fuori a tutto volume, fare indietreggiare quello stronzo per lo spavento. Però appena socchiude la porta, il vento gliela strappa di mano con una forza allucinante, *slam!* la fa sbattere contro il muro, *bang!* come un colpo di pistola. E nello stesso momento, *wham!* tutta la luce di fuori le viene addosso, le passa attraverso gli occhiali da sole, come quando i fottuti paparazzi ti sparano i flash addosso a bruciapelo, tranne che questa luce ha una potenza di circa un milione di volte più di un flash, quasi ti butta a terra. Ma in piedi davanti a lei non c'è affatto quello stronzo di Brian, c'è Carmine il marinaio, che indietreggia non per lo spavento di quello che lei gli grida (non gli grida niente) ma solo perché la vede sulla porta spalancata.

"Miss Lynn Lou." È lì nella sua divisa bianca che sembra ancora più bianca in questa luce pazzesca, proprio il bianco sparato che viene con un riflettore da cinema da tremilacinquecento watt, quelli che ti creano l'alone ultrabrillante intorno, quando il direttore della fotografia vuole proprio esagerare l'impatto di una scena.

Poi c'è il fottuto vento che tira in modo pazzesco, quello di ieri non era niente in confronto, le fa volare i capelli in faccia, cerca di aprirle la vestaglietta di seta, deve premersela al petto e sul fianco con le mani per tenerla chiusa, tenerla giù.

"Vi spaventaste, prima?!" Carmine alza la voce per farsi sentire. "Con le scosse?!" È strano, perché quando la porta si è spalancata e ha detto "Miss Lynn Lou" parlava a un volume normale, anzi mormorava appena, eppure lei l'ha sentito benissimo. Dev'essere una di quelle cose inspiegabili che succedono, quelle strane comunicazioni semitelepatiche, boh. Adesso invece deve gridare per farsi sentire, il che dimostra quanto è stato strano prima. I capelli in ogni caso non gli volano perché sono corti e lui ci mette sempre il gel e li pettina con tanta cura all'indietro, però i pantaloni bianchi ben stirati fanno *flap flap flap*.

"No, però mi ha fatto incazzare! Io mi alzo quando mi pare, non ho voglia che nessuno stronzo venga a scuotermi per svegliarmi!" Anche lei deve gridare, deve tenersi stretta la vestaglietta, visto che oltretutto sotto non ha niente.

"Certo, Miss Lynn Lou." Carmine la guarda con quest'aria di infinita ammirazione, come se incazzarsi invece di spaventarsi perché quello stronzo di Brian viene a scuoterti il letto fosse una dimostrazione di immensa superiorità. Resta lì fermo, poi indica per terra, una cassetta di bottiglie di acqua minerale islandese posata sul gradino. "Mi permisi di portarvi queste!"

Lei non dice niente, perché non sa se dovrebbe ringraziarlo oppure offendersi, non sa se le ha portato l'acqua per gentilezza o perché l'ha vista ubriaca da far schifo ieri notte, come si potrebbe fare con una fottuta alcolista cronica che fa compassione.

"Dato che la pompa dell'acqua non funziona!" Carmine fa un gesto alle sue spalle. "Se avete bisogno di lavarvi, o qualcosa, Miss Lynn Lou!"

"Ah, grazie!" Va be', almeno non era il gesto di portare l'acqua alla fottuta alcolista cronica, è già qualcosa.

Carmine indica la cassetta di acqua minerale, indica la stanza. "Se volete la porto dentro io, che è pesante, Miss Lynn Lou!"

Lei fa di sì con la testa, si tiene chiusa la vestaglietta, aspetta che lui raccolga la cassetta con le bottiglie e venga dentro.

Carmine va in fondo alla stanza, posa la cassetta sul pavimento, visto che il tavolo non c'è più, chissà perché. Ah, perché ieri sera l'hanno portato nella sala visto che dovevano mangiare tutti dentro o qualcosa del genere, sì, adesso le torna in mente.

Si guardano e non si guardano, a due o tre passi di distanza, con il vento che ruggisce fuori dalla porta spalancata come un treno merci impazzito, *roarrrrrrrrrrrrrrrrrr!* Nessuno dei due sa bene cosa cazzo dire o fare, perché la consegna della cassetta d'acqua è finita e non è che ci sia da aggiungere altro, a meno di non voler parlare di che penosa figura di merda ha fatto lei davanti a tutti ieri notte. O andare a rivangare il fottuto rodeo sessuale di ieri pomeriggio, meglio di no, cazzo.

"Ho pensato di portarvela perché non ce n'è tanta." Carmine indica di nuovo la cassetta dell'acqua, forse perché gli sembra l'unico argomento sicuro qui dentro. "Prima che se la prendano gli altri ospiti."

"Grazie." Lei cerca un tono un po' morbido, ma la voce questa mattina è quella che, gracidante, una voce da rana che la notte prima ha bevuto troppo. Cerca almeno di muoversi con un minimo di grazia, ma anche l'equilibrio è quello che è, vale a dire zero. Meglio appoggiarsi al muro, per sicurezza. Gli occhiali da sole non se li toglie, neanche se l'ammazzano.

Carmine guarda le finestre con gli scuri ancora chiusi, guarda la porta spalancata, guarda il pavimento.

Lei si gratta il naso che le pizzica, si gratta l'angolo di un occhio sotto le lenti scure per cercare di pulirselo.

Carmine sembra sul punto di salutare e andare via, ma invece si toglie di tasca un apribottiglie, va a prendere un bicchiere dal comodino, stappa una bottiglia d'acqua minerale, riempie il bicchiere. "Miss Lynn Lou." Glielo porge, con un inchino da cavaliere antico.

Lei lo prende, lo vuota in un solo sorso continuo, *glu glu glu*. Ma non basta, non basta per un cazzo. Strappa la bottiglia di mano a Carmine, butta all'indietro la testa, *glu glu glu*, manda giù acqua con un'avidità da fottuto cammello mezzo morto di sete nel deserto. Smette solo quando l'ha vuotata, gliela restituisce. Si asciuga le labbra col dorso della mano, *burrrp*, le viene di nuovo un rutto, anche se meno forte di prima.

Carmine è lì che la guarda, con la bottiglia vuota in mano e un'espressione paralizzata, non si capisce se per lo stupore di vederla bere così tanta fottuta acqua tutta d'un colpo o per il disgusto del rutto, o per lo schifo più generale di vederla in queste condizioni, per la delusione atroce del fan davanti al crollo del suo fottuto mito eccetera.

"Scusami. Anche per ieri notte." Le parole le vengono fuori da sole, e anche le lacrime agli occhi, all'idea di aver provocato una delusione atroce al marinaio, oltre che al regista a Roma e ai colleghi del cast e a sua madre e alla sua agente e al suo manager e a quello stronzo di Brian e ai critici cinematografici che hanno fatto a pezzi le sue due ultime interpretazioni e a tutti i suoi cosiddetti amici di Facebook e Twitter e Flickr, alle decine di migliaia di persone che l'hanno votata come la donna più bella del mondo senza avere una fottutissima idea di che razza di squallida poveraccia con la voce da rana e la faccia gonfia da far venire la nausea a se stessa solo a guardarsi allo specchio possa essere in una mattina come questa.

"Miss Lynn Lou!" Carmine ha una foga inspiegabile nella voce.

"Eh?" Lynn Lou Shaw lo guarda tra le lacrime, attraverso le lenti scure degli occhiali, mezza attenta e mezza annebbiata, con il cuore e lo stomaco di piombo, schiacciata a terra dalla fottuta forza di gravità, non ce la fa più a sbattere le ali per tenersi in aria. Singhiozza, le lacrime le scendono sulle guance, il naso le cola.

Carmine posa la bottiglia d'acqua sul pavimento, viene avanti di slancio come se volesse baciarla o abbracciarla, e invece da un istante all'altro va giù, si butta in ginocchio davanti a lei!

Lei non capisce più cosa cazzo succeda, la situazione è così fottutamente assurda.

"Miss Lynn Lou, voi siete una martire!" Carmine ha un tono infervorato, gli occhi neri che brillano di un fuoco di passione. "Voi siete la Luce del Mondo, che si sacrifica per rischiarare gli animi della gente spenta e grigia!"

"Dài..." Non sa cosa cazzo rispondergli, perché cosa rispondi a uno che ti dice cose del genere? Tira su col naso, cerca di asciugarsi il moccio con il dorso della mano, si sente parecchio instabile sulle gambe.

Carmine è lì in ginocchio che continua a guardarla dal basso in alto, protende le braccia, le prende una mano, la stringe tra le sue mani calde, tremanti. "Voi siete la Saggezza e l'Armonia e la Grazia infinita! Io ogni minuto del giorno e della notte benedico il momento in cui metteste piede sul Chris Craft!"

"Sì, per distruggerlo, il Chris Craft..." Cerca di asciugarsi gli occhi sotto le lenti scure, tira ancora su col naso. Ha le ginocchia deboli, il pavimento continua a ondeggiarle sotto i piedi, il vento fuori dalla porta spalancata continua con il suo *roarrr*.

"Ma è ancora là sotto, Miss Lynn Lou!" Carmine non accenna a cambiare tono. "Diventò sacro dal momento che voi ci metteste piede sopra!"

"Va be'..." Continua a non sapere come cazzo reagire, cosa cazzo pensare. L'unica cosa certa è che non riesce a restare in piedi, tanto più se lui continua a tenerle la mano. Si lascia scivolare giù con la schiena contro la parete, si siede sul pavimento, ondeggia un po' avanti e indietro.

"Miss Lynn Lou, voi siete una Dea!" Carmine le stringe la mano più forte. "Ogni cosa che guardate con i vostri occhi diventa bella, ogni cosa che toccate con le vostre mani diventa benedetta!"

"Davvero?" Lynn Lou Shaw continua a chiedersi se tutto questo sta succedendo davvero, o sia una fottuta allucinazione dovuta alla roba che ha bevuto ieri notte. Ma sembrerebbe tutto vero, anche se è ben strano.

"Pure quella sedia su cui mi metteste per curarmi le graffiature è sacra, ormai!" Carmine è totalmente serio, sì, basta guardarlo. "E doppiamente sacra dopo che ci saliste anche voi! Triplamente sacra! La nascosi nel deposito, nessun altro ci si dovrà sedere mai più!"

Lei si sente un po' di brividi che le corrono attraverso il corpo, abbastanza piacevoli anche in questo stato di annebbiamento. Ondeggia all'indietro, cerca di tenersi dritta ma non ci riesce, ondeggia in avanti, allunga il braccio per permettere a Carmine di tenerle meglio la mano.

Lui gliela bacia, *smack, smack, smack*. Le sue labbra scottano, i suoi occhi bruciano quando li alza per guardarla. "Io mi butterei dalla roccia, per voi, Miss Lynn Lou! Nel fuoco, mi butterei! Comandatemi quello che volete, non discuterò neanche per un istante i vostri ordini!"

Lei comincia a sentirsi bagnata in mezzo alle gambe, perché Carmine è così vicino e così totalmente infuocato, è una cosa che la scalda e la fa sciogliere dentro, anche se forse una dea non dovrebbe reagire così davanti a un suo adoratore. Ma cosa dovrebbe fare una dea, esattamente? Seduta sul pavimento a gambe aperte, c'è solo la seta della vestaglietta tra le sue cosce, anche se lui le guarda solo la mano e la faccia, ha questa vibrazione che continua a salire, questo scioglimento interiore, è così calda e liquida.

"Io sarò vostro servo per sempre!" Carmine continua a baciarle la mano, a guardarla negli occhi con occhi di fuoco. "Io sarò sempre con voi a proteggervi e difendervi, Miss Lynn Lou! A adorarvi dalla mattina alla notte alla mattina! Dall'estate all'inverno all'estate! Nel buio e nella luce! Sulla terra e nell'acqua!"

Lei comincia a tirare la mano a sé, con le mani scottanti e stringenti di Carmine intorno, le labbra scottanti e bacianti di Carmine sopra. Lui è in ginocchio, così più lei tira la mano, più lui le si inclina contro, più aumenta il bisogno di tirarselo addosso, di sentire le sue mani sulla pelle, di farlo respirare più profondo, più affannato.

"*Cammine?!*" Una fottutissima voce di donna attraversa il ruggito soffiante del vento fuori dalla porta spalancata, raggiunge questa parte della stanza anche se nessuno di loro due vorrebbe sentirla. Ma è lì, e ritorna, come una fottutissima interferenza che non se ne va. "*Cammine?! Quo haci hemm?!*"

Carmine salta in piedi, si gira verso Lucia che è entrata dalla porta spalancata. "*Quo vui?*"

"*L'architittu ti inquiera de pezza!*"

"*Mante vingu, Matri Santa!*" Carmine si gira di nuovo verso Lynn Lou Shaw che è rimasta seduta a terra senza muoversi, si china con aria protettiva, le porge una mano per aiutarla ad alzarsi.

Lucia si accorge di lei solo adesso, diventa estremamente imbarazzata. "Mi scusi, non volevo disturbare, ho visto la porta aperta... Si era spaventata per le scosse?"

"No. Mi hanno solo fatto incazzare." Lynn Lou si raddrizza contro la parete, si aggiusta la vestaglietta, si passa una mano tra i capelli. L'ha fatta incazzare anche essere interrotta adesso, cazzo.

Lucia la guarda con un'aria estremamente perplessa, chissà perché, inclina un po' la testa.

Lynn Lou cerca di stare in piedi senza oscillare troppo, cerca di respirare in modo più regolare, ricomporsi in qualche modo.

"L'architetto ha chiesto di Carmine, ma se invece ne ha bisogno lei..." Lucia non sa più come comportarsi, retrocede verso la porta spalancata.

"Non ne ho bisogno." Lynn Lou Shaw fa un gesto a Carmine che la fissa, sospeso.

"Va bene, allora buongiorno." Lucia distoglie gli occhi per far capire quanto è fottutamente discreta, dà un'occhiata di taglio a Carmine, esce dalla stanza.

"Miss Lynn Lou, se mi volete, io resto." Carmine la guarda con un'espressione di assoluta dipendenza.

"Grazie, vai pure." Gli fa un gesto per liberarlo dall'impegno. Un gesto da regina, ma non da regina stronza e arrogante, da regina gentile, fottutamente romantica.

Carmine esita ancora, poi va all'indietro fino all'uscita, quasi si dissolve nella luce violenta e nel vento che ruggisce come un treno merci, richiude la porta.

Lynn Lou Shaw resta in piedi in fondo alla stanza improvvisamente silenziosa e semioscura, con un di senso delusione e di inutilità che le sale dentro. Ma avrebbe dovuto aspettarselo dall'inizio, dato che conosce fin troppo bene la fottutissima legge della desolazione inesorabile.

Settantacinque

L'unica cosa che mancava era un'altra scossa di terremoto, pensa Gianluca Perusato, come se la situazione non fosse già abbastanza disperata. Così adesso si può aggiungere la paura alla caterva di sentimenti deteriorati degli ospiti, e avere un bel quadro, davvero. È pazzesco quanto possano andare storte le cose, una volta che cominciano ad andare storte, e quanto possano *continuare* ad andare storte. La sfortuna non conosce nessunissimo senso della misura, questo appare evidente. Bisognerebbe aggiungere un corollario alla legge di Murphy, vale a dire che tutto quello che potrebbe andare storto non solo andrà storto, ma andrà storto proprio nel momento in cui farà il massimo danno. Di fronte a un accanimento così perverso della sfortuna uno può perfino capire le barbariche superstizioni animiste dei taresi, il loro attribuire una volontà alle forze della natura e agli oggetti inanimati.

Si guarda intorno sulla terrazza, nel vento che tira in modo folle, e si sente al di là dello sconforto, in un territorio mentale ed emotivo pericolosamente vicino all'indifferenza. Il mare è una successione di cavalloni che si inseguono, turbini di spruzzi che si staccano dalle creste. Il Chris Craft laggiù ondeggia paurosamente nella sua imbragatura, lambito dalle ondate che sommergono il molo di schiuma bianca. Ci sarebbe da mettersi a ridere, a questo punto, gettare la spugna. Ma non si può, si deve fare di tutto per resistere alla tentazione di lasciarsi andare, trovare il modo di contenere i danni. Gianluca Perusato percepisce un movimento alle sue spalle, si gira per vedere se è Lucia che ha recuperato Carmine, sparito chissà dove proprio quando ci sarebbe più bisogno di lui, tanto per cambiare.

Invece è l'ingegner Cobanni, con appeso al collo un altro dei suoi splendidi binocoli, tra le mani uno strumento di ottone con una piccola elica al centro. “Architetto, l’anemometro mi dà quarantasette nodi di vento!” Grida. Stranamente, sembra eccitato all’idea. Forse è un effetto della disperazione, gli ultimi guizzi prima del crollo. “Sono ottantasette chilometri all’ora! Nono grado della scala Beaufort, ai confini con il decimo!”

“Cosa le devo dire, ingegnere?!” Gianluca Perusato è senza parole. “Anche la scossa di terremoto, prima, io non so più come...” Il vento sovrasta la sua voce, meglio così.

“È magnifico, architetto! Anche il terremoto! Fa parte dell’esperienza! Una suggestione incredibile!”

“Lei trova?” Gianluca Perusato è tutto impegnato nello sforzo di arginare l’angoscia da cui è invaso, guarda l’ingegnere senza capire.

“Ma certo!” L’ingegnere viene ad affacciarsi al bordo della terrazza, indica là sotto. “Guardi che spettacolo! Sembra un mare di nuvole!” Sì, è in preda a un’esaltazione.

“Già!” Nel giro di un istante, in modo del tutto inatteso, Gianluca Perusato intravede un filo di speranza, tra le macerie della sua impresa devastata dalla legge di Murphy.

“Guardi quei turbini intorno alle rocce!” L’ingegner Cobanni continua a indicare, gli porge il suo binocolo. “Guardi! Guardi quelle creste che si arrotolano! Capisco che il barone fosse affascinato da questo posto!”

“Certo!” Gianluca Perusato studia il mare inferocito attraverso le lenti del pregiato binocolo, e più guarda, più il filo di speranza acquista consistenza, diventa una funicella a cui ci si può aggrappare.

“È il Sublime Teatro degli Elementi, come lo chiamava il barone!” L’ingegner Cobanni vibra di entusiasmo, proprio come davanti a una magnifica rappresentazione teatrale.

“Proprio così, ingegnere!” Gianluca Perusato gli restituisce il binocolo, si guarda intorno, e intanto la speranza gli si trasforma in una forma di fiducia crescente, che lo pervade sempre più. Gli ospiti (non i Reitt o i Neckhart, d’accordo, ma quelli sono venuti qui per ragioni anomale, e comunque non torneranno, dimentichiamoceli) non scelgono forse un posto come questo proprio perché sperano di trovarci suggestioni che non riescono a trovare altrove? Non sono forse alla disperata ricerca di emozioni e stimoli ormai assenti nelle loro vite troppo comode e sicure, troppo organizzate? Non era forse questa l'idea originaria di Villa Metaphora? Certo, si sarebbe potuto francamente fare a meno dei morti, però mica li ha ammazzati lui, per provocare un brivido aggiuntivo agli ospiti (anche se l'hanno provocato). Sono state delle disgrazie, del tutto indipendenti dalla sua volontà. Certo, non avere acqua nelle camere né elettricità per l'impianto di condizionamento aria e per la cucina è un problema, però se c'è un posto civilizzato che può fare a meno della corrente elettrica per uno o due giorni, è questo! La scelta delle lanterne e delle candele adesso si rivela vincente come non mai, e rende ancora più autentica l'atmosfera. Quanto alla suggestione degli elementi naturali, promessa sul sito e sulla brochure, non potrebbe essere più intensa di adesso, come conferma il gentile e simpaticissimo ingegner Cobanni!

L'ingegner Cobanni si mette in una tasca dei calzoni l'anemometro, perlustra il mare con il suo elegante binocolo. "Una vista come questa non esiste da nessun'altra parte al mondo!"

"Esattamente! È assolutamente unica!" Gianluca Perusato si associa a piena voce, inebriato dalla fiducia rinnovata che non smette di montargli dentro.

"Infatti, architetto!"

Caro ingegnere! È la dimostrazione vivente di come la classe non sia acqua, di come un'anima raffinata sappia apprezzare il bello senza farsi scoraggiare dalle scomodità che comporta, ma al contrario considerandole parte integrante dell'esperienza. Quanti lord inglesi colti, ricchi e curiosi hanno sopportato nell'Ottocento fatiche inenarrabili, attraversando continenti ostili alla ricerca delle sorgenti del Nilo Blu, o dei templi sommersi nella giungla sudamericana? Quanti di loro hanno dormito su brande di tela o perfino per terra, tra i ruggiti minacciosi delle belve feroci, invece di starsene mollemente adagiati tra guanciali di piume nelle loro magnifiche residenze nel Kent o nello Yorkshire? E anche oggi, i viaggiatori benestanti e avventurosi che spendono piccole fortune per farsi portare nelle steppe della Mongolia, nei deserti dello Yemen più primitivo o nelle propaggini estreme della Patagonia, si aspettano forse l'acqua corrente e il cappuccino caldo come a casa? Al contrario, le temporanee rinunce contribuiscono grandemente al gusto di spedizioni che sembrerebbero altrimenti sterili, incapaci di comunicare emozioni. È questa alla fine la *mission* di Villa Metaphora, per usare un termine non simpatico ma che rende l'idea: offrire a pochi, scelti ospiti l'esperienza unica di vivere il Sublime Teatro degli Elementi del barone Canistraterra. Più scatenati gli elementi, più spettacolare la rappresentazione, più intense le emozioni che suscita. Gli era chiaro fin dall'inizio; non riesce a capire come abbia potuto dimenticarsene strada facendo, lasciarsi sopraffare dalle difficoltà organizzative e da una successione di eventi sgradevoli sì, ma insignificanti rispetto alla validità del progetto. È probabile che avere al fianco Lucia con la sua natura apprensiva e superstiziosa non l'abbia aiutato, anzi, gli abbia fatto smarrire momentaneamente la bussola. Sta qui la differenza tra una persona di respiro internazionale e un'isolana non del tutto affrancata dalle credenze dei suoi antenati: nell'ampiezza della prospettiva, e nella possibilità di cambiarla quando serve. Comunque sia, adesso si tratta di affrontare con ottimismo la situazione, presentarla agli ospiti nella luce migliore, andare avanti in modo energico e convinto.

La signora Cobanni avanza con una certa fatica controvento, intabarrata in una giacca blu da velista, cappuccio ben stretto in testa. Ne ha una seconda tra le mani, la porge al marito. "Se proprio vuoi stare qui fuori, mettiti almeno questa!"

Il marito fa un timido tentativo di protesta, poi obbedisce, se la infila, passa alla moglie il binocolo, le indica alcuni punti lungo la costa che secondo lui meritano di essere osservati. Adeguatamente equipaggiati, eccoli pronti a fronteggiare il teatrale paesaggio tarese con sereno, appassionato spirito di avventura. È la dimostrazione palpabile di come il futuro di Villa Metaphora sia tutt'altro che nero, l'idea fondante tutt'altro che da archiviare.

"Signori, io li lascio a godersi lo spettacolo!" Gianluca Perusato indica il suo ufficio. "Purtroppo ho da fare, altrimenti resterei fuori anch'io!"

"Prego, architetto!" L'ingegner Cobanni risponde con un garbato gesto della mano.

"Buongiorno!" La signora Cobanni abbassa per un attimo il binocolo, sorride con amabilità malgrado le folate che le strapazzano la giacca e minacciano di farla cadere all'indietro.

Gianluca Perusato attraversa la terrazza in pochi secondi, spinto dal vento come da un gigante che gli preme le mani sul fianco sinistro. Apre a fatica la porta dell'ufficio, la richiude con altrettanti sforzi.

Lucia è seduta alla scrivania, entrata da poco perché ha i capelli ancora scompigliati, una tipica espressione di atavica angoscia tarese che le contrae i lineamenti.

"Cosa c'è?" Gianluca Perusato torna a innervosirsi subito. "Perché hai quella faccia?"

"Come perché, Gian?" Lucia prende un'aria ancora più melodrammatica, le deve sembrare pienamente giustificata. "Con tutto quello che è successo, i morti, le barche, il personale, l'elettricità e l'acqua che mancano, gli ospiti che se ne vogliono andare e non possono, il terremoto, che faccia dovrei avere, secondo te?!"

"La faccia di una che *reagisce*!" Gianluca Perusato si rende conto di avere un tono duro, ma l'idea che lei sia stata almeno in parte responsabile della sua perdita di fiducia lo manda in bestia. "Di una che non si lascia sprofondare nello scoraggiamento! Che non si compiace di quanto vanno male le cose, ma si adopera per *volgere al meglio*!"

Lucia sembra allibita, lo guarda con gli occhi sgranati. È chiaro che non si aspettava questo cambiamento, pensava di rivederlo abbacchiato esattamente come ieri notte e stamattina, come mezz'ora fa. Probabile che in fondo non le dispiacesse in quella versione, più simile a quella degli uomini impotenti e rassegnati tra cui è cresciuta qui a Tari.

"Basta fare i catastrofisti!" Gli viene da alzare ancora la voce, perché ha molto terreno da recuperare, e molto poco tempo a disposizione. "Basta fare le vittime delle circostanze! Basta con le lagne! Basta, basta, basta! Chiaro?!"

A Lucia trema il labbro di sotto, segno anticipatore di una crisi di pianto.

"Eh no! Non ti sognare neanche di metterti a piangere, adesso!" Gianluca Perusato la previene con la più grande prontezza, non tollera l'idea di poter essere ritrascinato nel territorio dei lamenti e della compassione, proprio adesso. "Muoviamoci! Affrontiamo i problemi uno alla volta, ne risolviamo uno e passiamo a quello successivo!"

"E come si fa?" Lucia lo guarda, seduta sulla poltroncina girevole, così sconcertata da dimenticarsi del pianto.

"Si *fa*, e basta!" Gianluca Perusato la incalza, per non lasciare spazio a cedimenti. "Quali sono i problemi che abbiamo adesso? Gli ospiti che se ne vogliono andare? Semplice, non se ne vanno! L'elettricità saltata? Non ci serve, abbiamo lampade e candele per due mesi interi, se ce ne fosse bisogno! Niente acqua corrente? Si laveranno i denti con la minerale in bottiglia, e se vogliono farsi il bagno hanno a disposizione la vasca di acqua vulcanica più meravigliosa del mondo! Manca il personale di cucina? Possiamo andare avanti benissimo come ieri sera, con te, tuo cugino e Zacomel!"

"Ma per il cibo?" La terapia shock sembra funzionare, perché nello sguardo di Lucia sta affiorando una piccola luce di ottimismo, i lineamenti si stanno allentando dalla contrazione originaria. "Ramiro non può cuocere niente, e la roba nei frigoriferi tra poco comincerà ad andare a male."

"Ramiro non è certo uno stupido!" Gianluca Perusato insiste in tono martellante, adesso che è lanciato non lo ferma più nessuno. "Sa benissimo che qui è in gioco anche la sua reputazione, non solo la nostra! Non può certo sperare di salvarsi senza danni, se tutta la baracca va in malora!"

"Quindi?" Per un attimo Lucia lo guarda come faceva agli inizi, quando lui le descriveva il progetto di Villa Metaphora e lei registrava le sue parole con un'espressione in cui stupore e ammirazione si mescolavano a una deliziosa dose di spavento.

"Quindi si inventerà qualcosa di sublime, vedrai! Alghe crude in schiuma di mare, non so! La necessità è la madre dell'invenzione! Gli ospiti ne saranno felici, non sono certo venuti qui per ingrassare!" Gianluca Perusato riprova per un attimo l'eccitazione delle loro prime conversazioni, quando gli sembrava di vedersi riflesso negli occhi scuri della giovane tarese come un uomo di categoria superiore, in grado di plasmare a proprio uso l'isola ostile in cui è nata, trasformarla in uno scenario affascinante per relazioni umane sofisticate e rare.

Lucia annuisce, dapprima lentamente, poi con più convinzione.

"Brava! È così che ti voglio vedere!" Gianluca Perusato è talmente pieno di rinnovato entusiasmo che non resiste a darle un bacio sulla fronte. "Attiva, energica, reattiva! Chi se ne frega del terremoto! Chi se ne frega del vento e del mare! Non saremo certo noi a farci spaventare!"

Lucia si alza dalla poltroncina girevole, si aggiusta i capelli, sembra pronta ad affrontare il mondo in uno spirito finalmente contemporaneo.

"Fila nella sala, guarda un po' di cosa hanno bisogno gli ospiti!" Gianluca Perusato le dà una pacca sul bel sedere sodo, la sospinge verso la portafinestra. Non vede l'ora di tornare fuori anche lui, darsi da fare, padroneggiare l'emergenza. "Io vado a parlare con Ramiro!"

Escono insieme contro il vento, che per quanto selvaggiamente possa soffiare è pur sempre un semplice fenomeno atmosferico, non certo un essere soprannaturale dotato di chissà quale volontà distruttiva.

Settantasei

Paolo la guarda con quella sua espressione che sembra sempre un po' sorpresa: da lei, dal fatto di essere insieme nella stessa stanza, da tutto. "Cosa pensi di fare, quando andrai via da Tari?"

"Dipende." Lara Laremi cerca di raccogliere le idee, ma sono troppo prive di contorni per lasciarsi raccogliere. Pasticcia con la matita sul blocco da disegno, rinforza le linee di una sedia appena abbozzata.

"Da cosa?" Paolo ha una curiosità aperta, senza tracce di spirito investigativo o senso di possesso.

"Se il film con Lynn Lou riprende, tornerò a Roma a lavorare." Le sembra una prospettiva così remota, vista da qui, quasi assurda. I ritmi, le ragioni, i rapporti, le persone, il teatro di posa, gli interni finti, le luci artificiali, le scene ripetute, le attese riempite di parole inutili.

"E se non riprende?" Paolo guarda via, forse per non farla sentire incalzata, anche se le sue non sono affatto domande incalzanti.

"Non lo so." Lara scuote la testa. Cerca di configurare il suo futuro a medio termine come se fosse un viaggio, con anche solo due o tre tappe lungo un itinerario modificabile, ma non le viene. Nemmeno una direzione generale, un punto di riferimento in base a cui orientarsi. "E tu?"

"Non lo so." Paolo alza le spalle, guarda il pavimento del suo piccolo alloggio. Lo spazio è ingombro di scatole, casse, attrezzi, c'è appena spazio per il letto su cui lei è seduta. Il vento fuori scuote il vetro e il telaio della piccola finestra in alto sulla parete, scuote la porta. Se uscissero di qua non riuscirebbero a dirsi molto, a meno di non gridare come pazzi.

"Certo che siamo dei grandi organizzatori di programmi, tra tutti e due." Lara ride, però non è che sia così divertita a non sapere dove sarà tra due giorni, o tra un mese. L'idea non la fa sentire particolarmente libera, né creativa; la fa solo sentire senza meta.

"È vero." Anche Paolo ride, neanche lui sembra davvero divertito. Sono immersi in questo strano clima, persi nella terra di nessuno tra quello che è successo e quello che potrebbe succedere.

"Devi restare qui a costruire i mobili che mancano ancora?" Lara cerca di non caricare di richieste la sua domanda, non comunicargli un'impressione di bisogno.

Lui la guarda, con le mani premute in fondo alle tasche dei calzoni di tela leggera che gli stanno larghi, sempre gli stessi. "È probabile che Perusato non faccia arrivare il legno fino alla fine dell'estate, che cerchi di tirare avanti così finché riesce."

"E tu? Aspetterai? Costruendo i mobili che puoi con i legni di deriva?"

Lui scuote la testa "Non credo."

"Ma l'hai fatto fino adesso, no?"

"Sì. Mi piaceva anche molto. Stare fuori, di giorno di notte, non vedere mai nessuno. Vivere senza niente." Si guarda i piedi scalzi, cotti dal sole e induriti dal camminare sulle rocce.

"La prima volta che ti ho visto, ho pensato che fossi una specie di asceta." Lara pensa che gliel'ha già detto una volta o due in questi giorni e notti, con altre parole, ma sono nella fase in cui è bello ripetere e sentirsi ripetere le cose.

"Io ho pensato che tu fossi un *miraggio*." Paolo sorride. Ha questo sorriso non contaminato, corrisponde perfettamente al suo sguardo, alla sua magrezza da idealista. Dopo aver passato quasi un mese tra i sorrisi recitati o semplicemente fasulli sul set del film a Roma, il suo sorriso le è sembrato da subito così miracolosamente puro, l'ha quasi spaventata.

"Non è vero." Lara si ricorda in modo fin troppo vivido il momento preciso in cui i loro sguardi si sono incontrati. Ne ha anche fatto diversi schizzi sul blocco da disegno, per cercare di ricostruire le loro posizioni rispetto alle terrazze, i rispettivi angoli di visuale, in un tentativo di preservare quello che è successo, o forse di spiegarlo.

"È così." Paolo tiene lo sguardo basso, si muove nella piccola stanza ingombra.

"Forse perché eri stato solo troppo a lungo?" Lara si chiede se la ragione del loro avvicinamento sia davvero così semplice, o ci sia qualcosa di più profondo e tutt'altro che casuale, a cui le fa paura dare un nome.

"Era magnifico, stare da solo. Mi sembrava che avrei potuto continuare indefinitamente, scollegato da tutto il resto del mondo."

"E poi?" Cosa si aspetta che le dica? Cosa cerca? Cosa vuole?

"Poi sei arrivata tu, con quella borsina da disegno a tracolla." Tra le tante caratteristiche uniche di Paolo, c'è anche quella di non cercare mai di mettersi al centro della scena. A differenza di tutti gli uomini con un minimo di carattere (e anche di molti privi di carattere) che Lara ha conosciuto, sempre presi a parlare di sé, delle loro fatiche artistiche, dei loro successi professionali, dei loro obiettivi perseguiti con accanimento, lui non si lamenta, non si vanta, non pretende. Invece di succhiare e succhiare attenzione senza mai preoccuparsi di darne in cambio (come faceva Seamus), ascolta quello che lei ha da dire, o che hanno da dire gli altri, oppure sta zitto. Per sapere qualcosa di lui devi chiederglielo, e insistere. È un modo a cui lei non è affatto abituata, non smette di sorprenderla.

"Quindi vorresti andartene da Tari?" Lara non sa come parlarne, perché quello che è successo tra loro è così recente, così fluido, ancora.

"Intanto bisogna vedere se sarà *possibile* andarsene da Tari." Paolo sorride di nuovo, indica la porta che vibra ancora più forte di prima.

A Lara viene un brivido di paura; eppure prima quando c'è stata la scossa di terremoto le è bastato che lui la abbracciasse per sentirsi rassicurare. Era qui seduta sul letto a disegnare, tutta la stanza si era messa a tremare e lei era saltata in piedi, corsa fuori nel vento folle, in preda a un panico cieco. Paolo stava arrivando lungo il sentiero, le è corso incontro, l'ha stretta forte tra le braccia, e lei ha sentito la paura dissolversi all'istante. È un'altra cosa che non fa minimamente parte della sua esperienza, un uomo rassicurante che però non è prepotente né noioso, non fa finta di avere le risposte a tutte le domande del mondo. "E se non sarà possibile andare via?"

"Staremo qui." Paolo scrolla le spalle, le sorride di nuovo.

Settantasette

Werner Reitt è infinitamente irritato da come l'americano persiste nel suo ottimismo programmatico, malgrado la débâcle di ieri notte. Non è uno che si lascia abbattere dalle sconfitte, almeno questo bisogna concederglielo, però se si deve valutare il suo metodo brevettato di soluzione dei problemi in base ai risultati recenti, allora bisogna concludere che è una frode bella e buona. Come è quasi certamente una frode la sua bravata di sdraiarsi sul pavimento della suite ieri notte, e sostenere questa mattina di sentirsi perfettamente riposato. Si tratta con tutta probabilità di uno dei molti espedienti con cui cerca di coltivare un'aura suggestiva; anche se fosse rimasto sveglio tutta la notte, non lo ammetterebbe mai.

"Reitt, vorrei che si ficcasse in testa una volta per tutte che la reazione del marinaio russo non era prevedibile." Il tono di spavalderia è estremamente fastidioso, così come il lessico, studiato per dimostrare grinta e determinazione.

"È *lei* che deve ficcarsi in testa che il suo è stato un gravissimo errore di valutazione!" Werner Reitt non è minimamente disposto a farsi confondere da questi atteggiamenti, come se fosse un qualunque sprovveduto cliente californiano.

Brian Neckhart cammina avanti e indietro per la suite, che senza aria condizionata e con tutte le finestre chiuse è diventata soffocante. Sembra un saltimbanco da fiera di paese, che sfida i passanti davanti alla sua tenda improvvisata. "Mi spieghi perché."

"Non ho nessun bisogno di spiegarle perché!" Se c'è un comportamento che fa inferocire Werner Reitt, è quello di chi non ammette i propri errori. "Il perché è evidente! Guardi in che stato è ridotto Mathias!"

In effetti Mathias è la prova vivente di quanto il piano di Neckhart fosse fallimentare: naso gonfio e rosso, andatura zoppicante a causa del dito del piede spezzato, espressione stravolta. Werner Reitt si è anche sentito moralmente costretto a cedergli metà del letto, rinunciando così alla possibilità di dormire almeno qualche ora. Il fastidio di avere a fianco per una notte intera il proprio assistente, per di più con serie difficoltà respiratorie, è un'esperienza che non augurerebbe neanche ai suoi peggiori nemici della PEB, l'ultima cosa di cui aveva bisogno il suo sistema nervoso.

"Se non ci avessimo provato, lei oggi sarebbe il primo a rimpiangerlo." Neckhart non ha la minima intenzione di ammettere di avere concepito un piano difettoso, benché lui stesso porti in faccia (e probabilmente sul corpo, anche se con stoicismo da eroe western non ha voluto parlarne) i segni dei calci e delle borsettate ricevute dalle russe.

"Senta, non mi venga a spiegare cosa rimpiangerei o no!" La tracotanza dell'americano fa andare a Werner Reitt il sangue alla testa. "L'unica cosa certa è che mi ha fatto perdere un sacco di tempo, e ha messo fuori uso il mio assistente!"

"È stata colpa mia." Mathias scuote la testa. "Non riuscivo a vedere nel buio, non mi sono accorto del pugno che arrivava."

"Questo è irrilevante! Il punto è che non avremmo mai dovuto trovarci in una situazione del genere!" Werner Reitt si esaspera ancora più per il malinteso senso di lealtà del giovane bavarese, per come è inconsapevole di rendere ambigua la loro posizione nei confronti dell'americano.

"Senta Reitt, invece di discutere sulle colpe passate, mettiamoci nella condizione di contenderci i meriti futuri." Neckhart ricorre a uno degli slogan che devono avere tanto successo con la sua clientela abituale. "Ieri notte era ieri notte, oggi è oggi."

"Con lei ci sono verità illuminanti da imparare ogni giorno!" Farsi anche dispensare lezioncine pseudo new age no, questo Werner Reitt non è disposto ad accettarlo. "E cosa penserebbe di fare, visto che oggi è oggi? Meditare nella posa del loto, mentre in Germania i miei nemici finiscono di distruggermi?"

"No." Neckhart continua nella sua recita di sicurezza a oltranza: apre la valigia *high-tech* di fibra di carbonio, tira fuori un paio di scarpe con molle nelle suole trasparenti e forellini di traspirazione sui lati, se le infila. “Penso di andare al porto, trovare un’imbarcazione veloce in grado di reggere questo mare, venirvi a prendere, raggiungere Lampedusa, da Lampedusa trovare un aereo per la Germania.”

“E come ci arriverebbe, al porto?” Werner Reitt non ha più nessuna tolleranza per le smargiassate senza fondamento. “A nuoto, magari?”

“No.” Neckhart risponde come se fosse una domanda seria. “Troppo mosso, troppo vento, non andrei lontano.”

“Strano, per un superman come lei.” Werner Reitt non resiste, anche se trova comunque avvilente continuare questa conversazione. “E allora, che altra brillante idea le è venuta?”

“Ci andrò via terra.” Neckhart smette per un attimo di allacciarsi le scarpe, ha un’espressione che dovrebbe dimostrare la sorprendente, geniale semplicità del suo nuovo piano.

“Ci ho pensato anch’io.” Werner Reitt non ha certo intenzione di lasciargli vendere un’altra idea cialtronesca senza stroncarla sul nascere. “Non abbiamo la minima attrezzatura per affrontare le scaglie di roccia là dietro.”

“Non serve nessuna attrezzatura. Ieri le ho studiate, anche se non sono riuscito a capire con certezza quante siano. Carmine dice quattro o cinque. Una volta superate, dovrei riuscire ad attraversare l’interno in circa un’ora.”

“Vengo con lei.” Werner Reitt non è sicuro del perché lo dica: per non apparire meno deciso, perché non crede che l’americano tornerà a prenderli, per sfidarlo, per pura impazienza?

Neckhart in ogni caso lo guarda con un’espressione di insopportabile ironia. “Sta scherzando, vero?”

“Non sto affatto scherzando, non mi sembra certo il momento!” Più la faccenda si trasforma in una sfida, meno Werner Reitt è disposto a tirarsi indietro. “Se lei è in grado di superare quelle rocce, lo sono assolutamente anch’io! È da quando ho sei anni che vado in montagna!”

Neckhart non si toglie dalla faccia il sorrisetto ironico, però adesso lo guarda come se stesse valutando le sue potenzialità di scalatore. “Non se ne parla neanche, Reitt.”

"Prima di tutto lei non ha alcun titolo per decidere se io posso andare o no!" Werner Reitt è fuori di sé. "Poi per sua informazione io sono stato sul Matterhorn! A quattromilaquattrocentosettantotto metri!"

"Immagino con una bella squadra." Neckhart fa di tutto per non mostrarsi impressionato, ma è evidente che non si immaginava un vero retroterra alpinistico. "Guide, bodyguard, professionisti della montagna che spingono e tirano, no?"

"Eravamo in *quattro*, per sua informazione!" Werner Reitt alza la voce, la furia che lo possiede è incandescente. "E non è certo stata l'unica scalata che ho fatto! Sono stato sull'Eiger! Sul Petit Dru! Sono stato sulle Grandes Jorasses! Chieda a Mathias qui, che mi ha accompagnato nelle ultime due scalate!"

"È vero." Mathias conferma con prontezza, ma è umiliante dover dimostrare all'americano di essere all'altezza.

"Su quale cima delle Grandes Jorasses, precisamente?" Neckhart sposta gli occhi da Werner Reitt a Mathias, come per metterli alla prova. "La Pointe Croz?"

"La Pointe Young." Werner Reitt è imbestialito all'idea di non poter nominare la più alta. "Ma sono pur sempre tremilanovecentonovantasei metri, tutt'altro che facili!"

Neckhart incassa almeno in parte il colpo, però non vuole ancora darsi per vinto. "Non ha nemmeno le scarpe adatte."

Werner Reitt si guarda le ottime calzature italiane che ha ai piedi, trattiene a stento un moto di stizza. "Non intendo certo usare queste!" Va ad aprire l'armadio a muro, tira fuori un paio di mocassini da barca con la suola in gomma bianca, li sbatte per terra.

"Non vanno bene neanche quelli." Neckhart scuote la testa. "Non hanno nessuna tenuta laterale."

"So perfettamente che non sono ideali, non c'è bisogno che me lo dica lei!" Werner Reitt non sopporta l'idea di essere messo sotto esame anche in questi dettagli. "Geoffrey Young nel 1928 è salito sul Matterhorn con *una gamba sola*, dopo aver perso l'altra nella Prima guerra mondiale!"

"Geoffrey Young era uno straordinario alpinista!" Il tono di Neckhart è strafottente. "Spero che non si voglia paragonare a lui, Reitt."

"Geoffrey Young era straordinariamente *determinato*, Neckhart." Werner Reitt sente un sapore metallico in bocca, rugginoso. "Da questo punto di vista non ho proprio nessuna difficoltà a paragonarmi a lui."

Neckhart scrolla le spalle, ma al di là di tutti i suoi atteggiamenti registra finalmente qualcosa. Si gratta il mento, lo osserva. "Però lei si assume la piena responsabilità della sua decisione di venire."

"Io mi assumo *sempre* la piena responsabilità delle mie decisioni!" Werner Reitt cerca di affidarsi all'intensità del tono, invece che al volume della voce. Sono cose che sa da decenni, naturalmente, ma quest'isola ignobile ha l'effetto perverso di azzerare anche la più elementare delle nozioni acquisite.

"La avviso fin d'ora, se lei non ce la farà, io andrò avanti comunque." Neckhart tira fuori dalla valigia uno zainetto, ci infila dentro il suo portatile e poche altre cose.

"Benissimo, siamo intesi." Werner Reitt si rende conto che questa ormai è diventata una questione di principio, ma spesso sono state le questioni di principio a guidare le scelte della sua vita.

"È una via a senso unico, data l'inclinazione delle rocce." Neckhart assume un tono minaccioso. "Indietro non si torna."

"Le ho detto che siamo intesi."

Neckhart annuisce, malvolentieri. D'altra parte non è che possa vietargli di andare, non è certo il concessionario esclusivo di quelle maledette scaglie di roccia. "Muoviamoci, allora."

Werner Reitt si gira verso Mathias, che lo osserva trepidante. "Non credo proprio che riusciremo a venirla a prendere con una barca, perderemmo troppo tempo. Mi raggiunga a Francoforte appena qui vengono ristabiliti i collegamenti."

"Ma io vengo con voi!" Mathias ha un accento straziante, in cui si mescolano fedeltà e paura di essere abbandonato.

"Ci intralcerebbe soltanto, nelle condizioni in cui è." Werner Reitt non ha certo voglia di riaprire discussioni con Neckhart, né di trascinarsi dietro una zavorra, per quanto volonterosa.

"Sono assolutamente in grado di salire su quelle rocce!" Il giovane Baumgartner fa alcuni movimenti dimostrativi, che probabilmente gli costano un dolore considerevole a causa del dito del piede rotto.

"L'unica cosa che sei in grado di fare è startene qui tranquillo." Neckhart lo guarda appena.

"Ho anche le suole adatte!" Mathias alza un piede per mostrarne una: sta diventando decisamente imbarazzante.

Neckhart scuote la testa. "Mi dispiace, ma non sei in condizione di venire."

"Lo sono, signor Neckhart, glielo assicuro!" Mathias protesta con patetica energia. "Mi basta non appoggiare troppo il peso su questo piede!"

"Dovresti appoggiarlo comunque." Neckhart si mette lo zainetto in spalla. "Tu resti qui."

"Signor Neckhart, io la prego di riconsiderare! Signor Reitt..." Mathias sposta lo sguardo da uno all'altro, alla patetica ricerca di un qualche cedimento.

"La finisca, per piacere, Baumgartner." Werner Reitt si rende conto di usare un tono aspro, ma deve farlo, per evitare che l'atteggiamento sempre meno dignitoso del suo assistente si rifletta su di lui.

Neckhart va ad aprire la porta, la tiene a due mani per non farla sbattere. "Muoviamoci, Reitt."

Mathias li segue fin sulla soglia, con la faccia di uno che viene lasciato a morire da solo.

"Forza, non si butti giù. Ci vediamo a Francoforte." Werner Reitt gli chiude la porta in faccia. Sì, gli dispiace, ma non c'è alcuno spazio per i sentimentalismi, adesso. Il tempo stringe, le priorità sono altre. Va di buon passo dietro a Neckhart, lo raggiunge facendo gioco sulla lunghezza delle gambe, benché l'altro cerchi di mantenere un vantaggio. Gli cammina a fianco, sforzandosi di contrastare per quanto possibile la tendenza dell'americano ad accaparrarsi la leadership indiscussa della spedizione.

Settantotto

Eccoli qui come un gruppetto di rifugiati – la recita sociale da resort di lusso tenuta in piedi sempre più a fatica – nel soggiorno/sala da pranzo che è divenuto l'unico posto dove si può stare, a parte le cosiddette suite. Fuori il vento imperversa in modo sempre più forsennato, il mare è di una turbolenza alla Turner che potrebbe anche essere affascinante, se non mettesse decisamente paura. Impossibile farsi una doccia, impossibile avere un caffè caldo – seppure nell'assai frustrante interpretazione ramiresca – impossibile stabilire collegamenti di alcun tipo con il mondo esterno. Dal punto di vista del libro che Poulanc è ormai determinata a scrivere, la situazione non potrebbe essere migliore.

Il clima di emergenza – lo sanno bene i cronisti di guerra, i cosiddetti *embedded* tra le truppe di prima linea – stimola la sincerità, accresce la confidenza, facilita la comunicazione. Già solo la notte scorsa Brigitte Reitt le ha raccontato una quantità di retroscena, intrighi, episodi, aneddoti, particolari della vita di suo marito che in condizioni normali avrebbero richiesto settimane intere di conversazioni. Anche se la batteria del laptop si è già esaurita – ah, cosa non darebbe per avere con sé la sua vecchia Olivetti portatile, invece – quella del piccolo registratore digitale va ancora, e per fortuna non mancano un buon blocco per appunti e un paio di biro. Inevitabili nuove riflessioni sulla nostra dipendenza dalle propaggini tecnologiche, e su come tali propaggini – le estensioni artificiali dei nostri cervelli, delle nostre mani, perfino dei nostri cuori – dipendano a loro volta dall'esistenza di una rete elettrica funzionante. Sospendi il funzionamento della rete, e nel giro di pochissimo – parliamo di ore, non di giorni – addio informazioni, addio memoria, addio reti di contatti, addio rapporti a distanza. Finita la velocità abbagliante, finita l'ubiquità virtuale, finita la raggiungibilità permanente. D'improvviso vale e conta solo quello che è sotto gli occhi, sotto mano, raggiungibile a piedi. E a proposito di mani, le nostre dita tanto leggere nel volteggiare su tasti, pulsanti e *touchscreen* – agili servette dei nostri pensieri – diventano d'improvviso penosamente inadeguate ai nuovi compiti richiesti. Prive di forza, prive di calli, non siamo certo in grado di usarle per pescare, tagliare la legna, trascinare oggetti pesanti, fare nessuna delle cose che diventano necessarie appena la rete elettrica da cui derivavano i loro superpoteri viene a mancare. Ecco che da un momento all'altro un Carmine o uno Zacomel appaiono molto più attrezzati alla sopravvivenza del banchiere fino all'altro ieri onnipotente, o del brillante e un po' molle architetto da salotto internazionale. Sono considerazioni banali, certo – fatte mille volte, ogni volta suscitando sospiri di sopportazione da parte di chi le considera ispirate a una visione moralistica e retrograda della vita – ma non per questo meno fondate nella realtà. Poi – inutile dirlo – un conto è farle nell'agio ben elettrificato di un salotto parigino, un altro nella presente situazione, senza *backup* che scattino in automatico, senza squadre municipali pronte a intervenire, senza nemmeno la certezza che qualcuno là fuori sia a conoscenza dell'emergenza in cui ci si trova qui.

Se ne rende ben conto il disonorevole signor Gomi – l'assalitore di russe – che ancora due minuti fa contemplava il proprio cellulare ormai spento con un'espressione di assoluto smarrimento. Con quale arrogante e maleducata assenza di considerazione lo usava fino a ieri, inseguendo i suoi innumerevoli interlocutori con la sua sgradevolissima, metallica vocetta. Chissà quante ore ci avrà passato – mettendole tutte insieme saranno mesi interi, anni – a dare istruzioni, carpire dritte, impostare piani, organizzare traffici, esercitare ricatti, fare dichiarazioni. Comodamente seduto nella macchina guidata dall'autista, nel suo ufficio al partito, in uno studio televisivo tra le pause pubblicitarie, sul suo scranno in Parlamento, con una mano davanti alla bocca per non far leggere il labiale nel caso qualche telecamera lo riprendesse. Adesso eccolo lì, incredulo come un bambino viziato con il giocattolo rotto tra le mani, incapace di inventarsi altri modi – a parte assalire le russe – di occupare il tempo. Che triste visione, davvero.

La russa da parte sua ha controllato il proprio telefonino – un tuttoschermo di ultimissima generazione, chiaramente – almeno due o tre volte da quando Poulanc la tiene d'occhio, benché sappia da ieri sera che non c'è ricezione. Tra poco sarà scarico – lo sa – ma finché lo schermetto si illumina, deve sembrarle che ci sia speranza. L'abitudine è troppo forte, la dipendenza troppo radicata; e anche per lei è una questione di cosa fare con le mani, cosa fare con la testa. Senza la via d'uscita di tre o quattro dimensioni parallele – per quanto frivole ed evanescenti – in cui rifugiarsi, è intrappolata in un'unica realtà spazio-temporale, in cui non sa più come comportarsi, quale ruolo avere. Costretta a essere esclusivamente se stessa, priva delle connessioni che potevano suggerire collegamenti più interessanti e ragioni più complesse nella sua vita, quello che resta – e che gli altri possono vedere – è una poveretta, vittima di finti amici farabutti che non hanno esitato ad abbandonarla, e di un politico mascalzone che ha creduto di potersi approfittare della sua condizione.

Brigitte Reitt invece sembra non patire affatto l'assenza di comunicazioni telefoniche; al contrario, è probabile che provi sollievo all'idea di non poter essere raggiunta dalle notizie sul detestabile marito che l'hanno inseguita negli ultimi giorni. Adagiata sul divano, gomito garbatamente appoggiato al bracciolo – la sua è un'eleganza naturale perfezionata in anni di frequentazioni ad alto livello – sfoglia il volume che raccoglie gli oziosi pensieri e le divaganti teorie dell'inutilissimo barone Canistraterra. Le rivelazioni che ha affidato a Poulanc per tutta la giornata – e la sera, e la notte – di ieri l'hanno comprensibilmente sfinita, anche se il fiume di ricordi e ricostruzioni a cui ha dato la stura è ancora lontano dall'esaurirsi. Dev'essere senza dubbio un esercizio liberatorio, dopo tanti anni passati a custodire segreti progressivamente più impegnativi, con implicazioni e conseguenti corresponsabilità morali sempre più pesanti. Quella dei registi occulti della finanza internazionale è una parabola della distorsione del pensiero occidentale, nella quale intenti in apparenza logici generano procedure formalmente ineccepibili che si traducono in pratiche eticamente discutibili che producono effetti via via più perversi – man mano che si scende dall'empireo dei dominatori al mondo delle persone normali con un lavoro normale, una casa normale, una famiglia normale. Il libro che verrà fuori dai racconti di Brigitte Reitt – lo si capisce già da adesso – diventerà quello che gli americani chiamano un *page-turner*: gli ingredienti per suscitare nel lettore incredulità, disgusto, indignazione, rabbia ci sono tutti. Il fatto che Poulanc non mastichi molto di economia – l'investimento in fondi comuni che le ha consigliato il commercialista è già al confine delle sue capacità di comprensione – avvicinerà il suo approccio a quello del pubblico generale, evitando le trappole specialistiche in cui cadrebbe quasi inevitabilmente se fosse più competente. Del resto la scelta vincente – l'abbiamo già detto – è nella prospettiva della moglie che assiste e tace finché il troppo è troppo e il titano della finanza finalmente inciampa e cade. Punto di vista umanissimo, dunque, tutt'altro che da addetti ai lavori.

Altri due ospiti che non appaiono particolarmente turbati dall'impossibilità di telefonare sono i coniugi Cobanni: stanno rientrando nel soggiorno/sala da pranzo proprio adesso, attenti a non far sbattere la portafinestra dal vento. Bardati nelle loro giacche da velisti d'antan – lui con a tracolla uno dei suoi binocoli di squisita fattura, naturalmente – sembrano addirittura euforici all'idea di trovarsi in condizioni tanto estreme. Probabile che dipenda dal loro appartenere – per età e cultura – a un mondo in cui le interazioni sociali avvengono ancora in prima persona, invece che attraverso *avatar* iperattivi in reti di rapporti virtuali. Un mondo in cui si leggono ancora libri con calma, in cui si articolano ancora i pensieri, si riflette ancora prima di dire qualcosa, in cui si ricercano ancora le parole appropriate. Difficile immaginare l'elegante ingegner Cobanni posseduto dalla frenesia di postare – orrendo termine – su Twitter impressioni a caldo in termini rozzi e infantili, già sapendo che due secondi dopo saranno spinte nel passato telematico da dozzine di altre impressioni altrettanto irrilevanti (sapendo anche che tutto resterà per sempre nell'archivio centrale, però). Difficile immaginare la garbata signora Cobanni in preda all'ansia di condividere su Facebook – con centinaia di pseudo-amici – le foto scattate con il telefonino mentre osservava il paesaggio turbolento dalla terrazza. Questa gentile coppia d'altri tempi testimonia senza esserne consapevole – ma è possibile che invece la consapevolezza ci sia tutta – quello che eravamo prima della mutazione che ci ha trasformati da attenti distillatori di informazioni a consumatori all'ingrosso, sempre più avidi, distratti, superficiali. Dio mio, ecco che di nuovo Poulanc sembra nostalgica di un passato che in realtà non rimpiange affatto – uno dei vantaggi di non essere mai stata bella né felice – ma proprio affatto. Però il deterioramento progressivo – la devitalizzazione, verrebbe da dire – dell'attenzione è un fatto innegabile, sotto gli occhi (distratti) di tutti. Tra le conseguenze – e sono moltissime, naturalmente – come non notare la perdita di valore delle parole? C'era un tempo in cui una persona poteva assurgere a grandi ruoli – o essere uccisa – per quello che diceva. Oggi – nel mondo occidentale, per lo meno – chiunque può dire e ritrattare quello che gli pare a ogni ora del giorno – basta guardare i politici – e nessuno si sognerà di rimproverarglielo per più di cinque minuti. Nessuno se ne ricorderà, soprattutto. Le parole sono diventate strumenti usa-e-getta per eccellenza: il tempo di pronunciarle, e appena ottenuto lo scopo si buttano via (anche se resteranno per sempre nell'archivio centrale).

In ogni caso, i signori Cobanni – tolte e ripiegate con cura le giacche a vento, posato sul tavolino l'elegante binocolo – sembrano molto contenti delle loro osservazioni sulla terrazza. "È uno spettacolo straordinario, merita davvero." Gli occhi chiari dell'anziano ingegnere – pur visibilmente provato dallo sforzo, parla con un certo affanno – luccicano di entusiasmo.

"Tra poco esco anch'io a vedere." Brigitte Reitt posa di fianco a sé il volume del barone Canistraterra.

"Se vuole una giacca a vento, non faccia complimenti." La signora Cobanni ha una gentilezza da splendida compagna di sventura.

"Grazie!" Brigitte Reitt ogni volta che può – è una sorta di missione che si è assunta – compensa l'arroganza e l'indifferenza del marito con la propria capacità di esprimere apprezzamento per le cose che lo meritano.

"Si figuri." La signora Cobanni si allunga verso il marito, ad aggiustargli i capelli scompigliati dal vento.

Settantanove

La signora Reitt ha una sensibilità non evidente a prima vista, schermata dietro l'aspetto legnoso della moglie del grande banchiere, però quando sorride il lato più libero del suo carattere sfugge al controllo della formalità, per affiorare quasi ingenuamente, come una rapida, esile sorpresa. In un'altra fase della sua vita (infinitamente lontana, sembrerebbe) a Giulio Cobanni sarebbe piaciuto contribuire a provocare in lei altri affioramenti, creare occasioni per altre sorprese. Forse lo avrebbe stimolato la sfida aggiuntiva di dover attraversare la barriera culturale di una lingua con cui ha sempre avuto un rapporto di studio, piuttosto che di familiarità; o forse tutto si sarebbe fermato sul piano del divertissement tra due persone dalle vite complicate. Nei suoi rapporti con le donne è sempre stato più attratto dalle qualità nascoste che da quelle ostentate, dalle rivelazioni impreviste che dalle rappresentazioni intenzionali. Ma stiamo parlando di un'altra era geologica, quasi. Questa è la fase dell'armonia coniugale che suscita ammirazione negli estranei, della garbata neutralità, dello sguardo che si posa senza indugiare, che non inquieta. Tornerebbe indietro, se potesse? Probabilmente no, per quanto gratuita e crudele possa sembrare la domanda. Sarebbe come chiedere a uno che ha percorso migliaia di chilometri a piedi attraverso giungle, deserti, laghi di sale, creste di montagne, paludi, fossi, colline, pianure interminabili, in una successione di incontri con leoni, alligatori, iene, sciacalli, ippopotami per arrivare finalmente in vista del traguardo, se ha voglia di ricominciare da capo. Magari tra qualche decina di anni, o qualche centinaio, non adesso. In un'altra forma: un cane, un gatto, un delfino potrebbero andare benissimo. Oppure anche in forma umana, se proprio si deve, purché la faccia e il nome non siano questi.

Sulla terrazza ha osservato a lungo con il binocolo il gioco primordiale degli elementi, nello scenario in cui la presenza umana è insignificante, del tutto transitoria, e non provava inquietudine né paura, ma al contrario un senso di crescente leggerezza. Quando ha accettato la proposta di Tiziana di venire a Tari non si aspettava di trovare questo; se ne aveva avuto un'intuizione, era stata fuggevole. D'altra parte non ha mai creduto alla casualità delle coincidenze, neanche quand'era giovane, figuriamoci adesso. È qui che doveva venire, ormai è chiaro. Fuori dal tessuto di attività, percorsi, collegamenti che alimentano in modo così convincente un'illusione di controllo, lontano dalla familiarità di luoghi e azioni che infondono un senso così pateticamente illusorio di permanenza. Qui i nomi perdono poco a poco il loro significato, le spiegazioni il loro senso, le intenzioni evaporano come acqua di mare su una roccia rovente. Nessuno dei binocoli e cannocchiali che ha portato con sé gli è più minimamente utile, neanche l'Elba 8x20, neanche il Giglio 8x32. È stato quasi un'ora fuori sulla terrazza a osservare ogni aspetto del paesaggio, per averne una prova. Non gli interessa più avvicinare nessun dettaglio, ha perso ogni interesse per l'esplorazione dei particolari. Quello a cui tende adesso è il contrario, una visione d'insieme senza fattori di moltiplicazione né limiti di focale: e per arrivarci, la sua mente va molto meglio di qualunque sistema di lenti di cristallo.

"Stai bene, Giulio?" I lineamenti sensibili di Tiziana sono contratti dalla preoccupazione.

"Benissimo." Che non stia benissimo sua moglie lo sa meglio di lui; eppure non riescono a rinunciare a queste parole, benché il loro significato sia evaporato da un pezzo.

"Sei sicuro?" Ha questo modo di cercare di ritrascinarlo indietro, ogni volta che lo sente scivolare via, anche se sa che non potrà farlo indefinitamente. A volte le capita di arrabbiarsi, come è successo l'altro giorno, quando sono finiti in acqua dopo l'incidente con il motoscafo. È una reazione così comprensibile, così difficile da controllare, così teneramente umana.

Però è anche un risucchio a cui lui deve cercare di sottrarsi a tutti i costi, se vuole raggiungere davvero una visione d'insieme, e mantenerla, estenderla. Ha bisogno di distaccarsi dalla localizzazione dolorosa dei sentimenti, sfrondarli dalle loro connotazioni troppo specifiche, conservare la loro essenza e andare oltre. Non deve cedere al timore dello sconosciuto, né ai richiami del conosciuto; farsi attraversare dall'energia primaria, lasciar entrare la luce. Sì, ma intanto è ancora qui, ancora dedito in buona parte ad attività quotidiane, ancora in buona parte presente. Come pretende di essere considerato, cosa si aspetta da Tiziana?

"Là fuori diventa sempre peggio!" La signora Reitt fa un gesto verso le finestre e la portafinestra, scosse con sempre più violenza dal vento.

"Non vuole andare fuori a godersi lo spettacolo, signora?" Giulio Cobanni le indica il binocolo appoggiato sul tavolino. "Le garantisco che ne vale la pena."

"Mi fa paura!" Ecco di nuovo un sentimento spontaneo che si libera dalla sorveglianza dei modi formali, dà per un istante ai suoi lineamenti un'espressione quasi da bambina.

"Paura di cosa?" Non che Giulio Cobanni voglia fare sfoggio del suo distacco, oltretutto ancora incompleto, frutto di ragioni involontarie almeno quanto di una ricerca consapevole. Però avrà diritto di godersi almeno un po' i vantaggi della sua condizione, no?

"Di essere spazzata via." La signora Reitt si stringe le braccia con le mani, in un gesto istintivo di autoprotezione.

"*Mais c'est naturel!*" La signora Poulanc interviene nel solito tono polemico, che probabilmente nasconde inconfessabili fragilità. "*Est-que ce vous n'avez pas peur, Monsieur?*"

"Di cosa dovrei aver paura, signora?" Le risponde in italiano, visto che ormai sanno tutti che lei lo parla correntemente, e che usa il francese come un filtro dietro cui proteggersi.

"Di tutta la situazione!" La signora Reitt quasi lo aggredisce. "Del vento, del mare, del fatto che siamo completamente isolati!"

Giulio Cobanni scuote la testa. "È una situazione transitoria, cara signora." Quale situazione non lo è? Un po' ci sta giocando, va bene, ma ha anche voglia di condividere parte della leggerezza che prova, parte della luce.

"Transitoria verso cosa?" La signora Reitt ha un'altra espressione di vulnerabilità, tanto più preziosa in quanto insolita nei suoi comportamenti.

"*C'est terrifiant, Monsieur! Vous ne pouvez pas le nier!*" La Poulanc accentua l'ostilità polemica; sì, ha paura.

"Certo che è terrificante, Giulio." Tiziana concorda con le due signore, come per dimostrare che è lui ad avere l'atteggiamento sbagliato.

"Cosa potrebbe succedervi? Cercate di ragionare." Giulio Cobanni usa una versione ancora più soave del tono a cui ricorreva per convincere i suoi artigiani ottici che era possibile far rientrare una certa configurazione di lenti e prismi in un disegno di binocolo di cui si era innamorato, malgrado i problemi che poneva. "Al massimo qualche giorno di relativa scomodità, mangiando un po' meno, lavandovi un po' meno. Tutto lì."

"*C'est facil, pour vous!*" La Poulanc lancia un'occhiata di angoscia verso le finestre tremanti.

"*Pourquoi, Madame?*" Lui assume un'espressione di candore (*c'era* una traccia provocatoria nel suo tono, non può negarlo). "Perché sono più di là che di qua?"

"Giulio!" Nello sguardo di Tiziana l'allarme si mescola al disagio per la sconvenienza di una battuta del genere.

"Cosa dice?" La signora Reitt è profondamente scossa, di nuovo non riesce a schermare le sue emozioni.

La signora Poulanc sembra invece imbarazzata: riprende in mano il blocchetto per appunti che aveva lasciato sul divano, lo posa di nuovo, lo riprende.

"È così, care signore, inutile nasconderlo." Giulio Cobanni prova un meraviglioso sollievo a poterne parlare in questo piccolo cerchio di donne, non alla sola Tiziana trafitta dall'apprensione.

"In che senso?" La signora Reitt ha davvero una sensibilità fuori dal comune, acuita dall'essere rimasta prigioniera in una gabbia di convenzioni e ipocrisie per i lunghi anni del matrimonio con il banchiere. Sì, forse avrebbero potuto esserci interessanti esplorazioni mentali ed emotive tra loro, in un'altra epoca.

"Non starò ad annoiarvi con i dettagli." Giulio Cobanni non vuole certo approfittare dell'attenzione per sommergere le signore di termini medici, a questo punto del tutto irrilevanti. "Basti dire che una quindicina d'anni fa i dottori mi avevano dato pochi mesi di vita."

"Giulio..." Tiziana gli sfiora una mano, ma forse anche per lei c'è un aspetto liberatorio in questa condivisione.

La signora Poulanc inclina la testa, lo guarda come per dire, e come mai è ancora qua?

Dal suo divano Piero Gomi allunga il collo, anche se è probabile che si sia perso la prima parte della conversazione.

"E lei? Come ha reagito?" La signora Reitt lo fissa, i nobili lineamenti concentrati.

Giulio Cobanni sorride (anche qui gli sembra di parlare di un'altra epoca; gli sembra di parlare dell'altro ieri). "Ho scritto un testamento, convocato i figli per comunicargli la notizia, informato gli amici, avvisato collaboratori e dipendenti, preso tutte le disposizioni pratiche necessarie."

"Ma poi?" La signora Reitt è immobile, in attesa.

"Mi sono sottoposto a una serie di cure che sembravano decisamente peggio della malattia." Guarda Tiziana: si ricorda troppo bene cosa sono stati per lei quei lunghi mesi passati costantemente al suo fianco. "E alla fine non sono morto. I medici erano stati pessimisti. O io fortunato. Ma escluderei tutte e due le ipotesi."

"In che senso?" Gli occhi chiari della signora Reitt sondano le sue espressioni.

"Credo che più semplicemente il mio percorso non fosse compiuto. Tutto lì." Questa era stata la sua sensazione allora: non gli era sembrato un miracolo, gli era sembrato nella natura delle cose.

Le tre donne lo osservano in silenzio, ognuna con i propri pensieri, più o meno leggibili nel gioco dei lineamenti. Piero Gomi dal suo divano distoglie lo sguardo, fa finta di non aver sentito niente.

"Così ho avuto in regalo una quindicina di anni che non mi aspettavo affatto." Cobanni fa un gesto. "E anche se hanno incluso una delusione definitiva riguardo i miei figli, e più di recente la chiusura della mia azienda, sono stati senza ombra di dubbio i migliori della mia vita."

Tiziana gli lancia uno sguardo straziante per il riferimento ai figli (forse avrebbe potuto risparmiarselo, ma in fondo perché?), però subito dopo non riesce a impedirsi un sorriso.

Lui allunga una mano a toccare la sua, gliela stringe.

La signora Poulanc ha un'espressione indefinibile, data dall'involontaria sospensione del suo abituale cinismo.

"E adesso?" Il tono della signora Reitt è smarrito.

"I medici sono di nuovo pessimisti, ma questa volta hanno decisamente ragione." I medici c'entrano ben poco a questo punto, sono niente più che semplici testimoni, come del resto quindici anni fa.

"Non è vero!" Tiziana insorge, come c'era da aspettarsi. Sono mesi che si rifiuta di capirlo (anche se lo capisce, certo che lo capisce), ancora meno di assecondarlo. "I medici dicono che ci sono diverse terapie decisamente promettenti!"

"E cosa promettono, le terapie decisamente promettenti?" Il fatto è che lui adora questa donna, il suo carattere, la sua intelligenza, i suoi modi. È stata lei il più bel regalo di questi quindici anni, non ha bisogno di pensarci neanche un istante per saperlo. La moglie che prima della malattia era arrivata a sembrargli così noiosa, così schiava dei figli, dei riti familiari, delle abitudini, delle preoccupazioni quotidiane, delle convenzioni sociali. E lo era, lo era! Al punto di spingerlo a tradirla con donne che gli sembravano transitoriamente più interessanti, senza neanche sentirsi troppo in colpa. Quale viva, palpitante vicinanza aveva rivelato invece quando lui si era ammalato, quale profonda, complice comprensione, quale meraviglioso senso dell'umorismo, quale capacità di condividere il momento, ascoltare, vedere, sorprendersi, gioire di ogni piccolo dettaglio che prima avevano tutti e due considerato insignificante.

"Di farti vivere ancora!" Tiziana è furiosa, adesso, esasperata da quella che si ostina a considerare pura cocciutaggine di un uomo abituato a stabilire le proprie regole. Anche se lo sa, lo sa.

"Il fatto è che non ne ho più voglia!" Alza la voce anche lui, ma solo per farsi sentire meglio. "Mi basta quello che ho avuto, davvero. Non chiedo altro."

"*C'est une position respectable, Monsieur...*" La signora Poulanc ha un tono di inaspettata considerazione.

"*Non, Madame, ce n'est pas respectable du tout!*" Tiziana adesso se la prende con lei. "È solo una forma di egoismo terribile!"

La signora Reitt fa per dire qualcosa, ma invece muove appena le labbra, senza suoni.

"L'importante è trovare il momento giusto per uscire di scena." Giulio Cobanni si alza dalla poltrona, con il massimo della leggerezza che il dolore alla schiena gli consente. "E farlo con le proprie gambe, se possibile."

Le tre donne lo guardano in silenzio, si guardano tra loro. Piero Gomi sul suo divano ha un'espressione di profonda contrarietà, mescolata a paura altrettanto profonda. Il vento continua a scuotere i vetri delle finestre, soffia e sibila da ogni spiffero.

Ottanta

Arrampicarsi è una cosa che a Brian Neckhart piace da sempre, da quando saliva ramo per ramo con suo cugino Greg sulle grandi querce subito al di là del giardino incolto dietro casa dello zio Harvey, il fratello alcolista e giocatore d'azzardo di sua madre. Gli ci sono voluti parecchi anni per scoprire che il suo impulso risaliva alla natura arboricola dei primi ominidi, ancora latente nel DNA di ogni uomo contemporaneo. Il bambino magro e spaventato di allora lo ignorava, ma il senso di libertà che provava qualche metro sopra terra era esilarante. Così come la gioia di trasgredire le regole degli adulti, compiere imprese per le quali avrebbe potuto essere aspramente rimproverato e castigato. Poi a venticinque anni aveva provato l'ebrezza delle arrampicate su roccia durante una breve vacanza in Colorado, e da allora ogni volta che ne ha l'occasione gli piace salire su pareti di montagne o massi desertici, in mancanza di meglio sul muro attrezzato di una palestra. Anche se ha fatto alcune scalate impegnative in Europa, Sudamerica e Asia, non è mai diventato un alpinista, perché detesta salire in gruppo, detesta le cordate, le funi, i ganci, i ramponi. Detesta anche il gelo e la neve, ne ha avuto più che abbastanza nella sua infanzia e adolescenza. Quello che gli piace è tirarsi su a forza di braccia e gambe in arrampicata libera solitaria, nel sole, nella luce, nel silenzio, nella solitudine. Trovare le prese per le mani, gli appoggi per i piedi, progredire un metro alla volta, senza aiuti meccanici né sistemi di sicurezza, senza nessuno da cui dipendere o che dipenda da lui. È tutta una questione di equilibrio, intensità muscolare, autodisciplina, consapevolezza del rischio, autonomia assoluta. Ogni volta che affronta da solo una parete, si sente come quando aveva sette o otto anni: un essere selvatico e indipendente che si sottrae alle leggi mortalmente noiose del mondo piatto, per godere di una sensazione che non risiede nel traguardo della vetta ma è già raggiunta nel momento in cui inizia la salita.

Certo, se non avesse questi dolori sparsi dovuti alla collutazione con i russi ieri notte, sarebbe meglio. E sarebbe decisamente meglio se avesse ai piedi le sue scarpette leggere da arrampicata, e alla cintura il suo sacchetto di magnesite, per tenere le dita bene asciutte quando devono far presa in una crepa o su un rilievo. Soprattutto, sarebbe di gran lunga meglio se fosse da solo, invece di doversi trascinare dietro il banchiere tedesco. D'altra parte ha accettato la sfida di risolvere il suo problema tutt'altro che facile, adesso l'unica cosa da fare è portarlo al di là di questo sbarramento roccioso e attraverso l'interno dell'isola fino al porto, andare con lui al più presto a Francoforte, prendere il toro per le corna.

Le scaglie di roccia vulcanica che hanno davanti non sono di per sé particolarmente difficili da scalare: alte pochi metri metri, avranno un'inclinazione di una settantina di gradi, niente rispetto a certe pareti verticali su cui si è arrampicato in California, in Arizona, nello Utah. In più sono ricche di crepe, nicchie, indentamenti in cui infilare mani e piedi. Il problema è che le scaglie sono molte più delle quattro o cinque che gli aveva detto Carmine, anche se è difficile capire quante possano essere. Forse una dozzina, almeno. Inoltre il vento è così forte da schiacciarti contro la roccia mentre sali, e da minacciare di spazzarti via una volta raggiunta la sommità di una scaglia. Per non parlare delle nuvole di polvere che vanno negli occhi e nei polmoni, e del frastuono che riempie le orecchie e costringe a urlare per farsi sentire.

Se fosse per conto suo, Brian Neckhart quasi certamente si affiderebbe alle proprie capacità muscolari e al proprio senso dell'equilibrio per saltare da una cresta all'altra, invece di dover salire e scendere e risalire chissà quante volte. Sfruttando la spinta del vento, il balzo gli riuscirebbe quasi di sicuro, e in pochi minuti sarebbe al di là della successione di ostacoli. Ma con Reitt l'unico metodo possibile è ricorrere a una buona dose di pazienza e andare avanti con metodo, superando una scaglia alla volta, calandosi nell'intercapedine, ricominciando con la scaglia successiva. È un percorso lungo e laborioso, però non ci sono alternative. Reitt ha sì una struttura asciutta, dagli arti lunghi, a suo modo atletica, però è anche straordinariamente rigido, incapace di adattarsi elasticamente alle irregolarità della roccia. Nelle spedizioni alpinistiche di cui si vantava, in cordata dietro una buona guida, è possibile che non avesse molta importanza, ma qui nel contatto nudo con la parete viene fuori in modo chiarissimo. La sua mancanza di flessibilità fisica corrisponde alla sua rigidità mentale; è difficile dire cosa determini cosa, ma la conseguenza è che bisogna indicargli dove appoggiare mani e piedi e seguirlo passo per passo, lottando contro la sua ostinazione a fare di testa propria.

Comunque adesso sono arrivati in cima alla seconda scaglia di roccia, e scalarla è stato meno laborioso che con la prima. Ripetere il processo lo semplificherà certamente di volta in volta, il che permetterà di ridurre i tempi e la fatica.

Però sono lì sul bordo della seconda scaglia, ben aggrappati con mani e piedi per non farsi spazzare via dal vento, e vedono tutti e due nello stesso momento la testa di Mathias sbucare dal bordo della prima scaglia. Rosso in faccia per lo sforzo, il naso tumefatto, i capelli biondi e sottili scompigliati, cerca di far affiorare un timido sorriso alle labbra.

"Cosa diavolo sta facendo qua?!" Reitt appena si riprende dalla sorpresa gli urla rabbiosamente, controvento.

"Vengo con voi!" L'assistente ha un'espressione di devozione così assoluta che potrebbe risultare quasi commovente, se la rabbia per la sua stupidità non prevalesse.

"Torna immediatamente indietro!" Brian Neckhart forza i polmoni per fare arrivare la voce con sufficiente intensità.

Mathias non ascolta neanche, o semplicemente sta cercando di metterli di fronte al fatto compiuto, perché scavalca la cresta, comincia a calare le gambe nell'intercapedine tra le due pareti inclinate.

"Non scendere!" Brian Neckhart urla ancora più forte. "Non riuscirai più a tornare indietro!"

Mathias non risponde, è totalmente posseduto dalla smania di raggiungerli, non essere abbandonato, restare al fianco del suo capo.

Il suo capo oltre all'irritazione per l'atto di disobbedienza deve provare una parte di compiacimento di fronte a questa manifestazione di fedeltà, perché non fa nessun altro tentativo di bloccarlo, si limita a osservare i suoi gesti.

Mathias riesce a scendere di appiglio in appiglio per un metro e mezzo o due, con le gambe che penzolano nel vuoto. Poi si lascia andare, ammortizza la caduta, anche se l'impatto con il piede danneggiato deve provocargli un dolore notevole. Guarda in su, con una smorfia che forse vorrebbe essere un altro tentativo di sorriso. "Visto? Ce la posso fare!"

"Idiota!" Brian Neckhart è fuori di sé dalla rabbia. Non ci vuole un genio per capire come questo atto di pura idiozia servile complichi enormemente la spedizione, la metta a rischio. Ecco una delle ragioni per cui non ha mai amato le scalate di gruppo: la forza della catena è sempre equivalente a quella dell'anello più debole. Gli verrebbe voglia di lasciarlo dov'è, l'idiota; andare avanti, fregarsene. "Il suo assistente è un idiota, Reitt!"

"Lo so!" Reitt sta cominciando a rendersi pienamente conto delle conseguenze di avere instillato tanta dipendenza acritica nel suo collaboratore. "*Sie sind ein Idiot! Ich bestellt hatte, um zu bleiben!*"

"È inutile discutere, ormai!" Brian Neckhart pensa che l'ultima cosa di cui ha bisogno adesso è una diatriba tra tedeschi. Si chiede se non farebbe meglio a riportare Mathias indietro, ma si tratterebbe di fargli risalire contro la sua volontà la pendenza negativa della prima scaglia, il che è quasi impossibile senza almeno una fune. Più studia la situazione, più si rende conto che l'unica possibile via d'uscita è in avanti. Guarda l'assistente che sta cercando gli appigli per salire sulla seconda scaglia, lo incoraggia con gesti furiosi.

Però Mathias stenta a salire, per via del dito fratturato che gli impedisce di appoggiare la punta del piede sinistro senza provare una fitta di dolore. Malgrado si sforzi in ogni modo di nascondere la sua condizione, ogni volta che mette giù il piede fa una smorfia, geme, ansima, suda, le mani gli scivolano, perde la presa.

"Forzaaa! Muovitiii!" Brian Neckhart gli urla dall'orlo della cresta, con una sensazione estenuante di rallentamento.

"*Schnell!*" Reitt si associa, anche se non serve a niente.
"*Houuu waah haaà?!*" Mathias è aggrappato alla roccia, con i piedi a non più di un metro dal fondo; non si riesce a distinguere una sola parola di quello che dice.
"Cosa?!" Brian Neckhart deve tenersi con tutte le forze per contrastare la violenza del vento, e in più stare attento che Reitt non venga spazzato giù dalla cresta.
"*Houuu waah wooh?*" Mathias diventa rosso in faccia per urlare più forte, ma è inutile. Fa nuovi tentativi di trovare appigli più in alto, non riesce a salire.
"Non sento niente!" Brian Neckhart è inferocito all'idea che l'assistente non si renda conto di quanto rumore ci sia qua sopra, e continui a sprecare tempo ed energia a vuoto.
"*Houuu waah wooh weah?!*" Mathias urla e urla: niente.
Brian Neckhart finisce col perdere la pazienza, si cala lungo la roccia. In pochi secondi è sul fondo, dove l'aria è ferma e il vento non arriva. Lo si sente passare in alto con il suo frastuono, trascinando nuvole veloci di polvere. "Cosa diavolo stavi cercando di dirmi?"
"Volevo sapere quante altre creste si vedono, da là sopra!" Mathias resta aggrappato alla roccia con la forza della disperazione, ma è già chiaramente vicino ai limiti delle sue risorse, ansimante, coperto di sudore.
"Parecchie." Brian Neckhart avrebbe voglia di dirgli quante per dargli la misura della sua stupidità, ma è chiaro che non conviene.
"Quante? La prego di essere più specifico!" Mathias ha un'espressione ostinata, ma la disperazione è lì, fin troppo visibile.
"Il numero non ha importanza. Quello che conta è affrontarne una alla volta, come se fosse la prima e anche l'ultima."
"Neckhart, la prego di risparmiarmi queste vaghezze!" Mathias si sente chiaramente in una posizione difficile, e per compensare ricorre a una versione più blanda (ma pur sempre irritante) dell'arroganza del suo boss. "Certo che il numero ha importanza! Le ho chiesto quante creste di roccia ci sono, dopo queste due!"
"Una dozzina almeno. Dal momento che vuoi a tutti i costi la verità." La soddisfazione di Brian Neckhart è del tutto transitoria; il problema invece resta, in tutta la sua evidenza.

Mathias contrae i muscoli delle mandibole. “Non aveva detto che erano solo quattro o cinque?”

“Ho detto quello che mi aveva riferito Carmine.” Su questo punto Brian Neckhart non si sente la coscienza del tutto a posto, perché avrebbe dovuto fare una verifica di persona. Ma quando? E poi non si era immaginato di doversi trascinare dietro questi due, quando aveva pensato alla spedizione. Si chiede anche se Carmine non gli abbia rifilato di proposito un’informazione sbagliata, per gelosia nei confronti di Lynn Lou, o per chissà quali altre oscure ragioni.

“Ce la posso fare.” Mathias aggrappato alla roccia lo guarda con occhi spaventati, in cerca di rassicurazioni.

Brian Neckhart prova a calcolare le probabilità di riuscire a spingerlo e trascinarlo attraverso tutta la serie di salite e discese che si frappone tra loro e l’interno dell’isola: non sono molte. Ha fatto un errore di valutazione quando ha ceduto alle insistenze di Reitt per andare con lui? Forse sì, ma d’altra parte se fosse arrivato da solo al porto non è affatto detto che avrebbe trovato un’imbarcazione adeguata, con un marinaio abbastanza esperto o avido da tentare un attracco al pontile di Villa Metaphora in queste condizioni di mare e vento. Poi non aveva messo nel conto che Mathias li inseguisse come un cane abbandonato, peggiorando infinitamente le cose.

D’improvviso, *SKRRROOOUMMM!* Tutto si scuote, Mathias lascia la presa, cade in piedi. Sballottano tutti e due tra le pareti, come gli ultimi popcorn in una scatola quasi vuota.

“*Scheiße!*” Mathias annaspa, in preda al terrore.

In cima alla cresta Reitt si aggrappa alla roccia come un geco, frammenti di roccia rotolano giù.

Quando la vibrazione finisce Neckhart e Mathias tossiscono, si puliscono gli occhi dalla polvere che rende difficile vedere e respirare. Restano immobili per qualche secondo, in attesa di un’altra scossa, cercando di tenersi lontani dai due piani di roccia inclinata, anche se lo spazio libero è molto ridotto.

L’altra scossa però non arriva, la polvere poco a poco si dirada.

“Oddio!” Mathias guarda in alto, i turbini di vento polveroso che velano l’azzurro del cielo, contro cui si staglia Werner Reitt abbarbicato.

"Calma, Mathias." Brian Neckhart prende l'assistente per una spalla, gliela stringe con forza.

"*Waaa haaa hooo?!*" Reitt da sopra grida parole incomprensibili, spazzate via dal vento.

"Dài, saliamo." Brian Neckhart cerca di convogliare nella voce tutta la forza di convinzione di cui è capace. Aver escluso l'opzione di portare indietro l'assistente ha l'effetto di cancellargli ogni dubbio, infondergli un senso rinnovato di scopo.

"Io sono pronto." Mathias ha un'espressione disperatamente volonterosa.

"Allora fai esattamente quello che ti dico. D'accordo?"

"D'accordo." Mathias annuisce con energia.

"Metti la mano sinistra qua." Brian Neckhart gli indica una fessura nella parete di roccia. "Il piede destro qua..."

Mathias obbedisce, si inerpica per un breve tratto con una certa rapidità, ma appena deve mettere giù la punta del piede sinistro, si blocca.

Brian Neckhart gli sostiene il tallone in modo che lui non debba appoggiare la punta. "Forza! Vai!" Lo incoraggia mentre sale dopo di lui, gli indica presa dopo presa.

Mathias un po' si tira su a forza di braccia, un po' si lascia spingere; tossisce per la polvere ancora ristagnante, e per quella nuova che Reitt smuove sopra di lui appena si sposta.

Brian Neckhart gli si arrampica dietro, lo sostiene, gli segnala i punti di appiglio. Man mano che si avvicinano alla cresta il vento cresce di intensità, copre le parole con il suo rumore assordante.

Reitt è ancora lì aggrappato alla cresta, ma invece di guardare giù e offrirsi di aiutare, guarda le creste successive, con un'espressione bramosa.

"Reeeitt, accidenti! Gli dia una manooo!" Brian Neckhart urla come un pazzo, furioso che il banchiere non si curi del suo assistente, ormai a meno di un metro dalla cresta. "Lo tiri suuu! Forzaaa!"

Reitt lo guarda con straordinaria insofferenza, aggrappato alla cresta di roccia. Finalmente si decide ad allungare una mano, afferra la sinistra di Mathias, lo strappa in su con estrema violenza, proprio mentre Brian Neckhart lo sta spingendo con forza da sotto per il piede sinistro. L'assistente raggiunge la cresta come se fosse improvvisamente senza peso, viene preso da una folata di vento, vola direttamente dall'altra parte.

Brian Neckhart si tira su a scatti convulsi di gambe e braccia, in due secondi è sulla cresta. Si affaccia a guardare nell'intercapedine tra le due scaglie di roccia: quattro o cinque metri più sotto si vede Mathias a faccia in giù, i polpacci chiari sopra i calzini bianchi che sporgono dai pantaloni color crema. Non c'è nessun movimento.

Reitt è come pietrificato, fissa Brian Neckhart con occhi minerali, senza muovere un solo muscolo della faccia. Il vento soffia così forte che è del tutto inutile provare a parlarsi. Restano tutti e due muti, aggrappati alla cresta per non volare anche loro di sotto.

Poi Brian Neckhart comincia a calarsi dall'altro lato. La pendenza negativa gli permette di fare presa solo con le mani; deve rinunciare a puntellarsi con i piedi, lascia penzolare le gambe. Quando è a un paio di metri dal fondo, molla la presa e si lascia cadere, ammortizza l'impatto piegando elasticamente le ginocchia.

Mathias giace prono tra le rocce, immobile, la testa più in basso dei piedi. Le sue braccia hanno un'angolazione innaturale, il sangue che gli è colato dalla testa ha bagnato un masso, l'ha fatto diventare più scuro.

Brian Neckhart si inginocchia a toccargli con l'indice e il medio l'arteria carotidea, poco sotto l'orecchio destro: nessuna pulsazione. I radi capelli biondicci sono appiccicati dal sangue, la camicia da bravo ragazzo bagnata di sudore. È assurdo vedere così inerte un corpo che fino a due minuti fa era respirante, pulsante, traspirante, abitato dal senso del dovere, dalla paura, dalla speranza, attraversato da immagini, richieste, intenzioni. Il giovane volonteroso e un po' goffo che l'altro ieri ha preso contatto con lui a beneficio del suo capo, e che lui ha trattato con diffidenza, irritazione, impazienza, comprensione e poi stuzzicato, incoraggiato, pungolato fino a pochi secondi fa. Adesso è solo un involucro di forma umana, inerte, vuoto. Tutto quello che lo animava volato via, ma dove? Ecco un problema che non ha soluzione, ma al contrario ne pone altri, a catena. Una rete intera di problemi senza soluzione. E allora? La sua affermazione ripetuta chissà quante volte, ristampata in chissà quante copie dei manuali di LifeSolving™ è fasulla? Avrebbe per lo meno bisogno di una clausola qualificante?

Brian Neckhart si accovaccia, si preme due dita ai lati del naso, respira a fondo a narici alterne, cerca di riordinare i pensieri. Questo giovane (*quel* giovane di fino a due minuti fa, perché questo è solo un involucro, anche se parecchio pesante, quando cerca di smuoverlo tirandolo per i piedi non ci riesce) aveva preso per buona la sua aura di risolutore di problemi, si era affidato a lui. E lui si era assunto una responsabilità nei confronti del giovane, prima ancora che nei confronti di Werner Reitt. È terribile aver deluso le sue aspettative, tradito la sua fiducia, lasciato che si ammazzasse in questo modo assurdo. Si alza in piedi più rapido che può, perché con la visione periferica ha percepito i movimenti di Reitt che sta cercando di calarsi a sua volta. "Aspettiii!"

Ma è troppo tardi: Reitt ha già calato le gambe da questo lato della scaglia di roccia, ha già mollato o perso la presa, sta già volando giù, dritto. Atterra sulle rocce del fondo come un burattino di legno, quasi senza piegare le ginocchia. Il rumore dell'impatto è sinistro, così come l'"*Autsch!*" che lui lancia nello stesso istante, subito prima di finire seduto, con la faccia distorta da una smorfia di dolore.

Brian Neckhart gli è subito di fianco, gli guarda le gambe. "Dove le fa male?"

"La caviglia!" La voce è come un latrato; Reitt si contrae su se stesso, indica con una mano tremane la caviglia destra.

Brian Neckhart gli sfila con cautela il mocassino dal piede, scosta la stoffa di calze e pantaloni, attento a non esercitare pressione: la caviglia si sta gonfiando rapidamente, sotto la pelle appaiono chiazze rosse dilaganti.

"Non mi tocchi!" Reitt urla con un'intensità e un'asprezza che fa male ai timpani. "Mi dica che cos'ho!"

"Una distorsione di secondo, forse terzo grado." Brian Neckhart prova una tale ostilità nei suoi confronti che deve trattenersi dallo stringergli la caviglia a due mani, provocargli un dolore ancora più lancinante.

"Lasci perdere il gergo pseudo-medico, per piacere!" Reitt

fatica a respirare per le fitte che gli arrivano su per la gamba, ha la fronte bagnata di sudore. "Parli in termini comprensibili!"

"I legamenti sono danneggiati, c'è sicuramente una rottura di vasi sanguigni, probabilmente anche una frattura ossea." Brian Neckhart non riesce a credere di avere concentrato così tanti errori in così poco tempo, con conseguenze così gravi.

"Cosa significa, in pratica?!" Reitt adesso sta cedendo rapidamente al panico, comincia a respirare affannosamente. "Che non sarò in grado di arrampicarmi su quelle dannate rocce?!"

"Che non sarà in grado di andare da nessuna parte, Reitt." Brian Neckhart indica la caviglia che di secondo in secondo diventa più gonfia e arrossata.

Reitt ha uno scatto, si puntella su un braccio e sull'altra gamba, cerca di alzarsi ma è costretto a lasciar perdere, ricade sulla schiena con un grugnito di dolore.

"Non le interessa niente del suo assistente, Reitt?" Brian Neckhart indica il corpo immobile di Mathias, a forse tre metri di distanza.

Werner Reitt gli dà appena un'occhiata, distoglie subito lo sguardo.

"È *morto*, Reitt! Se ne rende conto o no?!"

"Non le permetto di usare quel tono con me! Non è colpa mia se è caduto!""

"È *anche* colpa sua!" Brian Neckhart gli urla contro con furia selvaggia. "Ma non stavo parlando di colpe, stavo parlando del fatto che è *morto*!"

"È stato il vento! Ed è stato lei a spingerlo!" Reitt a sua volta grida come un pazzo, con i lineamenti distorti.

"Lei è un porco! È un essere ignobile!" Brian Neckhart non riesce a ricordare l'ultima volta in cui ha perso il controllo in questo modo, ma non ci può fare niente, è finito in un territorio emotivo irriconoscibile.

KRRAKASKRRRUMMM! Di nuovo c'è una scossa violenta, che li sbatte avanti e indietro, fa cadere altri frammenti di roccia, riempie di polvere lo spazio tra le due pareti inclinate.

"*Verdamnt!*" Reitt si porta una mano alla testa, se la guarda, raccoglie da terra una scheggia che gli è arrivata addosso, la scaglia via con un gesto scoordinato, tossisce. “Qui ci crolla addosso tutto!”

Brian Neckhart si alza in piedi, guarda la parete inclinata successiva, guarda quella da cui si è calato per scendere.

“Cosa intende fare?!” C’è un terrore crescente nella voce di Reitt.

Brian Neckhart pensa che se salisse sulla terza scaglia e saltasse di cresta in cresta sfruttando la spinta del vento, in pochi minuti sarebbe al di là di questa barriera rocciosa, ben avviato ad attraversare l’interno dell’isola.

“Vuole abbandonarmi qui a morire?!” Reitt ha una faccia terrea, dello stesso colore della polvere che gli copre capelli e vestiti.

“Se lo meriterebbe!” Brian Neckhart guarda di nuovo in alto, dai due lati.

Reitt contrae le labbra, stringe gli occhi, fa visibilmente uno sforzo per non rispondere qualcosa di altrettanto ostile.

Brian Neckhart lo prende sotto le ascelle, lo tira indietro. Reitt resta rigido, quasi oppone resistenza; costa una fatica estrema trascinarlo in modo da fargli appoggiare la schiena contro la parete. “Non si muova da lì, Reitt.”

“Lei ha il dovere morale di tirarmi fuori di qua! Se mi abbandona commette un delitto di cui dovrà rendere conto!” Reitt cerca di trasformare l’angoscia che lo pervade in un atteggiamento minaccioso, anche se la sua condizione lo rende patetico.

Brian Neckhart lo guarda con un’espressione di disprezzo, si strofina le mani sui pantaloni per asciugarsele. “Non sono un mostro come lei, per sua fortuna.” Torna da Mathias sdraiato a faccia in giù, con uno sforzo intenso riesce almeno a girarlo, metterlo in una posa più dignitosa.

Reitt si rifiuta di girare la testa per guardare, anche se a intervalli controlla con la coda dell’occhio.

Brian Neckhart si asciuga di nuovo le mani, cerca un punto di appiglio per la mano sinistra, infila in una fessura la punta del piede destro, spinge con la gamba e tira col braccio, si afferra a una seconda presa. Si tira su contro la pendenza negativa della roccia aiutandosi con oscillazioni del corpo, in pochi minuti raggiunge la cresta. Il vento lo investe, ancora più forte di prima, minaccia di scaraventarlo all'indietro. Gli ci vuole una notevole concentrazione di forze per tenersi attaccato alla roccia e scavalcare la cresta con le gambe. Quando è con il corpo che aderisce alla roccia dall'altro lato guarda giù: Reitt lo sta osservando controluce, coperto di polvere, con una mano di taglio sulla fronte per proteggersi dai detriti che gli piovono addosso. Grida qualcosa, ma da qui sopra non si sente niente. A vederlo così, è ben difficile immaginare che fino a pochi giorni fa manovrasse le leve occulte dell'economia mondiale dal suo ufficio di Francoforte, con un distacco assoluto rispetto alle conseguenze pratiche delle sue scelte sulla vita di milioni di persone. D'altra parte non è il solo a trovarsi in una posizione diversa da quella di partenza, decisamente.

Brian Neckhart scivola rapido giù per il piano inclinato della seconda scaglia di roccia, non ci mette niente ad arrivare in fondo. Si pulisce di nuovo le mani sui pantaloni, prende un respiro profondo, affronta di slancio la pendenza negativa della prima scaglia.

Ottantuno

Ever pena et ever incresce pani et vinu li mitesce, ogni pena e ogni dolore il pane e il vino li addolciscono, dice ogni tanto la nonna (dal lato Moscatigno). Però qui come pane ci sono solo poche sfogliette avanzate da ieri, gli ospiti si possono consolare più che altro con il vino. Ramiro ha preparato delle spume di erbe selvatiche e formaggio di pecora montate a mano, dato che senza corrente i frullatori e gli altri aggeggi naturalmente non funzionano. Anche questi, come tutti i suoi piatti, non è proprio che ti riempiano la pancia. Gianluca ha provato a convincerlo a usare il pesce che c'era nel frigorifero, visto che si era conservato abbastanza bene, ma lui ha detto che ormai è sotto il suo standard. Gianluca l'ha accusato di voler peggiorare ancora la situazione degli ospiti invece di aiutarli a dimenticare col cibo le difficoltà, Ramiro si è messo a gridare che avvelenarli col pesce marcio non sarebbe certo un grande aiuto. Si è messa a schifio, alla fine Ramiro ha preparato certi filettini di triglia così sottili che sono trasparenti, con una salsa di limone, mirto e aneto che dovrebbe renderli un po' più sicuri, a sentire lui.

Comunque di mala tensione nella sala ce n'è tanta, adesso. Lucia Moscatigno guarda gli ospiti che se ne stanno tutti seduti sul bordo delle sedie, pronti a saltare in piedi di nuovo se per caso arriva un'altra scossa. Hanno quelle facce come quando sei su un aereo in una turbolenza brutta (le è capitato una volta tornando da Parigi insieme a Gianluca, in un volo notturno) e la gente non vuol far vedere che è spaventata anche se lo è, e non c'è proprio niente da fare tranne aspettare che passi. Il vento affuriato scuote i vetri, soffia nella sala come il fiato del drago appena Carmine apre la portafinestra per portare dentro o fuori qualche piatto, o chiedere a Lynn Lou Shaw se ha bisogno di qualcosa. Il dottor Reitt, Mathias e Brian Neckhart non ci sono, nessuno sa dove siano andati. Gianluca l'ha spedita a cercarli nella suite dei tedeschi e in giro per il sentiero, con il vento nella schiena che la faceva volare mentre andava in su e le faceva consumare le gambe mentre tornava in qua, ma non li ha trovati da nessuna parte. È davvero un mistero, perché qui a Villa Metaphora non ci sono tanti modi di sparire, a meno di non finire giù per il dirupo o in fondo al mare. E tutti e tre giù per il dirupo o in fondo al mare non ci sono finiti, di sicuro.

"*Pardonnez-mois, Mademoiselle?*" La Poulanc alza la mano, con il solito modo di quella che si aspetta qualcosa di più, qualcosa di meglio o di diverso anche in una situazione come questa, anzi, a maggior ragione.

Lucia va al tavolo, dov'è seduta anche la Reitt, pallida da far paura, ogni pochi minuti guarda verso la portafinestra. "Mi dica."

"*Est-que nous pouvrion avoir un peu plus de poisson?*" La Poulanc indica il piatto vuoto dov'erano i filettini quasi trasparenti di triglie. "*C'était vraiment trop peu! C'était rien!*"

"Mi scusi, non capisco." Anche se Lucia il francese non lo sa, non è che ci voglia molto a capire di cosa parla la signora, però in questo momento non ce la fa a reggere altre richieste.

"Vorrebbe un altro poco di pesce, se possibile, per favore." La Reitt traduce, sempre attenta a essere gentile con tutti, anche se adesso è così agitata che deve costarle fatica. Dà un'altra occhiata alla portafinestra, dà un'occhiata ai signori Cobanni al tavolo vicino.

"Signorina, anche per me, grazie!" L'onorevole Gomi alza la mano dal suo tavolino basso. "Era veramente una porzione risicata!"

Lucia allarga le braccia. "Eh, non ce n'è più, di pesce." Le dispiace per le facce deluse, però dove dovrebbe andare a trovarne dell'altro? È già un miracolo che ce ne fosse un po'.

Da fuori Gianluca apre la portafinestra, deve spingerla con tutte le forze per tenerla aperta mentre Carmine entra con il vassoio. Poi viene dentro piano, attento a chiuderla senza far rompere i vetri.

Carmine naturalmente va a servire per prima Lynn Lou Shaw, si inchina, le dice chissà quali parole adoranti. Non deve sembrargli vero che Neckhart sia sparito, deve sembrargli un miracolo. Poi serve Lara, la russa, l'onorevole Gomi, i signori Cobanni. Viene al tavolo della Poulanc e della Reitt, dispone davanti alle signore due piatti che sembrano proprio due dipinti, ognuno con una cupolina giallo-arancione e un ghirigoro violastro tutto intorno. Anche se non saziano, è una meraviglia che Ramiro riesca a tirare fuori cose del genere in una situazione come questa. Davvero il prodigio dell'artista nell'emergenza, come dice Gianluca.

"*Qu'est-ce que c'est, ça?*" La Poulanc studia il suo piatto tutta diffidente, arriccia il naso di patata.

Carmine è lì che cerca di ricordarsi la descrizione di Ramiro. "Allora, è una spuma di melone di Stromboli con i culi di fico nero..."

"Cosa diavolo stai dicendo?" Gianluca gli arriva addosso tutto stizzito, se non fosse per le gentili ospiti lo prenderebbe a male parole. "Signore, le prego di scusarlo. È una spuma di melone Stromboli con un *coulis* di fico nero di Tari. Mi permetto di suggerire un abbinamento con quel passito di Pantelleria Mocardo che le signore hanno già provato l'altra sera..."

Il signor Cobanni sta ridendo come un matto, ora pure la moglie. È per la tensione di sicuro, di solito sono tanto educati, ma adesso si piegano proprio in due, non riescono a smettere.

Anche a Lucia Moscatigno viene da ridere, per la faccia di Carmine. Comunque è la tensione, più che altro.

Carmine è tutto imbarazzato, non sa più dove guardare. "Architetto, Ramiro disse così. A me pareva strano..."

"Basta, porta via i piatti e sparisci!" Gianluca usa proprio il tono duro, ma c'è da capirlo, con tutti i pensieri difficili che ha in questo momento.

Carmine la prende male, è sempre parecchio orgoglioso, ma in presenza di Lynn Lou Shaw proprio non sopporta di essere trattato male. "Architetto, lei in questo tono non mi deve parlare, già più di una volta glielo dissi!"

"Cos'è, adesso pretendi anche di avere ragione?" Gianluca cerca di tenere la voce bassa, non farsi sentire dagli ospiti. Però gli ospiti non è che non se ne siano accorti: o stanno ridendo come i Cobanni o sono lì che allungano il collo come l'onorevole Gomi.

La portafinestra si apre di nuovo, il vento affuriato arriva di nuovo in ogni angolo della sala, come il fiato del drago. È Brian Neckhart, chiude le ante con la solita lotta, si guarda intorno. Tutto strapazzato, polvere in faccia, nei capelli, sulla maglia e i pantaloni. Prende una bottiglia di acqua minerale da un mobile, *glu glu glu*, se ne vuota metà senza prendere fiato. Ha anche le mani graffiate, una sbucciatura sulla fronte, oltre ai segni che aveva già stamattina, per la lotta coi russi giù al molo ieri notte. "Carmine?" Respira forte, e dire che non è un uomo che si fa mai venire davvero l'affanno.

Carmine lo guarda. Anche tutti gli altri sono girati a guardarlo: Lynn Lou Shaw, Lara, la russa, l'onorevole Gomi, i signori Cobanni, la signora Reitt, la Poulanc, Gianluca.

Lucia Moscatigno si avvicina per guardare, per capire.

"*What happened?*" Gianluca a vedere Neckhart conciato così si agita ancora più. "*We've been looking all over for you.*"

Brian Neckhart non gli risponde, è tutto concentrato su Carmine. "*What the hell, man! You said there were only five of those rock slabs, there's at least a dozen!*"

Carmine non risponde, lo guarda con un'aria mezza arrabbiata, mezza in colpa.

"*What rock slabs?*" Gianluca guarda Neckhart, si gira a guardare Carmine. "Di che che rocce sta parlando?"

"Eh, gli scaglioni della barriera, qua dietro..." Carmine ha la stessa identica faccia che aveva da ragazzino, quando faceva qualcosa che non doveva e suo padre o il padre di Lucia lo rimproveravano.

Neckhart gli sta addosso. "*Anyway*, nesesìto aiuto, aora!"

"*Where's my husband?*" La signora Reitt si alza in piedi, pallida da fare paura.

"*Your husband is okay. More or less.*" Brian Neckhart almeno a lei si sente in dovere di rispondere, perché lo vede in che stato di ansia è.

"*What do you mean? Where is he? What happened? Where's Mathias?*" La signora Reitt non riesce a calmarsi, la preoccupazione le passa attraverso come una corrente elettrica. La Poulanc si alza, la stringe per un braccio, si allunga a dirle qualcosa all'orecchio, ma quella non la sente neanche.

"*Mathias is dead.*" Brian Neckhart abbassa lo sguardo.

A Lucia Moscatigno ronzano le orecchie e tremola il cuore a sentire *dead*, però cerca di fare finta di niente, di spingere indietro la comprensione. Ma basta guardare la faccia di Gianluca per capire che c'è poco da tenere indietro, mamma mia: Mathias è morto!

"*What do you mean, dead?*" Gianluca ha proprio l'aria di non sapere più cosa pensare.

La signora Reitt è sconvolta, sembra lì lì per svenire. Con tutto che tra lei e il marito di cordialità negli ultimi giorni non ce n'era di certo, però è chiaro che quando succede una cosa del genere si dimentica tutto. Poi Mathias doveva essere quasi una persona di famiglia, per loro, era un giovane tanto serio e devoto.

"*Yes. I'm sorry.*" Brian Neckhart tiene l'espressione dispiaciuta, lo sguardo basso, ma solo per poco. Subito si gira di nuovo verso Carmine. "Tu viene con migo, por favor!"

Carmine diventa tutto rigido a sentirsi comandare così; si gira a guardare Lynn Lou, come per chiederle cosa deve fare.

Lucia Moscatigno impiega ancora qualche secondo a capacitarsi che Mathias è morto per davvero, si sente salire dentro un'onda di tristezza senza fondo, la sconvolge tutta. Fino a pochi giorni fa l'unica persona che le era morta vicina era stato il bisnonno Rimasto (dal lato Alcuanti), e adesso negli ultimi giorni gliene capitano quattro, uno dopo l'altro! Compreso il povero Ciro Spanò che giace imprigionato nel suo elicottero in fondo al mare abissale, forse per colpa sua! Com'è possibile che si crei una successione di fatti così brutti? Perché?

"Come è morto?" Lara sembra tutta scossa anche lei, si alza dalla poltrona dov'era seduta.

Lynn Lou Shaw che è sempre su un altro pianeta la guarda senza capire, guarda in qua.

"*Mathias est mort?*" La Poulanc si gira verso la signora Reitt. La signora Reitt è come paralizzata, non riesce a dire niente.

"*Yes, mort! Dead! Muerto! Kaputt! Okay?!*" Brian Neckhart

non ha più le movenze del giaguaro, tutto controllato e morbido. Sembra parecchio agitato anche lui, ma proprio tanto.

"Oddio, come è morto, povero Mathias?" La signora Cobanni ha un'aria sconvolta, guarda Neckhart, guarda il marito. L'ingegner Cobanni le stringe un braccio, in quel modo attento che ha sempre con lei.

"Chi è morto?" L'onorevole Gomi è più in ritardo di tutti, lì bloccato, con il cucchiaino qualche centimetro sopra il suo dolce. "Cos'è successo? Quando?"

Nessuno gli risponde, non lo guardano neanche.

"Fuerza, andamo!" Il signor Neckhart fa fretta a Carmine, gesticola come un matto. "I dove Paolo? Nesesìto pure lui!"

"*Just a moment, could you tell me what's going on, exactly?*" Gianluca cerca di farsi spiegare almeno qualcosa, ma Brian Neckhart sta tornando dritto verso la portafinestra, non si gira neanche a guardarlo.

Carmine lo segue, dà un'altra occhiata a Lynn Lou Shaw che sta ferma al suo tavolo senza dire niente, le fa un gesto, va fuori sulla terrazza con Brian Neckhart, chiude.

SKOUWBAMMM-SKRRRAMMM! Tutto si scuote proprio nel momento preciso in cui Carmine chiude la portafinestra, neanche l'avesse sbattuta con la forza di un gigante. Ma è la stanza che va su e giù, è l'isola intera, come prima e anche peggio, si sentono proprio le pareti che vanno e vengono, il pavimento che scivola sotto i piedi e torna indietro.

Tutti gli ospiti saltano in piedi di nuovo, chi grida, chi rovescia la sedia, chi fa cadere il bicchiere o una posata, chi si aggrappa, chi è già in mezzo alla sala, chi è già alla portafinestra. Anche Lucia Moscatigno corre lì più svelta che può, con il cuore in gola, la frenesia di buttarsi fuori, l'istinto che proprio se la prende.

Poi però sono tutti addossati davanti alla portafinestra e nessuno la apre, perché il vento affuriato lì fuori lo si sente e lo si vede fin troppo bene, soffia sibila scuote trascina polvere senza tregua. E comunque anche la terrazza pur sempre una costruzione è, sempre appizzata sopra le rocce è, può sbriciolarsi tutta e andarsene giù per il dirupo tanto quanto la sala. Poi anche se scappi per il sentiero o per le scale, dove vai, se viene giù tutto?

Così restano addossati nell'agitazione davanti alla portafinestra, tutti sguardi e respiri, senza sapere cosa fare.

"Signori, non è successo niente!" Gianluca appena è arrivata la scossa ha fatto un bel balzo anche lui attraverso la sala, però adesso cerca in ogni modo di farsi vedere calmo, muove le mani per tranquillizzare gli ospiti. Guardarsi intorno si guarda intorno anche lui, per vedere se ci sono magari crepe nelle pareti o nel soffitto, però non se ne vedono, si vedono solo le sedie rovesciate e un paio di piatti e bicchieri rotti. "Non c'è motivo di preoccuparsi. Per favore tornino a sedersi!"

"Come può garantirci che non arrivi un'altra scossa?" L'onorevole Gomi lo guarda con quei suoi occhietti insistenti.

"Non posso, ovviamente." È sicuro che Gianluca un calcio glielo darebbe, potendo. "Ma con tutta probabilità è stata l'ultima scossa di assestamento."

"*Vous êtes un expert sur les tremblements de terre, aussi?*" La Poulanc ha l'aria tutta incanaglita, come se fosse colpa di Gianluca per le scosse.

"*Non, Madame, mais je vous prie d'aller vous asseoir.*" Anche con lei Gianluca deve fare chissà quanta fatica a non reagire male.

"*Je n'ai aucune intention de m'asseoir!*" La Poulanc naturalmente fa quella che non si fida, tanto per cambiare.

"Я боюсь!" La russa è proprio spaventata, si tiracchia i capelli su una tempia, con quelle unghie finte, ormai mezze rovinate.

"Io invece voglio assaggiare quel capolavoro di Ramiro." L'ingegner Cobanni prende per un braccio sua moglie, la riconduce verso il loro tavolo, anche se lei cerca di puntare un po' i piedi. "E, architetto, se ci portasse un bicchierino di quel passito di cui parlava prima alle signore..."

"Ma certamente, ingegnere!" Gianluca riprende forza a vedere che qualcuno di più calmo e ben disposto tra gli ospiti per fortuna c'è. "Signori, davvero. È completamente inutile stare qui, li prego di volersi accomodare di nuovo. *Please sit down again. Je vous en prie.*"

Anche Lucia Moscatigno si rasserena un pochino. Solo un pochino, perché adesso ha anche il pensiero terribile del povero Mathias morto, e la preoccupazione di Carmine trascinato via da

Brian Neckhart verso le creste di roccia. Però vedere l'ingegnere tutto tranquillo e sorridente un minimo di effetto ce l'ha, sì.

"*Oh, what the fuck, we might as well!*" Lynn Lou Shaw torna anche lei verso il suo tavolo, Lara la segue. "*Bring us a bottle of that fucking wine!*" Fa uno dei suoi gesti da maleducata, indica il tavolino con i vini da dessert.

Lucia Moscatigno non sa bene come rispondere, perché Gianluca le ha spiegato mille volte quanto è prezioso quel passito, darlo a una che poi se lo ingolla come fosse Coca Cola sembra un delitto. Però si tratta anche di tenere gli ospiti il più possibile calmi, come Gianluca sta cercando di fare tanto bene.

Dopo un po' si sono seduti di nuovo tutti, anche la russa, anche la Reitt, anche la Poulanc che ha aspettato di essere proprio l'ultima a farlo. Però tranne il signor Cobanni e Lynn Lou Shaw stanno tutti lì proprio sul bordo della sedia, pronti a scattare in piedi appena arriva un'altra scossa. Pronti a gridare correre fare chissà cosa, perché cosa possono fare?

Ogni tanto buttano gli occhi verso di lei, proprio come i passeggeri che guardano la hostess sull'aereo nella turbolenza brutta, per capire se è spaventata anche lei oppure no. Così Lucia cerca di sembrare più serena che può, anche se le ginocchia le tremano, non riesce a fermarle, continua a sentire il pavimento che le si muove sotto, con tutto che adesso non si muove.

Gianluca invece sì che è bravo a dare l'impressione di essere calmo, a fare proprio i gesti tranquillizzanti, versare il passito Mocardo di Pantelleria, spiegare perché è un vino tanto raro e speciale, quanto è stato difficile riuscire a ottenere sei bottiglie dal produttore che ne fa solo trecentoquaranta all'anno perché è un autentico artista senza compromessi. Dopo un po' tutti gli ospiti tranne la Reitt sono lì che mangiano il dolce di Ramiro e bevono il passito, anche se in punta di sedia e in punta di cucchiaino, con chissà quali altri pensieri per la testa. Tutti zitti, ci sono solo i suoni delle posate sui piatti, il rumore del vento affuriato che scuote i vetri.

Lucia guarda Gianluca, con tanta di quell'ammirazione. Sa benissimo quanto dev'essere preoccupato anche lui in realtà, tra le scosse così brutte, Mathias morto, il dottor Reitt in chissà quale situazione tragica, Brian Neckhart che si è portato via Carmine e Paolo Zacomel che sono gli unici due uomini veramente utili in caso di emergenza. Però riesce a non farlo vedere, riesce a sembrare calmo e sicuro. È una di quelle cose da uomo del Nord che l'hanno tanto colpita fino dagli inizi, quel modo di riuscire a sembrare freddi e in controllo anche quando c'è ben poco da essere freddi e non si è in controllo proprio di niente. Poi magari gli verrà il crollo per la tensione e anche per avere tenuto la faccia calma, è praticamente sicuro che gli verrà, ma adesso per gli ospiti è tanto importante vederlo così. Come dice la zia Assunta (lato Alcuanti), *Ever cauni es lioni en su casa*, ogni cane è leone in casa sua. Nel senso che magari si crede leone perché è sicuro lì dentro, oppure non si sente veramente leone ma deve comunque *fare* il leone, altrimenti gli altri lo prendono per il cane che è. È una cosa che un po' le fa ammirazione e un po' le fa paura, un po' le fa una gran tenerezza, le fa venire voglia di riempire Gianluca di coccole.

Adesso però dovrà andare fuori nel vento affuriato a prendere scopa e paletta per raccogliere i cocci dei bicchieri rotti. Ma prima va da Gianluca e gli stringe forte un polso, per fargli capire che lei c'è, che è con lui anche se la situazione è tanto difficile e non si può fare molto, a parte aspettare che migliori. Lui si irrigidisce tutto, perché non vuole farsi vedere dagli ospiti a scambiare affettuosità con lei. Ma anche se li vedono, a questo punto chi se ne importa, con tutto quello che sta succedendo, lei il polso glielo stringe forte lo stesso.

Ottantadue

Questa è proprio una delle classiche competizioni tra maschi alfa di cui scriveva Konrad Lorenz, pensa Paolo Zacomel. L'impresa di scavalcare le rocce inclinate si è trasformata fin dall'inizio in una gara all'ultimo respiro tra Neckhart e Carmine, resa ancora più estrema dal vento che spinge a tutta forza, dall'odore di zolfo nell'aria, dall'idea che da un momento all'altro una nuova scossa potrebbe schiacciare Reitt dove si trova imprigionato. Oltretutto Carmine ha sì il carattere del maschio alfa ma una posizione sociale subordinata, il che alimenta la sua aggressività nei confronti di Neckhart, il quale ha il torto imperdonabile di aver osato sposare Lynn Lou Shaw. E adesso che hanno superato le prime due scaglie di roccia e raggiunto Reitt, seduto in fondo all'intercapedine tra la seconda e la terza scaglia, coperto di polvere e con la caviglia destra gonfia e fuori uso, ecco un *terzo* maschio alfa, accanitamente determinato a non abdicare al suo status. Anche se non è in grado di reggersi in piedi, si dibatte furiosamente mentre Neckhart e Carmine gli passano sotto le ascelle e tra le gambe la fune che si sono portati dietro, pretende di dirigere il proprio salvataggio. Gli altri due lottano contro di lui per sottometterlo, e tra loro per avere il controllo delle operazioni. Del povero Mathias, maschio beta soccombente abbandonato a pochi metri dal banchiere, non si occupa nessuno, con la scusa che tanto è morto e ogni minuto è prezioso.

Paolo Zacomel lo trascina in un punto più pianeggiante, gli chiude gli occhi, lo ricompone in qualche modo, con le braccia lungo i fianchi. Non può dire di averlo davvero conosciuto, si sono solo scambiati qualche parola dopo il naufragio del motoscafo e il salvataggio dei passeggeri. Ma sono stati comunque a contatto, lui gli ha prestato i suoi vestiti, il che ha stabilito un qualche tipo di condivisione, malgrado tutte le loro differenze. Vederlo così definitivamente inerte, e così ignorato dagli altri, gli provoca un dolore profondo, e un senso di indignazione altrettanto intenso. L'avrà almeno guardato Reitt, mentre era qui bloccato vicino a lui, in attesa di soccorsi? Si sarà sentito almeno un po' responsabile? Avrà provato almeno un po' di dispiacere? Paolo Zacomel vorrebbe coprire il corpo con qualcosa, ma qui tra le rocce inclinate ci sono solo massi troppo grossi e schegge e polvere, così lo lascia com'è.

Poi fa quello che può per aiutare Neckhart e Carmine nel recupero di Reitt, anche se è esasperato dal loro continuo ringhiarsi contro, dalla quantità di sentimenti negativi in un'impresa che dal di fuori sarebbe senza dubbio vista con grande ammirazione. È per questo che da anni ha scelto di starsene il più fuori possibile dalla società organizzata e dai suoi continui attriti interpersonali. Sì, ha seguito il suo istinto, ma ci ha anche riflettuto: il fatto è che proprio non ha la natura dell'animale da branco. Non gli interessa conquistare o sottomettere nessuno, né è minimamente disposto a farsi conquistare o sottomettere da nessun altro. Non aspira ad altra autorità che quella delle sue capacità artigianali, e non ne riconosce nessuna che non abbia la stessa origine e la stessa natura. Non vuole stare né sopra né sotto, e neppure nel mezzo; vuole starsene per i fatti suoi, o ancora meglio con Lara, che come lui non ha il carattere di un canide ossessionato dalla propria posizione rispetto a quella altrui, ma piuttosto quello di un felino libero e indipendente.

Se guardi questi tre, appena sotto le loro maschere culturali molto diverse, la competizione è feroce, primordiale. Ogni gesto che fanno è un tentativo di rubare terreno all'altro, affermare la propria prevalenza. Perfino decidere cosa fare con la fune a cui Reitt è finalmente assicurato diventa una ragione di conflitto. Carmine prende la cima, la lancia in alto verso la cresta. "*Hey, wait!*" Neckhart subito cerca di fermarlo. La cima ricade da questo lato della scaglia di roccia. "*I said wait, dammit!*" Neckhart urla fino a farsi gonfiare le vene del collo.

"*Ueita tu, beccutu! Deame hacere!*" Carmine reagisce in tarese stretto, con un tono bellicoso. Invece di cambiare strategia, ripete gli stessi gesti di prima, con maggior furore. Lancia la cima altre due volte, ma è così smanioso di dimostrare la validità della sua idea, che la cima continua a ricadere di qua.

Dopo il terzo tentativo Neckhart gliela strappa di mano, se la lega rapido intorno alla vita prima che Carmine possa provarci ancora, comincia ad arrampicarsi sulla pendenza contraria della roccia.

A vederlo salire con la sicurezza e l'agilità di un *solo climber* è difficile non riconoscere che sa il fatto suo, il che rende Carmine ancora più furioso di essere stato scavalcato. Quando la fune si impiglia in uno spuntone non fa niente per liberarla, sta a guardare, sperando probabilmente che Neckhart caschi all'indietro. Paolo Zacomel deve tuffarsi per farla passare oltre lo spuntone, il che provoca un'occhiataccia da parte di Carmine, e anche da parte di Neckhart, il quale non capisce se voglia aiutarlo, rovinargli la strategia, o attribuirsene in parte i meriti. È un inferno.

Reitt a sua volta non solo non collabora come sarebbe nel suo interesse, ma al contrario oppone una resistenza sorda agli sforzi che Paolo Zacomel e Carmine devono fare per tirarlo in piedi e sostenerlo. Anche se non è in grado di appoggiare il piede destro, non fa che abbaiare. "*Don't push me! Wait! Stop it! Verdammt! Idioten!*" Paolo Zacomel e Carmine si scambiano un paio di occhiate, probabilmente trattengono lo stesso impulso di dirgli che allora lo lasciano lì.

Neckhart intanto è arrivato in cima alla cresta di roccia, la scavalca, si affaccia a segnalare di raggiungerlo.

Paolo Zacomel lascia la precedenza a Carmine, ma Carmine scuote la testa, piuttosto che salire per secondo preferisce salire per ultimo. Paolo Zacomel si arrampica: anche se non ha la tecnica sofisticata di Neckhart, dopo mesi passati a Tari sulle rocce se la cava. Arriva sulla cresta, la scavalca lottando contro il vento assordante che quasi lo spazza all'indietro. Prende un tratto di fune e resta aggrappato di fianco a Neckhart, con i piedi puntellati sull'inclinazione della roccia, guardando Carmine che da sotto gesticola imperiosamente di cominciare a tirare su Reitt.

Forse Neckhart si risente per quello che gli sembra un tentativo di rovesciare il comando dell'operazione, o forse Carmine non spinge dal basso quanto potrebbe, per mettere Neckhart in difficoltà; oppure semplicemente tirare su a forza di braccia un uomo di una novantina di chili, per di più tutt'altro che collaborativo, non è per niente facile. Sta di fatto che per quanto si sforzino, non riescono a sollevare Reitt più di un paio di metri dal fondo. Il banchiere ondeggia sospeso, urla qualcosa che da qui sopra non si sente ma non è certamente amichevole.

Neckhart non vuole segnalare a Carmine di salire sulla cresta a tirare anche lui, forse perché gli sembra un'ammissione di debolezza; Carmine da parte sua non si offre di farlo perché forse gli sembra un cedimento, insiste a spingere Reitt per il sedere imbragato nella corda. Neckhart e Zacomel tirano più che possono, ma al massimo riescono a guadagnare qualche centimetro, subito dopo devono puntellarsi meglio per non farsi trascinare oltre la cresta o perdere la presa. Reitt urla come un pazzo, anche se il vento impedisce di distinguere una sola parola. In più la roccia su cui poggia la fune è tutta scheggiata, c'è il rischio che nell'attrito prolungato finisca per segarla.

Sono tutti e quattro sospesi in questo stallo, e *SKRRRATA-PRATANNNG!* le pareti di roccia inclinata si spostano in avanti e indietro, o meglio è tutta l'isola che si sposta avanti e indietro. Paolo Zacomel si sente come in cima a un'onda oceanica che lo trascina avanti e poi indietro e poi si ferma e lo lascia lì con il cuore in gola, a chiedersi quanto potrà restare dov'è prima di essere scaraventato via. C'è polvere che sale da sotto, nasconde Reitt che oscilla paurosamente dalla fune e urta contro la roccia, Carmine che cerca di tenerlo fermo, il povero Mathias morto adagiato poco più in là. Paolo Zacomel pensa a Lara nella sala insieme agli altri, si chiede che conseguenze abbia avuto lì la scossa. Deve lottare contro l'impulso di lasciar perdere la fune e Reitt e gli altri due, scivolare lungo il piano inclinato, arrampicarsi sulla prima scaglia, scavalcare anche quella, correre come un pazzo a vedere come sta Lara, abbracciarla, rassicurarla. Ma è qui nel mezzo di un'operazione di salvataggio, può solo continuare ad applicarcisi con tutto l'impegno di cui è capace.

Neckhart gli dà una rapida occhiata laterale, i muscoli della faccia contratti, teso nello sforzo di reggere il tedesco. Muove le labbra, nel rombo del vento che copre tutto, è probabile che dica "*Okay?*"

Paolo Zacomel fa di sì con la testa, anche se pensa che non è affatto okay, che queste scosse non sono affatto delle semplici scosse, che Tari è un vulcano anche se incredibilmente nessuno sembra ricordarselo, che si vede ancora più fumo bianco sopra la cima della cosiddetta Muntagna Matri di quanto ce n'era stamattina, solo a volerlo vedere.

Appena la polvere si dissolve guardano in giù, e vedono Carmine che si sta arrampicando con furia dimostrativa. In breve arriva sulla cresta, Neckhart non gli offre una mano ma lui non l'accetterebbe in ogni caso, forza contro il vento per passare le gambe dall'altra parte. Guarda giù anche lui: Reitt è là sotto che penzola a mezz'aria e urla parole non comprensibili, agita le braccia, scalcia con il piede sano.

Di nuovo c'è uno stallo, perché né Carmine né Neckhart vogliono scendere per il piano di roccia a cui sono aggrappati per tirare la fune dal basso. Neckhart mantiene la sua posizione sul sommo della cresta, Carmine gli sta a fianco con un'espressione di feroce rivalità. Alla fine Paolo Zacomel gli passa il suo tratto di fune e prende la cima, scende per la pendenza. Tirano tutti e tre, finalmente con sforzi più coordinati; centimetro dopo centimetro il carico umano dall'altra parte sale, anche se Paolo Zacomel non riesce a vederlo, vede solo la corda che si allunga.

Di colpo Reitt appare sulla cresta, ancora più coperto di polvere di com'era prima, una specie di essere pietrificato, fa paura a vederlo. Zacomel si rende conto che rischia di volare giù da un lato o dall'altro e schiantarsi sul fondo come è successo a Mathias perché Neckhart e Carmine non sono probabilmente in grado di tenerlo. Si arrampica in su più veloce che può, si puntella con i piedi e si aggrappa con le mani in modo da sostenere il tedesco se per caso cadesse mentre Neckhart e Carmine cercano di farlo scendere in modo graduale.

Ci vogliono diversi minuti di sforzi per fare arrivare Reitt sul fondo tra le prime due scaglie senza altri danni, però quando finalmente ci riescono non è affatto riconoscente. "*Damn! Ich warte hier seit einer Stunde!*" Strepita nella sua voce aspra, adesso che qui al riparo dal vento lo possono finalmente sentire.

Lo ignorano tutti e tre: Neckhart e Carmine perché sono troppo presi dalla loro rivalità canina, Paolo Zacomel perché continua a pensare a Lara nella sala da pranzo di Villa Metaphora. L'unico sentimento che condividono è la fretta di trascinare Reitt al di là della prima scaglia, togliersi da queste rocce al più presto possibile.

Ottantatré

Tiziana Cobanni guarda gli altri ospiti sistemati sui divani e sulle poltrone della sala. Cercano di fare come se tutto fosse normale, anche se sta diventando un atteggiamento sempre più difficile da sostenere. Con le finestre chiuse per via del vento e il sistema di condizionamento che non funziona l'aria è soffocante, appiccicosa, carica di una tensione accentuata da ogni gesto, ogni occhiata. La signora Reitt sposta a intervalli lo sguardo verso la portafinestra, ma sulla terrazza non si vede nessuno; la signora Poulanc le tocca un braccio, le parla fittamente a bassa voce, scrive rapida appunti su un quadernetto. Lynn Lou Shaw se ne sta stravaccata su un divano con un bicchiere di passito in mano, canticchia, fa con la bocca il suono di una batteria, si allunga a guardare i disegni che Lara traccia sul suo blocco. Anche Lara ogni tanto lancia un'occhiata verso la portafinestra, si alza un paio di volte per andare a vedere, torna indetro con la sua andatura leggera, i lineamenti tesi dalla preoccupazione. Piero Gomi sfoglia un volume sull'isola greca di Santorini con movimenti nervosi delle mani a spatola, la sua attenzione non riesce a soffermarsi per più di pochi istanti. Si guarda intorno, tira fuori di tasca il telefonino ormai scarico, lo studia con aria desolata, borbotta qualcosa tra sé, sposta gli occhi intorno in cerca di appigli, ma non ne trova. La russa che pare lui abbia assalito questa mattina è in piedi dall'altra parte della sala, intenta a studiare i dorsi dei libri sugli scaffali. Perusato dev'essere nel suo ufficio insieme a Lucia, anche se forse farebbe meglio a stare qui, come il capitano di una nave in avaria che si fa vedere dai passeggeri per rassicurarli. Ma forse resta nell'ufficio proprio per dare l'idea di essere al suo posto sul ponte di comando, benché con tutti i collegamenti tagliati ci sia ben poco da comandare.

Tiziana Cobanni cerca di continuare il libro che le ha dato sua figlia, ma ormai le comunica un senso di vacuità quasi insultante. Si sente stupida ad avere provato un pur blando interesse iniziale, e prova imbarazzo all'idea che sua figlia abbia pensato di regalarglielo. Davvero la vede come un'anziana madre con la testa così leggera da passare il suo tempo libero a leggere le furberie di un intellettualino presuntuoso innamorato delle sue parole, e ancora più degli spazi tra le righe? Posa il libro, si guarda di nuovo intorno; si chiede se dovrebbe andare a cercare qualcosa di meglio sugli scaffali, o invece dissociarsi da questo tentativo collettivo di ignorare la situazione, parlarne, costringere gli altri a fare altrettanto. Però servirebbe a qualcosa, data la totale mancanza di vie d'uscita, e la totale impossibilità di soccorsi esterni? Non è meglio starsene tranquilli in attesa che le scosse finiscano, il vento e il mare si calmino e qualcuno venga a portarli via?

L'unico a non sembrare minimamente preoccupato è Giulio, con il grosso volume di scritti del barone Canistraterra ancora tra le mani, completamente assorto. Ogni tanto prende un sorso di passito, torna a immergersi nella lettura. Dopo un po' si accorge che lei lo osserva, alza gli occhi. "Non ti interessa più il tuo libro?"

"No, è un'idiozia." Probabilmente dovrebbe trovare strano che suo marito non condivida neanche in minima parte l'angoscia generale; ma è da tempo ormai che i suoi comportamenti non la stupiscono più, o meglio tendono a suscitarle uno stupore più vasto, dai contorni difficili da fissare.

"Questo invece è una miniera inesauribile." Giulio batte una mano sulle pagine aperte. "Il barone aveva una curiosità illimitata, non si stancava mai di guardarsi intorno, ricercare, ascoltare, registrare storie."

"Per esempio?" Tiziana Cobanni cerca di capire se preferirebbe continuare indisturbato la sua lettura, o invece gli fa davvero piacere condividerla con lei.

"Senti questa, è stupenda." Decisamente Giulio ha voglia di condividere: c'è quella luce contagiosa nel suo sguardo, nella sua voce. "'Nel 1831, a trenta chilometri dalle coste della Sicilia, non lontanissimo da Tari ventosa, un'isola prodigiosa emerse dal mare.'"

"Emerse?"

"Sì." Giulio si versa altro passito nel bicchiere. "Ma pare che fosse già successo almeno altre quattro volte prima, nel corso della storia conosciuta."

"In che senso, scusa?" Tiziana Cobanni cerca di capire se si tratti di una delle tante leggende e superstizioni locali che il barone raccoglieva con passione accumulatoria.

"Uno storico latino aveva scritto di un'isola nella stessa zona, già ai tempi della prima guerra punica. Poi nessuno ne aveva più parlato, finché l'isola era stata avvistata di nuovo nel Millequattrocento. Poi di nuovo niente fino al Milleseicento, quando un'altra nave la riavvistò. Continuava ad apparire e scomparire, ogni volta a distanza di un secolo o due."

"Ma i marinai non hanno sempre immaginato nel mare cose che non c'erano?" Tiziana Cobanni sente una nuova inquietudine insinuarsi tra le molte che già la attraversano. "La storia e la letteratura non sono piene di racconti di sirene, ciclopi e draghi marini, da Omero in poi?"

"Sì, però questo caso è molto diverso." Giulio prende un altro sorso di passito.

"Perché?"

"Perché è successo solo centottantuno anni fa, è stato testimoniato da migliaia di persone, e ha quasi provocato una guerra tra quattro nazioni."

Tiziana Cobanni inclina la testa. Dalle altre poltrone e divani della sala arrivano sguardi che sondano in questa direzione, tra curiosità e allarme. Lei si chiede se dovrebbe dire a Giulio di abbassare la voce; non lo fa.

"Sta' a sentire." Giulio si mette a leggere le parole del barone Canistraterra, assumendo appena l'ombra di un accento siciliano. "'L'apparizione prodigiosa ebbe luogo nel luglio dell'anno 1831. Primo segno che qualcosa stesse succedendo fu una successione di scosse assai violente che provocarono una gran paura tra gli abitanti di Sciacca e si sentirono fino in Palermo, dal ventotto giugno al dieci del mese seguente. Poi il quattro luglio un odore di zolfo portato dal vento raggiunse l'abitato, tanto intenso da annerire tutti gli argenti nelle case, con comprensibile sgomento delle signore.'"

"Lo zolfo annerisce gli argenti?"

"Li ossida, produce solfuro di argento." Giulio attinge in modo automatico al suo bagaglio di conoscenze chimiche. "Ma ascolta. 'Il tredici luglio dalla piazza San Domenico si vide una colonna nerastra levarsi sul mare, il qual fatto fu interpretato dagli abitanti di Sciacca come fumo dal comignolo di un piroscafo. Quando il fumo si mescolò a lapilli e fuoco che salivano nel cielo per quasi cinquecento metri, i saccensi immaginarono il piroscafo ormai in fiamme. Il mare prese ad agitarsi, e il giorno seguente il capitano Trafiletti, che giungeva da Malta col brigantino *Gustavo,* riferì di un gran ribollire dell'acqua in mezzo a tutto lo sbatacchiamento d'onde alle coordinate 37°10' nord e 12°43' est, il che a dir suo doveva essere originato da una balena di dimensioni enormi, o da un qualche altro mostro marino ancora più temibile.'"

Nella sala tutti i gesti e le parole sono sospesi, l'attenzione degli ospiti è catalizzata dalle parole di Giulio.

Giulio va avanti, con lo stesso gusto che aveva quando Roberta e Marco erano bambini e lui si alzava da tavola nel mezzo di un pranzo o di una cena per aprire l'enciclopedia e leggere una voce, o cercare una definizione sul dizionario. (Una delle ragioni della delusione di Giulio nei confronti dei loro figli è l'assenza di curiosità che mostrano da adulti, al di fuori dei loro specifici lavori. È un tema ricorrente di discussione tra loro due, e ogni volta le comunica un'amarezza infinita, sensi di colpa, smarrimento.) "'Il giorno appresso il comandante di un'altra barca riferì di pesci morti e moribondi in moltitudine, galleggianti pancia all'aria presso un'impetuosa colonna di fumo che scaturiva per una ventina di metri dal mare.'"

"*C'était un volcan sous-marin, évidemment.*" La signora Poulanc non riesce a trattenersi.

Giulio le fa segno di aspettare, senza distogliere gli occhi dalla pagina. "'Quand'ecco, nell'aria assai trasparente e sotto il sole brillantissimo della mattina del diciassette luglio, levarsi dalle acque malmostose un isolotto.'"

Tiziana Cobanni si rende conto dello sguardo di Piero Gomi, che dal suo divano allunga il collo. Ormai tutti sono apertamente in ascolto, a eccezione di Lynn Lou Shaw che probabilmente non capisce, e che in ogni caso ha bevuto troppo.

Giulio alza un po' la voce per farsi sentire meglio dall'uditorio esteso. "'Nel volgere di poche settimane, in un susseguirsi di tremori ed eruttamenti, l'isolotto crebbe in lungo e in largo fino a misurare tre miglia di circonferenza, con due prominenze, una di levante e una di tramontana, la maggiore con un'altezza massima di sessantatré metri.'"

"Tre miglia sarebbero?" Anche Gomi interviene suo malgrado, con un lampeggiare preoccupato dei piccoli occhi rapidi.

"Circa quattro chilometri e otto." Di nuovo Giulio risponde senza quasi doverci pensare.

"*Et après?*" La signora Poulanc ha la solita espressione diffidente, ma a questo punto vuole sapere a tutti i costi.

Anche la signora Reitt è completamente concentrata, malgrado la preoccupazione per il marito e l'angoscia per il povero assistente morto.

"Poi arriva la parte veramente straordinaria." Giulio prende un sorso di passito, lo assapora per un istante.

"Vai avanti." Tiziana Cobanni lo sollecita.

"Sì, per piacere." Anche la russa è ansiosa di sentire il resto della storia.

Giulio riprende a leggere. "'In breve ecco accendersi una contesa tra quattro nazioni, circa la sovranità della terra appena emersa. Gli inglesi, poiché l'isola era tanto convenientemente collocata sulla via per Malta e pareva un ideale punto d'appoggio per il controllo del Mediterraneo meridionale, vi spedirono subito il capitano Sanhouse al comando del cutter *Hind*, il quale procedette baldanzoso a piantare l'Union Jack su un'altura, nonché a nominare l'isola Graham Island, in onore di Sir James Graham, Primo Lord dell'Ammiragliato.'"

"Ma non era in acque siciliane, scusa?" Tiziana Cobanni si affaccia a guardare la grafia inclinata del barone Canistraterra.

"Già." Giulio annuisce. "Però essendo una *insula in mari nata*, secondo i principi generalmente accettati nell'Ottocento poteva essere rivendicata dal primo che ci sbarcava, a prescindere dalla territorialità delle acque."

SKWARRRKWASQUARRRKASHAM! Un'altra scossa fa traballare con violenza la sala, con un rumore terribile che sembra provenire direttamente dal centro della terra. Tiziana Cobanni salta in piedi, invasa di paura abbagliante. Tutti gridano, si aggrappano da qualche parte, scattano in una direzione o in un'altra, guardano il pavimento, le finestre. La sala sussulta, sembra girare su se stessa, poi si ferma. C'è una specie di riverbero tra le pareti, non si capisce se reale o immaginario, come la lenta ricaduta di uno shock.

Di nuovo nessuno è uscito sulla terrazza, anche se diverse persone si sono addossate vicino alla portafinestra. Forse perché uscire non sembra più sicuro che restare dentro, o perché ognuno preferisce istintivamente restare in compagnia degli altri, mentre fuori la dispersione sarebbe garantita? Comunque sia, c'è un gran guardarsi intorno, controllare l'integrità di muri e soffitto, verificare la posizione degli oggetti, registrare le espressioni altrui.

Ancora una volta, l'unico che non si sia minimamente scomposto è Giulio. Seduto nella sua poltrona, continua a leggere il libro del barone Canistraterra aperto sulle ginocchia, prende ogni tanto un piccolo sorso di passito. La sua indifferenza è addirittura provocatoria, però ha sugli altri uno strano effetto rassicurante, che si manifesta in un rinnovato, lento convergere su di lui, appena il riverbero della scossa è passato e il silenzio torna a essere disturbato solo dal tremolio dei vetri.

"*Continuez, s'il vous plaît.*" La signora Reitt viene più vicina, seguita dalla signora Poulanc. Anche Lara è a due passi, anche la russa.

"Sì, ingegnere, vada avanti, magari." Gomi è tutto inclinato in avanti, con gli occhietti che luccicano di apprensione.

"Volentieri." Giulio trova il punto dove aveva smesso, riprende a leggere. "'Al che il re Ferdinando II delle Due Sicilie montò comprensibilmente su tutte le furie, e spedì la corvetta *Etna* sull'isola. Al fine di non lasciar dubbio sui diritti che egli accampava, fece chiamare l'isola Ferdinandea.'"

"*C'est ridicule.*" La signora Poulanc arriccia il naso.

Giulio sorride, continua a leggere. "'Però i francesi, che non potevano certo tollerare di essere da meno, si affrettarono a inviare la corvetta *La Flèche* ai comandi del capitano Jean La Pierre, con a bordo Constant Prévost, co-fondatore della Società geologica francese, e il valente pittore Edmond Joinville. Essendo l'isola spuntata dal mare nel mese di luglio, con sobria logica Prévost la chiamò Julia. Al che gli spagnoli, stuzzicati nelle loro ambizioni territoriali dall'idea di un'isola tanto strategica in mano altrui, si diedero a minacciare sbarchi e invasioni. Fu così che in breve nacque una disputa diplomatica tra le più furiose, col rischio di buttare all'aria gli equilibri internazionali. Mezza Europa si accapigliava per l'isola, sfornandole nomi in successione ravvicinata: Sciacca, Nerita, Graham, Julia, Ferdinandea, Corrao, Hotham.'"

"Sette nomi!" Lara rifà la conta sulla punta delle dita: uno due tre quattro cinque sei sette.

Tiziana Cobanni pensa che in momenti come questo si può ricavare una minima serenità dai gesti più semplici, quelli che ci portiamo dietro dall'infanzia.

"Infatti, al barone Canistraterra il numero non era certo sfuggito." Giulio prende un altro piccolo sorso di passito.

"Vai avanti." La russa lo sollecita, si preme il lobo di un orecchio tra indice e pollice.

"'Per cinque mesi il conflitto tra le quattro nazioni campeggiò su giornali e gazzette.'" Giulio riprende a leggere con piglio, anche se il respiro è un po' affaticato. "'Turbando i sonni di ambasciatori e ammiragli, e infiammando le opinioni pubbliche dei rispettivi paesi. I proclami, gli ammonimenti, le minacce si succedevano, mentre si provvedeva in ogni dove ad attizzare manifestazioni di strada, con grande sventolio di bandiere e rullare di tamburi. Nel frattempo da ogni parte arrivavano turisti ad ammirare l'isola miracolosa e visitarne i due piccoli laghi bollenti, uno di colore rossastro e l'altro giallastro, il primo dal sapore ferroso e il secondo sulfureo. Nobiluomini della Casa di Borbone si fecero venire l'idea di progettarvi un luogo di villeggiatura tra i più eleganti, mentre geologi e scienziati accorrevano a frotte con ogni tipo d'imbarcazioni per studiare un caso tanto interessante. Teste fini quali lo Hoffmann, lo Schultz, il Wilkinson Smyth, lo Scinà, il Gemmellaro, non vollero rinunciare a una visita approfondita. Anche fior di artisti e intellettuali come Anatolij Mishkin, Constant de Saint Cyprien e il grande Sir Walter Scott intrapresero il viaggio. Ma pure tra coloro che non ebbero l'occasione di visitare l'isola in persona, diversi ne trassero ugualmente ispirazione per le proprie opere, tra loro James Fenimore Cooper, Alexandre Dumas, Jules Verne.'"

"*Même Dumas? Je ne savais pas...*" La signora Poulanc scuote la testa, come se non si capacitasse di una tale lacuna.

"Anatolij Mishkin stato su isola?" Anche la russa sembra molto colpita.

"Sì. Lo conosce, signorina?" Giulio è intrigato dalla reazione della giovane.

La russa annuisce. "Scritto mia tesi università su di lui."

"Davvero?" Giulio appoggia il libro sulle ginocchia, studia la russa con curiosità.

"Tesi era, relazione tra filosofia positiva mishkiniana e analoghe teorie del Friedrich Schelling, con ascendenze del Plotino e mistici neoplatonici. In particolare raporto tra Естественный принцип человеческой свободы, vale a dire *Le principe naturel de la liberté humaine* del Mishkin e *Philosophie der Mythologie* del Schelling."

La signora Poulanc la guarda con un'espressione allibita, ma anche la signora Reitt è parecchio stupita da questa rivelazione inattesa di cultura in quella che avevano considerato una poveretta senza testa al servizio di un gangster. Gomi ne sembra addirittura spaventato, la guarda come se la sua pericolosità fosse ancora maggiore di come immaginava.

Giulio invece è deliziato dalla sorpresa. "Ma pensi! Io purtroppo di Mishkin ho letto solo le sue *Considérations sur la philosophie de la nature,* che ho trovato di grandissimo interesse."

"Rapresenta bene prima fase del Mishkin." La russa conviene sull'importanza dell'opera.

"Mi ha affascinato immensamente come il suo percorso ha seguito a distanza quello di Schelling, no?" Giulio parla con il trasporto che gli suscitano i viaggi di scoperta e conoscenza, il suo sguardo è acceso.

"Vero." La russa annuisce, sembra felice di avere trovato un interlocutore competente.

"Quel curioso distacco di una ventina di anni, come se ci fosse un diaframma temporale tra le due rispettive culture di appartenenza."

"Diciotto anni." La russa lo corregge, con garbo.

"Sì, certo." Giulio si allunga con uno sforzo, le porge la mano. "Mi perdoni, ma siamo stati presentati in modo a dir poco approssimativo. Giulio Cobanni."

"Irina L'vovna." La russa sembra colpita dalla cortesia e dall'attenzione, dopo aver convissuto fino a questo momento con la diffidenza generale degli altri ospiti.

Giulio le bacia la mano, con la naturalezza elegante che sa mettere in questi gesti.

Irina sorride. "Alora devi legere Откровение миру. In francese *La révélation du monde*. Mostra influenza di *Die Weltalter* del Schelling."

"Sono sicuro che mi interesserebbe." Giulio annuisce, un'ombra malinconica gli passa nello sguardo. "Ma non so se ne avrò il tempo."

"Intanto non hai finito di leggerci la storia dell'isola spuntata dal nulla." Tiziana Cobanni interviene, prima che suo marito possa inoltrarsi in ulteriori considerazioni sul tempo che non c'è.

"Sì, vada avanti, per piacere." La signora Reitt è ansiosa, gli sguardi degli altri concordano.

"Vai." Anche Irina vuole sapere.

Giulio sorride, riprende a leggere. "'Frattanto, in mezzo a tutto questo gran battagliare e progettare di uomini, il mare, onda dopo onda, aveva preso a consumarsi l'isola, che era fatta di materia assai fragile. Il sette novembre il capitano Walker, comandante della nave di Sua Maestà Britannica *Alban*, riportò che l'isola si era ridotta a un quarto di miglio, e la sua altezza non superava i venti metri. L'otto dicembre, quando il capitano Allotta passò da quelle parti col brigantino *Achille*, tutto quello che restava era un banco di roccia lavica. Il diciassette dicembre il capitano Lecompte, che arrivò sul posto con la corvetta bombardiera *Fortitude*, vi trovò solo un rigurgito di acque calde, e un forte olezzo di bitume. Cinque mesi dopo la sua stupefacente apparizione, l'isola se ne era scomparsa di nuovo, portandosi in fondo al mare tutte le smanie che aveva suscitato, e tutti i nomi che le erano stati assegnati.'"

Nella sala il silenzio è generale, attraversato solo dal tremito dei vetri. Tiziana Cobanni sarebbe pronta a giurare che gli altri condividono almeno alcuni dei pensieri che le passano per la testa, però nessuno dice niente. La signora Reitt e la signora Poulanc si guardano, tornano piano al loro divano. Piero Gomi controlla ancora una volta il suo telefonino spento. La russa prende un sospiro lungo, guarda Giulio come per fargli una domanda, ma resta zitta. Lara va da Lynn Lou Shaw, forse le riassume il contenuto della lettura.

Giulio prende ancora un sorso di passito, volta pagina nel volume degli scritti del barone Canistraterra, dove ci sono alcuni disegni abbastanza belli, in uno stile vagamente leonardesco.

Di colpo la portafinestra si spalanca: Brian Neckhart entra, seguito da Carmine e Paolo che metà sorreggono e metà trascinano un Werner Reitt zoppicante e coperto di polvere, con graffi e sbucciature sulla faccia, sulle braccia, sulle mani.

Sua moglie salta in piedi, esita, si guarda intorno, va verso di lui. Brian Neckhart non riesce a richiudere subito la portafinestra, perché è visibilmente provato, e scosso dalla tosse come gli altri due giovani che si occupano del tedesco. Il vento fa sbattere le due ante selvaggiamente, c'è un rumore di vetri che vanno in pezzi. Lara corre ad aiutare Neckhart, insieme riescono finalmente a chiudere, ma due sezioni vetrate di un'anta si sono rotte. Il vento ci passa attraverso, smuove l'aria della sala fino a un attimo fa stagnante, porta dentro un forte odore di zolfo che fa pizzicare il naso e bruciare gli occhi.

"*Wo ist Mathias?*" La signora Reitt guarda suo marito che però non le risponde, guarda Neckhart. "*Where is he?*"

"*We had to leave him.*" Brian Neckhart ha un tono logorato dagli sforzi evidenti che ha dovuto sopportare per recuperare Reitt.

La signora Reitt ha le pupille dilatate, è di un pallore estremo.
Brian Neckhart guarda altrove.

La signora Reitt si gira verso Carmine e Paolo.

Loro evitano il suo sguardo, cercano di sistemare Werner Reitt su un divano. La signora li segue, ma senza aiutarli, sembra che non sappia più come comportarsi con suo marito. Far distendere il tedesco è un'impresa tutt'altro che semplice, perché ha la caviglia destra drammaticamente gonfia, appoggiarla in qualunque modo gli provoca uno spasmo violento di dolore. Appena riescono a farlo sedere e provano a sollevargli la gamba sinistra lancia un grido, respinge rabbiosamente le mani che lo aiutano. Carmine, Paolo e Neckhart devono lottare per riuscire a metterlo in una posizione semidistesa, con due cuscini dietro la testa e uno sotto il polpaccio destro per tenergli in alto in piede.

Appena ha finito di aiutare, Paolo va da Lara, la abbraccia. Si parlano fitto, molto vicini; lei lo abbraccia di nuovo, più forte, lo tiene stretto, poi gli controlla le mani sbucciate, le braccia, gli dà un bacio.

Tiziana Cobanni pensa che è strano come una situazione drammatica faccia diventare alcune cose improvvisamente irrilevanti e altre improvvisamente significative. L'ordine delle priorità cambia, ma in modo per niente scontato, né automatico.

Carmine va da Lynn Lou Shaw, le si inchina davanti, con quella deferenza cavalleresca che in altri momenti sembrava assurda e adesso invece ha un suo perché. "*Everything okay, Miss Lynn Lou?*"

"*Yeah, how about you?*" Lynn Lou Shaw mostra qualche preoccupazione nei suoi confronti, cosa decisamente insolita per una ragazza tanto egocentrica. Arriva addirittura ad alzarsi dalla poltrona, posare il bicchiere, togliere con la mano un po' di polvere dai capelli del marinaio.

Carmine arretra, come se non si considerasse degno di tanto onore, guarda l'attrice con occhi adoranti.

Brian Neckhart osserva la scena dall'altra parte della sala, ma è probabile che in questo momento abbia altri pensieri per la testa, coperto com'è di graffi e sbucciature, esausto. Si guarda intorno. "Si può avere dell'acqua?"

"Anche per lui, per piacere!" La signora Reitt indica il marito sul divano, che bofonchia qualcosa, con i lineamenti contratti dal dolore.

Lara corre a prendere due bottiglie di acqua minerale da un tavolo, ne porta una alla Reitt, va a dare l'altra a Neckhart.

Neckhart generosamente la passa a Paolo, che a sua volta senza bere la porge a Carmine, che la ripassa subito a Neckhart. C'è una piccola pantomima di gesti nobilmente disinteressati tra i tre uomini, dopo di che Neckhart si decide a bere a grandi gollate, passa la bottiglia agli altri due che fanno lo stesso.

"Vado a prenderne dell'altra in cucina." Lara si muove rapida verso la portafinestra. Paolo la segue. Adesso che due vetri sono rotti, aprire e chiudere è molto più facile, ma serve a molto meno.

La signora Reitt fa bere un bicchiere d'acqua al marito, bagna un fazzoletto di carta, cerca di ripulirgli la faccia. Non stupisce che i suoi gesti siano tutt'altro che naturali, vista la distanza cresciuta tra loro di giorno in giorno. Tiziana Cobanni si chiede se lo accudisca per puro senso del dovere, per salvare le forme di fronte agli altri, per la solidarietà istintiva che scatta nei momenti di pericolo.

Werner Reitt in ogni caso non sembra affatto contento di farsi accudire, cerca in tutti i modi di sottrarsi ai suoi gesti. "*Hör auf! Lass mich in Ruhe!*"

"Lo lasci perdere! *C'est évident qu'il ne veut pas être pris en charge!*" La signora Poulanc disapprova in modo energico i poco convinti gesti di sollecitudine coniugale da parte della sua amica.

La signora Reitt però fa un altro tentativo di passare il fazzolettino in faccia al marito.

"*Ich sagte, lass mich in Ruhe!*" Il banchiere sbraita, sembra addirittura che cerchi di scendere dal divano.

La signora Reitt finalmente ci rinuncia, si gira verso la Poulanc con un'espressione di incertezza assoluta.

La signora Poulanc le fa cenno di lasciar perdere, si avvicina a confortarla.

La signora Reitt la ascolta appena, si gira verso Carmine e Paolo. "Potreste dirmi come è morto Mathias, per piacere?!"

"È caduto da una roccia." Gli occhi di Paolo sono pieni di lacrime, è visibilmente scosso.

"*Hhhhhmhhh!*" La signora Reitt emette un verso inarticolato, si piega in avanti. La signora Poulanc le stringe un braccio, le parla all'orecchio.

Le altre persone nella sala sono altrettanto sconvolte, anche se reagiscono in modi diversi: c'è un avvicinarsi e un separarsi, un esclamare e uno zittirsi, a seconda del carattere di ognuno.

"*Warum hast du mir das nicht gesagt?*" La signora Reitt si rivolge al marito, singhiozzando.

"*Weil ich verletzt bin! Siehst du das nicht?*" Il marito risponde rabbiosamente.

"Domattina andremo a recuperarlo, signora." Carmine ha un tono solenne, di luttuosità rituale.

Nessun altro parla, nella sala c'è solo il tremolio dei vetri ancora interi, il soffio del vento attraverso la portafinestra rotta.

Una decina di minuti dopo sembrano essersi già tutti dimenticati di Mathias. Tiziana Cobanni si chiede se si tratti di un processo di archiviazione da situazione estrema, quando la precarietà generale riduce l'importanza di qualunque cosa non ci riguardi direttamente. Sua madre gliene aveva parlato più di una volta raccontandole del tempo della guerra, quando l'Italia del nord veniva bombardata quotidianamente e nessuno poteva mai essere certo di arrivare al giorno successivo.

Giulio si gira a guardarla, le sorride, le indica con gli occhi Irina, intenta a sfogliare una vecchia edizione rilegata in pelle dell'*Hyperion* di Hölderlin che ha preso da uno scaffale.

Anche Tiziana Cobanni sorride: è il potere dello sguardo di Giulio, e di tutto quello che lei riesce a leggerci al volo, senza dover fare alcuno sforzo di interpretazione.

Ottantaquattro

Ramiro Juarez si guarda intorno nella cucina, cercando di riprendersi dallo shock dello spaventoso scuotimento di prima. Fa un tentativo disperato di rimettere in ordine i pensieri che tendono a scappare in tutte le direzioni, inseguiti da sensazioni fuori controllo. A questo punto i possibili sviluppi della situazione sono: a) le scosse peggiorano e viene giù tutto, edifici terrazze scale, e buonanotte a chi è bloccato su questo promontorio allucinante in questa diavolo di isola persa in mezzo al mare; b) le scosse continuano come adesso, e non c'è altro da fare che restare appesi come si può a questo promontorio allucinante in questa diavolo di isola persa in mezzo al mare; c) le scosse smettono e tutto rimane com'è, vale a dire zero elettricità per cucinare zero acqua dai rubinetti zero barche per cercare di arrivare al porto zero chance di lasciare questo promontorio allucinante in questa diavolo di isola persa in mezzo al mare; d) basta. Fantastico, non c'è neanche un'opzione d) Siamo a posto! Ramiro Ramiro, Juarezito dalla benedetta ingenuità di somaro, cosa ti sarebbe costato pensarci meglio, prima di accettare l'offerta del Perusón? Dare magari un'occhiata su Wikipedia, sfogliare un atlante, chiedere in giro, farti un'idea di che razza di mostruosità fosse uno scoglio circondato da miglia e miglia e miglia di mare abissale che ti allontana dal resto del mondo con la più implacabile inesorabilità liquida che ci si possa immaginare. *Aaaaaaaaaaaaaaa!*

"Ramiro, va tutto bene?" Lara lo fissa con quei suoi occhi intelligenti, tiene tra le mani due bottiglie d'acqua da portare nella sala.

"Secondo te?" A Ramiro Juarez viene da ridere per la disperazione pura, per la crisi violenta di isolofobia che lo sta mandando fuori di testa.

"Ehi, angosciarsi non serve." Paolo il falegname viene a stringergli un braccio, nel suo modo molto maschio ma anche sensibile, attento. "Capito?"

"Almeno angosciarsi è un'occupazione! Visto che non si può fare niente per uscire da *esta pesadilla de clausura*! *De esto eremitorio obligado!*"

"Be', intanto puoi uscire da questa cucina! Cosa ci stai a fare, che tanto non funziona più niente?" Lara indica intorno i frigoriferi spenti, i forni spenti, le piastre a induzione spente, le cappe aspiranti spente, i frullatori spenti. È tutto spento, qui dentro.

"Intanto è il mio posto, dove non mi molesta nessuno!" Ramiro Juarez si asciuga il sudore dalla fronte con il grembiule. Potrebbe anche toglierselo, però gli dà un senso di conforto, come succede a quei soldati che restano in divisa anche una volta abbandonati nelle retrovie. "*¡Y luego estoy estudiando platos que no requieren electricidad!*"

"Tipo?" Lara è mezza curiosa, mezza scettica.

"I limiti sono solo nella fantasia del cuoco!" Però non è proprio così, almeno in questo posto, dove: a) non c'è un orto; b) non c'è un pollaio; c) i fornitori sono fuori portata; d) non si può prendere niente dal mare perché è troppo agitato. La sua fantasia in effetti è fregata, completamente.

"Lascia perdere, Ramiro." Paolo a volte ha questo modo brusco di dire le cose, senza stare a girarci intorno. "Non c'è qualcosa che si possa mangiare così com'è? Io sto crepando di fame, credo anche Carmine e Neckhart!" Apre un frigorifero, da cui esce un lieve odore che preannuncia future marcescenze. Ci fruga dentro, tira fuori una grossa caciotta di latte di pecora, e una bella provola affumicata dalla buccia color ambra.

"*¡Espera!* Quelli mi servono!" Ramiro cerca di bloccarlo, ma si rende conto quasi subito di come sia un riflesso automatico, in ritardo di almeno un giorno sull'evoluzione dei fatti.

"Non credo che tu possa farci grandi spume o soufflé, adesso." Paolo tira fuori dal frigo dei pomodori, mette tutto su un vassoio.

Ramiro sospira, va a scegliere un paio di buone bottiglie di vino bianco dalla cantinetta ex refrigerata. "La temperatura non è certo ideale, *pero todavía es potable*."

“Pane non ne hai?” Paolo si guarda intorno.

Ramiro prende un cesto di sfogliette al kamut e polvere di rabarbaro avanzate da ieri.

Escono sulla terrazza, nel vento che gli strapperebbe via tutto quello che hanno tra le mani, se non lo tenessero stretto. Il mare sotto è più bianco che azzurro ormai, tra schiuma d’onde spruzzi turbini vapori, una visione che forse potrebbe anche essere suggestiva da un aereo che sorvola bello alto, molto ma molto alto. C’è un odore di zolfo che arriva a zaffate, fa tossire.

Nella sala ci sono tutti, adesso: gli ospiti, Perusato, Lucia, Carmine, la russa, il politico, alcuni seduti su poltrone e divani, altri in piedi. Si girano con espressioni decisamente tese, tranne il signor Cobanni, che sembra completamente assorto in un gran libro, alza appena lo sguardo e torna a leggere.

Paolo posa il vassoio con la caciotta di pecora, il provolone e i pomodori, apre il coltello a serramanico che porta sempre alla cintura, comincia a tagliare tutto a fette.

“Mi scusi, Paolo.” Perusato si avvicina subito, con l’aria allarmata di un prete che si vede profanare la chiesa. “Ma se ha fame la pregherei di mangiare in cucina o nel suo alloggio, non qui.”

“Anche io nesesìto mangiare.” Neckhart viene dritto verso il tavolo, con uno sguardo famelico da predatore.

“*But, Mr. Neckhart, I’m sure Ramiro can prepare something better for you...*” Perusato fa un tentativo di ricondurre tutto allo standard della casa, ma è troppo frastornato per trovare la convinzione necessaria.

“*Screw Ramiro, I’m starving!*” Neckhart arraffa una fetta di caciotta, se la caccia in bocca senza neanche togliere la buccia, mastica rabbiosamente.

Ramiro alza le mani in segno di resa. “*Ramiro gives up!* Ramiro non è più responsabile della cucina, basta!”

“Ma aspettino un attimo, per rispetto degli ospiti...” El Perusón non sa proprio più come reagire, si guarda intorno tutto agitato, la sua espressione fa quasi pena.

Anche Carmine dall’altro lato della sala ha adocchiato il taglio dei formaggi, li indica a Lynn Lou, la quale gli fa cenno di venire pure a mangiare. La guarda incantato, esita, infine si muove in qua.

Anche Paolo è affamato, appena finito di affettare prende un pezzo di provola e un pomodoro. Mastica con la sua solita misura, ma gli occhi quasi gli lacrimano per il sollievo. Carmine invece si caccia brutalmente in bocca una fetta di caciotta, in competizione con Neckhart che già ne agguanta una seconda, agguanta una manciata di sfogliette al rabarbaro, agguanta un pomodoro. Arraffano con le mani, azzannano rabbiosi, masticano come selvaggi, ingurgitano, buttano giù sorsate dell'acqua che Lara ha versato con gesti tanto gentili.

Gli altri ospiti osservano dalle loro poltrone e divani, con espressioni in cui l'orrore si mescola alla fascinazione.

Ramiro stappa le due bottiglie di Firmiello di Badica 2009 che ha portato, riempie alcuni bicchieri, il suo unico contributo a questo piccolo pasto barbarico.

La cosa incredibile è che man mano che lo spettacolo dei tre uomini che si ingozzano in piedi va avanti, la fascinazione comincia a prevalere sull'orrore nelle espressioni degli altri. Nel giro di poco il più strano effetto di contagio ha luogo: a) gli sguardi in direzione del tavolo con i formaggi diventano sempre più frequenti; b) gli sguardi si soffermano sempre più a lungo; c) gli sguardi diventano sempre più concupiscenti; d) le posizioni su poltrone e divani diventano sempre più irrequiete. A un certo punto Lynn Lou si alza, viene a farsi dare una fetta di caciotta da Carmine che quasi si inginocchia per porgergliela. Irina la russa esita, poi si avvicina, prende una fetta di provolone, due sfogliette. La signora Cobanni dice qualcosa al marito che scuote la testa, viene anche lei a servirsi, mastica con energia. Lara prende una fetta di caciotta tra le più sottili, ma la attacca con gusto, sorride a Paolo che mastica poco distante. Il disonorevole Gomi arriva nel suo modo abietto, si accaparra due fette di provolone e diverse sfogliette, mentre le divora già punta i piccoli occhi luccicanti su quello di cui potrà impossessarsi dopo.

Infine, come in una battaglia persa, c'è un crollo delle ultime resistenze, e in rapida successione vengono a prendere da mangiare la Reitt (la quale porta una fetta al marito che però la respinge in malo modo), Lucia, il Perusón, perfino la Poulanc, che si fa riempire il bicchiere e si caccia in bocca formaggio pomodoro sfogliette, mastica senza ritegno, si copre di briciole, trangugia, tracanna.

È una regressione generalizzata, in cui ogni forma salta, ogni misura viene abbandonata, gli istinti più elementari dominano i comportamenti. A vederli così, uno potrebbe immaginarsi che siano reduci da un digiuno insopportabile di chissà quanti giorni, che i loro stomaci stiano urlando dalla disperazione. Gli unici a non partecipare alla feroce abbuffata sono: a) il signor Cobanni, troppo assorto in quello che legge; b) Reitt, troppo dolorante e astioso; c) Ramiro Juarez, troppo scosso dal fatto di assistere al totale azzeramento del significato di una ricerca a cui ha dedicato le sue migliori energie negli ultimi quindici anni. Addio superamento della bestialità dell'ingozzarsi, addio riflessioni sottili al posto della smania, addio apprezzamento graduale in luogo del bestiale appagamento istantaneo, addio impalpabile ambiguità invece della stolida gratificazione.

L'unica consolazione è che almeno non stanno divorando carne sanguinolenta o salsiccia di porco o intingoli untuosi, altrimenti gli sembrerebbe davvero di assistere a uno degli atroci pasti di suo padre. A voler essere positivi a tutti i costi si potrebbe anche dire che si tratta di alimenti semplici, non adulterati, che non hanno comportato lo scannamento di nessun animale. Ma, e la complessità interpretativa? L'evoluzione continua di strumenti e tecniche, il raffinamento delle capacità di percezione? La sfida all'ovvio e al prevedibile, l'esplorazione delle infinite sfumature? Stiamo davvero dicendo che dovremmo tornare alla capanna del pastore, all'orto della nonna? Che ci basterebbe? Che andare indietro sarebbe preferibile ad andare avanti? E poi, ammesso che fosse davvero così, ci riusciremmo, a tornare indietro? Sapremmo cosa fare, in una situazione di sopravvivenza elementare? Uno come Paolo forse sì, anche se è intelligente gli serve così poco, e sa usare le mani con tanta abilità. Forse anche una come Lara, con le sue esigenze minime, la sua capacità di vivere d'aria e di luce. Uno come Carmine quasi certamente, benché l'infiammabilità del suo carattere rappresenti un rischio almeno quanto un vantaggio. Probabilmente uno come Neckhart, anche se dovrebbe affidarsi ai suoi riflessi pronti molto più che alle sue formule brevettate da risolutore di problemi. Ma uno come Ramiro Juarez? Quali chance avrebbe in un mondo che riprecipita verso le origini, seriamente? Quante probabilità di cavarsela con un'ascia di pietra tra le mani?

Adesso la caciotta di pecora, la provola affumicata, i pomodori, le sfogliette, il Firmiello di Badica, l'acqua sono stati spazzati via: sul vassoio non rimangono che poche briciole, i bicchieri sono asciutti, le bottiglie vuote. Ospiti e non ospiti si guardano tra loro e si guardano intorno, in atteggiamenti che esprimono: a) soddisfazione temporanea; b) imbarazzo per quello che è successo; c) angoscia che riaffiora; d) domande senza risposta, forse simili a quelle che si sta ponendo Ramiro Juarez.

Ottantacinque

WRRRACKTRAMMMBRRRKRACKT! Brigitte Reitt salta in piedi mentre tutta la sala trema come se un gigante la scuotesse tra le sue enormi dita, per divertirsi a far volare da un punto all'altro le persone che ci sono dentro, sentirle gridare, vederle aggrapparsi, riempirle di una paura senza confini. Potrebbe davvero essere Aurgelmir, l'originatore del mondo, l'essere enorme creato dalle gocce d'acqua che si formarono quando il ghiaccio del Niflheim incontrò il calore del Muspelheim. Il padre di tutti i giganti, nutrito dai quattro fiumi di latte che fluivano dalle mammelle della mucca Audhumla, la quale a sua volta si nutriva leccando la brina salata dalle rocce, e a furia di leccare diede a una pietra la forma di Buri, il primo uomo, che sarebbe poi diventato il nonno del dio Odino e dei suoi fratelli, i quali avrebbero ucciso Aurgelmir e ne avrebbero spinto il corpo nel vuoto del Gunnungagap, formando la terra con la sua carne, le montagne dalle sue ossa, gli alberi dai suoi capelli, le pietre dai suoi denti, il cielo dal suo cranio, le nuvole dal suo cervello.

Brigitte Reitt ha la testa piena di immagini che le tornano indietro dal corso di Religione e Mitologia germanica che aveva seguito all'università, venticinque anni fa. È uno degli effetti della paura: l'annullamento del tempo, il rimescolarsi violento di realtà e immaginazione, ricordi, figure, nomi che invadono la mente senza lasciare spazio ai pensieri razionali.

Subito dopo si sente stupida e infantile, ma la paura non le è affatto passata, così come non è passata dalle facce delle altre persone nella sala. Il fatto che fino a pochi minuti fa si stessero ingozzando di cibo con una frenesia difficile da giustificare li rende ancora più vulnerabili, difettosi, umani. Gli unici a non scomporsi sono stati Werner, contratto sul divano con la sua espressione di risentimento generalizzato, e il signor Cobanni, che si riaggiusta sulla poltrona e riprende a leggere il suo libro come se niente fosse. Gli altri invece continuano a scambiarsi occhiate, si muovono come se camminassero su un ghiaccio molto sottile. Simone Poulanc la guarda con un'apprensione che non le ha ancora visto, si mordicchia le labbra. Lara si aggrappa a Paolo; lui le accarezza i capelli. Lynn Lou Shaw punta a passi oscillanti verso il mobile dei liquori, si riempie il bicchiere di rhum, ne prende una gollata. Ramiro lo chef la osserva a distanza, poi va anche lui a versarsi da bere. La signora Cobanni raggiunge suo marito, in cerca di conforto; lui si limita a sorriderle con un'espressione gentile, le accarezza una tempia, si reimmerge nella lettura. La ragazza russa si passa una mano tra i capelli con insistenza, guarda il soffitto, i muri. L'ignobile politico che questa mattina l'aveva assalita muove le labbra come se pregasse, o facesse finta di pregare. Lucia e Carmine si sussurrano qualcosa in dialetto tarese, guardano attraverso la portafinestra. Anche Brian Neckhart guarda fuori, con l'aria di uno che sta raccogliendo la determinazione necessaria a intraprendere qualcosa.

"Signori, vi prego ancora una volta di stare tranquilli. Non ci sono ragioni di preoccuparsi." Il signor Perusato fa un altro dei suoi tentativi di riportare la calma, ma i suoi lineamenti sono così dominati dall'apprensione che ottiene l'effetto opposto. Continua lo stesso, in varie lingue, forse perché recitare la parte del rassicuratore lo rassicura, almeno un poco. "*There's no reason to worry. Es gibt keinen Grund zur Sorge. Il n'y a aucune raison de s'inquiéter.*"

"*Ha! Vous êtes ridicule, Monsieur! Il y a* un million *de raisons de s'inquieter!*" Simone Poulanc gli risponde con estrema veemenza, forse anche perché in momenti come questo è naturale prendersela con qualcuno. Werner l'ha sempre fatto, con i suoi sottoposti, con Mathias, con i loro figli, con lei.

"*Sure, we can totally relax!*" Lynn Lou Shaw alza il suo bicchiere di rhum.

"*¡Hurra! ¡Qué buena diversión!*" Anche Ramiro lo chef alza il bicchiere in un brindisi ironico e disperato, butta indietro la testa, prende una gollata.

Il signor Perusato sembra avvilito da queste reazioni, guarda Lucia in cerca di appoggio, ma Lucia continua a parlare fitto con Carmine. C'è questo clima di provvisorietà assoluta, di stati d'animo incrinati al punto di rottura, di apprensione che dilaga in ogni scambio.

Brigitte Reitt non dice niente, è abituata a tenere per sé le sue paure, controllare le emozioni. Resta vicina a Werner, ma più che altro perché le sembra richiesto dalle circostanze. È una forma di ipocrisia, di fronte agli altri ospiti che per quanto spaventati continuano a osservare e giudicare ogni gesto? Forse. O forse è un modo di non concedere a Werner la soddisfazione di poterla accusare di slealtà nel momento più difficile. Del resto sono tanti di quegli anni che offre a lui e al mondo un atteggiamento inappuntabile, qualche ora in più non cambierà certo molto. Gli sistema meglio il cuscino sotto la caviglia, malgrado i suoi grugniti di dolore e i suoi inviti a lasciarlo stare, va a riempirgli d'acqua il bicchiere vuoto.

Simone Poulanc la guarda con un'espressione in cui si mescolano disapprovazione, paura e sospetto. "Va tutto bene?"

"Sì, sì." Brigitte Reitt riesce perfino a tendere le labbra in un piccolo sorriso. Però non c'è verso di controllare quello che le si sta rimescolando dentro: le immagini di Aurgelmir infuriato che torna a vendicarsi del genere umano, a scuotere e riempire di terrore un po' di minuscoli esseri miserabilmente arroganti e incapaci, prima di precipitarli nel vuoto del Gunnungagap.

Ottantasei

Lo stato di impotenza oggettiva in cui Werner Reitt si trova è intollerabile, ma la consapevolezza di non avere nessun modo di tirarsene fuori è ancora peggio. Non riesce a immaginare una condizione più contraria al suo carattere, più spaventosamente opposta allo spirito con cui si è sempre rapportato con il mondo da quando è diventato adulto. Anzi, da prima, da quando ha iniziato la scuola media. Deve tornare indietro a quando aveva nove o dieci anni per rintracciare un senso di frustrazione paragonabile a questo, una simile umiliante incapacità di dare al proprio destino la direzione che vuole. Non provava alcuna compassione per se stesso a nove o dieci anni, a maggior ragione non ne prova adesso. La sua attuale invalidità non ha niente di commovente, niente che possa suscitare empatia; è solo la più recente conseguenza di una catena di errori imperdonabili, la cui responsabilità ricade interamente su di lui. La sproporzione tra l'entità del danno (la perdita totale della libertà d'azione) e la mediocrità della causa (una stupida caviglia orribilmente gonfia e pulsante), non potrebbe essere più madornale.

Anche per questo non sopporta gli insistenti tentativi di assistenza da parte di Brigitte: per come mettono in risalto l'inazione a cui è condannato, la sottolineano, la rendono se possibile ancora più grottesca. Del resto Brigitte ha fatto la sua scelta di campo l'altro giorno, quando si è messa con i suoi nemici e contro di lui; non è certo accettabile che adesso cerchi di tornare indietro, spinta dalla pietà o dall'ipocrisia, magari da un rigurgito di lealtà coniugale che arriva decisamente troppo in ritardo.

Poi c'è l'inespressa condanna che aleggia intorno a lui, da quando gli altri ospiti l'hanno visto tornare senza Mathias. È chiaro che lo considerano responsabile della sua morte, in modo unanime, senza eccezioni (Neckhart per primo, naturalmente). Non c'è bisogno che qualcuno glielo dica in modo esplicito, il giudizio è in ogni sguardo che si posa per un attimo e scivola altrove. Bastava osservare le facce nel momento in cui i suoi cosiddetti soccorritori l'hanno trascinato in questa sala, le detestabili espressioni di condanna. Agli occhi di tutti ormai è il capo disumano che sacrifica ai propri interessi il proprio assistente, senza nemmeno provarne rimorso o dispiacere. Se non altro il disprezzo generale gli evita le commiserazioni, il che è già qualcosa. Però quanto facile, gratuito, detestabile moralismo!

Perché mai dovrebbe provare rimorso o dispiacere per la morte di Mathias Baumgartner, al di là della retorica automatica che scatta all'idea della giovane vita stroncata eccetera? Non solo lui non gli aveva chiesto di seguirlo nella scalata delle rocce, ma, al contrario, gli aveva detto con estrema chiarezza di restare dov'era! Se il povero idiota ha deciso lo stesso di andargli dietro, lo ha fatto interamente di sua iniziativa, contravvenendo a un ordine esplicito! Né era stato certamente lui a sollecitarlo a farsi largo tra le decine di pretendenti al ruolo di suo assistente personale, cinque anni fa, quando si era trovato a dover sostituire quell'altro idiota di Haas. Anzi, aveva fatto di tutto per scoraggiarlo, perché lo infastidiva la carnosità arrotondata, quasi porcina dei lineamenti del giovane. Avrebbe preferito qualcuno di più asciutto, secco, diretto, con una maggiore prontezza di riflessi. Però Mathias aveva insistito con tutte le sue forze, superando test e colloqui con notevole determinazione e capacità, dimostrando una devozione che alcuni (Brigitte *in primis*) avevano trovato commovente. È innegabile che siano stati proprio la vocazione gregaria e uno spirito di servizio per così dire connaturato a fargli decidere questa mattina di accodarsi non autorizzato a lui e a Neckhart. La sua partecipazione non solo non ha rappresentato in alcun modo un vantaggio, ma al contrario ha intralciato da subito l'impresa in modo gravissimo, fino alle conseguenze disastrose di adesso. Se Mathias Baumgartner non avesse voluto seguirli a tutti i costi, e non si fosse poi ammazzato così stupidamente, a quest'ora lui e Neckhart sarebbero quasi certamente al porto, forse già in rapido allontanamento da quest'isola orribile.

Quanto è superficiale e poco informata, la condanna degli inutili cialtroni che occupano questa sala! Niente più di un riflesso condizionato, oltre che un modo di distogliere i pensieri terrorizzati dal terremoto, moraleggiando sulla vita altrui!

Quanto alla morale, lui si è sempre attenuto rigorosamente al terzo imperativo categorico di Kant, *Agisci in modo che la tua volontà possa istituire una legislazione universale*. Kant stesso era stato attratto in gioventù dalle concezioni morali dei sentimentalisti inglesi, ma ben presto aveva trovato insoddisfacente il loro metodo di indagine, e del tutto infondato il loro ottimismo. Come poteva la morale basarsi su qualcosa di così impulsivo e incostante come il sentimento? Werner Reitt è in grado di citare parola per parola le cristalline considerazioni kantiane: *Una certa dolcezza d'animo che si tramuta in un caldo senso di pietà è cosa bella e amabile, perché rivela una certa partecipazione alle vicende altrui, ma questo sentimento bonario è debole, e cieco*. È così, è così, basta! Che la si smetta di scocciarlo con inutili sentimentalismi d'accatto!

KRAAAMMMSSSWRRRAAAMMM! Una nuova scossa violenta fa tremare la sala, sbatacchia le persone, suscita emozioni incontrollate, tutto un esclamare spostarsi accucciarsi avvicinarsi stringersi in cerca di rassicurazioni pateticamente illusorie. Vengano pure altre scosse, forza! Facciano crollare questo posto detestabile, schiaccino con le macerie tutti i lazzaroni moralisti che lo occupano! Werner Reitt non ha certo paura di un terremoto, la sua situazione non potrebbe peggiorare di una sola virgola!

Ottantasette

Porca di una puttana, qui sembra di essere su un fottutissimo ottovolante! Se Carmine non l'avesse acchiappata con una prontezza incredibile, *wooom*, ma proprio presa al volo, questa fottuta scossa l'avrebbe mandata col culo per terra di sicuro! Anche divertente, a dire la verità, almeno è stato un brivido, dopo giorni di rotture di palle senza fine. In fondo ci sono chissà quanti cazzoni che pagano e se ne stanno in coda delle mezz'ore, per farsi shakerare da una fottuta macchina in un parco di divertimento. Lei dato che è Lynn Lou Shaw ovviamente nei parchi di divertimento come una fottuta persona normale non ci è potuta andare mai, né da bambina né da grande (insieme a circa un miliardo di altre cose da fottuta persona normale che non ha potuto fare). Neanche a mascherarsi con un cazzo di berretto da baseball con visiera sulla fronte e occhiali da sole giganti e tutto quello che vuoi, perché c'è sempre qualche cazzone di fan che ti riconosce e dà l'allarme, figlio di puttana, in due minuti arriva una fottuta folla e la festa è finita. Però due o tre corse sui migliori ottovolanti d'America è riuscita a farsele lo stesso, alla faccia dei cazzoni di fan. Per esempio due anni fa, quando l'hanno invitata a una serata vip al Six Flags di Arlington in Texas e l'hanno messa insieme a Laureen e KitMo sul fottutissimo Titan, coi fotografi piazzati a riprenderle nei passaggi più spettacolari, e KitMo al fottuto giro vorticoso del Carousel *uuaaargh!* ha cominciato a spruzzare vomito sui teleobiettivi! Quando sono arrivati in fondo, tra le nuvole di vapore per raffreddare le ruote surriscaldate eccetera, Laureen e KitMo avevano gli occhi di fuori come due fottute zombie, ma lei no, basta guardare le foto per verificare se sta dicendo palle o no. O l'anno scorso, quando Ron e Deanna hanno organizzato una cosa promozionale al Great

Adventure di Jackson, New Jersey, e le hanno fatto girare un video con quel cazzone di Justin sul fottuto Kingda Ka, che secondo tutti è il numero uno al mondo. C'è questa fottuta salita verticale seguita da una caduta verticale di quattrocentosedici piedi, ti sparano su e voli giù dritta come in un ascensore che precipita, mai vista una roba del genere, cazzo! Quel cazzone di Justin si è pisciato nei calzoni, lei invece paura zero, un po' perché aveva vuotato il minibar e fumato un paio di spini d'erba nella stanza d'albergo prima di andare. Però la fottuta caduta in verticale non era niente male, un'emozione brutale iperconcetrata, da zero a centoventotto miglia in tre secondi e mezzo, roba che il tuo fottuto stomaco rimane lassù quando tu sei già arrivata giù, cazzo!

Okay, d'accordo, la differenza è che questa è una fottuta situazione vera, e non ci sono controlli o sistemi di sicurezza, non ci sono freni di emergenza per bloccare niente, non c'è una cabina vetrata con tutte le lucine e gli interruttori e i computer da dove stanno a vedere se va tutto bene, e se per caso va male bloccano tutto e ti recuperano. Qui non c'è neanche modo di sapere quando arrivano le fottute scosse, capitano proprio quando ormai sembra tutto tranquillo e non te le aspetti più, sembra che lo facciano apposta, 'ste stronze di scosse! Però è anche vero che tutto dipende da quanto bevi, alla fine, perché se bevi abbastanza non c'è nessuna fottuta scossa tanto forte da spaventarti davvero. Poi se per caso ti viene un po' di paura lo stesso, basta pensare che ci sono chissà quanti cazzoni disposti a pagare e aspettare in coda le mezz'ore nei parchi di divertimento, per questo genere di cazzate. Davvero.

A guardare gli altri non è che sembrino tanto sereni, a dire la verità. Ci sono certe facce, per esempio quello stronzetto squallido che secondo Lara è un membro del parlamento italiano, vale a dire l'equivalente di un cazzone membro del Congresso in America, anche se a vederlo non te lo immagineresti mai. Se ne sta lì in un angolo mezzo rannicchiato, a muovere la bocca *mmmb mmmb mmmb* come un fottuto scoiattolo moribondo, fa pena a vederlo. O anche quella stronzona di francese che fa tanto la snob, sempre lì a darle occhiate giudicanti ogni volta che la vede passare, adesso ha gli occhi di fuori tipo KitMo sul fottuto Titan. Ma sono tutti lì a guardarsi intorno, a muoversi piano lungo le pareti, anche quel cazzone falsone del signor Perusato che fa sempre tante fottute cerimonie da ambasciatore, è pallido come un cadavere. Anche la russa, anche la tedesca, che sta lì vicino al divano del suo stronzissimo marito. Forse hanno paura che venga giù tutta 'sta cazzo di roccia, però è una cazzo di roccia che è rimasta lì chissà quanti milioni di anni, non è che possa venire giù proprio adesso per qualche fottuta scossa, no? Anche a L.A., tutti sono sempre lì a dire che prima o poi arriverà il *Big One*, la scossa gigante che si inghiottirà la città dei vizi con tutti i suoi abitanti, però sono solo cazzate, no? Chi l'ha visto, il *Big One*, a parte nei fottuti film?

Carmine invece non ha l'aria spaventata come gli altri, per fortuna. Tesa magari sì, anzi sicuramente, però sempre in quel modo da cavaliere che ha lui, un po' alla *Ufficiale e gentiluomo*. Anche se adesso la maglietta e i pantaloni bianchi sono un po' sporchi e anche strappati qua e là dopo la spedizione per salvare il signor Reitt (era meglio lasciarlo tra le rocce dov'era finito, quello stronzo). Si vede che gli dispiace, perché è uno che ci tiene, di solito è perfetto, sembra la pubblicità di un detersivo tanto i pantaloni e la maglietta sono bianchi, con la luce che c'è in questo posto, poi. Si è spolverato e spolverato, però c'è poco da fare con quella fottuta pietra vulcanica rossastra, poverino. Comunque adesso parla con Lucia, in quel cazzo di dialetto che hanno qui sull'isola, non è neanche italiano, è proprio una cosa qui dell'isola, non si capisce un cazzo di niente. Però rimane vicino, con l'aria di tenerla sotto protezione, anche mentre parla con sua cugina si gira a darle un'occhiata ogni tanto, come per controllare che tutto è a posto. Tipo bodyguard, ma con tutto un altro modo di fare, non ha niente di quel cazzo di sguardo morto che hanno i fottuti bodyguard, ha lo sguardo vivo e attento, proprio.

Però adesso arriva quello stronzo figlio di puttana di Brian, attraversa la sala con l'aria più stronza che mai, si ferma davanti a Carmine, proprio come per attaccare briga. "Se non ti dispiace vorrei parlare con mia moglie."

Carmine chiaramente si tende tutto a sentirsi trattare così. "Parla pure, ma io sto qui." Proprio cavalleresco, no, con l'aria protettiva, come a dire, io sto qui.

Al che Brian diventa ancora più stronzo, naturalmente. "Scusa tanto, ma vorrei parlarle da solo, se non è chiedere troppo."

"*È* chiedere troppo." Carmine ha il fuoco negli occhi, tutti i muscoli tesi, come uno pronto allo scontro.

"Te lo dico per l'ultima volta, togliti dalle palle." Quello stronzo di Brian si bilancia sulle gambe, tipo fottuto lottatore di MMA che studia l'avversario.

"Carmine, lascia perdere." Lynn Lou deve fare un fottutissimo sforzo per essere saggia, perché la tentazione di vedergli dare un pugno in faccia a quello stronzo figlio di puttana di Brian ce l'avrebbe, eccome. "Fammi sentire cosa cazzo ha da dirmi."

Carmine obbedisce, anche se gli costa chissà quanto. Lo vedi dalla faccia quanto gli costa, però se lei gli chiedesse di saltare giù dalla terrazza lo farebbe subito, di sicuro. Si allontana di qualche passo, cerca di guardare dall'altra parte. Farebbe proprio qualsiasi cosa per lei, questo marinaio, cazzo.

"Allora, cosa cazzo mi volevi dire?" Lynn Lou prende un altro sorso di rhum invecchiato trenta o quarant'anni. Dovrebbe guardare l'etichetta per dire con precisione, comunque l'hanno invecchiato una fottuta quantità di tempo. Allucinante. Come se cambiasse qualcosa, tanto è rhum, no, cazzo?

"Volevo dirti che io vado." Quello stronzo di Brian la guarda con quella sua espressione da stronzo che sa un miliardo di cose che lei non sa, non solo sull'intero fottuto universo ma anche su di lei, cazzo.

"Dove cazzo vai?" Si sente una tale deficiente a essersi sposata uno stronzo del genere, ad avere fatto la fottuta piagnucolona che cerca un cazzo di papà sostituto perché un cazzo di papà vero non ce l'ha mai avuto. Ad aver fatto quella che vuole farsi guidare, quella che vuole farsi indirizzare, quella che affida le redini, che si lascia tirare di qua e di là a seconda di cosa lo stronzo figlio di puttana trova giusto o sbagliato. Le viene voglia di darglielo lei un pugno, a questo stronzo. Le viene voglia di dargli un calcio nelle palle, per tutte le cose che le ha detto di fare e di non fare, per tutte le infinite rotture di palle, per tutte le fottute spiegazioni e lezioncine che l'ha costretta ad ascoltare in questi due anni di merda che hanno passato insieme.

"Vado al porto via terra." Lo stronzo fa un cazzo di gesto. "Da solo in un'ora, al massimo un'ora e mezzo ci posso arrivare."

"Buon viaggio." Cosa si aspetta che gli dica, lo stronzo? Complimenti? Sono qui tutta piena di fottuta ammirazione per uno così macho da ritentare l'impresa dopo che il povero Mathias ci si è ammazzato e il fottutissimo signor Reitt quasi?

"Cercherò una barca adeguata per venirti a recuperare." Figuriamoci se poteva andarsene fuori dalle palle senza dare una fottuta dimostrazione di quanto è immensamente responsabile e considerato anche se lei non se lo meriterebbe, lo stronzo!

"Grazie tante, ma non ho nessun fottuto bisogno di essere recuperata." Lynn Lou prende un sorso di rhum. Non è che voglia fare il fottuto gran gesto di rifiutare i soccorsi, è che piuttosto di farsi recuperare da questo stronzo preferisce restarsene bloccata qui sopra per un'altra fottuta settimana, sul serio.

"Okay, certo." Di nuovo lo stronzo ha questa fottuta espressione, tipo, di' pure quello che ti pare, lo so io cosa è meglio per te. "Stammi bene a sentire, Lynn Lou." Abbassa la voce, si guarda intorno anche se gli altri sembrano presi dai cazzi loro, a parte Carmine che ogni tanto si gira a dare un'occhiata protettiva. "Non so che barca riuscirò a trovare, ma è praticamente certo che non ci sarà posto per tutti, e comunque metà di questa gente non riuscirebbe a salire in ogni caso. Quindi tu non dire niente a nessuno e tieni d'occhio il molo, stai pronta a venire giù da sola più rapida che puoi."

"Io non tengo d'occhio un cazzo di niente, stronzo." Lo odia ormai, 'sto stronzo, lo odia!

"Hai capito cosa ti ho detto, o no?" Lo stronzo passa al tono di quello che parla con la bambina deficiente, indica il bicchiere di rhum. "E smettila di bere! Riesci a capirlo che se vuoi avere una possibilità di venire via devi essere lucida?"

"Fottiti." Lei alza il bicchiere di nuovo, per prendere un'altra gollata, alla sua faccia.

"Dammi subito quel bicchiere!" Lo stronzo cerca di strapparglielo di mano, lei ci si aggrappa, il rhum le schizza sulla camicetta, il fottuto bicchiere vola per terra, si rompe.

In un istante Carmine è qua, come se fosse volato da dov'era, dà una spinta a Brian sulla spalla. "Ehi, non ti permettere di toccarla!"

Quello stronzo di Brian reagisce con una di quelle sue fottute mosse da arti marziali, gli afferra il polso al volo, lo strappa in avanti e intanto gli tira un fottuto colpo di palmo alla base del collo.

Carmine si sbilancia, va indietro, perché non si aspettava questa fottuta mossa e perché il colpo era fottutamente forte, proprio un colpo da fottuto killer. Però si riprende, tira un pugno a tutta forza allo stronzo, gliene tira un altro col sinistro. Lo stronzo riesce a evitare il primo, ma si becca l'altro sul mento, barcolla, vedi proprio che è stata una brutta botta, ma vedi anche la rabbia che gli sale negli occhi, come veleno puro. Fa una fottuta giravolta, tira a Carmine un fottuto calcio rotante, dritto nello stomaco. Carmine vola indietro, urta contro un tavolino, lo fracassa, si raddrizza, torna avanti come un toro inferocito, tira a Brian tre o quattro pugni uno dietro l'altro e almeno un paio di calci, lo stronzo para risponde tira altri pugni e calci, c'è tutto questo fottuto turbinare di braccia e gambe, non si capisce più niente tranne che si stanno scambiando dei colpi fottutamente brutti, come in quei fottuti combattimenti tra galli che ha visto una volta a Panama proprio insieme a quello stronzo di Brian, dove all'inizio i due galli si studiano e si tirano qualche beccata e qualche zampata di prova ma dopo un po' cominciano a fare fottutamente sul serio e non capisci più un cazzo di niente, è tutta una fottuta confusione di beccate e unghiate troppo veloci da registrare, l'unica cosa sicura è che stanno fottutamente cercando di ammazzarsi, ma proprio sul serio, non per modo di dire.

La differenza è che la gente intorno invece di fare il tifo per un gallo o per l'altro come a Panama e passarsi i soldi delle scommesse e urlare e agitare le braccia per aizzare la lotta, qui invece fa di tutto per fermarli, prova a dividerli, prova a tirarli indietro. Lucia grida "Cammineee!" Paolo grida "Ohi, finitela!" Perusato dice

"Signori per favore!" La Reitt dice "Smettete!" Ramiro grida "*¡Basta ya!*"

SKARRRSQUARRRMMMQUAMMMBRAAASK! Arriva una fottuta scossa ancora più brutta delle fottute scosse di prima, vibra in un modo pazzesco proprio dentro il fottuto pavimento dentro i fottuti muri dentro la fottuta roccia, una fottuta scossa scuotente vibrante sballottante che sale proprio da sotto, tipo in quei cazzi di film catastrofici che fanno magari un sacco di milioni di dollari ma se ci reciti sono una rottura di palle infinita più di qualunque altro genere perché sono tutti fottutissimi effetti speciali in postproduzione e tu devi far finta di essere terrorizzata o sconvolta o chissà cosa cazzo e invece sei lì che ti spareresti per la rottura di palle, con tutti quei nerd stronzi dei tecnici degli effetti che la fanno da padroni sul set e pretendono di dire a tutti compreso il regista cosa cazzo devono e cosa non devono fare. Solo che qui è tutto fottutamente vero, è una fottuta vera scossa allucinante che sale e fa ballare tutto, persone mobili oggetti, fa volare tutto da tutte le parti, compresa la bottiglia di rhum di trenta o quarant'anni che lei aveva lasciato sul bordo del mobile, si schianta e schizza rhum e pezzi di vetro dappertuttto, cazzo che peccato, compresi Carmine e quello stronzo di Brian che cascano uno da una parte e uno dall'altra, compresa la francese che si aggrappa a un divano e va giù lo stesso, sbatte il culo e resta lì mezza imbambolata.

Quasi subito quello stronzo di Brian salta su in piedi con la faccia tutta stravolta dalla rabbia, Carmine salta su anche lui con gli occhi che fiammeggiano di brutto, hanno l'aria di volersi ammazzare sul serio proprio come i galli di Panama. Però Paolo si butta di mezzo, e anche Ramiro, anche Lara, anche la signora Reitt. I due galli non ne vorrebbero sapere di essere separati, sono lì che spingono via la gente, che cercano di raggiungersi con un calcio o un pugno anche se c'è troppa distanza e troppe persone di mezzo.

A questo punto Lynn Lou Shaw si sente in dovere di intervenire anche lei, perché insomma è colpa sua se Carmine e quello stronzo di Brian si vogliono ammazzare. Così si butta nella mischia, grida proprio da farsi scoppiare i polmoni. "Carmine, stooop!"

Carmine si blocca da un istante all'altro, è una cosa abbastanza incredibile da vedere perché un attimo fa era lì con la faccia proprio da resa dei conti finale, gli occhi infiammati le narici dilatate il respiro profondo i muscoli guizzanti, e un attimo dopo lascia andare giù le braccia, si raddrizza, guarda verso di lei con l'aria più mite del mondo. Cazzo, quando si dice la devozione.

Anche tutte le altre persone intorno sembrano parecchio allibite, un po' guardano Carmine e un po' guardano lei per capire come cazzo ha fatto a compiere questo fottuto miracolo, e intanto quello stronzo di Brian viene avanti e dà un fottuto pugno a Carmine anche se lui ha le braccia giù, solo per avere la fottuta soddisfazione di dare l'ultimo pugno, brutto stronzo! Comunque non gli fa un gran che, perché Carmine per fortuna si sposta in tempo, così il pugno gli arriva tra spalla e collo ma non devastante, Carmine traballa un po' ma niente di troppo grave. Dopo di che Paolo e Ramiro prendono quello stronzo di Brian e lo spingono indietro, ma lo stronzo adesso è lì che alza le mani, "Okay, okay". Fa il fottuto finto gentiluomo, dopo che si è tolto la fottuta soddisfazione di tirare a Carmine un fottuto pugno a tradimento, brutto stronzo! Poi guarda verso Lynn Lou da qualche metro di distanza, le fa un cenno come per dire ci vediamo dopo.

Lei avrebbe voglia di urlargli che razza di stronzo è, ma non ne vale la pena e tanto lo stronzo se ne sta andando via, si dà appena un'aggiustata ai vestiti e apre la portafinestra, esce con quella cazzo di andatura da eroe, richiude, se ne va.

Carmine è lì davanti a lei, con uno zigomo sbucciato e segni rossi sulle braccia, sulla fronte e alla base del collo, tutto ansimante e congestionato per la lotta, però ha ancora quello sguardo adorante. Anzi, più di prima. "Miss Lynn Lou, appena mi ha detto di smettere ho smesso, l'ha visto."

"Bravo." Lynn Lou gli dà una carezza sui capelli, al lato della testa, perché se lo merita, perché non le era davvero mai capitato in tutta la sua fottuta vita di trovare uno con quello sguardo. Ma proprio mai, cazzo.

Ottantotto

Eccoci alla degenerazione di rapporti tipica delle situazioni ad altissimo stress, pensa Poulanc. Eccoci all'abbandono di ogni freno inibitorio, all'esplosione dell'aggressività primaria incontrollata. Eccoci quasi alla *Zattera della Medusa*, mio Dio. L'orrendo quadro di Géricault la perseguita dalla prima volta che l'ha visto al Louvre a quattordici anni, insieme a suo padre. Ah, quanti incubi ha ispirato alla giovane – e poi non più giovane – Simone Poulanc, quella tela. Ci sarebbero tutti gli elementi per una causa per attentato alla serenità mentale, se il pittore non fosse morto da più di un secolo e mezzo. È raro poter ascrivere a una singola persona – per di più mai incontrata – la responsabilità di avere dato forma alle proprie più persistenti paure. Jean-Émile sosteneva sempre che il plasmatore – usava questa parola – delle sue paure era stato Sergej Prokof'ev con *Pierino e il lupo*, un'opera che la maggior parte degli ascoltatori considererebbe del tutto innocente. Giurava – e lei non aveva motivo di dubitare della sua sincerità – che anche da adulto l'oboe dell'anitra gli evocava in modo insostenibile l'angoscia abissale della stupidità, e che i tre corni francesi del lupo erano l'essenza stessa dei suoi terrori più profondi. Jean-Émile odiava Prokof'ev, lo considerava responsabile di infiniti incubi notturni. Non gli attribuiva la *creazione* delle sue paure, ma la loro trasmutazione in una forma riconoscibile, sì.

Per Poulanc invece è stato Géricault, senza ombra di dubbio. Il perversamente astuto e intraprendente Théodore Gericault, che ventisettenne – appena uscito da un'avventuraccia con la moglie di suo zio – per giocarsi la carta dell'invito a esporre un'opera al Salon va a pescare un soggetto con una presa garantita sulla morbosità del pubblico, e come se non bastasse decide di amplificarlo a quasi cinque metri per sette, il Cinemascope di allora. Così i buoni borghesi parigini potevano andare a contemplare l'abisso del dissolvimento delle regole sociali e la degenerazione dei rapporti umani – la regressione abominevole – e poi tornarsene alle loro confortevoli abitazioni, ai loro ottoni ben lucidati, ai loro velluti ben spazzolati. Aveva lavorato con un metodo e una freddezza stupefacenti, l'ambizioso e maniacale Théodore, degni di un regista *pulp* di oggi, che si costruisce carriera e conto in banca con un film traboccante di sangue e sbudellamenti. Solo che lì la storia era vera, e il giovane pittore – per entrare più nello spirito si era anche rapato la testa all'inizio del lavoro – aveva adottato un metodo da autentico investigatore dell'orrore, costruendo modellini, producendo un'infinità di disegni preparatori, intervistando due superstiti del naufragio, visitando obitori, arrivando addirittura a farsi prestare da un manicomio una testa mozza e diversi arti amputati per poterli dipingere dal vero! Quanta ricerca, quanta applicazione per arrivare a turbare per sempre la serenità di una ragazzina innocente, più di un secolo e mezzo più tardi! D'accordo, non è che Géricault si fosse inventato l'episodio o i suoi protagonisti: quello che aveva fatto – per pura bramosia di fama e riconoscimenti, non certo per chissà quali intenti morali – era ricostruirlo con insopportabile, compiaciuta, implacabile accuratezza, rendendolo indelebile. C'è chi si sforza di rendere il mondo un luogo migliore con la sua arte, e chi lo rappresenta così com'è, vale a dire lo peggiora, per quel poco che gli è possibile.

Però adesso basta, smettiamola, togliamoci dalla testa quelle abominevoli immagini! Qui si tratta di non lasciarsi sopraffare, erigere una trincea di intelligenza di fronte alla paura, reagire alle circostanze con gli strumenti della ragione. In definitiva ci sono popoli che con i terremoti sono abituati a conviverci da sempre – prendi i giapponesi – e non si scompongono più di tanto quando ne arriva uno. Poulanc si ricorda bene un viaggio all'isola di Hokkaido nel 2003 – ancora lavorava per *Paris Match*, ah, l'incubo di quei rapporti di redazione – dopo una scossa di magnitudo otto o giù di lì. Malgrado i danni considerevoli, nessuno sembrava farne una tragedia, anzi, la sensazione era che il disastro venisse affrontato con grande filosofia. Certo, il terremoto del 2011 invece è stato un po' troppo anche per i flemmatici giapponesi, ma lì si era aggiunto quel terribile tsunami – per non parlare dello spettro della catastrofe atomica – a peggiorare parecchio le cose.

Qui l'aspetto più sgradevole della faccenda è che le scosse non accennano a smettere – anche se bisogna dire che di danni materiali a parte qualche vetro rotto non ne hanno fatti – e anzi sembrano un po' peggio ogni volta. Però è soprattutto l'assenza totale di collegamenti con il resto del mondo a mettere a dura prova. È questo che ha aumentato la tensione e logorato i nervi, fino a portare alla disgustosa rissa di poco fa: non poter ricevere né mandare informazioni su quello che sta succedendo, non essere rassicurati da una promessa di soccorso, da una voce al telefono, alla radio, niente. Siamo talmente abituati all'idea di vivere in una comunità che si occupa di noi – che si *pre*occupa per noi – in ogni fase e momento della nostra esistenza – da quando nasciamo a quando moriamo, in pratica – che trovarsi in una situazione in cui i segnali di risposta non arrivano diventa molto presto insostenibile. In fondo misuriamo il grado di civiltà delle nostre società in base alle loro capacità di non abbandonare al proprio destino nessuno dei loro membri, ma al contrario di fornirgli cure e assistenza in caso di bisogno, persino partecipazione emotiva, solidarietà, affetto. Se subiamo un incidente in macchina, o la nostra casa viene allagata da un'inondazione – perfino se il nostro gatto sale su un albero e non riesce più a scendere – diamo per scontato che prima o poi arrivi qualcuno ad aiutarci. Stiamo lì adagiati sul lato della strada, o rifugiati sopra il tetto, o a naso in su a guardare tra i rami, e attendiamo i soccorsi: è normale. Se i soccorsi arrivano in ritardo, o si rivelano poco efficaci, non esitiamo a lamentarcene, scriviamo ai giornali, protestiamo energicamente. È per poter godere di quell'aiuto indispensabile al momento del bisogno che consegnamo allo stato metà dei nostri guadagni, del resto. In cambio ci aspettiamo assistenza, la pretendiamo; quando non la troviamo – o la troviamo difettosa – parliamo di decadimento di standard, di sfascio, di corruzione, di prevalenza del peggio, di barbarie ormai alle porte.

Eppure l'aspetto curioso – raccapricciante, più che curioso – è che proprio quelli che grazie all'esistenza di un tessuto sociale funzionante sono riusciti ad accumulare ricchezza e potere, appena arrivati a una posizione di primato cominciano a cercare di demolire lo stesso tessuto da cui hanno tratto vantaggio. L'atroce totalitarismo delle idee comuniste e la dispendiosa vulnerabilità di quelle socialdemocratiche offrono a questi mascalzoni gli alibi necessari per andare all'attacco della vocazione stessa di ogni stato moderno, vale a dire la salvaguardia dei propri cittadini. Ecco allora i *tycoon* proclamare a gran voce l'inutilità dell'assistenza sanitaria nazionale, dell'educazione pubblica, delle minime tutele per chi ne ha bisogno. Il loro scopo non è – come sostengono a volte, senza neanche molta convinzione – l'eliminazione degli sprechi mostruosi delle amministrazioni pubbliche, lo snellimento delle burocrazie, l'abolizione degli ingiusti privilegi di eserciti di ladri pagati dai contribuenti. No, perché lì ci sono milioni di votanti e di consumatori da supermercato, meglio non metterci le mani. In compenso però sono prontissimi a distruggere scuole, ospedali, laboratori di ricerca, e subito, domani stesso! Tanto più sarebbero in grado di pagare le tasse – potrebbero permettersi di farlo con grazia, ricavandone prestigio agli occhi di tutti – tanto meno le vogliono pagare. I servizi di una società evoluta non gli interessano, comunque non li usano. Hanno le loro cliniche private, gli ospedali si possono anche chiudere; mandano i propri figli in istituti a pagamento, chi se ne frega di elementari e licei; si spostano in elicottero, vadano al diavolo anche le strade. Subito sotto gli slogan e le frasi fatte liberiste, quello a cui l'oligarca russo, il petroliere texano, il magnate televisivo italiano, il grande banchiere tedesco ambiscono è una società essenzialmente *medievale*. L'unica risorsa contemporanea a cui non intendono rinunciare – proprio a nessun costo, ne va della loro vita – è la promozione e distribuzione dei loro prodotti, che si tratti di petrolio, derivati tossici o programmi a quiz. Lì non si deve badare a spese, tutto il resto può andare tranquillamente in malora. E ci stanno arrivando, non è che siano molto lontani dal risultato. Basta guardarsi intorno: conquiste che hanno richiesto secoli o millenni di lentissimo progresso – per imperfette che siano – vengono intaccate ogni giorno, gli edifici ormai vacillano paurosamente.

Poi ci si ritrova qui, in questo meraviglioso, irraggiungibile *resort* affacciato su un paesaggio infinitamente suggestivo – isolamento e privacy assoluti garantiti per contratto – e non c'è un cavolo di nessuno in grado di venirti a tirare fuori dagli scrollamenti e sbatacchiamenti che minacciano di mandare tutto all'aria, ti avvelenano il sangue di paura e – per quanto ti possa sforzare di non pensarci – continuano a farti tornare in mente quell'orrendo quadro di Géricault.

Ottantanove

Il libro del barone Canistraterra è decisamente più interessante di come Giulio Cobanni avesse immaginato all'inizio: difficile metterlo giù. Gli dispiace solo di non avere il tempo per leggerlo tutto, ma in fondo ne ha già ricavato una notevole quantità di considerazioni, spunti, idee. Dove andranno, poi? Svaniranno nel nulla? Passeranno a qualcun altro? Fluttueranno nell'aria? Chissà. Adesso comunque è meglio chiuderlo, per non fare la figura di quello che non si cura minimamente delle preoccupazioni altrui. Tiziana sembra già abbastanza esasperata dal suo accanimento di lettore, e spaventata dalle scosse ripetute; per non parlare del clima generale nella sala, di cui lo scontro tra Neckhart e Carmine è stato solo un sintomo. (Neckhart sarà già oltre quelle creste di roccia, adesso? Già quasi arrivato al porto?) Giulio Cobanni appoggia il libro sul tavolino, si allunga a toccare la mano di sua moglie.

"Bentornato, eh?" Il tono di Tiziana è polemico: sì, dev'essersi sentita un po' abbandonata.

"Scusami, volevo finire alcune pagine." Giulio Cobanni le sorride, continua a stringerle la mano, finché anche lei non distende almeno un po' le labbra.

Il vento scuote i vetri, entra nella sala dai vuoti della portafinestra, con il suo odore di zolfo.

"Sentite, vogliamo fare un gioco di società?" Forse perché è l'unico qui dentro a non avere paura, forse per non fronteggiare le probabili domande di sua moglie, Giulio Cobanni si sente in dovere di provare ad alleggerire l'umore collettivo.

Sembrano tutti parecchio perplessi dalla sua uscita, anche se la perplessità assume sfumature diverse, che vanno dallo sconcerto all'inquietudine all'incomprensione.

"Ingegnere, francamente io non credo che in questo momento..." L'architetto Perusato ha ancora il suo tono ambasciatoriale, ma il suo sguardo è piuttosto smarrito.

"Lei avrebbe in mente qualcosa di meglio, architetto?" Giulio Cobanni non intende essere indelicato; semplicemente non gli sembra una così cattiva idea, date le circostanze.

Tiziana lo guarda come per dire lascia perdere, non è il caso. Però l'architetto non insiste con le obiezioni, lancia occhiate nervose a Lucia. Lara mostra una certa curiosità, e anche Paolo il falegname, e Ramiro lo chef; anche Irina la russa. Piero Gomi invece è decisamente contrariato, Carmine diffidente, Lucia incerta, Brigitte Reitt imbarazzata, Werner Reitt contratto dall'ostilità. Lynn Lou Shaw probabilmente non ha capito di cosa stiano parlando, si versa ancora da bere, stravaccata nella sua poltrona.

"*À quel jeux pensez-vous?*" La Poulanc a sorpresa dischiude la porta della sua attenzione.

"Non lo so." Il fatto è che Giulio Cobanni non aveva in mente un gioco preciso, si ritrova a improvvisare. "Ognuno potrebbe dire una frase che per lui o per lei riassume tutto."

"*Tout, quoi?*" La Poulanc lo fissa, diffidente.

"Quello che ha capito fin qui. O che gli sembra di avere capito."

"Di vita?" Irina ha un'espressione intensa. "O di noi?"

"Della vita, di noi, del mondo." Giulio Cobanni continua ad andare a istinto.

"Ma, dev'essere una frase nostra, o di qualcuno famoso?" Lara stringe le palpebre, come per mettere a fuoco meglio l'idea.

"La scelta è libera, direi."

Tutti stanno zitti, forse perché la libertà di scelta aumenta il rischio di esporsi, invece di ridurlo. È un atteggiamento che in un altro momento potrebbe anche suscitare irritazione, ma ora fa una certa tenerezza.

"*¿Quién va primero?*" Ramiro si guarda intorno.

"Forse dovrei essere io." Giulio Cobanni cerca di scegliere tra diverse frasi che gli si presentano alla mente, però non riesce a decidersi.

Ormai sono tutti lì a fissarlo da vari punti della sala, tesi per la paura che da un momento all'altro possa arrivare una nuova scossa, peggiore delle altre.

Giulio Cobanni ci pensa ancora, ma niente. È imbarazzante, dopo aver coinvolto gli altri, creato aspettative. Ci rinuncia, fa un gesto per dire passo.

"*Mais enfin, Monsieur, vous avez lancé l'idée!*" La Poulanc si irrita, come era prevedibile. "*Nous étions sur le point de vous suivre!*"

"*Et alors allez, Madame.*" Giulio Cobanni la incoraggia. "Dica una frase lei, forza."

La Poulanc esita, però non vuole fare da apripista, scuote la testa.

Ramiro alza la mano, un po' incerto. "*El miedo tiene muchos ojos.*"

"Cosa significa, scusi?" Gomi è contrariato, in un modo quasi infantile.

"La paura ha molti occhi." L'architetto Perusato traduce fin troppo rapidamente, con evidente disagio.

Il disagio si moltiplica nelle reazioni generali: c'è questo spostare di occhi, per l'appunto.

"È dal *Don Quixote,* di Cervantes..." Ramiro sembra imbarazzato.

"Ma esprime tua visione di mondo?" Irina lo guarda.

"Esprime la situazione presente, *no sé*..." Ramiro si gratta il mento.

"Però dovrebbe essere una frase in cui ci si riconosce, no?" Lara guarda Giulio Cobanni, in cerca di conferme.

"Sì." Giulio Cobanni pensa che forse aveva ragione Tiziana, sarebbe stato meglio lasciar perdere.

La Poulanc contrae le labbra in un sorriso nervoso, poi rinuncia momentaneamente allo scudo del suo francese. "*Nella vita bisogna scegliere tra la noia e la sofferenza.* Madame de Staël."

Non c'è nessun commento, ma gli sguardi intorno continuano a esprimere un malessere generalizzato.

Giulio Cobanni è decisamente pentito di essersi fatto venire in mente questo gioco. C'è da stupirsi che non riesca bene, in una situazione simile, con gli animi di tutti dominati dall'angoscia? La sua pretesa di estendere agli altri il proprio distacco era assurda, deve riconoscerlo.

Però Paolo alza la mano. "*Stai attento alle tue parole, perché con le tue parole crei il mondo intorno a te.*" Si guarda intorno con la sua aria da naufrago, da idealista, da sognatore pratico. "È degli indiani Navajo."

"Bella." Brigitte Reitt annuisce, in piedi vicino al divano su cui è adagiato il marito.

"E *vera*." Lara gli si allunga incontro: sembrano tuffarsi uno nello sguardo dell'altro.

Giulio Cobanni è sicuro di averlo conosciuto anche lui, quel tuffarsi di sguardi. Ma la nostalgia è proprio l'ultima cosa di cui ha bisogno, adesso.

"Molto bella, e molto vera." Tiziana annuisce. Con lei, l'ha conosciuto, quel tuffarsi di sguardi. Poi l'hanno perso, e l'hanno ritrovato, anche se naturalmente non era più quello di prima. Con maggior cura avrebbero potuto evitare di perderlo? O sarebbe stato comunque trasformato dal tempo?

"Posso io?" Irina si schiarisce la gola.

"Certo, dica, signorina." Giulio Cobanni fa un gesto di incoraggiamento, con il desiderio di allontanarsi dai suoi pensieri, tornare al distacco, o almeno a un'approssimazione di distacco.

Irina si concentra per trovare le parole giuste in italiano. "*Se neghi latte al gatto, prima o poi dovrai dare panna al topo.*"

"Di chi è?" Lucia sembra perplessa, però ci riflette.

Irina apre le mani. "Proverbio russo."

"Allora anch'io conosco un proverbio russo, mi scusino." L'architetto Perusato fa uno sforzo per rispolverare i suoi modi da brillante frequentatore di salotti internazionali. "*L'orso balla, lo zingaro prende i soldi.*"

Nessuno sembra molto impressionato; Irina in particolare lo guarda male.

"Per dire che c'è sempre qualcuno che si dà tanto da fare, e qualcun altro che se ne approfitta..." L'architetto evidentemente si rende conto che le frasi proverbiali non andrebbero mai spiegate, lascia perdere.

"Un'altra?" Giulio Cobanni pensa che il gioco richiederebbe quanto meno un certo ritmo, per funzionare. "Dovremmo andare più a istinto, senza stare a riflettere troppo ogni volta."

Lara alza la mano. "*Amo gli scogli, nonché il sapere, per gli abissi immensi su cui si affacciano.* È di Elias Canetti."

Paolo la osserva con intensa emozione, le stringe un braccio.

L'architetto Perusato si aggiusta i capelli, forse pensa agli scogli sopra cui adesso ondeggia il suo magnifico relitto di motoscafo, insieme al futuro del suo resort.

"Un'altra?" Giulio Cobanni si guarda intorno, tra le espressioni sospese.

Tiziana esce allo scoperto, alza la mano. "*Molte volte più nelle piccole cose che nelle grandi si conoscono i coraggiosi.* È di Baldassarre Castiglione, credo."

Giulio Cobanni fa finta di rifletterci, anche se il messaggio di sua moglie non potrebbe essere più chiaro.

"A questo punto tocca a lei, ingegnere." L'architetto Perusato vuole probabilmente rivalersi per il poco successo della propria frase.

"Mah, ce ne sono un paio di Leonardo da Vinci..." Giulio Cobanni si rende conto che ne deve pure scegliere una. "*Acquista cosa nella tua gioventù, che ristori il danno della tua vecchiezza. E se intendi la vecchiezza aver per suo cibo la sapienza, adoperati in tal modo in gioventù, che a tal vecchiezza non manchi il nutrimento.*"

Lara annuisce, e anche Paolo, Irina, Ramiro. Tiziana lo fissa a lungo, con infinita sensibilità. Il vento continua a produrre i suoi soffi e scuotimenti, si insinua dai varchi nella portafinestra; l'odore di zolfo irrita i polmoni, fa lacrimare gli occhi.

"Lei non vuole dire qualcosa?" Giulio Cobanni si rivolge a Piero Gomi, che rincantucciato per conto suo, visibilmente impaurito com'è, suscita quasi compassione.

"Non saprei, ingegnere..." Gomi pizzica con dita nervose il bordo del divano. "Mi sembra anche una questione di opportunità, sinceramente..."

"Che strano." Paolo lo stuzzica. "Il parlamentare della Repubblica che se ne sta zitto."

"Non sto zitto." Gomi ha un sussulto di dignità. "Se proprio volete una frase, ce n'è una della Bibbia che è sempre stato il mio parametro di riferimento. *Soltanto chi è onesto è approvato da Dio e dagli uomini, e lascia un ricordo che non tramonta mai.*"

"Immagino che tutto dipenda dalla sua definizione di onestà." Paolo sorride.

"Cosa vorrebbe insinuare?" Gomi si stizzisce, sia pure con un certo ritardo, e senza abbastanza energia.

"Che lei e i suoi colleghi ne avete sempre dimostrata poca." Paolo scuote la testa.

"Io non le consento di fare affermazioni del genere!" Gomi cerca di mostrarsi indignato, ma c'è troppa apprensione nel suo tono, troppa incertezza nel suo sguardo.

"Be', mi sembra innegabile, però." Giulio Cobanni si chiede se sia il caso di parlarne qui, adesso. Forse sì, tutto sommato.

"In che senso, scusi?" Gomi lo guarda, con un guizzo di allarme nei rapidi occhi luccicanti.

"Senta, io sono sempre stato un elettore moderato." Giulio Cobanni dà uno sguardo a sua moglie, che lo osserva, tesa. "Avevo un'azienda in cui ho investito tutto. Facevo prodotti di grande qualità, semiartigianali, allo stato dell'arte, come si dice. Per anni li ho venduti in tutto il mondo, ricavandone discrete soddisfazioni. Ogni volta che andavo all'estero avevo modo di constatare l'apprezzamento per la qualità del lavoro di imprese come la mia, e la diffidenza diffusa nei vostri confronti. Il che mi imbarazzava, ma non mi stupiva affatto, dato il vostro totale disinteresse a occuparvi seriamente di questo paese, e la vostra propensione a saccheggiarlo e screditarlo in ogni modo possibile."

"Ingegnere, io non capisco come possa fare affermazioni simili, anche lei..." Gomi sembra colto alla sprovvista, non sa come reagire.

"Forse a questo punto potrebbe riconoscerlo, non crede? Ormai?" A Giulio Cobanni sembra di parlare con obiettività, senza astio. Non ne ha, del resto: quello che dice è come il promemoria che si può lasciare su un foglietto attaccato alla porta, prima di uscire di casa.

"Le sue sono generalizzazioni inaccettabili!" Gomi alza il volume.

"Il fatto è che vi siete rivelati così *incapaci*, oltre che disonesti." Giulio Cobanni non avrebbe più voglia di rivangare, eppure i ricordi sono lì: gli infiniti tentativi di compensare il peggio con il meglio, i conti fatti e rifatti fino all'estenuazione, gli innumerevoli lacci burocratici che strangolano, la pressione fiscale insostenibile, la giungla di leggi per lo più non applicate ma usate per ricattare, l'ambiguità corrotta dei funzionari, gli sprechi assurdi, gli abusi generalizzati, le richieste inevase, le attese infinite, le facce tracotanti viste e riviste mille volte alla televisione, le parole a vuoto sentite e risentite. "Vi siete rivelati così miopi, così provinciali, così ignoranti. Così *stupidi*, mi scusi."

"Queste sono offese irricevibili, ingegnere!" Gomi cerca disperatamente di riacquistare il suo tono da megafono, senza riuscirci del tutto. "Se la sua azienda è andata male non è certo colpa mia o del mio partito!"

"Forse non specificamente." Giulio Cobanni non sta cercando di assegnare quote di responsabilità, ormai gli sembra del tutto irrilevante. "Sarà stata anche colpa della trasformazione del mercato, dei costi crescenti, della concorrenza cinese, non dico di no. Anche della mia scelta di pagare ogni centesimo di tasse e contributi, di non assumere nessuno in nero, di non tenere una doppia contabilità. Di non versare tangenti agli ispettori tributari e agli ufficiali della finanza, a differenza di molti miei colleghi imprenditori che riescono a nascondere fino al settanta per cento dei loro incassi. Essere onesti è tremendamente costoso, in un paese corrotto. E voi non avete mai fatto un solo tentativo serio di metterlo sulla strada giusta, perché siete troppo presi ad arraffare, occupare spazi indebiti, trafficare sottobanco, esibirvi, raccontare bugie."

"Ingegnere, io mi meraviglio di lei! Questi sono solo i luoghi comuni dell'antipolitica!" Per un attimo sembra quasi che Gomi riesca a dimenticarsi delle scosse, dell'assenza di comunicazioni, della paura, per tornare al suo se stesso di sempre. "E poi lei fa di tutta l'erba un fascio! In questi decenni ce ne sono stati tanti di governi, anche della sua parte!"

"Quale sarebbe la mia parte, mi scusi?" Giulio Cobanni ha una percezione desolante della futilità di questo scambio. "E la sua? Me lo saprebbe dire?"

"Sono stati gli elettori a sceglierci!" Gomi non risponde, strepita.

"Sì, ma per quali ragioni? Perché rappresentavate bene i loro peggiori difetti, amplificati?" Giulio Cobanni se lo chiede, ancora una volta. La mediocrità garantita è più rasserenante della sollecitazione a migliorarsi? La democrazia consiste davvero nell'abbassare il denominatore comune fino a che non si può più scendere? La libertà dev'essere per forza l'equivalente di un uomo adulto in calzoni corti che si ficca le dita nel naso, senza sentirsi a disagio e senza che nessuno lo trovi quanto meno imbarazzante? O dovrebbe invece implicare qualche serio tentativo di evoluzione, magari anche non semplicissimo da realizzare?

"Io non capisco di cosa lei stia parlando!" Basta guardare Gomi per rendersi conto che in questo è sincero, purtroppo: non capisce.

"Il fatto è che siete persone senza nessuna qualità." Giulio Cobanni ha un tono quasi privo di biasimo, ma colmo di tristezza. "Senza competenze, senza cultura, senza idee, senza sogni. Senza niente. A parte una predisposizione ad arraffare, naturalmente."

"L'unica cosa che gli interessa è avere le chiavi del supermercato." La voce di Paolo invece è decisamente più rabbiosa, anche se non priva di ironia. "Per potersi portare via quello che vogliono. Anche più di quello che gli serve, per il gusto di prendere. Eppure la roba che c'è lì dentro sarebbe *nostra*. Non gli basta rubare i soldi dello stipendio, non gli basta rubare i benefici, non gli basta neanche rubarsi una casa, se ne devono rubare *dieci*! Non c'è limite alla loro ladreria!"

"Questo è qualunquismo inaccettabile!" Gomi alza ancora la voce, ma non serve, e se ne rende conto. "Io sono entrato in politica per un senso di missione! Per far del bene al mio paese!"

"Poi se ne è dimenticato molto rapidamente, immagino." Giulio Cobanni prova di nuovo una sorta di compassione per lui.

"*Vous êtes la vulgarité, l'avidité, l'impunité!*" La Poulanc coglie l'occasione per rincarare la dose.

"Signora, non capisco le lingue, gliel'ho già detto!" La voce di Gomi sale ancora di registro. "Comunque è facile dare la colpa ai politici, come se fossero i responsabili di tutti i mali! Perché non ve la prendete con i poteri forti, invece?! Con i padroni dell'alta finanza che manovrano nell'ombra, come il dottor Reitt, là?!"

"*Was sagt, der Esel?*" Reitt a vedersi puntare contro il dito deve sentirsi chiamato in causa, si gira verso la moglie.

La moglie gli traduce, con evidente disagio.

"Sono loro i veri padroni del mondo, altro che i politici!" Gomi continua a strillare, come se avesse trovato una via d'uscita. "Fanno quello che gli pare, senza che nessuno gli dica niente!"

"Soprattutto voi, non gli dite niente!" Paolo gli ribatte a tono. "E poi quando le loro banche stanno per andare zampe all'aria, vi precipitate a salvarle! Con i nostri soldi, naturalmente!"

"*Was fur peinliche Aussagen!*" Reitt reagisce aspramente a quello che la moglie gli ha tradotto. "*Banken sind Banken, nicht Staaten! Ihr Zweck ist, Geld zu verwalten, nicht das Wohl des Volkes!*"

"Cosa sta dicendo?" Gomi guarda la signora Reitt, guarda Tiziana. "Non capisco cosa sta sbraitando!"

"Che le banche sono banche, non Stati..." La signora Reitt traduce con grande imbarazzo. "Il loro scopo non è il benessere delle persone, ma l'accumulo di soldi..."

"Suo marito non ha titolo per parlare, signora!" La voce metallica di Gomi adesso fa quasi male ai timpani. "Con tutti i danni che ha fatto, sul piano pubblico e su quello personale!"

"Fareste meglio a stare zitti tutti e due!" Paolo ha un tono infiammato, furente. "Visto che vi siete sempre spartiti la torta, tra porci della politica e porci del denaro!"

"Non è vero! Non è vero! Non è vero!" Gomi vocia come un disco rotto, tutto congestionato.

"*Was sagt er?*" Reitt si gira verso la moglie per farsi tradurre.

Brigitte Reitt non gli traduce, guarda altrove.

"Sentite, torniamo al gioco delle frasi." Giulio Cobanni cerca di quietare le acque, anche se si sente almeno in parte responsabile di averle agitate.

"No! Io pretendo delle scuse!" Gomi si muove a scatti, gesticola, è in uno stato parossistico.

"Sei tu che dovresti scusarti, insieme ai tuoi colleghi farabutti! Di tutto, con tutti!" Anche Paolo fatica a calmarsi; Lara deve tirarlo per un braccio per farlo stare zitto.

Gomi probabilmente cerca una battuta a effetto dal suo repertorio, ma invece si mette a tossire, per l'odore di zolfo nella sala, o perché non sa più cosa dire. Si asciuga la fronte col fazzoletto, muove le labbra senza produrre suoni.

"Lucia, lei ha una frase da dirci?" Giulio Cobanni la incoraggia a gesti e sguardi.

Lucia ci pensa, poi si decide. "*Dos sunt person potenti, qui have todo et qui have nienti.*"

"Due sono i potenti, chi ha tutto e chi non ha niente?" Giulio Cobanni traduce, anche se probabilmente non ce ne sarebbe bisogno. "Molto bella. È proprio così."

"Sì, accidenti." Paolo annuisce con forza.

Lara alza la mano. "Ne ho una di Bob Dylan. *You don't need a weatherman to know which way the wind blows.* Non c'è bisogno di un metereologo per capire da che parte tira il vento."

"Grande Bob." Paolo la guarda, la stringe di nuovo.

"E lei, Carmine?" Giulio Cobanni guarda il marinaio, che se ne sta dritto e silenzioso vicino a Lynn Lou Shaw.

"No, ingegnere..." Carmine cerca di sottrarsi.

"Dài, Carmine!" Anche Paolo lo sollecita.

Carmine guarda Lynn Lou Shaw, incerto.

L'attrice alza il bicchiere, come per fargli un brindisi di incoraggiamento.

Carmine prende fiato, si concentra. "Una donna domandò a un prete a chi doveva confessarsi, se a Dio o agli uomini. 'A Dio, naturalmente,' rispose il prete. 'Allora togliti di mezzo, uomo,' disse la donna."

Gomi scuote la testa. "Questa è offensiva nei confronti della Chiesa..."

"Ma è Plutarco! Dai *Detti dei Lacedemoni*!" Giulio Cobanni è colpito, anche se a pensarci bene niente lo sorprende più, ormai.

Carmine alza le spalle, come per dire che non lo sapeva. Però è vero che non lo sapeva? Questi taresi sono così misteriosi, così gelosi delle loro ombre.

Adesso l'architetto Perusato vorrebbe una rivalsa per la citazione poco gradita di prima. "Ne ho una bella di François de La Rochefoucauld."

"*Nous voilà.*" la Poulanc reagisce in modo automatico. "Siamo alle frasi dei cioccolatini. *Très rassurant!*"

"*Madame*, io non capisco come lei possa esprimere giudizi del genere." L'architetto adesso si indigna. "Oltretutto su un personaggio che fa onore alla Francia."

"La Rochefoucauld era un cortigiano, signore." La Poulanc è sprezzante. "*Un courtisan ancien régime, cynique et désabusé.*"

"Non solo." Irina scuote la testa. "Ha influenzato pensatori importanti in secoli seguenti. Anche Friedrich Nietzsche."

"*Je ne suis pas du tout surprise!*" La Poulanc scatta subito. "Le menti detestabili influenzano le menti detestabili!"

"Architetto, ci dica quella frase, per piacere." Giulio Cobanni cerca nuovamente di riportare gli scambi fuori dalla polemica, anche se è ben difficile, in questo clima.

"D'accordo." L'architetto Perusato cerca il tono giusto. "*A nessuno la fortuna sembra tanto cieca quanto a coloro che non ne sono beneficiati.*"

"*Voilà.*" La Poulanc fa un gesto a due mani, come davanti a una dimostrazione perfetta della sua tesi. "Mi dispiace che non la apprezzi, *Madame.*" L'architetto è chiaramente offeso dalla reazione. "Io la trovo straordinariamente vera."

La Poulanc soffia fuori dal naso, tende le labbra in un piccolo sorriso ironico.

"In ogni caso ne ho un'altra, sempre di La Rochefoucauld." L'architetto Perusato a questo punto ne fa una questione di principio. "*Ciò che rende insopportabile la vanità degli altri è che ferisce la nostra.*"

La Poulanc forse accusa il colpo, perché si carica di nuova tensione. "Allora visto che ama tanto La Rochefoucauld, le piacerà questa. *Perdoniamo sovente quelli che ci annoiano, ma non possiamo perdonare quelli che noi annoiamo.*"

"E a lei piacerà quest'altra, *Madame.*" L'architetto non è certo il tipo che si fa surclassare facilmente in un gioco da salotto. "*Se non avessimo difetti, non ricaveremmo tanto piacere a rimarcarli negli altri.*"

"*Siamo così abituati a travestirci di fronte gli altri, che alla fine ci travestiamo anche di fronte a noi stessi.*" La Poulanc ribatte, feroce.

"*Dimentichiamo facilmente le nostre colpe, quando siamo i soli a conoscerle.*" L'architetto Perusato contrattacca.

"*Il ridicolo disonora più del disonore.*" La Poulanc è pronta.

"*Tutti si lamentano della propria memoria, e nessuno si lamenta del proprio giudizio.*" L'architetto scandisce seccamente.

"Va bene, direi che adesso possiamo passare a qualcun altro. Non dovrebbe essere un gioco a due." Giulio Cobanni cerca una via d'uscita da questo duello di citazioni, si guarda intorno.

"So anche io una di La Rochefoucauld." Irina alza la mano. "*On ne doit pas juger d'un homme par ses grandes qualités, mais par l'usage qu'il en sait faire.*"

"Cosa significa?" Piero Gomi si allunga, tutto sospettoso.

"*Non si deve giudicare un uomo dalle sue grandi qualità, ma dall'uso che sa farne.*" Giulio Cobanni traduce rapido.

Gomi ci riflette, chissà quali considerazioni gli passano nella testa tonda. "Ne sapevo una di La Rochefoucauld anch'io. *Le passioni sono i soli oratori che convincono sempre.*"

"Meno male che tu di passione non ne hai, allora." Paolo ridacchia.

"Intanto mi faccia il sacrosanto piacere di darmi del lei!" Gomi scatta. "E poi non le consento queste provocazioni di stampo teppistico!"

"Ladro!" Paolo si sporge verso il politico. "Imbroglione!"

"Aspettate, ne ho una anch'io." Lara si intromette, per impedire che lo scambio degeneri oltre. "*La debolezza è più opposta alla virtù del vizio.*"

Paolo si adegua al gioco, senza però smettere di guardare Gomi con occhi rabbiosi. "*Il perfetto coraggio è fare senza testimoni quello che saremmo capaci di fare in pubblico.*"

"Non significa proprio niente, è solo un paradosso." Gomi scuote la testa. "Questi sono giochini intellettuali che lasciano il tempo che trovano."

Brigitte Reitt alza la mano, timidamente. "*Se si deve giudicare l'amore dalla maggior parte dei suoi effetti, assomiglia più all'odio che all'amicizia.*"

Il marito la guarda senza capire, ma la sua espressione non potrebbe essere più ostile.

"*Eh bien.*" La Poulanc tira fuori un'altra frase dell'uomo che dice di disprezzare. "*L'hypocrisie est un hommage que le vice rend à la vertu.*"

Brigitte Reitt è rossa in faccia, le tremano le labbra. "*L'interesse parla tutte le lingue e recita tutte le parti, anche quella del disinteressato.*"

"*Ci si consola spesso di essere sfortunati con un certo piacere che si prova nell'apparire tali.*" La Poulanc non molla.

"*Tutti abbiamo abbastanza forza per sopportare i mali altrui.*" Brigitte Reitt le tiene testa.

"*La virtù non andrebbe tanto lontano se non avesse la vanità al suo fianco.*" La Poulanc è implacabile.

"Scusate? Se posso, ne avrei una anch'io." Tiziana agita le mani, riesce miracolosamente a interrompere le due contendenti. "*Rifiutare le lodi rivela il desiderio di essere lodati due volte.*"

Giulio Cobanni le sorride, pensa alla verità nella frase che ha scelto sua moglie. Si chiede quanto spesso gli sia capitato di aver fatto il finto modesto, in pubblico e in privato. Più in pubblico che in privato, gli sembra, ma forse non così di frequente. Almeno per quello che si ricorda. Ma davvero il distacco che prova adesso gli permette di essere quasi obiettivo? "D'accordo, a questo punto direi che possiamo lasciare La Rochefoucauld e passare ad altre fonti. C'è qualcuno?"

Lara alza una mano, con la sua eleganza naturale. "Ne ho una di Lao Tzu." Si concentra per ricordarsela in modo accurato.

"*Le parole vere non sono eloquenti;*
le parole eloquenti non sono vere.
Il saggio non deve dimostrare di aver ragione;
chi deve dimostrare di aver ragione non è saggio."

"Molto bella." Giulio Cobanni le batte piano le mani, anche se forse il suo ruolo di conduttore del gioco richiederebbe maggiore imparzialità.

Paolo sembra estremamente colpito, guarda Lara con un'espressione stupefatta. "Ho passato *mesi interi* a leggere Lao Tzu, a vent'anni."

Lara gli sorride, gli sfiora una guancia con la mano.

Paolo gliela prende, la bacia. Poi guarda davanti a sé, richiama le parole che ha in testa.

"*Per raggiungere la conoscenza,*
aggiungi qualcosa ogni giorno.
Per raggiungere la saggezza,
rimuovi qualcosa ogni giorno."

La Poulanc di nuovo ha un'espressione scettica, anche se non dice niente. Piero Gomi è tutto contratto, in uno stato di autentica rivolta mentale contro quello che si sta dicendo in questa sala.

Brigitte Reitt invece ascolta con grande attenzione, nel suo modo sensibilmente rigido. Esita, guarda Giulio Cobanni. "Posso dirne io una di Lao Tzu?"

"Ma certo, prego." Giulio Cobanni le fa un gesto di invito.

Brigitte Reitt si schiarisce la voce, deglutisce.

"*Fai attenzione ai tuoi pensieri, diventano parole.*
Fai attenzione alle tue parole, diventano azioni.
Fai attenzione alle tue azioni, diventano abitudini.
Fai attenzione alle tue abitudini, diventano carattere.
Fai attenzione al tuo carattere, diventa il tuo destino."

L'emozione con cui la signora pronuncia queste frasi è così evidente che tutti restano in silenzio per qualche secondo, senza guardarsi tra loro.

Poi Lucia alza la mano. "Anch'io ne so una. Ma pensavo che il nome fosse *Laozi*."

"Ah, non si preoccupi, esistono infinite traslitterazioni diverse." Giulio Cobanni la rassicura sollecito, per contrastare l'atteggiamento dell'architetto Perusato che la guarda subito con espressione critica. "Laozi, Lao Tzu, Lao Tze, Lao-tsu... Dica pure."

"*Cerca l'approvazione degli altri,*
e sarai sempre loro prigioniero."

Lucia declama le parole con impeto, il volto colorito dall'afflusso di sangue.

L'architetto sembra irritarsi ancora più, ma non commenta.

Carmine alza un dito. "Vado?"

"Certo, dica, dica." Giulio Cobanni lo incoraggia, incuriosito dalle inaspettate conoscenze del giovane tarese.

"*Il tempo è un'invenzione.*
Dire 'Non ho tempo' è come dire
'Non ho voglia'."

"Molto vero." Tiziana approva con energia dimostrativa, non senza lanciare un'occhiata obliqua a suo marito.

"Sì." Giulio Cobanni annuisce, pensa che in effetti perfino nel suo caso la mancanza di tempo è più soggettiva di come potrebbe sembrare, e corrisponde a una sostanziale mancanza di voglia. "D'accordo, allora anch'io ho il mio Laozi."

Gli altri lo guardano, in attesa.

"*Quando lascio andare quello che sono,*
divento quello che potrei essere."

No, a Tiziana non piace, o almeno, non è disposta ad ammettere che le piaccia. Gli altri sembrano colpiti, anche se con sfumature diverse. Però ognuno di loro è troppo abitato da troppe sensazioni e considerazioni personali per soffermarsi a lungo sulle verità rivelate dagli altri.

Werner Reitt per esempio scambia qualche frase a mezza voce con la moglie, poi sbraita contro la Poulanc, i lineamenti distorti dalla rabbia. "*Wie kann sie sagen, dass Nietzsche ein verabscheuungswürdige Geist war!*"

"Cosa abbaia, quel signore?" La Poulanc si rivolge stizzita a Brigitte Reitt.

"Dice che non può sopportare che lei definisca Nietzsche una mente detestabile."

"*Ah non?*" La Poulanc è aspramente polemica. "Perché non

chiede a suo marito di citarci una frase di Nietzsche che non sia detestabile? *Juste une!*”

Brigitte Reitt traduce al marito. Il marito pronuncia una frase in tedesco, in un tono che non suona certo piacevole, a causa delle sue pessime condizioni. La signora traduce. “*Io amo gli uomini che cadono, se non altro perché sono quelli che attraversano.*”

Giulio Cobanni guarda il banchiere reclinato sul divano, con la sua caviglia inutilizzabile; pensa che almeno sa scegliere le citazioni appropriate.

“E allora senta questa, sempre del suo Nietzsche!” La Poulanc alza la voce. “*Le conseguenze dei vostri atti vi prenderanno per i capelli, anche se nel frattempo sarete diventati migliori.*”

La signora Reitt traduce al marito, il quale reagisce in modo ancora più aspro. “*Das ist zu hoch für Sie, gnädige Frau! Sie sollten Nietzsche ganz einfach nicht zitieren!*”

“Cosa dice, questo nazista?” La Poulanc si rivolge alla signora Reitt, fremente di rabbia.

“No, per piacere!” Giulio Cobanni cerca di intervenire, benché in ritardo.

“Che lei non capisce Nietzsche e non lo può citare.” Anche la signora Reitt è in preda a una forte agitazione. “Però lei non può chiamare nazista mio marito!”

“*Ah non?*” Anche la Poulanc è ormai fuori di sé. “Ora prende le sue parti, dopo tutto quello che mi ha raccontato su di lui?”

“Signore, le prego!” Anche l’architetto Perusato fa un tentativo di pacificazione, inefficace quanto quello di Giulio Cobanni.

“Io ero sconvolta dagli eventi, non parlavo in modo equilibrato!” La Reitt ha gli occhi pieni di lacrime. “E tutto quello che le ho detto era strettamente confidenziale!”

“Io le ho dichiarato subito la mia intenzione di scrivere un libro!” La Poulanc ribatte con furia.

“L’ha fatto solo dopo due giorni passati in conversazioni del tutto personali!” La signora Reitt è scioccata.

“Lei se lo merita, un uomo così!” La voce della Poulanc si sfibra, diventa ancora più rauca del solito.

"Mi scusi, ma queste osservazioni sono ingenerose, *Madame.*" Giulio Cobanni cerca di ristabilire una qualche misura, ma nessuna delle due donne lo ascolta minimamente.

"Lei ha tradito la mia fiducia!" Brigitte Reitt investe la Poulanc con virulenza disperata. "Ha approfittato della mia debolezza!"

"*Sie sind ein Klatschweib!*" Werner Reitt strepita dal suo divano, ma questa volta sua moglie non lo traduce.

"*Et vous êtes un infâme, Monsieur! Vous avez détruit les vies de millions de personnes!*" La Poulanc zampilla saliva dalla bocca, gesticola forsennatamente.

"*Sie vertritt die schlimmste journalistische Ignoranz!!*" Werner Reitt ruggisce in un registro sfibrato.

"*Quoi?*" La Poulanc scuote la testa. "Cosa dice?"

"Che lei rappresenta la peggiore ignoranza dei giornalisti!" La signora Reitt è a sua volta tutta congestionata.

"E lei è solo una vile complice di quel mostro!" La Poulanc urla in un tono ancora più deteriorato. "*Vous êtes un exemple révoltant de l'hypocrisie du mariage!*"

"Signore, le invito nuovamente a comportarsi con un minimo di civilità!" L'architetto Perusato questa volta interviene con una certa energia. "Le difficoltà della situazione non giustificano assolutamente certi toni!"

"Sì, concordo pienamente." Giulio Cobanni cerca di rinforzare la posizione dell'architetto. "Consideriamo chiuso il gioco delle frasi, decisamente non è stata una buona idea. Mi dispiace di essermela fatta venire in mente."

"No, no, *espera*! Io ne ho una." Ramiro fa segno di aspettare. "*It is better to be beautiful than to be good, but it is better to be good than to be ugly.*"

C'è un silenzio surreale, occupato da cambiamenti di posizioni, sguardi che si spostano a registrare espressioni.

"È meglio essere bello che buono, ma è meglio essere buono che brutto." Lara traduce, timidamente.

"*Très superficielle.*" La Poulanc è irritatissima. "*La frivolité brillante typique d'Oscar Wilde.*"

In effetti c'è un contrasto stridente tra l'apparenza della frase e la situazione in cui si trovano, non si può negarlo. Però a Giulio Cobanni sembra che tutto dipenda da cosa si intende davvero per bello, e per brutto.

"Oscar Wilde era un genio, *señora*!" Ramiro si infiamma.

"*Il était un brillant frivole! C'est tout!*" La severità della Poulanc sembra motivata da ragioni più complesse di un semplice pregiudizio intellettuale.

"*¿Frívolo porque era gay?*" Ramiro la guarda con un'espressione di sfida.

"*Oh, ne commencez pas, vous!*" La Poulanc gli ribatte piena d'astio. "*Il était frivole, c'est tout!*"

"*¡Usted está equivocado completamente! Escuche esta!*" Ramiro ne fa una questione di principio, si concentra su un'altra frase. "*The error of youth is to believe that intelligence is a substitute for experience, while the error of age is to believe that experience is a substitute for intelligence.*"

"L'errore della gioventù è credere che l'intelligenza sia un sostituto dell'esperienza." Lara traduce con delicata puntualità. "Mentre l'errore dell'età è credere che l'esperienza sia un sostituto dell'intelligenza."

"*Très brillant, et très frivole, encore une fois.*" La Poulanc è chiaramente determinata a non cambiare la sua posizione su Wilde.

"Lei è prevenuta, però." Lara abbandona il ruolo di traduttrice, prende un accento vivo. "Sotto la frivolezza brillante c'era una mente straordinaria."

"*Ah oui?* Lo dice perché era un suo connazionale irlandese?" La Poulanc reagisce con astio ingiustificato. "O forse perché lei è una profonda studiosa della letteratura dell'Ottocento, *Mademoiselle?*"

"Non occorre essere studiosi di letteratura per saper leggere!" A guardare la giovane Lara in questo momento si capisce che sotto il suo riserbo gentile e la sua elegante naturalezza c'è un temperamento appassionato. "Non occorre neanche essere delle intellettuali spocchiose, ciniche e disincantate!"

"*Comment osez vous me parler comme ça, gamin?*" La Poulanc si infuria, sbraita a tutta voce.

"Mi scusi, ma in effetti il suo era un giudizio molto sbrigativo, *Madame.*" Giulio Cobanni non può fare a meno di intervenire. "Sia su Wilde che sulla signorina Lara."

"*Ah oui?*" La Poulanc è inferocita. "*Et qui êtes-vous pour dire cela?*"

"Sono semplicemente uno che legge e pensa, *Madame*. E che ascolta, che vede."

"*Oui, avec vos jumelles de luxe!*" La Poulanc strepita, rauca. "Con i vostri bei binocoli di lusso!"

"*Madame*, temo che lei invece veda tutto con un telescopio di presunzione e luoghi comuni." Giulio Cobanni registra l'occhiataccia di Tiziana: in effetti avrebbe anche potuto stare zitto, ma il fatto è che a questo punto gli sembra di avere una specie di obbligo morale a essere sincero, con se stesso e con gli altri.

"*Vous n'avez aucune autorité, Monsieur! Vous avez ruiné votre entreprise, vous avez abandonné vos employés sur la route!*" La Poulanc cerca di colpirlo dove forse pensa di fargli più male.

"Lei non sa niente della mia impresa o dei miei impiegati, signora." Giulio Cobanni risponde con fermezza, gli sembra necessario. Però dentro di di sé prova un immenso sollievo all'idea di non doversi più preoccupare della sgradevolezza delle persone, delle loro idee sbagliate, dell'aggressività con cui le esprimono.

"*Madame, je vous invite à vous limiter.*" L'architetto Perusato si sente in dovere di intervenire di nuovo.

"*Vous êtes un hypocrite, Monsieur!*" La Poulanc gli si rivolta immediatamente contro. "*Et vous êtes responsable de cette situation effrayante!*"

"Come può considerarmi responsabile, signora?!" Perusato è costernato per l'accusa, si guarda intorno. "Questa situazione non dipende certo dalla mia volontà!"

"*Eh bien, vous avez conçu cet endroit, Monsieur l'architecte!*" La Poulanc infierisce. "Senza neanche pensare a una via di uscita *en cas d'urgence*!"

"Signora, la sua è un'accusa manifestamente ingiusta!" L'architetto si difende con energia disperata, si gira verso gli altri ospiti. "La via d'uscita normalmente sarebbe per mare, ma purtroppo abbiamo subito il disastro del motoscafo, e poi la fuga del personale con la barca...”

“Architetto, la signora francese, con cui sono in disaccordo su tutto, qui ha ragione!” Piero Gomi interviene con la sua voce metallica. “Lei avrebbe dovuto assolutamente contemplare l’eventualità di un’emergenza di questo tipo! Non si possono abbandonare gli ospiti così, in una criticità del genere!”

“Mi scusi tanto, come lei sa benissimo c’è stata una successione di circostanze del tutto imprevedibile...” L’architetto Perusato è in affanno, si gira istintivamente verso Lucia.

“E poi lei non è neanche un ospite di Villa Metaphora, onorevole!” Lucia era già carica come una molla prima che l’architetto la guardasse, adesso esplode per difenderlo. “Non dovrebbe neanche essere qui!”

“Io avevo delle ottime ragioni per essere qui, signorina! E la mia presenza non ha nulla a che fare con le vostre gravissime inadempienze!” Gomi alza ancora la voce. “Mi chiedo come siate riusciti a ottenere tutte le autorizzazioni! Qui ci sarebbe da richiedere un’ispezione da parte delle autorità competenti!”

“Benissimo, allora prima informiamo il suo amico Scandrola, magari!” L’architetto è livido, si mette a fare riferimenti in codice.

Il messaggio deve arrivare, perché Gomi si allarma. “Cos’è, un ricatto, architetto?!”

“È stato lei a lanciare minacce!” L’architetto Perusato freme di rabbia.

“Io dico solo che è inconcepibile ritrovarsi così allo sbaraglio!” Gomi strepita. “Sospesi su queste rocce, con quel mare abissale tutto intorno!”

“*Votre resort de luxe présente des lacunes inacceptables!*” La Poulanc non vuole in alcun modo essere surclassata dal politico.

“Lei è solo una spiona, non dovrebbe parlare!” Lucia le inveisce contro, con una notevole potenza vocale. “È venuta qui senza neanche dire di essere giornalista!”

“Questa in effetti è una vergogna!” Piero Gomi cambia rapidamente bersaglio. “È un comportamento da autentica mascalzona, non si può definire in altro modo!”

"Detto dall'essere immondo che ha assalito quella poveretta! *Cochon!*" La Poulanc indica Irina, agita l'indice contro il politico.

"Io non ho assalito nessuno, signora!" Gomi urla a tutta voce. "Le mie convinzioni religiose e morali parlano per me, a differenza sua!"

"Per piacere, non usiamo questi toni." Giulio Cobanni fa un altro tentativo di placare gli animi, ma il volume delle grida degli altri è tale che non lo sentono neanche.

"Sì, le convinzioni di un farabutto! Di un ladro!" Paolo urla contro Gomi, di nuovo trattenuto a stento da Lara.

"Sei solo asino che raglia!" Irina a sua volta attacca il politico.

"Io vi denuncio! A tutte due!" Gomi strilla, tutto rosso in faccia.

"Poveretta sarai tu, poi!" Irina adesso inveisce contro la Poulanc.

"*Et vous êtes une pute!*" La Poulanc non si fa certo scrupoli a scendere ai livelli più bassi dello scontro verbale. "*Au service d'un gangster!*"

"*Et vous êtes une vache, Madame!* Io non sono servizio di nessuno!" Irina si infuria ancora più. "Mia amica invitata vacanza, basta!"

"*Oh, bien sûr, vous êtes bien naïve, Mademoiselle!*" La Poulanc sbraita. "Va in vacanza con l'amica, e non si accorge di essere sullo yacht di un delinquente! *La pauvre!*"

"Malakhov non è delinquente!" Irina grida, assordante.

"Ah no? E cos'è, allora?" La Poulanc si gira intorno, come a raccogliere l'incredulità generale. "*Dites-moi! Je suis curieuse!*"

"È imprenditore! Porco sì, ma come vostri porci italiani o francesi! Tale quale!" Irina potrebbe fare la cantante lirica, a giudicare da quanto riesce ad alzare il volume della voce senza distorcerla.

"*Pute!*" La Poulanc non solo non si modera minimamente, ma si gira intorno in cerca di nuovi bersagli, punta l'indice verso Lynn Lou Shaw. "Per non parlare di quella deficiente alcolizzata! È colpa sua se il motoscafo è distrutto! E anche la barca dell'assistente di quell'ignobile signore! *Autrement nous aurions pu sortir de cette prison!*"

“Lei non si deve permettere!” Carmine a sentir offendere l’oggetto della sua devozione reagisce con furia belluina. “Lei si deve sciacquare la bocca col sapone, prima di parlare di Miss Lynn Lou! Lei non è neanche degna di guardarla da lontano!”

“*Écoutez-le! L’idolâtre qui s’exprime dans le jargon de la Mafia!*” La Poulanc guarda gli altri in cerca di appoggio, ma non ne trova.

“*Sie sind schrecklich!*” Werner Reitt le grida contro, dopo che la moglie gli ha tradotto la frase in cui lo definiva ignobile signore. “*Sie sind ein widerlicher Manipulator von Fakten und Ideen!*”

“Signori, li prego!” Perusato agita le braccia, va avanti e indietro, cerca disperatamente di calmare le acque. “*S’il vous plaît! Bitte beruhigen Sie sich!*”

Ma le urla continuano, in una sovrapposizione furiosa di lingue, accenti, registri, opinioni, intenzioni, convinzioni. La perdita di forma, misura, controllo è totale, la sala risuona come un canile in preda alla frenesia, come una città impazzita per il traffico di troppe macchine che vogliono andare in troppe direzioni diverse e non vanno da nessuna parte.

“*Whoa! Whoa!*” Quando nessuno se l’aspetta, Lynn Lou Shaw si alza dalla sua poltrona, bicchiere in mano, gesticola con la mano libera. “*I’ve got something, too. If you fucking shut up a minute.*”

“Silenzio! Anche la signorina Lynn Lou ha una cosa da dire!” Carmine immediatamente scatta al suo servizio come interprete, guardia del corpo, adoratore incondizionato. Urla a piena voce, fa gesti a due mani, si gira intorno minaccioso. A sorpresa, la Poulanc, Gomi, Reitt, la moglie, tutti gli altri si zittiscono per ascoltare.

“*It’s from Macbeth.*” Lynn Lou Shaw si schiarisce la voce, si appoggia con le mani allo schienale della poltrona per tenersi dritta.

“Life’s but a walking shadow, a poor player
That struts and frets his hour upon the stage
And then is heard no more; it is a tale
Told by an idiot, full of sound and fury,
Signifying nothing.”

Ancora più a sorpresa, è una bellissima interpretazione, per nulla artefatta o pretenziosa, senza il minimo compiacimento, senza alcun cliché da scuola di teatro. La voce della giovane attrice americana ubriaca e ondeggiante dà alle parole di Shakespeare un accento di dubbio misteriosamente rivelato eppure ancora imprendibile, sconvolgente.

Nessuno parla, nessuno si muove; c'è un senso di stupore diffuso, di sensazioni e pensieri che ristagnano. A Giulio Cobanni viene in mente un'altra frase di Friedrich Nietzsche, *I pensieri sono le ombre delle nostre sensazioni, sempre più oscuri, più vani, più semplici di queste*. Ma non è sicuro di ricordare le parole precise, e non gli sembra che abbia senso sforzarsi di richiamarle, perché il gioco è finito, e perché le parole a loro volta non sono che ombre dei nostri pensieri.

Novanta

Adesso il gioco che ha voluto l'ingegner Cobanni per provare a distrarre le menti dalla paura delle scosse e di tutto il resto si è fermato. Lucia Moscatigno guarda gli ospiti che si girano di qua e di là, non sanno cosa fare. Quello che avevano da urlarsi l'hanno urlato, parole da tirare fuori non ce ne sono più. Hanno queste facce provate come da una gran fatica, questi corpi senza fiato.

D'un tratto Carmine fa "*Shhh!*" Non che ci sia da zittire nessuno, ma lui fa il verso e il gesto con l'indice davanti al naso per dire quieti, quieti. Si guarda intorno, fa due passi verso la portafinestra.

Tutti gli altri lo fissano, con queste facce.

Lucia Moscatigno guarda Gianluca, tende le orecchie per sentire se c'è qualche altro brutto suono terrificante in arrivo. Poi si rende conto che il vento se n'è andato. Ma proprio caduto, sparito: i vetri delle finestre hanno smesso di tremare, dai vuoti della portafinestra non entra più nessun soffio.

"Il vento!" Anche Gianluca è così sorpreso che alza fin troppo la voce, adesso che il silenzio nella sala è diventato profondo quanto il mare abissale. Si guarda intorno come per vederlo, il silenzio, muove le mani come per toccarlo.

Via via se ne accorgono anche tutti gli altri, c'è un gran muoversi e scambiarsi di occhiate, ma nessuno dice niente. Il fatto è che dopo giorni e notti di soffiare scuotere strappare senza tregua, sembra la cosa più strana del mondo, fa proprio un'impressione incredibile.

Carmine va da Lynn Lou Shaw, che dopo aver declamato la sua citazione si è di nuovo sprofondata nella poltrona col bicchiere in mano e sembra l'unica a non essersi accorta del cambiamento. "*Miss Lynn Lou, the wind has gone.*"

Lei lo guarda con un'aria tutta stranita, davvero non se n'era accorta. Posa il bicchiere, si alza, si guarda intorno col naso all'aria. "*Fuck! The fucking wind has fucking died!*"

"*Was ist los?*" Il dottor Reitt si gira verso la moglie per sapere cosa succede.

La moglie non gli risponde, è tutta presa a guardare Carmine che va verso la portafinestra, apre un'anta, l'altra, spalanca tutto, torna indietro da Lynn Lou Shaw, la accompagna fuori sulla terrazza.

Anche gli altri escono, tranne il dottor Reitt che resta sul divano con un'aria ingrugnita, non sembra interessato per niente. Sua moglie però esce, anche l'onorevole Gomi. Paolo e Lara sono già fuori, con Ramiro, Irina, i signori Cobanni.

Lucia esce insieme a Gianluca, si guardano intorno come gli altri. Gianluca è senza parole, scuote piano la testa. In effetti a pensare che fino a poco fa qui fuori si lottava per camminare tutti inclinati, con gli occhi socchiusi, i capelli che volavano, i vestiti che sbatacchiavano, le orecchie piene di rumore, polvere sale fogliette rametti pietruzze che arrivavano a tutta velocità, sembra impossibile che il vento se ne sia andato. Ma proprio andato, non ce n'è più un filo. Zero. È come se un aspirapolvere gigante avesse risucchiato via tutto il movimento e tutto il rumore dall'aria, l'avesse lasciata vuota. Le fronde degli eucalipti là dietro sono ferme, i cespugli lungo il dirupo sono fermi, perfino il mare là sotto si è acquietato, non è proprio calmo ma le onde sono molto più morbide e lunghe, senza le creste che si inseguivano e schiumavano con tanta rabbia fino a poco fa. Vicino agli scogli della costa c'è una specie di vapore, sospeso, strano.

Lucia Moscatigno pensa che dovrebbe provare sollievo, dopo tutto quel soffiare tirare scuotere strappare, ma invece non ne prova neanche un po'. Per gli altri è lo stesso, basta guardarli, mamma mia. Forse dipende dal fatto che il cambiamento è troppo grande e troppo improvviso, o dal fatto che nessuno si è certo dimenticato delle scosse di prima, o dall'odore di zolfo che adesso si sente ancora più forte, o da questa specia di pioggia di cenere che sta venendo giù dal cielo, finisce nei capelli, sui vestiti, sulle scarpe, sulle pietre della terrazza.

Gianluca tiene la mano destra aperta, guarda i piccoli fiocchi grigi che gli si depositano piano sul palmo. "Cosa cavolo è?" Guarda verso la Muntagna Matri che sporge da sopra le scaglie di roccia, anche gli altri guardano in là. C'è una nuvola scura e densa che si leva proprio dalla cima, si allarga piano piano tutto intorno.

SKA-SKA-SKA-SKATABRAMMMCRACKSHAMMMSS-SMMMBRACK! Di colpo la terrazza le costruzioni le rocce ogni cosa che si può vedere si muove in una serie di scatti profondi vicini molto più brutti molto più forti delle scosse di prima, fanno volare fanno scappare fanno cadere in tutte le direzioni tra grida gesti rialzarsi ricadere la signora Cobanni vola per terra l'ingegner Cobanni la aiuta ma va giù anche lui Lynn Lou Shaw vola ma Carmine la tiene l'onorevole Gomi cade batte il sedere rotola urla si aggrappa a una gamba della signora Reitt la signora Reitt grida lo scalcia via cade si tira su la Poulanc si aggrappa al muretto scivola su un fianco Lara e Paolo si tengono su insieme volano insieme in avanti volano indietro Ramiro cade si tira su grida Gianluca grida si gira da tutte le parti Lucia gli si aggrappa con tutta la forza che ha con un terrore senza limiti un terrore che non si immaginava potesse esistere Gianluca si muove lei scivola cade grida si tira su intanto le scosse continuano non si fermano *SKA-SKA-SKA-SKATASTRAAACKABRACKMMM-SBRAMMMSCKAAACK* non si fermano, non si fermano!

Poi invece si fermano, anche se nell'aria rimane una specie di *MMMMMMMMMMMM* che viene dal basso, proprio dal fondo della terra, proprio dalla pancia della Muntagna Matri. C'è questo borbottio che va avanti, tutto è fermo ma il borbottio va avanti, sotto, sotto.

"Oddio Gian!" Lucia si aggrappa di nuovo al braccio di Gianluca, invasa dal terrore senza limiti anche se adesso tutto è fermo, con la speranza pazza che lui la possa portare via da qui per qualche miracolo da uomo del Nord, per una delle tante cose che lui sa e lei no, per un segreto una conoscenza una risorsa che lei neanche può immaginarsi ma che lui si è tenuto in caso di emergenza estrema, perché un uomo del Nord come lui non si fa travolgere certo da un'emergenza estrema come questa, non per niente è venuto da così lontano, ha attraversato cieli e mari, non per niente conosce così tante cose che lei non conosce, non per niente non si è mai stupito veramente delle cose che la stupiscono, non per niente ha sempre una spiegazione per tutto, ha sempre le parole giuste per dire le cose, ha sempre i nomi da dare, non in una lingua ma in tante, anche se adesso è un po' abbacchiato e sbatacchiato, anche se è pallido e confuso, è pur sempre un uomo del Nord, è pur sempre un architetto internazionale che costruisce quello che vuole, che conosce tanta gente importante e famosa, è pur sempre uno che sa cosa fare anche se lei magari sul momento non riesce a immaginarsi cosa.

Però Gianluca non la stringe tra le braccia come lei vorrebbe, non la guarda neanche. Sta guardando verso l'interno, verso la cima della Muntagna Matri che affiora sopra le scaglie di roccia. Anche tutti gli altri stanno guardando in là, compreso l'onorevole Gomi che è rimasto seduto a terra. Solo Lynn Lou Shaw è girata dall'altra parte, guarda il mare.

Lucia Moscatigno guarda anche lei verso la cima della Muntagna Matri come stanno facendo tutti, invasa da questa paura senza limiti, in quest'aria vuota, e intanto la pioggia di cenere continua, il *MMMMMMMMMMMMM* che viene da sotto continua.

Poi *SKRRRAAACK-TRRRAAACK-SFRRRAAAAAAPPP!* La cima della Muntagna Matri si stacca, si vede proprio che si stacca un pezzetto, da qui sembra solo un pezzetto ma chiaramente invece dev'essere un pezzo abbastanza grande, si vede che proprio si stacca e vola per aria, si vede che si rompe e si sfarina per aria, ma anche quelli devono essere pezzi abbastanza grandi e pesanti da ammazzare un asino o una persona, magari li ammazzano davvero in questo momento, ma chissà se qualcuno sta passando lì sotto sull'altro versante perché cadono sui fianchi della Muntagna Matri anche se da qui non si può vedere perché ci sono le scaglie di roccia che bloccano la vista, chissà se per caso non cadono anche al porto giù a Bonarbor, magari anche su casa Moscatigno, mamma mia, speriamo proprio di no, o se sì speriamo almeno che se ne siano accorti in tempo, speriamo che siano corsi alle barche in tempo, però si può vedere la polvere che si leva e rimane sospesa per aria, adesso che non c'è più il vento a spazzare via tutto.

Sono tutti qui bloccati sulla terrazza a guardare per chissà quanto, poi si girano tutti e si guardano tra loro, Gianluca l'ingegner Cobanni la signora Cobanni Ramiro Lara Paolo Irina Carmine Lynn Lou Shaw la Poulanc la signora Reitt l'onorevole Gomi ancora seduto per terra, ci sono tutti questi occhi che guizzano in qua e in là come pesci terrorizzati, sembra proprio la frase che aveva detto Ramiro che la paura ha tanti occhi, infatti non era piaciuta proprio a nessuno perché è proprio così, ci sono tutti questi occhi di paura compresi i suoi, è una paura senza limiti, come non l'ha mai ma proprio mai provata, neanche da bambina nei sogni più brutti, anche questo potrebbe essere un sogno brutto però non lo è perché allora vorrebbe dire che sono tutti qui a fare lo stesso sogno nello stesso momento, per di più un sogno troppo vero e che dura troppo a lungo, anche se ti scuoti e gridi è un sogno che non finisce, quindi non è un sogno, quindi è sveglia e tutto quello che vede e sente sta succedendo davvero, si è davvero staccata la punta della Muntagna Matri, è davvero andata in mille pezzi, c'è davvero la polvere che sale di lontano, c'è davvero una nuvola sempre più densa e scura là sopra dove c'era la punta, c'è davvero questa pioggia di cenere che continua a venire giù sui capelli sulle fronti sui vestiti sulle scarpe sulle pietre della terrazza.

Ci sono tutti questi occhi pieni di paura, tutti questi sguardi di domanda anche se nessuno dice niente, tutti lì che vorrebbero chiedere, che vorrebbero delle risposte, che vorrebbero sentirsi dire che è tutto a posto e non c'è niente da preoccuparsi, che se la punta della Muntagna Matri è saltata via non significa niente, ma tanto lo sanno tutti che non è vero che non significa niente, lo sanno tutti che significa qualcosa di enormemente brutto, hanno tutti questi sguardi di paura ma di domande non ne fanno, perché che domande puoi fare se sai già che le risposte non ci sono, o che se per caso le risposte ci sono non le vuoi proprio sentire?

Sono tutti qui bloccati sulla terrazza a guardarsi e guardare la nuvola grigia sempre più scura e densa lì dove c'era la punta della Muntagna Matri, anche Lynn Lou Shaw finalmente si è girata dalla parte giusta, e c'è questo rumore da sotto, solo che non è più soltanto *MMMMMMMMMMMMM* come prima, adesso è più un

MMMBRRRMMMBRRRMMMMM. C'è dentro qualcosa che gratta, c'è qualcosa che rotola, sembra il ronzio di un moscone gigante che sta sotto la terra, sembra il rumore dell'elicottero del povero Ciro Spanò però mille volte più profondo, sembra la voce della Muntagna Matri quando parlava agli umani nei tempi antichi a sentire quello che le hanno sempre raccontato i nonni (dal lato Moscatigno *e* Alcuanti). Sono tutti qui a guardare e guardarsi, e intanto il suono continua a salire dal profondo, monta e monta e continua a montare, non è un'impressione, non è un sogno, è proprio una cosa che sta succedendo davvero, e che continua a succedere, non è una di quelle cose che ti risvegli e smettono, non è una di quelle cose che si fermano, non è una di quelle cose che spariscono se fai finta di non sentirle. Anche se cerchi proprio con tutte le forze di non sentirla, anche se cerchi proprio di bloccarla, di farla sparire, è qui sotto: è qui.

Gianluca si gira verso di lei, riesce a guardarlo negli occhi, finalmente. Però non le dice che ha una soluzione miracolosa da uomo del Nord per portarla via al volo, non le dice che ha una spiegazione per quello che succede, anche se magari ce l'ha (magari ce l'ha anche lei, se è per questo), non le dice che non c'è niente di cui aver paura perché tanto c'è lui, non la stringe forte tra le sue braccia, non le accarezza i capelli piano. Il fatto è che ha di nuovo la faccia da bambino del Nord che gli viene fuori nelle situazioni veramente brutte, proprio quando lei avrebbe bisogno di vederlo più sicuro, dopo che l'ha visto sicuro in così tante situazioni dove magari non ce n'era neanche bisogno, ma proprio sicuro di tutto, del quando del perché, di come comprare in un negozio, di come ordinare in un ristorante, di cosa ordinare che vino bere come far girare il bicchiere come mandarlo giù come vestirsi come svestirsi come fare sesso come non fare sesso cosa fargli per farlo godere come truccarsi per essere sexy come non truccarsi per essere elegante dove andare come salutare come stringere la mano come sorridere o non sorridere come dire solo il nome o anche il cognome come parlare quando parlare quanto parlare come guardare come non guardare come guardare e far finta di non guardare. Invece adesso ha questa luce negli occhi, questa piega alla bocca, questo modo di fare, è perso. Lei ormai lo sa, l'ha già visto, la conosce questa debolezza che di colpo se lo prende proprio quando dovrebbe essere più forte, che gli passa negli occhi chiari, sulla pelle che sotto l'abbronzatura è chiara anche quella, attraverso il corpo che anche se è alto e ben piazzato non è proprio solido e compatto come quello di Carmine per esempio, è un corpo di uomo del Nord lungo e con le spalle larghe sì ma delicato in un modo che lei non conosceva prima di conoscere lui, un corpo che si può spezzare da un momento all'altro proprio come la sua sicurezza.

Così gli stringe forte un braccio, anche se vorrebbe che fosse lui a stringere forte lei, lo guarda per dirgli di non preoccuparsi anche se vorrebbe che fosse lui a dirglielo, a dirle che ci pensa lui a risolvere la situazione, che ha già organizzato tutto, che lui la Muntagna Matri la trova una storia ridicola come tutte le superstizioni di Tari, che lui da uomo del Nord ci ride sopra, che è una storia primitiva, che va bene proprio per gli isolani più anziani e più tagliati fuori ma non certo per lei che è una donna contemporanea che ha studiato all'università anche se era l'università di Roma ma comunque dovrebbe avere ugualmente capito che le superstizioni sono superstizioni e la realtà è la realtà, che siamo nel 2012 e non nel Medioevo, che le forze della natura le si controlla, al massimo possono essere delle risorse, non certo delle divinità che minacciano e impauriscono gli esseri umani se gli fai dei torti come credono ancora i vecchi taresi anche se non lo ammetteranno certo con uno straniero, tanto meno uno che viene dal Nord, ma lui lo sa che in fondo continuano a crederci, e che anche lei almeno un po' ci crede, anche se a lui non lo confesserà mai.

"Che facciamo, Gian?" Glielo chiede, anche se dal suo sguardo sa già che non potrà darle nessuna risposta, è uno sguardo che ha perso tutta la sicurezza, che ha perso tutte le spiegazioni, che ha perso tutte le intenzioni, è uno sguardo troppo spaventato dalla Muntagna Matri là sopra a dal mare abissale là sotto.

Novantuno

Oh Signore, questa è una lezione importante, davvero, da non dimenticare. È un'occasione per farsi un bell'esame di coscienza, riflettere con sincerità, cospargersi anche un po' il capo di cenere (viene giù dal cielo, non manca di certo). È uno stimolo a guardare al di là delle ragioni contingenti della lotta politica, delle faide di corridoio, degli scontri con i colleghi, delle manovre strategiche. Capita a tutti (siamo umani) di perderci in assilli che in fondo contano poco, di dare troppa importanza agli stupidi screzi quotidiani con chi magari cerca di farci lo sgambetto, con chi magari cerca di darci una coltellata alla schiena, con chi si finge un alleato fedele e poi al momento buono cambia casacca e ci mette in difficoltà, se non siamo abbastanza pronti a reagire.

L'Onorevole Piero Gomi non ha alcuna difficoltà a riconoscerlo: ogni tanto può essere utile fare un bel *reset*, come dice suo figlio maggiore che già a cinque anni aveva il computer. Tornare al senso di missione di cui ha provato a parlare pocanzi, purtroppo a un uditorio assai restio ad ascoltare. Ma anche quello è stato un bel bagno di umiltà, riconosciamolo, da accettare nello spirito che indicava il Cardinale Sommariva la scorsa domenica ad Assisi. Spogliamoci del troppo orgoglio e della soverchia ambizione personale, per usare le sue parole, e ricordiamoci che la priorità è sempre agire per il bene del prossimo. Soverchiati come siamo da mille impegni, a volte può essere necessario che Qualcuno da là sopra ci dia un colpetto sulla spalla per ricordarcelo. Richiamo evidentemente opportuno, e ben accolto. Assolutamente sì. D'ora in poi Piero Gomi sarà molto più attento all'interesse comune e molto meno al proprio (tanto se le sue fortune dovranno andare avanti, succederà, le basi ci sono tutte). È in grado di prometterlo solennemente, con una mano sul cuore. Ci si può segnare il giorno e l'ora, da questo momento in poi Piero Gomi sarà una persona (e un politico) migliore.

Sì, però adesso il colpetto sulla spalla è stato avvertito, Signore. Segnale ricevuto. Okay. Non occorre altro. Un bello spavento può essere salutare (lo è stato), ma se l'ascoltatore è attento (lo è), non c'è bisogno di andare oltre. Al contrario, ingenerare un terrore eccessivo potrebbe essere addirittura controproducente: potrebbe sconvolgere, confondere le idee. Davvero. Tra la serie di scosse ravvicinate di prima e l'esplosione della punta della montagna poc'anzi, i segnali sono stati decisamente potenti. Ci si può tranquillamente fermare qui, e riportare poco a poco tutto alla normalità. Gli effetti positivi sugli animi si vedranno molto presto, probabilmente subito, si può dire. L'assenza di vento è già una gran cosa, il mare sembra più tranquillo; basta sospendere i tremori tellurici, lasciare che quella brutta nuvola scura sopra la montagna si disperda. Il risultato è stato pienamente ottenuto, al cento per cento. Non solo Piero Gomi è già una persona (e un politico) decisamente migliore, ma anche gli altri qui fuori sulla terrazza sono certamente migliorati, pur con tutti i difetti che possono ancora avere. (D'accordo, che perfino Werner Reitt diventi una persona migliore non possiamo darlo per scontato, anche perché se ne sta rintanato nella sala, però non mettiamo limiti alla Provvidenza, il *tap tap* sulla spalla l'ha certamente sentito anche lui.)

Dunque adesso la cosa migliore è che prevalga il senso della misura. Piero Gomi si tira su in piedi, ecco, un po' acciaccato ma senza danni fisici seri. Più che altro il battito cardiaco fatica un tantino a normalizzarsi, ma adesso ci arriviamo. Basta che tutto resti tranquillo, senza ulteriori scosse o altri scherzi, e nel giro di qualche decina di minuti saremo a posto di nuovo. Ora di stasera ci si potrà sorridere sopra, magari su un elicottero della Protezione Civile, o su un'imbarcazione di dimensioni adeguate. Sorridere nel senso buono, naturalmente, di sollievo, di serenità ritrovata, non certo di strafottenza.

Il terremoto e la mezza eruzione sono stati indubbiamente un fatto positivo, non solo dal punto di vista dei miglioramenti morali che hanno prodotto, ma anche sul piano pratico, perché renderanno inevitabili degli interventi di soccorso. Questione di ore, qualcuno arriverà, ci si può scommettere. Da Roma poi staranno certamente facendo di tutto per sollecitare un recupero, sia gli assistenti (sono dei ragazzi d'oro, gli dispiace essere stato un po' duro con loro), che i colleghi di Partito (anche loro per la stragrande maggioranza, anzi tutti, bravissime persone, amici, compartecipi di un sogno politico). Ecco, gli effetti del cambiamento già si vedono in modo chiarissimo: i sospetti e i rancori (anche giustificati) che l'avevano posseduto si sono dissolti. Così come la rivalità nei confronti di uomini e donne che condividono i suoi stessi valori, la sua stessa visione. Si tratterà di trovare tutti insieme il modo di tornare a governare questo Paese straordinario, e di farlo meglio che in passato, mettendo da parte personalismi ed egoismi. C'è davvero tanto che Piero Gomi potrà fare da subito, adesso che è un uomo (e un politico) nettamente migliore. Potrà dare un grande contributo alla creazione di un clima di concordia nel Partito. Anche stabilire un tavolo di trattativa con la parte opposta, assolutamente sì. In fondo siamo tutti sulla stessa barca (brutta metafora, soprattutto da questo luogo, ma è per dare l'idea), tanto vale remare insieme, portare il Paese fuori dalla crisi. Differenze sostanziali onestamente lui non ne ha mai viste, sotto le diverse sigle partitiche il materiale umano è lo stesso identico. Quando ci si ritrova a mangiare negli stessi ristoranti o a discutere provvedimenti che riguardano l'intera categoria ci si rende conto di come gli intenti siano comuni, perché dimenticarsene dopo, magari sotto elezioni? Grazie Signore, davvero, questa risvegliata ci voleva proprio, questa tiratina d'orecchie, per così dire; sarà l'intero Paese a beneficiarne, alla fine.

Adesso si potrebbe davvero disperdere quella nuvola minacciosa sopra la montagna, anche se è senz'altro uno spettacolo notevole. E questa vibrazione che continua sotto, questa specie di *MMMMMMMBRRRMMMM* che continua a ronzare nell'aria ferma. Piero Gomi non lo dice solo a titolo personale, ma anche a nome di tutti gli altri, visto che sembrano parecchio spaventati, per quanto prima potessero atteggiarsi in mille modi. Sul serio. I nervi sono a fior di pelle, ci vorrebbe poco a scatenare il panico, con conseguenze anche pericolose. Per non menzionare i due signori anziani, soprattutto l'ingegnere, che di anni sulle spalle ne ha parecchi ed è in condizioni tutt'altro che buone. Anche se prima ha avuto parole ingenerose nei confronti suoi e della politica in generale, è già stato perdonato (un'altra dimostrazione dell'avvenuto miglioramento), non c'è alcun rancore. Poi questi ragazzi, il falegname (anche lui perdonato, dopo le sue bruttissime affermazioni), la francese (anche lei perdonata, benché sia stata di un'acidità notevole), la russa (ma sì, anche lei perdonata, malgrado il suo comportamento indegno, da querela, proprio), il cuoco (è omosessuale e fa una cucina che sembra una presa in giro, ma forse dopo questa esperienza si ravvederà anche lui). Quindi le minacce possiamo tranquillamente sospenderle, possiamo tornare alla normalità, Signore. Il bastone ha già fatto la sua parte, è il momento di passare alla carota. Del resto la carota finisce quasi sempre per essere più efficace del bastone, a rifletterci bene. Le manifestazioni terrificanti del Potere celeste erano più adatte (con tutto il rispetto) ad altre culture, ad altri tempi. Qui, oggi, nel 2012, con questo materiale umano, non c'è niente di meglio di una bella rasserenata del cielo, un bel silenzio pacifico al posto di questa vibrazione, per dimostrare la presenza divina. Anzi, più rapida la scomparsa dei segnali minacciosi, più inequivocabile il messaggio. Davvero.

Solo per fare un esempio, quando nel 2004 c'è stato quello tsunami devastante nel Sudest Asiatico, con tutte quelle morti di innocenti e tutte quelle distruzioni che ha portato, molti invece di vederlo come un castigo divino l'hanno interpretato come una dimostrazione dell'assenza di Dio. Paradossale, davvero. Solo per dire (con tutto il rispetto) del rischio di messaggi troppo implacabili, no? Certo, nell'Antico Testamento è scritto *Fuoco, grandine, fame e peste, tutte queste cose sono state create per il castigo*, Ecclesiastico 39, 29. Però è scritto anche *Se osserverai ed eseguirai i comandamenti, il Signore allontanerà da te le infermità terribili dell'Egitto*, Deuteronomio 7, 12. Ecco, allontaniamo, allora, Signore. Per favore.

No, perché qui la vibrazione da sotto invece di sfumare poco a poco e scomparire del tutto sembra diventare più forte di minuto in minuto. Non è un'impressione, è così. Sembra il suono di uno di quei camion enormi, una specie di diesel biblico gigantesco, messo lì sotto per scuotere la terra, incutere terrore.

E infatti sono tutti terrorizzati, non è che non lo siano, la giornalista francese ha perso il suo snobismo, la signora tedesca ha abbandonato la sua algida rigidità, il cuoco spagnolo non si sogna neanche più di fare lo spiritoso, l'architetto ha lasciato perdere gli atteggiamenti da anfitrione squisito, si guarda intorno senza la minima idea di cosa fare. Le reazioni più preoccupanti però sono quelle dei due taresi, il marinaio e la assistente manager. Questi sono nati e cresciuti sull'isola, dovrebbero essere abituati da una vita alle sue particolarità, eppure non sembrano affatto meno spaventati degli altri, anzi. Concitati, sudati, si scambiano occhiate come se la situazione fosse ancora più brutta di come sembra (già sembra molto brutta, ma proprio molto). Il marinaio urla in quel loro dialetto incomprensibile. "*O Dragu have defaiatu a Muntagna Matri, a Muntagna Matri va spurtar o igne encima o Dragu!*" Anche a non capire una parola, basta il tono, bastano gli sguardi, bastano i gesti per intuire che questi paventano il peggio! Anzi, ne sono praticamente certi!

Infatti ecco, la vibrazione da sotto cresce ancora d'intensità, *MMMMMMMBRRRRRRRAAAMMMMM!* Il diesel biblico ci dà giù di brutto, non è solo una questione acustica o un leggero tremolio sotto i piedi, adesso le pietre della terrazza si stanno muovendo, è tutta la terrazza che si sta muovendo, è l'edificio affacciato sulla terrazza che si sta muovendo, sono le rocce dietro l'edificio che si stanno muovendo, è tutta l'isola che si sta muovendo! La francese grida, la tedesca brancola, lo chef corre verso la cucina e torna indietro, la russa incespica fino alla portafinestra della sala e torna indietro anche lei, il falegname abbraccia la ragazza, l'architetto si aggrappa alla sua assistente, il marinaio sostiene per un braccio l'americana che non sembra rendersi conto di cosa succede.

Okay Signore, è possibilissimo (quasi certo) che in questo gruppo ci siano persone che hanno commesso peccati così gravi da meritarsi una punizione esemplare. Magari anche tutti e sette quelli capitali, ira invidia avarizia gola accidia lussuria superbia. Non si saranno risparmiati un solo peccato capitale, questi qua.

Però sarebbe veramente un'ingiustizia (con tutto il rispetto) se dovesse finirci di mezzo anche Piero Gomi, che di peccati capitali proprio non ne ha commessi mai. Detto in tutta umiltà, sarebbe un comportamento non etico, in aperta contraddizione con l'Antico Testamento, dove si dice in modo chiarissimo *Il Creatore s'esaspera contro gli ingiusti per punirli, e si mitiga a beneficienza verso coloro che in lui confidano*, Sapienza 16, 24. E chi mai potrebbe definire ingiusto Piero Gomi, onestamente? Se ha mai peccato, sono stati esclusivamente peccati veniali, commessi per un eccesso di indulgenza, per voler venire incontro alle richieste di questo e di quello, per non scontentare qualcuno. Come l'anno scorso, quando col collega Murganti ha presentato la proposta di legge Gomi-Murganti per depenalizzare il reato di induzione alla prostituizione, con modifiche ai comma 4 e 5 della legge n. 75/58. Gli sono piovute addosso accuse da tutte le parti, da destra e da sinistra, una cosa mai vista, fuori misura. Certi avversari sono arrivati a sostenere che voleva distruggere i fondamenti morali della società, lui! Ma la realtà è che l'aveva fatto solo per dare una mano al Presidente Buscaratti, che si trovava in una situazione decisamente difficile a causa dell'accanimento di certi giudici. Bisogna venire incontro a chi ha bisogno, non è il Vangelo che lo dice? Tant'è vero che in tutto quel vespaio massmediatico che gli si è scatenato contro non c'è stato un solo Cardinale che l'abbia accusato di avere agito male. Preti magari sì (ci sono i fanatici fondamentalisti anche lì, purtroppo, quasi degli ayatollah) ma porporati nessuno, segno che avevano capito benissimo lo spirito e le ragioni dell'iniziativa. Del resto lui è in rapporti più che cordiali con il Cardinale Toma, il Cardinale Suffoni, il Cardinale Smirnella, lo stesso Cardinale Kulmar. Lo sanno che possono sempre contare su di lui, la stima è reciproca, consolidata da anni di frequentazioni. Idem per Sua Santità, che lo aveva ricevuto in udienza privata con tutta la famiglia quando la polemica non si era ancora quietata, e gli aveva dimostrato simpatia e comprensione. E se lo ha capito Sua Santità, che è per così dire l'interprete ufficiale, l'avrà capito anche il Signore, no? Vero che l'avrà capito? Eh?

KRRRMMMBRRRMMMMMMMMSKRRRMMMM! Qui la vibrazione diventa sempre più forte, è tutto uno scuotimento forsennato, si fa quasi fatica a tenersi in piedi! E quella nuvola là sopra la montagna è sempre più scura e minacciosa! Qui la gente sta perdendo decisamente la testa, ci sono grida e scatti da tutte le parti, chi guarda in su, chi guarda in giù, chi guarda di lato, ma il fatto è che non c'è nessun posto dove scappare, perché verso l'entroterra sei bloccato dalle rocce, se vai giù c'è il mare abissale, se stai qua fuori sulla terrazza sei esposto senza alcun riparo, se torni dentro nella sala magari ti crolla in testa il tetto e ti vengono addosso i muri!

Signore, adesso basta, veramente! Una volta che uno è diventato una persona (e un politico) migliore, cos'altro gli si può chiedere, onestamente? Lui l'esame di coscienza se l'è già fatto diverse volte in questi giorni, ancora più stamattina e negli ultini minuti, e in tutta sincerità non ha trovato molto da rimproverarsi. Anche alla luce delle letture dei Testi Sacri da ragazzo, e delle conversazioni illuminanti con Don Sulas e con il Cardinale Sommariva. Certo, la varietà dei peccati è grande, a parte i sette capitali. Nelle Scritture di elenchi ce ne sono diversi, ma insomma, se prendiamo la lettera ai Gàlati che gli ha letto Don Sulas qualche mese fa (se la ricorda benissimo, la può citare a memoria), c'era fornicazione impurità libertinaggio idolatria stregonerie inimicizie discordia gelosia dissensi divisioni fazioni invidie ubriachezze orge. E lui di queste cose può garantire al cento per cento di non averne fatta nessuna. A meno di non volergli buttare la croce addosso per i dissensi che sono parte integrante di qualunque attività politica, o dell'ambizione connaturata a qualunque politico con un piano a lungo respiro. Comunque ha già chiesto perdono anche per questo, è già migliorato, e di molto! Di soldi sottobanco, a differenza di praticamente tutti i suoi colleghi non ne ha mai presi, né per sé né per la famiglia. Mai una tangente, mai una finta transazione, mai un versamento su conto estero (va bene, due nel 2006 e uno nel 2008, ma per esigenze contingenti legate alla gestione della Fondazione, poi basta, in modo assoluto). Sì, qualche regalo da qualche simpatizzante l'ha ricevuto, per carità, magari un culatello di pregio, magari una cassetta di Barolo d'annata, magari un quadro, magari un volume antico, magari un orologio da collezione, magari una settimana bianca con la famiglia, dove l'ultima mattina vai giù alla reception per saldare il conto e ti dicono che è già tutto a posto, magari una Mercedes Classe B molto accessoriata per la moglie, che peraltro la usa per lavoro, e comunque non è un regalo, è un leasing gratuito, una cosa ben diversa. Però ciò che conta è che non gli sia mai stato chiesto (o che lui abbia mai offerto) niente in cambio. D'altro canto come si fa a rifiutare un regalo, senza offendere chi ha avuto il pensiero? Se poi c'è da dare una mano magari per l'assegnazione di un appalto allo stesso simpatizzante, va be', se l'impresa è valida, con tutti i crismi, cosa c'è di male? Meglio favorire qualcuno che si conosce e si stima, piuttosto che far finire decine di milioni di denari pubblici in mano a un Pinco Pallino qualunque. Stiamo parlando di persone di livello, qui, mica di quel giro forsennato di ladri di polli diventati re del pollaio che c'è nelle Regioni e nelle Province. L'avidità e la sguaiataggine di quei consiglieri farebbe impallidire certi governanti africani, eppure l'elettore medio non ne sa niente, perché i giornalisti sono sempre a mettere sotto la lente d'ingrandimento Parlamentari e Senatori. Una disparità di trattamento assurda, davvero. E per favore, adesso non stiamo a tirare fuori di nuovo la vendita a prezzo di favore e la ristrutturazione gratuita dell'appartamento in via dei Coronari a Roma. La macchina del fango ci ha già lavorato abbastanza, su quell'episodio inesistente! Se la signora Francisculli aveva piacere di fare una gentilezza a un politico che ammirava, era nel pieno diritto di disporre delle sue proprietà come le pareva, non c'è nessunissima legge che lo vieti. Che il marito sia stato poi ripagato con la commessa per le autostrade è un'autentica bufala: ha vinto la gara d'appalto del Ministero, punto e basta. Lui lo ha detto subito, quando sono venuti a stuzzicarlo alcuni giornalisti "Io sono sereno, ho fiducia nella magistratura" (anche se in certa magistratura è impossibile avere fiducia, chiaro). Insomma, non è per annoiare con troppi dettagli, Signore, ma bisogna sempre stare attenti a non dare credito alle campagne mediatiche, perché questo è un Paese dove tra magistrati di parte e giornalisti faziosi si cerca sempre di fare giustizia sommaria. Con tutto il rispetto, però è importante ricordarlo.

SKRRRAMMMBRRRAAASKRRRAASKRAAKT! Oh Signur, qui è sempre peggio, qui i rumori sono sempre più sinistri, qui si balla, qui si cade! Qui l'odore di zolfo è insopportabile! Qui la nuvola in cima alla montagna è sempre più densa e scura, sembra quasi un fungo atomico! Qui le signore urlano! Qui anche i signori urlano! Qui è tutto un aggrapparsi, un cadere, un rialzarsi, un ricadere, un farsi male alle gambe, alle braccia! Basta, per carità, Signore, la situazione sta diventando insostenibile! Qui vengono in mente le parole terribili che gli ha letto una volta Don Niri in tono minaccioso (purtroppo è uno di quei preti integralisti di cui si parlava poc'anzi): *Ma ecco che costoro tutti hanno scosso il giogo, rotto ogni legame. Per questo il leone della foresta li ha aggrediti, il lupo vespertino li ha devastati, il leopardo è in agguato contro le loro città; chiunque uscirà da esse cadrà nelle sue branche, poiché le loro prevaricazioni si sono moltiplicate e rinforzati i loro pervertimenti, ecco che io farò venire sopra di loro una gente robusta che divorerà le loro messi e il loro pane e i loro figli*, Geremia 5, 5-6!

Facciamo attenzione, Signore, per quante colpe possano aver commesso gli altri su questa terrazza, non è che si possa sparare nel mucchio, senza guardare chi ci va di mezzo! Sarebbe quasi (con tutto il rispetto) una forma di qualunquismo divino, un fare di tutta l'erba un fascio, un non saper distinguere il grano dal loglio! Almeno visto dal di fuori, no? Dal punto di vista del cittadino medio, che domani accende la televisione e sente che nell'eruzione dell'isola di Tari sono morte centinaia di persone tra cui l'onorevole Piero Gomi, l'attrice americana Lynn Lou Shaw, il banchiere tedesco Werner Reitt, sua moglie, l'architetto dei vip Gianluca Perusato, la sua assistente e amante Lucia, uno chef gay spagnolo, un falegname, un marinaio locale, oltre a tutti gli abitanti là al porto, compresi sicuramente decine di bambini e mamme e altra gente innocente! Quale sarebbe il messaggio che arriverebbe all'opinione pubblica, Signore? Quantomeno confuso, frastornante! Rischierebbe addirittura di alimentare uno spirito di generica antireligiosità, non diverso da certa antipolitica che imperversa in modo tanto insopportabile e ingiusto di questi tempi! Se proprio vogliamo mandare un segnale forte, allora sarebbe infinitamente più efficace un intervento mirato, per così dire chirurgico, tipo una roccia vulcanica che prende in pieno Werner Reitt, per dire! Quello sì che sarebbe un messaggio inequivocabile, efficacissimo! Non una devastazione che travolge tutto e tutti, senza distinguere tra colpevoli e innocenti! Non un cieco massacro vetero-biblico! Sul serio! Signore! Pronto?! Signore?! Signoreeeeeeeeeeeeeeeeeeee?!

Novantadue

Muntagna Matri! Fu subito allampante come si portavano gli eventi, lui lo comprensionò da principio! La Madre prese furia per le braverie del Drago suo figlio che si aggelosì per la Dea ingressata nella caverna, e via con le prime scosse. Epperò si fosse trattato unicamente di smorzare il Drago, alla Madre due scrollate bastavano, quello il capo presto presto avrebbe piegato, tutto composto in tana se ne sarebbe regressato, senza più tracotare né tanto né poco. Le motivature son ben più inradicate, qui! Qui la Madre si adiraggiò per tutto lo scumorchiare lo sminucare lo scumonchiare il polvesmerare dei taresi l'inverno, e per tutto lo sbarbacanare lo svalicanare lo srotonare lo splafficare lo smuffonare lo scremonare lo smotorare lo svocerare lo sdradiolare dei continentali l'estate. Si infrasticò a vedere come gli isolani si eran posti in capo di poter hacere i propri comodi quasi l'isola fosse loro, tuttotempo a scamotare proposare barterare svendugliare ogni cosa per cavarne profitto e recarselo in domo, quando il diritto non ce l'avevano per certo, chi glielo ghivò mai? E non c'è tanmeno da accolpare unicamente quelli del presente, son secoli e secoli che quelli che dovevano render grazie d'essere posati qui sopra coi piedi all'asciutto andarono avanti a menar danno, con l'accanimento immicernicato delle formiche, con lo srodimento mustricatore dei ratti di Norvegia. Gli alberi di carrubo che erano uno dei doni più grandi della Madre li segarono tutti via per cavar legna, invece di goderseli per la bellezza l'ombra il cibo pei somari le bevande calde le torte con la farina triturata, oltreché per tener salda la terra con le radicature. I fichi tambene, invece di ringraziare per il verde della fogliatura e per la dolcezza allagrimante della polpatura, via a zagonare. Non impiegarono un niente a scamarchiare via tutto, smartonare il suolo morbido, hacerlo slavonare via da piogge e vento, lasciar snudare la roccia e farla inasprare sempre più finché indolorava le piante dei piedi. Sifonarono via l'acqua dolce mille volte più di quanta ne necessitava, nelmentre dall'acqua salata cavavano fuori tutti i pesci che potevano, grandi medi piccoli non importa. A seguito fu tutto uno scrimare scrupare scrofanare di terra di pietra di tutto quello che si poteva mettere in mercato, e mai tanmeno col viso lieto inquantoché non gli sufficeva mai, sempre a menar scontento stavano. Qui in Tari il giardino delle meraviglie era e poteva continuare a essere, se l'inavidimento non avesse acchiappato i cuori, se l'instupidimento non avesse incatturato le menti. Mantinente la Madre è arrivata al troppo e non vuole più portare tanmeno un quisquino di smarteria, di exploiteria, di avidicheria umana. Mantinente non la ferma più nessuno, la sua infuriatura!

A Carmine Alcuanti viene da considerare che tutta la forza dell'esistente è in circolo, il cielo tondo, tonda la terra, tonde le stelle. Il sole tondo tambene, sale e scende a cerchio, tambene la luna. Il vento soffia in curva continua, l'onda piglia e ripiglia in rotazione, avvolgente quantomai. Gli uccelli fanno il nido accircolato sulle rocce, con le piegature di paglioncini e stecchetti recati dall'aria e dall'acqua. La vita dell'uomo va in cerchio tambene, dal tarbia iniziale al tarbia finale, tantoché incapacitati ci si ritrova in principio e in conclusione, con la diversità che in principio si ha il futuro avanti e in conclusione alle spalle. Epperò gli uomini son lì tuttotempo a pretendere di tirare linee dritte, di tirarle lunghe, e per quanto lunghe possano averle non gli suffice mai. Sono lì a manifatturare spigoli e angoli come posseduti dal fumone, a voler spedire le loro linee dritte in tangente ascendente, più su più su più su, non è mai bastante. Tuttotempo a strafanare e sprocanare di crescita necessaria, di crescita indispensabile. Come l'incantesimo della bisnonna Trovata, che ripetizionava e ripetizionava una parola fino a darti l'instupiditura dell'illusione convinta. Epperò crescita dove, crescita come, crescita fin quando, stante che questa terra è un tondo misurato, e crescere non può tanmeno di un modico? Di cosa stiamo sfarfarando? La misura non è espandibile, la succhiatura non è continuabile all'infinito! Gli sbarbacanatori non la intendono la loro trompatura colossale, che la linea curva va su per natura e per natura torna giù in forma d'arco, mentre le loro linee dritte si possono solo frangere come le stalagmiti e le stalattiti della Grotta, e allora che uso ne hai? Ti ci consoli, coi frammenti infranti delle linee dritte? Così aguzzi da bucarti il cuore?

Tuttomodo stare qui a modulare sulla terrazza coi piedi avvischiati non salva, non attenua, non para tanmeno in minimo. Qui necessita cavarsi prestamente dalla inroccatura, qui necessita transmarare, inquantoché la Madre non la plachi più, e il Drago suo figlio si infurentirà ancora peggio per aver dovuto piegare il capo. L'unico a cui impetrare aiuto è rimasto il Mare, se ancora per caso è disposto. Inquantoché c'è la Dea da recare in salvo, a costo di sferignarsi, di smucarsi, di scortonarsi in misura finale! Il Tempo vola insieme a tutto il resto e si consuma, insegue a torrente la fretta nel circolo del sanguine! Tutto linee curve di andata e ritorno anche quello, solo a sapere e volere observazionare!

Novantatré

Quante volte Gianluca Perusato avrà usato la metafora del sentirsi mancare la terra sotto i piedi, in vita sua? Parecchie, quasi sempre per esprimere una sensazione di smarrimento, di perdita di contatto, spesso per suscitare compassione in donne che avevano ottime ragioni per volerlo spingere fuori dalle loro vite. Non aveva mai pensato che all'immagine potesse corrispondere una realtà tangibile, che la terra potesse *letteralmente* mancargli sotto i piedi! Viene sbalzato insieme agli altri, si aggrappa, cade, si tira su, annaspa, intriso fino al midollo delle ossa, fino alle pareti dei polmoni e del cuore, fino al fondo dell'ultimo dei pensieri, di una paura che non ha mai sperimentato prima in vita sua. "Paura" non basta a definire questo stato: non ci sono parole per la violenza devastante delle sensazioni che lo attraversano a ogni scossa. Altro che perdita di contatto, questa è una perdita totale di sostegno, di senso: il verticale si confonde con l'orizzontale, l'ovest con l'est, il sopra col sotto, la sconnessione è generalizzata. Non c'è proprio niente di figurato, qui! È la Terra nel senso di pianeta nativo che smette di darti appoggio, ti abbandona a un gioco di spaventose forze fuori misura, fuori dal campo della comprensione razionale, fuori da qualunque illusione di controllo.

BRRRAAAMMMMMMMMMMMMBRRRRAAAAAAAAMMMMMMMM! La cosa che gela di più il sangue è che per quanto la vibrazione e il suono siano terrificanti già come sono, sembrano l'anticipazione di qualcosa di ancora peggio. Gianluca Perusato ne ha una consapevolezza profonda quanto la paura che lo satura in ogni fibra: lo sente, lo sa, ne è sicuro! La testa gli si riempie di immagini rapidissime, si affastellano una sull'altra fuori controllo: sua moglie Ludovica che lo guarda affettuosamente, che lo guarda perplessa, che lo guarda come un estraneo, le sue figlie che guardano altrove, lui bambino, lui ragazzo, lui all'esame di laurea seduto davanti ai membri della commissione con facce da marziani, lui nello studio di Milano con i suoi collaboratori, lui con un committente, lui in macchina, lui in barca, lui che fa sesso con Lucia. Ma non è quella specie di riavvolgimento di momenti significativi della propria vita che dicono capiti nelle frazioni di secondo prima di un impatto potenzialmente fatale: è un affioramento scoordinato, non contiene rivelazioni finali. I suoi impulsi sono altrettanto discordanti, non lo spingono a nessuna decisione precisa, utile, praticabile. Vorrebbe essere nella camera dietro l'ufficio a far sesso con Lucia, vorrebbe volare via, vorrebbe scavare un cunicolo per rifugiarsi sottoterra, vorrebbe essere con sua moglie e le sue figlie in montagna, vorrebbe essere un uomo più semplice, più buono, più altruista, vorrebbe avere un'altra possibilità, vorrebbe essere in una qualsiasi città di pianura, circondato da milioni di suoi consimili e da tutte le risorse della civiltà moderna, ambulanze elicotteri pompieri poliziotti medici ospedali sistemi di assistenza e protezione, invece di essere qui abbandonato a se stesso, senza nessuna difesa rispetto al terrore illimitato che lo assale!

Le altre persone sulla terrazza devono provare sensazioni simili, perché nessuna di loro sembra semplicemente spaventata. Gli sguardi sono quelli dei vitelli nell'ultimo recinto del macello, subito prima dell'abbattitoio (non li ha mai visti, ma se li immagina): si muovono in qua e in là senza riuscire a vedere una via di scampo, le loro pupille dilatate riflettono l'orrore dell'abisso insondabile in cui non vogliono precipitare. Anche quelli che erano confortati da un retroterra intellettuale, come la Poulanc, o da comportamenti rigidamente codificati, come la Reitt, o da un solido buonsenso, come la Cobanni, o da uno spirito iconoclasta e provocatorio, come Ramiro, o da una praticità senza complicazioni, come Lucia, sono senza risorse, senza appigli. Eppure cercano ancora tutti disperatamente di appigliarsi: gli uni agli altri, alle colonne della terrazza, alla portafinestra della sala, anche solo alla vista del cielo, pur di non guardare gli edifici e le rocce che vibrano sconnessamente. Urlano a ogni scossa, cercano di mantenersi in equilibrio sulle gambe, urlano di nuovo.

Le uniche eccezioni sono Lynn Lou Shaw, che è evidentemente troppo ubriaca per rendersi conto di cosa succede, e l'ingegner Cobanni, che ormai da giorni dimostra un distacco crescente nei confronti del mondo. Nessuno dei due può certo essere un riferimento rassicurante per gli altri; semmai la conferma dello stato disperato delle cose.

Sì, c'è Carmine che ha nello sguardo una luce diversa, più fiammeggiante che atterrita, e certamente non distaccata. Ma è posseduto da una frenesia parossistica: grida parole incomprensibili, gesticola, corre avanti e indietro per la terrazza, cerca di spingere e trascinare tutti in direzione delle scale. I suoi sforzi si concentrano in particolare su Lynn Lou Shaw, che oppone una sorta di resistenza passiva, e su Lucia, su Paolo il falegname, su Lara, sulla russa, adesso anche su Gianluca Perusato. "Al maaareee!" Carmine grida fino a sgolarsi, tutto congestionato, le vene del collo gonfie.

Gianluca Perusato non capisce.

Carmine gli viene ancora più vicino, gli occhi scuri luccicanti di intenzioni disperate, i lineamenti distorti. Si sbraccia, urla ancora più forte, indica oltre il bordo della terrazza che ondeggia come una zattera nella tempesta. "Scendiamo giù al maareee!" Gianluca Perusato scuote la testa, gli sembra che queste parole non abbiano alcun senso. Se il terremoto continua a peggiorare, precipitarsi verso la costa non sarà certo una soluzione, anzi! È quasi certo che massi di ogni dimensione rotoleranno giù per la pendenza! E poi, arrivati al mare cosa dovrebbero fare, tuffarsi in acqua e nuotare? Magari si scatenerà uno tsunami devastante, con onde alte dieci metri! Meglio restare qua, dove almeno si è in alto, a patto che non siano la terrazza stessa o gli edifici a precipitare!

MMMMMMMMMMMMMMMMMMMMBRAAAAAAAAAKRRRAAAASSSKRRRAMMMMMMMM! La vibrazione aumenta, il suono cresce, la terrazza balla, la gente fatica a tenersi in piedi; la Poulanc cade, la Reitt cerca di aiutarla ma cade anche lei, si rialza a fatica, adesso è la russa che cade, si rialza, è l'ingegner Cobanni che cade, Paolo il falegname lo aiuta a tirarsi in piedi. Tutti gridano, tutti ondeggiano in qua e in là, tutti si girano a guardare in tutte le direzioni, ma non c'è nessun posto dove andare! Perché non smettono, queste scosse spaventose? Perché non lasciano almeno un attimo di respiro? Perché quella nuvola nerastra che sembra uscire dalla montagna non si disperde, invece di continuare a addensarsi e inscurirsi?

Carmine continua a urlare e gesticolare come una furia, con virulenza tutta tarese, la stessa che si impadronisce a volte di Lucia ma qui in una versione decisamente più primordiale, barbarica, quasi dissennata. Afferra le persone per un braccio o per le spalle, scuote, urla nelle loro orecchie. Lucia a sua volta indica la nuvola nera che sale sopra la montagna, indica il mare, indica la scalinata, sembra voler aderire all'assurdo, insensato piano di fuga del cugino.

Gianluca Perusato scuote la testa con più forza, fa gesti per indicare che non ha intenzione di andarsene da qui. Se ne rende conto adesso: la paura folle di cui era totalmente intriso fino a pochissimi istanti fa sta rapidamente trasformandosi in un sentimento più freddo, che non solo non gli impedisce di pensare, ma al contrario favorisce una lucidità sorprendente. Potrebbe essere una di quelle reazioni straordinarie di cui gli esseri umani sono capaci in situazioni estreme, e di cui si viene a sapere ogni tanto. Qualche mese fa per esempio ha visto su internet le foto di un signore indiano aggredito per la strada da un leopardo scappato da uno zoo (si può ancora trovarla, probabilmente). La sequenza documentava la sua stupefacente reazione a pugni e calci contro l'enorme felino, rivelando una determinazione e una capacità di coordinamento che quasi certamente avevano poco o nulla a che fare con il coraggio. O ancora, un paio di anni fa un'amica newyorkese gli ha mostrato un video in cui si vedeva un consulente finanziario imprigionato per quarantotto ore nell'ascensore di un grattacielo per uffici chiuso nel weekend. Lo aveva molto colpito il fatto che dopo le iniziali reazioni di panico e disperazione, dopo i salti e le urla e le crisi di pianto, quel signore fosse diventato improvvisamente calmo, riuscendo addirittura a distendersi sul pavimento e farsi una bella dormita fino all'arrivo dei soccorsi. Ecco, forse è questo che gli sta succedendo: lo spavento quasi insostenibile, la sensazione di impotenza davanti a eventi incontrollabili, la mancanza di vie di fuga, producono per compensazione una capacità di ragionare fuori dal comune. È la meravigliosa risorsa naturale grazie alla quale per millenni alcuni uomini sono riusciti a salvarsi in situazioni apparentemente senza speranza, mentre altri soccombevano. È il contrario dell'istinto cieco che spinge a tuffarsi a capofitto in un disastro, è la chiarezza cristallina della mente che permette di fare un passo indietro rispetto all'affastellarsi degli eventi, analizzare lo stato reale delle cose, decidere il comportamento più sensato e utile. Il fatto che lo scuotimento generalizzato e il rumore adesso si siano ridotti notevolmente contribuisce, senza dubbio, ma è probabile che anche se le scosse dovessero riprendere con l'intensità di prima, lui non si farebbe più travolgere dal panico. Quello che ha riacquistato è una prospettiva, e il suo valore è immenso.

"Giaaaaaaan! Dobbiamo andare giù al mareeeeeeee!" Lucia grida e gesticola a pochi centimetri dalla sua faccia, mentre Carmine continua a correre avanti e indietro per la terrazza, spingere, tirare, cercare di convogliare gli altri, come un pastore impazzito con un piccolo gregge riluttante.

Gianluca Perusato scuote di nuovo la testa, è abbastanza sicuro di avere un'espressione dignitosa. "E poi cosa faremmo, giù al mare? È molto meglio restare qui." Non c'è più nessun bisogno di urlare, la vibrazione insopportabile si è attenuata, è un mormorio appena avvertibile. Sì, la nuvola che esce dalla montagna assomiglia adesso a una colonna nerastra, il sole sembra un po' velato rispetto a prima, c'è una polvere come di pietra pomice che viene giù insieme alla cenere, l'odore di zolfo nell'aria è ancora forte. Ma potrebbero benissimo essere i segnali di un superamento della crisi, del fatto che la montagna si è ormai sfogata.

"Muoveteviiiiii! Andiamooooo! Architettooo, anche leiiiiiii!" Carmine si sgola e sbraccia, travolto dai suoi istinti taresi, riesce a convogliare Paolo, Lara, la russa verso l'attacco delle scale. Prova a smuovere la Poulanc, la Reitt, i Cobanni, Gomi, ma non ci riesce. Torna indietro a prendere per un braccio Lynn Lou Shaw che guarda verso il mare tutta imbambolata, la trascina quasi di peso, e intanto strepita verso sua cugina in modo assordante. "*Luciiiiiiiiiiii'! Camòn! Quo uaiti?! Moves! Amoniiiiiiii'!*"

"Giaaan! Vieniii! Suuubitooo!" Lucia a sua volta urla come un'aquila, afferra Gianluca Perusato per un polso, lo tira, gli fa male, tanto è fuori di sé dalla paura e dall'agitazione.

"Calmati, per piacere." Gianluca Perusato si erge tutto dritto (si rende conto di essersi un po' insaccato quando era in preda al terrore), assume un'espressione tranquillizzante. Non si tratta di una sua illusione: *è* rassicurante, anche se non può guardarsi allo specchio per verificarlo al mille per mille. Ma è pronto a giurare di esserlo, lo sente.

Lucia lo guarda negli occhi coi suoi occhi scuri, attraversata com'è da un tremito di muscoli e nervi. "Giaaan, muovitiii! Dobbiamo andareee!"

"Andare dove? Perché?" Gianluca Perusato trasferisce nel proprio tono di voce tutta la pacatezza di cui è in possesso. "Siamo molto più sicuri qua sopra, non lo vedi?" In effetti malgrado la violenza delle scosse, di crepe nelle murature non se ne vedono. La ristrutturazione degli edifici e delle terrazze è stata fatta a regola d'arte, senza risparmio di materiali, con tutti i crismi, e i risultati sono sotto gli occhi di tutti.

"Come fai a dire che siamo sicuri, Gian?!" Lucia parla ancora a voce troppo alta, ma il suo tono è già decisamente meno acuto, la respirazione sembra meno convulsa. Una sorta di perplessità si sta insinuando nella sua agitazione, con un effetto almeno parzialmente calmante.

"Tu vedi cedimenti da qualche parte? Vedi danni strutturali?" Gianluca Perusato fa un gesto che comprende la terrazza principale, la cucina, la sala, l'ufficio, le suite, le altre terrazze, tutto il complesso di Villa Metaphora. "E poi non senti che le scosse sono finite? Lo sciame sismico si sta ormai esaurendo, di sicuro. Ci sarà magari ancora qualche scossetta di assestamento, poi basta."

Lucia guarda la colonna di fumo scuro sopra la montagna, guarda la polvere mista a cenere che cade dall'alto. Se non fosse per Carmine che continua a strepitare e gesticolare dall'attacco delle scale dove è riuscito a raccogliere il suo incerto gruppetto, si sarebbe probabilmente già tranquillizzata.

"È vero che non c'è da preoccuparsi, ingegnere?" Gianluca Perusato intercetta lo sguardo dell'ingegner Cobanni, che benché intento a una conversazione ravvicinata con la moglie non sembra in effetti minimamente preoccupato.

"Ah, no, architetto. Di cosa?" L'ottimo ingegner Cobanni sorride, amabile come sempre, solo un po' impolverato per le cadute subite durante un paio delle scosse più forti. "Stavo dicendo a mia moglie, io andrei proprio a farmi un bel bagno in quella magnifica vasca di acqua vulcanica."

"Lo vedi?" Gianluca Perusato si gira verso Lucia, anche se l'idea di fare un bagno nella vasca in un momento come questo va un po' al di là della semplice calma di fronte all'emergenza, diciamo pure che sconfina nell'eccentrico.

Lucia infatti guarda l'ingegnere con allarme rinnovato, si gira di nuovo verso Carmine che ancora sta cercando di convincere la Poulanc, la Reitt e l'onorevole Gomi a seguirlo, urlando e gesticolando come un indemoniato.

Anche la signora Cobanni sembra estremamente agitata, benché continui a guardare esclusivamente suo marito, senza prestare attenzione a niente di quello che succede intorno. "Giulio, per piacere, cerca di ragionare!"

"Ho ragionato, Tiziana." L'ingegner Cobanni le sorride, con quella sua aria da gentiluomo d'altri tempi. "Tu resta qui in terrazza con l'architetto, o nella sala col tedesco, oppure se te la senti scendi al mare con i ragazzi. Io vado."

"Architetto, glielo dica anche lei di non andare!" La signora Cobanni gli si rivolge con gli occhi pieni di lacrime, un'espressione implorante.

"Signora, io non saprei come... Se l'ingegnere ha piacere di fare un bagno nella vasca..." Gianluca Perusato allarga le braccia, francamente non si sente in condizione di occuparsi delle scelte altrui. Non è egoismo; anche nelle strutture militari più organizzate è previsto un momento in cui si sciolgono le fila e si dà il si salvi chi può. *Every man for himself*, come dicono gli inglesi.

L'ingegnere cerca di abbracciare la moglie che però lo respinge, allora si gira, fa un cenno cortese con la testa. "Architetto, signorina, è stato un piacere, davvero." Se ne va, in direzione della vasca di acqua vulcanica.

La signora Cobanni resta ferma a guardarlo allontanarsi di qualche metro, poi gli corre dietro. "Giulio, aspettami! Vengo anch'io!"

Gianluca Perusato osserva Lucia, che sembra di nuovo in preda all'ansia, senza dubbio per colpa di questa scena un po' melodrammatica, nonché dell'agitazione parossistica di suo cugino. Le prende una mano, cerca il suo sguardo. "Per favore, Lucia, adesso calmati."

Lei lo guarda, con quell'espressione che riflette in modo così esasperante, e in fondo anche commovente, secoli e secoli di diffidenza isolana.

SKARAAASTRAAACKAAAAAAMMMBRAAASKAAASTRAAAAAAAAAAACK! Se quelle di prima erano scosse forti, questa cos'è, allora?! È come se l'intera isola venisse spinta in su da una forza spaventosa: sale e subito dopo scende di schianto, subito dopo risale, subito dopo riscende. Il rumore è insostenibile, lo scuotimento sconvolgente, c'è un senso di rottura di strutture interne, di precipitare di volte nascoste, rocce che si spaccano sotto le rocce, spessori che si frantumano, liquidi e gas liberati che salgono dal profondo e cercano di raggiungere furiosamente la superficie.

SKAAATAAASPRAAASKARAAATASMABSTRAAASCRACKSTASMBAM! La terrazza e l'edificio volano, le finestre si aprono i vetri si rompono una colonna all'angolo si stacca cade va in frantumi un pezzo di cornicione si crepa viene giù va in mille pezzi anche quello, persone urlano, persone cadono, Carmine gesticola come un folle, spinge e tira il suo gruppetto giù per la scalinata che sale e scende come tutto il resto, forse anche di più, i primi gradini salgono a onda saltano via come tessere di un domino anche se sono lastre di pietra pesante, Carmine e il suo gruppetto spariscono, non li si vede più, c'è polvere dappertutto, nuvole dense di polvere e cenere, il rumore aumenta, tutti urlano e cercano appigli, la Poulanc si aggrappa all'onorevole Gomi l'onorevole Gomi si aggrappa alla signora Reitt Lucia si aggrappa a Gianluca Perusato, c'è tutto questo aggrapparsi tutto questo urlare tutto questo rumore sommato a rumore e a rumore ancora.

Poi il rumore e lo scuotimento si fermano, da un istante all'altro. Un attimo tutti i sensi sono occupati fino a saturazione completa da un eccesso di segnali, e un attimo dopo non sanno più cosa registrare. Gianluca Perusato di colpo si sente come una radio senza ricezione, come un garage vuoto, come una città abbandonata. Prova una parte di sollievo, una parte di sgomento. Nell'aria resta una specie di *IIIIIIIIIIIIIIIIIIRRRRRRRRRRRRRRRRR* di fondo, non certo gradevole ma neanche troppo minaccioso. Tutti guardano la colonna nerastra là in alto, la polvere sospesa che filtra la forza del sole, i frammenti di vetro legno pietra intonaco sparsi per la terrazza. Reitt Poulanc Gomi sono ancora lì, aggrappati tra loro, Lucia è ancora qui, aggrappata a lui, con gli occhi dilatati dal terrore, i denti che battono. Gianluca Perusato pensa che non aveva mai sentito nessuno con i denti che battono; era convinto che anche questa fosse un'immagine figurata.

La cosa straordinaria (e meravigliosa) è che è già tornato a sentirsi calmo, malgrado tutto. Sembra impossibile, ma è così. Perfino durante il forsennato scuotimento di prima non si è lasciato sconvolgere più di tanto, non ha perso tutta la prospettiva che era riuscito a guadagnare. Un pochino forse sì, era inevitabile, ma non certo tutta. Il battito cardiaco gli si è accelerato, così come la respirazione, ha la fronte bagnata di sudore freddo, un certo gelo nel sangue, un generale senso di costrizione degli organi interni. Come potrebbe essere altrimenti, del resto? Non è che essere ancora in possesso di una prospettiva gli conferisca poteri sovrumani, né assomigli al distacco lunare dell'ingegner Cobanni. Però la vista non gli si è affatto offuscata, l'udito mantiene tutta la sua accuratezza, i pensieri conservano contorni precisi, la capacità di valutazione è rimasta intatta.

Non si può proprio dire lo stesso per l'onorevole Gomi, che si stacca lentamente dalla Poulanc, guarda in alto, farfuglia qualcosa al cielo, come una sorta di mistico fulminato. O per la Poulanc, che si lascia scivolare per terra e resta lì seduta, emette una specie di ululato canino. O per la Reitt, che pallida come un cadavere e a passi legnosi rientra nella sala dove è rimasto il marito. Quanto alle persone che Carmine è riuscito a convogliare giù per le scale, non devono essere tutte precipitate per il dirupo, perché si sentono delle voci da sotto. Lucia riconosce quella di suo cugino, va ad affacciarsi al bordo della terrazza, emette uno dei suoi urli taresi. "*Caaammineeeee!*"

Gianluca Perusato la segue, si affaccia anche lui a guardare.

Carmine è una quindicina di metri più sotto, insieme a Lynn Lou Shaw, Paolo, Lara, Ramiro e la russa, tutti parecchio scossi e impolverati, ma vivi. La scalinata è distrutta solo nella parte iniziale, per il resto sembra ancora intatta. "*Luciiiiiiiii'! Descenni! Immediateeeeee!*" Carmine urla da farsi scoppiare i polmoni, mulina le braccia.

Lucia esita, si guarda intorno, guarda il cugino più sotto. Ma se anche volesse scendere (il che sarebbe assurdo), c'è un dislivello di diversi metri di pietre sconquassate, non si capisce come potrebbe calarsi senza farsi male. Se ne rende conto anche lei, senza dubbio, perché si volta verso Gianluca Perusato con l'espressione di chi cerca consiglio e assistenza.

Anche Carmine là sotto se ne rende conto: cerca di arrampicarsi per venire incontro alla cugina ma non ci riesce, le pietre cedono, si spostano, non c'è nessun appoggio sicuro. Il giovane marinaio guarda in su con un'espressione straziante di impotenza, si gira verso le persone che ha raccolto, a questo punto visibilmente smaniose di scendere al mare ma in attesa della sua guida. Continua a guardare in alto e in basso, in preda a un conflitto violento da cui non sa come venire fuori. Poi Lynn Lou Shaw gli dice qualcosa, e lui finalmente si decide, con grida e gesti convulsi comincia a spingere il gruppetto giù per i gradini. Si gira ancora un paio di volte a urlare qualcosa di incomprensibile a sua cugina, con quell'aria teatrale che i taresi assumono in certe occasioni, poi si dedica unicamente a pungolare il suo piccolo gregge, assistendo in particolare la sua idolatrata Lynn Lou Shaw.

Lucia si lascia ricondurre attraverso la terrazza, piagnucolante per la separazione dal cugino, ma nell'insieme un po' più calma di prima.

"Non ti preoccupare, tra poco torneranno su." Gianluca Perusato adesso ha trovato decisamente un ottimo tono, un ottimo sguardo, ottimi movimenti. Considerata la situazione, gli sembra che la credibilità del suo ruolo privato e pubblico siano ristabiliti all'ottanta per cento, forse anche qualcosa di più.

"Dici?" Lucia lo fissa, la fiducia sembra pian piano riaffiorarle nello sguardo.

"Certo che sì." Come nei loro migliori momenti, più lui è padrone di sé, più lei gli si affida, più lei gli si affida, più lui si sente padrone di sé. Gli effetti benefici si estendono agli ospiti, naturalmente, perché è chiaro che finché lo vedevano sopraffatto dagli eventi, incapace di sostenere la sua parte, si sentivano comprensibilmente abbandonati a se stessi, rischiavano di abbandonarsi alla paura più irrazionale, ai comportamenti potenzialmente più pericolosi. Alcuni di loro ormai sono là sotto con Carmine, però pazienza, quelli che sono ancora qui hanno fatto la scelta giusta, guardano a lui per capire l'effettiva gravità della situazione e regolare di conseguenza la propria condotta.

La Poulanc per esempio è lì che lo fissa, piantata sulle gambe come una grossa bambina spaventata.

Lui va a porgerle la mano con un gesto elegante "*Madame, c'est tout sous contrôle.*"

"*Vous pensez vraiment?*" La Poulanc oscilla tra diffidenza naturale e bisogno impellente di farsi rassicurare. "*Mais la fumée là?*" Indica la colonna di fumo scuro sopra la montagna, che sembra allargarsi senza perdere densità.

"*C'est rien, Madame. C'est tout fini.*" Gianluca Perusato la conduce verso la sala, senza fretta, sorridente.

La Poulanc si spolvera gli abiti, si dà un'aggiustata ai capelli. Tende l'orecchio, perché c'è ancora questo *IIIIIIIIIIIIIIIIIIIIRRRRRRRRRRRRRRRR* avvertibile nell'aria, ma anche lei sembra già tranquillizzarsi.

Lucia è decisamente più calma: vedere la Poulanc rasserenata ha l'effetto di rasserenarla. Ecco un autentico circolo virtuoso, dopo i fin troppi circoli viziosi che si sono succeduti in questo luogo nei giorni scorsi.

L'onorevole Gomi da parte sua smette di guardare il cielo e farfugliare tra sé, si avvicina, a passi un po' incerti. "Architetto, lei ritiene davvero che la situazione si stia un po' stabilizzando?"

"Assolutamente, onorevole." Gianluca Perusato si sente tornato in possesso di sé all'ottantotto per cento almeno, e la percentuale continua a salire.

"E questa polvere?" L'onorevole Gomi indica in aria, cerca di togliersi dalle spalle del completo ormai parecchio malconcio la miscela di pomice e cenere che continua a cadere.

"Ah, non è niente." Gianluca Perusato è decisamente contento del timbro della propria voce; solo pochi minuti fa si era convinto di non poterlo recuperare così presto.

"E quella colonna di fumo, là sopra la montagna?"

"Guardi, è questione di poco, si disperderà certamente, Onorevole."

"Lei è sicuro, vero, architetto?" L'onorevole Gomi sonda le sue espressioni, in cerca di ulteriori conferme. "Voglio dire, da esperto di strutture, con tutti i suoi studi, la sua professione... Poi conosce l'isola da anni, no?"

"Non sono un geologo, ma direi proprio di sì." Gianluca Perusato sorride: ormai è al novanta per cento del possesso di sé, se non oltre. Lucia gli stringe il braccio, gli si tiene vicina; non ci potrebbe essere segno più certo che lui ha ricominciato a ispirare fiducia.

"Be', sia ringraziato il Signore." L'onorevole Gomi poco a poco riprende colore, i suoi occhi si liberano progressivamente dalla paura che li abitava. "Certo è stato un bello spavento. Non tanto per me, architetto, si figuri. Più che altro per le signore, i ragazzi giovani, quella coppia di signori anziani. Poi naturalmente pensavo alla popolazione là al porto, mi immaginavo i disagi..."

"Infatti, Onorevole." Gianluca Perusato annuisce. L'*IIIIIIIII-IIIIIIIIIIIRRRRRRRRRRRRRRRR* di fondo continua, ma forse si sta attenuando un po'. Anzi, quasi di sicuro. Non è facilissimo dirlo, con i timpani rintronati dal rumore insostenibile di poco fa. La cosa certa è che non sta crescendo di intensità, il che è già moltissimo. Quanto alla colonna di fumo nerastro sopra la montagna, si è forse allargata un po', sì, ma non è salita gran che in altezza, altro segno decisamente positivo.

"No, perché i terremoti sono una cosa veramente brutta, architetto." L'onorevole Gomi si spolvera ancora il completo, i suoi occhi stanno riacquistando la caratteristica rapidità di sempre. “Al di là dei danni economici, l’aspetto peggiore è il panico tra la popolazione. Ma è soprattutto il senso di essere abbandonati dalle istituzioni che può produrre uno scoramento terribile.”

“Certamente, Onorevole.” Gianluca Perusato annuisce, orgoglioso di non appartenere alla percentuale di popolazione che si fa prendere dal panico o dallo scoramento.

“Parlo per esperienza diretta, architetto.” L’onorevole Gomi azzarda un sorriso, si spolvera i capelli folti. “Quando c’è stato il sisma in Emilia il mese scorso, io due giorni dopo ero già lì, sul posto. Mi sembrava un gesto importante. Voglio dire, di questi tempi, con tutto lo straparlare che si fa della distanza della politica dalla vita reale. È importante dare una dimostrazione concreta che non è così, che la politica è di fianco al cittadino. Mi capisce, architetto?”

“Senz’altro, Onorevole.” Gianluca Perusato si gira a dare un’occhiata all’incomparabile panorama di cui si gode dalla terrazza dello stupendo resort che è riuscito a realizzare superando mille difficoltà e complicazioni, mettendo in gioco tutta la sua competenza ed esperienza. È un capolavoro di integrazione paesaggistica degno di apparire sulle migliori riviste internazionali di architettura, una sintesi unica di tradizione e contemporaneità, con soluzioni eco-compatibili all’avanguardia assoluta (momentaneamente disabilitate, sì, ma la validità del progetto non è affatto in discussione). Al suo fianco c’è una soda, giovane, volonterosa tarese che sa anche essere parecchio sexy e lo adora incondizionatamente, a pochi metri di distanza alcuni ospiti di grande prestigio, consapevoli di avere intorno un paesaggio tra i più spettacolari al mondo. Pensa che la giornata è stata faticosa, ma anche ricca di stimoli e spunti, infinitamente più interessante che se l’avesse passata in studio a Milano, a parlare al telefono con i committenti, discutere con il commercialista e controllare le schermate AutoCAD dei collaboratori. Pensa che in fondo non ha proprio niente di cui lamentarsi: avrebbe potuto andargli molto, ma proprio molto, peggio di così.

Novantaquattro

Vanno giù per la scalinata, più veloci che possono ma anche attenti a non scivolare per la fretta, inciampare sul bordo di un gradino, precipitare per il dirupo roccioso, farsi male, non essere più in grado di muoversi, proprio adesso che muoversi è l'unica strategia praticabile. Paolo Zacomel ha l'impressione che il suo senso dell'equilibrio sia stato alterato dalla violenza delle scosse di prima: le gambe gli tremano, le articolazioni delle ginocchia hanno perso elasticità, è costretto di continuo a mettere in fuori un braccio o l'altro per stabilizzarsi. Carmine qualche gradino più sotto, in testa al piccolo gruppo, trascina e sostiene Lynn Lou con ogni cura possibile. A un certo punto si ferma per farsi raggiungere dagli altri, li sollecita a gesti e grida. "Fooorzaaaa! Daaàiiiii!" Lynn Lou ne approfitta per togliersi le scarpe, buttarle via, i suoi gesti impacciati da tutto l'alcol che ha bevuto.

Accelerano ancora, saltano di gradino in gradino. Le preoccupazioni di Paolo Zacomel sono per lo più focalizzate su Lara che lo segue a un metro di distanza: benché si stia muovendo con una coordinazione di movimenti migliore della sua, gli suscita un'apprensione così intensa e poco familiare da sconvolgerlo. Ha un desiderio insopprimibile di proteggerla, si gira di continuo a controllare che non resti indietro, le porge una mano per sostenerla, anche se lei non ne ha bisogno, le ripete "Attenta!" ogni pochi passi. Ma non riesce a capire se la stia aiutando in una fuga verso il nulla, o nell'unico tentativo possibile di scampare a quello che succede. Cosa faranno, una volta arrivati al mare? La frenesia di Carmine ha qualche giustificazione razionale, o è solo un impulso disperato, nato dal rifiuto di restare sulla terrazza in attesa del peggio? Se salteranno in acqua, non potranno certo restarci per sempre, senza niente a cui aggrapparsi, in attesa di aiuti che arriveranno troppo tardi, se mai arriveranno. Gli vengono in mente le immagini più terribili dell'attacco terroristico alle Twin Towers di New York nel settembre del 2001, quelle delle persone che si buttavano dalle finestre pur di non farsi agguantare dalle fiamme. Si è chiesto varie volte cosa avrebbe fatto al loro posto, concludendo ogni volta che molto probabilmente anche lui sarebbe saltato nel vuoto. Questa corsa verso il mare è una scelta altrettanto suicida? È una di quelle decisioni prese senza il tempo di ragionare? Sì, ma quali sarebbero state le altre opzioni disponibili? Il suo istinto prevalente lo spingeva all'azione, e questa è l'unica azione che gli si è presentata.

Eppure se Lara gli avesse detto che non era disposta a scendere al mare, non sarebbe sceso nemmeno lui. È l'unico punto su cui non ha il minimo dubbio: sarebbe rimasto lassù con lei. Alla faccia dell'istinto prevalente, o forse in base a un istinto ancora più forte, ancora più profondo. Gli sembra incredibile, ma è così. È così. Paolo Zacomel scende veloce per la scalinata, senza smettere per un istante di registrare i movimenti di Lara subito dietro, porgendole una mano appena gli sembra in difficoltà, benché lei si muova agile e leggera. A un certo punto addirittura le sorride, per assurdo che sia. E lei sorride a sua volta, anche se solo per un istante, assurdo due volte.

Carmine continua a scendere in testa alla piccola pattuglia, assiste Lynn Lou passo a passo, ogni tanto guarda in su, sollecita di nuovo tutti. Ramiro e Irina vengono per ultimi, rallentati dalla paura e dall'incertezza di fare la cosa giusta. A un certo punto Irina lancia una specie di stridio lacerante. Nello stesso momento un'ombra scivola sul paesaggio, riduce la luce, smorza i contorni delle rocce, attenua il colore del mare.

Si fermano tutti dove sono, guardano in alto. Il fumo nero che saliva dalla cima della montagna si è allargato ancora, sta coprendo il cielo. Si vedono dei bagliori all'interno della massa fuligginosa più densa, un lampeggiare intermittente accompagnato da un crepitio.

"*Holy shit!*" Lynn Lou si aggrappa a un braccio di Carmine.

"*Muntagna Matri*..." Carmine sembra ipnotizzato, non riesce a distogliere gli occhi dai lampi.

“Боже! Я боюсь!” Irina più dietro grida di nuovo, si aggrappa a Ramiro.

“*¿Qué es, el neón del cataclismo?*” Ramiro ha un’espressione atterrita, si muove a scatti.

“Cosa succede su la montagna?” Irina guarda gli altri, alla ricerca disperata di una risposta.

“Non è una montagna, è un *vulcano*!” Paolo Zacomel grida, per scrollarsi di dosso l’incredulità all’idea che tutti, lui compreso, abbiano continuato a chiamarla montagna fino a questo momento.

“*¿Y luego, el terremoto no es un terremoto?*” Ramiro si piega su un lato, i lineamenti contratti.

“Ma lo sapevamo tutti, no?” Paolo Zacomel mette un braccio intorno alle spalle di Lara, la stringe forte. “*Tutto il tempo?*”

Lara gli si preme contro, lui si sente il suo cuore che batte veloce. “Sì.”

Lui la stringe più forte. Si rende conto che la loro estrema vicinanza è un dettaglio invisibile nel quadro generale, eppure da qui, a distanza zero, gli sembra più rilevante di qualunque somma di dati di fatto, per quanto colossale possa essere. Una dolcezza infinita gli invade il sangue, gli fa riempire gli occhi di lacrime. È una sensazione sconosciuta, che ha l’effetto di fargli sembrare irrilevante il pericolo, proprio quando è più consapevole della sua totale vulnerabilità.

“Muoveteviiiiiiii!” Carmine più sotto esce dall’incantamento, grida con un’intensità folle: la sua voce risuona contro le rocce della scarpata, copre perfino il crepitio dei lampi vulcanici e il rumore del mare. Afferra Lynn Lou per un braccio, la trascina con sé.

Scendono tutti con velocità irreale, sospinti da una forza interiore che li fa quasi volare. In un attimo sono oltre l’attacco del binario del montacarichi rotto, sulle pietre bagnate del molo, da cui i due cadaveri arrotolati nei teli sono scomparsi, portati via dalle onde. Corrono oltre il Chris Craft fracassato che penzola tutto storto dalla sua imbragatura, saltano sui massi rossastri della costa. La nuvola nera nel cielo continua ad allargarsi, l’ombra su rocce e mare diventa più densa.

Carmine si toglie le scarpe, le scaraventa via, trascina Lynn Lou, la sostiene di roccia in roccia, si sforza senza riserva, senza tregua. Paolo Zacomel, Lara, Ramiro si tolgono anche loro le scarpe, le buttano lontane, come per liberarsi da tutti gli intralci della civiltà al movimento nella sua forma più elementare. Irina è già scalza, corre e salta a piedi nudi insieme a loro. Lassù in cielo i lampeggiamenti e i crepitii da neon gigante rotto continuano, mescolati a un rumore più profondo che adesso sale dal basso e arriva fino in cima al promontorio che torreggia alla loro destra.

"*Come on Miss Lynn Lou! Come on Miss Lynn Lou!*" Carmine ripete le stesse parole come un mantra, mentre aiuta Lynn Lou a saltare di roccia in roccia. Un paio di volte lei scivola, ma lui è pronto ad agguantarla, la trascina avanti più veloce che può, ogni tanto si gira a gridare "Forzaaaaaa!" a quelli che seguono.

Nessuno guarda più in su, ma la nuvola nera sta provocando l'effetto di un crepuscolo artificiale: è come correre in una sera che diventa notte con rapidità anomala. Saltano e si arrampicano e scendono e risalgono sulle rocce della costa tutti e sei, terrorizzati allo stesso modo, sorpresi allo stesso modo dalla propria rapidità di spostamento.

Però spostamento verso cosa? Paolo Zacomel continua a chiedersi se la forsennata determinazione di Carmine sia alimentata dall'impulso cieco di buttarsi in mare, o invece dalla conoscenza di qualche rifugio segreto in cui rintanarsi e aspettare che il peggio sia passato. Una grotta, forse, di quelle che Paolo Zacomel ha visto mentre seguiva in barca la costa, alla ricerca di legni? Ma anche ammesso che Carmine abbia in mente un riparo del genere, chi può dire che non venga invasa da fiumi di lava o d'acqua del mare, quando il vulcano comincerà a eruttare? Perché sul fatto che il vulcano stia per eruttare ormai Paolo Zacomel non ha più nessun dubbio. È anche qui una questione di istinto: lo sente, lo sa. Lo sapeva già da prima, benché non volesse ammetterlo nemmeno a se stesso. Lo sa da giorni. Solo che adesso la consapevolezza non può essere più ignorata in alcun modo, neanche per un altro minuto. Anche gli altri sapevano che stava per succedere, e sta succedendo. È qui, ora, in questa vibrazione che ha ripreso a salire di intensità, in questa perdita progressiva di luce che si trasforma sempre più rapidamente in buio.

Carmine si è fermato, su un masso a gobba di cammello che declina verso il mare come uno scivolo. “Forzaaaaa! Quiiiiii! Preeestoooooo!” Urla, agita le braccia, cerca di accelerare ancora i movimenti già frenetici degli altri.

In pochi secondi sono tutti e sei addossati sul masso, ansimanti, con i cuori che battono forsennatamente, le piante dei piedi e delle mani doloranti, gli occhi rivolti alle onde sempre più scure che si infrangono a pochi metri. E adesso? Non si vede nessuna caverna in cui rintanarsi, sulla sinistra c’è una successione di massi come quello su cui si trovano, sulla destra una parete di roccia quasi verticale, scura come ormai è scuro tutto il resto. Carmine guarda il mare, guarda la costa, si gira verso il gruppetto di persone aggrappate al masso, sembra sopraffatto da un’improvvisa perplessità. In effetti la loro è una posizione insostenibile: sono totalmente esposti tra roccia e acqua, verranno spazzati via senza la minima possibilità di cavarsela. Se ne rendono conto tutti, si guardano tra loro e guardano intorno con angoscia moltiplicata, nella luce che continua a diminuire.

“*¿Y ahora qué?*” Ramiro ha un accento disperato.

“*Now what?*” Lynn Lou sembra sorpresa di non veder arrivare dal mare i mezzi di soccorso che forse si aspettava.

“Что теперь?” Non occorre sapere il russo per immaginare cosa pensa Irina.

“E adesso?” La domanda di Lara va molto al di là dell’incertezza concentrata di questo istante.

Paolo Zacomel la stringe forte, le dà un bacio su una tempia. Pensa che probabilmente ha sbagliato ad aggregarsi a questo piccolo gruppo, a seguire Carmine solo perché è nato sull’isola e perché sembrava particolarmente deciso. Pensa che avrebbe dovuto restare fedele alla propria natura individualista, inventarsi una strategia personale. Come mai non lo ha fatto? Perché si sentiva responsabile di un’altra persona? È stato questo ad azzerare le sue risorse, portarlo in un vicolo cieco? Guarda Carmine con rabbia, anche se non è facile distinguere i suoi lineamenti in questa oscurità crescente.

"Silenziooooo!" Carmine urla così forte che si zittiscono tutti, ma probabilmente lo farebbero comunque.

La vibrazione sotterranea che li ha accompagnati fino a qui sta continuando a salire, con una progressione diversa da quella che ha preceduto le scosse quando erano sulla terrazza. È una specie di rincorsa lunga, un montare reso ancora più minaccioso dalla lentezza con cui procede. Il cielo ormai è tutto coperto, i bagliori dei lampi sono ormai l'unica luce, il mare batte sulle rocce, il suo alito salmastro è orripilante.

"*Santa Matri!*" Carmine guarda in alto, e intanto la vibrazione da sotto continua a salire, il masso su cui sono appollaiati trema, tutta l'isola trema.

WRRRAAAGGGMMMAAAGRRRRRRRRAWSHHHHH-GRRRAAAMMMSBRRRAAAAAMMMM!

La vibrazione esplode in un suono così forte che è quasi impossibile registrarlo, se non come uno shock acustico sconquassante scardinante rintronante. Nello stesso momento il cielo nero si squarcia in una colossale vampata rossa arancione gialla bianca che sale si allarga ricade in scie rosse arancioni gialle bianche, seguite da un *FFFZZZKKKZZZFFFFZZZZZZZZZ* che si estende tutto intorno, come lo sfrigolio di un'immensa padella.

Urlano tutti insieme, aggrappati con tutte le loro forze alla roccia, ed è strano che in questo frastuono completamente fuori scala riescano a sentire le loro voci, anche se non c'è verso di capire cosa gridino e comunque non ha la benché minima importanza rispetto a quello che sta succedendo.

Poi c'è un silenzio di una profondità insostenibile, un vuoto acustico carico dell'anticipazione di nuovi rumori. Continuano ad aggrapparsi alla roccia, ci si appiattiscono contro; ci entrerebbero dentro, se potessero. Ma non è quello che hanno fatto finora, nelle loro vite? Aggrapparsi, cercare con tutte le forze di restare, di esserci, in attesa di venire scrollati via, prima o poi? Illudendosi che la determinazione a restare aggrappati possa trasformare la loro provvisorietà in permanenza?

Carmine si gira verso Lynn Lou. "*Miss Lynn Lou, you wait here, okay?! You don't move, Miss Lynn Lou! Please listen to me! Please promise, Miss Lynn Lou!*"

In questa oscurità crescente ormai non si riesce più a distinguere quasi niente, ma si vede il movimento di Lynn Lou che fa di sì con la testa, ombra su ombra.

Paolo Zacomel sforza gli occhi per guardare avanti. Su cosa è affacciato? Su un caos senza forma né senso? Su una perfetta, superiore armonia? Sul nulla? Cosa sono davvero quel fuoco e quel rumore che vengono dal vulcano là sopra? C'è una furia distruttrice in quelle eruzioni, o una totale neutralità di processi chimici e fisici, immensamente lontani da qualunque considerazione umana? E il mare nero qui davanti? È la perdita definitiva di tutto, o il passaggio a una dimensione ulteriore, infinitamente più fluida, libera? E Lara? Cosa significa davvero per lui? Ammesso che esista un davvero? È una compagna di viaggio, per un brevissimo tratto? O è il completamento indispensabile che lui ha cercato e inseguito per tutta la vita? Cos'è il sentimento di protezione che prova per lei? Parte di uno stupido gioco di ruoli, ormai sul punto di finire? O è l'impulso a preservare la metà di un insieme che diviso non ha forma compiuta, né ragione? Ha senso parlare di ragioni in un momento come questo? O di senso? O di momento, perfino?

Carmine in un salto arriva da Paolo Zacomel. Ansimante, carico di tensione, tremante. "La tieni d'occhio tu, Miss Lynn Lou, va bene?! Se non la tieni d'occhio ti ammazzo!"

"Va bene, va bene!" Paolo Zacomel trova le proprie assicurazioni assurde quanto le minacce di Carmine, ma è anche vero che a questo punto è quasi impossibile dire cosa sia assurdo e cosa non lo sia.

"Restate tutti qui, okay?! Non vi muovete! Capito?!" Carmine urla ancora più forte mentre retrocede verso il mare, scuro contro scuro.

"*Hey, where are you going?*" Lynn Lou prende un tono atterrito all'idea che il suo paladino la abbandoni.

"*Stay there, Miss Lynn Lou!!! You promised!!!*" Carmine lancia un grido lacerante.

"Ehi!" Anche Lara si allunga come per trattenerlo, ma Paolo Zacomel la blocca per un braccio, forte.

"*¿Adónde vas, hombre?*" Anche Ramiro urla.

"Dove vai?" Irina ha la voce carica di angoscia.

Paolo Zacomel si chiede se dovrebbe fare qualcosa per fermarlo, ma gli sembra inutile, come qualunque altro possibile gesto.

SSSSSKA-SSSKAAAPOWWW-SKA-SKA-SKAPOKA-POWWW! Una serie di scoppi terribili fa sobbalzare tutto, il buio è illuminato da nuovi bagliori, *FFFZZZKKKZZZFFFFZZZ-ZZZZZZ* c'è di nuovo lo sfrigolio da padella gigante che si estende tutto intorno. Ci sono nuove grida, nuovi aggrappamenti. Paolo Zacomel preme un braccio sulla schiena di Lara, cerca di farla aderire al masso che ondeggia. I suoi pensieri hanno smesso di correre avanti o indietro, sono bloccati nell'adesso, aggrappati come lui alla roccia. Ma l'adesso si sta consumando con una rapidità inarrestabile.

"*O Mari, entendimeee! Aideme contra o Draguuu!*" Carmine riesce a tenersi in piedi sul piano inclinato del masso malgrado gli scuotimenti, lo si intravede illuminato a intermittenza dai lampeggiamenti sopra il vulcano. Sembra in uno stato di trance, urla come se si rivolgesse al mare, alla parete di roccia che sale alla loro destra. "*Deame ingredere in tua rocaaa!*" Scende verso il mare, si lancia a capofitto in un'onda scura, sparisce nel buio.

"*Heeeeyyy! Carmine! Come back here! You can't leave me like this!*" Lynn Lou lancia un grido disperato, si alza come per buttarsi in acqua anche lei.

Paolo Zacomel fa un balzo, la agguanta, la preme giù. *SSSSSS-SKARAAPOWWW-KAPOWWW-KAAAPOWW-SKAAAA-SKRRRAAAMMM!* Una nuova serie di scosse ed esplosioni scardina il buio con violenza insostenibile, ci sono altri bagliori di luce incandescente, altri spruzzi di fuoco rosso, altre cascate bianche e gialle, come in uno spettacolo di fuochi d'artificio fuori da ogni controllo, seguiti da un altro *FFFZZZKKKZZZFFFFZZZZZZZZZ* generalizzato e da *STUMP! SKONK! STRANK! SPLUMF!* Frammenti di roccia cadono sulla scarpata dietro di loro, sui massi intorno, in mare. Potrebbero colpire anche loro, schiacciarli dove sono. Non c'è alcun modo di vederli arrivare, né di evitarli.

Si aggrappano tra loro e al masso come animali assai poco evoluti, tutti i loro poteri di osservazione ed elaborazione ridotti a zero, sostituiti da una pura capacità di registrare passivamente gli eventi. Paolo Zacomel si chiede se non farebbero meglio a buttarsi in mare come Carmine, nuotare finché possono e poi lasciarsi annegare, piuttosto che fare una fine da formiche schiacciate o arrostite. Ma sono pensieri a cortissimo raggio, subito azzerati dai nuovi scoppi e bagliori e vibrazioni dell'adesso che occupa tutti i suoi sensi con violenza paralizzante. Forse è questo che succede, quando si arriva al fondo di ogni possibile risorsa, i confini dell'immaginazione si chiudono progressivamente, fino a ridursi a niente. Forse non è nemmeno una cosa brutta, la dilagante irrilevanza che ti invade, cancellando intenzioni, ragioni, nomi. Forse c'è una serenità superiore, appena più in là, nella sospensione dello sforzo continuo di andare avanti contro la corrente. Forse si tratta solo di allentare i muscoli del corpo e le resistenze dello spirito, lasciarsi andare, abbandonare la rete degli inutili, minuscoli significati relativi. Forse ci vuole meno di come potrebbe sembrare, di come l'istinto di sopravvivenza ci faccia credere. Forse è solo questione di smetterla di aggrapparsi. Di smetterla.

Quando era bambino, a quattro o cinque anni, aveva degli incubi ricorrenti, che lo facevano svegliare urlante, in preda al terrore. In quelle immagini terrificanti non c'erano esseri umani, né presenze animali o vegetali. C'erano grandi cilindri di pietra che rotolavano su un paesaggio deserto, inspiegabili, spaventosi. Più tardi, quando aveva undici o dodici anni, gli capitava di svegliarsi nel mezzo della notte e non riconoscere più il senso degli oggetti. Si guardava intorno nella sua stanza, cercando di ridare un nome a quello che vedeva, ristabilire una familiarità con le forme e gli usi. Dopo qualche tempo ci riusciva, ma senza liberarsi completamente del dubbio che la familiarità fosse fittizia, illusoria. Sì, diamo un nome e un significato a tutto quello che ci circonda, ma è solo una convenzione, un codice di cui abbiamo bisogno per vivere? E le persone? E i sentimenti che proviamo nei loro confronti? Anche quelli sono puramente funzionali alla nostra sopravvivenza nel mondo? Oppure contengono un senso superiore, che travalica i limiti della materia e del tempo?

Eppure tra tutte le vibrazioni sconquassanti che attraversano la mente e il corpo di Paolo Zacomel, quella che gli viene da Lara alla sua sinistra è la più forte. Continua a salirgli per il braccio e arrivargli al cuore, e non ha niente a che fare con il restare attaccato a intenzioni e ragioni e nomi privi di senso. È una vibrazione che si alimenta del calore palpitante delle loro essenze, del fluido rischiarante della loro vicinanza. E per quanto possa essere inavvertibile dal di fuori rispetto alle altre vibrazioni che spadroneggiano tutto intorno, lo riempie di una smania inestinguibile di restare, esserci, non perdere il contatto, non interrompere il flusso.

SSSSSSSKAAAKRRRAAAPO-KATOW-KATOW-SKAAARRRAAAKATO-KAAATOWWW! Il vulcano esplode di nuovo in un eccesso che distrugge tutti i limiti, spacca l'aria e la riempie di suoni e bagliori, scaraventa lava lapilli frammenti di roccia in tutte le direzioni. Il piccolo gruppo si appiattisce di nuovo sul masso ondeggiante, si lascia scuotere e strapazzare. Ormai sono al di là della paura, nessuno grida neanche più. L'adesso continua a consumarsi con velocità incredibile: ne rimane pochissimo, quasi niente.

Paolo Zacomel salta in piedi, tira su Lara per una mano. "Andiamo!"

"*¿Adónde ir?*" Ramiro grida. "*¿Qué quieres hacer?*"

"In acqua!" Paolo Zacomel non ha più nessuna esitazione, è spinto da una forza inarrestabile. È un istinto sbagliato, autodistruttivo? Non importa, è quello che gli monta nel sangue e nel respiro, lo spinge avanti. Aiuta anche Lynn Lou ad alzarsi, anche Irina, anche Ramiro.

"*What do you wanna do?*" Lynn Lou sta mezza ripiegata su se stessa, pronta a riappiattirsi, però alza la testa per guardare i fuochi di ricaduta del vulcano, si gira a guardare i loro riflessi nelle onde nere.

"Nuotiamo!" Paolo Zacomel trascina Lara e Lynn Lou giù per il piano inclinato della roccia, torna su a trascinare anche Ramiro e Irina.

"*¡Oye, tú estás loco!*" Ramiro protesta, però si lascia trascinare verso l'acqua nera come inchiostro.

Sono proprio sul bordo, dove le onde scure si rompono, e *GRRROOOOAAARRRRR!* dalla loro destra arriva un ruggito terribile che non proviene dal vulcano, ma dalla parete di roccia, dal buio ondeggiante tra acqua e costa.

"*Oh my God, the dragon!*" Lynn Lou lancia un urlo disperato, ma anche gli altri gridano, si siedono sulla pendenza del masso.

GRRROOOOAAAARRRRRMMM! Il ruggito cresce di intensità, si avvicina.

Paolo Zacomel esita, mezzo inclinato in avanti, poi l'urgenza che lo possiede gli si moltiplica dentro fino a comunicargli una sensazione di forza illimitata, fargli pensare di essere in grado di affrontare qualunque drago voglia impedirgli di portare Lara in mare. Si protende verso il buio, pieno di intenzioni vibranti sfidanti tracotanti che lo attraversano con intensità folle, lo fanno tremare. "AAAAAAAAAAAAAAAAAAA!" Grida con un volume di voce che per un istante gli sembra possa competere con il ruggito del drago, perfino con il fragore spaventoso del vulcano.

Poi, proprio nell'istante preciso in cui sta per lanciarsi contro il nemico senza forma che arriva dal buio, un riflesso di luce incandescente rivela il grigio del tubolare di un canotto gonfiabile, Carmine seduto a poppa, aggrappato al motore. È una visione così diversa da quella che Paolo Zacomel aveva anticipato, così incredibilmente più umana: sarebbe quasi deludente, se non gli suscitasse un'onda di sollievo che gli arriva dritta ai polmoni e al cuore e al cervello, con una forza tale da abbagliarlo. Non dovrebbe avere il tempo per pensarci, però nello spazio della frazione di un secondo gli viene in mente il fotografo morto venuto con il gommone grigio e Carmine che lo aveva nascosto, probabilmente in una caverna. È solo un pensiero istantaneo attivato da un'immagine, subito sommerso da mille impulsi che lo spingono a girarsi, urlare, allungare le braccia, afferrare con le mani come una furia.

SSSKAAARAAA-SKAKRRAK-STAKRAK-SQWAARRR-TOWKO-WARRRSTRAAACKAAAKRRR! Il vulcano erutta con ancora più violenza delle altre volte, la sua luce rossastra arancionastra giallastra biancastra invade il cielo, illumina le persone che erano sul masso e ora sono tra roccia e aria e acqua mentre Carmine e Paolo Zacomel sollevano e sostengono e tirano e spingono finché sono tutte a bordo, Paolo Zacomel compreso che resta aggrappato al tubolare e con le gambe in acqua ma grida "Vai vai vaiiiiiii!" e intanto si tira su e ricade dentro mentre Carmine manda su di giri il motore e l'elica gira furiosamente. Il gommone si strappa via dalla costa vibrante oscillante, o forse è la costa vibrante oscillante a spingere via il gommone, forse è un'onda di ritorno che lo scaraventa verso il largo, forse è l'elica che lo spinge, però l'elica sembra girare a vuoto sopra l'onda, il motore ruggisce però il suo ruggito non è niente rispetto a quello del vulcano che squassa l'isola e insegue il gommone che vola nel mare portato dall'onda di ritorno che non si ferma e li spinge in alto e quasi li rovescia, li farebbe cadere in mare se non si tenessero stretti tra loro e ai tubolari con la forza della disperazione, nei bagliori rossastri arancionastri giallastri biancastri, nello scoppiare nel friggere nell'oscuro denso liquido oscillante vibrante lampeggiante, verso una sconnessione estrema e finale senza nome, verso il buio totale, ultimo.

SETTIMO GIORNO

Novantacinque

C'è una luce, o almeno sembra una luce. *È* una luce, ma estremamente fioca, indecisa. Un chiarore appena avvertibile che affiora all'orizzonte come un'impressione, si irradia debolmente in una stretta fascia di cielo, proprio sopra la linea del mare che ora sembra quasi calmo. È una timida intenzione luminosa, resta a lungo sospesa tra l'esserci e il non esserci, pronta a ritrarsi nel buio, lasciar perdere. Invece resta, e anzi acquista una certa permanenza, anche se con lentezza esasperante, infinite esitazioni prima di allargarsi poco a poco in un diafano pulviscolo.

Lara Laremi è appoggiata di schiena a un tubolare del canotto, e non riesce a capire se stia risvegliandosi nel mondo che conosceva, o emergendo in un'altra dimensione, di cui non sa ancora niente. Il suo corpo è qui con lei, benché bagnato e dolorante: le sembra proprio il suo. Sì, è qui, tutto intero, e risponde, i suoi terminali in apparenza funzionano. Per esempio, è in grado di percepire l'acqua sul fondo del canotto che le inzuppa i calzoni, e la superficie gommata e impolverata di sale del tubolare opposto contro cui premono i suoi piedi. Muoversi però le costa una fatica estrema; anche solo girare la testa per guardarsi intorno. La luce poi è così scarsa che gli occhi stentano a registrare un quadro complessivo.

A lunga distanza non sembra che ci sia niente, a parte il vago chiarore all'orizzonte e il buio granuloso del resto del cielo. Non ci sono profili di coste, promontori, rocce distinguibili scuro contro scuro. Non c'è niente. Solo mare. Meglio aspettare. Tanto non c'è fretta. Qui siamo nel contrario della fretta, siamo nella sospensione totale. Lara Laremi respira lenta, con nelle orecchie il riverbero di suoni fuori misura, passati ma ancora qui.

E a breve distanza? C'è una figura scura abbandonata, con un braccio su quella che dev'essere la barra del motore. Sì, è la barra del motore. L'altro braccio è intorno a un'altra figura. Il motore è spento, le due figure sono immobili. Lara impiega un tempo indefinibile per riconoscere Carmine e Lynn Lou, lei raggomitolata contro di lui come una bambina. Impiega ancora più tempo per spostare lo sguardo in qua, registrare un'altra figura che è Ramiro, abbandonato contro il tubolare opposto del canotto, le braccia infilate nei passanti di corda, la testa rovesciata all'indietro. C'è un'altra figura ancora, Irina, seminginocchiata sul fondo bagnato e cedevole, con i capelli sciolti che ricadono oltre il cilindro grigio del bordo, toccano l'acqua del mare.

Ma sono addormentati, o cosa? Lara Laremi se lo chiede a lungo, o forse non a lungo. Il fatto è che non riesce a valutare in nessun modo lo scorrere del tempo, ammesso che scorra, e non sia invece fermo. Perché è vero che il lucore lattiginoso all'orizzonte sembra essersi diffuso da oriente in una porzione più ampia del cielo, ma la diffusione procede con una gradualità così estrema che diversi sguardi intervallati non riescono a cogliere cambiamenti sostanziali. È l'alba o no, questa? Forse, però così esitante, così incerta. Sembra un tentativo di alba, più che un'alba. Il mare non è calmo come sembrava, ma neanche mosso; il canotto ondeggia mollemente, i suoi tubolari un po' sgonfi formano pieghe qua e là. No, non c'è nessuna sagoma di isola distinguibile in nessuna direzione, nessuna massa ombrosa elevata sopra il mare che adesso comincia impercettibilmente a riflettere il chiarore crescente del cielo.

Lara Laremi esita per minuti interi, o forse per qualche secondo, poi muove il piede sinistro, tocca con l'alluce lo stomaco di Ramiro rovesciato all'indietro. Lui non si muove. Lei riallunga il piede. Ramiro ha un piccolo scatto, si riabbandona quasi subito. Nel farlo, la sua mano sinistra sfiora Irina, che si muove di poco, solleva appena la testa, ricade in avanti, nella stessa posizione di prima.

Lara Laremi deve fare uno sforzo più grande per girare finalmente la testa verso prua: deve vincere una vera resistenza. Guarda lontano, perché non riesce ancora a guardare vicino. Poi ci riesce: Paolo è seduto nell'acqua del fondo, le ginocchia alzate, le braccia estese, la cima arrotolata intorno a un polso. Non dorme.

È sveglio, la sta guardando. I loro sguardi si incontrano; il cuore di lei rallenta. Lui allunga con estrema lentezza una mano, le sue dita le sfiorano il viso. Lei gli stringe il polso, non lo lascia più andare.

La polvere di azzurro nel cielo continua a diffondersi, acquista per gradi una palpitazione di chiarore. All'orizzonte adesso c'è un riflesso caldo, sembra spingere da sotto in su la linea del mare.

Carmine a poppa apre gli occhi, si gira verso Lynn Lou che gli sta appoggiata al petto, si ritrae di qualche centimetro con un'espressione incredula. Anche Lynn Lou si sveglia, si guarda intorno. "*What the fuck?*" La sua voce è debole, roca. Guarda Carmine, gli si stringe contro; lui va all'indietro.

Irina ha uno scatto. "Что там случилось?"

"*¿Oye, qué pasa? ¿Estamos vivos?*" Ramiro si guarda le gambe, si guarda le mani, guarda Lara, guarda le altre persone nel canotto, si gira verso l'orizzonte.

Paolo scivola con lentezza verso Lara, attento a non sbilanciare il canotto. Le passa una mano intorno alle spalle, la stringe forte. Guardano insieme nella stessa direzione, senza dire niente.

All'orizzonte c'è un raggio di luce, bianco, che sale poco a poco e cresce di intensità, sembra venire dritto verso di loro.

Sì, sono qui, per adesso.

Indice

Bompiani ha raccolto l'invito della campagna
"Scrittori per le foreste" promossa da Greenpeace.
Questo libro è stampato su carta certificata FSC,
che unisce fibre riciclate post-consumo a fibre vergini
provenienti da buona gestione forestale e da fonti controllate.
Per maggiori informazioni: http://www.greenpeace.org/italy/it/campagne/foreste/Soluzioni/
Editori-e-scrittori-amici-delle-foreste/

Finito di stampare
nel mese di giugno 2013 presso
Treerre Serigrafia s.r.l.
Treviglio (BG)
Printed in Italy